BLACK DIAMOND

ISBN : 979-10-9478652-9
Black Diamond, Intégrale
Copyright © 2019 Éditions Plume Blanche
Copyright © Illustration couverture, Nicolas Jamonneau
© Can Stock Photo / premiumdesign

Maquette : Marion Obry
Correction : Jessica Milcamp et J. Provot

Sandra Triname

Black Diamond

Intégrale

(Roman)

Une vision est une *« apparition, forme, être, représentation mentale qu'on voit ou qu'on croit voir, dont on attribue l'origine à des puissances surnaturelles. »*

Larousse, Site Internet

Du même auteur, aux EDITIONS PLUME BLANCHE

* Salem

* À ma vie, à ta mort

* Salem *in love* (numérique seulement)

* Black Diamond, Intégrale

Du même auteur, aux EDITIONS ADA (*Canada, uniquement*)

* Salem

* À ma vie, à ta mort

À ma mère et ma grand-mère, parties trop tôt.

À ma fille, ma vie n'a pris un sens que le jour où tu y as fait ton entrée.

À mon filleul, bienvenue parmi nous mon petit prince.

À mon clan, qui me soutient sans jamais faillir.

Je vous aime.

Certains pensent que la différence est une force. De mon point de vue, elle s'apparentait à une calamité. Tel un handicap, un boulet que l'on traîne et dont on n'arrive pas à se détacher, nous faisant trébucher à de nombreuses reprises et nous forçant à nous détourner des autres, j'avais dû supporter ma nature.

Ceux qui considèrent qu'être différent rend fort s'avèrent souvent être les plus banals et ne possèdent rien qui les distingue de leurs semblables. Cynique ? Non, réaliste. La solitude ne me dérangeait pas, elle incarnait même ma compagne la plus fidèle. Simplement, quelquefois j'aspirais à devenir mademoiselle Tout le Monde, à me fondre dans la masse, entrer dans la norme. Désenchantée ? Hum… possible.

Malgré tout, je n'aurais jamais exprimé cette opinion devant celle qui avait été ma seule et unique amie : ma mère. Cela l'aurait sans doute beaucoup blessée. Pour elle, même si l'héritage familial paraissait parfois difficile à porter, il restait avant tout une fierté.

Je songeais fréquemment que si certains découvraient notre existence, nous finirions dans un labo de l'armée où nous terminerions nos vies en tant que sujets d'expérience. Cela pouvait sembler exagéré, pourtant, j'avais appris à mes dépens que l'être humain n'aime pas la différence. Pour confirmer mes dires, il suffit d'ouvrir n'importe quel livre d'Histoire, de visionner des documentaires ou encore de simplement regarder les infos. Certainement que le petit bonhomme de Roswell serait de mon avis, Jeanne d'Arc aussi d'ailleurs ! Mais tout cela, c'était avant. Avant que le puzzle compliqué de ma vie ne se mette enfin en place, avant que, tel le phénix, je renaisse de mes cendres, avant Black Diamond.

Chapitre 1

Je regardais mon salon, dépitée et découragée d'avance par le spectacle qu'il m'offrait. Des cartons, des cartons et encore des cartons. Voilà deux semaines que j'avais emménagé à Black Diamond et je n'en voyais toujours pas la fin. D'accord ! J'exagérais, il n'y en avait pas tant que ça, mais je détestais les installations. J'exécrais emballer et déballer mes affaires sans arrêt. Je trouvais cela usant, ma vie de fugitive me pesait un peu plus chaque jour.

Pour ma défense, j'avais conservé tous les effets de ma mère après son décès, survenu deux ans plus tôt. J'aimais ces petits souvenirs, preuves de son passage sur Terre. Je devais aussi avouer qu'alors qu'elle s'était toujours révélée méthodique et organisée, j'étais résolument bordélique et adepte de l'improvisation. Résultat, le salon ivoire et chocolat de la jolie maison victorienne ressemblait davantage à un souk qu'autre chose.

Je donnai un coup de pied dans l'une des boîtes et rien qu'au poids, je devinai qu'il s'agissait de magazines. Je l'attrapai et la déposai sous le porche, son sort était scellé : poubelle ! Mon piano trônait au milieu du séjour. Mes CD se trouvaient sur leurs étagères ainsi que mes livres. Ma guitare avait retrouvé sa place sur son présentoir. Je disposais donc de l'essentiel, du moins à mes yeux. Pour le reste, je verrai plus tard.

Je verrouillai la porte, puis retournai à la cuisine me servir un café. Une fois ma tasse remplie, je me dirigeai vers la fenêtre et contemplai le crépuscule. Le front collé à la vitre, j'observais les arbres qui entouraient la maison. D'ici quelques minutes, ils se fondraient dans la pénombre. Leurs jolies branches seraient remplacées par des silhouettes maléfiques, tandis que le vent gémirait, tel un monstre au souffle rauque tapi dans l'ombre. Une appréhension familière s'installa au creux de mon ventre, la nuit était angoissante parce qu'elle dissimulait le bon comme le mauvais dans son long manteau de ténèbres. J'expirai profondément, faisant naître un cercle de buée sur le carreau. *Tout va bien, tu ne risques rien.* L'obscurité n'était pas l'unique source de mon anxiété. Demain, je devrai me rendre au lycée.

Les premières journées se révélaient souvent les pires. Une vraie séance de torture, et peu importait l'établissement ou la ville. Dans un patelin comme celui-ci, l'arrivée de la nouvelle deviendrait le sujet de la conversation de l'année ! Sans compter que j'étais Française et orpheline. Un palmarès hors normes pour une minuscule bourgade, ancienne cité minière, du Dakota. La curiosité pointerait son nez, ainsi que les questions : « Tu vis seule ? Depuis quand ? Ça doit être dur, non ? » Et bien sûr ma préférée, il y avait toujours un petit malin pour la poser : « Mais tu es mineure, comment se fait-il que tu ne vives pas en famille d'accueil ? »

J'évoquerais mon émancipation et un tas d'hypothèses aussi saugrenues les unes que les autres s'insinueraient dans leurs petits esprits étriqués. Je voyais cela d'ici : « Mineure émancipée ? Ce n'est pas pour les jeunes délinquants ? » Bande d'imbéciles ! « Tu crois qu'elle a fait des trucs illégaux ? Remarque, on peut s'attendre à tout avec les mangeurs de grenouilles… » « Si ça se trouve, elle a un casier judiciaire long comme le bras ! » Une fois encore, ils demeureraient très loin du compte.

Je quittai la fenêtre et allai prendre place dans l'un des fauteuils du salon. Les jambes sur le dossier, la tête en bas, je soupirai. Autant voir des adolescents de leur âge vivre seuls dans des baraques immenses et conduire des voitures de sport hors de prix dans leurs séries préférées ne les offusquaient en rien, autant rencontrer ce genre de cas dans la vie réelle les rendait soupçonneux. *Qui a dit que les jeunes d'aujourd'hui confondaient fiction et réalité ?* Mon émancipation ne représentait que la partie émergée de l'iceberg, le résultat d'un terrible et inextricable imbroglio.

Mon père, qui incarnait le parfait modèle du prince charmant au début, s'était rapidement révélé menteur, manipulateur, mais surtout, très violent ! Il se prenait pour le maître tout puissant, au-dessus de tout et de tout le monde. Pervers narcissique, selon les psys. Psychopathe me semblait plus approprié. Dans son esprit malade, ma mère, *le monstre,* comme il se plaisait à l'appeler, ne s'était servi de lui que pour engendrer sa descendance. Descendance détenant des pouvoirs qu'il ne possèderait jamais, quoi qu'il fasse, mais qui pouvaient s'avérer utiles… En refusant de tremper dans ses magouilles, elle avait déclenché son courroux. Les maltraitances psychologiques avaient vite cédé la place aux physiques. Elle devait payer pour sa désobéissance, et moi aussi par la même occasion. « Nous devions fuir avant que le coup fatal ne finisse par être asséné ». Voilà la seule explication que ma mère avait consenti à me livrer. Elle n'aimait pas revenir sur cet épisode de sa vie. À ses yeux, il était synonyme d'échec et de honte. Ses cicatrices, un peu partout sur son corps, parlaient pour elle et avec suffisamment d'éloquence pour que je n'exige pas davantage d'explications. Depuis, il ne cessait de vouloir se venger et je préférais ne pas imaginer comment il s'y prendrait s'il me retrouvait. Nous avions essayé de nous protéger grâce à la justice, sans succès. Toutes les ordonnances d'éloignement de la Terre ne changeraient rien à la folie qui l'habitait. La fuite restait notre unique solution.

Même si nous bougions souvent pour lui échapper, nous étions très heureuses. Considérant chaque arrivée dans une nouvelle ville comme une aventure. À mes yeux, cette décision symbolisait un geste d'amour. Elle désirait me préserver. Mais ça, c'était avant que ce mal, ce poison, ne la rattrape.

Elle travaillait beaucoup pour que je ne manque de rien, ne ménageant jamais ses efforts. Serveuse, caissière, secrétaire, elle acceptait tout ce qui se présentait. Finalement, quand la fatigue devint quasi permanente, elle consulta un médecin et quelques jours plus tard, le verdict tomba : cancer. Lorsqu'elle prit conscience que l'issue fatale se rapprochait, elle me posa la question : « *Je vais partir, ma chérie, et tu es jeune, alors que veux-tu que je fasse ? Souhaites-tu aller en famille d'accueil ou préfères-tu être émancipée dès maintenant ? J'ai placé de l'argent depuis ta naissance et n'ai jamais touché à l'héritage laissé par tes grands-parents. Tu pourras vivre décemment de tes rentes, mais je te laisse décider.* »

Me laisser le choix, le libre arbitre, voilà ce qu'elle faisait toujours. J'aurais tout donné à ce moment-là pour que les médecins nous annoncent une erreur de diagnostic et ne pas devoir prendre cette décision. C'était injuste, elle était la seule personne qui me restait en ce bas monde et elle allait m'être arrachée ! Je ne voulais pas envisager l'avenir sans elle… Comment envisage-t-on la vie sans sa mère ?

D'un geste presque rageur, j'essuyai une larme le long de ma joue. Je me redressai, me retournai pour m'asseoir correctement et inspirai profondément. Pleurer ne changerait rien. Ladite famille d'accueil aurait été sédentaire et d'autant plus aisée à localiser. Cela serait revenu à m'accrocher une cible dans le dos. Mon choix s'était porté sur l'émancipation, plus facile pour moi, l'indépendante et solitaire Sarah. Internet regorgeait d'infos sur le sujet, je savais à quoi m'attendre. J'étais mature en dépit de mon âge, car ma mère ne m'avait rien caché des tourments imposés par la vie. Elle m'avait tout appris : gérer mon budget, payer les factures en temps et en heure, remplir mes papiers… Je la remerciais aujourd'hui car, malgré les difficultés, j'avais été préparée à ces petits soucis du quotidien. Après maints entretiens avec des psys et des assistantes sociales, le juge avait tranché en ma faveur. Le seul réel problème dans mon existence restait mes *facultés*.

Je devais avoir cinq ans, lorsque j'eus ma première expérience. Je jouais tranquillement, assise par terre, quand j'avais annoncé, l'air de rien, que la voisine se briserait la cheville sur les marches du perron de l'immeuble. Les images avaient inondé mon cerveau sans le moindre effort de ma part et avaient cessé leur défilé en technicolor tout aussi naturellement. Moins d'une heure plus tard, la malheureuse partait en ambulance. Le hasard, me direz-vous, sauf que j'avais également averti que l'un des ambulanciers porterait une grosse croix en or autour du cou et qu'il aurait un cheveu sur la langue. Maman avait alors esquissé un sourire de fierté puis m'avait recommandé de n'en parler à personne : « *Les gens ont peur de ce qu'ils ne comprennent pas et la peur pousse quelquefois les meilleurs d'entre nous à faire le mal.* »

En réalité, il existe trois types de réaction face à la révélation de ce genre de don. La première : la crainte. Il est difficile de feinter avec une clairvoyante, je lis le passé aussi aisément que l'avenir. Autrement dit, pas de secret avec moi. Malgré toute l'affection qu'ils peuvent vous porter, les gens n'apprécient pas forcément le viol de leur intimité, même s'il est involontaire.

La seconde : l'appât du gain. Qui ne serait pas tenté de connaître d'avance les numéros du loto ou les réponses d'un jeu télé ? Un max de fric avec un minimum d'efforts et zéro risque de se faire coincer, le plan en or quoi.

Et enfin la dernière : le scepticisme : « Toi, tu vois l'avenir ? Allez, arrête ! » Ensuite, arrivent les regards pleins de moquerie ou pire, de fausse compassion, comme si vous étiez à plaindre de devoir mentir pour que l'on vous accorde un peu d'importance.

Sans doute étaient-ce ces raisons qui l'avaient finalement poussée à me laisser le choix, elle avait conscience du prix à payer pour notre don. Vivre en famille d'accueil me forcerait à jouer la comédie constamment, très peu pour moi. Depuis le temps de la Chasse aux sorcières et de l'Inquisition, les choses n'avaient pas vraiment évolué. Du moins sur ce sujet. La preuve : mon premier détracteur se trouvait être mon propre père. Il préférait mettre sa vie derrière lui et enchaîner les petits boulots sans intérêt de ville en ville, plutôt que de nous lâcher. Le seul point positif : nous savions toujours avec plusieurs semaines d'avance s'il approchait. Maman maîtrisait parfaitement le phénomène, elle convoquait les images telles des domestiques obéissants. Ce genre de prouesse me demanderait encore quelques années, mais j'y parviendrais. Le tête-à-tête familial pourrait avoir lieu, j'y serais préparée.

Mes prémonitions m'avaient menée jusqu'ici, elles m'avaient montré les panneaux d'accueil à l'entrée de la commune, le lycée, l'église et d'autres détails. Je ne comprenais pas pourquoi, mais autant en finir avec la partie la plus désagréable dès que possible. Mes affaires étaient prêtes, je grignotai un morceau, me douchai et filai me coucher. Demain, une longue journée m'attendait…

Je dormis mal cette nuit-là. Des visions m'assaillirent avec la force d'un boomerang qui me serait revenu en pleine figure.

Cette fois, je me trouvais dans une pièce inconnue, pourtant je m'y sentais étrangement en sécurité, comme chez moi. Il s'agissait d'un salon immense, meublé avec goût et raffinement. Les murs peints à la chaux, les fauteuils et le canapé beige créaient une atmosphère détendue, élégante. Sur une table à manger en bois presque noir trônait un bouquet de roses rouges magnifique, le plus gros que j'aie jamais vu ! Sur la paroi du fond, un gigantesque miroir dont l'encadrement doré paraissait ancien. Aucun doute, cet endroit n'appartenait pas à des gens de classe moyenne ! Quelqu'un jouait du piano, un air compliqué, merveilleux. Cela demandait sûrement des années de pratique pour atteindre un tel niveau de dextérité. Je me retournai pour aviser ce musicien hors pair, mais lorsque je lui fis face, un long frisson me parcourut. Je ne pouvais pas apercevoir son visage, quel que soit l'angle sous lequel je le regardais. Ses traits m'apparaissaient flous. Étrange. L'inconnu mit fin à son jeu, puis vint vers moi. Ou plutôt, il apparut devant moi comme si je l'avais rêvé à son instrument. Cette proximité affola mon cœur sans que je sache pourquoi. Subitement, un énorme grondement se fit entendre. D'où provenait ce bruit ? Le lien se brisa net et je sortis brusquement de ma transe.

Assise sur mon lit, un peu désorientée, je tendis l'oreille. Un flash blanc éclaira la pièce. Le tonnerre ! Voilà ce qui avait interrompu ma vision. Je me rallongeai, tremblante, un voile de sueur glacée recouvrant tout mon corps. L'expérience avait réveillé en moi une drôle d'impression. Mélange de désir et… de crainte. Je me cachai sous ma couette et tentai d'étouffer le bruit du tonnerre en me plaquant un oreiller sur la tête, sans grand succès. La peur bleue que l'orage faisait naître chez moi ne m'aidait pas à me détendre. Après un certain temps, je ne saurais dire combien, je retombai dans un sommeil sans rêves et me réveillai au matin, fatiguée, énervée, avec ce troublant sentiment de malaise qui persistait.

Mes visions s'intensifiaient depuis mon installation à Black Diamond, c'était indubitable. Par contre, pourquoi ? Mystère. Je me retrouvais dans un nouvel environnement, une nouvelle maison, et j'avais du mal à m'y habituer. Cela y contribuait sans doute. Pour couronner le tout, l'endroit incarnait exactement le genre de patelin que ma mère et moi avions toujours fui. Petite ville où tout le monde se connaissait depuis l'enfance et où l'arrivée d'inconnus créait l'événement. Cela pouvait se comprendre, il n'y avait rien à faire ici. Pas de cinéma, de théâtre, ou de grand magasin, pas même une librairie digne de ce nom. La misère quoi. Du coup, il semblait également impossible de passer inaperçue. Lorsque je vivais à Chicago, j'ignorais le patronyme de mes voisins. J'avais dû les croiser une ou deux fois, tout au plus, un signe de tête poli et chacun chez soi. Voilà exactement le style de vie en collectivité que j'appréciais.

Pourtant, j'avais été attirée comme un aimant par Black Diamond. Cette petite ville hantait mes visions depuis plusieurs mois. Ma mère affirmait que les prémonitions ne survenaient jamais au hasard, donc il fallait que je découvre ce que cachait cette bourgade, ou son résident mystère. C'était le seul moyen de les faire cesser. Sinon, elles continueraient à me harceler, encore et encore, dans une boucle sans fin d'images.

Mais ce n'était pas le moment de tergiverser là-dessus, arriver en retard le premier jour n'arrangerait pas mes affaires. Mon café englouti, je me retrouvai dehors à contempler un instant ma voiture. Si mes fringues étaient passe-partout, un gros pull blanc, un jean et une veste en cuir, ce n'était pas le cas de ma Mustang. Noire comme la nuit, des chromes rutilants, des jantes énormes, je l'adorais ! Il faut dire que j'en prenais grand soin, elle représentait la chose la plus chère à mes yeux. Elle ferait tourner les têtes, comme toujours… Cette conviction se renforça lorsque je mis le contact et que le moteur rugit, ne demandant qu'à libérer les chevaux qui se trouvaient sous le capot. Je ne pus m'empêcher de sourire. J'aimais ce bruit familier qui me rappelait de bons souvenirs. Ma mère me l'avait offerte peu avant son hospitalisation. Malheureusement, je n'avais terminé sa rénovation que quelques semaines avant qu'elle me quitte, elle n'avait vu le résultat qu'en photo. Elle s'était bien sûr extasiée, me félicitant pour mon travail avec toute l'objectivité d'une maman. J'aurais préféré qu'elle vienne l'essayer avec moi. Encore une chose pour laquelle la vie ne nous avait pas laissé assez de temps… *Quand il faut y aller, il faut y aller !*

Je conduisis lentement, du moins je tâchais de respecter les limitations de vitesse. Ce qui était lent lorsque l'on savait que ma façon de tenir un volant s'apparentait davantage à du pilotage sur circuit qu'à la conduite pépère campagnarde. Il faisait froid et gris ce matin-là. Nous étions mi-janvier et je commençais à regretter de ne pas m'être habillée plus chaudement, même si je n'étais pas particulièrement frileuse. Un rayon de soleil tentait de percer les nuages bas, sans grand succès. Au moins, il ne neigeait pas, c'était déjà ça. J'augmentai le chauffage et mis de la musique pour me distraire et surtout me détendre.

Le bahut se situait non loin de chez moi, à la limite de la ville. Après dix minutes, j'arrivai sur l'aire de stationnement, éteignis le poste et laissai la Mustang faire son show. Ce genre de voiture ne pullulait pas sur les parkings de lycée. Dès que les autres élèves entendirent le bruit du moteur, les conversations cessèrent. Tous les regards, qu'ils soient admiratifs ou envieux, se fixèrent sur elle en moins d'une seconde. J'avais envisagé d'acheter un véhicule plus discret, correspondant mieux à mon mode de vie, mais j'y avais finalement renoncé. La Mustang et moi vivions une véritable histoire d'amour. Elle représentait un lien tangible avec ma mère, l'antidote qui m'avait empêché de sombrer après son départ pour un monde meilleur. Elle incarnait ma meilleure amie.

Je tournai quelques minutes avant de repérer une place. Les lycéens devaient pour la plupart pratiquer le covoiturage. Peut-être même venaient-ils à pied ? Vu la taille minuscule de ce trou perdu, cela pouvait se comprendre.

— Vu l'état et la largeur des routes, ils pourraient même se contenter de poneys ! grommelai-je, agacée.

Je me garai à côté d'une coccinelle sans âge et d'une couleur indéfinie tant la carrosserie paraissait ancienne. Je respirai à fond puis descendis. Les regards se braquèrent tous sur moi, tantôt curieux, tantôt surpris. Très souvent, les gens s'attendaient à voir un homme conduire ce genre de caisse, les vitres teintées avaient donc laissé planer le doute jusqu'au bout. Un sourire amusé naquit sur mes lèvres malgré moi. Presque théâtral comme entrée. Je fermai ma voiture et fonçai vers le bâtiment principal. Je savais où se trouvait le bureau du secrétariat pour m'y être rendue lors de mon inscription. Cela m'évita d'avoir à demander mon chemin aux élèves que je croisai et qui me dévisagèrent avec une curiosité non feinte. Je ressentis la désagréable impression de débarquer d'une autre planète. *C'est dans ta tête !* me raisonnai-je pour la millième fois.

L'édifice, en forme de U, n'était pas tout jeune, sûrement construit dans les années soixante-dix. Surtout, il était beaucoup plus petit que mon lycée à Chicago. En comparaison, il ressemblait à une maison de poupée. Les murs gris auraient eu besoin d'un bon coup de peinture, d'ailleurs une rénovation intégrale n'aurait pas été du luxe. Je traversai, à toute vitesse, le hall bondé de curieux. J'atteignis enfin le bureau, la décoration intérieure ne valait pas mieux. Le papier peint jaune pâle et la moquette d'un vert terne ne produisaient pas le meilleur effet. Des chaises en plastique marron foncé, alignées contre le mur, complétaient ce tableau déjà peu accueillant. Une horrible plante artificielle vert fluo, réplique d'aucune espèce répertoriée sur le globe, trônait sur le comptoir. De toute façon, une vraie mourrait de dépression dans cet endroit.

Je me dirigeai vers le bureau et me présentai. Pour mon inscription, le directeur m'avait lui-même reçue après les cours, le personnel ne me connaissait donc pas.

— Bonjour, je suis Sarah Martin, la nouvelle, expliquai-je en essayant de me montrer aimable.

La secrétaire, une petite blonde fluette, qui me fit immédiatement songer à une fouine, ne s'étendit pas en conjonctures inutiles. Sans un regard, elle me remit un plan du lycée, un emploi du temps, puis me souhaita bonne chance en me tournant le dos. *Sympa l'accueil !* pensai-je, amusée de nouveau.

Mon programme m'informa que j'attaquais par l'histoire. J'adorais cette matière et y avais toujours décroché d'excellentes notes. Cette journée ne démarrait pas si mal finalement. En cherchant ma salle le long des couloirs, j'évitai de prêter attention aux curieux autour de moi. Ce qui n'empêcha pas mes oreilles de capter des bribes de conversations.

— C'est la nouvelle, elle a l'air sympa…
— Il paraît qu'elle est française, ça c'est cool !

Je souris malgré moi, je ne saisissais pas pourquoi les gens jugeaient les Français si branchés ici, alors qu'en France, c'étaient les Américains qui étaient considérés comme tels. *Il faut croire que l'on n'est jamais satisfait de ce que l'on a.*

— C'est à elle la Mustang qu'on a vue sur le parking…

Voilà au moins une chose immuable dans ma vie, ma voiture plaisait toujours plus que moi. Je passai à côté d'un groupe, auquel je ne prêtai pas plus d'attention qu'aux autres, quand je m'aperçus que je me trouvais devant ma salle et que la porte était fermée. Le professeur n'était pas encore arrivé, je devrais donc attendre dans le couloir, *zut !* J'allais être le point de mire des élèves, exactement ce que je cherchais à éviter. Je pestai contre moi-même lorsque j'entendis :

— Petit frère, regarde !
— Quoi ?
— La brune là, c'est elle !
— Ne sois pas ridicule.
— Je sais ce que j'ai vu, répondit-elle d'un air buté, et je te dis que c'est elle !

Je jetai un coup d'œil dans leur direction. Il y avait deux couples ainsi qu'un type seul et ils m'observaient sans gêne, aucune. Le premier duo se composait d'un garçon et d'une fille aussi bruns l'un que l'autre, si ce n'est que les pointes de cette dernière étaient rose fluo. Le second, d'une plantureuse rousse et d'un gars châtain. Cependant, je ne m'attardai pas sur eux, sans vraiment comprendre pourquoi, le cinquième membre du groupe attira bien plus mon attention que ses acolytes. Sa chevelure possédait une couleur singulière, rappelant un peu celle des feuilles d'érable en automne. Grand, mince et élancé, il possédait quelque chose qui faisait penser à un félin. Il m'examinait sans même prendre la peine de se montrer discret, la tête penchée légèrement de côté, les sourcils froncés, comme s'il cherchait ce qui pouvait bien clocher chez moi.

L'air de rien, je les étudiai à mon tour. Ils avaient tous la peau très blanche, diaphane même. Elle semblait presque polie sous l'éclairage cru du couloir, de la même façon que le visage des poupées de porcelaine. Leurs yeux noirs donnaient l'impression qu'ils étaient dépourvus d'iris. Ils étaient beaux, aucun doute, le mot vénusté serait encore bien en dessous de la vérité. Pas le moindre défaut sur ces gueules d'anges. Pourtant, ils dégageaient quelque chose d'inhabituel. Je n'arrivais pas à déterminer quoi, mais mes sens se mirent en alerte. Un long frisson parcourut mon épine dorsale, telle une décharge électrique.

La punkette affirmait m'avoir déjà vue, je me demandais où. Parce que je m'en serais souvenue ! Soudain, la sensation de malaise que j'avais ressentie cette nuit m'assaillit de nouveau. Je détournai le regard et aperçus la porte de ma salle enfin ouverte. Les élèves commençaient à prendre place. Je m'y engouffrai rapidement en tentant de garder un air détaché.

Je me présentai au professeur et il m'informa qu'il s'appelait Monsieur Stuart. Petit, rondouillard, il possédait une face de lune surmontée de lunettes cerclées d'argent. Son costume devait dater des années quatre-vingt et se fournir des bonbons à la menthe pour rafraîchir son haleine n'aurait pas été inutile, mais il paraissait gentil.

— Bienvenue au lycée de Black Diamond ! Voici vos manuels, Mademoiselle Martin. Installez-vous ici, à côté de Mademoiselle Queen, ou là-bas, près de Monsieur Drake.

Je le remerciai et me retournai pour voir les places indiquées. C'est là que je l'aperçus, au fond de la classe, à m'observer intensément, comme tout à l'heure dans le couloir. Le garçon aux yeux noirs. Courageuse, mais pas téméraire, j'optai pour Mademoiselle Queen. Grande, blonde, mince, elle affichait un sourire qui n'avait rien à envier à ceux des filles des publicités pour dentifrice.

— Salut ! Moi, c'est Emily, et toi ?
— Sarah.

Elle me sourit et je ne pus m'empêcher de penser que si je devais partager cette table avec elle le reste de l'année, il faudrait que j'investisse dans une paire de lunettes de soleil. *Sûre que dans le noir, elle ressemble à Cheshire !*

— Alors, comment trouves-tu le lycée ?
— Difficile à dire pour le moment, je te répondrai dans une semaine.
— Tu verras, les gens sont plutôt sympas ici. Si tu traînes avec les bonnes personnes, ça ira tout seul.

Le cours commença et *miss sourire qui tue* me ficha la paix, en tout cas temporairement. Je méditai sur ce qu'elle m'avait expliqué, à propos de *traîner* avec les bonnes personnes. J'imaginais sans mal le tableau. L'équipe des midinettes les plus populaires, dotées d'un demi cerveau, sapées à la dernière mode, très certainement pom-pom girls, qui ricanaient bêtement à la vue des joueurs de foot et méchamment à celle des élèves moins branchés qu'elles. L'archétype de tout ce que j'exécrais. Voilà qui scellait définitivement mon sort au sein du lycée de Black Diamond. Je ne ferais jamais partie des gens *en vogue*. Trop repérable pour moi. Et puis surtout, le rôle de la potiche sans cervelle, sans façon !

J'avais le sentiment que le schéma se répétait dans chaque école que je fréquentais. Peu importait la ville, le pays ou le bahut au sein duquel ils évoluaient, les ados restaient les mêmes. Chacun progressant dans un certain groupe qui détestait, méprisait ou ignorait complètement ceux qui n'y adhéraient pas.

Le cours prit fin et je filai vers le suivant, *miss sourire qui tue* sur les talons. Elle ne cessait de bavarder à propos de tout et de rien. Je l'écoutais à peine, mais notai cependant que je ne m'étais pas trompée. Elle était bien pom-pom, elle occupait même le poste de capitaine. Ce manège se prolongea toute la matinée jusqu'à l'heure du déjeuner. Le temps s'écoula plus vite que je n'aurais imaginé. Le garçon aux yeux noirs assistait à tous mes cours sans exception et il me regardait toujours avec insistance. Dans chaque lycée se trouvait un curieux, le tout était qu'il ne devienne pas un boulet ! Emily me proposa de déjeuner avec elle et ses amis, j'acceptai. Je savais qu'une fois assise, les sempiternelles questions suivraient, succédées de suite par les explications cent fois données.

— Salut ! Voici Sarah !
— Salut, Sarah !

Cette réponse de chœur me fit immédiatement penser à une réunion des alcooliques anonymes. Je ne pus m'empêcher de sourire, du coup, je dus sûrement passer pour plus aimable et ouverte que je ne l'étais en réalité.

— Salut.

— Je te présente Marie, Angela, Louisa, Jeff, Sam et Mike.

D'un geste de la main, elle engloba sa cour. Exactement ce que je pressentais, les pom-pom girls et les footballeurs. *Au secours ! La conversation risque de voler très haut et j'ai le vertige !*

— Alors, c'est vrai que tu es Française ? me demanda Louisa avec une pointe d'excitation dans la voix.

Brune, la peau hâlée, elle possédait de magnifiques yeux verts.

— C'est vrai, oui.

— Génial ! Paris, la capitale de la mode…, ajouta-t-elle, rêveuse.

— Paraît-il, répondis-je platement.

Ma réplique eut l'air de la surprendre, comme s'il était impensable de ne pas s'intéresser à la mode ou ne pas s'extasier sur Paris. Pour ma part, ce n'était pas ma ville favorite en ce bas monde, même si j'y étais née. Je préférais de loin Rome.

— Il y a longtemps que tu résides aux États-Unis ?

— Un peu plus d'une dizaine d'années.

Je lui fis grâce des détails sur mes fréquents allers-retours.

— Et tu viens d'où ?

— J'habitais à Chicago depuis deux ans, j'ai pas mal voyagé en fait.

Voilà un doux euphémisme, à une époque, nous déménagions presque tous les trois mois. La maladie de ma mère nous avait finalement forcées à rester à Chicago. Les longs voyages lui devenaient pénibles et changer sans arrêt de médecin n'était pas évident. Elle avait créé une relation de confiance avec le sien et je ne voulais pas la priver de cela. Les traitements peuvent paraître barbares, mais ils sont toujours mieux acceptés dans un climat serein. Elle surveillait les déplacements de mon père à travers ses visions. Nous avions tellement brouillé les pistes qu'il avait fini par perdre notre trace cette fois-ci. Du moins temporairement.

— Tu parles super bien l'anglais, tu n'as même pas d'accent ! s'exclama Mike, admiratif.

Son visage poupin et ses grands yeux bleus me firent instantanément penser aux bébés que l'on voit à la télévision, dans les pubs pour le talc.

— Merci.

— Il y a longtemps que tu as emménagé ici ?

— Deux semaines environ.

— Tu te plais à Black Diamond ?

Il se montrait curieux ce Mike !

— C'est un peu tôt pour le dire.

— On ne t'a jamais croisée en ville.

— Je ne sors pas beaucoup.

— Tu as des frères et sœurs ?

On y était, les questions personnelles allaient commencer.

— Non.

— Et tes parents, ils sont venus dans le coin pour le boulot ?

Je respirai un bon coup avant de donner la *fameuse* réponse qui déclencherait véritablement leur curiosité.

— Je n'ai plus de parents. Ils sont morts.

J'avais tenu cette conversation cent fois et j'y étais habituée, pourtant ma réplique sonna comme un glas. Une atmosphère gênée s'installa, Jeff rompit le silence :

— Alors, tu as rejoint des membres de ta famille ici, c'est ça ?

Étrangement, je le détestai de suite, ce type ne m'inspirait aucune confiance. Il se dégageait de lui quelque chose de bestial qui me dérangeait. Je fis tout de même l'effort de répondre aimablement.

— Non, je vis seule.

— Oh désolée, nous n'aurions pas dû nous montrer aussi indiscrets…

C'était la fille qu'Emily m'avait présentée sous le nom de Marie qui venait de s'exprimer avec une petite voix calme et douce. Elle respirait la gentillesse. Sa longue chevelure brune et bouclée ainsi que ses immenses yeux azur lui conféraient l'apparence d'une poupée.

— Ce n'est pas grave, vous ne pouviez pas savoir, dis-je calmement.

— Mais quel âge as-tu ? demanda soudain Mike.

— Dix-sept ans.

— Tu vis seule alors que tu es mineure ? Ne m'en veux pas, mais j'essaie de comprendre.

Comme tous les autres, pensai-je amèrement.

— Oui, ma mère m'a émancipée juste avant sa mort, de façon à m'éviter la famille d'accueil.

— Oh ! Et…

— La magnifique Mustang noire sur le parking, c'est la tienne ?

Cette fois, c'était Sam qui avait parlé, coupant court aux questions indiscrètes. Grand, blond, massif, il paraissait gentil.

— Effectivement, confirmai-je en le remerciant du regard.

Il sourit d'un air entendu.

— Sacrée bagnole ! Elle est vraiment superbe ! Tu dois l'adorer.

— C'est vrai, elle est géniale et j'y tiens beaucoup.

— Tu m'étonnes ! s'écria Jeff. Une Mustang, c'est le rêve ! T'as dû la payer un paquet de fric !

— Pas du tout, quand je l'ai achetée, c'était une épave. À peine sortie du garage, son ancien propriétaire a eu un accident avec. Il avait peur de la conduire de nouveau. Du coup, il l'a bradée, je l'ai entièrement retapée moi-même.

La gent féminine me gratifia de coups d'œil horrifiés tandis que la masculine opta plutôt pour l'admiration.

— Sacré beau boulot ! ajouta Sam.

— Merci.

— C'est quoi comme modèle ? Je suis nul en mécanique, me confia-t-il.

— Une Shelby GT 500.

Mon bolide occupa la conversation le reste du temps que dura le déjeuner. Vitesse de pointe, consommation, taille des jantes et tous les autres points techniques y passèrent. Les garçons semblèrent sidérés qu'une nana puisse être passionnée de mécanique. Les pom-pom, elles, ne m'accordèrent plus un regard et ne m'adressèrent plus le moindre mot. Je ne collais pas au stéréotype de la fille branchée. Sauf Marie, qui fit semblant de s'intéresser à la discussion, même si je saisis vite qu'elle était totalement perdue. En éveillant l'intérêt des coqs de la basse-cour, je venais de me faire mes nouvelles meilleures ennemies.

J'accueillis la fin des cours avec un soulagement sans borne, j'allais pouvoir me cacher, enfin ! Dehors, je m'aperçus que la Coccinelle sans âge appartenait à Sam. Il affirmait ne pas s'intéresser à la mécanique, je me rendais maintenant compte à quel point c'était vrai.

— Qu'est-ce que tu fais tout de suite ? On va boire un pot avec les autres, ça te tente de te joindre à nous ? me proposa-t-il aimablement.

Sa voix trahit son espoir, mais je n'avais aucune envie de revivre le calvaire du déjeuner en répondant à une seconde série de questions. J'évitais autant que possible de trop me lier avec les gens. Les laisser entrer dans mon monde engendrait le risque qu'ils découvrent mon secret et le crient sur tous les toits. M'attacher signifiait souffrir en cas de rejet ou de nouveau départ précipité, j'avais déjà enduré plus que mon quota de souffrance.

— Désolée, mais j'ai encore des cartons à déballer (c'était tout ce qu'il y avait de plus vrai !) et il faut vraiment que je m'y colle, une autre fois peut-être ? ajoutai-je pour ne pas le vexer.

— Heu… oui, une autre fois…

Il semblait dépité.

— Au fait, tu habites où ?

— La maison en lisière de forêt, au bout de Salem's Street.

Le nom de la rue m'avait beaucoup amusée, je devais l'avouer.

— Oh ! Tu n'as jamais la trouille de vivre seule dans cette grande baraque coupée du monde ?

— Non, et puis la peur n'évite pas le danger ! plaisantai-je.

Il rit à son tour et nous montâmes dans nos voitures respectives. Lui, pour rejoindre les autres, moi, pour filer me réfugier dans ma grotte comme la sauvage que j'étais.

Un silence de plomb régnait à l'intérieur de l'habitacle de l'énorme BMW noire des Drake. James n'était pas d'humeur. Les autres sentaient les ondes négatives qui émanaient de lui de façon palpable. Quand il se trouvait dans cet état, mieux valait ne pas prendre la peine de discuter. Faire profil bas et attendre que l'orage passe restait encore l'option la plus sage. Le jeune homme s'interrogeait. Qui était cette gamine ? Pourquoi polluait-elle ainsi les visions de Lily ? Que cherchait-elle au juste ? Après tout, Lily s'était peut-être trompée – bon ok, cela n'était jamais arrivé, mais il y avait un début à tout, non ?

— Je ne me suis pas trompée !

Les quatre passagers sursautèrent. Lily avait capté les réflexions de James comme une déferlante. Ils étaient tous télépathes, mais ne saisissaient que l'idée générale des pensées qui les entouraient. Seulement, James était son jumeau et cela amplifiait le phénomène.

— Qu'est-ce que tu en sais ? Si ça se trouve, la fille de tes visions lui ressemble, c'est tout !

Un grognement sourd se fit entendre, Lily n'aimait pas beaucoup que l'on mette en doute ses prémonitions. En temps normal, elle pardonnait la mauvaise foi de son frère, mais là, il y avait des limites !

Elle toisa son frère dans le rétroviseur.

— C'est quoi ton problème avec elle ?

— Je n'ai aucun problème avec elle, je m'en fiche comme d'une guigne ! C'est toi qui fais une fixette !

Nouveau grognement.

— Ça suffit, tous les deux ! coupa Maggie. Vous commencez à me taper sur les nerfs ! Si Lily dit que c'est elle, c'est vrai. Tu n'as jamais douté jusque-là, alors pourquoi le faire aujourd'hui ?

— Parce que monsieur a les chocottes, voilà pourquoi !

La voix de James fut menaçante cette fois.

— Attention, Lily, ne me pousse pas à bout.

La réplique de sa sœur ne tarda pas. Elle lui tira la langue, nullement impressionnée.

Si le reste du clan était inquiet à l'idée qu'une mortelle s'intéresse à eux de trop près, Lily ne s'en faisait pas plus que ça. Sarah occupait ses visions depuis des mois. D'abord surprise, elle avait fini par s'y habituer, c'était un peu comme de suivre une émission de téléréalité avec une seule participante. Elle n'apercevait rien de déterminant à son sujet, juste des scènes de la vie courante. Ça et un lien particulier avec Jamy. Ce dernier semblait profondément ancré dans l'esprit de Sarah. Si loin que Lily ne parvenait ni à l'atteindre, ni à le déchiffrer. Elle ne l'aurait sans doute même pas remarqué s'il n'avait pas irradié d'une lumière rougeoyante. Quelque chose, que la punkette ne savait pas identifier, protégeait cette connexion et c'est ce qui avait alerté le clan lorsqu'elle l'avait mentionné. Lily comprenait ce point de vue, mais sa nature optimiste l'empêchait de s'inquiéter outre mesure. Ils finiraient bien par découvrir ce que cachait Sarah. Et puis, que pouvaient-ils craindre d'une petite fille humaine ?

Le reste du trajet se passa en silence et sitôt rentré chez lui, James fila dans sa chambre, claquant la porte derrière lui. Il n'avait aucune envie de répondre aux questions que ses parents ne manqueraient pas de lui poser au sujet de cette gamine. De toute façon, il n'aurait aucune réponse à leur fournir.

— Qu'est-ce qui lui prend ? demanda Gwen, surprise par le comportement de son fils.

— La fille de mes prémonitions a débarqué au lycée ce matin, expliqua Lily.

— Oh ! Je vois… Comment est-elle ?
— Jolie, bien plus que dans mes visions, et elle a l'air très gentil.
— Raconte-moi tout ça, dit Gwen en entraînant Lily vers le canapé du salon.
La punkette ne se fit pas prier.
Trois coups frappés à sa porte sortirent James de ses sombres pensées.
— Qui est-ce ?
— Zacharie, je peux entrer ?
— Vas-y.

Pour James, Zach semblait le seul de ses frères et sœurs suffisamment adulte pour tenir une conversation sérieuse. Lily et Stan appréhendaient toujours la vie du bon côté, éternels optimistes. Ce qui se révélait parfois agréable, parfois très agaçant. Quant à Maggie, elle ne s'encombrait pas de détail, elle aurait tué la petite mortelle et basta ! Avec elle, une seule doctrine prévalait : si tu ne peux contourner un obstacle, tu l'élimines. Efficace, mais un peu radical tout de même !

Zach prit place à côté de lui sur le canapé.
— Comment te sens-tu ? J'imagine que ton cerveau carbure à plein régime.
— Nos cerveaux carburent sans arrêt à plein régime, répondit James.
— Tu comprends très bien ce que je veux dire.
— Soit, en revanche, je ne sais pas quoi en penser.
— Tu te demandes quel lien elle peut avoir avec toi, n'est-ce pas ? Tu espérais qu'elle ne viendrait pas.

James soupira bruyamment.
— Je n'ai pas tué d'être humain depuis longtemps et je ne veux pas recommencer. Et à part sa mort, je ne vois pas ce qui pourrait nous lier.
— Qui te dit que tu auras à l'éliminer ? Elle peut être là pour un tas de raisons. Il se pourrait que vous deveniez, euh… amis.

James n'eut pas besoin de lire les pensées de son frère pour deviner qu'il ne croyait pas un seul instant à cette hypothèse. Rares étaient les leurs qui avaient des mortels pour amis, comme animaux domestiques à la limite. Le jeune homme avait entendu dire que cela devenait de plus en plus fréquent.
— C'est gentil de tenter de me rassurer, mais c'est improbable.

Zach en avait conscience. Pourtant, il existait forcément une explication à la présence de cette fille dans les visions de Lily et à ce lien avec lui.
— Nous avons tous dérapé au moins une fois, ce sont des choses qui arrivent, constata platement ce dernier.
— Pas à moi !

De peur de le vexer, Zach préféra ne pas insister. Une nouvelle décharge ne l'inspirait pas plus que ça. De tous les pouvoirs offensifs qu'ils pouvaient posséder, celui-là s'avérait sûrement le plus redoutable. James pouvait griller le cerveau d'une personne rien qu'à la force de sa volonté. Heureusement, il savait doser la puissance de ses attaques, mais tout de même ! L'expérience restait affreusement douloureuse.
— Elle est jolie, ajouta-t-il.
— Oui.

— Mais elle est étrange...

James le considéra, les sourcils froncés.

— Que veux-tu dire ?

— Il émane d'elle quelque chose... mais je ne parviens pas à déterminer quoi. C'est la première fois que je perçois cela chez un mortel. Comme une espèce d'énergie vitale hors du commun ou quelque chose de ce genre.

James le dévisagea, les yeux ronds.

— Toi aussi tu l'as sentie !

— Oui, mais faiblement, comme une lampe électrique dont les piles rendraient l'âme.

— Ah bon ? Pour moi, ce qu'elle dégage est très fort, presque écrasant. J'ai passé la journée à l'observer. Même quand je songeais qu'il fallait que je me montre plus discret, je n'arrivais pas à m'en empêcher.

— Tu as eu envie de la tuer ?

— Pas plus que ça, mais je ne vais pas me leurrer, elle reste un repas potentiel. Et puis, ce n'est qu'une gamine, une petite fille.

— Peut-être, mais qui peut s'avérer dangereuse pour nous tous. Dans le doute, tu dois demeurer prudent. Tu as conscience que nous ne pouvons risquer d'être découverts. Même si c'est difficile et que, quelquefois, cela demande des sacrifices, nous n'avons pas le choix, poursuivit Zach.

— Un sacrifice ? C'est de cette façon que tu nommes ça, toi ? Les mots meurtre ou assassinat conviendraient mieux, il me semble.

Zach comprenait parfaitement ce que ressentait son frère, lui, par contre, avait déjà perdu le contrôle. Même s'il en éprouvait de la honte aujourd'hui, à l'époque, l'instinct avait pris le dessus et coûté la vie à une jeune fille à peine plus âgée que la gosse débarquée ce matin. La véritable malédiction de leur peuple : engendrer la mort pour continuer à vivre. C'était d'ailleurs l'une des raisons qui poussaient certains d'entre eux à *éteindre* leur humanité, comme un simple interrupteur. De cette façon, les remords ne venaient pas sans cesse les hanter. Ils étaient des vampires, des prédateurs, point barre.

— Peu importe le nom que tu donnes à cet acte, tu connais comme moi les règles qui régissent notre mode de vie. Personne ne doit savoir et pour ceux qui finiraient par être au courant, seules deux options s'offrent : la mort ou la mutation. Cela s'avère parfois pénible, injuste, voire cruel, tout ce que tu voudras, mais je te le répète, nous n'avons pas le choix. Comment crois-tu que les humains réagiraient s'ils découvraient notre existence ?

James soupira profondément.

— J'ai tout à fait conscience que nous devons rester au secret, ce n'est pas cela qui me dérange, mais le fait de tuer gratuitement. Je te rappelle qu'il n'y a pas si longtemps que ça, nous étions humains nous aussi. Elle a quoi ? Dix-sept ans ? Dix-huit ? Elle a encore un bel avenir devant elle et je ne veux pas devenir celui qui la privera de tout ça.

— Écoute, commence par en apprendre un maximum à son sujet, ensuite... Eh bien, nous aviserons. Je descends rejoindre les autres, tu viens ?

— Non, j'ai besoin de rester un peu seul.
— Ok, comme tu voudras.

James souhaitait réfléchir à toute cette histoire. Ils ne pouvaient pas permettre que leur clan soit menacé et, bien sûr, il devrait s'en charger si la nouvelle représentait le moindre danger pour eux. Il haïssait d'avance cette perspective. Tuer encore, vivre avec la honte et le remords que cela imposait. Ajouter un nouveau nom à une liste déjà interminable de victimes innocentes. Certaines l'étaient moins que d'autres, mais dans le fond, cela ne changeait rien au fait qu'il ôtait la vie à un père, un frère, une fille ou une amie. S'il avait appris une chose durant sa longue existence, c'était que même les salauds manquent toujours à quelqu'un.

Fut une époque où il frappait sans discernement, au hasard, puis un jour, il avait décidé de choisir plus soigneusement ses cibles. Il avait jeté son dévolu sur des assassins, des violeurs, des criminels qui auraient de toute façon hérité de la peine capitale. Cela lui procurait l'illusion que le geste devenait moins abject. D'une certaine façon, il rendait service à la société, la protégeait, tout en faisant en sorte de survivre. Seulement voilà, ce genre d'excuse ne durait qu'un temps. Plus tard, lorsque la faim était rassasiée, que l'instinct se remettait partiellement en sommeil et qu'il observait le monde autour de lui, il savait que ses agissements demeuraient impardonnables.

Les humains n'étaient pas parfaits, ils commettaient des erreurs, des horreurs aussi, ils s'entretuaient même. Le seul animal capable du pire comme du meilleur, mais c'était cela qui les rendait si exceptionnels, si fascinants. Cette fille devait certainement paraître exceptionnelle aux yeux de quelqu'un. Si seulement elle pouvait se rendre compte qu'elle risquait de signer son arrêt de mort en restant ici et s'enfuir en courant. Bien entendu, il n'aurait sans doute pas cette chance ! Il allait donc commencer par l'observer de loin. En l'épiant, il finirait bien par apprendre quelque chose. Il y avait forcément une raison pour que Lily la voie si souvent. Il fallait découvrir laquelle – et vite !

Chapitre 2

Je me levai de bonne humeur ce matin-là, après une nuit sans rêve ni vision. Une fois au salon, j'allumai ma chaîne hi-fi et les sons de guitares électriques et de batterie ne tardèrent pas à se faire entendre. J'adorais le rock, cette musique possédait le don de me mettre dans d'excellentes dispositions. Je me déhanchais comme une gamine de cinq ans et riais toute seule pendant que je déballais mes derniers cartons. C'était ma façon à moi de me défouler. Au bout d'une heure, j'avais terminé. Bientôt, il faudrait que je recommence, mais cela susciterait moins la curiosité en cas de visite impromptue. Quelques livres, bibelots, CD savamment déposés çà et là, personne ne pourrait se douter que la plupart des placards étaient vides. Pour ne pas éveiller les soupçons, toujours feindre cette bonne vieille normalité, voilà la recette de la parfaite petite fugitive. Maintenant que j'en avais terminé avec cette corvée, je respirai un grand coup avant de sortir, prête à attaquer la suivante. Celle-ci serait la pire, et de loin, mais je n'avais pas le choix. Si le lycée présentait un avantage, c'était sans doute celui de me donner l'illusion de mener une vie normale. Enfin, si je faisais abstraction des cancans circulant à mon sujet dans chacun d'eux et le fait que je ne pouvais répondre à aucun de mes détracteurs sans prendre le risque d'éveiller les soupçons. J'esquissai une grimace en tapotant le capot de ma voiture, comme pour la réconforter.

— Courage ma grande, quand faut y aller, faut y aller !

Une poignée de minutes plus tard, je garai la Mustang à la même place que la veille et aperçus Sam, appuyé sur le capot de sa coccinelle. Sans doute son emplacement attitré.

— Salut ! Je t'attendais pour aller en cours, lança-t-il alors que je descendais de voiture.

Contre toute attente, Sam comptait donc me laisser ma chance.

— Salut ! Où sont les autres ?

Je le savais déjà, cependant, je voulais voir comment il comptait faire passer la pilule.

— Oh ! Euh… à l'intérieur, ils devaient réviser, je crois, bredouilla-t-il en baissant les yeux.

Dieu qu'il mentait mal !

— Ne te fatigue pas, lui dis-je avec un léger sourire, j'ai saisi.

— Je suis désolé, je ne comprends pas leur réaction.

— J'ai l'habitude, ne t'en fais pas.

— Ouais… On y va ?
— C'est parti ! Entrons dans la fosse aux lions !

Il rit et m'emboîta le pas. Même je ne partageais pas ce premier cours d'histoire avec Sam, il m'escorta jusqu'à ma salle, puis gagna la sienne au pas de course. Lorsque je passai la porte, les conversations cessèrent. Là où se trouvaient des places vacantes, on m'informa poliment qu'elles étaient déjà prises (alors que je ne posais même pas la question), ou l'on plaça son sac sur le siège voisin en fixant le tableau, feignant ne pas m'avoir remarquée. Quelle subtilité !

Je repérai finalement une table libre tout au fond et m'y installai sans prêter plus d'attention aux élèves. Le bruit d'une chaise que l'on déplace m'avertit que quelqu'un s'asseyait de l'autre côté de l'allée, mais je ne m'y attardai pas. À quoi bon ? Ils pouvaient penser ce qu'ils voulaient, tant qu'ils me fichaient la paix ! Puis le cours commença.

Distraite, je pris des notes, me concentrant sur la voix du prof plutôt que sur le sujet traité. De la même manière que dans l'ascenseur on se focalise sur la musique d'ambiance, pour ne pas s'intéresser aux personnes qui nous entourent. J'excellais dans l'art de m'enfermer dans ma bulle, de faire abstraction du monde extérieur. De cette façon, j'étais moins atteinte par les remarques désobligeantes et les rumeurs. L'indifférence avait également l'avantage de repousser les gens, ou du moins de les tenir à distance. Je préférais qu'ils m'imaginent un passé de délinquante ou de paumée plutôt qu'ils ne viennent fouiner dans mes affaires par excès de sympathie.

Le temps passa finalement à une vitesse incroyable et avant que je ne m'en rende compte, je me retrouvai au réfectoire. Sans aucun doute le pire moment de la journée et l'endroit où il s'avérait le plus difficile de se cacher. Dans ce lieu, les groupes restaient, plus que partout ailleurs, de mise. Les footballeurs et les pom-pom, les intellos, les hippies, même les élèves considérés comme les *losers* avaient leur table attitrée. Moi, j'étais toujours seule, donc j'attirais d'autant plus les regards. Je m'apprêtais à y entrer, après avoir respiré profondément, lorsqu'une petite voix m'interpella :

— Salut ! Tu veux bien manger avec moi ?

Marie me dévisagea comme si elle escomptait essuyer un refus.

— Euh… bien sûr.
— Hey, attendez-moi, les filles !

Sam arrivait en courant. Contre toute attente, je ne déjeunerais donc pas en solitaire. Nous nous installâmes. Ils me questionnèrent pour savoir si les cours se passaient bien, si les professeurs se montraient sympas. Je devais reconnaître que c'était le cas puisque la majorité d'entre eux ne me prêtait pas la moindre attention.

— Comment se fait-il que vous ne mangiez pas avec les autres ? demandai-je de but en blanc. Il ne faut pas vous sentir obligés de me tenir compagnie, vous savez ?

— On ne se sent obligés de rien du tout ! Leur attitude est sans fondement ! déclara Sam.

— Elles jugent avant de savoir et ils suivent tous comme des moutons ! s'agaça Marie.

Son ton jurait avec son apparence et sa voix douce, ses yeux reflétaient détermination et colère. L'expression « Méfie-toi de l'eau qui dort » me vint à l'esprit.

— J'ai l'habitude, les gens réagissent souvent de cette façon. En plus, si j'ai bien compris, vous partagez des activités extrascolaires, je ne veux pas créer de conflits dans votre groupe.

— Ce n'est pas une excuse ! s'écria Sam. Ils n'essaient même pas de te connaître ! Et puis ras-le-bol de leur sélection débile ! Elles sont loin de représenter l'élite de ce lycée, contrairement à ce qu'elles s'imaginent.

— Elles ont peur que tu leur fasses de l'ombre, c'est tout ! ajouta Marie. Pour ma part, traîner avec elles ne me manquera pas ! Emily s'octroie le pouvoir de choisir pour nous nos fréquentations, et puis quoi encore ! Elles se croient populaires, mais en réalité tout le monde les déteste.

— Moi, leur faire de l'ombre ? Mais c'est ridicule !

— Pas tant que ça…

Sam avait murmuré cela d'une toute petite voix. Quand je levai les yeux vers lui, il baissa les siens et piqua un fard. Qu'entendait-il par là ? Je ne portais que des jeans, des boots, ne me séparais que rarement de mon perfecto, ne me maquillais jamais et jouais la discrétion en toutes circonstances. Dans ces conditions, je ne comprenais pas vraiment en quoi je pouvais faire de l'ombre à ce genre de filles, toujours sur leur trente-et-un et prêtes à tout pour attirer l'attention.

— Écoutez, puisque vous avez décidé de me laisser le bénéfice du doute, je pense que vous avez droit à la version officielle de mon histoire.

— Tu ne nous dois rien…, commença Marie.

C'était vrai, pourtant, pour une fois, j'avais envie de jouer cartes sur table. S'ils devaient traîner avec moi, ils le feraient en toute connaissance de cause.

— Si, la coupai-je, je préfère dissiper tout malentendu dès maintenant. Je vivais seule avec ma mère. Lorsqu'elle a compris qu'elle allait mourir, elle m'a proposé deux options : la famille d'accueil ou l'émancipation. J'ai choisi la seconde alternative. Le juge me l'a accordée malgré mon âge, au vu de ma situation un peu particulière. Voilà, rien de bien passionnant, une histoire comme tant d'autres.

Un ange passa. Mes camarades ressentaient sûrement le besoin de digérer ces informations. Et encore, je n'avais pas vraiment expliqué les choses.

— Merci, déclara Sam au bout d'un moment.

— De quoi ?

— De nous faire confiance, renchérit Marie. On se doute que ce doit être difficile de parler de ça.

Je soupirai.

— C'est vrai, mais si nous devons devenir amis, ce que je souhaite (ma propre sincérité me laissa perplexe), je préfère que vous sachiez qui je suis réellement. Pas de délinquante juvénile ou quoi que ce soit du même acabit, juste une fille banale, avec une histoire banale.

— Pas si banale que ça, tu es très courageuse, continua Marie.

— Non, le courage n'a rien à voir là-dedans, crois-moi, rétorquai-je avec un sourire sans joie. Mais dites-moi, qu'est-ce qu'elles ont raconté exactement ?

— Tu tiens vraiment à le savoir ? demanda Sam, un peu gêné.
— Oui.

Il opina, pinça les lèvres puis se lança après avoir respiré un bon coup :

— Que ta mère s'était débarrassée de toi parce que tu traînais dans des histoires louches, qu'après avoir payé plusieurs fois pour tes bêtises, elle en a eu assez. Ta caisse vaut une fortune et le loyer de ta baraque doit être exorbitant. Du coup, elles ont balancé que tu avais des sources de revenus pas nettes.

Je ne pus m'empêcher de rire franchement. Ils me regardèrent, surpris par ma réaction.

— Moi qui pensais que les gens d'ici se montreraient plus imaginatifs, je suis déçue ! J'ai cru qu'ils parviendraient à exploser le record des raisons les plus débiles et improbables à l'émancipation d'un mineur ! Pas de casier judiciaire long comme le bras ? Pas de séjour en maison de correction ? Pas de petit ami en prison ?

— Non, s'écria Marie, horrifiée. Pourquoi ? C'est arrivé dans ton ancien lycée ?

— Et comment ! Les trois quarts des élèves étaient terrifiés en ma présence !

— Quelle bande de crétins ! Il ne faut vraiment rien avoir à faire de ses journées pour raconter des conneries pareilles !

— C'est vrai, mais au bout d'un moment, j'ai pris le parti d'en rire, ajoutai-je en haussant les épaules. Ne rêvez pas, vos parents ne vont sûrement pas sauter de joie en apprenant que vous me côtoyez.

— Les miens sont au courant, avoua Sam. Mon père sort de foyer et il a connu ça, il m'a justement encouragé à faire ta connaissance plutôt que de te juger sur de simples rumeurs.

— Pareil pour moi, ajouta Marie. Et ma mère n'aime pas particulièrement Emily et sa clique. Elle sait de quoi elles sont capables, elle a fréquenté le lycée en même temps que Madame Queen. Dans cette famille, la méchanceté se transmet de génération en génération.

Je ne pus m'empêcher de rester dubitative face aux déclarations de mes camarades. Pour une raison qui demeurait floue, mon émancipation avait toujours été associée à la délinquance.

À quelques tables de là, Sarah ne l'avait pas remarqué, mais cinq paires d'yeux étaient braquées sur elle. Les Drake avaient annihilé les bruits alentour pour se concentrer sur *sa* conversation. Leurs sens hyper développés leur permettaient de se livrer à l'espionnage sans en avoir l'air et de continuer à tenir leur rôle de gentils lycéens sans histoire. De toute façon, mieux valait faire abstraction de la mélodie obsédante des cœurs humains environnants. Ce tout petit organe, capable de pomper à lui seul des litres d'essence vitale, aussi utile à leurs propriétaires qu'à leurs prédateurs... Le bruit du liquide se déplaçant dans les artères devenait parfois une torture, au même titre que le glapissement d'un cours d'eau pour un homme égaré dans le désert. Celui de Sarah suffirait bien à les mettre à l'épreuve.

— Elle est orpheline la pauvre ! s'exclama Lily, compatissante.

— C'est un avantage. Si elle nous cause des problèmes, on pourra s'en occuper sans que personne ne s'en rende compte, la rembarra sa sœur sans lever les yeux de ses ongles parfaits.

— Tu es folle ou quoi ? s'indigna Lily. On ne va pas s'en prendre à elle juste comme ça, pour passer le temps, elle ne nous a rien fait !

La jolie rousse haussa les épaules.

— Non, seulement envisage toutes les options. Après tout, tu l'as aperçue chez nous et je ne vois pas ce qu'une mortelle viendrait y faire.

— Nous offrir une dégustation gratuite peut-être ? proposa Zach, sarcastique.

À ces mots, James lui envoya une décharge électrique dans le cerveau, une toute petite bien sûr, mais suffisante pour le faire taire. Zach porta les mains à ses tempes, retenant un grondement.

— Arrête ça ! ordonna Maggie.

— Vous m'empêchez de me concentrer ! Fermez-la un peu ! s'agaça James.

— Pour ce qu'elle dit d'intéressant !

— Ce n'est pas ce qu'elle raconte qui m'intéresse, mais ce qu'elle *est*.

Il avait volontairement appuyé sur le dernier mot.

— De quoi tu parles ? interrogea Lily.

— Il se dégage d'elle un truc que je n'arrive pas à identifier.

— Tu te montes un film, ironisa Maggie.

— Non, moi aussi je l'ai senti, intervint Zach qui s'était repris. Faiblement, je te l'accorde, mais c'est bel et bien là.

— Tu crois qu'elle peut nous nuire ? s'inquiéta Stan.

— Je ne sais pas, j'ai essayé de sonder son esprit conscient et inconscient, mais *rien*. Rien du tout. *Le vide intersidéral*.

— Bizarre, se contenta de confirmer Zach, tu as tenté la manipulation mentale ?

— C'est comme brasser de l'air, grogna James. Je n'ai jamais été confronté à ce genre de cas.

— Donc, elle pourrait détenir des dons surnaturels ?

— Tu parles d'un indice !

Puis leurs regards se tournèrent de nouveau vers l'étrange mortelle qu'incarnait Sarah. Elle interrogeait O'Neil et Marie sur les rumeurs qui couraient maintenant à son sujet. Il lui servit une version édulcorée de l'histoire, car les pom-pom avaient fait fort cette fois. C'était à peine si les autres élèves ne reluquaient pas la nouvelle de plus près pour apercevoir le tatouage du gang auquel elle était censée appartenir.

James n'aimait pas ces filles, prétentieuses et méchantes, qui confondaient féminité et vulgarité. À son époque, les femmes se devaient d'être gracieuses et discrètes. Décidément, les mœurs évoluaient, certes, mais pas toujours dans le bon sens.

Lorsque j'arrivai en histoire, je ne cherchai même pas à m'asseoir à côté d'Emily, qui me considéra au passage comme La Reine des neiges regarderait Peau d'âne. *Elle se prend donc réellement pour la reine de ce lycée. Eh bien, ma belle, va faire un tour à Chicago ou à New York et tu verras à quoi ressemblent les reines là-bas. Tu as encore des efforts à fournir ! Sa Majesté de la foire aux tracteurs oui !*

Je trouvai une place vide au fond de la classe, à droite, puis je me souvins que Drake occupait celle de gauche. Trop tard, de toute façon, je ne pouvais pas suivre le cours debout. Il entra et en observant les autres, je me rendis compte qu'à son passage, ils détournaient tous les yeux ou baissaient tous la tête. Étrange, leur faisait-il peur ? Pourtant, il ne me faisait pas l'effet du type jouant les gros bras. Il était plutôt du style fils à papa, discret et propre sur lui. Drake, puisque je ne connaissais que son nom, sembla chercher quelque chose avec attention, puis il se tourna vers moi. Il me fixa quelques secondes, je soutins son regard cette fois. Finalement il gagna sa table habituelle, visiblement contrarié que je n'abdique pas face à lui. S'il appréciait faire courber l'échine à autrui, alors il venait de tomber sur un os. S'il y avait une promesse que je m'étais faite et que je tiendrais quoi qu'il arrive, il s'agissait de ne jamais me laisser marcher sur les pieds, encore moins par un homme. Plus jamais je ne serais victime, en tous cas, je n'abandonnerais pas sans me battre.

Je sortis mes manuels tout en l'étudiant à la dérobée. Grand, un mètre quatre-vingt-cinq environ, musclé sans être massif, il possédait aussi de longs cils que beaucoup de filles devaient lui envier. Il portait une veste en cuir noir, un col roulé gris et un jean sombre. Il était beau. Si tant est que l'on aime le genre arrogant et suffisant, bien entendu. Mais quelque chose de particulier émanait de lui. Je connaissais cette sensation. Cette impression que l'air vibrait. *Réfléchis, Sarah, réfléchis…* Oui ! Ma mère m'avait expliqué que l'on pouvait parfois *détecter* les gens comme nous. Ceux qui détenaient des capacités. Je restai interdite. Serait-ce possible que Drake soit… Quoi au juste ? Aucune idée, mais c'était très puissant. Je l'étudiai encore et lorsque je levai les yeux vers son visage, je rencontrai son regard, aussi noir que l'abysse. *Est-ce que le nom de ce patelin a un rapport avec ses yeux ? Houlà ! Tu t'égares, Sarah !*

Il fallait que je me concentre, je ne savais rien de ce Drake. Pas de parano inutile. Après tout, il n'était peut-être même pas conscient de ses dons. Cela arrivait souvent. Certaines lignées finissaient par mettre leurs facultés en sommeil à force de ne plus en user, elles devenaient donc inoffensives. De plus, il ne tenterait rien au lycée et devant témoins. Cependant, mes visions ne m'avaient pas informée que je risquais de tomber sur une personne dotée de pouvoirs surnaturels, je devais donc me montrer prudente. Drake n'était pas le garçon sans visage, si tel avait été le cas, je l'aurais détecté dès la première prémonition. Malgré tout, je peinais à croire au hasard. Cette histoire empestait la galère !

Soudain, je me rendis compte que durant tout le cheminement de mes pensées, j'avais gardé les yeux rivés aux siens. Je m'empressai de détourner le regard. Il allait me prendre pour une folle ! Ou pire, pour une allumeuse ! Je me sentis rougir. Traîner une réputation de délinquante passait encore, mais d'aguicheuse, ça non !

Tout le reste de l'après-midi, je suivis mes cours avec Drake et j'appris par l'un des profs qu'il se nommait James. Très british comme prénom, il collait parfaitement au personnage. Notre petit manège dura jusqu'à la sonnerie finale et plus je m'en amusais, plus il semblait en colère. Pour être honnête, je crois que c'était ça qui me distrayait le plus en fin de compte. Les rôles se trouvaient inversés, c'était lui qui se sentait gêné maintenant.

À la fin de la journée, je rejoignis Sam et Marie sur le parking.

— Alors, ça a été cet aprèm ? s'enquit Sam.

— Très intéressant, répondis-je.

Il me regarda avec étonnement, mais Marie coupa court à la question qu'il semblait vouloir poser.

— Ce soudain regain d'intérêt aurait-il un rapport avec James Drake ?

— Plaît-il ?

— Il ne te quitte pas des yeux. Ses frères et sœurs non plus d'ailleurs.

Je me tournai dans la direction indiquée. James me fixa encore quelques secondes, puis sa sœur l'interpella et il alla à sa rencontre.

— Aucun, répondis-je. Je suppose qu'ils ont des prénoms, non ?

— Oui, celle avec les cheveux roses c'est Lily la jumelle de James, la rousse c'est Maggie, le brun c'est Stan et l'autre c'est Zach, expliqua Marie.

— Quel âge ont-ils ?

— Dix-sept ans.

— Je croyais qu'ils étaient frères et sœurs. Comment peuvent-ils avoir le même âge ?

Marie sourit, visiblement amusée par ma curiosité, Sam, lui, sembla morose. Il n'appréciait pas l'intérêt que je portais aux Drake manifestement.

— Maggie a un an de plus, elle a repiqué, paraît-il.

À l'évocation de son redoublement, cette dernière nous jeta un regard noir, que je soutins sans ciller. Pourtant, à cette distance, elle ne pouvait pas avoir perçu notre conversation, alors quoi ? Elle me détestait d'emblée elle aussi ? À moins que son petit frère ne se soit plaint du mauvais tour que la méchante nouvelle venait de lui jouer ? Pauvre chéri !

— Pour être honnête, personne ne sait ce qu'il en est réellement, reprit-elle. Certains affirment qu'une partie de la fratrie serait bien les enfants biologiques de monsieur et madame Drake tandis que les autres auraient été adoptés, d'autres qu'ils seraient cousins-cousines, d'autres encore que monsieur et madame Drake seraient une famille d'accueil. Les plus médisants affirment qu'ils feraient partie d'une sorte de secte et que c'est pour ça qu'ils ne se mélangent à personne, ajouta-t-elle avec un demi sourire.

En d'autres circonstances, sans doute me serais-je également amusée des extrapolations de la population de Black Diamond. Cependant, quelque chose clochait bel et bien dans l'histoire que Marie m'avait servie. Je savais que certains enfants adoptés ressemblaient parfois à leurs parents, simple mimétisme. Les Drake, eux, ne partageaient aucun trait commun, même pas les jumeaux. Par contre, leurs yeux et leur peau étaient identiques – trop identiques. Donc, il existait forcément un lien de parenté, l'adoption n'intervenait pas dans la génétique. De plus, leur pâleur était anormale. D'accord, certaines personnes possédaient un teint de porcelaine, mais la seule fois où j'avais vu quelqu'un de si parfaitement diaphane, il s'agissait de ma mère – après son décès. Peut-être souffraient-ils de la même maladie ? Mais dans ce cas, l'hérédité serait encore de la partie, non ? À moins que monsieur et madame Drake aient demandé à ne recevoir que des enfants atteints du même syndrome ? Dans quel but au juste ? Je m'étais suffisamment renseignée sur le sujet pour savoir que les familles d'accueil évitaient au maximum de s'encombrer de gamins à problèmes, alors malades, n'en parlons pas !

— Mouais, si leur version officielle vaut la mienne, cela ne va pas loin, murmurai-je.

Le salon des Drake avait pris l'apparence d'une salle de conférence, le clan était regroupé autour de l'immense table en ébène. Le conseil de famille avait été convoqué pour parler de Sarah.

— Alors, qu'avez-vous appris sur la jeune mortelle ? interrogea Kylian.

— Sarah, précisa Lily, elle s'appelle Sarah. Eh bien, nous savons qu'elle est orpheline, Française, qu'elle vit seule dans la grande maison près des bois et qu'elle rend James complètement dingue ! s'esclaffa-t-elle.

Un sifflement de félin en colère lui répondit.

— Jamy ! Sois poli avec ta sœur, veux-tu ? intervint Gwen.

— Désolé, s'excusa-t-il.

Cette dernière avait gardé le silence jusque-là, elle réfléchissait, mais surtout elle observait son fils. Lui toujours si calme, si maître de lui, semblait au bord de l'implosion depuis l'installation de cette fille. Il se montrait irritable et passait le plus clair de son temps enfermé dans sa chambre. Que lui arrivait-il ? Ce n'était tout de même pas cette petite mortelle qui le plongeait dans cet état ?

— On ne sait rien ! Absolument rien ! fulmina celui-ci. Pourtant, cet après-midi, il s'est produit un truc bizarre…

Tous les regards se focalisèrent sur lui, inquiets.

— L'air a commencé à vibrer, comme lorsque l'on détecte la présence de l'un des nôtres, poursuivit-il.

— Et alors ? l'interrompit Maggie. On sait qu'elle est humaine, où est le malaise ?

— Le malaise, c'est qu'elle s'est instantanément tournée vers moi ! *Elle* m'a détecté et non l'inverse ! Elle m'a dévisagé étrangement, comme les autres, elle aurait dû déceler le danger ! Son instinct de survie aurait dû la prévenir ! Mais non ! Elle a continué à me fixer droit dans les yeux ! Et quand j'ai essayé de sonder à nouveau son esprit, elle a failli faire voler en éclats toutes mes défenses !

Un silence de plomb s'abattit sur le salon.

— James, l'interpella Kylian, tu es sûr de ce que tu avances ?

— Évidemment ! En plus, elle semblait s'en amuser ! Comme si elle me narguait !

— Et vous êtes absolument certains qu'elle est humaine ?
— Persuadé, insista Zach, elle dégage une odeur...

James lui lança un regard noir.

— Captivante, termina-t-il en baissant les yeux.
— Peut-être est-elle prédisposée ? hasarda Gwen qui observait toujours les réactions de James.

La prédisposition, une légende vampirique affirmait que certains humains étaient condamnés à devenir vampire. James n'y avait jamais cru. Pour lui, le vampirisme s'apparentait à la rage, pas de morsure, pas de malédiction, point barre !

— Prédisposée à quoi ? explosa celui-ci en se levant pour arpenter le salon. À être damnée comme nous ? À voir les gens qu'elle aime mourir les uns après les autres alors qu'elle ne prendra pas une ride, c'est ça ?
— Calme-toi, Jamy, intervint son père.

Lui aussi s'inquiétait. Si jamais il commettait le moindre impair, ce serait l'exil. Il demanderait à un clan allié de l'accueillir le temps du sevrage de sang humain. Quel que soit le mal que cette décision infligerait aux siens, il n'aurait pas le choix. Il était hors de question que le clan se retrouve exposé à cause d'un seul d'entre eux. Il devrait en discuter avec Gwen, en qualité de parent et non de chef. Aux yeux de sa compagne, les *jeunes* incarnaient les enfants qu'elle n'avait pu avoir. Elle les aimait plus que tout et entretenait, il fallait le reconnaître, un petit faible pour James. Malgré tout, il ne pouvait risquer que celui-ci perde le contrôle. Ils restaient des fauves, des tueurs, et la chasse faisait partie de leur instinct. Ils ne se nourrissaient que d'animaux dont ils enterraient profondément les carcasses, du moins lorsqu'ils vivaient à la campagne. Le reste du temps, les abattoirs leur fournissaient largement de quoi survivre. Kylian avait imposé cette règle à tous les vampires qu'il avait pris sous son aile. Cependant, les dérapages pouvaient toujours survenir. Les avancées en médecine légale avaient d'ailleurs considérablement compliqué leur vie sur ce sujet. Les attaques de bêtes ne tiendraient plus la route longtemps aujourd'hui. James incarnait un prédateur hors du commun. Il était sans doute celui qui avait le plus difficilement supporté le sevrage. Sa beauté et ses dons n'arrangeaient rien. Pour lui, chasser revenait à faire du shopping. Ses victimes venaient à lui d'elles-mêmes, s'offrant à celui que certaines avaient nommé avant de rejoindre l'éternel : *l'ange de la mort*. Lorsqu'ils les avaient recueillis avec sa sœur, il n'existait plus la moindre parcelle d'humanité chez les jumeaux. Leur dépendance au sang les contrôlait totalement, au point qu'ils avaient dû les prendre en chasse. S'ils avaient continué à ce rythme, l'existence des vampires n'aurait sans doute pas tardé à être découverte. À l'instar d'un toxicomane, Jamy replongerait dès sa première prise.

— Je croyais que la prédisposition était un mythe, intervint Lily.
— Les vampires aussi et pourtant nous sommes là, la contraria Stan.
— Mais elle semble si gentille...
— Gentille ? C'est une ado tête brûlée pour me défier de la sorte, oui ! s'écria James en se rasseyant.

Que sa sœur se laisse attendrir, l'agaçait profondément.

— Il est vrai que normalement, les humains soi-disant prédisposés ont tendance à se montrer violents, instables, et elle ne me fait pas cette impression, ajouta Zach.

— De toute façon, Lily a vu qu'elle avait un rapport avec James. Donc il te revient de t'en occuper, mon fils, mais ne prends de mesures drastiques que s'il n'existe pas d'autre option possible. Je ne tiens pas à ruiner tous nos efforts à cause d'elle.

— Bien, conclut James.

Puis il monta dans sa chambre. Quelques instants après, Lily y fit irruption comme une tornade et s'installa sur le canapé de cuir sans qu'on l'y invite.

— Qu'est-ce que tu veux, Lily ? demanda-t-il, exaspéré.

— Je m'inquiète, cette histoire semble t'ébranler plus que tu ne veux bien l'admettre.

Il s'agissait de l'un des aspects les plus étranges de leur gémellité. Lily percevait toujours très exactement ce qu'il ressentait, même à longue distance. Lorsqu'ils étaient enfants, à plusieurs reprises, elle avait prévenu leur mère qu'il serait malade. Parfois, plusieurs jours avant que les premiers symptômes ne soient apparus. Ce phénomène fonctionnait également dans le sens inverse. Elle l'agaçait quelquefois, mais James n'arrivait jamais à lui en tenir rigueur très longtemps. Lily était une partie de lui, à proprement parler.

— O.K., ça va, je capitule. Je n'ai pas aimé être pris au dépourvu, je l'avoue, et tuer de nouveau ne m'enchante guère.

Lily se pencha en avant, les coudes sur les genoux, les mains croisées sous son menton.

— Hum... Tu sais, je ne crois pas que cette fille représente un danger. Je ne pense pas que nous l'inviterions sinon.

— Qui te dit que nous allons l'inviter ? Peut-être qu'elle va fouiner ?

— Mais je t'ai vu, James, tu étais avec elle !

— Quoi ?

— Je ne l'avais pas mentionné ? demanda-t-elle d'une toute petite voix, prise en faute.

— Non, bien sûr que non ! Quand as-tu vu cela ?

— Cet après-midi, en français...

— Bon sang, Lily ! À ce moment-là, j'étais en histoire !

— Et alors ?

— Avec elle ! C'est là qu'elle a failli percer mes défenses ! Qu'as-tu aperçu exactement ?

— Oh... euh... rien de particulier, elle t'écoutait jouer du piano, expliqua sa jumelle en haussant les épaules. Elle avait d'ailleurs l'air d'aimer ça.

— Pourquoi l'inviterais-je pour qu'elle m'écoute jouer ? interrogea James, interloqué. Toute cette affaire n'a ni queue ni tête !

Lily demeurait absolument certaine de ce qu'elle avait vu. Sarah, assise dans leur salon, un grand sourire sur les lèvres. James aussi paraissait heureux de sa présence parmi eux. Une idée lui avait effleuré l'esprit, mais Stan, son compagnon, semblait persuadé qu'elle faisait fausse route. Pourtant... oh et puis zut ! Elle se jeta à l'eau.

— James, se pourrait-il que Sarah te plaise ?

Il la regarda un instant, déconcerté, avant de reprendre :

— Ne sois pas idiote ! Il s'agit d'une mortelle et puis elle est loin d'être mon genre.

Lily observa son frère. Elle n'était pas du tout convaincue, mais ne voulant pas le froisser, elle n'insista pas.

— Nous étions tranquilles ! Pourquoi faut-il qu'elle vienne tout compliquer ?

— Je l'ignore, je n'arrive pas à comprendre les motifs de sa venue, expliqua Lily. Pour moi aussi, c'est une première. Comme si elle ne m'autorisait à ne voir que ce qu'elle souhaite et qu'elle me bloquait l'accès au reste.

— Sale petite peste !

— De toute façon, nous finirons par le découvrir. Elle ne pourra pas se cacher éternellement et puis, tu sais comme moi que mes visions ont systématiquement une raison d'être bien précise.

— J'espère seulement qu'il ne s'agira pas d'un nouveau meurtre, dit James, maussade.

— C'est une époque révolue de notre vie, petit frère.

— Tu as conscience que nous ne pouvons effacer ce que nous sommes, ni ce que nous avons fait.

— Je sais… mais je serai là pour t'aider à trouver une autre solution que celle-ci.

— Et s'il n'y en a pas ?

— Il y en a toujours. Et jusqu'à aujourd'hui, nous nous sommes plutôt pas mal débrouillés tous les deux, non ?

James étreignit sa jumelle et l'embrassa sur la joue.

— C'est vrai, on forme une bonne équipe, toi et moi. Je vais la surveiller, je verrai ce que j'apprendrai et ensuite…

— Ne te précipite pas, petit frère, le prévint Lily.

— Ne t'en fais pas, je serai prudent.

Ils rejoignirent finalement le clan au rez-de-chaussée. Lily prit place à côté de Stan sur le canapé. Maggie, elle, était assise sur les genoux de Zach et Kylian et Gwen devaient lire dans le bureau. James restait le seul de la fratrie à ne s'être jamais posé et il n'en voyait pas l'utilité. Il se contentait de quelques histoires par-ci par-là avec de jolies immortelles de passage. Pas mal d'histoires pour être honnête. Il aimait les femmes et elles le lui rendaient bien. Dans ces conditions, pourquoi se priver ?

Il prit place au piano et commença à jouer tout en songeant à cette gosse. La musique naissait naturellement sous ses doigts, il y prêtait à peine attention. Cela l'aidait juste à réfléchir calmement, à se détendre. Malheureusement, son cerveau ne parvenait à élaborer qu'un unique scénario : Sarah la victime, lui, le bourreau. Il se remémora les massacres que lui et sa jumelle avaient commis à leurs débuts et il ne voulait pas recommencer. Lorsqu'il pensait aux mortels, James ne pouvait s'empêcher de se souvenir de sa vie d'avant, de ses parents et de l'homme à cause de qui son existence avait basculé. Les humains rêvaient d'immortalité, sans prendre conscience des conséquences que cela impliquait. Voir les gens que l'on a aimés partir, les époques s'enchaîner et pourtant aucun véritable changement s'opérer. Découvrir toute la misère et la détresse de la création, parce que vous aviez le temps d'y assister. S'il avait eu voix au chapitre, il aurait choisi de vieillir, de se faner et enfin de rejoindre les personnes qui lui étaient chères dans un monde meilleur. Ce paradis lui était maintenant définitivement interdit. Même s'il rendait un jour le dernier soupir, c'est le diable qui lui ouvrirait les portes de l'au-delà. Jamais il ne connaîtrait ce que sa mère appelait « le repos de l'âme », parce qu'une âme justement, il n'en possédait plus. Voilà le prix de l'immortalité, mais bien évidemment, les humains ne s'en doutaient pas. Ceux qui savaient finissaient parfois par accepter quand même. L'attrait de la nouveauté l'emportait sur la raison. Se dire que l'on demeurerait éternellement jeune, que la maladie ne nous atteindrait pas, que l'on deviendrait invincible. Au bout de presque cent trente ans d'existence, James, lui, commençait à trouver le temps long. Heureusement qu'il lui restait Lily. Sa jumelle ne lui laissait d'ailleurs pas vraiment l'occasion de s'ennuyer. De nature extravertie, elle poussait son entourage à voir toujours le côté positif des choses. Elle se révélait constamment de bonne humeur et ne tenait que rarement plus de quelques minutes en place. La patience n'avait jamais été sa tasse de thé, même lorsqu'elle demeurait encore humaine. James l'adorait. Elle pouvait parfois devenir agaçante et envahissante, mais c'était sa façon à elle d'aimer les gens, le leur montrer sans arrêt. Stan, son compagnon, en faisait régulièrement les frais, mais étrangement, il semblait aimer ça. Il cédait à tous ses caprices, sans même se poser de questions. Le bonheur de Lily suffisait au sien. Pourtant, James ne pouvait s'empêcher d'être inquiet. Sa sœur voyait cette gamine de plus en plus souvent depuis quelques mois. Le fait qu'elle essaie de dissuader les autres de lui faire le moindre mal le laissait penser qu'elle nouait, inconsciemment du moins, des liens affectifs avec la fille. Si elle s'avérait être un danger, il redoutait de blesser sa jumelle en la tuant. Lily était la seule chose qui lui restait de sa vie d'avant et le dernier membre de sa *vraie* famille. Il aimait le reste du clan, mais c'était différent. S'il ne voulait pas que ce soit trop difficile pour elle, il devait faire le nécessaire au plus vite avant qu'elle ne s'y attache davantage. Il aurait souhaité être aussi optimiste qu'elle et songer qu'il existait une autre solution, mais il en doutait franchement. Au bout de deux heures, il décida d'aller prendre l'air. De toute façon, Sarah Martin ne risquait pas de s'envoler.

Sur la route du retour, je m'arrêtai à la supérette pour effectuer quelques courses. Chez moi, elles n'allaient pas chercher loin, des gâteaux secs, quelques conserves, des pizzas et du café, plein de café ! Je poussai donc la porte du petit magasin et entrai. Un groupe de trois personnes discutait à la caisse. Elles cessèrent de suite leur conversation pour se focaliser sur moi. Je les saluai rapidement, puis m'avançai dans les rayons pour échapper à leur examen et en finir avec cette corvée au plus vite. Bien sûr, contrairement à ce qu'ils pensaient, je les vis m'observer dans le miroir destiné à prévenir les vols. Ils parlaient à voix basse, mais pas assez cependant.

— C'est la petite qui loue la grande baraque au bout de Salem's Street. Apparemment, elle est Française et émancipée. Quel parent responsable peut infliger ça à son gosse, s'en débarrasser comme une vulgaire chaussette ? s'indigna un gros bonhomme grisonnant.

— Il parait qu'elle n'a pas un passé très net, rétorqua une brune maigrichonne.

— C'est vrai, il faut se mettre à leur place aussi, ajouta l'épicière.

— Ce n'est pas une raison ! C'est facile de faire des enfants et de les abandonner ensuite, livrés à eux-mêmes !

— Oui, ce n'est pas très chrétien comme réaction, concéda-t-elle.

— Comment sais-tu tout ça ?

— C'est Sally, de l'agence immobilière, qui me l'a dit.

Je pris le reste des articles dont j'avais besoin et me dirigeai vers le comptoir. Ils me détaillèrent de la tête aux pieds tandis que je me forçais à sourire aimablement. La caissière, une petite femme boulotte, l'air revêche, m'annonça le montant. Je lui tendis ma carte bleue. Elle s'en empara et me la rendit une fois le paiement effectué, non sans me gratifier d'un regard soupçonneux. Je saisis le sac où se trouvaient mes achats et sortis. Dehors, je regagnai rapidement ma voiture lorsque je les vis se coller à la vitre, histoire de ne rien perdre du spectacle. Cette fois, je perdis patience et retournai vers le magasin d'un pas décidé. Trop, c'était trop !

— Vous avez oublié quelque chose, mademoiselle ? questionna l'épicière, affable.

— Oui, des réponses à vos questions.

Elle me regarda sans comprendre.

— Pour votre gouverne, l'espèce de parent qui abandonne ses enfants, ce sont des parents morts ! Ils émancipent leur progéniture avant, afin de leur éviter une famille d'accueil à l'esprit aussi étriqué que le vôtre ! Quant à mon passé, demandez un exemplaire de mon casier au shérif, il l'a sûrement déjà vérifié sur la demande de Sally. Sur ce, passez une bonne journée, messieurs, dames !

Je tournai les talons, les plantant là, bouche bée. Bon sang ! Cela faisait un bien fou ! De toutes les choses que je pouvais entendre, les seules qui me touchaient vraiment étaient celles qui concernaient ma mère. Que l'on puisse envisager qu'elle n'avait pas assumé son rôle me révoltait profondément. Ils ne se doutaient pas une seconde des sacrifices que représentait l'éducation d'un enfant pour un parent seul. Que l'on pense ou que l'on dise ce que l'on voulait sur moi, mais elle, qu'on la laisse en paix, qu'elle se repose enfin. Elle l'avait largement mérité !

J'atteignis la maison et déchargeai les courses avant de les ranger. Je fulminais toujours du culot de ces gens, non mais de quoi je me mêlais ? Je m'emparai ensuite de ma guitare et commençai à jouer. Il suffisait que la musique naisse sous mes doigts pour qu'instantanément je me détende.

Après plusieurs heures, je décidai de m'offrir un café. Je me dirigeai vers la cuisine lorsqu'une nouvelle vision m'assaillit. Le garçon sans visage.

Il se tenait assis devant son piano, encore. Le morceau qu'il interprétait résonnait de tristesse cette fois. Puis le phénomène s'arrêta net, me laissant quelque peu déboussolée. J'étais de plus en plus larguée, si, par-dessus le marché, je devais me contenter de prémonitions expresses, je n'étais pas sortie de l'auberge ! Bon, il me fallait une dose de caféine et vite !

Après quelques minutes, j'obtins enfin une tasse de mon élixir adoré. Qui était donc ce type ? Pourquoi s'incrustait-il de la sorte dans mes visions ? Et surtout pourquoi celles-ci ne me donnaient-elles aucun indice après m'avoir fait venir jusqu'ici ? C'était à n'y rien comprendre. Je me demandais même si je n'avais pas rêvé toute cette histoire. Peut-être que je devenais complètement fêlée ? Après tout, mon cerveau pourrait très bien saturer, un genre de dépression ou un truc comme ça.

Mouais... dans mes rêves ! Cela aurait été trop facile. Mes pensées revinrent de nouveau vers James Drake et ses capacités non identifiées. Je ne l'avais pas vu venir celle-là et je n'étais pas une grande fan des surprises. Entre lui et le garçon sans visage, cela faisait un peu trop d'hommes dans ma vie, le tout était de découvrir rapidement s'ils étaient amis ou ennemis.

Assise en tailleur, par terre dans sa chambre, Lily observait Sarah à travers ses visions, encore une fois. Ce soir, elle consentait à la laisser entrer, alors la punkette en profitait. Elle venait de moucher avec habileté cette vieille chouette d'épicière, ce qui la fit rire, puisqu'elle non plus ne l'aimait pas beaucoup. Si la médisance s'avérait un sport national, elle serait sans doute médaillée d'or !

Puis elle était rentrée chez elle pour s'atteler aux corvées d'habitude réservées à une mère. Pauvre gosse, Lily ne pouvait s'empêcher de la plaindre. Sa solitude et son isolement devaient tant lui peser. Elle au moins avait eu Jamy et ensuite Stan ainsi que le reste du clan. Sarah, elle, demeurait seule. Les autres semblaient persuadés qu'ils devraient l'éliminer. Lily restait sceptique face à cette hypothèse. Plus elle espionnait Sarah et plus elle ressentait l'impression étrange qu'elle serait tout, sauf une menace. Bien sûr, elle ne pouvait en être certaine vu que ses prémonitions étaient quelque peu défaillantes en ce qui la concernait, mais son instinct la trompait rarement. Et puis elle ne comprenait pas comment une gamine de dix-sept ans pourrait bien leur nuire. Mis à part ce qu'elle avait entendu de son histoire et son lien avec Jamy, elle paraissait être une adolescente tout à fait normale. Stan entra à ce moment-là et lui sourit.

— Salut, mon cœur ! Tu espionnes toujours Sarah ? lui demanda-t-il avant de prendre place sur le rebord du lit.

— Oui, si tu avais vu comment elle a mouché cette vieille sorcière de Madame Curtis ! C'était à mourir de rire ! Le moins que l'on puisse dire, c'est qu'elle a de la répartie !

— Ah oui ? Remarque, elle a dû le chercher aussi. Tu as appris des choses intéressantes ?

— Non, rien de particulier, une gamine ordinaire avec une vie pas ordinaire, soupira Lily.

— C'est vrai que ces pimbêches de pom-pom ne lui font pas de cadeau. Pourtant, cela n'a pas l'air de la toucher plus que ça.

— C'est juste une façade. Je peux ressentir son chagrin quelques fois, la perte de sa mère l'a beaucoup ébranlée. La méchanceté des gens à son égard n'arrange rien.

— Elle ne doit pas s'éclater tous les jours, je te l'accorde. Par contre, elle a du goût en ce qui concerne les voitures, tu as vu sa caisse ? C'est un monstre !

— Oui, mais cela n'explique pas son lien avec Jamy. Pourquoi l'amènerait-il à la maison ? Je lui ai finalement demandé si elle lui plaisait.

— Et ?

— Et il m'a certifié que non, qu'elle n'était pas son genre.

— Il faut avouer que ton frère dispose d'un tableau de chasse impressionnant ! s'esclaffa Stan. Pourquoi s'encombrerait-il d'une mortelle et de tous les risques que cela comporte ?

— Tu as sûrement raison, seulement je ne trouve aucune corrélation logique à toute cette histoire, c'est usant.

— Je comprends, mais comme d'habitude, tu élucideras tout ça.

— J'aimerais tout de même que ça ne traîne pas trop. S'il y a un autre moyen que le meurtre, je souhaiterais l'exposer aux autres avant qu'ils ne commettent l'irréparable.

Stan soupira avant de plonger son regard dans celui de sa compagne.

— Chérie, je ne veux pas te peiner, mais tu sais que ce sera à James de s'en charger.

— Justement, je te rappelle que je ressens très exactement les mêmes émotions que lui, alors si je pouvais éviter ça, cela m'arrangerait. Et puis, j'ai peur que James ait du mal à se remettre d'un nouvel assassinat. Il a déployé tant d'efforts pour devenir celui qu'il est aujourd'hui, il a tellement pris sur lui, ce serait injuste de tout foutre en l'air maintenant.

— J'en ai conscience, mais la décision revient à Kylian et nous ne pouvons aller contre. Cependant, je suis certain qu'il exigera des preuves tangibles avant de faire quoi que ce soit. Il n'apprécie pas de s'attaquer aux humains et il se montre toujours juste dans ses sentences.

— C'est vrai, mais je n'aime pas voir mon frère dans cet état, je le trouve de plus en plus renfermé sur lui-même.

— Je te concède que depuis quelque temps, il n'est pas à prendre avec des pincettes. Il faut le comprendre, il se sent responsable de tout ça.

— Il te l'a dit ?

— Oui, cette fille entretient un lien particulier avec lui et il a peur de mettre le clan en danger.

Lily soupira profondément et Stan reprit :

— Je me fie à toi, comme d'habitude, mais tu dois rester objective, Lily. Ne pas vouloir faire de mal à Sarah est une chose, mais nous ne pouvons pas risquer d'être découverts, tu le sais bien.

— J'en ai conscience, je ne prendrai aucun risque, rassure-toi, mais je dois absolument identifier le lien exact qui l'unit à James. C'est la seule manière de déterminer si, oui ou non, il devra se transformer en tueur à gages.

Stan déposa un baiser léger sur ses lèvres et disparut comme il était venu. Il incarnait vraiment le compagnon le plus adorable qui soit. Il faisait son possible pour la rendre heureuse et la soutenait toujours dans ses décisions. Avec lui, tout restait simple et clair, pas de prises de tête inutiles, d'ailleurs ils se disputaient rarement. Elle savait que peu importait ce qu'elle découvrirait et le choix qui en découlerait, Stan se rangerait à son opinion. Même si leurs deux voix ne suffiraient pas face au reste du clan, malheureusement. Elle connaissait James mieux que personne. Il pouvait donner l'air de celui que rien n'atteignait jamais, il était en réalité fragile et avait besoin d'affection. Pour le moment, elle avait un autre problème à régler. Éviter la mort à Sarah.

Chapitre 3

Ce matin-là, lorsque je me réveillai, je me rendis compte avec agacement qu'il pleuvait des cordes. Un vent violent faisait battre la pluie contre les carreaux. *Super ! Il ne manquait plus que ça !* Je n'avais pas très envie d'aller au lycée, je serais volontiers restée à la maison à traîner ou à bricoler mes voitures. Cependant, j'avais promis à ma mère de faire preuve de sérieux en ce qui concernait ma scolarité, je tiendrai donc parole.

Les rumeurs à mon sujet couraient toujours et hormis Marie et Sam, je ne parlais pas à grand monde, ce qui m'arrangeait bien au fond. En réalité, ce qui m'agaçait le plus était que je n'avais encore rien découvert concernant mon attirance pour cette ville. Les visions continuaient d'affluer, me montrant des scènes du passé ou de l'avenir, mais aucun indice qui aurait pu me mettre sur la voie. J'avais patiemment visité l'église, la bibliothèque, ou du moins le minuscule local qui en tenait lieu, consulté les archives de la mairie. À part la mine de charbon qui s'y trouvait autrefois, je n'avais rien appris d'intéressant. Même monsieur Google ne m'avait été d'aucun secours sur ce coup-là.

J'avais été boire un café au Sweet, un bar-restaurant qui servait de point de ralliement aux jeunes du coin. J'avais espéré y dégoter mon squatteur de vision, sans succès. Si Black Diamond m'avait appelée, c'était à cause de lui, j'en étais persuadée. Quelque chose me disait que nous avions à peu près le même âge. Il devait donc fréquenter le lycée. Seulement, je ne l'apercevais jamais là-bas. Il se trouvait toujours soit dans une maison, soit dans la forêt. Je n'allais tout de même pas visiter toutes les baraques de la ville et crapahuter dans les bois pour le retrouver ! À tout ça s'ajoutait James Drake et ses *capacités*. Certains *d'entre nous* se servaient de leurs dons pour nuire à autrui, je devais rester sur mes gardes. Toutefois, je n'arrivais pas à avoir peur de James. Ce qui s'avérait encore plus troublant quand on savait que depuis mon père, je n'avais laissé aucun homme m'approcher de trop près. Qui était-il ? Pourquoi me regardait-il ainsi ? Je ressentais l'étrange impression que sa famille et lui m'épiaient constamment. C'était pourtant impossible à une certaine distance. Malgré tout cette sensation se renforçait de jour en jour.

Après m'être habillée d'un jean et d'un col roulé noir, je descendis et me servis un café que je bus rapidement avant d'enfiler ma veste et de sortir. Je courus jusqu'à ma voiture, mais cela ne servit à rien, je fus trempée.

Sam et Marie m'attendaient à l'abri sous le hall bondé d'élèves tentant d'échapper à l'averse diluvienne.

— Salut, vous deux ! Quel temps ! râlai-je en m'ébrouant.

— Salut ! Oui, tu l'as dit, Monsieur Joanhson est absent, sa maison est inondée, m'expliqua Marie.

— Désolée pour lui, mais pour Sam et moi, il s'agit plutôt d'une bonne nouvelle ! plaisantai-je à demi.

— Je confirme ! Ce midi, je ne déjeune pas avec vous, je dois passer voir l'entraîneur.

— Très bien, ce sera un déjeuner entre filles alors !

Nous allâmes en cours. Monsieur Stuart m'interrogea en histoire et s'émerveilla de ma culture générale. Si cela m'amusa, ce ne fut pas le cas des autres élèves qui me lancèrent des regards assassins. James Drake, lui, s'autorisa un petit sourire et je me demandai s'il était dû à la réaction des autres ou à celle du professeur.

Nous nous étudiions toujours du coin de l'œil. Depuis que je l'avais *détecté*, il m'avait semblé qu'il avait essayé de m'atteindre plusieurs fois, sans succès apparemment. Quel don pouvait-il bien posséder ? La télépathie m'apparaissait comme une bonne option, mais je ne pouvais en être certaine. Dommage, cela m'aurait fait un souci de moins. Je n'appréciais pas d'avancer à l'aveugle.

En littérature, le professeur déclara que nous devrions lui rendre une biographie de Ronsard pour la semaine suivante et nous laissa sortir en avance. Je décidai donc d'aller attendre Marie devant sa salle. Je m'appuyai contre le mur et l'observai par la vitre au centre de la porte. Studieuse, elle prenait des notes. Je souris, j'aimais bien Marie. La sonnerie retentit enfin et le lycée sembla tout à coup s'animer. En quelques secondes, les couloirs déserts furent envahis par les élèves, les bruits de rires et les conversations. Cela provoqua en moi une drôle de sensation, de l'oppression ? Décidément, j'étais vraiment une sauvage, limite pathologique !

— On y va ? me demanda mon amie qui m'avait rejointe.

— Je te suis.

Au réfectoire, je regardai la nourriture d'un œil critique. S'il existait un point commun à tous les pays du monde, il s'agissait des cantines scolaires. Partout, elles paraissaient tout, sauf attractives. Je pris une bouteille d'eau, une pomme et une salade. Marie fit de même et nous gagnâmes notre table habituelle. Une fois assises, nous restâmes un instant à contempler nos plateaux, dépitées.

— L'avantage, c'est que l'on ne risque pas de devenir obèse, plaisanta Marie.

— Ni d'enfreindre le péché de gourmandise.

Nous nous mîmes à rire et certains élèves nous fixèrent tantôt surpris, tantôt désapprobateurs.

— Quant à ce fichu bahut, il ne mourra pas de rire, grommelai-je.

— Ignore-les, ce sont des imbéciles bourrés de préjugés débiles.

— Tu as raison, ne gâchons pas notre grande dégustation gastronomique pour si peu.

— D'ailleurs, cela tombe bien que Sam ne soit pas là, car je voulais te parler d'un truc typiquement féminin, déclara-t-elle avec des airs de conspiratrice.

De quoi Marie pouvait-elle bien souhaiter discuter ? Les trucs féminins n'étaient pas vraiment ma tasse de thé au demeurant.

— Je t'écoute, dis-je, pas franchement à l'aise.

— Voilà, euh… tu vas penser que je me mêle de ce qui ne me regarde pas, mais James Drake passe son temps à te mater et pas de manière très discrète.

Je haussai un sourcil, cela était-il si flagrant pour que même Marie s'en soit rendu compte ?

— Ah bon, c'est anormal ? Je croyais qu'il s'agissait du sport local, lorgner du coin de l'œil la vilaine petite française émancipée, grinçai-je.

— Je ne plaisante pas, insista-t-elle. Ses frères et sœurs font la même chose. C'est la première fois qu'ils semblent s'intéresser d'aussi près à quelqu'un.

Je me tournai vers leur table et les surpris qui m'observaient, comme lors de mon premier jour dans le couloir. La punkette m'adressa un grand sourire que je lui rendis avant de reprendre :

— Que veux-tu que je te dise ? Ils n'enfreignent aucune loi.

— Peut-être, mais tu viens de provoquer un miracle, tu as réussi à arracher un sourire à Lily ! s'écria-t-elle, ébahie.

— Eh bien, il y a un début à tout ! En plus, elle a l'air très gentil.

Je ne saisissais pas vraiment pourquoi, mais elle me plaisait bien. Son style atypique sans doute.

— Mouais…, grogna Marie.

Je l'observai, la tête légèrement penchée de côté. Je n'avais pas abondé dans son sens et cela semblait la déranger. Elle ne souhaitait apparemment pas clore la discussion si rapidement.

— Accouche, Marie, que veux-tu réellement me confier à propos des Drake ?

Son visage s'anima soudain. Vraisemblablement, les cancans entre filles lui manquaient et je n'incarnais pas sa meilleure cliente.

— Eh bien… ils sont arrivés il y a deux ans, mais tout le monde ignore d'où ils viennent. Ils ne fréquentent personne, ni en ville ni au lycée. Ils ont acheté l'immense propriété des fondateurs de Black Diamond. Personne ne sait si les parents travaillent, ni où, mais ils doivent disposer de moyens financiers très importants au vu de leur maison et leurs voitures. Il parait même qu'ils se font livrer la nourriture à domicile pour ne pas avoir à sortir et…

En voyant la tête de mon amie, je ne pus réprimer le fou rire qui monta en moi. Elle m'avait déclaré tout ça sans même prendre le temps de respirer. Comme si toutes ces informations (que je connaissais déjà) étaient de toute première importance.

— Quoi ? me demanda-t-elle, surprise de ma réaction.

— Désolée, gloussai-je en essayant de me calmer.

— Qu'est-ce que j'ai dit de drôle ?

— Rien, rien. Simplement je me rends compte que je ne suis pas la seule à éveiller la curiosité des gens d'ici. Je devrais peut-être leur proposer de fonder un club ?

— Tu dois convenir qu'ils sont un peu étranges. Et puis si James et toi…

— Qu'est-ce que tu entends par étranges ? Et il n'y a pas de James et moi, la coupai-je.

Elle haussa les épaules.

— Je ne sais pas moi… Lily avec ses cheveux roses par exemple, tu avoueras que ce n'est pas courant.

— Elle a un style original et ne se comporte pas en mouton, je trouve ça plutôt bien. En plus, ça lui va comme un gant.

— O.K. ! Et son copain, il est toujours habillé en noir de la tête aux pieds, on dirait un gothique.

Je me levai et écartai les bras pour qu'elle aperçoive ma tenue, lui lançant un regard amusé au passage.

— D'accord ! s'agaça-t-elle. Dans ce cas, prends Maggie, elle regarde tout le monde de haut et daigne à peine répondre lorsqu'on lui adresse la parole. C'est valable pour les autres aussi d'ailleurs.

— Simple mécanisme de défense, j'utilise le même modèle !

Elle fronça le nez, contrariée.

— Je vois, tu as une réponse toute prête à chacun de mes arguments.

Je me rassis, me calai contre le dossier de ma chaise et croisai les bras avant de répondre :

— Non, mais pour moi, ce ne sont pas des arguments, ma belle. Donne-moi une seule véritable raison de trouver les Drake réellement bizarres, autre que l'avis général bien entendu, et je consentirai à réviser mon jugement. Le fait qu'ils ne veulent pas se mélanger aux gens d'ici n'en est pas une. Plus sérieusement, je pense que leur plus gros défaut dans ce bahut est qu'ils ne soient pas tous célibataires !

— Je… euh… pourquoi dis-tu ça ? bégaya-t-elle, rougissante.

— Je suis peut-être nouvelle, mais pas sourde ! m'esclaffai-je de nouveau. La moitié des filles du lycée fantasment sur les frères Drake et les garçons sur les sœurs !

— D'accord, tu marques un point. Je ne l'avouerais pas devant Sam, mais admets que James Drake est plutôt mignon et qu'il est libre, *lui*.

— Tiens, tiens, voilà qui devient intéressant ! constatai-je en plissant les yeux. Tu en pinces à la fois pour Sam et pour James. Vous cachez bien votre jeu, Mademoiselle Mackenzie ! la taquinai-je.

Elle rougit encore et baissa le regard sur son plateau, ce qui me fit sourire.

— Non, ce n'est pas ça ! se défendit-elle. C'est vrai que Sam me plaît, mais si James me regardait comme il te regarde, je serais flattée.

— Effectivement, lorsque l'on te fixe comme si l'on s'apprêtait à te mordre, il y a de quoi se sentir flattée ! ironisai-je.

— Au moins, tu parviens à attirer son attention, la majorité des filles d'ici en rêve, je te signale !

— Qu'elles prennent ma place alors, nous verrons combien de temps elles tiendront en étant scrutées comme une curiosité locale.

J'étais agacée par son obstination à présent. Le fait d'être considérée comme un animal dans un zoo n'avait rien de flatteur, peu importait qui jouait le rôle d'observateur.

— Pourquoi t'est-il si difficile de croire que tu pourrais lui plaire ?

— Et toi, pourquoi penses-tu que cela devrait être le cas ? esquivai-je.

— Je veux bien admettre que tu l'intrigues, mais aucun garçon ne fixe une fille qui ne lui plaît pas avec autant d'insistance. Et puis, tu es jolie, vous formeriez un beau couple.

Cette conversation amorçait un tournant que je n'appréciais pas beaucoup. Si James m'observait, il y avait peu de chance que ce soit pour mon joli minois. Cependant, je ne me voyais pas expliquer à Marie qu'en réalité, il m'avait sûrement détectée lui aussi.

— Marie, tu le dis toi-même, ses frères et sœurs me regardent également. T'est-il seulement venu à l'esprit qu'ils sont victimes des préjugés eux aussi ? Et que de ce fait, je serais peut-être la personne la mieux placée pour les comprendre et ne pas écouter les racontars qui circulent à leur sujet, non ?

Elle leva les yeux au ciel et ses mains devant elle en signe d'apaisement.

— O.K., O.K. ! Une fois de plus, tu as raison. Il se pourrait que nous ne nous soyons pas montrés très sympas avec eux, je te l'accorde.

— Très bien, alors la prochaine fois que tu croiseras Lily, souris-lui. Je suis sûre qu'elle fera de même.

— D'accord, maman ! me taquina-t-elle. Tu comptes t'en faire une amie ?

— De Lily ?

Elle hocha la tête en signe d'assentiment.

— Pourquoi pas ? Elle est sans doute très gentille.

— Bon, je vais essayer de m'habituer à l'idée.

Je ris et repris :

— Comme ça, Sam te plaît, hein ?

— Euh… oui.

J'appris que contrairement aux garçons de son âge, il ne collectionnait pas les conquêtes. À une époque, il était sorti avec Louisa, mais s'était vite lassé des méchancetés dont elle et les autres membres du club des pestes se délectaient. Si lui et Marie traînaient encore avec eux, c'était plus par habitude qu'autre chose. Une sorte d'accord tacite liait les pom-pom et les footballeurs. Leur réaction à mon égard avait représenté la goutte d'eau faisant déborder le vase. Sam n'était pas devenu capitaine de l'équipe de foot pour la popularité, mais pour obtenir une bourse d'étude. Ses parents ne roulaient pas sur l'or, son père travaillait pour la ville et sa mère faisait des ménages. C'était donc pour lui la seule solution s'il voulait poursuivre des études supérieures. Marie, elle, avait intégré les pom-pom girls pour faire plaisir à sa mère.

Nous nous séparâmes devant ma classe de physique et je gagnai ma table au fond à droite, maintenant ma place attitrée, quelle que soit la salle. Cela m'arrangeait, je pouvais observer les autres et non l'inverse. Le cours débuta et je ne pus retenir un soupir de lassitude lorsque le professeur déclara que nous allions aborder différents modes de transfert thermique. J'avais déjà étudié ce sujet dans mon précédent lycée. Était-ce les établissements que j'avais fréquentés auparavant qui étaient en avance, ou Black Diamond qui évoluait hors du temps ? Je pris tout de même des notes avec application, du moins au début, parce que rapidement je commençai à gribouiller ma feuille, m'ennuyant à mourir.

L'air se mit à vibrer et, comme d'habitude, je me tournai vers James. Une fois de plus, il me regardait avec insistance, sa façon à lui d'attirer mon attention en quelque sorte. Les sourcils froncés, il semblait essayer de déchiffrer ma propre expression. L'air vibra plus fort, ce qui déclencha une vision. James assis sur un canapé de cuir noir, il paraissait réfléchir intensément, comme maintenant. Il se passait une main dans les cheveux, apparemment inquiet. Le bruit de la sonnerie me ramena sur Terre. Je secouai légèrement la tête, un peu étourdie, mes yeux se posèrent de nouveau sur lui. Il n'avait pas bougé et me fixait toujours. Prestement, je rassemblai mes affaires et quittai la classe. Je sentis son regard sur ma nuque comme la brûlure d'un fer rouge. *Arrête de me regarder comme ça !* eus-je envie de hurler. Dans le fond, je jouais les hypocrites. J'avais fait la leçon à Marie en ce qui concernait son comportement vis-à-vis des Drake, alors que j'en étais presque à fuir James comme la peste. J'étais consciente qu'en agissant de cette façon, je me condamnais moi-même à la solitude, mais comment faire autrement ? Il fallait être honnête, qui voudrait fréquenter quelqu'un comme moi ? En ma présence, il devenait impossible de cultiver un jardin secret. Même indépendamment de ma volonté, je finissais toujours par connaître les détails embarrassants de la vie des gens qui osaient m'approcher. De ceux qui s'efforçaient de rester à distance aussi d'ailleurs et cela me mettait mal à l'aise. Par exemple, à Chicago, je savais que l'une de mes voisines trompait son mari avec des hommes de passage. Bien entendu, je n'avais pas découvert cela en constatant les allées et venues dans son appartement. J'avais eu droit à une retransmission en direct. Malheureusement, les visions ne fonctionnent pas comme la télé, il ne suffit pas de presser un bouton pour les faire cesser. Je n'avais aucune emprise sur elles. Après cet épisode, j'évitais son regard dès que je la rencontrais avec son époux devant l'immeuble, comme si je portais sa honte à sa place. Non, rester seule était plus simple. Sans compter que je ne savais pas quel don précis détenait James et à quelle fin il l'utilisait.

Marie m'attendait sous le hall.

— Sarah, tu avais raison ! s'écria-t-elle à mon approche.

— À quel sujet ?

— Eh bien, j'ai croisé Lily, je lui ai souri et elle a fait pareil !

— Sans rire ? Et elle ne t'a pas sauté à la gorge tout de suite après pour faire bonne mesure ? rétorquai-je en feignant l'étonnement.

— Ha ! ha ! Moque-toi !

— Moi ? m'exclamai-je, une main sur le cœur. Je n'oserais pas, tu me connais.

— N'empêche, James te mate toujours, ajouta-t-elle en faisant la moue.

Je me retournai et aperçus les Drake à quelques mètres de nous seulement. Ils venaient sans doute de tout entendre, car James affichait un sourire amusé cette fois.

— Eh oui, les Drake sont des ados normaux. Ils vivent, respirent, sourient et sont intrigués par l'émancipée de service ! tentai-je de plaisanter. Laisse tomber, Marie, s'il te plaît. Je sais que les gens m'observent, je n'ai pas besoin que l'on me le fasse sans cesse remarquer. Si James veut me parler, il le fera, mais arrête.

— Très bien, je ne souhaitais pas te mettre mal à l'aise, excuse-moi. Au fait, tu serais d'accord pour me ramener chez moi ? Sam doit s'entraîner ce soir.

— Pas de souci !

Assis sur le canapé dans sa chambre, James réfléchissait. Bon sang ! Mais qui était cette fille ? Une fois de plus, il avait essayé de percer ses défenses et bien sûr, il avait échoué ! Et puis, elle était bizarre. Il ne s'agissait pas de ce qu'elle cachait, mais plutôt de ses réactions. Au déjeuner, elle avait adressé un grand sourire à Lily, qui bien entendu avait fait de même ! Puis, lorsque sa copine avait avancé qu'il la regardait avec insistance, cela n'eut pas l'air de l'émouvoir plus que ça. Elle avait même été jusqu'à lui faire la leçon sur l'accueil que les autres élèves leur avaient réservé, à lui et sa famille. Qu'est-ce que cela signifiait au juste ? Elle devrait avoir peur ! Du moins inconsciemment ! Mais non, elle prenait leur défense ! Les autres mouraient d'envie d'en apprendre plus à leur sujet, elle, la curiosité de son amie l'amusait. Les bonnes gens de Black Diamond les trouvaient étranges, lui et les siens, à juste titre d'ailleurs, même s'ils restaient à des années-lumière de la vérité, elle pensait qu'ils se démarquaient ! Mais qu'est-ce qui clochait chez cette gamine ? Était-elle folle ?

Il savait pertinemment que ce n'était pas le cas. En cours, il avait pu se rendre compte à quel point elle était intelligente, plus que la majorité des personnes rencontrées lors de sa longue vie. Ainsi donc Mademoiselle Martin parlait couramment quatre langues ? Intéressant. Mais non ! Pas intéressant du tout ! Elle ne laissait rien filtrer. Les autres ne pouvaient se douter qu'elle détenait certains dons, alors pourquoi tant de précautions ? Elle cachait forcément autre chose, mais était-ce si terrible pour qu'elle tienne à ce point à garder cette distance avec les autres ?

Cet après-midi, il l'avait observée. Elle paraissait s'ennuyer à mourir, parfois même, triste à pleurer. Elle était jeune et déjà si seule. Elle détestait Black Diamond, aucun doute, alors pourquoi était-elle venue ? Cette fille représentait un véritable paradoxe ! Ce qui demeurait certain, c'était qu'elle ne voulait pas qu'on la remarque. Lorsque les professeurs la complimentaient, au lieu d'être flattée, elle se renfermait sur elle-même. Et quand Marie avait avancé qu'elle pourrait lui plaire, elle n'avait pas eu l'air d'apprécier. Sarah était vraiment très différente des adolescentes de son âge. Restait à découvrir jusqu'à quel point. Personne en plus d'un siècle, absolument personne, n'avait réussi à résister à ses assauts psychiques ! Comment une simple mortelle pouvait-elle y parvenir ? Même si elle détenait des capacités particulières, elle n'aurait pas dû tenir tête si facilement à un immortel. James laissa échapper un grognement de frustration.

Quelques heures plus tard, il se retrouva derrière *chez elle*. Il observa les alentours. Elle vivait dans une maison ancienne de style victorien. Blanche, avec un toit en ardoises, il y avait trois fenêtres à l'étage et quatre au rez-de-chaussée. La cour arrière était d'une dimension des plus respectables, délimitée par la forêt. Pourquoi une fille jeune, de surcroît seule, avait-elle choisi cette baraque isolée ? N'avait-elle pas peur ? Le loyer devait être exorbitant en plus !

Afin de profiter d'une meilleure vue, James décida de monter dans un arbre non loin de là. Cela ne s'avérait pas l'observatoire le plus confortable qu'il ait eu, mais il s'en contenterait. Il l'aperçut alors dans le salon, un chiffon à la main, elle faisait le ménage. Vêtue d'un jean troué et d'un T-shirt où il était écrit : *new rock*, elle était jolie, il devait le reconnaître. Elle écoutait du rock justement, et fort ! Tiens, elle savait donc se montrer exubérante à l'occasion ? Elle se laissa tomber dans un fauteuil et posa ses pieds nus sur la table basse en poussant un long soupir. Elle jeta un regard autour d'elle, puis finit par se lever pour se diriger vers sa chaîne hi-fi. Elle changea de CD et James fut surpris d'entendre de la musique classique s'élever dans l'air. Elle attrapa un livre sur l'étagère à sa droite avant de regagner son siège. Il utilisa son acuité visuelle exceptionnelle pour apercevoir le titre. Il s'agissait d'un recueil de poèmes de Ronsard. *Vous effectuez des heures supplémentaires, Mademoiselle Martin ?* songea-t-il, amusé.

Après deux heures environ, elle lâcha son bouquin et gagna la cuisine. James nota avec amusement que lorsqu'elle se concentrait, elle entortillait ses cheveux du bout des doigts. Elle revint avec une assiette et une tasse fumantes. Il inhala, café et pizza, en déduisit-il. Elle alluma la télé et regarda les informations, il en fut étonné une fois de plus. D'habitude, ce genre de programme barbait les ados, lui semblait-il. Les nouvelles prirent fin, Sarah se leva, débarrassa la table puis retourna vers la cuisine. Rien qu'au bruit, James devina qu'elle faisait la vaisselle. Puis elle réapparut enfin, fit craquer ses doigts et s'assit devant son piano.

Elle interpréta une mélodie que le jeune homme trouva extrêmement belle. Elle exprimait un tas d'émotions différentes. La colère, le chagrin, le doute et pour finir l'espoir. Incroyable ! Il ne savait absolument pas qui était le compositeur d'un tel chef-d'œuvre, mais il se promit d'aller voir sur internet dès qu'il rentrerait. L'oreille sacrée dont il disposait lui permettrait de le retrouver facilement. Il lui suffirait de retranscrire les trois premiers accords sur son site de partitions préféré et le tour serait joué. Elle entama ensuite un jazz des années trente. James aimait particulièrement ce morceau. À cette époque, il l'écoutait ou l'interprétait en boucle. *Lily a bien failli devenir dingue*, se rappela-t-il avec amusement. Il ignorait qui était Sarah Martin, mais elle avait du goût en ce qui concernait la musique. Elle se leva enfin, éteignit la lumière et monta à l'étage. James sauta en bas de l'arbre. Il n'avait pas cessé de pleuvoir depuis la nuit dernière et il s'apprêtait à retourner chez lui pour changer de vêtements lorsqu'il l'entendit grogner :

— Fichu patelin ! Fichue pluie ! Fichu héritage !

Qu'est-ce qui lui prenait ? Elle avait pourtant l'air calme un instant auparavant. Poussé par la curiosité, il regagna son poste. Elle était allongée sur le ventre, un oreiller plaqué sur sa tête. Le clapotis incessant de l'averse l'agaçait-il ? Sûrement, c'était le cas pour beaucoup de gens. Cela expliquait son juron de tout à l'heure. Elle détestait aussi Black Diamond, aucun doute. Par contre, de quoi voulait-elle parler en mentionnant son héritage ? En plus de ne jamais se livrer, elle s'exprimait par énigme même lorsqu'elle était seule ! Du moins quand elle pensait l'être…

Il la vit se tourner et se retourner à plusieurs reprises avant que Morphée ne l'entoure enfin de ses bras protecteurs. Lorsqu'il fut certain qu'elle dormait, il bondit sans effort et sans bruit sur le rebord de la fenêtre. Voilà, parfait ! Il pouvait maintenant l'observer à sa guise. Il songea qu'au repos, elle ne pourrait pas lui résister. Il se concentra donc et essaya de s'emparer de son esprit. Après plusieurs tentatives infructueuses, James cessa les assauts. Il ouvrit les yeux et constata avec agacement qu'elle souriait dans son sommeil. Fou de rage, il sauta à terre et rentra chez lui.

Ce jour-là, j'eus droit à une migraine carabinée et fus ravie qu'il n'y ait pas grand monde au réfectoire.

— Toujours mal à la tête ? s'enquit Marie.

— Ouais, c'est le moins que l'on puisse dire, grognai-je en avalant deux comprimés d'aspirine.

— Tu veux que je t'emmène à l'infirmerie ? me proposa gentiment Sam.

— Non, je te remercie, je survivrai. Au fait, tu sais où je pourrais me fournir en pièces auto ici ?

— Euh… Il y a le petit garage dans le centre-ville, mais de là à te garantir qu'ils aient des pièces pour ta Mustang…

— Hum… Pourquoi cela ne m'étonne-t-il pas ?

J'étais d'une humeur de chien, tout m'agaçait sans que je comprenne pourquoi. J'avais pourtant bien dormi pour une fois, aucun cauchemar ou vision n'était venu entacher mon repos. Pourtant, je me sentais épuisée. Je finissais par croire que cette fichue ville était maudite et qu'elle me vidait de toute mon énergie vitale. Mike vint alors s'asseoir à notre table.

— Salut !

Nous lançâmes un salut de chœur qui résonna dans mon crâne comme un gong.

— Sarah, je me demandais si tu serais d'accord pour me rendre un service ? expliqua-t-il, embarrassé.

Je lui jetai un coup d'œil méfiant.

— Dis toujours.

— Voilà, tu es au courant que nous ne pouvons pas jouer si nos notes ne sont pas assez bonnes pour ça ?

— Hum…, grognai-je, les yeux fermés en me massant les tempes.

— Et il se trouve que c'est mon cas en espagnol. J'ai une traduction à rendre pour demain et si je n'obtiens pas la moyenne, eh bien…

— Eh bien, tu ne pourras pas entrer sur le terrain, terminai-je à sa place.

— En effet.

J'ouvris les yeux et le fixai une seconde.

— Qui te dit que je possède un bon niveau en espagnol ? Je ne suis même pas ce cours, je te signale.

— Oh euh… Il parait que tu parles cette langue couramment alors…

— Je vois, répliquai-je avec un rictus amer, c'est vrai que les nouvelles vont vite ici, j'avais presque failli oublier.

Mike m'implora pratiquement :

— Sarah, je ne crois pas un instant à ce qu'Emily raconte sur toi. Sam m'a relaté ton histoire et je sais que toutes ces rumeurs sont fausses. J'ai vraiment besoin de ton aide.

Je l'observai une seconde. Il se montrait gentil, il fallait lui reconnaître ça. S'il traînait avec les autres, il me saluait toujours lorsqu'il me croisait. Sam m'avait affirmé que c'était quelqu'un de confiance et qui détestait les embrouilles.

— Passe-moi ça, capitulai-je en tendant une main.

— Il n'y a pas grand monde aujourd'hui, s'étonna Lily.

— Épidémie de grippe. Nous aussi, nous aurions séché si James ne se retrouvait pas de corvée de surveillance, déclara Maggie.

— Désolé, mais je n'ai pas le choix, s'excusa le jeune homme.

— Nous le savons, rassure-toi, dit Zach calmement.

— En plus d'être gentille, elle est intelligente, continua Lily, elle parle couramment quatre langues.

— Oui, le français, l'espagnol, l'italien et bien entendu l'anglais. Mais cela ne nous apprend rien sur sa véritable nature, rétorqua James.

— Tu n'as aucun indice ? demanda Stan.

— Aucun. Je l'ai espionnée chez elle également et rien. Elle a tellement l'habitude de se dissimuler que, même seule, elle ne laisse rien passer.

— C'est vrai qu'elle ne se confie jamais. Par contre, elle se montre toujours agréable avec les autres, renchérit la punkette.

— Oh toi ! Il a suffi qu'elle te sourie pour t'amadouer ! s'agaça Maggie en levant les yeux au ciel.

— Hier, elle a pris notre défense, tu ne peux pas nier que c'est inhabituel, insista Stan. Et aujourd'hui, elle fait les devoirs de ce type pour qu'O'Neil ne se retrouve pas avec une équipe en sous-effectif et obtienne une bourse d'études. Avoue tout de même que si nous devons rester méfiants vis-à-vis d'elle, elle ne respire pas la méchanceté.

— Peut-être qu'elle donne juste le change.

— Je ne pense pas, contra Lily. Je crois qu'elle désire seulement avoir la paix.

— Cela dépendra de ce que je découvrirai..., souffla James en fixant de nouveau Sarah.

Ses frères et sœurs le considérèrent avec inquiétude. Des changements s'amorçaient chez James depuis l'arrivée de Sarah, mais ils n'auraient su dire s'ils étaient positifs ou négatifs.

Contre toute attente, cette journée était passée vite, malgré mon mal de tête qui ne s'était dissipé qu'en milieu d'après-midi. J'avais finalement renoncé à m'adresser au garage du centre-ville pour mes pièces. Je pressentais que j'allais devoir répondre à mille et une questions moins subtiles les unes que les autres. J'appelai donc une de mes vieilles connaissances. Je devais terminer la rénovation de ma nouvelle acquisition, cela reculait un peu l'échéance, mais m'évitait une seconde migraine. Sam avait naïvement pensé que ces composants étaient pour la Mustang, il n'en était rien.

Pendant près de deux ans, j'avais participé à des courses de voitures illégales. J'avais gagné pas mal d'argent et de bolides aussi. Je revendais ces derniers et augmentais mon pécule. Cependant, lors de mon dernier run, j'avais remporté une Aston Martin Vantage et décidé de la garder. Elle avait besoin de quelques modifications, mais rien d'extraordinaire. Et puis, il s'agissait d'un véhicule d'exception, je m'étais autorisée un petit plaisir pour une fois. Évidemment, hors de question que j'aille au bahut avec, mais une balade de temps en temps ne me ferait pas de mal. Dans le fond, Emily n'avait pas tout à fait tort à propos des sources de revenus pas nettes. Cependant, je n'avais rien fait de mal non plus, après tout, les types qui jouaient leur voiture savaient pertinemment ce qu'ils faisaient.

Des coups frappés à la porte me tirèrent de mes pensées. De qui pouvait-il s'agir ? Sur le seuil, je découvris Sam, Marie et Mike. Je m'effaçai pour leur permettre d'entrer et m'efforçai de ne pas laisser paraître combien cette intrusion dans mon monde me déplaisait.

— Salut ! Que me vaut l'honneur d'une telle délégation ? plaisantai-je pour cacher mon agacement.

Ils regardèrent autour d'eux avec curiosité. J'imaginais sans mal les ragots qui devaient courir sur cette maison isolée à l'orée des bois.

— On comptait aller boire un verre pour fêter mon B+ en espagnol ! s'écria Mike tout excité. Et comme c'est grâce à toi, je t'invite !

— Oh euh… Je suis ravie pour toi, mais j'ai encore la migraine et il me reste du travail en retard, esquivai-je.

Mes camarades m'observèrent un instant sans rien dire, visiblement déçus par ma rebuffade. Je ne voulais pas les blesser, mais je ne ressentais aucune envie de sortir ou de discuter ce soir. Le calme et le silence, voilà ce dont j'avais besoin.

— Tant pis, une autre fois, peut-être ? insista Mike.

— Oui, une autre fois. J'aimerais me coucher de bonne heure.

— Très bien, nous te laissons te reposer dans ce cas, déclara Sam.

Ils repartirent comme ils étaient venus. J'espérais tout de même qu'ils n'étaient pas trop vexés. Après cela, je m'installai devant mon piano pour réfléchir. Il fallait que je perce les mystères de cette ville. Quelque chose dans son passé était suffisamment important pour que la bourgade me convoque. Mais oui ! L'histoire, le lycéen inconnu et donc le bahut, tous ces points me ramenaient à… Monsieur Stuart !

Comme d'habitude, je retrouvai les autres au réfectoire et je fus étonnée d'apercevoir Mike assis à notre table.

— Sarah, tu comptes assister au match de ce soir, n'est-ce pas ? s'enquit-il lorsque je pris place.

— Allez viens, s'il te plaît ! supplia Marie, les mains jointes en signe de prière.

Leur réaction m'amusa, avais-je l'air si sauvage ? Sans doute. Je décidai de me laisser amadouer et de mettre enfin mes bonnes résolutions à exécution. Qui sait ? Mon inconnu aimait peut-être le foot.

— D'accord, mais je vous préviens que je ne connais rien aux règles, les sports collectifs ne sont vraiment pas mon truc.

— Pas grave, tu viens juste pour nous encourager, ajouta Sam en souriant.

— Ce rôle ne revient pas aux pom-pom girls d'habitude ?

— C'est vrai, convint Marie, mais plus ils ont de supporters, mieux c'est ! Dommage qu'Emily soit comme ça, tu aurais fait une superbe pom-pom.

— Non merci ! Les jupes courtes et les pompons, très peu pour moi ! Je suis plus à l'aise allongée sous une voiture. À quelle heure commence le match ? m'enquis-je.

Quitte à m'ennuyer à mourir en regardant une partie à laquelle je ne comprendrais rien, autant ne pas rater le coup d'envoi. Mon côté masochiste en serait contrarié.

— À vingt heures, mais tu devrais arriver un peu plus tôt si tu veux avoir une bonne place, m'expliqua Mike.

— Pas la peine, il suffira que je m'assoie quelque part pour que tous les sièges autour se vident comme par enchantement.

Mes camarades parurent embarrassés soudain. Ils n'avaient pas songé au fait que s'ils se trouvaient tous les trois sur le terrain, je me retrouverais forcément seule dans les gradins.

— Oh euh… Je peux m'arranger pour que tu restes avec nous sur le banc des pom-pom ? me proposa Marie.

— Surtout pas ! m'écriai-je. Je préférerais encore faire un pèlerinage dans le désert plutôt que de passer une heure à côté d'Emily ! Ne vous inquiétez pas pour moi, je serai là et tout ira bien.

— Remarque, si les Drake assistent au match, tu pourras toujours t'installer à côté d'eux, ajouta-t-elle, malicieuse, en jetant un coup d'œil à leur table.

— C'est sympa pour elle ! s'indigna Sam. Une soirée avec la famille Adams ! Sarah vient pour s'amuser, je te rappelle !

— Ne les insulte pas.

Les garçons me regardèrent avec étonnement.

— Pourquoi ça ? Ils sont bizarres, c'est un fait, dit Mike.

— Peut-être, mais je te signale que c'est ce que les gens pensent de moi aussi. De plus, de tout le lycée, ils seraient sans doute les moins gênés en ma présence, du moins auraient-ils la politesse de ne pas le montrer, eux !

De nouveau, ils parurent surpris de ma réaction, mais n'ajoutèrent rien.

— Si je comprends bien, ce soir c'est soirée foot, dit Zach

— J'en ai bien l'impression, acquiesça James.

— Tant mieux ! Ça nous fera sortir un peu ! renchérit Stan. Il y a un moment que nous n'avons pas vu un match.

— Pourquoi accepte-t-elle d'assister à une partie à laquelle elle ne va rien comprendre ? demanda Maggie, un sourcil arqué.

— Je vous l'ai répété cent fois ! s'énerva Lily. Parce qu'elle est gentille ! Ça me fait de la peine ce que les gens d'ici disent d'elle, elle doit beaucoup en souffrir.

— Lily, nous ne sommes pas là pour copiner avec elle ! s'agaça son jumeau. Les vampires ne se lient pas aux humains, ils les bouffent !

À cette remarque, Lily fronça les sourcils.

— Et moi, je soutiens que tu ne lui feras aucun mal. Si elle avait représenté le moindre danger, je l'aurais vu. Hier soir, j'ai eu une vision, elle pleurait devant son piano, ajouta-t-elle tristement.

— Je sais, elle a composé une chanson pour sa mère. Qu'elle soit orpheline et que les autres soient désagréables avec elle ne change rien au fait qu'elle reste une menace potentielle pour le clan. Tu ne dois pas t'attacher à elle, Lily !

— Je n'arrive pas à m'en empêcher…, avoua-t-elle en baissant les yeux.

— Que veux-tu dire ? interrogea Stan, inquiet.

— C'est peut-être parce que James et moi sommes jumeaux, mais j'ai l'impression d'être liée à Sarah. Comme si je la connaissais depuis toujours.

— C'est sûrement parce que tu as des visions d'elle depuis plusieurs mois, avança calmement Zach. Tu sais qu'elle entretient un lien avec James et, forcément, tu souhaites qu'il en résulte quelque chose de positif. Nous ne pouvons pas en être certains. Tant que nous ne découvrirons pas qui elle est exactement, nous devons rester sur nos gardes.

Lily poussa alors un long soupir et se retourna vers Sarah. Quoi qu'en pensaient les autres, elle aimait bien la petite mortelle.

— Et ce soir, si elle vient s'asseoir à côté de nous, qu'est-ce qu'on fait ? On la chasse à coups de pied ? ironisa-t-elle. Ou mieux, on lui arrache la carotide, comme ça, on sera tranquilles !

— Rien. On l'ignore, c'est tout, conclut froidement James.

J'arrivai au stade et constatai avec soulagement qu'il n'y avait pas grand monde. Je m'installai donc en haut des gradins, de façon à pouvoir observer les entrées. La foule rappliqua par petits groupes très excités. Ce genre de match devait représenter un événement ici. Les pom-pom s'échauffaient déjà sur le terrain et Marie m'adressa un signe de la main. Elle voulait me montrer quelque chose manifestement. Je me tournai pour apercevoir de quoi il s'agissait et mon regard rencontra celui de James Drake. Il me fixait intensément, je me noyai dans l'encre noire de ses pupilles. Le temps sembla alors s'arrêter. Je lâchai prise, le monde s'effaça un instant et plus rien ne compta que ses yeux. L'air vibra une fois de plus, mais d'une manière différente, presque caressante. Mon rythme cardiaque s'accéléra et ma gorge devint sèche tandis que le sol sembla se dérober sous mes pieds. Son frère le tira soudain par la manche, rompant le charme. James parut un peu désorienté lui aussi. Ils gagnèrent les sièges à quelques places de la mienne, mais sur le même rang. Je tentai de respirer calmement, de reprendre mes esprits. J'y parvins non sans difficulté, me demandant ce qui venait de se produire. Ce fut le moment que choisit Sam pour venir me saluer avant le coup d'envoi.

— Que vous êtes beau, Monsieur le capitaine ! le complimentai-je pour cacher mon trouble.

— Merci, et vous êtes plutôt jolie dans votre genre ! plaisanta-t-il à son tour.

— Alors, prêt à les écraser ?

— Ouais. Et toi ça va, tu ne manques de rien ?

— Non, ne t'en fais pas. Reste concentré sur le match, c'est tout ce qui importe.

— Je constate que tu avais raison, grommela-t-il avec un signe du menton pour m'indiquer les Drake.

— C'est souvent le cas.

Il esquissa une grimace désabusée qui ne m'échappa pas.

— Bon je file, on se retrouve après ?

— Ça marche, à tout à l'heure.

Il rejoignit son équipe et la partie commença enfin. Bien sûr, je ne compris rien, mais si je me fiai aux réactions ambiantes et au tableau d'affichage des points, Black Diamond tint l'avantage. Je fus surprise de voir les Drake se prendre au jeu. Ils riaient, criaient pour encourager les joueurs, tels des gosses un jour de foire. Je souris, ils étaient des adolescents comme les autres finalement. J'aurais aimé avoir des frères et sœurs avec qui partager les bons et les mauvais moments moi aussi. Je me concentrai de nouveau sur le match et vis Sam traverser le terrain comme une flèche, le ballon sous le bras. Les gens scandèrent :

— O'Neil ! O'Neil !

Je me levai à mon tour et hurlai :

— Vas-y, Sam !

Il dut réussir à marquer parce que la foule en délire se dressa de façon parfaitement synchrone. Black Diamond venait de remporter la victoire. Les footballeurs se sautèrent dessus pour se congratuler et les pom-pom girls se déchaînèrent. Sam et Mike ôtèrent leurs casques avant de venir se poster devant ma tribune. Ils m'envoyèrent tous deux un baiser et esquissèrent une révérence. Je fis de même, ce qui les amusa. Plusieurs personnes me dévisagèrent à ce moment-là, mais je m'en moquais, heureuse de ma petite contribution à ce succès.

Les Drake observèrent du coin de l'œil les footballeurs saluer Sarah.

— Je pense ne pas trop m'avancer en disant qu'O'Neil en pince pour elle, s'amusa Stan.

— Elle ne semble pas s'intéresser à lui, en tout cas pas de cette façon, contra Lily.

— Qu'est-ce qui te fait croire ça ? interrogea Maggie.

— Elle ne pousserait pas Marie à sortir avec lui si tel était le cas.

— Cet imbécile de roquet hésite pourtant à l'inviter au bal, grogna James.

— En quoi cela te dérange ? demanda Stan, voyant que son frère était furieux.

James tenta de se reprendre, lui non plus ne comprenait pas sa propre réaction. Il n'avait jamais rien eu de particulier contre Sam, mais ces temps-ci, le jeune homme lui tapait sur le système. Sa seule présence ranimait ses instincts meurtriers.

— Si elle fréquente quelqu'un avant que je sache qui elle est réellement, cela va encore compliquer l'affaire, dit-il avec un calme qu'il était loin de ressentir.

— Là, il marque un point, reconnut Zach. O'Neil se montre du genre pot de colle en plus. L'année dernière, il sortait avec Louisa et ne la quittait pas d'une semelle.

— Maudit soit O'Neil, grommela de nouveau James.

Ce matin-là, l'effervescence régnait. J'appris que le bal se profilait, tout le monde ne parlait que de ça. Je n'avais jamais aimé ce genre d'événement, la musique commerciale et la sono mal réglée, très peu pour moi. Cela dit, qu'en savais-je ? Après tout, je n'y avais jamais mis les pieds et ne risquais pas de commencer. Je détestais la foule et puis bien sûr, personne ne conviait jamais la *délinquante* que j'étais censée être. Fantasmer sur ce style de fille était une chose, la présenter à ses parents, une tout autre ! Marie vint alors vers moi.

— Vu ce magnifique sourire que tu affiches, j'en déduis que Sam s'est décidé à t'inviter au bal ! lui lançai-je gaiement.

— Oui, tu avais raison ! Mais comment as-tu deviné ? Il t'en avait parlé ?

— Non, intuition féminine ! Il suffit de voir comment il te regarde !

— Ah bon ? Je n'avais pas remarqué, dit-elle en rougissant.

— Bon, filons en cours, il ne s'agit pas d'arriver en retard, ajoutai-précipitamment.

Je m'en tirais bien. Intuition féminine ? Mais qu'est-ce qui m'avait pris de sortir un truc pareil ? Cela dit, je pouvais difficilement lui révéler mon secret, elle m'aurait crue folle. Elle gobait ma version et c'était l'essentiel.

La journée se déroula comme d'habitude, la monotonie ne fut rompue que par le changement de salle entre les cours. Je ne me montrai pas très attentive ce jour-là, je réfléchissais toujours à mes visions. Jamais je n'avais passé autant de temps à essayer de découvrir leur sens et leur raison d'être. Depuis quelques semaines, c'est James Drake qui y prenait place le plus souvent. Ce que je ne m'expliquais pas encore, c'était leur bizarrerie. En effet, je le voyais, mais dans des époques différentes, comme s'il effectuait des bonds dans le temps. Les vêtements m'avaient mis la puce à l'oreille. La redingote semblait passée de mode aujourd'hui. *Une étrangeté de plus à l'actif de James Drake,* songeai-je, amusée malgré moi. Peut-être s'agissait-il de ses vies antérieures ? Il m'arrivait de les apercevoir chez certaines personnes. Pas aussi clairement, ni aussi souvent, mais après tout, James était spécial, non ? Comme moi. Je me rendis soudain compte que je courais presque pour rejoindre mon cours d'histoire. *Du calme !* me sermonnai-je. *Tu ne souhaiterais pas qu'il pense que tu es impatiente de le voir !*

J'entrai donc dans la salle d'un pas mesuré et pris place à ma table habituelle. Le professeur avait décidé de nous confier un travail de groupe, par deux. *Qui va hériter de la vilaine petite Française ?* ne pus-je m'empêcher de songer, un rien sadique.

Quelques jours auparavant, j'avais été trouver Monsieur Stuart afin de lui demander des renseignements sur la ville. Ravi que je m'intéresse à sa matière, il m'avait parlé plus d'une heure. Malheureusement, je n'avais rien appris de plus que ce que je savais déjà. Devant mon air dépité, il avait proposé d'approfondir les recherches en donnant un devoir aux élèves. Selon lui, certaines familles étaient implantées à Black Diamond depuis sa création, peut-être détiendraient-elles des documents qui ne paraissaient pas dans les archives communales.

— Monsieur Drake, voulez-vous vous installer à côté de Mademoiselle Martin, s'il vous plaît ? De cette façon, toutes les équipes seront formées.

Je fus horrifiée ! Le mater du coin de l'œil, pas de problème ! Mais l'avoir tout près de moi... mais qu'est-ce qui me prenait à la fin ? *Respire !* m'exhortai-je. *Il ne va pas te manger !* Je le vis se lever et venir prendre place d'un pas décontracté.

— Bonjour, moi c'est James, se présenta-t-il.
— Sarah.
— Enchanté, Sarah.

Il me gratifia d'un sourire si magnifique que je ratai un battement. Sa voix me ramena sur Terre, ou elle me fit planer encore plus, je n'aurais su le dire.

— Nous allons donc devoir unir nos efforts, déclara-t-il calmement.
— En effet, j'ai l'impression.

J'avais la gorge sèche à présent.

— Tu aimes l'histoire ?
— Beaucoup, c'est ma matière préférée, avouai-je.

Ma propre intonation résonna étrangement à mes oreilles. Elle s'était faite douce, fluette même. Je couvais sûrement une angine.

— La mienne aussi, nous obtiendrons certainement une bonne note.
— Je l'espère.
— Tu comptes assister au bal ? me demanda-t-il à brûle-pourpoint.
— Heu... non.
— Pourquoi ? Tu n'aimes pas danser ?

Je fus prise au dépourvu et répondis sans réfléchir :

— Personne ne m'a invitée.

Quoi ? C'est moi qui avais dit ça ? *La honte !* Génial, maintenant, il allait penser que je faisais partie de ces pauvres filles dont personne ne voulait. Ce qui n'était pas totalement faux du reste.

— Oh, bizarre...
— Quoi donc ?
— Rien, rien... Tu te plais à Black Diamond ?

Voilà qui s'appelait sauter du coq à l'âne !

— Euh... J'ai déjà vu mieux.

Je devais avouer qu'il s'agissait du pire endroit où j'avais mis les pieds depuis longtemps. Pour parfaire le tableau, la population était bigote. Bien sûr, je faisais tache puisque je ne passais jamais le seuil d'une église. J'avais même entendu susurrer dans mon dos le mot impie, au vingt-et-unième siècle ! Manifestement, certains avaient dû rater le sermon sur la tolérance. Marie et Sam avaient bien essayé de me convaincre d'y aller, j'avais refusé tout net. Idolâtrer un type à qui je trouvais une étrange ressemblance avec le chanteur des Bee Gees s'avérait au-dessus de mes forces.

— Qu'est-ce qui t'a fait choisir cette ville ?

— J'ai eu envie de changer d'air, j'ai pris une carte et j'y ai posé le doigt au hasard. C'est tombé sur Black Diamond.

Complètement bidon comme explication, mais je n'avais pas vraiment le temps d'inventer mieux. Il me regarda, amusé.

— Tu viens d'où ?

— Chicago.

— Le changement doit sembler radical !

— C'est le moins que l'on puisse dire ! rétorquai-je en souriant à mon tour. Tu connais Chicago ?

— Un peu, c'est un endroit que j'apprécie.

— C'est plus animé qu'ici. Et toi, tu habitais où avant ?

— New York, question animation, ce n'est pas mal non plus.

— J'y ai passé un an. J'aimais bien.

À la vérité, j'adorais New York. Ville magique où la moitié de la population se tamponne royalement de l'autre. Le paradis !

— J'ai entendu que tu vivais seule, c'est vrai ?

Je compris enfin où il voulait en venir, il avait eu vent des racontars à mon sujet, et bien sûr, il souhaitait assouvir sa curiosité. Qui lui en tiendrait rigueur ?

— Effectivement.

Sa voix devint triste soudain, ainsi que son regard.

— Je sais ce que c'est que de perdre ses parents. Même si l'on apprend à vivre avec leur absence, ils nous manquent toujours.

Cette fois, je restai interdite une seconde avant de répondre :

— Oui… Tu as perdu les tiens ?

— Ma sœur et moi n'avions que quelques mois. Accident de voiture, nous sommes les uniques survivants.

— Oh, je suis désolée.

Il esquissa un rictus attristé encore une fois puis haussa les épaules.

— Ne le sois pas. Nous avons eu de la chance et puis, nous sommes deux pour affronter ça.

— J'aurais aimé avoir des frères et sœurs. Cela doit être agréable d'avoir quelqu'un à qui se confier.

— C'est vrai, même si parfois, je vendrais volontiers ma jumelle ! s'amusa-t-il.

Je souris à mon tour.

— Mais tu l'aimes.

Ses lèvres parfaites s'étirèrent en un léger sourire en coin.

— Oui, plus que tout au monde. Elle est la seule famille qui me reste. Mais dis-moi, et ton père ?

Je fus prise au dépourvu et respirai profondément pour cacher la panique qui me gagnait. Quoi qu'il arrive, il ne devait pas se rendre compte que je mentais. *Pourvu qu'il ne soit pas télépathe !*

— Oh, je ne l'ai pas revu depuis des années. Ma mère l'a quitté quand j'étais toute petite et il n'a jamais donné de nouvelles depuis. Lorsqu'elle est morte, des recherches ont été effectuées, mais il semble avoir disparu de la surface de la Terre.

Ma voix était détachée, calme, posée. *Tu excelles de plus en plus dans l'art du mensonge, ma pauvre Sarah,* songeai-je alors. Il me considéra quelques secondes, impassible, puis la sonnerie retentit, interrompant notre conversation. Nous n'avions quasiment rien écouté de tout le cours.

— Je peux te demander quelque chose ? lâcha James alors que je m'apprêtais à sortir.

— Vas-y.

Je n'étais pas à une interrogation près et bizarrement j'eus envie de me livrer à lui. Peut-être parce que son histoire ressemblait à la mienne. Plus que je ne l'aurais souhaité sans doute. Voilà pourquoi je devais éviter de me lier aux gens, je risquais de m'épancher plus que de raison. Maintenant il était trop tard, il allait poser sa question.

— Pourquoi choisir l'émancipation ? La famille d'accueil aurait représenté la solution la plus facile à bien des égards, non ?

Oh, il ne s'agissait que de ça, ouf !

— Sûrement pour la plupart des ados, mais pas pour moi. J'ai toujours été très indépendante. Un peu solitaire aussi à ma façon, ajoutai-je. Alors une famille d'accueil, avec tout ce que ça comporte, manque d'intimité compris, très peu pour moi ! Et puis, il y a ma musique, difficile de trouver une maison où un piano rentre sans problème, et je sais de quoi je parle !

— Tu joues du piano ? C'est un très bel instrument.

— Oui, mais encombrant ! m'esclaffai-je.

Il rit à son tour et je ne pus m'empêcher de songer que ce rire ressemblait à une mélodie, douce et sensuelle. Cette pensée me troubla plus que je n'aurais osé me l'avouer. Je sentis le rouge me monter aux joues.

— C'est pour ça que tu as choisi la vieille demeure près des bois ?

Il était bien informé, visiblement je n'avais pas été la seule à mener ma petite enquête. De toute façon, dans un patelin de moins de quatre cents habitants, difficile de garder un secret. Quoique, les Drake semblaient y parvenir sans difficulté, ce qui était encore plus troublant.

— En partie, mais pas seulement. Elle est éloignée des autres habitations, ce qui me permet de vivre tranquille sans que l'on espionne toujours mes moindres faits et gestes.

Je passerais peut-être pour une parano, mais c'était la triste vérité pourtant. Il ne sembla pas le moins du monde perturbé ou surpris par ma réponse cependant. Les Drake subissaient eux aussi les regards lourds de la population.

— Tu n'as jamais peur dans cette grande maison ?

— Non.

Il fronça les sourcils cette fois.

— Hum… Fais tout de même attention. On ne sait jamais avec tout ce qu'on entend.

— Ne t'inquiète pas pour moi.

Nous nous retrouvâmes sur le parking maintenant désert, sauf nos deux véhicules, je ne pensais pas avoir tant traîné.

— Quelqu'un t'attend on dirait.
— Hein ? Oh, c'est Jeff. Je me demande ce qu'il peut bien me vouloir, ajoutai-je plus pour moi que pour lui.
— Tu verras. Au revoir.
— Au revoir.

J'avançai vers ma voiture où Jeff Mac se trouvait appuyé. Il afficha un sourire de vainqueur qui me déplut au plus haut point. Je ne l'aimais pas. Il respirait la fourberie et la bestialité, mais il y avait autre chose. Je ne parvenais pas à définir quoi, pourtant j'éprouvais un sentiment de déjà-vu désagréable à son contact.

— Sarah, je t'attendais ! lança-t-il, affable.
— Je vois ça, pourrais-tu te lever, s'il te plaît ?

Il parut surpris par mon ton peu amène, mais il se redressa.

— Que puis-je faire pour toi, Jeff ? dis-je en inspectant ma carrosserie à la recherche de la moindre rayure.
— Tu veux sans doute savoir ce que moi, je peux faire pour toi.

Constatant que je ne saisissais pas, il continua :

— Je viens t'inviter au bal, expliqua-t-il comme si ma réponse ne laissait aucun doute dans son esprit.

Je devrais ajouter prétentieux à la liste de ses qualités ! pensai-je, ironique.

— Oh ! Je suis flattée, mais… cela ne va pas être possible.
— Comment ça : pas possible ? grogna-t-il en avançant d'un pas.
— Je ne participe pas à ce genre de manifestation, je n'aime pas ça, éludai-je.

Avant que j'aie compris ce qui se passait, il m'attrapa le bras et serra incroyablement fort. Mes genoux fléchirent sous le coup de la douleur.

— Jeff…, commençai-je en essayant de ne pas paniquer à la vue des images qui défilaient dans ma tête à présent.
— Pour qui tu te prends la *frenchie* ? Tu imagines combien de filles m'ont demandé de les inviter à ce bal ? Je te fais une fleur, ma belle !

Son visage se trouvait à peine à deux centimètres du mien, et je savais que la menace qui pointait dans sa voix n'était pas feinte.

— Tu me fais mal ! hurlai-je en me débattant pour me dégager.
— Ah oui ? ricana-t-il.

Alors que je me disais que ce n'était que le début, une main apparut sur l'épaule de Jeff, lui arrachant un hoquet de surprise.

— Lâche-la.

Jeff était trop grand et je ne vis pas qui se tenait derrière lui, mais cette voix…

— Immédiatement, ajouta froidement mon sauveur.

Il y avait une telle rage contenue dans son intonation que j'en frissonnai malgré moi. Jeff émit un grognement ainsi qu'une légère grimace, mais je n'aurais su dire s'ils étaient dus à la contrariété ou à la douleur. Il relâcha un peu sa prise sur mon bras, pas assez cependant pour que je puisse me dégager complètement.

— Reste en dehors de ça, Drake ! Ça ne te regarde pas !
— Lâche-la ou je te brise la clavicule, gronda ce dernier d'une voix sourde.

Cette remarque ne souffrait aucun doute sur le fait qu'il passerait à l'acte sans hésiter.

— O.K. ! O.K. ! Je te la laisse si tu y tiens tant !

Jeff desserra sa prise et, instinctivement, je portai mon autre main à mon bras meurtri, une douleur terrible en irradiait à présent.

— Ça va ? s'enquit doucement James, ignorant le molosse.

— Oui, ne t'inquiète pas, mentis-je.

Jeff commença à s'éloigner lentement lorsque James l'interpella :

— Pas si vite, Mac !

Comment l'avait-il vu alors qu'il lui tournait le dos ? Je le regardai pivoter vers l'autre.

— Tu n'as rien oublié par hasard ? lui demanda-t-il.

Le géant le fixa sans comprendre, je ne saisis pas non plus, soit dit en passant, alors il précisa :

— Excuse-toi, immédiatement.

Cette phrase fut prononcée d'un ton sans appel.

— Tu plaisantes ? interrogea la brute sous le coup de la surprise.

— Et je te conseille de te montrer convainquant, ma patience a des limites.

Je ne pus apercevoir l'expression de James, mais celle de Jeff fut sans équivoque : *la peur*. Il baissa le regard vers moi, James se positionna de façon à ce qu'il me voie, mais aussi à se dégager une marge de manœuvre si le colosse tentait de m'approcher.

— Excuse-moi Sarah, bougonna-t-il.

Je supposais qu'il ne fallait pas s'attendre à mieux et ne souhaitais pas que la situation s'éternise. Les visions que j'avais eues lorsqu'il m'avait agrippée me suffisaient amplement.

— C'est oublié.

— Tire-toi maintenant !

James avait asséné ces mots comme un coup de tonnerre. Le géant ne demanda pas son reste. Il se tourna ensuite vers moi.

— Tu es sûre que ça va ? me questionna-t-il encore.

— Oui, je suis quitte pour un bon bleu, mais c'est tout.

— Hum…

Il se pinça l'arête du nez et ferma les yeux très fort. Il essayait de contenir sa colère, me sembla-t-il.

— Tu devrais rentrer chez toi. Et bien verrouiller la porte derrière toi en arrivant, ajouta-t-il.

Cette dernière remarque me fit l'effet d'une douche glacée.

— Je te remercie d'avoir joué les chevaliers servants, mais je ne suis plus une gamine !

— Si tu le dis !

Sa moue clairement moqueuse réussit à me faire sortir de mes gonds cette fois.

— Parfaitement ! J'aurais pu me débarrasser de Jeff toute seule !

— Tiens donc ! Dans ce cas, j'ai commis une erreur de jugement, enchaîna-t-il, sarcastique.

— Je ne t'avais rien demandé ! Tu es venu te mêler de ce qui ne te regardait pas !

Ses traits exprimèrent soudain une telle fureur que je reculai d'un pas. Ses yeux ressemblaient plus que jamais à deux diamants, noirs et froids comme la glace. Mais surtout, ses iris s'étaient élargis au point d'engloutir presque toute la sclère de ses yeux. Mon trouble dut se lire sur mon visage, car il fronça les sourcils.

— Je...

Il ne termina pas sa phrase et tourna les talons, me plantant là. Je montai dans ma voiture et claquai ma portière plus fort que de raison. Je démarrai en trombe avant de passer devant lui, fixant la route, droite comme la justice.

En rentrant chez moi, je me postai directement devant le piano et me mis à jouer. La musique me calmait toujours, mais ce soir-là, je ressentais une telle rage que cela n'eut aucun effet, même après plusieurs heures. Je fulminais ! D'abord contre ce Drake avec ses airs supérieurs ! Puis contre cette grosse brute de Jeff Mac, non mais je n'en revenais pas du culot de ce type ! *« Je te fais une fleur, ma belle... »* C'est plutôt lui qui devrait me payer et cher encore ! Pour que je sorte avec lui ! Crétin ! Les amphétamines lui faisaient confondre ses rêves avec la réalité ! Les visions qui m'avaient prise d'assaut au moment où il m'avait agrippée m'avaient prouvé qu'il aurait mis ses menaces à exécution sans aucune hésitation. Contrairement à ce que je croyais, Jeff n'était pas seulement fourbe et bestial. Il aimait aussi jouer les gros bras, avec les femmes. Je tremblai malgré moi, mes souvenirs d'enfance luttèrent pour remonter à la surface.

— Non ! hurlai-je, ma propre voix me faisant sursauter.

Il était hors de question que je les laisse faire, hors de question que je laisse Mac me pourrir la vie ! Je décidai de me doucher et d'aller me coucher directement. Une fois au lit, je tentai de me détendre et de comprendre pourquoi je ressentais une telle colère. J'avais déjà vécu pire, alors pourquoi me mettais-je dans des états pareils ? Après quelques instants, la réponse s'imposa d'elle-même. Je n'en voulais pas à Jeff ou James, mais à moi ! J'avais baissé la garde, trop absorbée par mon petit jeu avec Drake, et je n'avais pas vu venir Jeff. Ensuite, j'avais été désarçonnée par l'attitude de James alors qu'il avait juste souhaité se montrer prévenant. J'avais perdu l'habitude que l'on se préoccupe de mon sort, résultat : je m'étais montrée odieuse ! Quelle imbécile ! Demain, j'irai trouver James, j'essaierai de lui expliquer et je m'excuserai. Maintenant que j'avais réussi à l'approcher, je devais le pousser à se confier. Mon instinct me soufflait qu'il entretenait un rapport avec le garçon sans visage. Forte de cette nouvelle résolution, je m'endormis enfin.

Lorsque James rentra chez lui, les autres se trouvaient déjà là. Lily perçut immédiatement la rage émanant de son jumeau.

— Que se passe-t-il, James ? À qui as-tu fait du mal ? demanda-t-elle, angoissée. Pas à Sarah au moins ?

Aussitôt, le reste du clan apparut comme par magie dans le salon.

— Mais non, ne sois pas stupide ! C'est cette brute de Jeff qui lui en aurait fait si je n'étais pas arrivé à temps.

— Comment ça ?

— Je discutais avec Sarah. Nous étions sur le parking, j'ai vu qu'il l'attendait, je l'ai laissée y aller. Je suis retourné vers ma voiture tout en écoutant leur conversation d'une oreille distraite. Il l'a invitée au bal, mais quand elle a refusé, j'ai senti la violence de Jeff éclater dans son esprit comme une bombe ! Alors je suis intervenu, mais il lui avait déjà attrapé le bras. Si je n'avais pas été là, il le lui aurait brisé, mais cela n'aurait été que le début.

— Quelle horreur ! s'écria Gwen.

— J'ai toujours dit qu'il était tordu ce mec ! continua Maggie.

— Tu n'as pas blessé ce Jeff ? demanda Kylian.

— Je l'ai juste intimidé, le rassura James.

Mais ce n'était pas faute d'en avoir eu envie, même s'il ne l'aurait pas avoué. Pendant une fraction de seconde, il s'était imaginé tenir la jugulaire de Jeff entre ses mâchoires et avait adoré cette vision. Ne pas le tuer lui avait demandé de terribles efforts.

— Je vois. Tu penses qu'il a compris, ou y a-t-il encore des risques pour la petite mortelle ?

— Sarah ! Elle s'appelle Sarah ! Ce n'est tout de même pas si difficile de se souvenir de son prénom ! répondit-il, exaspéré malgré lui. Et non, je ne crois pas, mais je ne peux en être sûr. J'ai aperçu l'esprit de Jeff, il est malade, pour ne pas dire dément. Je vais me rendre chez Sarah pour la surveiller.

— Tu veux que je t'accompagne ? proposa Lily.

Elle s'inquiétait des réactions de son frère. Il paraissait au bord de l'implosion. La dernière fois qu'il avait été dans cet état, ils s'étaient retrouvés à creuser une vingtaine de tombes en guise de petit déjeuner. Le moine qui leur avait autorisé l'accès au petit lieu saint avait été mal inspiré de taquiner Jamy sur son mauvais caractère. Il avait perçu chez James une colère qui, selon lui, obscurcissait son âme. Il lui avait donc conseillé de prier. Pour toute réponse, l'ecclésiastique et ses frères avaient rejoint Dieu en personne.

— Je préfère y aller seul.

Puis il partit sans rien ajouter, claquant la porte si fort qu'elle trembla sur ses gonds.

— Mais qu'est-ce qui lui prend à la fin ? C'est quoi son problème ? Depuis que cette fille est arrivée, il est complètement à côté de la plaque ! Dès que l'on fait le moindre commentaire à son sujet, il se sent visé personnellement ! Il zappe même de se nourrir si on ne le lui rappelle pas ! Depuis quand oublions-nous notre instinct ? demanda Zach, abasourdi.

— Seulement lorsqu'un appel beaucoup plus puissant nous retient, répondit Gwen avec calme.

— Lequel ?

— Celui qui durera toute son existence, la seule sirène qu'il ne pourra faire taire. Mais aussi l'unique chose qui pourrait véritablement le détruire…, ajouta Kylian, songeur.

— Qu'est-ce que c'est ? questionna Lily, ses grands yeux trahissant à la fois l'incompréhension et la peur.

Gwen jeta un coup d'œil entendu à son mari qui enchaîna :

— Je crois que James vient de trouver sa compagne.

Toute la *fratrie* resta abasourdie face à cette éventualité.

— Mais il n'a jamais réagi comme ça avec aucune des femmes qu'il a connues, dit Lily.

— Logique, puisque celle qui lui était destinée n'était pas encore née, expliqua leur père.

— C'est une simple hypothèse, ajouta posément Gwen, mais nous devons l'envisager.

— Je sais que je l'ai souhaité, mais quand je lui ai posé la question, il m'a assuré que ce n'était pas le cas ! s'écria la punkette, vexée que son jumeau ait pu lui mentir. Et puis, mes visions ne m'ont rien montré de tel.

— Peut-être, mais ce serait une explication logique au fait que tu la vois souvent depuis quelques mois et à cette connexion avec James, continua Kylian.

James était perché dans un arbre derrière la maison de Sarah. Il apercevait ce qui se passait dans le salon, la cuisine et dans sa chambre, à l'étage. C'était devenu son observatoire attitré depuis quelque temps. Pendant près de trois heures, il l'avait écoutée jouer du piano, fermant parfois les yeux pour mieux profiter de la musique. Elle était douée, pour une mortelle. Ses mains volaient presque sur les touches, magnifique. Puis comme toutes les bonnes choses ont une fin, elle s'arrêta. Il la vit se diriger vers la cuisine, puis soudain, elle tapa du poing sur la table en criant :

— Non !

Non quoi ? Dieu que c'était agaçant de ne pas savoir ! Ses yeux reflétaient une colère noire, il pouvait la capter de là où il se trouvait. Elle éprouvait une haine qu'il ne connaissait que trop bien, noire, mortelle. Bon sang ! Qui pouvait lui avoir infligé autant de mal pour qu'elle se retrouve dans cet état ? Car elle possédait un terrible secret… Un secret ? Des tas, oui ! Que pouvait-elle bien dissimuler au juste ? Sûrement quelque chose de grave, sinon elle ne prendrait pas tant de précautions pour se cacher.

Il la vit monter à l'étage et se diriger vers la salle de bain. Il se tourna aussitôt sur sa branche. La protéger était une chose, jouer les voyeurs, certainement pas ! Mais qu'est-ce qu'il racontait ? Il n'était pas question de veiller sur elle, mais d'être un simple observateur, afin de découvrir pourquoi elle s'incrustait dans les visions de sa sœur ! Il n'avait servi cette excuse à sa famille que pour qu'ils lui fichent la paix. D'ailleurs, en ce qui concernait sa protection, elle lui avait clairement signifié qu'elle pouvait s'en charger seule. Grand bien lui fasse ! D'ailleurs, si quelqu'un se chargeait de lui faire du mal, cela lui éviterait la corvée de la tuer lui-même. Parfait !

La chambre s'éclaira à ce moment-là et il l'aperçut à nouveau, vêtue d'un peignoir en satin rouge sang et quand elle ôta le peignoir, il déglutit difficilement. Elle portait une nuisette à fines bretelles assortie. James ressentit alors une sensation jusqu'alors inconnue. Sa gorge se serra, sa bouche devint sèche et son estomac se noua, comme le soir du match lorsqu'elle avait planté son regard dans le sien. Bien sûr, c'était psychologique. Son corps était mort, seul le sang qu'il consommait et qui s'attardait dans son système lui permettait de survivre. Il lui était impossible d'éprouver de telles sensations, et pourtant… Il attendit qu'elle éteigne la lumière pour sauter sur le rebord de la fenêtre et l'observer de plus près. Elle incarnait la créature la plus bizarre et la plus exaspérante qu'il ait jamais rencontrée ! Et en cent vingt-huit ans d'existence, il en avait croisé des gens ! Pourtant, il se sentait irrésistiblement attiré par cette fille, rien de charnel, non, il s'agissait d'autre chose. Comme si le centre de gravité terrestre avait brusquement changé et qu'elle avait tout bonnement pris sa place. Elle l'obsédait, littéralement ! Comment était-ce possible ? Jamais aucune femme ne l'avait intéressé, du moins pas plus que ça. Il avait eu pas mal histoires d'un soir, mais le plus souvent au matin, il ne se souvenait pas de leurs prénoms. Alors que cet après-midi, quand leur professeur lui avait demandé de s'asseoir à côté d'elle, il avait dû se retenir pour ne pas voler jusqu'à elle. Puis, lorsqu'il avait humé son odeur… Ah son odeur ! Elle sentait le soleil, le miel et… quoi d'autre ? Il ne saurait le dire. Même sa fragrance était différente. Elle dégageait quelque chose d'envoûtant, d'entêtant, qu'il ne connaissait pas. Il aurait également juré que le rythme cardiaque de Sarah s'était accéléré à son approche. Mais peut-être était-ce la peur ? Les humains avaient souvent ce genre de réaction au contact des siens, une espèce de sixième sens qui les prévenait du danger, le plus souvent trop tard. Il ne pensait pas que ce soit la peur, sinon elle ne se serait pas livrée. Il avait espionné ses conversations, elle restait plutôt discrète quand il s'agissait de parler d'elle. Alors quoi ? Qu'avait-elle ressenti ? Et lui ? Qu'éprouvait-il en ce moment ? Du désir ? Non… De la simple attirance ? Non plus. Mais il ne parvenait pas à identifier clairement l'étrange sentiment qui l'étreignait. Ce n'était pas désagréable, juste… nouveau. Soudain, une constatation frappa son esprit. Il ne sut dire si elle était inquiétante ou non, mais elle le perturbait profondément. Sarah n'éteignait pas que ses instincts de tueur à lui. Lily s'y était attachée et refusait obstinément de lui faire le moindre mal. Zach avait également détecté quelque chose chez elle, mais cela ne l'avait pas inquiété au point d'avoir lui-même envie de la tuer. Quant à Stan et Maggie, ils y seraient totalement restés indifférents s'il n'y avait pas eu cette histoire de connexion. S'ils évitaient de fréquenter de trop près les humains, même au lycée, c'était justement parce que *tous*, demeureraient des proies potentielles. Parce que résister à la tentation de les abattre comme du vulgaire bétail représentait une lutte permanente contre eux-mêmes. Or, la jeune fille ne provoquait pas ce genre de réaction chez eux. Elle paraissait même endormir le prédateur en eux. Mais comment ? Les sourcils froncés, une ride creusant son front, James fixait la jeune fille à travers le carreau. *Qui es-tu ? Que cherches-tu ici ? Qu'est-ce qui peut bien te différencier des autres humains ? Te tuer serait si facile petite fille. Quelques secondes me suffiraient et pourtant, je n'en ai pas la moindre envie. Je donnerais cher pour goûter ton essence, sans pour autant t'ôter la vie et je sais que cela n'a rien à voir avec les règles de mon clan. Ce n'est pas ma conscience qui parle, mais bel et bien mon instinct. Comment une gamine de dix-sept ans peut-elle parvenir à faire taire les instincts sanguinaires de prédateurs vieux de plus d'un siècle ?*

Elle dormait à présent, son bras passa par-dessus la couverture lorsqu'elle bougea dans son sommeil. C'est là qu'il remarqua les marques. L'énorme bleu, presque noir, et qui n'était autre que l'empreinte de la grosse paluche de cet abruti de Jeff Mac ! La colère monta en lui comme de la lave pendant une éruption volcanique, dévastant tout sur son passage. Il prit sa décision en quelques secondes. Jeff Mac allait payer pour ça ! Oh oui et cher encore ! James sonda les environs pour voir s'il n'y avait pas de danger. Rien à craindre pour ce soir. Il descendit de la fenêtre sans un bruit, puis se dirigea vers les bois qu'il traversa en quelques secondes seulement pour se retrouver de l'autre côté de la ville.

Arrivé devant chez le molosse, il capta les psychés des habitants de la maison. Une femme dormait, son cerveau était brumeux. Abrutie par des somnifères, en déduisit James. L'homme à côté d'elle sommeillait tout aussi profondément, l'esprit tout aussi nébuleux, mais corrompu par autre chose – l'alcool, une sacrée dose apparemment. *Charmant petit couple !* Ah ! Ce cher Jeff se trouvait dans sa chambre, à l'extrémité de la résidence, sur la gauche.

Très bien Monsieur le quarterback, à nous deux ! pensa-t-il en découvrant ses dents en un sourire carnassier. James sauta sur le rebord de la fenêtre et l'ouvrit d'une poussée, un jeu d'enfant. Il entra et s'approcha du lit de Jeff. Tel un fauve, il se déplaçait dans un silence total. Il ne perdit pas de temps, sonda la conscience de l'autre et s'en empara comme d'une vulgaire marionnette. Presque trop facile ! Jeff sursauta dans son sommeil, mais ne se réveilla pas. À présent, James avait le contrôle de son esprit. Les images mentales qu'il envoya à la brute furent d'une rare violence. Jeff rêva qu'on lui brisait les membres un par un, qu'on le brûlait au fer rouge, et son corps ressentit cette douleur atroce ! Il voulut hurler, se débattre, mais impossible, quelque chose l'en empêcha. Lorsqu'il songea atteindre le paroxysme de la souffrance, il entendit une voix lui murmurer :

« *Si tu t'approches encore de Sarah, ou si tu la touches, ne serait-ce qu'en la frôlant dans un couloir, les douleurs que tu as ressenties dans tes rêves deviendront bien réelles, sois-en sûr ! J'arracherai ta peau centimètre par centimètre, comme si tu n'étais qu'une vulgaire orange, et je presserai tes artères pour en recueillir la moindre goutte de sang !* »

La fin de la phrase fut ponctuée d'un grognement sourd, menaçant, terrible. Un bruit qui n'avait rien d'humain ni d'animal. Jeff trembla dans son sommeil. Lorsqu'il se réveilla enfin, il découvrit qu'il était seul. Avait-il vraiment rêvé toutes ces horreurs ? La douleur ? L'avertissement et ce grondement abominable qui lui avaient fait bien plus peur que tout le reste ? Il ne savait pas, mais ce qui s'avérait certain en revanche, c'était que Jeff Mac, quarterback de l'équipe de foot, avait pissé au lit comme un gamin de cinq ans. Il se prit la tête dans les mains avant de pleurer de rage et de honte. Quand son père s'en rendrait compte, il recevrait une sacrée rouste – encore !

Tout ça à cause de cette saloperie de Française !

James observa la scène, perché sur le toit de la maison voisine. Il laissa échapper un rire, teinté de sadisme et de satisfaction. Il n'en avait pas fini avec son ami Jeff. Ce dernier aimait jouer les caïds chez les lycéens, pas de quoi fouetter un chat. Cette fois, il allait faire son entrée dans la cour des grands. Il avait réussi à mettre en rogne le prédateur le plus féroce et le plus sadique de toute la création. *Bienvenue en enfer, Jeff !*

Assise dans la Mustang sur le parking du lycée, je réfléchissais. Depuis mon réveil, trois visions m'étaient venues, toutes concernaient James. Dans la première, il était habillé à la mode des années trente, appuyé contre une voiture, une cigarette à la main, il avait une classe folle ! Dans la seconde, il attendait sur un quai de gare. Cette fois, ses vêtements dataient de la fin des années mille huit cent, début mille neuf cent, du moins c'est ce que je pensais. Enfin, la dernière m'avait représenté le James d'aujourd'hui, il portait les mêmes vêtements que la veille, mais comble de la bizarrerie, il se trouvait perché sur le toit d'une maison ! Sa position rappelait celle d'une panthère prête à bondir et son sourire celui d'un carnassier. Un fauve en chasse ! Voilà à quoi ressemblait James dans chacune de mes visions. Il était poli, beau gosse, mais… extrêmement dangereux. Cependant, mon instinct me soufflait que je n'avais rien à craindre, qu'il ne me ferait aucun mal. J'en étais là de mes réflexions lorsque l'on frappa à la vitre de la voiture, me faisant violemment sursauter.

— Désolé ! Je ne voulais pas te faire peur, ça va ? interrogea Sam.

— Oui, je rêvassais, c'est tout.

— Je vois… Eh bien, pardon d'interrompre ta rêverie, mais nous allons être en retard.

Je descendis de mon véhicule tout en me demandant comment je pourrais m'excuser auprès de James. Je m'étais montrée odieuse la veille, cela risquait de ne pas être facile d'engager la conversation.

— Tu es sûre que ça va ? T'es bizarre, reprit Sam.

— Je manque juste un peu de sommeil.

— L'interro de maths ne t'aidera pas à te tenir éveillée ! s'esclaffa-t-il.

Cette réflexion eut au moins le mérite de me faire sourire. Je lui emboîtai le pas pour rejoindre notre cours. Nous nous installâmes et le professeur distribua le sujet. Je me tournai vers James, mais celui-ci ne m'adressa pas un seul regard. Je décidai de me concentrer sur ma copie afin de ne pas me planter encore plus que d'habitude. De toute façon, j'avais histoire ensuite, Sam ne participait pas à ce cours et j'étais la partenaire de James. J'improviserai !

Lorsque la sonnerie retentit, je rendis ma feuille, sans la moindre illusion sur ma note. Je soupirai et Sam me fixa, inquiet.

— On se retrouve au déjeuner, d'accord ?

— Oui, à tout à l'heure.

James passa devant moi comme si je n'existais pas. Cela allait être plus difficile que ce que je pensais… Et puis, je ne me sentais pas très bien soudain. J'avais froid, mal à la tête et une légère nausée m'avait envahie. J'espérais ne pas couver la grippe.

En histoire, je constatai que les groupes formés la veille avaient encore lieu d'être, je gagnai donc ma place près de lui. L'air se remit à vibrer, si fort que cela me coupa le souffle une seconde. Mais qu'est-ce qui m'arrivait ? J'agrippai la table et mis une seconde à reprendre mes esprits. Peu importait, j'aurais le temps plus tard pour m'attarder sur mes petites misères. D'abord, il fallait que je m'excuse auprès de James et que je le fasse parler.

— Bonjour, dis-je pour entamer la conversation.
— Bonjour.

Génial ! Un iceberg n'aurait pas été plus froid.

— James, pour hier…
— Pas la peine de te fatiguer, j'ai parfaitement saisi le message.
— Mais…
— Monsieur Drake, Mademoiselle Martin, on vous ennuie peut-être ?

Monsieur Stuart venait d'interrompre le cours et nous toisait, désapprobateur.

— Pas du tout, rétorqua James sans se départir de son calme, continuez, Monsieur Stuart, je vous en prie.
— Trop aimable à vous…, lui répondit le prof d'un ton grinçant.

Cette intervention étouffa dans l'œuf tout espoir de dialogue. À la fin de l'heure, le professeur nous donna un sujet d'exposé à faire à deux, évidemment. Eh bien ! Au moins, James serait obligé de me parler, ne serait-ce que pour ce fichu devoir ! Cependant, il m'ignora royalement le reste de la matinée, comme si je n'avais jamais existé. Je détestais cela, même si je ne m'expliquais pas pourquoi. Après tout, il ne m'avait adressé la parole qu'une seule fois ! De plus, mon malaise augmentait de minute en minute, l'air ne vibrait plus à présent, il *crépitait*. Mon cœur battait bien plus vite qu'à l'accoutumée, j'avais chaud, et il me semblait manquer d'air. J'eus l'impression que le sol s'apprêtait à s'ouvrir sous mes pieds d'un instant à l'autre tandis qu'une sueur froide dégringolait le long de ma colonne vertébrale. En arrivant au réfectoire, je pus constater que cela s'inscrivait sur mon visage.

— Tu es blanche comme la mort ! s'écria Marie. Tiens, assieds-toi là, me proposa-t-elle en tirant la chaise à côté d'elle.
— Merci.

Elle me toucha le front.

— Tu n'as pas de fièvre, mais quand même, si tu voyais ta tête !

En retirant sa main, elle me frôla le bras par inadvertance.

— Aïe !
— Qu'est-ce qui se passe ? Tu es blessée ? s'inquiéta-t-elle.
— Je me suis cognée en bricolant la Mustang, rien de grave. Ça va aller.
— Bon, comme tu voudras.
— Au fait, il paraît qu'hier soir, tu es restée à discuter avec James Drake ? m'interrogea Marie avec une moue de conspiratrice.

Instinctivement, je me renfrognai.

— Qui t'a parlé de ça ?

— Comme si tu ne le savais pas !

« Le club des pestes » bien entendu, puisqu'elles étaient la source de tous les ragots du lycée. Je ne pensais pas que Jeff se serait vanté de l'incident et encore moins de la façon dont il avait pris ses jambes à son cou face à James.

— Je vois. Il y a vraiment des personnes qui ont du temps à perdre.

Je luttai maintenant contre le malaise qui tentait de m'envahir définitivement. De petites taches noires dansaient devant mes yeux.

— Alors raconte ! insista mon amie.

— Laisse-la tranquille, Marie, la curiosité est un vilain défaut ! rouspéta Sam.

— Je m'informe, c'est tout ! rétorqua la petite brune, les lèvres pincées.

— Ne vous disputez pas ! Il n'y a rien à dire, je suis juste sa partenaire pour un exposé, fin de l'histoire.

— C'est tout ! répondit Marie, visiblement déçue.

— Oui, c'est tout.

— Remarque, tu as de la chance, il est mignon ! enchaîna-t-elle.

— Si tu le dis…, grommelai-je en appuyant mon front sur la table.

Devant mon peu d'enthousiasme, Marie abandonna finalement. Je jetai un coup d'œil vers James et ses frères et sœurs. Ils me fixaient tous, comme s'ils écoutaient notre conversation avec beaucoup d'intérêt. Même si à cette distance, c'était tout à fait impossible.

Mon regard se posa sur lui, puis tout s'accéléra en quelques secondes. Des flashs m'arrivèrent, défilant à une vitesse folle dans ma tête. James en chapeau haut de forme, James dans une ruelle sombre qui suivait un homme totalement ivre, James regardant la télé sur un poste sans âge, James, James, James… Encore et encore, de plus en plus vite, je perdis pied alors qu'il me semblait que mon cœur explosait dans ma poitrine. Je revins à moi brusquement, désorientée et épuisée. L'air crépita plus fort.

— Sarah ! Sarah ! Tu m'entends ? s'écria Marie, affolée.

— Elle reprend connaissance ! ajouta Sam, paniqué lui aussi.

Je me rendis alors compte que les autres élèves me reluquaient avec curiosité. Je venais de m'écrouler sur le sol du réfectoire.

— J'ai besoin de prendre l'air, expliquai-je à mes amis avec une voix qui résonna étrangement à mes propres oreilles.

— Tu as eu un malaise, il faut t'emmener à l'infirmerie.

— Non ! Je vais bien, j'ai juste besoin d'oxygène, insistai-je.

— Appuie-toi sur moi, me proposa Sam.

Il m'aida à me relever. Je constatai avec honte et ahurissement que mes jambes ne me portaient pas. Je levai les yeux vers les Drake (instinctivement) et je m'aperçus qu'ils me fixaient toujours. Cette fois avec des regards ébahis. Ils n'avaient donc jamais vu personne s'évanouir ?

— Doucement, m'exhorta Sam, tu t'es cogné la tête en tombant. Marie, attrape son sac, tu veux ?

— Bien sûr ! On va l'installer au soleil, ça lui fera du bien.

Une surveillante s'approcha et me proposa une fois encore de me rendre à l'infirmerie, je déclinai l'offre. Mon malaise n'avait rien de médical, l'infirmière scolaire ne me serait d'aucune aide et risquait de poser tout un tas de questions auxquelles je n'avais aucune envie de répondre.

À l'extérieur, il y avait des bancs et des tables de pique-nique, comme celles que l'on trouve sur les aires de repos. Comme l'avait prévu Marie, l'air frais et le soleil me soulagèrent un peu. Je sentais déjà une jolie bosse se former à l'arrière de mon crâne, mais je survivrais.

— Tu sais, on est vendredi, c'est la dernière journée. Tu devrais retourner chez toi et te reposer, me conseilla Sam.

— Si tu le souhaites, je peux m'arranger pour te récupérer tes cours, comme ça tu ne manqueras rien, me proposa à son tour Marie.

— Vous avez sans doute raison, je vais rentrer chez moi, approuvai-je enfin.

J'avais besoin de réfléchir, quelque chose clochait. Cette sensation d'air qui *crépitait*. Les visions qui affluaient comme une hémorragie d'images et puis, surtout, la non-cohérence de ces images dans le temps ! James Drake cachait-il quelque chose de plus grave que ce que j'avais pressenti lors de notre première rencontre ? Si tel était le cas, je le découvrirais.

Si James avait découvert une chose en plus d'un siècle d'existence, il s'agissait de la suivante : *les femmes détestent qu'on les ignore*. C'était le moyen le plus sûr de les attirer. Voilà donc comment il allait opérer avec cette Sarah : l'ignorer, clairement et ouvertement. Lorsque celle-ci était arrivée en maths ce matin avec Sam O'Neil qui la suivait partout comme un toutou, il ne lui avait pas adressé un regard. Et plus tard en histoire, devant sa tentative d'aborder le sujet de sa mésaventure de la veille, il avait coupé court à la conversation. L'intervention de Monsieur Stuart l'avait d'ailleurs réduite au silence. Très bien, maintenant il lui suffisait d'attendre, bientôt ce serait elle qui se démènerait pour qu'il la remarque.

Pendant le déjeuner, il exposa son plan au reste de sa famille, qui approuva sans paraître très convaincue cependant. Impatients d'en apprendre plus, ils s'isolèrent des bruits alentour pour se concentrer sur sa table. Jouer les Mata Hari devenait une occupation à plein temps depuis que cette fille avait débarqué. Ses amis semblaient inquiets pour elle. C'est vrai qu'elle n'avait pas l'air en forme. Peut-être s'agissait-il du contrecoup de son altercation avec Jeff ? Puis la conversation glissa sur un tout autre sujet : *lui*. Tiens, tiens, voyons un peu ce qu'elle allait raconter.

Si sa copine dissimulait mal son excitation à l'idée d'en apprendre plus, ce qui le fit sourire, Sarah, elle, semblait contrariée. Pourquoi ? Elle ne voulait pas qu'on l'aperçoive avec lui ? Il ne comprenait pas ce qui protégeait son esprit de ses assauts, mais il fallait qu'il le découvre avant de devenir complètement dingue ! Et O'Neil qui venait mettre son grain de sel à présent en reprochant à Marie de vouloir en savoir plus ! *Mais de quoi il se mêle celui-là ? À la niche le roquet ! On t'a rien demandé, crétin !* Sarah sembla soudain vouloir clore le sujet en déclarant qu'ils étaient simplement partenaires de travail. *Comment ça ? Pas de James est charmant, bien élevé, gentil, je ne sais pas moi !* Il avait seulement droit à un : c'est tout. Cette petite peste serait bien la première femme à le décrire d'un simple : c'est tout !

Stan se mit alors à rire et lui asséna une tape sur l'épaule.

— Eh bien, petit frère, on dirait que tu perds la main avec les dames !

— La ferme ! rétorqua James, mauvais.

Étrange, elle ne comptait donc pas leur parler de Jeff ? Cette fille se montrait plus discrète qu'il ne l'avait pensé, elle n'aimait pas le scandale. Il appréciait cela. Tout comme il avait admiré son courage face à cette grosse brute de Mac hier.

Il observait toujours Sarah, tout en suivant le fil de ses réflexions, lorsqu'elle s'affaissa sur elle-même, telle une poupée de chiffon. Ses yeux devinrent fixes, ses pupilles se dilatèrent à l'extrême, rendant son regard presque aussi noir que le sien. Il perçut les battements de son cœur s'accélérer de façon inquiétante, ses veines charrier son sang à une vitesse vertigineuse. Que lui arrivait-il ? Sans qu'il ne sache pourquoi, la panique l'envahit. Il s'apprêtait à se lever pour aller voir par lui-même, mais Stan le retint. La vue des bras du roquet autour de sa taille provoqua en lui un sentiment étrange et douloureux. Il dut se faire violence pour ne pas saigner le footballeur, tel un vulgaire poulet, en plein milieu du réfectoire.

— Oh mon dieu !

— Qu'est-ce qu'il y a ? demanda Stan.

— James ! Je sais en quoi consiste sa différence, je connais son secret !

— Quoi ?

— Tu n'as pas saisi ? Tu ne l'as pas détecté ? Comment as-tu pu rater ça ? poursuivit Lily, très excitée tout à coup.

Pourquoi fallait-il toujours que sa jumelle en fasse des tonnes avant de cracher le morceau ?

— Vas-tu finir par me dire de quoi il s'agit ou vais-je devoir m'énerver ?

— Elle voit James, elle *voit* !

— De quoi tu parles ? Elle voit quoi ?

— Elle voit, comme moi, James, cette gamine est une clairvoyante !

Il considéra la punkette avec des yeux ronds.

— Pardon ?

— Oui, je n'ai jamais rencontré de mortelle dont les prémonitions étaient si nettes ! Ce sont elles les responsables de son malaise. Le passé, l'avenir, rien n'a de secret pour elle ! Elle n'a même pas besoin de toucher un objet, une personne ou de se concentrer, les images lui viennent spontanément !

Cette fois, les Drake lorgnèrent Sarah, ahuris. Le roquet et la brunette eurent le temps de la faire sortir qu'ils ne s'étaient toujours pas ressaisis. Sauf Lily, qui affichait un sourire ravi.

— Tu es sûre de ce que tu avances, Lily ? interrogea Stan.

— Absolument certaine, affirma cette dernière. Je ne sais pas ce qu'elle a vu, mais j'ai été comme transpercée par l'énergie qu'elle déploie ! J'ai senti aussi qu'elle possédait d'autres capacités, mais elles sont en sommeil pour le moment. Si nous n'avons pas pu la percer à jour plus tôt, c'est parce qu'elle est protégée par une sorte de champ de force. Elle a baissé sa garde une fraction de seconde, mais pas assez longtemps pour que je puisse en découvrir davantage. Elle est jeune et ne maîtrise pas encore parfaitement le phénomène, mais imaginez le jour où elle deviendra l'une des nôtres, elle sera incroyablement puissante !

James la regarda, interdit.

— Comment ça : quand elle deviendra l'une des *nôtres* ?

Ses frères et sœurs la fusillèrent du regard.

— Ben quoi ? s'indigna la punkette.

— Quand apprendras-tu enfin à tourner sept fois ta langue dans ta bouche avant de parler ? s'énerva Maggie.

— Quelqu'un va-t-il se décider à m'expliquer de quoi il retourne ! s'exclama James tout en scannant les pensées de la fratrie.

Jusqu'à présent, ils avaient pris garde à ne pas repenser à la conversation avec Kylian et Gwen concernant Sarah. James ne possédait pas vraiment le plus doux des caractères. Ce que le jeune homme décrypta dans leurs esprits le glaça jusqu'aux os.

— Non, Kylian et Gwen se trompent ! Je ne ressens rien de tel pour cette fille ! Elle est agaçante ! Et… Et…

— Du calme, le coupa Zach, il ne s'agit que d'une simple hypothèse. Mais maintenant au moins, nous savons à qui nous avons affaire. Nous devons prendre des dispositions et vite !

— Qu'est-ce que tu proposes ? demanda Lily. Rien ne prouve que Sarah représente un danger pour nous, il est hors de question de lui faire le moindre mal !

— De toute façon, c'est à moi que revient cette décision, intervint James, et tant que nous n'en découvrirons pas plus à propos de ces prétendues visions et autres capacités, nous ne ferons rien.

— Nous ne pouvons risquer qu'elle voie quoi que ce soit à notre sujet ! s'indigna Maggie. Si cela arrive, on devra la faire taire et tu le sais pertinemment, James. Qu'elle te plaise ou non !

— Je suis d'accord, déclara Zach, si jamais cela se produit, on court à la catastrophe ! Cependant, si elle est aussi forte que Lily le prétend, nous allons avoir un problème plus grave sur les bras…

— Comment ça ? le coupa de nouveau James.

— Si jamais Dylan la détecte…

Il n'acheva pas sa phrase.

— Il la tuera pour obtenir ses pouvoirs, termina Lily d'un ton lugubre. James, tu ne peux pas laisser faire ça ! Tu dois intervenir !

— Que veux-tu que je fasse ? s'emporta son jumeau. Que je l'enlève ? Que je la séquestre ?

Malgré tout, il ressentit la détresse de sa sœur comme s'il s'agissait de la sienne. Même si lui et sa famille avaient gagné le contrôle de Black Diamond il y avait bien longtemps, cela ne prenait en compte que leur territoire de chasse.

En effet, une soixantaine d'années auparavant, les Drake avaient mené une guerre contre un autre clan installé dans les environs : les Miller. Après des combats acharnés, les Drake s'étaient emparés de la ville, sans que les humains ne s'en aperçoivent, bien sûr. Mais si leurs ennemis avaient toujours respecté les termes de leur armistice, rien ne garantissait qu'ils ne tenteraient rien contre Sarah. L'appât du pouvoir se révèlerait sans doute le plus fort. Hors des limites de Black Diamond, il ne pourrait plus rien pour elle. James n'osait pas imaginer ce qu'ils lui feraient subir avant de l'achever.

— Je vais continuer ma surveillance, expliqua-t-il. Comme ça, je ferai d'une pierre deux coups : d'un côté, je glane des infos sur la fille et de l'autre, je garde les Miller à distance si nécessaire.

— J'espère que ça suffira, soupira Zach, dubitatif.

La sonnerie retentit et la conversation en resta là. En arrivant dans sa classe, James fouilla la salle des yeux, elle était absente. Mais où était-elle donc passée ? Il chercha l'esprit de Sam à travers le dédale des couloirs. Il sonda rapidement sa conscience à la recherche de Sarah.

Merde ! Elle est rentrée chez elle ! Génial ! À cette heure-ci, elle se retrouve seule et sans protection.

Il devait trouver un moyen de quitter le lycée et vite ! Puis, il lui revint que le roquet et la brunette avaient cru que Sarah était malade, et si c'était contagieux ? Mettant en action ses talents de comédien, il feignit d'être tellement souffrant que le professeur le laissa sortir sans rien demander. Presque cent trente ans à interpréter la comédie humaine pouvaient finalement se révéler utile. Petites grimaces de douleur, mains sur l'estomac, et le tour était joué ! Bien, maintenant il fallait qu'il prévienne ses frères et sœurs de sa destination afin qu'ils ne s'inquiètent pas. Il avertit Lily, étant sa jumelle biologique, les échanges télépathiques étaient naturels avec elle.

Une fois chez Sarah, ou plutôt dans un arbre derrière sa maison, il commença sa surveillance. Il fut surpris de lui découvrir un visage marqué de cernes, soucieux. Était-ce ses visions qui la plongeaient dans cet état ? Si tel était le cas, il la plaignait. Pour avoir vu sa sœur se débattre avec cette faculté, il savait qu'il lui était impossible de refouler les images qui inondaient son esprit comme un raz-de-marée. Était-ce également pour cette raison qu'elle restait si solitaire ? Cela devait être terrible d'accéder aux secrets les plus noirs des gens qui vous entourent. Quand on y pensait, ils se ressemblaient… Lui et sa jumelle avaient perdu leurs parents jeunes, comme elle. Et comme elle, ils s'étaient isolés, fuyant les hommes parce que leur nature ne leur permettrait jamais de vivre normalement. Ce constat lui fit l'effet d'une gifle ! Il aurait dû se sentir indifférent au sort de cette simple mortelle, pourtant, il n'y parvenait pas. Ce petit bout de femme avait réveillé en lui quelque chose dont il ne soupçonnait pas l'existence jusque-là et qu'il n'avait plus envie de voir s'endormir. Il choisit une position plus confortable, la soirée et la nuit à venir risquaient d'être longues.

Une fois rentrée chez moi, j'allai droit à la cuisine pour avaler deux cachets d'aspirine et un grand verre d'eau. La dernière fois qu'une prémonition m'avait ébranlée à ce point, j'avais vu ma mère clouée sur son lit d'hôpital six mois avant que cela ne se produise. La différence, c'était qu'elle ne s'amusait pas à effectuer des bonds dans le temps !

— Je deviens dingue, dis-je à haute voix.

Je ne paniquais pas, je constatais, rien de plus. Depuis mon arrivée à Black Diamond, plusieurs choses avaient eu lieu. Certaines plus agréables que d'autres et voilà que mes visions me faisaient maintenant m'évanouir ! *Super ! Et moi qui pensais que ma vie serait plus calme dans un patelin comme celui-ci.*

Je m'assis devant mon piano et commençai à jouer. Comme d'habitude, après quelques accords, je me détendis et parvins à réfléchir calmement. Que cachait Black Diamond ? Pourquoi cette petite bourgade m'avait-elle *appelée* ? J'étais certaine que cela avait un rapport avec James à présent, mais lequel ? Quel intérêt y aurait-il à ce que je rencontre une autre personne douée de facultés particulières ? Et que pourrais-je bien apprendre de ses vies passées ? Je me sentais paumée et frustrée aussi ! Je levai la tête vers la pendule accrochée au mur. Trois heures s'étaient écoulées. Une fois de plus, j'avais perdu la notion du temps. Il était dix-huit heures, je ressentis le besoin de m'aérer. Je téléphonai à Marie pour savoir ce qu'elle avait prévu ce soir. Elle m'informa qu'elle serait au Sweet avec les autres et me proposa de les rejoindre. Pour une fois, j'acceptai.

James écoutait Sarah jouer du piano. Il avait fermé de nouveau les yeux pour mieux savourer la musique, lorsque soudain, comme la dernière fois, elle cessa. Il ouvrit les paupières pour savoir ce qui avait interrompu son jeu et la vit se diriger vers le téléphone. Il tendit l'oreille. La conversation lui apprit qu'elle allait sortir avec ses amis, cela compliquait quelque peu sa surveillance rapprochée ! Il devrait pourtant faire avec. Il l'escorta, à distance bien sûr, jusqu'au centre-ville, puis il resta dans l'ombre à les observer.

Ce qu'il aperçut ranima en lui le sentiment qu'il avait ressenti lorsque Sam avait posé les mains sur elle au réfectoire. Il grogna. Un groupe d'amis qui riaient et plaisantaient. Après tout, il n'y avait rien de plus normal à ça, alors pourquoi était-il si en colère ?

Qu'est-ce qui t'arrive, James ? Elle est mignonne d'accord, mais de là à éprouver de nouveau l'envie de tuer !

De toute façon, elle se trouvait dans un endroit bondé de monde, le parking était bien éclairé, elle ne craignait rien. Aucun immortel n'aurait risqué d'attaquer dans un lieu à découvert. Il pouvait donc prendre un peu de temps pour dîner avant de reprendre son poste cette nuit.

Chapitre 5

Dylan Miller afficha un sourire triomphant lorsqu'il rejoignit son clan ce soir-là.
— Eh bien, la chasse a été bonne, on dirait ! remarqua Henry.
— Plus que tu ne peux l'imaginer ! ricana Dylan.
— De gentilles vierges graciles et fragiles ?
— Mieux que ça !
Curieux, Henry se pencha en avant.
— Ne me fais pas languir !
Dylan partit d'un rire tonitruant. Il se calma enfin, puis reprit :
— Devine qui vient d'arriver en ville, mon ami. Je suis au courant depuis un moment, mais je voulais en être certain avant de te l'annoncer.
— Non, qui donc ?
— Une sorcière !
Henry resta interdit.
— Quoi ! Tu es sûr de ça ? Voilà bien longtemps que nous n'en avons pas croisé.
— Son aura m'a attiré comme un aimant, fascinant une telle puissance chez une simple mortelle !
— Vraiment ? Et quel pouvoir détient-elle ?
— Je ne le sais pas, pas encore du moins…
— Quoi ? Tu ne l'as pas prise ? Mais pourquoi ?
Dylan posa nonchalamment ses pieds sur la table basse branlante.
— Le plaisir de la chasse, mon cher Henry. De plus, elle n'était pas seule et je te rappelle les termes de l'armistice avec les Drake : nous ne pouvons pas chasser à Black Diamond.
— Au diable, les Drake ! s'agaça Henry.
— Patience, mon frère, patience ! Lorsque je me serai accaparé les dons de cette fille, je les enverrai le saluer en personne !
Les deux hommes se fixèrent un instant puis partirent d'un rire à glacer le sang, donnant l'impression que la mort elle-même s'amusait de la situation.

Je me réveillai ce matin-là fraîche et dispose. Je me levai, me lavai et m'habillai rapidement afin de pratiquer mon activité préférée : la mécanique. Dans la cuisine, j'avalai mon café en regardant par la fenêtre, il pleuvait, zut ! Cela ne m'empêcherait pas de bricoler, mais un rayon de soleil aurait été le bienvenu. Je filai donc dans ma pièce favorite et déplaçai la Mustang pour dégager l'accès à mon *trésor*. Depuis mon arrivée à Black Diamond, je n'avais pas encore eu le temps de bosser dessus. Je soulevai la bâche, ce simple geste m'arracha un sourire. Dans le contre-jour du garage, la carrosserie renvoya des éclats argentés qui me procurèrent des frissons de plaisir. Je mis un CD de Scorpions dans le lecteur portable, poussai le volume à fond, puis j'ouvris le capot et commençai à travailler. J'adorais la mécanique, le fait de ne partir de rien et de voir mes efforts récompensés quand j'obtenais, comme des fleurs sorties de terre, un superbe bolide. J'étais couchée sous la voiture en train de me battre avec un boulon récalcitrant lorsque j'entendis :

— Bonjour !

Je sursautai, me cognant au passage.

— Aïe ! La vache ! lâchai-je en m'extirpant de sous le véhicule.

En reconnaissant mon visiteur, mon cœur rata un battement.

— James ? Mais qu'est-ce que tu fabriques ici ? demandai-je, plus sèchement que je ne l'aurais souhaité.

Son visage resta de marbre. Visiblement, il m'en voulait encore et le ton de ma voix n'avait pas dû arranger les choses.

— Je te rappelle que nous avons un exposé à rendre, déclara-t-il froidement. Tu t'es fait mal ?

— Oh oui, c'est vrai… Non, ça va, j'ai la tête dure. Mais on ne t'a jamais parlé d'un instrument appelé téléphone ?

Il sembla surpris, puis se ressaisit aussitôt.

— Il parait que tu as fait un malaise, je passais voir si tu n'avais besoin de rien, expliqua-t-il pour se justifier.

— Tiens donc ! Tu t'inquiètes pour moi ? Je suis flattée !

Il se referma instantanément.

— Ne rêve pas, je souhaitais juste savoir si je devrais faire le travail tout seul, c'est tout.

— Si tu le dis, mais pour ça aussi, le téléphone aurait suffi.

Cette fois, je souris franchement, je venais de le prendre à son propre jeu. Lorsque je me relevai, il me détailla dans les moindres détails. C'est vrai que je ne me montrais pas vraiment à mon avantage avec mon jean troué, plein de cambouis, et mon débardeur noir qui avait clairement connu des jours plus glorieux.

— Tu m'accordes une seconde ? Je finis ça et on s'y met, d'accord ?

— Très bien, se contenta-t-il de répondre.

Je me glissai de nouveau sous le véhicule et vins enfin à bout du fameux boulon. J'observai ses pieds tourner autour de la voiture. Il baissa la musique. J'attendis encore quelques secondes, inspirai profondément et sortis de mon trou. Je me dirigeai vers l'établi pour y prendre une clef en tentant de garder un air dégagé.

— Aston Martin Vantage, commenta-t-il. Elle est superbe.

— Merci.

— Tu vas penser que je suis curieux, mais…

— Je t'écoute, l'encourageai-je voyant qu'il hésitait.
— Comment fait une orpheline pour se payer des bolides pareils ?
J'éclatai de rire. Il me regarda, interloqué.
— Rassure-moi, tu n'as pas de famille dans la police ?
Il fronça les sourcils, méfiant.
— Non, mais quel rapport ?
— Je l'ai gagnée lors d'un run. Quant à la Mustang, c'est un cadeau de ma mère.
— Un run ! Tu participes à des runs ?! J'espère que tu plaisantes !
Il en resta estomaqué, j'eus un nouveau rire sonore.
— Pas du tout, et je *participais*, j'ai arrêté.
— Mais c'est dangereux !
— Oh, ne me dis pas que tu fais partie de ces machos qui répètent comme un leitmotiv : femme au volant, mort au tournant ! Parce que femme au volant, quand tu es bourré tu es bien content !
Je l'avais mouché, il se referma comme une huître.
— Pas du tout, c'est stupide et irréfléchi, c'est tout. En plus, c'est illégal.
Un point pour lui, je devais en convenir, mais quitte à me traîner une réputation de délinquante…
— Exact, c'est d'ailleurs pour cela que j'ai pris ma retraite.
En réalité, c'était surtout parce que j'en avais suffisamment remporté pour vivre à l'abri du besoin pendant un bon moment, mais ça, je ne le lui confierais pas. Je me glissai de nouveau sous la voiture et finis enfin ce que j'avais commencé.
— Bon, trêve de galéjades ! On y va ? dis-je en me relevant.
— Où ça ?
— Travailler sur notre cher exposé par exemple, rétorquai-je, amusée.
— Ah ! Euh… oui, je te suis.
J'ouvris la porte avant de m'effacer pour le laisser passer. Il entra puis s'avança dans le salon en regardant autour de lui, curieux.
— Fais comme chez toi ! lançai-je en me dirigeant vers la cuisine pour me laver les mains.
— Tu as beaucoup de CD.
— Pas mal en effet. Tous les styles de musique sont bons, mais dans un genre différent.
— Je suis d'accord.
Je revins vers le séjour et l'observai qui tournait autour du piano en le caressant d'un doigt. À mon approche, il leva la tête et sourit, faisant du même coup s'accélérer mon rythme cardiaque. Mes réactions en sa présence étaient franchement bizarres. Inquiétantes même. J'avais intérêt à découvrir rapidement son secret si je ne voulais pas faire de l'arythmie.
— Je peux ? me demanda-t-il.
— Tu joues ?
— Oui, un peu.
— Vas-y, je t'en prie.

Je m'appuyai contre le chambranle de la porte pendant qu'il s'installait. Il fit craquer ses doigts et commença. Je sursautai violemment. Ces accords, je les connaissais ! Il s'agissait de ceux de mes visions ! Comme pour confirmer mes dires, celle-ci se réactiva, mais cette fois le visage de mon inconnu m'apparut parfaitement clair et il me souriait de ce sourire qui n'appartenait qu'à lui : James Drake ! Je m'écroulai sous le choc. Il fut sur moi en quelques secondes, me rattrapant avant que je ne touche le sol. Je me retrouvai calée fermement contre son torse. Ce contact me déclencha des frissons, il était glacé ! Pourtant, le froid n'était pas responsable de la chair de poule qui couvrait ma peau à présent. Il me relâcha aussitôt.

— Ça va ? me questionna-t-il, anxieux.

— Oui, ne t'inquiète pas, j'ai trébuché.

Je ne le regardais pas, de peur qu'il se rende compte que je mentais.

— Tu es sûre ? Tu es toute pâle, insista-t-il.

— Oui, oui. Tu joues incroyablement bien, le complimentai-je pour détourner son attention.

— Oh merci, dit-il en haussant les épaules. Mais je parie que tu me surpasses largement.

— J'en doute, déclarai-je, sceptique.

— Pour le savoir, il faut que tu joues, continua-t-il, malicieux.

Dieu qu'il était beau ! Et ses yeux !

Tu divagues, ma vieille ! songeai-je alors. *Ce genre de plan, ce n'est pas pour toi !*

Pour cacher mon embarras, je me dirigeai vers le piano. Je sentis son regard sur moi lorsque je m'installai. Troublée, je posai mes doigts sur le clavier et entamai ma mélodie. Fermant les paupières, je me laissai porter par la musique. Quand je les rouvris, James se tenait de l'autre côté de l'instrument, le menton appuyé sur une main. Je détournai les yeux, prise de vertiges, puis consultai la pendule. Cela faisait presque une demi-heure que je jouais ! Je m'interrompis sur-le-champ.

— Désolée, j'ai tendance à perdre la notion du temps.

— Ne t'excuse surtout pas, me dit-il en souriant de plus belle.

Seigneur ce sourire !

— Je connais ça. De plus, c'était magnifique.

— Merci, soufflai-je en rougissant. Bon alors, on s'y colle à cet exposé ?

— Allons-y. J'ai apporté quelques documents d'époque. Mes parents les ont trouvés dans le grenier lorsqu'ils ont acheté la maison.

— C'est celle des fondateurs de la ville, non ?

Il ouvrit son sac à dos et commença à étaler les papiers sur la table basse.

— Exact. Voici des plans de la municipalité telle qu'elle était à ses débuts, des documents administratifs, des photos, des vieilleries quoi ! Peut-être qu'elles nous permettront de décrocher un A.

Je m'approchai et souris à mon tour, mais pour des raisons différentes. Oui, des vieilleries, mais qui allaient sans doute m'aider à percer les secrets du présent.

Nous travaillions depuis deux heures, James se révélait d'une compagnie agréable, intelligent et drôle. Cependant, j'avais beau l'observer à la dérobée, rien ne filtrait. *Qu'est-ce qui peut bien te rendre si triste lorsque tu es seul ? Et en quoi serais-je censée t'aider ?* Soudain, mon estomac se mit à gargouiller bruyamment. James sourit puis déclara :

— Nous avons bien avancé. Pour nous récompenser, je t'emmène déjeuner au Sweet.

Ce ton ne laissait pas de place à un refus. J'aurais presque pu croire qu'il avait tout planifié. Je m'empourprai à cette simple idée.

— Si tu veux, répondis-je d'une toute petite voix que je ne me connaissais pas. Je file me changer et je suis à toi.

— Voilà qui me va parfaitement, rétorqua-t-il en esquissant un sourire narquois.

Je l'avais cherchée celle-là ! Mais qu'est-ce qui m'avait pris de dire ça ? *« Je suis à toi »* non mais quelle cruche ! C'est vrai que je manquais d'expérience en ce qui concernait les garçons, mais quand même ! Je me levai prestement et montai à l'étage. J'enfilai une longue robe tube noire, des bottes de la même couleur, me parfumai et me peignai rapidement avant de redescendre. James m'attendait, nonchalamment installé sur le sofa. Je me remémorai ma vision, elle se réaliserait donc chez lui. Deviendrions-nous si intimes ? Je perdais la tête ! Après tout, il se trouvait bien ici, sur mon canapé, et pourtant il n'y avait rien entre nous.

— Tu es très jolie, constata-t-il en levant le regard vers moi.

— Merci. C'est sans doute plus féminin qu'un jean et un débardeur plein de cambouis, je te l'accorde, admis-je, bonne joueuse.

— Je dois avouer que les deux me plaisent, murmura-t-il avec un sourire en coin.

Je lui rendis un sourire aimable sans pour autant perdre de vue mon objectif. Maintenant que je connaissais l'homme qui hantait mes visions, il fallait que je le fasse parler.

La serveuse vint prendre notre commande. Lorsqu'elle nous apporta notre plat et disparut, James m'exhorta :

— Allez, mange !

Je m'exécutai de bonne grâce et dévorai littéralement mes lasagnes. Il me regardait avec bienveillance, je me sentis comme une petite fille surprise en flagrant délit de gourmandise.

— Et toi, tu n'avales rien ? demandai-je en constatant qu'il ne touchait pas à son assiette.

— Ce n'est pas moi qui me suis évanoui en plein réfectoire, je te rappelle.

Il se moquait gentiment.

— Je manquais juste un peu de sommeil, rien de plus.

— Hum… Si tu le dis.

— En tout cas, c'est délicieux.

— Tant mieux, heureux que cela te plaise.

Pour la première fois depuis bien longtemps, quelqu'un se souciait de ma petite personne. J'avais fini par oublier à quel point cela pouvait être agréable.

— James…

— Oui ?

— Je voulais m'excuser pour ma conduite… l'autre soir… après que Jeff…

— Laisse tomber !

83

— Mais…
— Écoute, je n'avais pas à te parler comme ça. Tu as eu raison, tu n'es plus une gamine.
— Mais je me suis montrée odieuse ! Je crois que…

Je marquai une pause. Patient, il attendit que je termine.
— En fait… j'ai perdu l'habitude que l'on se préoccupe de mon sort et… j'ai été déstabilisée.

Je baissai les yeux et trifouillai mes lasagnes du bout de ma fourchette pour me donner une pseudo contenance. Quand je les relevai enfin, son expression me surprit. Je n'aperçus que de la compréhension et de la bienveillance.
— Elle te manque, n'est-ce pas ?

Comprenant qu'il faisait allusion à ma mère, je répondis :
— Oui, terriblement, elle était tout pour moi.
— Et du jour au lendemain, tu t'es retrouvée seule contre tous.

Il ne s'agissait pas d'une question, juste d'une constatation.
— Mais tu as des amis, même si c'est différent bien sûr.
— Hum… Je n'ai pas vraiment eu le temps de me faire des amis, on déménageait souvent.
— Marie Mackenzie et Sam O'Neil sont tes amis, non ?
— Pour être franche, je ne les connais pas depuis assez longtemps pour les considérer comme tels. Ils sont des… camarades. Je ne me lie pas facilement avec les gens. D'ailleurs, ils ne savent même pas la moitié de ce que je t'ai raconté à mon sujet.
— Comment tu expliques ça ? Le fait que tu me fasses suffisamment confiance pour me confier tout ça. Après tout, je pourrais aller le crier à tout le lycée.

Je décidai de jouer franc jeu. Je n'avais rien à perdre de toute façon.
— À ta première question, je répondrai que ton histoire est assez similaire à la mienne. Je pense que tu comprends donc mieux ma situation que la plupart des gens. Quant à la seconde, vu que les autres élèves te fuient autant que moi, cela m'étonnerait que tu trouves un confident. En fait, nous sommes deux parias qui se complaisent dans leur rôle, ajoutai-je amusée.

Il partit alors d'un rire franc et clair.
— Tu marques un point ! Néanmoins, je ne te croyais pas si sarcastique.
— Je plaide coupable !

Après le déjeuner, il me proposa une promenade que j'acceptai volontiers. La pluie avait enfin cessé. Tout en marchant, nous discutâmes de la perte de nos parents, de sa sœur jumelle Lily, qui l'agaçait souvent, mais à qui il pardonnait toujours. J'appris que les Drake les avaient recueillis tout petits. Leur mère adoptive, Gwen, était la meilleure amie de celle biologique. Elles s'étaient retrouvées enceintes quasiment en même temps, d'où le peu de différence d'âge avec Maggie. Elles n'étaient âgées que de vingt ans à l'époque et s'étaient serré les coudes. Malheureusement, les parents de James avaient été tués peu de temps après. Gwen appartenait à une famille fortunée et n'avait pas eu le cœur de les confier à l'assistance. Zach et Maggie vivaient ensemble depuis un an. Lorsqu'ils avaient quitté New York, les tourtereaux avaient catégoriquement refusé de se séparer. Stan les avait rejoints à la même période. Livré à lui-même, il effectuait des petits travaux à droite à gauche pour survivre. Lily en était tombée folle amoureuse et lui aussi. Du coup, James se retrouvait seul au milieu de tous ces couples.

L'après-midi passa si vite que lorsque nous arrivâmes à la voiture, la nuit commençait à tomber. Quelle heure pouvait-il être ? Je consultai l'horloge qui se trouvait sur le tableau de bord, elle indiquait dix-sept heures quinze. Déjà ! Je devais l'avouer, avec James, je me sentais bien et ne voyais pas le temps passer.

— Tu veux rester dîner avec moi ? proposai-je à brûle-pourpoint, surprise par mon propre courage. Comme ça on terminera notre devoir ensuite.

Je n'avais encore rien appris concernant ses facultés. Avec un peu de chance, j'aurais une vision. Il esquissa un petit sourire et demanda :

— Un déjeuner et un dîner dans la même journée ? Les gens risquent de jaser, non ?

— Sûrement, mais nous avons l'habitude. On survivra, j'en suis certaine.

— Sans aucun doute, admit-il.

— Pizza ?

— Ça me va !

Après notre frugal repas, nous reprîmes le travail là où nous l'avions laissé. Je consultai d'autres documents que James avait rapportés lorsqu'une nouvelle série d'images inonda mon cerveau. Deux femmes blondes et deux hommes bruns, tous vêtus de noir, marchant en une ligne parfaite. Derrière eux, une maison en flammes. J'aperçus également des tombes, beaucoup de tombes. Voyant ma tête, il demanda :

— Quoi ? Que se passe-t-il ?

Je déplaçai des feuilles éparses sur la table et trouvai enfin ce que je cherchais. Je comparai rapidement les deux écrits.

— C'est étrange, regarde ça, dis-je en lui présentant les feuillets. Pour l'année 1875, la famille fondatrice a enregistré une centaine de morts, tandis que la ville n'en a déclaré que dix.

James se raidit avant de se saisir des pages. Il lut puis haussa les épaules.

— Sûrement une erreur de zéro, pour la famille fondatrice bien entendu.

Je penchai la tête et l'observai. Je connaissais cette expression faussement détachée, celle affichée pour dissimuler un malaise. Il mentait.

— Regarde les autres années, les mêmes erreurs s'y répètent inlassablement. Selon la mairie, certaines familles auraient quitté Black Diamond après avoir donné leurs démissions de la mine, les fondateurs, eux, les déclarent décédés, insistai-je. Il me semble tout de même qu'il existe un monde entre déménager et mourir !

Il cilla. Pas de doute, mon interrogatoire le dérangeait.

— Je… euh… je ne sais pas. Mais il paraît qu'Oliver Archibald, le fondateur de la ville, était fou. Il a peut-être écrit ces trucs pendant l'une de ses crises de démence.

— Hum… Sans doute, opinai-je, pas le moins du monde convaincue.

Pourtant, quelque chose me disait que la folie du patron de la mine n'expliquait pas tout. D'ailleurs, il avait fini par disparaître sans explication lui aussi. Le nouveau maire avait dû vendre ses biens pour payer les ouvriers et faire en sorte que Black Diamond ne devienne pas une ville fantôme. Oliver Archibald avait couvert quelque chose, ou quelqu'un... Mais quel rapport cette histoire pouvait-elle avoir avec James ?

— Il est déjà si tard ? s'exclama-t-il soudain en consultant sa montre.

Je considérai à mon tour la pendule, étonnée qu'elle affiche déjà vingt-deux heures trente.

— Je dois prendre congé...

Il semblait triste, se pourrait-il qu'il ne voie pas le temps passer en ma compagnie ? Je me surpris à espérer que ce soit le cas. Je lui tendis donc une perche, s'il la saisissait, je serais fixée.

— Demain, je compte tester la Vantage, ça te tenterait de m'accompagner ?

Il m'observa, d'abord impassible, puis le sourire que j'aimais tant à présent apparut.

— J'adorerais ! Tu me laisserais conduire ?

Je partageai son euphorie, mais pour des raisons différentes. D'accord, j'essaierai mon bolide et savourerai le fruit de mes efforts, mais surtout : je pourrais de nouveau tenter de le faire parler !

— Bien sûr ! Moi à l'aller et toi au retour, déclarai-je.

— Ça marche ! À quelle heure veux-tu que je vienne ?

— Neuf heures, ça te va ?

— Parfait, alors à demain !

— À demain !

La journée avait été éprouvante. Il y avait bien longtemps que je n'avais pas passé autant de temps avec un être humain. Une fois dans mon lit, je glissai quasiment tout de suite dans une demi-conscience et des images me revinrent. James dans le garage avec son air froid et distant, James qui jouait du piano, James qui me souriait, qui veillait à ce que je mange, qui riait. Il s'était détendu au fur et à mesure, doucement. Pour la première fois depuis deux ans, je m'étais livrée à quelqu'un et avant de sombrer dans le sommeil, j'eus un éclair de lucidité : *j'avais aimé ça !* Je savais qu'il me cachait encore des choses, sans doute graves, mais j'avais profité de l'instant.

Cette nuit-là, James occupa à nouveau mes visions. Il courait dans une ruelle sombre, tenant Lily par la main. Tous deux portaient des vêtements d'un autre âge et sa sœur n'avait pas les cheveux roses, mais il s'agissait bien d'elle, aucun doute possible. Quelqu'un les poursuivait, non, deux personnes les pourchassaient. Soudain, ils arrivèrent au fond d'une impasse. Lily et James se tournèrent pour faire face au couple de poursuivants. Je ne pouvais pas voir ces derniers à cause de l'obscurité et l'image n'était pas nette.

— Nous ne vous voulons aucun mal, dit une voix de femme.

— Nous souhaitons juste vous aider, ajouta l'homme.

Un grognement sourd leur répondit. Comme celui d'un fauve prêt à attaquer. Je me réveillai en hurlant. Je jetai un coup d'œil affolé autour de moi, puis me calmai en reconnaissant ma chambre. Bon Dieu ! Mais qu'est-ce que c'était que ces visions ? Et pourquoi Lily et James étaient-ils habillés comme mon arrière-grand-mère ? J'étais perdue. Tout à coup, un bruit attira mon attention, je me levai et me dirigeai vers la fenêtre. J'aurais juré que quelque chose avait tapé contre le battant. Je me penchai pour regarder dehors, la Lune était pleine et on y voyait comme en plein jour, rien. Avais-je rêvé ? Sans doute. Je me recouchai, mais cette fois le sommeil m'avait définitivement quittée et à défaut d'occuper mes visions, James Drake peuplait toutes mes pensées de nouveau.

James était assis sur le rebord de la fenêtre de Sarah. Elle se mit soudain à s'agiter, avant de se dresser brusquement sur son lit, comme un diable sortant de sa boîte. Il eut juste le temps de sauter à terre et de se cacher dans les bois. Elle se leva et approcha de la vitre pour regarder dehors. Il faut dire qu'il avait bondi si prestement de son perchoir, qu'il avait cogné le carreau. Quel imbécile ! Il était tellement perdu dans sa contemplation, qu'il commettait des erreurs de débutant ! D'abord les documents qu'il n'avait pas pris la peine de vérifier avant de les lui apporter sur un plateau et maintenant ça ! C'était comme si une partie de lui mettait tout en œuvre pour qu'elle découvre ce qu'il était sans avoir à le lui avouer clairement.

Une fois de plus, elle avait tapé dans le mille avec les magouilles de la commune. La folie n'avait gagné Oliver Archibald que bien des années après son installation ici. C'était un érudit, passionné de littérature fantastique. Il incarnait également un homme d'affaires implacable qui avait immédiatement vu le potentiel de ce petit coin du Dakota. Le soir où le médecin l'avait fait appeler, après la découverte du premier cadavre derrière la petite église en construction, il avait immédiatement compris que la fiction venait de rejoindre la réalité. Les marques de morsures dans le cou et l'organisme vide de la moindre goutte de sang ne laissaient aucun doute sur la cause du décès. Il avait conscience que si la population se rendait compte qu'elle cohabitait avec des vampires, elle aurait fui sans demander son reste. Ses années de labeur acharné auraient été réduites à néant, la mine aurait fermé et il se serait retrouvé sans le sou. Archibald avait alors entrepris de couvrir les Miller et acheté le silence du docteur, mais lorsque les meurtres avaient commencé à se multiplier, il avait dû mettre en place toute une stratégie à base de pot-de-vin. Les notables de Black Diamond, qui étaient aussi les associés d'Archibald, le shérif et ses adjoints, le fossoyeur, tout ce petit monde avait profité du crime. Quand des voisins ou des amis s'étonnaient de la disparition d'une famille, Archibald répondait que celle-ci était partie s'installer ailleurs après avoir empoché son solde. Beaucoup de mineurs se targuaient de n'exercer ce métier que le temps d'économiser assez d'argent pour s'offrir un lopin de terre. Pour prouver ses dires, il n'avait pas hésité à fournir de fausses lettres de démission. Le médecin avait mutilé des cadavres de façon à effacer toute trace d'agression vampirique et fait en sorte que les habitants croient à des attaques de bêtes sauvages. Les Indiens leur avaient également servi d'excuse ainsi que son entreprise, le travail de mineur n'était pas sans risque. Ensuite, il lui suffisait de passer une annonce dans le journal et de nouvelles familles rejoignaient la petite communauté. Un plan bien rodé, jusqu'à ce qu'il se retourne contre lui et que sa propre fille vienne allonger la liste des victimes. Archibald avait non seulement sous-estimé l'appétit des Miller, mais aussi la passion de leur chef pour les jeunes vierges et le sadisme. Dylan avait torturé la gosse pendant près de trois jours puis avait déposé son cadavre sur le seuil de la maison familiale avec un mot : *Merci encore pour ce délicieux repas, Monsieur Archibald. Croyez bien que nous reviendrons.*

Les traces de détention, de morsures, de sang et les bleus partout sur le corps de l'enfant indiquaient qu'elle avait subi le dernier outrage avant de trépasser. Archibald avait sombré dans la démence et commencé à déambuler dans Black Diamond en parlant de démons buveurs de sang. L'excuse de la fièvre et du chagrin n'aurait pas tenu ad vitam aeternam. Certains de ses associés avaient alors décidé qu'il était temps de le faire taire. Sa cupidité l'avait mené à sa perte… et les massacres avaient perduré jusqu'à ce que James et sa famille arrivent en ville.

Mais pourquoi Sarah ne se rendormait-elle pas ? De quoi avait-elle bien pu rêver pour que le sommeil la fuie ainsi ? Cela faisait si longtemps qu'il n'avait pas dormi, qu'il ne se souvenait plus à quoi ressemblait le pays des songes. Pourquoi diable cette fille avait-elle fait irruption dans sa vie ? Le pire dans cette histoire, c'était qu'au lieu de découvrir des choses sur elle, il s'était livré lui ! Et maintenant le constat s'avérait inévitable : *il avait aimé ça !* Même si tout les séparait, étrangement ils partageaient aussi un tas de points communs. Il s'était vraiment senti bien, complet.

L'aube se levait à présent, il devait partir. Jeff devait attendre sa visite avec impatience…

Je me trouvais dans la cuisine à boire mon énième café. Ne parvenant pas à me rendormir depuis ma dernière transe, je m'étais levée tôt. Je ne savais plus où j'en étais. James n'allait pas tarder et je craignais de nouveaux *ratés* en sa présence. Il arrivait que mes visions créent chez moi des sortes de bugs. Ma mère m'avait expliqué que je semblais hagarde, comme déconnectée. Je pouvais aussi lâcher les objets que je tenais ou ce genre de choses. Ce phénomène prenait manifestement de l'ampleur en même temps que mon don. L'excuse du manque de sommeil ne résisterait pas longtemps et les gens risquaient de se poser des questions.

Des coups légers frappés à ma porte me tirèrent de mes pensées. Il était trop tard pour reculer.

— Bonjour ! me salua joyeusement James lorsque je lui ouvris la porte.

Sa vue me coupa le souffle. Il était vêtu d'un jean noir, d'un col roulé beige et de sa veste en cuir. Ange rebel tombé de je ne savais quel paradis.

— Bon… Bonjour, bafouillai-je.

Il fallait que je me ressaisisse si je ne voulais pas passer pour une débile profonde.

— Alors, tu es prête ?
— On peut y aller ! J'ai préparé de quoi pique-niquer.
— Parfait !

James m'aida à ôter la bâche de la Vantage, puis nous prîmes la route. Moi, au volant, lui, du côté passager.

— Tu n'as pas peur ?
— Je crois que je survivrai, me répondit-il avec un rictus moqueur.

Une fois sortis de la ville, j'appuyai sur le champignon. Le moteur ronronna comme un gros chat et j'atteignis bientôt les cent soixante kilomètres-heure. Je souris et lui jetai un regard en biais. Il semblait avoir la frousse malgré ses dénégations.

— Tu conduis toujours comme ça ?
— Non, je conduis toujours prudemment lorsque j'ai un passager, le taquinai-je.
— Je vois ça. Alors, où allons-nous ?
— Aucune idée ! Je roule pour le plaisir, c'est tout !
— Dans ce cas, me permettrais-tu de jouer les guides ?
— Ordonnez, monsieur, et je vous obéirai ! dis-je, solennelle.

Il esquissa un sourire énigmatique avant de marmonner, si bas que je l'entendis à peine :

— Attention au vœu que tu formules, petite fille. Dans environ dix kilomètres, il y a une route sur la droite qui continue dans les bois, prends-la, ensuite je te guiderai, ajouta-t-il plus fort.

Je tiquai, mais fis comme si de rien était.

— O.K., ça marche.
— Cette voiture est vraiment géniale ! Tu as réalisé un travail hors du commun !
— Merci.
— Ralentis, ce n'est plus très loin.

Je m'exécutai, mais pas assez vite cependant. La forêt était dense et à cette vitesse, difficile d'apercevoir un chemin qui s'y engouffrait.

— Zut, on l'a ratée ! s'exclama-t-il.
— Pas de problème, je vais arranger ça, accroche-toi !
— Pour...

Je tirai le frein à main et la surprise lui coupa la parole. Après mon demi-tour improvisé, je repartis lentement dans l'autre sens en riant aux éclats. Il me regarda, éberlué.

— Tu es folle ! Mais où as-tu appris ça ?
— Je te l'ai dit, j'ai participé à des runs !
— C'est là, se contenta-t-il de répondre en m'indiquant la route.

Je l'empruntai en m'engageant doucement cette fois, mais à mon grand étonnement, elle était goudronnée et en parfait état.

— Alors, où allons-nous ? demandai-je.

Je pris soudain conscience que j'aurais dû avoir peur. Je m'enfonçais dans la forêt avec un garçon que je connaissais à peine et qui dissimulait des choses que je savais graves. Pourtant, j'étais plus curieuse qu'inquiète de pénétrer dans son univers.

— Tu verras.

Je continuai donc pendant environ un kilomètre. Je m'arrêtai enfin, n'apercevant que des arbres, je l'interrogeai du regard.

— Patience, il faut marcher un peu.

Nous descendîmes de voiture et commençâmes à avancer. Les végétaux se raréfièrent jusqu'à disparaître complètement et ce que je découvris me cloua sur place. Nous nous trouvions au bord d'un lac de toute beauté. La flore autour créait une palette de couleurs composée de rouge, d'or et de vert digne d'un tableau de maître. Les galets au sol délimitaient une sorte de petite plage d'une cinquantaine de mètres de longueur sur cinq de largeur.

— James, c'est magnifique ! m'extasiai-je.

— J'aime bien venir ici pour réfléchir. C'est calme et la vue est superbe.

Soudain, il me prit la main. Je constatai vaguement qu'elle était gelée, mais ce contact me troubla tellement que j'y prêtai à peine attention.

— Viens t'asseoir, me murmura-t-il en m'entraînant vers un grand rocher plat un peu plus loin.

Comme la veille, la magie opéra. Nous nous racontâmes nos souvenirs d'enfance, nous parlâmes du lycée, des gens qui nous évitaient, en tentant de deviner quelles folles rumeurs couraient à nos sujets respectifs. Nous perdîmes la notion du temps. Lorsque nous nous levâmes enfin pour rentrer, il me sourit puis me rappela :

— Tu n'as pas oublié ta promesse au moins ?

— Non, le rassurai-je, voilà les clefs.

Il les prit doucement de sa main libre tout en gardant la mienne dans l'autre jusqu'à la voiture. Il mit le contact et déclara avec un sourire :

— C'est parti !

En quelques poignées de secondes, nous avions regagné la route nationale menant à Black Diamond.

— Eh bien, je constate que nous avons encore un point commun en ce qui concerne la conduite ! m'amusai-je.

Il éclata de rire.

— Oui, j'aime la vitesse, mais je dois avouer que je ne m'attendais pas à ce qu'une femme conduise de cette manière !

— Macho ! lançai-je, faussement outrée.

— Non, c'est juste que tu es si… surprenante.

— Ah bon ? Je ne vois pas en quoi.

— À bien des points de vue ! Fais-moi confiance ! s'esclaffa-t-il.

— C'est le cas, affirmai-je.

À cette remarque, son visage se ferma instantanément. J'avais répondu sans réfléchir et cela ne sembla pas lui plaire. Je lui jetai plusieurs coups d'œil pendant le trajet et remarquai qu'il était si tendu que les muscles de sa mâchoire tressaillaient sans discontinuer. Je cherchais ce que j'avais pu dire pour le froisser à ce point, sans succès. Le silence dura jusque chez moi. Il gara la voiture à sa place dans le garage puis descendit.

— Tu veux un café ? proposai-je.
Il consulta sa montre comme s'il hésitait.
— O.K., mais je ne reste pas longtemps, accepta-t-il finalement.
Il me suivit jusque dans la cuisine et me regarda m'affairer, nonchalamment appuyé contre la table. Tout aurait été pour le mieux, si une nouvelle vague d'images ne m'avait pas assaillie. Jeff Mac allait débarquer avec ses acolytes et ils étaient totalement ivres. Sous le choc, je lâchai la tasse que je tenais tandis que mes jambes se dérobèrent. Lorsque je revins à moi, James me serrait contre lui, encore une fois. D'une main, il caressait mon front et répétait :
— Sarah ! Sarah ! Qu'est-ce qui t'arrive ? Sarah !
Cette fois, je me trouvais dos au mur, je devais lui confier mon secret, peu importait sa réaction. Je m'accrochai à lui et implorai presque :
— James ! Tu croiras sûrement que je suis folle, mais je t'en supplie, écoute-moi !
Il hocha la tête.
— Ne me pose pas de questions, contente-toi de me faire confiance. Je t'expliquerai tout plus tard, d'accord ?
— O.K., dit-il calmement.
— Il faut qu'on parte ! Tout de suite !
— Pourquoi ? Nous n'allons pas partir alors que tu viens de refaire un malaise !
Évidemment il veut des détails, merde ! Tant pis, à présent, advienne que pourra !
— Jeff et sa bande seront ici d'une minute à l'autre, ils sont complètement bourrés. Ils ont des barres de fer et des battes de base-ball, on doit se tirer ! hurlai-je.
Cette fois, son expression changea du tout au tout. Son regard devint dur et froid.
— Non, je m'en occupe, déclara-t-il, les dents serrées en dégainant son portable.
— Mais tu ne comprends pas ? Ils ne jouent plus là !
J'étais hystérique, ce que Jeff et les autres me réservaient serait bien pire que les visions que j'avais eues sur le parking du lycée.
— Je sais, dit-il calmement en appuyant sur une touche de son téléphone.
Un numéro préenregistré apparemment.
— Stan ? C'est James, venez chez Sarah immédiatement, il va y avoir du grabuge.
Je n'entendis pas la réponse évidemment.
— Jeff et sa bande de crétins, continua James. Oui, à tout de suite.
Il raccrocha, m'escorta jusqu'au canapé et fit le tour de la maison pour fermer les volets. Ainsi donc il m'avait crue sur parole, je lui en fus reconnaissante, même si j'appréhendais l'instant où je devrais tout lui avouer. Des coups frappés à ma porte me firent sursauter.
— Du calme, me souffla doucement James, ce sont mes frères.
Déjà ? Comment avaient-ils pu arriver si vite ? Les Drake habitaient à l'autre bout de Black Diamond. Mais ce n'était pas le moment pour ce genre de question. Il ouvrit.
— Et sœurs ! Salut, Sarah ! me salua Lily en m'embrassant comme si nous étions les meilleures amies du monde.

— Salut, Lily, je suis désolée pour tout ça…
— Oh, ne le sois pas ! me coupa Zach.
— Je me réserve Jeff, dit James d'une voix tellement menaçante que j'en frissonnai.
— Vous ne comprenez pas ! Ils sont dangereux ! tentai-je de les convaincre.

James prit cet air de félin prêt à bondir, ses yeux ne formant que deux fentes comme ceux d'un chat.

— Rassure-toi, nous pouvons l'être également…, grogna-t-il.
— Combien de temps, Sarah ? m'interrogea la punkette.

Je fronçai les sourcils, pourquoi Lily me demandait-elle ça ? Comment pouvait-elle savoir que j'avais mis James au courant et non l'inverse ? Un peu surprise, je répondis :

— Quelques minutes… Mais Lily, Maggie, vous n'allez pas vous battre tout de même ?

Lily me considéra avec étonnement.

— Bien sûr que si, pourquoi ?
— Alors je viens aussi ! déclarai-je d'un ton résolu.
— Certainement pas, princesse, me contredit James en m'enlevant du canapé dans ses bras. Toi, tu montes là-haut et tu y restes jusqu'à ce que je revienne te chercher !
— Pas question ! m'entêtai-je en gigotant pour me dégager.
— Oh que si ! Et cette fois, pas de discussion possible.

Il m'emporta dans ma chambre et me déposa sur le lit.

— Tout sera terminé rapidement.

Puis il tourna les talons.

— James ! Attends…
— Oui ?
— Fais attention à toi, s'il t'arrivait quelque chose…, murmurai-je d'une toute petite voix.

Il fit demi-tour, attrapa mon visage entre ses mains glacées et m'embrassa. Un baiser tendre et doux, notre premier baiser. Je fus prise de vertige, il me relâcha doucement et souffla :

— Je reviens bientôt.

Le temps que je reprenne mes esprits, il avait disparu. Je me précipitai à la fenêtre de la chambre d'ami pour suivre la suite des opérations. Je l'entrebâillai pour mieux entendre aussi. Je reconnus de suite le 4x4 de Jeff et la vieille Ford de Matt Jones lorsqu'ils se garèrent devant la maison. Ils étaient encore plus soûls que je ne l'avais présagé. Qu'ils soient arrivés à destination sans se tuer relevait du miracle.

— Alors, la putain Française ! brailla Jeff. Et si tu venais jouer un peu avec nous, ma belle ? Drake n'en saura rien, on va bien s'amuser !
— Je suis déjà là, lança la voix de James. Et j'ai hâte de commencer la partie.
— Drake ! Tu couches ici ma parole ! Ça ne m'étonne pas vraiment, remarque, continua la brute. Et regardez, les mecs, il a amené toute la petite famille !

Les acolytes de Jeff ricanèrent, ils faisaient pour la plupart taper leurs armes de fortune dans leurs mains, menaçants. Je frissonnai. Les Drake avaient avancé, maintenant je pouvais les voir de dos.

— Écoute, Jeff, soit tu te tires gentiment et sans histoire, soit on vous vire, mais à notre façon, expliqua James calmement.

— Tiens donc ! Moi je préfère la solution suivante, rétorqua le molosse. Soit tu restes en dehors de ça, tu rentres chez toi et nous laisses faire ce qu'on avait prévu. Soit on vous assomme un par un et on fera de toute façon ce pour quoi on est venu.

Je tremblai, il s'agissait d'une menace à peine déguisée et qui m'était destinée personnellement.

— Tu ne toucheras pas à un seul des cheveux de Sarah…, gronda James.

— Ah oui ? Et qui va nous en empêcher ? Nous sommes deux fois plus nombreux que vous ! ricana de nouveau Jeff.

Les autres l'imitèrent.

— N'oublie pas, tu comptes pour deux, Porcinet ! lança Lily.

Ce fut aux Drake de rire. Lily était-elle folle ? Pourquoi les provoquait-elle ainsi ?

— Tu as raison de te marrer tant que tu peux, la naine, parce qu'après la frenchie, ce sera ton tour !

À ce moment-là, tout s'accéléra. James bondit sur Jeff et l'envoya valser à terre d'une simple poussée. Le temps que le molosse reprenne ses esprits, James avait déjà assommé deux de ses comparses. Zach et Stan firent de même, bougeant si vite que dans la mêlée, j'en perdis le fil. Les filles, quant à elles, ne furent pas en reste. Elles distribuèrent les coups aussi bien que les garçons, profitant du fait que, contrairement à leur meneur, certains hésitaient à battre une femme. Soudain, j'aperçus Jeff avancer vers James qui lui tournait le dos, tenant son arme à deux mains. J'ouvris la fenêtre et criai :

— James, attention !

Trop tard. La batte le heurta de plein fouet à l'épaule.

— Non !

Mon cri stoppa net, le morceau de bois venait d'exploser en mille morceaux. Jeff contemplait le bout qui lui restait dans la main, complètement hébété. James, lui, ne broncha pas. Il se retourna lentement et toisa Jeff.

— Comment…, commença ce dernier.

James l'empoigna par le col et le souleva comme si la brute ne pesait pas plus lourd qu'un jouet. Comment était-ce possible ? Jeff pesait au moins cent dix kilos ! La bagarre cessa aussitôt, les copains du quarterback furent transis par cette vision eux aussi.

— James, non ! s'exclama Stan. Arrête, lâche-le !

James soutenait toujours le géant à bout de bras, ses yeux n'exprimaient plus que fureur. De la fenêtre, je criai à mon tour :

— James !

Il tourna la tête vers moi et me fixa de ses deux diamants noirs. Comme le jour où Jeff m'avait agressée, le blanc de ses yeux avait disparu, laissant place à deux puits sans fond, il semblait possédé.

— Il n'en vaut pas la peine, laisse-le... pour moi.

Comme s'il venait de subir un électrochoc, il desserra sa prise et le molosse se retrouva à terre. Il s'inclina vers lui, menaçant, et découvrit ses dents qui brillèrent de façon étrange sous l'astre lunaire. Un grognement rauque, animal, monta de sa gorge, Jeff brailla comme un fou. Quant à moi, ce son provoqua la vision la plus forte de toute ma vie ! James et sa sœur dans la ruelle, cette fois, je les voyais de face : ils montraient les dents ! Puis j'aperçus James se penchant sur un homme, lorsqu'il se releva, ses lèvres étaient tachées de sang !

Alors tout le puzzle de cette histoire se mit enfin en place. Les disparitions inexpliquées, les morts dissimulées, les visions à des époques différentes. La douleur dans ma tête devint si intense que je voulus hurler. Je n'en eus pas le temps, je m'évanouis.

— Lily, qu'est-ce qui se passe ? Qu'est-ce qu'elle a ? cria James, paniqué.

— Du calme ! lui exhorta la punkette. Je crois savoir ce qui provoque ses pertes de connaissance.

— C'est quoi ? Et pourquoi ne se réveille-t-elle pas ?

— Tu vas te calmer à la fin ! brailla à son tour Lily. Elle n'est pas blessée, alors on se détend !

Je me serais bien mêlée à leur petite conversation, mais j'en étais totalement incapable. Mon corps semblait peser trois tonnes et refusait obstinément d'obéir à mes ordres.

— Elle a raison, dit calmement la voix que je reconnus comme celle de Maggie. Elle n'a pas touché le sol, elle est seulement sonnée.

— J'aimerais bien vous y voir à ma place !

— Elle revient ! s'écria Lily.

En effet, je reprenais pied peu à peu, mais je n'arrivais toujours pas à parler, ni à bouger. Je sentis des mains glacées me caresser le front.

— Sarah ! Tu pourras choisir de me chasser si tu le souhaites, mais réveille-toi ! me supplia James.

Ce fut son intonation qui me fit réagir, quoi qu'il advienne, je ne voulais pas qu'il souffre.

— Pourquoi te chas... serais-je ? tentai-je d'articuler.

— Oh, Sarah ! exulta James en me serrant contre lui.

Cette fois, je repris pleinement conscience, son seul contact suffit. Mais la douleur se raviva elle aussi, comme pour me rappeler les événements qui avaient précédé. James ne cessait de m'embrasser le visage, les cheveux puis... la gorge.

— Si tu comptes te nourrir maintenant, autant te dire que tu ne feras pas une affaire, lançai-je en retrouvant ma voix.

Il s'arrêta net et un silence de plomb tomba sur le salon. La panique dans ses yeux était indescriptible.

— Tu sais..., souffla-t-il. Et tu m'as laissé te toucher et te prendre dans mes bras malgré...

Il fut incapable de continuer, il paraissait sous le choc. *Chacun son tour !* pensai-je.
— Ne sois pas ridicule ! Aide-moi plutôt à me lever, tu veux bien ?
Il obtempéra, mais son expression ne changea pas pour autant.
— Oh, la vache ! Ma tête ! m'écriai-je en y portant aussitôt les mains.
— Tu as fait une sacrée chute, tu devrais te reposer, me suggéra gentiment Stan.
— Non, ça va aller. James, peux-tu regarder dans le placard de la cuisine ? À droite, tu y trouveras une boîte d'antidouleur. Peux-tu m'en apporter avec un grand verre d'eau, s'il te plaît ?

Un nouveau vertige me força à me rasseoir, j'avais l'impression d'avoir fait un tour de grand huit à vitesse maximum. Il s'exécuta comme un robot, le choc toujours bien visible sur ses traits. Il me fit penser à un somnambule. Il revint et me tendit le verre ainsi que les comprimés que j'avalai rapidement.
— Comment te sens-tu ? m'interrogea Lily avec sollicitude.
— Bien, du moins, je crois… je suis tombée par la fenêtre, c'est ça ?
Je n'en étais plus sûre. En fait, je n'étais plus sûre de rien.
— Oui, heureusement que James t'a rattrapée avant que tu ne touches le sol.
— Oh… soufflai-je en levant le regard vers lui. Décidément, ton rôle de chevalier va devenir un travail à plein temps !
Il ne goûta manifestement pas à ma plaisanterie.
— Sarah… depuis quand es-tu au courant ? demanda-t-il.
— Oh, hum… réfléchis-je, le regard rivé sur la pendule. Une heure environ. J'ai su dès le départ que tu étais différent, mais je n'ai saisi pourquoi que tout à l'heure. Je suppose que vous aussi vous connaissez mon secret, n'est-ce pas ?
Il se contenta de hocher la tête. Je souris tristement avant de reprendre :
— J'ai eu une vision de Lily et toi montrant les dents à… vous ! m'exclamai-je en fixant le couple d'inconnus debout dans mon salon.
— Elle a aperçu la nuit où nous vous avons trouvés, commenta l'homme.
— Et puis…
J'ignorais la meilleure façon de formuler ce qui allait suivre.
— Dis-moi, souffla James tendrement.
— Et puis… Je t'ai vu te nourrir, lâchai-je finalement, c'est là que j'ai compris.
— Non…, gémit James en se prenant le visage entre les mains.
Je voulus l'en empêcher, mais il se leva et mit ses bras contre le mur pour s'y dissimuler. Il me fit penser à un petit garçon en train de pleurer. Les médicaments et le choc me rendaient longue à la réflexion, comme si mon cerveau flottait dans une sorte de ouate épaisse. Toute cette histoire semblait tellement irréelle ! Puis je me rendis compte que James et moi étions seuls. Où étaient passés les autres ? Peu importait, ce qui m'intéressait, c'était James et sa réaction étrange. Si quelqu'un devait avoir peur, c'était moi, non ? Après tout, j'allais peut-être terminer cette journée dans le rôle du magnum d'hémoglobine !
— James…, l'interpellai-je doucement.
Pas de réponse.
— James, regarde-moi.

Il se raidit, mais ne bougea pas.

— Cesse de faire l'enfant, veux-tu ?

Il se tourna vers moi, les mains enfoncées dans les poches de son jean, la tête basse. Je pouvais cependant apercevoir son visage ravagé par le chagrin. Seigneur ! Que pouvait-il bien penser en cet instant ? Que j'allais le chasser de ma vie comme si rien ne s'était passé ?

— Viens ici, s'il te plaît, je n'arrive pas à me lever.

Il resta figé sur place, quel cabochard !

— James… Regarde-moi, l'implorai-je au bord des larmes. Je t'en supplie…

Cette fois, ma voix se brisa. Il releva alors la tête et l'horreur se peignit sur ses traits.

— Non, ne pleure pas ! Je ne supporte pas de t'infliger tout ça ! Je ne voulais pas te faire de mal…

— De quoi tu parles ? hoquetai-je sans comprendre.

— Mais ce que tu as vu… ce que je suis…

J'essuyai mes joues du revers de la main et inspirai un bon coup.

— Tu es un vampire et après ? dis-je avec un calme qui m'épata moi-même.

Il me regarda, ébahi, presque hagard.

— Comment ça et après ? Tu te rends compte de ce que ça signifie ?

— Oui, mais ça, il aurait fallu y songer avant, tu ne crois pas ?

— Comment ça avant ? Avant quoi ?

— C'est trop tard ! Je… enfin tu vois…

Il resta à me fixer, les sourcils froncés.

— Je suis… Je suis amoureuse de toi ! Que tu sois un vampire ou qu'il te pousse une deuxième tête ! m'énervai-je devant son manque de réaction.

— Tu… m'aimes ? répéta-t-il, incrédule. Tu te fiches que je sois…

Cette fois, il resta perplexe. J'aurais sûrement dû l'être moi aussi, balaises ces antidouleurs !

— Tu es James, le garçon dont je suis tombée amoureuse. J'ignore si tu m'as approchée pour mes facultés ou pour… autre chose, mais… je t'aime.

J'attendis, tête baissée, je n'avais pas le courage de croiser son regard. Il releva mon menton d'un doigt puis m'embrassa de nouveau. Ce baiser fut plus appuyé que le premier, plus exigeant. Je passai les mains derrière sa nuque tandis qu'il me faisait basculer sur le canapé, se retrouvant allongé sur moi.

— Hum, Hum !

Quelqu'un se grattant la gorge avec insistance interrompit notre étreinte. Lily se tenait dans l'encadrement de la porte d'entrée, les mains dans le dos, un sourire satisfait éclairant son visage de poupée. Nous nous redressâmes, gênés. James s'autorisa tout de même un petit sourire satisfait qui ne m'échappa pas.

— Alors, je ne t'avais pas affirmé qu'elle réagirait bien ? questionna-t-elle. Mes prémonitions ne me trompent jamais !

— Toi aussi tu as des visions ?

Je ne savais pas si je devais mon calme olympien aux médocs, à ma chute ou à autre chose, mais j'avais l'impression que plus rien ne me choquerait désormais. Mon petit ami était un vampire, ainsi que le reste de sa famille. Si cela se trouvait, j'allais terminer en plat de résistance, mais je restais zen !

— Oui, ma chère ! Et d'ailleurs, j'ai une théorie concernant les tiennes et les pertes de connaissance qui s'y rattachent.

— Je t'écoute, l'enjoignis-je, curieuse.

Elle revint au salon et s'assit sur le rebord de la table basse. Les autres suivirent le mouvement, prenant place dans les fauteuils ou restant debout. Je me blottis contre James qui m'entoura de ses bras. Il posa sa joue contre mes cheveux puis, soudain, il se leva.

— Attends, Lily. Décidément, je manque à tous mes devoirs ce soir. Sarah, je te présente Gwen et Kylian, mes parents, déclara James en désignant la magnifique brune et l'homme blond qui ressemblait à un viking.

Je voulus me mettre debout une nouvelle fois pour les saluer, mais James eut juste le temps de me rattraper avant que je ne m'écroule. Jambes traîtresses !

— Désolée. Je suis enchantée, Monsieur et Madame Drake.

— Appelle-nous Gwen et Kylian et surtout ne t'excuse pas. Tu as subi beaucoup d'émotions fortes, tu es fatiguée et cela se comprend, commenta Kylian d'une voix douce.

— Nous aussi sommes ravis de te rencontrer enfin, Sarah, depuis le temps que James nous parle de toi. Il a raison, tu possèdes une grande force de caractère.

— Merci, dis-je, embarrassée par tous ces compliments. Alors, Lily, explique-nous un peu ta théorie à propos de mes visions.

— Eh bien, avant tout, j'ai besoin que tu répondes à certaines questions. Est-ce que tes prémonitions ont toujours été si puissantes ?

— Non, seulement depuis quelques mois, lorsque j'ai commencé à être *attirée* par Black Diamond. C'est comme si elles gagnaient en intensité depuis mon arrivée dans cette ville.

— O.K. Pourtant depuis que tu es là, seulement quelques-unes ont provoqué ce phénomène, n'est-ce pas ?

Je réfléchis à toute vitesse, me remémorant les semaines passées.

— En effet, mais je ne comprends pas où ça nous mène, avouai-je finalement.

— Te rappelles-tu très exactement quelles visions ont déclenché les malaises ?

Une fois de plus, je fis travailler ma mémoire. Je me sentais éreintée à présent.

— Euh… Mais oui, bien sûr ! C'est à chaque fois qu'elles *vous* concernaient ! C'est pour ça que j'ai deviné que James était différent !

— Comment ça ? demanda l'intéressé.

— Plus tard, le coupai-je à mon tour. C'est parce que vous êtes des vampires ! Le lien surnaturel est beaucoup plus fort !

— Exactement ! confirma Lily.

Je me redressai et me penchai vers elle. Je commençais à y voir clair, enfin !

— Et c'est toi qui m'as attirée à Black Diamond ! continuai-je.

— Quoi ?

— Mais oui ! Depuis plusieurs mois et bien avant d'arriver ici, j'avais des visions de James, mais je n'apercevais jamais son visage, du moins pas dans toutes. Donc je pense que tu m'envoyais des images mentales de ton frère. Nos prémonitions ont été connectées pendant un temps en quelque sorte. À l'époque, je les supportais mieux parce qu'elles transitaient par toi.

— Mais oui…, souffla Lily. Et une fois ici, tu as pris le relais, seule, mais elles étaient trop fortes pour ton cerveau humain !

— Exactement ! En fait, nous entretenions une sorte de correspondance inconsciente.

Lily et moi étions très excitées, tandis que les autres nous regardaient sans comprendre.

— Une minute ! dit James. Tu lui envoyais des visions ?

Lily baissa la tête, penaude. Je lui saisis la main, ce qui la surprit apparemment, car elle plongea son regard dans le mien.

— Tu permets que je lui explique ? demandai-je doucement.

Elle opina sans pour autant regarder son jumeau. Je me tournai vers lui.

— Lily était si malheureuse de te voir seul qu'elle désirait te trouver une compagne pour partager ta vie.

Il haussa un sourcil.

— Mais alors pourquoi ne pouvais-tu entrevoir mon visage ?

— Je l'ai aperçu, la première fois où tu m'as rendu visite. J'ai reconnu l'air que tu as joué au piano. Dans d'autres aussi, mais je n'avais pas fait le rapprochement. J'ai cru qu'il s'agissait d'un garçon que tu connaissais. Je pense que c'était inconscient de sa part. Elle voulait que je vienne ici pour toi et non pour ce que tu es. Ou inversement, pour que je ne m'enfuie pas avant de faire ta connaissance.

— Je comprends, déclara James d'une voix sans timbre. Mais comment vos visions se sont-elles retrouvées connectées entre elles ?

— Ça, je n'en ai pas la moindre idée. James, ce que Lily a fait, c'est une preuve d'amour, rien de plus.

James ne répondit pas et alla se planter devant sa jumelle, raide comme la justice. Lily se tassa sur elle-même, attendant que ça tombe.

— Merci, dit-il simplement.

Elle leva la tête, incrédule.

— Tu n'es pas fâché contre moi ?

— Bien sûr que non ! Sans toi, je n'aurais jamais rencontré Sarah et continué seul mon existence.

— Je sais, je suis géniale ! s'écria Lily qui s'était reprise.

— N'en fais pas trop tout de même ! ricana-t-il en lui ébouriffant les cheveux.

— Bon, maintenant que tout est arrangé, je suis d'avis que nous laissions Sarah se reposer, elle doit être exténuée, avança Zach.

Comme pour confirmer ses dires, je bâillai à m'en décrocher la mâchoire.

— Désolée, m'excusai-je.

Les Drake rirent de bon cœur.

— Ne t'inquiète pas, me dit Gwen, maintenant que tu sais tout, nous avons le temps d'apprendre à nous connaître.

— J'y compte bien.

Puis ils se levèrent et partirent. James referma la porte derrière eux. Il me prit dans ses bras et m'emmena de nouveau à l'étage.

— Au lit, jeune fille ! Vous avez besoin de repos.
— James, tu… tu restes ? bafouillai-je.
— Évidemment, mais cette fois, je vais m'installer dans le fauteuil. Il doit être plus confortable que le rebord de ta fenêtre.
— Hein ? Mais de quoi tu parles ?
— Laisse tomber, je te raconterai tout demain. Pour l'instant, repose-toi, déclara-t-il en s'éloignant vers le siège.
— Pourquoi te mettre là-bas ? Tu ne veux pas dormir avec moi ?
En percevant l'angoisse dans ma voix, il sourit puis m'expliqua :
— Les vampires ne dorment pas, mais si tu le souhaites, je peux m'allonger près de toi.
Sa réponse me prit au dépourvu et je me jurai de lui poser toutes les questions qui me passeraient par la tête plus tard.
— J'aime être dans tes bras, soufflai-je, rougissante.
— Et j'aime que tu y sois, me dit-il simplement en me rejoignant.

Étendu sur le lit, avec dans ses bras la créature la plus belle qu'il n'ait jamais vue, James se sentait revivre. Il avait l'étrange impression que son cœur mort depuis plus d'un siècle venait de se mettre à battre de nouveau. Il ne se lasserait jamais de la regarder. La tête enfouie dans son torse, comme un chaton, elle semblait si vulnérable ! Pourtant, aujourd'hui, elle avait fait preuve d'une force hors du commun en découvrant son secret.

Il s'était attendu à des pleurs, des hurlements hystériques. Il s'était imaginé devoir fuir ou effacer sa mémoire pour la faire taire. Mais rien de tout cela ne s'était produit. Elle était restée calme, se contentant de lui dire qu'elle l'acceptait comme il était et qu'elle l'aimait. Elle l'aimait ! Si le cœur de James avait encore battu, il aurait provoqué un tel charivari que sa belle se serait réveillée sur-le-champ. Jamais en un siècle il n'avait été si heureux ! Jamais non plus, il n'avait eu aussi peur que lorsqu'elle avait basculé par la fenêtre. Sans compter la honte qu'il avait ressentie quand elle lui avait avoué l'avoir vu assassiner cet homme. Oui, il avait été un assassin à une époque de sa vie. Et ce soir, il avait failli le redevenir, sous ses yeux ! Que se serait-il passé s'il avait tué ce malade de Jeff Mac ? L'aurait-elle quitté en découvrant de ses propres yeux les horreurs dont il pouvait se montrer capable ? Car au fond, même s'il avait appris à se contrôler, ses pulsions pouvaient reprendre le dessus à tout moment. Quoi qu'il fasse, il restait un vampire et donc un danger, un prédateur. Même pour Sarah. Il écarta une mèche de son visage pour mieux la regarder. Elle dormait profondément, pleine de confiance en lui. Comme il serait facile de lui ôter la vie s'il le souhaitait. Elle sentait si bon, il voyait les petites veines battre dans son cou à l'endroit où affluait sa source vitale.

— Hum…, gémit-il.

La soif le tiraillait, il avait terriblement envie d'elle ! Pourtant, jamais ils ne pourraient entretenir un tel degré d'intimité. Les siens ne pouvaient atteindre le plaisir qu'en échangeant leur sang avec leur partenaire. De cette façon, pendant quelques instants, leurs corps et leurs esprits se mélangeaient et ne faisaient qu'un. Avec Sarah, ce serait impossible, il la tuerait. Une nouvelle vague de tristesse le submergea. Que pouvait-il lui offrir ? Il n'y avait que deux options possibles : la damnation ou la mort. Puis, il se remémora l'une de ses conversations avec Zach. Selon lui, sa nature ne représentait pas forcément un frein à cette relation. Sarah semblait d'ailleurs bien le prendre. Il sentit l'espoir revenir à cette évocation. Oui, il resterait près de Sarah, peu importait le temps que la vie lui accorderait. Il comptait profiter de chaque moment passé avec elle.

— James…, murmura la jeune fille.

— Je suis là, ne t'inquiète pas, dors, mon amour.

Elle se rendormit aussitôt et il sourit dans le noir.

— Je serai *toujours* là, ajouta-t-il doucement.

Elle se serra plus fort contre lui et enserra sa taille de sa jambe, l'emprisonnant. Il se figea, arrêta même de respirer. Il ferma les yeux avec force, tentant de se calmer. La chaleur du corps de Sarah provoquait en lui une sensation incomparable. Son souffle tiède contre son torse le troubla à un point qu'il n'aurait jamais envisagé ! Il essaya de bouger, mais elle resserra sa prise.

Comment un aussi petit bout de femme peut-il avoir une telle poigne ? se demanda-t-il.

Elle était tendue comme un arc, il risquait de la briser s'il insistait. Elle ne lui laissait pas le choix.

— Sarah ! Sarah, ma douce, réveille-toi.

— Hum… James ? Que se passe-t-il ? bafouilla-t-elle, à moitié endormie.

— Euh… comment dire ? Si tu tiens à garder ta vertu intacte, tu devrais songer à changer de position, déclara-t-il, narquois.

Elle le regarda sans comprendre pendant un instant, puis baissa les yeux et prit conscience de sa tenue. Elle ôta vivement sa jambe, rouge jusqu'à la racine des cheveux. James ne put s'empêcher de sourire.

— Quelle heure est-il ? s'enquit-elle ensuite.

— Six heures trente, le Soleil ne va pas tarder à se lever. Mais je suppose que, pour une fois, on pourrait sécher le lycée ?

— Tout à fait d'accord.

Puis elle déposa un baiser léger sur ses lèvres avant de quitter le lit.

— Tu ne dors pas encore un peu ? demanda-t-il.

— Non, je te rappelle que tu as plein de choses à me raconter.

— Toi aussi, tu vas devoir m'éclairer sur certains points, rétorqua le jeune homme.

— Raison de plus pour ne pas traîner, en plus tu dois avoir envie de te changer, je me trompe ?

— Je te l'accorde, j'ai déjà été plus élégant !

— Tu es le plus beau à mes yeux, dit-elle, touchante de sincérité.

— J'y compte bien ! Allez, file avant que je ne te ramène de force dans ce lit !

Elle rougit de nouveau et gagna la salle de bain.

Après quelques minutes, elle revint dans la chambre, en peignoir, les cheveux mouillés. Cette vision lui coupa le souffle et raviva son désir.

— Je me charge de ton petit déjeuner ! déclara-t-il en descendant comme une flèche.

Une fois dans la cuisine, il tenta de se maîtriser. Elle était si jolie et n'en avait même pas conscience, il devait se montrer responsable, il était le plus vieux après tout ! Elle arrivait, il l'entendait clairement. *Calme-toi, James ! Respire !* s'exhorta-t-il.

Il lui servit son café puis s'assit en face d'elle pour la contempler tout à son aise. Elle leva les yeux puis lui décocha un sourire éblouissant qui le toucha en plein cœur.

— Alors comme ça je sors avec un vampire ?

— Je le crains, en effet ! Dis-moi, maintenant que les médicaments n'agissent plus, comment tu gères ça ? Tu as peur de moi ? Tu peux me le dire, je comprendrai.

Elle planta son regard dans le sien.

— Tu as eu plus d'une occasion de me tuer et tu ne l'as pas fait. Je me doute que cette idée a dû te traverser l'esprit, mais non, je n'ai pas peur.

Il souleva un sourcil, décidément elle n'était vraiment pas une mortelle comme les autres ! Comme elle se mit à rire, il l'interrogea :

— Quoi ?

— Tu penses que je devrais être effrayée.

— Ce serait légitime, surtout que tu m'as vu à l'œuvre.

Elle haussa les épaules une nouvelle fois et but une gorgée de café tout en regardant par la fenêtre.

— J'ai assassiné des gens, Sarah, déclara-t-il tristement.

— Je sais. Tout comme je sais qui était cet homme et ce qu'il a fait. Tu n'as fait qu'appliquer une sentence au vu de ses actes et empêcher qu'il ne sévisse encore.

— Sans doute, concéda-t-il. Cependant, tu dois comprendre que je n'ai pas toujours choisi mes victimes avec soin.

— Je n'ai pas toujours été la Sarah que tu connais. Ne compte donc pas sur moi pour te juger. Ces meurtres font partie de ton passé, tu dois apprendre à vivre avec.

James serra les dents. Sans doute avait-elle raison. Cependant, imaginer tuer une personne et passer à l'acte changeait irrémédiablement la donne. Une fois que l'on avait ôté une vie, peu importait la raison, on basculait de l'autre côté de la barrière. Du côté obscur et aucun retour en arrière n'était possible. L'on se substituait à Dieu, à la Nature, l'on s'octroyait un droit qui ne nous appartenait pas et qui ne devrait jamais appartenir à personne. Elle lui prit la main par-dessus la table. Il n'ajouta rien, ne voulant pas gâcher ce moment. Tout semblait si parfait depuis hier soir !

— Au fait, après ce qui s'est passé, tu ne crains pas que Jeff dévoile votre secret ?

— Aucun risque, rassure-toi.

— Il t'a tout de même brisé une batte de base-ball sur l'omoplate. On ne voit pas ça tous les jours !

James haussa les épaules à son tour.

— Pour parler, il faudrait qu'il se souvienne et ce n'est pas le cas. Tu n'as pas à t'inquiéter.
— Comment ça ? Il a tout oublié, selon toi ? Mais comment ?
— Stan a effacé sa mémoire.
— Quoi ! Comment il fait ça ? demanda-t-elle, les yeux ronds.
— Certains… d'entre nous possèdent des capacités… *particulières*.
— Que veux-tu dire ?
— Écoute, il t'expliquera cela mieux que moi, mais pour le moment, j'ai vraiment besoin d'une douche et de vêtements propres.
— Oh oui, bien sûr ! Excuse-moi.

Elle déposa sa tasse dans l'évier puis ils sortirent. Il faisait froid et gris, la neige viendrait bientôt, James le sentait.

— Tu devrais conduire, avança Sarah.
— Pourquoi ? Tu as encore mal à la tête ?

Il devint anxieux, il détestait la voir souffrir sans pouvoir intervenir.

— Non, le rassura-t-elle, mais je suis fatiguée et je préfère ne pas prendre de risques.

Il se détendit instantanément. Pendant le trajet, il constata qu'elle fronçait les sourcils, l'air concentré.

— Si tu as des questions, n'hésite pas, dit-il doucement.

Elle lui jeta un regard en biais.

— Je euh… En fait, je me demandais comment la batte ne t'avait pas blessé, murmura-t-elle.
— Oh, ça.
— Oui. Comment est-ce possible ?

James respira profondément. S'il existait bien un sujet de conversation auquel il n'aurait pas songé, il s'agissait sans nul doute de celui-ci.

— Rigidité cadavérique, asséna-t-il. Techniquement, je suis mort.

Il guetta sa réaction. Une fois de plus, il resta déconcerté par celle-ci.

— Ceci explique cela, souffla-t-elle en hochant la tête. Je suppose que ta température corporelle résulte également de cet état de fait.
— Effectivement.

Elle grimaça avant de reprendre :

— Là, je devrais commencer à avoir peur, hein ?

Cette fois, James ne put s'empêcher de rire.

— Je crains que tu aies autant de difficultés à te sentir effrayée qu'à résoudre un problème de mathématique !

Lorsqu'ils arrivèrent, toute la famille était présente. James en déduisit que sa sœur les avait vus sécher.

— Coucou, les amoureux ! lança celle-ci en sautillant sur place.
— Salut, Lily ! répondit Sarah avec un grand sourire.
— Salut, petit monstre ! ajouta James affectueusement.

Son clan se leva et vint embrasser Sarah, lui souhaitant la bienvenue. Il observa la jeune fille, elle paraissait totalement à son aise. Elle sourit, eut un mot gentil pour chacun, comme si la situation était on ne peut plus banale.

— Je fonce me doucher et changer de vêtements, je ne serai pas long.

— Prends tout ton temps.

— Ne t'inquiète pas, James, on ne va pas la manger ! lâcha Lily.

— Lily ! s'exclamèrent les Drake d'une seule voix.

— Ben quoi ?

Puis comprenant soudain :

— Oups, désolée !

Sarah s'esclaffa, un rire franc et cristallin. James aurait pu écouter ce son pendant des heures sans jamais s'en lasser.

— Ne t'excuse pas, Lily, tu restes naturelle et ça me plaît !

— Ça, pour être naturelle…, confirma Maggie, moqueuse.

James fila enfin à la salle de bain. Cela ne dura que quelques minutes, et lorsqu'il redescendit, il n'en revint pas. Lily portait la veste de Sarah et jouait au mannequin devant le miroir du salon.

— Elle est géniale ! s'émerveilla sa jumelle.

— Je peux te la prêter, j'en ai plein d'autres.

— C'est vrai, tu ferais ça ?

— Bien sûr ! Tu me la rendras quand tu n'en voudras plus.

Lily se précipita sur Sarah à la vitesse de la lumière, toute l'assistance retint son souffle. Elle se pencha et lui claqua un baiser sonore sur la joue.

— Merci ! Je t'adore ! J'espère que tu resteras toujours avec nous ! claironna-t-elle. Pour la veste, dis-lui adieu, parce que je ne m'en lasserai jamais !

James intervint alors, jugeant que sa sœur dépassait les bornes.

— Lily ! Qu'est-ce que c'est que ces manières ?

— Laisse-la tranquille, elle n'a rien fait de mal, contra Sarah avec indulgence.

Puis, elle se tourna de nouveau vers Lily.

— Si tu l'aimes tant, je te l'offre. Elle te va mieux à toi qu'à moi de toute façon.

Mensonge. Il comprit de suite que ces deux-là deviendraient les meilleures amies du monde, et lui donneraient du fil à retordre par la même occasion.

— Merci ! Merci ! Merci ! hurla Lily. Mais au fait, tu m'expliques pourquoi mon frère t'a délibérément amenée dans un nid de vampires ?

— Lily ! s'agaça James.

— Quoi encore ? Elle sait tout maintenant, alors autant appeler un chat un chat !

— Tu pourrais au moins y mettre les formes !

— Ce n'est rien, James. En fait, j'ai des questions à vous poser.

— Et nous nous ferons un plaisir d'y répondre, intervint Kylian.

Chapitre 6

Assise dans le fauteuil du salon de mes visions, je réfléchis un instant à la meilleure façon de formuler mes questions. James avait pris place sur l'accoudoir et attendait patiemment.

— Hum… En premier lieu, j'aimerais connaître votre vrai nom.

— Elle est encore plus maligne que je ne l'aurais cru, dit Stan.

— Qu'est-ce qui te fait penser qu'il ne s'agit pas de notre vrai nom ? demanda gentiment Kylian.

— Eh bien…

Comment pourrais-je exprimer cela sans me couvrir de ridicule ou les vexer ?

— Vas-y, m'encouragea James.

— C'est juste que pour des vampires, Drake… c'est assez proche de Dracula, lâchai-je enfin.

— Tu es tombée pile dessus, sourit Gwen. C'est une blague entre nous.

— Kylian s'appelle en réalité Strauss, Gwen : Mariani, Maggie : Cale, Stanislas : Ford et Zacchary : Jones. Lily et moi sommes réellement jumeaux et notre véritable patronyme est Carter, expliqua James.

— Et quel âge avez-vous ?

— Kylian et Gwen ont le même âge : trois cent quatre-vingt-neuf ans.

— Trois cent quatre-vingt-neuf ans ! m'exclamai-je en me tournant vers Gwen. Comment est-ce possible ? Vous êtes si belle !

— Merci, dit-elle en souriant, c'est l'un des privilèges dus à notre mutation, nous ne vieillissons plus.

— Jamais ?

— Jamais, confirma-t-elle.

— Je peux continuer ? demanda James, amusé.

— Oui, bien sûr, excuse-moi de t'avoir interrompu.

— Ce n'est pas grave. Maggie a cent soixante-neuf ans, Zach cent soixante-quatre, Lily et moi en avons cent vingt-huit et le plus jeune, Stan, n'en a que cent treize.

J'observai James pendant quelques instants, mon premier petit copain était plus vieux que mon grand-père !

— O.K., soufflai-je, revenue de ma surprise, et vous pouvez vivre jusqu'à quel âge ?

— Indéfiniment, nous sommes immortels, m'informa James.

— Enfin presque, tempéra Lily. Pour nous tuer, il faut nous démembrer ou nous décapiter et détruire les restes par le feu, mais il faut déjà nous attraper !

Seigneur ! Dans quoi venais-je encore de m'embarquer ? Je sortais avec un immortel qui ne craignait que le démembrement ou la décapitation, comme Highlander ! Je tentai de me reprendre tant bien que mal. James notait la moindre de mes réactions.

— L'histoire du soleil est un mythe puisque vous fréquentez le lycée. Mais pour le reste ? L'eau bénite, les crucifix, l'ail, les pieux…

— Un ramassis de conneries ! s'exclama Stan.

— De simples légendes, poursuivit Kylian de façon moins imagée. En ce qui concerne les pieux, ils ne pourraient pas transpercer notre peau. Je ne connais pas l'origine de cette croyance. Certainement une façon pour les humains de se rassurer.

Immortel et invincible, ou presque. À ce moment précis, j'hésitais à trouver cela rassurant ou carrément flippant.

— James m'a dit que certains vampires possédaient des facultés surnaturelles autres que celles liées à leur condition. En quoi consistent-elles ?

— Cela dépend, comme tu le sais, Lily est clairvoyante, Stan peut effacer la mémoire des gens. James, lui, envoie des impulsions électriques qui paralysent le cerveau et peut manipuler l'esprit de certaines personnes. Pour dire vrai, les possibilités sont infinies.

Je restai pensive une seconde.

— Pourtant quand il a essayé de passer mes défenses, il a échoué.

— Quoi ? Tu l'as senti ! s'exclama l'intéressé en se levant d'un bond.

— Vous n'êtes pas le seul à cultiver vos petits secrets, Monsieur Drake, le taquinai-je. Plus sérieusement, je ne l'ai pas compris tout de suite. Au début, l'air ambiant semblait vibrer, j'ai alors pensé que tu étais télépathe.

Toute la famille me considéra avec des yeux ronds.

— Elle n'est pas perspicace, mais bien plus que ça ! s'écria Zach.

— Comment ça ?

— Tous les vampires sont télépathes. Du moins, nous captons l'idée générale des pensées qui nous entourent, me confia James. Avec toi, toutes ces facultés demeurent inefficaces, comme si tu étais protégée par une sorte de champ de force.

— Oh, je crois savoir de quoi ça vient, murmurai-je tristement.

James remarqua que le ton de ma voix avait changé et il m'interrogea doucement :

— Tu veux bien m'expliquer, mon cœur ?

— Plus tard, avant j'ai encore une question. Qu'est-ce que c'est que cette histoire de rebord de fenêtre ?

Il baissa la tête, gêné.

— Euh… Il se pourrait que je t'aie surveillée pendant un temps et que la nuit je sois resté assis là pour te regarder dormir, souffla-t-il.

Je l'étudiai un moment puis souris.

— Merci, lui dis-je simplement.

— Tu n'es pas fâchée ?

— Non. Au début, tu as agi ainsi pour en apprendre plus sur mon compte. Mais ensuite tu veillais sur moi, n'est-ce pas ?

— Oui. J'ai du mal à m'éloigner de toi très longtemps.

— Voilà qui ne me déplait pas, avouai-je doucement.

— Vous êtes trop mignons ! s'extasia Lily.

Je ris. Lily m'amusait beaucoup, je devais le reconnaître. Elle semblait dire tout ce qui lui passait par la tête sans se soucier de ce que les autres pouvaient en penser.

— Maintenant que tu es au courant de tout, tu m'expliques pourquoi je ne peux pas t'atteindre ? demanda James.

— Je suppose que je te dois bien ça…, murmurai-je.

— Tu peux nous faire confiance, déclara Lily en s'asseyant à mes pieds pour prendre mes mains dans les siennes, ton secret sera bien gardé avec nous.

J'inspirai à fond et repris :

— Quand j'étais enfant, mon père battait régulièrement ma mère. Dans ces moments-là, il lui hurlait des horreurs à propos de ses dons, la traitant d'abomination, de sorcière, de monstre. J'avais tellement peur que je me cachais dans le placard de l'entrée.

James grogna sa colère, je me blottis contre lui.

— Lorsqu'elle s'est rendu compte que je *voyais* aussi, elle m'a interdit d'en parler, « *Personne ne doit savoir. Même pas papa.* » m'a-t-elle expliqué. Seulement voilà, on ne contrôle pas les prémonitions, elles viennent comme ça, sans prévenir. Un jour, c'est arrivé devant lui. Il est entré dans une colère noire, m'a attrapée par les cheveux pour me relever alors que je jouais par terre, puis il a commencé à frapper encore et encore. Après cet épisode, ma vie a changé. J'ai tout fait pour le masquer aux autres, je dois l'avouer… surtout aux hommes.

— Oh, princesse, je suis désolé, compatit James.

— Ne le sois pas. Étrangement je n'ai jamais eu peur de toi. Mais me dissimuler est devenu si naturel que je ne m'en rends même plus compte.

— Et c'est nous qui sommes qualifiés de monstres dans les livres ! gronda Gwen.

— C'est plus courant qu'on ne le pense, lui expliquai-je. Certains se reconstruisent mieux que d'autres, pour moi, ce sont mes prémonitions qui ont compliqué l'affaire. Difficile de faire confiance à quelqu'un pour ce genre de choses.

— Tout ça est terminé maintenant, dit James.

— Tu ne peux pas imaginer à quel point je suis soulagée de pouvoir enfin me confier sans crainte d'être jugée.

Il m'embrassa sur le front en me caressant la joue du bout des doigts.

— Cela justifie sans doute une partie du phénomène, continua Lily, les sourcils froncés, mais pas la totalité. Que sais-tu de ta famille ? Je veux parler de ses pouvoirs.

— Eh bien… Je suis issue d'une lignée très ancienne. Les visions sont la dernière faculté qu'il nous reste, mais mes ancêtres en détenaient bien d'autres. Cela se transmet de génération en génération et prend de l'ampleur avec l'âge, pourquoi ?

— Lorsque j'ai découvert que tu étais clairvoyante, j'ai également détecté que tu possédais d'autres capacités en sommeil, avoua-t-elle.

Je la regardai un instant, interdite.

— Ça va ? s'enquit James.

— J'ai senti dès mon arrivée ici que mon don commençait à s'amplifier, mais je ne pensais pas en développer de nouveaux. Cela fait des générations que ce n'était pas arrivé.

Lily se leva et se mit alors à sautiller sur place, très excitée.

— Mais oui, j'ai trouvé ! Comment n'y avons-nous pas songé plus tôt ?

— Pourrais-tu nous éclairer afin que nous en profitions aussi ? ajouta Maggie.

— Mais ça parait si évident que je ne comprends pas qu'on soit passés à côté ! Kylian, te souviens-tu des recherches que tu as menées à propos des êtres surnaturels comme nous ?

— Très bien, passionnantes d'ailleurs, mais je ne saisis pas le rapport avec Sarah.

— J'y arrive, te rappelles-tu de celles que l'on appelait les gardiennes ?

Kylian bondit du fauteuil où il était assis.

— Lily, tu es géniale, ma chérie ! s'exclama le chef de clan.

— Je sais, je sais ! se rengorgea la punkette.

— Allez-vous nous expliquer de quoi il s'agit à la fin ! s'emporta James.

J'étais totalement perdue maintenant, quel lien entre ces femmes et moi ? Je me sentis bizarre soudain. Un immense poids semblait comprimer mon estomac.

— Voilà, continua le viking, il y a de cela plusieurs siècles, des sorcières, possédant de nombreux pouvoirs – entre autres celui de *voir* comme Sarah –, vivaient dans ce qui correspondrait aujourd'hui aux côtes du nord de la France. Elles offraient leurs services aux villageois sans jamais rien demander en retour, ceux-ci les appréciaient et les respectaient. Seulement, lorsque les bûchers sont devenus monnaie courante, certains n'ont pas hésité à retourner leurs vestes pour de l'argent et beaucoup d'entre elles furent brûlées en place publique. Comme l'a dit Sarah, il est difficile de refouler les visions, alors elles ont appris à leurs enfants à dissimuler leurs dons. Au fil des générations, ils ont fini par y parvenir spontanément.

J'avais écouté Kylian avec beaucoup d'attention et restais stupéfaite !

— Je serais donc une sorcière ! m'écriai-je.

— Il y a des chances, en effet, confirma Kylian tranquillement.

— Non, non…, gémis-je.

Je me levai et commençai à tourner en rond dans le salon comme un lion en cage.

— Sarah, ma chérie, qu'est-ce que…, tenta James.

— Je ne veux pas être une sorcière !

— Pourquoi ? C'est cool ! intervint Lily.

— Cool ? Tu trouves ça cool ? hurlai-je à la face de la punkette.

James me prit par l'épaule et me tira en arrière.

— Je ne l'aurais pas attaquée ! s'indigna sa sœur.

— Je sais, mais tu ne sens pas ?

Soudain, j'entendis une sorte d'explosion. Tout autour de moi, les bibelots, les ampoules, les verres, volèrent en éclats. Je plaçai mes bras devant mon visage pour me protéger.

— Calme-toi, mon cœur, tout va bien, souffla James.

J'enlevai mes bras pour le regarder.

— Quoi ? demandai-je sans comprendre.

— Calme-toi, princesse, répéta-t-il.

— Parce que c'est moi qui…

Au même moment, le grand miroir accroché au mur explosa, envoyant des éclats dans toute la pièce. Des grondements menaçants montèrent alors en provenance de la famille de James.

— Ça suffit ! ordonna Kylian. Elle a peur, elle ne nous veut aucun mal !

Cet ordre stoppa net le phénomène. Tout autant les grognements que les explosions d'ailleurs. Je tombai à terre et éclatai en sanglots. James me serra contre lui et se mit à me bercer.

— Chut… Tout va bien, c'est fini.

— Pauvre trésor, dit Gwen, personne ne l'a préparée à ça.

— Elle va faire une immortelle du tonnerre ! s'enthousiasma Stan.

— Qu'est-ce qui a provoqué ça ? interrogea Maggie. En plus d'un siècle, je n'ai jamais croisé un mortel capable d'une telle chose !

— Sarah, murmura Lily qui s'était accroupie à côté de moi, personne ne t'en veut, ma chérie. Tu n'as pas à avoir honte. Tu découvres tes pouvoirs, c'est un passage obligé.

Je levai les yeux, le visage à moitié enfoui dans le torse de James.

— Cesse de pleurer, s'il te plaît. Quand tu pleures, James est triste et même s'il ne le fait pas exprès, il hurle son chagrin dans ma tête. Tu ne veux pas que je sois malheureuse, n'est-ce pas ?

Je repoussai James pour me jeter dans les bras de sa jumelle qui se mit à me bercer comme une mère l'aurait fait avec son enfant.

— Allez, allez ! C'est terminé maintenant. Explique-moi à quoi tu pensais lorsque tout a commencé.

— À mon père, murmurai-je d'une toute petite voix encore enrouée par les larmes. Il avait raison, je suis une sorcière…

— Seigneur ! Sarah, il n'y a aucun mal à ça ! Quant à ton père, c'était un abruti !

— Lily ! s'indigna Gwen.

— C'est la vérité ! insista la punkette. Tu n'as pas choisi de recevoir ces dons, et lorsque les gens ne comprennent pas, ils prennent peur. Mais cela n'était sûrement pas une excuse pour te battre ou te traiter de monstre ! Tu n'as rien de monstrueux, ma chérie.

Je levai les yeux vers elle et ce que j'y lus me fit un bien immense : de la compréhension et même de l'affection !

— Tu le penses vraiment ?

— Je suis morte et je bois du sang pour survivre, question abomination, je connais mon chapitre, sourit-elle. Il faut juste que tu t'entraînes à maîtriser tout ça, ensuite ça ira mieux.

Elle m'aida à me relever et me passa un bras autour des épaules.

— Je suis tellement désolée…, murmurai-je encore en regardant les dégâts que j'avais causés.

Gwen s'avança et me prit les mains.

— Ne le sois pas, ça arrive au début.

— Et puis, avec tous les chocs qu'elle a subis en deux jours, ça se comprend, ajouta Zach, on aurait pété les plombs pour moins que ça !

— Tu veux quelque chose ? me proposa Maggie.

— Elle aime le café, répondit James à ma place.

— Alors c'est parti pour un café !

Je les regardai tour à tour. En voyant mon expression songeuse, il demanda :

— Qu'y a-t-il, Sarah ?

— Tu as eu peur que je blesse Lily tout à l'heure ?

— Je n'ai pas su identifier la forme d'énergie que tu dégageais et dans le doute… Navré si cette réaction t'a offensée.

— C'est à moi de l'être. Pardon, Lily, je n'aurais pas dû te crier dessus.

— En tout cas, intervint Stan, il faut du courage pour hurler comme ça à la face d'un vampire !

Tout le monde rit, sauf James.

— Ne t'inquiète pas, ma chérie, reprit Lily, on connaît tous des moments d'énervement et puis, ce n'est pas la pire des choses que l'on m'ait faite !

— C'est vrai, renchérit Stan, un jour j'ai effacé sa mémoire par mégarde. Quand elle s'en est rendu compte, elle était furax !

Nous éclatâmes de rire, James y compris cette fois.

— Tiens, voilà ton café, me dit Maggie en me tendant une tasse fumante.

— Merci. N'empêche, mon petit ami me présente ses parents et moi je dévaste leur maison, gémis-je en baissant la tête.

— Oh, ne te tracasse surtout pas pour ça ! me rassura Gwen gaiement. Admire comment nous faisons le ménage chez les Drake !

Elle se leva, suivie de Maggie et Lily quand soudain elles disparurent, ainsi que tout le capharnaüm dont j'étais responsable. James guettait mes réactions, je tentai de masquer ma surprise.

— Comment font-elles ça ? demandai-je en prenant un air dégagé.

— Elles se déplacent juste si vite que tu ne peux pas les voir, c'est tout.

— Oh… Elles devraient venir faire la même chose chez moi !

Il rit, ainsi que ses frères et son père.

— James, si tu nous interprétais quelque chose ? proposa alors Kylian.

— Vas-y, lui dis-je alors qu'il me consultait du regard.

Il m'embrassa doucement et se plaça au piano. Quand il commença à jouer, je reconnus immédiatement la mélodie. Je jetai un coup d'œil à Lily qui me sourit, complice. Ma vision se réalisait devant mes yeux.

— À part ça, continua Stan pour changer de sujet, tu penses que je pourrai bientôt essayer la Vantage ?

— Tu possèdes une Vantage ? m'interrogea Kylian, impressionné.

— Oui, je viens de finir de la rénover. Et pour répondre à ta question Stan, tu pourras la tester ce week-end, si tu veux.

— Génial ! s'exclama ce dernier en se frottant les mains de satisfaction.

— Il s'agit d'une voiture magnifique, ajouta le viking. Excuse ma curiosité mais… comment te l'es-tu offerte ?

— Eh bien, pour ne rien vous cacher, je l'ai gagnée lors d'un run. À une époque, j'ai fait des choses dont je ne suis pas très fière, expliquai-je en devançant leurs questions. Après la mort de ma mère, je suis entrée dans une sorte de cycle d'autodestruction. Je participais à des courses, je fréquentais le milieu de la nuit…

— Tu essayais simplement d'oublier, dit Maggie, compréhensive.

— En réalité, je me voilais la face. Sitôt rentrée chez moi, je retrouvais mes démons. Jusqu'au jour où j'ai eu ma première vision de Black Diamond, puis de ce garçon mystérieux.

Je levai les yeux vers James et lui souris. Il semblait très concentré sur mon récit, alors je repris :

— Cela a duré plusieurs mois, il me devenait de plus en plus difficile de vivre à Chicago, tout me rappelait ma mère. Un beau matin, j'ai appelé le lycée de Black Diamond pour savoir s'il restait de la place, on m'a confirmé que oui. Je n'ai pas réfléchi plus longtemps et j'ai plié bagage pour venir m'installer ici.

— Tu es très courageuse ! me dit Lily, admirative.

James m'avait à présent rejointe et m'embrassa tendrement les cheveux.

— Si je comprends bien, je jouais les chevaliers servants avant même d'en avoir conscience.

— Il faut croire qu'il s'agit d'une véritable vocation chez toi !

— Jure-moi seulement que tu ne referas plus jamais ce genre de course.

— C'est terminé. Je te promets de ne plus commettre ce genre de sottise.

— Eh bien, voilà une histoire qui finit bien ! dit Gwen en nous regardant avec tendresse.

Je souris tristement, en réalité, l'histoire était loin d'être achevée. Maintenant que je connaissais les raisons de ma venue, rien ne garantissait que je puisse rester.

— Pour être honnête, j'ai encore une chose à vous avouer, déclarai-je froidement.

Les jumeaux froncèrent les sourcils, ils avaient ressenti l'un comme l'autre mon angoisse.

— Quoi ? demanda James, gravement.

— Tu te souviens que je t'ai confié déménager souvent ?

— Oui.

— Ma mère et moi étions des fugitives, lâchai-je.

James vint s'accroupir devant moi. Il me prit les mains et plongea son regard dans le mien.

— Explique-toi.

— Mon père me recherche. Je devrai quitter la ville bientôt. Je suis désolée.

— Non !

Il se releva et commença à tourner en rond dans le salon. Sa famille, elle, sembla réfléchir. Je ne compris que bien après qu'en réalité, ils conversaient par la pensée.

— Je suppose qu'il ne cherche pas à te revoir pour renouer des liens familiaux, commenta Lily.

— Pas vraiment. Il a toujours espéré nous exploiter. Il est facile de gagner un max de fric ou de prévoir une descente de flics quand tu vois l'avenir. Il a fait des promesses, mais notre fuite l'a empêché de les honorer. Ma mère n'est jamais entrée dans les détails à ce sujet et je ne souhaitais pas lui infliger plus de peine en posant des questions. J'ai beau détenir plusieurs ordonnances restrictives à son encontre, il n'en a jamais tenu compte. Je sais seulement qu'il désire se venger et éliminer l'abomination.

James se tourna vers moi, interdit.

— Tu veux dire que…

— Oui, si je reste trop longtemps ici et qu'il me retrouve, il me tuera, assénai-je en frissonnant.

Cette fois, Lily vint me prendre dans ses bras et me serrer contre elle.

— Dans ses rêves ! Maintenant, tu es à nous ! Il ne touchera pas un cheveu de ta tête ! Je te jure que je lui arracherai la gorge s'il t'approche !

— Voilà qui est certain, confirma James avec un calme qui ne présageait rien de bon. Je comprends mieux pourquoi tu fuyais les tiens, tes dons n'étaient pas les seuls responsables.

— Non. Je ne pouvais pas risquer que les gens lui parlent de moi. La discrétion est mon unique option. Moins il glane d'indices et plus il lui est difficile de me localiser. Si je suis restée si longtemps à Chicago, c'est parce que ma mère était malade. La fuite devenait trop dure pour elle. J'ai fait en sorte de rendre ses derniers instants les plus agréables possible. Quant à elle, cela lui donnait l'illusion de m'offrir une vie normale. D'où l'achat du piano et d'autres colifichets trop encombrants d'habitude.

— Hum… Je suppose que tu as gardé l'Aston parce qu'ensuite, pendant un moment, tu ne te souciais plus qu'il te retrouve, commenta-t-il, les sourcils froncés.

Je baissai la tête, il avait vu juste. À cette époque, j'avais presque souhaité ce face à face. Cela aurait été lui ou moi, en finir, une bonne fois pour toutes. L'instinct de survie s'était finalement révélé le plus fort. James s'était révélé le plus fort.

— Tu ne fuiras plus, décréta-t-il soudain.

Je levai les yeux et le considérai sans comprendre.

— Que veux-tu que je fasse ? Il a déjà purgé six mois de prison et à peine sorti, il a repris sa traque. Je ne sais pas comment il se débrouille, mais il a de quoi se payer des avocats et soudoyer certains flics ! Le psy qui l'a diagnostiqué dangereux est mort seulement quelques semaines après ! C'est lui qui l'a assassiné, ma mère l'a *vu* ! Tu ne le connais pas, rien ne l'arrêtera !

— Mais avant aujourd'hui, tu ne fréquentais pas de vampires, commenta Kylian, calmement. J'ai toujours éprouvé un profond mépris pour les hommes qui s'en prennent aux femmes. Je ne parle même pas de ceux capables de faire du mal aux enfants !

— Qu'est-ce que tu proposes ? interrogea Stan.

— Pour l'instant, Sarah reste avec nous et si son père refait surface, nous nous en occuperons en temps voulu.

— Vous comptez le tuer ?

Ces mots étaient sortis malgré moi et je les regrettai de suite. Je me sentis pâlir. Kylian, lui, sourit avant de reprendre :

— Le meurtre n'est pas la seule solution à notre disposition, Sarah. Rassure-toi, tu peux vivre sans te soucier de lui à présent. Tu es désormais sous ma protection.

— Et moi je vais essayer de le localiser. S'il approche, nous le prendrons de court, ajouta Lily qui continuait à me câliner comme une chatte son chaton.

Je les considérai sans y croire. Les Drake ne s'étaient posé aucune question et avaient spontanément décidé de me protéger. Comme si je faisais déjà partie de la famille. Ce constat me mit du baume au cœur.

— Merci, soufflai-je, reconnaissante.

— De rien, sourit Kylian. Ne t'inquiète plus et savoure ton café, tout se passera bien. Ta fuite s'arrête ici.

J'obtempérai. La boisson que Maggie m'avait gentiment servie était une merveille, rien de moins. Cet arabica ne provenait pas de la grande surface du patelin, aucune chance.

— Au fait, vous comptez venir au bal avec nous ? James n'y assiste jamais, m'expliqua la jolie rousse, mais vu que cette année il a une cavalière, peut-être nous honorera-t-il de sa présence ?

— Je n'allais pas faire tapisserie ! se défendit celui-ci. Et en effet, je comptais inviter Sarah.

— Génial ! cria Lily. Comme ça on fera les boutiques ensemble, d'accord ?

— Si tu veux, répondis-je, ce week-end ? Comme ça les garçons essayeront la Vantage pendant ce temps, qu'en penses-tu ?

— Ça me va !

— Et à moi aussi ! renchérit Stan.

— Tu me laisserais conduire seul ton bolide ? s'amusa James.

— Bien sûr, mais tu devras le prêter à tes frères, n'oublie pas ! ajoutai-je sur le même ton.

— Ne t'inquiète pas, me rassura Stan, pas de danger que j'oublie, moi !

— Ah les hommes et leurs voitures ! déclara Gwen en levant les yeux au ciel.

Une fois chez moi, James prit la tête des opérations. Je le regardai sortir un tas de choses du placard et commencer à cuisiner.

— Qu'est-ce que tu fabriques ? lui demandai-je, curieuse.

— Je prends soin de toi, tu as besoin de manger avec toutes les émotions que tu as subies. Si tu ne te nourris pas convenablement, tu vas finir par t'écrouler.

— C'est valable pour toi aussi, depuis combien de temps n'as-tu rien bu ?

Il se raidit. Visiblement parler de son régime alimentaire lui déplaisait.

— Peu importe, éluda-t-il.

— James, réponds-moi, combien ? insistai-je.
Il baissa le regard et lâcha si doucement que je faillis ne pas l'entendre :
— Cinq jours…
— Cinq jours ! Mais comment fais-tu pour jeûner si longuement ?
— Nous ne prenons pas trois repas journaliers comme les humains et heureusement ! Si nous chassons suffisamment, nous pouvons tenir plusieurs jours sans problème.
— Oh, mais si mon instinct dit vrai, tu ne m'as pas quittée des yeux très longtemps depuis mon installation, j'en déduis que tu dois mourir de faim !
— Je ne peux pas mourir et je n'aime pas te laisser seule.
— C'est à cause des autres, n'est-ce pas ? demandai-je soudain.
— De qui parles-tu ?
— Ne fais pas semblant de ne pas comprendre ! Des autres vampires qui vivent ici.
James me regarda, stupéfait.
— Tu sais pour ça aussi ? Mais comment ?
— J'ai eu une vision et maintenant que je connais la vérité, le lien n'a pas été difficile à établir. Vos yeux sont identiques.
— On ne peut rien te cacher, hein ? dit-il sur un ton dénué d'humour.
— Tu peux toujours essayer. Mais quoi qu'il en soit, tu dois boire, ajoutai-je catégorique.
— Tu ne saisis pas ! s'énerva-t-il. Si nous nous nourrissons exclusivement d'animaux, ce n'est pas leur cas ! Qu'est-ce que tu as vu ?
— Rien de particulier, ils quittaient une maison en feu.
Il fronça les sourcils.
— Même si nous détenons le contrôle de la ville, si jamais Dylan te détecte…
— Qui est Dylan ?
— Le chef de ce clan, il repère les gens qui possèdent des facultés, comme toi, puis il s'en empare, m'expliqua-t-il.
— Comment pourrait-il me voler mes dons ? demandai-je, surprise.
— En… en te tuant, souffla James.
Je me mis à réfléchir à toute vitesse et tentai de ne pas me laisser envahir par la panique.
— Écoute, tu ne peux pas rester sans te nourrir. Combien de temps te faut-il pour manger ? Et ne me mens pas, je le saurai.
— Deux heures devraient suffire, mais à quoi penses-tu ?
— Quand Lily a-t-elle chassé pour la dernière fois ? poursuivis-je sans relever.
— Hier soir, je crois.
— Tu as son numéro ?
Il me tendit son portable après avoir appuyé sur une touche préenregistrée. Je le saisis et après seulement une sonnerie sa sœur répondit.
— James ?
— Non, c'est Sarah. Dis-moi, Lily, est-ce que ça te branche toujours de voir ma collection de vestes ?

— Bien sûr ! Tu veux que je vienne maintenant ? proposa-t-elle.
— Pourquoi pas ? James doit se nourrir, on pourrait passer un moment entre filles.
— J'arrive immédiatement ! Est-ce que Maggie peut se joindre à nous ?
— Évidemment ! À tout de suite !

Je raccrochai, un sourire satisfait sur les lèvres, et rendis son téléphone à James. Il m'enlaça et me murmura en souriant :
— Tu es un vrai petit démon !
— Une sorcière, mon cher ! Une sorcière !

James s'était finalement absenté près de trois heures. Sachant que Lily et Maggie veillaient sur Sarah, il en avait profité pour chasser tout son soûl. Avec ses deux harpies de sœurs dans le coin, aucun risque que qui que ce soit l'approche. Il entra dans le salon sans frapper et ce qu'il y découvrit le fit sourire. Maggie était sur le canapé, Lily par terre, comme à son habitude, la tête posée sur les genoux de Sarah qui lui caressait les cheveux.
— Salut, la compagnie ! lança-t-il joyeusement.
— Salut, petit frère ! répondit Lily. On était en train de raconter un tas de choses atroces à ton sujet à Sarah, le taquina-t-elle.
— Je m'en doutais ! rétorqua-t-il sur le même ton.
— Alors, tu te sens mieux ? le questionna Sarah.
— Oui, les filles ont-elles été gentilles avec toi ?
— Adorables ! Maggie m'a concocté un délicieux repas et Lily m'a aidée à trier ma penderie, depuis le temps que je repoussais l'échéance, c'est fait !

James fronça les sourcils.
— Comment s'y est-elle prise ? Elle t'a dépossédée de la moitié de ta garde-robe ?
— Pas du tout ! intervint Lily, piquée au vif. Mais je dois avouer qu'elle a des fringues géniales ! Je ne comprends pas que tu ne les portes pas, précisa-t-elle à l'intention de Sarah.
— Ce n'est pas mon truc, j'aime être à l'aise dans mes vêtements. C'est ma mère qui m'achetait tous ces machins. Je suis contente que vous ayez trouvé votre bonheur ! répondit celle-ci.
— Tu plaisantes ! Le manteau que tu m'as donné est sublime ! s'extasia Maggie.
— Toi aussi tu t'y es mise ! s'indigna James. Qu'est-ce que c'est que ces manières ?
— Ce que tu peux être vieux jeu, petit frère ! Je suis étonnée que tu passes tes nuits ici avant d'être marié ! le taquina-t-elle de nouveau.
— Nous n'avons pas…, commença Sarah en rougissant.
— Je le sais et heureusement ! Mais quand même, le qu'en-dira-t-on !
— Pourquoi heureusement ?

— Il ne t'a pas dit que… O.K., Maggie, on rentre. Je crois que nos tourtereaux ont à parler, esquiva Lily.
— C'est ça, dehors ! s'écria James, clairement agacé cette fois.
Ses sœurs s'apprêtaient à sortir lorsqu'il lança :
— Et merci, Lily ! Vraiment !
— Désolée, répondit celle-ci, embarrassée.
Il referma la porte et se tourna vers Sarah, elle le fixait intensément. Génial ! Comment allait-il lui expliquer sans la choquer maintenant ? Il vint prendre place à côté d'elle sur le canapé.
— Excuse Lily, elle a tendance à exprimer à voix haute tout ce qui lui passe par la tête.
— Ce n'est pas grave, je l'aime beaucoup, elle me fait rire, sourit Sarah.
— De ton côté, tu les as conquises ! Ma famille t'adore, tu as fait l'unanimité !
— Moi aussi je les apprécie beaucoup, ils se montrent si indulgents à mon égard…, murmura-t-elle, presque honteuse.
— Comment ça ?
Il ne saisissait pas pour quelle raison son clan devrait faire preuve de clémence. Après tout, c'étaient eux les monstres sanguinaires.
— Tout à l'heure, je me suis donnée en spectacle et ils ont agi comme si de rien n'était alors que…
— Alors que quoi ? coupa-t-il. Tu as cassé de vieux bibelots et après ? Il n'y a pas de quoi te fustiger ! Je t'assure que mes parents s'en fichent royalement !
— Mais je t'ai fait honte…
— Honte ? Mais où vas-tu chercher des idées pareilles ? Au contraire, j'ai été impressionné. Tu as repris le contrôle si vite ! Très peu de gens auraient réussi un tel exploit.
Elle se jeta soudain dans ses bras. D'abord perplexe, il la serra contre lui en faisant attention de ne pas la briser par mégarde.
— Je t'aime, lui murmura-t-il à l'oreille.
— Moi aussi je t'aime.
James prononçait ces mots pour la première fois et il n'aurait jamais songé que cela lui serait si agréable. Il se sentit bien, comme investi d'une énergie nouvelle.
— Et si tu jouais pour moi ? Je ne t'ai pas encore entendu jouer de la guitare.
— D'accord.
Elle se détacha de lui, se saisit de son instrument, s'installa confortablement et commença à gratter les cordes. Comment se pouvait-il que lui, un être voué aux ténèbres et à la damnation, ait pu faire en sorte que cet ange tombe amoureux de lui ? Voilà une énigme qui demanderait des heures afin d'être résolue, si tant est qu'elle puisse l'être. Il préféra interrompre ses réflexions afin de profiter totalement de la musique. Soudain, elle se figea, les yeux exorbités. Il se pencha vers elle et lui murmura :
— Sarah, qu'est-ce que tu vois ?
Elle reprit conscience avec un sourire amusé, ce qui le rassura.

— *Le club des pestes* va encore frapper, on dirait.
— Le club des pestes ? De qui parles-tu ?
— De la bande d'Emily Queen. Elles vont cancaner à notre sujet.
— Tiens donc, eh bien, dans ce cas, elles en auront pour leur argent, déclara-t-il calmement.
— Que comptes-tu faire ?
— Tu comprendras demain, mais pour l'heure, tu dois dormir.
— Oui, tu as raison, allons-y.

James ne put se retenir de sourire, ne pouvait-elle imaginer qu'il passe ses nuits ailleurs que dans son lit ? Cette idée lui plaisait, il devait l'avouer. Elle se rendit dans la salle de bain et revint après quelques instants, vêtue d'une nuisette noire en satin. James la fixa, bouche bée.

— Quoi ? Quelque chose ne va pas ? s'enquit-elle, naïvement.
— Euh… Tout va bien, mais euh… comment dire ? Tu t'es aperçue dans un miroir récemment ?

Elle baissa la tête pour se regarder puis demanda :
— Tu n'aimes pas, c'est ça ?

Il ne put s'empêcher de s'esclaffer. Comment pouvait-on être aussi désirable et ne pas en avoir conscience ?

— Pour être franc, ce serait plutôt le contraire. Même si je suis un vampire, je reste un homme, tu sais ! ajouta-t-il, riant toujours.

Cette fois elle saisit l'allusion et rougit.
— Je peux me changer, si tu veux.
— Viens te cacher sous la couette, cela devrait suffire.

Elle s'exécuta puis se tourna vers lui.
— Et toi, tu comptes encore passer la nuit tout habillé ?

Seigneur ! Se rendait-elle compte de ce que sa question sous-entendait ? Il se doutait que non… Il déboutonna donc sa chemise et l'envoya voler à l'autre bout de la pièce, puis il ôta ses chaussures et ses chaussettes.

— C'est mieux ? demanda-t-il, narquois.
— Euh… Oui, répondit-elle d'une toute petite voix.

Elle se mit à caresser son torse du bout des doigts, interrompant net ses réflexions. Le contact de ses mains chaudes lui déclencha des frissons de plaisir. Il lui souleva le menton et amena sa bouche vers la sienne. Ce baiser, doux et léger au départ, se fit d'un coup plus passionné, plus impérieux. Lorsqu'il sentit sa langue contre la sienne, il se leva tellement vite qu'il se retrouva dans le couloir.

— Qu'est-ce que…, commença Sarah, surprise par sa réaction.
— Excuse-moi. Je ne sais pas ce qui m'a pris, se justifia-t-il.

Elle resta un moment à l'observer puis elle fixa ses mains, gênée.
— James, c'est en rapport avec ce qu'a dit Lily tout à l'heure ?

Cette fois il ne pouvait plus reculer, il allait devoir lui parler du côté le plus embarrassant de la vie de vampire. Il se rallongea sur le lit avant de répondre.

— En effet, il y a certains détails que tu ne connais pas à notre sujet, et je suppose que ce point aurait été abordé tôt ou tard de toute façon.

Elle ne releva pas, ne le regarda pas non plus, il continua :

— Lorsque nous faisons l'amour, nous avons tendance à… à mordre, lâcha-t-il.

Elle ne réagit toujours pas, alors il ajouta :

— Nous échangeons nos sangs et pendant quelques instants, nous avons accès à l'esprit de l'autre, nous ne formons qu'un. Je ne peux pas prendre ce risque, je pourrais te tuer.

Elle resta là, à tripoter la couverture, les yeux baissés. Sans doute réfléchissait-elle aux conséquences de cette information.

— Ce qui signifie que toi et moi on ne pourra jamais… ne faire qu'un ? souffla-t-elle enfin.

— Non, pas de cette façon-là en tout cas.

À cet instant précis, James se sentit réellement mal. Jamais il ne pourrait lui offrir une relation de couple normale et ce constat le plongea dans une profonde détresse. Il lui donnerait tout l'amour et l'attention dont elle avait besoin, il la protégerait, lui serait fidèle jusqu'à son dernier souffle mais… jamais elle ne serait sienne, totalement.

— Hum… Ce n'est pas si grave, reprit-elle, après tout, nous avons le temps.

— L'éternité ne suffirait pas à changer ce que je suis, ma douce…

— Je ne veux pas que tu changes ! Ce que je veux dire, c'est que le temps peut se révéler un allié. Si tu as réussi à ne plus te nourrir de sang humain et que moi, il doit m'aider à gérer mes dons, alors c'est sans doute une solution, tu ne penses pas ?

— J'en doute…

— Qu'est-ce que tu en sais ? Tu as déjà tenté l'expérience ?

— Non mais…

— Mais rien du tout !

Dans un soupir, il capitula. Après tout, essayer ne lui coûtait rien et l'espoir non plus. Son histoire avec Sarah paraissait tellement improbable au départ qu'il n'y avait pas cru lui-même, pourtant quelques semaines plus tard, il partageait son lit.

Le lendemain matin, ils partirent au lycée avec la voiture de Sarah. Tant mieux ! Comme ça, tous ces crétins seraient au courant que Sarah Martin était chasse gardée ! Cette réflexion lui arracha un sourire satisfait, ce qu'elle ne manqua pas de remarquer immédiatement.

— Qu'est-ce que tu mijotes ? lui demanda-t-elle, soupçonneuse.

— Je te l'ai dit, c'est une surprise, esquiva-t-il.

Comme ils arrivaient, elle ne put pousser son interrogatoire plus avant. Il gara la Mustang à sa place habituelle et fit le tour au pas de course pour qu'elle ne puisse descendre avant qu'il lui ait ouvert la portière. Il aperçut la bande d'Emily Queen à quelques mètres d'eux, en train de les lorgner d'un air ahuri. Il attrapa Sarah par la taille et lui donna un baiser digne d'une scène de cinéma. Lorsqu'il la lâcha, elle mit quelques secondes à reprendre son souffle, ce qui l'amusa.

— James, qu'est-ce que…, bafouilla-t-elle.

— Je t'avais dit qu'elles en auraient pour leur argent, lui souffla-t-il en la faisant légèrement pivoter afin qu'elle voie Emily.

Elle sourit, puis se tourna vers Sam et Marie qui l'attendaient, comme à leur habitude.

— Salut, Sarah ! finit par articuler Sam. Tu n'es pas venue hier, tu étais malade ?

Eh oui, le roquet ! Je t'ai pris de vitesse et elle est à moi maintenant ! jubila James intérieurement.

— Oui et James a été obligé de jouer les gardes-malade, le pauvre !

— Oh, tout le plaisir était pour moi.

— Tu te sens mieux ? demanda Marie, compatissante.

— Beaucoup mieux ! On y va ?

— C'est parti ! répondit Marie.

Au déjeuner, ils se rendirent au réfectoire, main dans la main. Si Sarah ne pouvait entendre les conversations alentour, lui les captait parfaitement.

— *Tu as vu, James Drake sort vraiment avec la nouvelle !*

— *Eh bien, elle n'aura pas perdu de temps !*

— *Ils sont aussi bizarres l'un que l'autre de toute façon.*

Cette réflexion lui arracha un nouveau sourire

— *Je ne comprends pas ce qu'il lui trouve, elle est d'un banal à pleurer.*

Il se tourna pour voir qui avait prononcé ces mots et ne fut pas surpris en découvrant qu'il s'agissait d'Emily Queen. *Pauvre fille !* pensa-t-il.

Ils firent la queue, James veilla à ce que Sarah se nourrisse convenablement. Ils s'apprêtaient à retrouver les amis de la jeune fille lorsque Lily leur barra le passage.

— Salut, les amoureux ! lança-t-elle joyeusement. Vous déjeunez avec nous ?

— Euh… Marie et Sam nous attendent, je ne peux pas les laisser tomber, ça ne serait pas très sympa, expliqua Sarah.

— Eh bien, qu'ils viennent aussi ! Si ça peut te faire plaisir, nous tolérerons leur présence, déclara Lily avec un haussement d'épaules.

Sarah le consulta du regard, il approuva d'un signe de tête.

— Marie ! Sam ! les invita-t-elle avec un geste de la main.

La pom-pom girl et le footballeur obtempérèrent, surpris.

— Regarde, Sarah, dit Maggie, j'ai mis le manteau que tu m'as offert, il me va bien, n'est-ce pas ?

— Et moi, la veste, tu as vu ? renchérit la punkette.

— Oui, vous êtes magnifiques, toutes les deux.

James était émerveillé par la façon dont ses sœurs et la femme qu'il aimait s'entendaient. Cela rendait la situation bien plus facile que ce qu'il avait prévu. Surtout avec Maggie, au départ, ce n'était pas gagné !

— Au fait, n'oublie pas ce week-end, shopping ! lui rappela la jolie rousse.

— Je n'ai pas oublié.

— Oh ! Tu assisteras au bal finalement ? interrogea Marie.

— Maintenant qu'elle a un cavalier, il n'y a pas de raison qu'elle rate ça, répondit James à sa place.

— Ne sont-ils pas trop mignons, tous les deux ? s'extasia Lily avec un grand sourire.

— Euh… Oui très, confirma Marie.

— Tu as déjà ta robe ? la questionna Sarah.

Elle avait conscience que ses amis n'étaient pas très à l'aise en présence des Drake et désormais, elle comprenait pourquoi.

— Oui, je l'ai achetée la semaine dernière…

Voyant qu'elle était gênée, Sam vola à son secours.

— Et sinon, tu as réfléchi pour ma voiture ?

— Oui, ta carrosserie a besoin d'être refaite, aucun doute là-dessus. Par contre, en ce qui concerne la mécanique à proprement parler, je ne peux rien affirmer avant de l'avoir essayée.

— Tu vas retaper une voiture ? s'enquit Stan avec excitation.

— Oui, celle de Sam. D'ailleurs, si tu acceptais de me donner un coup de main, ce serait génial. Les moteurs des Coccinelles se trouvent à l'arrière, ce qui les rend plus difficiles à manipuler.

— Aucun problème ! Je suis ton homme !

— Alors c'est réglé ! Sam, tu veux bien qu'on la teste après les cours ?

— Sans problème !

La sonnerie retentit et chacun regagna sa classe, puis la suivante et ainsi de suite, jusqu'à la fin de la journée.

— Tu comptes vraiment rénover cette voiture avec Stan ? demanda James.

— Bien sûr ! Le travail avancera beaucoup plus vite. Un jeu d'enfant en quelque sorte !

— Oui, je confirme, Stan est pire qu'un gamin !

Sam était sur le parking. Stan, à quelques mètres de lui, examinait la vieille guimbarde avec intérêt.

— Voilà les clefs, dit-il à Sarah en lui tendant le trousseau.

Elle partit avec Stan pendant que James et Sam restèrent à les attendre. Qu'allait-il pouvoir lui raconter ? Après tout, il ne le tolérait que pour faire plaisir à Sarah. Pour couronner le tout, Sam possédait le don de l'agacer. Il lisait clairement ses pensées et celles-ci ne lui plaisaient guère. Il décida tout de même de se montrer aimable.

— Quand elle en aura fini avec ta voiture, ce sera un vrai chef-d'œuvre.

— J'espère bien ! Mais je ne suis pas inquiet, il suffit de regarder la Mustang.

— Et encore, tu n'as pas vu l'Aston Martin.

— Je te crois, mais la mécanique n'est pas vraiment mon truc, c'est sûrement pour ça qu'elle a demandé à ton frère de lui filer un coup de main.

— Oui, Stan adore bricoler et il s'entend très bien avec Sarah.

La vieille Coccinelle revenait déjà en pétaradant. James se retint de justesse de grimacer. Comment diable pouvait-on accepter de se balader dans un tel tas de ferraille. Ce truc n'était pas une voiture, mais bel et bien un cercueil sur roues !

— Eh bien, on va avoir du boulot ! déclara la jeune fille en descendant.

— À ce point-là ? dit Sam, visiblement déçu. Moi qui comptais emmener Marie au bal dans un bolide flambant neuf.

Elle observa attentivement son ami et reprit :

— Voyons… Si tu me la laisses dès ce soir et que Stan accepte de venir m'aider à travailler dessus tous les jours après les cours, c'est faisable.

— Pour moi, c'est O.K., approuva Stan.

— Mais ça représente beaucoup de travail et pour les pièces…

— Ne te tracasse pas pour ça, j'en ai tout un stock, alors n'en parlons plus !

James regarda Sarah avec tendresse. Elle possédait vraiment un cœur d'or et ce cœur lui appartenait. Il se sentit gonflé d'orgueil à cette pensée.

Assis dans son fauteuil de cuir noir, Dylan réfléchissait. Cette petite sorcière était donc la protégée des Drake… Intéressant. Il l'espionnait depuis son arrivée à travers l'esprit de cette bécasse d'Emily. La pom-pom girl était aussi creuse qu'un œuf en chocolat, mais elle détestait la gosse et ne pouvait s'empêcher de l'épier. Comment s'appelait-elle déjà ? Ah oui ! Sarah. Un bien joli nom pour une bien jolie fille. Mais ce qu'il avait vu, grâce à l'autre pimbêche, l'avait tout de même surpris. Apparemment, elle et James sortaient ensemble. Savait-elle qui il était vraiment ? Et quel vampire suffisamment intelligent risquerait de fricoter avec une mortelle ? Les Drake l'avaient toujours agacé avec leur morale exacerbée, et voilà que Kylian tolérait ce genre de dérapage ?

Depuis bien longtemps, lui et les siens cherchaient à reprendre le contrôle de la ville, avec cette sorcière aux côtés des Drake, cela deviendrait totalement impossible ! Il devait trouver un moyen de se l'approprier et vite ! *Qu'elle fréquente les anomalies complique la situation… ou la pimente,* pensa-t-il avec un sourire mauvais. Oui, il prendrait la fille et dans tous les sens du terme d'ailleurs, il ne resterait à James que ses yeux pour pleurer. Ainsi abattu par la perte de sa compagne, il n'aurait même plus la force de se battre. Ensuite, son clan et lui n'auraient qu'à se baisser pour cueillir Black Diamond. Il eut un rire sinistre une fois encore.

— Eh bien, on dirait que tu es de bonne humeur ! constata Henry en le rejoignant.

— Tu te souviens de la sorcière dont je t'ai parlé ?

Henry acquiesça d'un signe de tête.

— Eh bien, figure-toi qu'elle va nous aider à reprendre le contrôle de la ville.

— Comment ça ?

— Notre ami James s'est amouraché d'elle ! Ce n'est pas beau ça ?

— Je ne vois toujours pas où cela nous mène, il s'agit plutôt d'une mauvaise nouvelle pour nous, non ?

— Pas du tout ! Bien au contraire, assieds-toi, je vais t'expliquer.

Chapitre 7

Cela faisait plus d'un mois que James et moi vivions ensemble, les choses s'étaient mises en place d'elles-mêmes, naturellement. Il n'avait pas installé ses affaires, mais retournait les chercher une fois par semaine. Nous nous entendions très bien, partageant le même avis sur quasiment tous les aspects de la vie courante, sauf en ce qui concernait les rapports intimes. J'avais tenté à plusieurs reprises d'aborder le sujet, mais soit il esquivait, soit il s'énervait et coupait court à la discussion. Un soir pourtant, j'insistai :

— James, tu m'aimes, n'est-ce pas ? demandai-je en me redressant sur un coude.
— Évidemment ! Tu en doutes ?
— Non mais… pourquoi ne veux-tu pas essayer au moins ?

Il croisa ses bras derrière sa nuque et fixa le plafond.

— Je te l'ai expliqué, les vampires ne peuvent atteindre l'orgasme qu'en échangeant leur sang avec leur partenaire. Lorsque nous commençons à boire, il nous est très difficile, voire impossible de nous arrêter. Tu penses que passer une nuit avec moi vaut le coup de mourir ? s'amusa-t-il.

Cette réflexion ne me dérida pas le moins du monde. J'étais jeune, sans expérience, mais sûrement pas assez stupide pour croire qu'un homme normal passerait le restant de ses jours avec une femme sans jamais la toucher. À un moment ou à un autre, l'abstinence nous pèserait ou nous détruirait.

— Je t'aime, je désire t'appartenir entièrement. Est-ce si mal ? Est-ce anormal, selon toi ?

Il me considéra, le visage grave, puis s'assit sur le lit. Il resta quelques secondes à fixer la lune à travers la croisée. Je pouvais apercevoir sa mâchoire qui se crispait à intervalles réguliers et sentir la pression qui émanait de lui.

— Non, c'est même légitime, du moins dans un couple *normal*, asséna-t-il soudain. Malheureusement, nous ne sommes pas, et ne serons jamais, un couple normal, Sarah.

Je serrai les dents. Même si cela me déplaisait, je ne pouvais pas nier qu'il n'avait pas tout à fait tort.

— En effet, nos simples natures respectives nous ont sortis à jamais de la notion de normalité et peu importe avec qui nous serions en couple, immortel ou pas, cela ne ferait pas de nous des gens *normaux*. Aucun de nous ne pourra vivre avec un humain lambda.

Il pivota la tête vers moi, les sourcils froncés.

— Qu'est-ce que tu racontes ? Tu es humaine que je sache.

— À tes yeux sûrement, mais à ceux des autres ? Toute ma vie j'ai dû me cacher, cacher ma véritable nature et ce simplement parce que je vois l'avenir. Que se passera-t-il lorsque je développerai mes autres dons encore en sommeil ? Crois-tu qu'ils me considéreront encore comme l'une des leurs, crois-tu que ce serait le cas s'ils savaient déjà ? « Tu ne laisseras point vivre la magicienne », c'est un précepte humain, non ?

A ces mots, James se crispa. J'en profitai pour continuer sur ma lancée :

— Si nous voulons rester ensemble, vivre une vie normale et me protéger, il n'existe qu'une solution.

— Laquelle ?

— Il faut que tu me transformes.

Cette fois, James bondit hors du lit pour me faire face.

— Pardon ? C'est ça pour toi la solution à tous tes problèmes, devenir un vampire ? Un non mort ?

— En effet, dis-je calmement. Si nous voulons faire l'amour, ne jamais être séparés ou faire en sorte que mon père ne puisse plus rien contre moi, c'est la solution idéale.

— Idéale ? Mourir, te nourrir de sang pour survivre, peut-être même tuer des innocents, voir chaque personne à qui tu t'attacheras te quitter avant de devoir les mettre en terre, être condamnée à vivre, à avancer, quoi qu'il arrive et peu importe les difficultés que la vie t'infligera, tu appelles ça une solution idéale ? hurla-t-il. Tu crois que je ne te perdrai pas en te transformant ? Tu imagines que le seul fait de pouvoir coucher ensemble règlera tout ? Tu penses sans doute que la Sarah d'aujourd'hui restera telle qu'elle est, mais crois-moi, tu te trompes lourdement ! Seul ton physique demeurera immuable. La vie de vampire n'est constituée que d'envie perpétuelle de tuer, d'excitation à l'idée de chasser, de sang, de mort et de violence ! Un prédateur, voilà ce que tu deviendrais !

Sans même m'en rendre compte, je m'étais presque recroquevillée sur moi-même sous la violence de sa réaction. Jamais je n'avais vu James dans une telle colère. Il arpentait la chambre, ne s'arrêtant que pour pointer sur moi un doigt accusateur ou me fusiller du regard.

— Mais tout serait plus...

— Plus facile ? s'emporta-t-il encore. T'infliger ça serait tout, à commencer par de l'égoïsme pur, mais sûrement pas de l'amour ! Au même titre que d'essayer de faire l'amour avec toi en sachant que je risque à tout moment de perdre le contrôle et de te tuer. Pour une seule chose résolue, mille en seraient à jamais compliquées ou détruites, à commencer par toi.

— Mais avec les autres, tu as...

— Elles étaient comme moi et ne risquaient rien ! De plus, ce n'est pas moi qui leur ai infligé leur sort. J'ai couché avec des milliers de femmes, Sarah, c'est vrai, pourtant, cela n'a rien changé au fait que je n'en ai jamais aimé aucune avant toi. Le sexe est une chose, l'amour une tout autre.

Je me redressai et grimaçai en secouant la tête de dépit.

— Ne me prends pas pour une imbécile. Combien de temps tiendras-tu avant d'aller chercher ailleurs ce que je ne peux t'offrir ? Quel homme normal accepterait ça ?

— Je ne suis pas un homme normal.

— Justement ! Tu seras indéfiniment jeune et beau ! Tôt ou tard, si ce n'est pas l'abstinence qui vient à bout de notre couple, ce seras l'adultère et tu le sais ! Si tu crois que je vais gentiment t'ouvrir les bras ensuite, tu trompes lourdement, James !

Il me fusilla une nouvelle fois du regard avant de répondre d'une voix sourde :

— Pense ce que tu veux, fais ce que tu veux, mais jamais ! Tu m'entends bien, jamais ! Je ne ferai de toi un vampire !

Puis il quitta la pièce sans me laisser le temps de répondre, claquant si fort la porte d'entrée que je sursautai. J'entourai mes genoux de mes bras et restai là, dans l'obscurité, à fixer le vide, hébétée par la violence de sa réaction autant que par son aveu.

Il revint près de trois heures plus tard et ni lui ni moi ne prononçâmes un mot lorsqu'il vint me rejoindre dans le lit. Il disait m'aimer, mais pas au point de prendre le risque de m'offrir l'éternité.

Je me trouvais en compagnie de James et de son frère dans le garage, nous finissions la voiture de Sam. Depuis le soir de la dispute, James faisait comme si rien ne s'était passé. Je n'avais pas voulu remettre de l'huile sur le feu, mais j'avais mal. Il m'avait fait mal. J'avais beau retourner le problème dans tous les sens, je ne voyais pas d'autre solution capable de nous offrir un avenir pérenne que ma mutation. Bien sûr, je comprenais que faire de moi un vampire ne devait pas être une décision facile à prendre. Cela signifiait qu'il devrait m'ôter la vie et faire de moi une créature sanguinaire, mais le fait que James se refuse à simplement y réfléchir me perturbait plus que je ne voulais l'admettre. Il vivrait éternellement, alors comment pouvait-il envisager de devoir vivre sans moi tout ce temps plutôt que de me transformer ? Doutait-il de ses sentiments pour moi ? Ne représentais-je à ses yeux qu'un amusement, une passade ?

— Le dernier boulon et elle est terminée ! s'écria Stan, me tirant de mes sombres pensées.

Nous reculâmes pour juger le résultat. La coccinelle était maintenant noir pailleté, ses chromes brillaient, nous avions légèrement élargi les ailes et teinté les vitres.

— Elle est terrible ! s'extasia Stan, heureux comme un gosse le matin de Noël.

Je tapai dans la main de Stan, puis dans celle de James. Bricoler avec des vampires facilitait considérablement le travail. Ils déplaçaient les pièces les plus lourdes sans aucun effort et la vitesse à laquelle ils exécutaient la moindre tâche était stupéfiante ! Et puis surtout, ils ne devaient pas s'arrêter pour dormir. Malgré les dénégations de James, je demeurais persuadée qu'il existait quelques bons côtés à la mutation.

Sam nous attendait devant la maison. En entendant le bruit des voitures, il leva les yeux et son visage s'illumina.

— Sarah, elle est géniale ! s'exclama-t-il dès que j'ouvris la portière. Tu es sûre qu'il s'agit bien de ma vieille guimbarde ?
— Certaine ! Elle te plaît ?
— Tu rigoles ? Elle est superbe ! Tu es magicienne, ou quoi ? Si je n'avais pas des photos d'avant, je n'imaginerais même pas que tu aies pu en tirer un tel résultat !
— Pas de magie là-dedans, mais j'ai des assistants très doués ! lui expliquai-je en désignant James et son frère.
— Merci, Sarah ! Merci, les gars ! Marie ne va pas en revenir quand je passerai la chercher !
— J'espère qu'elle sera aussi heureuse que toi. Et puis, ce sera plus agréable de la conduire maintenant.
— C'est sûr. Je vais faire un tour dès ce soir, les autres vont halluciner ! Mon père aussi d'ailleurs, il pense que tu dois aimer les causes perdues ! ricana-t-il.
— C'est vrai qu'il y avait du boulot et que sans Stan et James, je ne l'aurais sûrement pas terminée dans les délais, mais tu n'as jamais entendu dire qu'impossible n'est pas français ? m'amusai-je à mon tour.
— Je commence à le croire. Je vais enfin pouvoir parcourir de longs trajets sans craindre de tomber en rade si je dépasse les quatre-vingt-dix kilomètres-heure.
— Fais tout de même attention. Elle est plus nerveuse qu'avant, nous avons arrangé le moteur, tu risques de prendre ta première amende pour excès de vitesse ! Nous avons aussi changé l'intérieur, il en avait besoin.

Sam se pencha dans la voiture pour découvrir la sellerie de cuir noir que nous avions installée. Dégotée dans une casse, elle n'avait quasiment rien coûté.
— C'est pas possible... souffla-t-il.
— Disons qu'une belle carrosserie c'est bien, mais qu'une belle caisse dans son ensemble, c'est mieux !
— Oh, Sarah, tu es vraiment la fille la plus géniale que je connaisse !

Avant que je comprenne ce qui se passait, il me souleva dans ses bras et me fit virevolter en riant. J'aperçus Stan arrêter son frère en lui attrapant le bras, les yeux de ce dernier devinrent plus noirs que jamais. Sam desserra sa prise et je m'empressai de prendre congé avant que James ne l'étripe. Sur le trajet, l'ambiance se fit pesante. Stan conduisait et me jetait parfois des regards gênés dans le rétroviseur. James, lui, regardait droit devant, ne prenant même pas la peine de cligner des yeux pour donner le change. Ses mâchoires étaient si serrées que je l'entendis grincer des dents à plusieurs reprises. En descendant de voiture, je me tournai vers son frère.
— Tu peux nous laisser une minute, s'il te plaît ?
— Bien sûr.
— Merci.

Je me retournai vers James.
— Tu peux m'expliquer ?
— Quoi donc ? rétorqua-t-il sèchement.
— Ton attitude. Pourquoi es-tu en colère ?
— Pourquoi je suis en colère ? s'écria-t-il soudain. Tu as le culot de poser la question !

— Oui, si tu m'en veux pour quelque chose, j'aimerais au moins comprendre de quoi il s'agit, continuai-je calmement.

— Ce type t'a enlacée et tu t'es laissée faire ! aboya-t-il. Excuse-moi ! Mais comme le dit Lily, je suis vieux jeu et je n'apprécie pas beaucoup que d'autres te touchent de cette façon !

— Quoi ? Il me remerciait juste pour sa voiture, rien d'autre ! Et il ne m'a pas *enlacée* !

— À d'autres ! Si tu pouvais lire ses pensées, tu saurais qu'il n'a invité Marie que parce qu'il n'a pas osé te le proposer à toi ! Ce type est amoureux de toi ! insista-t-il en pointant un index accusateur dans ma direction.

— Sam n'est pas amoureux de moi, voyons, il sort avec Marie. Nous sommes amis, rien de plus.

— Dans tes rêves ! Il fantasme sur toi depuis ton arrivée cet abruti ! *Sarah, tu es vraiment la fille la plus géniale que je connaisse !* dit-il en imitant parfaitement la voix de Sam. Je t'en foutrais, moi ! Il a juste saisi l'occasion de te prendre dans ses bras !

— Tu es jaloux ? l'interrogeai-je, incrédule.

— Évidemment, à quoi tu t'attendais ? Comment aurais-tu réagi à ma place ?

Je n'en revins pas, mais dus avouer être flattée.

— Tu as fréquenté beaucoup de femmes avant moi, pourtant je ne mets pas ta parole en doute lorsque tu affirmes qu'aucune d'elles n'a compté.

— Je ne vois pas le rapport ! rétorqua-t-il, bougon.

— C'est facile, je te demande de me croire lorsque je te dis que tu es le seul qui compte pour moi.

— Sam pourrait t'offrir tant de choses que moi je ne peux te donner, souffla-t-il soudain.

— Comment ça ?

Il baissa le regard, à cet instant s'il avait pu pleurer, il aurait sans doute éclaté en sanglots. Qu'est-ce qui pouvait bien le torturer à ce point ? Je pris son visage entre mes mains pour le forcer à me regarder.

— James, mon cœur, explique-moi.

Il s'exécuta et sa révélation me laissa sans voix.

— Sam, lui, pourrait te serrer dans ses bras, comme tout à l'heure, sans risquer de te briser les os. Sam serait en mesure de t'offrir une vie normale, sans secrets ni mensonges. Sam pourrait…

Il s'interrompit. Il fallait qu'il vide son sac, garder toutes ses craintes pour lui ne ferait que lui empoisonner l'existence.

— Sam pourrait quoi ? l'encourageai-je.

Il me fixa un moment avec une telle détresse que ma poitrine se comprima.

— Sais-tu ce que la majorité des filles et des garçons de ton âge ont prévu demain soir ?

— Aller danser, répondis-je du tac au tac.

Il sourit tristement et ajouta :

— Oui, mais ensuite ?

— Euh… Ils comptent sûrement sortir boire un verre, mais…

— Ce que tu peux te montrer naïve ! asséna-t-il durement en se dégageant de mon étreinte.

Ce ton me fit l'effet d'une gifle. En s'en rendant compte, James se calma instantanément et me prit dans ses bras.

— Excuse-moi ! Je ne voulais pas te blesser… J'ai tellement peur de te perdre quelquefois. Qu'un jour, tu te lasses de la vie que je t'offre.

— James, tu sais ce que je désire, et tu as également conscience que c'est la seule option pour ne pas être séparés, mais je ne te quitterai jamais de mon plein gré, lui dis-je en le regardant droit dans les yeux.

— Tu sais ce que je pense de cette prétendue option. Maintenant rentrons, Lily doit ronger son frein, elle se fait une joie que tu passes la nuit à la maison.

Voilà, une fois de plus, il esquivait. Je décidai de ne rien laisser paraître, inutile de gâcher la soirée. De toute façon, à part déclencher une nouvelle dispute, il n'en sortirait rien de positif. Je commençais à connaître le refrain par cœur.

À peine passés la porte, Lily nous sauta dessus.

— Ah enfin ! Je croyais que James voulait t'accaparer une fois de plus ! s'exclama-t-elle.

— Nous avions certains détails à régler, esquiva celui-ci.

Lily observa son frère et je devinai, sans difficulté cette fois, qu'elle sondait son subconscient. Son expression se fit désapprobatrice, mais elle se ressaisit presque immédiatement. Lily ne cachait pas son souhait que je devienne sa sœur pour toujours. Kylian mit fin à leur conversation muette.

— Sarah ! Ravi que tu sois là, comment vas-tu aujourd'hui ?

— Très bien, merci, et vous-même ?

— Parfaitement bien ! Je te remercie. Stan m'a informé que tu étais venue avec ton Aston pour que je puisse l'essayer, c'est très gentil de ta part.

Je lui tendis les clefs.

— J'espère qu'elle vous plaira, dis-je aimablement.

Gwen m'accueillit à bras ouverts puis les filles m'entraînèrent à l'étage.

— C'est la chambre de James. Nous avons ajouté un lit, comme ça, tu pourras dormir ici tant que tu veux, m'expliqua la punkette.

Il s'agissait d'un lit à baldaquin en bois massif. Avec ses voilages blancs, ses piliers sculptés, il était magnifique, digne d'un conte de fées. Dessus était disposé un couvre-lit de satin champagne, assorti aux taies d'oreillers. Quant à la chambre, le mot « suite » aurait sans doute mieux convenu à cette pièce immense ! De là où je me trouvais, j'aperçus une porte entrouverte et devinai une salle de bain privée. Les murs étaient d'une teinte bordeaux foncé, des moulures couraient tout le long. Les meubles étaient anciens à n'en pas douter et auraient sûrement fait le bonheur des antiquaires de renom. En face du lit, le canapé de cuir noir où j'avais vu James réfléchir dans une de mes visions. Sur la commode, je fus étonnée de découvrir un portrait de moi, assise sur le perron de la maison, riant aux éclats. Il y avait également une grande porte-fenêtre donnant sur un balcon de pierre.

— Merci, il est superbe ! Cette attention me touche beaucoup.

Maggie se mit alors à glousser.

— C'est mieux si toi et James..., commença-t-elle. Enfin, tu comprends.

Oui je comprenais, mais cela n'arriverait jamais. James m'avait clairement fait savoir qu'il ne m'initierait pas. Cette option demeurait donc inenvisageable. Cette pensée me plongea dans une tristesse infinie. Lily et Maggie s'en rendirent compte et la jolie rousse me questionna :

— Quelque chose ne va pas, ma chérie ?

— Non. C'est juste que...

— Mon frère est un parfait crétin ! s'exclama Lily pour finir ma phrase.

— Là, j'ai raté un épisode...

— James refuse de transformer Sarah ! Voilà le problème !

— Oh, je vois ! s'écria Maggie. Pourtant, c'est la seule façon pour que vous puissiez...

— Je sais, la coupai-je. Ce n'est pas le seul problème qui se pose d'ailleurs. Contrairement à vous, je vieillis, je peux mourir de maladie ou par accident. Je ne suis pas invincible ou immortelle, tôt ou tard, si ce n'est pas la vie qui nous sépare, ce sera la mort. Malgré tout, il ne veut pas en entendre parler... Je suppose qu'il a ses raisons.

— Je me fous de ses raisons ! s'écria Lily. Je ne le permettrai pas et je vais avoir une petite discussion avec mon cher frère ! Il commence à me gonfler ! Je n'ai pas passé toute une année à t'envoyer des visions pour qu'il fiche tous mes projets en l'air une fois que tu as enfin réussi à nous trouver !

— Non, Lily ! Surtout pas ! S'il doit faire de moi sa compagne, je veux qu'il le décide de lui-même, pas parce qu'on lui aura forcé la main.

Elle m'observa un instant, la tête penchée sur le côté puis déclara :

— O.K., je ne lui dirai rien, du moins pour le moment. Pour l'instant, tu vas dîner et ensuite nous commencerons à te pomponner pour demain.

— D'accord.

Malgré mon assentiment, le cœur n'y était pas.

— Je ne sais plus quoi faire, Stan ! se lamenta James, en se prenant la tête dans les mains.

Tandis que les filles passaient du temps ensemble, son frère et lui avaient décidé de partir chasser dans les bois. Ils avaient pris place sur une souche.

— Sarah semble à l'aise avec nous pourtant, qu'est-ce qui cloche ?

— Je passe les trois quarts de mon temps avec elle, on partage le même lit, mais...

James marqua une pause, semblant chercher ses mots.

— Oh ! J'ai saisi ! Tu as peur de la blesser si jamais vous passez à la vitesse supérieure, c'est ça ? conclut Stan avec sa franchise habituelle.

— Oui… mais pas seulement. Je lui impose une existence pleine de mensonges et d'ombres alors qu'elle n'est que lumière. C'est injuste pour elle.

— Pourquoi ne la transformes-tu pas puisqu'elle te l'a demandé ? interrogea Stan.

— C'est hors de question ! Jamais je ne lui infligerai une chose pareille !

— James, tu l'aimes, n'est-ce pas ?

— Évidemment ! Je ne me vois pas vivre sans elle dorénavant.

— Pourquoi ne pas la laisser décider ? Nous avons tous subi notre sort, je pense que c'est pour cette raison que tu éprouves des scrupules, mais si tu lui expliquais très exactement de quoi il retourne, elle prendrait une décision en toute connaissance de cause. Et si vous désirez une vie de couple normale, tu n'as pas d'autre option.

— Lui laisser le choix entre vivre ou mourir, c'est ça ta solution ? s'enquit James, cynique.

— Elle mourra de toute façon, rétorqua calmement Stan. Ce n'est qu'une affaire de temps et tu le sais. La vraie question demeure : t'en remettras-tu lorsque l'échéance arrivera ?

— Respire ! Respire, ma chérie, m'exhorta Lily.

— La pauvre, elle avait l'air costaud celle-là ! ajouta Maggie.

— Oui, heureusement que Lily était là. J'ai eu l'impression que ma tête explosait, dis-je en reprenant mon souffle.

— Que se passe-t-il ? demanda une voix que j'aurais reconnue entre mille.

James me rejoignit à la vitesse de la lumière, la panique déformant ses traits.

— Rien, ne t'inquiète pas, juste une vision. Mais je l'ai fait transiter par Lily, alors ça va. Après une aspirine, tout rentrera dans l'ordre.

— Comment ça : transiter par Lily ?

— J'ai pensé que si Lily pouvait m'envoyer des visions, je devais pouvoir faire la même chose. Et ça a marché, celle-ci a été beaucoup moins puissante que les autres.

— Nous aurions compris que tu vomisses devant celle-ci. Moi, si je le pouvais, je l'aurais sûrement fait, déclara-t-elle, clairement dégoûtée.

— Comment ça ? Qu'est-ce qu'elle a aperçu ?

— Les Miller, lâcha Lily, morose, en train de chasser qui plus est, elle a vraiment l'estomac bien accroché, tu peux être fier d'elle.

— Je le suis, confirma James, mais pourquoi a-t-elle vu les Miller, d'après toi ?

— Aucune idée, rétorqua la punkette.

— Ce n'est pas la première fois que je les vois. Je sais que ce sont des vampires, qu'ils ne se nourrissent pas comme vous, mais qui sont-ils exactement ?

— Les Miller sont un clan ennemi, ils vivent à l'autre bout de Black Diamond. Quand nous sommes arrivés, ils décimaient la population sans vergogne. Nous avons dû nous battre contre eux afin de prendre le contrôle de la ville et protéger les habitants. Depuis, ils n'ont plus le droit de chasser ici, m'expliqua James patiemment.

— Je comprends, mais dans ce cas, c'est Lily qui devrait les voir, non ?

— Nous avons discuté avec les autres et nous sommes d'accord pour dire que tu es plus forte que moi, au niveau des visions du moins, confia Lily. Contrairement à toi, je n'ai découvert mes dons qu'après ma transformation, alors que tu possèdes les tiens depuis toujours. Ils sont en quelque sorte inscrits dans ton code génétique. Il y a fort à parier qu'une fois que tu seras des nôtres, tu me surpasseras sans problème.

James lui jeta un coup d'œil désapprobateur. Lily soutint pourtant son regard sans ciller. Cette joute visuelle dura une bonne minute puis il reprit :

— Bon, tant qu'ils ne t'approchent pas, tout va bien.

— Je n'ai rien vu de tel, ne t'inquiète pas, le rassurai-je. La plupart du temps, je les vois en chasse, c'est plutôt pour les gens qui croisent leur chemin que j'ai peur.

— Hum... Pour eux, il est déjà trop tard, murmura James d'une voix morne.

Je reposai ma guitare sur le sol sous une salve d'applaudissements qui me fit monter le rouge aux joues.

— Tu joues super bien ! me félicita Stan. Tu as débuté à quel âge ?

— Six ans, quasiment en même temps que le piano.

— J'adore la guitare, ajouta Gwen, et tu possèdes une très jolie voix.

— Tu m'apprendras, dis ? me demanda Lily. Moi aussi j'aime bien cet instrument.

— Merci, vous êtes gentils. Et oui, Lily, je t'apprendrai, cela n'a rien de compliqué, affirmai-je.

— Ne te sous-estime pas, intervint James. Tu es douée dans tout ce que tu entreprends.

— Pas tout, non, malheureusement, répondis-je, amère.

C'était sorti malgré moi. À sa tête, je sus qu'il avait saisi l'allusion, mais il ne pipa mot. Les autres nous regardèrent tour à tour, gênés. Kylian reprit alors :

— J'ai essayé la Vantage, c'est un véritable bijou. J'ai vraiment pris plaisir à la conduire. Celui qui l'a perdue doit vraiment la regretter.

— Très certainement vu qu'elle appartenait à son père, mais les règles sont les règles. Celui-ci a bien tenté de la récupérer, mais il ne souhaitait pas que l'on apprenne que le fiston participait à ce genre de manifestation. Il ne savait pas la manœuvrer pour en tirer le meilleur parti. Ce style de voiture n'est pas fait pour les néophytes.

— C'est clair ! approuva Stan. On peut la conduire vite, mais en douceur, sans la brusquer, comme une jolie femme en quelque sorte.

Cette réflexion amusa l'auditoire. Cependant, James continua à me fixer avec insistance.

— J'ignore si j'aurais utilisé cette comparaison, mais je dois avouer que ce n'est pas loin de la vérité, ricana Kylian. Et Sam, a-t-il été content du résultat sur la sienne ?

— Ravi, grogna James.

— Il faut dire que nous avons bien travaillé, ajouta Stan. Et ton prochain projet, Sarah ?

— Vu que j'ai arrêté les runs, je n'aurai pas de nouveau bolide entre les mains d'ici un bon moment, mais si j'économise assez, j'aimerais bien acquérir la petite sœur de la Mustang un jour, expliquai-je avec excitation.

— C'est laquelle ? interrogea Lily.

— La Mustang Super Snake ! s'écria Stan. Oh oui ! Ce serait vraiment le pied de bosser là-dessus ! Même si j'aurai toujours un faible pour la Vantage.

— Eh oui ! Mais, en attendant, je me contenterai de jouer avec la BMW, lançai-je avec un sourire en observant la réaction de mon amoureux.

— Pourquoi pas ? dit celui-ci avec sérieux. Elle ne pourrait qu'être mieux une fois passée entre tes mains.

— Tu rigoles ?

— Pas le moins du monde, rétorqua-t-il avec flegme. Et si tu désires un nouveau jouet, tu n'as qu'à demander, je t'offrirai ce qui te fera plaisir.

Je n'en revins pas ! James acceptait que je tripote sa BMW adorée ! Quant à me faire offrir une voiture, certainement pas !

— Je ne suis pas de celles qui se laissent entretenir, j'économiserai, comme tout le monde.

— Vous n'allez pas recommencer avec la mécanique ! s'agaça Maggie. Parlons plutôt du bal. Zach, tu as pensé à la limousine ?

— Oui, elle sera là à l'heure prévue, répondit celui-ci.

— Une limousine ! m'exclamai-je.

— Bien sûr ! C'est ton premier bal, alors nous avons voulu faire ça bien, m'expliqua Zach avec un sourire.

— C'est gentil, merci. Je suis très touchée de l'attention que vous me portez, mais ce n'était pas la peine de vous donner tant de mal. Je suis déjà très contente que vous m'ayez acceptée si facilement. J'ai désormais la grande famille dont je n'osais plus rêver depuis longtemps. Je me sens plus en sécurité. Depuis quelques semaines, je fais de nouveau des nuits complètes.

— Que veux-tu dire ?

— Il suffit de voir la réaction de Jeff. Tu penses qu'il serait venu chez moi faire son petit numéro si j'avais encore eu ma mère ? Si James n'avait pas été présent ce soir-là, qui aurais-je prévenu ? Même si j'avais quitté la maison, cela n'aurait été que partie remise. Et puis, qui m'aurait crue ? Sans témoin, difficile de faire valoir ses droits et les gens sont souvent persuadés que mon émancipation a un rapport avec un quelconque passé judiciaire. Une famille, ce n'est pas que le soutien ou le partage, elle tient aussi les personnes malveillantes à distance. Je peux t'assurer que les mineures vivant seules n'attirent pas que les âmes charitables.

— C'est tout à fait exact, approuva Kylian, nous veillons les uns sur les autres et l'effet de groupe est plus dissuasif, il faut l'admettre. Les parents sont une référence à l'autorité, ils sont craints des autres adolescents.

— Je n'avais jamais envisagé les choses sous cet angle, ajouta Maggie. Pour nous, c'est naturel de vivre de cette façon.

— Les vampires évoluent toujours en clan ? demandai-je.

— La plupart du temps. Il s'agit d'une question d'annexe de territoire, si chacun voulait annexer le sien, ce serait la guerre constante, car il n'y en aurait pas assez pour tout le monde. Il existe quelques solitaires, mais ils ne sont pas nombreux et se déplacent sans cesse. Vivre en clan permet de recréer une vie de famille, de tisser des liens. L'éternité c'est long lorsque l'on est seul.

— Je comprends.

— Ne te tracasse pas, plus personne ne s'en prendra à toi désormais, ajouta Lily.

— Quant à Jeff, il ne t'approchera plus, nous avons fait ce qu'il fallait pour lui et sa bande. J'ai effacé leur mémoire pour ce qui concernait leur petite virée chez toi, mais j'ai laissé la peur qu'ils éprouvent désormais à notre contact. Ils savent, inconsciemment, que tu es sous notre protection, expliqua Stan.

Je le regardai à la fois reconnaissante et incrédule. Son pouvoir était vraiment fascinant.

— Même sans ça, je ne lui conseille pas d'essayer, grogna James.

Je me blottis contre lui et il m'embrassa sur le front.

— Désolé de jouer les rabat-joie, s'excusa Zach. Mais si nous n'avons pas besoin de dormir, ce n'est pas le cas de notre petite sorcière. Et si nous cassons la poupée de Lily, elle risque de nous mordre !

— Ça, c'est certain ! renchérit la punkette. Il est hors de question qu'elle ait des cernes demain !

Nous rîmes, puis James et moi montâmes dans sa chambre. À peine la porte refermée, il attaqua.

— Alors, princesse, pourrais-je savoir en quoi tu n'excelles pas ?

— Tu le sais très bien, rétorquai-je.

— Éclaire ma lanterne, parce que je ne vois vraiment pas, dit-il avec une naïveté feinte.

— Ma transformation ! éclatai-je soudain. Je ne trouve pas d'arguments suffisamment bons pour te convaincre, apparemment !

Cela couvait depuis trop longtemps, à présent il fallait que ça sorte. Et puis son refus d'en discuter et de m'imposer sa décision m'agaçait. Je n'étais pas le genre de fille qui se soumettait sans se battre.

— Nous en avons déjà parlé, Sarah, ne recommence pas, s'il te plaît !

— Eh bien, si, justement, je recommence ! Tu te caches derrière des raisons qui ne sont pas valables !

— Pas valables ? Tu me demandes de t'offrir la mort, la damnation, le mensonge, c'est donc ça la vie que tu désires ? Tu mérites mieux.

Je le fixai, les yeux plissés, et avançai lentement vers lui.

— Mieux ? Mieux que quoi, James ? Aujourd'hui, j'ai enfin une stabilité, je sais ce que je veux et ce que je veux, c'est toi !

J'étais de plus en plus en colère.

— Tu es jeune. Tu peux encore changer d'avis et…

— Pardon ? À propos de quoi ? De nous deux, c'est ça ? Si c'est ce que tu crois, et bien tu me connais plus mal que je ne le pensais ! De nous deux, c'est toi qui émets des doutes en ce qui nous concerne ! C'est toi qui évoques le fait que notre liaison pourrait ne pas durer, pas moi ! Tu affirmes que je suis la femme de ta vie, pourtant tu refuses de me reconnaître comme ta compagne officielle ! Et quand j'aurai l'âge de passer pour ta grand-mère, ne me dis pas que tu auras toujours envie de partager mon lit ! Tes arguments sont nuls et non avenus ! La mort me prendra, simple question de temps ! La damnation, reprends tes livres d'histoire, mon cher, de par ma nature de sorcière, j'y suis vouée de toute façon ! Quant aux ténèbres ! — j'éclatai d'un rire sans joie — j'y ai vécu James, mais avant de te connaître seulement, alors trouve autre chose !

Je le vis respirer profondément avant de répondre :

— Je crains que nous ne réussissions pas à nous mettre d'accord sur ces points, il vaut mieux clore la discussion dès maintenant.

Il remettait ça ! Dès que j'essayais d'expliquer mon point de vue, il se défilait !

— C'est ça, clôturons la discussion ! m'écriai-je hors de moi. C'est tellement plus facile ! Et vu que tu prends tant de risques et que c'est une telle corvée d'être avec moi, je vais dormir seule, je ne veux pas t'imposer plus d'efforts !

Il me regarda comme si je venais de le gifler, puis il tourna les talons et sortit sans un mot. Je me jetai sur le lit et me mis à pleurer à chaudes larmes. James disait m'aimer et je ne demandais qu'à le croire, mais jusqu'à quel point ?

James regagna le rez-de-chaussée, pas assez rapidement cependant pour ne pas entendre Sarah se mettre à pleurer. Ce son, reflétant la peine de celle qu'il aimait, provoqua en lui une douleur indescriptible. Il avait besoin de prendre l'air. Il traversa le salon à la vitesse de la lumière, ignorant les regards interrogateurs de son clan, et sortit en claquant la porte, si fort, qu'il en arracha les gonds. Une fois dehors, il se mit à courir encore plus vite, l'écho du chagrin de Sarah le poursuivant. Il l'avait blessée. Il avait l'impression de passer son temps à ça. À chaque fois qu'il essayait de lui parler, il s'embrouillait et finissait par lui dire des choses qu'il ne pensait pas. Il ne savait pas comment lui expliquer ce qu'il ressentait. Il n'avait jamais été très doué pour exprimer ses sentiments et jusqu'à maintenant, il n'en avait pas eu besoin. Lorsqu'il atteignit le cœur de la forêt, il s'arrêta et s'assit contre un arbre, la tête dans les mains. Il n'avait qu'une envie, chasser pour se défouler, pour faire taire la colère qu'il éprouvait, pour la tuer en même temps que sa victime. Soudain, des bruits de pas lui firent lever les yeux, Kylian et ses frères l'avaient suivi.

— James ! Il ne faut pas te mettre dans des états pareils mon garçon, les disputes font partie de la vie de couple, tu sais, dit Kylian posément en devinant sans mal ses pensées.

— Elle imagine que je ne l'aime pas réellement parce que je refuse de la transformer et de faire d'elle ma compagne officielle.

— Et c'est le cas ?

James bondit sur ses pieds cette fois.

— Non ! Elle est toute ma vie ! Mais lui imposer ce par quoi nous sommes passés, c'est au-dessus de mes forces !

À ce moment-là, comme pour appuyer ses dires, James donna un coup de poing dans un arbre. Celui-ci tomba dans un tel fracas que les animaux aux alentours partirent dans tous les sens, affolés. Une fois le calme revenu, Zach reprit :

— Tu sais, ce n'est pas parce que ça s'est mal déroulé pour Lily et toi que ce sera le cas pour Sarah. Nous serons là pour l'aider et éviter tout dérapage, la protéger d'elle-même si besoin est.

— Et la souffrance de la transformation, tu vas la gérer pour elle aussi ! s'énerva James. C'est toi qui lui tiendras la main lorsqu'elle hurlera et se tordra de douleur ? Quand elle priera pour qu'on l'achève ?

— C'est vrai qu'il s'agit sans doute du passage le moins agréable, mais Sarah est forte, elle le supportera, elle a enduré bien pire, rétorqua calmement son frère.

— Je ne peux envisager qu'elle souffre, ça m'est intolérable !

— Je te comprends, convint Stan. Mais nous en avons parlé, tu dois lui expliquer en détail les choses et la laisser choisir, tu n'as pas le droit de décider à sa place, James.

— J'aimerais bien t'y voir, toi ! En plus, il faudrait déjà qu'elle veuille encore m'adresser la parole après ce soir…

— Stan a raison, Sarah a le droit de décider de ce qu'elle veut faire de sa vie. Pour le reste, ne t'inquiète pas, j'ai presque quatre cents ans d'expérience en la matière, ricana Kylian. Nous allons arranger ça.

Je pleurais tellement, que je n'entendis pas tout de suite les coups frappés à la porte. Gwen passa la tête dans l'entrebâillement et souffla :

— Sarah, on peut entrer ?

— Oui, dis-je en me redressant et en m'essuyant les yeux.

Lily se précipita pour me prendre dans ses bras. Je leur racontai en quelques mots notre dispute.

— Il est ridicule ! s'exclama Lily. Sarah fait déjà partie de cette famille, alors pourquoi reculer l'échéance ? Il faut toujours que Monsieur fasse sa diva !

— Lily ! De nous tous, c'est ton frère et toi qui avez vécu les débuts les plus laborieux en tant que vampires, tu n'as jamais songé que c'est peut-être ça qui le freine en ce qui concerne Sarah ? intervint Gwen.

— Mais pour elle, ce serait différent ! Nous serions là, elle ne se retrouverait pas livrée à elle-même ! Nous aurions le temps de la former, de la surveiller si besoin est. Nous pourrions même partir loin de toute civilisation pour éviter d'éventuels massacres !

— De quoi vous parlez ? demandai-je, en commençant à me calmer.

— James ne t'a rien raconté de notre histoire ?

— Non, il n'aime pas discuter de ça. J'ai bien essayé de poser des questions, mais il esquive toujours.

Lily consulta sa sœur et sa mère du regard, je vis cette dernière l'encourager d'un signe de tête.

— Bon, eh bien, j'espère qu'il ne m'en voudra pas d'avoir craché le morceau et puis si c'est le cas, tant pis. Lorsque nous étions encore humains, nos parents faisaient partie de ce qu'on appelait à l'époque la haute société. Notre père était dans les affaires, je n'ai jamais su exactement lesquelles, car on ne parlait pas de ces choses-là et encore moins à sa fille. Je pense qu'il s'agissait d'import-export. Enfin bref ! Pour nos dix-sept ans, nos parents avaient organisé une fête somptueuse, comme d'habitude. Pour papa, avoir eu un garçon et une fille en une seule fois représentait une fierté, le choix du roi, comme il disait, et il ne ratait jamais une occasion de nous exhiber, Jamy et moi. Je suppose que d'une certaine façon, cela flattait sa virilité. Lors de cette soirée, qui comptait près d'une centaine d'invités, mon frère et moi avons de suite remarqué un homme. Il était grand, avait les cheveux roux, mais ce sont ses yeux noirs et sa peau blafarde qui ont le plus attiré notre attention. Il papillonnait de convive en convive, riait avec l'un, complimentait l'autre. Même notre père, d'habitude si froid avec les étrangers, semblait sous le charme de ce mielleux personnage. Sauf nous, d'emblée nous l'avons détesté et James m'a interdit de l'approcher. Nous l'avons donc ignoré, nous laissant prendre dans le tourbillon de la fête. Nous étions jeunes, insouciants, beaux et riches, qu'aurait-il pu nous arriver ? Vers minuit, nous discutions dans le jardin avec nos amis, lorsque nous avons entendu des cris et un vacarme effroyable. Nous nous sommes précipités pour découvrir, dans le salon, une véritable scène d'apocalypse. Les meubles étaient renversés, les bibelots brisés, les tentures arrachées. Nous avons alors remarqué qu'il ne restait que cinq personnes encore debout dans la pièce. Tous avaient les yeux noirs, la peau diaphane et les lèvres tachées de sang, mais ce qui nous pétrifia sur place fut la vue de tous nos convives allongés au sol. Certains corps formaient un angle trop improbable pour qu'il subsiste le moindre espoir. Nous avons immédiatement compris. Les livres d'horreur que nous affectionnions tant Jamy et moi disaient donc vrai, les vampires vivaient parmi nous. *« Tiens, il en reste quelques-uns, les amis ! »* a ricané l'homme roux. Nous aurions sans doute dû fuir à toutes jambes, mais James est devenu fou et l'a attaqué. Celui-ci l'a attrapé au vol et l'a balancé contre un mur sans effort. J'ai voulu m'interposer, mais je n'en ai pas eu le temps. Je me suis évanouie, je crois.

Le visage de Lily était triste et ses yeux dans le vague. Elle semblait à des années-lumière de Black Diamond. Sûrement égarée quelque part dans le New York du début du siècle.

— Lorsque nous nous sommes réveillés, nous nous trouvions dans une cave, totalement seuls. Ils avaient dû choisir cet endroit pour que personne n'entende nos cris pendant la mutation. Notre instinct a pris le dessus et nous sommes partis en chasse, sans même tenter de nous cacher. Pendant quelque temps, nous avons perdu la mémoire et la notion de réalité. Tout ce qui nous importait était le sang, nous n'étions jamais rassasiés. Notre cavale funèbre a duré plusieurs mois, ayant laissé libre court à nos pulsions, rien ne nous stoppait. Nous pouvions décimer un village entier en une nuit. Puis un jour, Gwen et Kylian nous ont recueillis. Ils nous ont expliqué certaines règles indispensables, puis nous ont proposé de vivre avec eux. Zach et Maggie étaient déjà là. Au fil des années, nous sommes parvenus à contrôler notre soif et à boire du sang exclusivement animal. James a rencontré beaucoup de difficultés pour se sevrer, il possède un instinct de chasseur-né. Sa beauté s'avérait sans doute son atout majeur, ses victimes venaient à lui sans effort, il lui suffisait de se baisser pour se servir. Néanmoins, pas une fois il n'a craqué. Le fait est que le sang animal ne pallie pas de la même façon à notre soif et celle-ci peut devenir atrocement douloureuse pour un vampire. La frustration n'aide pas non plus.

— Et l'homme qui vous a transformés, où est-il ? Pourquoi vous avoir abandonnés ensuite ?

— Je l'ignore. Nous ne l'avons jamais revu après cette nuit-là. Lorsque nous sommes revenus à New York, trente ans plus tard, nous n'avions plus rien. Plus de famille, plus de maison, plus d'amis. Rien. Nous avons dû tout reprendre à zéro, en sachant que quoi qu'il arrive, notre vie ne serait plus jamais la même. Éternelle oui, mais privée à jamais de la notion de normalité.

— Pourquoi James ne m'en a-t-il jamais parlé ?

La punkette haussa les épaules et soupira.

— La honte, la peur de te perdre, de t'effrayer, le refus de repenser au passé sont autant de raisons de garder le silence. Dans notre cas, dissimuler des cadavres dans son placard n'est pas qu'une simple image. Qu'elles soient humaines ou animales, notre seule existence engendre des pertes.

— Mais ce n'est pas votre faute, dis-je.

— Sans doute, ma chérie, sourit tristement Lily, mais la conscience ainsi que la mémoire se révèlent parfois des poisons plus qu'efficaces. Inodores, incolores et pourtant bien présents dans le système. Nos émotions sont capables de nous détruire de l'intérieur et il n'existe aucun antidote.

Je réfléchis quelques instants avant de reprendre doucement :

— Je crois que je comprends.

— Tu sais, James est quelqu'un de bien, mais il est têtu. Laisse-lui du temps et, tu verras, tout s'arrangera, me conseilla Maggie.

— Henry, demain soir tu vas au bal ! lança Dylan en entrant. Prépare ton smoking !

— Pardon ? demanda celui-ci en posant son livre sur la table basse bancale.

Pour dire la vérité, la demeure des Miller n'avait de maison que le nom. Les portes des buffets tenaient de guingois, les canapés et les fauteuils étaient élimés, éventrés pour certains. Les peintures murales étaient écaillées, les fenêtres fêlées laissaient libre court au chant inquiétant du vent venant siffler aux oreilles des habitants comme s'il les défiait de tenter de l'attraper. La toiture prenait l'eau tandis qu'une forte odeur de moisissure imprégnait l'atmosphère. Aucun être vivant n'aurait voulu demeurer dans un endroit pareil. Même les araignées avaient préféré déserter les lieux.

— James y emmène sa sorcière, tu pourras les épier et découvrir à quoi il joue avec elle.

— Comment sais-tu qu'il y sera ?

— Je l'espionne toujours à travers l'esprit d'Emily, lui expliqua Dylan.

Henry esquissa une grimace, clairement écœuré.

— Bah ! Je me demande comment tu tolères d'investir la tête de cette greluche ! Elle est plus bête que ses pieds et sa vanité est exaspérante ! Elle possède vraiment tout du stéréotype de la pom-pom de série B !

Dylan partit d'un rire tonitruant.

— Je t'accorde que ce n'est pas demain qu'elle obtiendra le prix Nobel ! Toutefois, elle en pince pour James, comme beaucoup de femmes qui le croisent d'ailleurs, même si je n'ai jamais vraiment compris ce qu'elles lui trouvent. Enfin bref, elle ne supporte pas la sorcière, elle la déteste à un point qu'il est difficile d'imaginer et passe sa vie à l'observer en cherchant quels mauvais tours elle pourrait bien lui jouer. Si je n'étais pas capable de détecter les dons des autres, j'aurais juré qu'elle était prédisposée. C'est rare tant de méchanceté chez les mortelles, cette fille tournera mal, assurément.

— Je vois, jalousie et cancans de lycée. C'est bien ce que je dis, tout ce qu'il faut pour une histoire de série B. Quant à cette pimbêche, préviens-moi le jour où tu voudras l'intégrer au clan, je prendrai de très, très longues vacances.

— Peu importe, tant que nous obtenons les informations dont nous avons besoin. Pour le moment, nous devons découvrir si James est vraiment amoureux de cette gamine. Quant à Emily, jamais je ne ferai d'elle l'une des nôtres, l'éternité c'est long et je finirais par la tuer moi-même, je crois ! Ce serait sans doute déjà le cas s'il n'y avait pas ce foutu armistice ! Sans compter ce que lui infligeraient Lena et Melissa, deux femmes dans une maison suffisent largement !

— Tu m'étonnes ! Bien, j'irai donc au bal, concéda Henry.

— Je viens avec toi ! s'écria Melissa en entrant.

— Non ! Henry y va seul, contra Dylan d'un ton sans appel.

— Mais pourquoi ?

Dieu que Melissa pouvait se montrer agaçante quelquefois ! Il se demandait souvent comment Henry pouvait la supporter depuis si longtemps. Elle avait beau être jolie, elle n'avait pas inventé l'eau tiède ! Il fallait toujours lui expliquer cent fois la même chose avant que son minuscule cerveau daigne l'imprimer. Il ne se souvenait même pas de la dernière occasion où il l'avait entendue émettre une remarque pertinente.

— Parce qu'Henry est le seul à pouvoir se dissimuler aux immortels, toi, ils te détecteraient tout de suite, rétorqua-t-il avec impatience.

— On ne peut jamais s'amuser…

— Henry n'y va pas pour s'amuser, mais pour travailler. Il nous faut plus d'informations sur la fille.

— Nous irons danser bientôt, ma chérie, promit Henry pour calmer sa compagne.

— Depuis que cette gamine est arrivée, il n'y en a que pour elle ! Ce n'est qu'une mortelle, je ne vois pas pourquoi on en fait toute une histoire !

— Elle représente le moyen de récupérer enfin la ville. Une fois que ce sera fait, tu pourras te distraire tant que tu veux.

— Mais je m'ennuie ! insista Melissa en tapant du pied.

— Ça suffit ! s'énerva Dylan. Henry se rendra à ce bal pour la surveiller et seul, un point c'est tout !

Melissa quitta la pièce, tête basse. Elle ne pouvait aller contre les ordres du chef de clan, même si elle les trouvait injustes. Dylan n'était qu'un rabat-joie à ses yeux et elle n'aimait pas la manière dont lui et sa compagne la prenaient toujours de haut. Un jour, les choses changeraient et Dylan se mordrait les doigts de les avoir traités comme ça ! Elle ne regretterait pas ce fichu clan, Henry et elle en monteraient un à eux, constitué de personnes bien plus intéressantes !

— Une fois que tu auras plus d'informations, nous pourrons établir un plan d'attaque, reprit Dylan. J'ai hâte qu'arrive le moment où Kylian devra me porter allégeance pour que je me montre magnanime avec ce qui restera de son maudit clan.

— Tu comptes en épargner quelques-uns ? demanda Henry, surpris.

— Bien sûr que non ! Mais il ne le saura pas. J'ai eu soixante ans pour penser à tout, aucun détail de mon plan n'a été laissé au hasard.

— Je vois ça ! De plus, les autres clans te craindront quand tu auras éliminé celui-là.

— Oui, nous allons gagner du terrain de jeu ! Kylian possède de nombreux territoires. Je ferai aussi quelques alliances…, ajouta Dylan, songeur.

— Avec qui ?

— Je n'y ai pas encore réfléchi, nous déciderons en temps voulu. Pour le moment, occupons-nous des Drake. Demain, tu essayeras d'en apprendre un maximum sur James et sa sorcière ainsi que sur leur prétendue relation. Et puis on ne sait jamais, peut-être découvriras-tu quels sont les pouvoirs de cette gosse. Ensuite, reviens me présenter un rapport complet.

Chapitre 8

À mon réveil, une douce odeur me chatouilla les narines. Des roses ? J'ouvris les yeux et restai émerveillée. La chambre était envahie de roses rouges ! Il y en avait partout ! Sur les tables de chevet, la commode, par terre, même sur le lit sur lequel je dormais il y a seulement quelques minutes, était recouvert de pétales ! Je me tournai pour admirer la pièce sous tous les angles et aperçus une feuille de papier sur l'oreiller à côté de moi. Je m'en saisis et lus un unique mot : *pardon*. Je me levai si vite que je faillis renverser l'un des vases posés sur le plancher, puis je me lavai et m'habillai à toute vitesse. J'avais fait preuve de maladresse avec James hier soir, je l'avais blessé, je l'avais vu dans ses yeux. Il fallait que je lui expose mon point de vue en choisissant mes termes avec soin. J'allais utiliser le seul moyen de communication avec lequel j'étais douée. Je descendis donc les escaliers comme une bombe, manquant de peu de heurter Lily.

— Lily, où est ton frère ? lui demandai-je avant qu'elle ne se lance dans une plaidoirie sans fin.

— Dehors, près du plan d'eau. Il est très malheureux, il a peur que tu le quittes, m'expliqua-t-elle tristement.

— Je me doute. Je peux me servir du piano ?

Cette question eut l'air de beaucoup la surprendre.

— Pourquoi ? Tu ne comptes pas aller voir James ? Je sais qu'hier vous vous êtes disputés, mais ce n'est pas une raison pour…

— Fais-moi confiance, s'il te plaît. Alors je peux ?

— Euh… Oui, vas-y.

Je m'installai et commençai à chanter :

> *Bien sûr que je te pardonne,*
> *N'est-ce pas ce que fait une femme,*
> *Quand elle aime un homme ?*
>
> *Maintenant je connais ton passé,*
> *Je sais ce que tu as enduré,*
> *S'il te plaît, laisse-moi t'aider,*
> *À panser enfin tes plaies,*

Les Drake étaient à présent réunis dans le salon et m'écoutaient attentivement. Seul James manquait à l'appel, je continuai :

Moi aussi j'ai une histoire compliquée,
Faite de mensonges et de secrets,
Pourtant tu m'as acceptée,
Telle que j'étais.

Laisse-moi entrer dans ton monde,
Et combattre les ombres,
Laisse-moi ramener la lumière,
Je sais que je peux le faire.

J'aperçus finalement James se glisser discrètement par la porte d'entrée et venir s'agenouiller derrière moi. Il m'étreignit et posa son front contre mon dos. Je finis donc :

Ce n'est pas la vie éternelle que je veux,
Mais l'éternité pour vivre à deux,
Ne jamais être arrachée à tes bras,
Car c'est la seule chose à laquelle,
Je ne survivrai pas.

Je plaquai les derniers accords et lorsque je relevai enfin les yeux, je me rendis compte que toute la petite famille avait quitté la pièce. Je détachai les mains de James de ma taille afin de pouvoir lui faire face. À peine ma manœuvre terminée, il m'enlaça de nouveau, sa tête sur mon ventre cette fois. Je lui caressai les cheveux, attendant qu'il parle. Au bout de quelques instants, il lâcha :

— Pardon…

Sa voix était rauque, comme s'il avait pleuré des heures. Mon cœur se serra, même si je savais que c'était impossible, sa peine demeurait bien réelle. Sans doute était-elle plus importante encore de ne pas pouvoir être extériorisée…

— Il n'y a rien à pardonner.

Il se blottit contre moi, je continuai sur ma lancée :

— James, je comprends ton point de vue, mais j'en ai un différent. Je ne te demande pas de prendre une décision tout de suite, mais d'y réfléchir. Quoi qu'il advienne, je resterai jusqu'à… la fin.

Il se redressa pour me regarder attentivement, comme s'il pesait le pour et le contre.

— Tu sais, cette nuit j'ai cru devenir fou, mais cela m'a donné l'occasion de gamberger et tu as raison sur certains points.

Il esquissa un petit sourire en coin alors que je m'apprêtais à prendre la parole.

— Attends, laisse-moi finir. Je reste sur mes positions en ce qui concerne ta transformation pour le moment, mais je vais y réfléchir.

— Ce n'est donc pas un non définitif ?

— Plus maintenant, en effet. En ce qui concerne… enfin, tu vois, l'autre sujet, je suis d'accord pour au moins essayer. Cependant, je ne te promets rien. Si je sens que je risque de perdre le contrôle ou que tu as la moindre trace de morsure au réveil, on arrête tout, d'accord ?

— D'accord ! lançai-je.

J'étais si heureuse qu'il accède finalement à ma demande que j'aurais accepté n'importe quoi.

— Tu arrives toujours à tes fins, n'est-ce pas ? dit-il avec un sourire ironique.

— J'y travaille, mon amour ! J'y travaille !

— Alors, frangin, pas trop stressé ? demanda Stan en assénant une tape sur l'épaule de James.

— Ce soir, c'est le grand soir ! ajouta Zach.

— Je sais…

Ses frères se consultèrent du regard, intrigués par sa réaction. Au lieu d'être heureux, comme tout homme s'apprêtant à cueillir enfin le fruit de son désir, il semblait prêt à être conduit à l'échafaud.

— Tu es vraiment nerveux, hein ? reprit Zach, sérieux soudain.

— Tu doutes de toi ? Tu affiches pourtant pas mal de conquêtes à ton tableau de chasse, ajouta Stan, étonné.

— Cela n'a rien à voir avec de quelconques performances ! Avec ces filles, je m'en fichais, je ne risquais pas de les blesser ou de les tuer. Et puis avec Sarah, je désire bien plus.

— Oh…, commença Zach.

— Quelqu'un pourrait-il éclairer ma lanterne ? demanda Stan. Parce que moi, je ne comprends plus rien là !

— Je souhaite qu'elle devienne plus qu'une simple compagne, précisa James. Je ne veux pas d'un coup à la va-vite, pas avec elle.

— Oh ! Tu espères être le premier et le dernier, c'est ça ?

James le considéra, presque choqué par cette remarque. Stan avait vraiment une façon bien à lui d'exposer les faits !

— Évidemment ! Le truc, c'est que j'ai couché oui, un nombre incalculable de fois même, mais jamais je n'ai éprouvé le moindre sentiment pour mes partenaires.

— Il est vrai que c'est très différent, approuva Zach. Quand tu es amoureux, les émotions sont démultipliées… Quant à Sarah, ce sera sa première fois. Si tu n'es pas sûr de toi, ne force pas les choses.

— En plus, tu ne lui as pas expressément promis que ce serait ce soir, alors rien ne presse, renchérit Stan. Mieux vaut prendre son temps que de gâcher ce moment.

— Hum… Vous avez sûrement raison.

Enfin, j'étais prête ! Lily m'avait maquillée et Maggie avait remonté mes cheveux en chignon, ne laissant que quelques mèches dépasser autour du visage. Je portais des escarpins à talons hauts et cela me rendit nerveuse. Je portais rarement autre chose que mes boots adorées.

— Je vais être ridicule, gémis-je.
— Tu es magnifique ! affirma Lily.
— Il suffit que tu t'entraînes un peu, ajouta Maggie.

Je suivis ses conseils et essayai de me lever. J'avançai de quelques pas, pas très rassurée.

— Je risque de me tuer avec ces machins aux pieds, bougonnai-je.
— Mais non, regarde, reprit la rousse en traversant la pièce avec grâce, c'est facile !
— Parle pour toi ! Pour moi, c'est une vraie torture !
— Tu vas y arriver, m'encouragea Lily.

Je m'exerçai donc, arpentant la chambre de long en large pendant près d'une demi-heure. À la fin, je marchais presque convenablement, du moins je ne me tordais pas les chevilles à chaque pas.

— Bon, c'est l'heure ! déclara Lily. Sarah, tu descendras la dernière pour faire la surprise à Jamy.
— Oui, comme ça, il aura tout le loisir de me contempler lorsque je m'étalerai de tout mon long, râlai-je.
— Ah non ! Ne fais pas ta mauvaise tête ! Ce soir, c'est la fête, alors on sourit ! m'ordonna-t-elle, faussement sévère.

Elles rejoignirent le rez-de-chaussée les premières et à une telle vitesse que je n'eus de toute façon d'autre choix que de suivre, seule. Je cherchai James des yeux et quand les siens se posèrent enfin sur moi, mon angoisse s'envola comme par magie. Son regard refléta l'admiration, le plaisir et… le désir.

— Tu es magnifique… souffla-t-il.
— Merci. Tu es très beau toi aussi.
— Allez, souriez tous les deux ! ordonna Gwen. Je veux immortaliser ce moment !

James m'entoura la taille de son bras et me serra contre lui avec des airs de propriétaire. Sa mère prit la photo et nous partîmes.

Devant le lycée, les élèves se précipitaient vers le gymnase où était organisé le bal. À la porte, nous retrouvâmes Marie et Sam. Elle était vêtue d'une robe lavande à fines bretelles et Sam d'un smoking, comme la majorité des garçons. Pourtant, aucun ne le portait aussi bien que les frères Drake.

— Salut, les tourtereaux ! lançai-je.
— Sarah ! Vous voilà enfin, nous vous attendions, dit Marie.
— Eh bien, maintenant que nous sommes au complet, ajouta Sam, on peut y aller.

La salle était décorée de ballons et de guirlandes lumineuses. La musique, elle, était comme je l'avais craint : commerciale. Quelques couples évoluaient déjà sur la piste. James se proposa d'aller me chercher un verre de punch que j'acceptai.

— Alors, la Coccinelle répond-elle à tes exigences ? m'enquis-je auprès de mon ami.
— Tu rigoles ? Elle est encore mieux ! déclara-t-il. C'est un vrai plaisir de la conduire à présent.
— Et puis maintenant quand les gens se retournent, c'est avec admiration, le taquina Marie.

Nous rîmes tandis que James nous rejoignait.
— Voilà pour la plus jolie femme de la soirée, dit-il en me tendant un gobelet.
— Merci.

Je pris une gorgée et la recrachai sur-le-champ.
— Pouah ! Ce truc est immonde ! m'exclamai-je avant de déposer le gobelet sur une table qui se trouvait là.
— Tu n'aimes pas le punch ? s'étonna Sam. Marie, ça te tente, toi ?
— Oui, allons-y.

Lorsqu'ils se furent éloignés, James se pencha vers moi.
— Tu m'accorderais cette danse ?
— Avec grand plaisir.

Une fois sur la piste, il m'enlaça tendrement. Ce contact me fit frissonner, ce qui lui arracha un sourire.
— Il ne fait pourtant pas froid.
— Tu sais très bien ce qui provoque cette réaction, répondis-je en rougissant un peu.
— C'est vrai. Comment expliques-tu cela ?
— Tu me rends dingue et tu en as parfaitement conscience !
— Oui, mais j'adore te l'entendre dire ! s'esclaffa-t-il.

Nous nous concentrâmes sur la musique, je me laissai guider par James qui s'avéra être un excellent danseur. J'étais aux anges, les autres élèves nous observaient du coin de l'œil, mais je n'en avais cure.
— Tu danses merveilleusement bien, constata-t-il. Tu m'avais caché ça.
— Mais tu as encore plein de choses à découvrir à mon sujet, si tu savais tout, où serait l'intérêt ?
— T'avoir près de moi, voilà la seule chose qui m'intéresse, souffla-t-il à mon oreille avant de m'embrasser tendrement.

Lorsqu'il se redressa et que j'ouvris les yeux, j'aperçus Emily Queen. Elle me fixait avec une telle hargne que je me crispai. James le remarqua et m'interrogea du regard.
— Ce n'est rien, juste Emily, éludai-je.

Il pivota légèrement pour regarder la fille.
— *Le club des pestes*, ça leur va vraiment très bien, s'amusa-t-il.
— Toi aussi tu trouves ?

Stan arriva alors avec un grand sourire aux lèvres.
— Je peux te l'emprunter ?
— C'est à elle qu'il faut le demander.

— Avec plaisir, Stan, acceptai-je en lui prenant le bras.

Nous dansâmes un slow, puis la musique changea pour de la techno que je n'appréciais pas vraiment. Seule Lily resta sur la piste à se déchaîner, les yeux fermés. James proposa d'aller me chercher autre chose que l'immonde breuvage appelé punch, mais je n'eus pas le temps de lui répondre qu'une vision m'assaillit. Il s'en rendit compte et m'attira un peu à l'écart. Lily, qui l'avait sentie, nous rejoignit aussitôt.

— Qu'as-tu vu, ma chérie ? m'interrogea-t-elle.

— Rien, dis-je platement.

— Comment ça : rien ?

— Rien, juste du noir. Pas d'images, pas de son, précisai-je.

— Ça, c'est bizarre, continua-t-elle, songeuse.

— Oui, cela ne m'était jamais arrivé auparavant.

— Tu veux rentrer ? s'enquit James.

— Non, ce n'est rien, je ne vais pas gâcher notre premier bal pour si peu.

Il me regarda intensément, comme s'il devait décider de me raccompagner de force. Puis il déclara :

— Bon, je vais voir si je peux te trouver du coca ou du café.

— Merci, tu es gentil.

Une fois James parti, Lily se pencha vers moi et me souffla à l'oreille :

— C'est anormal, Sarah.

— Je sais, répondis-je, comprenant très bien où elle souhaitait en venir.

— Tu as conscience de ce que cela implique ?

— Oui.

— Il faut avertir James ! s'écria-t-elle.

— Pas ce soir. S'il te plaît, laisse-nous profiter de cette soirée.

Je fus étonnée qu'elle n'insiste pas. Peut-être pensait-elle que James et moi méritions bien ces quelques instants. Ma mère m'avait expliqué un jour que lorsque l'on avait ce genre de prémonition, cela signifiait que l'avenir avait disparu. Et la seule raison qui fait que l'on a plus d'avenir... c'est que l'on est mort. J'en étais là de mes réflexions quand James revint, un coca à la main.

— Tiens, mon cœur, bois, dit-il avec sollicitude.

— Je vais bien. Inutile de t'inquiéter, le rassurai-je.

Je venais de mentir éhontément à l'homme que j'aimais, mais si je devais mourir bientôt, je ne voulais pas que la tristesse ou la peur soient les dernières émotions que je verrais dans ses yeux.

Le Sweet affichait complet ce soir-là. Nous avions eu la chance d'obtenir la dernière table encore disponible.

— Alors, tes impressions sur ce premier bal ? s'enquit Maggie.

— C'était vraiment chouette, je me suis bien amusée ! déclarai-je d'un ton faussement enjoué, me rappelant ma précédente vision.

— Tu es vraiment magnifique, me souffla James, déclenchant à nouveau mes frissons.

J'espérais vraiment qu'il le pense pour que cette nuit soit *notre nuit*, d'autant plus si je ne me trompais pas. Lily me fixa avec insistance, mais se garda de tout commentaire.

— Si on rentrait ? proposa Zach.

James demanda au chauffeur de nous raccompagner chez moi. Une fois sur place, je montai directement me débarrasser de mon accoutrement. J'enfilai une nuisette longue, fendue jusqu'au genou et le peignoir assorti. James m'attendait dans la chambre. Allongé sur le lit, les bras croisés derrière la nuque, il était torse nu. Seigneur ! Comme il était beau, avec les rayons de la lune jouant sur sa peau diaphane ! Il semblait presque être fait de marbre sous l'astre pâle. Je sentis ma gorge devenir sèche et mon rythme cardiaque s'accélérer. Il dut l'entendre, car il tourna la tête vers moi. Il ne dit rien, mais me tendit la main en signe d'invitation. Je m'approchai et allai me blottir contre lui.

— Je t'aime, souffla-t-il avant de s'emparer de mes lèvres.

Le baiser que nous échangeâmes alors surpassa tous les autres. Impérieux et plein de fougue. La bouche de James prit d'assaut la mienne, me laissant à peine le temps de respirer. Nos langues entamèrent un pas de deux chaud et humide. Je haletais sous la violence du désir qui me consumait. James ouvrit mon peignoir et me caressa la taille. Je gémis, il s'arrêta net.

— Sarah... commença-t-il.

— Oui...

— Je... Je ne peux pas. Je ne suis pas prêt.

La déception et la frustration qui m'envahirent à cet instant furent si intenses qu'elles me coupèrent le souffle, mais je décidai de ne pas le lui montrer.

— Ce n'est rien, murmurai-je, la voix rauque.

— Excuse-moi, je sais à quel point tu comptais sur cette soirée, je suis désolé.

— Ce n'est pas si grave, on avait dit qu'on essaierait, et c'est ce que nous avons fait. Nous avons le temps, nous retenterons l'expérience plus tard, voilà tout.

J'avais parlé avec un calme que j'étais loin de ressentir, mais je ne désirais pas le blesser une nouvelle fois. Pas si je devais partir bientôt.

— Je t'aime, souffla-t-il doucement.

— Moi aussi je t'aime.

Je me blottis contre lui et il commença à me bercer, ce qui eut pour effet de m'apaiser.

— Alors, qu'as-tu appris d'intéressant ? demanda Lena.

— Ils ont été au bal, comme le parfait petit couple qu'ils sont, expliqua Henry, goguenard. Il ne la lâche pas d'une semelle et ne cesse de la cajoler, très touchant !

— Je te l'avais bien dit ! rétorqua Dylan. Cette gosse semble représenter plus qu'une simple amourette.

— Cela peut se comprendre, intervint Henry, ce qu'elle dégage est très fort.

Un grognement sinistre lui répondit.

— Du calme, Melissa, ma chérie, tempéra celui-ci, je sais que je ne suis pas toujours très sage, mais les mortelles, ce n'est vraiment pas mon truc, ajouta-t-il.

Puis il s'empressa de cacher ses pensées. Il venait de mentir effrontément et certaines humaines en avaient d'ailleurs fait les frais. Cette fille l'attirait cependant bien plus que n'importe quelle autre, son arôme était si… envoûtant. Henry se fichait totalement de récupérer ou non Black Diamond, il préférait les grandes villes pour chasser. Le buffet présentait plus de mets. Cependant, il avait d'autres projets en tête pour Sarah et Dylan ne devait pas le découvrir. Melissa s'avérait d'une jalousie maladive et risquait de la tuer avant qu'il n'ait mis la main dessus. Pour l'instant, il devait s'efforcer de ne pas éveiller les soupçons de son clan.

— Cela va être difficile de l'approcher, reprit Dylan.

— Oui, et si on échoue, les Drake nous le feront payer au prix fort, renchérit Lena.

— Je suis le seul à pouvoir me dissimuler aux nôtres et j'ai une idée qui devrait marcher. Nous devrions avoir la sorcière bientôt.

— Dans ce cas, nous t'écoutons, mon frère.

Mais quel crétin je fais ! songea James. *J'ai la plus jolie femme de la Terre dans mon lit, et je me dégonfle !*

James s'en voulait, il savait que Sarah avait été déçue, même si elle ne lui en avait rien dit. Elle se montrait si noble et prévenante, il avait du mal à saisir ce qu'elle lui avait trouvé, mais il remerciait le ciel qu'elle l'ait choisi, lui.

Pourtant, la nuit précédente, il avait pensé la perdre définitivement. Jamais il n'avait souffert à ce point, ni eu aussi peur de toute sa vie. Il avait tenté de se faire pardonner avec les roses, mais devait avouer qu'il n'y avait pas vraiment cru. Au matin, lorsqu'il avait entendu sa chanson, il avait alors compris à quel point elle l'aimait, qu'ils ne se sépareraient jamais, du moins jusqu'à ce que la mort s'en charge. C'était pour cette raison qu'il avait décidé de réfléchir à sa transformation, car il n'était pas sûr de supporter sa perte. Quand certains vampires perdaient leur compagne, ils pouvaient en mourir. Leur instinct s'éteignait avec leur amour, les empêchant de chasser et par là même de subsister. Il se fichait de rendre le dernier soupir, il avait largement vécu, mais il se doutait que pour les siens, ce serait une terrible épreuve que de lui survivre. Lily et lui ne s'étaient jamais quittés en cent vingt-huit ans, comment réagirait-elle s'il disparaissait ? De plus, elle aimait Sarah comme sa propre sœur maintenant, comme tous les membres du clan d'ailleurs. Il leur imposerait donc deux deuils au lieu d'un. Il se retrouvait dans la tourmente : transformer Sarah et la vouer aux ténèbres ou infliger à sa famille une perte de plus. Même s'il ne l'avouerait jamais à personne, la faire sienne pour l'éternité restait tentant…

Demeurer éternellement à ses côtés jusqu'à la fin du monde, ne plus avoir à s'inquiéter de lui faire du mal… Oui, tout deviendrait plus facile alors. Il se mit à l'observer qui dormait tout contre lui. Ce soir, elle avait été époustouflante dans sa longue robe noire. Les autres filles ne lui arrivaient même pas à la cheville. Quant aux garçons, ils mouraient d'envie d'être à sa place. Et si tout se passait bien, bientôt, elle serait à lui, définitivement. Mais pour l'heure, il allait se contenter de la regarder jusqu'à ce qu'elle se réveille. Il adorait tout particulièrement être la première chose qu'elle apercevait lorsqu'elle ouvrait les yeux.

J'émergeai lentement ce matin-là. Toujours pelotonnée contre James, je lui caressai le torse, mais gardai les paupières closes. J'étais si bien que j'aurais souhaité ne jamais bouger. Apparemment, mon prince charmant ne partageait pas cet avis.

— Allez, petite marmotte, il est temps de quitter l'étreinte de Morphée, murmura-t-il.

— Me réveiller ne me dérange pas, c'est sortir de tes bras qui me pose problème.

— Hum... Je sais ce que c'est, mais tu as promis à Lily de t'entraîner, me rappela-t-il.

— D'accord..., soufflai-je.

Je gagnai la cuisine en traînant les pieds, avalai le café que James m'avait gentiment préparé, puis nous filâmes chez lui. Sur le trajet, je le vis m'observer à la dérobée.

— Pose ta question, lui lançai-je.

— Tu as peur ? Je veux dire, de revivre l'expérience.

— Un peu, c'est assez troublant de savoir que je suis en train de développer un nouveau pouvoir.

— Tu n'es pas obligée de faire ça maintenant, tu as le temps.

— Il faut que j'apprenne à me contrôler.

Il me regarda un instant, mais conserva le silence. Il était conscient que l'entraînement restait la seule alternative pour que je ne blesse, ni moi, ni personne. Il était passé par là.

Là-bas, Lily nous attendait de pied ferme, sur le perron. À peine étions-nous descendus de voiture qu'elle me sauta dessus.

— Allez, viens, ça se passe derrière la maison, j'ai tout prévu !

Elle me tira par le bras, m'entraînant dans son sillage.

— Bonjour, Lily, dis-je en appuyant bien chaque syllabe.

— Ah oui, bonjour ! répondit-elle, avant de me claquer un baiser sonore sur la joue.

Puis, plus doucement, elle demanda :

— Alors, cette nuit ? Raconte !

— Il n'y a rien à raconter. D'ailleurs, cela ne regarde que ton frère et moi, la réprimandai-je.

— Rien ! Eh bien, au moins tu dois être en forme, c'est déjà ça, ajouta-t-elle en secouant la tête, désespérée.

Nous nous retrouvâmes dans le jardin, si tant est qu'une pelouse puisse s'étendre sur près d'un hectare. Le mot parc aurait sans doute été plus approprié. Devant moi, juste entre l'endroit où je me tenais et la limite de la propriété, se trouvait le plan d'eau où James avait passé la nuit précédant le bal. Les Drake nous rejoignirent et se placèrent en cercle autour de moi.

— Et maintenant ? demandai-je à Lily.

— Tu vas essayer de nous repousser, comme la dernière fois.

Ce souvenir m'arracha une grimace. Je n'aimais pas beaucoup l'idée de m'en prendre à James et à sa famille. Il s'efforça de me rassurer.

— Ne crains rien, tu ne risques pas de nous blesser.

— Mouais…

— Vas-y ! m'encouragea Lily.

Je suivis ses conseils, fermai les paupières et me concentrai, mais au bout de quelques minutes… rien. J'ouvris les yeux.

— Ça ne marche pas.

— C'est normal, ce n'est que le début, ne te décourage pas !

Je réessayai donc, une fois, puis deux, puis trois. Je respirai, tentai de me détendre, me remémorai la scène survenue chez les Drake. Je visualisai mentalement ce à quoi cette faculté pourrait ressembler une fois maîtrisée. En désespoir de cause, je testai même le truc des yeux plissés, comme dans les films et… rien ! Ce manège dura pendant près de deux heures. Les Drake ne se plaignaient pas, mais semblaient s'ennuyer ferme, quant à moi, je commençais à désespérer de réussir ! La dernière fois, j'avais dévasté le salon sans aucun effort, et là, pas moyen de faire bouger le moindre brin d'herbe !

— Je n'y arrive pas, je laisse tomber ! déclarai-je.

— Non, me dit Lily, il faut que tu essaies encore !

— Mais j'ai l'air ridicule, plantée là comme un piquet ! m'énervai-je.

— Nous pourrions faire une pause ? avança James.

— Non, elle doit continuer et tu le sais.

— On s'y prend mal, déclara soudain Kylian.

— Qu'est-ce que tu suggères ? demanda Lily.

Il sembla réfléchir une seconde, une ride barra son front sans défaut.

— Sarah, te souviens-tu à quoi tu pensais la dernière fois ? me questionna gentiment le chef de clan.

— Euh… À mon père, à ce qu'il m'avait fait subir à cause de mes dons.

— Exactement, approuva-t-il. Elle a besoin d'un élément déclencheur, ajouta-t-il à l'adresse de sa famille.

Je commençais à ne pas aimer du tout la tournure que prenaient les événements. Naviguer à vue me rendait nerveuse, surtout en ce qui concernait la sorcellerie. Ne pas avoir le contrôle ne signifiait qu'une chose : les ennuis !

— C'est-à-dire ? interrogeai-je, soupçonneuse.

James se chargea de m'éclairer.

— Parfois, lorsque de nouveaux pouvoirs se développent, comme c'est le cas en ce moment, il te faut un catalyseur pour les maîtriser.

— Pour mes visions, je n'ai jamais eu recours à ce genre de procédé.
— Je sais, mais tu les possèdes depuis ta naissance. Ce n'est que lorsque ta mère t'a expliqué de quoi il s'agissait que tu as mis un nom sur les images qui défilaient dans ta tête.

Maintenant qu'il le formulait à haute voix, je me rendis compte avec stupéfaction qu'il avait totalement raison.

— Dans le cas présent, ta faculté se comporte comme un électron libre, partant et revenant à sa guise. Tu dois apprendre à la canaliser afin de pouvoir la contrôler et, pour ça, te servir de tes émotions. La dernière fois tu étais en colère, nous allons commencer par là.

— Moi je veux bien, mais j'ignore comment on se met en colère sur demande.

— Très bien, reprenons depuis le début. Pense à quelque chose de désagréable, m'ordonna Lily.

Voyant que ça ne donnait rien, elle poursuivit.

— Imagine d'abord le club des pestes qui n'arrête pas de médire sur toi.

J'essayai... mais toujours rien. Pour dire la vérité, le club des pestes m'indifférait plus qu'autre chose.

— Remémore-toi ta dispute avec Jamy à propos de ta transformation.

— Lily ! s'exclama James, indigné.

— Ferme-la ! lui intima-t-elle. Très bien, on continue. Rappelle-toi du jour où Jeff t'a agressée, de la peur et de la rage que tu as ressentie.

Je ne risque pas de l'oublier ! Ce taré a failli me briser le bras ! L'air commença soudain à vibrer.

— C'est ça ! Maintenant, souviens-toi du soir où il a débarqué chez toi.

Cette fois, l'air ondula, comme lorsque l'on observe le bitume pendant les grosses chaleurs. Je sentis une boule prête à exploser au creux de mon ventre.

— Visualise le moment où il frappe James avec la batte.

Grâce à ce souvenir, j'envoyai une première poussée. Une sorte d'onde de choc émana de moi, provoquant une énorme rafale. James me regarda, inquiet, mais je devais rester concentrée.

— Oui ! cria Lily. Maintenant, Sarah, imagine que quelqu'un s'en prenne à James et lui fasse du mal. Un autre vampire par exemple. James se trouve en difficulté et l'autre s'apprête à le démembrer !

— Arrête, Lily ! ordonna James.

— Non ! Sarah ! James hurle, il souffre atrocement à présent.

La scène parut si nette dans mon esprit que la sphère au creux de mon estomac tripla de volume. Je lançai alors une impulsion aussi puissante qu'une déflagration dont j'aurais été l'épicentre. Les sept vampires autour de moi effectuèrent un vol plané sur plusieurs mètres. Certains arbres (les plus petits) ployèrent sous sa force avant d'être arrachés de terre. Leurs racines, ainsi dénudées, ressemblaient aux doigts crochus des monstres de livres pour enfants. Je tremblais, mes ongles me rentraient dans les paumes tant je serrais les poings. Je pris soudain conscience de mon geste et courus vers James. En arrivant près de lui, je le vis se relever en riant, suivi de Lily. Bien sûr, ils n'avaient pas une égratignure, mais j'avais eu la peur de ma vie !

— C'était génial, Sarah ! s'écria la punkette. Tu as trouvé le truc, ça y est. Maintenant tu n'as plus qu'à apprendre à le faire sur commande !

— Tu as été magnifique, mon amour ! N'est-ce pas, Stan ? interrogea James avant d'éclater de rire.

Je me retournai et ce que j'aperçus provoqua également mon hilarité. Stan s'extirpait du plan d'eau, trempé de la tête aux pieds.

— Désolée, Stan ! articulai-je en gloussant de plus belle.

— On ne pourra pas me reprocher de ne pas m'être mouillé pour ta formation ! répondit-il, s'esclaffant à son tour.

Lorsque nous fûmes enfin calmés, Lily déclara :

— En place, Sarah, on recommence !

— Il serait plus sage que Sarah s'entraîne ailleurs, intervint Gwen, j'aimerais bien garder la maison encore un petit peu.

— C'est vrai, approuva Zach. La clairière près du lac serait parfaite pour ça.

— Qu'en penses-tu, princesse ? s'enquit James.

— Je ne suis pas fatiguée. On peut y aller.

— Très bien.

James me souleva dans ses bras.

— Mais qu'est-ce que tu fabriques ?

— Cet endroit n'est pas accessible en voiture, tu devras te contenter de ton humble serviteur pour l'atteindre.

— Hum… Ça me convient !

— C'est drôle, mais je m'en doutais ! s'esclaffa-t-il.

Il se mit à courir. Il se déplaçait si vite que le bruit du vent devint un bourdonnement. La végétation, elle, ne formait plus qu'un immense mur vert. Le trajet d'une dizaine de kilomètres ne nous prit que quelques secondes. Une fois arrivés, James m'interrogea :

— Pas trop secouée ?

— Tu plaisantes, c'est encore mieux que la Vantage ! On recommencera ? demandai-je comme une petite fille.

— Bien sûr ! Ne serait-ce que pour le retour !

Je repris mon entraînement. Cela s'avéra moins difficile cette fois. J'avais compris comment gérer ma nouvelle source d'énergie. En réalité, je puisais dans tout ce qui m'entourait, la terre, le ciel, l'eau. Le moindre élément représentait un puits de magie à l'état pur. À chaque impulsion lancée, je gagnais en puissance. Après cinq ou six essais, la clairière ressemblait à un champ de bataille. Plusieurs arbres furent déracinés, leur disposition rappelant un jeu de Mikado géant. Ces soldats végétaux et centenaires, enchevêtrés les uns dans les autres, avaient définitivement perdu leur majesté d'antan. Je contemplai mon œuvre aussi émerveillée qu'effrayée.

— C'est parfait, Sarah, me félicita Kylian. Maintenant, nous allons un peu compliquer la chose, tu veux ?

— D'accord.

— Tu vas procéder de la même façon, mais en visant un point précis cette fois.

— O.K., soufflai-je, plus très sûre de moi tout à coup.

Libérer la masse d'énergie était facile, quant à lui donner une direction bien déterminée… Je soupirai. Je n'avais pas vraiment le choix de toute façon.

— Tu vois ce rocher ? Dirige ton impulsion dessus. Arrange-toi pour cumuler le flux entre tes doigts. Si je ne me trompe pas, tu pourras ainsi la visualiser et contrôler la taille de ta charge. Comme Jamy à ses débuts.

Je me concentrai de toutes mes forces, faisant grossir de plus en plus la sphère. Je positionnai mes mains l'une au-dessus de l'autre et laissai agir la magie. Elle traversa mon corps, de mes pieds jusqu'à mes paumes. Une sorte de petit point lumineux se forma d'abord, puis enfla jusqu'à devenir un globe incandescent. Je le contemplai une seconde, émerveillée, puis tendis les bras pour le libérer. Elle fusa, pareille à une boule de feu, mais d'un blanc éclatant. Implacable, elle atteignit la pierre en son centre. Le granit explosa en milliers de fragments. James se précipita pour me servir de rempart. Ce contact déclencha une vision. James en compagnie d'une très belle femme brune, il l'embrassait fougueusement. Sous le coup de la colère, j'envoyai une nouvelle poussée. Heureusement, elle ne fut pas aussi puissante que la précédente, mais il se trouva tout de même projeté à près de dix mètres de moi. Des grondements sinistres me parvinrent alors. James se releva, la surprise marquant ses traits, puis ses yeux devinrent encore plus noirs que d'habitude. Il se mit à grogner, se ramassa sur lui-même et me montra les dents. Ma fureur fut telle que je n'eus même pas la présence d'esprit d'être effrayée lorsque j'aperçus la fratrie faire de même. Sauf Lily, qui elle, me regardait avec tristesse.

— Ça suffit ! cria Kylian.

Lily fit un pas vers moi. Instinctivement, je reculai. Les autres grondaient toujours, mais n'avançaient plus.

— Sarah, laisse-moi t'approcher, je te jure que je ne te ferai pas de mal, tenta-t-elle de m'apaiser.

Je battis une nouvelle fois en retraite et gardai ma boule d'énergie active au cas où.

— Arrière ! ordonna le viking.

Sa voix claqua comme un fouet et les vampires obtempérèrent sans résistance. Ils conservèrent néanmoins leur posture menaçante.

— Sarah, ma chérie, ce que tu as vu, c'est le passé, pas l'avenir.

— Bah tiens ! m'exclamai-je.

— Jamy ne te ferait jamais une chose pareille, tu le sais bien, insista-t-elle.

À ces mots, James se calma instantanément et quitta sa position d'attaque. Pas ses frères et sœurs. Il les menaça :

— N'y pensez même pas !

— Sarah, continua Lily, tu es blessée, laisse-moi regarder, s'il te plaît.

Sentant que mon visage était humide, j'y portai la main, puis examinai mes doigts. Ils étaient couverts de sang. Étonnée, je ne réagis pas. Lily reprit :

— Cette fille que tu as aperçue, elle s'appelle Natania.

À l'évocation du nom de la créature, la charge d'énergie grossit encore.

— Si ton frère ne se souvient plus des prénoms de ses innombrables maîtresses, tu t'en charges pour lui, très touchant ! crachai-je avec hargne.

— James a bien eu une aventure avec elle, mais il s'agissait d'une amourette, rien de plus.

Je ricanai méchamment.

— Amourette avec qui il partageait une passion pour le Kamasoutra !

— Nous sommes amies, n'est-ce pas ? Dans ce cas, pourquoi te mentirais-je ?

Je l'observai un instant, des taches rouges troublaient ma vision à présent.

— Tu pensais à elle, c'est ça ? accusai-je James en me tournant vers lui.

— Non ! se défendit-il.

Il avança d'un pas. Je levai ma main ensanglantée pour qu'il ne m'approche pas. Ce fut une mauvaise idée, car le concert de grognements reprit de plus belle. James prit peur et envoya une impulsion à la fratrie qui tomba à terre en se tenant la tête. Zach émit un sifflement de félin en colère.

— Menteur ! Pourquoi l'ai-je vu en te touchant alors ? l'invectivai-je encore.

— Je te jure que je me fiche de cette fille ! Elle n'a jamais compté pour moi. À mes yeux, il n'y a jamais eu que toi.

— Tu as intérêt…

Je n'eus pas le temps de terminer ma phrase. Je perdis connaissance.

Je me réveillai dans le salon des Drake avec une migraine carabinée. La pire de toute ma vie en vérité.

— Ouille ! gémis-je en portant la main à mon front.

— Oui, tu peux le dire, confirma Kylian derrière moi, j'ai dû te faire huit points de suture. Tu dois te reposer un peu. Pas de lycée pour toi demain, ni dans les jours à venir d'ailleurs. Tes vacances de printemps vont être prolongées, on dirait.

— Oh zut ! Je devais rendre mon devoir de maths ! Cela ne va pas arranger ma moyenne, râlai-je.

— Tu me le donneras et je le déposerai dans le casier du prof, proposa Lily.

Je ne l'avais pas remarquée et sursautai. En essayant de me tourner pour l'apercevoir, je provoquai une douleur atroce dans mon crâne.

— Aïe !

— Reste tranquille, veux-tu ? m'ordonna Kylian. Tu as la tête dure, mais ne force pas ta chance.

— Hum… Mais comment j'ai fait pour m'ouvrir la tête ?

J'eus beau réfléchir, je ne vis pas de quelle façon j'avais réussi une telle prouesse.

— Lorsque tu as envoyé la première impulsion sur le bloc de granit, tu te souviens qu'il a explosé ? m'interrogea Kylian.

— Euh… Oui et James s'est mis devant moi pour me protéger…

— Exact, déclenchant involontairement une vision qui t'a fait lancer la seconde. Seulement des fragments de pierre tombaient encore et l'un d'eux t'a atteint au-dessus de la tempe, m'expliqua-t-il.

— Oh… je suis vraiment nulle… dis-je, penaude.

— Tu apprends, c'est tout. Avec le temps, tu géreras ce pouvoir comme un chef.

— Mais tout à l'heure j'ai failli provoquer une catastrophe, je suis vraiment désolée, m'excusai-je, honteuse.

— Ne le sois pas. Ils sont jeunes, pour des vampires, précisa-t-il. Ton sang dégage une odeur très particulière, sans doute liée à ta nature de sorcière, ils ont perdu le contrôle. Cela arrive, malheureusement.

Je me demandais combien de fois ce genre de dérapage avait eu lieu. Pourtant, Kylian semblait les calmer systématiquement.

— Kylian, je peux vous poser une question ? Deux, en fait.

— Bien sûr, je t'écoute, m'encouragea-t-il.

— Comment faites-vous pour les stopper quand ils s'apprêtent à… attaquer ?

— Eh bien, les vampires fonctionnent un peu comme une meute. Dans ce tableau, je tiendrais le rôle du chef, du mâle dominant si tu préfères, ajouta-t-il avec un sourire.

— Oh, je vois… et tout à l'heure, pourquoi ont-ils tous réagi sauf Lily ?

— Ça, je dois avouer que je l'ignore, peut-être qu'elle te répondrait mieux que moi. Lily, qu'en penses-tu ?

La punkette m'observa un instant puis déclara :

— Mes liens avec Sarah sont plus anciens et le fait de partager nos visions les a encore renforcés. Du coup, pour moi, elle est devenue un membre du clan à part entière, même si elle est humaine.

— Merci, ma Lily, soufflai-je, émue.

Je savais que Lily et moi entretenions une relation particulière, mais l'entendre de sa bouche me fit plaisir et me toucha plus que je ne l'aurais cru.

— Où sont les autres ? demandai-je soudain.

— Ils sont partis chasser. Après ce qui s'est passé dans la clairière, Kylian préférait ne prendre aucun risque.

— Oh… J'ai été ridicule tout à l'heure, hein ?

— Tu as eu une réaction de femme amoureuse, sourit Lily avec indulgence.

— Et, bien que Jamy ne l'avouera pas, il en a été flatté ! renchérit Kylian en riant.

Environ deux heures plus tard, la fratrie réintégra le foyer. Dès qu'ils eurent passé la porte, James se précipita à mon chevet.

— Comment te sens-tu ? s'enquit-il, inquiet.

— Comme une imbécile, répondis-je, penaude.

— Ne dis pas ça. Je n'ai pas mieux réagi pour cette histoire avec Sam.

— Sarah… commença Zach en se tortillant sur place.

Voir Zach, d'habitude si sûr de lui, dans cet état, me fit une drôle d'impression.

— Tu sais pour tout à l'heure… hésita-t-il.

— N'en parlons plus, c'est du passé.

— Ah, euh… D'accord.

— Tu souhaites rentrer à la maison maintenant ? me proposa James.

— Non, Jamy, il faut qu'elle passe la nuit ici afin que je puisse la surveiller, dit Kylian.

— Elle risque une commotion ? interrogea mon amoureux, soudain anxieux.

— Je ne pense pas, mais deux précautions valent mieux qu'une.
— Vous êtes médecin ? demandai-je.

Je n'avais pas songé à poser la question lorsqu'il m'avait informée qu'il m'avait recousue lui-même.

— Mon père possède énormément de diplômes. Presque quatre siècles sans sommeil, ça te laisse du temps pour le reste ! s'esclaffa James.

— James en a quelques-uns à son actif également, précisa Kylian.

— Oui, mais nous en reparlerons plus tard, pour l'instant, tu dois te reposer, répondit celui-ci.

— J'ai envie de dormir.

Pour confirmer mes dires, je bâillai à tout rompre.

— Surtout pas ! s'écria James.

— Je me sens bizarre…, soufflai-je, avant d'être secouée par un fou rire que je ne pus réprimer.

— C'est la morphine, expliqua Kylian.

Cette simple explication fit redoubler mon hilarité.

— Elle est complètement défoncée ! gloussa Stan.

Je riais bêtement, j'avais l'impression de planer. James me regarda, amusé.

— Voilà qui est intéressant…, dit-il avec ce ton que prennent les méchants de dessins animés avant de faire un mauvais coup.

— Quoi ? demandai-je naïvement.

— Je pourrais tirer parti de la situation…, ajouta-t-il. Par exemple, que m'as-tu caché sur ta vie d'avant, hormis les runs ?

— James ! s'indigna Gwen. Tu n'as pas honte ? Ça ne se fait pas de profiter ainsi de cette pauvre Sarah !

Je ris de plus belle et si fort que les larmes me montèrent aux yeux. Lily, ayant été avertie par une prémonition, en fit autant, provoquant l'incompréhension du reste de la famille. Quand nous fumes enfin calmées, je repris :

— Pas de souci, mon amour, je te confesserai tout ce que tu veux savoir dès que tu m'auras communiqué le nombre exact de tes conquêtes. Histoire que je me prépare pour mes prochaines visions !

— Là, elle t'a bien eu ! s'esclaffa de nouveau Lily.

James se leva et alla faire la tête dans la cuisine.

— Elle résiste bien à la dose que je lui ai administrée apparemment ! ajouta joyeusement Kylian.

— Oui, on dirait, approuva sa compagne. Tiens, ma puce, un café bien fort pour te requinquer.

Le breuvage m'aida à retrouver une partie de mes esprits. Le moins que l'on puisse dire, c'est que Gwen l'avait préparé serré. Sans mauvais jeu de mots, il aurait réveillé les morts.

— James, arrête de bouder comme un gros bébé ! le taquinai-je. Viens plutôt me donner un coup de main à me mettre debout, j'ai besoin d'un bol d'air.

Il revint dans le salon et obtempéra avec des gestes doux, mais ne desserra pas les lèvres.

— Nous pourrions nous installer près du plan d'eau pour prendre le thé ? suggéra Gwen. Sarah n'a encore rien mangé depuis ce matin.
— C'est vrai, acquiesça Kylian, il serait préférable qu'elle avale quelque chose.
— De la tarte aux pommes, ça te conviendrait, ma chérie ?
— Il ne faut pas vous compliquer autant la vie pour moi, Gwen.
— Oh ! Ne t'inquiète pas pour ça, j'ai toujours adoré cuisiner et depuis que tu es parmi nous, je peux enfin m'adonner à ma passion ! ajouta-t-elle.

Je souris, Gwen se montrait très maternelle avec moi, c'était sa façon à elle de me faire comprendre qu'elle m'avait adoptée.
— Dans ces conditions, va pour la tarte aux pommes !

James m'aida à m'installer sur le banc près du plan d'eau. La tête me tournait un peu, mais je commençais à me sentir mieux.
— Dis-moi, tu penses m'ignorer encore longtemps ? lui demandai-je.
— Je ne t'ignore pas, répondit-il platement.
— Eh bien, c'est drôlement bien imité ! Sois beau joueur, avoue que je t'ai pris à ton propre jeu.
— Mouais... seulement, ce que je souhaiterais que tu saisisses, c'est que j'effacerais ces filles de mon passé si je le pouvais. L'idée que tu me vois avec elles me met mal à l'aise.
— Je n'aime pas particulièrement cela moi non plus, mais ce qui est fait est fait. Nous avons tous les deux un passé, mais ce qui compte vraiment, c'est l'avenir que nous allons construire ensemble.
— Tu as sûrement raison, mais si j'avais su que je te trouverais un jour, j'aurais attendu, voilà tout.
— Tu ne pouvais pas le deviner. Parlons d'autre chose, veux-tu ?

Chapitre 9

Après une semaine, Kylian estima que je pouvais reprendre l'entraînement sans danger. Entourée de ma nouvelle famille, je continuai donc à m'exercer patiemment. Au bout de quelques jours, je gérais parfaitement la taille ainsi que la direction de mes impulsions et n'avais plus besoin de concentrer la magie entre mes mains avant de les projeter. La charge se formait d'elle-même au creux de mon ventre et une seule pensée me suffisait à lui donner forme. Désormais, elle ressemblait à une onde de choc que rien ne semblait pouvoir stopper.

Nous étions dans la clairière lorsque Lily s'écria, ravie :

— Ça y est ! Tu as pris le truc. C'est bien !

Le ciel était sombre, une tempête menaçait. Comme pour confirmer mes craintes, un énorme coup de tonnerre éclata. Je sursautai.

— Tu as peur de l'orage ? s'étonna James.

— Oui, murmurai-je, honteuse.

— Tu ne recules pas devant une brute comme Jeff, tu sors avec un vampire et tu as peur de l'orage ! Tu m'expliques ?

— Dès que nous serons à l'abri, dis-je en me blottissant contre lui.

Il n'insista pas, me prit dans ses bras et se mit à courir à la vitesse de la lumière, mais je n'en vis rien, la tête enfouie dans son cou pour essayer d'atténuer le bruit et me cacher des éclairs. Soudain, il me souffla doucement :

— Sarah, mon cœur, tu ne risques plus rien, nous sommes arrivés.

Il s'apprêtait à me déposer par terre, lorsqu'un autre coup de tonnerre résonna si fort que le sol trembla. Dans ma panique, je me raccrochai encore plus fort à lui et enserrai sa taille de mes jambes. Il laissa retomber ses bras le long de son corps, mais je ne relâchai pas ma prise. L'orage restait la seule chose qui me terrifiait et même si je devais vivre jusqu'à la fin de ma vie avec la honte de m'être conduite comme une gamine, eh bien, tant pis !

— Tu ne vas pas me lâcher, hein ? demanda-t-il, amusé.

— Non.

Il prit place sur le canapé et m'installa sur ses genoux.

— Sarah, pourquoi l'orage t'effraie-t-il autant ? interrogea Kylian.

Je soupirai avant d'expliquer d'une voix étranglée :

— Quand j'étais petite, mon père a profité que ma mère travaillait pour m'enfermer dans un placard. Le tonnerre a commencé à gronder, j'apercevais les éclairs sous la porte. À l'époque, je ne savais pas ce que c'était, cela m'a terrorisée.

— Je vois, il se montrait imaginatif en ce qui concernait les maltraitances. Ce genre de traumatisme met souvent des années à guérir complètement.

Le ciel signifia une nouvelle fois sa colère et, instinctivement, je me tassai sur moi-même.

— On dirait qu'en ce qui concerne l'orage, ce n'est pas gagné ! s'amusa Stan.

— Ne te moque pas d'elle ! intervint Lily en lui assénant une claque derrière la tête. Moi je la trouve très courageuse. Même si nous n'avons pas souhaité notre sort, nous au moins, nous gardons de bons souvenirs de notre vie de mortels. Ce n'est pas le cas de Sarah, il n'y a vraiment rien de drôle là-dedans !

Avec Lily, je n'avais pas besoin de parler. Notre complicité rendait les mots inutiles.

— Désolé, je n'avais jamais envisagé les choses sous cet angle, excuse-moi, déclara Stan.

Je n'eus pas le temps de répondre, car un terrible grondement se fit entendre, on aurait pu croire que la terre était en train de s'ouvrir sous nos pieds. La foudre venait de tomber non loin de la maison. Pour couronner le tout, le courant fut coupé. Je gémis en m'accrochant à James comme à une bouée de sauvetage.

— Ça va, je suis là, me souffla-t-il.

— Sarah, m'appela Kylian doucement, essaye de respirer profondément, tu ne risques absolument rien.

— Je vais chercher des bougies, dit Gwen.

— Sarah, tu te trouves en lieu sûr, continua-t-il. Ici, il ne pourra rien contre toi.

— Qu'est-ce que tu fais ? demanda Zach à son père.

— Il faut la rassurer, qu'elle comprenne que ce qui s'est passé dans son enfance ne se reproduira pas, expliqua le viking. De cette façon, les crises d'angoisse finiront par disparaître d'elles-mêmes.

— Oh ! Euh… Sarah, tu es entrée dans une famille de vampires maintenant, tu appartiens à ce clan, je te jure que nous ne laisserons personne te faire du mal.

Je ne réagis pas, toujours tétanisée et guettant malgré moi le moindre bruit venant du dehors.

— Sarah… souffla Lily qui s'était approchée. Tu veux bien lâcher Jamy ? Regarde, ma chérie, Gwen a allumé des bougies. En plus, tu as sept vampires pour te défendre. Et si ça peut te soulager, ton père ne reviendra jamais. Il est mort, je l'ai vu.

Je relâchai un peu James pour la fixer. Mon cœur se mit à battre plus vite, je le sentis s'agiter dans ma cage thoracique comme un oiseau pris au piège.

— Tu en es sûre ?

— Certaine, j'ai aperçu sa pierre tombale. Il t'a cherchée, c'est vrai, mais maintenant c'est fini, jamais plus il ne pourra te faire du mal.

Cette nouvelle déclencha en moi un cataclysme. Plus jamais je n'aurai à me cacher, à mentir, à surveiller par-dessus mon épaule. L'épée de Damoclès suspendue au-dessus de ma tête depuis si longtemps avait d'un seul coup disparu. J'éclatai en sanglots.

— Ne me dis pas que sa mort te rend triste ! s'exclama Lily, incrédule.

— Non, ce sont des larmes de décharge, expliqua son père. Elle évacue tout ce qu'elle a retenu depuis toutes ces années. Laisse-la, il faut que ça sorte.

— Pauvre chérie, murmura Gwen avec compassion. Je vais lui préparer du café, elle risque d'en avoir besoin.

— Quand je pense que l'on trouvait nos histoires difficiles, commenta Zach, à côté d'elle, on passe pour des gosses pourris gâtés.

— Ouais, convint Stan, moi je me souviens que mes parents m'adoraient…

— Moi aussi, répondirent en chœur Zach et Maggie.

— C'est vrai dans la majorité des cas, admit Kylian avec ce calme qui le caractérisait. Mais parfois, certains parents ne supportent pas que leur progéniture ne corresponde pas exactement à leurs attentes. Dans leurs esprits malades, ils associent cela à une trahison et c'est là que ça dérape.

— C'est affreux, souffla Gwen qui revenait de la cuisine.

Je me calmai, même si j'étais encore secouée de gros hoquets comme un enfant qui a trop pleuré.

— Tiens, voilà ton café, ma puce, me dit-elle en me tendant ma tasse.

— Mer… ci.

Je m'essuyai les yeux et bus une gorgée qui contribua à me détendre un peu plus.

— Ça va mieux ? s'enquit Maggie.

— Ou… oui.

— Tu vas pouvoir te reconstruire à présent, sourit gentiment Kylian. Cela demandera un peu de temps, mais tu es une battante.

James jouait depuis plus d'une heure et l'orage avait cessé lorsque mon portable sonna.

— Allô ?

— Sarah, c'est Ryan. Comment va ?

Je fronçai les sourcils, pas vraiment ravie de recevoir cet appel.

— Bien merci, mais je suppose que tu ne m'appelles pas pour prendre des nouvelles de ma santé.

James s'arrêta et tous les regards se braquèrent sur moi.

— Hum… je vois, la comète va toujours droit au but hein ? ironisa-t-il.

— Il n'y a plus de comète, j'ai décroché, je te rappelle. Qu'est-ce que tu veux exactement ?

— Tu habites bien Black Diamond, n'est-ce pas ? demanda-t-il.

— Et alors ? dis-je, sans répondre à sa question.

— Alors Kevin s'est fourré dans un sacré merdier, il a besoin de toi.

— Quel genre ? m'enquis-je, soudain sur la défensive.

— De très gros ennuis, je t'expliquerai tout de vive voix. Je serai à Black Diamond d'ici un quart d'heure.

— Très bien, rendez-vous chez moi, 1425 Salem's Street.

Je raccrochai, me levai et attrapai mes clefs. James me stoppa dans mon élan.

— Tu éclaires ma lanterne ?

— Oui, un ami a des problèmes, mais je suppose que tu l'as entendu. Pour le reste, le mieux, c'est encore que vous veniez.

Quelques minutes plus tard, nous arrivions à destination.

— Qui est ce Ryan ? demanda James, soupçonneux.

— Le type qui m'a introduite dans le monde des runs. Kevin et moi avons commencé à courir à peu près en même temps. Il est le seul à qui j'ai donné ma nouvelle adresse. Je savais que si mon père se pointait à Chicago, il m'avertirait et ferait tout pour l'éloigner de moi le plus possible. Il est malin et débrouillard comme pas deux.

— Tu crois que ton ami s'est fourré dans quel genre de pétrin ? questionna Zach.

— Aucune idée, dans ce milieu, il est facile de s'en procurer. On ne va pas tarder à le découvrir, dis-je en reconnaissant le bruit de la Subaru de Ryan.

J'approchai de la fenêtre et l'observai descendre de sa voiture et gagner la porte. Je lui ouvris avant qu'il ne frappe.

— Salut, beauté ! lança-t-il en entrant.

— Salut, répondis-je froidement.

Puis me tournant vers les Drake :

— Je vous présente Ryan. Ryan, voici James, mon petit ami, Gwen et Kylian, ses parents, et voilà Zach, Maggie, Lily et Stan, ses frères et sœurs. Bon alors, qu'est-ce que Kevin a encore fait ?

J'étais pressée d'en finir, je ne voulais plus revenir sur mon passé.

— Je sais que tu as décidé de te retirer du milieu, mais…, commença Ryan.

— C'est toujours le cas, coupa James avec autorité.

Ryan le regarda, agacé. Il n'avait pas l'habitude que l'on s'adresse à lui sur ce ton. Pourtant, il ramena vite son regard vers moi. Fixer un vampire dans les yeux n'est pas chose aisée, même pour lui.

— Mais ? l'invitai-je à répondre.

— Mais je ne vois pas d'autre solution cette fois, Kevin a passé un contrat avec Irvin, lâcha-t-il.

Je restai interdite une seconde, les yeux exorbités.

— Quoi ? Mais il est dingue !

— Oui, et il lui doit un paquet d'oseille maintenant.

Ryan s'installa dans l'un des fauteuils du salon, détendu, comme chez lui. Je me gardai du moindre commentaire cependant.

— Combien ? demandai-je, craignant la réponse.

— Dix mille dollars. À rembourser avant la fin de la semaine.

— Dix mille dollars ! hurlai-je encore. C'est pas vrai ! Quel crétin ! Je lui avais dit de rester aussi loin que possible d'Irvin et de sa clique, qu'est-ce qui lui a pris ? Bon sang ! Il veut se retrouver avec les deux pieds coulés dans le béton ou quoi !

— Sa copine attend un petit, il a tenté de se faire de l'argent plus vite et voilà le résultat.

— Ça lui fera une belle jambe à son gosse lorsque son père sera couché six pieds sous terre ! Et toi, pourquoi tu ne m'as pas prévenue avant ? J'aurais pu arranger le coup !

— Kevin m'a fait promettre de tenir ma langue. C'est pour ça que j'ai besoin de toi maintenant, on doit trouver l'argent et vite. Seulement, Irvin n'acceptera que si on court pour le gagner. Il faut que tu disputes un dernier run, Sarah. C'est la seule solution.

Je réfléchis à toute vitesse. D'un côté il y avait James, à qui j'avais juré de renoncer à mon ancienne vie. De l'autre, Kevin et son bébé qui allait arriver et qui risquait de devenir orphelin, comme moi.

— D'accord.
— Quoi ? aboya James. C'est hors de question !

Je l'ignorai, nous aurions tout le temps de nous quereller plus tard.

— Mais il y a un changement de programme, expliquai-je à Ryan.
— Lequel ? demanda-t-il, surpris.
— Je ne cours pas avec toi.
— Comment ça ? Tu ne peux pas t'associer avec un amateur, Sarah, il te faut quelqu'un d'expérimenté !
— Je sais, c'est bien pour ça que j'ai choisi le meilleur des coéquipiers : Stan.
— Hein ? lâcha l'intéressé.
— Il a déjà participé à ce genre de manifestation ? m'interrogea Ryan.
— Ne t'inquiète pas pour ça, il conduit mieux et a plus de réflexes que toi et moi réunis. De toute façon, c'est à prendre ou à laisser.
— Bien, c'est toi qui vois. Après tout, c'est de ta mort dont il s'agit, ironisa Ryan.

À ces mots, j'aperçus James se pétrifier sur place.

— Cela n'arrivera pas, affirmai-je autant pour asseoir ma position face à Ryan que pour rassurer James. Dis-moi juste où et quand, le reste, je m'en charge.
— Vendredi, vingt-deux heures. Tu te souviens du QG de Bismarck ?
— Oui.
— Parfait. Tu es vraiment sûre de toi, Sarah ? demanda-t-il en jetant un regard dubitatif à Stan qui le considéra avec un mépris non feint.
— Parfaitement, insistai-je.
— Très bien, alors à vendredi.

Je fermai la porte derrière lui et respirai à fond avant de subir les premiers assauts.

— Tu ne participeras pas à ce run, déclara James avec autorité.
— James, je vais courir, répondis-je sur le même ton.

Il s'appuya sur le mur derrière lui en se pinçant l'arête du nez. J'en profitai pour poursuivre :

— Stan, je prends la Mustang, toi la Vantage.
— Ça marche ! accepta ce dernier.
— Non, s'entêta James.
— Il va falloir modifier un peu les voitures, expliquai-je en continuant à l'ignorer.
— Pas de souci, répondit mon nouveau coéquipier
— Tu vas vraiment faire ça ? me demanda Lily, inquiète.
— Elle ne fera rien du tout, répondit James à ma place.

— Oui, Lily. Mais n'aie pas peur, j'ai l'habitude. Quant à Stan, il apprend vite. Il ne nous arrivera rien.

— Ce n'est pas pour Stan que l'on s'inquiète, mais pour toi, ajouta Zach. En cas d'accident, lui ne craint rien.

— De toute façon, il n'y aura pas de run, continua James, buté.

Une fois encore, je fis la sourde oreille. Je ne pouvais pas reculer, cette course aurait lieu.

— Vous avez tort, Stan risque autant que moi dans cette histoire. S'il se plante avec le protoxyde, c'est le grand boum ! Mais je vous l'ai dit, tout se passera bien.

— On s'y met quand ? demanda Stan, nullement refroidi par ma dernière remarque et le regard noir de James.

— Dès ce soir, nous n'avons pas beaucoup de temps et on doit s'entraîner un peu.

— En quoi consiste ce genre de manifestation ? interrogea Kylian, plus curieux qu'inquiet.

— Cela fonctionne un peu comme une course de relais, je ferai le premier tour et dès que j'aurai atteint la ligne de départ, Stan devra entamer le second, sans bien sûr se laisser dépasser par l'autre équipe, expliquai-je.

James grogna.

— Pas la peine d'être bougon, ma décision est prise.

Voyant la dispute se profiler, les Drake prirent congé après m'avoir souhaité une bonne nuit.

— Tu m'avais promis, souffla James doucement.

— Je sais, dis-je en l'enlaçant. Mais ce sera la dernière, ensuite j'arrêterai pour de bon. Je ne peux pas abandonner Kevin, il a été là à l'époque où ça n'allait pas pour moi. Sans lui, j'aurais sans doute mal tourné. Je dois l'aider.

— Sarah, tu m'as juré, s'entêta-t-il.

Il ne me regarda pas, fixant un point imaginaire au-dessus de ma tête. Ses yeux étaient aussi noirs que l'onyx. Il avait peur et je comprenais.

— J'en suis consciente. Mais je n'ai pas d'autre choix.

Il me repoussa brusquement et me jaugea de ce regard froid comme la glace qu'il arborait à notre rencontre. Les diamants noirs étaient de retour. Son attitude me blessa, mais je le soutins sans ciller.

— Si tu participes à cette course, si tu romps notre contrat, alors ne compte pas sur moi pour y assister.

— Qu'est-ce que cela signifie exactement ?

— Si tu vas là-bas, je ne serai plus là à ton retour.

J'en restai bouche bée. Comment osait-il utiliser le chantage affectif pour arriver à ses fins ? La colère prit le dessus.

— Très bien, mais je te rappelle que notre contrat, c'est toi qui ne l'as pas respecté. À la première difficulté, tu as baissé les bras. Pourtant les termes étaient les suivants : on essayait et on ne renonçait qu'en cas de morsures.

Je lui montrai mon cou.

— Tu vois des traces de morsures, toi ? Non ? Moi non plus. Malgré cela, nous n'avons jamais retenté l'expérience. Alors ne me parle pas de parole, James ! lançai-je, hors de moi.

— Très bien ! s'écria-t-il en attrapant sa veste sur le fauteuil. Dans ce cas, je crois que nous n'avons plus rien à nous dire !

Puis il quitta la maison en claquant la porte derrière lui.

— En effet ! criai-je, certaine qu'il m'aurait parfaitement entendue de toute façon.

Je m'assis sur le canapé, puis me pris la tête dans les mains. Qu'avais-je fait ? Je ne voulais pas penser aux conséquences de mes actes maintenant. J'avais du pain sur la planche, il fallait que je reste concentrée sur la course. Plus tard, j'aurais tout le temps pour les regrets, la tristesse et les larmes.

Je rejoignis Stan et Zach dans le garage. Sans un mot, nous commençâmes à travailler.

— Les garçons, connaissez-vous une route où l'on pourrait s'entraîner sans risquer de rencontrer notre chère police locale ? m'enquis-je.

— Il y en a bien une, elle se trouve à l'entrée de la ville et personne ne l'emprunte plus depuis des années, m'expliqua Zach.

— Ça fera l'affaire.

— Sarah, je peux te demander quelque chose ? murmura Stan, pas très à l'aise.

— Tant que ça n'a aucun rapport avec ton frère, vas-y.

— Non, non, aucun… dis-moi, cet Irvin, c'est qui au juste ?

Je croisai les bras et m'appuyai contre ma voiture en soupirant.

— Eh bien, c'est ce que j'appellerais une petite frappe. Lorsque certains coureurs perdent leurs voitures lors d'un run, Irvin entre en scène. Il leur en prête une, soi-disant pour qu'ils puissent se refaire, moyennant bien sûr la moitié de la somme gagnée. Seulement, ce serait trop facile comme ça, pour être certain de faire grimper les enchères, il leur fournit des caisses qui ne feront pas le poids, provoquant de nouveau leur défaite. Avant que le pigeon ne se rende compte de l'arnaque, il est déjà sous contrat avec Irvin et les intérêts montent si vite qu'il devient quasi impossible de le rembourser. Il exige alors de menus services, tous illégaux bien entendu, si jamais tu refuses, ses sbires s'occupent de toi.

— Sympa comme mec ! ironisa Stan. Mais dis-moi, si tu honores la dette de Kevin, c'est ça ?

— C'est ça.

— De ce Kevin donc, tu vas mettre en péril les plans de ce type. Il ne tentera pas de s'en prendre à toi ?

— Non, il ne risquerait pas sa réputation pour si peu. Le monde des runs est restreint, si les autres découvraient le pot aux roses, il n'y aurait plus de business du tout. Et puis Kevin ne représente pas grand-chose pour Irvin. Par contre, s'il ne paie pas, aucun doute qu'il le lui fera regretter. Il ne reculera devant rien pour asseoir son autorité dans le milieu, ajoutai-je, morose.

— Je vois, dit Zach. C'est une sorte de mafieux quoi ?

— Si on veut.
— Et tu n'as pas peur qu'il essaie de te faire un mauvais coup, vendredi soir ?
— Non, c'est pour éviter ce genre de choses que Ryan a imposé le circuit et prévenu le plus de personnes possible. Il sera plus difficile à Irvin et à ses coureurs de tenter quoi que ce soit d'irrégulier devant témoins, le rassurai-je. Cependant, nous devrons rester prudents, c'est d'ailleurs pour ça que j'ai préféré courir avec Stan. Ryan est doué, mais cette fois, le millième de seconde comptera.
— Ne t'inquiète pas, les réflexes, ça nous connaît, nous les vampires ! s'exclama Stan gaiement. Et je dois avouer que je suis flatté que tu aies pensé à moi, j'ai toujours rêvé de participer à une course !

Il semblait heureux et fier comme un petit garçon, cela me fit sourire.
— Tant mieux ! dis-je. Mais pour l'instant, au boulot !

James se trouvait dans les bois, il se défoulait à coups de poing sur les arbres. Sa colère n'avait rien perdu de son intensité au fil des heures. Comment Sarah pouvait-elle lui faire ça ? Comment osait-elle ? Elle savait pertinemment qu'il ne supportait pas qu'elle soit en danger, que cela réveillait malgré lui ses pires instincts, alors pourquoi lui infliger une telle épreuve ? Elle lui avait juré de renoncer à sa vie d'avant et il suffisait que Ryan débarque et lui parle de ce Kevin pour qu'elle lui tourne le dos à *lui*. Il abattit son poing tellement fort sur un chêne qui se trouvait à sa portée, que celui-ci tomba dans un énorme craquement.
— Tu comptes raser toute la forêt comme ça ? Je te rappelle que si les animaux et les humains respirent, c'est grâce à eux. Plus d'arbres, égal plus d'animaux et plus d'humains et donc plus de vampires non plus, lança Lily, assise sur une branche à près de cinq mètres du sol.
— Lâche-moi, Lily ! Ce n'est vraiment pas le moment ! la rembarra son jumeau.
— Pourquoi ? Moi, il me semble parfaitement choisi justement. Tu es un parfait crétin, petit frère ! Et c'est mon rôle de te le notifier afin que tu rectifies le tir au plus vite, rétorqua la punkette.
— Mêle-toi de tes oignons, d'accord ! Cette histoire ne te regarde pas !

D'un bond, sa jumelle se retrouva plantée face à lui, les poings sur les hanches.
— Oh que si, elle me regarde ! Tu n'es pas le seul à aimer Sarah, alors je ne vais pas te laisser tout gâcher à cause de ton fichu orgueil de mâle, James ! Ne fous pas tout en l'air pour une stupide course de voitures !
— Elle m'a fait une promesse et elle l'a reprise dès que l'occasion s'est présentée.
— Seulement parce qu'elle ne pouvait pas faire autrement ! Tu sais mieux que personne que quelquefois les circonstances nous poussent à ne pas tenir nos engagements. Tu te montres trop sévère avec Sarah, elle est droite et honnête, c'est justement pour ça qu'elle va participer à ce foutu run, par loyauté ! continua Lily, en tapant le torse de James d'un index accusateur.
— Loyauté ? Envers qui ? Un de ces paumés qu'elle a rencontré dans son passé ? C'est après ce genre de type que je dois passer ? Pas question !

— En fin de compte, Sarah a raison. Tu n'es qu'un égoïste, tu exiges d'elle qu'elle comprenne, qu'elle se montre patiente, alors que de ton côté, tu ne fournis aucun effort ! Tu baisses les bras à la première occasion, c'est plus facile que de te battre pour elle. Tu me déçois, je ne t'imaginais pas si trouillard.

Puis elle disparut comme elle était venue. James fulminait, contre Sarah, contre Lily, contre Stan qui avait accepté d'être son coéquipier ! Et après lui aussi. Qu'avait-il cru au juste ? Qu'il vivrait le parfait conte de fées avec une mortelle ? Pauvre crétin ! C'était impossible ! Et maintenant, il se retrouvait fou amoureux d'une fille qui lui avait tourné le dos. Très réussi comme remake de La Belle et La Bête ! Mais cette fois, il ne céderait pas, hors de question ! Elle lui avait jeté à la figure la promesse qu'il lui avait faite, mais c'était différent dans ce cas. Il ne voulait pas risquer de la tuer justement ! Elle, elle avait rompu la sienne pour se mettre en danger exprès ! Grand bien lui fasse ! Si elle aimait tant sa vie passée, qu'elle la reprenne, mais sans lui. L'éternité l'aiderait à oublier. Cette pensée lui fit terriblement mal. Jamais il ne pourrait oublier Sarah, tout le temps du monde n'y suffirait pas, mais sa décision était prise et il s'y tiendrait. Bon sang ! Pourquoi fallait-il qu'elle se montre si têtue ? Elle n'avait même pas essayé de le rattraper lorsqu'il était parti. Dans le fond, il avait conscience que c'était cela qui l'avait plus blessé. À cet instant précis, Zach apparut à son tour.

— Qu'est-ce que tu veux ? cracha James.

— Stan et Sarah vont s'entraîner sur la vieille route désaffectée, à la sortie de la ville. J'ai pensé que ça te rassurerait peut-être d'assister à l'entraînement.

— Trop aimable ! C'est vrai que savoir qu'elle se balade avec des bombes prêtes à exploser dans le coffre, c'est rassurant ! ironisa James.

— Ne sois pas stupide ! Elle sait parfaitement ce qu'elle fait, ce qui te déplaît, c'est qu'elle ose te tenir tête, c'est tout !

— C'est faux ! se défendit-il.

— Bien sûr que si ! Tu es habitué à ce que les femmes se trainent à tes pieds, mais Sarah n'est pas les autres. Après tout, c'est toi qui vois, si tu préfères renoncer à Sarah par péché d'orgueil, cela te regarde.

— Alors quoi ? Je devrais l'autoriser à se tuer sans rien dire ?

— Elle essaye d'aider un ami et un bébé qui va bientôt venir au monde. Il s'agit d'un acte de générosité, rien d'autre. Elle a besoin de toi et de ton soutien, alors si tu l'aimes autant que tu l'affirmes, ne l'abandonne pas.

Puis il repartit sans lui laisser le temps de répondre, comme Lily précédemment. Qu'est-ce que c'était que cette nouvelle manie de le planter en plein milieu d'une conversation ? Il fulmina encore plusieurs minutes avant que sa colère ne redescende un peu. Peut-être que Zach avait raison, peut-être que suivre l'entraînement le rassurerait un peu. Et puis Sarah ne serait pas obligée de le savoir, il ne perdrait donc pas la face. Il fonça chez lui pour se doucher et passer des vêtements propres. Mais c'était oublier Kylian. Assis dans son fauteuil, il lisait le journal. James n'eut même pas le temps d'atteindre l'escalier que le viking l'arrêta dans son élan.

— James, j'espère que tu comptes assister à cette course.

— Certainement pas ! aboya le jeune homme.

— Fort bien, mais t'est-il seulement venu à l'idée que tu blesserais beaucoup Sarah en agissant ainsi ?

— Elle ne se gêne pas pour me faire du mal !

Le viking leva enfin les yeux de son hebdomadaire et le plia avant de reprendre :

— C'est faux. À sa place, tu aurais réagi de la même façon, remarqua-t-il doucement.

— Oui, mais moi, je ne crains pas de mourir ! souligna James.

— Peut-être, mais dis-moi une chose : que Sarah disparaisse ou que tu la perdes pour toujours, où est la différence ?

— Cela n'a rien de comparable ! Si on se dispute, je pourrais réparer les dégâts ensuite, pas si elle meurt !

— C'est vrai, approuva son père, alors répare les dégâts maintenant, James, et évite à Sarah de manquer de concentration pendant la course. Si jamais elle se focalise sur votre histoire et vos problèmes, elle risque de commettre une erreur et d'avoir un accident qui pourrait lui être fatal.

— Ah ! Parce que maintenant ça va être de ma faute ? Quand je suis trop derrière elle, on me reproche de l'étouffer, et lorsque je la laisse faire ce qu'elle veut, je ne suis pas assez à l'écoute. Il faudrait voir à vous décider tous autant que vous êtes !

Puis il monta à l'étage sans donner l'occasion à Kylian de terminer. Il commençait à en avoir assez que tout le monde lui dise comment s'y prendre avec Sarah. Il n'était plus un gosse, nom de Dieu ! Il se doucha et s'habilla rapidement avant de redescendre. Cette fois, personne ne fit de commentaire. Tant mieux, qu'ils se mêlent de leurs affaires !

Il arriva près de la vieille route désaffectée en même temps que Sarah et ses frères. Il l'observa un instant, de grands cernes noirs couraient sous ses yeux et ses traits étaient tirés. *Résultat de sa nuit blanche à bricoler ses engins de malheur !* essaya-t-il de se convaincre. Avec une bombe de peinture, elle traça une longue strie orange sur le sol, la ligne de départ, sans aucun doute. Ensuite, Zach installa un vieux baril à près de deux cents mètres des véhicules. Puis il entendit Sarah expliquer à Stan :

— Voilà, je vais effectuer le premier tour, contourner le baril par la droite et revenir, dès que le bout de mon pare-chocs aura touché ce trait, tu pars et fais la même chose.

— C'est pigé ! opina Stan.

Dieu qu'il était agaçant celui-là à être toujours partant pour tout ! Puis Sarah retourna vers la Mustang d'un pas décidé. Quand elle mit le contact, il frissonna malgré lui.

Le moteur de la Mustang rugit encore plus fort que d'habitude. J'attendis que Zach me donne le signal de départ. Quand il baissa le bras, j'enfonçai l'accélérateur à fond, passant les rapports les uns après les autres. Lorsque j'eus atteint le baril, je tirai le frein à main pour changer de trajectoire, puis repartis en sens inverse. Dès que mon pare-chocs toucha la ligne, Stan partit à son tour comme une flèche. Je descendis rapidement de voiture pour voir comment il s'en sortait. Comme je le pensais, la manœuvre fut parfaite et il me rejoignit après quelques secondes seulement.

— Alors, comment j'étais ? demanda-t-il en s'arrêtant près de moi.

— C'était nickel, mais on doit pouvoir faire mieux encore.

Nous répétâmes l'opération une dizaine de fois, à la fin nous avions réduit le temps de près de trois secondes.

— On est doués ! se félicita Stan.

— Oui, mais cela n'est pas suffisant. On doit être les meilleurs. Nous allons compliquer l'exercice. Zach, tu peux installer un deuxième obstacle après celui-ci, à environ deux cents mètres ?

— Sans problème.

Pendant qu'il s'exécutait, je remontai dans la Mustang. J'accélérai à fond, une fois passé le premier baril par la droite, je remis les gaz et je contournai le second par la gauche. Cent mètres avant l'arrivée, je déclenchai le protoxyde d'azote. Sous l'impulsion, je fus collée à mon siège. Je fis demi-tour afin de rejoindre Stan et Zach. Ils me regardèrent, bouche bée, leurs yeux sortant de leurs orbites. Lorsque je descendis de nouveau de voiture, Zach s'exclama :

— Bon sang, mais où as-tu appris à faire ça ?

— Pendant un temps, j'ai gagné ma vie de cette façon. Alors, tu crois pouvoir faire la même chose ? demandai-je à Stan.

— Pas de problème, répondit-il.

— Tu as vu à quel moment j'ai lancé le Kit Nos ? Quoiqu'il arrive, tu ne maintiens pas le bouton plus de trois secondes, O.K. ? J'ai juré à Lily de te ramener sain et sauf. Je ne tiens pas à rompre deux promesses en une seule semaine, ajoutai-je tristement.

— J'ai compris. Et puis, ne t'inquiète pas trop pour mon frère, il se calmera.

— J'aimerais en être aussi certaine que toi. Maintenant, montre-moi de quoi tu es capable ! dis-je en feignant une gaieté que je ne ressentais pas.

Stan remonta dans la Vantage. Il contourna le premier puis le second obstacle sans problème. J'observai les manœuvres de sa voiture avec beaucoup d'intérêt. Il conduisait la Vantage comme s'il l'avait possédé toute sa vie. À cent mètres de la ligne, il enclencha le Kit Nos et partit comme une bombe. Il fit demi-tour pour nous rejoindre. Quand il descendit, je me précipitai vers lui et lui en tapai cinq.

— Tu es génial, Stan ! C'était absolument parfait !

— Je suis votre obligé, Madame ! rétorqua-t-il en me faisant une révérence.

— Vous allez faire un malheur ! s'exclama Zach.

— Ne vendons pas la peau de l'ours avant de l'avoir tué. Vendredi soir, tous les coups seront permis.

James avait suivi l'entraînement avec beaucoup d'intérêt et il devait le reconnaître, Sarah incarnait une virtuose de la course automobile. Pourtant, il ne se sentait pas le moins du monde rassuré. Voir sa Sarah, gentille, douce, discrète, dans ce genre d'engin, lui faisait froid dans le dos. Quant à ses frères, ils ne perdaient rien pour attendre, ces deux-là. Comment osaient-ils l'encourager de la sorte ? Il avait aussi entendu ce qu'elle avait dit à propos de leur histoire. Elle se trompait, si elle ne renonçait pas à ce run, et apparemment elle ne comptait pas le faire, et bien il en serait fini de leur romance. Cette fois, il ne la décevrait pas, il tiendrait parole.

James était assis sur le rocher plat au bord du lac. Quelques mois auparavant, c'était ici que Sarah et lui avaient échangé leurs premières confidences. C'était là qu'il en était tombé amoureux. Cela allait être sa seconde nuit sans elle. Est-ce qu'il lui manquait ? Était-elle triste qu'il ne soit pas à ses côtés pour la bercer afin qu'elle s'endorme ? Elle, elle lui manquait terriblement. Pourtant, il fallait qu'il s'y habitue. La mort dans l'âme, James rentra chez lui. Ses frères et sœurs se trouvaient dans le salon, ainsi que ses parents. Lorsqu'il entra, Gwen l'interpella :

— Bonsoir, mon fils, comment te sens-tu ?

— Mal, murmura James.

— Tu n'aurais pas grand-chose à faire pour remédier à cet état de fait, lança Lily, désapprobatrice.

— Lâche-moi, Lily ! Ma décision est prise et je n'y reviendrai pas. Inutile de remuer le couteau dans la plaie.

— Arrêtez, tous les deux ! intervint Kylian avec autorité. C'est le choix de James et nous devons le respecter.

— D'accord, mais ne comptez pas sur moi pour couper les ponts avec Sarah. Pour moi, elle est toujours ma petite sœur, déclara-t-elle avec détermination.

— Je ne vous impose rien de tel, souffla James, c'est ma décision et j'en subirai seul les conséquences.

— James, dit doucement Stan, je t'en supplie, assiste à ce run.

— C'est au-dessus de mes forces, je ne peux pas la voir se mettre en danger consciemment, je suis désolé.

— Je te jure sur la tête de ce que j'ai de plus cher au monde, affirma Stan en touchant le crâne de Lily, qu'elle ne risque rien.

— Quand bien même, rétorqua son frère. Ce serait comme de concéder qu'elle a eu raison et que je lui pardonne. Pour l'instant, je m'en sens incapable, murmura-t-il en se dissimulant le visage dans les mains.

— Elle n'est pas obligée d'être au courant, hasarda Lily.

— Comment ça ? demanda Maggie.

— James peut très bien assister au run en fourbe, comme il l'a fait pour l'entraînement.

— N'importe quoi ! s'écria son jumeau.

— C'est génial ! applaudit Maggie. Je suis certaine que Sarah percevra ta présence, cela suffira à la rassurer. Tu ne veux pas qu'il lui arrive quoi que ce soit, n'est-ce pas ?

— Bien sûr que non, gémit James, qui en aurait pleuré s'il avait pu.
— Alors fais ça pour elle, Jamy, conclut-elle doucement.
— Je ne sais pas…
— J'espère que tu prendras la bonne décision, c'est long l'éternité lorsqu'elle est envahie par le regret, grommela Zach.

À peine levée, je filai dans le garage pour parfaire les derniers réglages sur les voitures. Une fois terminé, je rentrai boire une nouvelle tasse de café puis restai à fixer l'une des photos qui se trouvaient sur l'étagère. Elle nous représentait James et moi, allongés sur une couverture, un jour où nous avions pique-niqué en forêt. Appuyé sur un coude, il me regardait avec un sourire tellement plein d'amour, que la simple évocation de ce souvenir me déchira le cœur. Une vision me prit par surprise à ce moment-là. Elle fut d'une telle violence que je tombai à genoux sur le sol.

Les Miller, encore eux, ils chassaient avec hargne, arrachant quasiment la gorge de leurs victimes. Sans réfléchir, je filai chez les Drake, toujours habillée de mon jean troué, plein de cambouis, de mon débardeur qui ne paraissait pas dans un meilleur état et de ma veste de cuir. Pour le coup, j'avais vraiment tout de la délinquante que les gens du patelin pensaient que j'étais. Une fois là-bas, je me rendis compte de mon erreur, mais trop tard. James se tenait sur le perron et me fixait déjà de ses deux diamants noirs. Tant pis ! Je n'allais pas me laisser impressionner ! Je descendis de voiture et marchai vers lui d'un pas que j'espérais décontracté.

— Bonjour, James, dis-je poliment, Lily est là ?
— Bonjour, Sarah. Elle est à l'intérieur, répondit-il avant de s'éloigner sans un regard.

Cette réaction me fit terriblement mal et je sentis ma gorge se serrer.
— Bonjour, toi ! m'accueillit Lily en me sautant au cou. Prête pour demain soir ?
— Oui, mais ce n'est pas pour ça que je suis ici.

À ce moment-là, le reste de la maisonnée surgit de la cuisine. Je me rendis compte que je n'avais rien à faire dans cet endroit, quelle idiote ! C'était la famille de James, pas la mienne !

— Je suis désolée, je n'aurais sans doute pas dû venir, m'excusai-je en m'apprêtant à tourner les talons.
— Tu seras toujours la bienvenue dans cette maison, affirma Gwen avec conviction.
— Merci, dis-je, sincère.
— Alors, qu'est-ce qui t'amène ? demanda Stan.
— Une vision, avouai-je en tendant la main à Lily afin de lui transmettre les images.

Elle la prit et les fit défiler dans sa tête. Quand elle eut terminé, elle me regarda avec anxiété.
— Ça gagne en intensité, constata-t-elle.

— En effet, mais je ne saisis pas le rapport avec moi.
— On pourrait peut-être participer ? s'agaça Maggie, qui avait tendance à se sentir exclue du lien que je partageais avec Lily.
— Les Miller, expliqua la punkette. La pire partie de chasse à laquelle il m'ait été donné d'assister.
— Mais enfin, pourquoi voit-elle sans arrêt les Miller ? Cela n'a aucun sens ! intervint Zach.
— Je n'aime pas beaucoup ça, continua Lily, voilà qui ne m'inspire rien de bon.
— Ne te tracasse pas, je sais parfaitement me défendre. C'est seulement que juste après le petit déjeuner ça secoue, c'est tout, essayai-je de plaisanter.
— J'imagine. Écoute, à la moindre vision tu m'appelles, d'accord ?
— D'accord.
J'allais prendre congé lorsqu'une question me brûla les lèvres.
— Lily, interpellai-je mon amie.
— Oui, ma chérie ?
— Est-ce que James..., soufflai-je avant de m'interrompre, incapable de terminer ma phrase.
Elle s'approcha de moi de nouveau et me caressa la joue du bout des doigts.
— Non, ma puce, James ne viendra pas.
— Alors c'est vraiment fini ? demandai-je sans vraiment attendre de réponse.
— Je suis désolée, Sarah...
— Pas autant que moi...
Je sortis presque en courant de la maison et partis sur les chapeaux de roues.
Une fois rentrée, je montai directement à l'étage. Je pris deux somnifères et m'allongeai sur mon lit, tout habillée. Je n'avais qu'une idée en tête : dormir. Pour ne plus penser, ne plus souffrir, juste fermer les yeux et oublier. Mais c'était sans compter les rêves. Tout me ramenait vers lui, même eux !
James et moi dansant au bal, discutant au bord du lac, nous tenant par la main ou riant à des plaisanteries que seuls deux amoureux peuvent comprendre. James me berçant pour que je m'endorme, me promettant d'être toujours là, m'affirmant qu'il m'aimait. Puis la vision se modifia, je revis notre dernière soirée, l'orage, la peur et la crise de nerfs survenant à l'annonce de la mort de mon père. James qui s'efforçait de me rassurer. Puis soudain, mon portable avait sonné et ma vie avait basculé. Moi, qui quelques secondes plus tôt, envisageais enfin un avenir sans nuages, j'avais tout détruit en répondant à ce simple appel. Je me relevai en sursaut, le visage baigné de larmes. Je descendis, la pendule indiquait neuf heures. J'avais dormi plus longtemps que d'habitude, pourtant, je ne me sentais pas plus reposée que la veille. Je pris rapidement une douche. Quand j'eus fini et enfilé des vêtements propres, je ne pus m'empêcher de jeter un coup d'œil à ma *tenue de soirée* comme je l'appelais. Ce soir, l'ancienne Sarah donnerait sa dernière représentation, avant de retomber dans l'oubli. Sauf si la vision du bal se réalisait, dans ce cas, je tomberais bien bas et sans espoir de retour cette fois.

Les Drake s'apprêtaient à partir, après avoir attendu des heures que James réapparaisse.

— Il ne viendra pas, constata Maggie, tristement.

— C'est dommage, j'espère qu'il n'aura pas à le regretter, ajouta Zach.

— Vous comptez discuter encore longtemps ou est-ce qu'on peut se décider à y aller ? interrogea une voix à l'intérieur de la BMW.

Lily s'empressa de se pencher par la fenêtre ouverte.

— C'est vrai ? Tu acceptes de nous accompagner finalement ?

— Oui, mais je vous préviens, si un seul d'entre vous le lui dit un jour, je m'occuperai personnellement de son sort, rétorqua James, menaçant.

Il avait dû se glisser entre les sièges avant et la banquette arrière et il se sentait ridicule à présent.

— Je te jure que nous resterons muets comme des tombes, promit Stan.

Puis ils prirent la route. Après quelques minutes, ils s'arrêtèrent devant chez Sarah.

— Seigneur ! s'exclama alors Kylian.

— Quoi ? Quoi ! s'agaça James trouvant son père long à répondre.

— Elle est magnifique…, souffla Gwen. Jamais je ne l'avais vue comme ça !

— De quoi vous parlez ? demanda James, de plus en plus énervé.

— Sarah, expliqua Kylian, abasourdi. Si je ne savais pas qu'il s'agissait d'elle, je ne l'aurais pas reconnue…

Poussé par la curiosité, James se redressa un peu afin d'apercevoir Sarah sans trahir sa cachette. Il en eut le souffle coupé ! Un pantalon et une veste de cuir composaient sa tenue. Elle avait noirci ses yeux au crayon, ses cheveux étaient relevés en une queue de cheval haute qu'elle avait ensuite tressée, pas une mèche ne dépassait. Ainsi maquillée et coiffée, elle ressemblait à un félin : beau, mais dangereux. Elle était sublime !

James sentit sa gorge se serrer et reprit sa place sans commentaire. Dès qu'ils eurent rallié le lieu de rendez-vous, il descendit discrètement et se glissa dans la foule. Il vit Stan et Sarah se garer plus loin et quitter leurs voitures également. Il eut l'impression d'apercevoir celle qu'il aimait pour la première fois. Elle marchait d'un pas décidé, mais décontracté. Son visage restait impassible, mais son regard reflétait la détermination. Une fois de plus, l'image de la panthère noire s'imposa à lui. Ryan s'avança vers eux.

— Salut. Alors voilà, une seule et unique course, deux obstacles, la première équipe qui passe la ligne de départ a gagné. Si jamais les deux véhicules la franchissent ensemble, c'est l'épreuve de la mort subite. Sarah, tu es vraiment certaine…

— Certaine, le coupa-t-elle d'une voix ferme.

Ryan s'éloigna en secouant la tête. Visiblement le choix de la jeune fille le dépassait.

— C'est quoi ça : l'épreuve de la mort subite ? demanda Stan, soudain inquiet.

— T'occupe, elle n'aura pas lieu de toute façon.

James frissonna malgré lui, puis il les observa se diriger vers un type grand et maigre, les cheveux gominés et couvert de chaînes.

— Sarah ! s'exclama-t-il en essayant de l'enlacer.

James dut se faire violence pour contenir le grognement qui monta dans sa gorge.

— Bas les pattes ! rétorqua-t-elle en esquivant.

— Hum… Toujours aussi fougueuse à ce que je constate, dit-il en la détaillant d'un œil appréciateur.

James ressentit immédiatement l'envie de le tuer. Il s'imagina une seconde avec la jugulaire de ce type entre les mâchoires, son sang coulant lentement au fond de sa gorge pendant que la vie de ce misérable rat le quittait. Il se fit violence afin de ne pas mettre ses fantasmes à exécution.

— Bon, on la fait cette course ? s'impatienta Sarah.

— Bien sûr, accepta celui qui devait être Irvin, mais avant, les conditions, ma belle.

— Pas de souci. Si je gagne, tu annules définitivement la dette de Kevin. Tu n'auras qu'à te payer sur les caisses de tes coureurs.

— Et si tu perds ? ajouta-t-il, perfide.

Elle ricana et lui jeta un regard méprisant. Jamais il ne l'avait vue comme ça !

— Ça n'arrivera pas, mais si c'est le cas, je te laisse la Mustang et la Vantage.

L'autre esquissa un rictus de requin.

— Tu me céderais ton fameux bolide ? Tu dois vraiment tenir à Kevin, dis-moi ?

— Dis-lui au revoir dès maintenant alors, intervint un type derrière Irvin.

Ce dernier s'effaça, un sourire presque suffisant sur son visage émacié.

— Oh, Sarah, je te présente Michael et John, c'est contre eux que tu vas courir ce soir, ma chère.

— Ça va être un jeu d'enfant, continua le dénommé John.

Sarah rit franchement cette fois, de ce rire de gorge qu'il aimait tant.

— Et comment ! Au fait, ce n'est pas à toi que j'ai raflé une superbe Porsche 911 noire l'année dernière ? lança-t-elle, moqueuse.

— Ça n'arrivera pas aujourd'hui, ma poulette, répondit l'autre.

Comment osait-il appeler Sarah sa poulette ? James serra les poings si fort que ses jointures craquèrent.

— C'est ça, *mon lapin* ! On verra sur la piste !

Puis, elle et Stan retournèrent vers leurs véhicules respectifs. De la musique rock s'éleva, étouffant le brouhaha de la foule. L'angoisse de James monta d'un cran lorsqu'il sentit une main prendre la sienne : Lily.

— Ne t'inquiète pas, elle va être magnifique, comme d'habitude, le rassura-t-elle.

— Sûrement, admit James, toujours anxieux.

Un type couvert de piercings se tenait maintenant près des voitures et invitait le public au silence.

— Ce soir, va se dérouler une course exceptionnelle ! arguait-il.

Les hourras le forcèrent à s'interrompre un instant avant de reprendre :

— Celle que vous connaissez tous ! Du haut de ses dix-sept ans, elle a à son actif cent vingt-trois runs et reste invaincue jusqu'à ce jour !

L'assistance se mit soudain à marteler :

— La comète ! La comète ! La comète !

— Vous l'avez bien sûr reconnue au volant de sa légendaire Mustang, la comète, alias Sarah !

Les spectateurs se déchaînèrent, Sarah répondit en faisant ronfler son moteur.

— Son coéquipier, qu'elle présente elle-même comme son double, courra sur une Aston Martin Vantage, Stan !

L'auditoire l'ovationna à son tour et il rétorqua de la même façon que Sarah.

— En face d'eux ce soir, deux coureurs aguerris aux runs eux aussi ! John et Michael !

Cette fois, la foule hua les concurrents, marquant clairement sa préférence pour Sarah et Stan. Cela emplit James de fierté, même s'il ne l'aurait pas avoué pour tout l'or du monde. Puis le type leur ordonna de se tenir en position.

— Je t'aime princesse, souffla-t-il avant que le départ ne soit donné.

Jerry avait fini les présentations et il leva le bras pour que les coureurs se tiennent en position. Avant qu'il ne le baisse, je murmurai :

— Je t'aime, James.

Puis Jerry donna le signal et je partis comme une flèche. La course commença fort, d'abord au coude à coude sur les premiers mètres, je dépassai ensuite mon adversaire sans problème.

Amateur, pensai-je, *tu passes tes rapports trop tôt et trop vite.*

J'approchai du premier obstacle, jetai un coup d'œil dans mon rétroviseur et vis mon concurrent à près de cent mètres derrière moi. Je tirai le frein à main, obligeant ma voiture à opérer un tour complet, puis remis les gaz. Comme pendant l'entraînement, je pris sur la gauche, frein à main et je repartis à fond de train. La Mustang, tel un pur-sang fidèle et bien dressé, m'obéit au doigt et à l'œil. Sur le retour, je m'apprêtais à croiser mon rival quand celui-ci fit une embardée, venant se placer face à moi. J'enfonçai plus fort l'accélérateur, fonçant sur lui délibérément. Une technique que d'autres avaient utilisé avant lui. À la dernière minute, il s'écarta pour m'éviter, comprenant que je ne bougerais pas. Cela lui fit perdre le contrôle de son véhicule et beaucoup de temps. Et dans les runs comme ailleurs, le temps, c'est de l'argent. Je regagnai la ligne de départ, sans avoir dévié ne serait-ce que d'un centimètre de ma trajectoire.

Stan démarra sur les chapeaux de roues. Je revins rapidement sur mes pas pour ne rien rater de la performance de mon ami. John ne me rattrapa qu'à ce moment-là et me lança un regard meurtrier. Stan contourna le premier obstacle sans problème, s'offrant même le luxe d'un second tour, ce qui déclencha les hourras de la foule en délire à présent. Puis il attaqua le second avec la même dextérité. Il passa la ligne d'arrivée quelques secondes après, alors que son concurrent venait seulement de terminer le tour du second baril. Il fit demi-tour et me rejoignit.

— La fine équipe ! s'écria-t-il en m'en tapant cinq.

Puis je m'approchai de John, j'avais un compte à régler avec lui.

— Alors, mon lapin, on se traîne ? me moquai-je. Avec Stan, on donne des cours de cinq à sept, si ça te tente d'apprendre à piloter, n'hésite pas ! La première leçon est gratuite !

— Merde ! jura-t-il en administrant un coup de poing sur le capot de sa voiture.

Il tourna les talons et traversa la foule, hilare. Irvin vint à ma rencontre, clairement déçu, il lorgna la Mustang avec envie.

— Bien joué, Sarah, me félicita-t-il, voulant paraître beau joueur.

— Merci. Maintenant, fous la paix à Kevin et à sa famille, d'accord ?

— D'accord. Une parole est une parole, dit-il avant de tourner les talons.

J'aperçus alors Kevin, suivi d'une petite blonde enceinte jusqu'aux yeux, émerger du public. Il me serra dans ses bras.

— Merci, Sarah, dit-il, penaud, j'ignore comment te remercier.

— Moi, je le sais. Lundi matin, tu te présenteras à cette adresse, ordonnai-je en lui tendant une carte de visite. Je connais bien le patron et il cherche un chef mécano, c'est bien payé. Mais ce soir, je prends ma retraite définitive et tu vas en faire autant, ton bébé a besoin de son papa.

— Je te le promets ! jura-t-il avec ferveur.

Nous regagnâmes nos voitures respectives et reprîmes la route du retour. Malgré les supplications de Stan, je n'avais aucune envie de fêter cette victoire qui m'avait déjà trop coûté. Savoir Kevin à présent hors de danger ne soulageait en rien ma peine d'avoir perdu James pour toujours.

Je mis de la musique pour essayer de me détendre. Je devais tenir encore un peu, une fois enfermée chez moi, je pourrais pleurer tout mon soûl. Mais une galère n'arrivant jamais seule, *notre* chanson passa à la radio. Je sentis aussitôt ma gorge se serrer. Ce soir, j'aurais tout donné afin qu'il soit là pour m'encourager, mais non, il avait préféré rester campé sur ses positions et me laisser tomber. La charge d'énergie se réveilla au creux de mon ventre, grossissant si vite que j'en eus le souffle coupé. Il fallait que je m'en libère, et vite ! Je me garai sur le bas-côté aussi rapidement que possible et descendis pour m'enfoncer dans la forêt. Dès que je fus certaine que personne ne pouvait me voir de la route, je me défoulai sur un arbre. Sous l'impact, l'immense sapin s'écroula dans un bruit sourd, emportant trois de ses frères dans sa chute. Sans la moindre compassion pour ces géants végétaux, je me retournai pour regagner ma voiture. Je me rendis alors compte que Lily et Stan m'avaient suivie. Sûrement de peur que je perde le contrôle ou que je fasse une mauvaise rencontre. Ils se gardèrent de tout commentaire, se contentant de regards tristes.

Une fois devant la maison, je stationnai la Mustang dans l'allée et gagnai le perron. Encore quelques secondes, juste une seconde. Mes mains tremblaient tant que mes clefs m'échappèrent.

— Merde ! jurai-je.

Il fallait que je sois à l'intérieur pour craquer, pas ici. Même sans témoin, je préférais retrouver mon cocon protecteur avant de me montrer faible. Je parvins finalement à entrer et, à peine ma porte refermée, je glissai au sol et éclatai en sanglots. Un râle monta dans ma gorge, se transformant en plainte.

— Jaaammeeeess !

J'avais mal, horriblement mal maintenant que j'avais laissé s'ouvrir les vannes. Il me sembla que mon cœur explosait dans ma poitrine. Je m'étais toujours battue dans ma vie, mais cette fois je ne m'en sentais plus la force. Que le chagrin m'engloutisse, me noie, me tue. Tout, plutôt que cette douleur atroce. Sans James, je n'étais plus rien, je n'espérais plus rien. Il avait volé mon cœur et mon âme en partant, à présent je n'étais plus qu'une coquille vide et sans intérêt, un fantôme. Je voulais disparaître, oui, à ce moment-là, c'est ce que je souhaitais le plus au monde.

Chapitre 1

Je me retrouvai sur le parking du lycée, sans savoir comment j'avais atterri là une fois encore. Depuis le soir du run, presque trois semaines plus tôt, j'agissais par automatisme, comme si je déambulais dans un brouillard épais. J'évoluais tel un zombie, sans véritable conscience du monde extérieur. James restait mon unique obsession. La seule chose qui ne me quittait pas était l'atroce douleur dans ma poitrine. J'avais même l'impression qu'elle s'intensifiait de jour en jour.

Lorsque je descendis de voiture, Sam fronça les sourcils une seconde.

— Salut, Sarah !
— Salut.
— Ça va ?
— Pas terrible. Et toi ?
— Pas top non plus. Marie et moi avons cassé.
— Je suis désolée.
— Oh, ce n'est pas grave, on s'est rendu compte qu'on s'entendait mieux en tant qu'amis.

Je fus soudain envahie par un affreux sentiment de jalousie. Comme j'aurais souhaité que ce soit aussi facile pour James et moi. Sam et Marie, eux, il leur restait l'amitié. Ils pouvaient passer du temps ensemble, discuter. Moi je n'avais même pas droit à un mot. J'avais essayé de lui téléphoner à plusieurs reprises. Il ne répondait pas sur son portable et refusait de prendre les appels sur le fixe. J'avais laissé des messages, mais jamais il ne m'avait rappelée. Il ne venait plus au lycée depuis notre rupture. Selon Lily, il avait des choses à régler et devait revenir aujourd'hui. Je me demandais de quoi il pouvait s'agir et restais partagée entre crainte et espoir. Se déciderait-il à me parler au moins ? Serait-il heureux de me voir ? Ne serait-ce qu'un peu ?

Nous rejoignîmes nos salles de cours respectives en silence. Sam avait repris l'habitude de m'accompagner jusqu'à ma classe avant de regagner la sienne. Je n'y prêtai pas attention. Tout comme je n'entendis pas les murmures sur mon passage. Comme un robot, je gagnai ma place. Les yeux fixés sur la porte, je l'attendais. Il arriva juste au moment où le professeur s'apprêtait à la fermer. Sans un regard pour moi, il s'installa à son ancienne table, de l'autre côté de l'allée. La douleur s'intensifia dans ma poitrine et je dus me mordre les lèvres pour ne pas me mettre à pleurer. Il était si beau avec son jean brut et son col roulé bleu marine. J'aurais tant voulu me blottir dans ses bras, comme avant.

Pour ne pas souffrir davantage, je m'exilai dans ma bulle, me coupant du monde. Comme si elle était pourvue d'un interrupteur, j'éteignis ma conscience.

À midi, je me retrouvai au réfectoire. Même la notion du temps m'échappait. Marie me héla :

— Sarah, on est là !

Il était vrai que, perdue dans mes pensées, je ne l'aurais sûrement pas vue sans ça. Je rejoignis donc l'ancien couple d'amoureux. Devant ma mine abattue, Marie tenta de compatir.

— Je suis désolée, Sarah. Je sais que tu l'aimais vraiment.

— Ce n'était pas réciproque apparemment, rétorquai-je, parfaitement consciente que malgré la distance entre nos deux tables, James m'entendrait.

— Parce que James et toi, vous n'êtes plus ensemble ? demanda Sam, éberlué.

— Non.

Sam avait été absent un moment lui aussi, mais je ne me souvenais plus pourquoi exactement. Marie me l'avait sans doute expliqué, mais je n'écoutais pas grand-chose ces derniers temps.

— Je pensais qu'il était dingue de toi. Qu'est-ce qui s'est passé ?

— Il faut croire que nous nous sommes trompés tous les deux. Si j'ai bien saisi, il en avait marre de jouer la comédie, ajoutai-je avec amertume.

Prends ça dans les dents, James ! Puis, la valse des Drake débuta.

— Salut, équipière ! lança Stan en m'embrassant affectueusement.

— Salut, Stan.

Puis suivirent Maggie et Zach. Arriva enfin le tour de Lily qui me sauta littéralement au cou, manquant de me faire tomber de ma chaise.

— Sarah ! Tu as croisé un miroir récemment ? Tu as une mine affreuse, ma chérie !

— Salut, Lily, je vais bien, je te remercie, dis-je, ironique.

— Oh, désolée ! s'excusa-t-elle. Comment tu gères ça ?

— Je n'ai pas envie d'en parler, esquivai-je.

Que James m'ignore était suffisamment humiliant, alors m'épancher sur la peine que notre séparation m'infligeait, très peu pour moi ! En plus, il entendrait tout et il était hors de question de lui offrir cette satisfaction.

— Je comprends. Tu veux que je passe après les cours ?

— Il ne vaut mieux pas. Je ne veux pas que tu te retrouves tiraillée entre ton frère et moi. J'ai déjà provoqué assez de dégâts comme ça, murmurai-je avec tristesse.

— Plaît-il ? rétorqua Lily, les sourcils froncés. Si James se conduit comme le roi des abrutis, je n'y suis pour rien, moi ! Je ne vois pas pourquoi je devrais être privée de ma meilleure amie.

Je n'osai pas tourner la tête, mais imaginai sans difficulté James fusillant sa sœur du regard.

— Tu me manques également beaucoup, ainsi que les autres, ajoutai-je. Mais vous êtes la famille de James, pas...

Je m'interrompis, incapable de continuer tellement ma gorge était serrée. Perdre ma nouvelle famille s'avérait tout aussi douloureux que de perdre mon amour. Ils représentaient le seul lien que j'avais créé depuis la mort de ma mère. Une sorte d'ancre dans la tempête de mon existence.

— Attention à ce que tu vas dire ! intervint Lily. Je me fiche complètement de ton histoire avec James, nous refusons de prendre parti. On t'aime, point barre !

Cette déclaration me mit du baume au cœur. Malheureusement, pas assez pour que l'étau dans lequel il était enserré ne s'évapore.

— Moi aussi je vous aime tous. C'est d'ailleurs ça, le problème.

Je me levai et filai vers la sortie, plantant là mes camarades. Je voulais m'enfuir, disparaître. J'avais tant souhaité le revoir, mais finalement son silence me blessait plus que tout le reste. Bien sûr, c'était sans compter sur ma meilleure amie et son entêtement.

— Sarah, attends ! lança-t-elle, en se précipitant derrière moi.

— Lily, je suis désolée, mais je n'y arrive pas ! J'ai cru que je me montrerais assez forte pour endurer tout ça, mais c'est faux ! Il m'a demandé de laisser tomber mes défenses et c'est ce que j'ai fait. Regarde le résultat !

— Je sais, je sais, dit-elle en me prenant dans ses bras. Lui aussi est très malheureux. Il reste seul le plus souvent ou erre dans la maison comme une âme en peine.

— C'est vrai, je lui manque ? interrogeai-je, pleine d'espoir.

— Évidemment ! James t'aime, mais il lui faut juste un peu de temps, tenta-t-elle de me rassurer.

— J'ignore si je tiendrai encore longtemps, ça fait trop mal. Je suis à bout…

L'inquiétude se peignit sur les jolis traits de ma punkette préférée.

— Où souhaites-tu en venir ?

— Je termine l'année scolaire ici, ensuite je quitte définitivement Black Diamond, avouai-je.

— Quoi ? s'écria-t-elle. Mais pourquoi ? Et nous alors ? Tu n'y penses pas sérieusement ?

— James ne veut plus de moi, Lily. Que dois-je faire ? Continuer à vous rendre visite comme si de rien n'était ? Jusqu'au jour où il vous présentera sa nouvelle compagne, et puis quoi ? Je l'embrasse chaleureusement en le félicitant ? Si cela se produit, Lily, j'en mourrai ! Tu comprends ?

— Cela n'arrivera pas ! Mais si tu pars, votre histoire n'aura plus aucune chance.

Je m'apprêtais à rétorquer, mais Emily débarqua. Cette fille avait un don pour pourrir mes journées.

— Comme c'est triste ! Regardez, les filles, on dirait que le beau James Drake ne veut plus de la pauvre petite frenchie, constata-t-elle, perfide.

Bien entendu, toute sa clique se mit à ricaner. Lily lui lança un regard méprisant puis déclara :

— Écoute, Emily, avant de critiquer les autres, tu devrais apprendre à rembourrer correctement ton soutif. J'aperçois un bout de Kleenex qui dépasse de là où je me trouve !

Les pom-pom pivotèrent pour jeter un coup d'œil au décolleté d'Emily qui s'empressa de tout remettre en place, rouge de honte. Rien ne dépassait, évidemment, mais Lily venait de la pousser à avouer la supercherie aux yeux de tous. Elle s'éloigna sans rien ajouter, l'air pincé, suivie de sa cour. Lily reprit :

— Bats-toi, Sarah ! Si tu l'aimes, bats-toi !

— Depuis que je suis gosse, je ne fais que ça, pour une fois j'apprécierais que l'on se batte pour moi, rétorquai-je.

— Je sais ma puce, mais si personne n'agit, James et toi allez finir malheureux comme les pierres.

— J'ai fait des efforts, Lily, je l'ai soutenu, j'ai pardonné. Mais à la première erreur que j'ai commise, lui m'a tourné le dos. Alors que dois-je en déduire, selon toi ?

Elle m'observa un instant sans un mot, son regard plein de tristesse.

— Tout ce que je peux affirmer, c'est qu'il t'aime. Il t'aime vraiment, quoi que tu en penses.

La sonnerie retentit et nous repartîmes en cours. James assistait à tous les miens, m'infligeant une véritable torture. J'aurais préféré qu'il hurle, qu'il me dise qu'il me détestait, tout, plutôt que ce silence. Jamais je n'avais autant souhaité que l'on me remarque. J'avais l'impression d'être devenue transparente à ses yeux, de ne jamais avoir existé. Pourtant, à une époque, j'avais incarné le centre de sa vie. Il me le répétait sans cesse. Se pouvait-il que l'on efface les sentiments et les souvenirs si facilement ? Si tel était le cas, pourquoi n'y parvenais-je pas ? Pourquoi souffrais-je à ce point ? J'accueillis la fin des cours avec soulagement. Je ne désirais qu'une chose, passer des heures à pleurer, roulée en boule sur mon lit.

Pour James, cette journée avait été la pire de toute sa longue existence. Voir Sarah pâle, de larges cernes noirs sous les yeux, les paupières gonflées par les larmes trop longtemps versées, relevait du supplice. Le plus dur était de feindre de l'ignorer. James aurait voulu qu'elle comprenne à quel point il souffrait, à quel point elle lui manquait. Et puis, il y avait Sam qui recommençait à la suivre partout ! Maintenant qu'il ne sortait plus avec Marie, il allait tenter sa chance avec Sarah ! Ce débile ne laisserait pas passer l'opportunité une nouvelle fois ! Un grognement lui échappa. Le moment du réfectoire avait également été pénible. Observer ses frères et sœurs se lever un par un pour la saluer ou la réconforter, alors que quelques semaines auparavant, ils déjeunaient et plaisantaient tous ensemble. Le reste de l'après-midi ne s'était pas révélé plus agréable, à chaque fois qu'il utilisait sa vision périphérique pour l'observer, la tristesse marquait un peu plus ses traits. Plusieurs fois elle avait porté la main à sa poitrine, comme si son cœur lui faisait mal. C'est lui qui lui infligeait cela alors qu'il avait juré de ne jamais la faire souffrir. *Quelle réussite, James !*

Zach choisit ce moment-là pour le rejoindre, interrompant ses pensées.

— Salut, petit frère. Je viens aux nouvelles, comment tu te sens ?

— Affreusement mal, c'est encore pire de la voir et de ne pas pouvoir lui parler ou la toucher, gémit-il.

— Je me doute, compatit Zach, en lui entourant les épaules d'un bras. Mais si tu souhaites rester campé sur tes positions, tu n'as pas le choix.

— Je sais… mais elle me manque tant !

— Je te crois, moi je ne supporterais pas de vivre sans Maggie.

James poussa un profond soupir.

— Qu'est-ce que je vais devenir, Zach ?

— Pourquoi n'essaies-tu pas d'arranger les choses ? Vous souffrez beaucoup, tous les deux, alors si vous ne désirez pas vous remettre ensemble, limitez au moins la casse. Fais ça avant qu'elle parte, Jamy, montre-lui que tu ne lui as pas menti à propos de tes sentiments pour elle.

— Quoi ? Comment ça : avant qu'elle parte ? demanda James sans comprendre.

— Elle quitte la ville, asséna Zach.

James bondit sur ses pieds, pris de panique.

— Hein ? Pourquoi ? Qui t'a raconté ça ?

— Elle l'a dit à Lily, expliqua son frère. Elle pense que tu ne l'aimes plus et ne veut pas attendre que tu trouves une nouvelle compagne.

James se mit à gesticuler en tous sens. Incapable de réfléchir posément.

— Mais ça n'arrivera pas ! Comment peut-elle seulement envisager une telle éventualité ? Elle est folle !

Zach leva un sourcil.

— C'est pourtant l'impression que tu donnes, non ? Écoute, James, je crois que tu te retrouves dépassé par toute cette histoire. Tu t'es emballé pour ce run, tu as voulu donner une leçon à Sarah, mais dans le fond, tu n'as jamais eu l'intention de te séparer d'elle définitivement, n'est-ce pas ?

— Je... Je ne sais plus...

— Moi, je sais. Le problème maintenant, c'est que tu es allé trop loin et que tu ne peux plus arrêter la machine sans perdre la face. Tu as toujours eu l'habitude que les femmes mettent tout en œuvre pour obtenir tes faveurs, mais avec Sarah, ton numéro de macho ne marche pas. Vous êtes deux orgueilleux de premier ordre.

— Je ne veux pas qu'elle parte, je souhaite vivre avec elle, pour l'éternité, avoua James au bord du désespoir.

— Eh bien ! s'exclama Zach. Cette situation aura au moins eu l'avantage de te faire méditer sur certains points ! Écoute, Stan et moi avons repris la surveillance de sa maison, alors de ce côté-là, tu n'as pas à t'inquiéter, mais pour le reste, tu es le seul qui puisse s'en charger.

James se laissa tomber sur une souche qui se trouvait là.

— Oui, mais j'ignore comment procéder.

— Commence déjà par la saluer, on ne te demande pas de lui tenir une conversation mondaine. Tu rentres avec moi ?

— Non, je vais me promener un peu, j'ai besoin de réfléchir.

— Comme tu voudras.

L'annonce du prochain départ de Sarah lui avait fait l'effet d'un coup de massue. Qu'avait-il provoqué ? Il avait cru qu'elle viendrait se traîner à ses pieds. Elle était trop fière pour ça. Et maintenant, il se retrouvait pris dans un engrenage qu'il ne pouvait plus arrêter. S'il retournait vers elle, il revenait une fois de plus sur sa parole et perdait définitivement la face, mais s'il ne tentait rien, c'est elle qu'il perdrait pour toujours.

Le reste de la semaine, je n'allai pas au lycée, je m'en sentais incapable. J'étais allée chez le médecin qui n'avait pas rechigné à me rédiger un certificat médical. Vu ma tête, je n'avais pas eu à jouer la comédie pour le convaincre. J'avais tellement pleuré ces derniers temps que je n'y parvenais même plus. La douleur dans ma poitrine, elle, ne s'atténuait en rien. Ne pouvant plus se frayer un chemin par mon canal lacrymal, elle stagnait, grossissant et m'écrasant un peu plus chaque jour. Cependant, je n'étais pas certaine de vouloir m'en débarrasser. Après tout, c'était la seule chose que James m'avait laissée en partant. Ça et les photos que je regardais des heures durant, me demandant comment nous avions pu en arriver là.

Tout me manquait, sa voix, son sourire, ses bras autour de moi, son odeur, absolument tout. Pourtant, j'avais conscience que je ne pourrais pas vivre comme cela encore longtemps. J'avais beaucoup maigri, mon teint était gris et mes yeux injectés de sang. Même les malades en hôpitaux psychiatriques affichaient une meilleure mine. Ce détail n'avait d'ailleurs pas échappé à Lily.

« *Écoute, Sarah, je conçois que tu sois triste, mais te laisser dépérir ne changera rien ! Ça devient ridicule ! Il faut que tu sortes, que tu voies du monde !*

— *Je sais… mais je ne suis pas de très bonne compagnie en ce moment. Je n'ai pas envie d'imposer mon chagrin aux autres, c'est tout.*

— *C'est stupide ! Tu as survécu à pire que ça ! Alors, remue-toi !*

— *Je vais essayer…* »

Une fois de plus, j'avais fait une promesse que je n'étais pas certaine de tenir. Se remettre oui, je ne demandais que ça. Mais comment ? Lorsque j'avais perdu ma mère, j'avais eu les runs et le reste pour me sortir de ma léthargie et oublier mon chagrin. Je n'avais même plus ça. Puis reprendre mes anciennes habitudes ne ferait que me détruire un peu plus, cette fois je n'aurais aucune raison de les abandonner. James avait joué le rôle d'antidote, désormais, il incarnait le mal à traiter et dont je n'avais aucune envie de guérir. Le téléphone sonna alors, m'extirpant de mes pensées.

— Salut, Sarah ! C'est Sam, comment ça va aujourd'hui ?

Sa voix trahissait clairement son inquiétude, je devais le rassurer, même avec un mensonge.

— Mieux, je te remercie. Que puis-je pour toi ? interrogeai-je, impatiente d'en finir.

Je supportais de moins en moins la compagnie des autres. Ils m'agaçaient avec tout leur bonheur et leur joie de vivre.

— Eh bien voilà, ce soir on organise une soirée feu de camp avec les potes et je me demandais si ça te dirait de sortir un peu ?

Je m'apprêtais à refuser tout net, puis réfléchis. Lily était dans le vrai, cela ne servait à rien de rester enfermée chez moi, je pouvais au moins essayer. Si cela s'avérait trop difficile je pourrais toujours rentrer chez moi.

— D'accord, acceptai-je finalement. Tu veux que je prenne ma gratte ?

— Ce serait génial ! approuva Sam. Peut-être que tu nous feras une petite démo avec la Mustang ?

— Pourquoi pas ?

Après tout, il ne s'agissait pas d'un run, je n'enfreindrais donc aucune promesse.

— Il y aura qui exactement ? me renseignai-je tout de même.

— Ne t'inquiète pas, le club des pestes ne sera pas là, me rassura-t-il, mais si tu le souhaites, tu peux toujours convier les Drake.

Il proposa cette dernière option avec un enthousiasme moins débordant cependant.

— Je vais y réfléchir, dis-je.

— On se donne rendez-vous sur le parking de la supérette, O.K. ?

— Ça marche, à ce soir.

Puis je raccrochai et cogitai une seconde. J'aurais adoré passer la soirée avec Lily et les autres, mais James risquait de mal le prendre si je les invitais… Oh et puis zut ! Je me décidai et téléphonai à Stan.

— Salut, équipier ! lançai-je, heureuse d'entendre sa voix.

— Sarah ! s'exclama-t-il. J'allais justement t'appeler, comment vas-tu ?

— Bien, je te remercie. De quoi souhaitais-tu me parler exactement ?

— Je voulais savoir quand je pouvais te ramener la Vantage. Elle ne me dérange pas, au contraire, mais…

J'avais complètement zappé que la Vantage était encore chez eux. Pour dire la vérité, je zappais pas mal de choses ces derniers temps.

— Garde-la, le coupai-je, tu l'as largement méritée après ta performance.

— Tu plaisantes ? Cette caisse vaut une fortune !

— Je sais, mais moi, je n'en aurai plus l'utilité. En plus, ne rien gagner pour ta première victoire, c'est un peu dur, non ? Cela te fera un souvenir au moins.

— Euh… Je… Merci, c'est la voiture de mes rêves ! Ce run restera l'un des meilleurs moments de ma vie !

Je souris malgré moi, Stan faisait partie de ces gens capables de toujours voir le verre à moitié plein. Une qualité que je lui enviais terriblement à ce moment précis.

— Justement, c'est en partie pour ça que je t'appelle. Ce soir, on fait une soirée feu de camp avec les autres et ensuite je ferai sûrement une démonstration avec la Mustang. Je me demandais si ça vous tenterait.

— Ce serait génial, tu veux dire ! Tu nous manques beaucoup et ce sera l'occasion de passer du bon temps ensemble.

— Alors on se donne rendez-vous devant la supérette à huit heures.

— Ça marche, compte sur nous !

Le moment était venu, j'allais enfin sortir de ma coquille, passer une soirée avec les gens que j'aimais et qui me manquaient. Même si bien sûr, le plus important à mes yeux ne serait pas présent. J'avais d'ailleurs accepté d'y participer pour l'oublier, au moins quelques heures. Mais avant, je devais me recomposer un visage humain et ça, ce n'était pas gagné ! Il était près de cinq heures, il me restait donc trois heures pour me préparer, ce ne serait pas du luxe !

Stan raccrocha avec un grand sourire aux lèvres. Voilà l'occasion que lui et le reste de la fratrie guettaient depuis le soir du run : Sarah et James, dans un même endroit, obligés de se supporter. *Tout vient à point à qui sait attendre*, pensa-t-il.

Il rejoignit les autres près du plan d'eau.

— Ça vous tente une soirée feu de camp ? lança-t-il.

— Oh oui ! s'écria Maggie. Cela fait longtemps que nous n'avons pas organisé ce genre de chose.

— Ce n'est pas nous qui l'organisons, mais notre petite sorcière préférée, avoua-t-il.

James sortit instantanément de sa transe. Très bien, exactement ce que Stan souhaitait.

— C'est vrai ? s'étonna Lily. Sarah donne une fête ?

— J'ai été surpris, mais elle nous a *tous* invités, expliqua Stan, je n'ai pas osé refuser.

— Tu as eu raison, intervint Zach.

— Et bien entendu, James, tu viens, ajouta la punkette d'un ton ferme. Elle a dit tous, donc nous irons tous, compris ?

— Je ne sais pas... Tu es sûr qu'elle veut que je vienne, Stan ?

James avait du mal à croire en cette hypothèse. Sarah n'était pas du genre à pardonner si facilement.

— Certain. Elle a fait un pas vers toi, Jamy, alors fais un effort également. Vous n'allez pas vous éviter jusqu'à la fin de ses jours, non ?

Stan venait de mentir effrontément, mais tant pis ! Il s'agissait d'une bonne cause. S'il prenait soin de penser constamment à autre chose en présence de son frère, ce dernier ne le découvrirait jamais de toute façon. D'ailleurs, il n'était pas convaincu que celui-ci prenne encore le temps de scanner leurs pensées. Depuis sa rupture avec Sarah, James semblait complètement à côté de ses pompes. Si Kylian ne lui ordonnait pas régulièrement de chasser, il oublierait même de se nourrir !

— D'accord, accepta celui-ci, toujours aussi peu sûr de lui.

— Et devinez quoi, elle m'a offert la Vantage, sourit Stan.

— Tu plaisantes ? s'écria Zach, incrédule.

— Non, elle m'a dit que c'était ma récompense pour notre victoire. J'ai tenté de refuser, mais elle n'a rien voulu entendre.

— Je ne suis pas étonnée, dit sa compagne. Sarah a toujours eu bon cœur.

Puis ils retournèrent vaquer à leurs occupations, sauf James. Se pouvait-il que Sarah ait envie de passer du temps avec lui ? Peut-être que tout n'était pas perdu. Il se demanda qui participerait à cette soirée. Sam ? Sûrement, cet abruti était plus collant qu'un pot de glu ! Marie ? Quant aux autres, il ne voyait pas qui Sarah avait bien pu inviter. Mais puisqu'elle l'avait convié, lui, il ferait l'effort de se montrer à son avantage. Il fila prendre une douche et s'habiller. Il porterait la chemise qu'elle lui avait offerte, cela lui ferait sans doute plaisir. Elle avait fait cadeau de la Vantage à Stan finalement, elle avait bien l'intention d'arrêter les runs. Il avait réagi trop promptement. Il devait la récupérer, car jamais plus il ne rencontrerait quelqu'un comme elle, même s'il devait vivre jusqu'à la fin du monde et il n'en avait surtout aucune envie.

Dix-neuf heures quarante-cinq. Après un bref coup d'œil dans le miroir, je me jugeai : *passable*. De toute façon, même si je restais encore deux heures dans la salle de bain, je ne pourrais faire mieux. Je pris donc la direction du centre-ville, le volume du poste à fond, je conduisis vite. Voilà ce qui me manquait : piloter. Lorsque j'arrivai sur le parking de la supérette, tout le monde était déjà là. J'aperçus la Vantage et accélérai pour me garer à côté, au frein à main, puis je descendis.

— Bonjour, vous ! lançai-je gaiement aux Drake.
— Salut, petit monstre ! s'amusa Zach.

En tournant légèrement la tête, j'aperçus James. Mon cœur rata un battement. Il portait la chemise que je lui avais offerte, il y avait seulement quelques semaines, et était beau à couper le souffle ! Je me repris tout de même rapidement.

— Bonsoir, James, dis-je poliment.
— Bonsoir, Sarah, répondit-il sur le même ton.

Que fichait-il ici ? L'invitation ne le concernait pas ! Ne l'avais-je pas précisé à Stan ? Je me remémorai notre conversation et me rendis compte que non. Quelle andouille ! Je participais à cette fête pour l'oublier au moins quelques heures et voilà que j'allais l'avoir sous le nez toute la soirée. *Bien joué, Sarah !* Tant pis ! J'allais faire contre mauvaise fortune bon cœur. Je ne gâcherais pas l'ambiance pour lui. Puis Sam vint à ma rencontre.

— Sarah, ça fait plaisir de te voir ! Alors, par quoi on commence ? Démo ou gratte ?
— Eh bien, à votre bon vouloir, Monseigneur ! répondis-je en esquissant une révérence.

Il rit et l'assistance aussi, sauf James. Mais qu'il aille au diable, celui-là !

— Si on démarrait par la démonstration ?
— Ça marche ! Stan, ça te va ?
— Et comment !

Nous nous retrouvâmes tous sur la vieille route à la sortie de la ville.

— On fonctionne comme lors du run ? me demanda Stan.
— Oui, monsieur !

Les autres avaient garé leurs véhicules plus loin de façon à nous laisser de l'espace. Stan et moi nous plaçâmes sur la ligne de départ que nous avions improvisée à l'entraînement. Tout le monde hurlait et applaudissait, très excité, sauf James encore une fois. Il me regarda avec tristesse et peur aussi.

— Je ne trahis aucune promesse ce soir, il ne s'agit pas d'un run, Jamy, marmonnai-je, certaine d'avoir été entendue.

Puis j'enfonçai à fond l'accélérateur, après quelques mètres, je tirai le frein à main et fis demi-tour. Stan partit à son tour et imita ma manœuvre. L'adrénaline me soulagea un peu. Nous répétâmes l'opération chacun notre tour, enchaînant les figures comme un ballet. Au bout d'une heure, nous descendîmes de voiture et déclarâmes en même temps :

— La fine équipe !

— C'était génial ! s'écria Sam, admiratif. Vous êtes incroyables, tous les deux ! Sarah, tu comptes vraiment arrêter ? Tu es si douée !

— Oui, pour moi c'est terminé, je suis une jeune retraitée. J'ai fait une promesse à quelqu'un et désormais je m'y tiendrai, expliquai-je en fixant James.

Il me regarda lui aussi, la tristesse toujours présente dans son regard. Zach s'en aperçut et détourna la conversation.

— Bon alors, on la fait cette soirée feu de camp ?

— On y va, dit Sam.

Nous suivîmes le mouvement quand je me rendis compte, avec horreur, que la fête aurait lieu au bord du lac. *Notre endroit.*

— Et merde ! lâchai-je en frappant mon volant du poing.

Pourquoi fallait-il que de tous les recoins qui existaient dans ce fichu patelin, ce soit justement celui-ci que Sam et ses potes aient choisi ? Je descendis de voiture et rejoignis les autres, ma guitare à la main, mais le cœur n'y était plus. Une fois sur la berge, j'allai directement prendre place sur notre rocher, quand je réalisai que James en faisait autant. La force de l'habitude sans doute. Nous nous considérâmes, un peu mal à l'aise, puis il demanda :

— Euh… Je peux ?

J'hésitai à me lever pour m'installer ailleurs puis décidai de prendre le pli sur lui. Après tout, c'était au plus gêné de partir !

— On est dans un pays libre, tu fais ce que tu veux.

Il s'assit, à bonne distance cependant. Ce n'était pas comme ça que j'avais envisagé notre première conversation depuis notre rupture, mais j'avais au moins entendu le son de sa voix.

— Sarah, tu souhaites manger quelque chose ? proposa Sam gentiment.

— Je n'ai pas faim, mais merci quand même.

Du coin de l'œil, j'observai James. Il semblait nous ignorer complètement, fixant le sol.

— Et toi, James ?

— Non, merci, je n'ai pas très faim moi non plus, répondit-il.

— Comme vous voudrez.

L'ambiance entre James et moi devenait de plus en plus pesante. Heureusement, les vampires étaient capables de détecter les émotions environnantes, Lily proposa donc :

— Sarah, si tu nous interprétais quelque chose ?

J'obtempérai, laissant les notes venir spontanément, comme d'habitude. À la fin du premier morceau, Mike me félicita.

— Tu joues super bien ! Tu possèdes encore beaucoup de talents cachés comme ça ?

Je souris, Mike était sympa, même si je ne le connaissais pas beaucoup.

— Merci, c'est gentil, et en ce qui concerne mes talents cachés, nous en avons fait le tour ce soir.

Puis tout le monde reprit le cours de ses conversations respectives, tandis que James et moi nous renfermions dans notre mutisme gêné. Quelqu'un avait apporté un poste et des CD, ce qui me permit de ne pas gérer toute l'animation. Sam me proposa un café que je m'empressai d'accepter.

— Tiens, j'ai pensé à amener un thermos spécialement pour toi, me précisa-t-il gentiment.

Pourtant, je n'aimai pas l'intonation de sa voix lorsqu'il prononça ces mots, ni la façon dont il me couva du regard. Je saisis la tasse qu'il me tendait, mais retirai vivement ma main quand il la frôla de la sienne. Il s'en aperçut et esquissa un sourire avant de demander :

— Sarah, on peut discuter une minute ?

Je craignais ce qui se passerait si j'obtempérais, me remémorant ma discussion avec James au sujet des sentiments de Sam à mon égard. Avait-il vu juste ? Cependant, je ne désirais ni vexer mon ami, ni provoquer un esclandre.

— Si tu veux.

Je me levai, jetai un coup d'œil discret à James et me rendis compte que cette fois, il me fixait avec insistance. J'en fus la première surprise, mais je devais tirer les choses au clair le plus vite possible avec Sam. Le reste de la famille nous observait aussi et je savais pertinemment qu'ils percevraient toute la conversation. *Plus humiliant, tu meurs !*

Mais que pouvais-je faire ? Je n'allais pas dire à Sam un truc du genre : « Excuse-moi, mais les Drake sont des vampires et même si l'on s'éloigne de cinq cents mètres, ils m'entendront te coller un râteau ! »

Cette soirée n'était décidément pas une bonne idée, j'aurais mieux fait de rester cloîtrée chez moi. Je suivis Sam à l'écart du groupe, puis attendis qu'il se lance. Appuyée contre un arbre, les mains dans les poches de mon blouson, je fixai le sol.

— Sarah... Je ne sais pas comment te dire ça, mais... j'ai conscience que James et toi c'est tout récent, mais j'ai pensé que... enfin que si que tu acceptais de mettre le nez dehors, c'est que tu te sentais mieux. Tu me plais, Sarah, vraiment. Depuis que tu es arrivée ici, j'ai envie de sortir avec toi. Voilà c'est dit, souffla-t-il en rougissant.

Et merde ! Ce que je craignais venait de se produire ! J'aimais bien Sam et je ne voulais pas le blesser, seulement je ne pouvais pas non plus lui laisser entretenir de faux espoirs qui ne le feraient que souffrir davantage ensuite. J'essayai donc de bien choisir mes mots afin de l'éconduire en douceur.

— Sam... Je suis très flattée de l'intérêt que tu me portes, et crois-moi, s'il y a un garçon que j'apprécie, c'est toi. Seulement, tu es mon ami et je n'envisage pas autre chose avec toi.

— Je ne te plais pas, c'est ça ? demanda-t-il en baissant les yeux.

— Ce n'est pas ça… Tu dis que je te plais, mais tu ne connais rien de moi.

— Peu importe ce que tu as fait avant ton arrivée ici, ce qui compte, c'est la personne que tu es aujourd'hui, non ?

— Justement, sur certains points, je ne changerai jamais, même si je le souhaitais de tout mon cœur, dis-je en baissant la tête à mon tour.

— Et James, lui, il est au courant de ces fameux points ?

— Oui.

— Alors que pourrait-il accepter et pas moi ?

— Un tas de choses, murmurai-je, la gorge serrée.

— James Drake est donc l'homme parfait ! ironisa Sam. Tu n'as que dix-sept ans, Sarah, tu en rencontreras d'autres, tu sais ?

— Non, je ne pense pas, soufflai-je.

James était mon âme sœur, le seul être à me comprendre et avec qui je me sentais parfaitement bien. Je ne désirais personne d'autre, ni maintenant, ni jamais.

— Tu l'aimes encore, hein ?

Je poussai un profond soupir avant de répondre. Je n'étais plus à une humiliation près !

— Oui.

— Mais Sarah, il ne veut plus de toi. Si ça se trouve, il est déjà passé à autre chose, tenta-t-il de me convaincre.

Il n'avait pas dit cela pour me blesser, seulement, ce fut très exactement ce qui se produisit.

— Merci de me le rappeler ! rétorquai-je sèchement. Je sais tout ça, mais ce n'est pas pour autant que je peux effacer ce que je ressens pour lui ! James ne représentait pas qu'une simple amourette de lycée pour moi, j'avais des projets d'avenir avec lui !

— Ne t'énerve pas, j'essayais juste de t'expliquer que tu ne peux pas continuer à l'attendre indéfiniment…

— Oh, excusez-moi de gâcher la soirée et d'être malheureuse d'avoir perdu l'homme de ma vie ! aboyai-je.

— Sarah, ce n'est pas…

Je ne l'écoutai pas et tournai les talons. J'étais en colère à présent. Pour qui se prenait Sam pour me faire la leçon ? Son histoire avec Marie n'avait rien de comparable avec celle que j'avais vécue avec James ! Je repris le chemin vers ma voiture, non sans noter que James me regardait encore. Je venais clairement de me ridiculiser en avouant que je l'aimais ! Vexée, humiliée, j'accélérai le pas quand Lily me barra le passage.

— Hey, où files-tu comme ça ? demanda-t-elle en me prenant la main.

— Je rentre chez moi, répondis-je sèchement.

Lily glissa un coup d'œil vers son frère puis murmura si bas que je faillis ne pas l'entendre :

— James, non !

Je me retournai moi aussi et ce que je vis me stupéfia. James fixait Sam avec un regard plein de haine, les lèvres légèrement retroussées sur ses dents, comme prêt à fondre sur lui. Seigneur ! Mais qu'est-ce qui lui prenait ? Puis l'évidence s'imposa d'elle-même, il était jaloux !

Mon cerveau se mit à fonctionner à toute vitesse, sortant soudain de sa léthargie. Évidemment, ce fut le moment que choisit une vision pour se pointer. Heureusement que je tenais la main de Lily, elle transita aussitôt vers elle, m'évitant de m'écrouler et de générer un vent de panique chez mes amis. Quand les images cessèrent de défiler dans ma tête, je repris, agacée :

— Mais c'est quoi leur problème à eux ? Ils sont boulimiques ou quoi ?

— Ils se fichent totalement de conserver un équilibre entre nous et les humains, grogna Lily. Si cela continue, ils vont finir par attirer l'attention.

Les Drake m'entouraient à présent.

— Mouais et moi, je me dispenserais bien d'assister au festin. Je vous ai déjà vu chasser, mais eux, ce sont de vrais gorets ! Personne ne leur a jamais expliqué qu'on ne joue pas avec la nourriture ?

Ma plaisanterie n'eut pas l'effet escompté. Tous parurent très inquiets.

— Peut-être que ce que j'ai vu s'est déjà passé, avançai-je alors.

— C'est possible, convint Lily. Mais je n'aime pas beaucoup les approximations lorsqu'il s'agit des Miller.

— Qu'est-ce que vous complotez ? demanda soudain Mike. Pourquoi toutes ces messes basses ?

— Oh euh… Désolé, improvisa Stan. On parlait juste de l'anniversaire de nos parents qui aura lieu bientôt. On se concertait pour le cadeau.

— Je comprends, acquiesça Mike. Tous les ans, je me creuse la tête pendant des semaines avant de trouver une idée originale.

— Ouais, c'est pas évident, approuva Stan.

— Ne vous tracassez pas, vous allez trouver. Sarah, tu veux bien jouer encore un peu pour nous ?

— Bien sûr, sans problème, acceptai-je.

Je me remis à jouer. Les Drake avaient repris leur place près du feu, James était toujours à côté de moi. Me rendre compte qu'il était jaloux m'avait redonné du poil de la bête. J'échafaudais mentalement un plan de bataille pour récupérer ce qui m'appartenait. J'oubliai totalement les Miller et leur frénésie de sang.

James s'était finalement décidé à assister à la soirée, mais lorsque Sarah arriva, il ne sut plus quoi lui dire. Comme elle était belle ! Après avoir salué les autres, elle se tourna vers lui et murmura juste un bonsoir poli, mais sans plus. Si cela se trouvait, Stan s'était trompé et il n'était pas invité !

Pourtant, il était trop tard, il ne pouvait pas partir maintenant sans perdre la face. Comme disait l'adage : *c'est le plus gêné des deux qui s'en va,* et ça, c'était hors de question ! Lorsqu'ils rejoignirent la vieille route désaffectée afin que Sarah et Stan effectuent leur satanée démonstration, si son cœur avait encore battu, nul doute qu'il se serait arrêté à ce moment-là. Revoir Sarah au volant de son bolide, faisant ronfler le moteur, raviva en lui le souvenir du run. La peur le saisit de nouveau, sans qu'il ne puisse rien faire pour la contrôler, puis il l'entendit murmurer :

« *Je ne trahis aucune promesse ce soir, il ne s'agit pas d'un run, Jamy.* » Il dut avouer que cela lui fit du bien de l'entendre prononcer son nom. Comme à son habitude, elle fut stupéfiante au volant de la Mustang, enchaînant les manœuvres sans la moindre difficulté. Il sentit la culpabilité l'envahir. Sarah, elle, l'avait pris tel qu'il était, qualités et défauts compris, alors que lui en avait été incapable. C'était lui qui lui devait des excuses.

Puis ils rallièrent le lieu de rassemblement pour la soirée feu de camp. Pourquoi fallait-il que les autres aient justement choisi *leur endroit* ? Une fois sur la berge, la force de l'habitude le mena jusqu'au rocher plat. Lorsqu'il se rendit compte qu'elle y était déjà installée, il pensa à faire demi-tour puis se ravisa. Cela aurait pu paraître vexant.

« *Je peux ?* » avait-il alors demandé.

« *On est dans un pays libre, tu fais ce que tu veux.* » avait-elle rétorqué.

Ce n'était pas vraiment la réponse qu'il attendait, mais c'était toujours mieux que rien, au moins ils s'étaient parlé. Puis elle commença à jouer, pour son plus grand plaisir d'ailleurs. Tout aurait pu être parfait, si les autres types présents ne s'étaient pas étendus en compliments bateaux.

Calme-toi, James ! s'exhorta-t-il. *Tu ne vas tuer personne ce soir. En tous cas, pas ici.*

Il se doutait que tous les abrutis du lycée risquaient de se précipiter à l'annonce de leur rupture, mais le moins que l'on puisse dire, c'est qu'ils ne perdaient pas de temps ! Le roquet revint à la charge, servant à Sarah sa boisson préférée et stipulant bien qu'il l'avait apportée *pour elle*. Non, mais, pour qui il se prenait ce type ? Cela ne le gênait-il donc pas qu'il se trouve à peine à deux mètres d'eux ? James sentit ses envies de meurtre le reprendre, mais il se calma en apercevant Sarah retirer rapidement sa main lorsqu'il essaya de la toucher.

Bien fait ! Si tu crois qu'il suffit d'une tasse de café pour l'acheter, tu te trompes de fille !

Mais Sam ne se dégonfla pas et lui proposa de discuter à l'écart. Sarah sembla hésiter et James espéra qu'elle refuse, coupant court aux espoirs de ce crétin. Mais elle accepta. Ce débile de footballeur allait-il lui demander de sortir avec lui ? Se laisserait-elle convaincre ? Comment réagirait-il s'il devait assister en direct à leur premier baiser ? Il savait d'avance qu'il ne le supporterait pas. Alors il ne disposerait que de deux options : soit feindre l'indifférence, comme ça Sarah ne verrait pas à quel point cela le détruisait. Soit, sauter à la gorge de Sam, la lui arracher, et elle le détesterait jusqu'à la fin de sa vie. Dans les deux cas, il la perdrait définitivement. Il retint de justesse le grognement qui monta dans sa poitrine. Sam commença à parler et James tendit l'oreille pour ne rien rater de la conversation qui scellerait son sort.

« Sarah… Je ne sais pas comment te dire ça, mais… » *Parler, bégayer plutôt oui !* pensa James, amer. « J'ai conscience que James et toi c'est tout récent, mais j'ai pensé que… » *Que quoi ? Abrège, Monsieur muscles ! On ne va pas y passer la soirée !* « Enfin que si tu acceptais de mettre le nez dehors… » *Mais où voulait-il en venir à la fin ? Quel rapport entre ça et le reste ?* « C'est que tu te sentais mieux. Tu me plais, Sarah, vraiment. Depuis que tu es arrivée ici, j'ai envie de sortir avec toi. Voilà, c'est dit. » *Ça y est, nous y voilà ! Eh bien, tout ça pour ça ? Ce type est encore plus nul que ce que je pensais !*

Il vit Sarah réfléchir intensément, les sourcils froncés. Est-ce qu'elle hésitait à accepter ? « Sam… je suis très flattée de l'intérêt que tu me portes. » *En quoi se sent-*

elle flattée qu'un pareil abruti lui porte le moindre intérêt ? « Et crois-moi, s'il y a un garçon que j'apprécie c'est toi. » *Quoi ? Comment ça ?* pensa James, submergé maintenant par la colère. « Seulement, tu es mon ami et je n'envisage pas autre chose avec toi. » *Elle a refusé, elle a refusé ! Sarah ne veut pas de Sam O'Neil dans sa vie !*

James dut se retenir pour ne pas se mettre à danser.

« Je ne te plais pas, c'est ça ? » *Exactement, crétin ! Gros bras et petit cerveau, pas du tout son genre !* « Ce n'est pas ça… tu dis que je te plais, mais tu ne connais rien de moi, Sam. » *Comment ça : ce n'est pas ça ? Se pourrait-il qu'elle ressente quelque chose pour Sam ?* « Peu importe ce que tu as fait avant ton arrivée ici, ce qui compte, c'est la personne que tu es aujourd'hui, non ? » *Tu es loin du compte, pauvre débile ! Vas-y, Sarah, envoie une impulsion, juste pour voir la réaction du roquet quand il saura exactement de quoi il retourne !* « Justement, sur certains points je ne changerai jamais, même si je le souhaitais de tout mon cœur. » *Non, ne dis pas ça, tu es parfaite, ma princesse !* « Et James, lui, il est au courant de ces fameux points ? » *Oui, James, lui, est au courant parce qu'elle lui fait confiance à lui, justement !* « Oui. » « Alors que pourrait-il accepter et pas moi ? » *Tout, le roquet, absolument tout ! Tu n'as même pas idée !* « Un tas de choses. » *Oui, cette fois je suis prêt à tout accepter si c'est pour te garder.* « James Drake est donc l'homme parfait. Tu n'as que dix-sept ans, Sarah, tu en rencontreras d'autres, tu sais ? » *O'Neil est-il suicidaire ? Dans ce cas, je lui donnerais volontiers un coup de main !* « Non, je ne pense pas. » « Tu l'aimes encore, hein ? » « Oui. » *Merci mon Dieu ! Je sais que vous et moi ne sommes pas en très bon termes, mais promis, je vous revaudrai ça !* « Mais, Sarah, il ne veut plus de toi. Si ça se trouve, il est déjà passé à autre chose. » *Mais de quoi je me mêle, le roquet ? Que sais-tu de mes sentiments pour Sarah ?* « Merci de me le rappeler ! » *Bien joué ! Tu as réussi à la mettre en colère ! Vas-y, ma tigresse, colle-lui un coup de griffes !* « Je sais tout ça, mais ce n'est pas pour autant que je peux effacer ce que moi je ressens pour lui ! » *Non, ma chérie, tu te trompes, jamais je n'ai eu l'intention de te remplacer.* « James ne représentait pas une simple amourette de lycée pour moi ! J'avais des projets d'avenir avec lui ! » *Pour moi aussi tu es bien plus que ça, mon amour, et ne t'inquiète pas, bientôt nous reprendrons nos projets là où nous les avons laissés. J'en ai d'ailleurs plusieurs à rajouter à notre liste.* « Ne t'énerve pas, j'essayais juste de t'expliquer que tu ne peux pas continuer à l'attendre indéfiniment… » *Oh, sois tranquille, le roquet ! Je vais reprendre ma place auprès d'elle avant que tu aies compris ce qui se passe ! Et la première chose dont je m'occuperai sera de demander au véto le tarif pour une euthanasie !* « Oh, excusez-moi de gâcher la soirée et d'être malheureuse d'avoir perdu l'homme de ma vie ! » « Sarah, ce n'est pas… »

Elle tourna les talons sans même le laisser finir. Elle semblait très en colère, ses yeux lançaient des éclairs et elle serrait les poings, lui aussi l'était. Lily dit quelque chose à sa belle, mais il n'y prêta pas attention. Il était concentré sur Sam et le désir de tuer le reprit de plus belle. Comment ce sale petit morveux avait-il seulement pu envisager de sortir avec Sarah ? *Sa* Sarah !

Il entendait ses pensées, ce crétin était déçu, mais ne comptait pas renoncer. Très bien, c'est ce qu'on allait voir ! Sarah était à lui ! O'Neil n'était d'ailleurs pas le seul à projeter de tenter sa chance avec sa princesse, il captait d'autres réflexions du même genre autour de lui. James eut envie de hurler ! Il s'agissait vraiment de la pire soirée de sa vie ! Lily le rappela à l'ordre, il se rendit compte que Sarah l'observait aussi avec attention. La surprise se peignit sur ses traits et James comprit qu'il venait d'afficher clairement ses sentiments.

Imbécile ! se morigéna-t-il.

Mais il n'eut pas le loisir de se donner une contenance, la jeune fille eut une vision et la fit immédiatement passer à Lily. Son rythme cardiaque s'emballa, mais moins que si elle avait dû la gérer seule cependant. Il imagina sans problème la réaction des autres si sa jumelle n'avait pas intercepté les images qui défilaient dans la tête de Sarah et qu'elle s'était mise à crier. Lui et sa famille les entourèrent, mais James n'osa pas lui demander comment elle se sentait. Elle fit une plaisanterie sur la façon de se nourrir des Miller, il dut se retenir de sourire. Bien vu comme description ! Lorsqu'ils repéraient une proie, leurs ennemis ne faisaient pas dans la dentelle. Pourtant, Sarah ne semblait pas le moins du monde effrayée. Elle était forte. Il devait la récupérer à tout prix. Il ne savait pas encore comment se faire pardonner. Il devait y réfléchir, mais s'il tardait trop, d'autres types comme le roquet se rendraient compte de toutes ses qualités et essaieraient de lui voler sa place. Ou pire, elle risquait de quitter la ville ! Bien sûr, il pourrait toujours la prendre en chasse, après tout, il restait un vampire, mais il préférait ne pas en arriver à de telles extrémités. Il n'aimait pas l'idée de rabaisser la jeune fille au simple rang de proie. Puis Mike se mêla à la conversation, y coupant court. Stan improvisa en avançant le prétexte de l'anniversaire de leurs parents. C'était d'ailleurs la vérité, Gwen et Kylian s'apprêtaient à fêter leurs trois cent quatre-vingt-dix printemps. Il fallait qu'il en parle à Lily, ce serait une excellente excuse pour inviter Sarah chez eux ! En attendant, ce soir, il reprendrait son poste, ce bon vieux rebord de fenêtre lui manquait finalement.

Henry fulminait. Cela faisait des jours qu'il surveillait la sorcière, et impossible de s'en approcher ! Elle avait beau avoir rompu avec James, Stanislas et Zachary venaient tout de même la surveiller ! Il avait eu un petit espoir lorsqu'elle était sortie de Black Diamond pour cette course de voitures, mais là encore, les Drake s'étaient incrustés. Et voilà que ce soir, James était de retour !

Assis sur le rebord de la fenêtre de sa chambre, il regardait Sarah dormir. Un luxe que lui n'avait pas encore pu se payer. Pourtant, quelque chose lui disait que le spectacle valait le détour ! De plus, la jalousie de Melissa devenait de plus en plus insupportable. Si cette histoire s'éternisait, il allait sûrement finir par la tuer lui-même ! Si seulement il avait envisagé une petite compensation pour ses services, la pilule serait passée, mais avec Dylan, il n'espérait plus rien depuis longtemps. Ce dernier était le chef, se chargeait de le lui rappeler le plus souvent possible, et tant qu'à faire de façon humiliante. Ah ! Il en entendrait parler quand il aurait enfin sa fameuse sorcière et qu'il obtiendrait plus de pouvoir qu'il n'en avait rêvé ! Soudain, Henry eut une idée, noire, retorse et mesquine, tout à fait à son image. Un sourire satisfait étira ses lèvres et découvrit ses dents luisantes. Finalement, peu importait, que James profite bien, parce que bientôt, lui ne se contenterait pas d'admirer. Le temps était venu de prouver à Dylan qu'il n'était pas aussi intelligent qu'il se plaisait à le croire.

Chapitre 2

Ce matin-là, je me rendis au lycée, le cœur léger. Si James avait réagi de cette façon lors de la soirée feu de camp, il n'y avait que deux options possibles. Soit il était terriblement jaloux, soit je m'étais tourné des films et il détestait Sam, rien de plus. Néanmoins, l'espoir m'était un peu revenu. En arrivant, je me garai à ma place habituelle.

— Salut ! Tu as pris des couleurs, ça fait plaisir ! me dit Marie.

— Oui, mettre enfin le nez dehors m'a été bénéfique finalement.

Je rejoignis mon cours d'histoire sans me presser, de toute façon, je savais qu'il passerait la porte le dernier. Ce jour-là, James était encore plus beau que d'habitude, portant un jean noir, un col roulé gris et sa veste de cuir, il n'avait rien à envier aux mannequins des unes de magazines. Je l'observai à la dérobée, j'aurais dû m'abstenir, il m'ignorait clairement de nouveau. La douleur dans ma poitrine réapparut immédiatement. Qu'avais-je cru au juste ? Qu'il reviendrait sur sa décision comme par magie ? Qu'il me saluerait courtoisement ?

Au réfectoire cependant, je ne fus pas au bout de mes surprises.

— Marie n'est pas là ? m'étonnai-je en m'asseyant.

— Elle ne se sentait pas très bien, elle a dû rentrer chez elle.

— Oh, ce n'est pas trop grave au moins ?

— Elle a sans doute pris un coup de froid, me rassura Sam.

Puis la valse des Drake commença, chacun venant m'embrasser en me gratifiant d'un petit mot gentil. Quand ils eurent regagné leur table, Sam déclara, visiblement exaspéré :

— Ce n'est pas trop tôt ! Ils ne te lâchent jamais les baskets ?

Je fus à la fois surprise et agacée par sa réaction.

— Ce sont mes amis, je croyais que tu les appréciais.

— Mouais… Mais je ne suis pas sûr qu'il soit très sain que tu les fréquentes encore.

— Pourquoi ? Ils n'y sont pour rien dans ma rupture avec James, me justifiai-je.

— Sarah, je ne veux pas jouer les moralisateurs, mais regarde-toi, on dirait un fantôme…

— Je ne vois pas le rapport, le coupai-je sèchement.

— Ce type t'a fait du mal, côtoyer ses frères et sœurs ne t'aidera pas à l'oublier.

Super ! Encore une fois les Drake allaient assister à toute la conversation ! Sam le faisait-il exprès ?

— Arrête de faire endosser à James le rôle du méchant, tu ne sais pas ce qui s'est passé.

Il sourit tristement.

— Peut-être, mais tu étais dingue de lui, tu ne l'aurais pas laissé tomber sans raison valable. Et encore, même si tu en avais eu une, l'aurais-tu fait ? ajouta-t-il, amer.

— Sans doute que non…, admis-je.

— Nous sommes d'accord.

— C'est moi qui ai tout bousillé, Sam. J'ai fait quelque chose de mal et j'ai blessé James, murmurai-je en sentant mes paupières brûler douloureusement.

Il posa alors sa main sur la mienne, je ne la repris pas tout de suite cette fois.

— Cela ne devait pas être si terrible. Regarde la vérité en face, Sarah, il ne t'adresse même plus un regard. Comme si tu n'avais jamais existé à ses yeux. Avoue que pour un mec censé être profondément amoureux, il a vite tourné la page.

Je retirai ma main pour me cacher le visage. Je respirai profondément, essayant de refouler le chagrin qui menaçait de m'engloutir définitivement.

— S'il t'aimait, tu ne crois pas qu'il aurait tenté d'arranger les choses ? continua-t-il.

J'avais de plus en plus de difficultés à ne pas m'écrouler. Je savais où Sam voulait en venir, j'avais déjà fait mon introspection sur le sujet. La seule certitude qui en était ressortie était la suivante : je ne désirais pas de réponses claires à ces questions. Elles n'auraient sans doute fait que m'achever.

— J'ai réfléchi à notre conversation de l'autre soir.

Oh non ! Tout mais pas ça, pitié !

— Je suis prêt à attendre, Sarah. Je suis prêt à t'attendre.

Pourquoi fallait-il qu'il insiste ? Les mecs ne pouvaient-ils donc jamais se contenter d'un simple non ? J'allais rétorquer quand Emily Queen se pointa avec sa clique.

— Oh regardez, les filles ! La pauvre Sarah pleure sa rupture avec le beau James ! Qu'est-ce qui s'est passé, tu lui as volé son portefeuille ? Hum… James et moi au bal de fin d'année ! persifla-t-elle en s'éloignant.

Cette fois, ce fut la goutte d'eau qui fit déborder le vase. Je sentis la colère monter en moi telle une éruption volcanique et ne fis rien pour la contenir. Emily me cherchait depuis déjà trop longtemps, elle allait donc me trouver ! Je me levai pour marcher droit sur sa table. Lily voulut s'interposer, mais je la repoussai sans ménagement. Je me plaçai derrière Emily et posai mes mains de chaque côté de son plateau de façon à lui couper toute retraite. Elle sursauta tandis que ses copines me dévisagèrent, mortes de trouille.

— Emily, susurrai-je, James te plaît ? Vas-y, tente ta chance. Mais avant, arrête de rembourrer ça, dis-je en lui montrant sa poitrine, et commence à remplir ça, continuai-je en lui tapotant la tempe avec le doigt. Ah, encore une chose, si jamais tu m'adresses encore, ne serait-ce qu'une seule fois, la parole, je te brise la nuque.

Sans lui laisser le temps de répondre, je tournai les talons et regagnai ma table sans un regard pour James qui me fixait, j'en étais certaine.

— Pétasse ! grommelai-je.

Sam me regarda, éberlué.

— Eh bien ! Voilà ce qui s'appelle remettre les pendules à l'heure ! s'exclama-t-il.

— Elle commence sérieusement à me gonfler, grognai-je.

— Je vois ça. Sarah, ce genre de réaction ne te ressemble pas, qu'est-ce qui te prend ?

— Qu'est-ce qui me prend ? Hum… Eh bien, peut-être que j'en ai marre que tout ce fichu bahut raconte n'importe quoi à mon sujet, ou qu'on me demande toujours d'être forte, de ne pas flancher ou… oh non je sais ! Que tout le monde me conseille d'oublier James alors que chacun s'empresse de le rappeler à mon bon souvenir dès que l'occasion se présente ! Tu crois que c'est assez ou je continue ?

Il leva les mains devant lui en signe d'apaisement.

— O.K. ! O.K. ! Calme-toi. Tu vas finir par te faire virer du lycée.

— Quelle importance ? Je quitte la ville de toute façon, avouai-je enfin.

Sam se pencha sur la table, presque paniqué.

— Quoi ? Mais pourquoi ?

— D'après toi ?

— Sarah, ça devient n'importe quoi ! Tu ne comptes pas partir à cause de lui, tu es chez toi ici !

— Je ne suis chez moi nulle part. Et James n'y est pour rien, c'est moi. Je ne suis pas à ma place dans cet endroit.

— C'est faux ! Tu penses à Marie ? Et moi ? Nous t'aimons, *je* t'aime !

Hein ? Quoi ? Non, il ne l'avait pas dit à haute voix ! Je vis alors James se lever et sortir du réfectoire comme une bombe, manquant d'arracher la porte. Qu'est-ce qui lui prenait ? Était-ce la déclaration de Sam qui le mettait dans cet état ?

— Sam, il s'agit d'un mot trop important pour le prononcer à la légère. Et puis, tu songes à Marie ?

— Marie est au courant de ce que je ressens pour toi, c'est une des raisons de notre rupture.

— Tu le lui as dit ? demandai-je, incrédule. Sam, je te l'ai déjà expliqué, pour moi, tu es un ami. Je ne suis pas amoureuse de toi.

J'avais pourtant pris soin de détacher chaque mot pour bien lui faire comprendre les choses, mais manifestement cela ne fût pas suffisant.

— Je sais, mais je te l'ai dit moi aussi, j'attendrai. Je suis capable de me montrer patient quand il le faut, s'entêta-t-il.

La sonnerie retentit et nous regagnâmes nos classes respectives sans rien ajouter. Je constatai l'absence de James sans réelle surprise. Après la scène de la cantine, il avait dû préférer partir.

Tu rêves, ma pauvre Sarah ! Il se fout totalement que tu t'en ailles ! Il voulait s'offrir une nouvelle expérience et c'est tombé sur toi. Il a dû se passer quelque chose avec ses frères et sœurs, rien de plus.

À la fin des cours, je ne rentrai pas chez moi. Je conduisis tout en pensant à James, à Sam, à mon départ. Sans que je m'en rende compte, je me retrouvai au bord du lac. Je regardai un instant autour de moi, que pensais-je trouver ? James ?

Tu parles ! Il avait tout effacé d'un coup de baguette magique ! Envolés Sarah, les promesses, les sentiments et tout le reste ! Je m'assis sur le grand rocher et, instinctivement, mes yeux se posèrent sur nos prénoms entrelacés dans la roche. James les avait un jour gravés là pour marquer notre territoire, avait-il dit. Un territoire qui n'avait jamais été mien, je n'avais incarné que la proie potentielle. Proie dont il s'était rapidement désintéressé une fois qu'il l'avait eue entre ses griffes. Parfois, je me surprenais à penser qu'il aurait mieux fait de me tuer tout de suite plutôt que de m'infliger pareilles souffrances. Il m'avait avoué en avoir eu envie des dizaines de fois, qu'il s'était imaginé s'abreuver à moi, mais que son amour pour moi l'en avait finalement empêché. Je savais aujourd'hui qu'il s'agissait d'un mensonge, alors pourquoi avait-il renoncé ? Avait-il estimé que je ne valais pas la peine de ruiner tous les efforts qu'il avait fournis jusque-là ? M'avait-il envisagée comme un défi afin de tester ses propres limites ? Lui qui se plaisait à exceller en tout, m'avait-il vue comme une sorte de trophée ? Mon téléphone sonna soudain en me tirant de mes pensées.

— Allô ?

— Sarah, c'est Ryan.

Je ne lui laissai pas le temps de continuer, je me levai et balançai mon portable dans l'eau, le plus loin possible.

— Fous-moi la paix ! Foutez-moi tous la paix ! hurlai-je.

Assis au réfectoire avec ses frères et sœurs, James réfléchissait. Ce matin, il s'était dégonflé et n'avait pas osé parler à Sarah. Il ne savait pas comment s'y prendre pour l'approcher l'air de rien, pour redevenir son *ami*.

— Tu pourrais au moins lui dire bonjour, lui reprocha Stan.

— Je crois que j'ai encore besoin d'un peu de temps, se justifia-t-il.

— Grouille-toi, parce que Sam, lui, ne va pas t'attendre ! grogna Lily.

— Hein ?

Sa sœur lui indiqua la table de Sarah d'un signe de tête. Il tendit donc l'oreille. « Ce n'est pas trop tôt ! Ils ne te lâchent jamais les baskets ? » *De quoi je me mêle encore, le roquet ?*

Sam O'Neil commençait vraiment à le gonfler !

« Ce sont mes amis. Je croyais que tu les appréciais ? » *Tu parles ! Il n'a joué le jeu que pour te plaire !* pensa James, amer. « Mouais… Mais je ne suis pas sûr qu'il soit très sain que tu les fréquentes encore. »

— Pour qui il se prend ce type ? grogna Maggie, arrachant les mots de la bouche de James. Notre compagnie vaut bien la sienne !

« Pourquoi ? Ils n'y sont pour rien dans ma rupture avec James. »

— Ça, c'est vrai ! approuva Lily.

« Sarah, je ne veux pas jouer les moralisateurs, mais regarde-toi, on dirait un fantôme… » « Je ne vois pas le rapport. » *Vas-y, envoie-le sur les roses, ce débile !* « Ce type t'a fait du mal, Sarah, côtoyer ses frères et sœurs ne t'aidera pas à l'oublier. »

Espèce de… tu en crèves, hein ? Tu voudrais qu'elle m'oublie, tu n'attends que ça même ! « Arrête de faire endosser à James le rôle du méchant, tu ne sais pas ce qui s'est passé. » « Peut-être, mais tu étais dingue de lui, tu ne l'aurais pas laissé tomber sans raison valable. Et encore, même si tu en avais eu une, l'aurais-tu fait ? » *Si ce satané roquet ne la ferme pas, je me chargerai moi-même de lui sceller les lèvres pour l'éternité !* « Sans doute que non… » « Nous sommes d'accord. » *Sans rire ? Ça, c'est un scoop ! Le roquet d'accord avec Sarah ! Tu veux un susucre ?* « C'est moi qui ai tout bousillé, Sam. J'ai fait quelque chose de mal et j'ai blessé James… » *Non, ma chérie, c'est moi qui n'ai pas compris, ne pleure pas !* « Ce que tu as fait ne devait pas être si terrible. Mais regarde la vérité en face, Sarah, il ne t'adresse même plus un regard. Comme si tu n'avais jamais existé à ses yeux. Avoue que pour un mec censé être profondément amoureux, il a vite tourné la page. »

— Je vais le tuer…, grogna James.

— Tu ne vas tuer personne, dit Lily. Il a parfaitement raison et tu le sais.

« Je sais… » « S'il t'aimait, tu ne crois pas qu'il aurait tenté d'arranger les choses ? » *C'est ce que je compte faire et je vais te virer de sa vie par la même occasion, fais-moi confiance !* « Peut-être… Je n'en sais rien… » *Je vais te tuer pour l'avoir blessée ainsi O'Neil !* « J'ai réfléchi à notre conversation de l'autre soir. Je suis prêt à attendre, Sarah. Je suis prêt à t'attendre. »

— Tu ne bouges pas ! ordonna Lily. Je t'avais prévenu, maintenant assume les conséquences de tes actes.

James serra les poings, mais ne broncha pas, de toute façon il y avait trop de témoins.

« Oh regardez, les filles ! La pauvre Sarah pleure sa rupture avec le beau James ! Qu'est-ce qui s'est passé, tu lui as volé son portefeuille ? Hum… James et moi au bal de fin d'année ! » *Même pas en rêve !* songea le jeune homme, dégoûté.

Puis Sarah se leva et marcha droit vers la table d'Emily.

— Ça va mal tourner…, souffla Stan.

Lily se leva rapidement et tenta de s'interposer, mais Sarah la repoussa. Ses yeux ne reflétaient plus que fureur. Comme elle était belle ! Il la vit se poster derrière la pom-pom et lui susurrer :

« Emily, James te plaît ? Vas-y, tente ta chance. Mais avant, arrête de rembourrer ça ». Elle lui indiqua sa poitrine. « Et commence à remplir ça. » ajouta-t-elle en désignant sa tempe. James ne put s'empêcher de sourire. *Bien dit, princesse ! Mais je ne désire personne d'autre que toi !* « Ah, encore une chose, si jamais tu m'adresses encore, ne serait-ce qu'une seule fois, la parole, je te brise la nuque. » *Revoilà ma tigresse !* songea-t-il avec fierté.

— Bien envoyé ! ricana Maggie.

— Elle se contrôle de moins en moins, ajouta Lily, ça va mal finir.

« Pétasse ! »

— Là, elle n'a pas tort, convint Stan.

« Eh bien ! Voilà ce qui s'appelle remettre les pendules à l'heure ! » *Tu n'aimes pas que Sarah soit jalouse, hein ? Elle est à moi, rentre-toi ça dans le crâne !* « Elle commence sérieusement à me gonfler. » *Tu n'es pas la seule, mon trésor. Elle a de la chance d'être une femme, sinon elle aurait eu droit au même traitement que Jeff Mac !* « Je vois ça. Sarah, ce genre de réaction ne te ressemble pas, qu'est-ce qui te prend ? » « Qu'est-ce qui me prend ? Hum… Eh bien, peut-être que j'en ai marre que tout ce fichu bahut raconte n'importe quoi à mon sujet, ou qu'on me demande toujours d'être forte, de ne pas flancher ou… oh non je sais ! Que tout le monde me conseille d'oublier James alors que chacun s'empresse de le rappeler à mon bon souvenir dès que l'occasion se présente ! Tu penses que c'est assez ou je continue ? » *Bien ! Très bien ! Il a fini par la mettre en colère, ce crétin va se griller tout seul !* James jubilait. « O.K. ! O.K. ! Calme-toi. Tu vas finir par te faire virer du lycée. »

C'est vrai que si Emily allait raconter au directeur que Sarah avait proféré des menaces de mort à son encontre, il risquait de ne pas apprécier. Pas grave, il lui graisserait la patte pour qu'il la garde. Ce ne serait pas la première fois que ce cher Monsieur Connors accepterait un généreux don de sa famille. Au pire, il manipulerait son esprit et ferait en sorte que ce soit Emily qui soit inquiétée. Cette pimbêche l'aurait bien mérité après tout. « Quelle importance ? Je quitte la ville de toute façon. » A ces mots, James se pétrifia, ce que sa jumelle ne tarda pas à remarquer.

— Je t'avais prévenu, magne-toi de réparer les dégâts, Jamy.

« Quoi ? Mais pourquoi ? » « D'après toi ? » « Sarah, ça devient n'importe quoi ! Tu ne vas pas quitter la ville à cause de lui, tu es chez toi ici ! » *Pour une fois nous sommes d'accord.* « Je ne suis chez moi nulle part. Et James n'y est pour rien, c'est moi. Je ne suis pas à ma place dans cet endroit. »

— Génial ! Cette fois, tu as fait très fort ! grogna Maggie.
— Je sais…, murmura James, penaud.

« C'est faux ! Tu penses à Marie ? Et moi ? Nous t'aimons, je t'aime ! »

Cette fois, James ne put réprimer le grognement qui monta dans sa gorge. La pulsion meurtrière qui s'empara de lui en cet instant surpassa tout ce qu'il avait connu jusqu'alors. L'odeur de Sam satura ses sens, il pouvait entendre ses veines charrier son sang dans son organisme, comme le vrombissement d'une rivière en crue. La salive lui monta à la bouche. Il était en chasse et Sam venait de décrocher le rôle de proie.

— Pas ici ! ordonna Zach.

Il savait que son frère avait raison. Il sortit donc du réfectoire avant de commettre l'irréparable. La colère noire qui l'avait envahi menaçait de l'engloutir entièrement.

Cela faisait près de cent ans qu'il n'avait pas eu autant envie de tuer. Il partit en direction de la forêt et se mit à courir, il fallait qu'il s'éloigne, et vite ! Sam l'aimait ! Cet abruti de roquet n'éprouvait pas un simple béguin d'adolescent, il aimait réellement Sarah ! Ce qu'il avait craint depuis le début s'était finalement produit. Un garçon normal, honnête et gentil proposait à Sarah de le remplacer auprès d'elle. Il n'avait pas entendu sa réponse, mais il se doutait qu'un jour, elle finirait par accepter. Sans s'en rendre compte, il se retrouva au bord du lac. Trois mois étaient passés depuis qu'une anodine balade en voiture les avait menés ici. Ce jour-là, il lui avait donné son cœur et elle lui avait offert le sien. Puis, par orgueil et par bêtise, il avait tout gâché et aujourd'hui, il ne savait pas comment réparer les dégâts. Il avait toujours été ce que l'on appelait un *Don Juan*, collectionnant les conquêtes, sans se soucier des conséquences. Être amoureux s'avérait tellement différent ! Avec Sarah, il se sentait comme un petit garçon, la peur de la perdre supplantant tout le reste. Comment procédait-on pour *reconquérir* une femme ?

Soudain, il entendit un bruit qu'il aurait reconnu entre mille, le moteur de la Mustang. Il se dissimula dans les fourrés pour observer la suite. Sarah émergea d'entre les arbres et regarda autour d'elle avec attention. Cherchait-elle quelque chose ? Elle paraissait si triste et fatiguée. Elle prit place sur le rocher où il se trouvait quelques instants avant. Elle contempla un moment le paysage puis son regard revint sur la pierre qu'elle caressa. James se souvint alors qu'il avait gravé leurs prénoms à cet endroit pour se l'accaparer. Un léger sourire passa sur ses lèvres et puis elle sembla soudain en colère. *À quoi penses-tu, mon amour ?* songea-t-il.

Son portable sonna, James tendit l'oreille. Jouer les concierges commençait à devenir une habitude ! « Allô ? » « Sarah, c'est Ryan. »

Qu'est-ce qu'il lui voulait encore celui-là ? Mais elle ne lui laissa pas le temps de répondre quoi que ce soit, elle se leva et jeta son portable dans le lac. James en resta bouche bée. « Fous-moi la paix ! Foutez-moi tous la paix ! »

Finalement elle se rassit et éclata en sanglots. Ce son déchira le cœur de James. Il eut honte soudain, car il se savait responsable de ce chagrin. Il s'apprêtait à la rejoindre quand brusquement, elle se leva et regagna la Mustang en courant. Il décida de la suivre, elle hoquetait toujours et il craignait qu'elle commette un impair. Elle se rendit sur l'ancienne voie désaffectée et commença à manœuvrer comme lors du run. Elle conduisait de plus en plus vite, passant de plus en plus près des fûts. James prit peur, mais il savait que le voir ici risquait de la surprendre au point qu'elle rate une de ses manœuvres, il appela donc son frère.

— Stan, il faut que tu ailles à la vieille route, Sarah y est !

— Elle s'entraîne et après ?

— Non, tu ne comprends pas ! Il ne s'agit plus d'entraînement là !

Décelant la panique dans la voix de James, Stan déclara :

— J'arrive tout de suite !

Quelques minutes plus tard, ses frères étaient sur place. Ils descendirent de la Vantage et observèrent Sarah un instant. Elle frôla de peu le second obstacle puis remit les gaz. Elle les avait vus, aucun doute, mais ne s'arrêta pas pour autant.

— Sarah, stop ! hurla Zach.

— Avec le bruit du moteur, elle ne t'entend pas. Je m'en occupe, dit Stan en montant dans la Vantage.

Lorsqu'il fut à la hauteur de la Mustang, il ouvrit la fenêtre. Il lui jeta un coup d'œil et s'aperçut avec horreur qu'elle pleurait. Elle risquait de se tuer ! Il lui fit signe, en guise de réponse, elle pila net, faisant fumer les pneus et fit demi-tour. Elle partit à toute allure et regagna la route qui menait à Black Diamond. Stan rejoignit Zach qui sauta dans sa voiture.

— Lily avait raison, elle pète les plombs ! s'écria Stan.

— Il faut la rattraper ! Je préviens Lily et Maggie, qu'elles nous retrouvent chez elle, déclara Zach.

— Ouais, bonne idée.

Comme ils l'avaient pressenti, Sarah se trouvait bien chez elle. La musique hurlait dans la maison. Lily et Maggie arrivèrent à ce moment-là.

— Qu'est-ce qui s'est passé ? demanda la punkette, inquiète.

— J'en sais rien ! se récria Stan. James m'a appelé pour me dire que Sarah pétait les plombs, il était complètement paniqué, alors Zach et moi y sommes allés. Elle était sur la vieille route désaffectée à effectuer des manœuvres dangereuses, en pleurant en plus !

— Et James, il est où ?

— Mais j'en sais rien, moi ! s'énerva Stan.

Il commençait à en avoir assez d'être pris entre deux feux depuis quelque temps. La rupture de Sarah et James déteignait sur le clan et l'ambiance générale en pâtissait. Tous se trouvaient en permanence sur les nerfs et pour un prédateur, la pression ne présageait jamais rien de bon…

Cette journée avait été la pire de toutes depuis bien longtemps. Entre James qui m'ignorait de nouveau, Emily qui s'amusait à me provoquer et Sam qui avait déclaré m'aimer, j'avais envie de hurler ! Même au bord du lac, Ryan avait trouvé le moyen de venir me gonfler. Ensuite, j'avais voulu me détendre et oublier en conduisant, mais évidemment, les frères Drake s'étaient pointés. Je ne pouvais donc jamais être tranquille ? Des coups frappés à la porte me tirèrent de mes pensées. À peine eussé-je ouvert que Lily entra comme une bombe.

— À quoi tu joues ? attaqua-t-elle.

— Moi ? À rien, pourquoi ? demandai-je, surprise.

— Ah bon ? Ce midi, tu menaces de mort Emily, devant témoins en plus ! Et ce soir, tu fais des manœuvres dangereuses, seule sur la vieille route ! Qu'est-ce qui te prend, Sarah ?

— Mais rien ! Lâchez-moi un peu ! J'avais besoin de décompresser, c'est tout !

— En te tuant ?

— Bien sûr que non !

Elle m'observa un instant, comme pour juger si elle pouvait me croire sur parole puis me serra dans ses bras.

— Tu m'as fait peur, tu sais ? souffla-t-elle.

— Excuse-moi. Mais arrête de te tracasser pour moi, je t'assure, Lily, je vais bien.

— Et pour Emily, si tu veux vraiment t'en débarrasser, je t'aiderai, ajouta Maggie.

Nous rîmes, la proposition était tentante, je devais l'admettre.

— J'y songerai, plaisantai-je.

Stan s'avança à son tour, rien qu'à l'expression de son visage, je devinai de suite qu'il était en colère.

— Sarah, tout à l'heure tu aurais pu te tuer, dit-il froidement.
— Je suis désolée si je t'ai effrayé, Stan.
— Je me fiche de tes excuses ! explosa-t-il soudain. Tu conduisais en pleurant, tu as frôlé l'un des obstacles de seulement quelques centimètres !

Sa réaction me surprit. Stan, toujours prêt à s'amuser, était hors de lui à présent.
— Calme-toi, je savais ce que je faisais.
— Justement non ! J'ai accepté de courir ce run avec toi, quitte à me fâcher avec mon frère, pour minimiser les risques d'accident, alors ce n'est pas pour que tu te tues à la première occasion ! Tu te rends comptes de ce que cela aurait fait à Lily, à moi ou aux autres s'il t'était arrivé quelque chose ? Tu voulais une famille, tu en as une désormais, tu n'as plus le droit d'agir en égoïste !

Je l'observai et je compris enfin. J'avais blessé Stan, je ne lui avais pas seulement fait peur. Je m'approchai de lui et le pris dans mes bras. Il me serra contre lui aussi fort que possible, comme s'il avait peur que je lui échappe.
— Pardonne-moi, petit frère. Je te jure de ne jamais recommencer, promis-je en lui embrassant la joue.
— Mouais…, grogna-t-il. T'as pas intérêt.
— Toujours équipiers ?
— Évidemment ! répondit-il en haussant les épaules.

Je pris place sur le canapé et me passai une main dans les cheveux.
— Décidément, je fais tout de travers en ce moment, murmurai-je, lasse. Je suis fatiguée.
— Ça va s'arranger, ma puce, m'assura Lily.
— Il n'y a pas que James. Je voudrais juste vivre tranquille, sans prise de tête, tu comprends ?
— Oui, il faut que tu te montres un peu patiente.
— Tout rentrera dans l'ordre, quand je quitterai cette fichue ville !
— Sarah, tu ne comptes pas vraiment partir, dis ? s'inquiéta Stan.
— Si, c'est la seule façon pour moi de me reconstruire.
— Il s'agit d'une fuite, rien de plus, me contredit Zach.
— Sans doute, mais c'est mieux que rien et certainement la meilleure solution pour tout le monde. Pour moi, pour James, pour Sam et même pour vous.
— C'est faux ! s'indigna Lily. Tu crois que nous allons t'oublier parce que tu ne seras plus là ?
— Non, mais ce sera toujours mieux que de se croiser tous les jours, moins douloureux peut-être.
— Pour Sam encore, mais pour James et toi sûrement pas, insista Zach.
— Alors quoi ? On continue à s'observer du coin de l'œil ? En attendant quoi ? Je suis lasse de patienter, lasse d'avoir mal et peur. Vous comprenez ?
— Oui, mais si tu pars, ce sera définitivement terminé ! s'écria Stan.
— Mais c'est déjà terminé ! Sam a raison, James aurait essayé d'arranger les choses s'il pensait que ça en valait la peine ! Je ne dispose pas de l'éternité, contrairement à vous ! explosai-je. Je dois peut-être attendre d'avoir l'âge d'être sa mère

pour qu'il daigne s'intéresser à moi ? Merci, mais sans façon ! Et puis, j'en ai assez d'espérer des trucs qui n'arriveront jamais, ce n'est que plus douloureux ensuite. Soyons honnêtes, il ne me regarde même plus, un simple bonjour est trop demandé. James sera soulagé de mon départ, il pourra reprendre le cours de sa vie. Tu sais à quel point c'est dur quand la personne que tu aimes agit comme si tu n'existais pas ?

— Ne dis pas ça, nous comprenons que c'est difficile pour toi. C'est juste que Jamy est un peu déboussolé en ce moment, me confia Maggie. Tout comme toi. Tu devrais te reposer un peu, cela t'aidera à avoir l'esprit plus clair.

— Tu crois ?

— J'en suis certaine, ajouta-t-elle dans un sourire.

Ils partirent et je montai me coucher directement. Maggie avait raison, il fallait que je dorme. Pour m'y aider, je pris un somnifère. Ce n'était pas la meilleure solution, mais sans ça, je risquais de devenir définitivement folle. Je sentais que quelque chose n'allait pas, que je perdais le contrôle et que James n'en était pas l'unique raison. Mon instinct me hurlait que quelque chose allait se produire. Cependant, je n'avais aucune envie de réfléchir aux nouveaux problèmes qui ne tarderaient sûrement pas à me tomber dessus.

Sam était absent ce matin-là, mais Marie m'attendait. En fin de matinée, je la retrouvai au réfectoire, comme d'habitude. Pourtant, après les confidences de Sam, je me sentais mal à l'aise. J'imaginais sans peine ce qu'elle pouvait ressentir.

— Alors, ça va mieux ? m'enquis-je.

— Oui, un rhume, rien de plus, me rassura-t-elle.

— Sam aussi ?

— Certainement, mais il est costaud, demain il sera sans doute rétabli. Le corps du moins, parce que l'orgueil, c'est autre chose, ajouta-t-elle en baissant les yeux.

Je vis où elle voulait en venir et je me doutais que cette conversation aurait eu lieu tôt ou tard de toute façon.

— Il t'en a parlé ?

— Oui, il m'a appelée hier soir. Il pense que tu as juste besoin de temps.

— Tout le temps du monde n'y changerait rien, je ne suis pas amoureuse de lui.

Elle releva la tête et planta son regard azur dans le mien.

— Sois franche, si tu n'avais pas eu cette aventure avec James, aurais-tu laissé sa chance à Sam ?

— Non, la coupai-je fermement. Sam est un ami, mais je ne ressens aucune attirance pour lui. Il aime une Sarah qu'il s'est créée, je ne suis pas cette fille. Je suis désolée qu'il ait mis fin à votre relation pour ça.

Elle haussa les épaules et fit la moue.

— Ce n'est pas grave. Ce qui me dérange, c'est qu'il se tourne des films à propos de vous deux.

— Je t'assure que je me suis montrée très claire à ce sujet. J'ignore comment faire pour qu'il comprenne enfin, lui expliquai-je.

— Il est têtu et je me doute que pour toi, cela ne doit pas être facile, admit-elle, compréhensive.

— En effet, je ne souhaite pas blesser Sam, mais il veut que j'oublie James comme si rien ne s'était passé et que je commence une nouvelle histoire avec lui. Il ne voit pas à quel point cette éventualité serait malsaine.

— Tu es toujours amoureuse de James, n'est-ce pas ?

Cette fois, je jetai un coup d'œil vers lui, comme d'habitude, il fixait son plateau, ne m'accordant pas un regard. Pourtant, il entendait tout, une fois de plus.

— Quelle importance ? dis-je en haussant les épaules. Lui ne m'aime plus. Mais ce n'est pas seulement pour cela que je refuse de sortir avec Sam. Cela ne serait pas honnête, tu comprends ? Aimer quelqu'un et ne rien recevoir en retour est douloureux, je le sais mieux que quiconque. Il est hors de question de lui imposer cette épreuve.

Elle me prit les mains par-dessus la table, un sourire indulgent sur les lèvres.

— Tu es quelqu'un de bien, Sarah. Bon, parlons de choses plus gaies, d'accord ? Samedi soir, j'organise une soirée pour mon anniversaire, tu viendras ?

— Avec plaisir ! Il faut apporter quelque chose ?

— Non, j'ai tout prévu, mais... tu ne connaîtras pas grand monde et j'imagine que tu te sentiras plus à l'aise si...

Je compris qu'elle ignorait comment formuler ce qui allait suivre. Je lui facilitai donc la tâche.

— Si les Drake m'accompagnaient ? dis-je, amusée.

— Oui, je sais que tu les adores. Même si Sam ne partage pas cet avis, je pense qu'ils sont tes amis et tu n'as pas à couper les ponts avec eux à cause de cette histoire. De plus, peut-être que James et toi finirez par vous parler.

— Ne rêve pas trop tout de même ! m'esclaffai-je. Bien que j'aimerais que James et moi puissions au moins redevenir amis avant mon départ. Un happy end en quelque sorte.

Marie sembla triste soudain.

— Tu as arrêté ta décision, n'est-ce pas ?

— Oui. Mais nous allons profiter du temps qu'il nous reste. Je termine l'année scolaire ici de toute façon.

— Tu es certaine qu'il n'existe pas d'autre solution ? Moins radicale, je veux dire.

— Non, ce sera mieux pour tout le monde et puis, tu pourras me rendre visite, ma porte te sera toujours ouverte.

— Ce ne sera pas pareil, tu nous manqueras beaucoup, ajouta-t-elle en baissant les yeux. Où penses-tu t'installer ?

— Je ne sais pas encore exactement, le plus loin possible de Black Diamond en tout cas. Je n'aurais jamais dû venir dans cette ville. Je rentrerai peut-être en France ou en Italie. Ma mère avait des origines italiennes et j'ai toujours adoré Rome.

— Mais, Sarah, c'est à l'autre bout de la planète ! s'écria-t-elle.

— Cela te permettra d'effectuer un séjour linguistique et de voir du pays ! plaisantai-je. Bon, je vais demander aux autres si ça les tente.

Je me levai et rejoignis leur table en prenant bien soin de ne pas regarder James.

— Coucou, vous ! lançai-je avant de les embrasser chacun leur tour, sauf James, bien évidemment. Bonjour, James.

— Bonjour, Sarah, dit-il, la voix rauque.

Qu'avait-il ? Pourquoi semblait-il si triste ? Je l'étudiai un instant avant de reprendre :

— Je suppose que vous avez tout entendu, n'est-ce pas ?
— Oui et on vient ! piailla Lily. On ne va pas te lâcher !
— J'espère bien !

Puis, j'observai de nouveau James, il paraissait mal à l'aise. Je décidai de lui tendre une dernière perche, en souvenir du bon vieux temps en quelque sorte.

— L'invitation vaut aussi pour toi, James, dis-je doucement.
— Je viendrai, se contenta-t-il de répondre sans lever les yeux.

Un simple regard était-il trop demandé ? Mon cœur se serra atrocement, mais je décidai de ne rien montrer.

— Très bien, alors à samedi !

Puis, je tournai les talons et m'apprêtai à regagner ma table lorsque Mike m'arrêta.

— Tu assisteras à la fête de Marie. Génial ! s'exclama-t-il.
— Oui, il faudra me supporter encore un peu ! plaisantai-je.
— C'est un plaisir pour nous de partager du temps avec toi.
— C'est gentil, merci.
— Tu apporteras ta gratte ?
— Euh… je ne pense pas, être le point de mire d'une soirée, ce n'est pas vraiment mon truc.
— Je comprends. Tu veux que je passe te chercher ? proposa-t-il du tout à trac.

Cette question me prit au dépourvu, Mike n'allait quand même pas s'y mettre lui aussi ? Qu'est-ce que j'avais fait au ciel pour mériter ça ?

— Euh… Je te remercie, mais je compte me préparer avec Maggie et Lily, donc on viendra ensemble, esquivai-je.

C'était totalement faux, mais Mike ne le saurait pas, il ne serait donc pas vexé.

— Ah, euh… On se retrouve là-bas alors ?
— O.K. ! approuvai-je en courant presque pour rejoindre Marie.

Cette semaine fut la plus étrange de toute mon existence. Des garçons que je ne connaissais pas me saluèrent par mon prénom, me sourirent ou demandèrent de mes nouvelles. Cela me mit mal à l'aise. Quant à Sam, il ne fit plus aucune allusion à notre conversation, ni à ses sentiments pour moi, ce qui me soulagea. James, lui, m'ignorait toujours, cela me faisait toujours aussi mal, mais je gardais espoir qu'un jour peut-être, la douleur finirait par disparaître. Il le fallait. Le samedi soir arriva finalement plus vite que je l'avais envisagé.

Je me préparai pour la soirée. Après avoir pris un bain, je me séchai les cheveux et les brossai. Après quelques minutes de réflexion, j'optai pour un chignon flou. Je me maquillai légèrement, enfilai ma robe tube noire, mes bottes et m'observai d'un œil critique dans le miroir. On ne pouvait pas dire que j'avais bonne mine, mais cela ferait l'affaire. Je me dirigeai vers la coiffeuse pour me parfumer quand j'aperçus la bouteille d'eau de toilette que James m'avait offerte. Je m'en saisis et la contemplai un moment, me souvenant que j'avais été outrée par son prix et que ma réaction l'avait amusé. « Tu es une princesse, et les princesses portent des parfums hors de prix, c'est connu ! » avait-il déclaré en souriant.

J'avais l'impression que cette scène remontait à des siècles. Un long frisson me parcourut l'échine. Etrange comme ma vie avait pris un tournant magistral depuis mon arrivée à Black Diamond. Comme si une nouvelle Sarah avait vu le jour, pour naviguer dans des ténèbres plus profondes encore que les précédentes…

C'était l'effervescence chez Marie. Je garai la Mustang à côté de la BMW de James et descendis. Les Drake discutaient gaiement avec Mike sur le perron.

— Ah, voilà la plus jolie fille de la soirée ! s'exclama-t-il en me voyant arriver.

Je fus gênée par cette remarque et aperçus James qui me fixait, les mâchoires serrées à l'extrême.

— Merci. Salut, tout le monde ! lançai-je aux Drake. Je vais donner son cadeau à Marie et je reviens.

— Je t'accompagne ! s'écria Mike.

Je fronçai les sourcils, qu'est-ce qui lui prenait de me coller comme ça ?

— Je… euh… Si tu veux.

Marie fut ravie de son présent, j'avais opté pour un petit bracelet en argent serti de turquoises. Elle m'embrassa chaleureusement avant de le mettre. Puis Sam vint me saluer.

— Ça va mieux ? lui demandai-je.

— Oui, ça va. Tu ne t'inquiètes pas pour moi au moins ? interrogea-t-il, narquois.

— Bien sûr, nous sommes amis, non ?

— Hum… grommela-t-il, visiblement déçu.

Je repartis rejoindre ma famille d'accueil en le plantant là avec son ami. Je n'avais aucune envie de me retrouver entre ces deux-là.

— Tu es très belle, ma chérie, me complimenta Maggie, je n'avais jamais vu cette robe, elle te va très bien.

— Merci, c'est gentil. Je ne la mets que pour des occasions spéciales.

Puis, me souvenant que je la portais le jour où James et moi nous étions promenés en ville, le jour où tout avait commencé, je rougis et lui lançai un regard en biais. Il me considéra avec tristesse, puis baissa la tête. Mike et Sam arrivèrent à cet instant. Ils tenaient chacun un verre à la main. Saisissant ce qui risquait de se passer, je soufflai à Lily :

— Sors-moi de là, pitié !

Elle s'avança vers les garçons, un grand sourire aux lèvres.

— Oh ! Vous nous avez apporté des boissons ! Vous êtes adorables !

Les deux compères se regardèrent et, comprenant qu'elle venait de les prendre à leur propre jeu, n'eurent d'autre choix que de lui tendre les gobelets.

— Euh… On s'est dit que vous deviez avoir soif, murmura Mike.

— C'est très gentil de votre part, répondit Lily, espiègle.

Elle en donna un à Maggie, un à Stan et un à moi évidemment. James et Zach expliquèrent qu'ils n'avaient pas soif.

— Sarah, tu veux danser ? demanda alors Sam.

— Euh… Je n'aime pas particulièrement ça, esquivai-je.

— Pourtant, au bal, tu as dansé toute la soirée, insista-t-il en fixant James.

Celui-ci lui jeta un coup d'œil meurtrier et serra les poings si fort que ses jointures devinrent blanches. Ce qui ne m'échappa pas. James détestait Sam, si ce dernier persistait avec ses sous-entendus, cela risquait de mal finir. Le jeune homme avait beau s'imaginer valoir James, il ne se doutait pas un seul instant de ce que celui-ci pourrait lui infliger s'il le poussait à bout.

— Oui, mais il s'agissait d'un bal. En général, on y va pour ça. Aujourd'hui, je suis ici pour souhaiter un bon anniversaire à Marie.

— Je vois, marmonna-t-il en tournant les talons.

Puis un type que je ne connaissais pas me salua.

— Salut, Sarah !

— Euh… Salut.

— Tu es venue finalement, Marie n'en était pas certaine.

— Ah euh… Eh bien oui, rétorquai-je en me creusant la tête pour me rappeler son nom.

— Peut-être m'accorderas-tu une danse tout à l'heure ?

— Je n'aime pas danser, esquivai-je encore.

— Pas grave, moi non plus, on boira un verre, ajouta-t-il avant d'entrer dans la maison sans me laisser l'occasion de répondre.

Je restai scotchée ! Mais qu'est-ce qui leur prenait à la fin ? Jamais un seul garçon ne m'avait remarquée avant et, ces temps-ci, c'était comme si j'étais le miel et eux les abeilles !

— Bon, si on allait danser ? demanda soudain Lily.

— Je ne préfère pas, j'ai dit à tout le monde que je détestais ça. Si j'y vais, ils vont tous revenir à la charge, non merci !

— Bon, tu viens, Jamy ?

— Non, ça ne me tente pas non plus.

— Alors soyez sages, tous les deux ! rétorqua la punkette avec un clin d'œil.

Comme d'habitude, James et moi retombions dans notre mutisme gêné. Lui était appuyé contre la rambarde du perron, moi, assise dans un fauteuil en osier. Être si près de lui et ne pas pouvoir le toucher ou l'embrasser me serra de nouveau le cœur. Puis, j'eus une vision, James, en compagnie d'une plantureuse blonde, étendus sur un lit, tout à fait explicite. Lorsque je sortis de ma transe, il me fixait, inquiet, mais n'avait pas bougé. Lily, qui l'avait sentie, réapparut comme par magie.

— Qu'est-ce qui se passe, ma puce ? Qu'as-tu vu ? m'interrogea-t-elle.

— Rien, laisse tomber ! rétorquai-je en me levant comme un diable sortant de sa boîte.

— Dis-moi, Sarah, tu as l'air toute retournée, insista mon amie.

Retournée ? Non, j'étais en colère, malheureuse, déçue et blessée !

— Le fameux tableau de chasse de ton frère, ça te va ! crachai-je.

James me regarda, horrifié. Lily reprit alors :

— C'est du passé tout ça, Sarah, tu le sais bien.

— Oui, comme moi. On fait toutes partie de son passé !

Puis, je tournai les talons et entrai dans la maison. Marie me proposa un café que j'acceptai. Ce n'était peut-être pas le mieux pour calmer mes nerfs déjà à fleur de peau, mais tant pis ! Je ne voulais plus que James m'approche, j'étais trop furieuse. Sam choisit ce moment précis pour revenir à la charge.

— Tu es sûre que tu n'as pas envie de danser ? me demanda-t-il. En tout bien tout honneur, je te le promets.

Je réfléchis puis décidai qu'après tout, James se rendrait compte de ce que cela faisait d'apercevoir la personne que l'on aime dans les bras de quelqu'un d'autre. Sauf que James, lui, ne ressentait plus rien pour moi, il ne supportait simplement pas que Sam puisse croire qu'il valait autant, sinon mieux que lui. Le cœur n'avait rien à voir là-dedans, seul l'orgueil en serait blessé. Méchamment, je me dis que ce serait toujours mieux que rien.

Je dansai donc avec Sam sur une ou deux chansons puis nous sortîmes sur le perron. Un attroupement s'était formé autour de la Mustang, en me voyant arriver, cinq ou six garçons vinrent à ma rencontre.

— Sarah, ta caisse est vraiment géniale ! me dit l'un d'eux.

— Merci.

— C'est vrai que tu as participé à des runs avec ?

— Oui.

— Combien ?

— Aujourd'hui, mon palmarès est de cent vingt-cinq runs courus et de cent vingt-quatre gagnés.

— La vache ! J'adorerais faire ce genre de course !

— Désolée, j'ai déjà un équipier ! plaisantai-je en regardant Stan. Et puis j'ai arrêté pour moi, c'est terminé.

— C'est James qui ne veut pas que tu coures, n'est-ce pas ? m'interrogea soudain Sam.

Excédée, je le saisis par le bras et le tirai à l'écart.

— Qu'est-ce qui t'arrive ? me demanda-t-il, surpris.

— Arrête ça, d'accord ? Cette fois j'en ai assez ! C'est James ceci, c'est James cela ! Nous ne sommes plus en maternelle ! Qu'est-ce que tu imagines, Sam ? J'ai vécu avant James. Tu lui attribues tous les défauts du monde alors que tu ne le connais pas !

— C'est faux ! Et puis, ne me dis pas qu'il n'était pas possessif, tu crois que je n'ai pas vu la façon dont il me regardait quand tu m'as ramené la Coccinelle ?

— Et alors ? Tu aurais apprécié toi, qu'un autre garçon serre Marie dans ses bras quand tu sortais avec ?

— D'accord, et le regard meurtrier qu'il me jette maintenant, c'est pour quoi ? Je ne te touche même pas !

Je me retournai et aperçus James, les yeux noirs et les mâchoires crispées à l'extrême, Stan et Zach le tenaient chacun par une épaule. Plus de doute possible, James était bel et bien jaloux, je dus me retenir de sourire à cette pensée.

— Eh bien, arrête de le critiquer, peut-être que ça ira mieux.

— Bien sûr, tu lui donnes raison une fois de plus. Quoi qu'il dise ou fasse, tu prends toujours son parti, répondit Sam, amer.

— Non, James a des défauts comme tout le monde, mais je te l'ai expliqué, c'est moi qui ai bousillé notre histoire. Ne l'incrimine pas sans savoir, c'est tout ce que je te demande.

Sam parut réfléchir un instant avant de répondre :

— Bien, je garderai pour moi mon opinion, promis.

— Parfait.

Je tournai les talons, bien décidée à clore la discussion.

— Sarah, attends ! reprit-il en m'attrapant le bras.

— Oui ?

Puis il m'attira contre lui et commença à se pencher vers moi. Je le repoussai avec force.

— Sam, arrête ! J'ai dit non !

— Tu as encore besoin de temps, mais je suis patient, sourit-il en regagnant sa Coccinelle à grands pas.

— Non, Sam, je…

Il ne me laissa pas l'occasion de terminer, démarra et partit.

— Et merde ! lâchai-je.

— James, non ! cria Lily.

Je pivotai et aperçus James, encerclé par ses frères et sœurs. La conversation semblait houleuse. Puis, il s'appuya contre sa voiture et se passa une main dans les cheveux. Il paraissait las et triste. Lily l'enlaça, si je n'avais pas su que c'était impossible, j'aurais juré qu'il pleurait. Ainsi donc je ne m'étais pas trompée, il était jaloux. Très bien, j'allais donc tout mettre en œuvre pour le récupérer, une fois de plus, j'allais me battre.

Chapitre 3

Le lundi matin, je me sentais en pleine forme. Le simple fait de m'être rendu compte que James était réellement jaloux m'avait rendu toute mon énergie. Je savais comment procéder pour le pousser, sinon à m'aimer de nouveau, à au moins me regarder. Je me souris dans le miroir, *parfait !* L'ancienne Sarah était de retour. Mon ensemble m'allait comme un gant, me collant comme une seconde peau. Mes cheveux, tirés en arrière, agrandissaient encore mon regard, que j'avais pris soin de noircir au crayon. Cette tenue semblait affoler les hommes. Le cuir sans doute.

Je partis au lycée, pleine d'assurance et de détermination. Cette fois, je ne baissai pas la musique en arrivant sur le parking. *Que le spectacle commence !* me dis-je en me garant à côté de la Coccinelle.

Sam serait donc mon premier cobaye, j'aurais préféré lui éviter cela, mais tant pis ! Je descendis de voiture et observai, l'air de rien, la réaction de mon ami. Il s'apprêtait à me saluer puis s'arrêta net. Il me détailla de la tête aux pieds. Ses yeux s'écarquillèrent sous l'effet de la surprise tandis que sa bouche forma un O qui ne franchit jamais ses lèvres.

— Je… euh… Salut, Sarah, bégaya-t-il sans cesser de me regarder.
— Salut, Sam ! répondis-je gaiement.

Il venait de me donner la certitude que ce plan d'attaque était le bon. À nous deux, James !

— Marie n'est pas là ?
— Si…

Voyant qu'il ne comptait pas m'éclairer davantage, je demandai :

— On y va ?
— Ou… oui, bafouilla-t-il encore.

Je ne me rendis pas directement jusqu'à ma classe ce matin-là. Je me postai au bout du couloir, attendant que les autres élèves entrent, James y compris. Je voulais ménager mon effet. J'arrivai juste au moment où le professeur fermait la porte. En m'apercevant, il eut un hoquet de surprise et me détailla de la tête aux pieds avant de se décider à me laisser passer. Je gagnai ma table au fond de la salle en prenant tout mon temps, me délectant de la réaction de mes camarades. Les garçons se retournèrent, admiratifs, les filles, elles, me dévisagèrent sans y croire. Bien entendu, j'ignorai totalement James. Je sortis mon manuel et quelques feuilles volantes, tout en feignant de ne pas remarquer les regards rivés sur moi. Monsieur Stuart s'éclaircit bruyamment la gorge afin de rappeler sa classe à l'ordre. Une fois que les élèves eurent repris une position normale (face au tableau), il commença son cours.

Pendant le reste de la matinée, je poursuivis le même manège, arrivant toujours la dernière et laissant ma tenue travailler à ma place. Lorsque je me rendis au réfectoire, je perçus les commentaires masculins :

— Tu as vu ça ? La nouvelle est une bombe ! clama un type.

— Ouais, et maintenant qu'elle ne sort plus avec Drake, nous avons toutes nos chances ! ajouta l'autre.

Je ris intérieurement, même si je n'avais aucune intention de sortir avec qui que ce fut, nul doute que James entendrait lui aussi ce genre de réflexion. Je ne tarderais donc pas à obtenir une réaction, bonne ou mauvaise, peu importait tant qu'il émergeait de son mutisme. Je rejoignis Sam et Marie devant l'entrée. Mon ami ne s'était apparemment pas remis du choc de ce matin et continua à me dévisager comme s'il me rencontrait pour la première fois.

— Sarah, qu'est-ce que…, bafouilla à son tour Marie.

— Salut ! On y va ? Je meurs de faim ! esquivai-je.

Je n'avais pas envie de donner d'explications sur ma tenue avec James dans les parages. Une fois servis, nous regagnâmes notre table. Dès que je fus assise, les Drake vinrent à ma rencontre, comme d'habitude. Tous me saluèrent, l'air un peu surpris, sauf Lily et Stan qui me gratifièrent de sourires entendus. Je me doutais bien qu'ils seraient les seuls à comprendre le but de la manœuvre.

— Tu es sublime, ma chérie ! s'exclama la punkette. Il faudra que tu me prêtes cet ensemble un de ces jours, j'adore !

— Pas de problème, j'en ai plusieurs.

Elle m'adressa un clin d'œil puis rejoignit la fratrie après m'avoir discrètement glissé un papier dans la main. *Je le lirai plus tard,* pensai-je.

Puis, un garçon que je ne connaissais pas vint s'accroupir près de moi. Il avait les cheveux bruns, coupés courts, et possédait de magnifiques yeux verts, je devais le reconnaître.

— Bonjour, je m'appelle Sebastian. Toi, c'est Sarah, il me semble ?

— C'est ça, approuvai-je.

— Eh bien, Sarah, tu vas sûrement me prendre pour un dingue, mais je voulais que tu saches que tu es de loin la plus jolie femme de Black Diamond.

Sans rire ? Certaines se sentaient vraiment flattées par ce genre de compliments ? *Plus bidon comme approche, tu meurs !* Cependant, je souris en me faisant violence pour ne pas lui rire au nez.

— C'est très gentil, merci, rétorquai-je poliment.

— J'organise une soirée chez moi samedi soir et j'aimerais t'inviter. Nous pourrions faire plus ample connaissance, proposa-t-il.

— On verra, éludai-je.

— Très bien, je t'attendrai, dit-il en s'éloignant après m'avoir gratifié d'un sourire éclatant.

Dès qu'il fut hors de portée de voix, Marie s'étonna :

— Eh bien, quel retournement de situation ! La semaine dernière, tu pleurais ton histoire avec James et, là, tu provoques presque l'émeute au sein des garçons du lycée. Qu'est-ce qui te prend ?

— J'ai joué un rôle en arrivant ici, pour rentrer dans la norme. Aujourd'hui, je suis lasse de passer pour une autre, on m'accepte comme je suis ou on me laisse. Me montrer gentille et douce ne m'a rien apporté de bon finalement.

Marie esquissa un sourire en coin.

— En tous cas, s'il s'agissait d'une manœuvre pour rendre James jaloux, c'est réussi, il est au bord de l'implosion !

— Hein ?

Je me retournai. James avait les yeux plus noirs que jamais. Alors qu'il fixait Sebastian, ses mâchoires et ses poings se serrèrent à l'extrême. Stan lui tenait le bras pour le retenir, encore une fois. Parfait ! Ma petite mise en scène fonctionnait même mieux que prévu.

— Non, je ne cherche pas à rendre jaloux qui que ce soit. D'ailleurs, il n'a aucune raison de l'être puisque c'est lui qui m'a quittée, expliquai-je autant pour Marie que pour James. Si tu m'avais connue avant, tu aurais constaté que je m'habillais très souvent de cette façon. En arrivant ici, j'ai songé que je risquais de choquer les âmes sensibles, alors j'ai opté pour un style plus… passe-partout, dirons-nous.

— O.K. Je dois d'ailleurs avouer que cela te va très bien.

Je la remerciai. Sam, ayant enfin retrouvé l'usage de la parole, reprit :

— Au fait, le prof de maths est absent, nous disposons donc de deux heures à tuer.

— Génial ! m'écriai-je, sincèrement heureuse d'échapper à mon calvaire quotidien. Puisqu'il fait beau, nous pourrions profiter du soleil ? Il me semble que les Drake n'ont pas cours non plus, je vais leur demander.

Sans lui laisser le temps de répondre, je me levai et me dirigeai à pas mesurés vers leur table.

— Vous avez cours après déjeuner ? m'enquis-je.

Leurs regards se promenèrent de James à moi plusieurs fois. Ils observaient sa réaction. Moi aussi et miracle ! Il me regarda ! J'aurais sûrement dû commencer par-là !

— Non, pourquoi ? interrogea Lily.

— Sam et moi non plus, lui expliquai-je, oubliant volontairement son frère. Ça vous tenterait de profiter du beau temps avec nous ?

— Oh oui ! s'exclama Maggie. Ça nous fera du bien de prendre un peu l'air.

Nous investîmes la pelouse du parc qui se trouvait à quelques mètres du lycée. Cela m'étonna, mais il n'y avait pas foule malgré le temps magnifique. Nous prîmes place sous le grand saule pleureur qui faisait la fierté locale. Lily s'assit à ma droite, comme d'habitude. Sam s'apprêtait à s'installer à ma gauche, mais James le devança, le bousculant presque. Mon ami dut donc se mettre un peu plus loin. James et lui se fixèrent un moment en chien de faïence. Sans plus s'occuper d'eux, Lily me demanda :

— Je peux essayer ta veste ? Elle est superbe.

— Vas-y, acceptai-je en commençant à l'ôter.

Quand ce fut fait, j'entendis James déglutir bruyamment. En dessous, je portais un débardeur noir à fines bretelles et une tunique de voilage assortie.

— Oh, j'adore ton haut ! s'exclama Maggie en se penchant pour toucher l'étoffe.

— Et alors quoi ? Tu veux qu'elle l'enlève aussi pour l'essayer peut-être ? aboya James.

Maggie toisa son frère et esquissa un sourire amusé.

— Je n'irai pas jusque-là, ricana-t-elle. Mais je te l'emprunterai un de ces quatre, tu peux y compter !

— Aucun souci.

— Pour l'anniversaire de nos parents par exemple ? Au fait, Gwen m'a demandé de t'inviter, elle tient beaucoup à ta présence parmi nous, Kylian également, ajouta la jolie rousse.

— Ce sera avec plaisir ! Il y a un moment que je ne les ai pas vus et ils me manquent tous les deux.

C'était vrai, j'adorais Gwen et Kylian. Ils s'étaient toujours montrés très gentils avec moi, m'acceptant immédiatement comme l'un de leurs enfants. J'avais souvent émis le vœu que James et moi restions aussi complices après tant d'années de vie commune. Malheureusement, notre histoire n'avait pas résisté si longtemps.

— Faut-il apporter quelque chose ?

— Non, dit Lily, que tu sois de nouveau avec nous sera déjà un cadeau. Tu pourras dormir à la maison si tu veux, comme ça, on veillera tard.

— Très bien, je prendrai ma guitare.

— Bonne idée, Gwen adore t'entendre jouer, confirma Maggie.

— Tu commenceras à m'apprendre, ajouta Lily.

— Le programme de cette soirée m'a l'air chargé ! ris-je.

Sam se leva alors comme un diable sortant de sa boîte, puis ramassa ses affaires. Surprise par cette réaction, je l'interrogeai :

— Qu'est-ce que tu fabriques ?

— Je m'en vais, ça ne se voit pas ? répondit-il, agressif soudain.

— Pourquoi ?

— Pour rien, laisse tomber ! rétorqua-t-il avant de s'éloigner à grands pas.

Je sautai prestement sur mes pieds pour le rattraper, le saisis par le bras et le forçai à se retourner.

— Qu'est-ce qui te prend ?

— Non mais vous vous voyez, tous les deux ? explosa Sam. Il ne supporte même pas que quelqu'un s'assoie à côté de toi ! Il a manqué s'évanouir quand tu as ôté ta veste ! Tu acceptes l'invitation à l'anniversaire de ses parents, de dormir sous le même toit, comme si vous formiez de nouveau un couple ! Je t'ai vu toucher le fond à cause de ce crétin ! Je ne vais pas assister une seconde fois au massacre, Sarah ! Et regarde-toi, tu ne comptes sortir avec personne d'autre que lui, pourtant regarde comment tu es habillée !

La colère monta alors en moi, si vite, que je ne pus la contrôler. Je le giflai de toutes mes forces.

— Comment oses-tu ? Qui es-tu pour nous juger ? Tu es bien resté ami avec Marie, toi, pourquoi ne serait-ce pas notre cas ? Et qui t'a autorisé à le traiter de crétin ? Tu penses que tu vaux mieux que lui ? James se montre bien plus compréhensif et ouvert que toi sur bien des points ! Tu voulais découvrir la vraie Sarah ? La voilà ! Ce que tu ne supportes pas, Sam, c'est que je t'ai repoussé !

Il me regarda, éberlué par la violence de ma réaction.

— Tu as sans doute raison, admit-il en portant la main à sa joue rosie par le coup. Seulement, moi, je ne t'aurais jamais demandé de changer, je t'aurais prise telle que tu es.

— Tu n'en sais rien ! Tu ne connais rien de moi ! Tu es à mille lieues d'imaginer qui je suis en réalité ! Et ton attitude prouve le contraire ! Tu ne juges pas, mais te permets de critiquer ma tenue en sous-entendant que je suis une allumeuse ! Tu sais quoi Sam ? Va te faire foutre ! terminai-je en tournant les talons.

Les Drake s'étaient levés pour assister à la scène. Arrivée à leur hauteur, je me laissai tomber sur l'herbe et tentai de respirer à fond pour me calmer, la tête entre les genoux. Mes mains tremblaient dangereusement et je sentais la sphère d'énergie s'agiter au fond de mon ventre. Envoyer une impulsion dans un lieu public aurait fait désordre.

— Ça va ? me demanda Lily.

— Non, je ne voulais pas en arriver là...

— Il l'a bien cherché, coupa Maggie. Il t'a poussée à bout et il a récolté ce qu'il a semé, ça lui apprendra !

— De toute façon, si tu ne t'en étais pas chargée, je crois que quelqu'un d'autre l'aurait fait, intervint Zach avec un mouvement de menton. O'Neil a dépassé les bornes cette fois.

Je me tournai dans la direction indiquée et aperçus James en train de serrer quelque chose dans sa paume. Quand il la rouvrit, il n'y avait que de la poussière. Je le regardai sans comprendre, puis je le vis s'emparer d'une pierre qui entourait un parterre de fleurs à côté de nous et recommencer l'opération sans cesser de fixer le dos de Sam qui s'éloignait. Je me rendis alors compte que nous venions de frôler la catastrophe.

— Merde, murmurai-je en me passant une main dans les cheveux.

Génial, non seulement j'avais sûrement perdu un ami, mais en plus, j'avais réussi à ranimer les instincts meurtriers de James avec mon petit jeu stupide. Au moins, il m'avait remarquée maintenant ! *Quelle andouille !*

J'étais vraiment nulle pour les relations humaines ! Vampiriques aussi d'ailleurs ! Mes tremblements s'intensifièrent cette fois, je ne pourrais pas interrompre le phénomène.

— Vous avez vraiment envie de retourner au lycée ? interrogeai-je.

— Pourquoi ? s'enquit Lily, anxieuse.

— Il faut que je décharge et vite. Voilà un mois que j'emmagasine et là je n'en peux plus, ajoutai-je en grimaçant.

— Oh euh... Très bien, alors on y va.

— Stan, tu peux récupérer ma voiture, s'il te plaît ? lui demandai-je.
— Bien sûr, mais pourquoi ?

Je me contentai de lui montrer mes mains, elles tremblaient tellement à présent qu'on aurait pu penser que j'étais atteinte de la maladie de Parkinson. Lily et Maggie m'aidèrent à me lever et m'emmenèrent rapidement jusqu'à la BMW, James prit le volant. Stan et Zach, eux, prirent la Mustang. Sur la route, l'air commença à vibrer et je ne savais pas combien de temps je tiendrais maintenant que le mécanisme était enclenché.

— Dépêche-toi, James…
— Ça va aller, me rassura-t-il. Respire, princesse.

Il enfonça pourtant l'accélérateur et, quelques minutes plus tard, il s'arrêta au bout d'un chemin dans les bois. Sans me laisser l'opportunité de descendre, il contourna la voiture, ouvrit ma portière, me souleva dans ses bras, ce qui n'arrangea pas mon état, et se mit à courir. En quelques secondes seulement nous atteignîmes la clairière où avait eu lieu mon entraînement. James me déposa à terre avec précaution et s'éloigna de quelques pas. Le reste de la fratrie nous avait rejoints, attendant la suite des événements. L'atmosphère crépitait quasiment à présent.

— Vas-y, Sarah, me souffla-t-il doucement.

Je lui tournai le dos et délivrai enfin l'onde de choc. Elle abattit tout sur son passage. Rochers, arbres, buissons, rien ne la stoppa. Elle continua sur sa lancée, implacable, créant une percée dans la forêt. Sous la force de l'impact, je tombai à genoux.

— Nom de Dieu ! jura Zach.

Il voulut sans doute approcher, car James dit aussitôt :

— Recule, Zach, elle n'a pas terminé.

C'était vrai, je sentais une nouvelle charge se former. Ne pouvant plus pleurer, c'est là que j'avais stocké mon chagrin, je venais de le comprendre. Maintenant, il était trop tard, James assisterait au carnage et je ne pouvais plus rien pour l'éviter. Je tentai de me lever, mais mes jambes étaient faibles. J'y parvins tant bien que mal et libérai la seconde poussée. Elle finit de creuser le couloir déjà bien avancé entre les arbres. Je haletais, dépassée par ma propre énergie, avant de tomber de nouveau. J'eus l'impression de me recharger au fur et à mesure. Soudain, j'entendis une voix derrière moi :

— Seigneur ! Mais qu'est-ce qui lui arrive ?

Kylian. Il avait sans doute senti les vibrations de mes impulsions et nous avait rejoints.

— Elle nous a dit qu'elle avait besoin de décharger, alors nous l'avons amenée ici, mais elle semble ne plus pouvoir s'arrêter ! expliqua Lily, paniquée à présent.

Avant que son père ait le temps de répondre, j'envoyai une troisième poussée qui ne perdit rien en force comparé aux deux premières. Cette fois, je tombai à quatre pattes et laissai échapper un gémissement qui s'apparenta presque à un cri de douleur :

— James !
— Elle va se consumer elle-même, souffla Zach.

— Sarah, essaie de te calmer, tenta Kylian.

— Oh non, il ne va pas s'y mettre lui aussi ! s'écria Stan.

Je tournai la tête pour voir de quoi il parlait. James crépitait, entouré de milliers d'étincelles bleues et scintillantes. Son visage exprimait une telle tristesse que cela me fit mal, formant du même coup une nouvelle charge. Il était magnifique, ressemblant à un ange de l'apocalypse. Comme je l'aimais ! Sans réfléchir, je tendis la main vers lui. Il fit de même et commença à avancer.

— James, arrête ! hurla Lily.

Mais il ne l'écoutait pas, moi non plus d'ailleurs. Il saisit mes doigts et me releva doucement. Mes jambes tremblantes peinèrent à me porter, je me retrouvai calée contre son torse. Brusquement, nos flux d'énergie respectifs fusionnèrent et changèrent de couleur pour se parer d'un rouge éclatant.

— Il va la tuer ! insista la punkette.

— Ce serait déjà fait, laisse-les, ordonna Kylian.

À ce moment-là, je me fichais totalement de mourir. Si cela devait arriver en tenant la main de James, alors qu'à cela ne tienne. Puis rechargeant simultanément, nous envoyâmes une impulsion. Cette fois, des dizaines d'arbres y perdirent la vie, littéralement pulvérisés sous l'impact. Nous avions quasiment créé une route au milieu de la forêt. Cela provoqua un bruit monstrueux, mais je ne ressentis aucune peur, il était près de moi. Je faillis tomber de nouveau, il me souleva dans ses bras. Un phénomène inédit prit forme, un dôme d'énergie nous enveloppa, telle une bulle protectrice. Cela était sans doute la chose la plus étrange que j'aie jamais vue, pourtant, tout à ma douleur, je n'y prêtai pas la moindre attention.

— Il faut que ça s'arrête, je n'en peux plus…, gémis-je.

— Je sais, approuva-t-il en faisant de même.

Puis nous envoyâmes une nouvelle salve.

— Si tu ne veux plus de moi, je sortirai définitivement de ta vie et tu n'entendras plus jamais parler de moi, je te le promets. Tout plutôt que ça…, soufflai-je enfin en levant les yeux vers lui.

— Je n'ai jamais désiré que tu sortes de ma vie.

— Alors pourquoi m'infliges-tu ça ? Tu m'ignores, comme si je n'étais qu'une vulgaire étrangère ! Même au début, avant de m'adresser la parole, tu me regardais plus que maintenant.

— Ce n'est pas ce que je souhaitais… J'ai pensé que tu finirais par renoncer à cette maudite course et que tout rentrerait dans l'ordre. Mais ensuite, j'ai perdu le contrôle de la situation et…

— Et nous nous sommes retrouvés embarqués dans cet engrenage idiot, terminai-je à sa place. Je sais tout ça, James, mais ce que je veux que tu me dises, c'est si oui ou non tu es amoureux de moi.

— Évidemment, comment peux-tu en douter ? me demanda-t-il, franchement surpris.

Je me tortillai pour qu'il me repose à terre. Une fois fait, je pointai un index accusateur dans sa direction.

— Comment je peux en douter ? À la première bêtise que j'ai faite, tu n'as pas hésité à me tourner le dos ! Alors que j'avais besoin de ton soutien, tu m'as laissée tomber ! Et puis, tu agis comme s'il n'y avait jamais rien eu entre nous, tu ne crois pas que je suis en droit de me poser des questions ?

Il baissa la tête.

— Je… euh… J'ai pensé que si je t'ignorais, tu finirais par faire le premier pas… et puis, le soir où l'on s'est disputés, tu m'as balancé ma promesse à la figure, je me suis donc juré de ne pas revenir dessus cette fois.

— Mais c'est ridicule, voyons, j'ai dit ça sous le coup de la colère !

— Je sais, mais cela m'a blessé, confessa-t-il.

Je soupirai et me passai une main dans les cheveux. O.K., il souhaitait que l'on vide nos sacs, alors allons-y !

— Moi aussi, ça m'a fait mal. Tu n'as répondu à aucun de mes appels ni à mes messages, comme si tu avais tout effacé du jour au lendemain. J'ai toujours l'impression que tu ne veux prendre aucun engagement sérieux avec moi. Je me dis que dès que tu trouveras une fille qui te correspondra mieux que moi, tu me laisseras et… je suis morte d'angoisse à cette idée.

Il avança d'un pas pour se saisir de ma main.

— Seigneur, Sarah ! Tu es complètement à côté de la plaque ! Tu n'as que dix-sept ans et tu es déjà amoureuse, moi, c'est la première fois en plus d'un siècle ! J'ignore comment procéder avec toi, tu es si différente des femmes que j'ai connues avant, tu me fais perdre tous mes moyens ! J'ai cru que j'allais tuer ce roquet de Sam O'Neil samedi soir ! Tu sais depuis combien de temps je n'avais pas ressenti le *besoin* d'éliminer un être humain ? Tu me rends dingue, le voilà le problème !

Je retirai ma main avant de les fourrer toutes les deux dans mes poches.

— Qu'est-ce que tu attends de moi ?

Je n'osais pas le regarder, je craignais trop sa réponse. Finalement, l'entendre m'annoncer qu'il m'aimait, mais qu'il ne pouvait rester près de moi s'avérerait peut-être pire que tout.

— Je ne veux plus qu'on soit séparés, plus jamais. Mais…

— Mais quoi ? demandai-je avec impatience.

— J'ai besoin de temps, princesse, j'ai juste besoin d'un peu de temps.

Je levai les yeux au ciel et écartai les bras, résignée.

— D'accord, dans ce cas, que proposes-tu ? On reste amis…

— Je ne veux pas être ton ami ! s'énerva-t-il.

— Alors quoi ? Cela fait un mois que je suis larguée, je ne dors plus, je ne mange plus, je dois savoir où je vais devenir folle ! m'emportai-je à mon tour.

Il s'empara de mes lèvres avec fougue, presque violemment, sa langue forçant ma bouche avec empressement. Lorsqu'il se détacha de moi, je mis quelques secondes à retrouver mon souffle, ainsi que mes esprits.

— Cela te convient comme réponse ? me demanda-t-il, narquois.

— Je… euh… Oui, bafouillai-je.

— Très bien. Sarah, je n'ai besoin de temps qu'en ce qui concerne notre… intimité. J'ignore pourquoi, mais je suis mort de trouille à l'idée de ne pas me montrer à la hauteur. Je t'aime tellement, j'ai peur de te décevoir, finit-il pas avouer.

220

Alors c'était ça ! Depuis le début, ce n'était que ça ! Moi qui songeais que de nous deux, James était le plus confiant.

— Je suis prête à attendre maintenant que je sais ce que tu éprouves. Je croyais que tu…

— Que quoi ?

J'hésitais encore, il insista :

— Dis-moi.

— J'ai imaginé que tu ne me désirais pas, enfin, pas comme ça…, soufflai-je, honteuse.

Il arqua un sourcil, étonné.

— Quoi ? Effectivement, je constate qu'il y avait un paquet de malentendus à résoudre ! s'esclaffa-t-il.

Je le regardai, surprise par sa réaction, qu'avais-je dit de si drôle ? Il saisit ma question muette et expliqua :

— C'est tout le contraire justement ! Avant, je me fichais totalement de ce que les femmes pouvaient ressentir, je ne pensais qu'à mon propre désir. Aujourd'hui, c'est différent, je souhaite que cette expérience soit aussi agréable pour toi que pour moi, et j'avoue ne pas savoir comment m'y prendre. Et puis il y a toujours cette épée de Damoclès au-dessus de nos têtes. Si jamais je perds le contrôle, ne serait-ce qu'une seconde, je devrai vivre pour l'éternité avec ta mort sur la conscience. Il faut donc que je me prépare un minimum, tu comprends ?

— Oui, je crois. Mais ça ne te manque pas de… enfin l'abstinence, ça te pose problème ?

— Hum… Quelquefois, c'est vrai. Je te l'ai dit, si je suis un vampire, à certains égards je reste un homme, mais je ne veux pas brader notre première fois. Je t'aime et te respecte bien trop pour cela.

Je souris et me contentai de me hisser sur la pointe des pieds pour déposer un baiser sur ses lèvres. Il enserra ma taille et me souleva dans ses bras, me serrant contre lui. Quand notre étreinte prit fin, je regardai autour de nous et me rendis compte que nous étions seuls. La sphère avait, elle aussi, disparu.

— Où sont passés les autres ? m'enquis-je.

— Ils sont partis pour nous laisser un peu d'intimité. Ne t'inquiète pas, Stan et Zach ont récupéré les voitures. Ils doivent nous attendre chez mes parents, je pense. Mais j'ai encore une question. C'est ma réaction avec Sam pendant la soirée qui t'a donné l'idée de ce plan pour me rendre jaloux, n'est-ce pas ? m'interrogea-t-il en plissant les yeux.

Je baissai la tête.

— Euh… pas tout à fait. J'avais encore des doutes, jusqu'à la soirée d'anniversaire de Marie.

— Très honnêtement, j'adore ce style, tu es extrêmement… sexy, souffla-t-il, la voix rauque. Mais si ça ne te dérange pas, pourrais-tu me le réserver pour moi seul ? Il est difficile pour un vampire de lutter contre ses pulsions meurtrières.

— Il appartient à l'ancienne Sarah de toute façon. Cette fille n'a plus rien à voir avec moi.

Il m'observa un instant, la tête penchée de côté.

— Je n'essaierai plus de te changer. Si tu veux t'habiller comme ça, je prendrai sur moi. En ce qui concerne les runs, si tu souhaites continuer, même si j'ai peur, je ne dirai plus rien.

— Je ne participerai plus à ce genre de course. Avant, c'était l'unique échappatoire à ma tristesse et ma crainte de l'avenir. Aujourd'hui, je t'ai, toi, je n'ai besoin de rien d'autre. La seule chose que je te demande, c'est de me soutenir dans mes choix et si nos avis divergent, d'en discuter calmement, sans se braquer, d'accord ?

— D'accord. J'ai bien compris la leçon cette fois.

— À présent rentrons, je meurs de faim ! m'exclamai-je.

— Oui, tu as maigri, constata-t-il, désapprobateur. Depuis combien de temps n'as-tu pas pris un repas digne de ce nom ?

— Euh… je ne sais plus, avouai-je alors.

— Nous allons y remédier, dit-il en me soulevant dans ses bras.

Quelques secondes plus tard, nous étions chez lui. Bien sûr, toute la famille nous attendait, anxieusement. Dès que nous eûmes passé la porte, la petite tornade noire et rose nous sauta dessus.

— Mon Dieu, vous êtes enfin là ! Mais qu'est-ce que vous fabriquiez ? bougonna-t-elle, agacée.

— Nous devions tirer certaines choses au clair, lui expliquai-je.

— Oh ? Oh ! s'écria-t-elle en apercevant nos doigts entrelacés.

Puis elle se mit à piailler :

— James et Sarah sortent à nouveau ensemble !

— C'est pas trop tôt ! Jamy commençait à devenir franchement insupportable ! renchérit Zach, moqueur.

Je regardai James qui se justifia, gêné :

— Il se pourrait que ton absence m'ait rendu quelque peu irritable. Gwen, pourrais-tu préparer quelque chose à manger pour Sarah, s'il te plaît ?

— Sans problème. C'est vrai que tu as maigri, ma chérie, nous allons devoir te remplumer !

— Je suis si heureuse ! s'écria Lily. Mais tout à l'heure, vous m'avez vraiment fichu les jetons !

— Pourquoi ?

— Mais enfin, Sarah, tu as vu ce que les impulsions de James peuvent infliger à quelqu'un ! Tu n'aurais pas dû y survivre, m'expliqua-t-elle.

Je restai abasourdie. Je n'avais pas songé un instant à ce détail sur le moment.

— Pourtant, ça ne m'a fait aucun mal, je peux te l'assurer. C'était même plutôt agréable, chaud et doux à la fois.

— Pareil pour moi, convint James.

— Ce que vous avez réalisé est normalement impossible, intervint Kylian avec son calme habituel. Au lieu de vous attaquer mutuellement, vous avez *partagé* vos pouvoirs. C'est la première fois que j'assiste à ce genre de phénomène en presque quatre cents ans. Très impressionnant…

— Qu'est-ce que tu veux dire ? interrogea James en m'entraînant vers un fauteuil et en m'installant sur ses genoux.

— Vous auriez pu envoyer une décharge simultanément, en unissant vos forces, mais pas les faire fusionner. Vous avez additionné vos facultés pour n'en former qu'une seule, cent fois plus puissante.

— C'est pour cette raison que la charge a changé de couleur ? m'enquis-je.

— Certainement, et à vous deux, je ne sais pas de quoi vous seriez capables en cas de combat.

— Après votre départ, nous nous sommes retrouvés enfermés sous une sorte de dôme, expliqua James. Tu crois que c'est lié à notre partage ?

— Pour être franc, je n'en ai pas la moindre idée. Ce genre de manifestation requiert des ressources d'énergie incroyables. Il est étonnant que vous soyez aussi fringants, tous les deux.

Malgré son ton calme, Kylian semblait inquiet à présent. James et moi nous regardâmes ébahis, le phénomène de tout à l'heure ne nous avait demandé aucun effort. Je me demandais ce que cela donnerait si jamais nous nous entraînions. Puis Gwen revint avec un plateau, interrompant la conversation.

— Tiens, ma chérie, je t'ai préparé des lasagnes, annonça-t-elle en déposant son fardeau devant moi. Heureusement qu'il en restait au congélateur !

— Hum… ça sent bon ! dis-je en m'installant pour manger.

— Tu dors ici ce soir ? m'interrogea Lily.

— Je n'ai pas de vêtements de rechange et je ne pense pas que James supportera un nouveau numéro de séduction, expliquai-je gentiment.

— Tu m'étonnes ! Tu as lu le mot que je t'ai donné ce midi ?

— Non, il est toujours dans ma veste, avouai-je.

Elle fouilla mes poches et en sortit le morceau de papier qu'elle me tendit. Je m'en saisis puis le dépliai, curieuse.

« James est furax, tu as trouvé la corde sensible. Continue ! »

En lisant ces mots, je ne pus m'empêcher de rire. James m'arracha le papier des mains.

— Voyons voir ce qu'il y a de si drôle. Il s'agissait carrément d'une conspiration si je comprends bien, ajouta-t-il en souriant.

— C'était pour ton bien, petit frère, déclara sa jumelle, avec sérieux.

Puis James s'installa au piano. L'entendre de nouveau jouer me fit un bien fou. Assister à la naissance de la musique sous ses doigts m'avait manqué.

— Sarah, les filles t'ont bien transmis notre invitation, n'est-ce pas ? m'interrogea Gwen.

— Oui, je serai là, confirmai-je.

— Parfait, alors la famille sera au complet ! Je pourrai te concocter plein de bonnes choses ! s'exclama-t-elle, ravie.

Plus tard dans la soirée, James et moi rentrâmes à la maison. Nous montâmes à l'étage, je filai directement dans la salle de bain tandis qu'il gagnait la chambre. Après m'être soigneusement démaquillée, douchée et changée, je le rejoignis. Je stoppai net sur le pas de la porte. Torse nu, les bras croisés derrière la tête, il m'attendait. Seigneur comme il était beau ! Bien plus encore que dans mes souvenirs. Je courus jusqu'au lit. Il ouvrit grand les bras pour me recevoir.

— Les choses ont enfin repris leur place, murmura-t-il.

— Ma mère disait qu'un seul être vous manque et le monde est dépeuplé. Je ne m'étais jamais rendu compte à quel point elle avait raison.

Je me blottis contre lui, respirant à fond l'odeur de sa peau. Puis il m'embrassa longuement, langoureusement. Je laissai mes mains se perdre dans sa crinière auburn. Enfin il s'écarta doucement.

— Hum… Je t'aime, souffla-t-il la voix rauque.

— Moi aussi, je t'aime.

Sans pouvoir me contenir, je me mis à pouffer.

— J'ai fait quelque chose de drôle ? s'enquit-il, amusé.

— Non, je pensais à la tête des élèves du lycée demain. Les filles qui rêvaient que tu les invites au bal de fin d'année et les garçons qui vont être déçus que je ne porte plus ma jolie tenue, le taquinai-je.

Il grogna, faussement en colère.

— C'est vrai que notre réconciliation ne va pas nous attirer de nouvelles sympathies, admit-il.

Je songeai à Sam et fus envahie par une vague de tristesse, il était mon ami depuis mon arrivée ici. James se rendit compte de mon changement d'attitude et m'interrogea :

— Que se passe-t-il, Sarah ? Quelque chose te tracasse ?

— Oui… je repensais à la scène de cet après-midi avec Sam. Je n'aurais pas dû le frapper, j'ai été trop loin.

— Si tu ne l'avais pas fait, je m'en serais chargé et il serait mort à l'heure qu'il est, alors il peut s'estimer heureux ! ajouta-t-il, bien en colère cette fois. Tu t'es montrée très claire, c'est lui qui s'est tourné des films ! Depuis le début, il souhaite devenir bien plus que ton ami et tu le sais, lâcha-t-il, amer.

— Je n'avais pas besoin de le frapper pour autant, insistai-je.

— Moi, j'ai été très flatté que tu prennes ma défense de la sorte, avoua-t-il.

— Je n'en doute pas ! Mais je lui présenterai des excuses demain.

À ces mots, il se leva d'un bond.

— Pardon ? Il t'insulte, insinue que tu allumes tout le lycée et c'est toi qui vas lui présenter des excuses ?

— James… Qu'avons-nous décidé à propos des idées divergentes ?

Il se calma instantanément et regagna sa place près de moi.

— Excuse-moi, c'est juste que j'ai du mal à supporter qu'un autre puisse te désirer de cette façon.

Je l'embrassai longuement avant de reprendre :

— Peut-être, mais c'est à toi que j'appartiens, James Carter, et personne ne me possédera de cette façon.

— Hum… Et je ne vais pas me gêner pour le rappeler à certains, grommela-t-il.

Il se redressa soudain sur un coude et planta son regard dans le mien.

— Tu comptais vraiment partir ?

Je me tournai pour ouvrir le tiroir de la table de nuit. J'en sortis un dépliant que je lui tendis. Il le lut et souffla :

— Un lycée à Paris. Je t'aurais prise en chasse comme le vampire que je suis si tu avais fait cela. Pour moi, les distances et le temps importent peu. Mettre un océan entre nous n'aurait rien changé. Tu n'as même pas idée de ce dont je serais capable pour ne pas te perdre.

— À ce moment-là, je songeais qu'il serait plus facile pour toi de reprendre le cours de ton existence si je n'étais plus là.

— J'ai entendu ça. Mais sans toi, ma vie n'a plus aucun sens. Lorsqu'un vampire trouve sa compagne, il ne peut vivre sans elle. Sa présence devient indispensable, vitale. Les gens ne peuvent pas imaginer ce que nous ressentons l'un pour l'autre, cela les dépasse, je crois.

— Tu as sans doute raison, ils nous considèrent comme deux adolescents tout ce qu'il y a de plus banal.

— Ils sont très loin du compte ! s'amusa James. La sorcière et le vampire, ça ferait un très bon titre de bouquin, non ?

— Sûrement ! Remarque, si on t'avait dit que tu sortirais avec une sorcière, l'aurais-tu cru ?

— Et toi, si l'on t'avait prédit que tu tomberais amoureuse de Dracula ?

— Tu es beaucoup plus sexy que Dracula ! m'esclaffai-je.

— Et toi, bien plus belle que la vilaine sorcière des marais !

— Nous incarnons un couple improbable pour une histoire improbable. Qui sait ? Peut-être resterons-nous dans les annales du surnaturel ?

— Tu nous imagines dans cent ans, feuilletant un livre qui traiterait de notre idylle ?

— Je vois ça d'ici, avec des photos qui ne nous rendraient même pas justice et qui finiraient d'effrayer les gens à propos de ce que nous sommes en réalité !

Nous fûmes alors pris d'un fou rire mémorable qui, lui, marquerait sans aucun doute l'histoire.

Chapitre 4

Lorsque nous arrivâmes au lycée, je constatai avec tristesse que Sam ne m'attendait pas. Nous descendîmes de voiture, bien sûr, la moitié des élèves nous dévisagea, étonnée de ce nouveau retournement de situation pour le moins inattendu. Les ignorant, nous rejoignîmes la fratrie sous le hall.

— Ça fait plaisir de vous voir comme ça ! dit Stan. Vous avez meilleure mine, tous les deux !

Puis Marie vint à notre rencontre.

— Salut, Marie ! lançai-je.

— Salut, tout le monde ! Je constate que vous avez finalement réussi à vous mettre d'accord, s'amusa-t-elle en nous jetant un regard complice.

— Oui, les choses sont enfin rentrées dans l'ordre, répondit James en m'enserrant la taille.

— Je suis heureuse pour vous, je suppose donc que ton départ n'est plus d'actualité ? ajouta-t-elle en se tournant vers moi.

— En effet, je crois que vous allez me supporter encore un moment ! m'esclaffai-je.

— Tu m'en vois ravie !

— Dis-moi, tu n'aurais pas aperçu Sam par hasard ? Il faut que je lui parle.

Elle baissa les yeux et se tordit les mains, manifestement mal à l'aise.

— Euh… Sarah, je suis désolée, mais…

— Mais quoi ?

— Il a décrété que si tu te remettais avec James, ce n'était pas la peine de lui adresser de nouveau la parole, avoua-t-elle.

Cette révélation me blessa, même si je m'y attendais. Ainsi, Sam avait choisi, il faisait une croix sur notre amitié par orgueil. Finalement, James avait sans doute raison, il n'avait jamais souhaité n'être *que* mon ami.

— Très bien, opinai-je, mais je pensais m'être montrée claire en ce qui concernait mes sentiments. Jamais je ne l'ai laissé espérer quoi que ce soit.

— Tu t'es montrée très claire, affirma James.

— Je le sais, convint Marie, mais il était persuadé qu'avec le temps, tu oublierais James. Il a cru que même s'il revenait, tu ne lui pardonnerais pas votre rupture et que donc il avait encore toutes ses chances. En tout cas, jusqu'à hier.

— Je le lui avais dit. Quant à ma réaction d'hier, Sam a été trop loin. Il nous a insultés, James et moi. Je peux admettre qu'il soit malheureux, mais il y a tout de même certaines limites !

— Je ne le comprends plus, jamais je ne l'ai vu comme ça.
— J'essaierai de lui parler plus tard. Il finira bien par se calmer.

Chacun s'apprêtait à partir de son côté lorsque James me demanda :

— Sarah, tu serais d'accord pour que je procède à une mise au point dès maintenant ?

Je souris, amusée par cette perspective.

— Bien sûr, chose promise, chose due.

Il m'attira à lui puis me donna un long baiser. Je passai mes bras autour de son cou et il me serra plus fort. Tous les élèves nous regardèrent, les professeurs aussi d'ailleurs. Monsieur Stuart ne manqua pas de nous rappeler à l'ordre.

— Monsieur Drake, Mademoiselle Martin, un peu de tenue, s'il vous plait !

James s'écarta, mais me maintint contre lui. Il fixa l'enseignant droit dans les yeux et lui décocha un sourire éblouissant. Je compris qu'il se servait sans vergogne de ses atouts de vampire pour l'amadouer.

— Monsieur Stuart, il faut que vous sachiez que je suis fou amoureux de cette jeune fille !

Celui-ci cilla, désorienté. Il me fit penser à une petite souris inoffensive, fascinée par la grâce et la majesté, pourtant mortelles, du chat. Si James l'avait vraiment voulu, le professeur serait venu à lui docilement et lui aurait offert sa carotide.

— Je... J'en suis heureux, mais tâchez de vous montrer moins... démonstratifs à l'avenir.

— J'essaierai, mais je ne vous promets rien, rétorqua James en souriant toujours.

Nous tenant par la main, nous retournâmes en classe. Cette fois, nous nous installâmes côte à côte. James jaugea un instant les autres élèves, les yeux plissés.

— Tu avais raison, ils ont déjà la nostalgie de ta jolie tenue, s'amusa-t-il.

— Ah oui ? Et combien de filles souhaiteraient me voir disparaître sur-le-champ ?

— Je... euh... Quelques-unes, je te l'accorde, avoua-t-il en baissant la tête.

— Ah, je me disais aussi !

— Je me fiche de ces filles, elles ne m'intéressent pas, déclara-t-il avec sérieux.

— Tout comme je me moque totalement de ces garçons.

— Tu n'imagines pas comme j'ai eu peur que tu sortes avec Sam, que tu m'oublies et me remplaces.

Je n'aurais jamais songé que James puisse manquer de confiance en lui à ce point. Il avait pourtant obtenu les faveurs de toutes les femmes qu'il avait convoitées, même de celles qui étaient mariées et qui se targuaient d'incarner des modèles de fidélité. Face à James, leurs maris adorés n'avaient pas fait le poids.

— Tu écoutais toutes mes conversations ?

— Oui..., murmura-t-il.

— Alors tu dois également savoir que je prenais ton parti ?

— Oui, mais quand tu affirmais que je ne t'aimais pas, cela me blessait. Je pensais chaque mot que j'ai prononcé, Sarah.

Je lui attrapai la main et la serrai doucement.

— Comprends-moi, du jour au lendemain, tu m'as effacée de ta vie. Cela m'a blessée moi aussi, vivre sans toi a été la chose la plus difficile que j'aie jamais eu à affronter.

— Idem. Et puis avec tous ces crétins qui te tournaient autour, j'ai bien cru perdre la raison !

— Je ne connais même pas leurs prénoms, dis-je en haussant les épaules. Moi, je souhaitais seulement que tu me regardes de nouveau.

— À la soirée de Marie, j'ai manqué défaillir en te voyant arriver. Ta tenue a réveillé des tas de souvenirs, puis j'ai senti l'eau de toilette que je t'avais offerte. Je me suis demandé si tu l'avais fait exprès ou si tu avais mis cette robe par hasard. Je mourais d'envie de te prendre dans mes bras et j'allais me décider à te parler quand tu as eu… cette vision.

Je me raidis et sans que je sache pourquoi, les larmes me montèrent aux yeux.

— Je… Je hais ces femmes qui ont partagé tes nuits, murmurai-je.

Il baissa la tête, fixa nos doigts entrelacés, puis inspirant à fond il se lança enfin :

— Qu'as-tu vu exactement ?

Sa voix était mal assurée, rauque. Il craignait ma réponse, mais je ne voulais pas lui mentir.

— Je t'ai aperçu faire l'amour avec l'une d'entre elles, soufflai-je, la gorge serrée. Tu souriais et j'ai détesté ça, tout ce bonheur avec une autre. C'est pour cette raison que j'ai accepté de danser avec Sam, pour me venger.

La sonnerie retentit et nous gagnâmes le réfectoire en silence. Je m'apprêtais à y entrer, mais James me retint par la main pour m'entraîner vers l'une des tables de pique-nique. Il semblait rongé par l'incertitude.

— Sarah, je… Pardon. Pardon de t'avoir infligé tout ça, pardon de ne pas avoir été à la hauteur, pardon pour… elles. Je ferais n'importe quoi pour effacer ces images de ta tête. J'ose à peine imaginer ce que tu ressens quand elles s'imposent à toi. Je suis désolé, princesse.

Il me serra contre lui, je respirai son odeur. Je l'aimais tellement que cela en devenait douloureux quelquefois.

— Je sais qu'elles n'ont pas compté, mais à ce moment-là, je pensais que je ne comptais plus moi non plus. La seule différence, c'est que tu leur avais offert à elles, ce que tu m'as toujours refusé à moi. Je l'avoue sans honte, je suis jalouse de ces femmes qui ont partagé ta vie et ton lit. J'ai cru que tu m'avais dit ça pour me faire patienter et pour…

Je m'interrompis, craignant de provoquer une nouvelle dispute en lui confessant ce que je ressentais vraiment.

— Explique-moi, ma chérie, il faut que l'on tire tout ça au clair.

— Pour te défiler et ne prendre aucun engagement sérieux avec moi, assenai-je. Tu as apporté quelques affaires, mais tu ne t'es jamais vraiment installé chez moi, comme si tu t'apprêtais à partir à tout moment. Pas de transformation, pas de… sexe. Au début, j'ai songé que le temps ferait son œuvre, puis lorsque tu m'as quittée, j'ai pensé que je n'avais représenté qu'un passe-temps, une parmi tant d'autres.

Il attrapa alors mon visage entre ses mains et me força à le regarder, il sembla de nouveau au bord des larmes.

— Depuis le départ, j'ai tout fait de travers avec toi, hein ?

Je baissai les yeux, toujours silencieuse.

— Si je n'ai pas emménagé chez toi, c'est parce que j'avais peur de t'effaroucher, mais si tu me le demandes, je m'exécuterai dès ce soir.

— Je veux que tu t'installes chez moi, déclarai-je fermement.

— Très bien, pour le reste, cela prendra un peu plus de temps, mais ça viendra, d'accord ?

— D'accord.

— Parfait, allons déjeuner, conclut-il.

Une fois à l'intérieur, je posai les yeux sur la table de Sam et Marie. Si la brunette me sourit, Sam, lui, me lança un regard meurtrier, qui n'échappa pas à James.

— Qu'il me déteste est une chose, mais s'il continue à te fixer comme ça, ma limite de tolérance va vite être atteinte, grogna-t-il.

— Rejoins les autres, je n'en ai pas pour longtemps.

J'allai à la rencontre de mes amis, voyant cela, Sam se leva et fila vers la sortie. Je lui emboîtai le pas, il fallait que l'on s'explique une bonne fois pour toutes. Je finis par le rattraper au pas de course derrière le gymnase.

— Sam, attends-moi ! l'interpellai-je.

— Laisse tomber, Sarah, je n'ai plus rien à te dire !

— Ne fais pas ça ! suppliai-je en lui attrapant le poignet. Ne gâche pas tout !

— Ah parce que c'est moi qui gâche tout ! hurla-t-il en me faisant face. Drake t'a traitée comme une moins que rien et au moment où tu commences à te reconstruire, il revient, et toi, tu lui ouvres les bras comme si de rien n'était !

— Sam, j'aime James et ne confonds pas notre histoire avec celle que nous partageons toi et moi. Tu es mon ami, il est mon petit ami. Tu n'es pas content de me voir enfin heureuse ?

— Pas avec lui ! cracha-t-il.

— Mais il n'y a qu'avec lui que je le suis totalement !

— Moi, j'aurais pu te rendre heureuse si tu m'avais laissé ma chance.

Il sembla si malheureux que mon cœur se serra.

— Non, Sam. James est la seule et unique personne qui puisse s'en charger. S'il te plaît, ne me force pas à choisir.

Il me saisit soudain par la taille et m'attira à lui. D'une main, il me tint fermement contre lui, de l'autre, il prit mon visage pour le tourner vers le sien. Je tentai de me dégager, mais il était trop fort.

— Lâche-moi ! hurlai-je en me débattant pour lui échapper.

— Que tu choisisses, d'accord. Mais en toute connaissance de cause alors, dit-il en s'inclinant vers moi.

— Enlève tes sales pattes d'elle immédiatement, O'Neil, ou je te jure que je te tue !

La voix de James avait claqué dans l'air comme un fouet. Sam leva la tête et comme Jeff quelques mois auparavant, ses traits reflétèrent une peur indicible. Il me lâcha et je me précipitai dans les bras de James. À cet instant, il ressemblait bel et bien à un prédateur.

— Laisse-le, James, s'il te plaît, murmurai-je.
— Elle ne t'appartient pas, c'est à elle de décider, lança Sam, bravache.
— Il me semble que c'est déjà fait, contra James posément.

Je savais que ce calme ne présageait rien de bon. Si Sam le poussait à bout, on courait droit à la catastrophe.

— C'est facile, tu l'as quittée, ignorée, mais dès que tu as vu qu'elle avait une chance de recommencer une histoire avec moi, tu es revenu pour tout détruire. Jusqu'à la prochaine fois !

James m'écarta alors de lui, comprenant ce qui allait se passer, je criai :
— James, non ! Pitié, pas ça !

Il stoppa net, tourna la tête vers moi et me fixa de ses deux diamants noirs, instinctivement, je reculai d'un pas. Sa véritable nature ne laissait aucun doute à présent. Ses iris avaient totalement envahi le blanc de l'œil et ses dents scintillaient presque. Ses frères et sœurs arrivèrent, Lily se précipita sur Sam et le tira par le bras.
— Va-t'en ! Vite, Sam, va-t'en ! lui intima-t-elle.
— Pas avant que Sarah ait choisi, insista-t-il.

James se tourna de nouveau vers lui et un grognement monta dans sa gorge. Heureusement, l'endroit était désert.
— Fiche le camp ! cria Lily.
— Non, pas sans Sarah, asséna-t-il comme s'il n'avait pas compris que quelque chose clochait chez James.

Avant que qui que ce soit ait le temps de réagir, James était déjà sur lui. Dans l'urgence, j'envoyai une impulsion sur celui que j'aimais. Il fit un vol plané de près de cent mètres et atterrit contre un arbre énorme.
— Stan, emmène Sam et fais le nécessaire ! ordonnai-je.

James se releva alors, toutes dents dehors.
— Sarah, va-t'en ! On s'en occupe ! s'écria Zach.
— Non, restez en dehors de ça, c'est entre James et moi. Je suis la seule qui résiste à ses décharges de toute façon.

Les trois vampires hésitèrent une seconde, puis s'écartèrent, peu convaincus. Je m'avançai prudemment.
— Calme-toi, Jamy, il est parti.
— Tu m'as attaqué, gronda-t-il, menaçant.
— Pardon, dis-je au bord des larmes.

Il grogna de façon sinistre et se ramassa sur lui-même, prêt à bondir.
— Recule, Sarah ! cria Lily. Il ne se contrôle plus !
— Non, Jamy ne me fera aucun mal, n'est-ce pas, mon amour ?

Il montrait toujours les dents et ses yeux ressemblaient à des puits sans fond. Je me trouvais maintenant à peine à un mètre de lui, c'était quitte ou double. Il feula, mais je lui tendis tout de même la main. Il me fixa un instant puis m'attira brusquement à lui.
— Tu es à moi ! asséna-t-il.
— Oui, rien qu'à toi et pour l'éternité.

Il s'empara de mes lèvres violemment. Me soulevant de terre, il me plaqua contre l'arbre où je l'avais envoyé juste avant. Enserrant sa taille de mes jambes, je laissai courir mes doigts dans ses cheveux. Il grogna de nouveau, mais de désir cette fois.

— Vous comptez faire ça ici ? demanda Maggie, moqueuse.

— Tirez-vous ! ordonna James entre deux baisers.

Au bout de quelques minutes, je dus malheureusement y mettre fin.

— James…

— Oui ? répondit-il sans lâcher ma bouche.

— J'ai très envie de toi, mais nous allons être en retard.

Il m'embrassa la gorge et je commençai à haleter.

— James…

— D'accord, râla-t-il en me reposant à terre.

Nous nous rajustâmes rapidement.

— Excuse-moi pour tout à l'heure.

— Non, tu as eu un bon réflexe. Je crois que je ne devrais pas retourner en cours, si je croise O'Neil, je ne suis pas certain de parvenir à me contrôler.

— Tu veux qu'on rentre ? On pourra passer un peu de temps seuls tous les deux.

— Oui et puis tu pourras te restaurer. Avec tout ça, tu n'as pas déjeuné.

Nous regagnâmes donc la maison. Il ne le montrait pas, mais je percevais toujours la colère émaner de lui. Cette fois, Sam avait fait très fort. Sans le savoir, il avait frôlé la mort de peu. Je me demandais ce qu'il avait pensé lorsque James lui avait sauté dessus et que je l'avais neutralisé. Je me sentis mal à l'aise à l'idée d'avoir dû en arriver là.

— Tu ne manges rien, qu'y a-t-il, princesse ?

Je l'observai un moment avant de répondre, je n'avais pas envie de déclencher une nouvelle crise de fureur. Il me prit la main par-dessus la table et je compris qu'il était anxieux lui aussi.

—Je… Je tentais d'imaginer quelles conclusions Sam avait pu tirer tout à l'heure. J'avoue que je n'y ai pas prêté attention, j'étais concentrée sur toi. Tu crois que Stan a réussi à tout effacer ?

— Certain, il est beaucoup plus aisé de gommer la mémoire des humains. Pourquoi ? Tu as peur qu'il découvre la vérité sur toi ou sur moi ?

— Sur toi. En ce qui me concerne, il serait peut-être mieux qu'il sache. Il se rendrait compte qu'il ne connaît rien de la vraie Sarah, ce serait sans doute plus facile pour lui. Il y a fort à parier qu'il serait dégoûté…

Il se leva et contourna la table pour venir s'agenouiller devant moi.

— Sarah, est-ce que tu as le moindre doute en ce qui concerne tes sentiments pour Sam ? Je te promets de ne pas me mettre en colère, mais il faut que je sache.

— Si c'était le cas, tu ne crois pas que je me serais laissée embrasser ? Non, ce qui me pose problème, c'est de blesser les gens autour de moi. Depuis que je suis arrivée ici, j'ai l'impression de ne plus rien contrôler. Quand j'ai débarqué au lycée, il a été le premier à prendre ma défense face aux autres.

— Parce que tu lui plaisais déjà. Sam n'est pas totalement désintéressé, contrairement à ce que tu penses. Tout à l'heure, je l'aurais tué sans la moindre hésitation si tu n'étais pas intervenue. Si Stan peut effacer sa mémoire, il ne peut rien concernant ses sentiments, comme je ne peux faire taire ses pensées dans mon esprit. Tu vas devoir choisir, il n'y a pas d'autre solution si nous voulons éviter une catastrophe.

Je l'attirai vers moi pour le prendre dans mes bras, je lui embrassai les cheveux, il m'enserra la taille et me serra comme s'il craignait que je lui échappe.

— Mon choix est fait depuis le début. C'était, c'est et ce sera toi, James. Si cela doit me priver de mon amitié avec Sam, eh bien soit.

— Ta vie se révélerait pourtant plus facile avec lui, même si cela me coûte de l'avouer, c'est la vérité, souffla-t-il.

— Ah oui ! C'est sûr que me cacher, tricher et mentir serait une vraie partie de plaisir ! m'esclaffai-je. Et si l'on ajoute le fait qu'à chaque fois que je fermerais les yeux, c'est toi que je verrais, effectivement il s'agirait d'une relation très saine !

Il leva la tête et me considéra avec une drôle d'expression sur le visage, mélange de reconnaissance et d'espoir, me sembla-t-il.

— Tu le penses vraiment ?

— Évidemment ! Regarde-moi, je n'arrivais tellement pas à vivre sans toi que je dormais avec une photo, plus lamentable, tu meurs !

— Ne dis pas ça. J'ai été touché de constater que je te manquais à ce point.

— Oui, eh bien, je te préfère en version originale si cela ne te fait rien, déclarai-je en souriant.

Il se releva, tout sourire.

— Bien, madame ! Allez, donne-moi cette assiette que je réchauffe tout ça. Il faut te remplumer. Ensuite, nous nous rendrons chez moi récupérer mes affaires.

Je commençai à manger quand une vision du passé s'imposa à moi. Le soir du run, James dans la foule, les traits déformés par l'angoisse, Lily lui tenait la main.

— Sarah, que vois-tu, princesse ?

Je le fixai un instant, ma gorge se serra et les larmes me montèrent aux yeux une nouvelle fois. Je me levai et me jetai dans ses bras.

— Je suppose qu'il s'agissait d'une vision agréable, s'amusa-t-il.

— Tu es venu... Tu ne m'as pas abandonnée, tu es venu, dis-je avant de m'emparer de ses lèvres.

— Euh... Je ne sais pas où je suis censé avoir été, mais je suis prêt à recommencer si cela me vaut une telle récompense !

— Le soir du run, j'ai cru que tu m'avais laissée tomber, que tu ne m'aimais plus, mais tu étais là !

— Ah euh... Je plaide coupable, concéda-t-il, gêné. Et j'ai eu la trouille du début à la fin d'ailleurs.

Je l'embrassai de nouveau, découvrir qu'il ne m'avait jamais réellement tourné le dos m'ôta un poids. James m'écarta doucement de lui.

— Tu comptes finir ton repas un jour ou je m'installerai ici l'année prochaine ? demanda-t-il.

Je regagnai ma place et mangeai en le contemplant d'un air béat. Il me sourit, amusé de ma réaction.

— Tu es contente, n'est-ce pas ? Une fois de plus, je n'ai pas pu te cacher mes faiblesses.

— Je suis surtout heureuse que tu aies pris sur toi pour me soutenir malgré tes réticences. Quant aux faiblesses, ce fameux soir, je suppose que tu as assisté à mon petit dérapage dans la forêt ?

— Oui, souffla-t-il en baissant la tête, et Stan m'a raconté ce qui s'était passé quand tu es rentrée, il en était malade.

Je me remémorai cette soirée, la douleur atroce que j'avais ressentie et la crise de nerfs qui avait suivi. Stan avait donc été présent. Je lui fus reconnaissante de ne pas être intervenu, d'avoir laissé libre cours à ma douleur, c'était vraiment quelqu'un de bien.

— Je n'aurais jamais pensé que l'on puisse souffrir autant, murmurai-je. Mais je ne m'avance pas trop en disant que tu as assisté ou que l'on t'a décrit tous mes pétages de plombs.

— En effet. Plus tu souffrais, plus je me sentais coupable et moins je savais comment m'y prendre pour te reconquérir.

— L'autre soir, chez Marie, tu étais à bout, n'est-ce pas ?

— Oui, si j'avais pu pleurer, je me serais effondré en larmes devant toi, je crois. C'était atroce de regarder tous ces types t'accoster et se délecter de ton célibat.

— Certains ont dû te faire rire, avoue.

Il me fixa ahuri d'abord, puis la colère marqua de nouveau ses traits.

— Comment peux-tu envisager, ne serait-ce qu'un seul instant, que te voir souffrir me réjouissait ?

— Ah oui ? Même pas mon altercation avec Emily ? insistai-je, malicieuse.

Il se détendit instantanément et esquissa un petit sourire en coin.

— Il se pourrait que j'aie savouré ta jalousie, admit-il. Tu lui aurais vraiment brisé la nuque ?

— Si elle avait osé t'inviter au bal, sans aucun doute ! m'esclaffai-je.

— Ah vous voilà enfin ! s'écria Lily lorsque nous arrivâmes chez James. Mais où étiez-vous ?

— Nous sommes rentrés, James ne se sentait pas bien après l'incident de ce midi, lui expliquai-je.

Kylian apparut soudain en haut des escaliers et nous jaugea, désapprobateur. Je pris la main de James pour le soutenir, je me doutais qu'il n'allait pas manquer de le rappeler à l'ordre.

— Je suis désolé. J'ai perdu le contrôle.

— C'est le moins que l'on puisse dire ! s'emporta le viking. Heureusement que Sarah et Stan étaient là !

— Je sais…, souffla James en baissant la tête.

En une seconde, Kylian fut devant nous, droit comme la justice.

— Te rends-tu compte de ce qui se serait passé s'il y avait eu des témoins ?

— C'est ma faute, Kylian, intervins-je alors. J'ai tenté de convaincre Sam, James m'avait prévenue, mais je ne l'ai pas écouté.

Le chef de clan posa les yeux sur moi, son regard était dur et froid. Je compris alors que le père aimant et compréhensible venait de laisser place au chef de clan, impartial et impitoyable.

— Tu n'y es pour rien, Sarah. James rencontre des difficultés à gérer ses émotions depuis quelque temps. S'il n'y parvient pas, je n'aurai pas d'autres choix que de l'éloigner de Black Diamond, assena-t-il.

Une nouvelle vision s'imposa à moi. James était de nouveau avec cette blonde. Ils se tenaient enlacés, complètement nus devant un feu de cheminée. Cette fois, pas besoin d'imaginer la suite, j'eus droit à une retransmission en direct. Lily voulut m'agripper, mais je la repoussai. Une main sur la bouche, je gagnai les toilettes en courant. Bien sûr, les jumeaux me suivirent comme un seul homme, mais je leur claquai la porte au nez avant de rendre mon déjeuner.

— Sarah, ouvre ! cria James.

— Tu as encore vu les Miller ? m'interrogea sa sœur.

— Non…, répondis-je avant de régurgiter de plus belle.

J'avais déjà eu des visions des conquêtes de James, mais aucune ne m'avait secouée à ce point. C'était là-bas, dans son clan à elle, que Kylian souhaitait l'envoyer. Il m'avait toujours affirmé n'avoir connu que des liaisons d'un soir, c'était pourtant la seconde fois que je l'apercevais avec cette femme. Il semblait si heureux et détendu entre ses bras. Se pourrait-il qu'il m'ait menti ? Cette éventualité me fit extrêmement mal.

— Ça va, mon amour ? s'enquit-il.

Je pris le temps de me rincer la bouche avant d'ouvrir la porte. Je l'observai intensément, il paraissait anxieux.

— Qu'as-tu vu pour te mettre dans des états pareils ? m'interrogea Lily.

Je continuai de fixer James sans répondre. Est-ce que cette fille avait compté pour lui ? L'avait-il aimée ? Sûrement, sinon pourquoi m'aurait-il assuré n'avoir eu que des histoires sans lendemain alors que c'était faux ?

— Sarah, tu es malade ? s'inquiéta Kylian qui nous avait rejoints.

— Non.

Il me considéra pendant un moment, cherchant à décider si oui ou non je mentais, puis se tourna de nouveau vers son fils.

— Peux-tu me garantir que tu te contrôleras à l'avenir ou dois-je prendre certaines dispositions ?

— J'essayerai, dit James, sans me quitter des yeux.

— Essayer ne suffit pas ! s'emporta son père.

Je passai alors devant eux puis commençai à descendre l'escalier.

— Sarah, où vas-tu ? interrogea James.

Je stoppai ma descente, serrant si fort la rampe que mes jointures devinrent blanches.

— Comptes-tu partir ? lui demandai-je, sans me retourner.
— Je l'ignore, peut-être, mais…
J'inspirai lentement avant de reprendre :
— Bien, mais si tu vas là-bas, ne reviens jamais. Cette fois, je ne pardonnerai pas, assenai-je.
— Quoi ?
Cette fois, je fis volte-face pour planter mon regard dans le sien.
— Tu as très bien entendu, si tu remets les pieds chez Sofia, tu ne me reverras jamais.
— Ta vision concernait donc Sofia ? Mais tu sais, Sarah, cela ne sera que temporaire, le temps que Jamy se maîtrise à nouveau, m'expliqua Lily.
— Dans ce cas, elle ne verrait aucun inconvénient à ce que je l'accompagne ? proposai-je, faussement innocente.
— Ils sont comme nous et ne se nourrissent que de sang animal, mais de là à… intégrer une mortelle à leur clan, souffla James.
— Bien sûr, je ne suis que la pauvre petite humaine avec qui tu t'amuses. Et puis je risque d'être de trop pendant vos soirées au coin du feu, ajoutai-je, perfide.
— Mais de quoi tu parles ? demanda Lily.
James me regarda, interdit, il avait manifestement saisi où je voulais en venir. Il ferma les yeux et baissa la tête.
— C'est entre James et moi, rétorquai-je.
— Cela concerne aussi notre famille, Sarah. Si Jamy avait tué ce garçon, nous n'aurions pas eu d'autre choix que de partir, contra Kylian. Sofia est une amie de longue date et James ne s'absenterait qu'un mois ou deux, tu n'as rien à craindre. Mais je ne comprends pas ce qui a pu te rendre malade à ce point en voyant son clan, ils sont très gentils.
— Je n'en doute pas ! ricanai-je, sans joie. Très… affectueuse serait le terme juste, qu'en penses-tu, James ? À moins que tu ne préfères câline ?
Lily regarda son frère avec ahurissement et Kylian avec désapprobation. James ne daignant pas relever, je tournai les talons.
— Sarah, attends ! s'écria-t-il en se précipitant à ma suite. Je peux tout t'expliquer !
Sans répondre, je me laissai entraîner jusqu'au plan d'eau. Il s'assit près de moi et voulut me prendre la main, mais j'esquivai et l'enfonçai dans ma poche. Il soupira, baissa la tête et reprit :
— Pourquoi m'avoir menti ? Elle n'a pas été une simple histoire d'un soir. Quand Kylian t'a informé que tu allais partir là-bas, tu ne t'y es pas opposé. Tu as envie de la revoir ?
— Non ! Je ne peux pas discuter les décisions de Kylian, il est le chef de clan. Cependant, si je pars, il ne se passera rien.
— Je t'ai de nouveau aperçu faire l'amour avec elle. Jamais je ne t'ai vu nu, tu gardes toujours ton jean pour ne pas te laisser tenter ou pour ne pas me gêner, je ne sais pas. Lorsque cela arrive enfin, c'est dans les bras d'une autre, continuai-je.

Tu l'as dit toi-même, l'abstinence te pèse et ce serait plus facile avec l'une d'elles. Ce n'est pas en toi que je n'ai pas confiance, mais en moi. Je me mets à sa place, moi aussi je serais prête à tout pour t'avoir. Simplement avec elle, tu n'auras pas à réfléchir aux risques…

James me regarda, les sourcils froncés et les mâchoires serrées.

— Sarah, nous avons déjà parlé de notre intimité, je ne compte pas choisir la facilité et te tromper avec la première venue. Je te l'accorde, Sofia et moi avons couché ensemble à plusieurs reprises, mais le jour où toi et moi ferons l'amour, tu comprendras la différence entre satisfaction et bonheur.

— Combien de temps es-tu resté avec elle ?

— Je ne sais plus… trois semaines, peut-être un mois. Nous avions séjourné là-bas pour les vacances, il y a une dizaine d'années. Je l'ai oubliée dès que je suis rentré. Jamais je n'ai éprouvé pour personne ce que je ressens pour toi, sinon tu crois que j'aurais attendu plus de cent ans pour décider de m'installer avec une femme ?

— Si tu pars, nous ne vivrons pas tous les deux. Je viens de te retrouver, je ne veux pas te perdre de nouveau, cette fois, je ne m'en relèverais pas, murmurai-je.

Il se leva soudain et me saisit la main pour m'entraîner dans son sillage.

— Qu'est-ce que tu fais ? lui demandai-je, surprise.

— Je vais emballer mes affaires pour emménager dans mon nouveau chez moi, me dit-il avec un grand sourire.

Il me souleva dans ses bras et courut jusqu'à la maison. Sa famille nous regarda sans comprendre lorsque nous fîmes irruption dans le salon.

— Alors, James, tu as pris une décision ? s'enquit Kylian.

— Je pars.

— Bien, j'appelle Sofia.

— Pas la peine, je m'installe chez Sarah, annonça-t-il.

Toute la fratrie resta éberluée, mais une fois la surprise passée, ce fut l'effervescence.

— C'est pas trop tôt ! s'écria Zach.

— Oh, Jamy, je suis si contente ! se réjouit Lily en sautant au cou de son frère.

— Pas si vite ! intervint Kylian. Je n'autoriserai cette installation chez Sarah que si tu me garantis qu'il n'y aura plus aucun dérapage à l'avenir.

— Il n'y aura plus d'incident parce que je ne fréquenterai plus Sam, expliquai-je. Si c'est le prix à payer pour garder James auprès de moi alors je m'en acquitterai.

— Ce n'est pas à toi de faire ce genre de sacrifice, James doit assumer les conséquences de ses actes.

— Je saurai me contrôler. Je ne prendrai pas le risque de perdre Sarah une nouvelle fois, affirma James en m'embrassant les cheveux.

Le chef de clan nous observa un moment en silence, son regard se promenant de James à moi à plusieurs reprises.

— Très bien, mais au prochain faux pas, tu quittes la ville, James, et cette fois je resterai inflexible.

— Nous nous installerons ailleurs s'il le faut, accepta James, mais je ne me sépare plus de Sarah.

Confortablement installé dans le canapé avec Sarah, James déclara :
— Il faut que nous réglions certains détails pratiques.
— Lesquels ?
— Eh bien, le loyer, les factures, ce genre de choses. Je suis de la vieille école et il est hors de question que tu m'entretiennes.
— Ah ! Eh bien, pas de loyer puisque je suis propriétaire, mais si tu veux, nous partagerons les factures.

James n'en crut pas ses oreilles, Sarah avait *acheté* cette demeure ! Mais elle devait valoir une fortune !
— Sarah, est-ce l'argent des runs qui a payé cette maison ? demanda-t-il, les sourcils froncés.
— En partie, mais j'ai vendu celle de Chicago. Ma mère en avait aussi placé depuis ma naissance et mes grands-parents lui avaient légué quelques biens. Et puis je ne suis pas très dépensière de nature, lui expliqua-t-elle.
— Je vois… j'ai beaucoup de choses à apprendre à ton sujet si je comprends bien ? ajouta-t-il en souriant.
— Quelques-unes, rétorqua-t-elle, malicieuse. Mais moi, il y a plein de détails que j'ignore sur toi. Par exemple, le nombre de tes diplômes.
— Alors…, commença-t-il en levant les yeux au plafond, j'ai deux diplômes d'histoire de l'art, trois de médecine, deux de mathématiques appliquées et…
— C'est bon ! C'est bon ! s'esclaffa Sarah. Je saisis mieux tes facilités scolaires à présent !
— Et toi, en quoi désires-tu t'inscrire à l'université ?
— Je comptais prendre histoire de l'art justement, l'avantage c'est que je bénéficierais d'un professeur particulier !
— Je serais ravi de refaire un nouveau cycle dans cette matière.

Elle le regarda, ébahie.
— C'est vrai, tu vas venir avec moi ?
— Bien sûr ! Enfin… si tu es d'accord.

Il n'était plus aussi sûr de lui tout à coup. Et si elle avait envie de vivre seule cette expérience ? Après tout, elle était jeune et souhaitait sans doute s'amuser sans avoir son petit ami de cent trente ans sur le dos. Mais il fut de suite rassuré, car elle noua ses bras autour de son cou en déclarant :
— Et comment je le veux ! J'appréhendais le moment de la séparation, la distance, je n'étais pas certaine de les supporter. On pourrait louer un appartement près de l'université qu'on aura choisie ?

Devant tant d'enthousiasme, James ne put s'empêcher de rire.
— Ne te tracasse pas pour ce genre de détails, j'ai quelques propriétés à mon actif. Et puis si ce n'est pas près du campus, ce sera l'opportunité de réaliser notre première acquisition en commun, qu'en dis-tu ?
— Je dis oui ! s'écria-t-elle. Les autres vont venir dans la même université que nous ?

— Certainement, cela m'étonnerait que Lily te lâche si facilement ! s'amusa James. Et puis nous nous séparons rarement, sauf quand elle et Stan partent en voyage pour être un peu seuls.

— Ils sont adorables tous les deux, je les adore.

— Oui, je suis heureux que ma sœur ait choisi Stan. Il décrocherait la lune si elle le lui demandait. Avant je trouvais cela un peu exagéré, aujourd'hui je comprends exactement ce qu'il ressent.

— La lune ne m'intéresse pas, tu me suffis amplement, déclara Sarah avec sérieux.

Puis elle se leva et se dirigea vers la cuisine, pour se servir un café. James l'observa attentivement, elle se déplaçait sans bruit, comme si elle effleurait à peine le sol, ce qui était rare pour une mortelle. Ses gestes et sa démarche étaient assurés, gracieux, presque félins. Soudain, elle se figea et ses pupilles se dilatèrent, signe d'une nouvelle prémonition. Il bondit du canapé et alla la rejoindre.

— Sarah, décris-moi ce que tu vois.

— Emily Queen, dit-elle d'une voix sans timbre.

— Que fait-elle ?

— Rien, elle est au lycée.

Puis le phénomène prit fin et Sarah revint à elle. Elle se serra contre James et grogna :

— Non contente de fantasmer sur toi, elle s'incruste dans mes visions maintenant.

— Ne t'occupe pas de cette fille, elle n'en vaut pas la peine.

— Je sais, mais elle m'énerve !

— Ignore-la, elle crève de jalousie, c'est tout. Depuis que tu es arrivée, l'intérêt des garçons a changé de cible et elle ne le supporte pas.

— Oui et bien qu'ils m'oublient un peu, ça me fera des vacances. J'ai un mauvais pressentiment, James, souffla-t-elle.

Le jeune homme observa celle qu'il aimait avec attention. Elle semblait anxieuse.

— Emily te prépare un sale coup, selon toi ?

— Non, c'est autre chose, mais je ne parviens pas à mettre le doigt dessus, s'agaça-t-elle.

Il la prit de nouveau dans ses bras et lui embrassa les cheveux.

— Ne t'inquiète pas, si elle tente quoi que ce soit, elle le regrettera, la rassura-t-il.

— Tu vas penser que je suis parano, mais depuis quelque temps, j'ai l'étrange impression que je suis au centre de quelque chose que je ne maîtrise pas. Je me sens menacée sans comprendre pourquoi et… j'ai peur, lui avoua-t-elle.

James cilla, même sans visions nettes, il savait que l'intuition d'une clairvoyante allait bien au-delà de simples pressentiments. Il s'efforça tout de même de la réconforter.

— Tu as eu beaucoup de coups durs à répétition, il est normal que tu te sentes sous pression. Maintenant que nous nous sommes retrouvés, tout va rentrer dans l'ordre. J'assure ta protection, tu n'as rien à craindre.

Il décida néanmoins d'ouvrir l'œil, deux précautions valaient mieux qu'une après tout.

Dissimulé dans l'ombre, Henry observait la scène, non sans une certaine fascination. Voilà que James avait emménagé avec elle ! Un vampire vivant avec une humaine ! Comment Kylian pouvait-il tolérer une chose pareille ?

 D'accord, il s'agissait d'une sorcière, mais manifestement, James hésitait à la convertir et donc à l'introduire au clan, alors pourquoi ? L'amour ? Non, les vampires n'aimaient personne à part eux-mêmes. Et elle ? Était-elle à ce point naïve pour imaginer qu'il tenait vraiment à elle ? De plus, le contact de leur peau froide et aussi dure que le marbre ne semblait pas la dérouter. Au contraire, elle se lovait contre James, l'embrassait, le cajolait. Le fait qu'il ait aussi tué de nombreuses personnes ou qu'il se nourrisse de sang ne paraissait pas la rebuter non plus. *Hum... fascinante, voilà ce qu'est Sarah Martin, absolument fascinante.*

 Et l'histoire ne se termine jamais bien pour la souris qui fascine le chat...

 Sur le canapé, blottie dans les bras de James, jamais je n'avais été aussi heureuse. Nous vivions enfin officiellement ensemble. Bien sûr, tous les détails de notre relation n'étaient pas encore réglés, mais c'était un début. Pourtant, mon pressentiment ne me quittait pas, il allait se passer quelque chose, quelque chose de grave. Je me remémorai la vision que j'avais eue le soir du bal. Se pourrait-il que le moment soit déjà venu ? Ce serait tellement injuste, je venais seulement de récupérer James. J'aurais sans doute dû lui en parler, mais je ne voulais pas qu'il s'inquiète inutilement. Après tout, je n'avais eu qu'une seule vision du genre, peut-être s'agissait-il d'un simple raté dû à la montée de mes pouvoirs. De plus, avec les émotions qu'il avait eues aujourd'hui, je ne souhaitais pas en rajouter.

 — À quoi penses-tu ? me demanda-t-il.

 — Au fait que je suis heureuse, comme je ne l'ai pas été depuis longtemps.

 Il s'agissait d'un mensonge, du moins un demi, mais avais-je le choix ? Si James perdait une fois de plus les pédales, Kylian n'hésiterait pas à l'envoyer loin de moi cette fois. Sans compter que des innocents pourraient payer de leur vie le prix de mes funestes confessions. Il fallait que je le préserve à tout prix.

 Finalement il déclara que je devais aller me coucher et, même s'il n'avait pas tort, j'aurais désiré que cette soirée ne se termine jamais. J'obtempérai tout de même et filai me changer avant de le rejoindre dans la chambre. Comme à son habitude, il avait gardé son pantalon, mais je ne fis aucun commentaire à ce sujet. Il m'avait demandé d'être encore un peu patiente, donc je le serai. Il me prit dans ses bras, m'embrassa longuement puis murmura :

 — Alors ça y est, on commence une nouvelle vie.

 — Oui, je n'en reviens pas comme tout s'est mis en place à mon arrivée dans cette ville, tu es mon évidence, James Carter.

 — Et toi la mienne, souffla-t-il en déposant un autre baiser sur mes lèvres.

— Tu souhaites vraiment aller au lycée demain ? m'enquis-je en reprenant mon souffle.

— Oui, il faut que je me contrôle et fuir ne servira à rien. De plus, tu as un excellent dossier scolaire et je ne veux pas qu'il soit entaché par ma faute.

— Comment dois-je me comporter avec Sam ? Marie a dû l'appeler pour lui demander comment s'était passée notre conversation.

— Ignore-le, et si Marie te pose des questions, dis-lui que tu n'as pas réussi à le rattraper.

— D'accord.

James se redressa en s'appuyant sur un coude et m'observa intensément. Son visage était impassible.

— Que me caches-tu à propos de ta vision ?
— Laquelle ?
— Celle concernant Sofia. Je sens que quelque chose te perturbe.

Je baissai les yeux, il venait de me percer à jour.

— Laisse tomber, répondis-je en lui tournant le dos.
— Je croyais qu'on avait décidé de jouer cartes sur table.
— C'est ce que nous avons fait, le reste n'a pas d'importance, rétorquai-je d'une voix ferme qui me surprit moi-même.
— Tu oublies que tu sors avec un vampire. Les larmes dégagent une odeur et, pour moi, les tiennes plus que tout autre, qu'as-tu vu, princesse ? Dis-le-moi, insista-t-il en m'enlaçant.

À quoi bon lui mentir ? Il avait raison, je devais être franche cette fois.

— C'est elle qui a demandé à Kylian de t'envoyer là-bas. Il l'a appelée pour prendre des nouvelles de son clan et lui a confié son inquiétude à ton sujet après la scène de ce midi. J'ai vu ce qu'elle envisageait de mettre en œuvre pour que tu restes, j'ai accédé à ses souvenirs... à vos souvenirs. Si toi tu l'as effacée de ta mémoire, pas elle.

Ma voix se brisa à ce moment-là et je pleurai franchement.

— Chut..., me répéta James en me berçant. Je ne sais pas quoi te dire, je suis embarrassé que tu puisses découvrir ce genre de détails de ma vie passée. Sarah, que dois-je faire pour que tu n'en souffres plus ?

— N'y va pas, quoi qu'il arrive, n'y va pas, sanglotai-je en me cachant contre son torse.

Il déposa un baiser sur mon front et me serra contre lui.

— D'accord, princesse, je ne remettrai pas les pieds là-bas, je te le promets.
— Je la hais..., soufflai-je. Je voudrais qu'elle disparaisse, qu'elles disparaissent toutes !
— Je sais.
— Pourquoi ça fait si mal ?
— Parce que tu m'aimes, mon cœur, et que seuls les gens que nous aimons peuvent nous blesser, murmura-t-il.

Je levai le regard vers lui, la tristesse dans sa voix m'avait alertée. De nouveau James donnait l'impression de pleurer.

Je parsemai son visage de baisers. Le front, puis les paupières et enfin je glissai vers sa bouche. Il m'embrassa alors presque sauvagement, me plaqua sur le lit et me maintint les poignets au-dessus de la tête. Il ouvrit les yeux et les plongea dans les miens, son expression était fermée à présent. Il s'écarta et se rallongea à côté de moi, les mains derrière la nuque.

— J'ai fait quelque chose de mal ? demandai-je.

— Non, mais j'ai eu envie de tuer aujourd'hui et j'ai peur de mes réactions.

Il me reprit dans ses bras et nous restâmes un long moment silencieux, à fixer l'obscurité.

Chapitre 5

Mon mauvais pressentiment de la veille obscurcissait toujours l'horizon. Je restais persuadée que quelque chose se tramait, une vilaine angoisse avait pris place dans mon estomac. James m'enlaça et me souffla :

— Ça va aller, mon amour, ton chevalier servant veille sur toi.

Ses frères et sœurs vinrent à notre rencontre. Lily m'étudia, le visage empreint de gravité. Elle perçut de suite mon malaise, alors je me confiai avant qu'elle ne m'interroge :

— J'ai fait des cauchemars toute la nuit et j'ai une drôle d'intuition qui ne me quitte pas.

— Explique-moi ça, dit-elle, compatissante.

— C'est comme si quelque chose de grave était sur le point de se produire sans que j'arrive à définir quoi.

— Quelque chose qui te concerne ? s'enquit-elle en fronçant les sourcils.

— Oui, du moins, je crois.

Puis j'aperçus Emily et sa clique se diriger vers nous. Je me raidis, James le sentit ainsi que le reste de la fratrie. Ils se placèrent autour de moi comme pour me défendre au cas où.

— Je te jure que si elle te fait une réflexion, je lui saute dessus et lui arrache la jugulaire, grogna Lily.

Ce ne fut pas son apparition qui me posa problème, mais plutôt la vue de ce qui l'entourait. Son aura était étrange, vert émeraude, comme d'habitude, mais envahie d'immenses tentacules noirs qui bougeaient au rythme de ses mouvements. Comme si une pieuvre géante se tenait juste derrière elle. Lorsqu'elle me croisa, ne disant rien, une fois n'est pas coutume, les appendices se tendirent vers moi comme pour me saisir au passage. Je poussai un petit cri et reculai d'instinct. Emily et ses acolytes gloussèrent, imaginant certainement qu'elles m'impressionnaient.

— Que se passe-t-il, mon cœur ? demanda James.

— Lily, jusqu'à quel point penses-tu que l'on puisse partager ce que l'on voit ? interrogeai-je, sans répondre à la première question.

— Aucune idée, pourquoi ?

J'empoignai sa main et commençai à me concentrer.

— Pour ça, regarde ! lui intimai-je en désignant Emily du menton.

Lily se tourna vers la meneuse du club des pestes et lâcha un juron :

— Bon Dieu ! Mais qu'est-ce que c'est que ce truc ?

— Je l'ignore. Ma seule certitude c'est que c'est moi que ça vise, assénai-je.
James m'attrapa alors par les épaules pour me forcer à lui faire face.
— Quoi ? Qu'est-ce qui te vise ? demanda-t-il, paniqué.
— La chose qui contrôle Emily, expliquai-je platement.

Les Drake pivotèrent vers miss sourire Ultra Bright. Cette fois, ils ressemblaient plus que jamais à des vampires. Lily nous ramena à la réalité.

— Il faut partir d'ici et vite ! Je ne sais pas identifier ce machin, mais c'est puissant, très dangereux et ça éprouve une haine farouche contre Sarah.

Sans me donner l'opportunité d'ajouter quoi que ce soit, James me poussa vers la Mustang. À mon grand étonnement, Zach monta avec nous. Je ne compris guère ce qui se passait, mais en revanche, je saisis que le moment n'était pas propice aux questions. James démarra sur les chapeaux de roues, suivi par la BMW conduite par Stan. Quelques minutes plus tard, nous arrivâmes chez eux. James ne me laissa pas le temps de descendre de voiture ou de protester, il ouvrit la portière et me souleva dans ses bras pour m'emmener à l'intérieur. Gwen et Kylian, étonnés de notre retour à cette heure, nous interrogèrent :

— Vous n'êtes pas en cours ? Sarah, tu es malade ? s'enquit Gwen, inquiète.
— Non, non, la rassurai-je.
— Il y a eu un problème au lycée, nous avons dû ramener Sarah pour la mettre en sécurité, poursuivit James.

Je pris une seconde pour étudier le visage de celui que j'aimais. Jamais je ne l'avais vu comme ça. La panique se lisait clairement sur ses traits et tous ses sens étaient en alerte, je le sentais.

— Quel genre de problème ? demanda Kylian en fronçant les sourcils.
— Dis-lui, Sarah, m'encouragea Lily.

Il m'invita à prendre place sur le canapé et, aussitôt, le reste de la famille se plaça autour de moi.

— Eh bien voilà, en plus des visions et des impulsions, je perçois l'aura des gens, expliquai-je.
— Je l'ignorais, depuis quand y arrives-tu ?
— Depuis toujours, mais ce n'est pas systématique. Par exemple, la vôtre est couleur d'or en fusion, lui signifiai-je.

Le viking sembla aussi fasciné que surpris par cette révélation. Étrangement, cette faculté fonctionnait beaucoup mieux avec les vampires.

— Ah bon ?
— Oui, mais d'habitude il s'agit d'une lumière plus ou moins vive selon la personne à qui elle appartient. Ce que j'ai observé n'avait rien de commun avec une émanation que je qualifierais de *normale*, lui précisai-je.
— Décris-moi précisément à quoi ressemble ce phénomène.
— Emily possède d'habitude une aura vert émeraude, pas très brillante, je dois l'admettre. Cependant, ce matin, il y avait quelque chose dedans, comme de grands tentacules noirs.

Un long frisson me longea l'échine. James me serra contre lui, ce geste m'apaisa instantanément.

— Lorsqu'elle est passée à côté de moi, les… tentacules se sont alors tendus comme pour m'agripper au passage. J'ai pris Lily par la main pour lui montrer et nous voilà, conclus-je finalement.

— Je n'ai jamais rien vu de pareil, mais j'ai senti la menace qui pesait sur Sarah et ça, sans aucun doute possible, ajouta la punkette.

— Vous croyez que cette fille pourrait détenir certaines facultés ? demanda Kylian.

— Non, répondis-je, catégorique. Ce truc la contrôle, je suis certaine qu'elle n'en a même pas conscience.

— Je suis d'accord avec Sarah, renchérit Lily. Nous l'aurions détectée depuis longtemps.

— Un cas de possession ? proposa Gwen.

— De possession ? répéta Zach, incrédule.

— J'en ai constaté plusieurs au cours de ma longue vie, expliqua Kylian tranquillement.

— Je ne pense pas non plus, contrai-je de nouveau. Elle ne présente aucun des symptômes habituels.

— Tu as déjà assisté à ce genre de phénomène ? me questionna James, plus curieux que surpris.

— Une fois seulement. Lorsque j'étais enfant, un petit garçon qui vivait près de chez nous.

— Lily a senti que c'était très puissant et dangereux, alors il ne faut pas traîner pour découvrir de quoi il s'agit et le mettre hors d'état de nuire, reprit Zach.

— Je vais effectuer des recherches de ce pas, annonça le chef de clan avant de quitter la pièce pour regagner son bureau.

— Tu veux un café ? me proposa Gwen.

— Oui, merci.

Je me cachai le visage dans les mains, lasse soudain. Depuis la mort de ma mère, tant d'événements étaient survenus dans ma vie. Je m'en étais plutôt bien sortie jusque-là, mais maintenant, je percevais d'autant plus cruellement son absence. Comme j'aurais souhaité qu'elle soit là pour répondre à mes questions et à mes angoisses, la magie, c'était son truc à elle ! Je commençai à pleurer doucement.

— N'aie pas peur, personne ne te fera de mal. Nous te protégerons, murmura James en me serrant contre lui.

Lily, comme d'habitude, avait compris ce qui m'arrivait.

— Elle serait très fière de toi. Tu te débrouilles très bien et je suis persuadée qu'elle veille sur toi, peu importe l'endroit où elle évolue à présent.

— Mais qui va m'aider à gérer mon *héritage*, hein ? rétorquai-je, amère.

Gwen revint au même moment, bien sûr, elle avait entendu toute la conversation. Elle déposa ma tasse sur la table basse avant de prendre place dans un fauteuil et de reprendre :

— Nous savons à quel point cela doit te paraître difficile, perdre ses parents demeure une épreuve terrible, d'autant plus dans ton cas, mais je te jure que nous allons trouver une solution.

— Depuis un an, j'accumule les plans surnaturels et je suis fatiguée de devoir découvrir seule les réponses à mes questions, soupirai-je.

Puis une vision me vint, je n'eus pas le temps de la faire transiter par Lily. Sa violence me cloua sur place, je me pris la tête entre les mains et me mis à hurler. Ce fut comme si chaque image qui s'imposait à moi me balançait un violent uppercut au passage.

— Sarah ! Sarah ! cria James à son tour. Lily, que lui arrive-t-il ? Qu'est-ce qu'elle a ?

— Je ne sais pas ! répondit sa sœur, affolée. Sarah, passe-moi ta vision, vite !

Je souffrais tellement à cet instant que j'en fus incapable. Je me tordis de douleur et m'écroulai sur le sol.

— Je t'en conjure, Lily, fais quelque chose !

— Je ne peux pas ! Elle ne parvient pas à faire transiter les images !

Il s'agenouilla et posa ma tête sur ses genoux, m'arrachant de nouveaux cris.

— Kylian !

Son père apparut près de moi lui aussi. La souffrance était à présent insupportable. Je me contorsionnai sur le sol comme prise de violentes convulsions.

— Seigneur ! Qu'est-ce qui lui arrive ? demanda le viking.

— Une prémonition ! Je ne l'ai jamais vue comme ça, il faut l'aider !

— Lily, ordonna Kylian, file dans mon bureau et ramène le gros flacon sur l'étagère de droite et du coton vite !

— Sarah ! Je t'en supplie, arrête ! Arrête ! m'implora James.

J'aurais bien voulu cesser, mais je ne pouvais pas. Ma boite crânienne semblait prête à exploser, investie par un feu liquide carbonisant tout sur son passage. Je poussai un hurlement qui déchira mes propres tympans.

— Cette vision va la tuer ! s'écria Kylian.

— Magne-toi, Lily ! cria Zach.

— Voilà ! dit la punkette en tendant à son père ce qu'il avait exigé.

Il versa du liquide sur la ouate et je reconnus immédiatement l'odeur. Je l'avais respirée deux mois de suite pendant que ma mère endurait son calvaire sur son lit d'hôpital : l'éther.

— Désolé, ma puce, mais je n'ai pas le choix.

C'était la première fois qu'il employait un terme si affectueux, mais il ne me laissa pas le temps d'y réfléchir, car il appliqua le coton sur ma bouche et mon nez. Les ténèbres m'enveloppèrent, stoppant du même coup les images et la douleur.

James n'avait jamais eu aussi peur de toute sa vie. Regarder Sarah hurler et se tordre de douleur tout en restant impuissant s'était révélé insupportable. Maintenant, elle demeurait inconsciente. Que lui était-il arrivé ? Qu'avait-elle vu pour se retrouver dans un tel état ?

— Comment va-t-elle ? interrogea Kylian en entrant dans la chambre.

— Pas d'amélioration, gémit James.
— Tu l'as changée.
— Oui, elle avait du sang sur son polo, pas la peine de tenter le diable.

Kylian prit place sur le canapé de cuir au pied du lit. Le poids de ses quatre siècles d'existence paraissait lui peser.

— Tu as eu raison. James, écoute, il faut que nous parlions, c'est important.

Le jeune homme n'aima pas le ton employé par son père.

— Que se passe-t-il ?
— Sarah est très forte... mais je pense que ses pouvoirs sont en train de croître et... Nous devrons prendre des décisions bientôt.
— Où veux-tu en venir ? le coupa James.
— Je crois que tu vas devoir envisager certaines options plus vite que prévu, Jamy.
— Non ! hurla celui-ci. Hors de question ! Pas comme ça ! Pas pour ça !
— Je comprends, l'apaisa Kylian. Seulement, j'ignore combien de temps son corps d'humaine tiendra encore. C'est la première fois en quatre cents ans que je croise une mortelle aussi puissante. Cette vision a été très violente, les examens révèlent qu'elle ne gardera pas de séquelles. Nous avons eu de la chance, rien de plus.

James se mit à réfléchir à toute vitesse, ne sachant plus à quel saint se vouer. Il n'avait jamais considéré les choses sous cet angle. Se pourrait-il que les pouvoirs de Sarah lui soient néfastes finalement ?

— Mais, Kylian..., gémit-il.
— Oui, oui, tu aurais voulu officialiser votre relation avant, Stan m'en a parlé. Je pense que tu devrais revoir ton point de vue. De toute façon, Sarah et toi êtes faits l'un pour l'autre, alors plus tôt ou plus tard, cela ne changera rien. Enfin si, avancer l'échéance pourrait bien lui sauver la vie.
— Tu as sans doute raison, concéda James.

J'émergeai lentement du brouillard dans lequel l'éther m'avait plongée. Des voix me parvinrent, mais de très loin, comme si je me trouvais au fond d'une grotte avec de l'écho. Au bout de quelques instants, je les reconnus comme celles de James et Kylian. N'arrivant toujours pas à bouger, je me contentai d'écouter. Le viking tentait de le convaincre d'envisager ma transformation plus vite que prévu. Je voulus m'interposer, sans succès. J'eus l'impression désagréable que mon corps pesait des tonnes. Puis Kylian évoqua le souhait de James d'officialiser les choses entre nous. Qu'entendait-il par là ? Et enfin James concéder qu'il avait peut-être raison. Non ! Je ne désirais pas devenir un vampire par nécessité ! Je me rendis alors compte que mes membres commençaient de nouveau à répondre à mes ordres.

— Non je... n'obtiendrai pas ma première... morsure comme ça, essayai-je d'articuler.
— Oh, Sarah ! s'écria James en se penchant vers moi. J'ai eu tellement peur !

Je dus inspirer à plusieurs reprises et profondément avant d'arriver à formuler une réponse.

— Désolée.

— Ne t'excuse pas, ma chérie, l'essentiel est que tu te remettes.

— Comment te sens-tu ? s'enquit son père.

— Bien... je crois. Mais j'ai une drôle d'odeur dans les narines en plus de l'éther, constatai-je en reniflant.

— Tu as saigné du nez, m'expliqua James.

— Oh ?

C'était la première fois qu'une vision provoquait une réaction si violente chez moi, mais il s'agissait aussi de la première du genre ! Trois coups furent tapés à la porte.

— Entrez ! lança James.

La famille se retrouva de nouveau au complet.

— Comment ça va ? s'informa Lily. Je n'ai pas pu intervenir, je suis désolée ma belle.

— Ce n'est pas ta faute, ma Lily, ne t'inquiète pas. Au fait, pardon pour le sang.

— Rassure-toi, on a tellement eu la trouille que ça nous a coupé l'appétit, plaisanta Stan.

Je lui souris, amusée.

— Pourquoi je porte une de tes chemises ? demandai-je à James.

— Disons que... tu as beaucoup saigné, précisa-t-il.

— Oh zut ! J'adorais ce haut !

— Je t'en offrirai une dizaine pourvu que tu ne me refasses jamais un coup pareil.

— Oui, mais c'est celui que je portais le jour où nous nous sommes rencontrés, grimaçai-je.

— Désolé de casser l'ambiance, reprit Zach, mais il faut que l'on sache ce que tu as vu, Sarah.

Zach incarnait le pragmatique de la famille, il analysait avec calme les situations et décidait ensuite de la marche à suivre. Certains auraient sûrement confondu cela avec de la froideur ou du désintéressement, mais c'était en réalité tout le contraire. Comment allais-je pouvoir formuler cela ? Je peinais déjà à comprendre ce qui m'arrivait.

— Euh... Comment dire ? commençai-je. En fait, c'était comme si je regardais... à travers les yeux de quelqu'un d'autre. J'ai revu la scène de ce matin, mais du point de vue des tentacules.

Des tremblements me secouèrent rien qu'au souvenir de cette sensation ignoble. Cette chose était puissante, dangereuse, fourbe, bestiale et sanguinaire aussi. James me prit dans ses bras et m'embrassa sur le front, compatissant.

— Je ne sais pas de quel genre de créature il s'agit, ajoutai-je. Mais elle nous hait... tous.

Un silence de mort tomba alors sur la chambre. Tous réfléchissaient au sens de ma révélation.

— Tu penses que le clan est menacé ? demanda Kylian après quelques instants.
— Sans aucun doute, mais j'ignore encore pourquoi et par qui.

Les Drake se regardèrent les uns les autres et je compris qu'ils se consultaient par la pensée, cela m'agaça.

— Je pourrais participer ? lançai-je, pour me rappeler à leur bon souvenir.
— Oh désolé, mon ange, l'habitude, s'excusa James.

Ils reprirent la conversation où ils l'avaient laissée, mais à haute voix cette fois.

— Cette personne considère donc Sarah comme l'une des nôtres ou sait au moins qu'elle est sous notre protection, continua Stan.
— Oui, mais pour l'heure, Sarah et James reviennent s'installer ici, ordonna Kylian d'un ton sans appel. Nous ne devons pas nous séparer et il sera plus facile de la défendre de cette façon.

Je ne cherchai pas à discuter, cela se révélerait inutile. Je pressentais que James serait parfaitement d'accord avec son père cette fois.

— Vous pensez que d'autres vampires convoitent notre territoire ? demanda Maggie.
— Possible, dit Kylian. Mais tant que nous ne découvrirons pas exactement de quoi ou de qui il s'agit, mieux vaut rester prudents.
— Sarah, tu ne sors plus sans surveillance, affirma James.
— Quoi ? Tu plaisantes ?
— Pas du tout. Tant que nous n'aurons pas attrapé cette chose, tu auras toujours quelqu'un avec toi pour te protéger au cas où.
— Mets-moi aux fers pendant que tu y es ! explosai-je. Je te signale que j'ai mes impulsions pour me défendre, je n'ai pas besoin de garde du corps !

Sa manie de me prendre pour une petite fille m'exaspérait au plus haut point !

— Vous pourriez nous excuser un instant ? demanda-t-il aux autres.

Les Drake quittèrent la pièce sans un mot. La discussion risquait de devenir houleuse et ils le savaient. James se tourna vers moi et s'appuya nonchalamment au pilier du lit.

— Tu ne veux donc pas de garde du corps, dit-il calmement.

Je n'aimais pas ça, connaissant James, c'était le calme avant la tempête.

— Non, affirmai-je, têtue.
— Tu es sûre ? insista-t-il en étrécissant ses yeux en deux fentes comme les chats.
— Oui.

Il monta sur le lit, avança à quatre pattes et arracha la couverture qui me couvrait. Je le regardai sans comprendre. Il s'allongea sur moi puis m'embrassa, me faisant perdre pied. Il déboutonna les premiers boutons de ma chemise tout en caressant ma gorge de sa langue.

— James…
— Tu es vraiment certaine que tu ne désires pas que je devienne ton garde du corps ? continua-t-il sans interrompre ses caresses.

Je commençai à haleter et enserrai sa taille de mes jambes. À mon grand étonnement, il ne se déroba pas, au contraire, il se laissa peser un peu plus sur moi.

— Alors… certaine ?
— D'accord…, soufflai-je, vaincue.

Il m'embrassa encore, descendant lentement vers ma poitrine, je me cambrai contre lui. Il se releva et me considéra moqueur.

— Eh bien, tu vois quand tu veux ! dit-il, triomphant.

Je le fixai incrédule, il s'était joué de moi ! Je n'en revenais pas d'être tombée aussi facilement dans le panneau.

— Tu triches ! lançai-je. C'est malhonnête d'utiliser ce genre de procédés pour arriver à tes fins !

Il rit franchement, de ce rire mélodieux que j'aimais tant.

— En amour comme à la guerre, tous les moyens sont bons, princesse !

Après m'être douchée et habillée avec des vêtements que Maggie m'avait gentiment prêtés, nous rejoignîmes le reste de la famille dans le salon. Je m'installai sur le canapé, James prit place à côté de moi.

— Tu veux grignoter quelque chose, ma puce ? s'enquit Gwen.
— Non merci, je n'ai pas très faim.
— Il faut que tu manges, intervint James.
— Plus tard peut-être. Où sont Lily et Stan ?
— Partis chercher vos effets personnels, m'expliqua Maggie.
— C'est gentil de leur part.
— Non, c'est normal, contra Zach, tu fais partie de ce clan et nous ne pouvons risquer qu'il t'arrive quoi que ce soit. En plus, je n'aime pas beaucoup ne pas savoir à quoi nous avons affaire.

Je comprenais parfaitement son point de vue et le fait qu'il exprime à haute voix mon appartenance à ce clan me fit plaisir.

— Merci, Zach. Par contre, comment vais-je suivre les cours sans croiser Emily ?
— Tu ne fréquentes plus le lycée jusqu'à nouvel ordre, m'informa James comme s'il s'agissait de la chose la plus banale du monde.
— Quoi ? Mais je passe mon diplôme l'année prochaine et pour la première fois, moi !
— Ne t'inquiète pas, Sarah, intervint Kylian avec ce calme qui le caractérisait. Je me suis arrangé avec un ami neurologue et il t'a rédigé un certificat médical attestant que tu souffres de migraines chroniques. Le directeur est déjà prévenu, il faxera les cours ici. Ainsi tu pourras travailler et ne pas prendre de retard.

Je n'en revins pas de la vitesse à laquelle ils s'étaient organisés et même si je soupçonnais qu'ils devaient avoir l'habitude, j'en restai bouche bée.

— Au fait, reprit Maggie, tu ne m'as pas dit de quelle couleur est mon aura.
— Mauve, répondis-je sans réfléchir.
— Et la mienne ? demanda Zach à son tour.

Pressentant que tous allaient me poser la même question, j'énumérai :

— Couleur feu, celle de Lily est rose comme on pourrait s'en douter, celle de Gwen rouge, celle de Stan argentée et enfin celle de Jamy est bleu électrique.
— Voilà un don formidable, commenta Kylian. Mais ce qui l'est davantage, c'est ta capacité de partager tes facultés avec la personne de ton choix.

— Cela me vient tout naturellement, expliquai-je sans comprendre ce qu'il y avait d'exceptionnel là-dedans.

— Pour tes visions passe encore, il ne s'agit pas d'un pouvoir offensif, mais en ce qui concerne les impulsions, ce que vous avez fait l'autre jour avec James était tout bonnement incroyable. J'ai effectué des recherches et je n'ai pas trouvé de cas similaires au vôtre.

— Je ne sais pas, après tout, c'est peut-être James qui a provoqué cela et pas moi, avançai-je.

— Ça m'étonnerait, contra Zach. On voit que tu n'as jamais pris une de ses décharges ! ajouta-t-il en se frottant la tête.

— Zach a raison, approuva James. Personne n'a jamais réussi à m'approcher lorsque je crépitais, même pas Lily.

— Il se pourrait que la peur de se perdre mutuellement nous ait fait fusionner.

— Probablement, admit Kylian, le fait que vous soyez deux âmes sœurs doit aussi représenter un facteur d'importance.

Mon regard rencontra celui de James et ce que j'y lus confirma le verdict de Kylian. Si cela s'avérait nécessaire, je retournerais l'enfer de fond en comble pour le retrouver.

— Salut, la compagnie ! piailla Lily en entrant. J'ai récupéré vos affaires, les amoureux, vous n'avez plus à vous tracasser pour ça.

— Tu sais quoi, Lily ? Tu vas être contente, ton aura est rose ! lui confia Maggie.

— Sérieux ? Cela ne m'étonne pas, c'est ma couleur préférée !

— Et la mienne ? s'enquit Stan, curieux.

— Argentée.

— Assortie à la Vantage ? Nickel ! lança-t-il, tout joyeux.

Nous rîmes de bon cœur, ils s'étaient vraiment bien trouvés tous les deux.

— Et la tienne, Sarah ? me demanda-t-il encore.

— Je ne peux pas la voir, c'est comme mes visions, rares sont celles qui me concernent directement, lui expliquai-je.

— C'est dommage, dit Maggie, déçue. Je suis persuadée qu'elle doit être magnifique.

— Nous ne le saurons jamais ! déclarai-je, emphatique.

— Pas si sûre, intervint Lily. Si tu as pu me montrer celle d'Emily, je suis quasi certaine qu'avec un petit effort, je pourrais apercevoir ton aura et te retransmettre l'image ensuite.

Je réfléchis un instant puis décidai qu'après tout, cela pourrait être drôle.

— Pourquoi pas ? Qui ne tente rien n'a rien, acceptai-je.

Nous nous installâmes par terre, assises en tailleur l'une en face de l'autre, les mains jointes. Fermant les paupières, nous commençâmes à nous concentrer. Je sentis une sorte de courant électrique passer entre nous, je voulus la lâcher, mais elle me retint. Je continuai donc, sans être totalement rassurée cependant. Puis nous ouvrîmes enfin les yeux et je constatai que Lily me regardait, émerveillée.

— Seigneur ! Je n'ai jamais rien vu d'aussi beau ! C'est incroyable ! s'extasia-t-elle.

— Quoi ?

Alors elle me renvoya par télépathie l'image qu'elle avait de moi. J'eus un hoquet de surprise, qu'est-ce que c'était que ça ?

— Mais… il ne devrait y avoir qu'une couleur…, murmurai-je.

— Sublime ! Tu ressembles à un ange ! s'écria Lily.

— De quelle nuance est-elle ? demanda James, curieux.

— Je vais essayer de vous transmettre ça, mais il faudrait que tu m'aides un peu, Sarah.

— D'acc… D'accord, balbutiai-je, encore ébahie par ma propre vision.

Un concert d'exclamation s'éleva soudain, mélange de surprise et d'admiration.

— Tu… tu es si belle ! bafouilla James à son tour.

— Incroyable ! s'exclama Kylian. C'est un mélange de toutes nos auras respectives ! C'est invraisemblable !

— Oui, et celle de James s'avère bien la plus marquée de toutes, comme si elle s'était tout simplement imprégnée de nous, souffla Gwen.

— Ou nous d'elle…, murmura James.

Ouais, et moi ce que je constatais, c'était que même mon aura se révélait singulière. Une aura apparaissait dès la naissance, or, je ne connaissais pas les Drake à cette époque. Comment diable aurais-je pu m'imprégner d'eux dans ce cas ? Ma lignée avait-elle un lien particulier avec les vampires ?

— Lily… la pauvre mortelle commence à fatiguer, commentai-je.

En effet, je suai à grosses gouttes. Transmettre des images mentales à sept vampires simultanément représentait un exercice éprouvant.

— Oh, excuse-moi, ma chérie !

Nous coupâmes le lien en douceur pour ne pas brusquer ma petite personne.

— Elle n'est pas seulement ton âme sœur, James, Sarah a tout bonnement été créée pour toi, reprit Kylian.

— Je ne sais pas qui je dois remercier pour cela, mais j'ai conscience que ça ne suffira jamais, rétorqua James en me fixant toujours avec admiration.

— Je comprends mieux pourquoi Jamy n'a pas pu résister à l'attirance qu'il ressentait pour toi ! ajouta Zach. C'est comme si vous incarniez les deux pièces d'un puzzle !

— Oui, et l'on saisit également pourquoi vous devenez aussi casse-pieds lorsque vous êtes séparés ! renchérit Stan.

Tout le monde rit.

— Et si tu jouais pour nous ? me demanda James.

— Si tu veux. Tu as un morceau particulier en tête ?

— Celui que tu as écrit pour moi, précisa-t-il avec un sourire éblouissant.

Je m'installai et commençai, les Drake m'écoutant comme d'habitude avec beaucoup d'attention. Lorsque j'eus terminé, comme à chaque fois, ils me félicitèrent.

— Au fait, j'ai récupéré le CD de la mienne, m'expliqua Lily. Mais tu ne m'as pas dit quel en était le titre.

— *Ma Lily*, déclarai-je simplement.

Elle se leva et me sauta au cou.

— Sarah t'a composé une chanson ? demanda Gwen. Nous ne le savions pas, j'aimerais beaucoup l'entendre.

— Je vais vous passer le CD, proposa la punkette en s'approchant de la chaîne ultra sophistiquée du salon.

Quand le morceau s'acheva, ses parents rirent en entendant les paroles.

— C'est tout à fait Lily ! s'amusa Kylian.

— Tu as un don pour trouver les mots justes, me félicita Gwen.

— Oui, ajouta James avec fierté. D'ailleurs celle qu'elle a écrite pour votre anniversaire est absolument magnifique !

— James ! Tu viens de gâcher ma surprise ! râlai-je, mécontente qu'il ait vendu la mèche.

— C'est vrai ? s'enquit Gwen, surprise.

— Je comptais l'interpréter vendredi, mais un vampire bavard comme une pie vient de ruiner mon cadeau !

Je lui balançai un coup d'œil faussement meurtrier.

— Désolé, s'excusa-t-il avec un petit sourire gêné.

— Tant pis pour la surprise, je voudrais vraiment l'entendre dès ce soir, supplia Gwen.

Je la regardai un instant, puis consultai Kylian du regard. Après tout, il s'agissait de son cadeau à lui aussi. Il approuva d'un signe de tête.

— Très bien, dis-je, vaincue. Alors je dois tout de même préciser que si j'ai écrit les paroles, James a composé la musique.

Puis me tournant vers monsieur grande bouche :

— Allez viens, tu joues et je chante.

— Bien, madame.

La mélodie s'éleva et, après les deux premières mesures, je commençai :

J'ai entendu dire souvent que le temps
Finit parfois par éteindre les sentiments
Je sais aujourd'hui en voyant Gwen et Kylian
Que certains amours sont immuables

Ils s'aiment comme au premier jour
Personne ne peut douter de leur amour
Ils s'aiment depuis déjà très longtemps
Et ce jusqu'à la fin des temps

Deux âmes sœurs unies par le destin
Depuis trois siècles partagent nuits et matins
Sans tomber dans les pièges du temps
Ils n'ont rien de deux vieux amants

Gwen et Kylian un couple de parents
Veillant sur ce qu'ils ont de plus cher, leurs enfants
Donnant l'exemple d'un couple solide et résistant
Preuve qu'il ne faut pas écouter les gens

James plaqua les derniers accords, le silence s'abattit sur l'assistance. J'attendis leurs réactions qui tardaient à venir pour une fois et me tournai vers James, effrayée à l'idée que notre balade ait pu leur déplaire. Il me rassura d'un regard, puis Gwen et Kylian se levèrent et m'embrassèrent tous les deux.

— Oh, Sarah, je suis si touchée ! s'exclama-t-elle. C'était magnifique, vraiment ! Moi aussi je souhaite que tu me graves une copie sur CD. C'est le plus joli cadeau que l'on m'ait jamais fait !

— Merci, ma fille, ajouta Kylian. Je ne trouve pas les mots pour te remercier de l'attention que tu nous portes.

— Vous venez de le faire, soufflai-je, les larmes aux yeux.

Le viking me regarda, surpris.

— Ai-je dit quelque chose de mal ?

— Non, mais c'est la première fois qu'une autre personne que ma mère m'appelle ma fille avec fierté, murmurai-je.

Il n'hésita plus et me prit franchement dans ses bras pour m'embrasser sur le front.

— Sache que je suis très fière que tu aies intégré mon clan et que tu es la fille dont j'ai toujours rêvé.

— Moi aussi j'aurais souhaité avoir un père comme vous, avouai-je.

— Dans ce cas, considère que c'est chose faite, ma chérie.

Allongée sur le lit, j'observai James. Il semblait réfléchir intensément à un problème complexe.

— Un penny pour vos pensées, beau jeune homme.

— Je repensais à ce que tu as dit lorsque tu t'es réveillée.

— Euh... Je dois avouer que je ne me souviens pas bien, éclaire ma lanterne, veux-tu ?

— Tu as murmuré *« Non, je n'obtiendrai pas ma première morsure comme ça »*.

Je baissai la tête, maudit éther ! Il m'avait fait perdre connaissance, mais également le contrôle de ma langue !

— Oh...

— Tu m'expliques ?

Je n'avais pas envie d'une nouvelle dispute ce soir, j'étais trop fatiguée.

— Rien, laisse tomber, esquivai-je.

— S'il te plaît, princesse, insista-t-il.

Je soupirai.

— Si j'accepte de me confier, jure-moi de me laisser t'exposer mon point de vue sans t'énerver, d'accord ?

— Très bien, je te le promets, je t'écoute, m'enjoignit-il.

Je respirai un bon coup, puis me jetai à l'eau.

— Voilà euh… nous avons déjà envisagé à maintes reprises la possibilité de… faire l'amour toi et moi.

— Oui…, admit-il en plissant les yeux.

— Et euh… tu as posé la condition que si lors de nos essais, j'affichais la moindre trace de morsure, nous arrêterions tout.

— Effectivement, confirma-t-il, de plus en plus soupçonneux.

Là, je marchais sur des œufs, j'avais intérêt à bien choisir mes mots.

— Tu sais à quel point c'est important la première fois et…

— Tu as peur et c'est normal, mais je t'assure que je ferai très attention, tenta-t-il de me rassurer.

— Il ne s'agit pas de ça… tu m'as expliqué que les vampires ne pouvaient atteindre le… plaisir que s'ils échangent leur sang avec leur partenaire…

Il allait rétorquer, mais je l'interrompis, il fallait à tout prix que je termine.

— Attends, lui dis-je. Voilà, je t'aime, James, et si tu as eu de nombreuses maîtresses, pour moi tu seras le premier et le dernier. Je souhaite donc que ce moment reste aussi inoubliable pour toi que pour moi, que tu voies à quel point je serai heureuse. Je veux que… tu boives mon sang, finis-je par lâcher.

Je redoutais sa réaction et je n'osais même pas le regarder, j'avais tellement peur d'un rejet que mon cœur cessa un instant de battre. James demeura silencieux puis une tristesse intense se peignit sur ses traits. Il se redressa et entoura ses genoux de ses bras.

— Pourquoi faut-il que tu me demandes la seule chose que je ne peux te donner ? murmura-t-il.

— Pourquoi ? Je veux que tu voies mon esprit et que tu éprouves autant de plaisir que moi, est-ce si mal ?

— Non, bien sûr que non. Je suis touché que tu te préoccupes autant de ce que je peux ressentir. Mais, Sarah, tu n'as pas conscience du danger que cela représente. Si jamais je te mords, je risque de ne pas pouvoir m'arrêter et de te… tuer.

Cette réponse me laissa songeuse. Pourquoi fallait-il que tout soit forcément aussi compliqué dans ma vie ? Appartenir à celui que j'aimais aurait dû se révéler la chose la plus naturelle du monde, mais même cela je n'y avais pas droit, c'était injuste ! Je ne comptais pas baisser les bras si facilement.

— Pourtant, tout à l'heure tu m'as changée alors que je saignais et tu ne m'as fait aucun mal, avançai-je.

Il se leva et sans un mot se dirigea vers la salle de bain. Quelques secondes plus tard, il revint en tenant quelque chose dissimulé derrière son dos. Puis affichant toujours cette drôle de tête, il tendit devant lui une espèce de bout de tissu rosâtre et informe.

— Je ne te suis pas, déclarai-je, perplexe.

Sans répondre, il le déplia pour que je l'aperçoive mieux, je reconnus mon pull. Blanc à l'origine, il était taché de sang d'où la couleur rose. Il était complètement déchiqueté.

— Je suis un monstre, murmura-t-il, tu es amoureuse d'un monstre.

— C'est faux ! m'écriai-je en me mettant à genoux sur le lit. Je t'interdis de dire ça ! Tu es le garçon le plus gentil, le plus doux, le plus respectueux que je connaisse ! Si tu étais un monstre, James, tu m'aurais tuée depuis longtemps !

— J'y ai songé, avoua-t-il. J'ai voulu m'abreuver à toi, de nombreuses fois.

— Mais tu ne l'as pas fait, pourtant je ne t'aurais opposé aucune résistance à ce moment-là. Alors que lorsque… enfin tu comprends, je serai consciente. Tu te souviens comme je t'ai repoussé dans la clairière et au lycée ? Je pourrai le refaire, alors n'aie pas peur.

— Comment peux-tu m'aimer au point de risquer ta vie ? souffla-t-il en secouant la tête.

— Eh bien, parce que c'est pour toi que je vis justement.

Je tendis la main vers le pull pour contempler de plus près les dégâts. James montra soudain les dents et grogna. Outré par sa propre réaction, il se plaqua les deux mains sur la bouche et recula. Ne souhaitant pas le blesser davantage, je décidai de désamorcer la situation par l'humour.

— Très bien, Jamy veut garder son doudou ? Qu'il le garde dans ce cas, dis-je sur le ton résigné d'une mère finissant par céder à son enfant.

Il me rejoignit d'un bond sur le lit, lorsque la porte s'ouvrit brusquement sur Lily et Stan.

— James ! hurla-t-elle en le voyant couché sur moi.

Puis tout se passa très vite, Stan attrapa son frère par l'épaule et l'envoya valser dans l'armoire qui s'écroula sous le choc. Lily se plaça devant moi en position de défense. James se releva, montra de nouveau les dents, feula, prêt à bondir. Stan fit alors de même et, comprenant ce qui allait se produire, je criai :

— Arrêtez !

Mais bien sûr personne ne m'écouta et les deux vampires s'apprêtaient à se sauter dessus lorsque je lançai une impulsion sur chacun simultanément. James heurta une nouvelle fois la penderie ou du moins ce qu'il en restait et Stan, le mur de l'autre côté de la pièce. Je bousculai Lily puis me précipitai devant James pour le défendre. Lily et Stan grognèrent encore, surpris par ma réaction. James vint se poster derrière moi et m'enserra la taille avec force.

— Elle est à moi ! Dis-leur que tu m'appartiens ! m'ordonna-t-il.

— J'appartiens à James, confirmai-je.

Poussée par un instinct que je ne contrôlais plus, je lui offris instinctivement ma gorge et passai ma main derrière sa nuque pour l'attirer à moi. L'air autour de nous se remit instantanément à crépiter d'étincelles rouges. James se pencha vers moi et me caressa le cou de sa langue, je frissonnai de plaisir. Stan et Lily avancèrent, mais cette fois, ce fut moi qui devins menaçante en formant une sphère d'énergie dans l'une de mes paumes. Je ne ressentais aucune peur, je voulais qu'il me morde ! Sans savoir pourquoi, je cherchai la main de James, il me la donna sans résistance et je commençai à embrasser son poignet. J'avais conscience que l'image que nous renvoyions avait quelque chose d'indécent, mais je ne pus m'en empêcher. Ce fut comme si je contemplais la scène d'un point de vue extérieur.

— Ça suffit ! James, lâche-la immédiatement !

La voix de Kylian venait de claquer dans l'air tel un coup de tonnerre. James obtempéra en poussant un sifflement de frustration. Sortant subitement de ma transe, je regardai le viking sans comprendre.

— Que s'est-il passé ? demanda le chef de clan, d'une voix où la colère perçait.

Lily m'attira prestement vers elle et pointant son frère du doigt, l'accusa :

— James a attaqué Sarah !

Je me tournai vers James, par terre, la tête entre les mains, il semblait prostré.

— C'est faux ! m'insurgeai-je en me précipitant vers celui que j'aimais pour le serrer dans mes bras.

— Nous discutions près du plan d'eau quand nous avons entendu grogner, puis nous avons senti l'odeur du sang. Nous sommes accourus, il était couché sur Sarah, ajouta Stan.

— James a voulu me montrer mon polo. J'ai essayé de le lui reprendre et il a grogné instinctivement, rien de plus ! Nous étions en train de jouer quand vous êtes arrivés ! Vous vous êtes emballés et voilà le résultat !

— Tu lui as offert ta gorge ! s'indigna Lily.

— Et alors ! Ça, c'est notre affaire, pas la vôtre ! Je vous rappelle que nous nous trouvions dans notre chambre et que c'est un endroit privé ! rétorquai-je, mauvaise.

— Ça suffit ! intervint de nouveau le viking. Tout le monde se calme. Sarah, t'es-tu vraiment offerte à James de ton plein gré ?

— Oui, dis-je fermement.

— Elle a saisi son poignet pour qu'ils échangent leur sang, confirma Stan.

— Tu savais comment s'opérait la transformation ?

Cette question me prit au dépourvu, car je n'en avais pas la moindre idée, j'avais agi par pur instinct.

— Non... murmurai-je. J'en avais... envie, c'est tout.

James leva soudain la tête et me regarda avec ahurissement.

— Tu savais ce que tu risquais ? me demanda-t-il, incrédule.

— Oui... avouai-je en me rendant compte que j'en avais eu conscience dès le début. James est à moi...

— Personne n'a prétendu le contraire, m'apaisa Kylian. Mais cela n'explique pas votre réaction à tous les deux. Je crois que nous avons sous-estimé les liens qui vous unissent.

— Je suis un monstre... marmonna James. J'ai failli te mordre pour assouvir mes plus bas instincts...

— Arrête de dire ça ! Je l'ai souhaité moi aussi ! Nous sommes deux dans cette histoire !

— Tu ignores à quoi tu t'exposes ! rugit-il en se relevant d'un bond.

Je regagnai précipitamment ma position verticale avant de rétorquer :

— Justement, explique-moi une bonne fois pour toutes à quoi je m'expose plutôt que de tourner sans arrêt autour du pot ! Je suis assez grande pour décider de devenir ou non l'une des vôtres !

Il me fixa furibond.

— Tu ne sais rien du tout ! Tu n'es qu'une petite fille ! La souffrance que tu ressentiras à ce moment-là surpassera tout ce que tu as connu jusque-là ! Tu hurleras, te tordras de douleur, tu souhaiteras mourir !

— Calmez-vous... tenta d'intervenir Stan.

— Toi, ferme-la ! lui intima James.

— Ne parle pas comme ça à ton frère, il n'y est pour rien !

— Tu le défends à présent ? Je ferais sans doute mieux de partir avant de prononcer des paroles que je risquerais de regretter plus tard ! lança-t-il en tournant les talons.

Je fulminais. Une fois de plus il fuyait plutôt que d'affronter le problème, mais cette fois je ne le laisserais pas s'en tirer si facilement, ça non !

— Tu as raison, comme ça, ça t'évitera d'avoir à prendre ton courage à deux mains pour me demander de t'épouser une bonne fois pour toutes !

Cette dernière remarque le stoppa net sur le pas de la porte. Il pivota vers moi et resta à me fixer, abasourdi. *Qu'est-ce que tu dis de ça, Jamy ?* pensai-je alors.

— Tu savais... souffla-t-il.

— Je suis peut-être une petite fille, mais je ne suis pas idiote ! rétorquai-je enfin.

Chapitre 6

Je bricolais dans le garage pour me détendre. Depuis la scène avec Emily, un seul et unique mot me trottait dans la tête : *pourquoi* ? Pourquoi nos dons avaient-ils sauté tant de générations pour parvenir jusqu'à moi ? Pourquoi s'étaient-ils activés si vite après mon arrivée à Black Diamond ? Qu'est-ce que cette chose, qui possédait Emily, pouvait bien me vouloir ? Et puis de quoi s'agissait-il exactement ? Pourquoi ma mère ne m'avait-elle pas mieux formée ? Pourquoi ne m'avait-elle laissé aucun indice, aucune information au sujet de ce qui m'arrivait aujourd'hui ? Résultat, je passais le plus clair de mes journées à chercher des réponses à mes interrogations et mes nuits dans les bras de celui que j'aimais.

Je devais avouer que notre petite scène de l'autre jour m'inquiétait. James et moi nous étions retrouvés comme déconnectés du monde extérieur. Je me posais donc la question suivante : jusqu'où serais-je prête à aller pour le posséder ?

Je commençais à avoir peur de moi-même, je me doutais que je n'en avais pas fini avec mes facultés, mais où me conduiraient-elles ? Plus je repensais à toute cette histoire et moins j'y comprenais quelque chose. Ce qui me troublait le plus dans cette affaire restait encore et toujours ma mère. Comment avait-elle pu me laisser sans réponses sachant que je serais seule pour affronter tout ça ? Cela ne lui ressemblait pas. Elle avait poussé la prévention jusqu'à m'écrire une lettre où elle m'expliquait en détail les démarches à effectuer une fois qu'elle serait partie, jusqu'à la date de validité de garantie de tout l'électroménager. Non, il y avait forcément quelque chose que je n'avais pas vu, un détail, un indice qui m'avait échappé. Puis je me souvins du jour où j'avais emballé ses effets personnels. J'avais pris des cartons et m'étais contentée de vider les étagères d'un geste de la main sans même les regarder. Ses vêtements portaient encore son odeur, c'était pour cette raison que je n'avais pas voulu m'attarder dans cette tâche. J'avais trop mal. Je lâchai la clef à molette que j'avais à la main, provoquant un boucan d'enfer lorsqu'elle toucha le sol. Mais oui ! Elle se trouvait là ma réponse ! Elle ne pouvait qu'être là ! Dans les affaires de ma mère ! Il fallait que je rentre chez moi. C'était mon problème, ma vie, mon passé et mon avenir. Il s'agissait de notre secret à ma mère et moi. Égoïstement, je n'avais pas envie de le partager, pas encore. Je devais achever ce chapitre de mon histoire seule pour pouvoir entamer le prochain avec James. Mais d'abord, je devais échapper à la vigilance des Drake. Je jetai un coup d'œil à la Mustang garée devant le garage. Non, trop bruyant. Je n'aurais même pas atteint la route, qu'ils m'auraient déjà arrêtée. Pourtant, il fallait que je sache ! Et James ne voulait rien entendre, à croire qu'il jubilait de me tenir assignée à résidence ! Soudain, mon regard fut attiré par quelque chose accroché au mur, un vélo. Je cogitai une seconde, si j'osais... le bruit de l'aspirateur me parvint alors. Si ça, ce n'était pas un signe du destin ! Je décrochai la bicyclette de son support et constatai avec satisfaction qu'elle était en parfait état. Pour me rendre chez moi, cela me prendrait allez... quinze minutes ? Sans plus réfléchir, je l'enfourchai et quittai la maison.

Assis sur le banc près du plan d'eau, James réfléchissait. Une fois de plus Sarah l'avait pris de cours. Qu'est-ce qu'elle pouvait être agaçante quelquefois ! Dans un sens, il se sentait soulagé qu'elle sache et elle n'avait pas sauté au plafond, ce qui était plutôt bon signe. Pour préserver l'effet de surprise, il avait déclaré qu'il ne ferait pas sa demande immédiatement, mais au moment où elle s'y attendrait le moins. À présent il était bien avancé, comment formulait-on ce genre de requête justement ? Stan et Zach vinrent le rejoindre.

— Eh bien, petit frère, qu'est-ce qui se passe ? Pourquoi tu t'isoles ? demanda Zach.

— J'avais besoin de réfléchir.

— À ton mariage ?

— Pas seulement. Pour être franc, je me cachais derrière cette histoire d'officialisation, pensant que Sarah refuserait tout net. Mais maintenant, je ne suis plus aussi catégorique.

— C'est plutôt bien, non ? s'enquit Stan, surpris.

— Oui, mais... je n'aurai alors plus aucune raison de m'opposer à sa transformation et j'avoue que j'ai la frousse.

— Tu réfléchis trop, Jamy. Montre-toi spontané un peu ! Lâche-toi ! lui conseilla Zach.

James savait pertinemment que ses frères avaient raison, depuis qu'il avait rencontré Sarah, il pensait sans cesse, analysait tout. Il avait tellement peur de se tromper ou de la décevoir, qu'il devait toujours envisager toutes les options avant d'agir. D'ailleurs, ces deux dernières options restaient encore les plus softs. S'il se plantait concernant sa mutation, il tuerait lui-même la seule femme qu'il n'eut jamais aimée. La spontanéité était certainement attrayante, mais dans certaines limites ! Il s'apprêtait à répondre lorsque ses sœurs les rejoignirent.

— Où est Sarah ? s'enquit James en fronçant les sourcils.

— Sûrement avec Kylian, à effectuer des recherches ! s'exaspéra Lily en levant les yeux au ciel.

James parut inquiet. Depuis le jour où elle avait aperçu l'aura d'Emily, Sarah était obsédée par une seule et unique chose : ses origines. Elle voulait à tout prix comprendre d'où lui venaient ses dons, pourquoi elle les possédait, comment les contrôler. Elle passait le plus clair de son temps dans la bibliothèque, parfois jusque tard dans la nuit. Il devait alors la forcer à regagner la chambre pour dormir. Là, il s'occupait d'elle à sa façon afin de lui faire oublier ses inquiétudes, mais bien sûr, sans jamais aller jusqu'au bout.

— Mais qu'est-ce qu'elle cherche exactement ? interrogea Stan.

— Elle a besoin de découvrir qui elle est, expliqua Lily avec tristesse. Il y a beaucoup de zones d'ombres en ce qui concerne son *héritage*. Elle ne comprend pas comment sa mère a pu la laisser sans aucune réponse pour démêler tout ça.

— Elle fait son deuil, déclara Zach calmement.

— Qu'est-ce que tu veux dire ? demanda James. Voilà bientôt deux ans que sa mère est morte.

— Justement, elle était jeune. Elle s'est débrouillée pour faire un tas de choses qui l'empêchaient de penser à cette terrible perte. Aujourd'hui, elle a une stabilité, elle sait que si elle craque, nous la soutiendrons. À l'époque, elle était totalement seule et se devait de rester forte.

— Je déteste la voir dans cet état, souffla Lily en baissant la tête. La regarder se débattre avec toute cette histoire sans pouvoir l'aider m'attriste.

— Moi aussi, et nous allons tout mettre en œuvre pour lui changer les idées.

— Il faudrait déjà arriver à lui faire lâcher ses satanés bouquins ! s'exclama Maggie.

— On va s'en charger ! lança Stan avec un sourire malicieux.

Ils firent donc irruption dans le bureau de leur père, bien décidés à en faire sortir Sarah, mais stoppèrent net sur le pas de la porte.

— Sarah n'est pas avec toi ? s'enquit James.

Kylian leva la tête de son ouvrage, surpris.

— Non, je la croyais avec vous justement. Vous n'étiez pas censés vous occuper des préparatifs de ce soir ?

La fête pour l'anniversaire de Kylian et Gwen aurait lieu dans le jardin. Les *jeunes* avaient pour habitude de soulager leur mère des corvées habituelles ce jour-là.

— Si, mais nous ne l'avons pas vue depuis ce matin.

Le chef de clan se leva, inquiet.

— Elle m'a demandé hier comment sa mère avait pu la laisser avec tant de questions sans réponses. Je lui ai dit que nous les trouverions après avoir réglé cette histoire.

— Bon Dieu ! Elle est rentrée chez elle ! s'écria James en quittant la pièce comme une flèche.

Ses frères et sœurs suivirent le mouvement, ainsi que ses parents. Sarah était à présent seule, sans surveillance, à la portée d'une chose non identifiée qui lui voulait du mal.

— Alors Henry, qu'as-tu appris sur notre charmante sorcière ?

— Elle t'a détecté, lâcha l'intéressé.

— Quoi ? Impossible ! Tu dois faire erreur ! s'écria Dylan en bondissant de son fauteuil.

— Oh que non ! Et maintenant, elle se trouve sous bonne garde chez les Drake, expliqua Henry.

— Kylian l'a intégrée au clan ?

— Oui. James et elle se sont séparés pendant un temps, mais tu avais raison, malgré cela, il venait la nuit. Leur attachement est plus fort que nous ne l'avions présagé. Nul doute que s'il lui arrive quelque chose, ils seront suffisamment abattus pour que l'on puisse les attaquer avant qu'ils ne réagissent.

— Parfait ! C'est parfait ! Ils ne pourront pas toujours la garder enfermée, à ce moment-là, nous agirons.

— Je maintiens ma surveillance, confirma Henry en prenant soin de cacher ses pensées.

Dylan souhaitait qu'il enlève la fille pour la lui livrer. En s'abreuvant à elle, il lui volerait ses pouvoirs et l'éliminerait. Seulement voilà, Henry ne l'entendait pas de cette oreille. Il devait avouer qu'il était fasciné par la sorcière, il la *voulait*. Même si cela devait lui coûter sa place au sein de ce clan, il ne l'offrirait pas à Dylan. Tôt ou tard, elle échapperait à la vigilance des Drake, et là, il n'aurait plus qu'à la cueillir. Ce crétin de James désirerait sûrement le tuer, mais ils auraient déjà quitté la ville depuis longtemps quand il se rendrait compte de l'absence de Sarah. Dylan aussi le haïrait, mais il était un vampire après tout, et les vampires suivent leur instinct, c'est bien connu.

Henry prit congé et repartit attendre dans les bois. Il ne pouvait approcher la demeure des Drake de trop près sans risquer de se faire repérer, il n'avait donc pas le choix. Mais le jeu en valait la chandelle !

Quelques minutes plus tard, je franchissais la porte de chez moi. Je montai les marches quatre à quatre pour gagner l'étage et je fonçai au bout du couloir afin d'atteindre la trappe qui permettait d'accéder au grenier. Contre le mur était accroché un manche avec un crochet pour l'ouvrir et déplier l'escalier amovible. Une fois cette manœuvre achevée, je grimpai précipitamment, allumai la lumière et commençai mes recherches. Je vidai les cartons à même le sol, examinai rapidement le contenu et passai au suivant. Je rangerai tout une fois que cette histoire serait terminée. J'en avais déjà renversé cinq sans rien dénicher lorsque j'attrapai le sixième. Je constatai alors qu'il était plus lourd que les autres, je m'empressai de lui faire subir le même sort qu'à ses petits frères. Quelque chose provoqua un bruit sourd en touchant le sol. Je me mis à genoux pour regarder de plus près ce qui avait produit ce son et je découvris, emballé dans un drap blanc, un livre énorme. J'ôtai le linge précipitamment. On aurait dit une sorte de grimoire. La couverture était en cuir noir avec deux croissants de lune bizarrement entrelacés. Ce bouquin avait-il toujours été là ? À l'intérieur, une enveloppe, je m'en saisis et essayai de déchiffrer le titre de l'ouvrage qui se trouvait en dessous, mais il était écrit dans une langue que je ne connaissais pas. J'ouvris le pli, les doigts tremblants, et dépliai la feuille, je reconnus immédiatement l'écriture de ma mère. Je respirai à fond avant de commencer ma lecture :

Sarah,

Si tu lis cette lettre, c'est que je ne suis plus là pour t'expliquer de vive voix ce qui se passe. J'imagine à quel point tu dois avoir peur, mais ne t'inquiète pas, tout ira bien, tu n'auras qu'à suivre mes instructions. Tu es forte ma Sarah, tu l'as toujours été. Tu surmonteras tout ça, James t'aidera.

James ? Elle savait pour James ?

Tu dois te demander qui est ce garçon, n'est-ce pas ? Eh bien, je l'ignore, j'ai juste vu à plusieurs reprises vos deux prénoms entrelacés. La morphine et le cancer affaiblissent mes dons, je suis désolée. Si tu le trouves, laisse-lui sa chance. Tous les hommes ne sont pas comme ton père et tu as droit au bonheur, tu l'as mérité. Alors voilà, ma puce, nous sommes issues d'une séculaire lignée de sorcières. Nous nous nommons les sorcières des Deux Lunes. Nous ne pouvons remonter jusqu'à nos origines, elles sont trop anciennes. À l'époque où la chasse nous a été donnée, beaucoup d'entre nous ont été tuées. À force de devoir se cacher et de ne plus pratiquer la magie, nos pouvoirs ont fini par s'éteindre. Seulement, une prophétie affirmait qu'une enfant née à la treizième génération, le treizième jour du treizième cycle de la lune noire raviverait ses pouvoirs. Tu es cette enfant, Sarah, depuis le jour de ta naissance, j'ai toujours su que tu étais différente et je ne me suis pas trompée.

Fais bien attention, ma chérie, tes dons risquent d'attirer la convoitise et tu restes une mortelle. Eh oui, les immortels existent, mais il s'agit d'un autre chapitre. Tu trouveras tout ce qu'il faut connaître là-dessus et sur le reste aussi dans le grimoire. Je crois que James en fait partie, mais je n'en suis pas certaine. Rassure-toi, il ne représente aucun danger pour toi, je ressens clairement l'amour qu'il te portera, il est plus pur qu'un cristal. En tout cas, pour activer définitivement tes facultés et les transmettre à la génération suivante, s'il y en a une, tu devras prononcer la formule suivante :

Moi Sarah,
Enfant des Deux Lunes,
Souhaite qu'elles n'en forment plus qu'une,
Je souhaite reprendre possession,
Des pouvoirs oubliés au fil des générations,
Qu'ici et maintenant me reviennent les pouvoirs d'antan.

Une fois terminé, tout le savoir des anciennes te sera rendu. Mais n'en abuse pas, la magie n'est pas un jeu. Tu as du caractère et c'est très bien, mais les émotions peuvent influencer les dons, alors apprends à te contrôler. J'ai conscience que ce que je te lègue aujourd'hui n'est pas exactement ce à quoi tu t'attendais, mais tu te révéleras à la hauteur, j'en suis persuadée.

Pour en revenir à James, s'il est bien un immortel, les prémonitions à son sujet risquent de ne pas être faciles. C'est dû à son immortalité justement, le lien psychique avec eux est plus fort. Leur existence même prend source dans la magie.

Merci, j'avais remarqué, songeai-je, amère.

Voilà, ma puce, je pense t'avoir tout dit, même si j'aurais préféré disposer de plus de temps avec toi pour t'épauler dans tout ça. Inutile de t'expliquer que lorsque tu décideras de prendre possession de ton héritage, tu devras t'éloigner un peu de la civilisation. Je peux te donner d'autres détails, comme le fait qu'en plus d'avoir des visions et d'apercevoir l'aura des gens, tu seras bientôt capable d'envoyer des impulsions d'énergie. Elles deviendront de plus en plus puissantes, mais avec de l'entraînement, tu parviendras à doser leur puissance. En outre, tu réussiras à soumettre certains immortels, du moins pendant un moment. Je dois également te prévenir en ce qui concerne les chasseurs, eh oui, si notre lignée a survécu, la leur aussi.

C'est à eux que ton père voulait nous livrer. Sa famille avait une vieille dette envers eux. Je n'ai jamais vraiment su laquelle, j'ai juste surpris une conversation téléphonique peu avant notre fuite. Quelle ironie ! Pouvoir lire l'avenir et ne pas avoir vu arriver un homme aussi vil que lui ! Si j'avais été plus vigilante, ton existence aurait été si différente ! Mais le temps n'est plus aux lamentations. Ils disposent des moyens de nous détruire, alors continue de prendre certaines précautions. Comme j'aurais souhaité assister à ça, tu seras sans doute la plus belle sorcière que le monde aura connue ! Je tiens à ce que tu saches que je suis fière de toi, ma fille. Tu as été si facile à élever, jamais tu ne t'es plainte de notre vie. Tu m'as considérablement facilité la tâche.

— Oh maman, je t'aime tant...

Je veux que tu me promettes une chose : sois heureuse. Quels que soient le prix à payer ou les obstacles à surmonter, sois heureuse ! C'est là ma seule volonté.

Je te quitte, ma Sarah, je veillerai toujours sur toi et je t'aimerai toujours.

Je t'embrasse, je t'aime.

Maman.

Une fois ma lecture terminée, je restai un moment assise dans le grenier. Elle ne m'avait jamais laissée tomber. J'en fus soulagée et honteuse d'avoir pu penser le contraire. J'étais bel et bien une sorcière, depuis le début Kylian avait eu raison. Une sorcière puissante apparemment. C'était donc ça le grand dessein que j'étais censée accomplir, récupérer les pouvoirs de ma lignée.

— Tu viens de me jouer un drôle de tour, maman ! dis-je à haute voix.

Puis je regardai la formule pour les réactiver, cela m'amusa. J'avais déjà effectué la moitié du travail sans. Quelle ironie ! Si j'avais trouvé cette lettre avant, tout aurait été plus facile. Mais autre chose m'avait interpellée « *capable de soumettre certains immortels* ». Parce qu'il y en avait d'autres ? Je n'y avais jamais songé, mais pourquoi pas ? Après tous, les sorcières et les vampires existaient bien, eux, ils formaient même des couples ! Nous n'étions plus à ça près ! Alors comme ça, je pourrais les dominer ? Voilà qui était intéressant ! Moi qui pensais toujours être la plus faible face à eux. Ce que je devais découvrir maintenant c'était : qui me traquait ? Et pourquoi ? Peut-être un chasseur ? Et puis, il restait un hic : posséder un joli grimoire, c'était bien, mais encore fallait-il pouvoir le déchiffrer. Je l'ouvris et commençai à tourner les pages. Il y avait des dessins de plantes et autres, des pages entières recouvertes de symboles étranges ou de lignes de texte dans cette langue inconnue, mais rien qui paraissait *surnaturel*. Pourquoi m'avoir laissé un bouquin incompréhensible ? Je décidai que le temps des interrogations était écoulé pour le moment. De toute façon, avec un peu de chance, Kylian, lui, connaîtrait cette langue étrange et sûrement ancienne. Et si ce n'était pas le cas, je ferais des recherches. Je disposais au moins d'une partie des réponses à mes questions et la certitude que ma mère ne m'avait pas abandonnée dans cette épreuve.

Je redescendis et fermai la trappe du grenier derrière moi. Une fois à l'étage inférieur, je mis la lettre dans ma poche puis allai dans ma chambre. J'ouvris l'armoire où je récupérai un sac et y glissai le grimoire. Puis j'aperçus une chemise de James sur le lit, je m'en saisis et l'approchai de mon nez. *Hum...* elle portait encore son odeur. Je l'enfilai rapidement avant de remettre ma veste.

En descendant au rez-de-chaussée, je jetai un coup d'œil alentour et songeai qu'il faudrait que je vienne faire un brin de ménage. C'était impossible aujourd'hui. Avec un peu de chance, je serais de retour avant que James ne se soit rendu compte de mon absence et j'éviterais une scène. Même si ce n'était pas le cas, cela en aurait valu la peine. Mon euphorie fut malheureusement de courte durée. J'ouvris la porte pour sortir.

— Bonsoir, Sarah.

Je sursautai violemment. Devant moi, vêtu entièrement de noir, se tenait l'un des frères Miller. Je ne savais pas lequel alors je demandai, sans montrer ma peur :

— Bonsoir, à qui ai-je l'honneur ?

— Oh ! Pardonne-moi ! Je ne me suis pas présenté, Henry Miller, dit-il, faussement affable en me tendant la main.

Je le détaillai des pieds à la tête avec tout le mépris dont j'étais capable et ne lui offris bien sûr pas la mienne.

— Vous comprendrez que je ne sois pas enchantée, lançai-je, cynique.

Il sourit, apparemment très amusé par ma réaction.

— Une vraie tigresse ! Je comprends que notre cher James soit tombé sous le charme ! ricana-t-il en m'examinant avec un sourire appréciateur.

Je n'aimais pas la façon dont il me fixait. Je reculai prudemment, il en profita pour s'introduire dans le salon et refermer la porte derrière lui. La tension monta d'un cran. Je venais de me piéger toute seule.

— Très jolie maison, continua-t-il en regardant autour de lui.

— Ravie qu'elle vous plaise, mais je ne vous ai pas invité à entrer si je ne m'abuse, rétorquai-je, acerbe.

Il avança encore, me forçant à battre en retraite une fois de plus.

— Il s'agit d'une petite visite de voisinage, cela se fait entre personnes bien élevées.

C'est ça ouais. Merde, je n'avais vraiment pas besoin que les Miller s'en mêlent !

— Pourquoi ? Vous avez sûrement des choses plus intéressantes à faire, non ? dis-je, bravache. Alors soyez gentil et barrez-vous !

Il croisa les mains derrière son dos et me fixa, amusé de nouveau. Si j'avais pu, je l'aurais volontiers giflé !

— Eh bien ! Tu es seule avec un vampire, pas âme qui vive à plusieurs kilomètres et tu me défies de la sorte ? Tu n'as donc peur de rien ?

Oh que si j'avais la trouille ! Mais je ne lui donnerais pas la satisfaction de le lui montrer. James allait s'inquiéter de mon absence et partir à ma recherche.

— De quoi devrais-je avoir peur ? De vous ? Je vous rappelle que vous n'avez pas le droit de chasser à Black Diamond, sous peine que l'armistice avec les miens devienne nul et non avenu, rétorquai-je.

J'avais volontairement appuyé sur le mot « miens » pour souligner mon appartenance au clan de Kylian et essayer de l'impressionner par la même occasion. Ma réplique provoqua tout sauf l'effet escompté, Henry éclata d'un rire tonitruant.

— Les tiens ! Ah ! Je n'ai jamais rien entendu d'aussi drôle ! Ma pauvre chérie, pour James, tu n'es qu'un jouet, rien de plus ! Comme toutes les femmes qu'il a connues avant du reste. S'il t'aimait autant qu'il le dit, il n'aurait pas hésité une seconde à te transformer.

— C'est faux ! hurlai-je. James n'est pas comme vous, il possède une conscience, lui !

Henry rit de nouveau, la tête penchée en arrière. Je tentai un pas de côté, mais de suite ses yeux noirs se posèrent sur moi, avortant toute tentative de fuite.

— Une conscience ? Les vampires n'ont pas de conscience ! Tu représentes un intérêt pour son clan, rien de plus, jolie sorcière.

Ainsi donc il savait ! Mon cerveau se mit à fonctionner à toute vitesse, c'était donc ça ! Dylan m'avait détectée depuis le début et c'était pour cette raison que je voyais sans arrêt son clan. Seule la présence des Drake les avait tenus à distance si longtemps. Ma petite réflexion mentale n'échappa pas à Henry.

— Alors, ça y est ? Tu commences à piger ?

— Pourquoi moi ? Je ne vous ai rien fait, lâchai-je, comprenant ce qui se produirait si James n'arrivait pas à temps.

Même si je lui envoyais une impulsion, je n'aurais pas le temps de m'enfuir de toute façon. À ce moment précis, je regardais la mort en face.

— C'est vrai. Oh et puis après tout, je peux bien t'expliquer, convint-il en prenant appui sur le canapé. Cela ne changera rien si tu vis quelques minutes de plus.

— Trop aimable, rétorquai-je, acerbe.

Il sourit de nouveau en penchant la tête de côté.

— Rassure-toi, je ne te réserve pas une mort au sens littéral du terme, du moins pas encore. Tu sais que les Drake ont pris le contrôle de la ville il y a une soixantaine d'années ? Depuis ce jour, Dylan n'a qu'une idée, récupérer ce maudit trou perdu ! Mais le clan de Kylian est plus puissant que le nôtre, ajouta-t-il, résigné. Il faut accepter de se soumettre quelquefois. Pour ma part, je dois avouer que je me fous complètement de ce patelin ! Les grandes agglomérations sont plus à mon goût... les mets plus variés, dit-il en se léchant les lèvres avec gourmandise.

Parle, c'est ça, continue de parler ! James, magne-toi ! pensai-je en frissonnant.

— Enfin bref ! poursuivit Henry. Dylan est rancunier et il n'a jamais cessé de chercher un moyen de reprendre la ville et d'humilier Kylian par la même occasion. Et puis voilà que tu débarques ! Sorcière et vierge par-dessus le marché !

Je rougis à cette dernière remarque, ce qui le fit rire une fois de plus.

— Ne sois pas gênée, il n'y a aucune honte à avoir, nous sommes tous passés par là. Et cerise sur le gâteau, James jette son dévolu sur toi ! Tu imagines sans peine ce qui a pu germer dans le cerveau de mon frère.

Voyant que je ne comprenais pas, ou plutôt que je faisais semblant de ne pas comprendre, il enchaîna :

— T'enlever, te tuer pour te prendre tes pouvoirs, mais surtout blesser et affaiblir leur clan. Le temps qu'ils te cherchent et découvrent que nous sommes responsables de ta disparition, nous pouvons les attaquer par surprise et reprendre Black Diamond, acheva-t-il.

Seigneur ! Sans le savoir, à cause de ma stupidité et de mon entêtement, j'allais conduire ma famille et les habitants de cette ville à leur perte. Il fallait que je trouve quelque chose pour me sortir de là et vite !

— Il y a un hic, déclarai-je, faussement détachée. Vous l'avez constaté vous-même, pour James, je ne suis qu'un jouet. Qu'est-ce qui vous assure qu'il réagira si violemment pour une simple poupée ?

— Tu as raison, acquiesça-t-il, c'est pour ça que j'ai un autre plan. Je te l'ai dit, je ne compte pas te tuer.

En moins d'une seconde, il ne resta plus que quelques centimètres entre nous. Je reculai, mais me retrouvai adossée, piégée, contre le mur de la cuisine.

— Alors quoi ? demandai-je en relevant le menton.
— C'est toi que je veux, Sarah. Depuis que je t'ai vue au bal, la seule chose que je désire et qui m'obsède, c'est toi, souffla-t-il en se penchant vers moi.
— C'était vous ! m'écriai-je.
Sous le coup de la surprise, il s'écarta un peu.
— Ce que tu as senti chez Emily, c'était Dylan. Je possède la faculté de me dissimuler aux autres immortels. Tu seras une immortelle hors du commun, aussi belle que puissante. Je n'ai pas l'intention de te tuer, seulement de te faire mienne…, murmura-t-il, la voix rauque.

Je restai stupéfaite, il en profita et me saisit par les cheveux pour me tirer la tête en arrière. Avant que j'aie le temps de réagir, ses dents percèrent ma gorge dans une douleur effroyable. Je tentai de lutter, mais ce fut pire encore. La colère prit alors le dessus, une fureur noire et rouge, brûlante et foudroyante. Je mourrais un jour, aucun doute, mais pas de sa main ! L'impulsion que j'envoyai à ce moment précis dépassa, et de très loin, toutes celles que j'avais lancées jusqu'à présent. Henry fut propulsé à une telle distance qu'il traversa le mur du salon, y laissant un énorme trou. Tous les carreaux de la maison explosèrent.

— J'ai dit non ! m'écriai-je de nouveau avant de tomber à genoux.

Je m'efforçai de me relever, il fallait que j'appelle James. La brûlure dans mon cou était atroce, j'y portai la main et sentis le sang gicler au rythme de mes pulsations cardiaques. *Il ne m'a pas mordue*, songeai-je, *il m'a arraché la gorge*.

Je vis soudain six vampires apparaître devant moi, leurs traits étaient marqués par l'horreur. J'eus le temps de comprendre que c'était ma vision qui provoquait cela. Puis, je m'écroulai.

— Sarah ! hurla James.

Ce fut le dernier son qui me parvint avant que les ténèbres ne m'engloutissent, le désespoir de celui que j'aimais par-dessus tout.

Les Drake s'apprêtaient à émerger de la forêt derrière chez Sarah, lorsque le souffle provoqué par l'une de ses impulsions vint agiter l'air autour d'eux.

— Sarah ! cria James avant de se mettre à courir en direction de la source d'énergie, suivi de son clan.

Ce qu'ils découvrirent en atteignant la maison les statufia d'horreur. Un trou béant se trouvait à la place de la fenêtre du salon. Sarah se tenait tant bien que mal debout en s'appuyant contre le mur de la cuisine, y semant des traces ensanglantées à chaque mouvement. Toutes les vitres de la demeure avaient explosé. Le parquet avait été creusé sur toute la largeur de la pièce, trace que son agresseur avait laissée lorsqu'elle l'avait repoussé sans aucun doute. Les meubles gisaient sens dessus dessous, une véritable scène d'apocalypse ! Mais surtout, ce fut la vision de la petite mortelle couverte de sang qui les transit d'effroi. Des grognements se firent entendre.

— Arrière ! ordonna Kylian. Seigneur, Sarah ! Qui t'a fait ça ?

Il s'approcha de celle qu'il considérait maintenant comme sa fille. Les grognements cessèrent aussitôt, seul James hurla :

— Sarah !

Puis il se précipita pour prendre celle qu'il aimait dans ses bras. Assis par terre, il la serra contre lui et la berça tout en répétant :

— Sarah, non ! Ne me quitte pas ! Je t'en supplie, accroche-toi ! Ne me laisse pas !

Kylian prit en mains les opérations, s'il restait la moindre chance de sauver sa fille, ils ne devaient pas perdre une seconde.

— James ! Il faut ramener Sarah à la maison immédiatement ! Zach, Stan, effacez le plus de traces possibles. Nous trouverons le coupable plus tard ! Allez, vite !

James la porta jusqu'à chez eux. Une fois sur place, il enfonça littéralement la porte et la déposa sur le canapé. Couverte de sang, la gorge profondément entaillée, son teint était cireux et ses lèvres mauves. Son rythme cardiaque, lui, était presque inaudible, même pour ses sens hyper développés. Il tomba à genoux.

— Sarah, ne m'abandonne pas, je t'en supplie ! Tu avais raison, j'aurais dû te transformer ! Je le ferai, je te le promets, mais par pitié, ne me quitte pas !

Kylian revint avec un tas de matériel médical et poussa James sans ménagement, celui-ci ne s'en rendit pas compte. Il gardait les yeux rivés sur sa compagne, cloué d'épouvante.

— Viens, ne reste pas là, lui conseilla Stan, gentiment.

James se laissa entraîner comme un robot, Zach les suivit. Ils s'installèrent sur les marches du perron.

— Elle va mourir…, gémit-il.

— Non ! s'indigna Stan. Sarah est forte ! Tu n'as pas le droit de dire ça ! Je te l'interdis, tu m'entends ?

— Ce sera de ma faute, j'ai trop attendu et maintenant voilà le résultat ! Si elle avait été l'une des nôtres, ce malade n'aurait pas pu s'en prendre à elle.

— Cesse de te fustiger, l'apaisa Zach. Sarah est sans doute une sorcière, elle attire la convoitise, c'est tout. Tu ne pouvais pas savoir ce qui allait se passer.

— Il nous a piégés en brouillant les pistes. On s'est fait avoir et c'est elle qui en paye les frais !

— Nous trouverons ce cinglé, affirma Stan, ne t'inquiète pas.

James se leva et commença à marcher de long en large, écumant presque.

— Je veux sa mort ! Je veux qu'il souffre ! Qu'il me supplie d'arrêter avant que je l'achève ! Je veux arracher de mes mains le cœur de ce chien !

Stan et Zach étudièrent leur frère, il n'était plus que fureur. Ses yeux étaient noirs, ses traits crispés et sa bouche étirée en un rictus carnassier. Jamais, depuis qu'ils le connaissaient, ils n'avaient vu James dans un tel état. La voix de Kylian résonna soudain à ce moment-là, les ramenant à l'atroce réalité :

— Non, Sarah ! Accroche-toi ! Accroche-toi !

Ils rentrèrent et l'horreur les saisit une nouvelle fois. Sarah se trouvait allongée sur la table de la salle à manger à présent, son chemisier ouvert découvrant sa poitrine. Kylian pratiquait un massage cardiaque, assis à califourchon sur elle. Lily se cachait dans le giron de Maggie dont les yeux étaient agrandis par l'effroi. Gwen, recroquevillée contre le mur, les mains sur les oreilles, tentait d'occulter ce qui se passait. Le viking avait relié Sarah à un monitoring d'où s'échappait un sifflement continu.

— Sarah ! hurla de nouveau Kylian. Il faut lutter, ma fille ! Allez, reviens !

Stan jeta un regard à James, il était pétrifié sur place, les yeux exorbités.

— Stan, passe-moi les palettes ! ordonna son père.

Ce dernier se précipita sans réfléchir.

— Recule ! intima-t-il ensuite.

Il descendit de la table et administra une première décharge à Sarah qui fit un tel bond que tous les vampires sursautèrent eux aussi. Lily poussa un gémissement. La petite sorcière, elle, ne réagit pas et la machine poursuivit sa litanie morbide. Kylian envoya alors une seconde décharge, plus forte cette fois.

— Reviens !

Mais rien, toujours pas de réaction. Il lui asséna une troisième décharge et continua :

— Sarah, bats-toi ! Pour nous ! Pour Jamy ! Si tu l'aimes, bats-toi, tu m'entends !

Le sifflement persista quelques secondes, les Drake retinrent leur souffle. Enfin un premier bip résonna, puis un second, suivi d'un troisième. La fratrie se détendit, même si tous savaient que la partie n'était pas gagnée pour autant. Tant que le cœur de Sarah fonctionnait, ils pouvaient la sauver, à leur façon.

— Sarah ! s'écria James en s'approchant.

Puis il commença à lui embrasser le visage, les cheveux.

— Mon amour ! Ne me quitte pas, je t'en supplie, ma petite tigresse ! Bats-toi encore pour moi ! Je veux t'épouser et passer le reste de l'éternité avec toi. S'il te plaît, ne m'abandonne pas, je n'y survivrai pas…

Le monitoring s'emballa alors, attestant que le cœur de sa belle palpitait plus fort à présent.

— C'est bien, ma fille, dit Kylian en lui prenant la main.

— Bats-toi, Sarah, pour moi, ajouta Lily.

— Allez, équipière, renchérit Stan.

— Vas-y, petite sœur, souffla Maggie.

— Ne lâche rien, jolie sorcière, continua Zach.

— Accroche-toi, ma chérie, termina Gwen.

Ils souhaitaient que Sarah reste auprès d'eux. Pas seulement pour James, mais parce qu'à leur façon, ils aimaient tous la petite mortelle qui avait fait irruption dans leur vie.

Henry avait regagné la demeure de son clan. Ses vêtements étaient déchirés, ses cheveux en bataille, et il devait l'avouer, il était secoué. Lorsqu'il pénétra dans la grande pièce qui leur servait de quartier général, Melissa se précipita pour le soutenir.

— Henry, que t'est-il arrivé ? interrogea-t-elle en constatant son état.
— La sorcière ! Elle est bien plus forte que nous ne l'avions présagé, expliqua-t-il.
Dylan et Lena se levèrent d'un bond.
— C'est elle qui t'a fait ça ? demanda son frère, incrédule.
— Oui, confirma Henry. Lorsque j'ai tenté de l'attraper, elle a envoyé une impulsion d'énergie si puissante que j'ai été propulsé à presque un kilomètre dans les bois, gémit-il, honteux.
— Quoi ? Mais c'est impossible ! Aucun mortel ne possède de tels pouvoirs !
— La preuve ! rétorqua Henry, acerbe. Cette gamine n'est pas une sorcière ordinaire.
— Tu l'as tuée ?
— Je l'ignore, les Drake ont débarqué. J'ai juste eu le temps de me dissimuler pour prendre la fuite.
— Quoi ? Tu veux dire que la fille est vivante ?
— Je l'ai blessée, répondit Henry.
Bien entendu, il n'expliqua pas sa tentative de trahison.
— Je l'ai mordue avant qu'elle ne me repousse. Je ne suis pas certain qu'elle y survive, ajouta-t-il.
Dylan tournait à présent en rond dans la salle comme un lion en cage.
— Il vaudrait mieux ! hurla-t-il. Parce que si elle leur apprend que nous sommes derrière tout ça, nous sommes tous morts !
— Peut-être pas, avança Lena. Nous ne sommes pas les seuls à avoir une dent contre les Drake et ceci sans mauvais jeu de mots bien sûr.
— Que suggères-tu ? demanda Dylan, soudain curieux.
Sa compagne s'approcha de lui et l'enlaça de façon suggestive. La relation qu'entretenaient ces deux-là ne devait rien à l'amour ou à l'affection, mais bel et bien au mal et à la luxure. Ils étaient unis pour le meilleur, mais surtout pour le pire.
— Eh bien, parfois il est bon de s'associer. Ne dit-on pas que les ennemis de nos ennemis sont nos amis ? susurra-t-elle avec un sourire machiavélique.
Comprenant soudain où elle voulait en venir, Dylan la prit dans ses bras et la fit tournoyer tout en l'embrassant.
— Tu es géniale, ma beauté ! s'écria-t-il.
— Merci, répondit Lena en souriant toujours.
— Pourrions-nous savoir ce que vous envisagez de faire ? interrogea Melissa.
— Réparer les bavures de ton cher et tendre ! répliqua Dylan.
— Ce n'est pas la faute de Henry ! s'indigna celle-ci. C'est toi qui as sous-estimé la sorcière, je te rappelle !
Henry, préférant éviter une nouvelle scène et ne souhaitant pas que Dylan se doute de sa trahison, tenta d'apaiser sa compagne.
— Laisse, ma chérie. Dylan a raison, j'ai commis une erreur, mais je compte bien me racheter, ajouta-t-il, déterminé.
Le sang de la fille avait un goût incomparable et il en reprendrait bien quelques gorgées.

James avait installé Sarah dans leur chambre après l'avoir lavée et changée. En la voyant ainsi, nue et fragile dans ses bras, il avait songé qu'il aurait dû la faire sienne lorsqu'elle le lui avait demandé. Si elle mourait maintenant, il ne lui aurait même pas offert cela. Elle avait souhaité de tout son cœur lui appartenir, qu'il lui prenne un peu de sang pour pouvoir accéder à son esprit, mais il avait refusé. Résultat, au lieu de recevoir une morsure synonyme d'amour, un parfait inconnu s'était purement et simplement abreuvé à elle. Comme si elle ne représentait qu'une vulgaire proie sans importance. James sentit la colère le gagner de nouveau. Celui qui avait fait ça allait crever comme le chien qu'il était !

— Jamy, tu veux que je te relaie ? proposa Lily qui venait d'entrer.
— Non, je ne la quitte pas, déclara James.
— Écoute, petit frère, je sais ce que tu ressens, mais il faut que tu chasses.
— Je n'ai pas faim.
— Elle n'est pas morte ! Tu dois continuer à te battre toi aussi ! Elle aura besoin de toi à son réveil, alors fais un effort ! s'agaça la punkette.
— Lily, qu'est-ce que je vais devenir si elle m'abandonne ? souffla James, avant de se laisser glisser au sol, la tête entre les mains.

Lily se précipita vers son jumeau, si les Drake se doutaient sans mal de ce qu'il éprouvait, elle était la seule à percevoir parfaitement sa douleur.

— Jamy, ne dis pas des horreurs pareilles, je suis quasiment certaine qu'elle nous entend.
— Je souhaiterais tellement que tu aies raison, mais quand je lui parle, elle n'a aucune réaction, comme si elle se trouvait déjà hors d'atteinte.
— Non, il lui faut du temps pour que son corps se remette, mais tu dois tenir le coup, James ! Pour elle.
— Je ne la mérite pas ! Je n'ai pas été capable de la protéger ! Quel homme est assez nul pour ne pas parvenir à préserver celle qu'il aime ?
— Tu ne pouvais pas savoir, même moi je n'ai pas vu ce qui allait se produire. Le seul responsable, c'est celui qui lui a infligé cela, mais je te promets qu'il va payer ! Je t'aiderai à lui régler son compte !
— Je veux sa mort, Lily !
— Tu l'auras, je te le jure. Mais pour cela, tu dois vivre, Jamy. Tu dois être fort pour la venger.

James parut réfléchir un instant et quand il releva enfin la tête, ses yeux reflétaient la détermination.

— Tu as raison, grogna-t-il.

Puis, il se leva et s'approcha de Sarah. Il lui caressa les cheveux et se pencha pour déposer un baiser sur ses lèvres.

— Je dois chasser, ma princesse, lui expliqua-t-il. Ne t'inquiète pas, Lily va rester à ton chevet et je ne serai pas long. Reviens-moi, mon amour, tu me manques. Ta voix, ton sourire, tes bras autour de moi me manquent. Reviens, je t'en supplie.

Puis, il l'embrassa une nouvelle fois avant de sortir. Lily s'assit au bord du lit et prit la main de sa meilleure amie.

— Allez, ma puce, fais un effort ! Réveille-toi ! Je suis persuadée que tu m'entends, Sarah. Si tu voyais comme Jamy est malheureux... Il t'a attendue cent vingt-huit ans, c'est plus qu'une vie ! Il ne s'en relèvera pas si tu le quittes. Par pitié, ne me prive pas d'une sœur et d'un frère par la même occasion...

La punkette caressa une seconde les cheveux de sa meilleure amie. Elle détenait la solution, ils la détenaient tous. Bien sûr, elle ne pouvait avoir la garantie que le cerveau de Sarah était indemne, mais une toute petite dose ne ferait que booster un peu son système. Elle ne lui en donnerait même pas assez pour qu'elle cicatrise totalement. Dans le fond, c'était seulement une garantie au cas où son cœur lâchait de nouveau, d'un autre côté, si Kylian l'apprenait...

— Oh et puis merde ! Voilà plus d'un siècle que nous t'attendons, si James a des scrupules, moi, pas !

Elle releva la manche de son chemisier pour s'entamer le poignet d'une morsure nette. Le sang commença à couler, elle appliqua la plaie sur la bouche de Sarah. De son ongle, elle gratta une petite croûte sur la main de la jeune fille. Elle préleva une goutte de sang sur son doigt et la porta à sa bouche. Voilà, l'échange n'avait sans doute pas été pratiqué dans les règles de l'art, mais il avait eu lieu.

— Je te préviens, Sarah, si tu meurs maintenant, tu te réveilleras en vampire et ce n'est même pas Jamy qui pourra se vanter de ta transformation. Alors si tu veux vraiment rejoindre le monde des non-morts de sa main, débrouille-toi pour revenir rapidement dans celui des vivants !

Chapitre 7

James et ses frères chassaient depuis près de deux heures lorsqu'ils s'arrêtèrent derrière la maison de Sarah pour estimer les dégâts.

— Elle a dû lui en envoyer une sacrée dose… commença Stan.

— Oui, heureusement qu'elle n'est pas une simple mortelle, renchérit Zach.

James, lui, ne fit aucun commentaire. Il se contenta d'entrer et de contempler l'ampleur du carnage. Les vitres ayant explosé, l'intérieur de la demeure était maculé de débris. Zach et Stan avaient tant bien que mal rebouché le trou béant dans la façade avec des planches de bois et fermé les volets. Rien n'était visible de la rue, mais si quelqu'un avait l'idée d'y regarder de plus près… Au milieu de tout ce capharnaüm, seul le piano avait survécu. Un miracle. Il savait à quel point Sarah y tenait. Ce serait l'une des dernières choses qui lui resterait d'elle si jamais elle ne s'en sortait pas. Puis son regard fut attiré par une forme sombre qui dépassait de sous le canapé éventré. Une besace de cuir. Il avança et s'en saisit.

— Qu'est-ce que c'est que ça ? demanda-t-il en la brandissant sous le nez de ses frères.

— Aucune idée, je ne l'ai jamais vu, rétorqua Stan.

— Sûrement ce que Sarah voulait récupérer, dit Zach.

James ouvrit le sac et en extirpa le grimoire. Il le manipula quelques instants avant de décréter :

— Allons montrer ça à Kylian, il saura certainement de quoi il s'agit.

Comme à son habitude, leur père se trouvait dans la bibliothèque. Sans un mot, James lui tendit l'imposant ouvrage. Le viking s'en empara et l'observa avec attention avant de le feuilleter, les sourcils froncés.

— Un grimoire de sorcière, lâcha-t-il. Notre petite Sarah en est donc bien une, plus de doute. Par contre, je ne connais pas le symbole inscrit dessus. Je vais effectuer de nouvelles recherches et essayer d'en apprendre plus.

— Préviens-moi dès que tu trouves quelque chose, dit James.

Le jeune homme retourna auprès de sa compagne et s'allongea près d'elle sur le lit. Lily, assise de l'autre côté, lui tenait la main.

— Nous avons découvert quelque chose à la maison : un grimoire. Elle est bel et bien une sorcière.

Lily parut réfléchir intensément pendant quelques secondes puis reprit :

— Tant mieux, elles sont plus difficiles à tuer, même si elles restent des mortelles, expliqua-t-elle.

— Cette fois, ce n'est pas passé loin, grogna James.

Ils demeurèrent silencieux pendant un long moment puis Lily sursauta violemment.

— Qu'y a-t-il ? s'enquit James, surpris.

— Elle m'envoie des images ! s'écria Lily.

— Quoi ? Quelles images ?

— De toi surtout. Oui, Sarah ! Jamy est là, il t'attend ! Vas-y, ma puce, reviens !

James s'agenouilla sur le lit et se pencha vers Sarah.

— Je suis là, mon amour !

En un instant, toute la famille se retrouva au grand complet dans la chambre.

— Que se passe-t-il ? interrogea Kylian.

— Son esprit est soudain plus clair ! exulta Lily. Elle me transfère plein de pensées subitement !

— Parfait, c'est que son coma est moins profond. Elle nous entend à présent, c'est quasi certain.

— Seigneur, j'ai eu si peur ! s'exclama Gwen.

— Oui, ma chérie, je sais, souffla Lily.

— Quoi ? Qu'est-ce qu'elle te montre ? demanda James.

— Elle n'arrive pas à vivre sans toi, je crois que c'est ce qu'elle essaie de m'expliquer.

— Ma princesse, on ne se quittera plus jamais maintenant. Je t'aime, dit-il en déposant un baiser sur ses lèvres.

Les sept vampires perçurent alors clairement le rythme cardiaque de leur petite sorcière préférée s'emballer.

— Oui, vas-y ! C'est bien, continue, reviens-moi !

— Ah beurk ! s'insurgea la punkette. Passe-moi les détails, une fois aura suffi !

— Quoi ? Quoi ? interrogea James.

— Elle me rappelle la fois où Stan et moi avons voulu vous séparer lorsque vous... enfin tu vois.

James éclata de rire. Un rire plein de joie, d'allégresse.

— Oui, mon trésor, j'ai adoré ce moment. Et je te promets de recommencer dès que tu seras réveillée !

— Soif..., souffla soudain Sarah.

— Oh, ma princesse ! s'écria James en la prenant dans ses bras.

Maggie réapparut immédiatement avec un grand verre d'eau et le donna à James. Il redressa Sarah pour l'aider à boire. Dès qu'elle eut terminé, il la maintint contre lui, caressa ses cheveux.

— Jamy..., murmura-t-elle, d'une voix enrouée.

— Je suis là, je ne te quitte plus ! jura celui-ci.

Elle se laissa reposer contre sa poitrine puis ferma de nouveau les yeux.

— Eh bien, si on avait su que James était l'antidote, nous aurions commencé par ça ! plaisanta Stan.

— Je suis désolé, mais vous allez devoir sortir. Je dois l'ausculter pour vérifier que tout va bien, dit Kylian, calmement.

— Tu crois qu'elle pourrait garder des séquelles ? demanda James, anxieux.

— C'est possible. Elle a perdu beaucoup de sang, son cœur s'est arrêté près de quinze minutes et elle vient de faire trois jours de coma.

James regarda celle qu'il aimait. Pelotonnée contre son torse, les yeux fermés, elle ne bougeait pas. Si elle conservait des séquelles, il ne pourrait plus la transmuter. *Pitié, pas ça !* songea-t-il avec angoisse.

Mais pour ne pas l'effrayer, il se tut. Lily resta avec leur père pour l'assister. Les autres descendirent au salon attendre le verdict. James se laissa tomber sur le canapé. Il n'avait pas envisagé une seule seconde que Sarah puisse souffrir de déficiences neurologiques graves. Et la règle était claire à ce sujet : il était strictement interdit de transformer une personne atteinte mentalement. Cela donnerait des vampires trop instables et donc trop dangereux pour eux-mêmes ainsi que pour leur clan. C'est pour cette raison qu'il ne l'avait pas abreuvée immédiatement de son sang. Kylian s'y était opposé, il souhaitait d'abord savoir si Sarah serait bien elle-même à son réveil de la mutation.

— Ça va aller, Jamy, dit doucement Maggie.

— Oui, elle est de retour parmi nous, renchérit Stan.

James étudia tour à tour les membres de son clan, puis son regard croisa celui de sa mère d'adoption. Elle était la seule à garder le silence et son visage exprimait une peur indicible.

— Tu n'y es pour rien, maman, lui murmura-t-il.

— Tu souhaitais l'épouser ! Partager l'éternité avec elle ! Si elle a des séquelles trop graves…, gémit Gwen sans pouvoir achever sa phrase.

La belle Italienne semblait au bord des larmes, elle aimait Sarah et ne cachait pas son bonheur d'avoir adopté un petit de plus. Agrandir la famille apaisait un peu la souffrance que représentaient ses entrailles sèches et inutiles. Elles avaient fini par tisser un lien particulier. James ne voulait pas qu'elle souffre, Gwen avait accompli tant de choses pour sa sœur et lui.

— Je l'épouserai quand même et je construirai ma vie avec elle. J'aime Sarah et rien ne pourra changer cela. Elle est celle que je cherchais et je ne l'abandonnerai pas.

— Mais tu ne pourras plus la convertir si son cerveau est atteint !

— J'en ai conscience. Nous mènerons une existence paisible et calme où je ferai en sorte qu'elle ne manque de rien. Quand le moment sera venu, je lui tiendrai la main jusqu'à la dernière seconde.

Mais personne n'eut le temps d'ajouter quoi que ce soit, car un hurlement atroce les en empêcha. Ce cri n'avait rien d'humain, pourtant la détresse qui en émanait était à peine supportable.

— Sarah ! s'exclama James en s'élançant à l'étage.

Kylian et Lily se trouvaient seuls dans la chambre. La punkette tambourinait à la porte de la salle de bain.

— Sarah, ouvre !

— Il m'a mordue… Il m'a mordue…

— Je sais, ma puce, mais tu vas t'en remettre. Ouvre-moi, ma chérie.

Une longue plainte leur parvint, déchirant le cœur de James qui se précipita.

— Sarah, princesse, laisse-moi entrer !

Un gémissement effrayé lui répondit, puis elle se mit à pleurer à gros sanglots, paniquée. James se tourna vers sa famille, éberlué. Sarah aurait-elle peur de lui ?

— Sortez ! ordonna alors Gwen avec autorité. Sortez tous !

Elle avait retrouvé tout son self-control manifestement et ses origines de matriarche méditerranéenne ne faisaient plus aucun doute cette fois.

— Quoi ? Mais qu'est-ce qui te prend ? demanda James, surpris.

— Tout le monde dehors ! Tout de suite ! Lily et Maggie, vous, vous restez là ! Mais je ne veux pas voir un seul homme dans les parages jusqu'à nouvel ordre, compris ? continua-t-elle en les menaçant du doigt.

— Mais tu vas me dire ce qui se passe à la fin ? s'agaça James.

Gwen regarda son fils dans les yeux, il y lut une immense tristesse, si intense qu'il recula d'un pas.

— Jamy, te souviens-tu de la manière dont Sarah désirait obtenir sa première morsure ? interrogea-t-elle doucement.

Une longue plainte de Sarah répondit à cette question. James se mit alors à réfléchir rapidement, puis il se rappela l'une de leurs conversations. Il se retourna vers la porte en y abattant ses deux poings, l'enfonçant presque, et provoquant des hurlements hystériques de la part de sa compagne.

— Non, mon amour ! Cela n'a rien à voir !

Ses frères et son père, ayant maintenant saisi, vinrent le relever pour l'entraîner hors de la chambre.

Une fois dehors, James commença à envoyer des impulsions sur tous les arbres à sa portée. Les autres attendirent, silencieux, qu'il décharge sa colère et sa peine. Au bout de quelques minutes, il tomba à genoux.

— Je veux tuer ce fils de pute ! Je veux qu'il crève !

— Et c'est ce qui arrivera, fais-nous confiance ! grogna Stan avec une méchanceté qui ne lui ressemblait pas.

— Pour l'instant, il faut que nous la soutenions afin qu'elle se remette, ajouta Zach.

— Comment a-t-il osé poser les mains sur elle ! Sarah est à moi et à moi seul !

— Celui qui a eu l'audace de toucher à l'une de mes filles devra le payer de sa vie, gronda soudain Kylian d'une voix sourde.

Surpris par la réaction de leur père, d'habitude si calme, les trois garçons relevèrent la tête.

— Cette enfant a déjà subi de nombreux traumatismes. Avec nous, elle avait enfin une stabilité, ce n'est pas pour que l'un des nôtres détruise ce que nous commencions à bâtir. Si cela doit déclencher une guerre des clans, eh bien soit.

Jamais ils n'avaient vu Kylian dans un tel état. Cette fois, il ressemblait vraiment à un viking. Ses yeux noirs d'encre et ses mâchoires serrées ne présageaient rien de bon. James se leva et alla le rejoindre.

— Toi aussi tu l'aimes, n'est-ce pas ?

Kylian observa son fils un moment puis reprit :

— Tu sais que j'ai eu une fille lorsque j'étais mortel ?

— Oui.

— Sarah me la rappelle étrangement. Même tempérament de feu, même détermination à atteindre ses objectifs, même faculté à se faire aimer des gens qui l'approchent. C'est cela qui a conduit ma petite à sa perte, je ne tolérerai pas que cela se reproduise.

— Que veux-tu dire ? interrogea Stan.

Kylian se laissa alors tomber sur le banc, puis se prit la tête entre les mains. Lorsqu'il la releva de nouveau, il semblait perdu dans de lointains souvenirs.

— Kyria avait à peu près le même âge que Sarah aujourd'hui quand un homme est venu me demander sa main. Je lui ai répondu que c'était à elle de choisir. Elle a décliné l'offre. Il a profité qu'elle s'éloigne du village pour lui prendre de force ce qu'elle avait refusé de lui offrir de son plein gré.

— Mon Dieu, souffla Stan.

— Oui, à la nuit tombée, nous nous sommes inquiétées. Avec des voisins, nous sommes partis à sa recherche. Quelques heures plus tard, nous avons retrouvé son cadavre dans la forêt. Seulement le coupable avait commis une erreur, il avait perdu un bijou qu'il portait autour du cou. J'ai reconnu le pendentif parce qu'il était singulier, un ange enveloppé dans ses ailes, comme s'il tentait de couvrir son corps. Je l'ai mis dans ma poche et n'ai rien dit à personne. Je voulais exercer ma propre justice, celle des Hommes m'apparaissait trop douce. J'ai moi-même enterré ma petite, puis j'ai lancé la traque de celui qui lui avait infligé un tel calvaire. J'ai appris qu'il avait quitté le pays pour gagner l'Italie, j'ai donc fait de même. Là-bas, j'ai perdu sa trace. Un soir, fou de douleur et de chagrin, je me suis saoulé. Un inconnu m'a accosté, et l'alcool aidant, je lui ai raconté mon histoire. Après avoir écouté sans faire de commentaire, il a déclaré qu'il connaissait un moyen de venger ma fille au centuple de ce qu'elle avait subi. Sans réfléchir, j'ai accepté et l'ai suivi jusqu'à une demeure somptueuse au cœur de Rome. Nous avons bu quelques verres supplémentaires, ce qui n'arrangea pas mon état. Trois jours plus tard, j'étais devenu le Kylian d'aujourd'hui.

— Tu as retrouvé l'assassin de Kyria ? demanda James.

— Oui, trois mois après. Nous avions entendu parler d'une vague de viols et de meurtres en série à une centaine de kilomètres de Rome. Nous avons donc décidé d'aller voir. Qui se dissimule mieux dans la pénombre qu'un vampire ? ironisa-t-il. Une nuit, des hurlements nous sont parvenus d'une ruelle. Une seconde de plus et la fille aurait subi le même sort que Kyria. Giordano aurait préféré le tuer tout de suite, mais pour moi, cette solution apparaissait comme trop facile, trop douce. Pendant trois jours, je l'ai torturé. Je lui ai brisé les membres, je l'ai brulé, je l'ai mordu... jusqu'à ce qu'il me supplie de l'achever.

Les trois garçons le regardèrent, ébahis, jamais ils n'auraient cru Kylian capable d'une telle violence. Lui, toujours si calme, si maître de ses émotions, si respectueux de la condition humaine.

— C'est ce que je veux aussi, grogna James.

— Je te comprends, mon fils. Mais sache que cela ne changera rien à la douleur que tu éprouves. La seule chose qui vous apaisera, Sarah et toi, c'est le temps et l'amour. Cependant, je te soutiens dans ton choix, elle doit être certaine que celui qui a fait ça ne pourra jamais recommencer.

— Aucun risque, assura James. Même si cela doit me prendre le siècle à venir pour le retrouver.

— Sarah, j'imagine sans difficulté ce que tu ressens. Celui qui t'a agressée va le payer, je te le promets. Ouvre-nous, ma puce, dit Gwen.

Un gémissement lui répondit.

— Ma chérie, je sais que tu dois te sentir affreusement mal, mais rester enfermée là-dedans ne servira à rien, continua Lily.

Les seules réponses qui leur parvinrent furent des râles, des plaintes d'animal blessé après une longue traque. Puis de nouveau ce drôle de son de frottement et d'eau.

— Sarah, nous désirons t'aider, personne ne te veut de mal, insista Maggie.

— Il faut que j'enlève ça, il m'a mordue, il faut que j'efface ça, répéta Sarah comme si elle n'avait pas entendu.

— Qu'est-ce qu'elle fabrique ? demanda Lily. Ça fait plus d'une heure qu'elle est là-dedans.

— Si mon intuition ne me trompe pas, elle se lave. Encore et encore et encore. Elle tente de faire disparaître les traces de son agresseur. Elle pense que de cette façon, elle gommera aussi ce qui lui est arrivé.

— Nous devons entrer avant qu'elle se blesse, murmura Maggie.

Elles n'eurent pas l'occasion de se pencher plus avant sur la meilleure façon d'investir la salle de bain, l'odeur du sang envahit soudain l'air. Sans chercher à comprendre, Lily se leva et envoya valser la porte d'un coup de pied. Sarah poussa alors un cri de bête qui vrilla les tympans de tous les vampires de la maison. Elles la découvrirent toute habillée dans la baignoire, prostrée, se balançant d'avant en arrière, les yeux hagards. Elle était trempée bien entendu et ressemblait d'autant plus à un petit animal piégé.

— Mon Dieu ! Kylian ! appela Gwen. Kylian !

Le viking se précipita et Sarah hurla de plus belle. Gwen prit le parti de barrer la route à James.

— Laisse-moi la voir ! Laisse-moi, Gwen ! dit-il en essayant de passer.

— Non, elle est en état de choc, il faut que Kylian la soigne.

Sarah qui avait entendu la voix de James s'écria :

— Pas James !

Ces simples mots l'arrêtèrent net, jamais il n'avait eu aussi mal qu'en cet instant. Sarah ne voulait pas de lui près d'elle.

— Jamy, viens avec moi, lui intima sa mère, je vais t'expliquer.

Il obtempéra comme un automate, la douleur anesthésiant son cerveau. Une fois dans le salon Gwen reprit :

— Elle a honte. Elle désirait porter *tes* marques. Sarah se sent salie, tu comprends ? Elle pense que tu ne voudras plus d'elle après ça.

— Mais c'est faux ! s'indigna le jeune homme. Je l'aime plus que tout !

— Je le sais, mais c'est une réaction normale dans un cas comme celui-là. Tu vas devoir te montrer patient. Elle a essayé d'effacer les traces de son agresseur et a arraché certains points de suture.

— Mon Dieu ! Ma princesse, ma toute petite princesse…, souffla James.

— Tu dois lui expliquer les choses, mais laisse-lui le temps, on ne se remet pas facilement de ce genre d'agression.

— Je ferai tout ce qui sera nécessaire, promit James.

Puis, il attendit que son père et ses sœurs redescendent, presque une heure plus tard.

— Comment va-t-elle ?

— Elle est très choquée, soupira Lily en s'asseyant dans le fauteuil à côté de lui. Elle a honte aussi, elle se sent sale. Kylian lui a donné un calmant.

— Je peux monter ? demanda-t-il, plein d'espoir.

Lily baissa la tête, James comprit que quelque chose clochait.

— Elle refuse, Jamy…, souffla Lily.

La souffrance atroce de tout à l'heure l'étreignit de nouveau et il regretta une fois de plus de ne plus pouvoir pleurer, tout ce chagrin contenu l'écrasait presque. Ayant senti la détresse de son jumeau, Lily se précipita pour le prendre dans ses bras.

— Elle ne supporte pas l'idée que tu la voies dans cet état. Que tu aperçoives…

Elle n'osa pas continuer, mais James insista :

— Quoi ?

Lily observa un instant son frère, puis décida qu'il valait mieux lui avouer la vérité.

— Elle n'accepte pas que tu la voies avec… les marques d'un autre sur elle.

— Mais c'est une trace d'attaque, pas de…

— Je sais, le coupa sa sœur, mais pas elle. Elle s'est battue pour toi, Jamy, à ton tour maintenant.

Il perçut alors Sarah sangloter :

— James…

Il monta à l'étage, mais ne chercha pas à entrer dans la chambre. Il ne devait pas la brusquer. Il s'installa par terre, appuyé contre le mur, ses longues jambes étendues devant lui. Il réfléchit un instant à ce qu'il allait dire, il fallait trouver les mots justes. Les pleurs de sa belle ne l'aidaient pas à garder son calme, il n'avait qu'une envie : enfoncer cette fichue porte et la prendre dans ses bras.

— Princesse, commença-t-il, je veux que tu saches que tu n'es en rien responsable de ce qui s'est passé.

Les sanglots redoublèrent et sa poitrine se serra douloureusement.

— Ma puce, je t'aime, rien ne pourra changer cela. Rien ni personne, tu comprends ?

Il marqua une pause, mais n'obtenant pas de réponse, il continua :

— Sarah, je désirais t'épouser avant cette histoire et c'est toujours le cas aujourd'hui. Je t'ai attendue plus d'un siècle, je suis prêt à patienter encore si tu le souhaites, mais rien n'effacera mes sentiments pour toi. Mon cœur et mon âme t'appartiennent.

Il entendit alors du bruit derrière la porte. Elle approchait et se laissait glisser au sol de l'autre côté apparemment. Encouragé par cette réaction, il reprit :

— Tu sais, en cent vingt-neuf ans prochainement, j'en ai vu des horreurs, mais jamais je n'ai eu aussi peur que le soir où nous t'avons trouvée. J'ai cru que tu comptais m'abandonner, souffla James.

— Jamais…

James sourit, il avait trouvé la corde sensible.

— Si je dois te perdre, je n'y survivrai pas, sans toi je ne suis rien.

— Moi non plus, répondit-elle sans ouvrir, mais c'est si douloureux…

— Celui qui t'a fait ça va le payer. Jamais plus il ne te touchera, je t'en fais le serment. Lorsque le moment sera venu, et c'est pour bientôt je te le promets, la morsure que je t'infligerai alors n'aura rien de commun avec celle que tu as subie. Elle ne te fera aucun mal…

— Mais je voulais que tu sois le premier…

— Et ce sera le cas ! Il t'a imposé une marque d'attaque, pas d'amour ! Je serai le premier et le dernier, mon cœur.

La porte s'entrouvrit tout doucement et de quelques centimètres seulement. Il aperçut la jeune fille, ou plutôt son profil. Ses cheveux étaient emmêlés et son visage tuméfié par les larmes.

— Tu m'aimes toujours ? souffla-t-elle. Je veux dire… comme avant ?

— Évidemment ! Comment peux-tu en douter ?

Elle se tourna vers lui et planta ses yeux dans les siens, la détresse qu'il y lut lui fit atrocement mal une fois de plus. Elle ressemblait à un animal traqué.

— Efface ses marques, James…, gémit-elle.

— Je le ferai, mon cœur. Il faut que tu cicatrises d'abord, mais je te jure que d'ici quelques jours, je le ferai. Je n'attendrai plus. J'ai eu trop peur de te perdre cette fois.

Elle ouvrit soudain la porte en grand et se précipita dans ses bras. Elle pleura à gros sanglots saccadés, il se contenta de la bercer et de lui caresser les cheveux. Oh oui ! Il avait eu la frayeur de sa vie !

— Tu m'as tellement manqué, souffla-t-il en la serrant plus fort. Personne ne nous séparera désormais.

— Il a dit que je n'étais qu'un jouet pour toi… un intérêt pour ton clan, avoua-t-elle soudain.

James s'arrêta net et un grognement sourd monta de sa poitrine.

— Est-ce qu'il t'a donné son nom ? interrogea-t-il.

La colère qu'il ressentait à cet instant était d'une telle noirceur qu'elle menaçait de l'engloutir tout entier. Elle se pelotonna plus fort contre lui et se mit à trembler de tous ses membres. Elle était morte de peur rien qu'à l'évocation de son agresseur. Il devait l'apaiser s'il voulait obtenir des réponses.

— Ça va aller, princesse. Je suis là. Tu es en sécurité.

— Il a dit qu'il…, commença-t-elle avant de pousser un long gémissement.

— Quoi ?

— Que je ne faisais pas partie de ce clan et que… que…

Elle n'arrivait pas à terminer sa phrase tellement elle était terrifiée. Jamais il ne l'avait vue dans un état pareil, Sarah se montrait d'habitude si forte ! Que lui avait dit ce malade pour l'effrayer à ce point ?

— Mon ange, il faut que tu me décrives exactement ce qui s'est passé. Je comprends que ce soit difficile, mais c'est impératif.

Elle s'agrippa alors à lui de toutes ses forces, déchirant presque sa chemise. Il l'étreignit aussi, en prenant garde de ne pas la briser.

— Il m'a traquée, James ! Il m'a traquée depuis mon arrivée ici ! Il a dit qu'il me voulait. Que depuis le soir du bal il me désirait ! Il ne comptait pas m'éliminer, il souhaitait… faire de moi sa compagne.

Puis elle s'effondra de nouveau. James fut pris de la pire fureur qui soit. Il se mit à crépiter, les étincelles bleues l'entourant de toute part.

— Je vais le tuer ! hurla-t-il.

Je me réveillai, mes sens en alerte sans que je sache pourquoi. J'ouvris les yeux et regardai autour de moi. James n'était pas là. C'était sans doute cela qui m'avait sortie du sommeil : son absence.

Je m'assis sur le lit et me rendis compte que je tenais toujours serrée contre moi l'une de ses chemises. Étrange, pourquoi m'avait-il donné ça ? Puis des flashs me revinrent : mon agression, instinctivement je portai mes mains à mon cou. Puis ma crise d'hystérie à mon réveil et puis… plus rien. Le blackout total. Il faisait grand jour, où étaient-ils tous ? J'essayai de me lever. La tête me tourna. Tant bien que mal, je parvins à atteindre la salle de bain. Chaque pas était une véritable torture, la douleur avait envahi mon corps, des orteils à la pointe des cheveux. Je m'agrippai au lavabo et étudiai mon reflet dans le miroir. Beurk ! J'avais le visage creusé, de larges cernes noirs s'étendaient sous mes yeux, mais surtout, ma gorge était recouverte d'un énorme pansement. Je savais ce qui se trouvait en dessous. *Les marques d'un autre.* Les traces d'une attaque synonyme pour moi d'un… je n'arrivais même pas à penser ce mot. James aurait dû être le premier, il aurait dû être le seul ! Les larmes me brûlèrent les paupières et je les essuyai rageusement. Il fallait que je reprenne le dessus si je voulais me venger.

— Allez, Sarah, remue-toi ! m'exhortai-je.

Je pris une douche rapide et m'habillai tant bien que mal. J'avais l'impression d'être passée sous un rouleau compresseur et même l'eau chaude ne réussit pas à faire disparaître toutes les courbatures qui malmenaient mon corps meurtri. Je gardai sur moi la chemise de James, même si je ne risquais plus rien ici, son odeur me rassurait. Je descendis l'escalier avec précaution et sortis de la maison. Je vis Stan entrer dans le garage et décidai d'aller le saluer. Il lustrait la Vantage, ce qui m'arracha un sourire.

— Et que ça brille ! lançai-je dans son dos d'une voix encore faiblarde.

Il se retourna et fondit sur moi en moins d'une seconde.

— Sarah ! Tu es de retour parmi nous ! dit-il en m'étreignant.

Aussitôt, le reste de la famille fut à nos côtés. Tous m'embrassèrent chaleureusement. Puis j'aperçus James au bout de la pelouse. Il émergeait des bois, suivi de Zach. Sans doute revenaient-ils de chasser. J'ouvris alors les bras en souriant et il se précipita sur moi à la vitesse de la lumière. Il m'enlaça et me fit tournoyer en riant.

— Mon amour !

— Je vais bien.

— Tu m'as tellement manqué.

De nouvelles images inondèrent soudain mon cerveau, Dylan et son clan se moquant des Drake et bien entendu de moi. Ma soi-disant disparition semblait beaucoup les réjouir. Ma haine était si intense qu'elle effaça presque la douleur. Lily tenta de me rejoindre, mais je l'en empêchai d'un signe de la main.

— Tu me veux ? Eh bien, tu vas m'avoir. *Vous* allez m'avoir, toi et ton cher frère, grondai-je.

James s'avança et me força à lui faire face.

— Sarah, tu n'y penses pas ! C'est à moi de m'occuper de lui. Il faut que tu me dises de qui il s'agit.

— J'exige sa mort, James, annonçai-je d'une voix sans timbre.

— Tu l'auras, je te le jure, mais il est hors de question que ce malade t'approche encore. Promets-moi que tu ne commettras aucune bêtise. Promets-moi !

Il avait raison, je n'étais pas de taille. J'avais eu de la chance, rien de plus.

— Je te le promets.

— Qui, Sarah ? Qui est le responsable ? me demanda-t-il.

Je le fixai un moment, ses yeux exprimaient une colère noire, implacable. Jamais je ne l'avais vu ainsi, il me fit presque peur.

— D'abord je dois parler à Kylian, ensuite je te confierai tout ce que tu veux savoir.

— À Kylian ? Mais…

— Mais je te connais, le coupai-je. Tu vas courir droit dans la gueule du loup et je devrai vivre avec ta mort sur la conscience. Je suis déjà la cause de tout ça, alors je ne compte pas en rajouter. Kylian est le chef de ce clan, c'est à lui de décider.

— Celui qui t'a fait du mal mourra de toute façon, seule la méthode différera, mais je suis prêt à t'écouter, ma fille.

— Est-ce que nous pouvons assister à l'entretien ? demanda Gwen.

— Bien entendu.

Nous rentrâmes. Gwen me proposa un café que je m'empressai d'accepter. Sur la table basse, j'aperçus la lettre de ma mère et m'en emparai, elle était tachée de sang. Ça aussi les Miller l'avaient salie. Je m'assis sur un fauteuil et James prit place sur l'accoudoir, comme à son habitude. Gwen revint avec ma tasse, je la remerciai et bus une gorgée avant de commencer.

— J'ai passé beaucoup de temps à essayer de comprendre comment ma mère, si prévoyante, avait pu me laisser avec tant de questions sans réponses. Puis j'ai fouillé ma mémoire, à la recherche d'un indice. J'ai fini par réaliser que lorsque j'avais… débarrassé ses affaires, j'étais dans un état second et que, depuis, je n'avais pas eu le courage de rouvrir les cartons.

J'étudiai la missive, la tournant dans mes mains. James m'embrassa les cheveux et Lily vint se poster à mes pieds, la tête sur mes genoux, signe d'encouragement.

— J'ai décidé de retourner chez moi. Il fallait que j'en aie le cœur net… Mais je devais accomplir seule cette démarche, j'en avais besoin. Une fois là-bas, j'ai vidé les boîtes une à une. Jamais je n'aurais pensé que ce serait si douloureux.

— Ma puce…, murmura James en m'étreignant.

— J'ai trouvé le grimoire et, à l'intérieur, cette lettre. Depuis longtemps elle savait. Ma rencontre avec James, son immortalité, tout.

Les Drake se consultèrent du regard avant de revenir à moi.

— Dedans, elle m'explique tout ce que je suis censée connaître sur ma lignée, son histoire. Vous aviez raison, Kylian, je suis bien une sorcière, admis-je avec un sourire sans joie.

— Qu'as-tu découvert exactement ? demanda le viking.

Je lui tendis l'enveloppe.

— Ce n'est pas une obligation, il s'agit d'un message de ta mère, je comprendrais que tu ne désires pas tout partager avec nous, me dit-il gentiment.

— Ma famille maintenant, c'est vous tous. Je n'ai rien à vous cacher.

Lily me serra dans ses bras et murmura :

— Je t'aime, petite sœur, tu m'as manqué, tu sais ?

— Toi aussi tu m'as manqué, ma Lily.

Kylian prit la missive, le silence dura tout le temps de sa lecture. Pour une fois, je constatai qu'il lisait à vitesse humaine.

— Je vais effectuer des recherches à propos de ta lignée. Ne t'inquiète pas, nous t'aiderons à maîtriser tout ça. Par contre, que sous-entendait-elle en affirmant que tu pourrais soumettre certains immortels ?

Tous les regards se braquèrent alors sur moi, à la fois ébahis et anxieux.

— Je n'en ai pas la moindre idée, la seule chose dont je suis sûre, c'est que j'ai bien été créée pour James et que je suis une sorcière. Après cette découverte, j'ai voulu revenir pour vous en parler, mais lorsque j'ai ouvert la porte, il se tenait là.

Je souris, désabusée, comment avais-je pu être aussi stupide ? Mon excès de confiance en moi avait bien failli me coûter la vie ainsi qu'à des innocents sans défense.

— Ensuite, je lui ai expliqué que s'il s'en prenait à moi, vous le retrouveriez et le tueriez.

Je marquai une pause. Reparler de ça faisait du même coup ressurgir les images, je dus lutter pour ne pas vomir sur le magnifique tapis persan de Gwen.

— Et ? insista doucement Kylian.

— Il a ri et a rétorqué que je n'appartenais pas à ce clan, que pour James, je n'étais qu'un jouet, un intérêt. C'est alors que j'ai compris ce qui allait se produire.

James se leva et commença à arpenter le salon de long en large pour se calmer, il ressemblait à un félin prêt à bondir.

— J'ai essayé de gagner du temps en le poussant à parler et au début, ça a marché. Il m'a confié que son clan voulait m'éliminer, comptant sur la peine que vous éprouveriez pour vous affaiblir et vous attaquer par surprise. Ils souhaitaient mettre votre famille à terre pour…

— Pour quoi ? s'enquit de nouveau Kylian.

— Pour t'humilier, lâchai-je enfin en le tutoyant pour la première fois.

Le viking feula de façon sinistre. Je ne l'avais jamais entendu et cela me fit un drôle d'effet. Il était toujours si maître de lui qu'il m'arrivait parfois d'oublier qu'il était un vampire ancien et puissant.

— Je lui ai rétorqué que si je n'étais qu'un jouet pour James, il se ficherait que l'on me tue ou non.

— Quoi ? s'écria celui-ci en se figeant.

— J'ai tenté de gagner du temps, je te l'ai dit. Je pensais que dès que tu te rendrais compte de mon absence, tu partirais à ma recherche. L'inciter à parler était le seul moyen. C'est là qu'il m'a avoué qu'il nourrissait d'autres projets. Dès le début, il m'a traquée avec l'intention de trahir son clan et de me faire… sienne, lâchai-je, la gorge nouée.

James assena alors un violent coup de poing sur le piano qui vola en éclats. Je me recroquevillai sur moi-même et me bouchai les oreilles.

— Donne-moi son nom ! hurla-t-il. Donne-moi son putain de nom !

— Tu lui as fait peur ! s'écria Lily qui m'avait prise dans ses bras.

En une seconde, James fut à mes côtés et me serra à son tour contre lui.

— Pardon, murmura-t-il en me berçant.

— Ne crie pas…, gémis-je.

— Non, non. Je ne crierai plus, ma princesse, excuse-moi.

Je mis quelques minutes à me calmer puis repris :

— Ensuite, il m'a attrapée par les cheveux, m'a tirée en arrière et… il m'a…

Je ne parvenais toujours pas à le prononcer à voix haute.

— Cela m'a fait atrocement mal…

— C'est parce que tu as lutté contre la morsure, m'expliqua Zach.

— Je ne voulais pas porter… ses marques à lui, geignis-je en commençant à pleurer.

— Je sais, mon amour, me consola James, je vais remédier à ça bientôt.

— Oui… Puis, j'ai envoyé une impulsion et vous êtes arrivés.

— Princesse, il faut que tu me donnes son nom.

J'hésitai un instant, j'avais tellement peur de sa réaction lorsque je citerai le coupable.

— Jure-moi d'abord que tu ne feras rien d'irréfléchi et que tu attendras les directives de Kylian pour agir.

— Sarah...

— Jure-le, James ! Ou je ne dirai rien et me chargerai moi-même de lui.

Il se pinça très fort l'arête du nez tout en fermant les yeux. Chez James cela signifiait que sa patience était à bout.

— Je te le jure.

— Henry Miller, assénai-je. Dylan souhaite récupérer la ville. Henry, lui... me veut moi.

Un silence de plomb tomba sur l'assistance. Puis des grognements sinistres s'élevèrent. J'aperçus même Lily montrer les dents.

— Très bien, ils sont moins nombreux que nous. On y va, on les tue, tous. Je me réserve bien sûr Henry. Il va découvrir ce qu'il en coûte de toucher à la future Madame Drake !

— Non ! hurlai-je.

Tous me regardèrent abasourdis.

— Ils me croient morte, laissons-les dans l'ignorance. Ils viendront seuls à notre rencontre et Lily et moi les verrons. S'il y a des pièges, vous aurez le temps de vous préparer. Ils ne savent pas que vous savez, comme ils ignorent la trahison de Henry. C'est un avantage pour nous, ajoutai-je.

— Elle a raison, acquiesça Kylian.

— Non mais tu plaisantes ! s'écria James. Ils sont à portée de main !

— Peut-être, mais je te rappelle que Henry peut se dissimuler et se soustraire à votre attention, pas à la mienne. Quant à Dylan, nous ne savons pas quelles facultés il s'est accaparées depuis votre dernier affrontement.

— Là, elle marque un point, déclara Zach.

— Alors quoi ? J'attends tranquillement qu'ils lorgnent ma femme, c'est ça ? s'exaspéra James.

— Non, mon cœur, mais imagine deux secondes ce qui se passerait si Henry vous échappait. D'après toi, dès qu'il aura compris que je suis vivante, où ira-t-il en premier ? Je ne veux pas revivre ça, James. Et si jamais il s'agissait d'un piège, que deviendrais-je sans toi ? Y as-tu seulement déjà pensé ?

Il me fixa un instant avant de reprendre :

— Très bien, je resterai tranquille pour le moment. Mais s'il t'approche encore, ne serait-ce qu'une fois, je le tue sur-le-champ.

— Cela n'arrivera pas, je suis capable de le détecter, lui affirmai-je.

Chapitre 8

— Alors, ma chérie, à qui as-tu songé pour nous donner un coup de main ? demanda Dylan.

— Que penses-tu du clan de Stephan ? Non seulement nous serions plus nombreux, mais ils détestent Kylian et les siens.

Comme d'habitude, James n'avait pas résisté à sa passion des jolies femmes et avait eu une liaison avec la compagne de Karl. La décence aurait voulu que le viking livre son fils au mari bafoué, mais bien entendu il s'y était catégoriquement opposé.

— Tu crois ? Cette histoire date, non ?

— Ce n'est pas le genre de choses que l'on oublie facilement, et puis il n'y a pas que Nadia. Dois-je te rappeler que Stanislas faisait partie de ce clan et qu'il les a trahis pour cette cinglée de Lily ? Il s'agit d'un double affront et notre peuple a la mémoire longue, ajouta Lena.

— Très bien, alors contacte-les. Le problème, c'est que nous ignorons toujours si la sorcière est morte. Si ce n'est pas le cas, elle risque de nous voir venir. Il faut qu'on en ait le cœur net.

— Henry surveille sa maison, nous n'allons pas tarder à le savoir.

Dylan poussa un profond soupir.

— C'est tout de même dommage, tous ces pouvoirs perdus. Enfin, tant que nous récupérons la ville et exterminons les Drake, je m'estimerai satisfait !

Lena se blottit contre lui et ronronna :

— Oui, nous redeviendrons bientôt le roi et la reine de Black Diamond.

James observait Sarah du coin de l'œil. Il la trouvait étrange, renfermée sur elle-même. Elle était installée sur la table basse et faisait ses devoirs, mais il sentait qu'elle n'était pas concentrée. Il lui avait demandé à plusieurs reprises si quelque chose la tracassait, à chaque fois elle avait répondu non. Il n'avait pas osé insister de peur de la braquer, mais il savait que quelque chose n'allait pas, pas du tout même. Soudain, elle se figea et pressa ses mains contre ses tempes avant de pousser un hurlement à percer les tympans. Lily se précipita à la vitesse de la lumière pour partager cette vision. Sarah se calma, ses pupilles étaient très dilatées, son rythme cardiaque élevé, mais elle ne criait plus.

— Il commence vraiment à me gonfler celui-là, je vais prendre un malin plaisir à lui régler son compte, gronda Lily.

— Qu'as-tu vu ? s'inquiéta James.
— Henry Miller, il surveille la maison de Sarah, lui expliqua-t-elle.
James ne put s'empêcher de grogner. Henry lui tapait sur les nerfs. La seule chose qu'il souhaitait était d'arracher son cœur de sa cage thoracique.
— Jamy, il faut que tu ailles la vider. Si nous voulons qu'ils me croient morte, c'est l'unique solution.
— Elle a raison, approuva Lily, et nous devons paraître les plus tristes possible, quitte à en rajouter.
James réfléchit quelques instants, Sarah n'avait pas tort, c'était même bien pensé.
— Très bien, conseil de famille ! s'écria-t-il.
Tous ses membres apparurent dans le salon et s'installèrent autour de la grande table de la salle à manger. Sarah les observa sans bouger. James se rendit alors compte qu'elle n'avait jamais assisté à ce genre de réunion et qu'elle n'y avait pas de place attitrée. Il consulta Kylian du regard, celui-ci se tourna vers Sarah sans hésiter.
— Ma fille, tu siégeras désormais à la droite de James, dit-il en lui indiquant sa chaise.
Elle sourit et gagna son siège. James était aux anges, son père venait de lui faire passer la dernière partie de son intégration au clan.
— Tu as convoqué le conseil, James. Confie-nous pourquoi s'il te plaît, commença Kylian.
— Sarah a eu une vision de Henry Miller. Apparemment, il surveille notre maison. Elle a émis une idée que je trouve pour ma part très intéressante.
— Laquelle ? s'enquit le viking.
— Vas-y, mon cœur, explique-lui.
Sarah baissa les yeux et fixa ses mains croisées sur la table. Pendant une minute, elle parut réfléchir intensément puis finalement se lança :
— Voilà, je me suis dit que si… s'il guette la maison…
James constata qu'elle était toujours réticente à prononcer le nom de son agresseur. Il lui arrivait même de pleurer dans son sommeil.
— C'est sûrement pour obtenir la preuve de ma mort. J'ai donc songé qu'il serait judicieux de confirmer cette version. Imaginant que je ne suis plus là pour les détecter, ils commenceront à peaufiner leur plan et avec un peu de chance, je suivrai les opérations à travers mes visions.
Le viking considéra Sarah avec une admiration non feinte.
— Effectivement cela nous laisserait un coup d'avance, ce qui n'est pas négligeable, convint-il.
— C'est ce que j'ai pensé, ajouta cette dernière. C'est pour cela que je serais d'avis que vous vidiez la maison en paraissant, bien sûr, les plus abattus possible.
— Excellent ! s'exclama Zach.
— Merci, se contenta-t-elle de répondre.
— Très bien, poursuivit Kylian, passons au vote. Qui est d'accord pour mettre à exécution l'idée de Sarah ?
La famille fut unanime et toutes les mains se levèrent sans hésitation.

— Parfait, alors allons-y. Il faut agir tant que Henry est dans les parages.
— Je reste avec Sarah, avertit James.
— Non, s'opposa l'intéressée d'un ton catégorique.
— Pourquoi ? demanda le jeune homme, surpris.
— Parce que tu représentes la clef de ce plan. Henry doit te voir accablé par ma perte. Tu es le seul à détenir un pouvoir offensif, c'est toi qu'ils redoutent le plus en cas de combat. Il est impératif qu'ils pensent que tu es incapable de te battre, c'est ça qui les décidera, expliqua Sarah d'une voix ferme.
— Une fois de plus, elle a raison, affirma Kylian.
— D'accord, concéda James, mais je t'en supplie, pas d'imprudence cette fois. Tu restes à la maison avec Gwen et tu n'en bouges sous aucun prétexte.

Depuis le soir de l'agression, le jeune homme était anxieux à l'idée de quitter sa compagne, ne serait-ce que pour quelques heures.

— Ne t'inquiète pas, j'ai compris la leçon, répondit-elle tristement.

Il l'embrassa sur le front et respira l'odeur de ses cheveux pour se donner du courage.

— Très bien, allons-y, déclara enfin James.
— Je vais chercher le camion, dit Stan.
— Lily ! appela Sarah.
— Oui, ma chérie ?
— Je peux te demander quelque chose ?
— Bien sûr, tout ce que tu voudras.
— Quand vous emballerez mes affaires, faites attention à mes photos et…

Elle sembla hésiter un instant alors Lily lui saisit les mains pour l'encourager.

— Dans le grenier, je n'ai pas pris le temps de remballer les effets personnels de ma mère, je… je souhaiterais que tu t'en charges, lâcha-t-elle finalement.

Lily la serra dans ses bras, James fut ému malgré lui par cette image. Les deux femmes qu'il aimait le plus au monde étaient devenues de véritables sœurs. Il était persuadé que s'il devait lui arriver quelque chose, Lily n'abandonnerait jamais Sarah et cela le rassurait.

— Tranquillise-toi, ma chérie, j'en prendrai grand soin, tu peux me faire confiance.
— Merci, ma Lily.
— Nous ne serons pas longs, ajouta James en l'embrassant de nouveau.

Ils partirent donc, Stan et Zach avec le camion, les autres dans la BMW. Mettant à contribution leur art du faux-semblant, les Drake se garèrent devant chez Sarah. Un œil non averti les aurait sans doute pris pour une famille sortant d'un enterrement. James s'appuya quelques instants contre la voiture et contempla la maison. Petit à petit, son expression se modifia jusqu'à ce qu'il ait l'air de souffrir le martyre. Lily le serra dans ses bras et murmura, sachant qu'elle serait parfaitement entendue :

— Ça va aller, petit frère…
— J'aurais dû la transformer…
— Ne dis pas ça, tu ne pouvais pas deviner. Sarah n'aurait pas voulu que tu sois triste.

— Peut-être, mais que me reste-t-il aujourd'hui ?

Le son de sa voix reflétait une telle souffrance que même le cœur le plus dur se serait brisé en l'écoutant.

— Les souvenirs, Jamy. Nous allons récupérer ses affaires et tu les garderas précieusement, comme un trésor, renchérit Lily. De cette façon, elle demeurera toujours avec nous.

— Courage, mon fils, c'est un mauvais moment à passer, continua Kylian en lui posant une main sur l'épaule. Plus vite nous nous y mettrons et plus vite ce sera terminé.

— C'est la chose la plus terrible que j'aie jamais eu à faire, gémit encore James.

— Je sais. Nous avons perdu une sœur, Kylian et Gwen une fille, toi ta compagne, nous partageons ta peine. Mais nous ne pouvons pas laisser la maison à l'abandon, les gens risquent de s'interroger. Sarah n'aurait pas souhaité que tu coures le risque d'être découvert.

James s'avança sous le porche et ouvrit la porte, sa famille le suivit, tête basse.

— Faites attention à son piano, elle y tenait beaucoup…, ajouta-t-il avec désespoir.

Bien sûr, vider la demeure ne leur prit que quelques minutes. James en rajouta tout de même en reniflant ses vêtements, comme s'il tentait de se souvenir de son odeur.

Il poussa l'exercice jusqu'à s'asseoir sur le lit et s'emparer de la photo sur la table de chevet pour l'embrasser et la serrer contre son cœur.

— Je te rejoindrai bientôt, ma princesse, vivre sans toi n'a aucun sens, gémit-il.

Lily fit irruption dans la chambre, vint prendre place à côté de lui et regarda à son tour le cliché.

— Elle me manque, murmura-t-elle.

— À moi aussi, dit James en lui entourant les épaules d'un bras.

— Nous avons fini en bas, tu veux que je t'aide à terminer ici ?

— Non, c'était notre endroit. C'est à moi de m'en occuper.

— Je comprends, nous t'attendons dehors. Prends tout ton temps, ajouta-t-elle, compatissante.

Une fois sa sœur partie, James commença à démonter les meubles. Un œil humain n'aurait pas pu le détecter, mais celui d'un vampire oui. Avant de sortir, il embrassa la pièce du regard.

— Au revoir, mon trésor, tu es la plus belle chose qui me soit arrivée en plus d'un siècle. Bientôt, nous serons de nouveau réunis, Sarah. Cette fois, plus personne ne pourra nous séparer, je te le promets.

Puis il ferma la porte. Sachant que du couloir Henry ne pouvait le voir, James ne put s'empêcher de sourire, satisfait de sa petite mise en scène personnelle. *Profite bien du spectacle, Henry. Délecte-toi de notre soi-disant chagrin parce que, crois-moi, je savourerai ta souffrance avant de t'achever. Tu n'imagines même pas ce que tu as provoqué en t'en prenant à Sarah.*

Il rejoignit les autres dehors en traînant les pieds comme s'il était sur le point de s'effondrer.

— Ça va aller, Jamy, le consola son père en l'étreignant. Viens, on rentre à la maison.

James se laissa entraîner comme un automate. Une fois dans la voiture, il se cacha le visage dans les mains comme s'il pleurait, ses sœurs se penchèrent pour le réconforter. Kylian démarra en trombe. Stan et Zach retournèrent alors vers le camion.

— Cela va être étrange de vivre sans Sarah, dit Stan. Moi, elle me manque déjà.

— À moi aussi, je l'aimais bien. Tu crois qu'il s'en remettra ?

— Je n'ai pas voulu en parler devant Lily, elle vient de perdre sa meilleure amie et je ne veux pas la blesser davantage, mais cette fois, j'ai vraiment peur. James et Sarah étaient des âmes sœurs, il comptait l'épouser.

— Je sais, il refuse toujours de chasser. Je crains que nous ne soyons de nouveau en deuil rapidement à la vitesse où vont les choses.

Henry entra dans le salon avec un sourire triomphant, se payant même le luxe de siffloter. Il jubilait, jamais son clan ne découvrirait sa tentative de trahison. D'accord, il n'aurait pas la sorcière non plus et devrait continuer à supporter Melissa encore un moment, mais il fallait faire contre mauvaise fortune bon cœur parfois.

— J'en déduis, vu ta mine enjouée, que tu as de bonnes nouvelles à m'annoncer, remarqua Dylan.

— C'est le moins que l'on puisse dire ! J'ai assisté à la plus belle scène de désespoir que j'ai jamais vue ! Si j'avais eu un cœur capable d'éprouver la moindre compassion, j'aurais fondu en larmes ! se réjouit Henry.

— À ce point-là ? interrogea Lena.

— James Drake compte rejoindre sa compagne dans la tombe le plus rapidement possible ! s'émerveilla-t-il.

— Comment le sais-tu ?

— Ils sont venus vider sa maison aujourd'hui, si tu avais vu leurs têtes ! Les Drake, d'habitude si fiers et arrogants, n'étaient plus que des loques. James parlait tout seul en débarrassant sa chambre, comme s'il s'adressait à l'esprit de la sorcière ou je ne sais quoi ! ricana-t-il. J'ai entendu ses frères qui disaient que depuis l'attaque, il refusait de se nourrir. Stanislas craint aussi pour Lily, la gamine était sa meilleure amie apparemment.

— Elle n'a donc pas survécu, parfait ! C'est parfait ! Tu as bien travaillé finalement, le félicita Dylan au bord de l'euphorie.

— Nous allons fêter ça dignement, ce soir, massacre à volonté ! s'écria Lena en se frottant les mains.

— Oui, laissons les Drake s'affaiblir encore un peu. Melissa voulait danser, c'est le moment ou jamais, approuva son compagnon.

— Cela va déclencher une réaction en chaîne ! s'amusa Henry. James, abattu par la mort de sa bien-aimée, sa famille ébranlée de le voir se détruire, un vrai jeu de dominos !

— C'est même plus facile que prévu. Cette sorcière nous aura considérablement facilité la tâche, son arrivée ne pouvait pas mieux tomber. Dommage que je n'ai pas pu lui voler ses pouvoirs, ils semblaient intéressants. Kylian ne s'en remettra pas cette fois !

— Si ça se trouve, il n'y aura pas de combat, ils vont tous mourir de chagrin.

— Prochainement, la ville sera à nous. Pense à toutes les jolies vierges que tu prendras alors, susurra Lena. Quant à moi, je crois que je rendrai une petite visite à notre chère équipe de foot !

— Tu as raison, bientôt Black Diamond tremblera de nouveau devant nous. Avis à la population, les Miller sont de retour ! ricana Dylan.

Ils avaient décidé de se faire une soirée vidéo pour décompresser et changer les idées de Sarah. Elle s'était gentiment proposé de prêter ses films. Lily et Stan fouillaient dans les cartons afin de choisir ce qu'ils visionneraient en premier.

Sarah rejoignit la cuisine pour se servir un café, James l'étudia pendant que Lily tentait de convaincre le reste de la famille de regarder *Autant en emporte le vent*.

Soudain elle se figea, sa tasse alla se briser sur le sol et l'odeur du sang envahit l'air avant même qu'elle ne crie. Lily se précipita et lui saisit les mains pour partager les images qui défilaient dans sa tête. Quand le phénomène prit fin, James dut la soutenir afin qu'elle ne s'écroule pas.

— Bien, très bien, ils fêtent leur prétendue victoire, grogna Sarah en s'emparant d'un bout d'essuie-tout pour s'essuyer le nez rageusement.

James l'observa, elle avait les yeux noirs et les mâchoires serrées. La haine qui émanait d'elle en cet instant était si intense que James la ressentit comme s'il s'agissait de la sienne.

— Notre plan a parfaitement fonctionné, expliqua Lily.

— Tant mieux, déclara James en étreignant sa compagne. Bientôt cette histoire sera terminée, ma chérie.

— Et toi, ça va ? demanda Maggie.

— Très bien, répondit-elle en brûlant le papier dans l'évier. Bon, on le regarde ce film ?

James et ses sœurs se consultèrent par la pensée, étonnés par la réaction de la petite sorcière. Lily avança qu'elle était en train de reconstruire ses défenses mentales. Cela peina James, pourquoi agissait-elle ainsi ? Elle ne risquait rien ici. N'avait-elle plus confiance en lui ? Il la rejoignit sans un mot, mais l'observa avec plus d'attention encore. Elle fixait Stan qui fouillait également dans un carton, elle souriait, malgré tout il sentait qu'elle n'était pas heureuse.

— Incroyable ! Tu as *Casablanca*, *Les raisins de la colère*, *La fureur de vivre* ! Ce sont mes films préférés ! s'exclama son frère.

— Oui, tu noteras aussi que j'ai *Entretien avec un vampire* et *Dracula* ! s'esclaffa-t-elle.

La famille rit à son tour et James s'efforça de sourire pour masquer son trouble.

— Il y en a pas mal à notre sujet, concéda Stan, mais la majorité est bidon.

— Je confirme, approuva Sarah. Les canines de cinq centimètres de long et l'effet boule à facettes, ce n'est pas terrible. Pourtant, ces productions vous aident à garder l'anonymat et encouragent les foules à vous prendre pour des légendes.

— C'est vrai, renchérit Kylian. Le meilleur moyen de ne pas voir quelque chose, c'est de l'avoir sous le nez.

Alors que le film venait à peine de commencer, le nouveau portable qu'il lui avait offert sonna, le tirant de ses pensées. Elle se leva pour décrocher, Stan mit tout en pause. James tendit l'oreille.

— Allô ?

— Sarah, c'est Kevin. Je te téléphone pour te dire que ça y est, je suis papa !

Sa belle se mit à sautiller sur place, un sourire éclatant sur le visage.

— Félicitations, Kevin ! Comment se portent le bébé et sa maman ?

— Très bien tous les deux. Le petit mesure cinquante et un centimètres et pèse trois kilos neuf cent. Nous l'avons appelé comme ton coéquipier. C'est grâce à vous deux si nous formons une famille comblée aujourd'hui.

— Stan sera très touché de cette attention, j'en suis certaine, concéda Sarah.

— Je souhaitais aussi te remercier pour le job, nous avons pu déménager et nous avons une maison. Elle est petite, mais il y a un jardin, ajouta Kevin. En plus le patron est super sympa !

— Je suis vraiment ravie pour vous. Si quelqu'un mérite d'être heureux, c'est toi.

Le jeune homme marqua une pause, comme s'il était gêné.

— Ouais et euh… Justement, Ryan m'a confié que ton copain avait rompu à cause de cette histoire. Je suis désolé, Sarah. Je pourrais l'appeler pour lui expliquer, si tu veux ? Lui dire que tout est ma faute et que tu es quelqu'un de bien. S'il a envie de me casser la figure pour se défouler, eh bien, tant pis, je prends le risque !

— Ne t'inquiète pas, nous sortons à nouveau ensemble. Et je ne te conseillerais pas de te frotter à James ! s'amusa-t-elle.

— C'est vrai ? Je suis content que tu aies trouvé quelqu'un de sérieux pour veiller sur toi et te rendre heureuse. Parce qu'il doit vraiment être exceptionnel ce type pour que notre petite sauvage se soit laissée apprivoiser ! la taquina-t-il.

— Il l'est, affirma Sarah. James est la plus belle chose qui me soit arrivée.

Cette remarque arracha un sourire à l'intéressé.

— Alors peut-être que bientôt, c'est toi qui m'appelleras pour m'annoncer la venue d'un bout de chou ?

James se figea instantanément, jamais il ne pourrait offrir ce genre de cadeau à Sarah. Il sentit la honte l'envahir, il condamnait celle qu'il aimait à la pire malédiction qui soit pour une femme : la stérilité.

— Désolée, mais je n'aurai pas d'enfant, déclara-t-elle d'un ton ferme.

— Tu n'en veux pas ? s'enquit Kevin, étonné.

James aussi le fut par le son de sa voix, jamais il ne lui avait confié cet inconvénient de la vie de vampire pourtant. Ses sœurs le lui auraient-elles confié ?

— Non.
— Pourquoi ça ? C'est que du bonheur tu sais, insista Kevin.
— Je n'en doute pas, mais j'ai mes raisons pour ne pas souhaiter devenir mère, expliqua-t-elle.

Comment ça, elle avait ses raisons ? Il se tourna vers Lily pour l'interroger du regard. Elle haussa les épaules, elle non plus ne comprenait pas la réaction de sa meilleure amie.

— Bon. Tu passeras nous voir un de ces jours ?
— Bien sûr, pour l'instant je suis très occupée, mais cela devrait être réglé d'ici peu. En attendant, donne-moi ta nouvelle adresse que j'envoie un cadeau au petit Stan.

Elle nota les coordonnées, salua Kevin et reprit sa place auprès de lui.

— Je remets le film, annonça Stan en joignant le geste à la parole.

James ne suivit plus du tout l'histoire, ce qu'avait avoué Sarah à propos de son non-désir d'enfant le tracassait. Lorsque le DVD fut terminé, Lily proposa de visionner un second film, mais Sarah déclara :

— Regardez tout ce que vous voudrez, moi je vais me coucher, je suis fatiguée.

Elle les embrassa chacun leur tour puis commença à gravir l'escalier. James lui emboîta le pas. Une fois dans la chambre, elle fila directement dans la salle de bain. Le bruit de l'eau l'informa qu'elle se douchait. Il ôta sa chemise et s'installa sur le lit. Il était préoccupé par les changements qui s'opéraient chez elle depuis quelque temps. D'habitude, elle l'aurait consulté du regard avant de monter, comme pour lui dire « tu viens ? », mais pas ce soir. Il avait l'impression atroce qu'elle se détachait de lui.

Il étudia la pièce, il ne cherchait rien de particulier, l'habitude. Son attention se porta sur la porte de la salle de bain juste au moment où Sarah en sortait. Elle était vêtue d'une nuisette noire, sa peau et ses cheveux étaient encore humides. Lorsqu'elle s'avança dans la chambre, sa démarche dégagea une fois de plus quelque chose de félin. Sous le coup de la surprise, James se releva légèrement sur les coudes. Elle grimpa sur le lit et progressa à quatre pattes, ses yeux rivés aux siens. Elle s'approcha pour s'emparer de sa bouche avec empressement. James ne put retenir un soupir de désir, il se laissa basculer sur le dos et elle se retrouva assise sur lui. Il s'embrasa comme un fétu de paille et maintint Sarah contre lui, passa les mains dans sa chevelure. Elle fit de même et accentua la pression de son corps sur le sien, gémissant à son tour. Soudain, elle se raidit, James ouvrit les paupières. Les pupilles de Sarah l'informèrent d'une nouvelle vision. Il voulut se redresser, mais n'en eut pas le temps, son nez se mit à saigner et quelques gouttes de sang tombèrent sur ses lèvres. Il sentit alors la soif lui brûler la gorge comme un fer rouge et son instinct se réveiller comme une bête sauvage et dangereuse restée trop longtemps en sommeil. Il la fixa et ce qu'il vit étouffa le phénomène dans l'œuf. Elle semblait souffrir mille morts, mais pas un son ne filtrait de sa bouche rougeâtre maintenant. Ses yeux s'injectèrent de liquide écarlate eux aussi tandis que ses nerfs se tendirent à l'extrême, prêts à rompre.

— Sarah ! Sarah !

Il la secoua frénétiquement pour la sortir de sa transe, mais rien n'y fit.

— Lily ! hurla-t-il.

Il savait que la seule personne à pouvoir aider Sarah dans une telle situation était sa sœur. La punkette passa la porte comme une bombe, alertée par les cris de son jumeau. Elle avait ressenti sa peur et sa panique. Lorsqu'elle aperçut Sarah perchée sur lui et couverte d'hémoglobine, elle paniqua d'abord.

— Mon Dieu, James ! Qu'as-tu fait ? s'écria-t-elle, horrifiée.

James fut surpris par la réaction de sa jumelle. Puis il se souvint qu'il avait du sang sur les lèvres.

— Mais non ! Elle a une vision ! Aide-la, Lily, je t'en supplie !

Lily s'approcha du lit et se pencha pour étudier Sarah. Constatant l'état dans lequel elle se trouvait, elle posa directement ses mains sur ses tempes. La respiration de la jeune fille, saccadée et rapide, se calma, ainsi que son rythme cardiaque. Lily dégagea son frère d'une main sans pour autant lâcher Sarah de l'autre. Il vint se placer derrière elle pour la maintenir.

— Que voit-elle ? demanda James, toujours paniqué.

— Des atrocités…, souffla Lily qui aurait pleuré si elle avait pu.

James observa sa sœur et l'expression de son visage l'effraya encore plus. Que pouvait bien apercevoir Sarah qui ébranlait à ce point Lily. Ils avaient déjà assisté à toutes les horreurs possibles en ce bas monde.

— Ça va aller, ma chérie, c'est bientôt fini, murmura cette dernière.

Sarah revint à elle en inspirant très fort, comme si elle était en train d'étouffer, puis elle toussa, envoyant du sang sur tout le couvre-lit. Le reste du clan se tenait maintenant sur le pas de la porte, Kylian en tête pour éviter tout débordement. Lily leur fit signe de partir. Ils s'exécutèrent, tout en jetant des regards inquiets à Sarah. Celle-ci était pliée en deux de la même façon que si elle avait reçu un violent coup dans l'abdomen.

— Comment te sens-tu, mon trésor ? s'enquit James doucement.

— Mal, répondit-elle d'une voix tellement sinistre qu'elle le fit frissonner.

Elle se leva et se dirigea vers la salle de bain, James s'apprêtait à la suivre, mais Lily l'arrêta d'un signe de la main. Il la consulta par la pensée et elle lui avoua que les Miller ne fêtaient pas seulement leur victoire. Ils dansaient littéralement autour de la prétendue tombe de Sarah. Ils se moquaient d'elle, de sa naïveté à imaginer qu'un vampire pourrait s'intéresser à elle pour autre chose que ses pouvoirs. Que s'il ne l'avait pas transformée de suite, c'était qu'il n'en avait jamais eu l'intention, qu'elle ait songé qu'il s'agissait d'une preuve d'amour les amusait terriblement. Puis Sarah avait eu un aperçu de l'esprit de Henry. Les fantasmes qu'il entretenait à son sujet, le souvenir du goût de son sang qui l'excitait encore, le plaisir qu'il avait ressenti lorsqu'il l'avait mordue. Il regrettait de l'avoir tuée, parce qu'il aurait souhaité la posséder avant. Cette conversation ne dura bien sûr que quelques secondes, mais permit à James de comprendre l'étendue des dégâts.

Il rejoignit Sarah dans la salle de bain. Elle se lavait le visage à grande eau. Elle ouvrit les yeux, son expression était fermée, indéchiffrable. Elle se contenta de lui tendre un gant de toilette en fixant son torse. Sans cesser de l'observer, il essuya le sang dont il était maculé lui aussi. Assise sur le rebord de la baignoire, elle ne bougeait pas, regardant dans le vide. James commença à ôter son jean, également tâché, quand elle regagna la chambre. Il la suivit du regard, mais resta silencieux. Ce ne fut que lorsque son ouïe super développée lui indiqua qu'elle se rhabillait, qu'il quitta la pièce.

— Qu'est-ce que tu fabriques ? lui demanda-t-il.

— J'ai envie de prendre l'air.

— Laisse-moi passer des vêtements propres et j'arrive.

— Non, j'ai besoin d'être seule.

James fut blessé par cette réaction et cela dut se lire sur son visage car elle s'avança et l'enlaça.

— Ce n'est pas contre toi, c'est moi, juste moi. J'ai besoin de digérer tout ça, tu comprends ?

— Oui, admit-il en lui embrassant les cheveux.

Puis elle se dirigea vers la porte, elle s'apprêtait à sortir lorsqu'elle se retourna.

— Au fait.

— Oui ?

— Je te préfère sans le jean, dit-elle avec un grand sourire.

— Allez file ! lui intima-t-il en souriant lui aussi.

Elle quitta la pièce, James se rhabilla à son tour puis redescendit. Lily avait bien sûr déjà tout expliqué à son clan.

— Les Miller ont semé le doute dans son esprit, lui confia la punkette.

James étudia le visage de sa jumelle, elle semblait triste.

— Tu penses que c'est pour cette raison qu'elle se conduit étrangement depuis quelque temps ?

— En effet, même si elle ne veut pas l'avouer, les épreuves à répétition l'ont ébranlée. Je crois qu'elle recommence à ériger ses défenses au cas où tu te détournerais d'elle. Pour limiter la casse en quelque sorte.

Il se dirigea vers la fenêtre. La pleine lune éclairait le dos de Sarah, assise sur le banc près du plan d'eau. La lumière de l'astre nocturne créait une auréole angélique autour de la jeune fille. Un ange dont on venait peut-être de couper les ailes.

Assise près du plan d'eau, je réfléchissais à ma dernière vision. Jamais je n'aurais songé que l'on puisse danser de la sorte autour d'une tombe, encore moins autour de la mienne. Jamais je n'avais blessé qui que ce soit volontairement, jamais je ne m'étais réjouie du malheur d'une autre personne. Pourtant, je devais l'avouer, je me délecterai de la mort de Henry Miller et de la chute de son clan. Il y a seulement quelques semaines, je pensais haïr mon père. Aujourd'hui, ce que je ressentais n'avait aucune mesure avec ce sentiment. J'avais juste détesté mon père, je l'avais craint.

La haine est bien plus forte, elle vous brûle, vous consume de toutes parts. Elle cuirasse votre cœur. Je n'aimais pas la Sarah en devenir, dure, froide, calculatrice et implacable. Malgré tout, je ne pouvais rien pour arrêter le processus, seule l'élimination de Henry me soulagerait. Le monstre qu'il venait de créer allait se retourner contre lui et le mener à sa perte. Ce que j'avais vu et entendu ce soir m'avait blessée, épaississant une nouvelle fois la carapace que je me construisais jour après jour depuis l'agression. Cette vision avait aussi ravivé mes doutes en ce qui concernait les intentions de James à mon égard. Après tout, à part mes pouvoirs, qu'avais-je à lui offrir ? S'il ne faisait pas sa demande bientôt, je devrais me rendre à l'évidence. Je lui accorderais donc jusqu'à la capture de Henry, je me doutais que pour le moment c'était la priorité, ensuite, si aucun changement ne survenait, je partirais. Je lui restituerais sa liberté, aimer une personne c'est accepter de la perdre quelquefois, et j'aimais James plus que tout. Je préférais encore le savoir heureux avec une autre, plutôt que malheureux avec moi. Comme ces oiseaux que l'on met en cage parce que l'on apprécie leur chant, mais qui ne rêvent que de grands espaces, je le laisserais s'envoler. Ce soir, nous avions raté le coche, il ne s'était pas détourné, au contraire. J'aurais vraiment voulu qu'il soit le premier, il serait de toute façon le seul. Jamais je ne pourrais vivre avec un autre que lui. Ma nature ne me le permettrait pas, les visions de ma mère l'avaient empêchée de mener une vie normale, alors moi !

L'air commença à se rafraîchir, je décidai de rentrer. Les Drake regardaient finalement *Autant en emporte le vent*. Je souris, Lily avait fini par obtenir gain de cause. Je cherchai instinctivement James des yeux. Installé sur l'une des marches de l'escalier, il me dévisageait avec tendresse. Je le blessais souvent depuis quelque temps, il fallait que je me contrôle, je n'aimais pas lui faire du mal. Je montai le rejoindre au pas de course et me jetai dans ses bras. Il m'embrassa les cheveux et me maintint contre lui, comme s'il craignait que je lui échappe. Sans dire un mot, je lui pris la main et le ramenai à notre chambre. Il se laissa entraîner. Je m'assis sur le lit et l'invitai à prendre place à côté de moi. Il s'exécuta, toujours silencieux.

— Jamy, je suis vraiment désolée pour mon comportement. Je sais que tu essaies de me rendre heureuse et que quelquefois tu imagines que je te repousse, mais ce n'est pas le cas.

— Sarah… Est-ce que… Est-ce que tu m'aimes encore ? lâcha-t-il, la voix rauque.

Je le regardai, éberluée. De nous deux si quelqu'un devait émettre des doutes c'était moi, non ? Avais-je vraiment changé à ce point ces dernières semaines pour que James doute de mes sentiments pour lui ?

— Bien sûr que oui ! déclarai-je en lui caressant le visage. Qu'est-ce qui te fait penser le contraire ?

— Je euh… Je te trouve distante et renfermée, j'ai l'impression que tu me tiens à l'écart. Lily a avancé que tu reconstruisais tes défenses mentales. Après ce qui t'est arrivé à cause d'un… individu de mon espèce, j'ai peur que tu ne fasses l'amalgame et que… tu regrettes de m'avoir rencontré.

Il garda la tête basse. D'un doigt je soulevai son menton et ses traits ravagés par le chagrin me serrèrent le cœur. Une fois de plus, je m'étais laissé aller à mon impatience de le posséder entièrement. À force de me conduire de la sorte, je finirais par provoquer la rupture que je redoutais tant, il fallait que je me calme et répare les dégâts. Je lui pris la main pour la porter à mes lèvres.

— James, jamais tu m'entends ? Au grand jamais ! Je ne regretterai de t'avoir connu. Tu es tout ce que je désire. Quant à faire un amalgame, rassure-toi, aucun risque ! Crois-tu que je passerais mes nuits dans tes bras si j'avais peur de toi ? Penses-tu que malgré tout je voudrais que nous fassions l'amour ? En ce qui concerne mes défenses mentales, je plaide coupable. Mais ce n'est pas contre toi, j'essaie juste de me préserver de toute cette histoire. C'est le seul moyen dont je dispose pour ne pas devenir folle, pardonne-moi si je t'ai blessé.

— Tu doutes pourtant de mes sentiments pour toi, encore, asséna-t-il presque durement.

Je restai interdite, étais-je donc si facile à déchiffrer ? Sans doute que oui. Je respirai à fond avant de reprendre :

— Je... Je ne sais plus où j'en suis. Je l'avoue, je suis tétanisée à l'idée de te perdre, je n'arrive pas à me raisonner sur ce point. Je crains que, comme tous les autres, tu ne finisses par m'abandonner. Avant, je ne souhaitais aucun attachement avec qui que ce soit, aujourd'hui, c'est tout le contraire. Le besoin que j'ai de toi est... vital.

Le terme était tout à fait approprié et plus le temps passait, plus ce besoin devenait pressant. Il m'attira contre lui et je me pelotonnai contre son torse.

— Sarah, je te l'ai dit, je ne formulerai ma demande qu'au moment où tu t'y attendras le moins, pour préserver la surprise. Je veux que cela reste un joli souvenir pour plus tard. En plus, tu me prends toujours de court, s'amusa-t-il. Chaque chose en son temps, mon trésor, il faut d'abord que j'élimine toute menace qui pèse sur toi.

— Je sais...

— Bien. Maintenant, j'aimerais que nous discutions de certains points, déclara-t-il.

— Je t'écoute.

— Tout à l'heure, tu as confié à Kevin que tu ne désirais pas d'enfant, pourquoi ? demanda-t-il doucement.

— Je ne veux pas léguer mon *héritage* à une nouvelle génération, que mes enfants subissent les mêmes choses que moi. S'ils héritaient de mes dons, et ce serait de toute façon le cas, ils ne pourraient pas vivre au grand jour. Tu souhaites en avoir, toi ?

Il baissa de nouveau la tête et serra les poings.

— Je... Je ne peux pas procréer. Ma condition de vampire ne le permet pas, nos corps sont... morts. C'est aussi l'une des raisons qui me poussaient à réfléchir à ta transformation. Tu es jeune, un jour peut-être, tu rêveras de maternité. Si tu deviens ce que je suis, cela se révélera définitivement impossible et je refuse d'être celui qui te privera d'une telle joie. Pour ma part, c'est le plus grand malheur de mon existence, ne jamais avoir connu le bonheur de la paternité. Je pourrais vivre jusqu'à la fin du monde, c'est la seule chose que je ne réaliserai jamais, avoua-t-il avec tristesse.

La douleur qui perça dans sa voix me serra le cœur, je le pris dans mes bras et commençai à le bercer.

— Je suis désolée, mon amour, je ne le savais pas. Pourtant, cela renforce mes positions par rapport à mon choix, ajoutai-je doucement.

— Que veux-tu dire ?

— Si tu ne peux pas avoir d'enfant, je devrais les concevoir avec un autre. Cela signifie donc te perdre, alors non. Rien que l'idée qu'un autre me touche me répugne profondément, à un point que tu ne peux même pas imaginer. J'ai souhaité mourir après que…

— Quoi ? s'écria James en se redressant.

— Je me sens si sale…, sanglotai-je soudain. Jamais je n'ai autant désiré que l'une de mes prémonitions se réalise…

— Quelle prémonition ? interrogea-t-il en se levant pour me faire face.

Je venais de commettre la plus grosse gaffe de toute mon existence, mais je devais lui confier la vérité, me soulager de tout cela.

— Je ne t'en ai pas parlé, je ne voulais pas t'inquiéter. Le soir du bal, la vision que j'ai eue, c'était ça, avouai-je alors.

— Tu m'as affirmé que tu n'avais rien vu !

— Justement, lorsque l'on ne voit rien, cela signifie qu'il n'y a plus d'avenir devant nous…

— Attends ! Attends ! me coupa-t-il en se pinçant l'arête du nez. Tu es en train de m'expliquer que tu savais ce qui risquait d'arriver et que tu ne me l'as pas dit ?

À présent, il tournait dans la chambre comme un lion en cage.

— Je n'en étais pas certaine. Ensuite, lorsque nous nous sommes séparés, j'ai songé que cela ne te concernait plus. Je ne voulais pas que tu restes par… pitié.

— Par pitié ? répéta-t-il, incrédule, stoppé dans son élan. Imagines-tu seulement ce que je pourrais ressentir si tu n'existais plus ? Si tu m'avais confié tes doutes à propos de cette vision, je me serais montré plus vigilant et rien de tout cela ne se serait produit ! s'emporta-t-il.

Je me figeai en entendant sa dernière phrase.

— Tu penses… Tu penses que c'est ma faute ? demandai-je.

Il s'arrêta soudain de gesticuler, sans doute alerté par le son de ma voix.

— Sarah, non…, commença-t-il en s'avançant vers moi.

Je me dérobai et gagnai précipitamment l'autre côté du lit.

— Réponds-moi, James, est-ce que tu crois que je suis responsable de ce qui m'est arrivé ?

Il se rassit et se passa une main dans les cheveux avant de reprendre.

— Non. Le seul fautif, c'est moi. Tu aimes un vampire et il est incapable de te défendre contre les siens. J'ai failli tuer Sam parce qu'il a voulu t'embrasser et je dois attendre patiemment que Henry Miller vienne jusqu'à moi pour te venger, c'est pathétique, conclut-il. Je n'arrive pas à m'enlever de la tête l'image du moment où nous t'avons trouvée. Le bruit du monitoring indiquant que ton cœur ne battait plus, même si je n'en avais pas besoin pour le savoir. Cela a été le pire moment de mon existence.

Je remontai sur le lit à quatre pattes pour prendre place à côté de lui.

— James, il faut à tout prix que l'on arrête de s'accuser. Les seuls coupables sont les Miller, une fois qu'ils seront mis hors d'état de nuire, nous pourrons commencer une nouvelle vie. Si nous continuons, ils finiront par détruire ce que nous possédons de plus précieux : notre couple.

Il poussa un long soupir et se laissa tomber sur le dos.

— Tu as raison, une fois de plus. S'il te plaît, Sarah, si tu dois de nouveau avoir ce genre de vision, préviens-moi, même si cela doit me blesser ou m'effrayer. Tu sais, quand tu étais plongée dans le coma, j'ai envisagé le pire. Jamais je n'aurais imaginé que l'on puisse souffrir à ce point, avoua-t-il alors.

— Je suis vraiment désolée, mon amour, soufflai-je en déposant un baiser sur son front.

— Quand tu m'as confessé tout à l'heure avoir souhaité mourir, cela m'a fait atrocement mal. Je t'aime tant, princesse, comme ton petit cœur d'humaine ne peut même pas le concevoir. Si mes sens sont mille fois plus développés que les tiens, il en va de même pour mes sentiments.

Je lui caressai les cheveux puis l'embrassai de nouveau.

— Jamais je ne me suis sentie si sale et si mal que depuis l'agression. J'ai vu le genre de choses qu'il me réservait si je ne l'avais pas repoussé. Essaie de te mettre à ma place, avec mon père, je pensais avoir atteint le paroxysme de l'horreur. J'étais très loin du compte. Je ne serai soulagée que lorsque…

James m'attira alors à lui et s'empara de mes lèvres fougueusement, presque désespérément.

— Plus jamais personne ne lèvera la main sur toi. Ce corps m'appartient lui aussi et Henry Miller va prochainement découvrir à quel point je déteste que l'on s'en prenne à ce qui est à moi.

— Jure-moi de ne rien tenter d'inconsidéré lorsque le combat aura lieu, de ne pas te laisser guider par la colère. Je ne supporterais pas qu'il t'arrive quoi que ce soit.

— Ne crains rien, je suivrai les directives de Kylian. Mais je lui ai dit que je voulais moi-même régler son compte à Henry, le tuer de mes mains.

— J'aurais souhaité être présente, qu'est-ce que je suis censée faire lorsque le moment sera venu ? demandai-je en me redressant pour le regarder.

— Rien, tu restes là, tu t'enfermes à double tour et tu ne bouges pas de la maison tant que je ne suis pas revenu. Cela ne devrait pas être long.

— D'accord. Et si j'ai une vision à la dernière minute ? Je ne sais pas moi, un détail très important que je n'aurais pas vu avant.

— Tu restes ici ! Ne t'inquiète pas, nous avons l'habitude de ce genre de combat. De plus, si j'éprouve le moindre doute sur tes intentions, je ne serai pas concentré, donc jure-moi que tu te tiendras tranquille pour une fois !

— O.K., je serai sage comme une image.

— Bien.

— Et euh…

— Quoi ?

Je m'assis et commençai à me triturer nerveusement les mains.

— Tant que nous en sommes à nous faire des confidences, je euh...

— Eh bien, dis-moi, m'encouragea-t-il.

— Voilà, quand tu parles de moi, tu me nommes toujours la future Madame Drake.

— Oui et alors ?

— Alors, je refuse de m'appeler Drake, expliquai-je.

— Oh ... Tu préfères garder Martin ? demanda-t-il, visiblement déçu. Ça ne fait rien, je comprends.

Je vis que ça n'allait pas du tout, en plus il n'avait rien compris.

— Non, ce n'est pas ça. Drake n'est qu'un nom d'emprunt, je consentirai à l'utiliser dans la vie courante si je n'ai pas d'autre choix, mais je souhaite porter ton véritable patronyme. Je veux devenir Madame James Carter, enfin si j'accepte un jour de t'épouser, ajoutai-je avec un regard malicieux.

Son visage fut soudain illuminé par un sourire éblouissant. Il sembla transporté.

— Va pour Madame James Carter ! s'exclama-t-il avant de s'emparer de mes lèvres. Enfin, si tu acceptes bien entendu.

Chapitre 9

J'avais passé cette journée grise et froide à bosser sur ma voiture. Pour moi, cela s'avérait le meilleur des antidépresseurs. Kylian m'avait offert une magnifique paire de jantes de dix-huit pouces. J'avais été à la fois si heureuse et si surprise, que je lui avais sauté au cou pour l'embrasser. Mais surtout, j'avais utilisé ce mot disparu de mon vocabulaire depuis si longtemps : papa. Cela m'avait procuré un plaisir que je n'aurais jamais soupçonné. Mes grands frères s'étaient ensuite gentiment proposés de m'aider pour effectuer quelques modifications sur mon engin.

— C'est moi ou ces filtres sont plus sombres que les anciens ? demandai-je en examinant les vitres de la Mustang.

— Non, c'est le cas. Même si nous ne craignons pas le soleil, nous n'en raffolons pas non plus, expliqua Stan. Au bout d'un moment, et s'il tape trop fort, nos yeux brûlent et notre peau aussi. C'est très douloureux. Puisque tu seras bientôt l'une des nôtres, j'ai estimé qu'il serait plus judicieux de posséder ce genre d'accessoire dès le départ.

— C'est gentil, merci.

— De rien, James deviendra tellement parano une fois que tu seras transformée, qu'il les aurait fait changer de toute façon.

— Pourquoi ? Je ne risquerai plus de me blesser ou de me tuer ensuite, interrogeai-je sans comprendre.

— Tu seras plus sensible à la lumière que nous au début, m'informa James. Ton instinct sera également plus fort.

— C'est à dire ?

— Tu... ressentiras l'appel du sang plus fortement que nous autres, souffla-t-il.

— Oui, tu contrôleras difficilement ton envie de chasser, ajouta Zach. Mais c'est un passage obligé, d'ici quelques années, tu n'y penseras plus, ou moins en tout cas.

Je réfléchis à ces révélations, je n'avais jamais envisagé les choses sous cet angle. Je m'étais seulement concentré sur le fait que je demeurerais toujours près de James.

— Henry a dit quelque chose le soir où...

Voyant que je peinais à terminer ma phrase, James s'approcha et me serra dans ses bras. Je poursuivis :

— Il a dit que je me révélerais une immortelle hors du commun. Cela signifie donc que mes pouvoirs deviendront plus importants aussi, n'est-ce pas ?

— En effet, admit-il. Tu risques également d'en développer d'autres.

— Je sens que mon apprentissage va être coton ! plaisantai-je.

James et ses frères rirent en constatant que je le prenais bien. De toute façon, je n'avais pas vraiment le choix si je désirais vraiment rester pour l'éternité auprès de mon amour.

— Ne t'inquiète pas, nous t'aiderons et ce sera sûrement moins difficile pour toi, vu que tu ne toucheras jamais au sang humain.

— J'espère bien, mordre le facteur ferait désordre !

— Inutile de te mentir, tu en auras envie, ajouta Stan avec sérieux.

— Je peux vous poser une question indiscrète ? demandai-je alors.

— Vas-y, m'encouragea Zach.

— Pourquoi avez-vous arrêté de boire du sang humain ? C'est louable de refuser de tuer, mais c'est un combat permanent contre votre nature, non ?

— Oh euh… C'est une longue histoire…, commença Zach.

— C'est à cause de moi, intervint une voix derrière nous.

Kylian se tenait à l'entrée du garage et nous considérait d'un air grave.

— Viens, Sarah, je vais t'expliquer, il est temps d'entreprendre ton apprentissage.

Je le suivis jusqu'au plan d'eau, bizarrement c'était là que se déroulaient toutes les conversations importantes de la fratrie. Je pris place sur le banc près de lui.

— Que sais-tu de mon passé ? s'enquit Kylian.

— Juste que tu es le chef de ce clan, dis-je.

Il sourit, clairement amusé par ma réponse. J'aimais Kylian tel qu'il était, peu m'importait de connaître les détails sanglants de son vécu.

— Bien. Je suis né en 1620 dans un petit village près de Stockholm. Je suis issu d'une famille modeste de paysans et l'argent ne coulait pas à flots à la maison, mais nous étions heureux. La fille de nos voisins se nommait Griselda et elle était jolie comme un cœur. J'en suis tombé fou amoureux au premier regard.

Il observa ma réaction qui ne se fit pas attendre.

— Ah bon ? Mais Gwen ?

Le viking éclata alors d'un rire franc et cristallin.

— L'amour au premier essai comme ton idylle avec James est rare, tu sais ? J'ai rencontré Gwen bien après. Enfin bref, j'avais seize ans, elle, à peine quinze. Quelques mois après notre rencontre, elle était enceinte.

— Tu as eu des enfants ? demandai-je, incrédule.

— Oui. Une fille, elle s'appelait Kyria.

— C'est un beau prénom, remarquai-je.

— Merci. Regarde, la voici.

Il me tendit un petit cadre et je restai bouche bée en découvrant le portrait qui s'y trouvait.

— Mais…

— Elle te ressemble étrangement. Je n'ai rien dit à James lorsque je t'ai vue pour la première fois, mais cela m'a troublé, je dois l'admettre. Vous possédez également des traits de caractère et des manies identiques. Je crois que c'est l'une des raisons qui font que je suis si attaché à toi. Comme si Dieu m'avait enlevé un petit pour m'en offrir un autre plusieurs siècles plus tard. Tu ne peux pas imaginer le plaisir que j'ai ressenti quand tu m'as appelé papa, avoua-t-il alors.

— Moi aussi, c'était la première fois que je prononçais ce mot sans crainte.

Kylian m'entoura les épaules de son bras avant de m'embrasser sur le front.

— Ton père ne connaissait pas sa chance, je ne commettrai pas la même erreur, ma chérie.

— Je sais…, soufflai-je, émue.

— Kyria, donc, était une jolie fillette, éveillée et très gentille avec tout le monde. Mais un jour, un homme lui a infligé ce que Henry te réservait, grogna-t-il.

— Seigneur ! dis-je en essayant de retenir la nausée qui monta en moi.

— Oui, elle n'était pas une sorcière et, malheureusement, elle n'a pas eu la force de se défendre. J'ai pris son agresseur en chasse jusqu'en Italie. Là-bas, j'ai rencontré Giordano, celui qui a fait de moi l'homme que je suis aujourd'hui. Il m'a offert l'immortalité pour que je puisse venger ma fille. Quand j'ai enfin mis la main dessus, je l'ai tué après l'avoir torturé pendant trois longs jours et trois longues nuits.

— Moi aussi je souhaiterais régler son compte à Henry de la sorte. Même si j'ai conscience que cela n'effacera ni la souffrance, ni la honte que je ressens à chaque fois que je croise mon reflet dans un miroir, ajoutai-je en baissant la tête.

Il me serra contre lui.

— Tu ne dois rougir de rien, Sarah. Henry t'a pris de force ce que tu refusais de lui donner, aucun homme n'a le droit de traiter une femme de cette façon, dit-il d'une voix douce. C'est à lui d'avoir honte, pas à toi.

— Je sais, mais je n'arrive pas à m'en empêcher. J'ai eu si peur que James ne veuille plus de moi après ça, murmurai-je.

— Je peux t'assurer qu'il en faudrait bien plus à James pour qu'il se détourne de toi ! s'esclaffa le viking. Je connais bien mon fils et je peux t'affirmer que jamais je ne l'ai vu comme ça. Il te regarde comme si tu étais le saint sacrement en personne !

Je fis de même et il reprit :

— Une fois que j'ai tué cet homme, je n'ai bien sûr pas pu rentrer chez moi. Je n'étais plus le Kylian que ma femme et mes amis avaient côtoyé et je risquais de leur faire du mal. J'ai donc orchestré ma propre mort et Griselda a reçu une lettre accompagnée de mes effets personnels quelques semaines plus tard. En agissant de la sorte, je lui ai imposé un nouveau deuil, mais je n'avais pas le choix, expliqua-t-il avec tristesse. Je me suis alors juré de ne plus jamais blesser un être humain et j'ai commencé à me nourrir exclusivement de sang animal. Au début, cela a été difficile, je dois bien l'avouer, mais au fil du temps et avec de l'entraînement, on y arrive.

— Mais l'envie de sang humain perdure, n'est-ce pas ?

— Effectivement, mais plus nous fréquentons les humains, moins leur odeur nous… tente, dirons-nous. C'est un combat perpétuel.

— Pourquoi James ne m'a pas tuée immédiatement ?

— Parce qu'il était attiré par toi d'une tout autre façon. Lorsque nous rencontrons notre future compagne, même si elle est humaine, notre instinct fait en sorte que nous devenions non plus des prédateurs, mais des protecteurs.

— C'est ce qui s'est produit pour toi et Gwen ?

— En effet. Gwen faisait partie d'une riche famille de Rome, lorsque je l'ai aperçue la première fois, j'ai eu l'impression que mon cœur mort allait exploser ! s'esclaffa-t-il. Je l'ai suivie pendant des semaines, comme James avec toi, et j'ai fini par l'approcher en me faisant passer pour un négociant. Nous avons sympathisé, puis sommes tombés amoureux et j'ai dû lui avouer ma véritable nature. Au début, elle m'a cru fou, ensuite, quand elle a saisi que je ne plaisantais pas, elle a juste déclaré : « Eh bien tant pis ! L'avantage, c'est que je ne prendrai pas une ride ! » À cet instant, j'ai compris qu'elle acceptait de devenir ma compagne pour l'éternité. Nous avons embarqué sur le premier bateau pour l'Amérique et ne nous sommes plus jamais quittés.

— C'est une belle histoire, dis-je.

— En effet. Tout autant que la vôtre à James et à toi. Gwen a d'ailleurs été la première à deviner qu'il ne lèverait pas la main sur toi, même si tu avais représenté le moindre danger pour nous.

— Que se serait-il passé si tel avait été le cas ? m'enquis-je.

— Eh bien... je pense que j'aurais perdu un fils. Il se serait retourné contre nous pour te protéger. Lily aussi sûrement, dès le départ, elle refusait catégoriquement que l'on touche à un seul de tes cheveux.

Je voulus rétorquer, mais les images inondant mon cerveau me prirent de court une fois de plus. Je me mis de nouveau à hurler. Lily arriva bien sûr immédiatement et je les lui transmis.

— Respire, ma puce, respire, je sais que c'est difficile, mais ça va aller, répéta-t-elle.

— Que voit-elle ? interrogea James qui nous avait rejoints.

— C'est bizarre, elle aperçoit un tas de clans différents, annonça Lily, interloquée.

Je revins à moi et la lâchai enfin. Je mis une seconde à reprendre mes esprits malgré le partage.

— Ça va, mon amour ? s'inquiéta James.

— Mouais... Et tu as au moins une ex dans chacun d'ailleurs ! Ça aussi ça commence doucement à me gonfler, grognai-je en me massant les tempes.

— Ah euh... Je crois qu'elle a fini par trouver le lien finalement, souffla Lily, embarrassée.

— Tu as couché avec la moitié de la communauté vampirique féminine ou quoi ? On peut tuer d'autres vampires quand on en devient un ? questionnai-je en me tournant vers sa jumelle.

— Euh... Oui.

— Je sens que je vais avoir du boulot dans les prochaines centaines d'années alors !

James qui avait baissé la tête, comme d'habitude après ce genre de vision, me regarda surpris cette fois. Lorsqu'il comprit que je plaisantais, il se détendit.

— Tu n'es pas fâchée ? s'étonna-t-il.

— Non, mais cela va te coûter une fortune en faire-part, fais-moi confiance ! Enfin, si bien entendu je finis par accepter, ajoutai-je, faussement innocente.

— Je me demande pourquoi tu vois autant les ex de James, continua Lily. Il m'arrive d'apercevoir celles de Stan, mais pas aussi régulièrement.

— Quoi ? Comment ça : tu vois mes ex ? répéta l'intéressé, horrifié.

— Ce sont les joies d'avoir des clairvoyantes pour compagnes ! s'amusa James, content de ne plus être le seul dans ce cas.

— Aucune idée, peut-être que l'une d'entre elles est mêlée à tout ça ? avançai-je.

— C'est vrai que certaines m'en veulent certainement un peu, admit James avec un sourire gêné.

— Qu'est-ce que ça va être quand elles apprendront que tu as jeté ton dévolu sur une simple mortelle !

— Sarah, tu devrais rentrer manger un peu, conseilla Kylian. Tu ne dois pas t'affaiblir si tu souhaites que tes visions restent efficaces. Nous verrons cette histoire de clans plus tard.

— Tu as raison, concédai-je. En plus, Gwen m'a préparé des spaghettis, je crois.

La famille me regarda avec indulgence.

— Quoi ? Elle cuisine merveilleusement bien et je suis gourmande. Finalement, c'est sûrement cela qui me manquera le plus quand je serai devenue un vampire, ses bons petits plats !

— Oui, Gwen est ravie que tu aimes sa cuisine et le fait que tu parles italien avec elle lui fait très plaisir, ajouta Kylian.

Je rejoignis donc la maison, suivie des miens. Nous discutâmes joyeusement en italien. Gwen rayonnait de joie d'entendre sa langue maternelle. Puis, j'eus de nouveau une vision, celle-ci ne se révéla pas douloureuse, juste étrange. James était assis dans un parc, une fois de plus, il était habillé à la mode des années 1900. Lily ne bougea pas, sentant que c'était inutile.

— Princesse, qu'est-ce que tu aperçois ? s'enquit James.

— Toi, dis-je simplement.

Puis le lien fut coupé net. Je revins à moi un peu étourdie. J'observai James, la tête penchée de côté.

— Quoi ? Qu'as-tu vu ? insista-t-il.

— J'essaye de t'imaginer…

— De m'imaginer faire quoi ?

— Tu avais les yeux gris, presque argentés, continuai-je, fascinée.

Puis je m'approchai pour toucher son menton du bout des doigts.

— Elle a disparu avec la transformation, intervint Lily comprenant ce que je cherchais. Il est tombé de cheval quand il était petit et s'est blessé sur une pierre.

Toute la famille me regarda silencieuse.

— Tu m'as vu lorsque j'étais humain ? demanda James.

— Oui. Tu étais assis dans un jardin, il y avait un énorme saule pleureur et des tas de roses partout.

— Oh ! Le parc derrière la maison de mes parents, m'informa-t-il. Quel effet cela fait-il de me découvrir comme ça ?

— Hum… C'est étrange et… fascinant, ajoutai-je, sans quitter son visage du regard.

— J'ai beaucoup changé ?

— Non, tu as toujours été très beau. Ce sont tes yeux qui m'ont interpellée, tu ressemblais à…

— À quoi ?

Je ne savais pas comment formuler cela, c'était déjà bizarre d'avoir ce genre de visions, alors l'expliquer !

— À l'ange de mon enfance, assénai-je.

— Hein ?

— Quand j'étais petite, je voyais souvent un jeune homme aux yeux d'argent, le plus souvent après que mon père m'ait maltraitée. Lorsque je faisais des cauchemars aussi, sa simple vue me calmait et me rassurait. J'ai longtemps cru qu'il s'agissait d'un ange mais, en fait, c'était… toi.

Cette fois tout le monde parut abasourdi, sauf Kylian.

— Que t'a dit ta mère à propos de ce garçon ? interrogea-t-il calmement.

— Rien, que je découvrirais qui il était en temps et en heure.

— Voilà encore une preuve que tu as bel et bien été créée pour James. C'est certainement pour cela que tu ne t'es jamais intéressée à la gent masculine, tu l'attendais, tout simplement, expliqua-t-il.

— Je ne me souvenais plus de cette histoire, pourquoi cette vision s'est-elle réactivée tant d'années plus tard ?

— Vous faites des projets d'avenir et puis vos liens se renforcent tous les jours de façon palpable. Il s'agit sûrement d'une manière de te confirmer que tu as fait le bon choix. Bon, maintenant nous devons nous entraîner. Nous ignorons de combien de temps nous disposons avant le combat. De plus, la dernière vision de Sarah semble présager qu'un autre clan y assistera.

Je les suivis donc derrière la maison et m'assis sur le banc pour observer les opérations.

— Très bien, reprit Kylian, vous vous souvenez tous de ce qu'il faut savoir ?

— Oui ! répondit à l'unisson la famille.

— Bien. Alors qui veut commencer ?

— Moi ! dirent Stan et James en chœur.

— Dans ce cas, à vous, les garçons.

James et son frère se placèrent face à face en position d'attaque, la scène qui s'était déroulée dans la chambre me revint de suite à l'esprit. Ils tournèrent, grognèrent, et même si j'avais conscience qu'ils jouaient, je ne pus m'empêcher de frissonner. Puis, ils se mirent à bouger de plus en plus vite ; de flous, ils disparurent complètement. Quelques secondes plus tard, James se tenait derrière Stan, les dents à quelques centimètres de sa gorge.

— O.K. ! Je me rends ! ricana Stan en levant les bras.

— Parfait ! les félicita Kylian. Zach, à toi.

Stan reprit sa place à côté de Lily. Zach me parut plus impressionnant que Stan, il était plus vieux et possédait plus d'expérience des combats. James et lui commencèrent de la même façon quand, soudain, j'entendis comme un bruit de tonnerre. James traversa le jardin, puis se releva en riant avant de se tourner vers moi.

— Ne t'inquiète pas, princesse, je ne risque rien. Attends un peu ! dit-il en se précipitant sur son frère, si vite que bien sûr, je ne le vis plus.

Zach vola à son tour et je ratai de nouveau un battement. Je me doutais que les hostilités entre vampires ne ressemblaient en rien à une promenade de santé, mais je n'avais pas envisagé une telle violence. Si avant j'avais peur pour James, maintenant j'étais terrifiée ! S'il arrivait quoi que ce soit à celui que j'aimais, je n'y survivrais pas. James avait pensé que suivre l'entraînement me rassurerait, c'était loin d'être le cas ! Plus j'y assistais, plus je me sentais mal et inutile. Eux, par contre, paraissaient beaucoup s'amuser. Une nouvelle vision me vint et, avec elle, un nouvel accès de douleur.

— Ils s'entraînent eux aussi, expliqua Lily. Quant à Henry, il continue à fantasmer. Ce type est vraiment tordu, il imagine sa vie si Sarah était devenue sa concubine. Un vrai malade mental !

— J'ai envie de vomir…, gémis-je en joignant le geste à la parole.

James me tint patiemment les cheveux pendant que je régurgitais mon déjeuner sur la pelouse.

— Ma pauvre chérie, dit Maggie. Ne t'inquiète pas, ce sont les derniers fantasmes de ce salaud.

Je ne répondis pas et m'accrochai désespérément à James. Si j'avais pu, je me serais fondue en lui.

— Tu as vu quelles techniques ils utilisent ? demanda Kylian.

— Quasiment les mêmes que les vôtres, mais Dylan fait un truc bizarre qui paraît déstabiliser les autres. Comme s'ils ne savaient plus où ils se trouvaient.

— Une autre faculté, rétorqua le viking, morose.

Je réfléchis un instant, quel pouvait bien être ce nouveau pouvoir ?

— J'ai une idée, mais j'ai la trouille, murmurai-je.

— Quoi ? s'enquit Lily.

— Connaissez-vous un endroit où Dylan a déjà… tué ?

— Euh… Oui, mais pourquoi ?

— Si j'arrive à lire une partie de son passé, alors je découvrirai peut-être à qui il a volé ce don et comment il s'en sert.

— C'est bien pensé ! s'exclama Zach. Tu as étudié à fond l'art de la guerre ou quoi ?

— Non, mais je veux vous épauler avec mes faibles moyens.

— Crois-moi, tu n'as rien de faible, dit Maggie.

— Il me semble que c'est lorsqu'il touche les gens, mais je n'en suis pas certaine.

— Tu ne peux pas quitter la propriété, il va falloir trouver autre chose, contra James.

— Pas si sûr, intervint Stan, il suffirait de dégoter un objet dans l'un des endroits où Dylan a chassé et de le ramener à Sarah.

— Stan a raison. S'ils tenaient la ville, je suppose que certains lieux doivent avoir été le théâtre de massacres. J'ai seulement besoin de quelque chose qui déclencherait une vision.

— Très bien, ce soir je me rendrai derrière la vieille église, je trouverai bien un accessoire quelconque, concéda James.

Je savais que mes prochaines visions risquaient de ne pas être une partie de plaisir, mais au moins j'apporterais ma contribution, aussi minime soit-elle.

— Bon, on reprend, ordonna Kylian.

Ils répétèrent un tas de combinaisons compliquées. Cela ressemblait presque à un ballet. J'avais conscience que même s'ils semblaient confiants, le risque que l'un d'entre eux ne revienne pas de cet affrontement restait immense. Dylan était sans aucun doute puissant et les capacités qu'il s'était accaparées au fil des années n'arrangeaient rien. Si James m'avait transformée, j'aurais disposé d'une puissance équivalente à la sienne, peut-être plus grande encore et j'aurais pu aider ma famille. Dans le cas présent, j'allais devoir me contenter de les attendre gentiment à la maison, comme la pauvre petite mortelle que j'étais, en me rongeant les sangs. J'avais vraiment hâte de devenir l'une des leurs, au prochain combat je participerais à défendre les miens. Je n'assisterais même pas à la mort de Henry et dans le fond c'était cela qui m'agaçait le plus. J'aurais adoré voir sa tête quand il se serait rendu compte que j'étais toujours bien en vie. Le regarder souffrir autant que moi depuis qu'il m'avait infligé ça. Je serais soulagée de le savoir hors d'état de nuire, mais ce serait différent, même si je me doutais que James ne lui ferait pas de cadeau.

— Pourquoi on s'entraîne s'ils ne peuvent même plus se battre ? ronchonna Melissa.

— Parce qu'avec les Drake, deux précautions valent mieux qu'une, rétorqua Dylan.

Comme d'habitude, la seule à se plaindre était cette pimbêche ! Dylan commençait à se demander s'il ne devrait pas carrément la leur livrer pour être enfin débarrassé ! Il se doutait que Henry ne la pleurerait pas longtemps de toute façon.

— Au fait, les autres viennent ou pas ? interrogea celui-ci.

— Oui, Stephan a littéralement sauté sur l'occasion de se venger. Karl se réserve James, c'était la seule condition, bien entendu j'ai accepté. Il ne sera pas long à l'achever s'il ne se nourrit plus.

— Je peux prendre la folle dingue ? supplia Melissa.

— Si cela peut te faire plaisir.

Deux tarées ensemble, ça promet ! songea Dylan.

— Je veux Maggie, grogna Lena, elle va apprendre qui est la reine de Black Diamond !

— Il faut tout de même en laisser un peu à nos invités ! ricana Henry.

— Tu as raison mon frère ! s'amusa Dylan à son tour. Je m'occupe de Kylian, mais tu pourras te contenter de jouer les arbitres si tu préfères.

— Nous verrons bien, qui sait ? Peut-être viendront-ils avec des alliés eux aussi.

— Sans doute, mais nous serons prêts à les recevoir comme il se doit et s'il s'agit d'autres anomalies, je n'éprouverai aucun scrupule à les éliminer.

— Soit, ils deviennent trop nombreux ! s'écria Lena.

— En tout cas, on pourra engendrer plein de vampires comme nous quand nous aurons récupéré la ville ! s'enthousiasma Melissa.

— Tu m'étonnes ! On aura enfin des larbins pour se coltiner toutes les corvées à notre place et entretenir cette vieille baraque !

— Nous devrons également annexer de nouveaux territoires, rêvassa Dylan à haute voix.

Il créerait une véritable armée, entièrement vouée à sa cause. Depuis qu'il avait perdu Black Diamond, beaucoup de clans se riaient de lui. On verrait s'ils trouveraient toujours la situation aussi drôle lorsqu'ils seraient contraints de lui faire allégeance. Oh oui, il allait se venger ! Et l'histoire se souviendrait de lui comme le vampire le plus puissant qui ait jamais existé !

Le soir venu, James se rendit au cimetière, accompagné de ses frères. Il n'avait jamais aimé ce lieu, non pas qu'il ait peur, vu que le mort vivant c'était lui, mais il l'avait toujours trouvé particulièrement lugubre. Pour couronner le tout, il y avait de la brume, on se serait vraiment cru dans un film d'horreur.

— Bon, on se magne ! prévint Stan. Je déteste cet endroit !

— Tu crains de croiser de vilains méchants zombies ? le taquina Zach.

— Ah ! Ah ! Très drôle !

— Stan a raison, moi aussi je préfère ne pas traîner dans le coin, admit James.

— Et si on descendait dans leur caveau de famille ? Je suis sûr que Dylan est assez tordu pour y avoir conservé des trésors de guerre.

— Oui ! Stan, tu es brillant ce soir ! Il faudra que tu me dises ce que tu as chassé dernièrement que j'essaie !

Ce dernier se contenta de lui adresser un doigt d'honneur.

— Ça va, tous les deux, ce n'est pas le moment de vous asticoter ! Aidez-moi plutôt à ouvrir ce foutu mausolée ! s'agaça James.

Cependant, une simple poussée de la main suffit à faire céder la lourde porte de pierre. Un immense escalier conduisant sous terre se déroula devant eux. De chaque côté, deux anges au regard fou semblaient en garder l'accès.

— C'est tout à fait à l'image de la démesure de Dylan, grogna Zach.

Les trois vampires descendirent avec précaution. Ils débouchèrent sur une grande salle tout aussi lugubre que le reste. En son centre se trouvait une énorme stèle où l'on pouvait lire les prénoms des Miller et leurs soi-disant dates de décès.

— Ces malades se sont même payés des tombes ! s'écria Stan.

Ils commencèrent à faire le tour de la pièce où régnait une forte odeur de moisi. Il y avait des torches aux murs, de hautes colonnes sculptées de ronces et de roses entremêlées, mais rien qui aurait pu les guider dans leur quête. James fronça les sourcils. Dylan était trop radin pour avoir fait construire cet endroit sans raison valable. Il s'avança vers la stèle et poussa la plaque qui la scellait d'un doigt. Ce qu'ils y découvrirent les laissa sans voix. Dans le tombeau s'entassaient des vêtements parfaitement conservés, des bijoux, des tableaux de maîtres.

— Ils ont dû voler tout ça aux personnes qu'ils ont abattues, souffla Zach.

— Ouais, eh bien, magnez-vous, je ne tiens pas à traîner dans le coin. Si j'avais voulu être sous terre, je me serais arrangé pour mourir avant, bougonna de nouveau Stan.

— Nous n'avons qu'à en prendre plusieurs, comme ça on sera sûr.

— Pourvu qu'il n'y ait rien là-dedans qui ait appartenu à l'une de nos ex, grogna son frère.

James ne put s'empêcher de rire. Stan était gêné depuis qu'il savait que Lily voyait aussi ses ex-petites amies. Il était d'ailleurs étonnant que celle-ci ait gardé ce détail pour elle si longtemps.

— Le plus important c'est que Sarah découvre quelles nouvelles facultés ce malade s'est accaparées, conclut James.

Lorsqu'ils rejoignirent la propriété, ils aperçurent de la lumière dans le garage.

— Sarah doit sûrement bricoler, avança Stan.

Ils s'y rendirent et furent étonnés de découvrir Maggie qui leur fit signe de se taire. Sarah était assise sur l'établi, les yeux fermés. James consulta sa sœur par télépathie et elle l'informa que la jeune fille s'entraînait à transmettre des images mentales à Lily à distance. Soudain, cette dernière fit irruption dans la pièce avec un grand sourire aux lèvres. Sarah sortit de sa transe, James constata qu'elle transpirait et qu'elle était essoufflée, l'exercice avait dû se révéler éprouvant.

— Alors, la Mustang, le jardin de nos parents, la première fois que tu as vu Jamy et Kylian, énuméra la punkette.

— C'est tout ? Oh, je t'ai aussi envoyé des souvenirs de ma mère, le jour où je t'ai offert ma veste, le soir où James m'a donné un premier baiser et la vision de lui en humain. Je suis nulle ! se lamenta Sarah.

— Tu rigoles ? Tu te débrouilles très bien, parvenir à un tel résultat dès la première tentative, c'est déjà incroyable ! s'écria Lily.

— Si tu réussis à transmettre à Lily tes prémonitions à distance, ce sera un avantage considérable pour nous, la consola James.

— Vous avez trouvé quelque chose d'intéressant ? interrogea Maggie.

— Oui, c'est le moins que l'on puisse dire ! Les Miller ont carrément un trésor caché dans leur caveau ! expliqua Zach.

— Quoi ?

— Il faut le voir pour le croire ! Il y en a pour une véritable fortune !

— Vous auriez dû prélever les frais pour les travaux de la maison, ça leur aurait fait les pieds ! grogna Sarah.

James sortit alors de sa poche une émeraude énorme, les filles en restèrent bouche bée.

— Je pense que cela devrait suffire, ricana-t-il.

— Mais où ont-ils eu ça ?

— Chez leurs victimes probablement, souffla Lily.

— Cela conviendra, selon toi ? demanda James à Sarah.

— Il faudra bien.

— Je préférerais que tu te livres à ce genre d'exercice avec Lily, si ça ne te dérange pas.
— C'est ce qu'on a songé aussi. Il se pourrait qu'elle détecte des choses qui m'échapperaient et j'ai un peu la frousse, je dois l'avouer.

Une fois à l'intérieur de la maison et en présence de tout le clan, Lily et Sarah prirent place par terre, en tailleur, l'une en face de l'autre. James tendit l'émeraude à sa compagne. Dans ses yeux, il put lire la crainte, pourtant il la perçut plus déterminée que jamais.

— Tu es prête ? demanda Lily.
— Oui.
— Dès que tu atteins ton seuil de tolérance, on arrête tout, c'est bien compris ?
— Oui, oui.
— C'est parti !

Elles commencèrent à se concentrer et James retint son souffle.

James et ses frères avaient trouvé ce dont j'avais besoin. J'étais morte de trouille à l'idée de ce que je pourrais voir, mais je savais que c'était la seule solution. Assise en face de Lily, je lui tenais une main et de l'autre, je serrais l'émeraude que James avait rapportée. Je fermai les yeux et me concentrai. Au début, ce ne fut que des réminiscences du passé. Black Diamond, mais dans une autre époque, rien de bien intéressant.

— On continue, déclara Lily, focalise-toi sur Dylan.

Je suivis son conseil et les images commencèrent à devenir plus claires. Je vis une grande demeure mal entretenue et qui paraissait totalement abandonnée.

— C'est bien, continue, petite sœur.

Je perçus des cris et des plaintes, puis une scène s'imposa à moi. Une jeune fille brune, elle devait avoir une quinzaine d'années, elle portait une chemise de nuit blanche en dentelle, à l'ancienne mode, maculée de sang. Elle pleurait et gémissait. Elle était attachée contre un mur avec des chaînes et des bracelets comme ceux des bagnards.

— Respire, je suis là et tu ne crains rien.

J'entendis soudain une voix inconnue et sursautai violemment.

— Calme-toi, c'est Dylan.

« *Alors ma chérie, comment te sens-tu ?* » demanda-t-il à la gosse. Celle-ci poussa une sorte de râle, mais ne répondit pas. Elle devait être trop affaiblie pour ça. « *Ne t'inquiète pas, de toute façon, c'est notre dernière séance tous les deux, je commence à me lasser.* » Il s'approcha et la gamine gémit de plus belle. Lorsqu'elle tourna la tête comme pour lui échapper, j'aperçus dans son cou des traces de morsures. Elle en avait aussi sur les poignets. Cette scène m'en rappela une autre et je commençai à haleter.

— Tu veux qu'on arrête ? m'interrogea Lily.
— Non, dis-je fermement.

Dylan enleva une mèche de cheveux de son visage et susurra : « *Sais-tu pourquoi j'apprécie autant les vierges ? Parce que j'aime l'idée d'être le premier, que personne n'ait posé les mains dessus avant moi. Comme un explorateur qui découvrirait une nouvelle terre en quelque sorte* » expliqua-t-il en levant la chemise de la jeune fille.

— On décroche, Sarah ! ordonna Lily.

Je lâchai l'émeraude et sortis de ma transe. J'eus envie de hurler, de pleurer et de vomir.

— Qu'avez-vous vu ? demanda James, anxieux.

— La passion de Dylan pour les vierges, grognai-je.

Toute la famille baissa la tête, dérangée par cette révélation.

— James, passe-moi un autre objet, s'il te plaît.

— Non, on arrête pour ce soir.

— On ne peut pas se payer le luxe d'arrêter. Donne-moi un autre objet.

— Sarah…

— Elle a raison, intervint Kylian. Si elle sent qu'elle peut continuer, il faut essayer.

Il me tendit un collier en or tressé qui pesait une tonne.

— Bon, on y va en douceur, reprit Lily. On risque d'apercevoir des choses bien plus désagréables que celles de tout à l'heure, alors surtout ne te force pas, Sarah.

— Je sais, mais je crois que je devrais m'y prendre autrement.

— Que veux-tu dire ?

— Ces objets sont reliés à Dylan par leurs propriétaires, parce qu'il les a assassinés. Il faut que je trouve le moyen d'isoler le lien, de cette façon je pourrais accéder à l'esprit de Dylan et identifier avec certitude ses facultés.

— C'est hors de question ! s'emporta James. Tu as vu dans quel état tu étais quand tu as pénétré celui de Henry ! Lorsque tu as détecté Dylan chez Emily, tu as perdu connaissance !

— Je sais, mais c'est dans sa psyché que sont stockés ses dons et cette fois Lily sera avec moi dès le départ, contrai-je.

— Non !

— Calme-toi, Jamy. Sarah, je suis de son avis, il est inenvisageable que tu te fasses du mal pour découvrir ce que cache Dylan, intervint Kylian.

Cette fois, ils commençaient tous à m'énerver à toujours vouloir me surprotéger.

— Je ne me ferai aucun mal, je vous l'ai dit, avec Lily je ne crains rien.

— Lily, qu'en penses-tu ? interrogea le viking.

— C'est faisable, la dernière fois, je l'ai soulagée sans problème.

Kylian parut réfléchir un moment, son regard alla de James à moi.

— Très bien, mais tu suis les instructions de Lily, d'accord ?

— Mais oui ! m'exaspérai-je. Par contre, il me faut autre chose que ce collier. Quelque chose qui crée un lien direct avec Dylan et son clan.

— Oui, mais ici nous n'avons rien de tel, dit Stan.

Les Miller ne s'en sortiraient pas aussi facilement, hors de question ! Puis une idée me vint, elle pouvait sembler simpliste, mais elle pouvait marcher. Je me levai et m'apprêtai à quitter la maison.

— Où vas-tu ? demanda James.

— Chercher ce dont j'ai besoin.

Je me dirigeai vers le garage, je savais que Lily y avait entreposé les vêtements que je portais le soir de l'agression. Je fouillai dans le sac poubelle et en sortis ma veste.

— Qu'est-ce que tu fais ? m'interrogea de nouveau mon amoureux.

— Les frères Miller me désirent tous les deux, mais pour des raisons différentes et c'est ça qui va me lier à eux, grognai-je. Pour l'un le désir de mes facultés, pour l'autre, celui de mon… corps.

Je dus retenir la nausée qui menaçait de m'envahir en prononçant ces mots.

— Sarah, ce n'est pas une bonne idée, tu risques de revivre l'agression et le reste, tu n'as pas besoin de ça, s'opposa Lily.

— Pas si j'ai la seule chose capable de me rassurer, dis-je en regardant James.

— Que proposes-tu, ma chérie ? demanda mon père d'adoption.

— Nous allons former un cercle, Lily me soulage de la douleur. James, lui, protège mon subconscient contre la peur, expliquai-je.

— Tu penses que ça peut marcher ? s'enquit celui-ci.

— Tu as une meilleure solution à proposer ?

Il s'avança et me prit dans ses bras.

— O.K., petite tigresse.

J'endossai donc ma veste et saisis leurs mains. L'odeur du sang monta jusqu'à moi et activa une vision.

J'étais chez moi, dans le grenier, et ouvrais un à un les cartons, je découvrais le grimoire, j'enfilais la chemise de James. Instinctivement, je lui serrai plus fort les doigts. Il s'empressa de m'apaiser :

— Je suis là, princesse.

Je me tenais face à Henry. Les images défilaient de plus en plus vite dans ma tête et je haletai sous le choc de revivre la scène une fois de plus.

— Parle-lui, Jamy, souffla Lily.

— Je suis là, tu es en sécurité, personne ne peut t'atteindre ici.

Sa voix me rassura et les battements de mon cœur se calmèrent.

— Maintenant, concentre-toi exclusivement sur Dylan, m'ordonna Lily.

J'appliquai ses conseils et suivis Henry jusqu'à son clan, je fus heureuse de constater que je l'avais bien amoché. Je me retrouvais de nouveau devant la demeure en ruine. Henry y pénétrait et se dirigeait vers une immense porte. Derrière se trouvait une sorte de salon pas vraiment en meilleur état que le reste. Avec sa large cheminée craquelée par le temps, ses carreaux brisés et ses meubles qui auraient pu être récupérés dans une décharge, le cadre était tout, sauf chaleureux. Dylan était assis dans un fauteuil de cuir capitonné, la seule chose dans cette pièce qui paraissait neuve.

Je détachai le lien que j'avais avec Henry pour m'ancrer à Dylan. Le choc fut si intense que pendant une seconde, j'eus l'impression atroce que mon cœur et mon cerveau s'apprêtaient à exploser, Lily gémit à son tour.

— Calme-toi, mon amour, tout va bien.

L'esprit de Dylan était tout aussi noir que ses vêtements, il adorait faire le mal, c'était sa plus grande source de plaisir. Il était fourbe, menteur, mesquin et vénal. Il n'aimait rien ni personne, même pas sa soi-disant compagne. Il méprisait les membres de son clan, qui n'étaient que des jouets pour lui. J'aperçus ce qu'il me réservait si Henry ne l'avait pas finalement trahi. C'était encore pire que dans mes cauchemars.

— Montre-moi ce que tu caches, Dylan, vas-y, laisse-moi entrer…

J'accédai enfin à ses facultés, je respirai de plus en plus mal, oppressée.

— Décroche, Sarah ! ordonna Lily.

— Non, pas maintenant !

— Sarah ! intervint Kylian.

— Désolée, papa, dis-je en lâchant Lily.

— Sarah, non ! cria-t-elle.

La douleur fut atroce, je saisis l'autre main de James et m'accrochai à lui de toute la force dont j'étais capable. Je sentis que l'on me soulevait de terre, mais n'interrompis pas ma transe.

— Aide-moi, Jamy, murmurai-je, les mâchoires serrées.

Une énorme vague d'énergie s'empara soudain de moi. Ce fut une sensation incroyable, autant de puissance physique et intellectuelle. Comme si ma conception de l'univers se trouvait cent fois décuplée, sans aucun effort de ma part. J'accédai alors à l'esprit de Dylan dans son intégralité et obtins du même coup toutes les informations dont j'avais besoin.

— Reviens, mon amour, souffla James.

Je décrochai et constatai qu'il me tenait dans ses bras, face au plan d'eau et qu'une fois de plus, notre bulle protectrice nous isolait du monde.

Chapitre 10

— Tu avais promis que tu décrocherais dès que je te le dirais ! ragea Lily.

— Mais j'y étais presque, je n'allais pas tout arrêter si près du but ! me défendis-je.

— Si Jamy n'avait pas été là, cela aurait pu mal tourner ! Ton cerveau d'humaine est plus fragile que tu ne le penses !

— Justement, Jamy était là ! Et j'ai bien fait puisque je détiens toutes les informations dont nous avions besoin et qu'il ne m'est rien arrivé !

— Ça suffit ! ordonna Kylian. Lily, tu te calmes ! Et toi, Sarah, c'est la dernière fois que tu fais des tentatives aussi approximatives !

— Pardonne-moi, papa, je désirais aider, pas discuter tes décisions.

— Tant que tu ne seras pas devenue ce que nous sommes, tu devras faire plus attention. Maintenant, confie-nous ce que tu as découvert.

— Nous avons eu raison de tenter d'en apprendre plus, car ils nous réservent une surprise de taille.

— Quel genre ? demanda Stan.

— Tu m'as caché que tu faisais partie d'un autre clan avant de rejoindre celui-ci et que tu avais connu Lily grâce à James, lançai-je en regardant mon amoureux du coin de l'œil.

— Je… euh… Je ne voulais pas mettre d'huile sur le feu.

James, lui, baissa la tête. Il avait couché avec l'une des membres (déjà mariée) de l'ancien clan de Stan. Un affrontement avait éclaté. Stan et Lily avaient eu le coup de foudre et le jeune homme avait trahi les siens pour la suivre.

— Mouais… Papa, tu avais raison, il faut que tu joignes tes alliés au plus vite.

— Pourquoi ? Tu as à nouveau aperçu d'autres clans ?

— Je ne sais pas lequel assistera au combat, ils en ont contacté plusieurs.

— Pourquoi as-tu parlé de celui de Stan ? demanda-t-il en se penchant vers moi.

— Parce que les Miller se sont adressés à eux, je n'ai pas eu le temps de découvrir s'ils avaient accepté. Les Miller comptent sur la double trahison des garçons pour attiser la haine des autres contre vous et les pousser à s'allier à eux, expliquai-je.

— Génial ! Non contentes de s'incruster dans nos visions, vos ex vont nous causer des problèmes maintenant ! Je commence à comprendre l'agacement de Sarah ! s'exaspéra Lily.

— Heureusement que tu as eu l'idée de te livrer à ce genre d'exercice ! s'exclama Zach. L'ancien clan de Stan n'est pas vraiment composé d'enfants de chœur !

— Ouais, il faut toujours avoir une sorcière dans ses relations, plaisantai-je. Ah oui ! La faculté de Dylan ! En réalité, elle fonctionne un peu comme un virus informatique. En touchant ses adversaires, il envoie une sorte d'onde magnétique qui brouille celles du cerveau. Pendant une seconde, c'est comme si celui-ci ne pouvait plus analyser quoi que ce soit. Mais ce n'est pas ça qui m'effraie le plus. Dylan projette carrément de créer une armée à sa gloire pour devenir le roi des vampires, assénai-je.

— Ils sont encore plus secoués que ce que nous avions imaginé jusque-là ! s'écria Gwen, hors d'elle. Kylian, contacte Giordano dès ce soir ! Il faut à tout prix les mettre hors d'état de nuire ! Le roi-vampire, non mais je rêve !

— J'y vais de ce pas, il se trouve sur le continent. Autre chose, Sarah ?

— Hum… Je ne crois pas.

Il se leva et posa une main sur mon épaule.

— Bien, ma chérie, maintenant, file te reposer. Nous allons pouvoir monter un plan d'attaque plus précis grâce aux informations que tu nous as fournies.

Tout le côté carrosserie et mécanique de mon bolide était terminé à présent et il ne restait plus que la peinture à finir. La Mustang conserverait sa jolie teinte noire, mais pailletée or. James étant parti à la *chasse*, j'avais disposé d'un peu de temps pour moi et je devais avouer que cela m'avait fait du bien de me vider la tête. Lily me rejoignit au garage en fin d'après-midi.

— Sarah, tu peux venir avec moi une seconde ? me demanda-t-elle.

— Bien sûr, j'arrive, ma Lily.

Je la suivis jusqu'à l'arrière de la demeure, puis nous contournâmes la grande serre.

— Où m'emmènes-tu ? l'interrogeai-je.

Je fus surprise qu'elle me permette de m'éloigner autant de la maison, même en sa compagnie.

— Tu verras bien.

Nous atteignîmes presque la limite de la propriété quand soudain elle stoppa net.

— Très bien, maintenant ferme les yeux, m'ordonna-t-elle.

— Hein, mais pourquoi ?

— Fais-moi un peu confiance ! s'agaça-t-elle.

J'obtempérai, de plus en plus soupçonneuse. Qu'est-ce que Lily me réservait encore ? Elle me tint par la main pour me guider à travers le jardin. Cela ne servirait à rien que je triche, elle entendrait le moindre battement de paupières. Je ne savais pas exactement quelle distance nous avions parcourue, mais cela me sembla long, plongée dans le noir. Elle s'arrêta de nouveau sans prévenir et je manquai de la heurter dans mon élan.

— C'est bon, tu peux regarder.

Je m'exécutai et restai bouche bée. Un magnifique pavillon d'été se trouvait là, sous le couvert des arbres. Avec son crépi couleur sable et sa toiture en tuiles ocre, il me fit penser à une réplique des petites maisons que l'on trouve dans le sud de la France.

— Mais qu'est-ce que c'est que ça ? Je ne l'avais jamais vu, dis-je, ébahie.

— Il ne sert plus depuis des années et il était caché par la végétation, tout simplement. Entre, une surprise t'y attend.

— Une surprise ?

— Oui, allez, dépêche-toi ! insista-t-elle en me poussant vers la porte.

J'obtempérai et constatai que l'intérieur se révélait tout aussi joli que l'extérieur. Sur la droite se trouvait une cheminée de briques rouges, surmontée d'une poutre qui rappelait celles du plafond. Juste devant, une table où trônait un magnifique bouquet de roses écarlates. Je me retournai pour interroger Lily, mais elle avait disparu, je continuai donc seule mon examen. La cuisine et le salon étaient seulement séparés par un comptoir de pierre brute. Bien sûr, tous les éléments qui les composaient étaient du dernier cri. Il y avait également un canapé de cuir pourpre et deux fauteuils assortis. L'ensemble était de bon goût, comme tout chez les Drake. J'avançai dans la pièce et notai la présence d'une porte au fond. Je l'ouvris avec précaution et débouchai sur une chambre. Avec ses murs sable et ses meubles de bois sombre, elle était petite, mais superbe elle aussi. Le lit se trouvait sur ma droite, dessus je découvris une robe noire avec un mot. Je m'en emparai et lus juste : *enfile ça*.

Je reconnus l'écriture élégante de James. Qu'est-ce qu'il fabriquait encore ? Je ne l'avais pas vu en entrant, où était-il ? Et s'il était rentré de la chasse, je l'aurais aperçu puisque je n'avais pas quitté le garage. Le connaissant, il devait être caché quelque part, comme le vampire qu'il était, à m'observer et à s'amuser comme un fou de mon incompréhension. Je décidai tout de même de jouer le jeu. Je n'eus pas à chercher la salle de bain, elle était ouverte sur la chambre. Je pris une douche. Je ne pouvais pas porter une tenue de soirée alors que j'empestais le cambouis. Une fois terminé, j'enfilai la fameuse robe et me rendis compte qu'elle était du genre *très* décolletée. Tiens, tiens, donc il s'agirait d'un dîner en amoureux, du moins je l'espérais parce qu'elle frôlait l'indécence. Je disciplinai tant bien que mal ma tignasse et regagnai le salon. Là, je ne fus pas au bout de mes surprises. Comme la veille du bal, la pièce était remplie de roses rouges, sauf que, cette fois, des bougies ajoutaient encore à la féerie de la scène. Je n'en revins pas, c'était sublime ! Comment James faisait-il pour se déplacer sans le moindre bruit ?

— James ? appelai-je.

— Je suis ici, dit-il en apparaissant devant moi.

Je me jetai dans ses bras pour l'embrasser.

— C'est magnifique ! m'extasiai-je, émerveillée.

— Cela te plaît ? J'avais envie de passer un peu de temps seul avec toi.

— Moi aussi, c'est une excellente idée.

Il m'entraîna jusqu'à la table où il avait prévu un repas aux chandelles.

— Ce soir, madame, le menu se compose de foie gras et de caviar, le tout accompagné de champagne français bien entendu, annonça-t-il avec emphase.

Je ris, il parlait le français couramment et s'était amusé à prendre un accent très guindé pour déclamer sa tirade.

— Je vais peut-être éviter d'abuser du champagne, ce serait dommage de ruiner tous tes efforts.

— Ne t'inquiète pas, je te rappellerai à l'ordre. Alors, comment s'est déroulée ta journée ? demanda-t-il après m'avoir servie et s'être assis.

— Bien, la Mustang est terminée, enfin !

— Je suis heureux de te voir comme ça, je retrouve, ma Sarah, belle, souriante et enjouée.

— Je n'ai pas été d'une compagnie très agréable ces derniers temps, hein ? dis-je en grimaçant.

— Après ce que tu as enduré, une fois de plus tu as fait preuve d'une grande force pour remonter la pente. C'est juste que ta joie de vivre me manquait. Ton rire est le plus joli son qu'il m'ait été donné d'entendre en plus d'un siècle, tes pleurs le pire.

Je lui pris la main par-dessus la table.

— Et toi, cette journée ? Où avez-vous été finalement ?

— Nulle part, je suis resté ici, je me suis seulement arrangé pour échapper à ta vigilance, expliqua-t-il avec un sourire mi-amusé, mi-triomphant.

— Mais pourquoi ? demandai-je, sans comprendre.

— Je voulais finir de tout mettre en place et il y avait du travail ! Ce pavillon n'a pas servi depuis au moins dix ans !

— Mais Gwen et Kylian ?

— Eux par contre sont partis, ils ont dû se rendre dans les montagnes, je pense. Les Miller n'ont aucune raison d'y aller puisque c'est inhabité.

— Mais tu as besoin de chasser, lui rappelai-je.

— J'irai demain, voilà tout.

— Très bien. Et depuis combien de temps prépares-tu cette petite surprise ?

— Hum… Quelques jours. Pour une fois, tu n'as rien vu venir ! s'écria-t-il, ravi.

— Tu es content de toi, hein ?

— Tu n'imagines pas à quel point !

Je commençai à manger et déclarai de suite :

— Mon Dieu ! C'est succulent ! J'avais oublié que j'aimais tant le foie gras !

— Tant mieux ! s'esclaffa-t-il. Alors régale-toi, mon cœur !

Je ne me fis pas prier. Si la France ne me manquait pas particulièrement puisque je l'avais quittée trop jeune et que je ne m'en souvenais pas beaucoup, la nourriture française, elle, me manquait ! Je n'avais jamais réussi à m'habituer à celle d'ici et ma mère cuisinait toujours des plats de chez nous.

— Lily était au courant, je suppose ? interrogeai-je après un instant.

— En effet, il semblerait qu'elle ait changé de camp ! s'amusa-t-il.

— Pas du tout ! C'est parce qu'elle savait à quel point je mourais d'envie de me retrouver seule avec toi !

— Ah, je me disais aussi ! ricana-t-il.

Je me joignis à son hilarité, j'eus l'impression de flotter sur un petit nuage. James s'apprêta à me servir une nouvelle coupe de champagne, mais je l'arrêtai en mettant ma paume dessus.

— Non merci, je ne tiens pas à gâcher cette soirée, je suis trop heureuse et je désire en profiter.

Il reposa la bouteille, se leva et me tendit la main en guise d'invite.

— Bien, madame, alors souhaiteriez-vous danser ?

— Avec plaisir.

Il claqua des doigts et la musique s'éleva dans l'air, je le regardai, médusée.

— J'ai souvent vu ça dans les films et je voulais essayer, expliqua-t-il en souriant.

Je ris de nouveau. Nous dansâmes sur notre chanson et sur quelques autres avant de reprendre nos places.

— Cet endroit possède quelque chose de magique, de rassurant, on s'y sent vraiment bien.

— En effet, avant je m'en servais pour m'isoler.

— Pourquoi ?

— Parce que regarder les autres roucouler quand tu es tout seul, ce n'est pas très drôle. Alors les trucs du genre Saint-Valentin et tout le toutim, je les passais ici.

— Je comprends, les soirées au cinéma entre copains tous casés, c'est bien aussi ! m'amusai-je.

— Ah beurk, ne m'en parle pas ! D'ailleurs, quand toute cette histoire sera terminée, il faudra que nous y allions, il y a une éternité que je n'y ai pas mis les pieds.

— Ce sera avec plaisir. À propos, cet été je devrai me rendre à Chicago.

— Pour voir le petit Stan ?

— Entre autres, mais surtout pour me recueillir sur la tombe de ma mère.

Il hocha la tête.

— Nous irons, ma puce. Tu me montreras où tu vivais, ton ancien lycée, ce sera l'occasion pour que j'en apprenne plus sur ta vie.

— Si tu veux, mais tu en connais déjà la majeure partie. Par contre, moi je ne sais même pas où tu es né, tu ne me l'as jamais dit.

— Je n'y ai pas songé, sourit-il en haussant les épaules. J'ai vu le jour à New York et j'y ai grandi jusqu'à ma transformation. Ensuite, Lily et moi avons pas mal bougé, comme tu dois t'en douter. Nous avons dû faire escale dans quasiment toutes les villes du pays. Kylian et Gwen nous ont trouvés à La Nouvelle-Orléans.

— Quand on y pense, nos existences sont assez semblables. Deux adolescents qui se sont retrouvés orphelins par un coup du sort et qui ont dû faire face à une nature à laquelle ils n'étaient pas préparés.

— C'est vrai, nous nous ressemblons beaucoup, c'est sûrement pour cela que nous nous sommes entendus dès le départ. Avec toi, je me sens bien et entier.

Il me servit une glace à la vanille faite maison par Gwen et qui se révéla tout aussi succulente que le reste. Elle aurait pu ouvrir un restaurant trois étoiles sans difficulté !

— Tout le monde s'y est mis pour t'aider, on dirait.

— En effet. Ils sont conscients que je tiens énormément à cette soirée, dit-il en baissant les yeux.

J'observai son visage, James semblait nerveux tout à coup. Il tritura la nappe, se mordilla les lèvres. Il me fit penser à un petit garçon sur le point d'avouer une bêtise et qui ne savait pas comment s'y prendre. Soudain, il se leva et contourna la table pour venir s'agenouiller devant moi avant de m'attraper les mains.

— Sarah, je ne suis pas très doué pour expliquer ce que je ressens, mais ce dont je suis certain, c'est que je t'aime. Je t'aime plus que tout au monde, plus que ma propre vie. Jamais je n'ai été aussi heureux que depuis que je t'ai rencontrée. J'ai commis des erreurs, j'en commettrai sûrement encore, mais je peux te promettre que jamais je ne cesserai de t'aimer. Épouse-moi, Sarah, fais de moi le plus comblé des hommes et deviens madame James Carter.

Il sortit alors un écrin pourpre de sa poche et l'ouvrit, je notai que ses doigts tremblaient légèrement. À l'intérieur se trouvait une bague absolument splendide ! Un cabochon de rubis autour duquel étaient disposés de petits diamants blancs. La monture en or était ancienne, travaillée dans un style qui ne se faisait plus depuis longtemps, malheureusement. Je n'en revins pas. Je fus tellement surprise que je restai à le regarder sans répondre. Mon cœur battait si vite que j'eus l'impression qu'il allait bondir hors de ma poitrine. Ma vision fut brouillée par les larmes et je me jetai à son cou.

— Oui ! Oui ! Cent fois oui ! m'exclamai-je enfin.

Je tendis mon annulaire gauche, il y passa l'anneau avec précaution, elle était parfaitement à ma taille. Je bougeai doucement ma main pour juger de l'effet.

— Cette bague appartenait à ma mère, expliqua James d'une voix enrouée par l'émotion.

— Elle est magnifique ! J'espère que je lui ferai honneur.

— Je n'en doute pas une seconde.

Il me prit dans ses bras et me fit tourner en riant. Nous étions tout aussi euphoriques l'un que l'autre. Nous échangeâmes le plus doux et le plus merveilleux des baisers. Je m'attendais à ce que James y mette fin, comme à son habitude, mais pas cette fois. Il devint plus impatient, plus exigeant. Je passai les doigts dans ses cheveux et me serrai plus fort contre lui. Il quitta alors ma bouche et descendit lentement vers ma gorge. Je gémis de désir, mon cœur battait la chamade. *Pourvu qu'il ne me repousse pas ce soir !* songeai-je. Contre toute attente, il fit glisser la bretelle de ma robe et m'embrassa l'épaule.

— James…

— J'ai envie de toi, souffla-t-il.

Il m'enleva dans ses bras et me porta jusqu'à la chambre sans cesser de m'embrasser, puis il me déposa sur le lit avec d'infinies précautions. Nos corps se cherchèrent avant de se trouver dans une communion parfaite. Les émotions qui m'envahirent dépassèrent de très loin tout ce que j'avais pu imaginer.

James étudiait Sarah qui dormait dans ses bras, complètement nue, un léger sourire sur les lèvres. Il n'en revenait pas comme les choses s'étaient révélées faciles finalement. Elle allait l'épouser ! Sarah allait devenir sa femme ! Le jeune homme flottait sur un petit nuage. Ils venaient de faire l'amour et il se rendait compte à présent combien ses craintes avaient été futiles et sans fondement. Leurs corps étaient faits l'un pour l'autre et s'étaient trouvés sans problème. Lorsque le moment était arrivé, elle l'avait naturellement guidé jusqu'à sa gorge. Quand il avait goûté son essence, il avait cru défaillir tellement il avait été surpris par l'intensité du plaisir qu'il avait ressenti. Non seulement il possédait un goût incomparable, mais son esprit était d'une beauté à couper le souffle. Elle l'aimait comme il n'avait jamais osé l'envisager, Sarah donnerait sa vie pour lui s'il le fallait. Jamais il n'avait vu cela chez aucune femme qu'il avait fréquentée. *C'est donc ça faire l'amour ?* avait-il songé.

Ses frères avaient raison, cela n'avait rien de comparable avec l'assouvissement de ses instincts. Il s'agissait d'un acte fabuleux pour dire la vérité. Il lui avait murmuré combien il l'aimait, combien il aimait l'odeur de sa peau, combien il aimait la toucher.

Il observa la cicatrice qui marquait maintenant son cou, sa marque. Il fut envahi par un sentiment de fierté incomparable à cette simple vue. Puis son regard glissa vers la bague qui se trouvait à son doigt. Jamais il n'avait eu autant la trouille qu'au moment de formuler sa demande. Il avait pourtant répété de nombreuses fois devant son miroir, mais n'avait été totalement rassuré que lorsqu'elle avait prononcé le oui qu'il attendait tant. Le bonheur qu'il avait aperçu dans ses yeux à ce moment-là avait fini de le conforter dans sa décision. Oui, Sarah incarnait tout ce dont il avait rêvé.

Le matin, alors que James préparait mon petit déjeuner, je repensai aux événements de la veille. J'allais me marier ! J'allais devenir madame James Carter ! Je regardai à nouveau la bague qu'il m'avait offerte, tout bonnement magnifique ! Comme notre première fois. J'avais eu un peu peur à l'idée que cela puisse mal se passer, mais tout s'était déroulé le plus naturellement du monde. Contrairement à ce que j'avais entendu dire, je n'avais ressenti aucune douleur, bien au contraire. Le corps de James et le mien étaient comme nos âmes, faits l'un pour l'autre. Quand le moment était venu, l'orgasme que sa morsure avait provoqué en moi avait dépassé de loin ma petite imagination étriquée. Malgré ses craintes, James s'était arrêté sans que j'aie à le lui demander.

Je tendis l'oreille et constatai qu'il s'affairait toujours, alors je me levai et allai jusqu'au miroir suspendu au-dessus du lavabo. J'arborais maintenant *sa marque*, jamais je n'avais été aussi heureuse ni aussi fière qu'en ce moment. Jamais plus je ne porterais de col roulé ! Je dus me retenir de ne pas sauter de joie comme une gamine de cinq ans.

— Elle te plait ? demanda soudain mon amoureux.

Il se tenait appuyé contre le chambranle de la porte, les bras croisés. Il semblait très satisfait.

— Oui !

Il vint se placer derrière moi et m'enserra la taille pour contempler le résultat. Un sourire triomphant se dessina sur son visage.

— Tu m'appartiens corps et âme désormais.

— J'attendais cet instant avec tant d'impatience, soufflai-je.

— A-t-il été à la hauteur de tes espérances ?

— Tellement plus qu'il te serait difficile de l'imaginer !

Je regagnai le lit et commençai à manger. Il m'avait préparé un tas de choses. Des œufs, du bacon, des tartines de confitures, des croissants et, bien entendu, du café.

— C'est digne d'un grand restaurant, le complimentai-je.

— Non, c'est digne d'une princesse. Pour la cuisson, je n'étais pas très sûr, je me suis fié à l'odeur.

— C'est parfait. Comme tout le reste d'ailleurs. Cette soirée, ta demande, tout !

— Eh bien, moi qui craignais de me planter encore une fois !

— J'ignore comment t'expliquer ce que je ressens.

Il caressa ma joue du bout de ses doigts.

— Je sais, j'éprouve exactement la même chose. D'une certaine façon, j'ai vécu ma première expérience moi aussi.

Je me sentis rougir, pas de honte ou de gêne, mais de satisfaction.

— J'en suis heureuse, j'avais peur de me montrer… un peu gauche, avouai-je.

Il se pencha et m'embrassa.

— Au fait, tu ne m'as pas dit, que penses-tu de mon esprit ? demandai-je pour cacher mon trouble.

— C'est la plus belle chose qu'il m'ait été donné de voir après toi. Et comme tu vas me poser la question, ton sang possède une saveur incomparable. J'ignore si c'est lié à ta nature de sorcière, mais je n'ai jamais rien goûté d'approchant, c'est… enivrant.

Cette révélation me laissa songeuse, ma nature était anormale, mon aura aussi, alors pourquoi pas mon essence ? L'essentiel était que cela lui plaise en fin de compte.

Sarah était installée dans le canapé, elle somnolait. James songea qu'il ne se lasserait jamais de la regarder.

— Quand devons-nous interrompre notre petit aparté ? l'interrogea-t-elle enfin.

— Lorsque nous le déciderons. Pourquoi, tu es déjà lasse de ma seule présence ?

— Aucun danger que ça arrive un jour ! Vivre avec toi sur une île déserte ne me poserait aucun problème !

— Voilà qui est gentil, mais ta précieuse voiture te manquerait et Lily ne nous le permettrait pas de toute façon, sourit-il.

— Je suis sûre qu'à l'heure qu'il est, elle tourne en rond comme un lion en cage en se demandant si j'ai fini par accepter de t'épouser, s'amusa la jeune fille.

— Elle rôde dans le coin, je confirme ! s'esclaffa James. Cependant, elle ne s'invitera pas sans notre autorisation, ma jumelle est bien élevée. Enfin, dans la plupart des cas.

— Mais elle risque de ne pas te laisser le dernier mot sur l'organisation du mariage !

— Je parviendrai à négocier, ne te tracasse pas pour ça. Voilà bientôt cent trente ans que je pratique le langage de Lily. C'est plutôt toi qui devrais t'inquiéter des mille essayages que mes sœurs vont te faire subir pour trouver la robe idéale !

— Pour une fois, j'ai hâte de faire les magasins !

James constata l'enthousiasme de Sarah avec plaisir, lui aussi était impatient ! Il mettrait tout en œuvre pour que cette journée soit absolument idyllique, sa famille lui donnerait un coup de main.

— Compte sur Lily pour ne négliger aucun détail ! Ma mère va également veiller au grain, elle marie enfin le petit dernier !

Ils passèrent la soirée à regarder de vieux films, à discuter devant la cheminée de leurs projets d'avenir, à se cajoler comme tous les amoureux du monde. Pas de sorcière ni de vampire, pas de combat entre clans qui se profilait, juste James et Sarah.

Nous regagnâmes la maison, main dans la main. Lorsque nous entrâmes, tous nous observèrent, attendant le dénouement de ces trois jours d'isolement. Je regardai James et souris.

— C'est ça que vous cherchez ? demandai-je en sortant la main de ma poche pour leur montrer ma bague de fiançailles.

Ils se levèrent pour nous féliciter.

— Oui ! hurla Lily. Mon petit frère va se marier !

— Félicitations, Jamy ! lancèrent les garçons en lui administrant des tapes dans le dos.

— Félicitations, les enfants ! ajoutèrent en chœur Gwen et Kylian.

— Nous allons vous organiser le plus beau mariage de tous les temps ! déclara l'Italienne. Depuis le temps que nous attendions ce moment, nous n'allons pas lésiner sur les moyens !

— Euh… Oui justement… Papa, je voulais savoir si… tu serais d'accord pour m'accompagner jusqu'à l'autel ? demandai-je à Kylian.

Il se leva et me prit dans ses bras.

— Oh que oui ! s'écria-t-il. Et ce jour-là, je serai le père le plus fier du monde !

Il déposa un baiser sur mon front et je me tournai vers mes sœurs.

— Et vous, les filles, vous accepteriez d'être mes demoiselles d'honneur et mes témoins ?

— Et comment ! répondirent-elles en chœur.

— Même tarif pour vous, les gars, annonça James.

— Avec plaisir ! acquiesça Zach.

— Y'a intérêt ! ajouta Stan.

— Je tiens à offrir sa robe à ma fille, déclara calmement Kylian. Et ne regardez pas au prix. Je veux que tu portes celle de tes rêves, ma petite chérie.

Je l'embrassai sur la joue.

— Merci, papa.

— De rien. D'ailleurs, il va de soi que votre mère et moi prenons à notre charge tous les frais de cette journée.

— Nous ne pouvons pas accepter, c'est beaucoup trop, voyons, s'opposa James.

— Ne t'occupe pas de ce genre de détail. Mes enfants se marient et nous tenons à participer, alors ne gâchez pas notre joie en refusant ou en faisant des manières.

— Merci.

— Nous, nous vous offrons le voyage de noces, annonça Zach, et pas la peine de négocier non plus.

— Merci à vous tous, dis-je, la gorge serrée par l'émotion.

— Tu rigoles ? Cela fait plus de cent ans que j'essaie de le caser ! C'est plutôt à nous de te remercier ! s'écria Lily.

— J'ai bien fait d'attendre, souffla James en m'embrassant les cheveux.

— Il va aussi falloir dresser la liste des invités et veiller à n'oublier personne, déclara Gwen.

— Nous devons d'abord trouver les faire-part et les invitations, commenta Maggie.

— J'en ai vu des terribles sur internet ! J'ai dégoté un imprimeur qui les fabrique lui-même et chaque modèle est unique. J'en ai repéré un en papier de soie absolument magnifique !

Tout le monde la regarda, surpris.

— Ben quoi ? Je me suis un peu renseignée, il s'agit du mariage de mon petit frère. En plus, je savais pertinemment que Sarah accepterait !

Je ris franchement, Lily commençait déjà à prendre les choses en mains ! James n'était pas au bout de ses peines !

— Il faudra également choisir les alliances, avança Maggie, et ne vous trompez pas parce que vous les porterez pour l'éternité ensuite.

Lily se leva alors comme une flèche et disparut.

— Qu'est-ce qui lui arrive ? demandai-je.

— Aucune idée, répondit James, aussi étonné que moi.

Lily revint quelques secondes plus tard et s'accroupit devant nous.

— Pour les alliances, je crois avoir ce qu'il faut, déclara-t-elle.

Elle tendit à son frère un petit écrin de velours noir. James la regarda sans comprendre puis s'empara de la boîte et l'ouvrit. La surprise marqua soudain ses traits, remplacée de suite par une émotion intense.

— Lily, mais c'est…

— Oui, je ne te l'ai jamais dit, mais je les ai volées après la veillée mortuaire. Je les ai gardées précieusement, en attendant que tu trouves enfin celle qui ferait ton bonheur. Aujourd'hui, ce moment est arrivé.

James se leva alors et étreignit sa jumelle avec toute l'affection dont il était capable.

— Merci, Lily jolie, souffla-t-il.

— De rien, Jamy chéri.

— Je peux savoir de quoi il retourne ? demandai-je, amusée.

James se tourna vers moi et me montra le contenu de l'écrin.

— Ce sont les alliances de mes parents, j'ignorais que Lily les avait prises avant que la famille de mon père ne vienne jouer les vautours. Ni qu'elle les avait conservées aussi longtemps.

James était clairement ému par le geste de sa sœur. J'observai de plus près les anneaux, celui de son père était en or, assez large et simple. Celui de sa mère par contre était de toute beauté, serti de diamants et d'émeraudes.

— Lily… je suis très touchée par ton attention, elle me va droit au cœur, mais j'ai déjà la bague de fiançailles de ta maman, je comprendrais que tu souhaites au moins garder son alliance.

La punkette fronça les sourcils et planta ses poings sur ses hanches.

— Tu plaisantes ? Voilà plus d'un siècle que je conserve ces bijoux, alors vous les porterez ! Et ce, même si je dois vous les passer moi-même au doigt !

Une fois de plus, la réflexion de Lily provoqua l'hilarité de toute la famille.

— Merci.

— Il y aura quelques détails à régler, nous devrons contacter Max. Nous aurons besoin de faux papiers, Sarah ne s'appellera pas officiellement Drake, expliqua James.

— Pourquoi ça ? interrogea Kylian, surpris.

— Parce que je souhaite porter le véritable nom de James. Si encore la fratrie se nommait Strauss, j'aurais utilisé ce nom avec plaisir et fierté, mais je ne veux pas d'un patronyme qui ne représente qu'une plaisanterie au départ. Je prendrais le même nom que vous pour le reste du monde, mais pas pour l'éternité.

Un silence étrange tomba sur l'assemblée, avais-je dit quelque chose de mal ?

— Tu sous-entends que si Kylian désirait t'adopter officiellement, tu serais d'accord ? s'enquit Gwen avec sérieux.

— Bien entendu, il est le seul père que j'ai jamais connu. L'autre ne symbolise qu'un géniteur, déclarai-je, sincère.

Toute la famille me considéra avec émotion et leur regard se promena de Kylian à moi.

— Quoi ? demandai-je finalement.

Le viking se leva et vint vers moi en me tendant les mains. Je les saisis et me mis debout à mon tour.

— Je souhaiterais vraiment que tu deviennes officiellement ma fille. Tu me ferais le plus beau cadeau de toute mon existence en acceptant cela.

— Soit, alors effectue les démarches nécessaires et je signerai tous les papiers.

Chapitre 11

Giordano observait Sarah par la fenêtre ouverte. Elle jouait de la guitare et chantait une chanson à propos de Kylian. Il ne put s'empêcher de sourire, cette gamine possédait un don pour la musique, il fallait le reconnaître. Sa voix résonnait agréablement et l'on sentait qu'il s'agissait de sa façon à elle d'extérioriser ses sentiments. Elle était également très belle avec ses longs cheveux châtains et ses yeux presque noirs. Cette simple image réveilla en lui de vieux souvenirs, mais il les refoula vivement.

Il se retourna vers Kylian qui était assis devant son bureau. Il se balançait de gauche à droite, calé dans son fauteuil de cuir noir. Le viking semblait serein.

— Alors comme ça, tu es de nouveau un jeune papa, s'amusa Giordano.

— En effet !

— Je perçois quelque chose d'inhabituel qui se dégage d'elle, elle n'est pas une mortelle comme les autres, n'est-ce pas ? D'ailleurs, elle parait étrangement à l'aise avec nous, trop peut-être.

— Sarah est une sorcière. Voilà aussi l'une des raisons pour lesquelles je t'ai demandé de venir. Sa mère est morte avant d'avoir pu la former. J'aimerais que tu l'aides. Elle pense que ses dons sont la cause de tous ses malheurs.

Giordano hocha la tête.

— Oui, Gwen m'a informé de ce qu'elle a vécu. Les humains se conduisent de façon bien plus étrange que nous quelquefois. Ils possèdent la chance d'avoir des enfants et n'en prennent même pas soin. C'est logique qu'elle se soit tant attachée à toi. Quant aux Miller, ils vont payer le prix fort le choix d'un tel affront.

— J'y compte bien, Sarah a été très secouée par cette attaque, elle ne comprend pas le désir des hommes à son égard, à ses yeux il n'y a que James.

— Pauvre gamine, cette attirance que ressent la gent masculine à son contact est due à son aura de sorcière. Je l'aiderai, bien entendu, opina le vieux vampire.

Kylian le rejoignit devant la fenêtre et ils observèrent de nouveau Sarah. Elle chahutait avec Stan à présent. Il lui avait volé son instrument et courait dans tous les sens pour la faire rager.

— Rends-la-moi, Stan, ou je te jure que tu vas le regretter !

— Sinon quoi ? Tu cafteras à papa ? la nargua son frère.

La fratrie taquinait souvent Sarah à propos de l'adoption. Elle aimait passer du temps avec son père et avait parfois des réactions de petite fille, ce qui amusait terriblement la famille.

— Non, papa est gentil, lui. Lily !

Lily apparut soudain comme par magie.

— Oui, ma chérie ?

— Stan m'embête sans arrêt ! dit Sarah avec la voix d'une fillette qui se plaindrait à sa mère.

Lily se tourna vers son compagnon, les poings sur les hanches.

— Stanislas ! Rends-lui sa guitare immédiatement ! Si tu la casses, elle ne pourra plus m'apprendre à en jouer !

— D'accord…, murmura l'intéressé, la tête basse, en tendant l'instrument à Sarah.

Pour toute réponse, celle-ci lui tira la langue, Giordano et Kylian ne purent s'empêcher de rire franchement. Les enfants levèrent la tête et le visage de Sarah s'éclaira en apercevant Kylian, à qui elle adressa un signe de la main. Oui, l'attachement de cette petite mortelle pour son ami était bien réel.

— Sarah, ma chérie, peux-tu monter une seconde ? Je voudrais te présenter quelqu'un.

— J'arrive !

Quelques minutes plus tard, trois coups furent frappés à la porte.

— Entre, Sarah !

— Bonjour, dit-elle en s'avançant vers Giordano et en lui tendant la main.

Elle fit ce geste comme s'il s'agissait de la chose la plus naturelle au monde. Même sa température corporelle la laissa indifférente. Giordano fut stupéfait par le comportement de la jeune fille.

— Bonjour, Mademoiselle Strauss, s'amusa-t-il.

Le visage de l'enfant s'éclaira d'un tel sourire qu'il pensa une seconde que son cœur mort depuis plus de neuf cents ans venait de revenir à la vie.

— Ma chérie, je te présente Giordano, je t'en ai parlé, tu te souviens ?

— Oui, c'est lui qui t'a offert l'immortalité. Vous acceptez donc de nous aider ? demanda-t-elle en se tournant vers l'Italien.

— Effectivement, Kylian est l'un de mes plus anciens amis, je lui dois bien ça. Quant aux Miller, ce que Henry t'a infligé ne doit pas rester impuni et leurs projets s'avèrent bien trop dangereux pour toute la communauté.

— Merci.

— Je constate que tu as fait beaucoup de bien à ce clan depuis que Kylian t'y a intégrée. Alors comme ça Jamy va enfin se marier !

— Nous comptons sur ta présence ce jour-là Giordano, précisa James en entrant.

Il se plaça derrière la petite mortelle et l'enlaça avec des airs de propriétaire. Ce geste amusa le vieux vampire. En agissant de la sorte, James marquait clairement son territoire. *Ah, la fougue de la jeunesse !*

— Je serai là ainsi que les miens. Nous ne manquerions un tel événement pour rien au monde.

— Où sont-ils ? Je ne les ai pas vus, déclara Sarah.

— Ils font le tour de la propriété avec Gwen, je devais m'entretenir avec Kylian.

— Mais nous allons descendre pour que tu les rencontres, ajouta celui-ci.

Ils regagnèrent le rez-de-chaussée où le reste du clan de Giordano se trouvait au grand complet. Tous se retournèrent pour apercevoir la jeune mortelle qui les intriguait tant depuis qu'ils en avaient appris l'existence.

— Bonjour ! lança-t-elle joyeusement.

— Sarah, je te présente Maria, mon épouse, Celia, Nicolaï, Richard, Anna, Grace et Félipe.

— Piacere di conoscerti ! les salua-t-elle dans un italien impeccable.

— Tu parles notre langue ? demanda Maria.

— Je vous avais bien dit qu'elle était surprenante ! s'écria Gwen aux anges. Notre petite Sarah parle couramment le français, l'anglais, l'italien ainsi que l'espagnol.

— C'est aussi une sorcière, ajouta Giordano.

Son clan la considéra de nouveau sans y croire.

— Elle est avant tout la future madame Carter ! annonça James.

Les réactions ne se firent pas attendre cette fois. Tous les Italiens sautèrent sur le jeune couple pour les embrasser chaleureusement et les féliciter.

— C'est merveilleux, James ! Nous commencions à craindre que tu finisses vieux garçon ! le taquina Félipe.

— J'ai mis le temps, mais j'ai trouvé la femme idéale ! rétorqua James.

— Maintenant, discutons un peu des Miller et de leurs fameux projets, déclara Kylian.

Nous étions dans le salon à converser gaiement avec le clan de Giordano.

— Quand tu as su que James était un vampire, tu n'as pas paniqué ? dit Celia, incrédule.

Il s'agissait d'une petite brune qui riait sans cesse, je l'aimais bien.

— Non, j'étais déjà amoureuse de lui de toute façon et s'il avait voulu me tuer, il en aurait eu cent fois l'occasion. En plus, ma mère avait vu avant sa mort que j'épouserais un vampire. Si elle avait craint le moindre danger, elle m'aurait prévenue.

— Eh bah ! Elle se montre sacrément courageuse ta jolie sorcière ! s'exclama Richard, amusé.

— Limite téméraire quelquefois, confirma James avec un sourire indulgent.

Je m'apprêtais à rétorquer quand une prémonition s'imposa à moi. Je hurlai et les nouveaux venus sursautèrent. Lily se précipita et me prit les mains.

— Respire ! Respire, Sarah !

— Que lui arrive-t-il ? interrogea Giordano.

— Elle a des visions. Celles qui concernent les nôtres se révèlent particulièrement douloureuses. Avec Lily, elles ont trouvé le moyen de les partager et cela la soulage un peu.

L'Italien fronça les sourcils et fixa la jeune fille avec insistance, mais ne répondit pas.

— Sarah, mon amour, que vois-tu ? demanda James.

— Les mille et une tares, grogna Sarah.

— C'est le surnom qu'on leur a donné, expliqua Stan.

— D'autres immortels approchent, j'avais raison, il s'agit bien de l'ancien clan de Stan.

— Et ?

— Ils sont assis autour d'une table…

— Ils discutent stratégie, ajouta Lily.

— C'est incroyable ce don qu'elles possèdent toutes les deux, souffla Maria.

— Oui, Lily et Sarah sont inséparables, confirma Gwen.

Je quittai ma transe et James m'essuya de suite le nez avec un mouchoir en papier.

— Sarah, que t'a exactement montré ta vision ? interrogea Kylian.

Je regardai Lily, morose.

— Les nouveaux arrivants ne souhaitent pas un simple affrontement, mais un massacre… Ils visent particulièrement les jumeaux, grondai-je.

Stan grogna soudain si fort que je sursautai.

— Calme-toi, Stanislas, nous allons nous organiser en fonction de ces informations. Retournons nous entraîner.

Comme la dernière fois, je pris place sur le banc. Je constatai rapidement que le clan de Giordano était plus que rompu au combat, ils déjouaient quasiment toutes les attaques des Drake. Rien d'étonnant cependant, puisque la majorité de ses membres était âgée de plus de cinq cents ans.

— Parfait ! Maintenant, James, tu vas t'exercer à cibler tes impulsions.

— D'accord.

James se positionna dos au groupe puis commença à recharger. Je sentis l'électricité dans l'air et souris. Il lança une première impulsion laissant tout le monde bouche bée, moi y compris. Au lieu d'être bleue comme à l'accoutumée, sa décharge électrique avait été rouge comme lorsque nous fusionnions.

— Sarah ! s'insurgea Kylian.

— Mais ce n'est pas moi, je te jure que je n'ai rien fait ! me défendis-je.

— Comment Sarah aurait-elle pu influer sur le pouvoir de James ? demanda Giordano avec beaucoup d'intérêt.

— Oh c'est vrai, je ne te l'ai pas dit, regarde ça ! Sarah, fais-nous une démonstration, s'il te plaît.

Je me levai et allai me placer près de James qui me prit dans ses bras. Nous rechargeâmes et envoyâmes une impulsion. Un concert d'exclamations s'éleva derrière nous.

— Mais comment…, souffla l'Italien.

— Sarah possède une espèce de faculté qui lui permet de partager ses dons apparemment.

— Mais je vous promets que pour tout à l'heure je n'y suis pour rien !

Kylian m'observa un instant puis reprit :

— James recommence, veux-tu ? Sarah, viens ici.

Je rejoignis donc mon père et James renouvela l'opération. Une fois de plus, sa charge fut rouge et bien plus puissante que d'habitude. Il afficha une drôle de tête, comme surpris par sa propre puissance.

— Mais qu'est-ce qui m'arrive ? demanda-t-il, presque paniqué en regardant ses mains.

— Tes pouvoirs augmentent peut-être, avança Zach.

— À presque cent trente ans, cela m'étonnerait. Le pire c'est que je n'ai même pas forcé !

Dans un éclair de lucidité, je compris ce qui déclenchait cette montée en puissance de ses facultés.

— Oups ! soufflai-je.

— Quoi ? m'interrogea James.

— Je pense avoir deviné ce qui provoque ce phénomène, murmurai-je en rougissant.

— Dis-moi.

— Euh... Depuis combien de temps n'as-tu pas chassé, mon cœur ?

Il fronça les sourcils.

— Hein ? Quel rapport ?

— D'après toi.

— Oh ! Tu crois que c'est à cause de ça ?

— Tu vois une autre explication ?

— Vous comptez nous expliquer ? intervint Maggie.

Je me tournai vers elle et lui indiquai les traces dans mon cou. Tous les vampires présents baissèrent la tête, cachant tant bien que mal le demi-sourire qui s'afficha sur leur visage.

— Oh ! Euh... Bon et bien, il semblerait qu'une partie de tes capacités soit passée à James de cette manière, ajouta Kylian.

— La vache ! s'écria Stan. Ça, c'est ce qu'on appelle goûter au fruit défendu, Jamy !

Bien sûr, cette tirade plongea tout le monde dans un fou rire irrépressible, sauf Gwen.

— Stanislas ! s'exclama-t-elle, outrée.

Je devais avouer être rassurée que mon sang agisse de cette façon sur James. J'allais, sans mauvais jeu de mots, mettre les bouchées doubles avant la rencontre avec les Miller.

— Donc, le sang de Sarah serait à la fois plus nutritif et plus puissant que celui des autres mortels. Je commence à comprendre pourquoi les Miller désiraient tant se l'accaparer, avança Félipe.

— Oui, et j'ai payé le prix fort pour ça, murmurai-je.

— Tu comptes assister au combat ? demanda Celia.

— Non, j'aurais bien voulu, mais James s'y oppose.

— Pourquoi ?

— Non, mais tu n'y penses pas ! Si jamais elle devait être blessée, l'odeur de son sang nous rendrait tous dingues et tu sais ce qui se passerait alors, s'écria celui-ci.

Celia haussa les épaules, pas le moins du monde inquiétée.

— Nous ne sommes plus de jeunes vampires débutants, nous fréquentons régulièrement des humains dans la vie courante, nous nous contrôlerions.

— Non, asséna Zach. Le sang de Sarah dégage une fragrance tout à fait distincte de celui des autres mortels. Nous avons failli l'attaquer alors qu'elle est notre sœur, nous ne pouvons prendre un tel risque. Tout à l'heure, James a tout de suite endigué le phénomène, mais si elle avait saigné plus, vous auriez compris de quoi il retourne.

— Tu représentes donc l'exception à toute règle, petite fille, constata Giordano.

— Ouais, même mon aura est différente de celle des autres. Quand ma mère affirmait qu'après moi on avait cassé le moule, je sais maintenant à quel point elle disait vrai. Je suis une sorte d'étrangeté en modèle unique, plaisantai-je.

— Je crois que nous avons beaucoup de choses à apprendre sur Mademoiselle Strauss.

— En effet ! ajouta gaiement Kylian. Ma petite dernière est pleine de surprises !

— Voyons voir de quoi elle est capable seule, dit l'Italien en s'approchant.

Tous les vampires reculèrent alors pour lui ouvrir le passage.

— Même pas en rêve, Giordano, grogna James avant de feuler, menaçant.

Je le regardai, surprise de sa réaction, et vis que tous les autres se précipitaient sur lui pour le maîtriser.

— Eh ! Lâchez-le immédiatement ! m'insurgeai-je.

— C'est entre toi et moi, jolie sorcière. Personne ne fera de mal à James, je te le promets. Je veux juste voir jusqu'où vont tes facultés, tu en détiens d'autres en réserve, je les sens.

— Comment ça ?

— Je suis le plus vieux vampire ici présent et l'un des plus anciens au monde aussi. Je suis apte à te dire très précisément ce que pense chacun d'entre eux, à la seconde où une idée traverse leur esprit. Je peux également détecter les dons des autres immortels que je croise, étrangement, avec toi, il manque une partie du puzzle. Tu possèdes des défenses incroyables pour une mortelle si jeune, il faut que nous sachions à quoi nous attendre lorsque tu seras des nôtres. Kylian m'a confié que tu refusais d'activer tes pouvoirs, mais vu que tu as effectué la moitié du chemin seule, rien ne prouve que tu auras besoin de ça. Plus de temps te sera nécessaire, c'est tout.

— Giordano non ! cria James.

Le vent se leva soudain et je regardai autour de moi, surprise, il n'y en avait pas une seconde auparavant. Je saisis alors que c'était Giordano qui provoquait ce phénomène, il pouvait donc commander les éléments. Le ciel devint aussi noir que lors d'une éclipse, grondant sa colère d'être ainsi dérangé. Une tornade prit forme et avant que j'aie compris ce qui se passait, je me retrouvai dans l'œil du cyclone.

— Sarah ! hurla James qui se mit à crépiter.

— Non, James ! m'époumonai-je pour couvrir le bruit des rafales.

Je fus ballottée de toutes parts. Mes yeux me brûlaient et je commençais à haleter tandis que mon rythme cardiaque s'emballait sensiblement. Il fallait que je me sorte de là et vite ! Ne pas laisser la panique m'envahir, reprendre le contrôle, j'étais une sorcière, bon sang ! Je me redressai alors tant bien que mal et rechargeai. Giordano afficha un sourire satisfait.

— La petite mortelle me provoquerait-elle en duel par hasard ? s'amusa-t-il.

— Le vieux vampire aurait-il peur ? répondis-je sur le même ton.

Maintenant, je flottais dans la tornade, mais restais stable dans mon équilibre. Les autres nous dévisagèrent, incrédules. Je regardai James.

— Tout va bien, lui dis-je.

Voyant que je n'étais pas effrayée et que je ne souffrais pas, il se détendit. La tempête se calma finalement et je regagnai le sol en douceur. L'Italien et moi nous jaugeâmes un instant, il commença à tourner en rond comme lors de l'entraînement, je suivis le mouvement. Il dégaina alors de grands tentacules noirs, ressemblant à des fouets qui sifflèrent dans l'air. Ils furent si rapides que je n'eus pas le temps de voir de quelle partie de son corps ils surgissaient exactement. Je répliquai par une légère impulsion et Giordano recula de quelques pas, surpris.

— Vas-y, ma puce, souffla James.

— Bien, petite sorcière, nous allons compliquer l'exercice.

— Je n'attends que ça.

Cette fois, je fermai les yeux, respirai lentement et patientai.

— Sarah, qu'est-ce que tu fabriques ? demanda mon fiancé.

— Laisse-la, James ! ordonna Kylian.

Je sentis que Giordano essayait de percer mes défenses mentales, il se heurtait à quelques difficultés manifestement.

— Tu veux que je t'invite à entrer ? On gagnerait du temps, non ? le narguai-je en faisant tomber le barrage.

— Tiens donc ! Voilà qui est intéressant !

Il se précipita sur James, mais je lançai une nouvelle onde de choc, bien plus forte que la précédente, et l'envoyai voler à travers la propriété. J'activai le dôme de protection autour de James. M'entraîner à reproduire ce phénomène pendant ma convalescence s'avérait payant en fin de compte. Giordano l'atteignit au même moment et la sphère le renvoya de nouveau à l'autre bout du terrain d'exercice.

— Autant te prévenir, James est à moi, et à moi seule, je ne partage pas, grognai-je.

James regarda la bulle, ébahi, il la caressa du bout des doigts. On ne risquait rien lorsque l'on se trouvait à l'intérieur.

— Voilà ce que j'attends ! Vas-y, Sarah, ne retiens rien, laisse tout sortir ! Te refréner est inutile, tu ne peux pas lutter contre ta nature ! Tu contiens depuis trop longtemps tes émotions. Tu brides tes pouvoirs ! Je perçois ta colère, elle est presque palpable, presque à l'égale de ton amour pour les tiens. On t'a donné un nouveau père, une nouvelle stabilité, autoriseras-tu qui que ce soit à te reprendre ça ?

— Non !

— Les Miller ne t'auront pas seulement blessée ou humiliée, ils veulent te priver de ta famille. Comment réagiras-tu si l'un des membres de ce clan ne revient pas ?

La fureur que je ressentis soudain me consuma presque. Ma respiration s'accéléra, j'étais prête à exploser.

— Tu aimes Kylian, n'est-ce pas ?

— Oui.

— À quel point, petite sorcière ? interrogea-t-il avant de se précipiter sur ce dernier.

— J'ai dit non ! hurlai-je.

Je m'élevai alors à plusieurs mètres du sol, entraînant Giordano avec moi. Ma main devant moi comme si je lui tenais la gorge. L'Italien, qui souriait tout d'abord, me regardait sans y croire à présent.

— On m'a déjà tout pris, grondai-je, personne ne touchera à ma famille.

Le vieux vampire tenta de se dégager, mais sans succès, je resserrai encore ma prise.

— Là, ça craint, souffla Stan.

— Pour le coup, elle ressemble vraiment à une sorcière, ajouta Zach.

— D'accord, d'accord, Sarah, s'interposa Kylian, en approchant, les mains devant lui en signe d'apaisement. Lâche-le maintenant, Giordano ne nous veut aucun mal.

Je m'exécutai et relâchai l'Italien avant de regagner la terre ferme et me précipitai dans les bras de Kylian.

— Tout va bien, petite chérie, tout va bien.

— J'ai peur…

— Je sais, murmura-t-il en me berçant doucement.

— Eh bien, vos scènes de ménage risquent de se révéler intéressantes ! s'esclaffa Giordano. Gare à toi, Jamy !

— Je prends le risque ! rit James à son tour.

— C'est la première fois que je la vois dans un état pareil ! dit Lily, abasourdie.

Giordano sourit comme si de rien n'était.

— Sarah, je tiens à te féliciter. Rares sont ceux, y compris les vampires, qui peuvent me résister. James a raison, il ne faudra pas trop tarder pour ta transformation, je ne suis pas certain que ton corps d'humaine soit fait pour tant de pouvoirs. Je n'ai fait tomber tes défenses mentales que parce que tu l'as bien voulu et encore je n'ai pas accédé à tout ton subconscient.

— Je ne laisse entrer que James, expliquai-je.

— Son esprit est incroyable ! s'exclama celui-ci avec enthousiasme. Absolument magnifique ! Elle aime tous les membres de notre clan d'une manière bien particulière, mais avec la même intensité.

J'eus une nouvelle vision, normale cette fois. James se précipita, mais sa sœur le rassura :

— Calme-toi, elle aperçoit Sam.

— Qui est Sam ? s'enquit Celia.
— Un ami de Sarah que j'ai failli tuer, murmura James en baissant la tête.
Les Italiens le regardèrent à la fois surpris et désapprobateurs.
— Il me hait à présent, annonçai-je en revenant à moi. Il imagine que nous sommes partis je ne sais où pour vivre ensemble et tranquilles. Il est persuadé que je me fiche de ce qu'il peut ressentir, que son chagrin m'indiffère. Il ne parle même plus à Marie parce qu'elle a pris ma défense.
— Il est vraiment débile ce gamin ! s'agaça Maggie.
— J'ai d'autres chats à fouetter pour l'instant. De toute façon, j'en ai assez de me rendre malade à cause des autres ! Qu'il pense ce qu'il veut, il n'avait qu'à pas s'attaquer à Jamy, je l'avais prévenu !
— Eh bien ! Quel caractère ! s'amusa Richard.
— Sarah ne tolère pas très bien que l'on contrarie James de quelque façon que ce soit, rétorqua Zach, narquois.
— En attendant, elle doit manger, déclara Gwen. J'ai préparé un risotto au poulet.
— Génial ! m'écriai-je, oubliant de suite ma mauvaise humeur.
Tous les vampires présents se mirent de nouveau à rire.
— Et ça suffit ! On arrête de se moquer de la pauvre petite mortelle ! dis-je, faussement sévère.
— C'est juste que tu es… rafraîchissante ! ricana Giordano.
 Plus tard dans la soirée, nous discutions gaiement dans le salon et laissions pour un moment les Miller de côté. Je me doutais pourtant qu'une fois que je serais couchée, les questions de stratégie deviendraient le principal sujet de conversation.
Je me levai et gagnai le piano quand une nouvelle prémonition me vint et cette fois la souffrance dépassa de loin celle que je ressentais lorsque j'apercevais les Miller. Lily se précipita et poussa également un long gémissement de douleur. Nous tombâmes à genoux, incapables d'en supporter davantage.
— Que leur arrive-t-il ? s'écria Gwen, inquiète.
— Je ne sais pas, c'est la première fois que Lily souffre elle aussi, expliqua Kylian en se levant, paniqué.
James me saisit alors la main.
— Puise dans mon énergie, Sarah !
— Non ! hurlai-je.
La vision ne dura pas très longtemps, mais sa force fut incroyable. Quand elle prit fin, j'atterris dans les bras de James. Lily réussit à se redresser, mais seulement parce que Stan l'y aida. Les deux chefs de clan ordonnèrent soudain :
— Arrière ! Arrière ! Reculez !
Je regardai les autres et compris que je devais saigner, car ils montraient tous les dents. James, lui, me parut affolé.
— James, conduis-la dans mon bureau tout de suite !
— Attends, papa, Stan doit effacer la mémoire de Lily, gémis-je.
— Quoi ? demanda-t-il incrédule.

— Je t'en supplie, ne pose pas de question !

Il m'observa avec inquiétude puis se tourna vers Stan.

— Fais ce qu'elle dit immédiatement.

Stan s'approcha de Lily et apposa les mains sur sa tête. Elle devait savoir que j'avais raison d'agir de la sorte, parce qu'elle ne broncha pas. James m'emmena à l'étage, suivi des deux chefs de clan. Il me déposa dans le fauteuil de Kylian et m'essuya le visage avant de brûler les compresses. Une fois de plus, j'avais beaucoup saigné.

— Comment te sens-tu, princesse ?

— Secouée, perdue, en colère, grondai-je, les dents serrées.

— Je suis désolé, Sarah, souffla Giordano.

Je le fusillai du regard.

— De quoi ? De m'avoir menti ? De m'avoir manipulée ? De jouer la comédie du vieil ami sans broncher ?

— Je voulais juste être certain que je ne me trompais pas.

Je bondis du siège cette fois.

— Ben voyons ! Tu t'es fichu de moi ! Comme tous les autres ! Je commence à en avoir plus qu'assez que l'on essaie de me surprotéger, je suis capable d'encaisser ! J'ai supporté pire, tu sais ?

— Je sais et rien de tout cela ne serait arrivé si j'avais eu connaissance de ton existence avant.

— Trop aimable ! Je te préviens tout de suite que je ne changerai pas de clan. Kylian est mon père et je reste avec lui !

— Je ne te demande rien de tel, petite fille, je suis d'ailleurs ravi que Kylian ait accepté de t'adopter. Tu n'aurais pu choisir meilleur père, ni meilleur mari avec James.

James et Kylian nous regardaient sans comprendre. Ils semblaient horrifiés par mon comportement vis-à-vis de Giordano.

— Je me fous que mes choix te conviennent ou pas ! Tout ça, c'est ta faute ! explosai-je en pointant un index accusateur sur l'Italien.

— Sarah ! Mais qu'est-ce qui te prend enfin ? Depuis quand t'adresses-tu à nos invités de cette façon ? interrogea le viking.

— Laisse-la, Kylian, Sarah est en colère et à juste titre. Nous ne pouvons parler ici, les autres risquent de nous entendre et ce qui va suivre doit rester entre nous. Elle n'a pas demandé par hasard que la mémoire de Lily soit effacée, celle de James devra d'ailleurs subir le même sort.

— Certainement pas ! m'écriai-je. James est mon futur mari, il a le droit de savoir !

Nous nous jaugeâmes un instant. Cette fois, je n'allais pas me laisser faire, je commençais à en avoir ras le bol de tous ces secrets !

— D'accord, d'accord ! James pourra entrer dans la confidence, mais il sera le seul.

— Je n'ai pas d'ordre à recevoir de toi, tu n'es pas le chef de mon clan !

James posa une main sur mon épaule.

— Sarah, mais qu'est-ce qui te prend ? Jamais je ne t'ai vue si en colère.

— Très bien, allons au pavillon d'été, proposa Kylian dont le regard soupçonneux se promena de Giordano à moi à plusieurs reprises.

Nous rejoignîmes la maisonnette où quelques jours plus tôt, j'avais vécu les plus belles heures de ma vie. Je m'installai dans l'un des fauteuils du salon, James sur l'accoudoir, Giordano et Kylian sur le canapé. Je fulminais toujours, c'était même de pire en pire. Les jambes croisées, je balançai mon pied nerveusement.

— Pourquoi ne pas avoir avoué la vérité à Kylian ? attaquai-je aussitôt.

— Je ne le pouvais pas, *piccola principessa*. Quand Kylian m'a parlé de toi, j'étais à cent lieues d'imaginer ce que je trouverais en arrivant.

— Quand as-tu compris ?

— Quand nous nous sommes exercés tous les deux, j'ai reconnu la marque de ta lignée, ajouta-t-il en baissant la tête.

— Tu comptais me le dire ?

— Je pensais que je disposerais de plus de temps pour te préparer à l'idée…

— Mon je ne sais pas combien d'arrière-grand-père est le roi-vampire et tu n'as pas estimé que je devais être tenue au courant ! hurlai-je en me levant.

— Ton quoi ? interrogea James en me regardant avec des yeux ronds.

— Giordano, qu'est-ce que c'est que cette histoire ? Comment ça, tu as reconnu la marque de la lignée de Sarah ? grogna Kylian.

L'italien poussa un long soupir de lassitude.

— Lorsque j'étais encore mortel, j'ai eu une liaison avec l'une des ancêtres de Sarah. J'ai été transformé avant de lui demander de m'épouser. Quand je suis revenu quelques mois plus tard, elle était enceinte. Ma nature m'a obligé à garder mes distances, alors je l'ai surveillée de loin jusqu'à la naissance de l'enfant. J'ai toujours su que cette fillette était bien la mienne.

Je me plantai devant lui, pas le moins du monde intéressée par sa petite séquence souvenir.

— Tu sais par quoi je suis passée ? Tu imagines quel effet ça fait de se retrouver seule au monde ? Ma mère et moi avons vécu l'enfer à cause de vos fichus dons ! Ton clan est au courant ?

Il mit ses mains devant lui en signe d'apaisement.

— Crois-moi, si j'avais eu connaissance de ton existence, ton père n'aurait pas touché à un seul de tes cheveux, Henry Miller non plus. Il va mourir pour ce qu'il t'a infligé. Et oui, les membres de mon clan sont au courant, ils me servent d'émissaires et d'espions. Tu as d'ailleurs constaté que leur entraînement allait un peu plus loin que les techniques de combat basiques.

Je partis d'un rire sans joie avant de déclarer :

— Tu arrives trop tard ! Tu n'effaceras jamais ce que je ressens depuis ce soir-là !

— Attendez ! Tout le monde se calme ! ordonna Kylian en se levant à son tour. Sarah est l'une de tes descendantes ?

— Oui.

— Ce qui signifie…

— Qu'un jour, elle devra prendre ma place. C'est la règle si nous avons encore une lignée humaine.

Kylian demeura interdit une seconde, les yeux hagards.

— Mon fils s'apprête donc à épouser…

— La princesse vampire.

Je le regardai, abasourdie. Qu'est-ce que c'était que ce délire ?

— Sarah est…, souffla James, comme halluciné.

— Sarah reste Sarah ! Je ne veux pas de ta couronne ou de je ne sais quoi ! Je désire me marier avec James et vivre tranquille avec ma famille, rien de plus !

— Je croyais que cette histoire de roi était un mythe, continua James.

— J'agis dans l'ombre et seulement lorsque c'est tout à fait nécessaire. Le fait que mon existence soit maintenue au secret évite que des complots, guerres et autres n'éclatent pour prendre ma place. La majorité des clans passeraient leur temps à s'entre-tuer sinon. Ma charge exige que l'intérêt du peuple prévale en toutes circonstances. Regarde Dylan, il se voit déjà lever une armée pour annexer tous les territoires et les réduire en esclavage. Cette fonction ne peut revenir au premier venu.

— C'est toi qui as averti la lignée de Sarah de notre existence ?

— Non, elles connaissaient déjà l'existence des vampires. Je n'ai pas pu m'empêcher d'approcher Helena malgré les risques. Je n'ai pas osé lui parler, je me suis contenté de lui laisser une lettre pour tout lui expliquer. Le lendemain, elle, ainsi que le reste de sa communauté avaient disparu. Je n'ai jamais retrouvé leur trace, elles étaient des sorcières redoutables et savaient se cacher de nous lorsqu'elles le souhaitaient. Je n'ai jamais oublié Helena, ni cette petite fille aux yeux noirs, Séléné, murmura-t-il en me fixant.

— Oui, Sarah s'est dissimulée à moi aussi au début, mais j'ai pensé que son attitude était due à son vécu, commenta James.

— C'est normal, ses gènes détiennent une combinaison de pouvoirs hors du commun. Elle est l'enfant de la prophétie, n'est-ce pas ?

— En effet, admit Kylian qui paraissait perdu à présent.

Non mais là, on atteignait le paroxysme de l'absurde ! Prophétie ou pas, ancêtres ou pas, il était hors de question que je me retrouve affublée d'une couronne ! Ça non !

— Eh oh ! Je suis là ! lançai-je en levant le bras pour me rappeler à leur bon souvenir. Je te l'ai dit, je ne veux pas de tout ça. Offre ton trône à quelqu'un que cela intéressera.

Giordano fronça les sourcils, visiblement agacé par mon comportement.

— Pourquoi penses-tu que tu peux entrer si aisément dans l'esprit des nôtres ou les détecter ? Si tu le décidais, tu pourrais soumettre Kylian et le forcer à te donner le contrôle de son clan.

— Jamais, tu m'entends ? Jamais ! Quiconque s'en prendra à ma famille, le paiera de sa vie !

Cette fois, il sourit franchement.

— Tu vois, c'est ancré en toi ! Je te le répète, tu ne pourras pas lutter contre ta nature ! James t'aidera à gouverner notre peuple, je lui accorde toute ma confiance à ce sujet.

— Ne me pousse pas à bout…, grognai-je.

Il se leva et se posta devant moi. À le regarder de plus près, il aurait facilement pu passer pour mon père, mêmes cheveux, mêmes traits, même posture.

— Ne me défie pas, petite fille.

— Ah oui ? Sinon quoi ?

— Sarah, arrête, dit James en me tirant par le bras.

— Lâche-la, James, ordonna Giordano.

James consulta Kylian du regard et celui-ci approuva d'un signe de tête, il s'exécuta donc. L'Italien me considéra sans même daigner cacher son amusement.

— Tu veux ta revanche ? Très bien, de toute façon il faut que tu extériorises une bonne fois pour toutes et ton clan se montre trop gentil avec toi. Autant te prévenir, cela ne sera pas mon cas.

Je relevai le menton, bravache, et le fixai droit dans les yeux.

— Rassure-toi, je ne te demande rien. Quant aux cadeaux, je ne compte pas t'en faire non plus, *grand-père*.

Il sortit et je le suivis jusqu'au plan d'eau.

— On ne me défie pas impunément, Sarah, tu vas le découvrir à tes dépens.

— Ça tombe bien, moi non plus, il paraît que c'est un truc qui vient de mes gènes, ironisai-je.

Une tempête se leva de nouveau et je ris. Je ressentais le besoin d'évacuer tout ce que j'avais accumulé en colère et en frustration depuis mon enfance. J'en avais vraiment assez. Quand pourrais-je vivre enfin tranquille ?

— Oublie la tornade, tu m'as déjà fait le coup ! clamai-je en commençant à recharger.

Les deux clans nous rejoignirent. Ils avaient senti la magie dans l'air.

— Mais qu'est-ce qui leur prend ? demanda Gwen, paniquée.

— Sarah a provoqué Giordano, ils ont un compte à régler tous les deux, expliqua Kylian.

— Et tu ne comptes pas intervenir ?

— Non, Sarah sait ce qu'elle fait.

J'envoyai une impulsion et Giordano fut propulsé dans la forêt, le sol creusé sur plusieurs mètres, comme le soir de mon agression. Un concert d'exclamations s'éleva en direction de nos familles respectives. Il revint derrière moi, après avoir fait le tour de la propriété en quelques secondes. J'activai ma bulle de protection, maintenant j'y parvenais sans effort.

— Tu ne peux pas lutter, petite sorcière ! hurla l'Italien.

— Pourtant il semble bien que tu recules, vieux vampire !

Il tendit ses tentacules qui essayèrent tant bien que mal de percer la sphère. Je croisai les bras et le narguai :

— Alors voilà tout ce que tu as appris en plus d'un millénaire ? Je vais te faire voir à quoi ressemblent de vraies facultés.

— Elle est folle de défier Giordano de la sorte ! s'écria Maria.

— James va se retrouver veuf avant son mariage, ajouta Celia.

— Je tiens le pari, s'amusa James.

J'envoyai une nouvelle impulsion et, une fois de plus, je repoussai mon aïeul sans difficulté.

— Oh je ne t'avais pas dit ? En plus de soumettre les vôtres, je suis capable de puiser dans leur énergie, que penses-tu de ça, grand-père ? Pas trop fatigué ?

— Ce qui signifie…, souffla Maria.

— Qu'à chaque fois que Giordano l'attaque, Sarah devient plus forte, confirma James avec fierté.

Giordano se releva en riant cette fois, ses vêtements étaient déchirés et il semblait étourdi.

— J'en dis que tu es la digne arrière-petite-fille de ton arrière-grand-père !

— C'est ma tigresse ! s'esclaffa James.

— Le même tempérament de feu que celui Helena ! Eh bien, les siècles à venir risquent d'être intéressants !

— Alors, tu abandonnes ? demandai-je.

— Je m'incline devant toi, déclara-t-il en posant un genou à terre.

Bien sûr, nous fûmes les seuls à comprendre ce geste ainsi que Kylian et James bien entendu. Les autres n'en revinrent pas, je désactivai ma bulle et demandai :

— Tu leur confies ou je m'en charge ?

Il sourit et se tourna vers sa famille. Ils le regardèrent, abasourdis qu'il se soit laissé soumettre si facilement par une simple humaine.

— Sarah n'est pas seulement une sorcière ou la future femme de James, elle est aussi l'une de mes descendantes directes, expliqua-t-il calmement.

Cette fois, tous les vampires me lorgnèrent comme si je débarquais d'une autre planète.

— Tu veux rire ? demanda Maria.

Apparemment, cette nouvelle ne la transportait pas plus que ça. Je pouvais me mettre à sa place, je n'aurais pas hurlé de joie non plus en découvrant que James avait semé au vent toute une marmaille.

— Non. Elle est une sorcière des Deux Lunes, comme ma première compagne.

Le visage de Maria s'éclaira soudain d'un sourire éblouissant et elle me serra dans ses bras.

— Alors tu vas venir vivre avec nous ? Tu verras, tu adoreras l'Italie ! James et toi disposerez bien entendu de vos quartiers privés au palais.

— Oh là, minute ! m'écriai-je en me dégageant. Je reste avec mes parents et mes frères et sœurs ! Ne le prends pas mal, mais ce sont eux ma famille. Il ne s'agit pas d'une question de lignée, mais d'amour.

Je m'approchai de mon père pour l'enlacer avec tendresse. Il m'embrassa les cheveux et sourit, satisfait et rassuré par ma réaction.

— Sarah reste avec Kylian, elle a eu assez de mal à recréer des liens affectifs après tout ce qu'elle a déjà enduré et je ne tiens pas à détruire tout cela. Je sais que Kylian et son clan prendront bien soin d'elle, elle viendra nous rendre visite, du moins je l'espère, ajouta Giordano.

— Maman me fera découvrir son pays d'origine avec plaisir, j'en suis certaine, mais je suis chez moi ici. J'ai enfin trouvé ma place dans ce bas monde.

— Avec joie, ma puce, Rome me manque et j'adorerais partager mes souvenirs avec toi, accepta ma mère adoptive.

Maria sembla triste. Ses épaules se voûtèrent et elle baissa la tête.

— Je comprends. C'est seulement qu'il est rare que ceux de notre espèce aient eu la chance d'avoir des enfants avant, ou que leur descendance aille si loin. Giordano et moi avons tant rêvé d'avoir des petits à nous.

— Je suis désolée, mais James et Lily ne peuvent pas vivre séparés et moi je ne peux pas vivre sans les jumeaux. James est mon amour, Lily ma meilleure amie. J'ai enfin des grands frères qui prennent ma défense et des sœurs avec qui je partage beaucoup de complicité, des parents qui se soucient de moi et qui m'aiment sans condition, je refuse de perdre tout cela. Mais je suis heureuse de savoir qu'aujourd'hui, j'ai également des grands-parents. Je comprends mieux pourquoi l'italien a été la première langue que j'ai souhaité apprendre ou pourquoi j'apprécie tant la cuisine de ce pays !

Giordano éclata alors d'un rire tonitruant ainsi que le reste de l'assistance.

— Quant à moi, je te l'ai dit, tu as fait le bon choix avec le clan de Kylian. J'ai hâte d'assister à votre mariage et que nos deux familles soient encore plus soudées qu'avant.

Le lendemain, j'étais dans le jardin à discuter avec mon *arrière-grand-père*. Je ne lui en voulais plus de ne pas voir été là pour moi. Il ne pouvait pas être tenu responsable de ce qu'il ignorait.

— Tu sais, je n'aime pas avoir à mentir ou à cacher des choses aux autres. Si je suis ce que tu affirmes, ils le découvriront tôt ou tard. J'apprécierais que tu me permettes de leur avouer la vérité à mon sujet.

Le vieux vampire soupira et sembla réfléchir intensément.

— Tu me demandes donc une dérogation spéciale, je me trompe ?

— Je comprends que tu n'appliques pas de traitement de faveur, mais j'ai toujours vécu dans le mensonge, les Drake sont les seuls qui m'ont acceptée sans condition.

Il hocha la tête, ses boucles brunes s'agitèrent avec souplesse lui conférant un air angélique.

— Très bien, de toute façon, d'ici peu nos deux clans n'en formeront plus qu'un. Je pense que je peux t'autoriser cette petite entorse au règlement.

— Merci.

— De rien. Lily m'a montré des vidéos et des photos de toi quand tu étais enfant, tu étais vraiment adorable. Je suis désolé de tout ce que ton père t'a fait subir, Sarah. Je suis pourtant très satisfait de ta mère et de la façon dont elle t'a élevée, il s'agissait d'une femme d'exception.

— C'est vrai. Elle était fière d'être une sorcière, c'est moi qui ai mal réagi à cette annonce.

— Lily m'a raconté aussi. Je comprends, cela ne doit pas être facile à gérer lorsque l'on n'a pas été préparé. Les réactions de ton père n'ont pas arrangé les choses. À mon époque, la sorcellerie était monnaie courante et personne ne s'en offusquait, c'est étrange comme le monde change, mais pas toujours dans le bon sens.

— Oui, mais dis-moi, comment es-tu devenu le… enfin tu vois ?

— Oh ! Eh bien… en tuant l'ancien.

— Le roi est mort, vive le roi ! ironisai-je.

— Je ne savais pas qui il était alors. Ce n'est que lorsque ses émissaires sont venus me trouver que je l'ai découvert.

— Et si je ne veux pas de ce poste, je peux l'offrir à qui je jugerais bon ?

Giordano me regarda avec un demi-sourire.

— Tu es têtue, n'est-ce pas ?

— Je préfère le terme persévérante, rectifiai-je.

Il éclata d'un rire franc et enjoué, à cet instant il ressembla à un jeune homme. Il ne devait pas avoir plus de trente ans lorsqu'il avait muté.

— Je vois ! Eh bien, en effet, tu pourras choisir qui occupera le mieux cette charge. Du moins pendant un temps.

Au moins disposais-je d'une échappatoire, même temporaire, c'était toujours mieux que rien.

— Kylian était au courant pour toi ?

— Oui, il a été l'un de mes émissaires jusqu'à ce qu'il rencontre Gwen.

Pourquoi cette réponse ne m'étonnait-elle pas ? Peu importait pour le moment, je devais confier autre chose à mon grand-père.

— Il y a un détail que tu ne connais pas à propos du combat qui se profile.

— Ah bon ? Lequel ?

Je baissai la tête, gênée d'aborder une nouvelle fois le sujet.

— Dylan souhaitait effectivement me tuer pour me voler mes pouvoirs, Henry lui…

Je marquai une pause.

— Si j'avais croisé Dylan et reconnu ta marque, il serait mort de toute façon, mais dis-moi : que voulait Henry ? insista-t-il en poussant une des mèches de mes cheveux derrière mon oreille.

— Faire de moi sa compagne… de force.

L'horreur se peignit alors sur le visage de mon aïeul tandis qu'un grognement sinistre montait dans sa gorge avant qu'il ne montre les dents. Je ne bougeai pas et attendis qu'il se calme. Il valait mieux éviter les gestes brusques avec les vampires dans ces cas-là.

— Pourquoi Kylian m'a-t-il caché ce détail ?

— Il craignait que je sois embarrassée. Je suis morte de honte depuis cette histoire, même si tout le monde me répète que je n'y suis pour rien, je n'arrive pas à m'en empêcher, avouai-je.

Il m'entoura les épaules de son bras et souffla :
— Ta vie a été bien compliquée, n'est-ce pas ?
— Oui, mais je suis heureuse depuis que j'ai rencontré James.
— Tu l'aimes ton James, hein ?
— Oh que oui ! Mais j'ai peur que le jour du combat, il ne se laisse dépasser par la colère et ne commette des imprudences.
Il sourit d'un air entendu.
— Tu préférerais que je le surveille ?
— S'il te plaît.
— Bien, je garderai les jumeaux à l'œil, ne crains rien.
— Merci.
— Dis-moi, il paraît aussi que tu as un faible pour la course automobile ?
Je ris, Lily lui avait fait un résumé complet de ma vie apparemment !
— Je plaide coupable ! J'ai participé à des runs, tu veux voir ma voiture ?
— Avec plaisir !
Nous allâmes jusqu'au garage où tous les garçons des deux clans étaient réunis. Stan exhibait la Vantage avec fierté.
— Elle est sublime ! s'émerveilla Richard.
— C'est Sarah qui me l'a offerte, au début j'ai cru qu'elle plaisantait, mais non ! J'adore cette caisse !
— Et la Mustang, à qui appartient-elle ? s'enquit Félipe.
— À moi, répondis-je en entrant.
— Voici donc ton fameux bolide, s'amusa Giordano. Je constate que tu as le goût des belles autos.
— C'est l'un de mes péchés mignons, je l'avoue, dis-je en enlaçant James.
— Et combien de courses as-tu remportées ?
— Tu participes à des compétitions automobiles ? demanda Richard, incrédule.
— Oui, j'ai participé à cent vingt-cinq courses et j'en ai gagné cent vingt-quatre.
— La dernière était amicale, ajouta James.
— Eh bien ! On ne s'ennuie pas ici ! Et la prochaine aura lieu quand ?
— Je ne cours plus, j'ai pris ma retraite. James n'apprécie pas ce genre de manifestation et je n'aime pas qu'il soit malheureux, alors voilà.
— Quand tu viendras en Italie, nous irons courir sur circuit si cela te tente, c'est sécurisé, proposa Félipe.
Il semblait se réjouir de cette perspective et contre toute attente, James acquiesça.
— Si vous gardez de belles Italiennes en réserve, je suis preneuse !
— Je pourrais te trouver ça, confirma Giordano. Je serais très heureux de voir tes prouesses.
— Ça vaut le détour ! s'écria Zach. Je n'imagine même pas de quoi elle se montrera capable avec un volant après la transformation et que ses réflexes seront cent fois supérieurs. Vous regarderez les vidéos si vous voulez.
Je rougis, je n'aimais pas particulièrement être le centre d'attention et les compliments qui suivirent achevèrent de me mettre mal à l'aise. Dieu merci, Gwen m'appela pour que je vienne me restaurer.

Comme d'habitude, je déjeunai seule, mais tout le monde discutait gaiement en italien. Ma famille, qui s'était considérablement agrandie depuis quelques jours, veillait sur moi. Bien entendu, j'étais assise entre Lily et James. Gwen me servit mon café, Lily posa la tête sur mon épaule et j'appuyai la mienne contre la sienne.

— Tu sens bon, dit-elle.
— Normal, il s'agit de l'odeur de ton frère ! la taquinai-je.
— Mais non ! Je parle de ton parfum.
— Ah ! Euh… C'est aussi celui que Jamy m'a offert.
— Je pourrais en prendre un peu ?
— Bien sûr. Je t'emprunterai ton chemisier noir en échange.
— Pas de problème.

Maggie sortit alors de la cuisine et Lily constata :
— Maggie t'a piqué ton corsage.

Je levai les yeux et regardai la jolie rousse.
— Ah ? Je m'en fiche, je ne le mets pas souvent et je porte ses bottes.

Les Italiens s'esclaffèrent soudain. Maggie, qui se tenait à présent derrière nous et nous entourait les épaules, demanda :
— Quoi ? Qu'y a-t-il de si drôle ?
— Vous vous comportez toujours comme ça toutes les trois ? s'enquit Celia.
— Ben oui, pourquoi ? interrogea Lily, sans comprendre.
— Même nous en perdons notre latin ! s'amusa James. Elles ont agi comme ça dès le premier jour où j'ai ramené Sarah à la maison, et depuis elles se partagent une garde-robe à trois !
— Cela ne sert à rien d'acheter les mêmes choses alors que nous vivons ensemble, expliquai-je.
— Je vous l'ai dit, elles sont inséparables et partagent tout. C'est bien plus facile comme cela, parce que trois filles qui se chamaillent, merci bien ! ajouta Gwen en riant.
— Pas de danger, elles complotent contre nous ! renchérit Stan. Gare à celui qui osera contrarier l'une d'entre elles, les deux autres ne seront pas loin et bonjour les dégâts !
— Ouais, je suis certain qu'elles se racontent absolument tout, j'aimerais bien être une petite souris pour découvrir ce qu'elles fabriquent quand nous ne sommes pas là, continua Zach.
— On met au point des stratégies pour vous rendre dingues ! s'amusa Maggie.
— Ça, on le savait ! s'écria James.

Giordano nous regarda avec bienveillance et reprit :
— Décidément, je suis ravi que Sarah vive ici. Quant à ton clan, Kylian, tu peux en être fier, rares sont ceux où il existe tant de complicité entre ses membres.
— J'ai conscience de ma chance, admit le viking.
— En parlant de complicité, j'ai des choses à vous confier. Vous savez à quel point je déteste le mensonge, vous mentir à vous m'est encore plus intolérable, dis-je.
— Où veux-tu en venir ? demanda Lily.
— Conseil de famille, me contentai-je de répondre.

Chapitre 12

Nous avions ajouté des chaises autour de la table afin que les deux clans puissent assister au conseil. Bien entendu, Kylian et Giordano se partagèrent la présidence.

— Je crois que Sarah devrait nous rejoindre, avança l'Italien.

Les autres le regardèrent, étonnés qu'il me propose de présider avec eux. Ce privilège ne revenait qu'aux chefs de clans normalement.

— Non, pour l'instant je suis simplement la compagne de James.

— Comme tu voudras, petite fille.

— Sarah, tu as la parole, continua Kylian.

Je considérai un par un les membres de ma famille. Je les aimais et j'espérais que la nouvelle que je m'apprêtais à leur annoncer ne gâcherait pas tout ce que nous avions construit jusque-là. Que je le veuille ou non, une fois encore j'allais considérablement compliquer leur existence…

— Voilà, vous savez tous à présent que Giordano et moi sommes liés par le sang. Cela implique d'autres conséquences, plus sérieuses qu'un simple état civil.

Les Italiens baissèrent les yeux et attendirent. Les Drake, voyant leur manège, se firent soupçonneux.

— Où veux-tu en venir ? demanda Zach.

— Si je vous confiais que nous avons un invité de marque et qu'il est bien plus qu'un vieil ami de papa.

Tous se tournèrent vers Giordano puis revinrent à moi, curieux.

— Giordano est en réalité… le roi-vampire, assénai-je.

Ils le dévisagèrent de nouveau, leurs mâchoires décrochées par la surprise.

— Tu plaisantes ? interrogea Stan sans quitter l'Italien du regard.

— Non. Étant donné que je suis sa seule descendante directe, cela inclut qu'un jour, je deviendrai…

J'inspirai un bon coup avant de continuer, mon estomac noué à l'extrême.

— La reine, soufflai-je.

— Hein ? dirent-ils en chœur.

— Ma fonction devait rester secrète, mais je vous aime et je ne veux pas vous cacher une chose si importante.

— C'est pour ça que j'ai dû effacer la mémoire de Lily ? demanda Stan.

— Oui. Je devais obtenir l'aval de Giordano avant de vous confier quoi que ce soit.

— Et c'est pour cela que tu l'as provoqué ?

Je me mordillai la lèvre inférieure, un peu honteuse de mon attitude.

— Aussi. Je n'ai pas très bien réagi à la nouvelle. Sorcière, déjà je trouvais ça dur, alors reine vampire !

— Tu comptes monter ton propre clan ? questionna Lily, inquiète.

Je la regardai, éberluée.

— Bien sûr que non ! Pourquoi irais-je en créer un autre alors que j'ai tout ce qu'il me faut avec celui-ci ?

— Donc, Jamy s'apprête à épouser la reine vampire ? ajouta Gwen comme si le ciel venait de lui tomber sur la tête.

— Oui.

— Ma fille est la reine vampire…, souffla-t-elle une nouvelle fois.

— Euh… future seulement, d'ailleurs je ne suis pas certaine d'accepter cette charge.

— Pourquoi ? s'étonna Maggie. Tu ferais une souveraine magnifique ! Tu es juste, honnête et droite, je ne comprends pas ce qui cloche.

— Être souveraine, ce n'est pas seulement porter de jolies robes et parader, c'est beaucoup de responsabilités et je suis encore très jeune. Je ne peux pas me permettre de me planter sur ce coup-là, les conséquences s'avéreraient bien trop graves.

— À qui comptes-tu confier ce poste si tu le refuses ? demanda soudain Maria.

— À la seule personne que je connaisse qui soit capable de tenir ce rôle avec tout ce que cela représente en intégrité et droiture : mon père.

Kylian me regarda, abasourdi, ainsi que tous les autres, sauf Giordano.

— C'est étrange, mais je l'ai vue venir celle-là ! s'esclaffa-t-il.

Il se leva alors et s'adressa à l'assemblée, qui le considérait avec le plus grand respect, maintenant qu'ils savaient tout.

— Sarah devra assurer la régence, c'est sa destinée et elle est née pour cela. Ses facultés ne sont pas dues au hasard, ni son attirance et sa facilité à vivre avec nous. Elle devait rencontrer James afin de retrouver le chemin qui lui était assigné. Elle a en effet le droit de choisir une autre personne pour tenir cette fonction jusqu'à ce qu'elle décide de la reprendre. Je dois avouer que je soutiens son choix en ce qui concerne Kylian, je comptais d'ailleurs le lui proposer si je n'avais pas trouvé Sarah. Il sait ce qu'il y a à faire et ce que cela implique puisqu'il a été l'un de mes émissaires les plus proches.

— Quoi ? demanda Gwen, interloquée.

— J'étais tenu au secret, expliqua Kylian.

— Ton mari fera bon usage de ses pouvoirs. Il rendra aussi à Sarah sa couronne sans histoire le jour où elle le souhaitera. Bien entendu, seule ma petite-fille pourra soumettre les nôtres. Elle devra donc être son bras droit et le suivre dans tous ses déplacements, ne serait-ce que pour assurer sa sécurité.

— Je ferai ce qu'il faudra, promis-je.

— Personne ne devra découvrir qui elle est en réalité, ni ce que fait Kylian en dehors de ses activités de chef de clan. Le roi-vampire doit demeurer un mythe pour éviter tout débordement ou tentative de mutinerie. Cette affirmation est d'autant plus d'actualité que Sarah est encore une mortelle. Nous ne pouvons risquer qu'elle soit tuée, enlevée ou je ne sais quoi. Les nôtres savent faire preuve d'imagination lorsqu'ils le souhaitent. Ils pourraient aussi se servir d'elle comme moyen de pression sur moi.

— Sa nature de sorcière n'arrange rien, dit Richard avec flegme.

— Porte plainte contre Giordano, rétorquai-je, acerbe.

Cette réaction sembla l'amuser et cela m'agaça soudain sans que je comprenne vraiment pourquoi.

— Efface immédiatement ce sourire de ton visage, grognai-je.

Il baissa la tête sans broncher et ma famille me regarda presque avec crainte cette fois. Je ne voulais surtout pas qu'ils aient peur de moi.

— Cela ne change rien, je reste votre petite sœur et la compagne de James. Il va de soi que jamais je ne soumettrai l'un d'entre vous ou que j'utiliserai mes pouvoirs sur vous. Je préférais juste ne pas avoir à vous cacher les choses et qu'un jour, on vienne taper à la porte en hurlant *« Eh Sarah, viens enfiler ta couronne, c'est le moment ! »*

— C'est à peu près ça ! s'esclaffa Giordano. Plus sérieusement, Sarah devra me succéder lorsque je mourrai ou que je prendrai ma retraite. Je lui laisserai bien entendu le temps de s'habituer à sa vie d'immortelle et de bien maîtriser ses pouvoirs avant de lui transmettre le flambeau.

— Papa reprendra le flambeau, précisai-je.

— Temporairement, contra Giordano.

Je levai les yeux au ciel, si l'on me trouvait têtue, lui n'était pas en reste !

— Pourquoi avoir décidé de tout nous avouer maintenant ? demanda Zach.

— Sarah nous l'a expliqué tout à l'heure, elle refuse catégoriquement de vous mentir, j'ai donc accepté une légère entorse au règlement pour lui faire plaisir. De plus, vous deviendrez ses émissaires et ses conseillers. Elle aura besoin de vous et de votre soutien, dans le cas contraire, elle devra créer son propre clan.

— Elle obtient toujours ce qu'elle veut, déclara Lily en me souriant.

Je fus rassurée, apparemment, pour elle, toute cette histoire ne changeait rien.

— Nous soutiendrons Sarah dans chacune de ses décisions, comme nous l'avons systématiquement fait jusque-là, assura Zach.

— Émissaire de la reine, ça claque comme titre ! s'écria Stan.

Toute l'assemblée se mit à rire franchement.

— Très bientôt, elle possédera la faculté de cacher vos pensées de façon à ce que personne ne découvre la vérité ou ne détecte votre arrivée.

— Ça, par contre, je ne m'en plaindrai pas ! se réjouit Maggie. Je déteste ne pas avoir de jardin secret !

— Je commencerai par toi dans ce cas, m'amusai-je.

— Merci.

— Donc, vous n'avez pas envie de vous enfuir en courant ?

— Pourquoi aurions-nous envie de nous enfuir en courant ? demanda Lily, surprise.

— Bah, je ne sais pas moi…

— Pour nous, tu resteras toujours la petite Sarah. Quand je pense que James t'appelle princesse, il n'était pas loin de la vérité ! plaisanta Zach.

Une nouvelle fois l'assistance rit et je sentis l'atmosphère se détendre.

— Que devra-t-elle faire exactement ? Je veux dire : quelles seront ses attributions en tant que reine ? s'enquit Gwen.

— Faire en sorte que nos lois soient respectées, comme le fait de ne pas dévoiler notre existence. Elle devra étouffer dans l'œuf toute tentative d'annexion abusive de territoire, éviter une guerre des clans trop importante. Elle devra également empêcher que les transformations d'humains ne deviennent excessives, déjouer le genre de projet qu'échafaude Dylan. Elle devra gérer avec les autres immortels. Nous avons beau ne pas pouvoir mourir, ni les uns ni les autres, nous ne nous apprécions pas pour autant. Bien sûr, elle ne devra laisser aucune trace derrière elle après son passage.

— Génial ! On jouera aux nettoyeurs ! Je vais passer beaucoup de temps avec Stan ! ironisai-je.

— Pas de problème ! s'amusa mon frère.

— Je ne te dis pas que cela sera facile tous les jours. Tu devras tuer certains d'entre nous, éliminer quelquefois des clans entiers, mais si nous désirons conserver un certain équilibre entre nous et les humains, nous n'avons pas le choix. Je sais que tu te montreras à la hauteur, je ne m'inquiète pas pour ça, continua mon grand-père.

— Quand je pense que d'autres héritent de jolies maisons ou de collections de timbres ! En plus, en matière de lois vampiriques, je n'y connais rien moi !

— Tu recevras ta formation en temps voulu, assura-t-il.

— Moi qui croyais que mon apprentissage serait coton !

— Pourquoi imaginais-tu cela ? demanda Celia.

— À cause de mes pouvoirs, ils vont sûrement augmenter après ma transformation et James m'a expliqué que je risquais d'en développer d'autres.

— C'est une possibilité, mais pas une certitude, les tiens sont déjà très puissants. Je suppose que Kylian fera en sorte que tu ne goûtes jamais au sang humain ?

— En effet, approuva le viking, ce que l'on ne connaît pas, nous manque forcément moins.

— Peut-être, acquiesça sans conviction la petite brune. Tu devras simplement t'habituer à tes nouveaux sens, gérer tes emportements. La lumière vive te gênera au départ, mais rien de dramatique. Plus tu fréquenteras les humains, et plus il te deviendra facile de les côtoyer.

— J'espère bien, parce que je rentre à l'université l'année prochaine.

— Quand comptes-tu transformer Sarah, James ?

— Juste après notre lune de miel, début août je pense, les cours reprennent en octobre.

— Cela lui laisserait donc deux mois. Si elle se débrouille aussi bien qu'avec ses pouvoirs, ça devrait suffire. Tu suivras les cours avec elle ?

— Bien entendu.

— Moi aussi, dit Lily.

— Parfait ! Elle ne restera pas seule, il n'y a aucune raison pour que cela se passe mal.

Je fus sidérée, tous semblaient songer que ce qui m'arrivait était totalement normal et naturel ! *Tout ira bien, tu seras parfaite, James t'aidera blablabla*... non mais dans quel monde ils vivaient ? Je n'avais que dix-sept ans et j'étais déjà orpheline, sorcière et à présent future reine des vampires ! Nous n'avions pas la même définition de normalité apparemment.

— De toute façon, tu as le temps, Giordano dispose encore de beaux siècles devant lui, ajouta Gwen en souriant.

— Encore heureux !

— Je ne cache pas que maintenant que je suis certain d'avoir trouvé l'héritière idéale, je prendrai sûrement ma retraite plus vite que prévu. Cela fait plus de cinq cents ans que je travaille et je voudrais profiter un peu de la vie, nous confia l'Italien.

J'aurais dû la voir venir celle-là ! Maintenant il allait pouvoir se décharger du cadeau empoisonné ! Mais qu'est-ce que j'avais fait au ciel pour mériter ça ?

— Tu feras ce que bon te semble, si j'ai convoqué le conseil, ce n'est pas seulement pour ça. Papa, es-tu oui ou non d'accord pour reprendre la régence à ma place ? demandai-je en me tournant vers Kylian.

Il resta un instant à contempler ses mains croisées sur la table, avant de hocher la tête.

— Tu as déjà surmonté beaucoup d'épreuves ces dernières années, tu satures et je le comprends, petite chérie. De plus, je te trouve très mature d'avouer que tu n'es pas prête. Tu as plein de projets, ton mariage, l'université, ta vie avec Jamy. Tu es jeune et tu souhaites profiter de tout ça, c'est une réaction saine. Alors oui, je suis d'accord pour assumer cette fonction si tu le désires.

— Merci, dis-je avec un soulagement non feint.

— Parfait, dans ce cas, c'est réglé ! annonça Giordano. Kylian, je t'expliquerai tout en temps voulu, les affaires en cours, ce genre de choses.

— Très bien, je ferai un rapport complet à Sarah à chaque fois de façon à ce qu'elle suive tous les dossiers.

— Ne rêve pas trop, marmonnai-je.

Le conseil prit fin et les uns allèrent chasser pendant que les autres reprirent leurs activités avant une nouvelle séance d'entraînement.

Sarah dormait profondément et James ne se gênait pas pour se régaler du spectacle. Elle avait l'air si fragile, étendue nue sur le lit. Sa princesse était donc la reine vampire. Il sourit, elle régnait déjà sur son cœur de toute façon.

Il se doutait que Sarah était bien plus qu'une sorcière, même s'il ne lui en avait jamais parlé directement. Cela remettait d'ailleurs les choses en perspective, au moins maintenant, plus de zones d'ombre sur ses origines. Elle connaissait l'exacte provenance de ses pouvoirs. Il avait lu de nombreux ouvrages sur les souverains de leur peuple. Il y était dit que si les rois étaient souvent des hommes de prestance, les femmes, elles, possédaient une beauté peu commune et qu'elles envoûtaient tous ceux qu'elles croisaient. Il était bien placé pour savoir que personne ne résisterait à Sarah et encore moins lorsqu'elle deviendrait l'une des leurs. Il l'imaginait sans peine, assise sur son trône, fière et belle à couper le souffle.

Du bruit dehors l'avertit qu'ils allaient avoir de la visite.

— Sarah, mon amour, réveille-toi, nous avons de la compagnie.

— Hum… j'arrive, râla-t-elle avant de refermer les yeux.

James sourit et s'habilla en une seconde, il sortit de la chambre lorsque des coups furent frappés à la porte. Il ouvrit et s'effaça pour laisser entrer sa jumelle et Celia.

— Coucou ! s'écria sa sœur.

— Chut ! Sarah dort ! lui intima-t-il.

— Pardon, elle est fatiguée, n'est-ce pas ?

— Oui, elle a besoin de souffler.

— Je dois avouer qu'elle est surprenante, dit Celia. Gwen nous avait parlé d'elle comme d'une force de la nature, mais je constate qu'elle n'a pas exagéré.

— Elle ne lâche pas prise facilement quand elle se fixe un objectif. Je voulais savoir si ma leçon de guitare tenait toujours, mais je repasserai plus tard, expliqua Lily.

— Pas la peine, je suis là, annonça alors la voix de Sarah.

— Tu devrais te reposer, mon trésor, lui conseilla James.

— Je dormirai mieux cette nuit, voilà tout. D'ailleurs, j'ai une surprise pour toi, ma Lily.

— Ah oui ? demanda-t-elle. Génial !

Lily adorait les surprises, peu importait de quoi il s'agissait. Le simple fait que l'on ait pensé à elle supplantait toujours la valeur du cadeau. À ses yeux, la gentillesse et l'attention comptaient plus que tous les trésors du monde.

— Attends-moi ici, je reviens, et ferme les yeux !

Lily obtempéra, affichant déjà un sourire radieux. Le jeune homme la surveilla pour qu'elle ne triche pas. Sa compagne réapparut enfin, un étui à guitare à la main.

— C'est bon, ma Lily, tu peux regarder.

Sa jumelle s'exécuta et resta bouche bée devant son présent.

— C'est pas vrai, murmura-t-elle.

— Si, tu te débrouilles très bien maintenant et il est temps que tu possèdes ton propre instrument, expliqua Sarah.

Lily se saisit de l'étui et l'ouvrit tout doucement, comme si elle manipulait la chose la plus précieuse qui soit. Cela fit sourire James malgré lui.

— Je l'ai fait personnaliser pour qu'elle te corresponde vraiment, ajouta Sarah.

La punkette extirpa de l'étui une guitare rose en son centre, qui se dégradait en mauve sur les bords.

— Sarah…, commença Lily, émerveillée.

— Il y a une inscription à l'intérieur, précisa la jeune fille.

Lily retourna l'instrument et lut à haute voix :

— « À ma grande sœur Lily. Merci de faire danser ma vie. Je t'aime. Sarah » souffla-t-elle, émue. Oh Sarah, si tu savais comme moi aussi je t'aime, petite sœur ! J'adore cette gratte, elle est absolument géniale !

— Je l'ai déjà accordée, il ne te reste plus qu'à jouer.

— Je vais surtout la montrer aux autres ! Mais quand l'as-tu achetée ?

— Moi aussi j'ai mes espions ! rétorqua Sarah en souriant.

— Merci, Jamy ! s'écria sa jumelle.

— De rien, je n'en reviens pas que Sarah soit parvenue à t'apprendre la musique ! Elle a réussi là où j'ai toujours échoué.

— C'est un excellent professeur, elle a beaucoup de patience et explique mieux que toi ! le taquina-t-elle. Tu viens, frangine ?

— D'accord, mais il va falloir vous déplacer à vitesse normale. Je ne me sens pas de vous courir après aujourd'hui.

— Je crois que je peux arranger ça, dit James en la prenant dans ses bras.

Les autres se trouvaient près du plan d'eau à discuter en profitant du soleil.

— Regardez ce que Sarah m'a offert ! piailla Lily en sautant partout.

— Nous verrions plus facilement si tu arrêtais de gesticuler, rétorqua Zach.

— Une guitare ! Sarah m'a offert ma première gratte ! s'écria-t-elle en exhibant devant elle son instrument.

— Waouh ! Elle est belle ! constata Stan.

— Elle l'a fait personnaliser spécialement pour moi ! Tiens, il y a une inscription à l'intérieur.

Stan lut et parut ému à son tour, puis il vint à leur rencontre. James reposa sa compagne à terre. Stan l'enlaça et souffla :

— Merci de la rendre si heureuse, je te revaudrai ça.

— Pas la peine, je ne désire rien en échange de ce que je ressens pour vous.

— Helena possédait un don pour la musique, elle chantait souvent le soir pour le reste de la communauté, expliqua le roi-vampire.

— Ah bon ? dit Sarah avec intérêt.

— Oui, elle en faisait avec tout ce qu'elle trouvait.

Sarah cueillit un brin d'herbe qu'elle plaça entre ses deux doigts avant de les porter à sa bouche. Elle commença à siffler une mélodie que James reconnut puisqu'il s'agissait de la leur. Quand elle eut terminé, elle regarda Giordano qui lui adressa un grand sourire.

— Elle serait vraiment très fière si elle te voyait.

— Quand j'étais petite, je prenais des casseroles pour faire des percussions, ou des verres. Je n'arrivais pas à dormir sans musique. Lorsque j'écoutais certains morceaux, j'apercevais James, cela suffisait à me rassurer et je m'endormais sans histoire. Je suis contente de découvrir de qui je tiens ces traits de caractère, ma mère affirmait que sans passé, nous n'avions pas d'avenir.

— Ta mère était sage, approuva Giordano.

— C'est dommage que tu ne l'aies pas connue, elle aurait adoré te rencontrer, ajouta Sarah avec tristesse.

James l'enlaça pour la consoler. Il savait qu'elle souffrait toujours autant de cette perte atroce, même si elle ne le disait pas. Il avait mis des années avant de se remettre de la mort de ses parents et encore aujourd'hui, son cœur se serrait lorsqu'il y songeait.

— Moi aussi j'aurais voulu faire sa connaissance, tu as hérité de son courage et de sa beauté, je suis fière de vous avoir comme descendantes. Je suis sûr qu'avec Helena, elles nous surveillent de là-haut et se réjouissent que nous nous soyons retrouvés.

Sarah se raidit alors dans ses bras, James contrôla ses yeux qui lui confirmèrent une vision. Heureusement que Lily était assise à côté d'elle, elle n'eut même pas le temps de souffrir que déjà les images transitèrent vers sa sœur.

— Que vois-tu, ma princesse ? demanda-t-il.
— Les Miller, répondit Lily à sa place.

Le cœur de Sarah battait bien plus vite qu'à l'accoutumée et cela inquiéta James.

— Que se passe-t-il, Lily ?
— L'ancien clan de Stan ne se trouve plus très loin, les Miller se préparent au combat. Cette nouvelle vague d'immortels perturbe Sarah. En détecter autant à la fois est très éprouvant pour elle. Calme-toi, ma puce, ajouta-t-elle à l'adresse de son amie.

Sarah se mit à saigner du nez abondamment, les deux chefs de clan intervinrent immédiatement. Si celui de Giordano attaquait, c'était le carnage assuré !

— Arrière ! crièrent-ils en entourant la jeune fille.

L'un des Italiens tenta d'approcher, James lui envoya une décharge. Il s'écroula sur le sol en sifflant de colère et en se tenant la tête. Prudents, les autres gardèrent leurs distances.

— Que se passe-t-il, Lily ? Pourquoi est-ce si long ?

Le rythme cardiaque de Sarah ne ralentissait pas et elle peinait à respirer.

— Elle capte simultanément les deux clans, il va falloir interrompre cette vision !
— Sarah, reviens ! supplia le jeune homme.

Elle ne réagit pas. Il eut beau lui essuyer le nez, elle continua de saigner encore et encore.

— Kylian ! hurla James.

Les chefs de clan se retournèrent et restèrent horrifiés. Lorsqu'elle ne criait pas, le phénomène ne devenait que plus impressionnant, lui semblait-il.

— Laisse-moi faire, Kylian, dit Giordano.

Il plaça la main sur le front de Sarah et ordonna :
— Dors maintenant.

James vit sa compagne s'affaisser comme une vulgaire poupée de son. Son cœur battait toujours, mais plus lentement, sa respiration s'était calmée, elle dormait profondément. Il la souleva dans ses bras et la porta jusqu'à la maison où il la déposa sur le canapé. Lily l'aida à la nettoyer et la changer pendant que leur père et Giordano obligeaient les autres à patienter dehors. Lily alla ensuite les chercher. Kylian se précipita pour ausculter sa fille.

— Elle va bien, je vais pouvoir la réveiller, expliqua Giordano.

— Attends, peut-être devrait-on la laisser se reposer ? Ses visions prennent de l'ampleur et je commence à craindre qu'elles ne provoquent des lésions graves.

— Ne t'inquiète pas pour elle. Cependant, il faudra la convaincre d'activer ses pouvoirs bientôt, cela la soulagera un peu le temps que James fasse le nécessaire.

Il posa de nouveau sa paume sur le front de Sarah et ordonna :

— Réveille-toi, *piccola principessa*.

Les paupières de Sarah papillonnèrent, puis elle ouvrit les yeux. Elle porta immédiatement les mains à ses tempes.

— La vache ! Pourquoi c'est toujours la tête qui trinque ? grogna-t-elle.

James sourit, sa petite tigresse allait bien.

— Heureusement que tu l'as dure ! la taquina Stan.

— Je file te chercher de l'aspirine, mon amour.

— Merci, le remercia-t-elle en se redressant.

— Qu'as-tu vu ? demanda Giordano.

— Un épisode de vampires, haine et trahison en direct. Je comprends que tu aies quitté ton ancien clan, Stan, et je compatis pour le temps que tu as passé avec eux.

— Merci, ma puce.

Elle pivota pour s'asseoir et s'expliquer.

— Ça devient n'importe quoi ! Les Miller espèrent voir Kylian mordre la poussière, Karl et Stephan veulent les jumeaux. Ils comptent tous récupérer les biens de papa, mais évidemment sans partager ! Ah, et j'oubliais, la blondasse aimerait bien remettre le couvert avec toi !

James la regarda, abasourdi. Comment s'appelait cette fille déjà ?

— Tu es fâchée ? demanda-t-il tout de même.

— Bien sûr que non, tu n'y es pour rien si tu es irrésistible, le taquina-t-elle.

— Cela ne m'étonne pas de Stephan, il a accumulé sa fortune en trahissant les clans dont il était l'allié, le mot honneur ne signifie rien pour lui, expliqua Stan avec un rictus de dégoût.

— Eh bien, il ne va pas tarder à l'apprendre, gronda Sarah. S'il touche un seul cheveu de Lily, je te jure qu'il ne vivra pas assez longtemps pour s'en vanter.

— Tiens, tiens, la petite princesse vampire souhaiterait-elle reprendre le flambeau par hasard ? s'amusa Giordano.

— Ne rêve pas. James a ses impulsions pour se protéger, elles sont plus puissantes grâce à mon sang. Il faut que je trouve un moyen de préserver Lily, les jumeaux sont la cible principale du clan de Stephan. Lily, tu veux bien que nous nous livrions à un test, toi et moi ?

— Bien sûr, quel genre ?

Elle sembla réfléchir intensément puis un sourire énigmatique s'afficha soudain sur son visage.

— Papa, grand-père, j'ai besoin d'une dérogation en urgence.

— Pourquoi ? interrogea Kylian.

— Un don du sang, expliqua-t-elle froidement.

— Pardon ?

— Tu as vu de quelle façon il agit sur James, il aura certainement le même effet sur Lily. Laisse-moi tenter le coup.

— Sûrement pas ! s'insurgea James.

— Beurk ! cracha Lily en grimaçant.

— Ce n'est pas une mauvaise idée, contra calmement Giordano.

— Non, mais et puis quoi encore ! s'emporta James. Sarah ne fait pas partie du menu de cette famille !

— Lily ne s'abreuvera pas à moi, je lui donnerai mon sang par transfusion ou le stockerai dans un thermos. Si c'est pour qu'elle ne risque rien pendant ce combat, il faut tout essayer, James. Tu ne pourras pas t'occuper de Henry, esquiver Karl et veiller sur ta sœur en même temps.

— S'il te plaît, implora Stan avec désespoir.

Le jeune homme ne savait plus à quel saint se vouer. Il regarda Lily qui semblait écœurée par la perspective de boire le sang de Sarah. Sarah qui paraissait déterminée à faire tout ce qui serait nécessaire pour protéger Lily, et Stan, mort de peur à l'idée qu'il arrive quoi que ce soit à sa compagne. Lui non plus ne supporterait pas de perdre sa jumelle et Sarah ne s'en relèverait pas.

— D'accord, d'accord ! céda-t-il.

— Bon, très bien, concéda Kylian, mais ce sera la seule et unique fois où nous aurons recours à ce genre de méthode.

— Promis ! jura Sarah.

— Nous allons monter dans mon bureau pour procéder au prélèvement.

Sarah fila donc chercher un thermos avant de suivre son père, un sourire satisfait sur les lèvres. Une fois de plus, elle avait atteint son but.

— Cette petite a un cœur noble, reprit Maria, elle doit vraiment adorer Lily pour accepter ce genre de chose.

— Elles ont correspondu pendant près d'un an par la pensée avant que Sarah ne vienne s'installer ici. Elles partagent un lien privilégié, expliqua Maggie.

— Je ne la remercierai jamais assez pour tout ce qu'elle fait pour Lily, souffla Stan. Je mourrais pour elle, s'il le fallait.

— C'est sûrement pour ça que tu deviendras son bras droit quand elle sera reine, déclara Giordano. Zach, lui, sera son conseiller en stratégie. Si elle aime ses sœurs, ses frères ne sont pas en reste.

— J'en ai conscience, concéda Stan. Combien de mortels donneraient leur essence vitale pour sauver l'un d'entre nous ?

— Aucun, intervint Lily. Sarah et moi nous aimons plus que vous ne pouvez l'imaginer. L'amour que mon jumeau éprouve pour elle déteint sur moi et vice versa. Nous nous comprenons sans avoir à parler, pourtant, je suis gênée de devoir boire son sang.

— Ne le sois pas, ma Lily, tu vas t'offrir ce soir ton meilleur repas depuis près de cent ans ! lança Sarah du haut des escaliers.

Elle descendit et tendit le thermos à Lily qui grimaça de nouveau.

— Ne fais pas cette tête, tu serais bien la seule à ne pas le trouver bon ! Et puis dis-toi que cela ne fera qu'une chose de plus que nous aurons partagée.

— S'il te plaît, mon cœur, souffla Stan.

— D'accord, capitula la punkette. Recule, Sarah, on ne sait jamais.

— Si ça peut te faire plaisir, répondit celle-ci en s'appuyant contre le mur de la cuisine avec un sourire moqueur.

Lily porta la bouteille à ses lèvres et commença à boire. Un grognement de satisfaction monta dans sa gorge et James détesta cela. Il savait que Lily ne ferait aucun mal à Sarah, cependant, l'idée qu'elle soit rabaissée à l'état d'un simple garde-manger lui donnait presque envie de hurler. Lui consommait son sang, bien entendu, mais pour des raisons bien différentes.

— Je t'avais bien dit qu'il était excellent, je possède un code génétique hors du commun ! s'amusa Sarah.

— Tu sembles bien le prendre, constata Celia. Lily pourrait éprouver l'envie de t'attaquer après ça.

— Lily ? Aucun risque ! Je ne compte même plus les fois où elle m'a changée pendant que je saignais. Elle sait aussi combien James serait malheureux s'il m'arrivait quoi que ce soit.

— J'ai honte…, souffla Lily qui avait fini.

La jeune fille se précipita sur elle et l'enlaça, James resta tout de même sur ses gardes.

— Honte ? Pourquoi ça ? Tu es un vampire, c'est dans ta nature, il n'y a aucune honte à avoir, ma Lily. Et puis tu ne voudrais pas me priver de ma demoiselle d'honneur, n'est-ce pas ?

Lily sourit et lui caressa la joue du bout des doigts.

— Non, j'attends ce jour depuis trop longtemps.

— Si nous vérifiions de quoi tu es capable à présent ?

— Allons-y ! dit Lily en passant son bras sous celui de sa sœur.

Une fois de plus, ils gagnèrent tous le terrain d'entraînement. Richard fut désigné pour affronter la punkette. Ils se tinrent face à face et tournèrent en rond en grognant et en montrant les dents. Sarah se serra contre James, il savait à quel point elle détestait les voir se battre. Richard se précipita sur Lily, mais elle se replia sur elle-même et l'envoya voler à l'autre bout de la propriété dans un boucan de tous les diables et sans aucun effort.

— Génial ! s'écria-t-elle. Jamais je ne me suis sentie aussi forte ! Les Miller vont prendre la rouste de leur vie !

Richard retenta l'expérience une, deux, trois fois, puis abandonna, comprenant que c'était inutile.

— Sarah avait donc raison, constata Zach.

— Elle a toujours raison, ajouta James en souriant.

— Dopée à la pure sorcière ! rigola Stan.

— Voilà un problème de plus éliminé, si c'est comme pour James, les visions de Lily vont devenir particulièrement claires maintenant, commenta Kylian.

— À qui le dis-tu ! Ils passent en revue les itinéraires pour nous attaquer, confirma celle-ci. C'est incroyable comme sensation, c'est...

— Envoûtant, compléta James.

— Ouais, exactement.

— Ravie que ça vous plaise ! sourit Sarah. Moi, tout ce que je vois, c'est que les risques sont diminués pour Lily. J'ai d'ailleurs une autre suggestion.

— Tu devrais peut-être arrêter les idées pour ce soir, petite chérie, avança Kylian.

— Moi, je pense qu'on devrait l'écouter. Jusque-là elle s'est très bien débrouillée, contra Zach.

— Normal, il s'agit de votre future reine, ajouta calmement Giordano.

Je lui jetai un regard en coin, mais ne relevai pas.

— Alors voilà, il pourrait être utile que nous fassions des réserves de mon sang. On ne sait jamais, si l'un d'entre vous était blessé il s'en remettrait beaucoup plus vite qu'avec celui d'un animal, non ?

— Nous pouvons toujours t'en prélever une poche ou deux, si nous n'en avons pas besoin, il pourra te servir un jour.

— Tu es vraiment prête à tout pour nous protéger, hein ? souffla James.

— Oui, vous êtes désormais ce que j'ai de plus cher au monde.

Kylian effectua le prélèvement et Sarah mangea en même temps pour éviter qu'elle ne se fatigue. James demeura avec elle ainsi que Lily et Stan.

— Comment tu te sens, petite sœur ? s'enquit Lily.

— Très bien, par contre j'ai une de ces faims ! Tu peux demander à Gwen s'il reste des mousses au chocolat ?

— Je m'en charge, annonça Stan en se levant.

Il quitta la pièce au pas de course.

— Stan va te vénérer jusqu'à la fin de tes jours pour ce que tu as fait ce soir ! s'esclaffa James.

— Ne te moque pas de lui, rétorqua la jeune fille. Moi je trouve touchant de constater à quel point il tient à Lily.

— C'est vrai que j'ai beaucoup de chance d'avoir Stan, il est adorable, commenta cette dernière.

Celui-ci revint justement avec deux desserts.

— J'ai ajouté de la chantilly, je sais que tu adores ça.

Les trois vampires observèrent la petite sorcière dévorer son repas avec bienveillance. Elle rayonnait, il était agréable de la voir comme ça.

— Eh bien, tu as l'air plus en forme que jamais ! lui dit la punkette.

— Maintenant que j'ai la certitude que tu seras suffisamment forte pour faire face aux Miller, je me sens beaucoup mieux. Je ne suis pas la seule d'ailleurs, regarde ton chéri.

Celui-ci semblait en effet beaucoup plus détendu que précédemment.

— Je plaide coupable ! Le fait que vous soyez la principale cible de mon ancien clan m'inquiétait beaucoup, je sais à quel point ils peuvent se montrer fourbes. Je cherchais moi aussi un moyen de vous préserver le plus possible, mais l'idée du sang de Sarah ne me serait jamais venu à l'esprit, j'en conviens. Je suis très touché de ton geste envers Lily.

— Je m'en fiche, j'en ai plein ! Lily est à la fois ma sœur, ma belle-sœur et ma meilleure amie. Elle tient trop de place dans ma vie pour que je laisse qui que ce soit lui faire du mal et puis, je n'étais pas certaine que ça marcherait.

— Avoue que c'était tout de même touchant de ta part de l'avoir proposé, ajouta James. Lily aurait très bien pu t'attaquer ensuite pour finir de s'abreuver.

— Mais non, s'il y a un vampire en qui j'ai confiance à ce sujet, c'est bien Lily.

— Moi j'ai trouvé ça bizarre comme expérience, commenta celle-ci en grimaçant.

— Pourtant tu devras recommencer, asséna Sarah l'air de rien.

James et sa jumelle la regardèrent sans comprendre.

— Pourquoi ? Je me sens suffisamment forte à présent.

— Deux précautions valent mieux qu'une, le jour du combat, tu avaleras l'une de ces poches, quant à James… je m'occuperai de James, dit-elle en souriant.

— Sarah…

— Pas de discussion ! S'il le faut, Stan te pincera le nez pour que tu t'exécutes !

— Ça, tu peux y compter ! s'écria celui-ci.

— Tu penses vraiment que c'est une bonne idée, princesse ? Je consomme ton sang parce que je suis ton compagnon et que du même coup il s'agit d'un geste d'amour, pas de survie, mais Lily, elle, risque de s'y habituer.

— Oui, nous restons des prédateurs, même si nous t'aimons, ajouta cette dernière.

— Vous avez fini de débiter des âneries plus grosses que vous ou vous en avez encore quelques-unes en réserve ? s'agaça Sarah en posant sa cuillère. Je vous l'ai dit, je ne vous forcerai jamais à vous soumettre, sauf si c'est la seule solution pour vous garder en vie, suis-je assez claire ?

Son regard noir reflétait une détermination inflexible. Pas la peine de lutter, une fois de plus, elle allait gagner.

Chapitre 13

Je déambulais dans la serre au milieu des affaires de ma mère, avec le spleen comme compagnon. Il me semblait avoir vieilli de plusieurs années en seulement quelques mois.

— Reine des vampires, hein ? Alors comme ça, c'est un truc génétique de s'encanailler avec eux, ricanai-je en étudiant un cliché d'elle. Tu m'as affirmé que j'étais née pour accomplir de grandes choses, sont-elles assez importantes à ton goût, maman ?

— Je ne crois pas qu'elle pensait au penchant des femmes de la famille pour les vampires en te parlant des tâches cruciales que tu devras réaliser, lança derrière moi la voix de Giordano.

— Bonjour, grand-père. Je regardais les photos, elle me manque tellement.

Il s'approcha et passa son bras par-dessus mes épaules.

— Je sais, petite fille, et je ne vais pas te mentir en te servant le refrain du temps qui apaisera ta peine. Les gens que nous avons aimés nous manquent toujours. On apprend simplement à vivre avec leur absence, parce que nous n'avons pas le choix et que la vie reprend ses droits.

Il observa la photographie puis sembla triste soudain.

— Est-ce que toutes mes petites possèdent ces yeux ? s'enquit-il.

— Oui, ma mère disait qu'il s'agissait de notre marque de fabrique, pourquoi ?

— Helena a donc un peu survécu à travers les générations. C'était ce que j'aimais le plus chez elle, tous ses sentiments et émotions se lisaient d'abord dans son regard. C'est valable pour toi également.

— Les yeux sont le miroir de l'âme, paraît-il.

— C'est vrai.

— Tu veux voir mes photos ?

— J'adorerais.

Nous nous installâmes sur un banc qui se trouvait là et consultâmes tous les albums en ma possession. Giordano s'intéressa, posa des questions, demanda des précisions et je fus heureuse de partager tout ça avec lui.

— Pourquoi ton père a-t-il mal réagi quand ta maman lui a révélé son secret ? S'il l'aimait, où était le problème ?

— Hum… Je l'ignore. Je n'ai jamais osé questionner ma mère directement, mais j'ai toujours pensé que les violences avaient commencé avant ma venue au monde. Elle m'a laissé une lettre où elle explique qu'il savait certainement pour ses dons avant qu'elle le lui avoue. Sa famille avait une dette ancienne envers les chasseurs de sorcière.

Giordano serra les dents, accusant le coup.

— Je vois, je vais m'occuper de ce petit détail. Et tu as eu droit au même traitement quand il s'en est rendu compte pour toi, poursuivit-il sur le ton de la conversation

— C'est ça. Ma mère n'a réagi qu'à partir du moment où mon géniteur a commencé à s'en prendre à moi. D'ailleurs, je n'ai jamais compris pourquoi elle a attendu si longtemps. Je ne lui ai jamais parlé de ce qu'il me faisait subir lorsqu'elle s'absentait, comme m'enfermer dans les placards par exemple. Le jour où il a levé la main sur moi, la donne a changé. Le soir même, nous prenions l'avion. Commençait alors notre vie de fugitives jusqu'à Chicago. Mes visions m'ont ensuite amenée ici.

— J'aime beaucoup James, il est brillant, gentil et bien élevé, mais si un jour il te fait du mal, préviens-moi. Je n'ai pas pu agir auparavant, mais plus personne ne te blessera impunément maintenant.

— Aucun risque, James est tout l'opposé de mon père. Il est le seul homme que j'ai laissé m'approcher et j'ai une totale confiance en lui.

— Pourtant j'ai cru comprendre que vous vous étiez déjà séparés.

Il prononça cette phrase l'air de rien, mais il me sembla qu'il avait été contrarié d'apprendre ce détail.

— C'est vrai, mais il n'est pas l'unique responsable de cette rupture. J'ai tendance à me montrer orgueilleuse et je n'avais pas l'habitude que l'on se préoccupe de moi. James, lui, se sentait perdu d'être attaché à quelqu'un à ce point. Je lui avais promis d'arrêter les runs et j'ai repris ma promesse. Il en a été blessé et, un mot en entraînant un autre, nous nous sommes dit des choses que nous ne pensions pas.

— Il faut que jeunesse se passe ! lança-t-il finalement. Sache tout de même qu'aujourd'hui, tu disposes d'un endroit où te réfugier en cas de besoin.

— Merci.

Il m'étreignit et je le laissai faire sans broncher. J'étais de plus en plus douée pour les relations sociales, ou du moins, me comportais-je moins sauvagement qu'auparavant. Tout dépendait de quel point de vue on se plaçait. J'aimais bien Giordano et même si je n'irais jamais vivre près de lui, cela avait quelque chose de rassurant de savoir que j'avais de nouvelles personnes sur qui compter, hormis les Drake.

— Je me suis permis de jeter un coup d'œil à ton grimoire, cela ne te dérange pas, n'est-ce pas ?

— Non, tu as eu raison, j'imagine qu'il t'est plus familier qu'à moi.

— Disons que j'ai connu les époques où certaines de ces langues étaient encore d'actualité ! s'esclaffa-t-il. Cela m'a fait un drôle d'effet de le revoir après toutes ces années.

— Tu peux le déchiffrer ?

— Pas entièrement, certains des dialectes qui le composent remontent à des siècles avant ma naissance et celle d'Helena. Je suppose qu'elle avait été formée à les utiliser, mais normalement tu n'auras pas besoin de tout ça quand tes pouvoirs seront activés. Le savoir du grimoire passera automatiquement en toi. Ce genre d'ouvrage servait le plus souvent à conserver les recettes de potions, les démons que l'on pouvait rencontrer, une sorte de journal de bord, si tu préfères.

J'allais rétorquer, mais il leva la main pour m'en dissuader.

— Attends, je sais que tu ne veux pas en entendre parler, mais tu devrais tout de même y réfléchir. Cela te permettra de supporter tes visions qui deviendront de plus en plus claires et vives avec le temps. Tu rencontreras souvent des immortels puisque tu seras leur prochaine souveraine. Quant aux chasseurs de sorcières, tes pouvoirs t'aideront à te défendre contre eux et à les détecter. Tu as beau te montrer brillante et futée, tu ne pourras pas toujours feinter pour protéger les tiens.

Évidemment, vu sous cet angle, la situation apparaissait très différente. Je me doutais aussi que ma réaction équivalait à reculer pour mieux sauter, même si j'avais la frousse, bientôt je n'aurais plus le choix.

— Je vais y réfléchir sérieusement, acceptai-je finalement.

— Bien. Nous n'avons jamais utilisé notre magie pour faire du mal à qui que ce soit, tu n'as pas à en avoir honte, au contraire.

— Je sais, seulement elle a considérablement compliqué ma vie. Maintenant, j'espère que tu seras là pour m'éclairer à ce sujet lorsque j'en aurai besoin. Après tout, une part de mon héritage vient de toi.

Un sourire éblouissant illumina son visage.

— Je serai fier de te former si tu me le demandes et de terminer ce que ta maman avait entrepris.

— Merci, grand-père.

Il tapa des mains et s'écria :

— J'adore ce mot ! Grand-père ! Je crois que je ne vais pas me lasser de sitôt de l'entendre ! Me ferais-tu plaisir ?

— Bien sûr !

— Me confierais-tu quelques clichés de toi ? Comme ça, lorsque je repartirai pour l'Italie, j'emporterai avec moi une petite partie de toi.

— Prends celles qui te plaisent.

Giordano passa en revue les différents albums. Il opta pour plusieurs photos de moi enfant, quelques-unes de maintenant, seule ou avec les Drake.

— Puis-je avoir celle-ci également ?

L'image nous représentait, ma mère et moi, à la fête foraine, quelques mois avant qu'elle ne me quitte. Elle avait toujours adoré ce genre d'endroit, paradoxalement, elle détestait les manèges. Je crois que ce qu'elle appréciait était la joie, l'ambiance festive et l'insouciance que l'on y trouvait. Comme s'il s'agissait d'une bulle de bonheur en dehors du quotidien.

— Je te l'offre de bon cœur, toi aussi tu m'en enverras de toi ?

— Avec joie, je ferai en sorte de les choisir dans différentes époques pour que tu puisses te forger une idée de ma vie et ainsi me connaître un peu mieux.

— Merci.

Lily fit soudain irruption dans la serre et nous rejoignit, mon téléphone à la main.

— Alors, vous partagez des secrets de famille ? s'amusa-t-elle.

— En quelque sorte, rétorqua Giordano sur le même ton.

— Sarah, ton portable n'arrête pas de sonner depuis tout à l'heure, c'est Sam. Jamy commence à ronger son frein, si tu vois ce que je veux dire.
— Oh, euh… Tu crois vraiment que je devrais répondre ? S'il se pointe et que vous devez partir vous battre, qu'est-ce que nous lui raconterons ?
— Sarah a raison, il est préférable de ne pas mêler des mortels à cette histoire.
— Eh bien, explique-lui que James et toi êtes en voyage euh… à Chicago ! Que tu devais régler des détails quant à l'héritage de ta mère par exemple.
— Bonne idée ! Lily, tu es vraiment géniale, je serais complètement perdue sans toi !

Mon téléphone se fit entendre de nouveau et je décrochai enfin.
— Allô ?
— Sarah, c'est Sam.
— Salut, Sam, comment vas-tu ?

Je m'en doutais, mais cela ne me coûtait rien de rester polie et avenante.
— Pourquoi avoir quitté la ville comme une voleuse ? attaqua-t-il.

Apparemment, lui n'était pas vraiment décidé à se montrer sympa.
— Je n'ai pas quitté la ville comme une voleuse ! Renseigne-toi et tu verras que je suis toujours inscrite au lycée de Black Diamond. J'ai eu quelques ennuis de santé, auxquels sont venus se greffer des problèmes de succession.

Il y eut un moment de silence, comme si Sam réfléchissait à la nouvelle.
— C'est vrai ? Tu comptes revenir ? interrogea-t-il, plein d'espoir.
— Évidemment ! Je passe encore quelques jours à Chicago, mais tout devrait être réglé rapidement maintenant.
— Mais ta maison n'est fermée que depuis quelques jours, ajouta-t-il, suspicieux.
— Et alors ? Mon séjour s'est prolongé et j'ai demandé à Lily de s'en occuper.

Nouveau blanc. J'espérais qu'il goberait mon mensonge sans trop de difficultés, sinon j'étais mal.
— Tu t'es installée avec lui, n'est-ce pas ? cracha-t-il enfin.

Je levai les yeux au ciel et soupirai, sa jalousie devenait franchement ridicule.
— Sam, par pitié, ne recommence pas. Et oui, je vis désormais avec James, mais c'était déjà le cas avant mon départ. Regarde la boîte aux lettres, tu te rendras compte que son nom est inscrit dessus.
— Ce type ne t'aime pas, Sarah. Il t'a ignorée et n'a refait surface que lorsque j'ai commencé à m'intéresser à toi. Il veut juste se prouver que tu retomberas dans ses bras à chaque fois. Pour lui, il ne s'agit que d'un jeu !
— Je pense sincèrement que tu te trompes, Sam. Si j'avais choisi de vivre une histoire avec toi et qu'il m'avait su heureuse, il se serait effacé. C'est toi qui compliques la situation, James était prêt à faire des efforts pour que toi et moi puissions rester amis.
— C'est faux ! Tu l'idéalises, tôt ou tard il se lassera et tu te retrouveras seule !

Je m'apprêtais à rétorquer, mais mon téléphone disparut comme par enchantement. Je levai les yeux et aperçus James.
— Tu permets, princesse ? demanda-t-il, la paume sur le portable.

Il affichait un sourire crispé, quant à son regard, il reflétait une colère noire.

— Vas-y.

Il mit le kit mains libres avant de reprendre.

— Sam ? James à l'appareil.

— C'est à Sarah que je veux parler, pas à toi !

— Je comprends bien et tu en auras tout le loisir pendant la réception que nous donnerons bientôt. Tu vois, je me montre beau joueur, je te laisserai même danser une fois ou deux avec elle, bien entendu tes mains devront rester en évidence, déclara-t-il d'une voix mielleuse.

— Quelle réception ?

— Celle que nous organiserons pour notre mariage, Sarah ne t'a pas dit ? Nous serions d'ailleurs très honorés par ta présence ce jour-là.

James jouait les perfides sur ce coup-là, mais je devais admettre que c'était la meilleure façon de mettre les points sur les i à Sam. C'était brutal, mais au moins cela avait le mérite d'être clair et net.

— Vous marier ? Tu plaisantes ?

— Pas le moins du monde ! Comme tu peux le constater, notre histoire est tout sauf une mascarade, je suis très sérieux. Je peux comprendre ta déception, mais elle a eu le choix et elle m'a choisi moi, alors fais preuve de fair-play et passe à autre chose.

— Va te faire foutre, Drake ! hurla Sam.

— Je n'affectionne pas particulièrement ce genre d'exercice. Cependant, je me ferai un plaisir d'embrasser Sarah pour toi, rétorqua celui-ci avec un grand sourire.

Il raccrocha et me rendit mon portable, satisfait.

— Je ne comprends plus Sam, pourquoi agit-il de cette façon ? Je lui ai pourtant bien expliqué que je ne l'aimais pas, alors pourquoi continue-t-il de penser que c'est toi qui m'empêches de le voir ?

— C'est plus facile pour son orgueil, déclara calmement Giordano. Vu la façon dont il parle, je commence à saisir pourquoi tu as perdu ton sang-froid, Jamy. Ce jeune homme est à la limite de la politesse et de la bienséance.

— Le jour où j'ai dérapé, il a carrément essayé d'embrasser Sarah de force ! Je n'en reviens pas qu'il ait le culot de te rappeler d'ailleurs !

— Oui, à contrecœur, j'avais décidé de couper les ponts, mais je crois que c'est mieux finalement. Dommage, j'apprécie Sam, il est gentil.

— Mouais, un brin suicidaire aussi, grogna James.

— Tu te rends compte que tu viens d'alimenter les cancans de ce patelin pour l'année à venir ! rétorquai-je. La nouvelle de notre union va se répandre comme une traînée de poudre.

— Je me fous de ce que les bonnes gens d'ici peuvent penser de nous ! Nous allons organiser le plus beau mariage que cette ville ait jamais vu et je compte profiter à fond de cette journée quoi qu'ils en disent !

Plus tard dans l'après-midi, j'étais assise sur le banc près du plan d'eau et regardais les autres s'entraîner une fois de plus. Le clan de Giordano formait les

Drake à leur technique de combat. J'essayais de mémoriser les mouvements, car d'ici quelques mois, ce serait mon tour d'apprendre ce genre de trucs. Une image s'imposa alors à moi, amenant son lot de douleur, de cris et de sang bien entendu. Giordano soumit de suite les deux clans, histoire d'éviter l'accident.

Les Miller et l'ancien clan de Stan se trouvaient dans la clairière où avait eu lieu ma formation, ils discutaient stratégie. Stephan souhaitait que l'affrontement se déroule là-bas, étant donné qu'il s'agissait du point le plus éloigné des habitations et qu'il comptait bien faire souffrir les jumeaux avant de les abattre. Ils tablaient sur le fait que Lily les verrait et que les Drake s'empresseraient de venir se jeter dans la gueule du loup. Ces crétins pensaient qu'Henry les empêchait d'être détectés pour le moment.

— Sarah, ma puce, décris-nous ta vision, demanda Kylian.

Je revins alors à moi et expliquai :

— Les mille et une tares, le combat est pour aujourd'hui. Lily, file faire ce que nous avions prévu, James, tu viens avec moi. Les autres, rentrez, nous vous rejoignions tout de suite.

Mon père m'étudia un instant puis ordonna :

— Très bien, tout le monde à la maison.

J'entraînai James vers le pavillon d'été, nous disposions de peu de temps. Une fois à l'intérieur, je lui offris ma gorge et soufflai :

— Vas-y, Jamy…

Son regard devint triste, il détourna la tête et serra les poings.

— Non, pas comme ça… pas comme si tu n'étais qu'une vulgaire proie, pas toi…

Pourquoi fallait-il toujours qu'il me donne du fil à retordre ? Je l'attrapai et l'attirai à moi. D'un geste brusque, j'écartai les pans de sa chemise, arrachant au passage tous les boutons. Il me regarda avec étonnement. J'enlevai mes vêtements à toute vitesse et déboutonnai son pantalon.

— Sarah ! dit-il, faussement outré.

— Ne fais pas le difficile, tu en as autant envie que moi.

Les autres patientaient dans le salon. Je compris en observant Lily qu'elle venait de se nourrir, ses joues étaient plus roses et ses yeux bien plus noirs. Stan me le confirma par un clin d'œil discret.

— Très bien, le combat aura lieu dans la clairière près des falaises, ils comptent sur les visions de Lily pour vous prévenir et vous y attirer. Cela ne devrait plus tarder, expliquai-je.

— Parfait, nous allons enfin en finir ! grogna Kylian. Si vous tenez Henry, ne l'achevez pas tout de suite, il revient à James.

— Entendu, approuvèrent les Italiens.

— Attention qu'il ne se dissimule pas et ne s'échappe. Sarah sera ici toute seule et je ne veux prendre aucun risque.

— Je saurai me défendre en vous attendant, affirmai-je. Si personne ne parle de moi, il ne se doutera pas que je suis vivante.

— Nos vêtements portent ton odeur, contra Zach.

Merde ! J'avais omis ce petit détail.

— Faites également attention à Stephan et à Karl, ils sont les champions des coups bas. S'ils feignent d'être blessés, ne vous y fiez surtout pas, expliqua Stan.

— Ne craignez rien, nous avons l'habitude, rétorqua calmement Giordano.

J'eus une vision et étrangement elle ne fut pas douloureuse, Lily ne s'approcha donc pas. Le clan de Stan avait prévu un piège, ils détenaient une amulette qui les protégeait des attaques de James. Non ! Il s'agissait de l'un des principaux atouts de ma famille.

Je pris alors une décision qui changerait toute ma vie et l'issue du combat aussi sûrement. En bien ou en mal, je n'avais plus le choix, si les Miller me voulaient et que cela pouvait sauver les miens, ils m'auraient. Ma mère comparait souvent l'existence à une partie de poker. Selon elle, il fallait se contenter des cartes que nous avions en mains et parfois tenter un énorme coup de bluff pour faire tourner sa chance.

— Qu'as-tu vu mon trésor ? demanda James.

— Rien, Sam fulmine tout seul, mentis-je sans vergogne.

Lily grogna soudain et montra les dents, tout le monde pivota vers elle.

— C'est le moment, dit-elle.

— Parfait, alors allons-y ! déclara Kylian.

James se planta devant moi et m'embrassa fougueusement. Je n'aimai pas ce baiser, il avait le goût du désespoir.

— Je serai de retour bientôt, souffla-t-il.

— Fais bien attention à toi, murmurai-je.

— Ne t'inquiète pas, toi tu restes là et tu t'enfermes à double tour, d'accord ?

— D'accord.

Ils quittèrent la maison et je montai à l'étage au pas de course. Je trouvai le grimoire ouvert sur le bureau de Kylian. Je n'aurais même pas besoin de chercher. Je le regardai une seconde en respirant profondément. On y était cette fois. J'apposai mes mains dessus et récitai :

— Moi, Sarah, enfant des Deux Lunes, souhaite qu'elles n'en forment plus qu'une. Je souhaite reprendre possession des pouvoirs oubliés au fil des générations, qu'ici et maintenant me reviennent les pouvoirs d'antan.

Une lumière d'un blanc éclatant inonda alors la pièce et un courant d'air caressa ma nuque, déclenchant mes frissons. Des voix se firent entendre tout autour de moi. Elles murmurèrent que j'étais l'enfant de la prophétie, qu'elles m'attendaient depuis longtemps et que le moment était venu. Je n'eus pas peur, je savais qu'elles appartenaient à mes ancêtres. Je m'élevai soudain au-dessus du sol avant de me mettre à tourner doucement sur moi-même. Une agréable chaleur m'enveloppa, je me sentis bien et étrangement forte. Mon esprit fut envahi d'un flux de savoir incroyable. Démons, chasseurs, sorts, tout s'imprima dans mon cerveau sans aucun effort. Le phénomène stoppa net et je regagnai la terre ferme. Je filai dans la chambre préparer le reste de mon plan. Cette fois, je mènerai la danse.

James et les siens traversaient la forêt à la vitesse de la lumière. Enfin, il allait mettre la main sur Henry. Il allait tuer ce malade de ses mains et y prendre un plaisir, certes malsain, mais libérateur. Sarah n'aurait plus à trembler ou à se cacher, ils pourraient tout recommencer à zéro. Le jeune homme avait conscience que ce combat serait d'une violence hors du commun, aucun des deux clans ne lâcherait prise avant que l'autre ne soit totalement éradiqué. Certains d'entre eux ne reviendraient peut-être pas.

Kylian leur fit signe de ralentir, tous obtempérèrent. Ils se rangèrent en ligne et entrèrent dans la clairière. L'ancien clan de Stan les attendait, accompagné des Miller. Henry se trouvait bien entendu derrière, comme le poltron et le traître qu'il était.

— Kylian, mon cher ! s'écria Dylan en les voyant émerger de la forêt.
— Dylan.
— Comment vas-tu depuis le temps ?

Dylan parlait sur le ton de la camaraderie, comme s'ils étaient de vieux amis qui ne s'étaient pas croisés depuis longtemps.

— Vous êtes sur notre territoire, déclara calmement Kylian, sans répondre à la première question.
— Oh ? Aucune importance de toute façon puisqu'il m'appartiendra de nouveau très bientôt. Alors, James, comment gères-tu la perte de ta petite sorcière ? Elle ne te manque pas trop ? ricana-t-il.

Même s'il savait Sarah vivante et en pleine santé, James ne put s'empêcher de feuler.

— Et toi, comment te sens-tu à la tête d'un clan de traîtres ?

Dylan parut d'abord surpris puis se ressaisit. Pas assez vite cependant pour que James et les siens ne s'aperçoivent qu'il était déstabilisé par cette remarque.

— Je vous trouve mal placés pour parler de trahison, rétorqua Karl. Mais aujourd'hui vous allez payer pour ça.
— Dans vos rêves ! lança Stan.
— Ne te tracasse pas, Stanislas, tu auras droit à ta part toi aussi, on ne me tourne pas le dos à moi ! ajouta Stephan.
— Oh là ! On dirait que tout le monde est à cran ! s'esclaffa joyeusement Dylan. Écoute, Kylian, je comprends que la mort de... comment déjà ? Ah oui, Sarah, t'ait contrarié, mais soyons honnêtes, une mortelle n'avait rien à faire avec des vampires ! Et si tu m'avais rendu ce qui m'appartenait, nous n'en serions pas arrivés à de telles extrémités.
— Ton frère va mourir pour s'en être pris à Sarah, déclara calmement Giordano. Et toi, pour avoir été le commanditaire de l'attaque.
— J'aimerais bien voir ça ! ricana Henry.
— Si ce n'est pas moi qui te tue, Dylan s'en chargera lui-même quand il apprendra ce qui s'est réellement passé, renchérit James.

Réalisant que sa trahison ne tarderait pas à être découverte, Henry se dissimula et tenta de s'enfuir vers la forêt. Il s'apprêtait à y pénétrer et leur échapper à jamais quand une salve d'énergie d'une force incroyable le renvoya au beau milieu des deux clans. À terre, il était manifestement sonné. Sarah émergea soudain d'entre les arbres, vêtue de sa tenue de soirée, les yeux noirs et les cheveux tirés en arrière, elle était encore plus belle que d'habitude. Il lui avait pourtant ordonné de rester à la maison et de l'attendre ! James ajusta sa vision et aperçut une petite flamme bleue dans son regard. Qu'est-ce que c'était que ça ? Qu'avait-elle fait ? Elle approcha, nonchalante, les mains dans les poches de sa veste.

— Alors, Henry, tu souhaites déjà nous quitter ? demanda-t-elle avec un sourire en coin. La fête ne fait pourtant que commencer et tu es l'invité d'honneur !

Quelque chose avait changé chez sa compagne, elle semblait plus forte, plus sûre d'elle. James ne savait pas si cela était dû à ses vêtements, mais il émanait d'elle une sensualité peu commune, presque provocante. Elle se tourna vers sa famille et traça un drôle de signe dans l'air avant de faire face à leurs ennemis. Ces derniers la contemplaient, abasourdis. Les uns se demandaient ce qu'une mortelle venait faire là, les autres comment elle pouvait encore être là. Heureusement, aucun n'avait bougé.

— *Posaljite vasé koljéna vampir* ! cria-t-elle soudain.

James voulut la rejoindre pour la protéger, mais il fut stoppé par une sorte de mur invisible. Les autres tombèrent à genoux, tête basse, Henry y compris.

— Elle a activé ses pouvoirs, souffla Giordano. Je plains les Miller.

— Comment ça ? interrogea Lily.

— Attends et regarde. Vengeance et sorcière égal du dégât dans l'air.

— Alors, Henry, tu n'es pas heureux de me voir ? Moi qui croyais t'avoir manqué !

Elle agissait comme si se retrouver au milieu de groupes de prédateurs prêts à s'affronter était la chose la plus naturelle du monde. James n'aimait pas beaucoup ça, il savait qu'une Sarah trop calme était une Sarah qui n'allait pas tarder à exploser.

— Qui est cette fille ? gronda Stephan qui semblait souffrir le martyre.

— Moi ? demanda-t-elle, un doigt sur sa poitrine. C'est vrai, excusez-moi, je n'ai pas pris la peine de me présenter. Sarah Strauss, sorcière de son état et accessoirement la future Madame Carter, pour celles que ça intéresse, termina-t-elle, perfide.

— Comment...

— Comment quoi ? Ah oui ! Ta fameuse amulette, un jouet pour les gosses ! ricana-t-elle avant de tendre la main vers lui. À moi !

Un pendentif apparut dans sa paume, elle l'observa sous toutes les coutures avant de le briser d'un coup de talon sur le sol. Un sifflement de rage répondit à ce geste, ce qui lui arracha un sourire.

— Voyons voir ce que nous avons là, dit-elle en commençant à tourner autour du clan des Miller. Hum... Pathétique ! Le cocu de service qui n'a toujours pas digéré de porter des cornes ! La femme adultère qui n'est retournée auprès de son mari que parce qu'elle s'était fait jeter ! Ah ! Ah ! Joli tableau ! Vous avez déjà entendu parler de conseillers conjugaux ?

La blonde lui lança un regard furibond et gronda :

— Ça, tu vas me le payer, sorcière !

La haine déformait le visage de la compagne de Karl.

— Silence ! Qui t'a autorisée à intervenir ? Oh je vois, c'est ça que tu cherches ? demanda Sarah en exhibant sa bague de fiançailles. James sait-il que tu as fouillé dans ses affaires pour la trouver à l'époque ? Tu as bêtement pensé qu'il te l'offrirait, n'est-ce pas ? Et quand tu t'es rendu compte que cela n'arriverait pas, tu as joué les repenties auprès de Karl. Très classe comme façon d'agir !

— James m'aimait !

Karl feula et Sarah partit d'un fou rire presque incontrôlable. Toute la famille la fixa sans y croire. Seul Giordano paraissait satisfait du comportement de sa petite fille. Les mains dans le dos, il souriait.

— James t'aimait ! Soyons sérieux, enfin ! James, mon cœur, comment s'appelle cette demoiselle ?

Le jeune homme la regarda avec des yeux ronds.

— Euh… Aucune idée, avoua-t-il.

— Tu vois, il ne se souvient même pas de ton prénom. À mon avis, ce n'est pas ta conversation qui l'intéressait à l'époque ! Et puis, il n'était pas le premier ni le dernier. Karl, tu devrais peut-être surveiller ta compagne, ou investir dans une lance à incendie !

James et sa famille se mirent à rire.

— Comment fais-tu pour nous soumettre ? grogna Stephan.

— Disons que je ne suis pas une sorcière comme les autres et que je n'appartiens pas à n'importe quelle lignée. Arrête de lutter, ce n'est que plus douloureux. De toute façon, je compte te tuer rien que pour avoir envisagé d'éliminer ma Lily.

Les yeux de Sarah devinrent encore plus noirs qu'à l'accoutumée, elle écumait presque.

— Ça va barder, prévint Giordano.

— Tout ça, c'est sa faute ! continua l'autre.

— Suffit ! ordonna Sarah.

Sa voix claqua comme un fouet, elle ressemblait plus que jamais à un fauve. Les vampires s'affaissèrent un peu plus en sifflant de douleur.

— Lily m'est très précieuse, et je n'aime pas que l'on s'en prenne à ce qui m'est précieux. Stan ne t'a tourné le dos que parce que ta façon de mener ton clan est injuste et sans discernement ! Tout ce qui t'intéressait était sa capacité à effacer les mémoires, jamais tu ne l'as regardé en tant que personne propre !

— Tu ne pourras pas toujours nous soumettre ! Je vais te faire ravaler ton venin, fais-moi confiance !

Sarah partit d'un nouvel accès de fou rire, mais cette fois le reste de la famille frissonna. Elle semblait féroce à présent presque… démoniaque.

— Justement si ! Mais peu importe, tu découvriras qui je suis en temps utile. Peut-être que je laisserai Stan s'occuper de toi, j'adore Stan, je ne te l'ai pas dit ? Qu'en penses-tu, petit frère ?

Elle gardait les yeux braqués sur leurs ennemis, signe de dominance absolue. James n'en revint pas. Giordano avait raison, Sarah était faite pour régner.

— Avec joie, grogna ce dernier.

— Alors, poursuivons avec Lena. Ah, Lena ! Tu pourras faire tout ce que tu veux, tu n'arriveras jamais à la cheville de Maggie. La classe n'est pas une chose qui s'apprend, ma chère, on l'a ou on ne l'a pas, et visiblement tu ne l'as pas ! Qu'est-ce que c'est que cet accoutrement ? Regarde Maggie, en simple jean, baskets, elle ressemble à une reine.

Lena siffla, mais ne releva pas, elle souffrait trop probablement.

— Viens ensuite Madame Demi-Cerveau…

De nouveau, l'hilarité parcourut le clan des Drake. Jamais ils ne s'étaient autant amusés pendant un affrontement !

— Alors comme ça, tu penses que Lily est timbrée ? C'est l'hôpital qui se fout de la charité, dis-moi.

— Tu m'étonnes ! renchérit Lily. Elle est tellement secouée que même son seul et unique neurone a préféré se tirer !

Sarah pencha la tête en arrière et rit de ce rire de gorge que James aimait tant.

— Approche, Melissa, ordonna Sarah.

Celle-ci obéit et rampa jusqu'aux pieds de Sarah qui la considéra avec un mépris non feint.

— Sais-tu exactement pourquoi nous sommes là aujourd'hui et pourquoi vous risquez tous de mourir ?

— Parce que Dylan veut la ville.

— Hum… Pas tout à fait, rétorqua Sarah en faisant la moue. Je crois que je vais devoir éclaircir certains points, retourne à ta place.

L'autre s'exécuta et Sarah avança vers Henry, toujours à quatre pattes au milieu des deux clans. Sa démarche était souple, elle était sublime, pourtant, quelque chose de dangereux émanait d'elle.

— Tu ne leur as rien dit, n'est-ce pas ? J'aurais dû me douter que tu n'aurais pas ce courage.

— Nous dire quoi ? demanda Dylan.

Sarah pivota vers lui et son visage exprima la fureur.

— Qu'est-ce que c'est que cette manie de me couper la parole ? S'il y a bien une chose que je déteste, c'est l'impolitesse !

Elle dessina un autre symbole dans l'air et Dylan se mit à hurler. James et les siens sursautèrent. Les Italiens, eux, gardèrent les mains dans le dos et observèrent la scène avec détachement.

— Elle est douée, constata Richard.

— Oui, elle apprend à une vitesse folle, ajouta Félipe.

— Elle n'a pas besoin d'apprendre, c'est ancré en elle, expliqua Giordano.

Sarah recommença l'opération et Dylan se calma.

— Vous ne parlerez que lorsque je vous en donnerai l'autorisation ! Suis-je assez claire ?

— Oui… gémirent les autres.

La jeune fille se tourna de nouveau vers son agresseur.

— Parfait ! À nous deux, Henry !

— Comment as-tu survécu ? Je t'ai quasiment arraché la gorge !

Elle haussa les épaules.

— Disons que mes facultés de sorcière, ajoutées aux diplômes de médecine de mon père, ont permis que je m'en sorte finalement sans trop de bobos. Autant te prévenir qu'il n'en sera pas de même pour toi.

— C'est certain, gronda James.

Henry le regarda avec horreur à présent qu'il comprenait ce qui allait lui arriver.

— Attends ! Je t'en supplie, Sarah ! On peut s'arranger, je suis désolé, je n'obéissais qu'aux ordres !

— Ah oui ? Et faire de moi ta compagne de force, passer tes journées à fantasmer à mon sujet, cela faisait partie des ordres aussi ?

Des grognements sinistres s'élevèrent de chez les Miller, Sarah se retourna et lança, faussement innocente :

— Vous n'étiez pas au courant ?

— Que veux-tu dire ? demanda Dylan.

— Tout bêtement qu'Henry m'a bien prise en chasse, mais pas pour les raisons que tu crois. Il comptait me transformer et quitter la ville pendant que ton clan et le mien s'étriperaient. Vous auriez pensé que les Drake avaient repéré Henry et l'avaient tué, alors que les Drake auraient supposé qu'il avait fait de même avec moi. Seulement vous m'avez sous-estimée et voilà le résultat.

— Tu es un traître ! hurla Dylan.

— Non ! Elle essaye de nous monter les uns contre les autres ! J'ai fait ce que tu m'as ordonné, Dylan !

Sarah refit alors ce drôle de signe devant les Drake et les libéra. James se précipita sur Henry. Il le saisit par le col pour le relever.

— Vas-y, répète que ma femme est une menteuse, juste comme ça, pour voir, grogna-t-il à seulement quelques centimètres de son visage.

— James ! Calme-toi, je te jure que j'ignorais qu'elle était ta compagne ! expliqua Henry en levant les mains en signe d'apaisement.

— Ah oui ? C'est pour ça que tu as affirmé que je ne l'aimais pas, qu'elle ne représentait qu'un intérêt pour mon clan, qu'un vulgaire jouet ? Tu n'as pas non plus senti mon odeur sur elle ?

— Je… euh…

James lui arracha l'index et le majeur droit, Henry se mit à brailler à pleins poumons.

— Eh bien, voilà ce qui s'appelle hurler comme un damné ! ironisa Sarah. Stan, je te laisse faire ce que tu jugeras nécessaire avec Stephan, en sachant qu'il compte revenir s'occuper de Lily prochainement.

Stan sauta sur son ancien mentor et le démembra en moins de temps qu'il n'en faut pour le dire. La rage avec laquelle il opéra choqua sa famille, comme s'ils avaient fini par oublier qui il était avant de les rejoindre. Sarah attendit qu'il s'éloigne puis envoya une boule de feu sur les restes de Stephan, les faisant s'embraser.

— Ça fait du bien ?
— Un bien fou ! Depuis le temps que ça me démangeait ! s'écria Stan.
— James, mon amour, n'achève pas Henry tout de suite, s'il te plaît.
— Tout ce que tu voudras, princesse.
— Alors, que vais-je faire des autres ? reprit-elle.

James regarda sa compagne tourner de nouveau autour du clan ennemi toujours soumis. Étrangement, plus elle se montrait violente, plus il la désirait.

— Comment fais-tu cela ? Aucune mortelle ne détient autant de pouvoirs !
— Parce que j'incarne ton pire cauchemar, Dylan. Tiens donc, Melissa, tu comptes me tuer ? Ce n'est pas très gentil, surtout que maintenant tu sais qu'Henry est le seul responsable de tout ce souk. Un face-à-face ? Hum… Pourquoi pas !

Incroyable, elle venait de déchiffrer les pensées de la blonde comme un simple livre ouvert ! Une fois de plus, les Drake n'en revinrent pas pendant que les Italiens, eux, semblaient de plus en plus satisfaits.

— Sarah, non ! s'écria Lily.
— Ne t'inquiète pas pour elle, Lily, admire la sorcière des Deux Lunes et la fille du phénix, déclara Giordano, toujours aussi calme.

Sarah libéra alors Melissa de son emprise et celle-ci se jeta sur elle.

— Sarah ! hurla James.

Mais la jeune fille activa la sphère de protection. Elle envoya une première impulsion et Melissa vola à travers la clairière.

— Ça secoue, hein ? s'enquit Lily, goguenarde.
— Ensuite ce sera ton tour, grogna Melissa.
— J'ai dit : pas Lily ! avertit Sarah avant de projeter une seconde onde de choc, bien plus forte que la première.

Melissa atterrit contre un énorme rocher qui explosa sous l'impact. Elle mit quelques secondes à se sortir des gravats. La femelle était paniquée, ses vêtements étaient déchirés, ses cheveux en bataille. Elle commençait à comprendre que Sarah n'était pas une sorcière ordinaire et que le face-à-face n'allait pas être si facile finalement.

— Tu as deux choix : soit tu te soumets, soit tu meurs, prévint Sarah.
— Plutôt crever ! cracha Melissa.
— Comme tu voudras. Lily, à toi !

D'un simple mouvement de la main, elle projeta Melissa aux pieds de Lily qui préféra un combat à l'ancienne tout compte fait.

— Tu as besoin de te défouler, ma chérie ? lança Sarah, amusée.
— Exactement, ton cadeau me donne des ailes ! rétorqua Lily avant d'arracher un membre à Melissa qui hurla de douleur.

Son bras atterrit aux pieds de Sarah qui fit la grimace.

— Beurk !

Mais sa sœur ne s'encombra pas de détails et fonça droit au but. Elle décapita Melissa d'un geste brusque puis elle balança la tête sur le brasier avant de reprendre sa place. Sarah retourna vers le groupe toujours à terre.

— Karl, lève-toi et viens ici.

L'autre s'exécuta en feulant, menaçant, malgré l'emprise de la jeune fille.

— Je vais essayer de me montrer la plus claire possible. James est à moi, il m'appartient. Si tu envisages de toucher, ne serait-ce qu'à un seul de ses cheveux, tu mourras dans de telles souffrances que ton petit esprit étriqué ne peut même pas imaginer.

— Tu crois que je tremble devant toi, sorcière ? Je vais t'infliger exactement le même outrage que James à ma femme et je le forcerai à y assister du début à la fin. Ensuite, je t'achèverai en t'arrachant la jugulaire !

— Vous manquez vraiment d'imagination ! Henry a voulu faire pareil et regarde le résultat ! s'amusa Sarah. Ne sois pas stupide et renonce tant que c'est encore envisageable.

— Libère-moi de ton emprise et tu verras. Il t'a fait grimper aux rideaux ? Je ferai cent fois mieux, tu rendras ton dernier soupir sans regret après ça.

James grogna et montra les dents.

— Tu ne bouges pas ! lui ordonna Kylian.

— C'est sans doute pour ça que ta compagne l'a supplié de l'accueillir dans son lit, tu te révèles tellement bon amant qu'elle doit compenser autrement ! Laisse-moi rire ! Tu préfères donc mourir, si je comprends bien ?

— Tu ne peux rien contre moi, ricana Karl.

— Tu es vraiment prêt à vérifier ton hypothèse ?

— Tu vas hurler de plaisir avant que ce ne soit de douleur !

— Je crains de devoir modifier quelque peu ton scénario et d'en redistribuer les rôles, rétorqua calmement Sarah.

Elle le libéra de son emprise et, comme Melissa, il se jeta sur elle. Sarah n'esquiva pas l'attaque, elle envoya une impulsion et lui arracha le bras gauche. Elle esquissa un sourire carnassier tandis que Karl hurlait en portant la main à son épaule.

— Désolée, mais notre petit cinq à sept n'aura pas lieu, je crois.

Elle recommença l'opération, mais en visant la tête cette fois. Karl tomba à terre, inerte.

— Bien joué, mon amour ! lança James avec fierté.

Il ne savait absolument pas comment elle avait réussi un exploit pareil, mais elle s'y était prise comme un chef !

— Au suivant !

Zach s'occupa du corps de Karl alors qu'elle s'approchait de sa compagne pour lui souffler :

— Tu étais malheureuse avec lui et tu as commis des écarts, je peux comprendre. Je te laisse donc le choix : soit tu oublies mon mari et disparais, soit tu rejoins Karl en enfer.

Cette dernière réfléchit un instant puis murmura :

— Merci de m'avoir débarrassée de lui, tu ne me reverras plus jamais, je te le promets.

— Bien, alors va-t'en.

L'autre ne se fit pas prier et quitta les lieux aussi rapidement que possible.

— C'est également valable pour vous, ajouta-t-elle à l'adresse du reste du clan de Stephan. Je n'ai rien contre vous, c'est entre nous et les Miller.

— Tu n'entendras jamais plus parler de nous. Nous ne savions pas ce qui s'était réellement passé, dit un petit blond. Nous n'avions pas d'autre possibilité que de suivre Stephan.

— Stan ?

— Tu peux lui faire confiance, il n'a qu'une parole.

— Très bien.

— Merci, Stanislas, nous sommes désolés pour tout ça. Maintenant que Stephan n'est plus là, nous allons essayer de vivre autrement.

— C'est difficile au début, mais ça vaut vraiment le coup, acquiesça Stan.

Ils partirent eux aussi et il ne resta plus que les Miller. La fête pouvait commencer !

— Parfait ! Nous sommes maintenant entre vieilles connaissances, c'est plus sympathique, non ? demanda la jeune fille, l'air de rien.

— Ouais, moins impersonnel, approuva Stan.

— Alors comme ça, Dylan, ce qui te branche c'est de voir mon père mordre la poussière ? interrogea Sarah, toujours sur le ton de la conversation.

— Il n'est pas ton père, rétorqua Dylan, bravache.

Elle s'approcha et lui balança un coup de pied en plein visage. Chose incroyable une fois de plus, elle lui fendit la lèvre !

— Si j'étais à ta place, j'éviterais de la contrarier, conseilla Giordano.

— Elle a tendance à être un peu nerveuse en ce moment, ajouta Lily.

Sarah esquissa un sourire, puis reprit :

— Je te propose un marché, Dylan, ton choix scellera ton sort, je te suggère donc de prendre le temps de la réflexion avant de répondre.

— Je ne passe pas de marché avec les sorcières.

— Dylan ! supplia Lena.

James jubilait, les rôles étaient inversés à présent, leurs ennemis tremblaient devant sa compagne.

— Oui, réfléchis, car si tu déclines ma proposition, Maggie s'occupera de Lena, et crois-moi, si la vengeance d'une blonde peut être terrible, celle d'une rouquine est bien pire.

Dylan resta silencieux quelques minutes, pesant le pour et le contre. Pendant ce temps, Maggie tournait comme un vautour autour de Lena pour lui mettre la pression.

— Je t'écoute, finit-il par concéder.

Sarah sourit, satisfaite.

— Voilà, soit tu vas poser un genou à terre devant mon père pour lui prêter allégeance, mais bien sûr je garde Henry. Après tout, il m'a mordue, chacun son tour comme on dit. Et puis James se fait un tel plaisir de l'achever de ses mains que je ne peux lui refuser cela, tu comprends ?

— Non…, gémit Henry.
— Ferme-la ! ordonna James en lui balançant une décharge dans le cerveau. L'autre s'écroula, les globes oculaires lui sortant presque des orbites.
— Soit nous vous éliminons tous, poursuivit la jeune fille.
— Tu me proposes l'humiliation éternelle ou la mort ? C'est lui qui nous a volé ce qui nous appartenait !
— Le revoilà parti avec son fichu patelin ! s'exclama Sarah en levant les yeux au ciel.
— Il te manipule ! Jamais un vampire n'intégrerait une mortelle à son clan sans raison valable !
— Attention, Dylan, ne me pousse pas à bout ! intervint Kylian.
— Ne nous tue pas ! supplia Lena.
Sarah se pencha vers elle, tel un chat prenant plaisir à jouer avec une souris avant de l'achever.
— Mais ça, ma chère, il fallait y penser avant de vous en prendre à ma famille. Assume tes responsabilités, c'est toi qui as fait venir Stephan et les autres. De plus, vous n'auriez pas hésité un instant si les rôles étaient inversés. Je me montre magnanime et je vous propose un deal des plus honnêtes, je trouve.
— Oui, tu fais preuve de mansuétude, mon trésor, approuva Giordano.
— Jamais ! Tu entends, jamais ! Je ne poserai genou à terre devant des anomalies !
Sarah soupira et haussa les épaules.
— Très bien, alors tu regarderas agoniser ta compagne comme James après l'attaque de Henry sur ton ordre. Sais-tu ce que l'on éprouve lorsque l'on voit souffrir la personne que l'on aime ? Que l'on se sent responsable de sa perte ? Maggie ?
La jolie rousse s'approcha de Lena et la gifla, l'envoyant voler à plusieurs mètres dans un bruit de tonnerre.
— As-tu envie de t'amuser comme Lily, ma chérie ?
— Oui, je préférerais, si cela ne te fait rien.
— Pas de problème, acquiesça Sarah.
Maggie se jeta sur Lena et un tout autre affrontement commença. Lena se montra bien plus combative que Melissa et rendit coup pour coup. Sarah s'assit par terre et observa le combat comme si elle assistait au spectacle le plus fascinant de sa vie. Lily vint la rejoindre et l'enlaça.
— Ça va, ma chérie ?
— Très bien, petite sœur, très bien.
— Tant mieux ! Que crois-tu que Maggie va lui arracher en premier ?
— Sûrement un bras, peut-être carrément une jambe. Ce serait marrant de voir Lena se battre à cloche-pied !
— Arrêtez ça ! cracha Dylan.
Sarah le regarda, surprise, comme si elle avait oublié sa présence. Elle se leva, se dirigea vers lui puis le saisit par les cheveux et gronda :
— Tu me donnes des ordres, vampire ?

378

La flamme bleue dans ses yeux brilla si fort que ses iris virèrent au bleu topaze.

— Je suis prêt à trouver un terrain d'entente !

Sarah se tourna vers Maggie.

— Arrête, ma belle ! Zach, aide-la, s'il te plaît.

— Pas de problème, ma puce, accepta-t-il en rejoignant la jolie rousse au pas de course pour maîtriser Lena.

— Alors, on parlemente ? Je n'ai pas toute la journée, j'ai un mariage à préparer, moi.

— D'accord, s'il s'agit d'un combat régulier. James contre Henry, moi, contre ton cher Kylian et Lena contre Maggie. Tu n'interviens pas. Si vous gagnez, je prêterai allégeance à ton père et vous n'entendrez plus parler de nous, mais si vous perdez, je reprends le contrôle de la ville et toi… tu épouses Henry.

— Jamais ! hurla James.

— Calme-toi, mon cœur, dit-elle.

Elle parut réfléchir intensément puis un sourire que James n'aima pas du tout se dessina sur son visage.

— Papa, quand penses-tu ? demanda-t-elle à Kylian.

— Je pense que jamais tu ne deviendras l'épouse de ce malade, que je vive ou que je meurs.

— Voilà qui est certain, approuva Giordano.

— Hum… D'accord, finit par accepter Sarah.

Elle alla rejoindre le reste du clan qui l'entoura, protecteur. Kylian, James et Maggie prirent place en position d'attaque. Sarah leva le sort qu'elle avait jeté et la bataille commença. Les assauts des uns et des autres furent d'une rare violence. Chacun étant bien décidé à sauver sa vie et à se venger. Les vampires bougeaient si vite qu'aucun humain n'aurait pu les voir, seuls les bruits de chocs qui ressemblaient à des coups de tonnerre confirmaient qu'un combat avait lieu. En contrebas, dans la vallée, la population devait songer qu'un orage arrivait.

Des membres atterrirent aux pieds de Lily et de Sarah. Elles les étudièrent, inquiètes, et constatèrent avec soulagement qu'il s'agissait d'un bras et d'une main de Lena. Stan s'en saisit et les jeta sur le bûcher. Le reste du corps de la blonde ne tarda pas à rejoindre les morceaux manquants. Maggie vint retrouver ses sœurs. L'odeur qui se dégageait du feu était pestilentielle à présent. Puis la bataille stoppa net, James et Kylian tenaient en respect les frères Miller. James jubilait, Henry allait crever ! Enfin !

— Tu as triché ! gronda Dylan à l'attention de Sarah. Tu m'as privé de mes pouvoirs !

Sarah esquissa un sourire carnassier.

— J'ai dit que je n'interviendrais pas lors du combat et c'est ce que j'ai fait. Je t'ai dépossédé de tes pouvoirs avant. Rassure-toi, tu les retrouveras d'ici quelques heures.

— D'accord, je me rends, souffla Dylan, vaincu.

Il s'agenouilla devant Kylian qui le regarda avec mépris.

— Répète après moi, Dylan ! ordonna Sarah. Moi, Dylan Miller.

L'autre lui lança un regard mauvais, mais n'était pas en position de discuter cette fois.

— Moi Dylan Miller.

— Me soumets devant le grand Kylian Drake.

— Me soumets devant le grand Kylian Drake.

— Je lui prête allégeance et reconnais sa supériorité.

— Je lui prête allégeance et reconnais… sa supériorité.

Les derniers mots franchirent tout de même ses lèvres avec difficulté.

— Ça suffira, convint Sarah.

Elle cacha mal sa satisfaction et sa jubilation de voir Dylan à terre. Cette réaction amusa James malgré lui, elle était vraiment la pire des tigresses !

— Que je n'entende plus jamais parler de toi, prévint Kylian. Et si jamais tu t'approches encore de ma famille, je te tuerai sans prendre la peine de parlementer, ma fille est magnanime, moi pas !

Dylan s'enfuit à toutes jambes et disparut dans la forêt, ne se souciant pas le moins du monde du sort de Henry.

— Alors, Henry, toujours envie de convoler avec ma femme ? susurra James.

Le jeune homme afficha un sourire carnassier, il claqua des dents à quelques centimètres de l'oreille de Henry, faisant paniquer celui-ci.

— James, je t'en conjure !

James le balança à terre sans ménagement.

— Ne me supplie pas tout de suite, cela risque de prendre un peu de temps avant que je ne t'achève. Sarah a eu droit à un aperçu de tes fantasmes, tu vas pouvoir profiter des miens !

Il joignit le geste à la parole et arracha la main déjà mutilée de Henry. L'autre beugla de nouveau, mais au lieu de l'attendrir, cela ne participa qu'à attiser la haine de James à son encontre.

— Sarah m'appartient ! Comment as-tu osé t'abreuver à elle ? interrogea-t-il avant de le frapper sauvagement. Tu l'as traitée comme une vulgaire proie ! Tu as goûté à son essence ! Tu as aimé ça, dis-moi ?

L'autre haletait sous la violence des chocs, mais restait silencieux.

— Réponds !

— Oui…

— Oui quoi ?

— Oui, j'ai adoré ça !

James le saisit par le col de sa veste et approcha son visage du sien.

— Elle t'a supplié ? Est-ce que tu l'as forcée à t'implorer ?

— Non…

— Mais tu l'as souhaité ? Tu as fantasmé cent fois sur ce moment, n'est-ce pas ? Tes dents perçant sa chair, son sang envahissant ta bouche, le goût qu'il pouvait avoir, tu t'es imaginé avec elle, hein ?

— Oui…

James lui asséna une volée de coups supplémentaire, cette fois, Henry perdit un bras. Ses cris étaient assourdissants à présent.

— Elle m'appartient, corps et âme ! Tu m'entends ?

— Je suis désolé ! Pardon !

James l'attrapa par les cheveux et le tira en arrière.

— Pardon ? Parce que tu crois qu'il va suffire que tu présentes des excuses ? Tu as touché à la chose qui m'est la plus précieuse en ce bas monde. Tu as fait couler ses larmes et son sang, tu as failli lui ôter la vie, l'as poussée à douter de mes sentiments pour elle et tu te figures qu'un simple pardon va effacer tout le mal que tu lui as causé ?

James lui arracha un nouveau membre, il écumait de rage à présent. Henry, lui, hurlait sans discontinuer, tétanisé de peur et de douleur.

— Espèce de chien ! C'est ton truc, les vierges, hein ? Prendre de force ce que l'on se refuse à te donner ? Estime-toi heureux de ne pas avoir mis ton plan à exécution, parce que je t'aurais traqué sur tout ce foutu globe s'il avait fallu, et les douleurs que je t'inflige en ce moment n'auraient rien eu de comparable alors !

Sa famille le regardait comme si elle ne le reconnaissait plus. Ils s'attendaient à ce que James ne fasse pas de cadeau à Henry, mais ils ne pensaient pas qu'il y prendrait plaisir ou qu'il se montrerait capable de ce genre de violence. Sarah, elle, semblait reconnaissante, presque satisfaite ; voilà tout ce qui importait aux yeux de James.

— Donne-moi une seule bonne raison de t'épargner. Plaide ta cause, Henry, je suis curieux de savoir comment on peut se justifier d'un acte aussi abject ! De tout le clan de Kylian, j'étais celui que tu craignais le plus en cas de combat et tu avais vu juste. Tu n'as même pas idée de ce dont je serais capable par amour pour Sarah. Je l'ai cherchée cent trente ans, personne ne me la prendra !

— Termines-en, James, ordonna Kylian.

— Non, qu'il souffre autant que ma princesse par sa faute !

Kylian s'apprêtait à intervenir, mais Giordano l'arrêta d'un geste. Il désirait également que Sarah soit vengée au centuple de ce qu'elle avait subi.

— Pitié… pitié…, gémit Henry.

— Voilà ! Voilà ce que je voulais entendre, susurra James. Vas-y, Henry, continue ! Seulement, ce n'est pas moi que tu devras supplier, mais elle ! Implore-la de te laisser la vie sauve ou d'en finir, comme bon te semblera.

— Pitié ! Pitié, Sarah ! Je suis désolé !

Sarah s'approcha et fusilla Henry du regard. Les flammes dans ses yeux brillaient si fort à présent qu'elle ressemblait à un démon. Elle lui balança un coup de pied en plein visage.

— T'épargner ? Tu m'as fait endurer un calvaire, tu m'as humiliée, tu t'es abreuvé à moi ! Si je ne t'avais pas repoussé ce soir-là, tu me réservais bien pire encore. M'aurais-tu épargnée si je te l'avais demandé ? Non, bien sûr que non ! Mes supplications n'auraient fait que t'exciter davantage ! Mais tu sais quoi, Henry ? Je vais t'accorder une faveur et te confier mon secret. Après tout, cela ne changera rien que tu vives quelques minutes de plus ou de moins. Quand tu arriveras en enfer, salue le diable de la part… de la princesse vampire, lui murmura-t-elle à l'oreille.

— Non… souffla Henry, incrédule.
— Oh que si ! N'est-ce pas, grand-père ?
— En effet, *piccola principessa*, pour ma plus grande fierté, confirma Giordano.

Il laissa tomber le masque et, cette fois, son aura de monarque, d'un bleu éclatant, fut tout à fait visible pour tous les protagonistes présents. Henry ne hurlait plus, ni ne gémissait, saisi par cette incroyable vision. Certaines légendes affirmaient que des immortels étaient morts en la contemplant. Il semblait totalement halluciné à présent qu'il réalisait toute la portée de son geste et ses conséquences. Dans le fond, cela pouvait se comprendre, combien y avait-il de chances qu'il croise la seule et unique descendante du roi-vampire dans un patelin aussi paumé que Black Diamond ?

— Tu t'es trompé de proie. J'ai survécu et tu vas crever, si j'étais morte, tu aurais rendu le dernier soupir de façon plus atroce encore. Tu vois, finalement c'était ta destinée. Il paraît que tout est écrit d'avance, je commence à croire que c'est peut-être vrai.

Henry, poussé par la force du désespoir, essaya de la mordre tout de même, mais James lui arracha la tête avant qu'il n'y parvienne. Il la balança sur le tas fumant des restes de ses comparses, ainsi que son corps, puis se tourna vers Sarah.

— C'est fini, mon amour, toute cette histoire est terminée.

Elle se jeta dans ses bras, James comprit alors qu'elle avait eu peur tout le long de cet affrontement, mais avait juste fait en sorte de ne pas le montrer. Il allait épouser la reine vampire, mais aussi celle du bluff !

Quelque part au cœur de Rome, sous-sol du palais vampire.

Je regardai autour de moi, curieuse, l'immense pièce circulaire remplie du sol au plafond de registres. J'avais dû suivre tout un dédale de couloirs et d'escaliers s'enfonçant sous terre pour arriver dans ce lieu mythique où seuls le souverain, le clan premier et les membres du Grand Conseil avaient le droit d'entrer : Le Sanctuaire. Dans cet espace gigantesque et sombre, se trouvaient les archives du peuple vampire depuis que l'homme avait découvert l'écriture. Les Drake n'avaient pas eu l'autorisation de m'accompagner, mais le moment où je devrais leur faire visiter viendrait bien assez tôt de toute façon. Je souris malgré moi, non loin du palais se dressait le Vatican. Pendant que d'autres se promenaient dans ses jardins, espérant se tenir plus près de Dieu, moi, je m'apprêtais à conclure un pacte avec le Diable.

— Tu signes là et ici, expliqua Félipe.

J'obtempérai sous l'œil satisfait de Giordano. Il était inutile de nous chamailler sans arrêt à ce sujet, même si cela devait prendre plusieurs siècles, je finirais assise sur ce satané trône. James m'avait donc encouragée à faire contre mauvaise fortune bon cœur. Je ne serais pas encore reconnue comme la future souveraine, une cérémonie officielle aurait lieu pour cela, mais je déclarais être la descendante de Giordano. Un gage de sécurité selon mon grand-père, cette preuve écrite garantirait ma légitimité.

— Voilà, c'est parfait.

Il reprit le registre et alla le reposer sur son étagère. Je levai les yeux vers Giordano, il me fixait avec une telle fierté que j'eus du mal à garder mon sérieux. Depuis mon arrivée, il ne se lassait pas de passer du temps avec moi. Il m'avait fait visiter son palais, la ville, présentée à ses amis, sans cacher sa satisfaction lorsque quelqu'un soulignait la ressemblance étonnante que nous entretenions. Il se tourna vers son clan et les trois conseillers présents.

— La princesse-vampire ! tonna-t-il.

Un concert de feulement lui répondit. Pour la première fois, le peuple vampire se soumettait devant moi.

Chapitre 1

Gwen pénétra dans le garage et retint son souffle lorsque le pied de Stan toucha l'abdomen de Sarah. Celle-ci encaissa l'attaque en grimaçant, mais reprit immédiatement sa position de combat. Elle pivota sur elle-même et envoya à son tour un coup magistral qui atteignit Stan au visage. Celui-ci, nullement sonné, parut fort satisfait de son élève.

— Parfait, on continue ! enchaîna-t-il avant d'attaquer de nouveau.

Depuis que Sarah connaissait sa véritable nature ainsi que sa destinée, le clan s'évertuait à la former. Plus elle en saurait avant sa mutation, plus il lui serait facile de s'adapter à sa nouvelle condition. Elle était la future souveraine, elle devait apprendre à se défendre, à combattre. Cette pensée fit serrer les dents à Gwen. Son bébé, sa petite dernière, devrait un jour gouverner le peuple le plus redoutable qui puisse exister : les vampires.

Elle savait d'expérience que cette tâche se révélerait ardue. Sarah devrait s'endurcir si elle voulait relever ce défi. Gwen avait rejoint le monde des damnés depuis près de quatre siècles. Elle avait pris part à de nombreux combats, certains pour annexer des territoires, d'autres pour les préserver, d'autres encore complètement gratuits. Avant de devenir immortelle, elle détestait la violence. À ses yeux, il s'agissait du mode d'expression réservé à ceux qui n'avaient rien de pertinent à dire. Elle avait accepté cet aspect de l'immortalité par amour, comme sa fille s'apprêtait à le faire aujourd'hui. Gwen était fière de Sarah, elle apprenait vite, ne se décourageait jamais, une véritable battante. Cependant, son cœur de mère ne pouvait s'empêcher de se serrer à l'idée qu'il arrive malheur à l'un de ses enfants. Parce que peu importait ce que les autres pouvaient penser, Maggie, Lily, Stan, Zach, Jamy et Sarah étaient bel et bien ses petits. Avec Kylian, ils leur avaient enseigné qu'une autre façon de vivre était possible et que l'immortalité ne donnait en aucun cas le droit de mépriser l'humanité. Ils avaient fait en sorte de leur apporter une stabilité, une vie de famille.

Stan balaya les jambes de Sarah qui chuta lourdement sur le dos dans un bruit sourd.

— Ouille ! gémit-elle.

— Stan ! s'écria Gwen en se précipitant. Doucement enfin ! Sarah n'est pas encore des nôtres, fais attention !

Elle releva sa fille et vérifia qu'elle n'avait rien de cassé. Stan leva les yeux au ciel, exaspéré. Sarah devait apprendre à encaisser, physiquement et psychologiquement, humaine ou non !

— Ne profite pas de la présence de maman pour te relâcher, reprends ta position, ordonna-t-il.

— On ne pourrait pas s'accorder une pause ? Je n'en peux plus ! implora l'adolescente.

— Bien sûr que tu vas souffler un peu, intervint Gwen avec autorité. De toute façon, tu as reçu du courrier.

Vaincu, Stan lança une bouteille d'eau à sa sœur qui la rattrapa au vol. La jeune fille but une longue gorgée avant de saisir l'enveloppe tendue par sa mère. Elle la décacheta sans ménagement et commença à lire à haute voix :

— Mademoiselle Drake, au vu de vos résultats scolaires exemplaires, nous avons l'honneur ainsi que le plaisir de vous annoncer que…

Elle s'interrompit, les sourcils arqués par la surprise.

— Quoi ? la pressa, Gwen.

— De vous annoncer que vous êtes acceptée en Ivy League, acheva cette dernière, sidérée.

Le visage de Gwen s'éclaira d'un sourire éblouissant, alors que Stanislas attrapait Sarah pour la faire tournoyer.

— Bravo, frangine ! s'écria-t-il.

Il la reposa pour laisser leur mère la serrer contre elle.

— Bravo ! J'étais certaine que tu y parviendrais !

— J'ai réussi… J'ai réussi !

Elle s'élança vers la maison, ignorant la pluie battante qui se déversait des nuages noirs recouvrant la ville depuis près de trois jours.

— Papa ! Papa ! appela-t-elle en passant la porte, trempée comme une soupe.

Kylian apparut instantanément à l'appel de sa fille. Il ne cachait pas son plaisir d'avoir adopté plénièrement Sarah. Elle utilisait de faux papiers au nom de Drake, mais avait abandonné le patronyme de Martin pour celui de Strauss. Aux yeux du viking, il s'agissait de la plus belle preuve d'amour au monde. Sarah l'avait reconnu comme son véritable père, elle l'avait choisi, lui.

— Que t'arrive-t-il, ma chérie ?

— Regarde ! Je suis acceptée en Ivy League !

Elle secoua la feuille devant le nez de Kylian qui attrapa la missive avec ce calme olympien qui le caractérisait. Il lut à son tour le courrier et, comme Gwen précédemment, il serra la jeune fille dans ses bras.

— Bravo, ma grande ! la félicita-t-il.

— J'ai réussi !

Kylian connaissait la véritable source d'excitation de sa fille. Elle avait honoré la promesse la plus importante à ses yeux.

388

— Oui, je suis sûr que, là où elle évolue maintenant, ta maman est fière de toi.

— Qu'est-ce que j'entends, ma fiancée est acceptée en Ivy League ?

James se tenait dans l'encadrement de la porte du salon, le reste du clan derrière lui. À sa simple vue, le rythme cardiaque de la petite mortelle accéléra encore, ce qui arracha un sourire à Kylian. Sarah se jeta dans ses bras.

— J'ai réussi, Jamy, souffla-t-elle, des trémolos dans la voix.

James l'écarta de lui, prit son visage en coupe, puis essuya une larme échappée de ses yeux de jais.

— Oui, ma princesse, mais pas de chagrin aujourd'hui. Il s'agit d'un jour de fête. Gwen ?

— Oui ?

— Que dirais-tu d'ouvrir une bonne bouteille ?

— Et comment !

Assise aux pieds de James, je continuais de fixer, incrédule, le courrier annonciateur de ma réussite.

— Alors, tu as choisi une université ? interrogea Lily tout en refaisant la tresse de ses cheveux rose et noir.

— J'hésite encore.

— Prends ton temps, conseilla Zach. Il s'agit de ton premier cycle universitaire, ce n'est pas rien.

— On parle de l'université, pas de son mariage, contra Stan. Elle a l'éternité devant elle pour toutes les intégrer si cela lui chante.

Zach haussa les épaules avant de rétorquer :

— Toutes les premières fois sont importantes, immortelles ou pas, elles ne reviennent jamais.

— Je suis d'accord avec Zach, ajouta Lily. Moi, par exemple, je me souviens parfaitement de la première fois où je me suis rendue aux urnes. J'avais enfin voix au chapitre et cela m'a remplie de fierté, en tant que femme.

— Ma belle féministe, s'amusa Stan en lui embrassant le cou. De toute façon, je suppose que, quelle que soit l'université que choisira Sarah, nous suivrons les cours avec elle et James, je me trompe ?

Lily esquissa son sourire le plus espiègle et posa la tête sur mon épaule sans quitter son compagnon des yeux.

— Elle aura besoin d'être entourée pendant sa période d'adaptation.

— Merci, ma Lily, dis-je en déposant un baiser sur ses cheveux.

— De rien. Nous sommes tous passés par là. James et moi sommes bien placés pour savoir que seul, c'est mission impossible de se contrôler.

— Surtout dans une pièce close, saturée par les fragrances de corps jeunes et vigoureux, convint Maggie. Je me souviens encore de mon réveil de la mutation. Sans Kylian et Gwen, j'aurais éliminé la moitié des soldats en garnison dans le coin.

Maggie m'avait raconté sa transformation. En pleine guerre de Sécession, son père avait souhaité éloigner sa famille des affrontements tout proches. Ils avaient emballé quelques effets personnels, un peu de nourriture, mis le tout dans un chariot et tenté de fuir le plus loin possible. Ils n'avaient aucun parent, aucun point de chute. Ils cheminaient toute la journée, sous un soleil de plomb, ne s'arrêtant que le soir venu pour prendre un peu de repos.

Le père de Maggie n'était pas un érudit et n'avait pas d'opinion particulière sur l'esclavage. Pour lui, il n'existait que deux catégories de personnes : les riches et les pauvres. Le blanc de sa peau ne lui avait pas épargné les coups de fouet du maître, même si celui-ci était en réalité son géniteur. Le vieux avait disposé de sa mère comme d'un jouet, puis l'avait oubliée, elle et le bâtard qu'elle attendait. Il avait naïvement songé qu'il leur serait possible de tout recommencer ailleurs. Lui n'était pas un esclave, personne ne pouvait le forcer à rester. Sauf la variole.

Sa famille avait été décimée en seulement quelques jours. Maggie était la seule survivante de cet enfer. Survivante se révélait d'ailleurs un bien grand mot. La faucheuse s'apprêtait à remporter le combat quand Gwen et Kylian l'avaient trouvée alors qu'ils chassaient. Ce dernier répugnait à imposer leur sort à un autre être humain, mais dans un regain de lucidité, Maggie les avait suppliés de la sauver. Face aux adjurations de sa compagne et de la jeune fille, il avait cédé. Trois jours plus tard, la jolie rousse était devenue celle que je connaissais aujourd'hui. Le viking lui avait expliqué ses règles de conduite : pas de sang humain. Soit elle respectait ce concept, soit il la renverrait rejoindre sa famille au cimetière. Plus facile à dire qu'à faire lorsque l'on est un jeune vampire et que tout votre corps réclame sa dose d'hémoglobine comme celui d'un camé son fixe. Elle s'était accrochée, avait parfois failli, puis s'était finalement sevrée. Cependant, cela restait une lutte permanente, le combat ne serait jamais totalement gagné.

— Elle réussira, assura James. Je ne dis pas que ce sera simple, mais elle parviendra à se contrôler.

Lily poussa la porte du pavillon d'été avant de s'ébrouer. Il pleuvait des cordes depuis des jours et cela ne semblait pas vouloir cesser de sitôt. Jamy s'était absenté pour la journée, elle comptait donc bien profiter de sa meilleure amie sans avoir son jumeau sur le dos.

Son euphorie fut de courte durée. Sarah était étendue sur le canapé, un oreiller sur la tête. Un verre, posé sur la table, au fond duquel on distinguait des dépôts blancs, lui indiqua qu'elle venait de prendre une aspirine. Elle s'approcha et murmura :

— Eh, ma belle, tu as la migraine ?

Sarah ôta le coussin et plissa les yeux avant de répondre :

— Ouais. Additionne les révisions scolaires, celles du protocole vampire et de ses lois, mon entraînement physique et magique et tu obtiens le cocktail spécial mal de tronche.

Lily sourit, au moins Sarah n'avait pas perdu son sens de l'humour.

— Oh, ma pauvre chérie ! Je vais te préparer un café pour te remonter.

— Merci, dit-elle en se redressant pour s'asseoir en grimaçant.

Une fois sa tâche achevée, la punkette prit place à côté de Sarah sur le canapé. Cette dernière avala une gorgée de son nectar préféré puis esquissa un petit sourire de satisfaction.

— Tu devrais lever le pied, conseilla Lily en se plaçant derrière elle pour lui masser les tempes. Tu ne seras pas sacrée reine avant plusieurs siècles, tu as le temps.

Son amie ferma les yeux et poussa un soupir de soulagement avant de reprendre :

— Je sais, mais tu connais mon grand-père, il ne me lâchera pas avant d'être certain que je suis prête à prendre la relève. J'ai seulement signé les papiers attestant que j'appartiens bien à sa lignée. La cérémonie officielle de mon intronisation, en tant que princesse vampire, aura lieu à l'automne prochain. Je ne tiens pas à me ridiculiser devant toute la haute société vampirique le premier jour.

Lily soupira, Sarah avait raison. Les familles alliées ainsi que les membres du Grand Conseil allaient l'observer à la loupe. Ils chercheraient la faille chez la jeune fille et, si elle n'y prenait pas garde, certains la trouveraient.

La loi était simple : si le roi avait des descendants humains, l'un d'entre eux devait être converti et succéder à son aïeul. S'il n'en avait pas et que le monarque n'avait pas pris la précaution de nommer un successeur, c'est celui qui lui ôtait la vie qui accédait au trône.

Dans le cas présent, Sarah gouvernerait après son grand-père et, lui vivant, personne ne serait assez fou pour tenter quoi que ce soit contre elle, mais ensuite… Les vampires n'aimaient que deux choses : le sang et le pouvoir. La jeune fille devrait défendre sa couronne et prouver son autorité dès son entrée en fonction, plus ses sujets la craindraient et moins ils oseraient la défier.

— O.K., mais promets-moi de ne pas te surmener.

— Promis, sourit Sarah en levant la main droite pour prêter serment.

— Dis-moi, Giordano ne voulait pas que le mariage et la cérémonie aient lieu le même jour ? Il a changé d'avis ?

Sa belle-sœur soupira, se laissa tomber sur le côté et posa sa tête sur l'accoudoir. Les yeux fermés, elle expliqua :

— Nous avons eu un léger désaccord sur ce point.

— C'est-à-dire ?

— J'ai accepté ma nouvelle vie et ce qui en découle. Un beau matin, je deviendrai la reine vampire. J'ai même consenti à ne pas refiler le cadeau empoisonné à papa pour que le Conseil ne s'imagine pas que je prends mon rôle à la légère. À condition, bien sûr, que Giordano règne encore trois siècles, mais en ce qui concerne mon couple, hors de question que l'on décide pour moi ! Nous avions établi que notre union aurait lieu le deux juillet et ce sera le cas, un point c'est tout ! Je ne permettrai jamais que ma famille passe après mes obligations.

Lily saisit les jambes de Sarah et les posa sur ses propres genoux afin de lui masser les pieds. La jeune fille se laissa faire en souriant.

— C'est vrai que vous vouliez une cérémonie en petit comité. Entre nos amis, nos alliés et ceux de ton grand-père, vous avez déjà largement dépassé le terme de mariage en grande pompe. Il n'a pas dû apprécier que tu t'opposes à ses directives.

— Grand-mère arrondit les angles, expliqua-t-elle platement. En ce qui concerne la Couronne, c'est Giordano qui mène la danse, mais dès qu'il franchit la porte de ses appartements privés, Maria reprend la culotte.

Elle ouvrit les yeux et se tourna vers Lily. Lorsque leurs regards se croisèrent, elles éclatèrent de rire. Stan et Maggie choisirent ce moment pour entrer à leur tour.

— On rigole bien ici ! constata-t-il.

— On tentait d'imaginer les scènes de ménage entre Maria et Giordano, lui confia la punkette. Qu'est-ce que c'est ? s'enquit-elle en apercevant le carton que tenait son compagnon.

Celui-ci s'approcha et le posa sur la table basse.

— C'est pour Sarah, il vient d'Italie, précisa-t-il.

— J'en déduis que grand-père ne m'en veut pas, s'amusa la petite mortelle.

— Pourquoi t'en voudrait-il ? demanda la jolie rousse.

— Je t'expliquerai, regardons d'abord ce qu'il y a là-dedans.

La jeune fille se pencha sur le colis et tira d'un coup sec sur la bande de scotch. Elle ouvrit la boîte, se débarrassa des protections, puis extirpa une robe fourreau en lamé argenté. Elle haussa les sourcils, surprise.

— Elle est sublime ! s'émerveilla Maggie.

Sans cérémonie, Sarah la lui balança.

— Alors, fais-toi plaisir.

Elle sortit une autre tenue du carton, celle-ci était rose fuchsia. Les bretelles étaient brodées de petites perles de verre en forme de feuilles d'érable. Elle était longue et fendue sur le devant. Lorsqu'elle l'aperçut, Lily se dressa sur ses pieds comme si elle était montée sur ressorts.

— Oh mon Dieu ! s'écria-t-elle, les mains jointes.

Sarah lui jeta un coup d'œil amusé puis la robe subit le même sort que la précédente. Lily l'attrapa au vol et regarda sa meilleure amie, médusée.

— Tu plaisantes ? Tu sais combien valent ces fringues ?

— Aucune idée, mais tenez, voilà les chaussures assorties, rétorqua la jeune fille en déposant sur la table deux paires d'escarpins à talons hauts. Heureusement que nous faisons la même taille.

— Oui, vous n'auriez pas pu faire mieux même si vous l'aviez voulu, sourit Stan. Il n'y en a pas une seule qui te plaît ?

— Si, j'aime bien celle-là, convint Sarah en exhibant une robe de soie noire.

Elle était longue, près du corps, mais sans fioritures. Sobre et élégante.

— Elle est très jolie, concéda Maggie. La couleur te siéra à merveille.

Le colis contenait au total une douzaine de tenues de grands couturiers que Sarah partagea avec ses sœurs.

Chapitre 2

Je rabattis violemment l'écran de l'ordinateur portable après avoir tenté de me connecter à Internet pendant près d'une heure, en vain. La pluie devait avoir eu raison du réseau. J'étais d'une humeur massacrante. La cafetière était tombée en rade, mon postérieur arborait un énorme hématome après une chute dans la douche, une migraine à réveiller les morts vrillait mon crâne et, enfin, un clan d'insurgés, basé quelque part au sud du Mexique, polluait mes visions depuis mon réveil. Je me décidai donc à appeler le palais. Ce fut Félipe qui décrocha.

— Salut, c'est Sarah, mon grand-père traîne dans le coin ?
— Je vais le prévenir immédiatement que tu es en ligne. S'agit-il d'une urgence ?
— Il en décidera lui-même.
— Très bien.

Je patientai une seconde en pianotant sur le bureau, de plus en plus énervée.

— Sarah, bonjour, ma douce, que se passe-t-il ? demanda finalement Giordano.
— Sud du Mexique, clan de cinq membres environ, ils ont dans l'idée de convertir des enfants dans le but d'attirer plus facilement les mortels, énumérai-je, morose.
— Comment ça : cinq environ ? Tu n'es pas certaine du nombre ?
— Je vois toujours cinq vampires fixes, si je peux m'exprimer ainsi, mais il y a un tas d'allées et venues. Je ne pense pas qu'ils appartiennent tous au même clan. Celui qui nous intéresse s'est établi dans une propriété à quelques kilomètres de Villahermosa. La grille de l'entrée est surmontée d'une sorte de licorne ailée, un détail, mais qui peut aider.
— Très bien, j'envoie immédiatement une équipe. Je te remercie, ma chérie, tes pouvoirs me facilitent considérablement le travail ces temps-ci.
— De rien, s'ils permettent d'éviter des catastrophes, c'est déjà ça, ajoutai-je mollement.
— Qu'y a-t-il ? Tu n'as pas l'air bien.
— Le climat sûrement. Il pleut, encore.

Cependant, je savais que la météo n'était pas la seule responsable. Depuis quelques semaines, mon humeur allait en dents de scie. Je passais par des moments de grande excitation, puis retombais dans une sorte de léthargie dépressive. Lily avait exigé que l'on me laisse me reposer. Elle était persuadée que ce phénomène résultait de mon entraînement intensif de ces derniers mois. Peut-être avait-elle raison.

— Tu devrais venir prendre un peu le soleil ici, cela te ferait du bien.

— J'en parlerai à James.

— Parfait, alors je retourne travailler. Au moindre nouvel indice, tu me tiens au courant.

— Cela va de soi, au revoir, grand-père.

— Au revoir, ma puce.

Encore une facette de ma nouvelle vie, je jouais les Mata Hari pour le compte du roi-vampire. Je surveillais les clans qui lui paraissaient suspects à travers mes visions et de temps en temps, comme aujourd'hui, je découvrais les plans tordus et autres trahisons en cours. Cela me permettait également de m'entraîner à convoquer les images sur commande, comme ma mère. Je n'aimais pas particulièrement cela, mais n'avais pas vraiment le choix non plus. Tôt ou tard, et je comptais sur le fait que ce serait le plus tard possible, le trône me reviendrait. Il était donc de mon devoir de le défendre.

Je raccrochai puis restai plantée devant la fenêtre, fascinée par le ballet des gouttes d'eau sur les carreaux. De l'index, je suivis le cheminement de l'une d'elles. Peut-être les petites perles cristallines étaient-elles les larmes d'un géant ou d'un ange ? Qu'est-ce qui pouvait bien rendre l'une ou l'autre de ces créatures aussi triste ? Peut-être était-elle tombée amoureuse d'un humain, comme James de moi, mais que celui-ci ne se sentait pas prêt à recevoir et partager cet amour ? Une citation de Wilhem Reich me revint en mémoire : « Lorsqu'il n'y aura plus d'amants heureux, le ciel perdra sa couleur ». J'écartai un peu le rideau pour apercevoir la voûte céleste. La tringle se décrocha et atterrit sur le sol avec fracas, me sortant de ma torpeur.

— Merde ! jurai-je.

J'eus une seconde de battement pendant laquelle je contemplai le voilage à présent de guingois. Comment était-il tombé ? Que faisais-je là, plantée devant ma fenêtre comme une plante verte ? Peu importait, je remettrai tout en place plus tard.

Je gagnai l'entrée, enfilai mon manteau et sortis après avoir pris soin de mettre ma capuche. Je me dirigeai vers la maison au pas de course. *Bon sang ! Elle est glacée cette flotte !* Je m'apprêtais à monter les marches du perron lorsqu'une vision stoppa mon élan.

Sam, en compagnie d'une femme, plus âgée que lui, les cheveux aile de corbeau, presque bleus, elle l'enlaçait de façon étrange. Ses jambes enserraient Sam, les yeux fermés, la tête en arrière, elle maintenait ses doigts, terminés par de longues griffes noires, sur les tempes du garçon. Elle semblait prendre beaucoup de plaisir alors que lui ne paraissait ni s'apercevoir de l'étrangeté de la situation ni être effrayé par les répugnants appendices. J'aurais pu le laisser se débrouiller seul. Après tout, il m'avait fait savoir qu'il ne souhaitait plus entretenir le moindre lien avec moi, mais je ne pouvais m'y résoudre. Peu importait ce qu'il ressentait à mon égard, à mes yeux, il restait mon ami.

Sans même me rendre compte que je saignais du nez, je courus vers le garage. Je m'installai au volant de la Mustang, mis le contact et quittai la propriété sur les chapeaux de roue. Les cinq minutes qui me séparaient de chez Sam me semblèrent durer une éternité. Une fois à bon port, je ne pris pas la peine de frapper et montai directement au premier étage. Je savais qu'à cette heure, ses parents donnaient des cours de catéchisme aux plus jeunes, à l'église. Avec un peu de chance, ils ne seraient pas de retour avant au moins deux heures. J'enfonçai presque la porte de sa chambre et trouvai Sam sur son lit avec la femme aux cheveux de jais. Une lueur rouge les entourait et, si elle leva la tête, lui parut comme halluciné, n'ayant aucune conscience de ma présence. J'envoyai une impulsion sur la fille qui vola à travers la pièce pour aller s'assommer contre le mur. Sam sembla alors se réveiller d'une longue transe et me considéra, abasourdi.

— Qu'est-ce que tu fais chez moi ? s'écria-t-il, soudain agressif.

— Tout doux, je suis venu t'aider.

— Je ne t'ai rien demandé ! Casse-toi !

Je demeurai une seconde figée par le ton de sa voix. L'autre en profita pour se relever.

— Toi, tu restes là, ordonnai-je en dessinant un signe dans l'air du bout de mon index.

Elle était complètement nue, mais à la façon dont elle me jaugea, je compris que ce détail ne la dérangeait pas outre mesure. Quant aux griffes apparentes une seconde plus tôt, elles avaient disparu. La seule chose prouvant son appartenance à une quelconque famille démoniaque était le pentacle, marqué au fer rouge, sur sa hanche droite.

— Qui es-tu ? demanda-t-elle, surprise de ne plus pouvoir bouger.

Je tendis la main vers elle, la forçant à entrer en lévitation à près d'un mètre du sol. Sam sembla à nouveau halluciner.

— Mais qu'est-ce…, commença-t-il sans pouvoir terminer, figé de stupeur.

— Je m'appelle Sarah Drake, expliquai-je à la fille. Quant à toi, Sam, tu affirmais que tu accepterais tout de moi, nous allons découvrir aujourd'hui si tu disais vrai. Je suis une sorcière et tu te trouves sur mon territoire, ajoutai-je en me tournant à nouveau vers le démon.

— Mon frère va arriver et il te tuera ! Sale garce ! hurla-t-elle.

— Si tu le dis. Alors, Sam, que penses-tu de ça ? Je suis loin d'être celle que tu imaginais, hein ?

— Une… Une sorcière ? souffla-t-il.

— Oui, toujours fou d'amour ?

— Laisse-moi partir, satanée sorcière ! cria la fille.

— Sûrement pas !

— Et elle ? interrogea-t-il.

Je humai l'air et plissai le nez. Elle dégageait un parfum âcre qui me brûlait la gorge. Cette sensation était certainement due à ma nature de sorcière et de future reine vampire. Mon grand-père m'avait prévenue que nous n'aimions pas particulièrement les autres immortels.

— Vu l'odeur et la position compromettante dans laquelle je vous ai surpris, je pencherais pour un succube, je me trompe ? demandai-je de nouveau à la créature.

— Je n'ai rien à te dire ! En plus, tu pues le vampire !

— Les vampires sentent très bon, même s'il ne s'agit que d'artifice de prédateur, je te l'accorde.

Sam se leva d'un bond et je me rendis compte en rougissant qu'il était complètement nu lui aussi.

— Sorcière, vampire, succube, qu'est-ce que c'est que ce délire ? hurla-t-il. Et pourquoi es-tu couverte de sang, Sarah ?

Je pivotai légèrement vers la droite et rencontrai mon reflet dans le miroir de la penderie. Mon visage ainsi que mon pull étaient maculés de liquide rouge. Sans réfléchir, je portai la main à mes narines, tachant mes doigts cette fois. L'odeur désagréable qui me chatouillait les sinus n'était pas seulement due à l'invitée surprise. Il ne s'agissait plus d'un simple saignement, mais d'une hémorragie. Derrière moi, Sam avait largement dépassé le stade de la panique, il était terrifié. Sa pomme d'Adam s'agitait dans sa gorge comme une truite dans une épuisette. Si je ne réagissais pas rapidement, il allait ameuter toute la ville.

— Aurais-tu l'extrême gentillesse de te couvrir, s'il te plaît, lui dis-je sans répondre à sa question.

Il baissa les yeux, prit conscience de sa tenue puis attrapa sa couette pour cacher tant bien que mal sa nudité, rouge de honte. Cela me permit de reprendre une contenance. Je disposerais de tout le temps nécessaire ensuite pour m'interroger sur le retour des aspects négatifs de mes dons malgré l'activation de mes pouvoirs. Un problème après l'autre.

— Je peux t'emprunter ça ? demandai-je en indiquant son drap.

Il continua de me fixer, incapable de formuler une réponse cohérente. Au moins ne fus-je pas obligée de le faire taire, c'était déjà ça. Tout en portant le tissu à mon nez pour tenter d'arrêter l'afflux sanguin, j'attrapai mon portable pour contacter Stan. James paniquait trop vite lorsqu'il s'agissait de moi et je n'avais vraiment pas besoin de ce genre de réaction dans le cas présent. Ce qu'il me fallait, c'était du calme, du pragmatisme et éventuellement des fringues propres.

— Qui tu appelles ? s'affola la fille.

— C'est moi qui pose les questions ici, rétorquai-je.

À la seconde sonnerie, Stan décrocha.

— Sarah ? Mais où es-tu ? Il y a du sang dans l'allée et dans le garage et...

— Ramène-toi immédiatement avec papa chez Sam, nous avons de la visite.

— Comment ça ?

— Tu verras, et apporte-moi un pull, s'il te plaît.

— Quoi ? Mais, qu'est-ce que...

— Magne-toi, si je me fais griller ici, on est mal !

— On arrive !

Ils débarquèrent quelques secondes plus tard, suivis de James. Ils demeurèrent une seconde interdits en m'apercevant. Kylian garda son calme tandis que Stan prit le parti d'arrêter de respirer. Il m'avait expliqué qu'en cas d'urgence, il s'agissait encore du moyen le plus efficace de se contrôler.

— Sarah ! Qu'est-ce que…, commença James en se précipitant.

Depuis qu'il consommait mon sang lors de nos ébats, il ne réagissait plus aussi violemment à son odeur qu'à nos débuts. Sa fragrance l'excitait bien entendu, mais d'une tout autre manière. Cependant, vu les circonstances, il aurait été mal venu de céder à nos pulsions.

— Je vais bien. Je suis arrivée avant la catastrophe, ajoutai-je en indiquant l'invitée de Sam.

Lorsqu'ils découvrirent ce que je tenais sous mon emprise, les garçons restèrent stupéfaits. Heureusement, Sam était habillé de pied en cap maintenant. J'imaginai sans mal la tête de mon fiancé s'il l'avait surpris, complètement nu, dans la pièce avec moi. Son excitation aurait certainement pris un tout autre aspect.

— Tu es sûre que ça va aller, Sarah ? s'enquit Kylian.

J'opinai du chef et continuai de m'essuyer le nez d'une main tout en pinçant son arête de l'autre. Sans grand succès, il me faudrait de la glace. Ce drap ferait partie des preuves à faire disparaître.

— Que fais-tu ici ? grogna mon père à l'adresse de la créature.

— Kylian, j'ignorais qu'il s'agissait de ton territoire et qu'elle était ta fille. Sinon je ne l'aurais jamais menacée, tu le sais bien, susurra-t-elle, mielleuse.

Il feula, contrarié par ce dernier détail. *Eh bien ! Elle n'a pas inventé l'eau chaude la petite dame ! Cela dit, je doute que ce soit sa conversation qui intéresse ses clients.* Il marcha vers le succube, menaçant.

— Parce qu'en plus, tu t'es permis de la menacer ?

Nul doute que ces deux-là se connaissaient et qu'il ne l'appréciait pas beaucoup.

— Rien de bien méchant, je ne peux rien contre elle. J'ai seulement tenté de l'impressionner pour qu'elle me laisse partir.

— Nous réglerons ça plus tard. Stan, tu sais ce qu'il te reste à faire, ajouta-t-il.

Mon frère s'avança vers Sam qui recula, terrifié, mais je m'interposai :

— Non, attends. Sam et moi avons à parler, tu agiras ensuite si nécessaire.

— Tu plaisantes ? demanda James, interloqué. Tu ne peux pas prendre ce risque, Sarah !

— Tu as sans aucun doute raison, mais j'ai dit un jour qu'il serait mieux de lui avouer la vérité, nous allons en avoir le cœur net.

— Kylian, tu dois…, commença-t-il.

Le viking m'observa un moment puis reprit :

— Laisse-la, Jamy, cette conversation fait également partie de sa formation.

Il attrapa le succube par un bras, Stan par l'autre, puis ils quittèrent la maison. Avant de sortir, James darda un regard meurtrier sur Sam et gronda :

— Tu es prévenu, O'Neil, si tu la blesses ou si seulement tu la touches, je te tue !

Les yeux de Sam s'agrandirent de frayeur, qu'il ne souille pas son pantalon tenait du miracle. Pour dire vrai, et étant donné les circonstances, il encaissait plutôt bien. *Ou alors il est trop terrifié pour avoir une quelconque réaction. Ouais, c'est ça.*

— Calme-toi, personne ne te fera de mal, je te le jure. Je souhaite seulement discuter avec toi et t'expliquer les choses. Qui sait ? Peut-être qu'après ça, tu comprendras pourquoi je ne pouvais pas sortir avec toi et que tu consentiras à ce que nous redevenions amis ? Tu veux bien m'indiquer la salle de bain ?

Il me guida puis resta là, planté dans le couloir, les yeux hagards. Je me débarbouillai, me changeai et effaçai les traces de sang avec minutie. Lorsque je ressortis, il se tenait toujours dans la même position. Je lui saisis doucement le bras et le ramenai au rez-de-chaussée. Dans la cuisine, je fouillai pour trouver un sac poubelle dans lequel je fourrai mes vêtements et le drap ensanglantés. Sam sanglota :

— Tu es... une sorcière.

Je fis volte-face. Son visage était couvert de larmes, il semblait totalement bouleversé. Qui ne l'aurait pas été à sa place ? Son monde venait d'être ébranlé dans ses fondations, il lui faudrait du temps pour comprendre et accepter. Je m'approchai pour m'agenouiller devant lui, mais ne tentai pas de le toucher. Je ne tenais pas à déclencher une crise d'hystérie.

— Oui, mais je ne te veux aucun mal, crois-moi.

Il s'effondra, secoué de spasmes entrecoupés de gémissements désespérés. Quelque chose me disait que le convaincre n'allait pas être facile.

Chapitre 3

J'attendais patiemment que Sam digère ce que je venais de lui raconter. Il avait fini par se calmer, mais il semblait à présent épuisé. Je me demandais si c'étaient les informations que je lui avais délivrées d'une traite ou sa partie de jambes en l'air avec le succube qui l'avaient mis dans cet état. Sûrement un peu des deux.

— Alors, il ne s'agit pas de contes de fées, toutes ces créatures existent ? s'enquit-il finalement.

Assis sur le fauteuil en face de moi, il était penché en avant, les coudes sur les genoux, les mains jointes sous son menton. Il évitait soigneusement mon regard, comme si ce simple contact risquait de le brûler.

— Non, d'ailleurs je ne sais pas si je nommerais cela des contes de fées, répondis-je avec un sourire sans joie.

— Quand tu affirmes que tu es une sorcière, cela signifie que tu es capable de jeter des sorts et tout ça ?

— En effet.

Nouveau silence, l'expression « atmosphère lourde » prit tout son sens.

— La fille a dit que tu sentais le vampire, ils existent eux aussi ?

— Oui.

— Tu en connais ?

— Quelques-uns.

— Mais tu es humaine.

— Tout ce qu'il y a de plus humaine, oui, gloussai-je nerveusement.

— Ils ne t'ont pas tuée ?

Visiblement, le choc de tout à l'heure avait fait en sorte qu'il oublie certains détails, comme la réaction de mon père à la vue du succube. Je soupirai, déposai ma tasse sur la table basse, puis expliquai :

— Les vampires ne sont pas tous mauvais comme se plaisent à le raconter les films ou les livres. Tout comme moi, la plupart d'entre eux n'ont pas choisi leur condition.

Je ne pouvais pas lui avouer que les Drake en faisaient partie, je violais déjà l'une des règles les plus importantes en divulguant ma véritable nature. Si mon grand-père apprenait cela, j'aurais droit au savon du siècle !

— Et il y a longtemps que tu es… comme ça ?

Je commençais à voir la crainte et le dégoût s'installer dans son regard ainsi que sa légendaire compréhension fondre comme neige au soleil. Si le mensonge équivaut à un poison, la vérité ne se révèle pas toujours un antidote.

— Je suis née comme ça, Sam, je n'ai pas choisi, bien au contraire, ajoutai-je tristement.

— Tu ne peux rien faire pour ne plus être… *comme ça* ? continua-t-il. Enfin, je veux dire remédier à cet état de fait.

Cette remarque me blessa plus que je ne l'aurais avoué. Qu'imaginait-il au juste ? Qu'il suffisait de claquer des doigts pour devenir une autre personne ?

— Non, mes pouvoirs font partie de moi.

— Mais tu m'as expliqué que tu les avais activés, l'opération peut sans doute fonctionner dans le sens inverse.

— Pas dans mon cas. Je voyais déjà l'avenir avant leur activation, mais c'est compliqué, laisse tomber !

Son regard erra sur la pièce avant de se poser sur la baie vitrée, fixant un point imaginaire.

— L'année dernière, quand tu m'as dit que tu ne pourrais jamais changer, même si tu le désirais de tout ton cœur, c'était de cela qu'il s'agissait, n'est-ce pas ?

— Effectivement.

— Comment James l'a-t-il découvert ? demanda-t-il de but en blanc.

Je ne pouvais lui livrer qu'une version édulcorée de la vérité, ne serait-ce que pour sa sécurité. S'il l'ouvrait, même par mégarde, les nettoyeurs lui rendraient visite et ils ne se contenteraient pas d'effacer ses souvenirs…

— Quand je suis tombée amoureuse de lui, je n'ai pas pu me résoudre à lui mentir. Un soir, il est venu chez moi pour travailler sur un exposé et j'ai eu une vision. Jeff Mac et ses acolytes allaient débarquer, je n'ai pas eu d'autre choix que de le dire à James et du même coup lui avouer comment je l'avais su.

Sam garda le silence un moment, j'en fis autant. Je me dirigeai vers la fenêtre et regardai les gouttes de pluie glisser doucement sur la vitre. Le brusquer n'aurait fait qu'aggraver les choses de toute façon.

— Comment l'a-t-il pris ? demanda-t-il finalement.

— Très bien, mieux que je n'aurais pu l'imaginer. Pour lui, ma nature n'a aucune importance, je reste Sarah.

Sam poussa alors un profond soupir et je me tournai de nouveau vers lui. Il semblait dépité.

— Tu avais raison sur au moins un point, James te convient sûrement mieux que moi. Je suis très croyant et pour moi, ce que tu es, c'est…

— Mal ? le coupai-je avec amertume.

Il se redressa et planta son regard dans le mien.

— Tu es sûre qu'un prêtre ou un exorciste ne pourrait pas te débarrasser de tes pouvoirs ? Je pourrais te présenter le pasteur de ma paroisse si tu le souhaites. Je t'aiderai par tous les moyens.

Je partis alors d'un rire sans joie. Sam me regarda comme si j'étais possédée. Au fond, c'était exactement ce qu'il pensait, ce qu'on lui avait enseigné dans sa sacro-sainte église.

— Un prêtre ? Pourquoi pas un bon vieux bûcher en place publique pendant que nous y sommes ? Tu ne crois pas que si j'avais désiré te faire du mal, ce serait fait depuis longtemps ? Je t'ai sauvé la vie aujourd'hui, je te rappelle !

— Je t'en suis très reconnaissant, mais tu restes…

— Une anomalie ? Un être des ténèbres ? Une chose atroce et contre nature ? crachai-je durement. Tu as sans doute raison, voilà pourquoi je garde mes distances avec les gens, ta réaction me conforte dans le fait que c'est plus sage. Tu ne peux pas et tu ne veux pas comprendre !

— À quoi t'attendais-tu en m'annonçant que tu te baladais la nuit en chevauchant un balai ?

— Je croyais que ton soi-disant Dieu n'était qu'amour et pardon, je constate qu'on vous enseigne également qu'il peut se montrer sélectif dans ses absolutions, ajoutai-je, sarcastique. Pour ta gouverne, je ne chevauche pas de balai et ne possède pas non plus de chaudron ! Tout comme toi, j'ai été baptisée et communiée, je compte faire bénir mon union avec James par un prêtre ! Tu vois, les églises ne s'effondrent pas lorsque j'en passe le seuil.

— C'est une hérésie, souffla-t-il.

— Non, juste de l'hypocrisie, contrai-je.

Il se prit la tête dans les mains comme si toute la misère du monde venait de s'abattre sur lui.

— C'est pour ça que tu déménageais sans cesse ? Ta mère aussi était une sorcière ? Qui d'autre est au courant ? Marie le sait ?

— Cela fait beaucoup de questions, Monsieur O'Neil, me contentai-je de répondre.

Il se leva soudain et marcha sur moi. Ses yeux dégageaient quelque chose de menaçant. Prudente, je reculai d'un pas.

— Je te préviens, Sarah, à partir de maintenant, je t'interdis de t'approcher d'elle !

La colère monta en moi. J'avançai de nouveau, il me jaugea de toute sa hauteur, manifestement prêt à en découdre.

— Ah oui ? Sinon quoi ? Tu vas courir à l'évêché pour convoquer un nouveau tribunal de l'Inquisition ? ricanai-je. Je te rappelle que tu lui as tourné le dos, à ta chère Marie ! Ta prise de conscience vient un peu tard ! Et puis remets-toi un peu en question, tu tombes amoureux d'une sorcière et je te retrouve avec un succube dans ton lit. Pour des êtres répugnants, tu nous trouves plutôt à ton goût, on dirait !

— C'était avant de connaître la vérité ! se défendit-il. Vous m'avez manipulé !

Je posai un index accusateur sur son torse.

— La vérité ? La seule vérité, Sam, c'est que je suis comme toi ! J'ai un cœur qui bat, du sang qui coule dans mes veines, des sentiments ! Toi qui t'autoproclamais le prophète de la tolérance et de l'ouverture d'esprit, il n'y a pas si longtemps, qu'est-il advenu de tes beaux principes aujourd'hui ? Au final, tu ne vaux pas mieux que les autres, tu juges sans savoir de quoi tu parles ! Comme tous les ignorants, tu as peur de ce que tu ne connais pas !

— Avec tes pouvoirs, tu te crois au-dessus de Dieu ! Voilà pourquoi il est écrit dans la Bible : *« Tu ne laisseras point vivre la magicienne, car elle fait le mal ! »*

Cette réplique me fit l'effet d'une gifle, d'un coup de poignard en plein cœur atrocement douloureux. Je m'apprêtais à répondre lorsque la porte s'ouvrit à la volée sur un Stan que je ne reconnus pas. Ses yeux étaient noirs d'encre, ses lèvres retroussées, quant à ses dents, elles luisaient comme une rangée de diamants à cet instant. Sam sursauta, mais n'eut pas le temps d'esquisser le moindre geste que Stan était déjà sur lui. Il le souleva par le col de son t-shirt et le maintint plaqué au mur, à trente centimètres du sol, à la force d'un seul bras. Jamais je ne l'avais vu comme ça, même lors du combat de l'été précédent.

— Comment oses-tu t'adresser à ma petite sœur de cette façon ? gronda-t-il. Tu veux finir comme ton soi-disant prophète, cloué en croix ?

— Qu'est-ce que…, balbutia Sam.

— Oui, je suis un vampire, tu as quelque chose à redire à ça ?

— Alors James est aussi un…

— Aussi, confirmai-je.

Sam devint blanc comme un linge. Il devait se rendre compte à présent qu'il avait flirté avec la Faucheuse en me courant après.

— Calme-toi, dis-je à Stan en évitant tout geste brusque.

— Sarah est l'être le plus gentil qu'il m'ait été donné de rencontrer en plus de cent ans, qui es-tu toi, pauvre petit mortel sans envergure, pour la juger ? Que sais-tu de sa vie pour affirmer qu'elle est maléfique ou seulement mauvaise ?

— Vous êtes des démons ! rétorqua Sam qui s'était repris.

James avait raison, il devait entretenir des tendances suicidaires finalement. À sa place, toute personne saine d'esprit aurait fait profil bas… ou commencé à prier.

— Des démons ? Moi, sans aucun doute ! ricana mon frère. Je ne compte plus les cadavres que j'ai semés au cours de ma longue existence, mais Sarah, elle, tient certainement plus de l'ange. Elle a sauvé la vie de Lily et de tous les peigne-culs de ce patelin l'été dernier, tu le savais ça ? Pendant que tu te prélassais au bord du lac avec tes petits camarades, elle, elle se battait pour empêcher un clan de vampires de décimer la population de Black Diamond ! Après la façon dont l'avaient traitée les gens d'ici, beaucoup vous auraient laissés crever comme les rats que vous êtes, mais pas elle !

— C'est vrai ? demanda Sam en tournant la tête vers moi, hésitant.

— Oui. Je ne vous veux aucun mal, ni à toi ni aux autres, je désire seulement vivre en paix.

Il parut réfléchir une seconde.

— N'empêche, tu es une sorcière ! C'est le démon qui t'a créée pour écarter les hommes du droit chemin ! insista-t-il en se tortillant pour échapper à Stan.

Je baissai la tête, dépitée et blessée. À quoi bon essayer de lui faire entendre raison ? Les larmes commençaient à me picoter les yeux et mes mains tremblaient dangereusement. J'avais souhaité savoir et voilà, à présent je savais. Mon frère le claqua contre le mur, fissurant celui-ci, avant de feuler sa colère.

— Alors, écoute-moi bien, O'Neil, si tu t'adresses encore à elle sur ce ton, je peux te promettre que ce que ton cher curé t'a enseigné à notre sujet te paraîtra être de la rigolade à côté de ce que je te réserve ! Et tu as de la chance que les jumeaux ne soient pas là, parce qu'ils t'auraient fait regretter tes paroles !

— Ils sont là justement, gronda soudain Lily de façon sinistre.

James, Lily et Stan observaient Sarah qui était assise sur les marches du perron. Depuis qu'ils étaient rentrés de chez Sam, elle avait demandé à rester un peu seule. Elle faisait en sorte de rester forte, mais tous savaient à quel point la réaction de Sam l'avait touchée. Elle avait beau s'en défendre, elle n'avait que dix-huit ans et ressentait encore le besoin d'être acceptée des gosses de son âge.

— Ce débile l'a blessée, j'aurais dû le tuer ! s'écria Stan, hors de lui.

— C'était à prévoir. Non seulement ce n'est qu'un gamin, mais en plus sa famille fait partie des grenouilles de bénitier du patelin, à quoi vous attendiez-vous ? intervint Zach.

— Sarah a cru que si elle lui avouait la vérité, il lui ficherait la paix, expliqua James calmement. Elle voulait qu'il arrête de souffrir à cause d'elle.

— Il a carrément parlé d'exorciste et de démon ! continua Stan. Elle venait de lui sauver la vie et, lui, il l'insulte et la fait passer pour la chose la plus immonde de la création ! Ce n'est qu'un sale petit morveux ingrat !

— Les mortels ne sont pas encore prêts à nous accepter, ajouta Gwen, tristement. Qu'as-tu fait finalement, mon fils ?

— J'ai zappé sa mémoire, pardi ! Je ne tenais pas à ce qu'il aille lever une armée de paysans et qu'on les voie débarquer ici avec torches et fourches !

— Nous les aurions tués jusqu'au dernier si cela avait été le cas, grogna Lily.

— Voilà qui est certain, confirma James, froidement.

— Il vaut mieux éviter d'en arriver à de telles extrémités, l'armée de paysans me rappelle de mauvais souvenirs, grimaça Zach. Jusqu'à quel moment as-tu effacé sa mémoire ?

— À la sortie du lycée, avant qu'il ne rencontre l'aspirateur de vie. Kylian l'interroge toujours ?

— Oui, elle a dit à Sarah qu'un mâle l'accompagnait apparemment.

La porte s'ouvrit alors à la volée et un homme d'une trentaine d'années se retrouva dans l'entrée, face contre terre. Surpris, ils levèrent les yeux et aperçurent Sarah, appuyée contre le chambranle, les bras croisés, un sourire amusé flottant sur les lèvres.

— Voilà notre second invité, on dirait ! Tu cherches quelqu'un en particulier peut-être ? demanda-t-elle à l'incube.

Il se releva et l'observa, la tête penchée de côté.

— Hum… Non, ce que j'ai devant moi me convient parfaitement, tu es…

— Fiancée, gronda James.

L'autre se retourna et étudia la fratrie avant de reprendre avec nonchalance :

— J'aurais dû m'en douter, les plus jolies femmes sont toujours prises de toute façon. Alors, où est ma sœur ?

— Avec notre père, dit Sarah. Vous avez violé notre territoire et failli tuer l'un des membres de notre chère congrégation, ajouta-t-elle.

— Oh ! Nous ne savions pas qu'il s'agissait de votre territoire, susurra l'incube en essayant de la charmer.

Contre toute attente, celle-ci fronça le nez, comme si l'odeur de la créature la dérangeait.

— Tu sais que mentir est un vilain défaut, Alexander, tu perds ton temps en usant de cet argument, précisa Gwen.

L'homme fit volte-face, un sourire éclatant sur le visage.

— Gwen, ma chère ! Je ne t'avais pas vue ! Comment vas-tu depuis toutes ces années ? Tu es resplendissante !

— La flatterie ne marche pas non plus, vos facultés n'ont aucun pouvoir sur les vampires.

Le dénommé Alexander sourit de plus belle et déclara :

— Cela ne coûtait rien d'essayer !

— Avance ! ordonna la voix de Kylian du haut de l'escalier.

Le succube était maintenant vêtu décemment et se jeta dans les bras de son frère. Lorsqu'ils se touchèrent, James eut de sérieux doutes quant à leur lien de parenté. Lily dut songer à la même chose, car elle les considéra avec un dégoût non feint.

— Alors, tu as été prise en flagrant délit de gourmandise, Anastasia chérie ?

— Tout ça, c'est la faute de la sorcière ! couina celle-ci en montrant Sarah du doigt.

— Quoi qu'il se passe, c'est toujours la sorcière qui prend ! s'amusa cette dernière.

— Elle s'appelle Sarah, c'est ma fille et je te conseille de la traiter avec le respect qui lui est dû ! ordonna Kylian qui ne plaisantait pas le moins du monde, lui.

— Je suis désolé, Kylian. Nous nous rendions chez des amis dans le sud et elle s'est laissé aller, tu la connais !

— Justement ! Tu oublies que vous autres, succubes et incubes, n'avez en aucun cas le droit de chasser sur nos terres ! Vos énergies corrompent le sang humain !

— Mais vous ne touchez pas aux humains si j'ai bonne mémoire ? Et je constate que vous les adoptez même maintenant, insista l'autre, perfide.

Le viking enserra la gorge de Alexander avant de gronder :

— Peut-être, mais c'est la loi ! Si tu remets les pieds ici, je m'occuperai personnellement de votre sort à tous les deux, compris ?

— Parfaitement, nous sommes désolés pour la gêne occasionnée, Kylian, crois bien que cela ne se reproduira pas.

Ce dernier lâcha l'incube qui ne demanda pas son reste avant de quitter les lieux, sa sœur sur les talons. Il se retourna ensuite vers Sarah afin de la féliciter :

— Bien joué, ma fille, si tu ne les avais pas détectés à temps, ils auraient vidé la moitié de la population de son énergie vitale.

Elle prit place sur le canapé, rejointe immédiatement par James.

— Oui, il me semble que c'était leur présence qui me rendait morose, je me sens soudain beaucoup mieux, comme délestée d'un poids. Tu les connais ?

— C'est possible que le viol de notre territoire t'ait posé problème, cela arrive quelquefois, tes pouvoirs, sans doute, ajouta Kylian en s'asseyant dans son fauteuil attitré. Ces deux-là sont les pires pique-assiettes de la société surnaturelle, je suis même étonné qu'ils soient encore en vie ! Et ta petite entrevue avec Sam ?

Elle haussa les épaules, James lui embrassa la tempe.

— Disons que si je me doutais qu'il ne sauterait pas de joie, je ne m'attendais pas non plus à me faire proposer un exorcisme, expliqua-t-elle en baissant les yeux.

Kylian pinça les lèvres, mais fit son possible pour masquer sa contrariété. Cette conversation avait sans doute été éprouvante pour Sarah, mais elle lui avait aussi permis de comprendre qu'elle ne serait jamais tout à fait humaine. Elle devait accepter ce fait.

— Je vois, et toi, Stan ?

— Je vais bien. J'ai effacé sa mémoire, il ne se souviendra de rien de toute façon. Par contre, à la demande de Sarah, j'ai laissé le dégoût qu'elle lui inspire maintenant.

Kylian regarda sa fille et soupira profondément.

— Tu crois que cela suffira ? lui demanda-t-il.

— Oh que oui ! Pour lui, ma place est en enfer !

— Pourtant, tu lui as évité une mort certaine, il devrait t'être reconnaissant. Les mortels ont des réactions étranges parfois.

— J'aurai essayé au moins. Changeons de sujet si vous voulez bien.

— Oui, nous avons une fête à préparer ! lança Lily qui avait retrouvé sa gaieté habituelle.

— D'ailleurs, je n'ai pas encore reçu la commande de sang, constata Sarah, en fronçant les sourcils.

— Oh si ! C'est toi qui avais passé cette commande ? demanda Gwen, surprise. Elle est arrivée ce matin.

— Tu as acheté du sang ? interrogea James, abasourdi.

— Grand-père m'a donné une adresse, il connaît le patron à ce que j'ai cru comprendre. Et puis, c'est aussi l'anniversaire de Stan, il faut bien qu'il profite !

— Nous allons vérifier si tu sais ta leçon, s'amusa Kylian, pas le moins du monde troublé. Qu'as-tu commandé, ma chérie ?

— Eh bien, pour maman et toi, du loup. Pour Stan, Zach et Maggie, de la panthère noire et pour les jumeaux, du jaguar.

— Du jaguar ? répéta le jeune homme, incrédule.

— Oui, pourquoi ? Je me suis trompée ?

— Non ! J'adore le jaguar ! C'est juste qu'il est très difficile de s'en procurer.

— Ah ? Pourtant quand j'ai appelé de la part de grand-père, cela n'a posé aucun problème, expliqua-t-elle.

— Génial ! s'écria Lily. Il y a au moins… quoi ? Quinze ans ? Que je n'ai pas bu une goutte de sang de jaguar, hein, Jamy ?

— La dernière fois, nous étions en Afrique pour le mariage d'Hélène si ma mémoire est bonne.

— Exact.

— Le responsable m'a confié qu'il ne pouvait effectuer que de petits prélèvements à chaque fois parce que ce sont des félins très rapides et qu'il ne faut ni leur faire du mal ni les fatiguer, ajouta Sarah.

— Tu veux dire qu'en plus, il s'agira de sang d'animaux sauvages ?

— À ce que j'ai cru comprendre, peut-être devriez-vous goûter pour être sûrs.
— Alors là je suis d'accord ! Après cette journée, un petit verre sera le bienvenu ! lança gaiement Stan en se frottant les mains.

Ils avaient rejoint le pavillon d'été. James et ses frères discutaient pendant que les filles démêlaient les guirlandes de lampions pour la soirée du lendemain.
— Je dois avouer que Giordano a de très bonnes adresses en réserve, constata Zach en faisant tourner son sang dans son verre comme un œnologue avec un grand cru.
— Oui. Princesse, tu l'as mise de côté au moins ? demanda James.
— Bien sûr. Ils proposent toute une carte, c'est impressionnant !
— Ah bon ? Fais voir, réclama James, curieux.

Le sang provenait en réalité d'un institut possédant plusieurs réserves animalières partout dans le monde, Giordano devait faire partie des très éminents donateurs.
— Regarde ça, Lily, je pense que nous pourrions nous adresser à eux pour le mariage.

Sa sœur s'approcha et étudia la liste avec beaucoup d'intérêt.
— Ce serait l'idéal de tout commander chez le même fournisseur, concéda-t-elle.
— Pour le sang humain, grand-père s'en occupe, déclara Sarah sans quitter des yeux le nœud avec lequel elle se battait depuis un moment.

Tous restèrent abasourdis, mais elle n'eut pas l'air de s'en rendre compte.
— Euh… Parce qu'il y aura du sang humain ? demanda Stan.
— Oui, pourquoi ?
— Kylian est d'accord ? s'étonna Maggie.

Sarah leva enfin la tête de sa guirlande.
— Quoi ? Certains des invités ne boivent que ça, grand-père refuse de prendre le risque qu'ils chassent dans le coin, alors papa a donné son aval.
— Comme ça on ne sera pas contraints de jouer les services de sécurité ! lâcha Stan. On va pouvoir s'éclater !

James fut stupéfait, ce serait bien la première fois que Kylian transigerait sur sa règle absolue ! Sûrement la dernière aussi, d'ailleurs.
— Mais, du coup, tu n'invites aucun humain ? demanda Lily.
— Non.

La punkette s'approcha de sa meilleure amie et passa un bras autour de ses épaules.
— Pourquoi ça ? Kevin et sa femme sont gentils et ils t'aiment beaucoup.

Le regard de la jeune fille se voila légèrement, ce qui n'échappa pas à James.
— Parce que ce jour-là, je veux rester moi-même et ne pas devoir contrôler le moindre de mes faits et gestes. Je veux me promener dans le jardin, avec ma jolie robe, sans porter une écharpe pour cacher la marque de Jamy. Je désire que tout le monde sache à quel point nous nous aimons sans jouer la comédie de la normalité et surtout de l'humanité. Et puis, de toute façon, ils se rendraient compte que vous buvez du sang et non du vin, ils sont humains, pas débiles.

Lily esquissa une mimique laissant penser qu'elle approuvait.

— Tu as sans doute raison, cette journée sera la vôtre, profitez-en à fond.

Une fois au lit, Sarah se blottit tout contre James, il frissonna légèrement. Le contact de sa compagne le troublait comme au premier jour.

— Au fait, merci pour le sang, il s'agissait d'une bien jolie attention, mon amour.

— De rien, c'est normal. Tu me prépares bien le petit-déjeuner tous les matins, toi.

James ne put s'empêcher de rire, préparer des œufs frits et du café n'avait rien de comparable avec le fait de se procurer du sang ! Seule Sarah pouvait oser ce genre de comparaison !

— Quoi ? demanda-t-elle, surprise.

— Rien. Seulement, tu t'es si vite habituée à notre mode de vie que cela en est déstabilisant quelquefois.

— Oh ? Je t'aime et je désire te faire plaisir, voilà tout.

— Je le sais, mon cœur. Je souhaiterais tout de même que l'on discute des invitations pour le mariage.

— Je t'écoute.

— La réaction de Sam cet après-midi ne doit pas te pousser à t'éloigner des autres humains. Si tu veux inviter Kevin, vas-y. Maggie masquera mes marques avec du maquillage et nous ne consommerons du sang qu'après leur départ.

— Justement, je refuse d'avoir à me cacher, je suis fière de les porter ! Et je veux que ce jour soit synonyme de fête, pas de cachotterie ou de corvée. D'ici quelques mois, je ne pourrai plus les côtoyer de toute façon, alors, pourquoi reculer l'échéance ? Sam avait raison sur au moins un point, je ne dois pas approcher de trop près les Hommes. Ce sont eux qui sont dangereux pour moi.

James soupira profondément. Sarah n'avait pas tort, même si cette réalité était triste à pleurer. Les mortels ne pouvaient la comprendre et la peur poussait à commettre les pires atrocités.

Soudain, elle se figea, une vision, sans aucun doute. Un demi-sourire s'afficha sur son visage, ce n'était donc pas de mauvaises nouvelles.

— Qu'as-tu aperçu ? lui demanda-t-il.

— Une surprise, tu verras demain.

— Comment ça ? C'est ton anniversaire demain, les surprises te reviennent ce jour-là, s'amusa-t-il.

— Crois-moi, celle-ci vaut le détour.

Chapitre 4

Ce matin-là, la délicieuse odeur de la cuisine de Gwen embaumait toute la propriété. James m'avait souhaité mon anniversaire à sa façon et j'avais retrouvé toute ma bonne humeur. Contre toute attente, il faisait un temps magnifique malgré le froid. À peine eussé-je passé la porte du pavillon que mes frères et sœurs me sautèrent dessus.

— Joyeux anniversaire, Sarah !

— Merci ! Joyeux anniversaire, Stanny ! lançai-je à mon tour.

Mon grand frère et moi étions nés le même jour, à un peu plus d'un siècle d'intervalle. Ma famille avait souhaité mettre le mien en avant puisque j'en étais encore à un âge à deux chiffres, mais je trouvais cela injuste pour lui. Il adorait les fêtes, leur ambiance, les cadeaux, j'étais donc ravie de partager celle-ci avec lui.

— Merci, ma puce !

— Allez, viens, nous avons une surprise pour toi ! annonça Lily.

— Je croyais que la réception n'avait lieu que ce soir, m'étonnai-je.

— Oui, mais il s'agit d'un bonus !

— Tant mieux parce que moi aussi, j'ai quelque chose pour vous. Le facteur est déjà passé ?

— Non, un coursier. Pourquoi ? Tu attends un courrier important ?

— Tu verras bien.

— Je la cuisine depuis ce matin, mais elle refuse de me dire ce qu'elle manigance, ajouta James en m'enserrant la taille.

— Peu importe, pour l'instant, viens avec nous !

Je les suivis sagement, me demandant tout de même ce qu'ils pouvaient bien me réserver. Juste avant l'angle de la maison, ils m'ordonnèrent de fermer les yeux, je m'exécutai de bon cœur.

— Très bien, tu es prête ? s'enquit Lily.

— Oui.

— Tu peux regarder.

J'obtempérai et une joie immense m'envahit lorsque je découvris la cause de tant de mystère.

— Grand-père !

Je lui sautai au cou, ravie qu'il ait mis de côté ses affaires pour moi. Je savais que trouver du temps libre n'était pas chose facile lorsque l'on occupait une fonction comme la sienne.

— Tu es venu !

— Tu croyais sérieusement que j'allais rater ça ? À partir de maintenant, je ne manquerai pas un seul des moments importants de ta vie, nous avons déjà perdu trop de temps. Joyeux anniversaire !

— Je suis si contente ! Où sont les autres ?

— Ici ! lança la voix malicieuse de Celia qui sortait de la maison.

— Celia ! Grand-mère !

Je me précipitai vers elles, heureuse de retrouver les autres membres de ma famille.

— Joyeux anniversaire ! Mon trésor, comme tu es jolie ! s'émerveilla Maria en me serrant à son tour dans ses bras.

— Merci !

— Joyeux anniversaire, ma puce ! renchérit Gwen en nous rejoignant.

— Merci, maman.

— Allez, viens prendre ton petit-déjeuner, j'ai préparé un tas de choses rien que pour toi !

— Alors, ma chérie, que veux-tu faire aujourd'hui puisqu'il s'agit de ta journée ? me demanda Kylian.

— Aucune idée et c'est celle de Stanny aussi, pris-je le soin d'ajouter.

— Merci, mais mes dix-huit printemps sont bien loin ! s'esclaffa ce dernier.

Je posai ma tartine de confiture sur le comptoir et chassai quelques miettes éparpillées sur mon pantalon avant de reprendre :

— Peut-être, mais ce n'est pas une raison pour que mon anniversaire évince le tien. Et puis, les choses partagées sont toujours les meilleures. Au fait, Lily m'a avertie que le coursier était passé.

— Ah oui, il a déposé la grosse enveloppe qui est là, m'informa Gwen.

Je me levai et attrapai le pli sur le plan de travail, derrière moi. Il était énorme pour dire la vérité.

— Heureusement qu'ils devaient réduire la paperasse au minimum ! lançai-je, sarcastique.

— Qu'est-ce que c'est ? demanda mon père.

— Mon cadeau de mariage pour Jamy. En fait, il s'agit d'un présent commun pour lui et Lily.

— Pour moi ? Qu'est-ce que tu as encore été inventer ? ajouta-t-elle, soupçonneuse.

Je souris et m'approchai pour entourer ses épaules de mon bras.

— Tu te souviens m'avoir appris à me servir de mes visions pour suivre le cours de la Bourse ?

— Oui.

— Eh bien, j'ai réussi un très gros coup et j'ai aussitôt replacé l'argent dans une valeur sûre.

— Mais d'habitude, on n'offre pas de présent à sa belle-sœur lorsque l'on se marie.

— Nous ne formons pas une famille ordinaire, contrai-je à mon tour.

— Bon, allez, dis-nous ce que tu mijotes ! lança James qui n'en pouvait plus d'attendre.

Je lui tendis l'enveloppe et Lily s'approcha de lui pour voir elle aussi de quoi il s'agissait. Ils lurent et, au fur et à mesure que les documents les éclairaient sur mon cadeau, leur expression se modifia, la curiosité laissant place à l'ahurissement puis à l'émotion.

— Tu n'as pas fait ça ? balbutia James, la voix enrouée.

Lily enfouit son visage dans le giron de son frère comme si elle pleurait. Tout le monde se tourna vers moi, l'air interrogateur.

— Elle l'a fait... pour nous, murmura Lily.

Les jumeaux me fixèrent, les yeux pleins des larmes qu'ils ne pouvaient désormais plus verser.

— Merci, soufflèrent-ils en chœur.

— De rien, je me suis contentée de rendre à César ce qui appartient à César.

Ils s'approchèrent pour m'enlacer chacun leur tour, James me gratifia d'un long et tendre baiser.

— On peut savoir de quoi il retourne ? demanda Stan, les sourcils froncés.

Si la mutation de Stan l'avait fait ressembler à un quelconque animal, il s'agirait du chat. Lily le surnommait avec affection : sa petite commère. Ce dernier se montrait d'une curiosité maladive et détestait se retrouver à l'écart des secrets.

— Sarah a racheté la Roseraie d'Ali, souffla Lily, la voix rauque d'émotion.

— La maison de vos parents ? Mais je croyais qu'elle appartenait à la ville de New York qui refusait obstinément de la vendre.

— C'était le cas, confirma James. Ma princesse a réussi un miracle, on dirait.

— Elle a surtout signé le plus gros chèque de sa vie ! m'esclaffai-je. J'ai dû faire des pieds et des mains pour qu'ils me laissent les meubles aussi, ils souhaitaient les exposer au musée.

James et Lily me considérèrent comme si j'étais Dieu en personne.

— Tu veux dire que même le mobilier de notre enfance s'y trouve encore ? demanda James, incrédule.

— Oui. Lorsque vos oncles ont vendu la Roseraie à la ville, ils n'ont pas jugé bon de récupérer les meubles, les tableaux non plus d'ailleurs, qu'ils croyaient sans valeur. Pas beaucoup de jugeote, les tontons ! m'amusai-je.

Lily me prit de nouveau dans ses bras et souffla :

— C'est le plus joli cadeau que l'on m'ait jamais fait, je n'oublierai jamais ce geste, je t'aime très fort !

— Moi aussi je vous aime et c'est pour cette raison que j'ai acheté cette maison. J'ai choisi mon université, j'irai à Columbia. J'ai donc pensé que ce serait l'endroit idéal pour vivre en famille.

— Je vais rentrer chez moi, murmura James.

— Il doit normalement y avoir des photos, jetez-y un coup d'œil, cela vous fera patienter le temps de nous rendre sur place.

Lily se précipita sur l'enveloppe et en sortit près d'une cinquantaine. *Le moins que l'on puisse dire, c'est qu'ils ont le goût du détail à New York !*

— Regarde ça, Jamy, les rosiers que maman a plantés pour notre naissance sont toujours là ! s'écria la punkette.

— C'est l'une des nombreuses conditions de la vente, tout doit rester d'époque, mais j'ai songé que cela ne vous gênerait pas, ajoutai-je, malicieuse.

— La bâtisse fait partie du patrimoine historique de la ville, expliqua Zach. Elle est l'une des dernières constructions de cette époque. Voilà pourquoi la transaction s'est révélée si compliquée à conclure. Sarah a dû s'engager à ne pas modifier le style ou moderniser l'apparence de la maison.

— Tu étais au courant ? demanda James.

— Bien sûr ! Je suis son avocat. Cette nouvelle faculté de masquer les pensées s'avère bien utile !

Les jumeaux firent passer les photos. Nous prîmes plaisir à les regarder et à poser des questions sur l'histoire de la propriété. Lily et James rayonnaient de joie.

— C'est une demeure magnifique ! s'extasia Maria.

— C'est le plus bel endroit du monde ! renchérit James.

— Eh bien, après ce sympathique petit aparté, que dirais-tu si je t'offrais ton cadeau dès maintenant, Sarah ? demanda Giordano.

— Je croyais qu'il fallait attendre ce soir.

— Tu en profiteras sûrement plus dans la journée, du moins, pourrais-tu l'essayer avec moins de risque.

J'acceptai et il m'emmena dehors, le reste de la famille sur les talons. Une fois arrivés devant la porte du garage, je dus de nouveau fermer les yeux.

— Richard, occupe-toi du cadeau de Sarah, veux-tu ? ordonna Giordano.

— Tout de suite !

J'entendis alors un bruit que j'adorai immédiatement et souris malgré moi.

— Tu as une idée de ce dont il pourrait s'agir ? s'amusa mon grand-père.

— Porsche Panamera ! hurlai-je en ouvrant les paupières.

Je lui sautai au cou, il rit comme un jeune homme ainsi que tout le reste de la famille.

— Elle est sublime ! m'extasiai-je en faisant le tour de mon nouveau bolide.

Giordano l'avait choisi gris argenté. Je n'en revenais pas, je flottais sur un nuage !

— Grimpe, Stanny ! m'écriai-je.

Mon frère ne se fit pas prier. Nous restâmes quelques minutes en adoration devant le tableau de bord et la sellerie de la voiture. Pas une seule option de ce petit bijou ne manquait.

— C'est une œuvre d'art, souffla Stan.

— Une merveille, ajoutai-je.

— Ah, je vous jure, ces deux-là et leurs bagnoles ! s'amusa Lily.

Je jetai un coup d'œil à Stan.

— On va l'essayer ? lui demandai-je.

— La question ne se pose même pas !

Nous décidâmes donc de nous rendre sur la vieille route désaffectée pour voir ce que la Porsche avait dans le ventre. Une fois sur la voie, je poussai les rapports jusqu'à ce que le compte-tours passe dans le rouge.

— Cette caisse est géniale ! s'exclama Stan, assis à côté de moi.

— Pas seulement, mon grand-père est génial ! D'autres m'auraient offert un chiot ou une babiole moche à pleurer, lui, il m'offre une Porsche !

— Tu m'étonnes ! Ça, c'est la classe !

Puis je m'arrêtai et descendis, suivie de Stan.

— Tu veux l'essayer, petit frère ?

— Sérieux ?

— Avec les filles, je partage ma garde-robe. Avec toi, les voitures.

— Voilà un partage qui me parait des plus équitables ! lança-t-il avant de s'emparer des clefs.

— Sarah, Sarah ! murmura Lily à mon oreille. Allez, réveille-toi la Belle au bois dormant, il faut se préparer.

J'avais décidé de faire une petite sieste avant la fête de ce soir. Je n'étais encore qu'une pauvre humaine et mon corps réclamait son quota de sommeil journalier.

— Coucou, ma Lily, soufflai-je, encore à moitié endormie.

— Je t'ai servi un café, ma puce. Giordano en a ramené d'Italie spécialement pour toi.

Je la suivis dans la cuisine où nous attendaient Maggie, Celia, Anna et Grace.

— Coucou, les filles !

— Coucou, toi ! lancèrent-elles en chœur.

Je bus mon élixir préféré pendant que mes sœurs déballaient ce dont elles avaient besoin pour se faire belles et je dus avouer que c'était impressionnant ! Je profitai de ce qu'elles aient le dos tourné pour avaler un comprimé de codéine. J'avais à nouveau mal à la tête et il était hors de question de gâcher cette soirée.

— Dis-moi, ma chérie, tu veux bien me faire le même chignon que pour la rentrée ? me demanda Lily.

Ce dernier ressemblait un peu à un soleil dont les mèches roses de Lily auraient été les rayons. Elle adorait cette coiffure, quelque peu excentrique, comme elle.

— Pas de problème. Tiens, regarde, j'ai même retrouvé dans mes cartons des babioles qui devraient le rendre encore plus joli.

— Ah oui ?

J'ouvris le tiroir de la console du salon et en sortis des épingles surmontées de cœurs en perles de verre comme celles des bretelles de sa robe.

— Sublime ! s'extasia-t-elle. J'y ferai très attention, ne t'inquiète pas.

— Oh, je te les donne. Le rose n'est pas vraiment ma couleur, tu en profiteras sans doute plus que moi.

— Merci ! s'écria-t-elle en me sautant au cou.

Une fois de plus, je m'amusais de sa faculté à s'emballer pour tout, à goûter la moindre intention qu'on lui portait. À presque cent trente ans, elle ne semblait pas encore blasée par l'existence. Ce qui me rassurait étant donné que je deviendrais immortelle à mon tour dans quelque temps. L'idée de perdre toute joie de vivre ne me branchait pas vraiment puisque ma vie serait longue, voire interminable.

Je coiffai donc Lily et Maggie. Elles se chargèrent ensuite de me pomponner. Cela était étrange et rassurant d'avoir deux grandes sœurs sur qui je savais pouvoir compter en toute circonstance.

Comme j'étais la seule à craindre le froid, Maggie me prêta un boléro en vison. Lorsque nous entrâmes dans la serre, je restai bouche bée devant le spectacle qui s'offrit à moi. Avec les lampions, les bougies et les fleurs savamment déposées çà et là, on se serait cru dans un décor de cinéma.

— Joyeux anniversaire, Sarah ! Joyeux anniversaire, Stan !

Nous nous installâmes pour prendre un verre. Je fus la seule à manger et à ne pas boire de sang, mais ce fut très agréable tout de même. Une fête de famille, enfin un semblant de normalité dans mon existence pour le moins atypique.

— Tu as appelé mon fournisseur, constata Giordano, visiblement satisfait. Alors, qu'en dis-tu ?

— Eh bien moi, pas grand-chose ! m'amusai-je. Mais vu les échos que j'en ai eu, il semble très bien.

— Je ne le connaissais pas, mais je pense m'adresser à lui dorénavant, ajouta mon père. Il est plus facile de faire disparaître des poches d'hémoglobine plutôt que des carcasses d'animaux. Il est temps de passer dans le monde moderne.

— Eh oui, toutes les bonnes choses ont une fin, mon ami ! plaisanta le roi-vampire.

Puis Stan et moi fûmes invités à ouvrir nos paquets. Mes parents m'offrirent un magnifique collier de perles noires. Mes frères et sœurs, eux, avaient opté pour un présent des plus original, des queues de billard en ivoire ciselées.

— Merci, dis-je, surprise.

Ils éclatèrent de rire en voyant ma tête.

— C'est pour aller avec leurs cadeaux ! s'esclaffa Zach en désignant le clan italien.

Je me tournai vers le reste de ma famille qui s'écarta pour me laisser apercevoir un grand rectangle couvert d'un drap blanc.

Celia tira d'un coup sec sur le linge, me laissant découvrir un sublime billard. Fait d'ébène, le contour du plateau et les pieds étaient sculptés de fines roses et de ronces entrelacées. Je m'approchai et caressai le meuble du bout des doigts, appréciant le contact froid, doux et dur du bois.

— Ouah ! lâchai-je. Il est superbe !

— Il te plaît ? demanda timidement Nicolaï. Je l'ai fabriqué moi-même.

— Tu veux rire ?

— Non, j'étais ébéniste au service du roi de Russie autrefois, m'expliqua-t-il avec sérieux et déférence.

Alors là, j'étais carrément sidérée ! Qu'allais-je encore pouvoir découvrir sur ma nouvelle famille ? Je m'avançai et l'enlaçai pour le remercier. Il lui fallut une seconde pour se détendre et me rendre mon accolade.

— Je suis très touchée par ton attention, Nicolaï, il s'agit d'une œuvre d'art, jamais je n'en ai vu de si beau ! Merci beaucoup, mon frère !

Son regard et son visage s'illuminèrent. Je compris à quel point mon compliment lui allait droit au cœur. Il était le plus réservé du clan de Giordano et ne parlait pas beaucoup. Si j'avais eu des doutes, je savais à présent qu'il m'appréciait lui aussi.

— À moi maintenant, déclara James.

Il me tendit un écrin noir que j'ouvris fébrilement. À l'intérieur se trouvait un magnifique bracelet en argent, recouvert d'émeraudes et de diamants, comme ma future alliance.

— Retourne-le, m'enjoignit-il.

Je m'exécutai et, en découvrant l'inscription, les larmes me montèrent aux yeux. Je me repris pour lire à haute voix :

— Mon cœur mort, tu l'as ranimé, tu me l'as volé, garde-le à jamais, tu es la seule qui sache le faire aimer. James.

Je me jetai presque dans ses bras et l'embrassai tendrement.

— Merci, mon amour ! Il est superbe.

Il me le passa au poignet et je fis jouer la lumière dessus pour admirer l'éclat des pierres. Giordano s'éclaircit la gorge et je me tournai vers lui.

— Je t'ai déjà offert une babiole, mais je souhaiterais rajouter ceci si tu le veux bien, annonça-t-il en me tendant un petit sac de cuir.

Lorsque je m'en saisis, une vision me vint. Mon grand-père, vêtu à la mode d'une époque que je ne saurais dater, debout devant une tornade, un sourire amusé sur les lèvres alors qu'il était encore humain.

— Ça alors ! m'écriai-je en revenant à moi et en portant la main à la tache de naissance sur mon poignet.

— Eh oui, tu l'as héritée de moi ! confirma-t-il.

J'ouvris le sac et en sortis un lacet de cuir auquel était suspendu un pendentif, en ce que je crus être du jade. Il représentait un oiseau avec une longue queue et des griffes acérées. Je le tournai dans ma paume, curieuse.

— Il s'agit d'un phénix, l'emblème de mon clan. Celui de sorcier, bien entendu. Certaines légendes affirment que nos ancêtres pouvaient renaître de leurs cendres, s'amusa-t-il. Il te revient de droit.

Je sentis les larmes me picoter les yeux. Il n'était pas question d'un simple bijou pour moi, mais du berceau de mon histoire.

— Merci, grand-père, merci pour tout, soufflai-je en l'enlaçant.

— De rien, mon trésor.

Il se plaça derrière moi et me passa le pendentif autour du cou. Je sursautai alors violemment et des exclamations surprises s'élevèrent dans la pièce. L'oiseau s'était mis à briller d'une lumière verte et intense.

— Mais, qu'est-ce que…

— Ne t'inquiète pas, *piccola principessa*, il te reconnaît, c'est tout. Seuls les véritables membres de notre clan peuvent le porter, m'expliqua-t-il.

— Oh ? Et il est normal qu'il soit chaud ?

— Oui, la magie du phénix passe en toi, tout simplement. Il cessera de luire d'ici quelques minutes.

— D'accord, répondis-je, nullement paniquée à l'idée que mes pouvoirs allaient encore croître.

Puisque l'activation de ceux des Deux Lunes était censée aider mon corps à tenir jusqu'à la mutation, celle du Phénix ne pourrait sans doute que m'être utile.

Comme dans toutes les fêtes de famille, nous rîmes, chantâmes, dansâmes puis Gwen apporta le gâteau. Elle avait confectionné une pâtisserie typiquement française, un Paris Brest. Le fait qu'elle se soit souvenue que ma mère biologique me préparait toujours ce mets pour mon anniversaire me toucha profondément. Gwen ne m'avait pas donné la vie, soit, mais elle mettait tout en œuvre pour me la rendre la plus agréable possible. Les liens d'amour peuvent parfois se révéler aussi puissants, sinon plus que ceux du sang.

— Désolée, Stan, mais tu devras te contenter de chiffres. Parce que cent quatorze bougies, cela faisait un peu beaucoup, expliqua-t-elle.

— Pas grave, c'est l'intention qui compte ! déclara-t-il en haussant les épaules.

Nous soufflâmes nos bougies de concert puis la musique s'éleva dans l'air. Tout le monde se leva pour danser. James bien sûr m'invita le premier.

— Alors, princesse, la soirée te plaît ? s'enquit-il.

— Il faudrait être difficile pour prétendre le contraire. Tous les gens que j'aime sont présents, j'ai eu droit à des cadeaux somptueux et, maintenant, je danse avec le plus bel homme de la Terre. Moi qui songeais, depuis la mort de ma mère, que je serais seule ce jour-là, me voici avec une famille encore plus nombreuse qu'avant.

— Tant mieux, si tu es heureuse, voilà tout ce qui m'importe, sourit-il en m'embrassant les cheveux.

Lily vint ensuite m'emprunter son frère, selon ses propres termes, et je retournai m'asseoir pour me rafraîchir un peu. Je pris place près de Stan et Zach.

— Alors, déjà fatiguée ? demanda Zach avec le sourire.

— Non, mais les jumeaux souhaitaient danser un peu ensemble, expliquai-je.

Nous pivotâmes pour les observer. Ils semblaient bavarder avec animation.

— Ils discutent de la Roseraie d'Ali. Ils n'en reviennent toujours pas. Jamais je n'avais vu Lily aussi heureuse que ce matin, dit Stan en m'enlaçant.

— J'ai eu cette idée lorsqu'elle m'a parlé de sa mère. J'ai eu envie d'en apprendre un peu plus et j'ai effectué des recherches. Quand j'ai vu la maison, j'ai su que je devais rendre aux jumeaux ce qui leur avait été injustement arraché. J'en ai ensuite discuté avec Zach, il a approuvé ma décision et s'est proposé d'être mon avocat pour faciliter la transaction. Heureusement d'ailleurs, parce que je ne comprenais pas la moitié des termes employés !

Ayant entendu toute la conversation, Lily et James vinrent nous rejoindre.

— Tu penses que nous pourrons y aller bientôt ? demanda la punkette, sa voix trahissant son impatience.

— Dès que vous le souhaiterez, vous êtes les nouveaux propriétaires.

— Pourquoi ne pas passer les fêtes de fin d'année là-bas ? suggéra Zach. Cela nous donnera l'occasion de nous familiariser avec les lieux.

— Oh oui ! s'enthousiasma Lily. Un Noël comme dans notre enfance ! Avec des guirlandes de houx, des gâteaux au pain d'épice et du lait de poule ! On achètera aussi un grand sapin pour décorer le hall !

— Oui et nous décorerons le parc ! renchérit James. Avec un peu de chance, nous aurons de la neige. Sinon, ma princesse nous arrangera ça.

Je souris malgré moi. Ils se montraient si enthousiastes que personne ne se serait douté qu'ils étaient âgés de plus d'un siècle. À cet instant, ils ressemblaient à des enfants.

— Parfait ! Dans ce cas, direction New York pour les fêtes de Noël ! décrétai-je.

Chapitre 5

J'étudiais attentivement les documents que le notaire m'avait envoyés quand Stan me rejoignit dans le bureau, en sifflotant.

— Qu'est-ce que tu fabriques ?
— Je vérifie les détails de la vente de la Roseraie.
— Qu'est-ce qui te tracasse ?

Je me laissai aller contre le dossier du fauteuil et haussai les épaules.

— Rien de particulier, mais je me demande combien de domestiques employaient les parents des jumeaux pour entretenir tout ça. Tiens, regarde, j'ai reçu de nouveaux clichés tout à l'heure.

Stan approcha et fit défiler les photos sur l'écran de l'ordinateur.

— Cette maison est sublime, Lily avait parfois le spleen en y repensant, expliqua-t-il. Elle est très excitée à l'idée de retrouver le décor de son enfance, ils ont tant de souvenirs heureux là-bas.

— Oui, mais il s'agit de l'endroit où leur vie a basculé. C'est l'une des raisons qui m'ont fait hésiter pour l'achat, puis je me suis dit que s'ils n'en voulaient pas, je pourrais toujours la revendre.

— Cette nuit n'évincera jamais les années de bonheur qui l'ont précédée.

La voix de James avait résonné à la fois de tristesse et de détermination. Je levai la tête. Appuyé contre le chambranle de la porte, les bras croisés, vêtu de noir de la tête aux pieds, il était beau à couper le souffle. Il me gratifia d'un sourire éblouissant et mon cœur s'emballa, comme d'habitude. Il s'avança pour nous rejoindre et regarder à son tour les photos. Il prit son temps, comme s'il voulait imprimer chaque détail dans son esprit.

— Il est difficile de vous expliquer à quel point Lily et moi sommes heureux. Nous avons rencontré beaucoup de difficultés avant de nous adapter à la vie de vampire. Cette demeure représente tout ce que nous avons aimé avant cette fameuse nuit. Elle incarne nos racines.

— Justement, on se demandait combien vous aviez de domestiques à cette époque, interrogea Stan, curieux.

— Une bonne dizaine, lança alors la voix de Lily. Plus lorsque nos parents recevaient.

Ma sœur affichait toujours le même sourire, presque tendre, lorsqu'elle évoquait son passé d'humaine. Elle prit place sur le siège en face de moi et croisa les jambes avec nonchalance. Vêtue d'un corset en dentelle blanche, d'une jupe noire à volants et de bottes à lacets qui lui montaient jusqu'aux genoux, elle présentait toutes les caractéristiques de la punkette rebelle. Il m'arrivait d'oublier qu'elle était née dans un autre siècle que celui-ci. Une époque où sa tenue et son vocabulaire, quelques fois imagé, auraient été jugés comme indécents. Elle avait vécu la libération sexuelle des femmes et en avait compris tout le sens et les enjeux, elle qui n'avait incarné que la fille, la sœur ou l'épouse d'un homme pendant tant d'années.

— Tu penses que nous aurons besoin d'embaucher des mortels ? demandai-je. Parce que, dans ce cas, il vaudrait mieux que j'attende un peu avant d'y remettre les pieds après ma transformation.

Vaincre la mort et revenir parmi les vivants était une chose, mais que d'autres payent ce choix de leur vie m'était insoutenable. Ma nature de sorcière m'avait éloignée des humains, celle de vampire me pousserait à les éliminer. Je n'ignorais pas cette facette de mon existence future, je ne la niais pas non plus. J'espérais seulement que si je devais un jour jouer les Faucheuses, ce ne serait que pour sauver ma vie ou celle des miens. Je ne l'aurais pas avoué, mais il s'agissait sans doute du point qui m'effrayait le plus. Serais-je capable de me contrôler ?

— Non, nous connaissons assez de monde dans quasiment tous les corps de métiers pour ne pas faire appel à des mortels, expliqua de nouveau James.

— Oui et en nous y mettant tous, je suis certain que nous nous en sortirons, ajouta Stan, toujours aussi optimiste.

— Attention, le contrat de vente est très pointilleux à ce sujet : tout doit rester d'époque. Zach affirme que s'il n'est pas respecté, la ville pourrait annuler la transaction et qu'elle se trouverait dans son bon droit. Je ne veux pas que les jumeaux soient si près de toucher au but et perdent tout pour une simple maladresse, appuyai-je.

— Là, elle marque un point, concéda Lily. Il va falloir moderniser la Roseraie, obligatoirement, mais rien ne devra être visible de prime abord. Par exemple, la plomberie, le chauffage, ce genre de choses.

— Et encore, certains matériaux sont imposés, d'autres strictement interdits. Zach pense qu'il faudra se montrer prudent les deux premières années, car nous pourrions avoir des contrôles.

— Tu as les documents à propos de ça ? demanda James avec sérieux.

— Oui, les voilà, déclarai-je en les lui tendant. Cette maison vous appartient maintenant, mais…

— Elle nous appartient, rectifia James. Lily et Stan étant mariés, elle est à nous quatre désormais.

— Euh… Oui justement, j'ai songé que Stan et moi pourrions aménager les écuries. Elles sont assez grandes pour ranger toutes les voitures et abriter un espace réparation digne de ce nom.

— Bien sûr, s'il n'y a que ça pour vous faire plaisir, accepta James.

— Si ma mémoire est bonne, je pense même que vous disposerez d'assez de place pour vous installer une étuve, ajouta Lily.

— Sans aucun doute, concéda son frère.

— Hein ? Vous me faites marcher là ? clama Stan, les yeux lui sortant presque des orbites.

— Non, notre père élevait des chevaux de courses à ses heures, expliqua Lily.

— Je sens que je vais adorer la vie à New York ! lança-t-il.

— Nous y avons déjà vécu, je te rappelle, contra James sans lever le nez des documents.

— Oui, mais avant, on n'habitait pas dans un château !

James s'était installé dans le jardin avec son frère et son père pour étudier les documents concernant la Roseraie d'Ali. Il faisait beau ce jour-là, ce qui rendait plus agréable ce genre de corvée. Sarah avait raison, le contrat de vente se révélait plus que complexe, un tas de points étaient imposés et les interdictions fleurissaient elles aussi. James songea que ses parents auraient été amusés de constater l'importance que cette chère ville de New York portait à leur demeure.

— Tu crois qu'il y a beaucoup de travaux à prévoir ? demanda James.

— Non, elle a été parfaitement entretenue par la ville, contrairement à ce que j'aurais pensé. Un simple rafraîchissement suffira au début, le rassura Zach.

— Je comprends mieux les doutes de Sarah sur le fait de pouvoir payer ses études, cette acquisition a dû sacrément amputer son budget.

— En effet, il s'agit d'une dépense importante, mais elle a très bien négocié et réussi à faire baisser le prix de presque cinq pour cent. Pour une demeure pareille, c'est énorme ! Et puis, vous connaissez Sarah, quand elle se fixe un objectif, rien ne l'arrête.

— C'est ma petite tigresse ! s'amusa James. Mais les agents chargés de la vente ont dû être étonnés quand ils ont appris son âge, non ?

— Oui. C'est pour cette raison que Sarah m'a demandé de m'occuper de tout à sa place, mes diplômes de droit ont fait le reste. C'est plutôt quand elle a donné vos noms qu'ils ont été surpris. L'un d'eux a même remarqué que les premiers propriétaires de cette maison avaient des enfants qui s'appelaient ainsi et qu'ils avaient disparu sans laisser de traces. Sarah a parfaitement géré le stress en déclarant qu'il s'agissait sûrement d'un signe et qu'elle devait être faite pour vous ! C'était à mourir de rire !

— J'aurais payé cher pour être là ! s'amusa Kylian.

Le moteur ronronnant de la Porsche leur fit tourner la tête. Stan en sortit, tout sourire, suivi d'une Lily tout aussi gaie.

— Y a pas à dire, ça c'est de la caisse !

— Oui, elle est vraiment géniale ! renchérit la punkette.

Sarah leur avait prêté sa voiture pour qu'ils aillent se promener en amoureux. Stan se serait presque évanoui de bonheur lorsqu'elle le lui avait proposé. James et Zach en riaient encore.

— Alors, vous vous êtes bien amusés ? leur demanda-t-il.

— C'était très agréable, confirma sa jumelle.

Un bruit de pas les prévint que Sarah venait les rejoindre et tous se levèrent lorsqu'ils l'aperçurent au coin de la maison. Blanche comme un linge, du sang plein son chemisier et le visage, elle paraissait hagarde. James se précipita pour la soutenir avant qu'elle ne s'écroule.

— Sarah, que s'est-il passé ? interrogea-t-il, essayant de ne pas paniquer.

Elle ne répondit pas et se contenta de s'asseoir ou plutôt elle se laissa choir sur une chaise. Stan partit comme une flèche et revint une seconde plus tard avec une serviette humide et une bassine d'eau. Lily s'accroupit devant elle et commença à lui nettoyer le visage.

— Je dois appeler mon grand-père, dit-elle seulement.

Kylian fronça les sourcils, mais lui tendit son portable. Elle composa un numéro qu'ils ne connaissaient pas, sans doute une ligne d'urgence. Au bout de deux sonneries, Giordano décrocha.

— Kylian ? Un problème avec Sarah ?

— Non, c'est moi, grand-père, expliqua celle-ci avec une voix caverneuse.

— Mon trésor, que se passe-t-il ? Qu'est-ce que tu as ?

— L'homme que tu pourchasses en ce moment, ce n'est pas un vampire ordinaire.

— Que veux-tu dire ? Comment sais-tu que je suis en chasse ?

— Je l'ai vu. C'est un assassin de la pire espèce.

Sarah semblait en état de choc, comme si sa vision se déroulait encore sous ses yeux. Soudain, elle se mit à pleurer à gros sanglots.

— Calme-toi, la majorité des vampires sont des assassins, tu le sais bien pourtant. Il ne faut pas te mettre dans des états pareils.

James fit signe à sa sœur qui la prit dans ses bras.

— Ma puce, montre-moi ce que tu as vu, lui intima-t-elle.

La jeune fille la regarda avec tant de détresse que le cœur de James se serra à en devenir douloureux.

— Je suis désolée, ma Lily, tellement désolée, souffla-t-elle avant de pleurer de plus belle.

Elle saisit la main de la punkette et lui transmit les images. Cette dernière se mit alors à grogner, menaçante avant de montrer les dents. Stan se précipita sur elle pour l'éloigner de Sarah tandis que James se plaçait de façon à protéger sa compagne. Quand elle se tourna de nouveau vers eux, il comprit que c'était bien plus grave que ce qu'il avait présagé. Cette vision se révélait assez choquante pour secouer non seulement Sarah, mais Lily aussi. A cet instant, son visage de poupée était déformé par la haine, pour ne pas dire la rage.

— Exige sa mort, Sarah ! Exige qu'il nous soit livré ! hurla la punkette, hors d'elle.

— Allez-vous nous dire de quoi il s'agit à la fin ! s'énerva Kylian en arrachant le téléphone des mains de Sarah. Giordano, je te rappelle dès que j'aurai découvert ce qui arrive à mes filles.

— Oui, mais fais vite !

James berça sa compagne qui pleurait toujours et observa sa sœur du coin de l'œil. C'était la première fois qu'il la voyait dans cet état, même Stan ne parvenait pas à l'apaiser. Elle grognait et montrait les dents, prête à attaquer.

— Je crois que je vais vomir, souffla Sarah en portant les mains à sa bouche et en se levant.

Cette vision calma instantanément Lily. Elle vint rejoindre sa meilleure amie pour lui tenir les cheveux. La punkette détestait par-dessus tout la peiner.

— Doucement, je suis désolée. Le choc, tu comprends ? Ça va aller. Stan, file lui chercher des bonbons à la menthe et un grand verre d'eau.

— Maintenant, tu ne vas plus vouloir de la Roseraie, sanglota Sarah en se blottissant contre elle.

— Bien sûr que si ! Pourquoi penses-tu des choses pareilles ? Tu n'es pas responsable de tout ça. Ce que tu as fait pour James et moi représente une magnifique preuve d'amour, crois-tu que nous te ferions l'affront de la refuser ? répondit-elle en écartant les cheveux du visage de Sarah. Je vais même te dire un secret, les plans ont changé, vous allez vous marier là-bas.

James regarda sa sœur, abasourdi. Elle aurait tout de même pu le consulter avant d'opérer ce genre de changements !

— C'est vrai ? demanda Sarah, si pleine d'espoir que James pensa finalement qu'il s'agissait d'une bonne idée.

— Oui, calme-toi maintenant, tu as un vampire à arrêter.

Sarah sourit faiblement, embrassa Lily sur la joue puis reprit le téléphone des mains de Kylian. Sans mot dire, elle composa de nouveau le numéro secret et son expression se modifia, la détermination remplaçant la tristesse.

— Grand-père ?

— Alors, mon trésor, explique-moi ce que tu as vu.

— J'exige une exécution exemplaire pour ce vampire et son clan. Quand je dis exemplaire, cela signifie : longue et douloureuse, gronda la jeune fille.

James eut l'impression de retrouver la Sarah d'après l'agression, celle assoiffée de vengeance. Un coup d'œil à sa sœur lui indiqua qu'elle partageait l'état d'esprit de la jeune fille. Elles se tenaient la main comme pour faire front et la flamme bleue dans les yeux de Sarah se ralluma, signe que la sorcière des Deux Lunes refaisait son apparition. James frissonna malgré lui.

— Qui est ce vampire ? Tu dois d'abord tout me dire.

— Il a fait du mal à Lily, j'exige sa mort !

Qui avait fait du mal à Lily ? James l'aurait forcément su si tel avait été le cas et il serait mort depuis bien longtemps. De qui parlait-elle ?

— O.K., la sorcière commence à prendre le dessus, calme-toi.

— Grand-père, tu ne comprends pas, Lily, James et moi sommes liés par le sang !

— Hein ! Quoi ? Comment ça : liés par le sang ? s'exclama James.

— Ce n'est pas ce que tu crois, l'apaisa Lily. Nous ne sommes en aucun cas consanguins, beurk !

— Mais alors qu'est-ce que c'est que cette histoire ? insista-t-il, tout de même soulagé.

— Il a tué grand-mère et les parents des jumeaux ! asséna la jeune fille dont les yeux étaient maintenant bleu topaze, signe d'une colère sans nom.

James resta interdit. Qu'avait-elle dit ?

Me tournant et me retournant dans mon lit depuis près de deux heures, je ne dormais toujours pas. C'était invariablement la même chose, quand James n'était pas près de moi, le sommeil me fuyait comme la peste. Il était parti assister au procès du vampire qui avait tué ses parents, à Rome. Peut-être obtiendrait-il les réponses aux questions qu'il se posait depuis si longtemps et qui le rongeaient ? Agacée, je me levai pour grignoter quelque chose. Assis sur le canapé du salon, Stan regardait la télévision, à son volume minimum bien entendu, un verre à la main.

— Qu'est-ce que tu fais là, petit frère ? Les autres t'ont fichu dehors ?

— Non, mais je n'aime pas te laisser seule. Et toi, tu ne dors toujours pas ?

— Je n'y arrive pas, expliquai-je en me servant une tasse de café.

— Je ne pense pas que la caféine aidera. Tu dois dormir un peu, Sarah. Les humains ont besoin de sommeil.

— Je sais, mais dès que James est absent, je n'y parviens pas.

— Mouais… Allez, viens ! capitula-t-il en me faisant une place sur le canapé.

Je me blottis contre lui, un paquet de gâteaux salés dans une main et ma tasse dans l'autre. Il me couvrit avec un plaid qui traînait là. Stan se montrait très mère poule avec moi, vérifiant que mon manteau était bien fermé, que j'avais mis mon écharpe avant de sortir, que j'avais terminé mon assiette. Les autres se moquaient parfois de lui à ce propos, le surnommant Vlady Poppins, mais pour ma part, j'appréciais ces petites marques d'affection. Lorsque l'on est orphelin, on ne connaît que mieux la valeur d'un cocon familial.

— Qu'est-ce que tu regardes ? demandai-je.

— Un film policier, pas terrible d'ailleurs.

J'attrapai la télécommande et changeai de chaîne pour mettre une émission de rénovation automobile.

— Génial ! s'écria Stan en s'installant plus confortablement.

— C'est bon ? m'enquis-je en indiquant son verre.

— Et comment ! Vu que tu en as prévu une quantité industrielle, nous n'avons pas besoin de chasser, et ce, pendant plusieurs semaines !

— Ah ! Ah ! Ne te moque pas, grognai-je en lui envoyant un coup de coude dans les côtes. Personne ne m'a indiqué la quantité de sang que vous deviez boire chaque jour, alors j'ai préféré commander trop que pas assez.

— Oh, mais je ne me plains pas. Ce sang est particulièrement savoureux et ce n'est plus la peine de passer ma nuit en forêt, le top quoi ! D'ailleurs, papa a décidé que dorénavant nous opérerions de la sorte. Comme ça, inutile de faire disparaître les carcasses.

— Ouais, si le garde forestier découvre des animaux exsangues, il risque de s'interroger, c'est certain. En plus, les balades dans les bois par tous les temps, ce n'est pas terrible.

— Nous ne craignons pas le froid, quant au garde forestier, je n'en ai jamais croisé dans le coin, mais patauger dans la boue, pour ma part, je n'aime pas particulièrement ça. En revanche, j'apprécie de regarder une bonne émission, confortablement installé avec ma petite sœur préférée.

— Voilà un programme qui me convient aussi.

Nous regardâmes la télé jusqu'à l'aube et je finis par m'endormir, la tête sur ses genoux. Environ deux heures plus tard, j'ouvris les yeux et me rendis compte qu'il n'avait pas bougé d'un millimètre pendant mon petit somme.

— Tu es encore là ?

— Bien sûr, où voudrais-tu que j'aille ?

— Mais tu aurais dû me pousser, voyons ! grommelai-je en me redressant.

— Pourquoi ? D'une : tu ne me gênes pas. De deux : tu as besoin de dormir et deux heures c'est toujours ça de pris, même si ce n'est pas suffisant. De trois : il est hors de question que je te laisse seule. Je ne tiens pas à expliquer aux jumeaux qu'il t'est arrivé quelque chose pendant leur absence.

Nous regagnâmes la maison. Gwen et Maggie travaillaient sur ma robe de mariée tandis que Kylian lisait tranquillement le journal dans le salon. Zach, lui, était parti régler des histoires de paperasse. Contrairement aux apparences, être immortel demandait pas mal d'organisation. Testaments, actes de naissance, numéros de sécurité sociale, tous ces documents devaient être totalement recréés au bout d'un certain temps pour ne pas éveiller les soupçons de l'Administration. Ce pauvre Zach en aurait sûrement pour la journée.

— Alors, vous deux, comment allez-vous ce matin ? s'enquit notre père.

— Bien, dis-je en bâillant à m'en décrocher la mâchoire.

Je passai dans la cuisine puis revins avec deux tasses. L'une contenait du café, l'autre du sang. Faire chauffer du plasma de bon matin ne me posait plus de problème, j'avais fini par m'y habituer.

— Elle n'a dormi que deux heures, râla Stan en prenant la tasse que je lui tendais.

Je m'assis à côté de lui, sur le canapé, les jambes repliées sous moi, et bâillai à nouveau.

— Ce n'est pas assez, Sarah, me gronda Kylian à son tour.

— Je sais, mais qu'est-ce que j'y peux moi si je n'y arrive pas ! J'ai essayé les somnifères, mais lorsque je dois me réveiller, j'ai l'impression d'être passée sous un rouleau compresseur. Je dormirai mieux dès que Jamy sera de retour.

— Passons. Étant donné que James et toi ne vous mariez plus ici, Gwen a décommandé le père Lawrence. Il va falloir trouver un autre prêtre à New York.

— Bah euh... Vous n'avez pas d'ami prêtre ?

Stan et Kylian me considérèrent soudain comme si j'avais prononcé un horrible blasphème.

— Quoi ? demandai-je en voyant leur tête.

— Non, mais, Sarah, tu ne penses tout de même pas que l'un de nous pourrait être religieux ? interrogea Stan.

— Bien sûr que si, pourquoi ?

— Nous sommes euh… damnés, asséna-t-il.
Je fus alors prise d'un fou rire incontrôlable et leur étonnement alla en croissant.
— N'importe quoi !
— Mais les livres affirment…
— Tu l'as constaté par toi-même, tu ne brûles pas au soleil, considéré pourtant comme la lumière céleste. L'eau bénite n'a aucun effet sur toi et tu t'es marié à l'église. Ces histoires de damnation ne sont qu'un tissu de mensonges, des contes pour gamins !
— Nous sommes voués à l'enfer, parait-il.
Je levai les yeux au ciel.
— Tu parles ! Dieu n'est soi-disant qu'absolution pour ceux qui se repentent de leurs erreurs, alors je ne vois pas en quoi l'enfer vous concerne. D'ailleurs, il ne devrait même pas exister si l'on suit cette logique d'infini pardon. Si les tueurs en série, voleurs et autres peuvent être pardonnés, vous le serez aussi, si tant est que vous ayez quoi que ce soit à vous reprocher.
— Nous avons assassiné des gens, Sarah, intervint doucement Kylian.
— Oui, tu as éliminé l'assassin de ta fille en appliquant la loi du talion, elle apparaît dans la Bible si je ne m'abuse ? Quant à votre nature de vampire, vous ne l'avez pas choisie que je sache, donc vous n'êtes que des victimes innocentes. Vous n'avez pas tué par choix, mais par nécessité, pour survivre, les humains en font autant.
— C'est sûr que vu comme ça, souffla Stan. Je n'avais jamais envisagé les choses sous cet angle, mais ta version tient la route, il faut l'admettre.
— Oui. Pour le prêtre, j'en parlerai à Lily, elle trouvera une solution.

Chapitre 6

James et Lily passèrent la porte du pavillon sans un bruit. Des cris et des rires les avaient avertis que Stan et Sarah se trouvaient là et se chamaillaient.

— Tu triches ! Tu te sers de ces sorts depuis plus longtemps ! râla Stan.

— Ne sois pas mauvais joueur, Lily a maîtrisé celui d'invisibilité en moins d'une heure ! rétorqua Sarah.

— Où es-tu ? Montre-toi maintenant, ce n'est pas drôle !

— Alors, Monsieur le vampire, tu n'es privé que d'un seul et unique sens et tu es perdu ? Concentre-toi, écoute mon cœur ou ma respiration.

Puis les jumeaux entendirent un grand bruit suivi d'une crise de fou rire sans nom. La commode n'avait manifestement pas survécu à leur partie de cache-cache.

— Je te tiens, petite peste ! jubila Stan.

— Tu vois, ce n'est pas si difficile ! rit Sarah.

Lorsqu'ils passèrent enfin la porte de la chambre, leurs conjoints respectifs leur sautèrent au cou.

— James ! s'écria Sarah.

Elle lui embrassa le visage et le cou puis se serra contre lui de toutes ses forces.

— Je vais finir par croire que je t'ai manqué ! la taquina-t-il.

— Plus que tu ne pourras jamais l'imaginer, murmura-t-elle avant de l'embrasser tendrement.

Puis elle fit de même avec Lily, ravie de retrouver sa meilleure amie. Ils retournèrent ensuite au salon où Sarah leur servit un verre de sang, qu'ils burent avec plaisir pendant qu'elle sirotait un café.

— Alors, comment ça s'est passé ? interrogea Stan.

— Disons que nous avons obtenu des réponses à nos questions, même si ce n'est pas celles que nous attendions, soupira James.

— En fait, notre transformation n'était qu'une bonne blague pour eux. Ils n'avaient jamais eu de jumeaux dans leurs rangs. L'un d'eux a ensuite repéré une autre famille dont l'un des enfants était prédisposé, ils nous ont donc laissés dans cette cave. Ils ne pouvaient pas savoir que nous allions développer certaines facultés.

— Bande de chiens ! jura Stan.

— Sarah, tu avais raison pour ta grand-mère. La lettre de Giordano n'a fait que confirmer ce qu'elle savait déjà. Comme toi, elle détenait cette capacité de détecter les immortels. Elle a senti qu'il la traquait, pour préserver le reste de son clan, elle a été à sa rencontre après avoir confié Séléné à l'une de ses tantes.

— Seigneur ! Grand-père devait être fou de rage, souffla Sarah.

— C'est le moins que l'on puisse dire ! Sans compter les meurtres d'humains et de vampires à la chaîne ! Ils ont décimé près de vingt clans complets ! expliqua James.

— Comment peut-on faire des choses pareilles ? murmura Stan.

— Je l'ignore, cela nous a pris plus d'un siècle, mais aujourd'hui nous sommes enfin vengés, ajouta Lily. Giordano était d'accord avec Sarah en ce qui concernait la sentence. Nous avons eu gain de cause, ils ne pourront plus nuire à personne.

— Tant mieux, décréta simplement la jeune fille. Je suis contente qu'il ait accepté que vous assistiez aux délibérations.

— Oui, c'était gentil de sa part, mais je crois qu'il ne peut pas te refuser grand-chose, s'amusa Lily.

— Et vous, cette semaine ? s'enquit James.

— Longue, très longue, avoua-t-elle en se blottissant contre lui. Pour résumer, Maggie progresse sur ma robe de mariée, maman a décommandé le prêtre, mais je lui ai assuré que tu te chargerais d'en trouver un à New York, ma Lily.

— Tu as eu raison, approuva sa sœur.

— Les faire-part et les invitations sont prêts, mais j'ai préféré attendre que tu vérifies l'ensemble, ajouta Sarah.

— Oui, tout doit être parfait.

— Ah oui ! Dis donc, toi, quand comptais-tu me parler de ta formation en sorcellerie ? lui demanda Stan, faussement sévère.

Lily rit franchement puis se lova contre lui telle une chatte. Bien sûr, Stan fondit comme neige au soleil.

— Rien qu'un petit sortilège ou deux, se justifia-t-elle.

— Bah voyons ! Peu importe, moi aussi je sais jeter des sorts maintenant !

— Ah oui ? Sarah vous a formés à la magie ? interrogea James.

— Oui, Stan a réalisé une magnifique tornade d'eau cet après-midi. Par contre, l'invisibilité, ce n'est pas gagné !

— Il est difficile, celui-là, se plaignit-il.

— Moi, je l'ai contrôlé presque immédiatement, le taquina la punkette.

— Les formules répondent parfois mieux à certaines personnes qu'à d'autres, expliqua la jeune sorcière. Par exemple, Stan maîtriserait sans peine celui des souvenirs.

— Ah oui ? En quoi consiste-t-il ? interrogea-t-il, tout à coup très intéressé.

— À avoir accès à la totalité des souvenirs de quelqu'un. Comme ta faculté à toi consiste à les effacer, il te permettrait de la compléter.

— Je veux l'apprendre celui-là !

— Nous nous y mettrons demain, de toute façon les autres doivent s'entraîner aussi.

— Les autres ? Pourquoi ? Tout le monde s'est essayé à la magie pendant notre absence ? demanda James, surpris.

— J'ai proposé à papa de vous enseigner certaines incantations qui pourraient s'avérer utiles en cas de combat.

— Oh, et pour le lycée, qu'avez-vous inventé ?

— J'ai dit que Lily et toi deviez passer des examens médicaux pour vérifier que vous n'étiez pas atteints d'une éventuelle maladie génétique. Étant donné que tout le monde sait que vous êtes jumeaux, cela n'a pas posé de problème, expliqua Sarah.

— Parfait ! approuva James. Demain, nous devrons nous décider à préparer les affaires que nous emporterons à la Roseraie pour le premier voyage, Mais pour le moment, au lit, princesse ! Je suis de nouveau là, tu vas donc pouvoir faire une nuit complète.

— Euh, James, je peux te parler une minute en privé ? demanda Stan.

— Bien sûr.

Ils sortirent, laissant les filles papoter, heureuses de se retrouver.

— Alors, que se passe-t-il ?

— Voilà, je n'ai pas évoqué ce point pour ne pas effrayer Sarah, mais depuis deux jours, elle parle dans son sommeil. Tu vas me dire que les mortels le font souvent, seulement, elle utilise une langue étrange et que je ne connais pas. Ce n'est ni du grec ni du latin, ni quoi que ce soit d'approchant. Parfois, elle s'exprime doucement, mais à d'autres moments, elle est très agitée.

James fronça les sourcils. Qu'est-ce que c'était encore que cette histoire ?

— Bon, tu as compris ? me demanda Zach pour la dixième fois au moins.

Pour une obscure raison, il avait décrété que je devais apprendre à me débrouiller par moi-même, au cas où je serais séparée du clan. Mon frère était un fin stratège, mais quelquefois, son talent pour la prévoyance virait à la parano. D'accord, je ne serais pas un vampire tout à fait comme les autres. J'aurais certainement un paquet d'ennemis qui ne vivraient que pour me prendre ma place, mais je ne voyais pas très bien comment je pourrais me retrouver isolée, au milieu de nulle part, étant donné que les jumeaux ne me lâchaient pas d'une semelle.

— Oui. Mais pourquoi veux-tu que je me retrouve seule ? Il n'y a aucune raison pour que cela m'arrive, enfin !

Il posa ses mains à plat sur le bureau et se pencha vers moi.

— Faut-il réellement que je te rappelle ton dernier entretien privé avec un vampire extérieur au clan ?

Je tiquai. Non, personne n'avait besoin de m'aider à me remémorer ma rencontre avec Henry Miller. Les cauchemars qui venaient encore me tourmenter s'en chargeaient très bien.

— Doucement, Zach ! intervint Maggie qui lisait tranquillement dans un coin de la pièce. Tu y vas un peu fort là !

Il se tourna vers sa compagne, agacé de son interruption. Lorsque nous étions en leçon, Zach prenait très au sérieux son rôle de pédagogue. Pas de télé, pas de musique et pas de portable. Je devais d'ailleurs lui confier ce dernier à chaque début de cours. Il aurait fait un merveilleux directeur de pensionnat dans les années quarante. Discipline et excellence auraient été les maîtres mots de son enseignement, j'en étais persuadée.

— Je ne pense pas, non, rétorqua-t-il d'un ton hautain. Contrairement à nous, Sarah a la chance d'acquérir toutes les connaissances pratiques de la vie de vampire avant même sa mutation. Plus elle en saura et plus l'adaptation sera facile. Lui cacher les risques ou les désagréments du quotidien d'immortelle ne lui sera d'aucun secours dans les mois à venir. Sans compter que certains ne doivent pas vraiment apprécier que le trône soit déjà pris. Celui-ci lui revient parce qu'elle est la descendante directe de Giordano, mais Sarah, elle, n'a pas d'enfant, dois-je te rappeler la loi à ce sujet ?

Je n'avais aucun descendant, donc si je ne nommais pas de successeur ou si je mourais avant d'en avoir désigné un, celui qui me volerait ma vie me subtiliserait également la Couronne.

— Non, mais…

— Il a raison, la coupai-je. Plus j'en saurai et moins je risquerai d'être prise au dépourvu.

Maggie se leva, passa devant son compagnon en le toisant de toute sa hauteur et me rejoignit derrière le bureau sur lequel elle s'appuya, les bras croisés sur sa poitrine en lui tournant le dos.

— Je ne vais pas te faire croire que sous prétexte que la mort ne peut nous atteindre, notre existence est toujours facile et agréable. Cependant, il y a également de bons côtés à être un vampire. Nous pouvons courir aussi vite que le vent, gravir des montagnes en moins de temps qu'il n'en faut pour le dire, découvrir des endroits de cette planète où l'Homme n'a pas encore posé le pied. Nous pouvons parler de l'Histoire, non pas parce que nous nous sommes contentés d'ouvrir un livre, mais parce que nous l'avons vécue ! Nous sommes les témoins vivants de l'évolution de ce monde !

— Ou de sa déchéance, grommela Zach.

Cette fois, la jolie rousse perdit patience, fit volte-face et le fusilla du regard.

— Peut-être, mais tu ne lui enseignes que les aspects négatifs des choses. Moi, au moins, j'essaie de faire en sorte que la vie de vampire lui paraisse un tant soit peu sympathique ! À t'entendre, et sous prétexte qu'elle est la future reine, son existence devrait devenir un véritable sacerdoce !

— C'est le cas, elle n'aura pas le droit à l'erreur.

— Pourquoi pas ? Elle n'a que dix-huit ans, son sacre n'aura lieu que dans trois siècles, alors lâche-la ! À son âge, les seules choses qui devraient l'intéresser sont : s'amuser, songer qu'après la mutation elle pourra faire la fête jusqu'à l'écœurement parce qu'elle n'aura plus besoin de dormir et que la fatigue ne l'atteindra plus ! Voyager et découvrir le monde ! Profiter sans penser au lendemain !

— Tu iras dire ça aux humains qu'elle croisera et qu'elle saignera comme des poulets sous prétexte qu'elle est jeune et ne fait que s'amuser !

Maggie secoua la tête et leva les yeux au ciel.

— Je ne t'ai pas dit que j'étais contre le fait de lui apprendre à se contrôler, mais lui répéter comme un leitmotiv que notre vie est un combat permanent, non ! À ce rythme, après sa mutation, elle deviendra complètement parano ! Imagine un peu ce que donne un vampire persuadé que le monde entier en a après lui.

Le couple se jaugea quelques secondes. Je demeurai là, silencieuse, me faisant la plus discrète possible, comme une fillette ne sachant pas comment réagir lorsque ses parents se disputaient devant elle. Zach finit par soupirer et reprit :

— O.K., d'accord ! Je veux bien admettre que l'immortalité révèle quelques facettes agréables.

— Merci, rétorqua Maggie d'un air pincé. Et je t'accorde qu'une petite préparation ne peut pas nuire.

Ouf, papa et maman ne vont pas divorcer !

Elle lui vola un baiser puis retourna à la place qu'elle occupait précédemment et reprit son livre comme si de rien n'était. Un autre point à retenir : les vampires, qu'ils s'aiment ou non, partent au quart de tour et une prise de bec entre tourtereaux aux dents longues peut faire un peu plus de dégâts que quelques assiettes brisées. Zach haussa un sourcil puis se racla la gorge avant de m'interroger :

— Alors, peux-tu me dire ce que tu dois faire si jamais tu te retrouves seule et affamée ?

— J'arrête de respirer s'il y a trop d'humains dans le coin et je m'éloigne le plus rapidement possible. Je chasse de petits animaux comme des lapins ou des rats.

— Et si tu n'en trouves pas ?

— S'il y a un hôpital à proximité, je me sers de ma vitesse pour y entrer en évitant que les caméras ne me filment et je braque la banque du sang.

— Très bien. Si par malheur tu devais déraper et t'en prendre à un mortel, comment fais-tu disparaître la dépouille ?

— Après avoir déformé mes marques avec un couteau ou ce que j'aurai sous la main, j'immole le cadavre. Si je me trouve non loin d'un cimetière, j'ouvre l'une des tombes, de préférence la plus récente et je balance le corps dedans. Si je suis en ville et qu'il y a un fleuve, je le leste et le mets à l'eau.

— Tu as oublié un point, contra Zach.

— Ah oui, je vole ses papiers et lui brise les dents pour rendre l'identification plus difficile.

— Bien. Certains détails méritent d'être revus, mais dans l'ensemble, tu t'en sors bien. Qu'en penses-tu, Maggie ?

— Une véritable petite serial killeuse en herbe, ironisa celle-ci. Hannibal serait fier de sa petite chérie.

Chapitre 7

Nous venions d'arriver à la Roseraie, l'excitation était à son comble. Nous descendîmes de voiture et les premiers commentaires fusèrent.

— Sublime ! Elle est encore plus belle que sur les photos ! s'extasia Maggie.

— Regardez-moi ça, c'est digne d'un grand jardin botanique ! renchérit Gwen.

Non seulement le parc abritait de nombreuses variétés de roses, mais il y avait aussi des lilas, des hortensias, des noisetiers ainsi qu'un immense saule pleureur trônant dans son centre. Il protégeait, de ses branches centenaires, un petit kiosque à musique en bois blanc. Un véritable décor de conte de fées, et nous n'étions qu'en hiver ! J'imaginais sans mal la splendeur de cet endroit lorsque toutes les fleurs étaient écloses !

Debout, devant les marches du perron, les jumeaux se tenaient par la main, contemplant la façade avec une émotion presque palpable. Ils se décidèrent enfin à gravir l'escalier et à ouvrir la porte. Respectueusement, nous attendîmes, un peu en retrait. Une fois le seuil franchi, ils regardèrent autour d'eux comme s'ils découvraient les lieux pour la première fois, c'était le cas d'une certaine façon. Puis ils se sautèrent dans les bras :

— Nous sommes rentrés chez nous ! crièrent-ils.

Toute la famille les observa avec bienveillance quand, soudain, ils disparurent.

— Où sont-ils passés ? demandai-je.

— Ils effectuent un rapide tour de la maison, ironisa Zach.

Puis les jumeaux furent de nouveau devant moi. James me souleva dans ses bras pour me faire tournoyer en riant.

— Alors, ça a beaucoup changé ?

— Pas vraiment. Certains meubles ont été déplacés, mais dans l'ensemble, c'est assez semblable à nos souvenirs, m'informa Lily avec un grand sourire.

Ils nous firent visiter, très fiers de jouer les guides.

— Voici le petit salon, dit James. Notre père s'en servait pour lire tranquillement le journal en fumant un cigare. J'adorais m'asseoir à ses pieds pour jouer avec mon petit train en bois.

La pièce, de taille moyenne, disposait d'une large cheminée en briques rouges, occupant presque toute la largeur du mur du fond. Les tapisseries, d'un vert profond, contrastaient avec les meubles foncés et massifs. Le reste de la maison était également meublé avec goût et raffinement, rien d'ostentatoire, j'allais me plaire dans cet endroit.

— Voici ma chambre ! s'écria Lily une fois à l'étage.

Il s'agissait d'un grand espace clair, teinté de vieux rose et de blanc. Une armoire immense, un lit à baldaquin, un haut miroir sur pieds et une coiffeuse composaient l'ameublement. Deux portes fenêtres, de chaque côté du lit, donnaient sur un petit balcon avec vue sur le parc.

— On dirait une chambre de poupée, soufflai-je.

— N'est-ce pas ? C'est comme ça que papa m'appelait, sa jolie poupée. Les rideaux ont besoin d'être remplacés et le coffre qui se trouvait au pied du lit a disparu, mais sinon, rien n'a changé.

— Maintenant, viens voir la mienne ! s'impatienta James en me tirant par la main.

Son enthousiasme me fit plaisir. Même s'ils ne s'étaient jamais plaints, leur maison avait manqué aux jumeaux. Je ne pouvais pas me targuer de comprendre ce sentiment. Je n'avais jamais vraiment eu de racines, mais j'imaginais combien la transition entre l'existence mortelle dorée et l'immortalité sanglante avait dû être difficile.

En entrant, il courut se jeter sur son lit comme un gamin. La surface ainsi que les meubles étaient identiques à ceux de Lily. La seule différence résidait dans le fait que le mobilier de James était très foncé, presque noir. En avisant les murs lie de vin et les rideaux ivoire, je compris qu'à Black Diamond, il avait tenté de recréer cet endroit. Je fis le tour de la chambre, curieuse de découvrir l'environnement dans lequel il avait grandi quand j'aperçus une porte. Je la poussai et fus surprise de tomber sur une salle de bain privative. Se rendant compte de mon étonnement, James me rejoignit.

— Mes parents étaient en avance sur leur époque, toutes les chambres ici disposent d'une salle de bain privée.

— C'est splendide !

Le sol et les murs étaient recouverts de marbre noir et blanc, la robinetterie était dorée, surmontée de cygnes aux ailes déployées.

— Oui et tu noteras que la baignoire est grande, très grande, ajouta-t-il avec un sourire espiègle.

— S'agirait-il d'une invitation, Monsieur Carter ?

— Sans aucun doute possible, mon trésor ! s'esclaffa-t-il.

Puis nous reprîmes la visite, Gwen et Kylian s'installèrent dans la suite des parents de James tandis que Maggie et Zach choisirent l'une des chambres d'amis. La demeure se révéla immense, constituée de nombreux petits salons et boudoirs tous plus agréables les uns que les autres. Maggie avait sauté de joie en découvrant un atelier de couture et James m'avait montré la pièce qui servirait de salle de billard. Il m'avait expliqué que son père en avait possédé un autrefois, mais que ses oncles avaient dû le vendre, il reconstituait donc la maison telle qu'il l'avait connue.

Une fois au lit, James me prit dans ses bras. Depuis que nous avions passé la porte de la Roseraie, j'aurais pu lui demander n'importe quoi ou presque.

— Je ne sais même pas comment te remercier, j'ai encore le sentiment que tout ce que je pourrais dire paraîtrait insuffisant, déclara-t-il, ému.

— Alors, ne dis rien, ton bonheur me suffit.

— Tout semble si facile avec toi, Sarah.

— Si tu le dis ! Comme je l'ai expliqué à Lily tout à l'heure, quitte à vivre à New York, autant que ce soit ici.

— J'ai pourtant encore l'impression de rêver. J'ai essayé plus d'une fois de récupérer cette maison, mais le responsable du patrimoine de la mairie n'a jamais rien voulu entendre. Comment t'y es-tu prise pour le convaincre ?

— Oh euh... J'ai fait une bonne offre, esquivai-je.

— J'ai fait des offres plus élevées, contra-t-il en s'écartant un peu pour m'observer.

— Je me suis montrée plus convaincante, voilà tout !

— Sarah..., dit-il, maintenant soupçonneux.

Autant lui avouer la vérité tout de suite, il finirait par la découvrir de toute façon. James savait parfaitement obtenir de moi tout ce qu'il voulait.

— Ça va, ça va, capitulai-je en me redressant. En effectuant les recherches, j'ai appris qu'un investisseur étranger avait fait une offre qui dépassait de très loin la mienne. Il comptait démonter la maison brique par brique et la reconstruire chez lui, en Australie...

— Hein ? Démonter la Roseraie ! s'écria-t-il, horrifié. Mais je croyais que la ville s'opposait au moindre changement sur la propriété !

— Oui, je pense que cette clause a été ajoutée pour me décourager d'acheter. Je me suis doutée du choc que cela vous occasionnerait à Lily et à toi si vous reveniez ici et qu'elle avait disparu, alors...

Je triturai nerveusement le drap, j'allais sûrement prendre un savon cette fois et il serait mérité, je ne pourrais pas prétendre le contraire.

— Alors quoi ?

— J'ai utilisé la magie, soufflai-je en baissant la tête, honteuse.

— Pardon ?

— Je sais que ce n'est pas bien, mais que voulais-tu que je fasse ? Je refuse que tu sois malheureux, c'est la seule chose que je ne peux supporter, alors... voilà. La mairie a besoin d'argent pour l'un de ses projets et je craignais qu'elle finisse par accepter, malgré le fait que la maison appartienne au patrimoine. La surface du parc aurait permis de construire encore l'une de leurs horreurs de verre et d'acier, il y avait urgence ! J'ai paniqué ! J'ai jeté un sort au chargé du dossier et à la commission censée examiner ce dernier. J'ai ancré mon nom dans leurs esprits afin qu'ils votent en ma faveur...

James me regarda d'abord en fronçant les sourcils, comme s'il était contrarié, puis un sourire indulgent se dessina sur ses lèvres pleines.

— Le procédé n'est peut-être pas très catholique, mais il s'agit d'une jolie preuve d'amour, conclut-il.

Je le considérai, médusée.

— Tu n'es pas fâché ?

Il m'attira de nouveau contre lui et m'embrassa le front.

— Non, tu as raison au moins sur un point, Lily et moi n'aurions pas supporté que la maison ne soit plus là. Tu as utilisé les moyens à ta disposition pour empêcher cela, voilà tout. Par contre, gare à toi si Kylian l'apprend.

— Si tu ne caftes pas, cela restera notre petit secret, rétorquai-je, malicieuse.

James regardait Sarah dormir paisiblement en pensant qu'elle était la première femme avec qui il partageait ce lit, ses conquêtes, avant sa mutation, n'ayant eu droit qu'aux écuries. Pour lui, il n'avait jamais fait aucun doute que seule son épouse franchirait le seuil de cette chambre. Après tout ce temps, c'était chose faite, au moins une promesse qu'il s'était faite à lui-même et qu'il avait pu tenir. Bon, le mariage n'était pas encore prononcé, mais le projet était sur la bonne voie.

Soudain, Sarah se redressa puis se leva.

— Où vas-tu ? s'enquit-il.

Mais la jeune fille ne répondit pas et se dirigea vers la porte.

— Sarah ?

Elle s'engouffra dans le couloir puis passa devant Lily et Stan comme si elle ne les avait pas vus.

— Où vas-tu, ma chérie ? interrogea la punkette, surprise qu'elle ne l'embrasse pas.

Sarah continua sur sa lancée et commença à descendre les escaliers.

— Qu'est-ce qui lui arrive ? demanda la punkette à son jumeau.

— Aucune idée.

— Elle fait une crise de somnambulisme, les informa Stan en emboîtant le pas à la jeune fille.

— Sarah n'a jamais été somnambule ! s'étonna James en faisant de même, suivi de Lily.

— Y'a un début à tout. Quand j'étais gamin, mon grand-frère en faisait souvent, il allait même se promener dans le village en pleine nuit et en pyjama. Mon père le filait à distance jusqu'à ce qu'il se décide à faire demi-tour.

Kylian, qui se trouvait en bas des escaliers et qui avait bien sûr tout entendu, attendait sa fille. Il fronça les sourcils, visiblement inquiet.

— Il ne faut surtout pas la réveiller, prévint-il, cela pourrait lui occasionner un choc violent.

Sarah continua sa visite de la maison, pièce par pièce.

— Encore heureux qu'elle ne dorme pas toute nue ! lança Lily.

— Très drôle, grogna James.

— Ça, ce n'est pas grave, rétorqua Stan, nous n'en aurions pas perdu la vue. Ce qui est plus ennuyeux, c'est que les somnambules agissent comme s'ils étaient éveillés, parfois cela peut se révéler dangereux.

— C'est vraiment flippant, maugréa Lily, morose.

— Il ne faut pas la lâcher d'une semelle, avertit Kylian, nous verrons bien si elle fait d'autres crises à l'avenir.

Puis Sarah arriva dans la grande salle de réception. Instinctivement, Lily se serra contre son frère. C'était là que tout avait basculé cette nuit d'horreur et la seule pièce où ils n'avaient pas encore remis les pieds. La jeune fille se mit alors à parler, doucement d'abord puis plus vite et surtout plus fort. Elle leva soudain les bras et bascula la tête en arrière, comme si elle invoquait les cieux.

— Ça recommence, marmonna Stan.

— Comment ça ? interrogea Kylian en regardant ses fils.

James ne l'avait pas informé du fait que Sarah avait employé ce dialecte étrange à plusieurs reprises, dans son sommeil.

— Depuis quelques semaines, il arrive que Sarah parle en dormant, lui expliqua-t-il. Elle s'exprime toujours dans cette langue puis se rendort, comme si de rien n'était. Mais c'est la première fois qu'elle fait ce genre de choses.

— Pourquoi ne m'en as-tu pas parlé ? lui demanda-t-il presque sévèrement.

— J'ai pensé que ça passerait.

— Cette langue est celle utilisée dans son grimoire, celle qui compose la partie indéchiffrable de la prophétie, ajouta Kylian d'un ton lugubre.

Les quatre vampires regardèrent leur petite mortelle adorée avec inquiétude cette fois.

Aspirine, aspirine, aspirine, mais où est ce foutu tube, nom de Dieu ! Je refermai le tiroir du meuble de la salle de bain d'un coup sec. Je fis volte-face et ouvris le robinet du lavabo. Le simple bruit de l'eau tombant dans la vasque provoqua l'effet d'une bombe dans mon crâne. Je gémis et me passai un peu du liquide sur le visage. Lorsque je me redressai, je crus apercevoir quelqu'un derrière moi. Je me retournai, personne. Sûrement le reflet du néon sur la glace. Je fermai les yeux et me massai les tempes du bout des doigts. Mon cœur semblait s'être mis à battre dans ma tête et la nausée menaçait mon estomac comme un guerrier prêt à en découdre. Au train où allaient les choses, il n'était pas difficile de deviner qui serait le vainqueur. Je descendis pour voir si mon père n'avait pas de quoi me soulager. Ne le trouvant pas au salon ni dans son bureau, j'en déduisis qu'il devait être en train d'aménager la cave pour y installer son matériel médical.

J'avais enfin compris pourquoi il possédait toutes ces machines de pointe alors que les vampires n'avaient pas besoin de soins médicaux. Kylian effectuait en réalité des recherches très poussées sur le passage entre la condition d'humain lambda et celle de vampire. Il voulait comprendre comment le corps pouvait développer de telles facultés en si peu de temps et surtout s'il existait un moyen d'inverser le processus. De plus, si l'un des membres du clan perdait le contrôle et blessait un humain, Kylian se chargeait de le remettre en état et Stan effaçait sa mémoire avant de le renvoyer parmi ses pairs. Les articles de journaux que j'avais pu lire à propos de personnes disparues pendant des mois et réapparues comme par magie, sans pouvoir expliquer ce qu'elles avaient fabriqué entre les deux, prirent alors tout leur sens.

Lorsque je descendis les marches qui conduisaient au sous-sol, une désagréable odeur de moisissure augmenta encore mon malaise. Comme je l'avais pressenti, il se trouvait là et déplaçait ou rangeait un tas de vieilleries poussiéreuses. Il souleva un vaisselier, qui devait frôler les cent kilos, comme s'il s'agissait d'une plume et le transporta à bout de bras vers le fond de la pièce.

— Coucou, ma puce, lança-t-il joyeusement.

Sa voix, d'habitude agréable, me fit l'effet d'un millier d'aiguilles enfoncées en même temps dans mon crâne.

— Salut, papa.

Mon intonation, pour le coup quelque peu éteinte, le fit se retourner. Il fronça les sourcils, posa le meuble puis s'approcha de moi.

— Tu es malade ? demanda-t-il.

— Non, j'ai mal à la tête. Tu n'aurais pas quelque chose à me donner, j'ai oublié de prendre ce qu'il fallait avant de partir.

Je venais de mentir de manière éhontée. En réalité, j'avais apporté avec moi tout le stock d'antidouleurs dont je disposais à Black Diamond et je l'avais terminé en à peine une semaine. Je cachais ensuite les tubes vides sous une latte du plancher. Si James l'avait su, nous aurions été obligés d'écourter notre séjour pour que Kylian m'examine. Je me sentais bien ici, je n'avais aucune envie de retourner à Black Diamond. Encore moins pour de malheureux maux de tête !

Kylian sortit une petite lampe de sa poche et la braqua sur mes yeux. Ce simple examen me fit gémir.

— Hum... Tu as une bonne migraine, convint-il. Viens avec moi, je vais te donner ce qu'il faut, dans le cas présent, l'aspirine ne se révélera pas d'un grand secours.

Nous gagnâmes son bureau. L'air de rien, je suivis chacun de ses gestes avec beaucoup d'intérêt. Il ouvrit ce que je pensais être au départ un meuble de classement. Celui-ci était rempli de boîtes de pilules diverses et variées, mais mon père ne chercha pas longtemps avant de s'emparer de l'une d'elles. Il fit sauter le bouchon et me tendit deux comprimés.

— Tiens, ma puce, cela devrait te soulager.

— C'est quoi ? demandai-je.

— Un médicament à base d'alcaloïde d'ergot de seigle, m'expliqua-t-il en me servant un verre d'eau. Cela va faire descendre la pression intracrânienne.

J'avalai les cachets sans histoire et reposai le verre sur le bureau.

— D'ici quelques minutes, tu te sentiras mieux. Tu devrais t'allonger un peu et fermer les rideaux, les migraines provoquent parfois de la photophobie chez certains sujets.

Je remontai dans la chambre, tirai les rideaux et m'écroulai sur le lit. Au moins lorsque je dormais, je ne souffrais pas.

Pendant que Sarah se reposait, les Drake en profitèrent pour se réunir dans la salle à manger.

— Sarah est venue me voir, confia Kylian, elle avait mal à la tête. Ce n'est pas grave en soi, mais le manque de sommeil profond occasionné par ses crises de somnambulisme va rapidement la plonger dans un état d'intense fatigue.

— La concentration commence également à lui faire défaut, ajouta Zach. Elle qui bénéficie d'habitude d'une excellente mémoire rencontre quelques difficultés lors de son entraînement.

— Je vous avais pourtant dit de ne pas la pousser autant ! s'agaça Lily. Elle veut tellement contenter tout le monde qu'elle repousse sans cesse ses limites !

— Lily a raison, renchérit Gwen. Elle travaille d'arrache-pied pour réussir ses études et mener de front sa formation, il faut qu'elle se ménage. Nous avons tendance à l'oublier, mais Sarah est encore humaine.

— Moi, j'ai annulé l'entraînement d'arts martiaux, se défendit Stan. Elle n'a pas mis un pied sur le tatami depuis une bonne semaine.

— Il faut que Giordano déchiffre cette foutue prophétie ! s'emporta James. Je ne me sentirai tranquille que lorsque je saurai précisément ce qu'elle contient. Imaginez que Sarah doive encore subir des horreurs avant de monter sur le trône ! Je n'aime pas du tout l'idée d'une épée de Damoclès suspendue au-dessus de sa tête. Il faut trouver la raison pour laquelle elle récite mot pour mot ce message durant son sommeil. Il y a forcément un détail qui nous échappe !

— Je suis d'accord avec toi, convint Kylian. Je l'ai appelé pour le prévenir, il fait son possible. Pour le moment, l'entraînement, qu'il soit physique, magique ou théorique est annulé. Si elle pose des questions, nous lui dirons que nous préférons profiter des vacances de Noël et de la maison. La séance est levée.

Chapitre 8

Ce matin-là, je concoctais un sort pour protéger la propriété des curieux quand Stan me rejoignit.

— C'est quoi ces cailloux ? demanda-t-il en prenant l'un des cristaux bleu azur qui se trouvaient sur le comptoir pour l'examiner de plus près.

— Ce sont des Lapis Lazuli, tu veux bien m'aider et en enterrer un à chaque coin du parc ?

— Bien sûr, mais pourquoi ?

— Je les ai envoûtés. Ils vont nous préserver de la curiosité environnante en créant une illusion au regard des mortels. À chaque fois qu'ils regarderont le jardin ou la maison, même si nous sommes dehors en train de courir, de boire du sang sur la terrasse ou autre, ils ne nous verront pas.

— Je te rappelle que tu dois lever le pied sur la magie, me gronda-t-il.

Je lui lançai un regard de défi. Depuis quelques jours, tout le monde me bichonnait tellement que cela en devenait suspect. Je souffrais parfois de migraines, mais pas de quoi paniquer non plus. Si cela se trouvait, j'avais simplement besoin de lunettes. Stan soupira et secoua la tête, j'avais gagné !

— Un peu comme le sort d'invisibilité ? finit-il par demander.

— Non, plutôt comme quand on place une photo devant une caméra pour donner l'impression qu'il ne se passe rien de particulier, tu as déjà vu ce procédé dans les films ?

— Oui ! C'est le système de l'image fixe ! s'écria-t-il.

— Exactement ! De cette façon, nous pourrons vivre normalement sans nous brider. Ça marche sous tous les angles, même du ciel. L'espace aérien ici étant plus important qu'à Black Diamond, autant ne prendre aucun risque.

— Là, je dis chapeau bas, madame ! C'est super bien pensé !

— À votre service, Monsieur le vampire, rétorquai-je en m'inclinant avec déférence.

Il rit et s'empara des Lapis quand Kylian et Zach entrèrent à leur tour. Il leur expliqua ce que nous comptions faire et Zach applaudit presque. Il se proposa de seconder Stan, je restai donc avec mon père.

— Alors, ma fille, comment vas-tu ce matin ?

— Bien, j'ai dormi comme un bébé.

Je crus le voir grimacer légèrement, mais il se reprit si prestement que je me dis que j'avais dû rêver.

— Tu viens nous aider à décorer la maison ?

— Pourquoi pas ? Les jumeaux sont tellement heureux d'être ici que leur joie devient communicative.

Nous rejoignîmes les autres dans l'un des salons qui donnaient sur la façade. Lily et James étaient déjà à l'ouvrage et se battaient à grand renfort de polystyrène censé protéger les décorations.

— Et qui va passer l'aspirateur ? les gronda Gwen, faussement sévère.

— Ne t'inquiète pas, maman, nous rangerons tout ensuite, promit James avant de renverser un carton entier sur la tête de sa sœur.

S'ensuivit alors une course poursuite à travers la maison. Voir les jumeaux s'amuser comme des enfants nous fit plaisir et nous attendrit. Il s'agissait, sans aucun doute, de la façon la plus saine d'exorciser leur passé. Pendant qu'ils se chamaillaient, nous décidâmes de continuer à embellir la demeure.

— Maggie, tu peux me passer la guirlande rouge, s'il te plaît ? demandai-je, perchée sur un escabeau.

— Tiens, la voilà.

Je mis la décoration en place, au-dessus de la porte-fenêtre, puis redescendis avant de reculer de quelques pas pour juger du résultat.

— C'est parfait ! constata la jolie rousse en me passant son bras autour des épaules.

J'allais répondre, mais un ressenti étrange m'étreignit. Je m'approchai de nouveau de la fenêtre. Cette fois, j'avais parfaitement reconnu la sensation qui m'avait envahie. L'air semblait vibrer. Un homme, vêtu d'un imper et d'un chapeau feutre noirs, remontait l'allée, une canne à la main.

— Vampire à midi, annonçai-je seulement.

En moins d'une seconde, toute ma famille se plaça autour de moi.

— Terrence, m'informa Stan.

— Qui est Terrence ? demandai-je.

— Un très vieil ami de papa.

Kylian alla ouvrir, je tendis l'oreille. Je notai que les autres restaient groupés autour de moi, comme pour me protéger. Ils ne semblaient pas nerveux, mais plutôt méfiants vis-à-vis du nouvel arrivant.

— Kylian ! Vieux frère !

— Terrence ! Comment vas-tu ?

— Bien, mais…

Je devinai sans le voir qu'il humait l'air, il venait de détecter ma présence.

— James compte donc épouser une mortelle, constata-t-il, une sorcière qui plus est.

— En effet, Sarah est également ma fille adoptive, légalement s'entend.

— Ne fais pas cette tête, je sais me tenir, s'amusa le nouveau venu.

Mon père introduisit Terrence dans le salon. Grand, mince, malgré la musculature impressionnante que je devinais sous sa chemise bleu marine. Il avait des cheveux courts et blonds comme les blés. Ses traits étaient fins, énergiques, sa démarche féline. À l'instar des grands fauves, il dégageait quelque chose d'aussi gracieux que dangereux. Il devait fasciner beaucoup de ceux qu'il croisait.

— Gwen, ma chère, toujours d'une beauté à couper le souffle ! lança-t-il.
Ma mère s'avança et l'étreignit avec cette chaleur tout italienne.
— Merci, Terrence, je suis heureuse de te voir.
— Moi, pareillement. Quand j'ai su que vous étiez de retour en ville, j'ai immédiatement décidé de vous rendre une petite visite.
Mes frères allèrent le saluer puis reprirent leur place près de moi, les jumeaux firent de même. Ils demeuraient sur la défensive, j'en déduisis que le nouveau venu ne suivait pas le même régime alimentaire qu'eux. D'un geste du bras, j'écartai Stan et m'avançai tout de même. Je lui tendis la main, d'abord surpris, il s'en saisit et la baisa, comme à la belle époque.
— Sarah Strauss, me présentai-je.
— Terrence O'Hara, enchanté de faire ta connaissance, jolie sorcière.
Je lui souris. Il me rendit la politesse, visiblement amusé par le fait que je n'aie pas peur de lui. *S'il savait qu'un jour, je serais capable de lui botter le train ! Il ne sourirait pas autant, j'en suis certaine !*
— Moi, de même.
— Alors comme ça, James, tu vas enfin te marier ! Quand j'ai reçu l'invitation, j'ai eu du mal à le croire ! s'esclaffa-t-il ensuite.
James se plaça derrière moi et m'attira contre lui avant de déclarer :
— Comme quoi tout arrive ! Je voulais la femme parfaite et j'ai fini par trouver !
— Tu m'en vois ravi ! Et toi, jeune fille, pas trop nerveuse ?
— Non, il n'y a pas de raison de l'être lorsque l'on est sûre de son choix.
Terrence partit d'un rire tonitruant avant de se tourner vers mes parents.
— Cette petite me plaît ! Elle est franche et directe !
Gwen servit ensuite les verres de sang, moi, je me contentai de mon sacro-saint café. Terrence grimaça légèrement en portant le sien à ses lèvres, mais il ne fit aucun commentaire. Je ne m'étais donc pas trompée, il buvait du sang humain.
— Il est un peu tiède, constata Stan.
Je me levai et allai à la cuisine le réchauffer.
— Merci, ma puce, il est nickel, sourit-il lorsqu'il le goûta de nouveau.
— De rien.
Terrence me regarda avec un étonnement non feint.
— Quoi ? lui demandai-je.
— Je euh… Rien, se contenta-t-il de répondre.
— Sarah s'est parfaitement intégrée à notre mode de vie. Pour son anniversaire, elle a elle-même passé la commande de sang, expliqua Kylian avec un sourire plein de fierté.
— Je vois ça, les mortels qui font preuve de tant de compréhension à notre égard sont rares, rétorqua Terrence sans me quitter des yeux.
— Rassurez-vous, ils ne se montrent pas plus compréhensifs vis-à-vis de moi. Le dernier en date estimait que je méritais le bûcher, ajoutai-je.
Terrence passa la soirée avec nous, j'appris qu'il était l'un des plus vieux vampires de ce monde. Il avait connu l'Amérique lorsqu'il ne s'agissait encore que d'un

continent sauvage. Il était, comme Kylian, originaire du nord de l'Europe. Il s'agissait d'un solitaire qui aimait vivre tranquille au milieu de ses livres. Il se nourrissait de sang humain, mais ne les tuait plus, il achetait des poches au marché noir. Terrence appréciait les Hommes, il les trouvait fascinants et amusants, selon ses propres termes. Il ne voyait donc pas l'intérêt de les éliminer quand tous les moyens techniques étaient mis à disposition pour pouvoir l'éviter.

Cette nuit-là, Sarah dormit du sommeil du juste et James en fut soulagé. Blottie dans ses bras, elle semblait paisible. Il eut presque des scrupules à la sortir des bras de Morphée.

— Princesse, réveille-toi.
— Hum… Pourquoi ? Quelle heure est-il ? demanda-t-elle, à moitié endormie.
— Neuf heures, mais j'ai une surprise pour toi.

Elle ouvrit les paupières et le fixa de ses grands yeux bruns, pleins d'innocence, James se sentit fondre.

— Quoi ?
— Va voir à la fenêtre, indiqua-t-il seulement.

Elle se leva, après avoir déposé un baiser sur ses lèvres, et obtempéra. Un large sourire illumina son visage, il la trouva plus belle que jamais.

— Il neige ! s'écria-t-elle. Nous allons avoir un vrai Noël blanc !

Elle revint sur le lit et l'embrassa fougueusement.

— Si la journée commence comme ça, je ne vais pas te laisser sortir pour en profiter ! la taquina-t-il.

— Pas grave, la neige sera encore là dans une heure.

Ce soir-là, James abusa du sang et moi du champagne, mais c'était Noël après tout ! Lorsque je me levai pour prendre congé, Stan me rattrapa de justesse avant que je ne m'étale.

— J'en connais une qui va convoquer les frères aspirine et café noir demain matin ! s'amusa-t-il.

Je ris et, constatant que j'étais éméchée, l'assistance m'imita. Je montai et filai dans la salle de bain après avoir balancé mes escarpins à travers la chambre d'un geste du pied. Je me rendis compte que James me suivait alors je lui demandai :

— Auriez-vous une idée derrière la tête, Monsieur Carter ?
— Moi ? Jamais de la vie, ce n'est pas mon genre, ronronna-t-il en m'embrassant.

Il tourna les robinets de la baignoire et y versa des sels parfumés en me gratifiant d'un clin d'œil explicite.

— Bah voyons !

— Non, madame. Je veux juste procéder à une expérience scientifique visant à mesurer la contenance de cette baignoire, une fois deux corps immergés dedans.

Je ris de nouveau et me laissai déshabiller docilement.

— Vous avez abusé du vin, Mademoiselle Strauss, s'amusa-t-il.

— Oui, et vous du sang, Monsieur Carter.

— C'est vrai, je l'avoue, mais ce soir est un soir de fête, tout est permis. Laisse-moi te souhaiter un joyeux Noël à ma façon et terminer cette journée aussi bien qu'elle a commencé.

Évidemment, je ne vis rien à redire à ça.

Je me réveillai seule et restai un moment à fixer le plafond, ses moulures fines, ses rosaces. Un profond soupir m'échappa. Je me redressai, me frottai le visage et remis mes cheveux en place. Quelque chose dans ma vision périphérique attira mon attention. Je me tournai sur la droite et crus apercevoir une femme. Elle possédait des cheveux couleur de feuilles d'érable, comme ceux de Jamy et sa robe de satin, vert émeraude, marquait sa taille parfaite. Je clignai, me demandant ce qu'elle fabriquait là, mais lorsque je rouvris les yeux, elle avait disparu. Je me levai précipitamment et gagnai la salle de bain. Vide. Pourtant, elle ne pouvait qu'être là. Décontenancée, je restai un instant à observer la pièce. Au sol, mes vêtements et ceux de James gisaient, entremêlés, mais aucune trace d'une intruse. Je souris, non, je n'étais pas folle, j'étais juste victime d'une sacrée gueule de bois ! Rassurée, je décidai de rejoindre mon lâcheur de fiancé au rez-de-chaussée.

Les Drake se trouvaient dans le salon, en grande discussion. James avait préféré laisser Sarah se reposer encore un peu, elle en avait besoin après toutes ces festivités, mais c'était sans compter sur son détecteur de présence intégré. Elle finit par le rejoindre, en robe de chambre, et peu ravie qu'il l'ait laissée seule.

— Te voilà, ma princesse. Pourquoi ne dors-tu pas un peu plus longtemps ? lui demanda-t-il.

— Devine, rétorqua-t-elle presque sèchement avant de l'embrasser tout de même.

— Tu n'as pas l'air en forme, constata Stan.

— Lendemain de fête, se contenta-t-elle de répondre en se laissant tomber sur le canapé.

— Eh bien, tu vas pouvoir te reposer, lui annonça Kylian. Le directeur du lycée a appelé pour me dire que celui-ci avait brûlé. Vous bénéficiez donc de deux semaines de congés supplémentaires.

Sarah ne leva même pas les yeux de la tasse de café que Gwen venait de lui servir et s'exclama :

— Tant mieux ! Dommage que certains élèves n'étaient pas enfermés dedans !

Tout le monde la regarda, éberlué. Ce n'était pas son genre de souhaiter du mal aux autres. La gueule de bois n'expliquait pas tout !

— Sarah ! la gronda Gwen. Tu te rends compte de ce que tu viens de dire ?

— Parfaitement ! Ne comptez pas sur moi pour regretter ce foutu lycée et la bande d'abrutis qui composent sa population. Ils nous détestent et j'en ai autant à leur service ! Sur ce, je monte me préparer.

Une fois de plus, le clan resta bouche bée devant le comportement de la jeune fille.

— Qu'est-ce qu'il lui prend ? demanda Zach.

— Ça arrive les lendemains de fête difficiles, expliqua Stan. Elle n'a pas beaucoup dormi cette nuit.

— Oui et elle a abusé du champagne aussi, ajouta James, elle doit être un peu barbouillée, voilà tout.

Cependant, il n'était pas convaincu par cette explication pour le moins bancale. Sarah redescendit, vêtue d'un jean et d'un col roulé bleu, elle était pâle. Elle vint se lover contre lui comme si sa mauvaise humeur avait totalement disparu à présent.

— Je dois me rendre en ville ce matin, tu veux m'accompagner ? lui proposa-t-il.

— Non, je crois que je vais rester à traîner à la maison aujourd'hui.

— Tu ne te sens pas bien ?

— Si, mais je dois essayer ma robe de mariée.

— D'accord, mais je risque d'en avoir pour un moment.

— Pas grave, prends ton temps, dit-elle en déposant un baiser sur ses lèvres.

James partit avec Zach, mais il ne put s'empêcher de penser à Sarah. Ses sautes d'humeur étaient de plus en plus fréquentes.

Je venais de terminer les essayages de ma robe et je devais avouer qu'elle était encore plus magnifique que sur le papier, Maggie s'était surpassée sur ce coup-là ! Bien entendu, elle était loin d'être achevée, mais j'étais ravie tout de même. Pendant que mes sœurs continuaient à peaufiner les détails de ce chef-d'œuvre, je rejoignis Stan dans le garage. Il aménageait notre territoire comme il l'appelait. Le travail avait déjà bien avancé et notre projet commençait à prendre forme.

— Coucou, toi ! me lança-t-il lorsque j'entrai.

— Salut, petit frère ! Eh bien, je constate que tu n'as pas lambiné !

— Que veux-tu ? C'est qu'il nous reste pas mal de temps libre lorsque l'on ne dort plus.

— Ouais, bah moi je suis claquée ! rétorquai-je en bâillant à m'en décrocher la mâchoire.

D'un coup de reins, je m'assis sur un meuble qui se trouvait là.

— Tu termines mal l'année ! s'amusa-t-il.

— Toujours mieux que notre cher lycée en tout cas, ricanai-je.

Je ne savais pas pourquoi, mais j'étais presque heureuse qu'il ait brûlé. C'était comme… un plaisir malsain. Eh oui ! J'étais encore humaine et donc pas au-dessus de ce genre de petite mesquinerie.

— C'est clair ! Tu crois que c'est un incendie criminel ? me demanda Stan, me tirant de mes pensées.

— Aucune idée, mais je mentirais en disant que je ne suis pas ravie de passer deux semaines de plus ici.

— Moi, pareil. Remarque, je ne serais pas vraiment étonné d'apprendre que ce sont des élèves qui ont mis le feu. Ils ont tous un grain dans ce patelin !

— Moi non plus. Je suppose que même pendant les fêtes de fin d'année il n'y a rien à faire à Black Diamond. Ils devaient s'ennuyer et du coup, un verre après l'autre, ça aura dégénéré.

— Exactement ! Pour une fois que notre cher shérif va tirer ses grosses fesses de son bureau pour faire autre chose que traverser la rue pour s'empiffrer de pancakes ! s'esclaffa Stan en attrapant un balai pour nettoyer les écuries.

Je fus alors prise d'un tel accès d'hilarité que j'en pleurai presque. Plus je riais et plus Stan en rajoutait, imitant le Shérif, sa voix, sa démarche, c'était à mourir de rire ! Puis je m'arrêtai net. La femme rousse me regarda une seconde dans les yeux, puis quitta le bâtiment pour rejoindre le jardin.

— Quoi ? On dirait que tu as aperçu un fantôme, remarqua Stan.

Il ne l'avait donc ni vue ni entendue ? Comment était-ce possible ? Personne ne peut déjouer la vigilance d'un vampire. À moins que...

— Je euh... Je viens de me souvenir que j'ai un truc à faire.

— Quoi ?

— Euh... Je dois terminer ma dissertation pour mon dossier d'inscription.

— Oh, d'accord. N'hésite pas à demander si tu as besoin.

Je rejoignis la maison rapidement. Une fois dans ma chambre, je me précipitai sous mon lit pour en tirer mon grimoire. À quatre pattes sur le sol, je le feuilletai à toute vitesse. *Voir les morts, voir les morts, voir les morts...* Je tombai finalement sur un chapitre énumérant les différents pouvoirs que les générations précédentes avaient possédés. Contrôle des éléments, illusions, visions, invisibilité... mais rien sur le fait d'apercevoir des spectres. Je fermai les yeux et tentai de garder mon calme en respirant profondément. Lorsque je les rouvris, quelques gouttes de sang avaient souillé l'ouvrage multi-centenaire.

Chapitre 9

La femme rousse revenait souvent depuis trois semaines. Il m'arrivait de l'apercevoir dans le jardin, humant les fleurs ou déambulant dans la maison. En fouinant dans le grenier, j'avais trouvé un portrait d'elle et découvert son identité : Alicia Carter, la mère des jumeaux. Ce détail m'avait un peu rassurée, il ne s'agissait donc pas de simples hallucinations. Ma visiteuse avait bel et bien existé et vécu ici. Cependant, j'avais gardé mon secret pour moi. Quelque chose me disait que c'était préférable.

J'avais appelé mon grand-père pour lui demander si certains de mes ancêtres étaient médiums. Devant son étonnement, j'avais prétexté désirer en apprendre plus sur ma lignée. Cela lui avait fait plaisir, l'avait même flatté. Il m'avait expliqué que certains de mes aïeux étaient parvenus à contacter des esprits, mais que, selon eux, l'exercice ne devait pas être renouvelé trop souvent. Troubler le repos des morts pouvait déclencher leur courroux et la situation dégénérait alors très vite. Il arrivait que des spectres ne veuillent plus lâcher ce lien providentiel avec leur vie passée et le spirite qui les avait dérangés ne connaissait plus la paix. Certains avaient même sombré dans la folie, l'entité avait pris le contrôle de leurs corps et s'en servait comme d'une sorte de vaisseau pour interagir avec le monde des vivants. Cependant, aucun d'entre eux n'avait réussi l'exercice spontanément, un sort spécifique était obligatoire pour ouvrir et fermer les portes de l'au-delà. Se pourrait-il que l'union de mes grands-parents ait créé une nouvelle faculté suffisamment puissante chez leurs descendants pour se dispenser de sortilège ?

Enfoncée dans mon siège, les pieds sur le bureau, je fixais le vide. Le soleil pâle de l'hiver inondait la pièce de sa douce lumière. Une belle journée, mais je n'y prêtais pas la moindre intention, trop absorbée par mes préoccupations.

Tu mens aux autres, Sarah, mais surtout, tu te mens à toi-même. Tu sais que ces migraines n'ont rien à voir avec du surmenage ni avec la magie.

Je n'avais pas souffert de maux de tête depuis deux jours, les choses s'amélioraient. Après tout, mon grand-père m'avait prévenue que l'activation de mes pouvoirs ne m'aiderait que pendant un temps. Une nouvelle faculté pourrait donc créer un trop-plein de puissance pour mon corps humain. Elle se comportait peut-être comme mes impulsions, revenant et repartant à sa guise jusqu'à ce que j'apprenne à la contrôler. Ensuite, tout rentrerait dans l'ordre.

Ah oui ? Et tu dois te gaver d'antidouleurs lorsque tu utilises tes impulsions ? Et que fais-tu des convulsions de ce matin ? Sans parler des pertes de mémoire et des saignements de nez intempestifs ! Si ce n'est pas grave, pourquoi caches-tu la situation aux autres ? Il te suffirait de leur avouer la vérité. Ils t'aideraient à maîtriser ce nouveau don et le tour serait joué ! Mais non, tu préfères leur dissimuler ton état tout comme tu caches les tubes de médicaments sous une latte du plancher dans la chambre…

— Laisse-moi ! m'énervai-je en me prenant la tête dans les mains.

Pas de problème, file voir James, explique-lui de quoi il retourne, et je te fiche la paix sur-le-champ. Seulement, tu sais que tu ne le feras pas. Tu as conscience que quelque chose cloche.

— N'importe quoi !

Bien sûr, bien sûr… Donc tout va pour le mieux dans le meilleur des mondes, c'est ça ?

— Exactement.

O.K. Encore une chose cependant, si tu vas parfaitement bien, pourquoi réponds-tu à la petite voix dans ta tête ? Allez, j'attends ta réponse, tic, tac, tic, tac…

— Va-t'en ! Laisse-moi !

À cet instant, je me félicitai d'avoir jeté un sort sur toutes les chambres afin que rien n'en filtre. J'ignorais ce qui m'arrivait exactement, mais je n'avais aucune envie que la fratrie me croie folle.

— Calme-toi, Sarah, s'énerver n'arrangera pas la situation, ma chérie.

Je bondis presque de mon fauteuil et me retrouvai plaquée contre le mur, derrière moi. Mon corps se couvrit de chair de poule, les cheveux dans ma nuque se dressèrent, je tremblais de tous mes membres.

— Qu'est-ce que…

Ma mère se tenait devant moi, dans le tailleur qu'elle portait le jour de son enterrement, resplendissante de santé. Elle affichait ce sourire bienveillant dont elle ne se départait que rarement en ma présence.

Interdite, je restai une seconde plantée là, à la dévisager, bouche bée. Comment était-ce possible ? J'avançai prudemment, prenant tout de même garde de laisser le bureau entre nous.

— Le temps presse, mon ange, prévint-elle avant de s'évaporer.

Mes jambes se dérobèrent et je retombai dans le fauteuil que j'occupais une seconde avant. Mon cœur battait si fort que ma poitrine devint douloureuse.

— Maman, soufflai-je.

Le temps presse. Que voulait-elle dire ? Par rapport à quoi ?

Tu le sais très bien.

Je me sentis soudain oppressée et quittai la pièce en courant. Une fois dehors, j'offris mon visage au soleil et respirai profondément. Le bruit de la grille d'entrée me fit tourner la tête. Terrence remontait l'allée, balançant sa canne avec nonchalance.

— Bonjour, Sarah, me salua-t-il en s'inclinant.

— Bonjour, Terrence, comment vas-tu aujourd'hui ? demandai-je en cachant mon trouble.

— Très bien, merci. Tu prends l'air ?

— Oui, il serait dommage de ne pas profiter d'une si belle journée.

— Soit, convint-il.

Je l'invitai à entrer. Nous nous installâmes au salon. Stan surfait sur le net tandis que mon père lisait le New York Times.

— Alors, Terrence, qu'est-ce qui t'amène, mon ami ? lui demanda ce dernier en posant son journal sur la table basse.

— Sarah m'a proposé, fort gentiment d'ailleurs, de me prêter certains de ses ouvrages sur les dieux égyptiens et leurs légendes, expliqua-t-il.

— Il est vrai qu'en ce qui concerne la lecture, tu as de la concurrence avec ma fille ! rit le viking.

— Tu m'en vois ravi ! Il est rare de trouver une femme aussi belle qu'intelligente.

— Ma petite sœur est un génie, elle a été acceptée en Ivy League alors qu'elle est encore humaine, elle, renchérit Stan avec fierté.

— Ne les écoute pas, Terrence, coupai-je, toujours aussi gênée par les compliments. Viens, allons à la bibliothèque.

Il m'emboîta le pas, un léger sourire amusé sur les lèvres. Je sortis les bouquins promis.

— Ces livres sont magnifiques, je vois que tu as le goût des beaux ouvrages, commença-t-il en les étudiant avec intérêt.

— Effectivement, il s'agit de l'une des nombreuses passions que ma mère m'a transmises.

J'aurais préféré que ce soit la seule et unique chose. D'ailleurs, dans le cas qui m'occupe, il n'est pas question d'une passion, mais d'une malédiction.

— Celui-ci est splendide, relié à la main, papier et encre de très haute qualité, énuméra-t-il en humant l'air, les yeux fermés.

J'aimais cette faculté chez les vampires, identifier chaque chose rien qu'à son odeur. J'avais tenté l'expérience avec James. Nous nous étions rendus en forêt et je lui avais bandé les yeux. Il avait été capable de me donner le nom de chaque plante qui nous entourait en commençant par la plus proche et en terminant par la plus éloignée. J'avais été sidérée, et lui très amusé de voir ma tête.

— Oh, j'en possède de bien plus anciens, certains sont écrits en latin. Je ne saurais dire depuis combien de temps ils appartiennent à ma famille, quel âge ils ont exactement, j'ignore même quels sujets ils traitent, mais je les aime bien, ajoutai-je avec un sourire.

— Moi aussi j'avoue sans honte entretenir certains liens affectifs avec mes livres, admit-il. Je serais curieux de voir tes chouchous, si tu le permets.

Je me dirigeai vers l'une des étagères quand je sentis Terrence se déplacer derrière moi. Il empestait le prédateur en chasse, mon simple sixième sens avait suffi à me prévenir du danger.

— Ne sois pas stupide, tu ne passerais pas la porte de cette bibliothèque que tu serais déjà mort, lançai-je calmement en attrapant un ouvrage.

Il se stoppa net dans son élan, je le sus sans même me retourner.

— Je euh… Désolé.

— Pas grave, nous mettrons cela sur le compte de vieux réflexes, rétorquai-je en déposant mon fardeau devant lui.

— Mais, comment…

— Peu importe, le coupai-je.

Il fronça les sourcils puis s'empara de l'ouvrage. Il l'observa méticuleusement, caressa la couverture, le renifla et sembla savourer l'instant.

— Hum... Les livres sont comme une jolie femme, si nous les traitons avec respect et déférence, ils nous procurent un plaisir indicible, murmura-t-il.

Je n'aurais sûrement jamais songé à ce genre de comparaison, mais elle me plut, je devais l'avouer. Personnellement, je préférais de loin être comparée à un ouvrage plein de culture ou de poésie plutôt qu'à une voiture ou pire.

— Celui-ci est unique en son genre, il a été entièrement rédigé à la main, à la plume d'oie. Il s'agit d'un recueil de poèmes, certainement l'œuvre d'un amateur, mais qui vaut son pesant d'or, ma chère. Puis-je te l'emprunter ?

— Avec plaisir. Garde-le autant que tu le voudras, nous avons le temps puisque nous nous installerons définitivement ici dès la fin des examens, lui expliquai-je.

Allongée sur le sol de la salle de bain, face contre terre, je tentais de reprendre mon souffle. La fraîcheur du carrelage me soulagea à peine. Ma gorge et mon estomac me brûlaient après avoir rendu mon déjeuner. Je passais de plus en plus de temps agenouillée devant ce trône, pas moins royal que le mien, si l'on considérait qu'il parvenait à me faire courber l'échine, lui. J'avais l'impression d'avoir avalé de l'acide de batterie. Je tentai de me remettre debout avec des gestes mal assurés. Peine perdue, sitôt j'eus retrouvé la position verticale qu'une douleur foudroyante traversa mon crâne. Je dus prendre appui sur le rebord du lavabo pour ne pas m'écrouler de nouveau.

Mais c'est pas grave, on va se jeter un petit anti-inflammatoire derrière la cravate ! Hein, ma vilaine petite cachottière !

— Ferme-la, toi, c'est pas le moment !

— Le temps presse, lança une voix derrière moi.

Je sursautai et levai le regard vers le miroir. Alicia Carter se tenait dans l'encadrement de la porte, derrière moi, droite et fière dans sa robe de soie vert émeraude. Je fis volte-face, trop tard, elle avait déjà disparu. Je me frottai les yeux, regardai de nouveau, rien. *Qu'est-ce qui m'arrive ? Qu'est-ce que j'ai ? Comment puis-je apercevoir des spectres sans avoir jeté aucun sort ?* pensai-je avec angoisse.

Tu le sais, le problème, c'est que tu refuses de l'admettre.

Je me retournai pour étudier mon reflet dans le miroir. J'étais pâle, trop pour que cela ne se remarque pas au premier coup d'œil. Surtout que niveau acuité visuelle, les vampires se posaient là. J'ouvris le tiroir sur ma droite et en sortis un tube de fond de teint, du blush rosé et un gros pinceau. *Avec ça, ça devrait le faire. Mais avant, je vais prendre de quoi tenir toute la soirée.*

Je regagnai la chambre, soulevai le tapis au centre de la pièce et retirai l'une des lattes du plancher. Mes mains tremblaient, je devais faire vite si je ne voulais pas que James me surprenne. *Oui, ce serait tellement dommage qu'il s'aperçoive qu'il s'apprête à épouser une menteuse doublée d'une junky.* Un à un, je secouai les flacons frénétiquement. Je devais en avoir inspecté quatre ou cinq avant de trouver enfin ce que je cherchais. Je l'ouvris et le retournai dans ma main. Deux comprimés. Je retombai, les fesses sur les talons et contemplai les médicaments. Ma réserve de morphine baissait dangereusement. Si j'en subtilisais davantage à Kylian, il finirait par s'en rendre compte. *Ah, on avance ! Tu concèdes finalement que tu voles ton père. Tu vois quand tu veux !*

— Lâche-moi ! Je n'ai pas besoin de tes leçons de morale, va donc voir ailleurs si j'y suis !

Tu sais comme moi que c'est impossible, tant que tu te voileras la face, je resterai ici, bien au chaud dans ton crâne de piaf ! On se débarrasse de beaucoup de choses, ma belle, mais pas de sa conscience.

Je rangeai le tube de médicaments, remis la latte et le tapis en place et retournai dans la salle de bain d'un pas décidé.

À mon approche, James leva les yeux du livre posé sur ses genoux. Un sourire appréciateur étira ses lèvres parfaites.

— Tu es superbe, ma princesse, dit-il en se levant.

Je portais une robe vert émeraude, un foulard assorti et des escarpins noirs à talons hauts. Une tenue sobre et élégante. Exactement l'idée qu'un homme de cent trente ans se faisait d'une femme digne de ce nom. Il avait beau sembler avoir le même âge que moi, mon chéri était né dans le siècle précédent et il n'appréciait pas forcément toutes les mœurs de celui-ci. Je pouvais donc oublier le jean taille basse et le string-bijou surplombant le tout.

— Merci, on y va ?

— On y va !

Il m'aida à enfiler mon manteau avant de sortir. Nous avions décidé d'aller au restaurant pour un dîner en tête à tête. La BMW se trouvait devant le perron.

— Tu as avancé la voiture, m'étonnai-je.

— Je suis galant, sourit-il en m'ouvrant la portière pour que je prenne place.

— Je n'en ai jamais douté.

Il referma la porte, fit le tour du véhicule puis s'installa à son tour. Lorsqu'il alluma les phares, je sursautai violemment.

— Ça va ? On dirait que tu as aperçu un fantôme, s'inquiéta James.

Et pour cause, ma mère se tenait devant la voiture. Elle dardait sur moi ce regard qui n'appartenait qu'à elle, celui qui annonçait que ça allait barder pour mon matricule.

— Je vais bien, assurai-je, les yeux rivés à ceux de l'apparition. J'ai cru voir un chat et j'ai eu peur que tu ne l'écrases.

James posa sa main sur ma cuisse et se mit à rire.

— Voilà une chose qui ne t'arrivera plus lorsque tu seras comme moi. Rassure-toi, princesse, je ne risque pas d'écraser de pauvres chatons innocents, j'y vois comme en plein jour !

Je me tournai vers lui, me forçant à sourire.

— Il m'arrive d'oublier ce genre de détails.

Il s'esclaffa de nouveau puis démarra enfin. Lorsque je reposai les yeux sur l'allée qui se déroulait devant nous, il n'y avait plus personne. Je sentis un courant d'air froid me traverser de part en part avant que la douce voix maternelle, audible de moi seule, ne me murmure :

— Le temps presse, ma Sarah, le temps presse.

Durant tout le trajet jusqu'au restaurant, je fis en sorte de ne rien laisser paraître de mon malaise grandissant. James avait choisi l'un des établissements les plus en vogue de la ville. La file d'attente était pour le moins impressionnante. Il devait y avoir cent personnes au bas mot. Il se gara devant l'entrée et un voiturier se précipita pour ouvrir ma portière.

— On va en avoir pour des heures avant d'obtenir une table ! m'exclamai-je une fois dehors.

— Rassure-toi, nous serons attablés dans moins de cinq minutes.

Il tendit les clefs à l'employé puis me prit la main. Sans un regard pour les pauvres bougres qui patientaient dans le froid, il gagna directement la porte. Je me sentis comme une star de cinéma débarquant sur le tapis rouge. Les gens nous considéraient avec envie, commentaient nos tenues, certains nous photographièrent avec leurs portables. Une blonde platine, au goût douteux en matière de maquillage, assura même à l'amie qui l'accompagnait que James était un acteur connu à Hollywood.

— Rien que ça, grommelai-je.

— Quoi donc ? demanda ce dernier, feignant ne pas avoir entendu.

Il me serra contre lui et m'embrassa les cheveux avec un sourire amusé.

Lorsque nous entrâmes, je regardai autour de moi, curieuse. C'était la première fois que je mettais les pieds dans un restaurant aussi haut de gamme. Ma mère et moi nous offrions bien sûr un repas de temps en temps, mais certainement pas dans ce genre de lieu où le prix d'un dîner devait avoisiner ce qu'elle gagnait en un mois. La salle, aux lumières savamment tamisées, était surmontée d'une mezzanine sur tout le tour. Les poutres apparentes du plafond me firent songer à l'ossature de la coque d'un bateau que l'on aurait retournée. Une sorte de petit salon, composé d'un canapé, de deux fauteuils et d'une table basse, avait été disposé au centre de la pièce.

— Bonsoir, Monsieur Drake ! le salua le maître d'hôtel. C'est un plaisir de vous revoir chez nous !

James était manifestement connu du personnel. Cela ne me surprit pas vraiment vu les pourboires généreux qu'il laissait à chaque fois que nous sortions. L'avoir dans ses clients réguliers revenait à doubler son salaire pour un serveur payé au taux horaire.

— Merci, Paul.

— Veuillez me suivre, s'il vous plaît.

Nous gagnâmes l'étage où nous attendait une table, un peu en retrait. James me tira la chaise puis s'installa face à moi. Contre toute attente, le maître d'hôtel ne nous proposa pas de carte et disparut.

— Euh... il ne nous demande pas ce que l'on souhaite commander ?

— Il a l'habitude. Tiens, le revoilà déjà.

En effet, il revenait avec un plateau chargé d'un seau à champagne.

— Dom Pérignon 1982, annonça-t-il avec déférence.

Il servit une coupe, mais au lieu de la tendre à James, comme le voulait l'usage, il me l'offrit. Un peu surprise, je goûtai le liquide effervescent. Mes papilles frémirent de plaisir au contact de ce nectar pétillant.

— Délicieux, déclarai-je.

Le visage de James s'éclaira d'un sourire satisfait.

— Laissez, Paul, je me chargerai du service.

— Bien, Monsieur Drake, dit-il en s'inclinant légèrement.

Une fois seuls, j'étudiai de nouveau ce magnifique endroit. Dans la foule, je reconnus un réalisateur de film de science-fiction, un mannequin célèbre pour ses jambes à n'en plus finir et un couple d'acteurs qui avaient souvent la primeur des premières pages des magazines people qu'affectionnait Maggie. Sans son maquillage sophistiqué, la fille était beaucoup moins mignonne et mon vampire était bien plus sexy que le sien. En plus, je pouvais le sortir au soleil tant que je le voulais.

— Il y a du beau monde, m'amusai-je.

— C'est vrai, c'est un lieu incontournable à New York, opina James en regardant alentour.

— Incontournable pour les fils à papa de l'Upper East Side, ironisai-je.

— Touché. Mais tu aimes ?

Je lui souris franchement.

— J'adore, tu veux dire ! Mais ce n'est pas la première fois que tu viens accompagné, ajoutai-je, l'air de rien.

Il rit, basculant la tête en arrière. Je l'aimais plus que tout au monde.

— Ne sois pas jalouse, ma tigresse, s'il t'a fait goûter le champagne et qu'il me connaît, c'est seulement parce que cet endroit appartient à Terrence ! Il connaît également la véritable nature du patron, si tu vois ce que je veux dire. Jamais il ne me viendrait à l'esprit de t'inviter dans un restaurant où je suis déjà venu dîner avec une autre femme.

— T'as plutôt intérêt, prévins-je, faussement menaçante.

Le reste du repas se déroula dans la bonne humeur. Nous discutâmes du mariage, des fleurs que nous aimerions pour ce jour-là, de notre avenir commun, des choses que les jumeaux envisageaient de changer à la Roseraie en respectant le contrat de vente. Tout se passait pour le mieux jusqu'au moment où j'entendis : « Sarah, le temps presse ». Je tournai légèrement la tête vers la droite et aperçus Alicia Carter et ma mère. C'était la première fois que je les voyais simultanément. Toutes deux semblaient inquiètes, ce qui raviva mes propres angoisses.

— Sarah, tu es toute pâle, ça va ? s'inquiéta James.

Je lui souris avant d'affirmer :

— Oui, ça va. Je suis juste un peu fatiguée.

Il fronça les sourcils, mais le retour du maître d'hôtel, avec mes profiteroles au chocolat, détourna une seconde son attention. Je profitai de cette interruption salutaire pour regarder de nouveau. Alicia et ma mère étaient toujours là. Maman s'avança et dit :

— Tu dois faire vite, Sarah, tu n'as plus beaucoup de temps.

Une longue décharge électrique parcourut ma colonne vertébrale. Je reposai mon regard sur mon assiette, mon bel appétit venait de s'envoler.

Assise devant ma coiffeuse, mon grimoire ouvert sur mes genoux, j'observais mon reflet avec attention. De larges cernes noirs soulignaient mes yeux, mon teint était gris, mes joues creusées et j'avais perdu dix kilos, au bas mot. J'avais fini par comprendre l'avertissement de ma mère et d'Alicia. Le temps pressait... pour moi.

— Que le teint de rose remplace la mine morose. Que les traits chiffonnés, par la magie soient sublimés, et qu'au regard des vampires, je respire la santé, récitai-je d'une voix morne.

Une légère lueur blanche encadra mon visage pendant qu'une douce chaleur caressait ma peau. De nouveau, j'observai mon image. Si pour moi il n'y avait aucun changement, ma famille, elle, n'y verrait que du feu. Cependant, je ne me leurrais pas quant à la suite des événements. Bientôt, la magie ne suffirait plus à masquer mon état. De plus, l'utiliser régulièrement me fatiguait beaucoup. Je n'entretenais aucune illusion en ce qui concernait ma santé. Les migraines, les vomissements, les convulsions et les hallucinations faisaient partie de mon quotidien à présent.

Après l'épisode du restaurant, deux semaines plus tôt, j'avais décidé d'effectuer un check up complet. Toutefois, je m'étais désistée. Et si l'activation de mes pouvoirs avait modifié mon ADN et que les médecins s'en rendaient compte ? Ils commenceraient alors à poser des questions, voudraient que je passe des tests complémentaires. Non, je ne pouvais pas m'adresser à des mortels et, dans ce cas, il ne me restait qu'une seule et unique option. Je refermai mon grimoire d'un coup sec et le jetai à travers la pièce.

— Pourquoi ? Pourquoi m'infliger toutes ces épreuves ? hurlai-je dans le vide avant d'éclater en sanglots.

Pour toute réponse, le livre traversa de nouveau la chambre et atterrit à mes pieds tandis que les pages tournèrent toutes seules. Je le regardai une seconde, interloquée, puis me penchai pour le récupérer. Il venait de s'ouvrir sur la partie indéchiffrable de la prophétie.

— C'est une blague ? criai-je à l'intention de mes ancêtres. Il s'agit d'un nouveau test destiné à éprouver mon courage face aux obstacles, c'est ça ? Ou comme pour mon père et la maladie de ma mère, vous n'avez pas prévu ce détail ? Non, mais sans rire ! À quoi vous me servez exactement ? Si ce n'est pour me léguer des indices illisibles sur un vieux bouquin moisi !

Je me levai et arpentai la pièce après avoir déposé le grimoire sur la coiffeuse. Près d'une minute s'écoula avant que je ne reprenne mon monologue :

— Ah ! Et voici des prophéties en veux-tu en voilà, et voici des devoirs et des corvées, mais lorsque j'exige des réponses, il n'y a plus personne ! Ça ne vous dérange pas trop de mettre vos descendants dans la panade et de les laisser se débrouiller ensuite ?

— Tu recevras les réponses en temps et en heure.

Cette phrase avait été prononcée dans un français impeccable. Je ne me retournai pas cette fois, à quoi bon ?

— Tu n'es qu'une illusion, tu n'existes pas, dis-je, presque durement.

— Toi plus que tout autre devrais savoir que la magie n'est qu'illusion, ma Sarah. Tu juges cette histoire injuste, mais crois-moi, lorsque tu comprendras à quel point la destinée que nous t'avons réservée est extraordinaire, tu nous remercieras.

Je fis volte-face. Ma mère était assise à la place que j'occupais quelques instants auparavant. Je jetai un coup d'œil au miroir de la coiffeuse, bien sûr, elle ne se reflétait pas dedans. Encore une hallucination, douloureuse, perverse, mais qui provoquait un chagrin bien réel.

— Bah voyons. Non, tu n'es pas ma mère. Jamais elle n'aurait toléré que je souffre, ne serait-ce qu'un peu. Elle m'aimait plus que tout, plus que sa propre vie.

Une larme perla au coin de l'œil de l'apparition. Incroyable ! Tout me semblait si vrai !

— Je n'ai jamais cessé de t'aimer, ma douce, jamais. Tu restes ma plus belle réussite, ma plus grande fierté.

J'esquissai un sourire amer avant de rétorquer :

— Bien sûr, tu m'aimes tellement que tu me détruis un peu plus chaque jour. Tu tiens tant à moi que tu me pousses dans les bras de la Faucheuse. Tu estimes sûrement que je suis trop longue à les rejoindre. Va-t'en ! Qui que tu sois ou quoi que tu sois, dégage !

Un goût âcre, métallique envahit alors ma bouche. J'y portai les doigts et lorsque je les regardai, ils étaient couverts de sang. Je posai mon regard sur la coiffeuse, l'apparition s'était envolée.

Je frappai un coup sec à la porte du bureau de Kylian et entrai sans attendre de réponse.

— Salut, papa, lançai-je d'une voix morne.

Il leva la tête de son ordinateur et fronça les sourcils. Je me laissai tomber sur la chaise face à lui avant de tendre le bras pour attraper un bloc note et un stylo. Sur le petit carré de papier, j'écrivis ceci : **Il faut que je te parle de quelque chose de très important, mais les autres ne doivent rien savoir.** D'un doigt, je poussai le mot vers lui. Il s'en saisit, lut, tandis que la ride sur son front se creusait un peu plus.

— Que dirais-tu d'aller boire un café tous les deux ? Cela nous permettrait de passer un peu de temps entre père et fille.

— J'adorerais ! m'écriai-je en feignant un enthousiasme débordant.

Il y avait foule au Nice Coffe's cet après-midi-là, mais nous réussîmes tout de même à obtenir une table, dans le fond, près de la fenêtre. Il faisait froid et les badauds avaient pris d'assaut l'endroit. Lorsque nous nous installâmes, Kylian ne perdit pas de temps en conjectures inutiles.

— Que se passe-t-il, ma chérie ? interrogea-t-il.

Je baissai les yeux et me tordis les doigts avec nervosité. La serveuse choisit ce moment pour venir prendre notre commande avant de repartir vers le comptoir. Kylian attendit jusqu'à ce que nos cafés nous soient apportés, puis il insista :

— Alors ?

— Je euh… J'ai un problème.

— J'avais compris, mais de quel genre de problème s'agit-il ? Ont-ils un rapport avec les médicaments que tu me voles régulièrement ces dernières semaines ? s'enquit-il d'une voix blanche.

J'inspirai profondément, mon cœur semblait sur le point d'exploser tant il battait fort. Il savait donc pour les comprimés, malgré cela, il avait attendu que je sois prête à me confier. J'eus honte soudain, j'avais tant de chance d'avoir trouvé Kylian. Il m'aimait alors que mon propre géniteur ne l'avait jamais fait.

— Papa, je crois que je suis malade, lâchai-je enfin.

Il m'observa une seconde, le visage empreint de gravité.

— Qu'est-ce qui te pousse à penser cela ? s'enquit-il. Tu souffres de symptômes particuliers ?

Je baissai la tête et enserrai ma tasse de mes mains. La chaleur m'apaisa un peu.

— Migraines, saignements de nez, convulsions et hallucinations. Il m'arrive aussi d'avoir des absences et d'entendre des voix.

J'avais parlé si bas, qu'il ne m'aurait sans doute pas entendue s'il n'avait pas été un vampire. Son visage resta de marbre lorsqu'il demanda :

— Quand ces symptômes sont-ils apparus ?

— Je euh… Pour dire la vérité, les migraines et les absences ont débuté à Black Diamond, mais j'ai songé que ces maux étaient dus à la fatigue. Ensuite, lorsque nous sommes arrivés ici, ils ont empiré. Le reste a suivi rapidement. J'ai compris que quelque chose n'allait pas quand… j'ai commencé à voir Alicia Carter et ma mère, avouai-je avant d'éclater en sanglots.

Kylian posa ses longues mains diaphanes sur les miennes.

— Ça va aller, mon trésor, ne t'inquiète pas. Je vais te faire passer des examens et nous allons trouver ce que tu as.

— Mais si tu m'examines à la maison, les autres vont le savoir.

— Rassure-toi, j'ai plus d'un tour dans mon sac, m'assura-t-il avec un clin d'œil. De toute façon, je n'ai pas le matériel approprié à la Roseraie. Allez debout, je t'emmène à la découverte de mon monde.

Aidé de sa jumelle, James réfléchissait au rafraîchissement de la décoration. Ils avaient décidé de commencer par sa chambre, une façon de remercier Sarah pour tout le mal qu'elle s'était donné pour récupérer la maison.

— Le plancher est encore en bon état, mais un ponçage ainsi qu'un vernissage s'imposent, déclara Lily, les poings plantés sur ses hanches étroites.

— Hum… Tu crois ? demanda James en tâtant les planches du bout du pied. Moi je trouve que la patine lui confère un certain cachet…

Soudain, il stoppa net.

— Quoi ? s'enquit sa sœur.

— Cette latte bouge, expliqua James en se baissant pour soulever le tapis.

— Cela arrive dans les vieilles demeures, ce n'est pas grave.

— Je préfère jeter un coup d'œil, on ne sait jamais. Je ne tiens pas à entretenir une famille de termites aux frais de la princesse.

Une fois fait, il n'eut pas à forcer pour extraire le morceau de bois du sol. Sa découverte le laissa sans voix, ainsi que Lily. Des dizaines de boîtes de médicaments étaient entreposées là. Des anticonvulsifs, anti-inflammatoires, anti-vomitifs, de la morphine, de la codéine, une véritable pharmacie !

— Qu'est-ce que c'est que tout ça ? souffla Lily en regardant l'un des tubes de plus près.

— Je l'ignore, murmura James en se laissant tomber sur les fesses, abasourdi.

— Tu crois que tous ces médocs sont à Sarah ?

— Qui d'autre aurait besoin de ça ici ? Certains font encore l'objet d'études, elle les a volés à Kylian.

Lily s'agenouilla à côté de son jumeau puis soupira avant de reprendre :

— Tu penses qu'elle pourrait souffrir d'une dépendance à ces trucs ?

James se passa une main sur le visage et reporta son regard sur le trou dans le plancher avant de répondre :

— Je l'ignore, mais ce dont je suis certain en revanche, c'est qu'elle a utilisé la magie pour me dissimuler sa consommation.

— Quoi ?

— Son sang m'aurait averti qu'elle prenait des médicaments à haute dose ou qu'elle était malade, expliqua son frère.

— Ce qui veut dire…

— Ce qui veut dire qu'elle nous a manipulés.

Nous avions quitté Staten Island pour rejoindre la métropole. La foule, les voitures, les lumières à outrance, me firent songer à une fourmilière géante, grouillante d'insectes affamés d'une seule et unique chose : le temps. Ma migraine commençait à se réinstaller doucement, mais sûrement.

— Prends ça, dit Kylian en extirpant un tube de comprimés de la poche de son imper. Tu as une bouteille d'eau dans la boîte à gants. Un seul devrait suffire.

J'obtempérai puis observai le profil parfait de mon père.

— Tu m'en veux ? demandai-je.

Il se tourna vers moi et plongea son regard sombre dans le mien. Les voitures devant nous freinèrent, il les imita sans me quitter des yeux une seconde. Du bout des doigts, il caressa ma joue avec douceur.

— Non, chérie, je ne t'en veux pas. Les petites filles font des bêtises et leurs papas se chargent de les réparer et de les pardonner, ainsi va la vie, dit-il avec un sourire.

Il se gara enfin devant un immense immeuble de verre et d'acier. Lorsque j'ouvris ma portière, le bruit de la rue m'assaillit avec tant de force que je portai les mains à mes tempes. Kylian se précipita pour me soutenir et m'aida à gagner le hall du bâtiment.

À l'intérieur, nous rejoignîmes les ascenseurs sans passer par l'accueil, contre toute attente, personne ne nous arrêta. Je fus surprise de constater qu'au lieu de monter, la machine descendait. Les chiffres défilaient en décroissant, mais même une fois atteint le niveau moins trois, le dernier, elle continua sur au moins trois autres niveaux. Lorsque les portes s'ouvrirent enfin, je découvris un long couloir immaculé, avec pour toute décoration des portes d'acier tous les deux mètres.

— Où sommes-nous ? demandai-je en quittant la cabine.

— Officiellement ou officieusement ? s'enquit-il à son tour avec un sourire malicieux.

— Les deux.

Il m'entraîna vers celle du fond puis posa son pouce sur le lecteur au niveau de la serrure, déclenchant l'ouverture. Nous pénétrâmes dans un superbe bureau. Le mobilier design était de bon goût, mais froid, impersonnel. Des toiles d'art abstrait aux couleurs chatoyantes ornaient les murs gris perle, mais ne suffisaient pas à égayer l'endroit. Ce décor ne ressemblait pas à mon père.

— Pour les non-initiés, entends par là les humains, se tiennent ici les locaux de la fondation Kyria, destinée à aider les femmes victimes de sévices, quels qu'ils soient. Nous leur trouvons un hébergement pour elles et leurs enfants, un emploi, et si elles désirent poursuivre leur bourreau en justice, nous prenons en charge les frais de procédure, m'expliqua-t-il en s'asseyant derrière le bureau. Il arrive aussi que nous leur fournissions une nouvelle identité.

Je pris place sur le canapé, à droite de l'entrée, et laissai ma tête reposer contre le dossier. Cette fondation aurait pu être utile à ma mère. Elle nous aurait peut-être permis de vivre tranquilles, sans peur, sans fuite perpétuelle et d'ancrer des racines quelque part. Kylian était vraiment quelqu'un de profondément bon.

— Et officieusement ? continuai-je.

— J'ai bâti dans cet endroit l'un des plus grands laboratoires de recherche du monde. Je ne perds pas espoir de comprendre un jour le processus de mutation. Mais peu importe, pour le moment, ma fille est la seule priorité. Je dispose ici de tout le matériel dont j'ai besoin. Plus tôt nous commencerons et plus tôt nous découvrirons de quoi tu souffres.

Analyse de sang, d'urine, scanner, IRM, scintigraphie, Kylian n'avait rien omis. J'avais eu droit à la jolie blouse blanche et au fauteuil roulant de rigueur pour me promener de salle en salle, exactement comme à l'hôpital. Mon père s'était chargé lui-même de chaque manipulation. J'avais pu constater qu'il y avait beaucoup de personnel dans cet endroit, tous des vampires, bien entendu, mais il avait refusé d'être assisté. Sans doute pour qu'aucun des employés ne découvre qui j'étais réellement. Peut-être également parce qu'il voulait être certain que rien ne serait oublié. Une petite parano toute paternelle que je jugeai, malgré les tristes circonstances, très touchante.

— C'est bon, Sarah, nous avons terminé, dit-il en me rejoignant.

Il débrancha la perfusion et me caressa doucement le front. Il avait été choqué en se rendant compte de mon état une fois que la magie n'opérait plus. J'avais beaucoup maigri et ma peau semblait à présent presque aussi diaphane que la sienne.

— Tu as trouvé ce que j'ai ? demandai-je en me redressant avec précaution.

Lorsque je posai le pied par terre, la pièce se mit à tourner sur elle-même. Kylian passa son bras sous mes épaules pour m'aider à tenir debout.

— Oui. Nous allons en discuter dans mon bureau, nous serons plus à l'aise.

— OK. Est-ce qu'il y aurait un distributeur dans le coin ? J'ai faim.

Cette remarque lui arracha un sourire. Nous nous dirigeâmes lentement vers le téléphone à côté de la porte. Il pressa le combiné contre son oreille puis déclara :

— Olivia, pourriez-vous faire descendre une pizza dans mon bureau, s'il vous plaît ?

Olivia dut demander des précisions parce que Kylian continua :

— Jambon, champignons, fromage, mais surtout pas d'anchois. Très bien, merci.

Une fois à destination, mon père m'aida à gagner le canapé, contre le mur. La pizza était déjà là, attendant dans son carton, sur la table basse. Je me jetai sur la nourriture comme la misère sur le pauvre. J'allais sûrement le regretter lorsque les nausées reviendraient me rendre visite. Kylian, lui, étudiait les clichés d'imagerie médicale, l'air très concentré.

— Alors ? m'enquis-je entre deux bouchées.

Il soupira puis se tourna vers moi, le visage impassible.

— Tu souffres d'une tumeur au cerveau. Elle est placée entre les deux lobes frontaux et sa taille est déjà relativement importante.

Je balançai ma pizza dans le carton et me laissai aller contre le dossier. Je ne paniquai pas. J'allais épouser un vampire, donc aucun risque de croiser l'ange de la mort sans que je l'aie décidé. Cependant, j'en avais vraiment assez des plans foireux à répétition. Mes ancêtres n'avaient pas choisi la facilité en ce qui concernait ma destinée. Sans quitter le plafond des yeux, je demandai :

— Importante comment ?

— Un peu plus grosse qu'une balle de golf. C'est la première fois que je vois ce genre de masse se développer si rapidement. C'est comme si quelque chose la nourrissait sans discontinuer, continua-t-il en attrapant l'un des clichés pour le regarder encore.

Je tournai la tête vers lui. Comment n'y avais-je pas songé plus tôt ?

— Mes visions, lâchai-je, ce sont elles qui alimentent la tumeur.

Kylian ramena son regard sur moi, les sourcils froncés. Je m'expliquai :

— J'ai beaucoup moins de prémonitions depuis que les symptômes sont apparus. Cette saloperie intercepte l'énergie dont elles usent normalement, voilà pourquoi je ne vois plus les images.

— Oui..., acquiesça Kylian. La magie s'est sans doute révélée une sorte de carburant...

— Ouais et je n'ai pas dû arranger les choses en y ayant recours régulièrement pour dissimuler mon état, conclus-je en me passant une main dans les cheveux.

Kylian me rejoignit pour me prendre dans ses bras.

— Tout ira bien maintenant, nous allons agir rapidement, cette tumeur ne gagnera pas la bataille.

— Je suppose qu'il est trop tard pour envisager un traitement, murmurai-je, la tête dans son cou.

Il attrapa mon visage entre ses paumes et plongea son regard dans le mien.

— T'infliger une chimio, même à haute dose, ne ferait que te rendre plus malade encore. J'ai vu trop de patients en passer par là pour n'obtenir au final que quelques semaines de sursis. Il est hors de question que ma petite-fille traverse ce genre d'épreuve alors que je dispose des moyens permettant de l'éviter.

— Mais James préférait attendre notre lune de miel pour...

— James sait que dans la vie, on ne fait pas toujours ce que l'on veut, mais souvent ce que l'on peut, me coupa-t-il. À présent, rentrons, les autres doivent se demander où nous sommes passés.

Depuis la découverte des médicaments dans le plancher de la chambre, James ne tenait pas en place. Comment avait-il pu se laisser abuser aussi facilement ? Il s'était bien aperçu que Sarah changeait depuis quelque temps, mais il avait songé qu'elle était fatiguée. Ou plutôt, il avait tout fait pour s'en persuader.

— Mais qu'est-ce qu'ils fabriquent ? s'agaça-t-il. Kylian devait juste l'emmener boire un café !

— Détends-toi, conseilla Gwen. Si cela peut te rassurer, Kylian s'était rendu compte des vols. Il a sans doute sauté sur l'occasion pour discuter avec Sarah et découvrir pourquoi elle en consomme autant.

— Si tu crois que c'est ça qui va m'empêcher de lui passer un savon ! Si elle a un problème, elle peut nous en parler sans sombrer dans la toxicomanie, il me semble ! Elle nous a manipulés grâce à la magie, elle n'a aucune excuse sur ce coup-là !

Zach, qui se tenait debout devant la baie vitrée, se tourna vers eux.

— Et s'il ne s'agissait pas de toxicomanie ? Sarah n'est pas du genre à fuir devant l'adversité, pourquoi aurait-elle pris autant de précautions pour nous cacher sa prise de médicaments ?

— À quoi penses-tu ? interrogea sa compagne.

Zach enfonça ses mains dans les poches de son jean avant de répondre :

— Eh bien, j'ai noté certains changements chez Sarah ces derniers mois, comme le retour des aspects négatifs de ses dons malgré leur activation. Elle saignait de nouveau du nez, elle s'est plainte de maux de tête...

Il n'eut pas le temps de terminer son exposé, l'Audi de Kylian passait les grilles.

James se précipita à l'extérieur, bien décidé à obtenir des réponses de sa compagne. Lorsqu'il atteignit les portes du garage, le viking en sortait déjà, un corps inanimé dans les bras. S'il n'y avait pas eu ses cheveux, James n'aurait sans doute pas reconnu Sarah. Ses traits tirés, son teint gris et la maigreur de son corps, d'habitude voluptueux, laissèrent le jeune homme interdit. Kylian comprit immédiatement quelles pensées traversaient l'esprit de son fils, elles avaient envahi le sien à l'instant même où la magie avait cessé d'agir.

— Elle dort, le rassura-t-il. Je vais la coucher, pendant ce temps, convoque le conseil, Jamy. Notre petite Sarah est gravement malade.

Autour de la table, la tension était palpable. Lily rongeait ses ongles avec application pendant que Maggie utilisait les siens pour pianoter nerveusement le plateau. Gwen fixait la place vide, d'habitude réservée à sa fille, avec appréhension. Stan et Zach jetaient des coups d'œil anxieux à leur frère. James, lui, restait assis là, raide comme la justice, le regard dans le vide. Un seul mot tournait dans sa tête, encore et encore dans une boucle sans fin : malade. Vu l'état de sa compagne, il ne s'agissait pas d'une simple grippe. Le temps leur était compté, il le savait, il le sentait au tréfonds de son âme. Si les vampires sont capables de reconnaître une odeur sans se tromper, c'est celle qui leur est la plus familière, la fragrance si particulière de la mort. Et lui, censé l'aimer, la comprendre, il l'avait accusée de l'avoir manipulé pour pouvoir se droguer en toute tranquillité. James serra les poings, si fort que ses jointures craquèrent. Kylian les rejoignit enfin et démarra sans attendre la séance. Ses yeux restèrent rivés à ceux de James, comme s'il ne s'adressait qu'à lui.

— Aujourd'hui, Sarah est venue se confier à moi. Elle m'a expliqué qu'elle souffrait de certains symptômes préoccupants. Elle ne voulait pas t'inquiéter inutilement et craignait de consulter un médecin mortel au cas où ses pouvoirs auraient modifié son ADN. Ce n'est pas le cas, heureusement d'ailleurs, mais la question n'est pas là. J'ai pris le parti de lui faire passer toute une batterie d'examens.

Il marqua une pause et respira profondément avant de reprendre d'une voix empreinte de gravité :

— Les résultats sont sans appel. Sarah souffre d'une tumeur au cerveau de stade quatre.

James abattit alors son poing sur la table, la brisant en deux. Il se leva et commença à arpenter la pièce.

— Seigneur Dieu, gémit Gwen en plaçant sa main devant sa bouche comme pour s'empêcher de hurler.

— Pourquoi elle ? Sarah n'a pas mérité d'endurer de telles horreurs ! Tout ça, c'est la faute de Giordano, s'il avait pris la peine de lâcher ses foutus dossiers afin de fixer une date pour la cérémonie d'officialisation, Sarah serait un vampire ! Elle n'aurait pas à subir une destinée semée d'embûches et de souffrances !

Cette fois, ce fut un vase Ming qui fit les frais de sa colère. Sans un mot, les autres se contentèrent de ramasser les débris. Même si tous se taisaient, ils partageaient l'avis de James.

— Quant à ses traducteurs, c'est quand ils veulent pour nous pondre enfin la retranscription de cette putain de prophétie !

— Calme-toi, Jamy, il ne sert à rien de chercher des coupables, ce qu'il nous faut dans le cas présent, ce sont des solutions, tenta de l'apaiser Lily.

— Ah, mais elle est toute trouvée la solution ! J'emmène Sarah en Afrique dès ce soir. Son grand-père pourra dire ce qu'il veut, mais je suis son futur mari, moi aussi j'ai voix au chapitre ! Si cela ne lui plaît pas, il n'aura qu'à me mettre aux arrêts ! Je m'en fous comme de ma première chaussette pourvu que Sarah reste en vie !

Lorsque j'émergeai du sommeil, la pièce était plongée dans la pénombre. Quelle heure pouvait-il être ? Était-ce Kylian qui m'avait portée jusque dans ma chambre ? Je tentai de me redresser, mais ce fut comme si un éclair blanc traversait ma tête, provoquant une douleur effroyable. J'appuyai mes mains sur mes tempes et fermai les yeux en gémissant.

— Doucement, princesse, chuchota la voix de James.

Lorsque je rouvris les paupières et que je l'aperçus, je compris qu'il était au courant. Il avait l'air si malheureux et apeuré que cela me brisa le cœur.

— Je suis désolée, mon amour, murmurai-je.

Il me serra dans ses bras et souffla :

— Chut, tu n'as pas à être désolée de quoi que ce soit. Ne t'inquiète pas, d'ici trois jours, tu seras sortie d'affaire.

— Quoi ?

— Je t'emmène en Afrique dès ce soir. Lily a déjà bouclé les bagages. Mais avant, quelqu'un souhaiterait te voir. Tu te sens assez en forme pour recevoir de la visite ?

Je hochai la tête. Il alla ouvrir la porte, sur le seuil, j'aperçus Terrence, un énorme bouquet de tulipes jaunes dans les mains.

— Je vous laisse, déclara James. Je dois terminer les préparatifs de départ.

— D'accord, à tout à l'heure, mon cœur, ajoutai-je avec un pauvre sourire.

Une fois seuls, Terrence s'approcha, m'offrit les fleurs et s'assit sur le lit.

— Merci. Elles sont superbes.

— De rien. Alors, tu t'es enfin décidée à cracher le morceau ? C'est bien.

Je le regardai avec des yeux ronds.

— Tu étais au courant ? demandai-je.

— Bien sûr, mais le choix de le leur avouer te revenait. Personne ne devrait être privé de son libre arbitre.

Je l'observai attentivement, il semblait si triste à cet instant. Comme s'il portait toute la misère du monde sur ses épaules.

— Regretterais-tu les tiens, Caïn ? l'interrogeai-je, l'air de rien.

Cette fois, ce fut à son tour de rester interdit.

— Comment…

— Les visions que je peux avoir des immortels sont déjà étranges, alors imagine un peu celles qui concernent le premier-né ! Ne fais pas cette tête, je n'ai pas trahi ton secret et je ne le ferai jamais. Personne ne devrait être privé de son jardin secret, ajoutai-je avec un clin d'œil.

— La haute société vampirique risque de ne pas apprécier que tu…

— Donc tu sais qui je suis, le coupai-je.

— En effet, c'est pour cela que je te dis que le Conseil et ton grand-père risquent de ne pas apprécier que nous soyons amis. Je suis un renégat. Giordano n'a toléré ma présence à Noël que par respect pour Kylian.

— Si tu savais à quel point je me tamponne de leur avis ! m'exclamai-je. Ils ne sont qu'une bande d'hypocrites. Si la vie de vampire leur déplaît tant, pourquoi sont-ils si nombreux aujourd'hui ? La vérité, c'est que tu leur fais peur ! J'ignore pourquoi tu les laisses te traiter ainsi, mais lorsque je serai reconnue officiellement princesse, j'exigerai que tu sois traité avec le respect qui t'est dû.

Il sourit puis prit ma main pour la porter à ses lèvres.

— Merci, Sarah, cela faisait bien longtemps que je n'avais pas eu de véritable amie. Si un jour tu as besoin de moi, n'hésite pas. Je viendrai, même si je dois traverser tout le globe. Un jour, je ne sais ni où ni quand, je te livrerai mon histoire, alors tu pourras te forger une opinion et décider si oui ou non, je mérite le respect que tu me manifestes.

Je hochai la tête en souriant.

— Eh bien, écoute, je pars, je meurs et puis je reviens. Nous aurons ensuite tout le temps de discuter, m'amusai-je.

Il me caressa la joue du bout de l'index avant de murmurer :

— Je plains la Faucheuse, toucher du doigt un tel joyau et ne pas pouvoir le conserver doit sembler bien cruel.

Chapitre 11

— Sarah, ma princesse, réveille-toi.
— Nous sommes arrivés ? demandai-je, à moitié endormie.
— Oui, attache ta ceinture. Nous allons amorcer la descente.

J'obtempérai en bâillant. À travers le hublot, j'aperçus le soleil se lever. Le paysage s'offrit à moi dans toute sa splendeur, pur, brut, ardent et indompté. Nous survolions la savane africaine, avec ses étendues sauvages et ses couleurs qui n'appartiennent qu'à elle. Des rouges, des ocres, des verts et des ors à qui, même les peintres de renom, n'avaient pas réussi à rendre justice.

— C'est sublime ! m'extasiai-je.

James avait enfilé ses lunettes noires. Le soleil était encore bas, mais le gênait déjà apparemment.

— Oui, et ce n'est que le début, me prévint-il avec un sourire.
— Mais, où allons-nous atterrir ? Il n'y a rien ici, remarquai-je, surprise.
— C'était le but, mon ange. Il y a une piste plate qui suffira amplement, ne t'inquiète pas.

Je ne cherchai pas à en savoir plus pour le moment, je préférais me délecter du spectacle. Au loin, j'aperçus un nuage de poussière, mais n'en distinguai pas la cause.

— Que se passe-t-il là-bas ? m'enquis-je, curieuse.
— Un troupeau d'éléphants, ils ont dû être dérangés par le bruit.
— Oh !

Puis l'avion toucha doucement le sol et perdit de la vitesse jusqu'à s'arrêter complètement. Nous descendîmes et, derrière moi, James feula.

— Ça va ? lui demandai-je.
— Oui, désolé, le soleil.
— Nous aurions pu partir ailleurs s'il te gêne tant.
— Non, c'est le meilleur environnement pour tes premiers jours en tant que vampire. J'aurais pu t'emmener en Antarctique, mais le pingouin ce n'est vraiment pas top, ni à chasser ni à manger. En plus, dans ton état, le froid n'est pas recommandé.

À la descente de l'avion, une jeep nous attendait. Nous nous enfonçâmes dans la brousse pendant près d'une demi-heure. Émerveillée, je pris des centaines de photos, des décors, des animaux, de la flore. Kylian m'avait préparée un cocktail de médicaments de son cru, bien plus efficace que ceux du commerce. Cela me permettrait de profiter un peu de notre séjour. Puis soudain, au milieu de nulle part, j'aperçus une maisonnette de bois, blanche et rouge. Elle possédait une terrasse qui semblait en faire tout le tour et paraissait très bien aménagée.

— Qu'est-ce que c'est que ça ? m'enquis-je, surprise.

— C'est là que nous allons passer la semaine. J'ai construit cette maison il y a une cinquantaine d'années environ.

Nous descendîmes de voiture et avant que j'eusse l'occasion de dire ouf, James me souleva de terre.

— Qu'est-ce que tu fabriques ?

— Nous n'avons pas vraiment respecté les traditions jusque-là, il est temps de commencer, s'amusa-t-il en ouvrant la porte d'un coup de pied.

Il me fit donc passer le seuil et je ris de cette attention.

— Vous voilà arrivée à bon port, madame ! déclara-t-il en me posant doucement à terre.

— Nous ne sommes pas encore mariés, lui rappelai-je.

— Cela ne saurait tarder. Nous prenons juste un peu d'avance sur la lune de miel.

Nous échangeâmes un doux et langoureux baiser. Lorsqu'il prit fin, je découvris mon nouvel environnement. La maisonnette possédait tout le confort moderne. La cuisine était ouverte sur un salon où les meubles en wengé créaient un joli contraste avec les murs blancs. Par la porte-fenêtre, qui se trouvait de l'autre côté de la pièce, entrait une lumière pure, grandiose, qui n'avait rien de comparable avec celle d'une journée ensoleillée à New York. À perte de vue, la brousse, sauvage et sublime. De grandes pales tournaient au plafond, diffusant de l'air frais, ce qui, je devais bien le reconnaître, se révélait plutôt agréable.

— Incroyable ! m'exclamai-je. Comment as-tu réussi à construire une maison en plein milieu du désert ? Et comment se fait-il qu'il n'y ait pas un grain de poussière ?

Il m'attrapa par la taille, contemplant avec moi ce paysage d'où se dégageaient autant de beauté que de férocité.

— À une époque, j'aimais parfois m'isoler du reste du clan. Ici, c'est l'idéal, aussi bien pour la chasse que pour la tranquillité. Pour le reste, ton grand-père a envoyé une équipe afin de tout préparer pour notre arrivée.

— C'est pour ça que tu tenais tant à ce que nous venions ici, tu veux commencer mon apprentissage toi-même, n'est-ce pas ?

— Effectivement, c'est moi qui t'embarque dans cette galère, ton éducation de petit vampire turbulent me revient donc, s'amusa-t-il en m'embrassant le cou.

— Alors là, j'ignore vraiment de quoi tu parles, je suis toujours sage comme une image, dis-je, faussement innocente.

Il leva un sourcil avant de reprendre.

— C'est cela oui, nous verrons comment tu te débrouilleras lorsque l'appel du sang se fera sentir.

— Mouais… pour l'instant, j'aimerais bien me rafraîchir. Tu me montres la salle de bain ?

— Juste après la cuisine, à ta droite.

Une fois de plus, je restai bouche bée devant le décor de la pièce. Les murs ocre et le lavabo ainsi que la douche en faïence noire produisaient le meilleur effet. Décidément, James était doué pour la décoration d'intérieur.

Je tournai le robinet et m'apprêtai à entrer dans la cabine, lorsque quelque chose attira mon attention dans ma vision périphérique. Un énorme serpent se trouvait là, lové entre l'évier et la panière à linge. Il se redressa et me considéra comme si je le dérangeais dans son antre. Je hurlai et James apparut comme par magie. L'animal, terrifié ou en colère contre moi, à cause de mes cris, voulut me mordre, mais James l'attrapa avant même qu'il ait eu le temps d'esquisser le moindre mouvement. Il tourna la tête de la bestiole vers lui, celle-ci ne bougeait plus, tétanisée.

— Eh oui, mon beau, tu ne t'y attendais pas à celle-là, hein ? Être dérangé au beau milieu de ta sieste par un vampire. Ne t'inquiète pas, va ! Je ne te ferai aucun mal, tu as le sang froid et je n'aime pas ça.

Il pivota vers moi, tout sourire. Mon cœur battait à tout rompre et mes genoux tremblaient.

— Ça va, mon amour ?
— Euh… Je… Oui, bafouillai-je, encore sous le choc.
— Tu veux le caresser ? Il ne bougera pas.
— Euh… Oui.

J'avais la trouille, mais curieuse comme je l'étais, je ne comptais pas rater une occasion pareille. J'approchai doucement ma main et effleurai du bout des doigts le dos du serpent. Contrairement à ce que j'aurais pu croire, c'était presque soyeux, une sensation plutôt agréable pour dire la vérité. James semblait fasciné par mes gestes.

— Quoi ? lui demandai-je.
— Cela ressemble à ma peau, n'est-ce pas ? l'interrogea-t-il avec un sourire étrange.
— Hum… C'est doux et froid, mais ça ne sent pas aussi bon, ris-je. Pour moi, rien n'est comparable au contact de ta peau lorsque tu me touches.

Une fois de plus, il me regarda étrangement avant de reprendre :

— Attends-moi, je vais mettre à la porte notre petit squatteur et je reviens.

De toute façon, je n'avais plus du tout envie de me doucher seule après ça. Il me rejoignit quelques minutes plus tard et commença à se déshabiller.

— Il ne risque pas de revenir, dis ? demandai-je tout de même.
— Ne t'inquiète pas, je l'ai déposé à plus de cinq kilomètres d'ici. J'ai également inspecté toute la maison pour être certain que nous n'avons pas d'autres clandestins à bord, assura-t-il avec un sourire. Tu as eu peur ?

Pour toute réponse, je me jetai dans ses bras et me nichai contre son torse.

— Allez, viens, ordonna-t-il en m'entraînant sous l'eau. Tu ne risques rien, ton chevalier servant est là.

— Et pour toujours, ajoutai-je avec conviction.
— Et pour toujours.

Une fois notre douche prise, nous retournâmes à la cuisine où il me proposa un café.

— Oh oui ! m'écriai-je, ravie de savoir que même ici, loin de tout, j'avais tout de même des réserves de mon nectar adoré sous la main.

J'avais réduit ma consommation ces dernières semaines, à cause des nausées quasi ininterrompues. Grâce à mon père et à son talent pour la recherche médicale, j'allais pouvoir rattraper ce retard. De façon raisonnable, bien entendu.

— Profites-en bien, parce que d'ici quelques jours, l'arabica te paraîtra immonde ! s'esclaffa-t-il.

Il me versa une tasse puis m'entraîna vers le salon. Là, il prit place dans un fauteuil en rotin et m'installa sur ses genoux.

— James, je peux te poser une question indiscrète ?

— Bien sûr, je n'ai aucun secret pour toi.

— As-tu déjà… comment dire ? Euh… converti d'autres humains ? finis-je par lâcher en baissant les yeux.

Il me regarda intensément et dégagea une mèche de cheveux qui me tombait sur le visage avant de répondre :

— Non, comme tu es la première femme que j'ai aimée, tu seras le premier vampire que j'engendrerai. La dernière dans les deux cas.

Cela pouvait paraître idiot, mais je fus heureuse de sa réponse. J'étais la seule personne qu'il avait jugée digne de le rejoindre dans l'éternité.

— Tu as peur ?

— Hum… Un peu. Convertir un humain n'est pas un acte sans conséquence. Toi, si douce et si gentille, tu pourrais très bien devenir agressive après ta transformation. La mutation n'est pas non plus une partie de plaisir. J'ai du mal à supporter de te voir souffrir en restant impuissant et je suis conscient que ce moment risque d'être difficile à vivre. Et toi ?

— Oui, j'ai peur que ce que tu aimes chez moi ne disparaisse et que tu regrettes ton choix, murmurai-je.

— Je t'aimerai quoi qu'il advienne et tu le sais. La douleur ne t'effraie donc pas ?

— Non. Ce qui m'angoisse, c'est de t'attirer moins ensuite, que tu te désintéresses de moi lorsque je n'incarnerai plus une petite chose fragile que tu dois sans cesse protéger.

— Ce sera plus facile au contraire, je serai plus calme et n'aurai plus à m'inquiéter de te faire du mal. Ce ne serait pas plutôt la ressemblance avec mes ex qui te préoccupe ? railla-t-il. Ne plus représenter l'exception à toute règle ?

— Aussi, soufflai-je.

Il souleva mon menton d'un doigt et planta son regard dans le mien.

— Dans ce cas, écoute-moi bien. Tu es déjà mille fois plus belle qu'elles toutes réunies, alors imagine une fois vampire ! Tu les surpasseras sans difficulté. Tu sais, pour moi, que tu boives du café ou du sang, peu importe, tu restes celle que tu as toujours été. Ma princesse, mon seul et unique amour.

— T'as plutôt intérêt ! Parce qu'après, je pourrai te mettre ta raclée si tu vas voir ailleurs !

— En me donnant la fessée ? demanda-t-il, malicieux. Parce que si c'est le cas, je sens que je vais être un très vilain garçon dans les siècles à venir.

Je lui administrai un petit coup de poing sur l'épaule avant de reprendre :

— Plus sérieusement, quand penses-tu me convertir ?

— Cette nuit, je nous la réserve, ce sera la dernière du genre. La prochaine, sûrement, tu dois apprendre à te familiariser avec tes nouveaux sens et à chasser. Même si Kylian commande à présent le sang, tu dois être capable de te débrouiller sans ça, on ne sait jamais. De plus, j'ignore combien de temps les médicaments agiront, je préfère ne pas trop tarder.

— Hum... Décidément, je passe ma vie à bouleverser tes projets, murmurai-je en baissant les yeux.

— Pourquoi dis-tu une chose pareille ?

— Eh bien, d'abord cette histoire avec les Miller, ensuite tu te retrouves futur prince consort et maintenant nous devons partir en lune de miel avant même le mariage.

Il souleva mon menton de son index avant de plonger son regard dans le mien. Un sourire doux étira ses lèvres pleines, accélérant mes battements cardiaques.

— On appelle cela les aléas de la vie. Ce sont aux tempêtes traversées sans naufrage que l'on reconnaît un couple solide.

Je me serrai contre lui et soupirai. Il avait raison. Si nous nous aimions encore malgré les embûches, notre lien était sans doute plus résistant que les caprices de l'existence. James était mon évidence, moi la sienne, rien ne pourrait changer cela.

Soudain, je ressentis une drôle de sensation, comme lorsque la magie envahit un espace clos. Une espèce d'onde électrique qui vous hérisse malgré vous les petits cheveux sur la nuque. Je me redressai. Qui pouvait bien pratiquer la sorcellerie dans un trou aussi perdu ?

— Qu'y a-t-il, ma chérie ? m'interrogea James en se rendant compte de mon changement d'attitude. Tu as mal quelque part ?

— Non... J'ai senti de la magie.

— Oh, je crois savoir de quoi ça vient, nous avons de la visite.

— Qui ? demandai-je, surprise.

— De vieux amis à moi, ils ne seront là que d'ici une bonne demi-heure. C'est incroyable que tu les aies détectés de si loin.

— C'est dû à l'énergie qu'ils dégagent, elle est ancienne et puissante, mais différente de la mienne pourtant.

— C'est vrai, ils pratiquent les sciences occultes depuis que le monde est monde. Va te changer, ma puce, tu risques de beaucoup les intriguer, gloussa-t-il.

— Pourquoi ça ?

— Tu verras bien, allez, file !

J'obtempérai, me demandant bien qui pouvaient être ces fameux amis. J'enfilai un jean et un chemisier léger blanc. Je soupirai en constatant qu'ils étaient trop grands, comme la moitié de mes vêtements à présent. Heureusement, Maggie avait dessiné le patron de ma robe de mariée à partir de mes anciennes mensurations. Je m'attachai rapidement les cheveux en queue de cheval puis regagnai le salon. James se tenait sur le perron et saluait quelqu'un de la main. Curieuse, j'allai le rejoindre et restai stupéfaite en m'apercevant que venait vers nous une tribu de guerriers Massaï. Ils étaient superbes dans leurs tuniques rouges avec leurs lances à la main. Les femmes portaient les cheveux courts et de magnifiques colliers de perles multicolores ornaient leur cou. James alla à leur rencontre en m'entraînant dans son sillage.

— Ngugi, mon ami ! s'écria-t-il en serrant chaleureusement dans ses bras celui qui était apparemment le chef.

— James ! Lorsque j'ai vu l'avion, j'ai tout de suite su que c'était toi, comment vas-tu, mon frère ?

— Très bien ! Ngugi, je te présente Sarah, ma fiancée.

— Bonjour.

— Mademoiselle, répondit-il en m'adressant un signe de tête poli.

Il maîtrisait parfaitement l'anglais et quasiment sans accent.

— Tu vas l'initier ? s'enquit-il en regardant de nouveau James.

— Oui, je suis aussi là pour ça.

Un vieil homme s'avança vers nous et commença à tourner autour de moi, me détaillant de la tête aux pieds. Il me toucha les cheveux en parlant dans une langue que je ne connaissais pas. Il termina en me reniflant tout en fermant les yeux et cria quelque chose. Les autres me fixèrent, presque terrifiés. Je consultai James du regard, il me fit signe de rester calme. Ngugi expliqua :

— Il dit que tu transpires la magie et que tu l'as senti approcher. Selon lui, tu es une sorcière blanche très puissante.

— Oh, euh… C'est vrai, avouai-je.

Ngugi traduisit, et le vieil homme posa sur moi un regard satisfait. Puis, il dit autre chose que je ne compris toujours pas. Cette fois, James se chargea de la traduction.

— Il dit que tu es malade, que c'est grave et que je ne dois pas tarder à te convertir.

James répondit à l'homme dans sa langue, sûrement pour lui confirmer qu'il officierait demain.

Nous étions tous sur la terrasse de la maison, les femmes s'occupaient des enfants pendant que les hommes discutaient entre eux, à l'écart. Ngugi, James, le vieil homme dont je ne connaissais pas le nom et moi avions pris place autour de la table de jardin.

— Comment vous êtes-vous rencontrés ? demandai-je.

— James a aidé notre tribu il y a très longtemps de ça. À l'époque, mon grand-père en était le chef. Des braconniers s'étaient installés sur nos terres. Lorsque nous leur avons signifié qu'ils n'avaient pas le droit de chasser n'importe comment, qu'ils devaient respecter un équilibre entre l'Homme et la Nature, ils ont mal réagi. Ils possédaient des armes lourdes et, nous, nos seules lances pour nous défendre. Même si nous ne manquons pas de courage, il est facile d'imaginer l'issue d'un combat s'il avait eu lieu. Le père de Kimaah, ici présent, était le sorcier de la tribu, il avait détecté James et l'avait observé de loin pendant plusieurs jours. Voyant qu'il ne se nourrissait que d'animaux, il est venu lui demander de l'aide. James a accepté et fait fuir les braconniers qui ne sont jamais revenus. Depuis, nous le recevons comme l'un des nôtres à chaque fois qu'il nous fait l'honneur de sa présence.

— Je reconnais bien là mon courageux chevalier.

James sourit, mais n'ajouta rien. Kimaah, lui, se mit à parler et je regardai Ngugi, attendant la traduction.

— Il demande si tu veux vraiment devenir ce qu'est James, et dit qu'il t'aidera s'il s'agit bien là de ton choix.

— M'aider ? Mais comment ?

— Kimaah connaît les plantes pour entrer en transe. Il pense que de cette façon, tu ne souffriras pas pendant la mutation.

— En quoi cela consiste exactement ? interrogeai-je.

Il se tourna vers le vieil homme qui se lança apparemment dans des explications. Ngugi traduisit au fur et à mesure.

— Il dit qu'il a senti que ton âme et celle de James étaient entrelacées, que c'est ton destin de devenir vampire. La transe te permettra d'apercevoir tes ancêtres, ils te guideront sur le chemin de la transformation.

Mes ancêtres ? Je pourrais peut-être revoir ma mère ! Même si ce n'était que pour un court instant, je serais déjà heureuse.

— Qu'est-ce que tu en penses, mon ange ? demandai-je à James.

— Je suis prêt à tout essayer s'il existe le moindre espoir que tu souffres moins.

— Alors c'est d'accord, acceptai-je.

Ngugi servit de traducteur, une fois de plus, et le vieil homme opina du chef avant d'ajouter quelque chose.

— Il dit qu'il ira chercher les plantes demain.

— Parfait.

James observait Sarah qui se servait un café. Dans quelques heures, il devrait la transformer. Elle vivait les derniers instants de sa vie en tant que mortelle. Il devait avouer qu'il était nerveux, il n'avait pas intérêt à se rater. D'abord, la mordre et la vider de son sang. Lorsque son cœur serait sur le point de cesser de battre, lui faire boire le sien. Il espérait être capable de s'interrompre avant de la tuer. Il avait déjà goûté à son sang, bien sûr, mais même si elle ne s'en était jamais rendu compte, il devait à chaque fois lutter pour s'arrêter.

— Pourquoi fais-tu cette tête, mon amour ?

— Je pense à ce soir, avoua-t-il.

— Tu es nerveux ?

— Un peu, je crois que je ne serai rassuré que lorsque la mutation sera totalement terminée.

— Ne t'inquiète pas, j'ai totalement confiance en toi, tout se passera bien. Tu penses que les autres vont me reconnaître après ma mutation ? Que je vais beaucoup changer ? J'espère que je vais me remplumer un peu, parce que là, je ne suis vraiment pas terrible !

Elle vint prendre place sur ses genoux.

— Tes yeux seront juste un peu plus foncés et ta fragrance va se modifier, mais pour n'en devenir que plus agréable encore. Ta voix sera plus juste, plus posée, mais pour le reste, tu resteras Sarah. Rassure-toi, tu retrouveras ton poids idéal.

— Attends, tu veux dire que mon odeur sera plus attirante qu'elle ne l'est déjà ?

— Effectivement, elle va se transformer pour attirer à toi tes proies, lui expliqua-t-il.

— La poisse, souffla-t-elle.

— Pourquoi ?

— Je risque donc de séduire encore plus les hommes, n'est-ce pas ?

Elle sembla presque apeurée par cette perspective.

— En effet, mais l'avantage, c'est que désormais tu pourras les mordre s'ils deviennent trop collants ! s'esclaffa James.

— Hum… C'est tentant, admit-elle en hochant la tête et en plissant les yeux.

Puis il sentit la présence d'un animal. Il se figea et huma l'air.

— Qu'y a-t-il ?

— Un jaguar, répondit-il la voix enrouée par la soif.

— Oh ! s'exclama-t-elle en se levant. Vas-y dans ce cas.

James la regarda un instant sans y croire. Elle lui proposait de chasser là, devant elle, comme s'il s'agissait de la chose la plus normale qui soit.

— Ne fais pas cette tête, reprit-elle, comprenant ce qu'il pensait. D'ici trois jours, nous chasserons ensemble de toute façon.

Il l'embrassa puis sauta par-dessus la rambarde du perron.

L'animal était caché dans les fourrés, les observant. Lorsque James se précipita sur lui, il fut surpris et détala. Le jeune homme lui laissa un peu d'avance, juste pour le jeu. En quelques secondes, il se saisit du félin. Celui-ci se débattit, mordit, griffa, bien décidé à sauver sa vie. Peine perdue. James l'immobilisa et planta ses dents dans son cou, le sang coula dans sa bouche, provoquant un grognement de satisfaction. Il leva les yeux et aperçut Sarah. Assise sur la rambarde, elle le regardait, fascinée par la scène. Il ne s'était pas rendu compte qu'il s'était tant rapproché de la maison en poursuivant l'animal, trop concentré sur sa soif. Il s'apprêtait à s'arrêter, mais elle souffla :

— Non, bois mon amour, tu en as besoin.

Il éprouva alors un immense élan de reconnaissance, elle incarnait vraiment la plus merveilleuse des compagnes. Il y avait un monde entre connaître sa nature et assister à une mise à mort en règle. Une fois de plus, elle l'acceptait tel qu'il était, qualités et défauts compris. Lorsqu'il eut terminé, il alla enterrer la carcasse de l'animal à plusieurs kilomètres pour ne pas attirer les charognards.

— Tu es beau quand tu chasses, avoua-t-elle lorsqu'il revint. Tu laisses enfin ressortir toute ta puissance, tu ne te brides pas. J'aime ce côté de ta personnalité.

— Vivement que ces trois jours soient passés, tu pourras constater à quel point je me suis bridé lors de nos ébats ! s'esclaffa-t-il.

— J'ai hâte.

À ce moment-là, James sentit remonter l'instinct. Il se glissa entre les jambes de Sarah, toujours assise sur la rambarde, et la prit là, sans plus de ménagement. Il la mordit et, une fois de plus, il fut submergé par l'amour qu'il pouvait voir dans son esprit.

Chapitre 12

Les Massaïs étaient de retour. Kimaah avait apporté les plantes, comme promis. Ngugi se chargea de m'expliquer comment opérer :

— Kimaah va préparer le mélange, tu devras l'avaler environ une heure avant de procéder à l'échange de sang. Lorsque tu entreras en transe, un guide viendra à toi, cela peut être n'importe lequel de tes ancêtres, suis ses directives et tout se passera bien.

— Euh… Justement, comment fait-on pour être sûre de ne pas croiser certains de ses ancêtres ? demandai-je.

— Ton père ? s'enquit James, ayant parfaitement saisi ma pensée.

— Oui.

— Tu ne souhaites pas revoir ton père ? s'étonna Ngugi.

— Il lui a administré les pires sévices, avoua James. Sarah a dû s'enfuir avec sa mère, sinon il les aurait tuées.

Ngugi fronça les sourcils puis pivota vers Kimaah pour lui exposer la situation. Le sorcier hocha la tête puis dit quelque chose.

— Il demande si tu veux bien qu'il pénètre ton esprit pour apercevoir ton père dans tes souvenirs, expliqua le chef Massaï.

J'opinai en signe d'assentiment. Le vieil homme s'approcha et posa sa paume droite sur mon front. Je sentis sa magie m'envahir, douce, puissante et protectrice. Quelques minutes plus tard, il retira sa main en me fixant gravement, puis il se tourna vers Ngugi.

— Selon lui, le cœur de ton père était corrompu par les ténèbres.

— Le mot est faible, soufflai-je.

— Lorsque vous aurez procédé à l'échange de sang, il viendra te veiller pour empêcher les mauvais esprits de t'approcher et de te gêner dans ta quête.

— Mais je risque de le tuer en me réveillant ! m'écriai-je, paniquée par cette perspective.

— Non, il partira dès qu'il sentira que tu reviens. Nous connaissons bien les vampires, ne crains rien. James n'est ni le premier ni le dernier que nous croisons, tout se passera bien.

— De toute façon, si tu te réveilles en plein jour, tu n'iras pas chasser loin, ajouta James.

— Alors d'accord, mais ne prenez pas de risques inconsidérés pour moi, insistai-je en me tournant vers Kimaah.

Le vieil homme se contenta de sourire.

— Il est temps pour nous de vous quitter, annonça Ngugi. Tu seras toujours la bienvenue ici, Sarah. Quant à toi, mon frère, tu as choisi une femme courageuse, tu as fait le bon choix. Je vous souhaite d'être heureux ensemble.

— Merci, répondit James en l'étreignant.

Les Massaïs prirent congé. Kimaah, lui, resta dans le coin. James irait le chercher plus tard.

— Alors, quel est le programme ? lui demandai-je.

— Si on commençait par un tête-à-tête aux chandelles ?

— Ça me convient très bien, qu'y a-t-il au menu ?

— Je me suis dit que pour ton dernier dîner en tant que mortelle, tu préférerais sûrement ton plat préféré plutôt qu'un repas gastronomique.

— Oh oui, des lasagnes ! Dommage que maman ne soit pas là, elle cuisine les meilleures du monde !

— C'est bien pour cela qu'elle en a préparé pour sa fille chérie avant que nous partions, s'amusa-t-il.

— Sérieux ?

— Oui, Gwen est prévoyante et elle te connaît bien ! s'esclaffa James. Elle se doutait que tu choisirais ce menu et elle a catégoriquement refusé que tu manges de l'industriel pour ton ultime vrai repas !

— Je l'adore !

James dressa la table pendant que Sarah réchauffait son plat. Il y disposa une jolie nappe rouge et des bougies. Il voulait que cette soirée soit magique, inoubliable. Il faisait encore chaud et Sarah s'était changée. Elle ne portait plus que l'une de ses chemises, elle avait dû relever les manches qui étaient trop grandes, mais dans cette simple tenue, il la trouva incroyablement désirable. Elle le rejoignit, son assiette à la main, un sourire aux lèvres.

— Je vais me régaler ! s'exclama-t-elle en lorgnant son plat, l'air gourmand.

— Vas-y, mon trésor, profite.

Elle attaqua avec enthousiasme. Après quelques bouchées, elle reposa sa fourchette et avala les comprimés qu'il avait disposés dans une petite coupelle près de son verre. Il n'avait préparé que des anticonvulsifs, le reste étant inutile puisqu'il la convertirait d'ici quelques heures. Au moins, ils en auraient bientôt fini avec cette saleté qui lui rongeait le cerveau.

— Si tu devais faire un dernier repas de mortel, tu choisirais quoi, toi ? demanda-t-elle soudain.

— Hum… Je n'y ai jamais songé.

— Qu'est-ce que tu adorais manger lorsque tu étais encore humain ?

— Euh… Le pain de viande de Mama Sue, notre nourrice. Lorsque nous étions enfants, Lily et moi, et que nous refusions de manger, elle nous préparait ce plat.

— Et comme dessert ?

— Hum... Un gâteau au chocolat avec des amandes. Mais pourquoi veux-tu savoir cela ?

Elle haussa les épaules.

— Comme ça, je me dis qu'une fois de plus, j'ai plus de chance que toi. J'ai la possibilité de choisir ce genre de petits détails. Toi, on te les a imposés.

James se laissa aller contre le dossier de sa chaise avec un sourire.

— Tu ne deviens pas non plus vampire pour les mêmes raisons. C'est pour cela que je désire que tout soit parfait, que même ta transformation reste un bon souvenir.

— Je me demande qui je vais rencontrer pendant ma transe, j'aimerais bien que cela soit ma mère, lui confia-t-elle.

— Je te le souhaite, ma chérie. Égoïstement, j'espère simplement que cela t'évite de souffrir, murmura-t-il.

— Tout se passera bien, Jamy, le rassura-t-elle en lui prenant la main par-dessus la table.

Le jeune homme soupira.

— Ne m'en veux pas d'être nerveux. Je vais mettre fin à ta vie ce soir.

Sa compagne se pencha en avant pour capter son regard.

— Non, tu vas m'éloigner de la vieillesse, de la maladie, de la mort. Si ce n'est pas toi qui m'ôtes la vie, ce sera cette tumeur.

— Finalement, tu as raison, il n'y a désormais que des aspects positifs à ta transformation, concéda-t-il.

— Nous sommes d'accord. Alors maintenant, si tu m'invitais à danser ?

Il se leva, se dirigea vers la chaîne avant de revenir et de la serrer dans ses bras. Il aimait la sentir tout contre lui. Il ferma les yeux pour profiter de l'instant, la chaleur que dégageait son corps n'existerait plus d'ici quelques heures. Bien sûr, elle serait toujours Sarah, sa princesse, mais elle serait tout de même différente. Pour le moment, elle était encore douce et adorable. Il n'en serait peut-être plus de même ensuite, lorsque l'instinct prendrait le dessus et qu'elle serait incapable de le contrôler. Il l'avait amenée ici, en plein désert, à plus de deux cents kilomètres de toute civilisation, mais que représentaient deux cents kilomètres pour un vampire ? L'aimerait-elle autant à son réveil ou l'appel du sang surpasserait-il tout, même leur amour ?

— À quoi tu penses ? lui demanda-t-elle, le tirant de ses réflexions.

— À toi, je pense toujours à toi, murmura-t-il en l'embrassant. Tu devrais prendre la décoction de Kimaah, il est temps.

— Tu as raison.

Elle s'exécuta en grimaçant.

— La vache ! C'est vraiment dégueulasse ce truc ! jura-t-elle lorsqu'elle eut terminé.

— Si cela peut te soulager, ne serait-ce qu'un tout petit peu, ce sera déjà ça.

— Ouais, mais je suis certaine que ça glisserait plus facilement avec une bonne rasade de whisky ! plaisanta-t-elle.

— J'ai demandé à Kimaah si tu pouvais le mélanger à quelque chose, mais il a rétorqué que ce n'était pas conseillé, que cela risquait de diminuer les effets de la potion.

Elle se lova contre lui comme une chatte en quête de caresses.

— Ce n'est pas grave. Maintenant, occupe-toi de moi, montre-moi combien tu m'aimes avant que je rejoigne le néant pour mieux te revenir, mon amour.

Il attrapa son visage entre ses mains et planta son regard dans le sien.

— Jure-moi que tu reviendras, l'implora-t-il, presque au désespoir.

Elle sourit et colla son front au sien sans baisser les yeux.

— Je te le jure. Je ressusciterai encore plus puissante et plus amoureuse, murmura-t-elle.

Il la serra aussi fort que possible contre lui.

— Je t'aime.

— Moi aussi je t'aime.

Il l'entraîna vers la chambre et la déposa doucement sur le lit. Il lui ôta sa chemise puis resta un moment à la contempler pour graver dans son esprit les moindres détails, toutes les petites imperfections humaines qui faisaient qu'au final elle était si belle. Il embrassa son corps millimètre par millimètre, en mémorisant le goût, le grain de sa peau selon les endroits où il posait ses lèvres. Lorsqu'il arriva au niveau de son cœur, il souffla :

— Vous allez me manquer toi et ta si jolie mélodie.

Il l'aima, avec la force du désespoir. Comme pour lui donner une raison valable de vaincre la mort afin de lui revenir. Il savait que le moment approchait. Son rythme cardiaque s'emballa comme pour le lui confirmer.

Il lui embrassa le cou, comme chaque fois, une façon de la prévenir de ce qui allait suivre. Elle haletait à présent et ses ongles essayaient de s'enfoncer dans le marbre de sa peau.

— Maintenant, Jamy, souffla-t-elle.

Alors qu'elle frissonnait, James planta ses dents dans sa gorge.

— N'aie pas peur, murmura-t-elle. Je t'aimerai par-delà la mort.

Il but jusqu'à ce que son cœur ralentisse, puis il se redressa et s'entailla le poignet avec ses dents avant de le placer sur la bouche de Sarah. Son sang coula entre les lèvres ouvertes de sa compagne puis elle ferma les yeux. La mutation avait déjà commencé, sa princesse était entre les mains des esprits à présent.

— Reviens moi, tu me l'as juré, murmura-t-il à son oreille. Ne me force pas à aller en enfer pour te chercher.

La douleur qui m'étreignait à présent n'avait aucune mesure avec toutes celles que j'avais pu connaître lors de ma courte vie. Tout mon corps paraissait chauffé à blanc, chacun de mes membres semblait en feu. Mes muscles, mes organes, la plus infime partie de mon être s'étaient transformés en un incendie implacable, tandis que mon sang s'était changé en lave. J'aurais voulu hurler, mais n'y parvins pas, la souffrance avait maintenant le contrôle. James m'avait prévenue de ce que j'éprouverais à ce moment précis et j'avais naïvement songé qu'il exagérait pour me forcer à renoncer. En réalité, il était encore bien loin, immensément loin de la vérité. J'avais l'impression d'être brûlée vive sur un bûcher que l'on alimentait sans cesse et dont les flammes venaient lécher la moindre parcelle de ma chair sans en oublier un millimètre. Je n'avais qu'une envie : trépasser sur-le-champ pour que cette torture cesse enfin. Plus rien ne comptait que cela : mourir et vite ! D'ailleurs, depuis combien de temps endurais-je ces horreurs ? Une heure ? Un jour ? Un siècle ? Aucune idée, même cette simple notion m'échappait, à l'instar de ma vie. Mes paupières semblaient en feu, comme si un rideau rouge et noir, tissé de sang et de cendres, était posé dessus. Mon corps ne m'appartenait plus désormais, il était la propriété des flammes de l'enfer qui officiaient avec application afin d'en arracher le moindre éclat de vitalité qui tentait de leur résister. Puis soudain, j'entendis chuchoter. James ? Non, un timbre féminin, j'en fus quasiment certaine, du moins avec le peu de conscience qu'il me restait.

— Sarah, Sarah, ma douce, calme-toi, tout ira bien, dit la voix.

Je ne la reconnus pas, mais il s'agissait forcément de l'une de mes ancêtres, j'avais donc entamé la transe. Ou alors j'étais morte. James avait foiré la conversion et je parlais à un ange. Avec ma chance légendaire, à tous les coups, c'était ça ! Si j'avais d'abord été flattée d'être le premier vampire qu'il engendrerait, maintenant je le regrettais, il aurait mieux fait de s'entraîner avant !

— Concentre-toi sur ma voix, petite Sarah, la douleur va finir par disparaître, continua-t-elle.

— C'est insupportable.

— Je sais, mais cela ne va pas durer, concentre-toi sur ma voix, m'exhorta-t-elle de nouveau.

Je dus fournir un effort surhumain pour y parvenir. Le supplice allait en croissant et menaçait de m'engloutir entièrement, si ce n'était pas déjà le cas.

— Qui êtes-vous ? demandai-je enfin.

Soudain, les ténèbres s'estompèrent et une douce lumière blanche les remplaça. La douleur sembla refluer devant cette apparition. J'aperçus une femme venir vers moi, un large sourire aux lèvres. Elle était brune, grande et possédait comme moi des yeux bruns, presque noirs, taillés en amande.

— Je suis Helena, ta grand-mère, du moins l'une d'entre elles, expliqua-t-elle doucement.

Donc je n'étais pas morte, pas encore.

— Grand-mère ? Pourquoi maman n'est-elle pas là ?

— Elle nous rejoindra plus tard. Si tu savais comme j'ai attendu ce moment, te voir enfin, être certaine d'avoir mené à bien ma mission. La prophétie est sur le point de s'accomplir !

— Oui, j'ai retrouvé grand-père.

— Je sais, Giordano prendra soin de toi, il est exceptionnel. Tu as réussi, ma chérie, tu touches au but à présent.

— Que dois-je faire, grand-mère ? Maintenant que la transformation a commencé, je veux dire.

— Rien. Contente-toi de te laisser aller, je contrôle le reste à ta place.

— Grand-père a raison lorsqu'il affirme que tu es une grande sorcière.

Elle émit un rire de gorge, plein de joie et d'insouciance. Cela me fit un drôle d'effet de voir une personne âgée de plusieurs siècles et qui me ressemblait autant. Je compris alors la signification du regard que me lançait parfois mon grand-père, mélange d'amour et de tristesse. Me croiser devait rouvrir ses vieilles blessures, lui rappeler qu'il n'avait pas eu le temps de dire au revoir à la femme qu'il aimait et que le droit d'élever son unique enfant lui avait été volé en même temps que sa vie…

— Ton grand-père n'est pas mal non plus dans le genre, tu sais ? C'est bien pour cela que nous l'avons choisi pour accomplir la prophétie. Il a toujours été un grand sorcier, mais tu nous surpasseras largement, Sarah. Tu as hérité des pouvoirs des deux clans.

— Je recommence à souffrir, gémis-je.

J'avais la sensation d'être transpercée par un millier de poignards en même temps. Chacun touchant un endroit plus sensible que le précédent.

— Tes organes meurent un à un, la vie te quitte, c'est un passage obligé, ma puce, malheureusement. Patience, bientôt tout sera terminé.

— Je vais devoir endurer cela pendant trois jours, je n'y survivrai pas ! C'est trop insoutenable !

— Non, pas toi. Ta nature de sorcière, Kimaah et nous autres allons veiller à accélérer le processus autant que possible. Tout ce qui t'arrive est notre faute en quelque sorte, nous t'avons imposé un destin, alors il n'y a aucune raison pour que tu souffres plus que de raison. Tu ne les vois pas, mais les fils du phénix sont là également, ils te protègent. Leur magie est très puissante, ils vont nous aider, eux aussi t'attendaient avec impatience.

En effet, la douleur était toujours présente, mais presque supportable. Je ne les remercierais jamais assez d'écourter et d'adoucir mon calvaire.

— Merci. Au début, je ne voulais pas de mes dons, aujourd'hui j'en suis fière. Mon héritage familial est une chance et non une malédiction tout compte fait.

— Tu as mûri et tu as compris. Tu n'étais pas censée gérer ta formation de cette façon, nous n'avions malheureusement pas prévu la maladie de ta maman. Je dois avouer que nous avons été impressionnées par ta facilité d'apprentissage. Tu es passée par beaucoup de difficultés que tu n'aurais normalement pas dû connaître, mais tu as su faire face.

Puis une autre lueur apparut derrière Helena. Je regardai par-dessus son épaule pour voir de qui il s'agissait lorsque la douleur meurtrière atteignit enfin mon cœur. J'eus l'impression d'être compressée sous plusieurs tonnes de pression, que ma cage thoracique allait exploser à tout moment, ce fut atroce. Puis, j'entendis cette voix que j'avais rêvé d'entendre et que j'aurais reconnue entre mille, parce qu'elle avait bercé mon enfance dans les bons comme les mauvais moments :

— Calme-toi, Sarah. Maman est là.

— Maman !

— Oui, ma chérie, tout va bien se passer maintenant.

Le torrent de lave dans mon thorax sembla refluer quelque peu.

Vêtue d'une robe immaculée, ma mère paraissait heureuse et apaisée. Voilà donc à quoi ressemblent les anges...

La douleur s'atténua encore. Je savais que je lui devais ce sursis. Elle me soignait aujourd'hui de la même façon qu'elle avait patiemment pansé mes genoux écorchés en rentrant de l'école.

— Ma chérie, comme tu es belle ! s'extasia-t-elle.

— Toi aussi. Tu m'as tellement manqué, maman ! Tu es bien maintenant, n'est-ce pas ? Tu ne souffres plus ?

— Rassure-toi, ma douce, je vais parfaitement bien. Les souffrances ont pris fin en même temps que ma vie terrestre. J'imagine que tu as beaucoup de questions à me poser, le moment est venu pour toi d'obtenir des réponses.

Je souris, elle me déchiffrait toujours parfaitement, comme si nous ne nous étions jamais quittées.

— Je suppose que d'ici, tu as accès à des choses qui t'échappaient avant.

— C'est vrai, admit-elle. Tu veux la vérité à propos de ton père, n'est-ce pas ?

— Je dois savoir. Quels étaient ses liens avec les chasseurs ? Comment a-t-il appris leur existence ?

Ma mère pinça les lèvres puis jeta un regard à Helena. Celle-ci hocha la tête et déclara :

— Elle a le droit de connaître son histoire.

— Parfait. La famille de ton père est à la botte des chasseurs depuis plusieurs siècles. L'un de ses ancêtres, Samuel, s'est amouraché d'une sorcière maléfique, Layana. Il a été aveuglé par son amour pour elle et l'a épousée rapidement après leur première rencontre. Des disparitions ont commencé à avoir lieu, essentiellement des nourrissons ou des jeunes vierges. Bientôt, des rumeurs sur le compte de sa femme ont couru dans le village. Ses gens et sa famille ont tenté de lui ouvrir les yeux, mais Samuel n'a rien voulu entendre, jusqu'à un soir de solstice d'hiver. Il a surpris Layana en plein sacrifice. Une malheureuse, d'à peine quinze ans, était enchaînée à un pentacle de pierre, en plein milieu des bois. Il l'a suppliée de cesser, mais elle a refusé et a continué son rituel. Samuel a essayé de s'interposer, mais Layana avait pris soin de protéger son cercle grâce à un sort. Le pauvre homme n'a eu d'autre choix que de regarder son épouse arracher le cœur de l'enfant...

— C'est immonde, murmurai-je. À quoi ce cœur pouvait-il bien lui servir ?

— Certaines sorcières maléfiques utilisent le sang et certains organes humains pour préserver leur beauté ainsi que leur jeunesse, expliqua Helena.

— Comme les vampires ?

— Pas tout à fait. Si elles restent jeunes en apparence, elles finissent par mourir un jour. Le sort qui a donné naissance aux non-morts a demandé bien plus de puissance. C'est pour cela que la Nature a mis en place la mutation, de façon à reprendre le contrôle sur ces créatures, ajouta maman. Tous les humains n'y survivent pas, contrairement aux idées reçues. Tout comme beaucoup de vampires n'ont pas assez de contrôle pour parvenir à convertir un humain sans l'achever. Cela permet une sorte de sélection naturelle.

— Voilà qui est rassurant, ironisai-je.

— Tu y arriveras, ma douce, mais revenons à Samuel. Layana a menacé de le tuer s'il parlait, mais il était un homme droit et d'une grande morale. Il se sentait incapable de fermer les yeux sur les agissements de sa femme. Il a alors cherché le moyen de stopper ses diableries. Il a réussi à lui voler son grimoire et est tombé sur le passage de mise en garde contre les chasseurs. Toutes les sorcières prennent soin de prévenir leur descendance à ce sujet, il s'agit d'une question de survie. Il les a contactés et ceux-ci ont consenti à l'aider contre la garantie de sa loyauté éternelle. Samuel se trouvait à la tête d'une immense fortune, tandis que les chasseurs étaient, pour la plupart, de basse extraction. Pensant protéger le monde de monstres sanguinaires et fasciné par le pouvoir de ces simples paysans, il a accepté. C'est ainsi que les Martin sont entrés à leur service. Ils ont injecté des fonds dans leur cause. Samuel a même laissé un livre pour ses héritiers, une véritable bible à la gloire de ses soi-disant sauveurs ! Dans cet ouvrage, il les présente comme les serviteurs du Tout-Puissant, des sortes d'anges au bras vengeur. Ton père a été bercé par ces histoires tout au long de sa vie. Son endoctrinement a commencé dès son plus jeune âge. Pour lui, les chasseurs incarnaient des héros, pour eux, il ne représentait qu'un tiroir-caisse, un larbin docile. Aucun d'eux ne l'a pleuré lorsqu'il est mort, trop heureux de récupérer les biens qui auraient dû te revenir de droit, asséna-t-elle durement.

— Je ne veux rien qui soit responsable de la mort de nos sœurs, la coupai-je.

— Tu as raison, ma Sarah, cet argent est aussi sale que leur maudite cause. Enfin bref ! Ton père a toujours souffert du mépris des élus à son égard. Il a donc décidé de leur livrer une sorcière dans l'espoir de leur prouver qu'il était digne d'être initié et de devenir l'un des leurs à part entière.

— Mais l'on ne devient chasseur que par affiliation, m'étonnai-je.

Mon grand-père m'avait expliqué que cela fonctionnait de la même manière que les pouvoirs de leur proie. Quelle ironie !

— Exact, soupira ma mère en hochant la tête. Un ancien le lui a confirmé avant de mourir. S'il nous avait dénoncées, les chasseurs nous auraient tuées, mais jamais il n'aurait été accepté parmi eux. Cette révélation a fait sombrer ton père dans la démence, son rêve venait de partir en fumée.

Le puzzle qui commençait à prendre forme dans mon esprit me glaça jusqu'aux os. J'avais imaginé un tas de scénarios, mais celui-ci était bien plus horrible.

— Mais tu étais enceinte. Il a eu peur que ses amis interprètent cela comme une trahison. Il s'est piégé lui-même, continuai-je.

— Tu as tout compris. Il n'aurait pas pu user de l'excuse de l'ignorance, trop de temps avait passé pour qu'il ne se soit rendu compte de rien. De plus, Samuel avait listé toutes les façons de reconnaître une sorcière. Ton père a donc dû s'éloigner de ces gens qu'il admirait tant. Il m'a haïe pour cela, mais je représentais le seul rempart qui lui restait puisque j'étais capable de les voir venir. J'ai tout enduré sans broncher, mais lorsqu'il a levé la main sur toi, cela a été la goutte d'eau.

— Je me suis demandé à maintes reprises pourquoi il nous pourchassait avec tant d'acharnement. Ce chien voulait seulement sauver sa peau, grondai-je.

Ma mère soupira :

— Au début oui, mais ce qu'il craignait tant a fini par se produire. Adam Milford, le chef des chasseurs, a découvert notre existence. Des collègues de ton père lui ont parlé de sa femme et de sa magnifique petite fille. Milford a commandé une enquête et appris sa trahison. Les termes du marché ont été simples : nous ou lui.

Je secouai la tête, écœurée.

— J'imagine qu'il n'a pas eu à réfléchir longtemps avant de donner une réponse, dis-je.

— En effet, et sa haine pour les nôtres s'est retournée contre lui.

— C'est une sorcière qui l'a tué ? demandai-je.

— Un sorcier, rectifia ma mère. Peu importe, cette histoire est derrière nous. J'ai encore beaucoup de choses à te confier et très peu de temps.

Chapitre 13

James et Kimaah veillaient Sarah. Le vieil homme psalmodiait doucement. Soudain, il s'arrêta et sourit, satisfait.

— Elle a rejoint son guide, dit-il.
— Elle va bien ?
— Oui. À présent, le choix de renaître en vampire repose entre ses mains.
— Que se passera-t-il si elle décide de ne pas revenir ? demanda James avec appréhension.
— Elle continuera à errer entre nos deux mondes, dans ce lieu que vous, les blancs, nommez les limbes.

James se pencha sur la jeune fille et lui prit la main. Il lui sembla porter toute la misère du monde à cet instant. Il avait entendu parler de ces mutations inachevées où l'humain censé être converti ne l'était jamais vraiment. Il vivait, ne vieillissait pas, mais ne mourait pas et ne se réveillait jamais non plus. Il demeurait dans un état léthargique pour l'éternité.

— Sarah, reviens-moi, tu me l'as juré. Je t'en conjure, ma tigresse, sors une dernière fois les griffes et bats-toi. Ne laisse pas la mort remporter ce combat.
— Maintenant, plusieurs de ses ancêtres l'ont rejointe, expliqua Kimaah. Il s'agit d'entités puissantes et anciennes, elles forment un cercle protecteur autour d'elle.

James regarda de nouveau sa compagne. Elle ne hurlait pas, ne paraissait pas souffrir non plus. Ses cris lui auraient permis de savoir si, oui ou non, elle était vivante, car à présent, son cœur ne chantait plus. James n'ignorait pas que ce moment serait difficile à vivre, mais il se révélait pire que tout ce qu'il s'était imaginé. Kimaah continuait ses prières, encensait la chambre avec un tas de plantes censées protéger Sarah. Le jeune homme espérait de tout son être que cela marcherait et qu'elle reviendrait saine et sauve.

La nuit était tombée sur la savane, James n'avait pas quitté Sarah une seconde depuis que la mutation avait débuté, vingt-quatre heures auparavant. Son entourage lui avait certifié que tout se passerait bien, mais il ne serait totalement rassuré que lorsqu'elle ouvrirait de nouveau les yeux.

Il avait accepté de la transformer de peur de la perdre, mais au final, les risques demeuraient tout aussi grands à présent. Il décida d'aller prendre un peu l'air. Kimaah était toujours là, il ne cessait de prier. James sortit sur la terrasse et s'appuya à la balustrade. Une immense lassitude emplissait son cœur. Il alluma une cigarette et, pour la première fois depuis sa transformation, se mit à prier également. Pas Dieu directement, mais cette Force Supérieure qui devait normalement régenter l'univers. S'il existait la moindre justice en ce bas monde, alors elle ne permettrait pas que Sarah lui soit arrachée. Impossible. Personne ne souhaite la mort d'un ange.

La douleur était presque supportable à présent. J'étais capable de tenir, il fallait que je tienne.

— Je suis fière de toi, ma Sarah, tu es devenue une jeune femme belle et intelligente. Tu as réussi ta vie, ma chérie.

— Tu me manques tellement, maman, j'aurais tant aimé que tu puisses rencontrer Jamy et le reste du clan.

— Mais je les connais. Je suis toujours là, Sarah, dans chaque battement de ton cœur, dans ta voix, dans ton rire, dans tes souvenirs. À chaque fois que tu penses à moi, je revis un peu. Tu es une partie de moi et tant que tu vivras, je vivrai à travers toi.

— Sarah doit repartir à présent, nous informa doucement Helena.

— Non ! Laisse-nous un peu de temps ! suppliai-je.

— Non, ma chérie, ta place n'est pas parmi nous, tu dois regagner le monde des vivants. Ou plutôt des non-morts, sourit-elle.

— Mais j'ai encore tant de choses à dire à ma mère !

— Je comprends, mais tout le temps du monde n'y changerait rien, continua celle-ci. Nous avons toujours une dernière chose à dire aux gens que nous aimons avant qu'ils ne partent, ma puce. Tu m'aimes et je t'aime, voilà l'essentiel, tu dois repartir. Les tiens ont besoin de toi.

— Je sais, soufflai-je, la gorge serrée.

Je regardai, une ultime fois, ma mère, puisque les portes du paradis se refermeraient derrière moi pour ne plus jamais s'ouvrir.

Elle souriait, elle était belle et, surtout, elle ne souffrait plus et paraissait heureuse. J'étais à présent rassurée, elle évoluait dans un monde meilleur. Cet endroit dénué de tout mal, empreint de plénitude, n'était finalement pas un mythe.

— Je t'aime, maman, dis-je simplement.

— Moi aussi, ma Sarah, et je t'aimerai toujours. Une dernière chose, ma douce.

— Oui ?

— Je comprends que tu aurais voulu connaître le contenu de la prophétie, mais il faut à tout prix qu'elle se déroule sans être influencée. C'est l'unique façon de t'offrir un avenir sûr. Crois-moi, les surprises qu'elle te réserve seront positives. Ne baisse jamais les bras, Sarah, quoi qu'il arrive, ne renonce jamais et tu seras récompensée.

— Je te le jure.

La lueur qui entourait ma mère et ma grand-mère disparut doucement et elles aussi. À présent, je me retrouvais seule dans le noir, j'avais mal, mais beaucoup moins, c'était plus comme si j'étais très courbaturée après une longue série d'exercices. Mes sens me revinrent progressivement. Je perçus d'abord le bruit du vent, puis celui du bois qui craque. Doucement, mais sûrement, je repris pied dans la conscience. Je me tenais prête à bondir sur James, comme un coureur en position avant le signal du début de course. Je pus finalement bouger mes orteils, puis mes doigts et j'ouvris les paupières. Je poussai alors un feulement de douleur et détournai vivement la tête. Un ricanement sinistre se fit entendre.

— Enfin te voilà de retour, déclara une voix d'homme que je ne reconnus pas.

Si mes sens ne m'avaient pas trompée, il se trouvait sur ma droite. Je risquai un coup d'œil. Tentative infructueuse, ou plutôt malheureuse, car la lumière céleste brûla atrocement mes rétines une nouvelle fois.

— Baissez les stores ! ordonna l'inconnu.

Un bruit de mécanisme électrique résonna. Je n'eus pas besoin de vérifier pour savoir que l'astre assassin ne pouvait désormais plus m'atteindre, le soulagement que je ressentis fit parfaitement office d'indicateur. Je tentai de bouger, mais me rendis compte que je me trouvais entravée sur une gigantesque croix de pierre. Pour être tout à fait exacte, j'étais crucifiée ! Des pieux de métal maintenaient mes mains et mes pieds. *Comment ces machins ont-ils pu entamer ma peau ?* Je posai un regard meurtrier sur l'homme. Cette fois, je le reconnus parfaitement. Il appartenait au Grand Conseil, un proche de mon grand-père. Je l'avais brièvement croisé à la cour l'été dernier.

— À quoi vous jouez ? l'invectivai-je.

Ma propre voix résonna étrangement à mes oreilles. J'aurais tout le loisir de constater les conséquences du vampirisme sur moi plus tard.

— Croyez bien que je ne joue pas, Votre Altesse, au contraire.

Je tentai de me dégager, mais cela n'eut aucun effet, à part provoquer un élancement de douleur insupportable dans mes membres. Mes nouvelles facultés auraient pourtant dû me permettre de me libérer sans problème. Dans le cas présent, j'avais beau tirer, m'agiter, rien. Que m'avaient-ils fait ?

— Vous savez donc qui je suis, grondai-je, libérez-moi !

L'homme se mit en mouvement, arpentant la pièce, les mains croisées dans le dos et fixant obstinément le sol. Quel courage !

— Je crains que ce soit malheureusement impossible. Si vous êtes ici, c'est justement parce que nous savons qui vous êtes. Voilà le nœud du problème.

— De quoi parlez-vous ? Où est James ? J'espère pour vous qu'il va bien !

Cette fois, son regard se planta dans le mien. Ses yeux étaient encore plus noirs que ceux de tous les vampires que j'avais rencontrés jusque-là. La sclère semblait quasiment inexistante, lui conférant un air démoniaque. Aucun doute, il se nourrissait de sang humain, à haute dose de surcroît. Un sourire affable naquit sur ses lèvres, découvrant ses dents qui brillaient tels de petits diamants blancs.

— Rassurez-vous, aucun mal n'a été fait à Monsieur Drake. Pour le reste, je vous donnerai de plus amples informations lorsque mes compagnons seront arrivés. Il serait de mauvais goût que je commence sans eux, susurra-t-il.

Il quitta les lieux sans rien ajouter, me laissant plantée là, sur ma croix. Lorsque la porte fut refermée, j'étudiai l'endroit. Je me trouvais au centre d'une pièce circulaire. Il y avait, au bas mot, six mètres de hauteur sous plafond et les murs étaient composés de pierres brutes. Certainement une tour de château, autour de laquelle se positionnaient une dizaine de fenêtres dont les stores avaient été baissés. À mon réveil, seuls un ou deux devaient être levés, j'imaginais sans difficulté ce qui se produirait s'ils les ouvraient tous. Puis je constatai avec autant de colère que d'horreur que mon collier avait disparu ! Ils m'avaient volé mon phénix ! Que signifiait tout ce cirque ? Pourquoi les membres du conseil m'en voulaient-ils ? Combien d'entre eux avaient une dent contre moi ? Une chose restait certaine, la monarchie vampirique était corrompue et j'allais me retrouver de corvée de ménage.

 Lorsque James passa le seuil de la chambre, il resta interdit.
 — Sarah ? Kimaah ? appela-t-il.
 La pièce était vide. Son regard se posa sur la fenêtre ouverte.
 Elle était fermée lorsqu'il était sorti prendre l'air. Bon Dieu ! En quelques secondes, il se retrouva dehors. Il ne tarda pas à flairer la trace du vieil homme. Celui-ci gisait dans la brousse, à deux kilomètres de la petite maison. James tâta son pouls, sans illusion. Le sorcier était déjà froid, pourtant, aucune trace de morsure, on lui avait brisé la nuque. Ce n'était donc pas Sarah qui lui avait ôté la vie, elle n'aurait pas pu résister à son instinct. Mais, alors, qui ? Où était passée la jeune fille ? La panique le gagna. Il traversa plusieurs fois la savane, à la recherche d'indices, mais rien, pas même une trace olfactive. Comprenant que quelque chose de grave avait eu lieu, il sortit son portable et composa le numéro d'urgence du roi-vampire.
 — Oui ? demanda Richard.
 — C'est James, passe-moi immédiatement Giordano !
 Celui-ci n'insista pas et obtempéra.
 — Jamy ? Un problème avec Sarah ?
 — Je crois qu'elle a été enlevée ! s'écria James.
 Après un court silence, le roi répondit d'une voix sourde :
 — J'arrive.
 Quelques heures plus tard, Giordano était là. James n'osa pas lui demander comment il avait fait pour arriver si vite. Il se doutait qu'il ne devait pas souvent lâcher Sarah des yeux de toute façon. Son père et ses frères l'avaient également rejoint. Les femmes des deux clans étaient restées à New York au cas où une rançon serait exigée. Lily n'avait pas dû apprécier d'être ainsi mise à l'écart.
 — Que s'est-il passé exactement ? interrogea l'Italien.
 — Je l'ignore, souffla James en se passant une main dans les cheveux. Je suis sorti quelques minutes, Kimaah était avec elle. Lorsque je suis revenu, la chambre était vide. Je suis parti à leur recherche et j'ai retrouvé le corps du vieil homme sans vie. Il n'a pas été tué par l'un des nôtres, on lui a brisé la nuque.
 — Donc Sarah n'est pas la responsable, constata Richard.

— Non, je ne suis même pas certain que sa mutation était terminée lorsque c'est arrivé. Ceux qui ont fait ça se sont assurés qu'elle reste inoffensive à ce moment-là. Et moi aussi parce que je n'ai absolument rien entendu !

— Il faut la retrouver et vite ! s'écria Stan. S'ils ne la nourrissent pas à son réveil, la conversion ne pourra s'achever et elle mourra !

— C'est le but recherché, gronda Giordano.

— Qu'est-ce qui te fait croire ça ? demanda Kylian.

— Le hasard serait trop grand, intervint Félipe. Les ravisseurs savent qui elle est, sinon ils n'auraient pas pris la peine de feinter James.

— Pas forcément, il se pourrait que ce soit la sorcière qui les intéresse et non la princesse vampire, contra Richard.

— Peu importe ! s'exclama soudain James. Il faut la retrouver !

— Je vais prévenir les Massaïs, informa Zach, qu'ils puissent au moins donner une sépulture décente à Kimaah. Peut-être auront-ils aperçu quelque chose.

Il disparut, suivi de Félipe. Giordano commença à arpenter la pièce de long en large. Il peinait à contenir sa rage, les autres le sentaient. James comprenait parfaitement cet état d'esprit. Lorsqu'il mettrait la main sur ceux qui avaient enlevé Sarah, ils le supplieraient de les achever !

— Richard, déclenche le plan d'urgence ! ordonna le roi.

J'avais l'impression qu'un tison avait été enfoncé dans ma gorge tant la morsure de la soif était terrible. Je n'avais pas bu une seule goutte depuis mon réveil et le peu de sang qui restait dans mon organisme s'échappait des plaies causées par les pieux. J'avais tenté de me servir de la magie pour me libérer, mais le métal semblait me priver de mes pouvoirs, et l'état de faiblesse dans lequel je me trouvais n'arrangeait pas les choses. J'étais à la merci de mes ravisseurs.

Si j'en réchappe, je pourrai expliquer à papa l'origine de cette foutue légende ! Quant à ces chiens, ils comprendront à leurs dépens ce que signifie le régime sec !

Il me semblait que deux jours avaient passé, mais je n'en étais pas certaine. La faim et la douleur faussaient mes repères. Tous les stores étaient levés à intervalle régulier. J'avais ainsi le loisir de me préparer et d'angoisser à l'idée d'une nouvelle rencontre avec l'astre du jour. J'avais également eu droit à un tabassage en règle par deux furies sorties de nulle part et très appliquées dans leur tâche. Certaines de mes côtes n'étaient pas encore remises, faute de sang. Mes bourreaux mettaient tout en œuvre pour m'affaiblir le plus possible, aussi bien physiquement que psychologiquement, la technique paraissait bien rodée. À ce rythme, ma mutation n'aurait servi à rien, l'ange de la mort serait bientôt de retour. Pire que tout : personne ne trouvait utile de m'expliquer le pourquoi de tout ça. Ils venaient, me torturaient, puis repartaient.

Le cliquetis de la serrure de ma geôle se fit entendre, trois hommes entrèrent. Deux d'entre eux étaient bruns, l'un portait ses cheveux longs libres sur ses épaules tandis que l'autre les avait rasés. Le troisième était un rouquin à l'allure chevaline que même le vampirisme n'était pas parvenu à rendre ne serait-ce qu'agréable à regarder. Cela était peut-être dû au fait que j'étais également un vampire à présent, leur aura ne fonctionnait plus sur moi.

— Que signifie cette mascarade ? articulai-je avec difficulté.

C'était comme si ma bouche était emplie d'un sable bouillant qui me ponçait la langue et les gencives. La simple vibration de mes cordes vocales sembla se répercuter dans tout mon corps, m'arrachant un grognement.

— Point de mascarade dans le cas qui nous occupe, ma chère, rétorqua celui qui portait les cheveux longs. Croyez bien qu'il n'y a rien de personnel là-dedans.

Cet enfoiré se paya le luxe d'une révérence. *On verra s'il trouve toujours la situation aussi drôle lorsque j'en aurai terminé avec lui et ses petits camarades !*

— C'est déjà personnel, grondai-je. Vous comptez me tuer ?

Ils se consultèrent du regard. Les deux autres semblaient nerveux, j'en déduisis que les avis sur la question divergeaient.

— Mon grand-père est un sorcier puissant, il ne tardera pas à me localiser. Dites-moi ce que vous attendez de moi, laissez-moi partir et je mettrai cet incident sur le dos des chasseurs de sorcières. Je ne chercherai pas à me venger, je vous donne ma parole.

Pour toute réponse, il claqua des doigts et le soleil me frappa de plein fouet de ses rayons assassins. Je hurlai à en exploser mes propres tympans. Ma peau commençait déjà à rougir lorsque le rouquin se décida à intervenir.

— Suffit ! Tu avais affirmé que dès qu'elle accepterait de coopérer, tu la libérerais. Jamais il n'a été question de torture !

L'autre claqua de nouveau des doigts et la barrière métallique fut glissée entre l'astre du jour et moi. Ma tête retomba lourdement sur mon menton, mes oreilles bourdonnaient, quant à mes yeux, ils se réduisaient à l'état de lave en fusion.

— Je souhaitais seulement faire comprendre à mademoiselle qu'elle n'est pas en position de parlementer, rétorqua le chevelu.

— Tu n'es qu'un sadique !

— Non, seulement un vampire. D'ailleurs, tu sais comme moi qu'elle ne repartira jamais d'ici. Nous devons seulement faire en sorte qu'elle envisage la mort comme un soulagement.

— Quoi ? Ce n'est pas ce qui était prévu !

— Sois sérieux, tu penses vraiment que le roi nous laissera vivre lorsqu'elle lui aura balancé ce que nous lui avons fait ? continua celui qui avait le crâne rasé. De toute façon, c'est la seule façon d'atteindre notre but.

Il se planta au pied de ma croix et m'observa intensément. J'avais du mal à distinguer ses traits, des tâches multicolores dansaient encore devant mes yeux.

— Annulez la prophétie, gronda-t-il.

La prophétie ? C'était donc ça ? Ils étaient parvenus à la déchiffrer et, manifestement, ils avaient peur de ce qu'ils avaient découvert. Qu'est-ce qui pouvait les effrayer au point de trahir mon grand-père ? Parce qu'il ne faisait aucun doute que Giordano ignorait que la prophétie avait enfin été traduite, sinon, il aurait tout mis en œuvre pour me protéger s'il l'avait jugé nécessaire.

— Impossible, soufflai-je d'une voix morne.

L'autre serra les mâchoires puis saisit le pieu planté dans mes chevilles pour lui faire faire un tour complet dans mes chairs. Je hurlai de nouveau avant de me mettre à trembler de tous mes membres. Si seulement j'avais été assez forte pour utiliser ma magie, je lui aurais donné une leçon dont il se serait souvenu ! Cependant, je n'étais plus une sorcière puissante en cours de formation, seulement un jeune vampire affamé et affaibli. Je ne remporterais pas ce combat.

— Vous n'êtes pas en position de refuser.

— Vous ne comprenez pas, la prophétie ne peut être annulée. Je n'ai aucun pouvoir là-dessus.

D'un bon, il atteignit le pieu qui maintenait ma main droite et lui fit subir le même sort qu'au premier. Je grondai, soufflai pour retenir de nouveaux cris. Je ne leur offrirais jamais la satisfaction de les supplier. Je crèverais, peut-être, mais en conservant ce qui me restait de dignité !

— Pas la peine de jouer les dures avec nous. Annulez cette prophétie et épargnez-vous des désagréments supplémentaires.

Désagréments ? C'est de cette façon qu'il qualifiait le traitement qu'il me faisait endurer depuis des jours ?

— Allez-vous faire foutre ! crachai-je.

Il s'apprêtait à reprendre la torture lorsque des coups furent frappés à la porte. Je n'avais même plus la force d'ouvrir les paupières pour apercevoir le nouvel arrivant. Seule sa voix me confirma qu'il s'agissait d'un homme.

— Je sais que vous avez exigé de ne pas être dérangés, mais le roi vient de déclencher le plan d'urgence.

Grand-père savait, il me cherchait. Bientôt, mon calvaire prendrait fin. Par contre, celui de ces pourritures ne ferait que commencer ! *Ils pourront fuir, je les traquerai sur tout le globe et ils auront droit à un petit entretien privé avec la princesse vampire !*

— Il n'a pas perdu de temps, ironisa mon bourreau. Nous allons devoir vous laisser un moment, princesse. Cela ne nous prendra pas plus de quelques heures. Sonnez le room-service si vous avez soif, ricana-t-il avant de quitter la pièce, suivi de ses comparses.

À peine une seconde plus tard, la lumière céleste envahit de nouveau ma prison.

L'agitation était à son comble au palais. Une centaine de vampires étaient agglutinés dans la salle du trône. Les familles alliées et l'élite vampirique avaient été convoquées. La majorité des courtisans présents affichaient plus de cinq siècles au compteur et avaient l'habitude de ce genre de recherche qui, au final, s'apparentait davantage à une traque qu'à une battue.

— Silence ! ordonna le monarque.

Le brouhaha environnant cessa sur-le-champ. Tous s'agenouillèrent en signe de soumission, les Drake y compris. L'Italien jaugea ses sujets avant de reprendre :

— Relevez-vous. Comme certains d'entre vous le savent déjà, ma petite-fille a été enlevée pendant sa mutation.

Des commentaires indignés répondirent à cette révélation. James ne put s'empêcher de songer que le ou les responsables étaient peut-être là, tout près d'eux. Sa jumelle partageait certainement ses pensées, car elle étudiait attentivement chaque individu présent.

— Inutile de vous dire que le temps presse, continua le souverain. C'est pour cette raison que je vous ai réunis. J'ai plus que jamais besoin de vous. Nous ignorons où Sarah peut être retenue prisonnière, le globe doit être quadrillé entièrement.

Des *oui*, des *évidemment*, fusèrent une nouvelle fois. James nota que pas une fois Giordano n'avait émis l'hypothèse qu'il soit déjà trop tard. Gardait-il ce genre de commentaire pour lui, par égard pour leur clan, ou parce qu'il se refusait à perdre espoir ? Cependant, leur pire ennemi dans le cas présent était le temps. Si Sarah n'était pas retrouvée d'ici trois jours, les chances qu'elle ait survécu seraient minces, trop minces…

L'Italien se leva et avança d'un pas avant de tonner :

— Ne reculez devant rien, je veux les coupables, morts ou vifs ! Mais attention, les ravisseurs sont dangereux et certainement bien entraînés.

Un concert de feulements lui répondit. La séance fut levée. En sortant, chaque vampire prit une photo de Sarah sur la grande table, près de la porte. Certains ne l'avaient jamais vue. Les membres du Conseil, eux, restèrent. L'un d'entre eux, arborant une tresse blanche qui lui tombait jusqu'au bas des reins, s'avança et murmura, la tête basse :

— Majesté, je sais que le moment pourrait sembler mal choisi, mais… Votre Altesse a-t-elle songé à nommer un autre successeur si jamais la princesse…

— Suffit ! s'écria Giordano. La princesse sera de nouveau parmi nous d'ici quelques jours. Au lieu de vous préoccuper des décisions qui me reviennent, rendez-vous utile en participant activement aux recherches !

Un roulement de tonnerre retentit tandis que le ciel se zébrait d'éclairs d'un blanc éclatant, alors qu'il faisait un temps superbe une seconde plus tôt. Le grand-père de Sarah écumait presque. Sentant que toute tentative pour le ramener à la raison resterait infructueuse, le Conseil quitta la salle à son tour.

Plus la mort approchait et plus mes sens s'amenuisaient. Je ne percevais plus de bruit particulier, les odeurs me parvenaient sans que j'en identifie aucune. Ma raison avait également pris le large. Je la laissais dériver au gré des images peuplant ma bienfaitrice inconscience. Une femme sur un lit d'hôpital, un homme dont la toison blonde rappelait les champs de blés mûrs, une fille au visage de poupée et aux cheveux roses. La représentation qui me revenait le plus souvent était celle d'un garçon. Il devait avoir dix-sept ou dix-huit ans et possédait une crinière auburn magnifique. Cependant, je ne savais pas qui étaient ces gens, je ne le savais plus… *Je suis fatiguée, tellement fatiguée… je voudrais dormir, toujours…*

Soudain, une salve d'étincelles rougeoyantes jaillit sous mes paupières. Un oiseau de feu, arborant une immense queue, composée de langues de flammes, darda sur moi son regard vert émeraude.

— Bonjour, ma fille, dit-il.

Sa voix était grave, douce, elle dégageait quelque chose de rassurant. *Un rêve... oui, je rêve, c'est ça. La mort ne devrait plus tarder à présent.*

— Non, Sarah, tu ne rêves pas. Ouvre les yeux.

— Non... trop fatiguée...

— Je comprends, mais tu dois fournir un dernier effort. Ouvre les yeux, fille du phénix !

Soulever mes paupières relevait d'une énergie surhumaine, mais j'étais surhumaine maintenant, enfin presque. L'oiseau me regardait avec détermination et colère.

— Je suis le grand phénix, le protecteur de ton clan, se présenta-t-il. Je t'attends depuis longtemps, tu sais ?

— Je...

— N'essaie pas de parler, tu es trop faible. Je vais remédier à cela, annonça-t-il avant de s'évaporer.

Soudain, une douleur terrible irradia de nouveau dans mes paumes et mes chevilles. Cependant, je n'avais plus la force de crier. Un bruit de métal heurtant quelque chose me parvint avant que je ne chute lourdement. Je restai là, face contre terre, incapable du moindre mouvement. Le grincement de la porte qui s'ouvre, celui de pas.

— Qu'est-ce que... Mais comment as-tu réussi à te libérer ? demanda une voix masculine.

Je sentis que l'on me redressait, que l'on touchait mon front.

— J'ignore ce que tu leur as fait, mais ils doivent sacrément t'en vouloir pour t'administrer un pareil traitement. Au rythme où vont les choses, tu seras morte à leur retour... Je vais te nourrir, un tout petit peu, histoire de te maintenir en vie jusqu'à ce qu'ils décident de ton sort. Si ce n'est pas malheureux, une si jolie fille.

Je ressentis une pression sur mes lèvres puis un liquide envahit ma bouche. Il était chaud, épais, sucré. Au fur et à mesure qu'il se distillait dans mon organisme, mon corps sembla se régénérer, revenir à la vie. Mes muscles se détendirent, la douleur s'atténua. J'ouvris les yeux et observai mon sauveur. Il était de taille moyenne, ses cheveux étaient châtain clair et il paraissait doux. Pourtant, il était le complice de mes tortionnaires.

— Doucement, ça suffit maintenant, tu en as eu assez.

J'obtempérai docilement, continuant de le fixer. Il me rallongea sans brusquerie.

— Je vais te remettre sur ton perchoir. Cela va être douloureux, et crois bien que j'en suis désolé.

Je profitai de ce qu'il se tourne afin de ramasser l'un des pieux pour sauter sur mes pieds. Avant qu'il n'ait eu le temps d'esquisser le moindre geste, je tenais déjà sa jugulaire entre mes mâchoires. Une fois mon geôlier vidé jusqu'à la dernière goutte, je m'emparai des pieux, le poignardai en plein cœur et sortis en piétinant le tas de cendres qui restait de son corps.

Le ressac me parvenait clairement cette fois, j'étais donc près de la mer. Je longeai le couloir, sur ma droite, jusqu'à un escalier de pierre. Je descendis avec précaution lorsqu'à mi-chemin, j'aperçus deux femmes qui discutaient, en contrebas. Elles plaisantaient à propos de ma détention et de mes cris qui avaient sûrement fait fuir les oiseaux du coin. Il s'agissait des deux garces qui avaient pétri mon corps de coups comme de la pâte à pain.

Elles levèrent la tête, trop tard. D'un bond magistral, je fus près d'elle. D'une main, je poignardai la première en plein cœur, elle tomba en poussière sur le sol. De l'autre, j'empoignai la seconde et me nourris d'elle jusqu'à ce que sa peau ressemble à du vieux parchemin. Plus je buvais et plus je me sentais puissante. Un grognement de satisfaction m'échappa. Elle me regarda avec incrédulité, incapable de bouger. Comme la première, je l'empalai. J'avisai le tas de cendres puis l'arme. *Pas mal !* songeai-je en le retournant dans ma paume.

Je poursuivis mon chemin vers la sortie, exterminant tous ceux qui se plaçaient sur ma route. Les gestes me venaient, sans même y réfléchir. Je savais où frapper, quand, comment. Toutefois, le moment était mal choisi pour m'extasier sur mes nouveaux talents au combat. Une fois dehors, je fis à peine quinze pas et je me retrouvai au bord d'une falaise. Des lames se brisaient à un rythme régulier sur les rochers en contrebas, ne laissant que l'écume vaporeuse pour preuve de leur passage. Je me retournai. Derrière moi, la forteresse médiévale, à droite, à gauche, l'océan, à perte de vue. Aucune échappatoire possible. Je me trouvais au milieu de nulle part. Sans plus réfléchir, je sautai dans les vagues mugissantes.

Chapitre 14

Debout sur la terrasse de sa suite privée, James laissait errer son regard sur les jardins du palais. Les employés entretenaient avec talent les plus beaux spécimens de mère Nature dans cet endroit, mais il n'avait pas le cœur à s'extasier. L'angoisse qui le rongeait depuis cette nuit au Kenya ne cessait de croître à chaque minute qui s'écoulait. Cela faisait cinq jours que Sarah avait disparu. Un jeune vampire devait se nourrir dans les trois jours suivant son réveil de la mutation pour que celle-ci s'achève totalement. Sa nature de sorcière lui permettrait sans doute de tenir un peu plus longtemps, mais elle devait déjà être très faible à cet instant. Ses kidnappeurs n'avaient peut-être même pas attendu qu'elle se réveille pour l'exécuter. James serra si fort la rambarde du balcon qu'un morceau de pierre lui resta dans la main. Il contempla une seconde la poudre blanche au creux de son poing. *Voilà tout ce qui me restera, voilà à quoi se résumera ma vie si Sarah ne revient pas : de la poussière. Je serai alors vite rendu à ce simple état moi aussi. Au moins serons-nous réunis, même si ce doit être en enfer.* Il souffla sur les dépôts et contempla le petit nuage blanc s'évaporer vers les cieux.

Des rapports arrivaient des quatre coins du globe. Le bruit des fax en devenait presque assourdissant. Le clan premier et celui de Kylian conjuguaient leurs efforts pour retrouver Sarah le plus rapidement possible. Le viking avait prévenu ses propres alliés, sans, bien sûr, leur avouer la véritable identité de sa fille. Giordano avait autorisé cette entorse au protocole. Plus ils seraient nombreux à participer aux recherches et plus les chances de récupérer sa petite-fille saine et sauve augmenteraient. Il avait tenté de la localiser grâce à son pendentif, mais l'essai était demeuré infructueux. Le médaillon, en forme de phénix, avait été trouvé à une centaine de kilomètres du lieu de l'enlèvement, mais aucune trace de Sarah. Elle semblait s'être volatilisée.

— Tout laisse à penser que ce sont les chasseurs qui auraient enlevé Sarah, constata Félipe. Son médaillon lui a été dérobé, ils devaient songer que ses pouvoirs étaient concentrés dans ce bijou.

— Toutes les options doivent être envisagées, déclara Giordano. Cependant, je doute que les chasseurs trempent dans cette affaire. Ils savent pertinemment que les pouvoirs d'une sorcière ne sont pas contenus dans un pendentif. Elle aurait tout aussi bien pu le perdre.

— Et l'action a été trop rapide pour de simples humains, ajouta Zach. Non, cette histoire pue le vampire.

— Les raisons peuvent être multiples, continua Kylian. Mais le résultat sera le même si nous ne la retrouvons pas rapidement. Aucune rançon n'a été demandée et personne n'a revendiqué l'enlèvement, ce qui signifie que les ravisseurs comptent l'éliminer.

Tous se remirent au travail en silence. Le temps pressait pour la princesse vampire.

Lorsque j'échouai enfin sur la terre ferme, il faisait nuit. Les illuminations nocturnes de la ville proche m'avaient guidée jusque-là. Je me relevai avec difficulté, si l'eau avait un peu protégé la partie inférieure de mon corps de la lumière céleste, la supérieure, elle, n'avait pas eu cette chance. Des cloques s'étaient formées sur mes bras et ma nuque, le sel renforçait la sensation de brûlure déjà intense.

Je regardai autour de moi, un peu désorientée. *Où suis-je ? Combien de temps ai-je nagé ?* Pour ne rien arranger, la soif tiraillait ma gorge comme un hérisson le goulot d'une bouteille. Je décidai d'avancer droit devant, vers les milliers de lucioles multicolores semblant voler entre ciel et terre. Soudain, des bruits de pas me parvinrent, suivis d'un autre que je reconnus d'instinct, celui de cœurs jeunes et vigoureux pompant avec vigueur l'essence vitale de leurs propriétaires.

Trois hommes débouchèrent sur la plage en titubant. Lorsqu'ils m'aperçurent, ils s'approchèrent, des sourires appréciateurs sur leurs visages rougis par l'alcool. Ils tenaient d'ailleurs tous des bouteilles de whisky. Je les détaillai lentement, fascinée par ces proies faciles et providentielles.

— Regardez ça, les mecs, une sirène qui sort de son bain, railla le premier.

Il semblait encore plus soûl que ses comparses. Il se prit les pieds à plusieurs reprises dans son long manteau de cuir. Les New Rocks qu'il portait aux pieds ne devaient pas non plus être très adaptées à la marche dans le sable.

— Salut, jolie demoiselle, ajouta le second en ôtant sa capuche de sa tête.

Je restai à les contempler sans répondre, trop obnubilée par leurs battements cardiaques pour me préoccuper de leur conversation.

— Peut-être qu'elle parle pas anglais ? observa le troisième avant de se tourner pour rendre le trop-plein d'alcool de la soirée.

— Ah, t'es dégueu, Ray ! constata son copain.

Celui au manteau de cuir avança encore, un sourire de prédateur laissant entrevoir ses dents abîmées par le tabac. À le voir, les rôles auraient pu sembler inversés. Il aurait incarné le chat et moi la souris. J'allais lui offrir la plus magistrale démonstration de l'arroseur arrosé.

— Pas grave, ce n'est pas sa conversation qui m'intéresse, susurra-t-il en tendant la main vers moi.

Il n'eut pas le temps de me toucher que je lui sautais dessus et plantais mes dents dans sa carotide. Elle céda dans un léger craquement rappelant le pop d'une canette de soda. Lorsque le sang envahit ma bouche, le poids invisible qui comprimait mon corps une seconde plus tôt disparu totalement pour laisser place à une sorte de plénitude. Je perdis pied sous la violence du plaisir ressenti. Seule la mélodie du cœur de ma victime, qui allait decrescendo, et son énergie vitale se déversant en moi m'importaient. Ce furent les cris des deux autres qui me ramenèrent à la réalité.

— Eh, mais t'es dingue ! s'écria celui qui venait de vomir.

— J'ai faim, grondai-je d'une voix sourde avant de lui faire subir le même sort qu'à son ami.

Le troisième tenta de s'enfuir, mais il n'eut pas le temps d'atteindre les arbres bordant la plage que je l'avais déjà saigné à blanc. Lorsque j'en eus terminé avec lui, je traînai sa dépouille sans ménagement dans le sable pour le déposer près des deux premières. Je me sentais mieux à présent que je m'étais nourri, cependant j'avais encore soif et mon corps n'avait pas totalement cicatrisé. Rapidement, je fouillai les cadavres, mais ne trouvai rien, à part un briquet. Je dépouillai le premier de son manteau et le second de ses baskets. Il possédait des pieds étonnamment petits pour un homme de sa taille, ce qui me fit songer, avec un sourire amusé, que je n'avais pas échappé à grand mal. Je leur brisai les dents que je jetai dans l'eau puis vidai les bouteilles d'alcool sur leurs restes avant de les immoler. J'ignorais pourquoi je devais agir ainsi, mais mon instinct me criait que c'était important. Lorsque j'eus la certitude que le feu avait bien pris, je quittai les lieux.

Tapie dans l'ombre d'une ruelle, j'étudiais mon nouvel environnement. Les façades des maisons coloniales formaient un véritable patchwork de couleurs vives. Malgré leur disparité, ces coloris créaient une sorte d'harmonieuse gaieté. Les seuls bémols à cet idyllique tableau étaient le bruit et la luminosité. La nuit était bien avancée, pourtant, la ville ne semblait pas vouloir s'endormir. De la musique s'évadait des fenêtres ainsi que des rires et des éclats de voix. Des musiciens étaient installés à presque chaque coin de rue. Leurs chants ainsi que leurs instruments représentaient, sans qu'ils ne s'en doutent, un formidable rempart contre moi. Mes tympans étaient trop sensibles pour que je m'approche davantage, mais cela n'était rien en comparaison du tintamarre assourdissant des cœurs alentour. Mon souffle était court et chaque goulée d'air inspirée me faisait l'effet d'une poignée de verre pilé enfoncé dans mon œsophage. Les guirlandes de lampions aux balcons, les lampadaires, les phares des voitures et les enseignes lumineuses mettaient mes rétines au supplice. Ma course folle, depuis que j'avais échoué sur cette plage, n'avait pas arrangé les choses. J'ignorais combien de kilomètres j'avais parcourus, mais étant donné la vitesse à laquelle je me déplaçais, sûrement un paquet. Je devais me nourrir, le sang incarnait l'antidote à la douleur, à la fatigue, à tout.

— Eh, salut beauté ! m'apostropha un homme noir en m'apercevant. Que fabrique une jolie fille comme toi seule dans l'ombre ?

Son sourire avenant découvrit ses dents immaculées. Elles semblaient presque phosphorescentes dans la pénombre de la ruelle. Ses yeux rieurs, enfantins, détonnaient avec son physique athlétique et son cou de taureau. À dire vrai, ce type était une montagne. Quelque chose chez lui me rappela Michael Clarke Duncan dans La ligne verte.

— Je euh…, balbutiai-je en portant la main à ma gorge.

Ma voix… C'était la première fois que je l'entendais depuis… depuis quand ?

— Eh, joli cœur, ça va ? insista l'homme en avançant d'un pas, les sourcils froncés. Tu sembles paumée et tu es toute pâle.

— J'ai faim.

Son sourire réapparut puis il hocha la tête.

— O.K., je vois. Je sais ce que c'est que de se retrouver dans une ville inconnue sans un sou en poche. Allez, viens, c'est moi qui invite ! annonça-t-il en me tendant la main.

La salive envahit ma bouche. Je saisis le battoir à linge qu'il m'offrait et l'attirai à moi d'un coup sec. En moins d'une seconde, je l'entraînai dans le fond de la ruelle, à l'abri des regards. Il n'eut pas le temps de s'étonner de ma force que j'étais déjà solidement arrimée à sa gorge. Il tenta bien de se défendre. Il rua, frappa, mais ses efforts demeurèrent infructueux.

On ne peut rien contre l'ange de la mort.

Cette nuit-là, je me nourris jusqu'à l'écœurement, saignant à blanc tout ce qui pouvait l'être. Homme, femme, petit, grand, riche ou pauvre, aucune importance. *Après tout, qu'importe le flacon pourvu qu'on ait l'ivresse…*

Lorsque je sentis l'aube se lever, avant même que la première étoile ne commence à pâlir, je me mis en quête d'un abri. Je m'éloignai du centre-ville, de son agitation et finis par trouver un quartier quasi désert. Les maisons semblaient, pour la plupart, abandonnées et en mauvais état. Je jetai mon dévolu sur une demeure à la façade ocre. La porte était grande ouverte et des rideaux en lambeaux pendaient aux fenêtres, mais ces dernières étaient munies de volets. Ce fut ce détail qui arrêta mon choix. À peine eussé-je passé le seuil que l'odeur d'humidité et de moisissure me sauta au visage. Les meubles étaient renversés, des ustensiles de la vie courante et un tas de détritus jonchaient le sol. À croire qu'un ouragan était passé par là.

J'attrapai un vaisselier qui gisait dans un coin et le plaçai devant la porte, puis je me frayai un chemin à travers tout ce bric-à-brac pour atteindre l'escalier. À l'étage, se trouvaient trois pièces, sans doute des chambres, tout aussi dévastées que le rez-de-chaussée. Des graffitis, très explicites, illustrant la reproduction humaine ornaient les murs, tandis que d'autres témoignaient des mœurs légères d'une certaine Barbara. Malgré la décoration qui laissait à désirer, le lieu me parut représenter la cachette idéale. J'ignorais pourquoi je devais me terrer, mais une fois de plus, mon instinct me soufflait que c'était la décision la plus sage pour le moment. Je m'installai dans la première. Assise sagement contre la porte, il ne me restait qu'une chose à faire : attendre le crépuscule.

Recroquevillée dans un coin, je me balançai d'avant en arrière en me bouchant les oreilles. La journée se révélait pire que la nuit à bien des égards. Le flux et le reflux de la circulation, le bourdonnement des voix entremêlées, les sonneries de téléphones, les aboiements canins formaient une cacophonie agressive. Et c'était sans parler du tambourinage incessant des cœurs et de celui du sang charrié par ces milliers d'artères, là, tout près. Mon système olfactif était saturé des fragrances qui montaient jusqu'à moi, même calfeutrée à l'intérieur de cette bicoque isolée. Ma gorge recommençait déjà à brûler et il ne devait pas être plus de midi. Si j'avais mis le nez dehors, j'aurais commis un véritable massacre, mais l'astre du jour officiait, tel un garde-fou. J'avais tenté d'exposer ma peau à ses rayons et, si celle-ci n'avait pas développé de réaction particulière, mes yeux, eux, n'avaient pas du tout apprécié lorsque je leur avais imposé la même expérience. La vue s'avérerait donc une faiblesse en cas de sortie diurne, mon épiderme ne devait réagir qu'à une exposition prolongée. À ma frustration de sang s'en ajoutait une autre, toute particulière. Si je savais que j'étais un vampire, que le sang de mort était mauvais pour moi ou que les pieux dans la poche intérieure de mon manteau pouvaient me tuer, j'avais oublié tout le reste. J'ignorais comment je m'étais procuré ces armes, d'où je venais, quel âge j'avais, comment je me nommais. Les détails qui concernaient ma vie avant hier soir s'étaient volatilisés.

Les Drake avaient décidé de rentrer à New York, au cas où Sarah reviendrait. Les milliers de coups de téléphone, l'épluchage systématique des coupures de journaux du monde entier relatant des massacres qui auraient pu être commis par un vampire n'avaient rien donné.

— Comment j'ai pu être assez con pour me faire avoir ! s'écria James, hors de lui.

D'un geste brusque, il balança les cartes étalées sur la table du salon.

— On s'est tous fait berner, répondit Zach en les ramassant. Les ravisseurs devaient surveiller Sarah depuis un bout de temps et aucun de nous ne les a détectés.

— Tu trouves vraiment que ce genre de réflexion fait avancer les choses ? grinça sa compagne.

— Ce qu'il veut dire, c'est qu'aucun de nous n'est responsable, expliqua calmement Kylian. Nous devons rester positifs. Les clans les plus puissants participent à la battue. Bientôt, elle sera de nouveau parmi nous.

— Si elle est encore vivante, murmura Lily avant de quitter la pièce en courant.

— Attends, Lily ! appela son jumeau en lui emboîtant le pas.

Il la rattrapa dans le garage. Elle contemplait la Mustang avec une telle détresse que le cœur de James se comprima davantage.

— Ils semblent tous si optimistes, gémit la punkette, le visage caché entre ses petites mains.

Son frère s'approcha et la serra contre lui avant de déposer un baiser sur son front.

— C'est pourtant ton truc l'optimisme d'habitude, déclara-t-il, la joue contre ses cheveux.

— Je sais, mais j'ai tellement peur, Jamy. Sarah est déjà jeune en tant qu'humaine, mais en tant que vampire, elle n'est pas plus qu'un nourrisson. J'imagine la panique à son réveil, seule, dans un endroit inconnu, aux mains de ces salauds !

Elle enfouit son visage dans son giron. James soupira. Il comprenait parfaitement le sentiment de sa jumelle. Pas une seconde ne s'écoulait sans qu'il songe à sa compagne et à ce qu'elle devait endurer. Si ses ravisseurs la détenaient encore, il lui faisait sans doute subir des tortures effroyables. Les vampires possédaient un don inné pour infliger la souffrance.

— J'essaie sans arrêt de la localiser, mais je ne vois rien, souffla Lily au bord du désespoir.

— Quoi ? demanda James en reculant.

— Je me suis servie de ses affaires pour tenter d'établir une connexion avec Sarah, mais rien, pas la moindre vision. Pas même une petite vibration.

James attrapa sa jumelle par les épaules et planta son regard dans le sien.

— Mais c'est génial, Lily ! s'écria-t-il. Tu sais ce que cela signifie ?

Lily balaya l'atelier des yeux tout en réfléchissant. Soudain, ses sourcils s'arquèrent et un grand sourire illumina son visage de poupée.

— Oui ! Sarah me bloque ! Si elle était morte, j'aurais vu son cadavre, mais là, rien ! Elle m'empêche de la voir, ce n'est sûrement pas intentionnel de sa part, mais cela veut dire qu'elle est bien vivante !

Les jumeaux s'étreignirent de nouveau avant de courir annoncer la bonne nouvelle au reste du clan.

Chapitre 15

La lame du cran d'arrêt projeta une sorte d'éclair lorsque le type l'apposa sur la gorge de la fille. Les traces de piqûres, propres aux toxicomanes, aux creux de ses bras, m'informèrent du motif de la dispute. Elle avait beau avoir forcé sur le maquillage et porter des vêtements dignes d'une professionnelle de l'amour bas de gamme, ce n'était qu'une gamine. Elle ne devait pas avoir plus de seize ans et paraissait terrifiée. Accroupie sur le toit de l'un des immeubles qui longeaient la ruelle, j'observais la scène avec intérêt.

Au fil des jours, j'avais remarqué que les humains et les vampires n'étaient pas si différents, simplement, pour nous autres, chaque sentiment, chaque émotion, même fugace, se trouvaient exacerbés par nos sens surdéveloppés. Lui était comme moi : dur, implacable et sans aucune compassion pour sa victime. Elle, à l'instar de ces gens que je croisais chaque jour depuis cette première nuit à La Nouvelle-Orléans, était fragile et trop apeurée pour tenter de se défendre. Les proies, les prédateurs, les mêmes rôles redistribués à l'infini sur la grande scène du théâtre de la vie.

— Pitié, gémit-elle. J'aurai le fric demain...

Il se mit à la secouer comme un prunier.

— Ta gueule ! Demain, il sera trop tard, qu'est-ce que tu crois ? Que je suis un tiroir-caisse pour camés ? Je t'avais prévenue.

— On pourrait trouver un arrangement. Je sais me montrer gentille, minauda-t-elle.

Je fronçai le nez, *beurk* ! J'aurais préféré me nourrir de rats pestiférés pendant une semaine plutôt que de me montrer gentille avec ce genre de matou. Son eau de toilette bon marché et la tonne de gel dans ses cheveux, pourtant clairsemés, ne suffisaient pas à masquer l'odeur de crasse, de tabac froid et d'alcool qu'il dégageait. Il devait y avoir un moment qu'il n'avait pas croisé sa douche. Avec une surface aussi peu avenante, trouver une spéléologue volontaire pour l'étudier en profondeur ne devait pas être chose aisée.

— Tu crois vraiment qu'un type comme moi voudrait d'une épave comme toi ? Regarde-toi, t'es même plus capable de tapiner assez pour ramener le taf à ton mac !

Il appuya un peu plus la lame sur la carotide de la fille. Il était temps d'intervenir ou mon repas serait frugal. Je me laissai tomber dans le vide et atterris sur mes pieds, vingt mètres plus bas, sans un bruit.

— Lâche-la, ordonnai-je.

Ils sursautèrent de concert. Le type tourna la tête, sans pour autant ôter ses sales pattes de mon dessert. Quant à ce dernier, il ressemblait à un lapin piégé dans le faisceau des phares d'une voiture. Son regard passait de lui à moi, sans discontinuer.

— Barre-toi, c'est pas tes oignons ! aboya-t-il.

Puis il me détailla de la tête aux pieds. Un sourire moqueur s'afficha sur son visage buriné lorsqu'il lança :

— Tu te prends pour la fille dans Underworld ?

Underworld, j'avais vu ce film sur le câble, la semaine précédente. Il m'avait fascinée à cause du prénom de l'héroïne qui faisait écho en moi, sans que je sache pourquoi cela dit, et de ma ressemblance avec elle. Mes nouveaux sens avaient fini par s'adapter à la civilisation, seuls mes yeux demeuraient sensibles, mais j'avais vite compris que de simples lunettes de soleil me permettraient de sortir de jour comme de nuit. Cependant, il n'était pas tombé loin. Depuis quelque temps, mes iris viraient parfois au bleu topaze, sans que je sache pourquoi. J'avais seulement noté que ces jours-là, je ressentais moins le besoin de tuer. Malgré tout, j'avais conscience que la faim ne ferait que redoubler lorsque le phénomène prendrait fin.

Je souris à mon tour avant d'ôter mes lunettes noires. En découvrant que sa supposition était proche de la réalité, il se décomposa.

— Tout juste. J'ai dit : lâche-la.

La main qui tenait la fille retomba le long de son corps. Celle-ci n'eut même pas le réflexe d'essayer de fuir. Elle resta pétrifiée, les yeux exorbités, comme si elle venait de croiser le regard de Méduse. Dommage pour elle. Une poignée de secondes plus tard, ils étaient morts tous les deux. J'attrapai mon cran d'arrêt et leur entaillai profondément la gorge. Les flics s'imagineraient qu'ils avaient été égorgés lors d'un règlement de compte. Une pute et un dealer de plus ou de moins, voilà qui ne mettrait pas en émoi la police locale.

Lorsque je quittai la ruelle après avoir dévalisé les cadavres, je me dirigeai vers le kiosque à journaux au coin de la rue. Je ne prenais pas la peine de mémoriser le nom des différentes artères, pour moi, l'espace et le temps n'avaient que peu d'importance.

J'avais fait escale dans une dizaine de petites villes depuis La Nouvelle-Orléans. La soif me poussait à étendre mon territoire de chasse. Bâton Rouge était donc mon nouveau terrain de jeu depuis deux semaines.

Je pris un canard et balançai une pièce sur le comptoir avant de reprendre mon chemin. Je me fichais totalement des nouvelles, mais ce bout de papier me permettait de connaître la date. Mes orgies de sang avaient une fâcheuse tendance à me faire perdre toute notion de réalité et de temps. Ma dernière nuit à La Nouvelle-Orléans en était sans doute la preuve la plus accablante.

Après une journée, pendant laquelle j'avais enduré la douloureuse brûlure de la soif, claquemurée dans cette vieille bicoque en ruine, j'avais mis le cap sur le centre-ville dès la nuit tombée. J'avais déjà saigné trois personnes lorsque j'étais entrée dans un bar bondé de fêtards. La plupart n'avaient pas plus de la vingtaine, sûrement des étudiants en congés scolaires. Les fragrances humaines m'avaient submergée tel un raz de marée. Ma vue, mon ouïe, mon odorat, tous mes sens s'étaient trouvés saturés. Je ne me souvenais de rien ensuite, si ce n'est que quand j'avais repris pied dans la réalité, pas un seul n'avait survécu. La porte de l'établissement était verrouillée et tous les stores baissés. J'avais dû faire en sorte que les gens s'imaginent qu'il s'agissait d'une soirée privée. Le nombre de corps était impressionnant et il m'aurait été impossible de les faire tous disparaître. J'avais craqué une allumette, l'alcool, le gaz et le feu s'étaient chargés du reste. Il ne m'était resté qu'une unique option après ce carnage : la fuite. Depuis ce soir-là, j'évitais de séjourner trop longtemps dans une même ville, surtout si elle n'était pas grande.

Je me dirigeai vers l'*Independence Park Botanic Gardens* lorsque je m'arrêtai brusquement. Des images venaient d'envahir mon cerveau sans prévenir. Cela m'arrivait de plus en plus régulièrement. Quelques fois, les scènes qui m'apparaissaient prenaient forme rapidement, mais, à d'autres moments, j'apercevais des gens ou des endroits que je ne connaissais pas, ou plus. Car je n'étais pas naïve, je n'avais pas vu le jour sur cette plage près de La Nouvelle-Orléans, ce qui ne signifiait qu'une chose : ma mémoire avait été effacée.

Je venais de voir un jeune homme à la chevelure auburn. Son image réveilla quelque chose en moi, au plus profond de mon être. Comme si l'organe inutile, au fond de ma poitrine, s'était remis à battre, juste pour lui. Cette sensation me parut à la fois étrange et familière. Je fronçai les sourcils et portai la main à ma cage thoracique. Instinctivement, mon regard se posa sur mon annulaire gauche. Ce cabochon de rubis représentait-il autre chose qu'une belle bague ? Étais-je liée à quelqu'un ? À lui ? Dans ce cas, mieux valait qu'il ne me retrouve jamais. A présent, je n'avais plus rien à lui offrir, hormis la mort.

Beth pianotait nerveusement la table de ses ongles rouges laqués, interminables. Depuis quelque temps, La Nouvelle-Orléans abritait trop de vampires et cela la rendait nerveuse. Même si elle avait appris à s'en protéger grâce au Vaudou, elle se méfiait de ces créatures sans pitié et imprévisibles. Encore plus de celui qui se tenait devant elle en cet instant. Il avait beau passer pour un homme distingué et bien élevé aux yeux des humains qu'il fréquentait, elle savait qu'il était, et de loin, le pire. Dans le passé, il avait décimé des villages entiers en seulement quelques heures, une nuit parfois, lorsqu'il lui prenait l'envie de jouer avec ses victimes. Cependant, au train où allaient les choses, la gamine débarquée le mois dernier ne tarderait pas à le surpasser. Beth détestait par-dessus tout être redevable aux vampires. Avec eux, les intérêts d'une dette montaient souvent trop vite pour n'en être jamais acquittés, mais avait-elle vraiment le choix ?

Assis en face d'elle, ses longues jambes croisées avec nonchalance, il semblait réfléchir à ce qu'elle venait de lui confier. Son visage demeurait impassible malgré la gravité de la situation.

— Qui as-tu prévenu à part moi ? lui demanda-t-il d'un ton neutre.

Beth leva les yeux au ciel avant de rétorquer :

— Qui aurais-tu voulu que je prévienne ? Cette petite est trop forte pour toutes les prêtresses que je connais, les mettre au courant serait revenu à les envoyer au casse-pipe.

Il darda sur elle son regard noir, vide d'émotion, puis esquissa un sourire en coin.

— Hum… Et qui te dit que je serai en mesure de l'arrêter ?

Cette fois, la vieille femme perdit patience.

— Ne joue pas à ce petit jeu avec moi, Terrence ! Nous savons tous les deux qui tu es !

Elle lui balança sans ménagement une pile de coupures de journaux qu'elle avait soigneusement conservées. Il les lut en prenant tout son temps, ce qui ne fit qu'agacer un peu plus la prêtresse vaudou. Terrence entretenait un goût un peu trop exacerbé pour la mise en scène, selon elle. Il était puissant, en avait parfaitement conscience et n'hésitait pas à en profiter.

— Rage de sang ! s'emporta-t-elle soudain en abattant son poing sur la table. Cette fille s'est nourrie de vampires ! À ce stade, rien ni personne ne pourra l'arrêter ! Elle ne contrôle plus son instinct, si tant est qu'elle y soit parvenue un jour. Sa mémoire a sans doute été effacée, comme c'est souvent le cas et, bientôt, la plus petite trace d'humanité aura disparu chez elle ! Lorsqu'elle se rendra compte qu'elle est dotée des pouvoirs d'un demi-dieu, elle ne craindra plus rien, ni personne !

— Je te remercie, je sais ce qu'est la rage de sang. C'est d'ailleurs moi qui te l'ai appris si je ne m'abuse, rétorqua calmement Terrence sans cesser de lire.

Le manque de réaction de ce dernier était louche. Beth commençait à se demander s'il n'était pas satisfait du comportement de cette chose assoiffée de sang. Peut-être même était-ce sa progéniture ?

— Nous en sommes à près de cent victimes et je ne comptabilise que celles relatées par les journaux. Encore heureux que les experts n'aient pas trouvé de lien entre toutes les affaires d'incendies criminels et de disparitions suspectes. Cependant, la vie a changé en plus de trois mille ans ! Bientôt, ils vont comprendre ce qui se passe. Les miennes ont toujours fait en sorte de protéger les vampires, mais si cette gamine n'est pas mise hors-jeu rapidement, nous ne pourrons plus rien pour vous.

À ces mots, Terrence se figea. Il releva lentement la tête et plongea son regard dans celui de Beth avant de susurrer :

— Personne ne touchera à Sarah, ma chère Beth. Quant à nous protéger… L'as-tu préservée des chasseurs en les prévenant de son arrivée en ville ? Peut-être songeais-tu à faire d'une pierre deux coups ? Je suis déçu, très déçu.

La terreur n'eut pas le temps de s'inscrire sur les traits de Beth que Terrence avait déjà planté ses dents dans sa gorge. Lorsqu'il en eut terminé avec elle, il laissa son corps exsangue tomber lourdement sur le sol. Sa peau, d'habitude de la couleur du cacao, avait pris une teinte grisâtre. Terrence sortit de sa poche un mouchoir blanc et essuya nonchalamment les commissures de ses lèvres pleines. Il enfila son imper, son chapeau, attrapa sa canne, puis se baissa pour caresser le visage de sa victime du bout de l'index. Ce geste dénota quelque chose d'affectueux.

— Je suis désolé, mais Sarah m'est vraiment très précieuse. Je lui ai juré de lui rester fidèle et je ne trahis jamais mes promesses. La preuve, je t'avais donné ma parole, il y a longtemps, que je n'hésiterais pas à te tuer si tu me plantais un couteau dans le dos. J'ai tenu mon engagement.

Il souleva le corps sans vie dans ses bras puis sortit pour se diriger vers le cimetière. Les quelques badauds qui traînaient encore à cette heure tardive ne perçurent qu'un léger courant d'air lorsqu'il les croisa. Il déposa son fardeau devant une tombe avant d'ouvrir celle-ci et de le déposer au-dessus du cercueil qui s'y trouvait déjà. Il replaça la pierre tombale, ôta son chapeau en signe de respect puis murmura :

— Repose en paix, Beth. Et si les gens qui s'aiment se retrouvent réellement de l'autre côté, salue ton mari de ma part.

Terrence quitta la ville et commença sa traque. La petite escapade de la princesse vampire n'avait que trop duré. Il était temps pour elle de reprendre le chemin de la cour afin d'y faire un peu de ménage.

Assis sur un banc, à l'ombre du plus vieil olivier des jardins du palais, Giordano était perdu dans ses pensées. Jamais il ne s'était senti aussi seul que depuis la disparition de Sarah. Il avait mis tant de temps à retrouver sa petite-fille et celle-ci lui avait déjà échappé. Le Conseil le pressait de nommer un autre successeur, mais le vieux vampire ne pouvait s'y résoudre, pas encore. Désigner un nouvel héritier serait revenu à renoncer, à abandonner l'espoir que Sarah revienne un jour et c'était au-dessus de ses forces. Il arpentait le globe depuis plus de neuf siècles. Il avait tout vu, tout entendu, tout vécu. Pourtant, jamais il ne s'était senti si vivant que depuis le jour où il avait posé les yeux sur cette brunette au tempérament de feu, sa chair, son sang, sa *piccola principessa*. Giordano aimait sa femme et son clan, mais Sarah incarnait le fruit de son premier amour, celui que l'on n'oublie jamais. Helena s'était sacrifiée pour qu'elle voie le jour et aujourd'hui, il serait prêt à faire de même pour obtenir la certitude que sa petite-fille allait bien. Las, il se passa une main dans les cheveux. Nicolaï le rejoignit à ce moment-là, l'air soucieux.

— Que se passe-t-il ? demanda le monarque.

Nicolaï s'assit à côté de lui et lui glissa discrètement un papier dans la paume avant de répondre :

— Malheureusement, rien de particulier. Les recherches piétinent.

Il venait de mentir, ce message en était la preuve, alors à quoi jouait-il ? Intrigué, Giordano déclara :

— Avertis-moi dès que vous apprendrez quelque chose. Je vais dans mon bureau.

Une fois à l'abri des regards, Giordano avisa le pli :

La forteresse de Dante a été réduite en cendres. Étrangement, personne ne nous a prévenus, je m'en suis aperçu en contrôlant les photos satellites. J'ai tenté de joindre les gardiens, ils manquent tous à l'appel. Cela n'a peut-être aucun rapport avec l'enlèvement de Sarah, mais dans le doute, j'ai jugé préférable de garder cette information secrète.

L'Italien serra les poings, froissant le papier. Nicolaï était timide, soit, mais il se montrait aussi incroyablement perspicace. En effet, il y avait peu de chance pour que les deux événements n'aient aucun lien entre eux. La forteresse de Dante avait gagné ce nom parce qu'elle servait de salle de torture. Isolée sur un rocher, au milieu de l'océan Atlantique Nord, elle ne possédait aucune échappatoire. Ses gardiens se contentaient de la survoler une fois par semaine, ils n'y posaient le pied que lorsqu'un détenu y était amené. Giordano n'avait commandé aucun interrogatoire ces derniers temps, donc qui avait été conduit là-bas ? Furieux, il décrocha son téléphone hautement sécurisé. Dès la première sonnerie, Nicolaï répondit. Giordano ne lui laissa pas l'occasion de prononcer un mot et ordonna :

— Fais préparer mon jet et ne parle de ça à personne. Officiellement, nous allons rendre visite à Kylian.

Lorsqu'il raccrocha, Giordano ne put retenir un feulement. Si la forteresse avait bien servi à cacher Sarah, cela ne signifiait qu'une chose : la cour était corrompue !

Une fois sur place, ils se mirent à fouiller les cendres avec application.

— S'il s'agissait d'un banal incendie, des pans de murs auraient survécu au massacre, jugea Nicolaï. Dans le cas présent, il ne reste absolument rien, comment est-ce possible ? Et puis, il n'y a pas la moindre odeur d'accélérant ou d'explosif.

Giordano regarda encore autour de lui avant d'expliquer :

— Normal, ce feu n'a rien de banal, c'est la magie qui l'a déclenché. Une magie très puissante.

— Tu penses que Sarah pourrait en être l'auteure ?

— Il y a peu de chance qu'elle soit parvenue à déployer autant d'énergie juste après son réveil. De plus, je suppose que si ses kidnappeurs ont choisi cet endroit, ce n'est pas sans raison. Ils l'ont probablement torturée, affamée... Quand l'incendie s'est déchaîné, elle devait être en état de grande faiblesse.

Conscient de ce que cette dernière constatation impliquait, Nicolaï baissa la tête.

— Dans ce cas, qui a pu faire une chose pareille ? demanda-t-il ensuite.

— Je l'ignore. Il est probable que les ravisseurs aient fait appel à des sorciers. Ce qui expliquerait la facilité avec laquelle ils ont déjoué la vigilance de James. Ces derniers ne savaient peut-être pas qui elle était et lorsqu'ils s'en sont rendu compte, ils ont dû comprendre toute la portée de leur implication et les conséquences qui allaient en découler. Alors ils ont effacé toutes les preuves.

L'Italien se laissa tomber sur un rocher et se passa une main dans les cheveux. Partout où se posait son regard, il n'y avait que la mer. De l'eau, encore et encore, à perte de vue. Cet élément, qui d'habitude le fascinait autant par sa force que sa beauté, lui parut soudain hostile. Même si Sarah avait échappé aux flammes, elle n'aurait pas pu nager jusqu'au rivage. L'océan avait donc été son dernier refuge, son mausolée. Son ultime espoir venait de s'envoler.

Lorsque Kylian ouvrit la porte à son ami, la mine que l'Italien affichait ne lui dit rien qui vaille. Il s'effaça pour le laisser entrer, suivi d'un Nicolaï austère. Sans un mot, il les introduisit dans le salon. Gwen épluchait une nouvelle fois les journaux, accroupie devant la table basse. Quand elle aperçut Giordano, elle se leva comme un diable sortant de sa boîte.

— Que se passe-t-il ? demanda-t-elle. Tu as retrouvé Sarah ?

Giordano prit place dans le canapé puis soupira sans répondre. Le reste du clan apparut, James en tête. L'Italien constata qu'il avait maigri et que ses traits étaient tirés. Ce qu'il s'apprêtait à lui dire n'arrangerait pas son état. La mort de Sarah en engendrerait bien d'autres, que ce soit par le chagrin ou le sang.

— Nous avons trouvé l'endroit où Sarah était retenue, annonça-t-il d'une voix morne en regardant obstinément la table basse.

— Et Sarah ? s'enquit James. Elle va bien ?

— Aucune trace d'elle. Tout a été entièrement incendié, il ne reste rien, ajouta le roi.

Un silence pesant s'installa. Tous semblaient réfléchir au sens de cette révélation. James, lui, alla se planter devant la porte-fenêtre. Il fixait le kiosque à musique, le visage impassible. Lily le rejoignit et lui prit la main. *Les deux grands amours de Sarah,* songea le monarque avec une infinie tristesse.

— Elle n'est pas morte, asséna soudain James.

Il n'avait pas bougé, sa jumelle non plus. Giordano se passa une main dans les cheveux et ajouta :

— Il y a peu de chance pour qu'elle ait réussi à sortir du brasier.

— Où était-elle retenue ? interrogea Kylian.

— La forteresse de Dante.

Le viking arqua les sourcils dans une expression de surprise, puis son regard devint encore plus noir qu'ordinairement, ses iris envahissant presque toute la sclère. Il se leva d'un bond avant de gronder :

— La forteresse de Dante ? Tu sais ce que cela signifie ?

— Oui, convint Giordano.

Dans un accès de fureur, Kylian balança le fauteuil dans lequel il était assis une seconde avant par la porte-fenêtre, manquant de peu les jumeaux. Alerté par la réaction de son père, James s'approcha.

— Qu'est-ce que tu nous caches, Giordano ? s'emporta-t-il en lui agrippant le bras.

Ce dernier ne tenta pas de se dégager, il se contenta de murmurer :

— Cela signifie que les ravisseurs de Sarah font partie de mon entourage proche. Seuls mes émissaires et le Conseil connaissent l'existence de cet endroit. Il est utilisé pour des interrogatoires… musclés.

James resta interdit pendant que son bras retombait le long de son corps. Kylian, lui, écumait presque.

— Musclé ? Cette geôle, c'est l'Enfer sur Terre ! Les séances de torture qui s'y déroulent sont d'autant plus efficaces que rien ni personne ne peut intervenir pour les faire cesser ! Perdue en plein milieu de l'océan Atlantique et répertoriée sur aucune carte, à part les gardiens, personne n'en ressort, jamais !

— Sarah s'en est sortie, expliqua froidement Lily.
Elle pivota lentement vers eux, les étudia un à un et répéta :
— Sarah est vivante, je le sais.
— Tu l'as vue ? s'enquit Giordano.
— Justement non. J'aurais aperçu son cadavre, mais là, rien. Sarah me bloque, je le sens et pour ça, il faut qu'elle soit en vie.

L'Italien secoua la tête. Si seulement les choses avaient pu être si faciles.
— J'aimerais te confirmer que tu as raison, Lily, mais malheureusement, il se peut aussi que tu ne voies rien parce qu'il n'y a plus rien à voir. Si je n'obtiens pas bientôt des preuves que Sarah est vivante, je devrai prendre des dispositions. Le bien du peuple prévaut en toutes circonstances.

La punkette le fixa droit dans les yeux, esquissa un sourire mauvais puis rétorqua :
— Vas-y, ne te gêne pas. Nous savons tous qui tu nommeras. En acceptant, Kylian nous facilitera la tâche. Nous deviendrons le clan premier, et crois-moi, ceux qui ont fait du mal à Sarah le payeront. Lorsqu'elle reviendra, parce qu'elle reviendra, quoi que tu en penses, elle montera sur le trône. Tu auras alors tout le loisir de lui expliquer comment tu as préféré l'intérêt d'une bande de traîtres au sien.

Giordano pinça les lèvres. Même si les paroles de Lily l'avaient blessé, il espérait de tout cœur qu'elle ait raison.
— J'imagine pouvoir gagner encore un mois avant que le Conseil ne me somme de nommer un autre successeur. D'ici-là, Nicolaï va mener une enquête interne, en toute discrétion. Plus les coupables se sentiront en confiance, persuadés qu'ils ne seront jamais pris et moins ils prendront de précaution.
— Il suffirait que je fouille la mémoire de tes proches, intervint Stan.
— Non, je ne peux désavouer les courtisans sans preuve. Certains pourraient en prendre ombrage et tu oublies qu'ils sont à la tête des clans les plus anciens et donc des plus puissants. Un tel acte mettrait en péril la monarchie elle-même. Je n'ai pas le choix. Il n'est pas seulement question de mon rôle de grand-père, mais aussi de ma charge de souverain.
— Si ma fille est morte, gronda Kylian, la planète ne sera pas assez vaste pour que ses bourreaux puissent se cacher. Je lancerai la plus grande traque que l'Histoire ait jamais connue. Tu sais jusqu'où je suis capable d'aller par esprit de vengeance, rien ne m'arrêtera !

Chapitre 16

Un à un, je sortis les vêtements suspendus dans l'immense dressing pour les mettre devant moi et juger de l'effet dans la psyché.

— Moche, laid, hideux, constatai-je en tentant ma chance avec deux pulls et un chemisier.

Mon hôte possédait un goût vestimentaire douteux. La moitié de ses vêtements ne devaient pas être plus grands qu'un mouchoir de poche. À ce stade, s'habiller devenait optionnel. Je soupirai et me dirigeai vers la commode, près de la baie vitrée. Après avoir enjambé le cadavre de la rouquine, qui gisait sur la moquette immaculée, je commençai à fouiller les tiroirs. Je subis encore quelques déceptions puis je dénichai enfin ce que je cherchais. Un col roulé en laine bleu pétrole et un jean noir.

— Nickel ! Bon, maintenant les sous-vêtements.

Je n'eus pas à fouiner longtemps, le second tiroir regorgeait de toute sorte de lingerie. J'optai pour un soutien-gorge et un slip brésilien en dentelle noire. Je m'habillai rapidement puis regagnai le salon. Confortablement installée dans le canapé, j'allumai la télévision et zappai. La pluie n'était pas près de cesser alors, autant patienter au sec, avec tout le confort moderne.

Les jours où le soleil décidait de prendre quelques jours de vacances, je chassais « en intérieur ». Le scénario s'avérait d'une simplicité enfantine. Je sonnais et, lorsque ma proie ouvrait, je lui adressais mon plus beau sourire avant de lui expliquer que j'étais nouvelle dans l'immeuble et que je venais me présenter. Certaines me laissaient entrer, ravies de discuter, d'autres se contentaient d'un sourire forcé accompagné d'une excuse vaseuse pour me rembarrer, toujours trop tard. Parfois, les gens ne répondaient pas, feignant d'être absents, mais une simple poussée enfonçait sans mal leur porte, aussi fragile qu'eux. La plupart du temps, je choisissais des femmes pour ce genre d'exercice. Cela me permettait non seulement de dîner, mais également de faire un peu de shopping après un brin de toilette.

Soudain, l'air ambiant se mit à vibrer. Je me relevai d'un bond, mes sens en alerte. Quelque chose rôdait. J'approchai de la baie vitrée, avec précaution, scrutai l'immeuble d'en face, la rue, mais n'aperçus rien. D'ailleurs, la fugace sensation s'était déjà dissipée. Je fronçai les sourcils, puis retournai m'asseoir. Mon émission de mécanique préférée allait commencer.

Posté tranquillement dans un appartement inoccupé de l'immeuble d'en face, Terrence étudiait la version vampirique de son amie. La retrouver n'avait pas été difficile, il lui avait suffi de partir de La Nouvelle-Orléans et de suivre l'odeur de sang et de magie. Elle était douée pour couvrir ses traces. Cependant, il en fallait plus pour semer le premier-né.

Sarah était encore plus belle qu'avant. Sa peau diaphane, contrastant avec ses cheveux bruns, lui conférait l'aspect d'une princesse de contes de fées. Sa façon d'opérer était impressionnante. Elle se contentait de sonner et ses victimes l'invitaient à entrer, en totale confiance. Cela pouvait se comprendre, elle ressemblait davantage à un ange qu'à une tueuse en série assoiffée d'hémoglobine.

Une fois dans la place, elle les abattait froidement, mais sans précipitation, prenait une douche, puis se servait dans leur penderie. Rapide, efficace, pratique. Les Drake l'avaient admirablement formée. Maintenant, restait à voir ce qu'elle avait appris seule, sur le terrain, et pour ce faire, il n'existait qu'un moyen. Terrence se dissimula dans l'ombre puis laissa tomber le bouclier psychique qui garantissait son anonymat.

Cela ne demanda qu'une seconde à Sarah pour le détecter. Derrière la fenêtre de l'appartement de sa victime, elle scrutait les environs. Terrence remit le bouclier en place et Sarah quitta son poste.

Parfait, comme il l'avait présagé, la sorcière en elle avait ralenti la rage de sang. Elle se montrait encore capable de réfléchir et de réagir à son environnement, ce qui était bon signe.

Il gagna le toit pour recommencer l'opération. Il eut à peine le temps d'allumer son cigare qu'elle se tenait devant lui. En position d'attaque, elle feula. Terrence sourit. Le vampirisme n'avait fait que renforcer la combativité de cette jolie tigresse.

— Bonsoir, Sarah, commença-t-il calmement en exhalant la fumée.

Elle fronça les sourcils puis inclina légèrement la tête. Elle semblait tenter de se souvenir.

— Qui es-tu ?

— Ton ami. Je m'appelle Terrence O'Hara et au cas où cela t'intéresserait, tu te nommes Sarah Strauss.

Elle quitta sa position d'attaque, mais resta à distance, dardant sur lui un regard plein de défiance.

— C'est toi qui m'as transformée ?

— Non, c'est James qui a fait de toi un vampire.

Elle toucha sa tempe droite tandis que ses paupières papillonnèrent.

— C'est le garçon aux cheveux rouges, murmura-t-elle, plus pour elle que pour obtenir une quelconque confirmation.

— Exact. C'est également ton fiancé et il est très inquiet à ton sujet, ainsi que le reste de ta famille.

— Mon fiancé et ma famille sont également des vampires ? Pourquoi je me suis réveillée seule sur cette plage alors ?

— C'est compliqué. Mais si tu viens avec moi, je t'expliquerai tout. Tu es en danger, tu ne peux pas rester ici.

Elle esquissa un sourire carnassier avant de rétorquer :

— En danger ? Je suis forte, rapide, je ne crains rien ni personne.

— Oh que si ! Beaucoup de gens te cherchent, et crois-moi, si certains te mettent la main dessus, tu ne verras pas le soleil se lever.

— Qui me dit que tu me racontes bien la vérité ? Si cela se trouve, c'est toi qui me veux du mal.

Terrence sourit une nouvelle fois, tira une bouffée de son cigare et déclara calmement :

— Si j'avais souhaité ta mort, il y a déjà un moment que tu sucerais les pissenlits par la racine. Je suis bien plus vieux que toi et tu ne peux rien contre moi. Je t'ai promis un jour que je te confierai mon histoire, suis-moi et je te livrerai tout ce que tu désires savoir, sur toi et sur moi. Écoute, ta petite escapade à La Nouvelle-Orléans ne va pas tarder à s'ébruiter, tu dois te mettre en sécurité, termina-t-il en avançant.

Sarah recula d'un pas, plissa les yeux puis se laissa basculer dans le vide. Terrence secoua la tête, il aurait dû se douter que les choses ne seraient pas si faciles. Il sauta lui aussi la rambarde puis se lança aux trousses de son amie.

Elle se dirigea vers le centre-ville, zigzagant entre les voitures et les passants, à la vitesse d'un supersonique. Si elle percutait l'un ou l'autre, les dommages seraient catastrophiques. Terrence aurait pu stopper la poursuite et retenter sa chance plus tard, mais Beth avait raison, la rage de sang la faisait se croire invincible. À ce rythme, les vampires ne resteraient pas longtemps dans la catégorie mythe.

Elle s'engouffra dans une ruelle bordée de hauts immeubles modernes. Terrence décida que ce petit jeu avait assez duré. D'un bond magistral, il passa devant elle et lui bloqua le passage. Elle sembla surprise, peu habituée à ce que l'on s'oppose à elle.

— Je n'ai rien contre un peu d'exercice, ma chère, mais tu comprendras que le temps presse. Maintenant, tu vas arrêter tes caprices et me suivre sans histoire.

— Et si je refuse ? demanda-t-elle, bravache.

— Tu n'as pas le choix.

Il la saisit par les épaules et planta son regard dans le sien.

— Tu n'as pas dormi depuis ton réveil de la mutation. Tu as besoin de repos. Dors, tu te réveilleras lorsque je te le dirai.

Sarah s'affaissa sur elle-même, plongée dans un profond sommeil. Il aurait préféré disposer d'un autre moyen que l'hypnose, mais la rage de sang compliquait les choses et il n'avait pas le temps de la convaincre.

— Voilà comment j'aime les femmes, douces et soumises, sourit-il en la chargeant sur son épaule.

La vue de son jumeau, triste et perdu depuis la disparition de sa compagne déchirait le cœur de Lily. Cependant, la colère qui l'habitait depuis la visite de Giordano lui redonnait du poil de la bête. Maggie partageait cet état d'esprit. Appuyée sur la rambarde du balcon de la chambre de la punkette, elle observait James. Le jeune homme était assis sur la balancelle du kiosque à musique, le casque de son mp4 sur les oreilles. Il écoutait en boucle *Somewhere* d'Anneke Giersbergen, chanson de circonstance.

— Je n'en reviens pas que Giordano ait eu le culot de nous assigner à résidence ! s'emporta la jolie rousse en se retournant pour faire face à sa sœur. Sa petite-fille a disparu et la seule chose qui l'inquiète, c'est que nous puissions faire un esclandre !

— Ouais, mais lorsque je mettrai la main sur les salauds qui ont blessé Jamy et Sarah, ils regretteront d'être encore en vie, grogna Lily, étendue sur son lit. Peu importe leur rang ou leur poste.

— Si papa ne les tue pas avant toi. Il ne décolère pas. Non, moi, celui qui m'inquiète le plus, c'est James. Il semble complètement abattu et se nourrit de moins en moins.

— Il se sent coupable et...

Lily n'acheva pas sa phrase, les yeux fixes, elle était concentrée sur les images qui défilaient dans son cerveau. Lorsqu'elle reprit pied dans la réalité, un grand sourire éclaira son visage de poupée.

— Qu'est-ce que tu as vu ? s'enquit Maggie.

— Suis-moi ! rétorqua Lily avant de sauter dans le vide pour rejoindre son jumeau en courant. Jamy ! Jamy ! cria-t-elle.

— Quoi ? demanda-t-il platement.

Lily l'attrapa par les épaules et commença à le secouer comme un prunier.

— Ta chérie va bien !

James se leva d'un bond.

— Tu es sûre ? Où est-elle ?

— Certaine ! Elle a réussi à s'enfuir de la forteresse. Je ne sais pas où elle se trouve exactement, mais apparemment, elle s'en sort comme un chef !

Soulagé, le jeune homme serra sa jumelle dans ses bras.

— Merci, mon Dieu, murmura-t-il.

Après l'annonce de sa sœur, James avait convoqué le conseil de famille.

— Si elle va bien, pourquoi ne rentre-t-elle pas à la maison ? s'étonna Stan.

— Elle a peut-être des raisons de penser que son retour nous mettrait également en danger, expliqua Kylian. Connaissant Sarah, elle fera son possible pour nous protéger, même si cela doit lui coûter la vie...

— Ma fille se retrouve livrée à elle-même, dans un endroit inconnu, avec des membres de la cour au train ! s'emporta Gwen.

— Je lui ai enseigné tout ce qu'il fallait savoir pour ne pas se faire repérer, murmura Zach. Sans le vouloir, j'ai contribué à la rendre plus insaisissable qu'une ombre. On ne mettra pas la main dessus tant qu'elle ne l'aura pas décidé.

— C'est aussi bien, jugea Lily. Si nous ne pouvons pas la localiser, ses ravisseurs en seront également incapables.

— Bientôt, elle ne se contrôlera plus. J'ai beau l'aimer, me dire qu'elle est forte, je sais surtout que l'instinct gagnera indubitablement cette bataille, nous en avons tous conscience. Elle risque de chasser en territoire ennemi ou de dévoiler notre existence sans même s'en rendre compte. Elle est seule et donc plus vulnérable que jamais.

— James a raison, continua Gwen. Si elle enfreint nos lois, ces salauds n'auront même pas besoin de se salir les mains, Giordano devra éliminer lui-même Sarah !

— Que fait-on alors ? Nous prévenons Giordano ? s'enquit Maggie.

— Non, asséna Kylian d'un ton ferme. Nous ne communiquons plus rien à la cour jusqu'à nouvel ordre. Je refuse de prendre le risque de livrer ma propre fille. Attendre est encore le mieux. Si Lily la voit de nouveau, peut-être pourra-t-elle la localiser précisément. Dans ce cas, peu importe les ordres, nous irons la chercher.

Lorsque sa limousine stoppa devant l'hôtel particulier de la rue George V, Terrence ne put s'empêcher de sourire. Le portier lui ouvrit la porte et le salua avec déférence.

— Je n'ai qu'un seul bagage, il est très fragile et très précieux alors, faites attention, expliqua l'originel.

Il s'avança vers l'entrée où l'attendait le majordome. Engoncé dans son uniforme gris et noir trop amidonné, ses traits figés dans une austérité que rien ne semblait pouvoir ébranler, il aurait effrayé Dracula lui-même. Il s'effaça pour le laisser entrer puis déclara d'un ton condescendant :

— Monsieur est au petit salon. Puis-je vous débarrasser ?

— Non, merci. En revanche, dites à votre groom de me suivre avec ça, ordonna-t-il en désignant la longue caisse noire qu'il avait apportée.

Après avoir longé un couloir paré de miroirs et de dorures, il pénétra dans la pièce qui, autrefois, avait dû faire office de boudoir.

L'endroit collait parfaitement avec l'idée que l'on pouvait se faire d'un logement dans le très select triangle d'or parisien. Tout, du sol au plafond, respirait le fric, le luxe et la démesure.

Les domestiques déposèrent leur chargement avec précaution puis disparurent. Une fois de plus, Terrence fut frappé par le peu de ressemblance physique qu'il entretenait avec son frère. Lui était grand, blond, athlétique avec un visage carré et énergique. Il affectionnait les vêtements classiques, élégants, ainsi que les chaussures italiennes. Son cadet était plus petit, plus fin. D'abondantes boucles brunes encadraient ses traits délicats, presque androgynes. Il ne portait le plus souvent que des jeans, des t-shirts et des Doc Martens qu'il s'évertuait à user jusqu'à la corde. Il possédait une capacité déconcertante à s'adapter à chaque époque qu'il traversait sans jamais regarder en arrière. Cela représentait sans doute sa plus grande force, la plus redoutable. Ce dernier releva la tête, lâchant la gorge de la plantureuse blonde qui lui servait d'en-cas, puis sourit.

— Dégage ! ordonna-t-il à la fille.

Terrence secoua la tête avec un sourire indulgent.

— Abel, tu ne changeras jamais, s'amusa-t-il.

Ce dernier se leva et vint lui donner l'accolade avant de rétorquer en riant :

— Je crains qu'il ne soit trop tard pour ça, que veux-tu ? La mauvaise graine persiste ! Et toi, qu'est-ce qui t'amène à Paris ?

— J'ai des problèmes.

— Ils ont un rapport avec notre invité-surprise ? demanda Abel en désignant la caisse du menton. T'as foiré et converti quelqu'un ?

Terrence approcha de la boîte et la caressa du bout des doigts. Sarah était là-dedans depuis presque quatorze heures, heureusement qu'elle n'avait pas besoin de respirer !

— Tu te souviens de l'amie dont je t'ai parlé il y a quelques semaines ?

— La sorcière qui souffrait d'une tumeur au cerveau ? Euh... Sarah, c'est ça ?

— Oui, c'est elle qui se trouve à l'intérieur, mais ce n'est pas moi qui l'ai convertie.

Abel s'agenouilla à son tour près du caisson, son visage se retrouvant au même niveau que celui de son frère. Il l'observa une seconde puis demanda :

— Qu'as-tu fait, Caïn ? Si ce n'est pas toi le responsable de sa mutation, pourquoi est-elle ici ? Et surtout, pourquoi l'as-tu enfermée ?

— Tu vas comprendre.

Terrence sortit une clef de la poche intérieure de son imper et ouvrit le cadenas qui fermait la boîte. Il inspira profondément puis souleva le couvercle. Abel fit un bond en arrière et resta interdit une seconde.

— La reine vampire ! Enfin, la future, si j'en crois son aura. C'était donc elle, ta fameuse amie... Tu l'as enlevée ?

Terrence se releva, ôta son manteau et son chapeau, les balança sur un fauteuil puis, avec d'infinies précautions, souleva Sarah dans ses bras pour l'installer sur le canapé.

— Je ne l'ai pas enlevée, au contraire, je la protège.

Abel suivit le mouvement. Il chassa une boucle rebelle de devant ses yeux, enfonça les mains dans les poches de son jean troué et observa Sarah plus attentivement.

— Elle est canon, constata-t-il avant de fermer les paupières et de humer l'air.

Il resta comme ça une seconde, aussi immobile qu'une statue. Soudain, il posa de nouveau les yeux sur son frère et murmura :

— Rage de sang. Donc, tu fais ami-ami avec la princesse vampire mourante, elle est transformée par je ne sais qui, se chope la rage de sang et tu l'hypnotises avant de l'enfermer dans une boîte pour l'amener ici. J'ai comme l'impression qu'il me manque quelques menus éclaircissements.

Terrence raconta toute l'histoire à son cadet, n'omettant aucun détail, même les plus sanglants. Il expliqua comment il s'était pris d'affection pour Sarah, avec quel respect elle le traitait, alors qu'elle connaissait sa véritable identité. Il lui relata comment il avait appris son enlèvement en Afrique par quelques vampires qui lui étaient encore fidèles. Il lui confia son entretien avec Beth ainsi que la façon dont il s'était terminé, puis enfin, sa dernière rencontre avec Sarah avant qu'il ne l'enferme dans le caisson. Abel écouta attentivement, son visage angélique impassible. Lorsque son frère eut terminé, il demanda :

— Et pourquoi es-tu persuadé que les ravisseurs sont forcément des membres du Conseil ? Il pourrait s'agir de n'importe quel proche de Giordano ou de Kylian. L'un comme l'autre, ils ne sont pas des enfants de chœur et détiennent un tas de territoires. En plus, c'est une sorcière, beaucoup de clans rêvent d'en posséder une.

— Parce qu'elle avait ça sur elle, rétorqua Terrence en extirpant les pieux de la poche de son veston. Ses paumes en portent encore les marques.

Abel arqua les sourcils en les apercevant puis serra les dents.

— O.K., ce sont ces bâtards du Grand Conseil, convint-il. Au moins maintenant, nous savons où ils étaient passés !

— Alors, tu vas m'aider ?

Abel se passa une main sur le visage, soupira, avant de prendre place dans l'un des fauteuils, sans détacher son regard de Sarah qui dormait toujours. Cela faisait des siècles qu'il ne se mêlait plus des affaires vampiriques et ne s'en portait que mieux ! Cependant, botter le cul des Conseillers et se retrouver dans les petits papiers de la nouvelle souveraine pouvait présenter des avantages. Ne serait-ce que de voir la tête de ces rats lorsqu'ils ramèneraient la princesse saine et sauve, tels des chevaliers blancs ! Et puis… son frère semblait vraiment tenir à cette gamine, il lui devait bien ça.

— J'en suis !

— Merci.

— Ne me remercie pas trop vite. À quel stade de la rage est-elle, selon toi ?

— Le premier, la sorcière en elle ralentit le processus. Certains jours, elle n'a tué que deux personnes, elle réagit encore à ce qui l'entoure et prend le temps de couvrir ses traces. Toutefois, si quelqu'un la retrouve et qu'il la ramène à la cour ou prévient le roi, ce ne sera qu'une raison supplémentaire pour le Conseil de l'éliminer.

— On ne peut pas s'occuper d'elle ici. Nous allons avoir besoin d'un endroit sûr et discret. Un lieu où ses hurlements ne pourront pas être entendus et où nous ne risquons pas d'avoir la visite de voisins trop curieux.

— Qu'est-ce que tu proposes ?

— J'ai une propriété dans la campagne italienne, pas âme qui vive à moins de vingt kilomètres.

Terrence hocha la tête.

— Comme ça, je pourrai tenter de découvrir quels Conseillers ont trempé dans cette histoire et pourquoi ils tiennent tant à assassiner Sarah, dit-il en caressant les cheveux de cette dernière.

— Fais attention, Caïn, tu sais que convoiter la femme d'un autre peut coûter cher, murmura Abel avec tristesse.

Chapitre 17

Terrence visitait la propriété qu'Abel s'était offerte près de Naples, non sans un certain étonnement. Entourée d'oliviers centenaires, de pieds de lavande touffus ainsi que de luxuriants bougainvilliers, la magnifique villa surplombait des vignes, s'étendant à perte de vue. Un véritable havre de paix, à mille lieues des tumultueuses nuits parisiennes. Le genre d'endroit que son frère aurait d'ordinaire qualifié de mouroir. Il avait du mal à l'imaginer évoluer dans ce cadre encourageant à la réflexion et à la méditation.

Terrence hésitait encore quant à la conduite à tenir vis-à-vis de Sarah. La sevrer et lui enseigner à se contrôler, le temps que son organisme évacue totalement le sang des vampires dont elle s'était abreuvée, serait trop long. Sans compter que la mémoire pourrait ne jamais lui revenir. Or, il fallait à tout prix qu'elle se souvienne du moindre détail, car si le tribunal royal était convoqué, elle devrait fournir des preuves de ses accusations. Le fait qu'elle soit enragée ne procurerait qu'une raison de plus au Conseil pour l'éliminer. Elle serait la démonstration vivante de son propre crime. La rage de sang ne se développait que si un vampire se nourrissait de l'un de ses congénères. Les facultés surnaturelles de la victime venaient accroître celles de son bourreau en même temps que son essence passait par son système. Tout était alors multiplié par deux, les perceptions, la force, la vitesse, mais surtout le besoin de s'abreuver. Le vampire atteint ne tardait pas à perdre le sens des réalités et à s'exposer, n'ayant qu'une obsession : soulager l'atroce brûlure de la soif. Deux fauves pour une unique enveloppe charnelle et vu l'état de son amie, elle n'en avait pas croqué qu'un seul.

Il s'arrêta pour humer des roses, au rouge si intense, que l'essence vitale dont il se nourrissait paraissait terne à côté de ces joyaux de la nature.

— Il faudra que je félicite mon jardinier, lança Abel en venant à sa rencontre.

— C'est un endroit magnifique, convint son frère.

— Surtout très pratique. Qui irait s'imaginer que là, sous nos pieds, se trouve l'ancien temple d'une obscure confrérie religieuse ? Si tu savais les parties fines que j'ai organisées dans cet endroit, s'amusa-t-il. La princesse est installée dans ses appartements, elle n'attend plus que son prince pour la réveiller.

Il ponctua sa réplique d'un petit sourire ironique qui n'échappa pas à son aîné.

— Dommage parce que je ne peux pas prévenir James. Il se trouve certainement sous surveillance.

— Bien sûr, répliqua Abel, nullement convaincu. Enfin bref, elle ne peut pas pioncer indéfiniment et il faut qu'elle se nourrisse.

— Justement, j'aurais aimé découvrir un moyen de la sevrer et de lui faire retrouver la mémoire rapidement avant de la sortir d'hypnose.

Abel s'alluma une cigarette puis leva la tête pour contempler le ciel azur avant de proposer avec nonchalance :

— Il suffit d'appeler qui tu sais. Elle vient, exécute l'un de ses tours de passe-passe dont elle a le secret et te rend ta précieuse Sarah telle que tu l'as connue. Enfin, le palpitant actif en moins, bien sûr.

Terrence lui jeta un regard noir et serra si fort le pommeau de sa canne que celui-ci fut réduit en poussière.

— C'est malin, constata Abel en avisant la tige de bois tombée sur le sol.

— Il n'est pas question que je me retrouve redevable, de quoi que ce soit, envers cette traînée ! éructa Terrence, hors de lui.

Abel leva de nouveau les yeux au ciel, mais d'agacement cette fois.

— Arrête un peu ! De l'eau a coulé sous les ponts depuis votre dernière rencontre.

— Donc on efface l'ardoise et on pardonne selon toi ? Regarde ce qu'elle a fait de nous, des monstres assoiffés de sang, des semeurs de mort !

— Ouais et aussi des bombes sexuelles capables d'honorer ces dames jusqu'à ce que mort s'ensuive. En tout cas, en ce qui les concerne, ajouta-t-il avec un sourire. Des mecs cools, parce que certains de ne jamais manquer de temps pour réaliser leurs rêves, même les plus dingues. Des demi-dieux qui n'ont peur de rien ni de personne. Tu sais pourquoi j'ai toujours mieux accepté notre condition que toi, mon petit Caïn ?

— Parce que le cocu de l'histoire c'était moi ? ironisa ce dernier.

— Aussi, convint Abel, mais pas seulement. Contrairement à toi, je ne vis pas dans la nostalgie du passé. J'avance, je profite !

Terrence ferma les yeux, respira profondément plusieurs fois puis demanda :

— Et si elle découvre la véritable identité de Sarah et qu'elle décide de tirer parti de la situation, qu'est-ce qu'on fait ?

— Ah, eh bien là, on la tue. Après tout, elle l'aura bien mérité, cette traînée ! s'esclaffa Abel.

Terrence sourit en secouant la tête. Les siècles ne semblaient pas avoir la moindre emprise sur son cadet. Le terme « jeunesse éternelle » prenait tout son sens avec lui, qui se conduisait le plus souvent comme un adolescent inconscient du danger. Peut-être était-ce le cas d'ailleurs. Malgré tout, Caïn lui enviait souvent ce trait de caractère, car quoi qu'il fasse, il ne pouvait oublier ce qui les avait conduits à leur existence de non-morts. Il avait aussi la nostalgie des époques passées, celles où la vie semblait tellement plus simple et légère qu'aujourd'hui. Autrefois, les hommes vivaient au rythme de la nature, se parlaient, échangeaient, partageaient. À présent, les êtres humains avaient d'autres préoccupations, souvent utopiques, comme gagner du temps, encore et encore, amasser des richesses si importantes qu'ils n'auraient même pas l'occasion d'en profiter pleinement, vaincre la mort. Si seulement ils pouvaient s'imaginer à quoi pouvait ressembler, en réalité, l'immortalité.

— Je vais réfléchir, concéda-t-il enfin.

— Sinon, un bon choc émotionnel pourrait convenir. Cela a marché pour Serena, tu te souviens d'elle ?

— Je me souviens de toutes les personnes que j'ai converties, seulement Serena n'était pas une sorcière. J'ai peur que ces deux natures, aussi divergentes que puissantes, ne nous compliquent la tâche.

— Le mieux est encore d'essayer. Si l'on constate que cela ne donne rien, on prévient ta femme.

— Ex-femme !

— Soit. Alors, qu'en dis-tu ?

— Que nous n'avons rien à perdre.

Lorsqu'ils pénétrèrent dans ce qui avait dû tenir lieu de sanctuaire à la confrérie du Saint Pouvoir, les deux frères observèrent Sarah une seconde. Abel l'avait enfermée dans une cellule de trois mètres sur trois en plein milieu de la pièce. Allongée au sol, elle semblait dormir paisiblement.

— Tu crois que la cage va résister ? Elle est jeune, mais déjà incroyablement puissante, l'avertit Terrence.

— J'ai disposé des cristaux de scellé autour. Pour les avoir souvent testés, je t'assure qu'ils fonctionnent très bien. Tant qu'elle sera atteinte de la rage de sang, c'est le vampire qui aura le dessus, non la sorcière, nous sommes donc tranquilles de ce côté-là. Mais dis-moi, pourquoi ne te sers-tu pas de l'hypnose pour la sevrer et lui rendre la mémoire ? Si tu peux la plonger dans le sommeil, pourquoi pas la faire se souvenir ?

— Parce que dès que l'hypnose sera levée, elle retournera au point de départ. Il s'agit d'un phénomène éphémère et réalisé sous la contrainte. Sarah doit accomplir ce travail elle-même pour qu'il se révèle efficace.

Abel parut déçu, puis il entra dans la cellule, rapprocha Sarah du bord en la tirant par les pieds et ressortit avant de la verrouiller de nouveau. Terrence s'accroupit pour poser sa longue main sur le front de son amie.

— Sarah, réveille-toi, ma douce, murmura-t-il.

Abel leva un sourcil, mais se garda de tout commentaire sur le petit surnom affectueux dont son frère avait affublé la princesse vampire. Les paupières de la jeune fille papillonnèrent, elle se releva d'un bond, poussant un feulement de colère en l'apercevant. La demoiselle ne semblait pas faire dans l'affectif à ce moment-là.

Les femelles sont vraiment des ingrates ! Peu importe le siècle où elles voient le jour. Respectez-les, offrez-leur des fleurs, montrez-vous aimable et la seule chose qu'elles vous offriront en échange sera de se servir de votre cœur en guise de paillasson ! Pas étonnant que le bordel monumental de la Genèse soit de leur fait !

— Où suis-je ? Qu'est-ce que tu m'as fait ? Laisse-moi sortir de là ! s'écria-t-elle en secouant les barreaux comme une furie, sans résultat.

— Pas question, tu ne bougeras pas d'ici tant que tu ne seras pas guérie, expliqua Terrence.

— Je ne suis pas malade !

— Oh que si, tu l'es ! intervint Abel. Tu t'es nourrie de vampires à ton réveil de la mutation. Résultat des courses, tu as la rage de sang. Si tu ne parviens pas à contrôler ton instinct et à revenir à une consommation normale rapidement, elle te consumera entièrement.

— Nous sommes immortels, le contredit Sarah.

— C'est vrai, mais certaines règles régissent notre existence. Tu as violé la plus importante. Une seule sentence pour ton crime : la mort.

Sarah fronça les sourcils, comme si elle tentait de se souvenir.

— C'est également elle la responsable de ta perte de mémoire, ajouta Terrence. L'appel du sang deviendra bientôt si intense qu'il occultera tout le reste. Tout ce qui fait que tu es toi disparaîtra : ton intelligence, ta gentillesse, ton talent pour la musique, ton amour pour les tiens.

— Comment sais-tu toutes ces choses sur moi ?

— Je te l'ai déjà expliqué, nous sommes amis.

— Comme je t'ai répondu, tu mens peut-être. Mon amnésie t'arrange bien puisque je ne peux pas vérifier tes affirmations. Et lui, c'est qui ? demanda-t-elle en désignant Abel d'un geste du menton. Ma nouvelle nounou ?

— Cela fait seulement quelques minutes que je la connais, et elle m'agace déjà, c'est normal ?

— Il s'appelle Abel, répondit Terrence sans relever la remarque de son frère. Écoute, beaucoup de monde te recherche et parmi eux, tu as des ennemis. Dès qu'ils sauront que tu es atteinte de la rage de sang, ils t'abattront. Tu as beau te croire invincible, tu es très jeune et la plupart des vampires, au dehors, sont âgés de plusieurs siècles et entraînés au combat. Tu n'as aucune chance. Si tu veux t'en sortir, tu vas devoir nous faire confiance.

— Va te faire foutre !

— Ou tu te plies à nos directives et tentes de te contrôler, ou tu crèves dans cette cage ! Ce n'est pas négociable ! s'agaça Abel. Nous avons des choses à régler, cela te laissera quelques heures pour réfléchir.

Il se dirigea vers le fond de la pièce où se trouvait un réfrigérateur. Il ramena une poche de sang qu'il balança sans ménagement aux pieds de Sarah.

— Tiens, et ne te goinfre pas, parce que tu n'auras rien d'autre jusqu'à demain matin !

Les premiers nés quittèrent les lieux, ignorant les hurlements de colère de la princesse vampire.

— À quoi songes-tu ? interrogea Kylian. Et ne me dis pas que tu as peur du Conseil, parce que je te connais trop pour savoir que ce n'est pas le cas.

Gwen et Kylian s'étaient isolés dans leur chambre pour discuter. Elle se redressa sur un coude avant de plonger son regard noir dans celui de son mari.

— Peur ? Certainement pas. Si Sarah ne revient pas tout de suite, c'est toi que Giordano nommera comme successeur. En devenant roi, tu pourras rendre à notre fille sa couronne dès son retour.

— Sauf s'ils lui mettent la main dessus avant ça.

— Ils n'auront plus aucune légitimité s'ils ne font plus partie du Conseil, murmura Gwen.

— Comment ça ?

Elle se laissa retomber, sur le dos, les yeux rivés au plafond, elle expliqua :

— J'ai aidé notre petit trésor à réviser les lois vampiriques. Un nouveau monarque a tout à fait le droit de nommer un nouveau Conseil. Voilà la plus grossière erreur de Giordano, il a gardé celui en place au temps de son prédécesseur. Je te fiche mon billet qu'à l'époque, certains devaient déjà briguer le trône. Ils n'ont rien tenté contre lui à cause de sa double nature de sorcier. Tu l'as dit toi-même, les pouvoirs des vampires sont puissants, mais alliés à la magie... Ils ont alors pris le parti d'attendre que Giordano décide de prendre sa retraite ou meure. Certains ont dû imaginer que leur poste de Conseiller les mettait sur les rangs pour lui succéder, jusqu'à l'arrivée de Sarah...

Kylian fronça les sourcils. Il connaissait Gwen mieux que personne pour avoir partagé presque quatre siècles de sa vie. Ses origines méditerranéennes la poussaient parfois à des coups de sang, mais jamais il n'avait vu sa femme habitée d'une colère si noire qu'en ce moment. Le fait qu'elle reste parfaitement calme, froide, pragmatique était mauvais signe. Ils lui avaient volé son petit joyau, sa petite dernière, et elle allait le leur faire payer, ils pouvaient en être sûrs.

— Nous ne sommes pas certains que les ravisseurs fassent partie du Conseil...

Gwen se leva d'un bond et le fusilla du regard.

— Ah oui ? Et qui d'autre aurait intérêt à ce que mon bébé disparaisse ? Qui aurait pu savoir que Sarah était en Afrique et déjouer si facilement la vigilance de Jamy ? Qui aurait pu avoir connaissance de l'existence de cette satanée forteresse ? Pour monter un plan aussi élaboré, il fallait des vampires anciens, puissants et suffisamment proches de Giordano pour ne pas éveiller les soupçons et connaître l'emploi du temps de Sarah !

— Calme-toi, ma chérie...

— Non ! Écoute-moi bien. Dans quelques semaines, Giordano devra nommer un successeur. Tu accepteras d'être celui-là. Nous devrons passer quelques jours à la cour et nous en profiterons pour ouvrir l'œil. Lorsque nous aurons découvert qui est derrière toute cette histoire, ils disparaîtront, comme par magie, exactement comme notre fille !

Sarah et Abel s'observaient en chien de faïence depuis bientôt une heure. Malgré les tremblements qui la secouaient comme une camée en manque, elle ne baissait pas les yeux une seconde. Nonchalamment installé sur une chaise, les coudes sur les genoux et les mains croisées sous son menton, il s'amusait de ce petit tour de force. Elle était très jeune, crevait de soif et de souffrance, mais ne capitulait pas. *Eh bien, avec une teigne pareille à sa tête, le peuple vampire se prépare de beaux jours !* Il se leva et alla chercher une poche qu'il lui balança sans ménagement. Elle l'attrapa au vol, sans le quitter des yeux.

— Tu as peur de moi ? interrogea Abel en regagnant son siège.

Sarah ne répondit pas. Elle fit sauter la canule de la poche puis but une gorgée ou deux.

— Bien, sourit Abel. Tu as enfin compris que se gaver ne servait à rien, nous avançons.

Elle lui lança un nouveau regard assassin, mais demeura muette. Elle n'avait pas décroché un seul mot en quatre jours. Ses yeux se chargeaient très bien de faire passer le message. Si les diamants noirs avaient été des mitraillettes, et qu'il avait craint les balles, il serait mort depuis un moment.

— Écoute, je sais que tu te méfies de nous, c'est légitime, mais nous sommes de ton côté. Plus vite tu reprendras le contrôle de tes sens et plus vite tu sortiras de là. Cette situation ne m'amuse pas plus que toi, mais mon frère tient à sauver ton joli petit derrière et je lui dois bien ça.

Sarah plissa les yeux.

— Laisse-moi partir, tu n'auras qu'à lui dire que je me suis enfuie.

Abel éclata de rire. Ses boucles brunes s'agitèrent souplement autour de sa gueule d'ange.

— Belle et calculatrice, voilà les qualités essentielles à toutes femmes !

— Je pourrais me montrer gentille, tenta la jeune fille.

Abel rit de nouveau. Cette gamine possédait un solide sens de l'humour. Il croisa les jambes avec nonchalance en se laissant aller contre le dossier de sa chaise.

— Chérie, lorsque j'accorde la faveur à une femelle de l'accueillir dans mon lit, c'est parce qu'elle me supplie, pas parce qu'elle essaye d'obtenir un service. D'ailleurs, je ne rends jamais de service. Contrairement aux croyances populaires, c'est mon frère le gentil.

Sarah but une gorgée de plus puis rétorqua d'un ton moqueur :

— Ouais, toi t'es le vilain salaud, hein ? Le gros dur. T'es le type blasé que rien n'atteint jamais. Arrête ton char, Ben-Hur ! Tu empestes le remords et l'air n'est pas loin de devenir irrespirable lorsque Boucles d'or traîne dans le coin.

D'un bond, Abel se retrouva devant la cage. Ses yeux ressemblaient à des puits sans fond et ses dents brillaient telle une rangée de diamants.

— Mesure tes paroles, gronda-t-il. Je ne suis ici que parce que Terrence me l'a demandé, et contrairement à lui, ta mort ne m'attristerait pas le moins du monde.

— Mais lui, si, c'est bien pour cela que tu ne me feras aucun mal.

Abel serra les dents, si fort qu'elles grincèrent.

— Tu as de la chance qu'il ait gardé ces fichus pieux sur lui !

Tapi dans l'ombre d'une porte-cochère, Terrence observait les allées et venues dans le palais vampire. Plusieurs Conseillers étaient arrivés puis repartis, l'air inquiet ou triste. *Cependant, les vampires savent camoufler leurs sentiments, c'est même là leur plus grande force.* S'ils n'excellaient pas dans l'art de l'imposture, jamais ils n'auraient traversé les siècles jusqu'à aujourd'hui. Il avait sondé leurs psychés, toutefois, il leur suffisait de penser à autre chose en permanence pour passer à travers les mailles du filet.

Son portable vibra, indiquant un message. Son frère commençait à trouver le temps long et Sarah semblait lui donner du fil à retordre. Abel n'avait jamais fait preuve d'une grande patience, quant à Sarah, c'était une véritable tête de mule. Il décida de rentrer avant que la séance de baby-sitting ne tourne au pugilat.

Cette idée se confirma lorsqu'il pénétra dans l'ancien sanctuaire. Assis sur la dernière marche de l'escalier, Abel dardait sur Sarah un regard noir. Cette dernière, prostrée dans un coin de sa cage, gémissait de façon étrange. Elle ne les voyait pas. Ses yeux, qui avaient viré au topaze profond, fixaient les images défilant dans son cerveau.

— C'est pas trop tôt ! s'exaspéra Abel en se relevant.

Ignorant la colère de son cadet, Terrence demanda :

— Depuis quand est-elle dans cet état ?

— À peine une minute, mais c'est bien fait pour elle ! Cette petite peste a essayé de pénétrer dans mon esprit, tu le crois ça ? Cette morveuse, d'à peine dix-huit ans, a voulu lire les pensées d'un premier-né, grand bien lui en a pris !

Terrence se précipita et caressa les cheveux de Sarah à travers les barreaux. Elle devait apercevoir les pires scènes de la vie de son frère. Des millénaires de massacres à la chaîne, cette vision risquait de durer un moment ! En une seconde, sa décision fut prise, il posa la main sur son front puis murmura :

— Dors, ma douce, tu te réveilleras lorsque je l'ordonnerai.

Sarah ferma les yeux, replongeant dans un sommeil forcé.

— Putain ! Mais d'où elle sort cette gamine ! éclata Abel en arpentant la pièce. De tous les vampires engendrés grâce à nous…

— Plutôt à cause de nous, contra Terrence.

Abel chassa l'objection d'un geste de la main.

— Peu importe ! Chacun son point de vue. Elle est la pire des emmerdeuses qui m'ait été donné de rencontrer ! En plus, permets-moi de te dire que nous sommes totalement dépassés par la situation ! Entre la montée de ses pouvoirs, son amnésie et la rage de sang, elle ne pourra pas tout gérer en même temps. Il nous faut de l'aide !

Terrence se laissa tomber sur la chaise qu'occupait son cadet quelques instants plus tôt. Il se passa une main sur le visage, las.

— Je sais. Tu connais un moyen de joindre Li… de la joindre ?

Abel posa une main sur l'épaule de son frère.

— Je comprends à quel point cette situation est difficile pour toi. Tu vas devoir faire face à celle qui a brisé ton cœur et ta vie pour sauver celle de la femme qui a su réparer les deux, souffla-t-il doucement. Es-tu sûr de ton choix ? Parce qu'elle courra rejoindre son James dès que la mémoire lui sera rendue, tu en as conscience, n'est-ce pas ?

— Je ne suis pas amoureux de Sarah, elle est mon amie, rien de plus, expliqua de nouveau Terrence, sans quitter l'intéressée des yeux.

Chapitre 18

Les enceintes de la Mustang vomissaient du rock que Sarah affectionnait tant, mais ACDC ne suffisait pas à rendre le sourire à James. Même les souvenirs des jours heureux étaient assombris par l'angoisse qui l'étreignait. Sa compagne était en vie, mais dans quel état ? Et le pire restait à venir. En ce moment, elle devait semer les cadavres comme le petit Poucet des cailloux blancs, sans se soucier des conséquences. Le sang inhibait sûrement sa conscience. Seulement, lorsque celle-ci commencerait à s'éveiller, qu'elle lui rappellerait ses actes, sans en omettre aucun, comment gérerait-elle le remords ? Cette émotion se révélait capable de ronger un être jusqu'au tréfonds de son âme, jusqu'à ce que la simple idée de vivre encore devienne insupportable.

Perdu dans ses pensées, il n'entendit pas sa famille entrer dans le garage. Lorsque sa jumelle toqua à la fenêtre, il sursauta avant d'éteindre le poste et de baisser la vitre.

— Salut, petit frère ! lança-t-elle gaiement. Je viens t'avertir que ta fiancée est en cours de sevrage. Elle est grognon, mais elle va bien.

James descendit de la Mustang et la considéra sans comprendre.

— Quoi ? Comment ça : en cours de sevrage ?

— Elle est parvenue à trouver de l'aide apparemment. Je n'ai pas vu le vampire qui lui donne un coup de main et je n'ai pas reconnu sa voix, mais il semble décidé à tout mettre en œuvre pour qu'elle retrouve ses esprits.

— Qu'as-tu observé précisément ?

— Sarah était assise dans une cellule et…

— Quoi ! s'écria James. Elle est prisonnière ?

— Non, son sauveur l'a enfermée pour la sevrer. Son côté sorcière doit décupler ses forces, il n'a sûrement pas le choix. Je l'ai entendu lui promettre de la laisser sortir dès qu'elle serait revenue à une consommation normale.

James se passa une main sur le visage en soupirant. Au moins, Sarah était vivante et reprenait le dessus. Par contre, qui pouvait bien être ce vampire prêt à l'aider ?

— Elle boit toujours du sang humain ? interrogea Maggie.

— Oui, convint Lily. Mais on ne peut pas demander la lune ! Si elle ne tue pas tous ceux qui la croisent, ce ne sera déjà pas si mal.

— De toute façon, à partir de maintenant, nous repassons tous au régime humain, asséna Gwen.

Ses enfants la considérèrent avec ahurissement. Leur mère, d'habitude si enjouée et exubérante, comme souvent les Méditerranéennes, paraissait, à cet instant, froide et impassible. Tout en elle respirait la colère et l'envie de vengeance.

— Nous devons être les plus forts possible avant de rejoindre la cour, expliqua Kylian. Le sang animal ne nous permet pas d'utiliser cent pour cent de nos capacités et si nous voulons aider Sarah, nous devons mettre toutes les chances de notre côté. J'ai conscience que ce que je vous demande représente un terrible sacrifice, le sevrage a été difficile pour nous tous, mais je ne vois pas d'autre solution.

— Nous devons employer toutes les armes à notre disposition, acquiesça Zach fermement.

— Oui, et puis ce ne sera pas la première fois que nous devrons reprendre à zéro le sevrage, ajouta Stan avec sa philosophie habituelle.

— On n'a pas le choix, renchérit Maggie.

— Je ferais n'importe quoi si c'est pour Sarah, dit Lily. Et puis mes visions n'en seront que plus nettes.

Seul James demeura silencieux. De tous, il était celui qui avait le moins bien supporté la phase de sevrage. Il incarnait un prédateur né, capable de traquer une proie pendant des jours, juste pour le plaisir de la chasse. S'il replongeait, il n'était pas du tout certain de parvenir à se contrôler de nouveau. D'un autre côté, jamais Sarah n'avait eu autant besoin de lui. Elle représentait ce qu'il possédait de plus précieux et il était prêt à perdre ce qu'il lui restait d'humanité si cela lui permettait de la récupérer. Tout, plutôt que de vivre sans elle.

— O.K., conclut-il enfin, mais je me contenterai de A négatif, c'est le groupe que je déteste le plus. Avec un peu de chance, je m'y habituerai moins vite.

Abel rejoignit son frère au sous-sol pour lui apprendre la mauvaise nouvelle. Ce dernier était assis par terre, à côté de la cage, les bras tendus sur ses genoux repliés. Il avait tiré Sarah du sommeil de l'hypnose et l'observait avec tristesse. Elle semblait épuisée.

— Si je fais ce que tu me dis, tu me laisseras sortir ? demanda la jeune fille d'une voix éteinte.

— Oui, assura Terrence. Tu as déjà bien diminué ta consommation de sang, il faut continuer dans ce sens. Je sais à quel point c'est difficile, mais c'est la seule solution pour que tu restes en vie.

Sarah esquissa un sourire désabusé, elle aurait sûrement pleuré si elle en avait encore été capable. À la réflexion, Abel la plaignait. Elle se montrait agaçante, teigneuse et têtue comme un troupeau de mulets, mais ce n'était qu'une enfant. Une gamine qui s'était retrouvée plongée au cœur d'une bataille de pouvoir sans merci. Sans doute aurait-elle choisi une autre voie, plus douce, si ses gènes ne l'avaient pas obligée à suivre celle de Giordano.

— Pourquoi tiens-tu tant à m'aider ? Ceux qui me cherchent pourraient tenter de vous tuer aussi, toi et ton frère.

— Ce n'est pas à défaut d'avoir essayé ! lança Abel en les rejoignant enfin. Le truc, c'est qu'ils ne peuvent rien contre nous, encore moins depuis que tu nous as si gentiment rapporté les pieux. T'inquiète pas, joli cœur, on va leur botter le cul comme il se doit et tu monteras comme prévu sur ton trône !

— Mon trône ?

Abel plongea dans une profonde révérence en souriant.

— Oui, Votre Altesse, mais avant ça, nous allons faire en sorte que tu retrouves la mémoire et comme l'autre traînée ne viendra pas…

— Elle a refusé de nous aider ? interrogea Terrence.

— Non, elle a disparu, personne ne sait où elle se terre. La connaissant, elle a dû faire une crasse à quelqu'un et doit attendre que les choses se tassent avant de réapparaître. Elle est comme le phénix, elle renaît toujours de ses cendres.

À ces mots, Sarah sauta sur ses pieds et demeura ainsi, à fixer le vide pendant plusieurs secondes, puis elle souffla :

— Je suis une fille du phénix.

Terrence bondit à son tour et s'agrippa aux barreaux de la cage.

— Oui ! Oui, le phénix est l'emblème du clan de sorcier de ton grand-père ! Tu viens de retrouver un premier souvenir !

— C'est pas trop tôt, grommela Abel.

Sarah, elle, resta à observer le bout de ses chaussures, les sourcils froncés. Se rendant compte du malaise de la jeune fille, Abel s'accroupit pour se mettre à son niveau.

— Eh, ça va ? Tu as l'air toute retournée.

Elle planta ses grands yeux noirs, remplis d'innocence, dans les siens. Une innocence qui le toucha en plein cœur, explosant au passage la muraille qu'il avait érigée autour. Sans le vouloir, ou même en avoir conscience, la jeune princesse vampire venait de réveiller en lui un sentiment qu'il croyait pourtant éteint depuis des millénaires. Le feu n'avait finalement fait que couver sous les cendres et l'incendie qui menaçait laisserait forcément des traces…

— Je suis une sorcière en plus d'être un vampire ? s'enquit-elle.

— Oui, confirma-t-il en tentant de cacher son trouble.

— Et ma famille, mon fiancé, eux aussi sont des sorciers ?

— Non, intervint Terrence. Tu es la seule du clan Drake à détenir ce genre de pouvoirs, mais tu leur as enseigné quelques tours, à ce qu'ils m'ont dit.

Une fois de plus, Sarah sembla réfléchir intensément à ce qu'elle venait d'apprendre. Elle commença à tourner en rond, les mains dans le dos. Les premiers nés l'observèrent un moment puis, n'y tenant plus, Abel demanda :

— Quoi ? Qu'est-ce que tu as ?

Elle s'arrêta en face de lui et un sourire moqueur s'afficha sur ses lèvres pleines.

— Tu m'aimes bien, décréta-t-elle. Tu t'en défends, mais tu m'aimes bien !

Abel arqua les sourcils.

— C'est ça ta grande révélation ? Et tu trouves qu'elle est un petit génie ! lança-t-il à l'adresse de son frère.

Terrence se mit à rire à gorge déployée.

— Elle t'a bien eu, elle lit en toi comme dans un livre ouvert !

Abel haussa les épaules puis s'alluma une cigarette avant de s'éloigner pour s'asseoir sur les marches menant à la surface. Terrence se tourna de nouveau vers Sarah.

— O.K., mon petit frère t'apprécie, mais je suppose que ce n'est pas cela qui te tracasse.

— Je peux avoir un stylo et du papier ?

— Bien sûr, mais pour quoi faire ?

— Si je suis une sorcière, je dois connaître des formules et être capable d'en inventer de nouvelles, non ?

En une seconde, Abel était planté devant la cage, l'air très enthousiaste.

— Mais oui ! La voilà la solution ! Tu vas retrouver la mémoire grâce à la magie.

— On n'est jamais mieux servi que par soi-même, paraît-il.

— Pour une fois, nous sommes d'accord !

— O.K., nous pouvons toujours essayer. Au point où nous en sommes, capitula Terrence.

Quelques heures plus tard, la cage de Sarah ressemblait au sol du bureau d'un écrivain en manque de sa muse. Assise sur un trône de boulettes de papier, un bloc-note sur les genoux, un crayon dans une main et une poche de sang dans l'autre, elle était très concentrée sur sa tâche. Les premiers nés feuilletaient des magazines, installés dans un coin, pour ne pas la déranger.

— Cette fois, je crois que c'est bon, déclara-t-elle enfin en brandissant sa feuille.

— Lance-toi, nous verrons bien, répondit Abel.

Elle se racla la gorge puis commença :

— Moi, la fille du phénix, en appelle au protecteur de mon clan, pour que me reviennent maintenant les souvenirs d'avant la rage de sang.

Ils patientèrent quelques secondes, mais rien ne se produisit. Sarah soupira et allait se rasseoir pour se remettre à l'ouvrage, lorsque dans une gerbe de flammes apparut le grand phénix. Instinctivement, les frères reculèrent de quelques pas. Le volatile était posé au-dessus de la cage, son regard d'émeraude braqué sur une Sarah déconfite.

— Bonjour, ma fille, la salua-t-il.

— Bon... Bonjour.

— Pourquoi es-tu encore enfermée ? Tes ennemis ont retrouvé ta trace ?

— Nous voulons l'aider, expliqua Terrence en avançant prudemment.

L'oiseau sembla enfin se rendre compte de la présence des deux hommes. Il les observa, la tête penchée de côté.

— Les premiers vampires, les frères maudits, murmura-t-il.

Ses yeux étincelèrent un peu plus. De peur qu'il ne commette l'irréparable, Sarah intervint :

— Ce sont mes amis, ils ont tenté de me tirer de là, mais à ce stade, ils ne peuvent rien pour moi.

— Explique-toi, parce que lorsque je t'ai libérée de la forteresse, tu allais très bien.

— Quelle forteresse ?

— Celle au milieu de l'océan. Ils t'avaient crucifiée ! Tu ne t'en souviens donc pas ?

— Non.

L'oiseau plissa les yeux et, soudain, la prison de Sarah disparut. Abasourdie, elle regarda autour d'elle.

— Les cages ne sont destinées qu'aux volatiles idiots, dressés pour amuser les humains, décréta-t-il en se posant devant la jeune fille.

Il était presque aussi grand qu'elle et ses yeux étaient si perçants qu'ils semblaient capables de lire votre âme.

— C'est pas le Ritz, j'en conviens, mais on n'a pas encore trouvé mieux pour contenir un vampire souffrant de la rage de sang, rétorqua Abel.

Le phénix n'avait pas détaché son regard de Sarah. Ils semblaient aussi fascinés l'un que l'autre par ce face-à-face.

— Je ne me souviens de rien avant mon réveil sur une plage près de La Nouvelle-Orléans, expliqua Sarah. Ma mémoire a été totalement effacée.

— Nous devons la ramener à la cour avant que Giordano nomme un autre successeur, intervint Terrence. Je suis certain que ce sont des membres du Conseil qui ont tenté de l'éliminer, mais il faut que Sarah se souvienne de tout si elle veut les confondre. De plus, s'ils se rendent compte qu'elle est atteinte de la rage de sang, ils exigeront sa mort.

Le phénix tourna la tête vers lui et planta son regard dans le sien.

— Tu tiens profondément à ma fille. Ton attachement envers elle est sincère et désintéressé. Tu es prêt à la servir fidèlement. Cependant, si je peux guérir la rage de sang, elle devra elle-même retrouver le chemin de sa destinée. Je suis déjà suffisamment intervenu dans cette histoire.

— O.K., au moins, elle pourra sortir, accepta Abel. Guérissez-la et on se charge du reste.

Le volatile l'observa un moment, comme s'il cherchait à savoir ce que pensait réellement le premier-né. Ce dernier se sentit gêné par cet examen, mais préféra jouer la prudence. S'il le contrariait, le joli perroquet risquait de les planter et le temps leur manquait cruellement. Il lui décocha son plus beau sourire.

— Parfait, qu'il en soit ainsi ! tonna l'oiseau avant de disparaître.

À peine eut-il prononcé ces mots que Sarah tomba à genoux. Terrence se précipita, lorsqu'elle releva enfin les yeux, il retrouva un peu de la jeune fille qu'il avait connue dans ce simple regard.

— Ça va ? s'enquit-il.
— Oui… Je crois.
— Tu te sens différente ?
— Non… Ma gorge me brûle moins, mais…
— Il n'y a qu'une façon de savoir si ça a marché, jugea Abel.

Il alla chercher une poche de sang et en ôta la canule. Toujours à genoux, Sarah ne bougea pas d'un iota.

— C'est bon, elle est guérie. Il y a à peine une heure, elle m'aurait sauté dessus comme la misère sur le pauvre, ajouta-t-il avec la délicatesse qui le caractérisait.

— Parfait, nous allons peaufiner un plan digne de ce nom, prévint Terrence. La mémoire va lui revenir petit à petit à présent que la rage de sang n'annihile plus ses sens. Pour commencer, nous allons nous rapprocher du palais vampire et découvrir ce qui se trame à la cour.

Giordano longea le long couloir qui menait à la salle d'apparat d'un pas lourd. Il ne prêta aucune attention aux portraits des monarques qui l'avaient précédé, aux membres de la cour et aux gardes qui s'inclinaient sur son passage en signe de respect. Chaque enjambée le guidait vers l'inévitable et douloureuse réalité. Sarah ne reviendrait pas. Les résultats d'enquête, les rapports, les recherches restées vaines, tout laissait à penser qu'elle avait péri quelque part dans l'océan Atlantique Nord.

Les lourdes portes de la salle s'ouvrirent devant lui, comme par magie. Les douze Conseillers se levèrent de concert, dans un silence religieux. Giordano prit place sur le trône et les étudia avec circonspection. Parmi eux se cachait celui qui l'avait privé à jamais de Sarah. Il scanna leurs pensées, mais tous ne songeaient qu'à une chose : le nom de son nouveau Dauphin. *Ils ne valent pas mieux qu'un vol de charognards lorgnant un cadavre.*

— Asseyez-vous, ordonna-t-il enfin. Je ne vais pas y aller par quatre chemins. Vous vouliez que je nomme un successeur, c'est fait. Lorsque le moment sera venu pour moi de raccrocher la Couronne, Kylian Drake prendra ma place. Pour que toute ambiguïté soit levée, sachez que je comptais lui proposer ce poste avant de retrouver Sarah.

— Kylian est un homme intègre, approuva Conrad Osborne. Sa nomination sera également un hommage à la princesse.

Giordano ne releva pas. Il se retenait déjà difficilement de les tuer, tous, histoire d'être certain de mettre la main sur le bon.

— Les nouveaux documents seront prêts incessamment sous peu, continua Osborne.

Lorsque Kylian raccrocha, il eut toutes les peines du monde à ne pas broyer son téléphone. Consommer du sang humain ne faisait qu'exacerber leurs humeurs, bonnes ou mauvaises. Il respira profondément avant de rejoindre le reste du clan au salon. Tous géraient de leur mieux leur nouveau régime alimentaire, mais New York présentait bien des tentations, un véritable restaurant en libre-service.

— Nous y sommes, annonça-t-il. Giordano a nommé un autre successeur ce matin.

— Félicitations, papa, marmonna Lily avec morosité.

— Décidément, ils sont pressés que Sarah soit mise hors-jeu, ironisa Maggie.

— Rassure-toi, ils ne vont pas tarder à l'être eux aussi, gronda James.

Le prédateur, enfoui en lui depuis toutes ces années, n'avait pas traîné à reprendre le dessus dès la première poche de sang humain. Cependant, il gardait un certain contrôle, ne perdant pas de vue son objectif : retrouver Sarah et éliminer ses ravisseurs. Il s'entraînait des heures durant, arts martiaux, musculation, précision de ses impulsions. Chaque jour passé loin de sa compagne le rendait plus renfermé, plus dur, plus sauvage. Kylian était mieux placé que personne pour savoir à quel point la haine et la vengeance pouvaient se révéler des moteurs puissants. Il espérait simplement que le James qu'il avait connu referait son apparition dès que Sarah serait de nouveau parmi eux.

— Quand devons-nous regagner l'Italie ? interrogea froidement Gwen.

Elle aussi avait changé. Elle semblait, le plus souvent, perdue dans ses sombres pensées tandis qu'un vilain rictus avait emménagé à temps plein aux coins de ses lèvres pulpeuses. Tous étaient profondément ébranlés par la disparition de Sarah. *Némésis vient à pied*, dit le proverbe, mais lorsqu'elle arriverait enfin, son bras frapperait fort et sans trembler, les ravisseurs de Sarah pouvaient en être certains.

— La date de la cérémonie d'officialisation est maintenue, annonça Kylian.

— On ne modifie qu'un nom sur une feuille de papier ! cracha Stan. Comme si les personnes étaient interchangeables à volonté, c'est écœurant !

— Non, c'est parfait, le contredit Zach. Nous savons que Sarah est en vie, pas eux. Si elle n'est pas encore revenue, c'est qu'elle prépare quelque chose. Persuadés qu'elle est morte, ils ne se méfieront pas. Elle aura les mains libres pour agir. Allons en Italie et attendons qu'elle nous contacte.

— Et si elle ne le fait pas ? intervint sa mère.

— Elle le fera, assura Lily. Elle trouvera un moyen de nous joindre sans éveiller les soupçons du conseil. Elle est maligne.

Chapitre 19

Terrence comblait de son mieux les vides dans la mémoire de Sarah. Il lui décrivit chaque membre de son clan, leurs particularités, leurs manies. Il fréquentait les Drake depuis assez longtemps pour que le tableau soit fidèle. Son amie écoutait avec beaucoup d'attention, ayant à cœur de retenir le plus de détails possible.

— Lily, c'est celle avec les cheveux roses ?
— Exact.
— Nous sommes vraiment proches toutes les deux ?
— Vous ne vous séparez jamais. Kylian m'a confié que vous aviez trouvé le moyen de partager vos dons. Lily ferait n'importe quoi pour toi.

C'était vrai. Lily adorait Sarah, il avait pu le constater de ses propres yeux. Leur amour pour James ainsi que leurs pouvoirs avaient rapproché les deux jeunes femmes. Ce genre d'attachement était rare, voire inexistant, dans les autres clans. Kylian et Gwen avaient réussi le miracle de se créer une famille unie. Sarah se leva d'un bond du fauteuil où elle était assise.

— Que t'arrive-t-il ?

Elle se planta devant lui et déclara :

— Je sais comment joindre mon clan sans éveiller les soupçons du Conseil.
— J'ignore si c'est une bonne idée. Laissons-nous le temps de découvrir qui se cache derrière toute cette histoire.
— Je dois les rassurer. Kylian doit accepter la régence pour me la rendre ensuite. Ceux qui m'ont enlevée risquent de s'en prendre également à eux et je ne serai pas là pour les défendre.

En y réfléchissant, il existait de fortes chances pour que les Conseillers aient fait en sorte que ce soit Kylian qui monte sur le trône. N'étant pas sorcier, il serait plus facile à mettre hors d'état de nuire, sans compter que son clan était constitué de jeunes vampires et qu'il possédait de nombreux territoires.

Le viking l'avait toujours traité avec respect et ne lui avait jamais repris son amitié malgré son exil de la cour. Il imaginait sans mal le chagrin que la disparition de Sarah avait dû lui causer à lui et à sa famille. Il lui devait bien ça.

— Qu'est-ce que tu proposes ?
— Je vais tenter de joindre Lily pour lui faire savoir que je vais bien, mais je ne lui dirai pas où je me trouve. Je ne peux pas risquer que James débarque, il doit être sous étroite surveillance.
— Je doute que la télépathie fonctionne à une telle distance, prévint Terrence.

— Qui ne tente rien n'a rien, intervint Abel en les rejoignant. Tu avais raison, frangin, elle est sacrément maligne notre prochaine souveraine. Mais nous réglerons cela plus tard.

Sarah esquissa une révérence puis s'approcha, curieuse de voir ce qu'il avait ramené. Une fois n'est pas coutume, Abel s'était proposé d'effectuer quelques achats afin que la jeune fille puisse au moins se changer.

— Merci ! Dis donc, tu as dévalisé le magasin !

Il lui tendit les sacs avec un sourire amusé.

— Ah, les femmes ! Il suffit de leur offrir quelques colifichets pour leur arracher un sourire !

— Comment as-tu réussi à faire du shopping dans Rome à cette heure ? interrogea son frère, quelque peu surpris.

Abel haussa les sourcils avant de secouer la tête, découragé.

— Mais dans quel siècle es-tu resté coincé ? Les ventes privées, tu ne connais pas ? J'ai réservé, j'ai vu, j'ai acheté. Rien de plus facile ! ajouta-t-il en se laissant tomber dans un fauteuil avant de mettre les pieds sur la table basse.

— Et tu as croqué la vendeuse, s'amusa Sarah.

— Aussi, avoua Abel avec un air faussement contrit.

Elle passa derrière lui et l'attrapa par le cou pour déposer un baiser sur sa joue.

— Merci ! lança-t-elle avant de disparaître dans la salle de bain.

Perplexe, Abel se garda de tout commentaire tandis que son frère lui lançait un regard narquois.

Lorsque je les rejoignis de nouveau, Terrence et Abel étaient penchés sur des documents étalés sur la table en verre de la villa que nous squattions. La couche de poussière sur les meubles laissait à penser que les propriétaires ne venaient pas souvent. À première vue, ils étudiaient les plans du palais vampire.

— L'idéal serait de filer chaque Conseiller pour connaître leurs habitudes, commença Abel. Toutefois, trop s'approcher du palais me semble imprudent.

— C'est malheureusement irréalisable à nous seuls et nous ne pouvons faire confiance à personne. Il faut trouver autre chose.

— Dans ce cas, effectuez un tri, avançai-je.

Ils se tournèrent vers moi et, une fois de plus, je fus saisie par leur peu de ressemblance. Ils incarnaient l'exact contraire l'un de l'autre, le yin et le yang vampirique.

— Vous connaissez tous les membres du Conseil, non ? repris-je. Selon vous, lesquels détiendraient les capacités physiques et intellectuelles suffisantes pour se retourner contre mon grand-père ?

— Clairement, des tarés ou des suicidaires, marmonna Abel. Giordano est l'un des rois les plus puissants de l'histoire vampirique et il n'est pas connu pour sa mansuétude. Il vaut mieux le compter parmi ses amis que l'inverse.

Pendant que son frère me dépeignait un portrait – si flatteur – de Giordano, Terrence avait dressé une liste des conseillers.

— Nous avons Marcus Denam, Conrad Osborne et Christian Derans ; ils siègent au Conseil depuis des lustres, commença Terrence. Chaque souverain les a systématiquement réélus à leur poste.

— Tu peux éliminer ces trois-là. Ils sont plus fidèles au monarque que la syphilis à un débauché, expliqua Abel. Conrad a même livré un membre de son propre clan lorsqu'il a découvert qu'il préparait l'assassinat de l'ancien roi.

— O.K. Paul Charles. La majorité des membres de son clan sont millénaires et possèdent des facultés extra-sensorielles. Il a accepté de devenir Conseiller pour succéder à son ami, Teddy Lincoln, mais il ne me fait pas l'effet d'un type en quête de pouvoir.

— Tous les vampires sont en quête de pouvoir, contra Abel. Mets-le sur la liste de ceux à filer.

Terrence obtempéra, mais il ne semblait pas convaincu. Quant à moi, j'aurais été bien en peine de les aider sur ce coup-là, maudite amnésie ! Satané volatile qui ne s'était contenté que de la moitié du boulot !

— Isaïa Galvin et Alexis Sawyer, les inséparables, continua Terrence. Les espions qu'il me reste à la cour m'ont confié qu'ils avaient presque sauté de joie à l'annonce de l'existence de Sarah. Ils estiment que Giordano est l'un des meilleurs monarques qu'ait connu l'histoire vampirique. Grâce à sa double nature sorcier-vampire, les autres immortels le craignent et les invasions sur nos terres se font rares depuis son intronisation.

— Ce qui les arrange puisque leurs territoires respectifs se trouvent à la limite de ceux des garous si ma mémoire est bonne.

— Oui, et Sarah étant plus puissante encore que Giordano, ils ont tout intérêt à la soutenir. C'est beau la philanthropie, ironisa Terrence.

Les deux frères étaient si concentrés sur leur tâche, qu'ils avaient manifestement oublié ma présence. J'en profitai pour les étudier davantage. Leur complicité fraternelle ne souffrait aucun doute, aussi je me demandais ce qu'Abel avait pu faire pour s'en vouloir à ce point. Terrence ne semblait pas nourrir de rancœur particulière à son égard. Pourtant, son cadet m'avait affirmé à plusieurs reprises qu'il tenait le mauvais rôle et que cela était injuste. Les écrits bibliques étaient sûrement truffés d'erreurs. À une époque, les récits ne se transmettaient qu'oralement, il était donc courant de se rendre compte que certains étaient arrangés selon l'idée du conteur ou de ses croyances.

— Albert Orial, il ne s'est jamais caché de vouloir gouverner un jour, déclara Abel. Cependant, il est du genre à préférer un bon vieux duel régulier à un enlèvement. Ne serait-ce que pour prouver sa supériorité.

— Peut-être, mais la sorcellerie complique la donne. Je l'inscris sur la liste, décida Terrence.

— Vient ensuite Alejandro Niccolo. Fourbe, manipulateur, vénal et plus prétentieux qu'un paon. Lui, il est sur ma liste noire ! J'ai jamais pu l'encadrer !

— D'accord. Il nous reste donc Finn Peters, Gregor Minesky, Connors Mackinan et Alistair Pierce.

Une fois de plus, ils semblèrent réfléchir intensément. Abel s'alluma une cigarette et m'en proposa une que j'acceptai. La nicotine m'aidait à calmer mes nerfs mis en pelote par le sevrage. Même si je n'étais plus atteinte de la rage, je demeurais un jeune vampire pour qui l'appel du sang équivalait au doux chant des sirènes. Peu importait la bonne volonté dont je ferais preuve pour me contrôler, j'étais à présent un fauve sanguinaire et la chasse faisait partie de moi.

— Hum… Peters est bien trop trouillard pour risquer sa tête, reprit Abel. Son clan ne compte que cinq membres, tous convertis par sa compagne. Je me suis toujours demandé comment il était arrivé jusqu'au Conseil. Minesky est puissant, aucun doute qu'il s'imagine bien roi. La modestie n'a jamais été sa qualité première, on le file.

— Mackinan ? J'avoue que je ne sais pas grand-chose sur lui, hormis le fait qu'il a hérité de quelques-uns de nos anciens territoires, ajouta Terrence avec un mépris non feint.

— C'est un connard ! renchérit Abel.

— Mets-le sur la liste, intervins-je. Si j'étais sous surveillance avant ma mutation, mes ravisseurs savaient que je fréquentais l'un des premiers nés. Ils ont peut-être eu peur que je vous réhabilite.

Terrence soupira profondément et se laissa tomber sur une chaise.

— Je t'avais prévenue que notre amitié ne serait pas du goût de tout le monde, soupira-t-il, tristement.

Je me levai pour aller m'accroupir devant lui afin de capter son regard.

— C'est au Conseil de me rendre des comptes, non l'inverse ! Je fréquente qui je veux ! Sans toi, je serais morte à l'heure où nous parlons. Tu m'as sauvé la vie et sache, qu'à mes yeux, ton frère et toi faites partie intégrante de mon clan.

Il attrapa mon visage entre ses mains en coupe puis m'embrassa le front.

— Merci, ma douce, souffla-t-il.

— C'est trop mignon ! lança Abel, d'une voix de fausset. Si la séquence émotion est terminée, on pourrait peut-être se remettre au boulot ? Le dernier de la liste est Alistair Pierce.

— Mes espions m'ont rapporté que l'affection de Giordano pour Sarah l'agaçait. Il s'est permis des réflexions sur le fait que le roi la mettait trop au premier plan de ses affaires. Une rumeur court que l'ancien monarque comptait le nommer comme son successeur, mais Giordano l'a coiffé au poteau.

— D'accord. Eh bien, il ne nous reste plus qu'à rendre une petite visite à ces messieurs. Mais d'abord, joli cœur va prévenir papa et maman qu'elle se porte bien, s'amusa Abel.

Terrence était sorti faire un tour, Abel se retrouvait donc de corvée de baby-sitting. Cela ne l'enchantait guère, il n'était pas du genre à se préoccuper des autres. Il vivait sa vie, sans contrainte, sans attache, et cela lui convenait parfaitement. De plus, la façon que son frère avait de couver cette gamine sans arrêt l'exaspérait. De son point de vue, il s'agissait d'une mauvaise idée. Elle devait s'endurcir si elle voulait se venger et régner sur le peuple vampire. Il fallait qu'elle apprenne à repousser ses limites, sinon, elle finirait façon puzzle avant d'avoir eu le temps de dire ouf !

Elle boudait dans son coin, frustrée que ses tentatives de joindre son clan se soient révélées infructueuses. Bouder était le terme exact. Assise à même le sol, la tête contre le mur, elle fixait la rue sans se départir de son air renfrogné. Elle n'avait pas dit un mot depuis au moins une heure. Abel soupira avec exaspération puis lança :

— Eh, joli cœur, ce n'est pas si grave, tu sais. Tu es un peu rouillée, mais ça va vite te revenir.

— Facile à dire, répondit-elle sans même le regarder. Je ne dois pas me contenter de réapprendre, mais d'apprendre tout court puisque je ne me souviens pas comment j'utilisais la magie avant ma mutation. Comment vais-je affronter mes bourreaux sans elle ? Face à eux, je fais office de nourrisson.

Abel se leva et vint s'agenouiller à côté d'elle.

— Tu n'as pas besoin d'apprendre, la magie fait partie de toi. Tu la pratiques sans arrêt sans t'en rendre compte.

Elle se tourna vers lui, ses jolis sourcils froncés.

— Comment ça ?

— Le protecteur de ton clan t'a retrouvée au milieu de nulle part, commenta-t-il fait, d'après toi ?

— Euh…

— Tu l'as appelé, deux fois, la coupa-t-il. Nous sommes en plein cœur de Rome, à quelques mètres du palais vampire, et pourtant personne n'a détecté ta présence. Je suis l'un des premiers nés et je suis incapable de lire dans tes pensées. Tout ça, c'est de la magie, ta magie. Je pense que tu as peur de te souvenir.

— N'importe quoi ! se défendit-elle.

Il s'approcha, attrapa son menton et la força à le regarder.

— Tu as peur de te souvenir de la Sarah d'avant la mutation, peur que la vie qu'elle menait ne te convienne plus désormais. Tu as peur que les tiens n'aiment pas ce que tu es devenue et te méprisent. Tu es effrayée par la perspective de revivre chacun des meurtres que tu as perpétrés.

— Non !

— Si ! Je sais mieux que personne quelle salope peut être la mémoire ! Mais c'est la seule chose qui te permettra de ne pas répéter les mêmes erreurs. Ce que tu as été, chaque jour passé sur cette Terre, t'a mené à celle que tu es aujourd'hui !

— Laisse-moi ! hurla-t-elle en se tortillant pour lui échapper.

— Non, répliqua-t-il en resserrant sa prise.

— Lâche-moi !

Une onde de choc s'échappa de la jeune fille et le frappa de plein fouet, l'envoyant valser de l'autre côté de la pièce. La jolie commode Louis XV s'écroula sous l'impact.

— Eh bien, tu vois quand tu veux ! s'écria-t-il en se relevant d'un bond.

Sarah s'était relevée elle aussi, mais n'avait pas, le moins du monde, l'air satisfait. Plaquée contre le mur, elle ressemblait à une biche aux abois.

— Allez, recommence, ordonna-t-il.

— Non.

Agacé, il se jeta de nouveau sur elle. Cette fois, ce fut la cloison séparant le salon de la cuisine qui s'effondra dans un vacarme de tous les diables. Un nuage de poussière envahit la pièce. Sarah se précipita pour l'aider à se relever.

— Je suis désolée, gémit-elle. J'ai agi par réflexe.

— C'était l'effet escompté, rétorqua Abel en époussetant ses vêtements. La vache ! Ça secoue ! Tu vois, te servir de la magie est instinctif pour toi.

Elle ne semblait pas convaincue. Il la saisit par les épaules pour la forcer à le regarder.

— Sarah, tu es un vampire depuis seulement quelques semaines, mais tu es une sorcière depuis ta naissance. Laisse la magie t'envahir, ressens-la partout autour de toi. Tu n'as aucune raison d'être effrayée.

— Tu crois ?

— J'en suis certain. Vas-y, ferme les yeux, concentre-toi sur Lily. Oublie tout le reste et ne songe qu'à elle.

Sarah appliqua ses consignes et commença à respirer profondément.

— C'est bien, l'encouragea Abel, continue. Appelle Lily avec ton esprit comme tu le ferais avec ta voix. Toutes tes pensées doivent converger vers elle. Visualise un fil qui te relie à elle, suis-le. Laisse-toi aller, Lily est là, tout près, ancre-toi à elle.

— Ça y est, je la vois !

Chapitre 20

Les Drake suivaient un entraînement intensif. Musculation, arts martiaux, combat à l'épée. Tout était bon pour penser à autre chose que chasser.

Lily avait choisi de soulever de la fonte ce matin-là, mais les levés de barre avec deux cents kilos ne soulageaient en rien la frustration qu'elle ressentait. Depuis qu'elle l'avait aperçue dans sa cage, aucune vision de Sarah ne lui était revenue. Elle souhaitait tant s'assurer que sa petite sœur allait bien. Elle s'apprêtait à recommencer une série de cent lorsqu'une voix résonna dans sa tête. Cela ressemblait à la télépathie, mais le phénomène se révélait à la fois plus puissant et plus déstabilisant. Comme si les intonations lui parvenaient de son propre esprit, avec une netteté déconcertante. D'habitude, les vampires ne captaient que l'idée générale des pensées qui les entouraient, dans le cas présent, les phrases étaient parfaitement claires. Sous le coup de la surprise, Lily lâcha son haltère qui atterrit sur sa poitrine de marbre dans un bruit sec. Stan se précipita pour le dégager, mais elle balança le matériel un peu plus loin et sans aucun effort.

— Qu'est-ce qui t'arrive ? demanda son compagnon.
— Chut, tais-toi ! Laisse-moi écouter.

Le clan l'encercla, curieux de découvrir ce que Lily pouvait entendre, et pas lui.
— Qu'est-ce que...
— Mais chut ! s'agaça la punkette. Quelqu'un vient de s'adresser à moi par télépathie. Sarah, c'est toi, ma chérie ?

Lily attendit quelques secondes, très concentrée. Les autres retenaient leur souffle, espérant que la jeune fille ait bien trouvé le moyen de les joindre.
— Oui, c'est bien elle ! s'écria Lily. Elle dit qu'elle doit faire vite, car elle ne sait pas combien de temps elle pourra maintenir le lien. Je t'écoute ma puce.

La punkette marqua une nouvelle pause, se contentant de hocher la tête de temps en temps, comme elle l'aurait fait avec un correspondant téléphonique.
— Très bien, ma belle, nous suivrons tes directives. Fais bien attention à toi. Nous t'aimons tous très fort.

La connexion se rompit aussi brutalement qu'elle s'était créée, laissant Lily quelque peu désarçonnée. C'était comme si elle avait partagé son corps avec Sarah pendant ces quelques minutes et, à présent, elle se sentait atrocement vide. Même son lien avec James n'avait jamais été aussi tangible que celui-ci.

— Quoi ? Qu'est-ce qu'elle t'a dit ? s'impatienta son jumeau en s'accroupissant devant elle.
— Elle n'a pas voulu me confier où elle se trouvait. Elle est sûre que tu tenterais de la rejoindre, elle te connaît mieux que personne. Elle va très bien. Elle pense, comme nous, que des Conseillers sont derrière cette histoire, mais elle a totalement perdu la mémoire...

— Seigneur Dieu ! s'exclama Gwen. Il ne manquait plus que ça !

— Oui, c'est le vampire qui l'aide qui lui a expliqué qui nous étions et comment nous joindre. Elle ne m'a pas dit de qui il s'agissait.

— Quelqu'un qui nous connaît, manifestement, observa Zach. Au moins, n'est-elle pas livrée à elle-même.

— Elle souhaite que tu acceptes la régence, Kylian. Et que nous agissions comme si de rien n'était. Selon elle, nous sommes certainement sous surveillance. Personne ne doit se douter qu'elle est encore en vie, même pas Giordano.

— Parfait, opina Kylian. Cela confirme nos doutes.

— Elle a dit autre chose ? s'enquit James, plein d'espoir.

Lily soupira puis lui caressa la joue du bout des doigts avant de répondre doucement :

— Non, mais rassure-toi, je suis persuadée qu'elle retombera amoureuse de toi dès qu'elle te verra.

— J'espère, souffla-t-il.

Il se releva, attrapa l'épée qu'il avait abandonnée sur le sol et reprit son entraînement. Il avait désespérément souhaité obtenir des nouvelles de sa compagne. À présent, les seules choses dont il était certain étaient qu'elle allait bien, mais qu'elle ne se souvenait plus de lui et de leur amour. Le coup était dur à encaisser. Il n'y avait plus qu'à espérer qu'elle n'offre pas son cœur à un autre, sans savoir qu'il lui appartenait déjà.

Assise dans un fauteuil au milieu du salon de la luxueuse villa romaine, je balançais nerveusement mon pied tout en scrutant la rue. Bien sûr, j'avais une envie folle de chasser, qui n'aurait pas ressenti la même chose avec tout ce gibier qui lui passait sous le nez sans discontinuer ? Sauf que la soif n'était pas mon unique préoccupation. Mon expérience télépathique avec cette fille, Lily, m'avait ébranlée plus que je ne l'avais envisagé de prime abord. Malgré la fugacité du phénomène, j'avais pu capter son affection ainsi que son inquiétude pour moi et j'avais eu la certitude que je l'aimais beaucoup également. Tout comme j'étais persuadée qu'un lien puissant m'attachait à ce garçon aux cheveux rouges, James. Mes yeux se posèrent sur le cabochon de rubis qui ornait mon annulaire gauche. *Comment puis-je être aussi certaine de lui appartenir alors que je n'ai pas le moindre souvenir de lui ? Comment puis-je le désirer si fort lorsque notre intimité est réduite à l'état de simple fantasme ?*

J'ignorais où je l'avais rencontré et comment. Je n'avais pas la moindre idée de la façon dont j'avais découvert sa véritable nature, ni de quand il m'avait convertie, ou encore des raisons qui l'avaient poussé à le faire. Était-ce mon vœu de devenir immortelle ou le sien ? Comment avait-il formulé sa demande en mariage ? Avais-je dit oui immédiatement ou avais-je pris le temps de la réflexion ? Une chose demeurait certaine, j'avais accepté. Chaque fois que je pensais à lui ou qu'une vision m'imposait son image, mon cœur, pourtant muet à jamais, semblait revenir à la vie et battre la chamade. J'avais sûrement été heureuse auprès de James et ceux qui avaient tenté de m'éliminer m'avaient volé ce bonheur. Un grognement monta dans ma gorge tandis que l'accoudoir de mon siège céda sous la pression que je lui infligeai.

— Merde ! jurai-je en me relevant avant qu'il ne s'effondre.

— À ce rythme, cette maison sera en miettes avant le lever du jour, lança Abel.

Nonchalamment appuyé contre la table de la salle à manger, il afficha ce sourire moqueur dont il ne se départait que rarement. Qui aurait pu imaginer que cette gueule d'ange, encadrée de boucles brunes, dissimulait l'un des premiers vampires ? Un prédateur d'une puissance effroyable ?

— Désolée, mais j'ai besoin de sortir. Je vais péter un câble à rester claquemurée comme ça, expliquai-je.

— O.K., suffisait de le demander, rétorqua-t-il en haussant les épaules. Allez, viens, joli cœur, je t'emmène prendre un verre.

— Sérieux ?

— Bien sûr ! Qui pourrait nous en empêcher, dis-moi ? ajouta-t-il, malicieux.

Terrence, voilà qui nous en empêcherait, s'il était là. Je devais rester discrète, mais à ce rythme et dans ces conditions, j'allais rapidement perdre le contrôle. Massacrer la moitié de la population romaine n'aiderait pas à préserver mon anonymat. J'acceptai donc l'invitation avec un enthousiasme non feint.

Une fois dehors, j'inspirai profondément, me délectant des odeurs que le vent charriait jusqu'à moi. Les effluves, aussi légers qu'entêtants, des lilas, des bougainvilliers et des roses m'enveloppèrent d'une bulle fraîche et printanière. Cependant, la bulle en question laissait filtrer des fumets bien plus alléchants à mes jolies narines vampiriques.

— Attention, prévint Abel, pas de hors-d'œuvre avant que nous soyons arrivés. La discrétion reste de mise.

— Je te signale que je sais me tenir maintenant, rétorquai-je, piquée au vif.

— C'est ça ouais, allez, en route, mauvaise troupe.

Nous marchâmes un moment en silence, appréciant à leur juste valeur les trésors d'architecture qu'offrait Rome. Lorsque nous passâmes devant le Vatican, il s'inclina en signe de salutation puis claironna en riant :

— Le Diable vous salue bien bas, Monseigneur !

Quelques promeneurs nous dévisagèrent, certains d'entre eux allèrent jusqu'à se signer. *Bonjour la discrétion !*

— Tu aimes la provocation, constatai-je en gardant pour moi mes commentaires désagréables.

— Je déteste surtout l'hypocrisie, rétorqua-t-il durement.

— C'est-à-dire ?

Il engloba l'enceinte sacrée d'un geste du bras.

— Lorsque tu regardes tout cela, où vois-tu le respect des préceptes qu'ils prêchent ? Comment respecter le vœu de pauvreté lorsque l'on vit entouré de tant de richesses ? Comment croire en la paix dans le monde tout en possédant une armée ? Comment envisager la justice divine alors qu'ils offrent l'asile à des criminels ? Je ne parle même pas du vœu de chasteté ! Combien de bâtards, issus de ces saints hommes, doivent demeurer dans la clandestinité parce que malgré l'évolution du monde, ils se refusent encore à avouer que l'on peut aimer à la fois Dieu et une femme ? La vérité, c'est qu'ils se servent d'une idole et de la détresse des gens pour se vautrer eux-mêmes dans le luxe autant que la luxure.

— Tu exagères un peu là, non ?

— Tu crois ? Dis-moi, combien d'heures as-tu passées à prier pour que ta mère survive ? Tes prières ont-t-elles été exaucées ?

— Je suis amnésique au cas où tu l'aurais oublié, lui rappelai-je sèchement.

Il balaya mon objection d'un geste de la main puis reprit :

— Je ne nie pas l'existence de Dieu. En revanche, j'affirme qu'il y a belle lurette qu'Il a déserté le navire ! Sans rire, s'Il traînait encore dans le coin, tu penses sérieusement que toi et moi nous promènerions tranquillement ici ? Nous, des êtres maléfiques et damnés ? Après tout, Il lui suffirait de nous foudroyer d'un éclair céleste ou de nous réduire en cendres d'un claquement de doigts.

— Il s'agit peut-être d'une simple question d'équilibre des forces ? Un monde tout noir ou tout blanc serait inintéressant. Rome en est la parfaite illustration, regarde ça : le palais de Dieu cohabite avec celui des vampires. Le jour et la nuit, le feu et la glace, la vie et la mort. Pour toute chose, il existe son contraire. Le Bien n'aurait aucun sens sans le Mal et vice versa.

Il se tourna vers moi et son sourire moqueur refit son apparition.

— Décidément, notre future souveraine est philosophe. Quant au palais vampire, c'est moi qui l'ai fait construire. Tu as sans doute raison, j'aime la provocation ! s'esclaffa-t-il.

— C'est vrai ? Raconte-moi.

Il sembla peser le pour et le contre pendant une minute puis déclara :

— D'accord, mais avant que je te livre mes petits secrets, nous allons nous détendre un peu !

Lorsque Abel avait proposé de m'offrir un verre, il ne s'agissait en rien d'une métaphore douteuse concernant la chasse, enfin presque. Après m'avoir guidée à travers les dédales des ruelles romaines, nous nous retrouvâmes devant un hôtel particulier de la rive gauche du Tibre. Un peu surprise, je le suivis à l'intérieur sans poser de question. De toute façon, connaissant Abel, il n'aurait pas répondu, trop content de jouer avec mes nerfs.

L'éclat de la lumière blanche, renvoyé et accentué par les lourdes pampilles du majestueux lustre en cristal, blessa mes rétines comme autant d'aiguilles chauffées à blanc. Je feulai et me cachai les yeux de mon bras. Sans un mot, il me tendit les Ray Ban accrochées au col de son t-shirt à l'effigie des Beatles. Je les enfilai puis le remerciai avant d'étudier, non sans curiosité, l'endroit où nous nous trouvions. Il s'agissait d'un gigantesque hall de marbre rose. Un escalier menait dans les étages supérieurs et une large psyché, encadrée de deux appliques murales, en forme de chandelier, recouvrait tout le mur à ma droite. Hormis cela et le lustre assassin, rien. Pas le moindre tableau ou meuble ne venait égayer cet immense espace.

— Qu'est-ce qu'on fait là ? demandai-je.

— Je vais te faire découvrir l'endroit le plus cool qui soit pour tout vampire qui se respecte, déclara-t-il avant d'abaisser d'un coup sec la lampe à gauche du miroir.

Celui-ci pivota légèrement et je réalisai, perplexe, qu'il dissimulait un escalier s'enfonçant sous terre. Voyant ma tête, mon compagnon s'esclaffa :

— Détends-toi, l'enfer, ce n'est pas pour tout de suite !

Il passa derrière la glace, je suivis, pas très rassurée. Nous descendîmes une trentaine de marches pour nous retrouver devant une porte. Lorsqu'il l'ouvrit avant de s'effacer pour me laisser entrer, je restai bouche bée en constatant ce qui se trouvait derrière.

— Une boîte de nuit ? demandai-je, incrédule.

Je n'avais pas perçu le bruit en arrivant. L'endroit devait être protégé par un sort.

— Pas tout à fait. Il s'agit en réalité d'un club privé.

Deux molosses se tenaient de chaque côté de la porte, mais aucun d'eux n'esquissa le moindre geste. J'en déduisis qu'Abel devait être un habitué des lieux. Il fila d'ailleurs vers une table, en retrait au fond de la salle, en m'entraînant par la main.

— Alors, qu'en penses-tu ? C'est sympa, non ?

Les sièges étaient d'un rouge profond (j'appris plus tard que cela évitait que les taches de sang ne se voient trop), les tables, les murs ainsi que le bar étaient peints en noir et les seules sources de lumière provenaient des néons bleus courant autour de la pièce et des petites lampes à LED rouges disposées ici et là. Mes rétines étaient préservées pour le moment, ce qui me poussa à répondre par l'affirmative. Je notai tout de même un détail quelque peu déconcertant. Les couples qui évoluaient sur la piste étaient, pour la plupart, constitués d'un vampire et d'un humain. Lorsque j'en parlai à Abel, il me fit cette réponse :

— Exact. C'est la parfaite illustration du troupeau dont je t'ai déjà parlé. Tous les humains qui sont ici composent notre troupeau. Ils viennent s'éclater dans un club qu'ils imaginent très sélect, nous leur payons quelques verres, les faisons rire, danser, puis nous nous nourrissons d'eux. À la sortie, les videurs effacent de leur mémoire le moment de la morsure et retour à la vie civile. Demain, ils penseront seulement qu'ils ont flirté et que leur partenaire leur a offert une morsure d'amour, ironisa-t-il.

— Aucun d'eux ne sera tué ? Et aucun d'eux ne bronche lorsque nous passons à table ?

Abel esquissa un sourire amusé.

— À la première question, je répondrai, en tout cas, pas ici. Ce qui se passe une fois la porte franchie ne me regarde pas. Quant à la seconde, observe bien les barmans. Tous sont dotés de pouvoirs hypnotiques. Les humains sont auto-conditionnés à se laisser mordre sans histoire. Tu vois, rien n'est laissé au hasard.

— Il n'y a jamais eu d'accident ? insistai-je, sceptique.

— Non, pour la simple et bonne raison que les jeunes vampires ne sont pas admis.

— Et moi alors, pourquoi m'ont-ils laissée entrer ?

Il se mit à rire à gorge déployée avant d'expliquer :

— Ce serait le comble que je me fasse rembarrer de chez moi !

Je haussai les sourcils puis les fronçai.

— Tu as ouvert un bar à vampires au cœur du territoire de Giordano ? Tu plaisantes ?

— Pourquoi ? Tu vas cafter à papy ?

— Bien sûr que non. Mais c'est un peu gonflé de ta part, tout de même ! Tu dis toi-même qu'il n'est pas connu pour sa mansuétude, pourquoi chercher les ennuis ?

Il esquissa un petit sourire moqueur, s'alluma une cigarette puis répondit :

— Mon côté provocateur, sans doute. Nous ne sommes pas ici pour parler de mes nombreuses qualités, mais pour t'enseigner comment survivre sans semer les cadavres comme autant de cailloux blancs. Maintenant, regarde et apprends, petit Jedi.

Il se leva pour rejoindre la piste de danse. Rapidement, plusieurs jeunes femmes l'entourèrent, mettant dans la balance toute leur force de séduction afin d'être l'élue d'un soir. J'observai ce manège, non sans une certaine fascination. Les agneaux venaient se jeter dans la gueule du loup de leur plein gré, sans cri, sans heurt, telles des offrandes consentantes. Abel attrapa l'une d'entre elles par la taille, une plantureuse brune dont le corps, aux courbes généreuses, s'enroula presque autour de celui de son cavalier, à la manière d'une liane. La robe rouge qu'elle portait était si courte qu'elle laissait entrevoir la dentelle de ses bas noirs. Cette simple danse semblait le prélude à un tout autre corps à corps.

Je sentis le désir d'Abel et celui de la fille monter d'un cran. Il caressait son cou du bout de la langue. Si j'avais encore pu rougir, nul doute que j'aurais viré au cramoisi. Cependant, je ne réussis pas à détacher les yeux de ce spectacle indécent. Abel repoussa les cheveux de la jeune femme puis planta ses dents dans sa gorge offerte. Tout le temps où il s'abreuva, il darda sur moi un regard que je ne parvins pas à déchiffrer. L'idée me traversa que cela valait peut-être mieux.

Après notre petite virée au club, nous longeâmes les berges du Tibre jusqu'au Château Saint-Ange. Là, nous nous installâmes sur un quai, laissant nos pieds pendre au-dessus de l'eau. Les illuminations nocturnes conféraient à l'endroit une atmosphère magique et romantique... Ce fut précisément cette constatation qui me poussa à combler le silence qui s'était installé entre Abel et moi depuis plusieurs minutes.

— Merci pour cette soirée, sortir m'a fait du bien.

— Pas de quoi. Maintenant, tu sauras où passer un bon moment lorsque tu viendras à Rome.

— Il vaudrait mieux éviter, en tout cas tant que mon grand-père sera en poste.

Abel m'observa intensément de ses yeux étrécis en deux fentes.

— Tu veux dire que la petite reine vampire consentirait à partager son territoire avec un premier-né ?

— Partager ? Comme tu y vas ! ris-je. Disons que ta petite entreprise ne me dérange pas, elle est même plutôt utile, selon moi.

— Là, c'est toi qui exagères, non ?

— Pas tant que ça. Ton système évite la déclaration de disparitions inexpliquées et l'amoncellement de cadavres dans le Tibre. Nous survivons, les humains aussi, tout le monde y trouve son compte.

Il resta silencieux un moment, le regard perdu dans les eaux sombres au-dessous de nous.

— Je vais certainement te sembler dur, mais mon frère a raison. Nous témoigner ouvertement ton amitié pourrait t'attirer des ennuis. D'ailleurs, nous en aurons sûrement lorsque ton grand-père apprendra que nous t'avons cachée au lieu de te ramener au nid.

— Pourquoi ne pas l'avoir fait dans ce cas ? Si j'ai bien compris, je n'ai rencontré Caïn que quelques semaines avant ma mutation. Pourquoi prendre de tels risques pour quelqu'un qu'il connaît à peine ? Et toi, pourquoi avoir accepté d'être mêlé à tout ça ?

Abel soupira. Ses épaules s'affaissèrent comme s'il pliait sous un poids invisible.

— Parce que c'est le laps de temps qu'il t'a fallu pour rendre à mon frère ce que je lui ai volé il y a de cela plusieurs millénaires : l'estime de lui-même et la joie de vivre.

Il s'était exprimé si doucement que je ne l'aurais sans doute pas entendu sans mon ouïe ultra développée. Il semblait si triste que je me sentis obligée de le réconforter :

— Ton frère t'aime profondément, cela ne souffre aucun doute. Qu'as-tu fait pour être aussi persuadé du contraire ? J'ai lu de nombreuses versions de votre histoire, mais tu as sous-entendu à plusieurs reprises qu'elles étaient toutes erronées. Livre-moi la vraie, je te promets de ne porter aucun jugement et de garder votre secret.

Il tourna la tête vers moi. Son visage resta impassible, mais quelque chose dans son regard refléta une douleur encore cuisante.

— Je peux te poser une question ? demanda-t-il.

— Vas-y.

— Tu m'apprécies ?

Je levai les yeux au ciel, feignant de réfléchir intensément.

— Hum… Tu es sans gêne, misogyne, grincheux et de mauvaise foi, mais nous savons tous les deux qu'il ne s'agit que d'une façade. Alors oui, je t'apprécie.

Son sourire moqueur refit son apparition pendant une seconde puis il reprit son sérieux avant d'affirmer en baissant la tête :

— Eh bien, profite, parce que lorsque tu apprendras la vérité, ce ne sera plus le cas.

Je pris sa main et la serrai doucement.

— Tu m'as sauvé la vie et aidé à me sevrer. Tu m'apprends à survivre, à redevenir moi-même, tu cours le risque d'avoir des ennuis avec les autorités vampiriques juste pour me permettre de retrouver ma place parmi les miens. Je n'ai pas à te juger, en revanche, te livrer te soulagerait de ce fardeau que tu portes depuis trop longtemps.

Abel hocha la tête puis s'alluma une cigarette, son regard rivé sur le château Saint-Ange.

Chapitre 21

— Je devrais peut-être laisser mon frère te livrer notre histoire, murmura-t-il.

— Non, vas-y, lança une voix, derrière nous.

Nous nous retournâmes. Terrence se tenait nonchalamment appuyé sur une canne flambant neuve dont le pommeau représentait une tête de lion. Je me demandais pourquoi il se promenait toujours avec cet accessoire alors qu'il n'en avait nul besoin. Une petite touche de coquetterie à l'ancienne, sûrement. Je constatai également que je n'avais pas détecté sa présence, ce qui signifiait que, comme moi, il pouvait se dissimuler aux autres immortels. En y réfléchissant, il était un premier-né, le roi des rois. Il n'avait cédé son trône que contraint et forcé, mais avait conservé ses facultés.

Il vint prendre place à côté de moi, en souriant, sans se soucier de salir son imper griffé puis déclara :

— Allez, petit frère, j'ai toujours été fasciné par ton talent de conteur.

Abel lui rendit son sourire puis commença :

— D'abord, nos parents se nommaient bien Adam et Ève, mais rien à voir avec la description que l'on en fait dans la Bible. Ils étaient tout ce qu'il y avait de plus humain et, à l'époque, le culte du Dieu unique n'était pas de mise de toute façon. Mon frère et moi étions très complices, malgré nos différences. S'il était robuste, discipliné, éloquent, j'étais pour ma part, chétif, rêveur et…

— Malin, intervint Caïn. Tu as toujours été doté d'un incroyable sens pratique.

— Peut-être, convint-il. Quoi qu'il en soit, cela ne suffisait pas à notre père, rien de ce que je faisais ne trouvait grâce à ses yeux. Caïn prenait systématiquement ma défense. Il mettait en avant mes talents pour domestiquer les animaux ou pour fabriquer de petits objets, mais rien n'y faisait.

— Pourtant, avoir des troupeaux à disposition nous a permis de nous sédentariser, expliqua son frère. Courir après notre repas n'avait rien d'une sinécure et l'exercice ne m'a pas manqué.

— Arrête de m'interrompre, râla Abel en lui jetant un regard en coin.

— Désolé.

— Enfin, bref ! Un jour, une jeune fille est arrivée de nulle part. Elle était sale, affamée et blessée. Selon ses dires, elle était la seule survivante d'une attaque de loups. Notre père a décrété que nous lui devions assistance. Notre petite communauté était plutôt prospère malgré la rudesse du quotidien. Les femmes se sont occupées de la soigner et de lui rendre un visage humain. En réalité, elle était belle à couper le souffle.

Discrètement, je risquai un regard vers Caïn. Il se contenta de hocher la tête pour approuver. Il ne me sembla ni triste ni en colère.

— Mon frère et moi sommes tombés immédiatement sous le charme. Pour la première fois de notre vie, nous sommes entrés en compétition. Nous rivalisions d'idées pour obtenir les faveurs de la belle, mais d'une façon fraternelle. Le deal demeurait simple : que le meilleur gagne. Nous étions d'accord sur le fait que dès qu'elle aurait choisi, l'autre s'effacerait.

Il marqua une pause, puis secoua la tête, dépité.

— Mais ce n'est pas ce qui s'est passé, dis-je.

— Non, comme d'habitude, notre cher papa s'est senti obligé de venir mettre son grain de sel dans nos histoires, en me dénigrant, bien entendu. Je ne possédais aucune qualité nécessaire à un homme avec mes yeux clairs, mon visage androgyne et mon corps trop fin. Caïn, lui, était un gaillard fort et solide, il aurait engendré de beaux enfants. La fille lui revenait donc de droit, exactement comme une tête de bétail. La survie de la communauté en dépendait, selon ses propres termes. J'étais furieux, mon père ne me jugeait même pas digne de le devenir moi-même ! Une fois de plus, sa préférence allait à Caïn.

Soudain, je me sentis triste pour Abel. J'imaginais à quoi devait ressembler sa vie, toujours rejeté par son père malgré ses efforts pour s'en faire aimer. Cela avait dû être terrible. Je remarquai également que depuis le début de son récit, pas une fois, il n'avait prononcé le nom de la femme dont il était tombé amoureux. Trop douloureux sans doute.

— J'ai ensuite surpris une conversation entre Adam et la future mariée. De nature insoumise, c'est d'ailleurs ce qui me plaisait le plus chez elle, elle n'appréciait pas qu'il choisisse à sa place. Il lui a alors clairement signifié que si elle ne suivait pas ses ordres, il la chasserait. Elle a plié, qu'aurait-elle pu faire d'autre ? Les conditions de vie étaient dures à l'époque et plus encore pour une femme seule. Nous étions tributaires des migrations animales, des saisons et des caprices de Dame Nature. Elle n'aurait jamais pu s'en sortir seule et elle le savait. Les noces ont eu lieu. Tout à son bonheur, Caïn ne s'est pas rendu compte des changements qui s'opéraient chez elle autant que chez moi. Plus il essayait de se montrer compatissant, me répétant que je trouverais chaussure à mon pied moi aussi, et plus je lui en voulais. Quant à son épouse, si elle l'avait aimé, le simple fait de lui avoir forcé la main avait mis fin au sentiment. Au lieu de nous séparer, ce mariage n'a fait que nous rapprocher. Il nous a liés dans l'amertume, l'humiliation et la rancœur. Rapidement, nous sommes devenus amants. Elle était belle, drôle, intelligente, en un mot : envoûtante. Et c'est bien ce qui s'est passé, elle m'a envoûté, littéralement. Elle affirmait que nous ne devrions pas avoir à nous cacher pour vivre notre amour, qu'Adam n'était qu'un égoïste sans cœur, incapable de voir à quel point j'étais précieux. Bien entendu, mon orgueil et ma naïveté aidant, ses paroles résonnaient en moi. Pas une fois, depuis le jour de ma naissance, on ne m'avait dit que j'avais une quelconque valeur, ou seulement que l'on m'aimait, à part mon frère. Mais c'était facile pour lui que l'on valorisait sans cesse, dont on transformait en exploit la moindre action…

Abel soupira, ses épaules s'affaissèrent encore un peu plus. Il donnait l'impression de vouloir s'enfoncer dans le sol. Caïn se leva et alla prendre place à côté de lui. Il entoura ses épaules de son bras puissant et le serra contre lui une seconde.

— Tu es précieux, Abel, et pas seulement pour moi, murmura-t-il. Libère-toi de ce fardeau qui ne devrait pas être le tien. Nous étions jeunes, naïfs et pleins de fougue, tu n'y es pour rien.

Abel respira profondément et reprit son récit.

— Ce que j'ignorais, c'est qu'elle tenait le même discours à mon frère, mais en modifiant quelques détails. Par exemple, elle affirmait l'aimer et être heureuse du choix d'Adam, mais qu'en l'occurrence, elle était gênée de la façon dont je la regardais. Jour après jour, elle nous montait l'un contre l'autre jusqu'à ce qu'arrive ce qui devait arriver. Un soir, Caïn vint me demander de ne plus approcher son épouse, que soi-disant, je pressais de mes avances, et nous découvrit dans une position peu glorieuse.

Je comprenais mieux à présent pourquoi Caïn s'obstinait à rester célibataire. Non seulement il était tombé follement amoureux d'une femme qui l'avait trahi, mais l'amant en question n'avait été autre que son cadet, qu'il avait défendu contre vents et marées. Il y avait de quoi vous dégoûter de l'amour pour l'éternité. La mine de plus en plus défaite, Abel continua son récit :

– Une bagarre éclata, elle fut terrible. J'avais beau être plus petit, la haine qui m'animait à cet instant se révéla un moteur plus que suffisant pour faire face. Nous échangeâmes des coups, des insultes, sous le regard du reste de la communauté, aussi perplexe de nous voir en venir aux mains que de constater que je tenais encore debout. Je serais incapable de te dire, même aujourd'hui, comment les choses se sont précisément déroulées. Est-ce les hommes alentour qui nous les ont balancés ou sont-ils apparus dans nos poings comme par miracle, je l'ignore, toujours est-il que nous nous sommes retrouvés armés de poignards. À un moment, nous avons roulé au sol, et ma lame a transpercé le cœur de mon frère...

— Et la mienne, le sien, acheva Caïn froidement.

— Vous vous êtes...

— Entretués, confirma-t-il.

Abel fixait les eaux sombres sous nos pieds, le regard vide, comme si la scène se rejouait sous ses yeux. Il semblait avoir atteint le point de rupture, serrant si fort les mains de son frère qu'il était étonnant qu'elles ne soient pas devenues poussière. À présent, je comprenais mieux sa réplique à propos de la torture que la mémoire pouvait infliger. Les cicatrices morales s'avèrent bien pires que les physiques, il suffit d'y repenser pour qu'elles se rouvrent et saignent comme au premier jour. Le temps ne les efface pas, il se contente de les enterrer dans un coin de notre subconscient, jusqu'au jour où elles remontent à la surface, tel un cadavre mal lesté.

— Mais cela n'explique pas comment vous êtes devenus des vampires.

— J'y viens, ma douce, continua Caïn en jetant un coup d'œil à Abel. Nous nous sommes réveillés trois jours plus tard, dans le noir complet. L'odeur nous a rapidement renseignés sur l'endroit où nous nous trouvions. Six pieds sous terre.

Tous nous avaient crus morts, et pour cause. Imagine un peu notre panique, ensevelis vivants et incapables de nous concentrer sur autre chose que ce feu dévastateur assiégeant notre gorge. Naïvement, nous avons songé qu'il était dû au simple manque d'oxygène, nous étions loin du compte. Lorsque, enfin, nous nous sommes extirpés de nos sépultures, il faisait grand jour. La douleur a été atroce, notre premier réflexe a donc été de nous mettre à l'abri sous le couvert des arbres alentour. Hébétés, assaillis par le bruit, la lumière et cette brûlure effroyable, nous étions tels des nouveau-nés, obligés de supporter ce monde, sans pour autant en comprendre les règles et le fonctionnement, un unique mot d'ordre : la survie. Comme pour n'importe quel fauve, l'instinct nous a dicté la marche à suivre. Nous nous sommes abreuvés du moindre animal croisé en chemin… jusqu'à retrouver le campement…

— Nous n'en avons pas épargné un seul, gémit Abel. Pas même notre mère…

— Chut…, l'apaisa Caïn en le serrant contre lui. Lorsque nous en avons eu terminé, que la soif a reflué, que l'instinct s'est remis pour un temps en sommeil, nous n'avons rien pu faire d'autre que de constater les dégâts. Contre toute attente, je ne fus pas le premier à m'inquiéter du sort de mon épouse. Abel arpentait le camp de long en large, priant tout haut pour ne pas avoir blessé sa bien-aimée. Il a retourné chaque corps, mais rien, elle n'était pas là. Enfin si, mais elle ne se trouvait pas du côté des pertes, gronda-t-il. Elle est sortie de l'ombre, tel un serpent rampant hors de son nid. Elle était plus pâle, sa démarche plus féline, ses traits sublimés par une sorte d'aura aussi maléfique qu'attirante. Alors qu'Abel allait se précipiter vers elle, je l'ai retenu. Mon instinct me soufflait qu'elle était responsable de notre état, à tous les trois. La conversation qui suivit confirma ce que je savais déjà. Abel et moi la désirions, nous désirions l'aimer jusqu'à la fin des temps, nous désirions mêler notre sang au sien, elle nous a pris au mot.

— Un sort de sang…, murmurai-je.

— Tout juste. J'ai fait couler celui d'Abel, il a fait couler le mien, elle a mélangé les deux pour opérer sa propre conversion… Elle nous a enchaînés à ce monde grâce aux quatre éléments qui le composent. L'eau nourrit la terre, que nous devrons arpenter jusqu'à la fin des temps sans jamais rien en tirer. La terre nourrit les hommes, dont nous nous abreuvons. L'air alimente le feu, capable de nous détruire, et l'eau l'éteint… Un cercle sans fin, comme nos vies.

— Et ce lien est renforcé à chaque fois que vous buvez. Ce qui explique que plus les vampires vieillissent et plus ils deviennent puissants, murmurai-je.

Caïn sourit, visiblement satisfait.

— On dirait que la mémoire de notre petite sorcière revient doucement, en tout cas en ce qui concerne la magie.

Je me passai une main sur le visage. J'avais imaginé un tas de scénarios différents à propos de la conversion, mais celui-là était pire que le plus monstrueux des cauchemars.

— Mon Dieu ! C'est une sorcière qui vous a jeté cette malédiction… Je suis vraiment désolée.

Abel sortit enfin de sa torpeur et me considéra, les yeux ronds.

— Pourquoi devrais-tu t'excuser ?
— Eh bien… C'est l'une des miennes qui…
— Alors là, je t'arrête tout de suite, tu n'as rien de commun avec cette traînée de Lilith ! Elle est égoïste, vénale, menteuse, manipulatrice ! Salope serait encore un compliment en ce qui la concerne !
— Lilith ? le coupai-je. Tu veux dire la Lilith ?
— Ouais. Une incohérence historique supplémentaire. Pendant longtemps, les gens ont confondu les vampires et les succubes, voilà pourquoi cette femelle lubrique se retrouve également liée à leur histoire. Remarque, s'il y a incohérence historique, la personnalité, elle, est représentée des plus fidèlement.
— De plus, il ne faut pas abattre tout le troupeau pour une seule brebis galeuse, ajouta Caïn. Par exemple, c'est une sorcière qui nous a appris à gérer nos nouvelles facultés. Et comme elle ne pouvait lever le sort jeté par Lilith, elle a fabriqué et ensorcelé les pieux au cas où nous ne supporterions pas l'éternité. Même si cela peut paraître étrange, nous lui en sommes reconnaissants, elle nous a offert une porte de sortie.
— Anthéa était une emmerdeuse, mais aussi quelqu'un de bien, renchérit Abel. Elle nous a également expliqué le fonctionnement de la conversion. Elle ne souhaitait pas détruire les hommes, mais elle nous comprenait. Elle savait que nous serions condamnés à voir mourir chaque personne que nous aimerions, la conversion était censée nous permettre de recréer un semblant de famille puisque nous ne pouvons concevoir. Elle a toujours refusé d'être convertie elle-même. Malgré son affection pour nous, ou sa pitié, elle n'a jamais perdu de vue que l'éternité représentait avant tout une malédiction…

Ouais, et malgré tous ses bons sentiments, cette chère Anthéa avait participé à créer la plus grande lignée de prédateurs sanguinaires de toute l'histoire de l'humanité. Cependant, j'étais mal placée pour la critiquer, après tout, je serais morte si elle n'était pas intervenue, plusieurs millénaires avant ma venue au monde. Elle avait juste fait en sorte d'atténuer l'atrocité commise par Lilith, une sorcière, comme elle, une sœur.

— Mais, comment vous êtes-vous retrouvés dans la Bible ? demandai-je finalement.

Terrence alluma l'un de ses cigares cubains qu'il affectionnait puis sourit en regardant les volutes de fumée monter vers les étoiles.

— Oh, ça, c'est dû au téléphone arabe, tout bêtement. Une personne raconte une histoire, rajoute quelques détails pour la rendre plus intéressante, une autre fait la même chose, puis encore une autre… et au final les faits deviennent contes et légendes. Je suppose que lorsque Moïse a écrit la Genèse, il a songé que notre vécu illustrait parfaitement les ravages provoqués par la jalousie.

— Comment ai-je pu imaginer, ne serait-ce qu'une seconde, qu'elle était sincère ? Ce que j'ai pu être con…, murmura Abel.

Je lui caressai la joue du revers des doigts. Il sursauta à mon contact puis tourna la tête vers moi. Son regard refléta l'incrédulité et un peu de gêne, me sembla-t-il.

— Tu étais jeune, ton frère l'a crue lui aussi. Comment aurais-tu pu deviner que Lilith était une sorcière ? Certaines personnes ont le cœur corrompu dès le jour de leur naissance, c'est comme ça et l'on n'y peut rien. Ce dont je suis sûre en tout cas, c'est que Caïn a raison, tu ne peux absolument pas être tenu responsable de toute cette histoire. Il s'agit d'un simple enchaînement d'événements malencontreux qui vous a mené à ce jour fatidique. Certains nommeraient ça le destin. Finalement, ton seul tort aura été d'aimer sincèrement, ton père, ton frère ou encore Lilith, et aimer n'est jamais un crime.

Il attrapa ma main et la garda dans la sienne un moment sans détacher ses yeux des miens.

— Merci. Mon frère dit vrai, tu détiens cette faculté si précieuse de rendre l'espoir et de ramener la lumière là où la nuit régnait depuis si longtemps. Il se pourrait que Dieu existe tout compte fait et qu'il ait décidé de poster un ange parmi les démons. À l'instar de Caïn, je te prête allégeance, petite princesse vampire.

Il me serra contre lui. Je souris, il avait déclamé sa tirade grâce à la télépathie, Abel n'était pas du genre à étaler ses sentiments. J'en fus d'autant plus touchée.

— Bien, maintenant que tu sais tout, il est temps de rentrer, l'aube ne va pas tarder à se lever. Il est également temps de découvrir qui se cache derrière ton enlèvement, intervint Caïn.

Nous regagnâmes nos pénates, bras dessus, bras dessous. Caïn sifflota tout le long du chemin, tandis que Abel me composa un bouquet des plus hétéroclite au gré de nos rencontres avec mère Nature. Ils semblaient tous les deux soulagés d'avoir partagé ce fardeau trop longtemps supporté.

Kylian dardait sur James un regard qu'il voulait sévère, mais le chagrin qu'il ressentait pour son fils, ainsi que pour Sarah, ébranlait les fondations de sa détermination.

— Mais bon sang ! Qu'est-ce qui t'a pris ? Tu te rends compte des conséquences si quelqu'un t'avait vu t'abreuver à cette fille ?

— Les humains sont idiots, ils ont tous pensé que je la bécotais, répliqua James avec flegme. La situation était sous contrôle.

C'était ce calme, cette froideur, qui préoccupait le plus Kylian. Depuis que James savait que Sarah ne se souvenait pas de lui, rien ne semblait plus l'atteindre. Reprendre le régime humain n'avait pas arrangé les choses. Plus le temps passait et plus le jeune homme laissait la bride sur le cou du prédateur qui sommeillait en lui.

La veille au soir, il s'était rendu dans une boîte à la mode et avait jeté son dévolu sur une jeune fille. Après quelques verres, il l'avait entraînée dans un coin puis, s'était abreuvé à elle, alors que la pièce était pleine d'humains. Si Lily n'avait pas eu une prémonition, les conséquences auraient pu être catastrophiques. Les jours de sa proie n'étaient pas en danger, James n'avait bu que très peu, mais les risques qu'il avait pris auraient pu compromettre le clan. Sans compter ce qu'il adviendrait si jamais Giordano apprenait qu'il n'avait pas respecté leur assignation à résidence. Il avait beau apprécier James, il ne pourrait laisser passer une telle bêtise.

— Sous contrôle ? Tu estimes que tu te contrôles lorsque tu pars en chasse en plein New York ?

James soupira, leva les yeux au ciel puis rétorqua :

— Oui. Je ne l'ai pas tuée, elle aura mal au crâne pendant quelques jours, mais elle s'en remettra. Elle se vantait d'aimer les sensations fortes, elle en a eu pour son argent en flirtant avec un vampire.

— Qu'est-ce que Sarah penserait de tout ça, selon toi ? persifla Lily en entrant sans y être invitée. Tu crois vraiment qu'elle a besoin que tu attires l'attention des autorités vampiriques en plus du reste ?

— Laisse Sarah en dehors de ça, rétorqua James, froidement.

Lily se posta devant lui, ses poings de poupée plantés sur ses hanches étroites. Vêtue d'un corset rouge sang et d'une jupe en cuir tombant sur ses chevilles fines, elle ressemblait à une figurine gothique chic qu'affectionnent les petites filles. Cependant, ses iris étaient si dilatés qu'ils occultaient totalement la sclère de ses yeux, ne laissant plus le moindre doute concernant sa véritable nature.

— Comment le pourrais-je après ce que j'ai vu hier soir ? Avant de t'abreuver, tu as pris le temps d'étudier ta proie au moins ?

— J'ignore de quoi tu parles, tenta d'esquiver son jumeau.

Lily posa ses mains sur les accoudoirs du fauteuil qu'il occupait. Elle tentait de capter son regard, sans succès.

— Ah bon ? Eh bien, je vais éclairer ta lanterne. Cette fille ressemblait étrangement à Sarah, à tel point que si je ne te connaissais pas si bien et que j'ignorais à quel point elle te manque, je trouverais la coïncidence franchement malsaine !

— N'importe quoi ! s'emporta James en se levant pour lui faire face. J'ai pris la première qui m'est tombée sous la main, rien de plus !

— Pas à moi, tu veux ! éclata Lily en pointant un doigt accusateur vers lui. Je lis en toi comme dans un livre ouvert, je ressens les mêmes émotions ! Tu pourras donner le change à qui tu veux, Jamy, mais jamais tu ne pourras me duper, moi ! Toutes tes victimes présentent un profil identique. Tu cherches à retrouver l'ivresse que tu éprouvais en consommant le sang de Sarah, mais c'est impossible ! Non seulement elle est une sorcière, mais elle t'aime, voilà ce qui fait que son essence a une saveur si enivrante pour toi. Que crois-tu qu'elle ressentirait en te voyant serrer dans tes bras d'autres filles qu'elle ?

James se laissa retomber dans le fauteuil où il était assis une seconde auparavant. Ses épaules s'affaissèrent, il baissa la tête, ferma les yeux et murmura enfin :

— Rien, elle ne ressentirait rien puisqu'elle ne se souvient pas de moi, de nous. À ses yeux, je suis redevenu le type à la peau blême qui squatte ses visions.

— C'est dingue comme tu peux être nombriliste, cracha Stan en les rejoignant.

James soupira et posa son regard sur son beau-frère. Le visage de ce dernier affichait un mépris profond. Cet entretien était censé être privé !

— Lâche-moi, d'accord, je ne suis pas d'humeur.

— Oh, le pauvre Jamy a un gros chagrin ! se moqua méchamment Stan.

James se leva, excédé.

— C'est quoi ton problème ? Tu te prends pour qui pour venir me faire un procès ?

Stanislas se planta devant lui, nullement impressionné.

— Pour celui qui doit couvrir tes traces et effacer tes conneries ! Regarde-toi ! Tu passes tes journées à gémir et à te plaindre, tu inverses les rôles, la victime, c'est Sarah, pas toi ! Combien de temps encore vas-tu te servir d'elle comme excuse à ta propre faiblesse ? On devrait préparer un plan d'attaque au lieu de perdre notre temps avec les états d'âme de Monsieur !

— Arrête ça, gronda James, menaçant.

— Sinon quoi ? demanda Stan en le bousculant. Je ne suis pas ta sœur, moi, je me fous de ta petite sensibilité.

James serra les poings, sa respiration s'accéléra.

— Stan…, tenta Lily.

Kylian, lui, ne bougea pas. Il était grand temps que James se reprenne.

— Non et cesse de le défendre, ras-le-bol de James et de ses petites crises existentielles ! Il tourne le dos à Sarah pour une simple course automobile, ensuite, il pleurniche parce qu'elle ne revient pas ramper à ses pieds. Elle prend des médocs pour soulager la douleur de sa tumeur au cerveau, et c'est lui qui se plaint du manque de confiance qu'elle lui témoigne. Sarah se fait enlever, sûrement torturer, elle est amnésique et nous ne savons pas où elle est à l'heure où nous parlons, et Monsieur ne trouve rien de mieux à faire que de s'abreuver à toutes les poufs qu'il croise et qui lui ressemblent un tant soit peu ! Mais évidemment, il détient la réponse toute prête : et si Sarah ne l'aimait plus ? Le pauvre Jamy aurait son petit cœur tout en morceaux, grinça Stan. Mais t'es pas le nombril du monde, bordel ! La vérité c'est que Sarah te porte à bout de bras depuis le début !

James se jeta sur lui, toutes dents dehors. Ils traversèrent la porte-fenêtre du bureau dans un vacarme de tous les diables et atterrirent sur la pelouse, derrière la maison. James fracassa la tête de son frère au sol avec hargne à plusieurs reprises, mais Stan était rompu au combat malgré sa gentillesse apparente. Les premières années de sa vie de vampire avaient été rythmées par les affrontements entre clans. D'un coup de reins, il inversa la tendance et immobilisa James. Assis à califourchon sur lui, il roua son visage de coups de poing, si fort que plusieurs os de sa main éclatèrent. Stan n'avait cure de la douleur, il lui suffirait de quelques minutes pour cicatriser. Lily tenta de s'interposer, mais Kylian la ceintura.

— Laisse-les régler ça entre eux, ordonna-t-il.

Épouvantée, la punkette regardait les deux hommes de sa vie se battre, déchirant par la même son cœur en deux parties égales et douloureuses.

— C'est ça que tu veux, hein ? demanda Stan sans cesser d'abattre ses poings. Tu veux être puni pour ce qui est arrivé à Sarah ! Tu souhaites être de nouveau capable de ressentir des émotions ! Eh bien, je suis ravi de te rendre service !

James ne se défendait plus à présent, il n'esquissait pas le moindre geste pour parer ou éviter les coups qui pleuvaient.

— Réagis ! Tu n'es qu'une larve ! Un lâche qui se réfugie dans ses excuses bidon pour ne pas avoir à affronter la réalité !

— Stan, arrête ! supplia Lily.

Il obtempéra, mais resta assis sur James. Il le saisit par le col de sa chemise et approcha son visage du sien.

— Tu sais quoi, dans le fond, il vaudrait mieux que Sarah ne se souvienne pas de toi. Avec un peu de chance, elle tombera amoureuse d'un type qui la mérite vraiment !

Comme si ces simples mots avaient fait office d'électrochoc, James bascula Stan et se mit à le battre sauvagement. Ce dernier ne broncha pas.

— Ferme-la ! Ferme-la ! Sarah est à moi, elle m'appartient ! Je préfère crever plutôt que de vivre sans elle !

Stan attrapa les poignets de James, stoppant les coups. Il sourit, malgré les multiples plaies qui recouvraient son visage et qui commençaient déjà à cicatriser.

— Eh bien ! Il t'en aura fallu du temps ! déclara-t-il calmement. La culpabilité t'enterre, James, la haine et l'envie de vengeance sont au contraire des moteurs puissants pour avancer, alors mets de côté la première et ne te sers que des deux autres.

James se laissa tomber sur le dos à côté de son frère et murmura :

— Je suis désolé.

— Bah, ce n'est pas la première rouste que j'aurai prise ni la dernière, rétorqua Stan en lui tendant la main pour le relever.

James s'en empara. Une fois sur ses pieds, il la garda dans la sienne et demanda :

— Tu as fait ça pour me pousser à réagir, n'est-ce pas ?

— J'aurais bien joué les psys, mais une thérapie n'est efficace que sur le long terme et nous ne disposons que de peu de temps.

Chapitre 22

Quelquefois, lorsque la vie nous semble cruelle, ou qu'elle l'est tout simplement, nous donnerions tout pour oublier. Certaines douleurs se révèlent si cuisantes, même des années après, que nous déplorons de ne pas être dotés d'une fonction : supprimer l'historique. Je ne faisais pas montre d'hypocrisie, j'avais certainement eu ce genre de pensée. Malheureusement, je ne savais plus quand ni pourquoi. Voilà où le bât blessait. Nos souvenirs, heureux ou malheureux, forgent la personne que nous incarnons dans le présent. Sans passé, pas d'avenir, aucune leçon à tirer de nos erreurs ou de notre vécu, autant dire : des coquilles vides. Les amnésiques sont comme les nouveau-nés, bien obligés de se fier à leur entourage pour écrire leur histoire jusqu'à se montrer capables de prendre eux-mêmes la plume du destin. Dans mon cas, j'aurais pu tomber bien plus mal qu'avec Caïn et Abel. Ils n'étaient certes pas des saints, mais ils n'avaient pas non plus cherché à tirer parti de la situation, ce que d'autres n'auraient sans doute pas hésité à faire dans des circonstances similaires. En réalité, ma plus grande frustration relevait de la certitude d'avoir eu toutes les cartes en main pour réussir ma vie de vampire, mais de ne plus me souvenir de l'endroit où j'avais pu les ranger. Peut-être que revoir des personnes ou des lieux familiers m'aiderait. De toute façon, au point où j'en étais, tout était bon à prendre. Je n'allais tout de même pas vivre, le restant de mes jours, enfermée ou cachée, je n'avais rien fait de mal.

Je quittai la cabine de douche, me séchai avec énergie puis retournai dans la chambre. Là, j'enfilai un pull en cachemire bleu Klein et un pantalon de cuir noir. Ce dernier choix me contraignit à quelques contorsions et autres tortillements, mais le résultat en valait la peine. Abel avait vraiment du goût en ce qui concernait les fringues. Du moins, lorsqu'il s'agissait d'habiller les autres, parce que lui ne semblait pas près de lâcher ses jeans pourris, ses Docs Martins et ses t-shirts de groupes de rock. Cependant, ses petites attentions à mon égard me touchaient vraiment. Sous son apparente froideur, il cachait une personnalité attachante et drôle. Caïn était plus calme, plus attaché aux convenances et à la bienséance, mais ils possédaient un point commun : une vive intelligence. J'appréciais les échanges de notre trio.

Je les rejoignis dans la cuisine où une odeur de sang flottait dans l'air comme celle du café chez un mortel.

— Les garçons, je vais m'approcher du palais. Je pense que me retrouver dans un endroit familier aiderait ma mémoire, annonçai-je en prenant place autour de la table.

— Bonne idée ! approuva gaiement Abel. Tu veux une tasse de sang ? O négatif tout frais.

— Tu as braqué la banque du sang ? m'enquis-je.

Il me considéra avec des yeux ronds.

— Pourquoi ferais-je un truc pareil ? J'ai juste demandé à l'un de mes moutons sa petite contribution. J'ai levé la Dîme si tu préfères.

Je souris tandis que Caïn fronçait ses beaux sourcils blonds. Il ne partageait pas les opinions de son cadet sur les relations entre humains et vampires. La comparaison avec des animaux de ferme, qu'employait souvent Abel, l'agaçait particulièrement.

— Que lui as-tu promis en échange ? demanda-t-il avec méfiance.

— Seulement de le convertir un de ces quatre. Je suis resté vague en ce qui concernait la date, s'amusa de nouveau son frère.

— Quoi ? Ce type sait que tu es un vampire ?

— Disons qu'il s'imagine savoir. Qui le croirait, hein ? Et puis, à Rome, mieux vaut éviter le sujet. S'il venait à lâcher le morceau, les nettoyeurs s'occuperaient de son cas et me délivreraient de ce boulet. Gagnant-gagnant dans l'histoire, ricana-t-il.

Caïn pinça les lèvres, mais ne releva pas. Il préféra s'adresser à moi.

— Il serait imprudent de t'approcher davantage du palais. Quelqu'un pourrait te reconnaître.

— Sauf si elle se sert de la magie pour changer nos apparences, suggéra Abel.

— Arrête de l'encourager dans ses folles entreprises !

— Arrête de la couver comme une mère poule ! Elle est la future reine, nom de Dieu ! Il serait peut-être temps de la laisser faire ses preuves ! Cela fait des jours que nous sommes là, personne ne soupçonne seulement sa présence, ce qui prouve qu'elle se montre à la hauteur !

Je m'apprêtais à intervenir lorsqu'une vision s'imposa à moi. J'aurais sans doute dû me réjouir de recevoir des nouvelles de mon clan, pourtant, j'aurais préféré ne jamais apprendre ce qui suivit.

James, en compagnie de femmes, différentes à chaque fois. Il riait, plaisantait, se nourrissait… charmait. Un véritable Don Juan aux dents longues.

Je serrai les poings. Qu'il ait repris le régime humain ne me dérangeait pas outre mesure, j'étais mal placée pour juger. En revanche, qu'il leur murmure des paroles qui auraient dû m'être destinées me blessa profondément. Chasser était une chose, séduire une tout autre. Comment pouvait-il me faire cela ? Je relis l'inscription à l'arrière de mon bracelet. **Mon cœur mort tu l'as ranimé, tu me l'as volé, garde-le à jamais, tu es la seule qui sache le faire aimer. James.** Tu parles ! Des mots, du vent ! C'était un coup du sort, une fatalité, qui m'avait fait l'oublier. Lui m'avait effacée de sa mémoire et de son cœur volontairement et sans remords. Malgré mon amnésie, je lui étais restée fidèle, corps et âme, persuadée que je lui appartenais. Même l'autre soir, au club d'Abel, j'avais été incapable de séduire une proie pour m'en abreuver, alors que ma survie en dépendait. Je refusais de salir notre histoire, de quelque façon que ce soit, lui n'avait pas tardé à me remplacer. Pourquoi m'avoir convertie s'il ne désirait pas partager l'éternité avec moi ? S'il n'avait pas su que j'étais en vie, j'aurais peut-être pu comprendre, mais là, comment lui pardonner ?

Le chagrin qui venait de s'abattre sur moi compressait ma poitrine telle une chape de plomb. Malgré sa mort, mon cœur devint atrocement douloureux.

— Tu as vu quelque chose d'intéressant ? s'enquit Caïn en reposant sa tasse sur la table.

— James reprend le dessus, déclarai-je d'une voix neutre. Il est… plus combatif que jamais.

— Tant mieux, j'avais peur que ton absence ne le fragilise. J'ai un rendez-vous avec certains de mes espions. Avec un peu de chance, ils détiendront de nouvelles informations. Nous reparlerons de cette histoire de changement d'apparence à mon retour.

Il attrapa sa canne et son chapeau puis quitta la maison en sifflotant. Lorsque je reportai mon attention sur Abel, je constatai qu'il m'étudiait gravement.

— Pourquoi me regardes-tu comme ça ? demandai-je.

— Je devrais sûrement me réjouir de tes progrès, étant donné que je me suis coltiné la moitié de ton éducation de sale petit vampire turbulent. Cependant, ta facilité à mentir à un premier-né en le fixant dans les yeux et sans te faire griller m'inquiète.

— Je ne vois pas à quoi tu fais allusion, rétorquai-je d'une voix blanche.

— Je parle de ta dernière vision. Tu t'es crispée, tu as serré les poings, signe de colère. Tu as respiré plusieurs fois avant de répondre à mon frère, histoire de ne rien laisser paraître. Tu as également relu l'inscription de ton bracelet en pinçant les lèvres. J'en déduis donc que si cette prémonition concernait bien James, elle ne contenait, en revanche, rien de rassurant. Accouche, m'enjoignit-il en croisant ses bras sur la table pour s'y appuyer.

— Bonjour la psychologie de comptoir, rétorquai-je en levant les yeux au ciel.

Pour dire la vérité, j'étais déstabilisée par la facilité de Abel à décrypter la moindre de mes émotions malgré mon pouvoir de dissimulation. Quelquefois, j'avais l'impression d'être connectée directement à lui par un fil invisible. Constat qui me troublait sans doute plus que tout le reste.

— Aucune psychologie là-dedans, joli cœur, mais je connais la colère et la déception, je les ai côtoyées pendant de nombreux siècles. Je reconnais la haine, la tristesse et l'amertume au premier regard. Alors, James t'a trompée, c'est ça ?

À quoi bon mentir ? Si James ne m'aimait plus, je ne pourrais pas le cacher bien longtemps. Le déni ne me serait d'aucune aide.

— Je l'ignore. Je l'ai vu accoster des femmes et les séduire avant de s'y abreuver.

— Je croyais que les Drake ne buvaient pas de sang humain.

— Manifestement, les choses ont changé depuis mon départ.

Abel se redressa puis contourna la table pour venir se planter à côté de moi. Des boucles brunes, échappées de sa queue de cheval, dansaient devant ses yeux, lui conférant un air plus que jamais angélique.

— Départ ? Tu n'es pas partie de ton plein gré, tu as été enlevée. Si James n'est pas capable de comprendre la différence, permets-moi de te dire qu'il ne vaut pas la peine que tu t'attardes sur lui.

Je me levai et allai rejoindre la fenêtre, fuyant son regard trop perspicace. Il venait de formuler à haute voix mes plus sombres pensées, les rendant du même coup plus réelles, plus tangibles.

— Mais je l'aime, murmurai-je. Je sais que cela peut sembler difficile à comprendre puisque je n'ai gardé aucun souvenir de lui. Pourtant, ce sentiment se renforce à chaque nouvelle vision de lui.

Je sentis soudain son souffle sur ma nuque, pareil à des milliers de petites étoiles de glace, à la fois gelées et brûlantes. Cette proximité me troubla. Sans doute plus que je ne l'aurais souhaité.

— Dans un couple, il y en a toujours un qui aime plus que l'autre, précisa-t-il doucement. C'est inéluctable. Il vaut mieux que tu t'en sois aperçue avant d'être passée par l'autel. Tu es jeune, ton cœur cicatrisera. Tu finiras par trouver un homme conscient de la chance de partager ta vie et qui te rendra ton amour, sans condition.

Je fis volte-face, il s'était tant rapproché que je le touchais presque. Il affichait le même regard que le soir où il m'avait emmenée dans son club, au moment où il s'était abreuvé à cette brune à la robe écarlate. Si je n'avais pas décrypté son expression sur le moment et naïvement songé que la montée de son désir était le résultat de sa danse lascive avec elle, je saisis parfaitement le message cette fois. Je ne voulais, pour rien au monde, blesser Abel. Dans un autre contexte, en d'autres temps, peut-être aurais-je cédé à l'invite muette, mais dans le cas présent, cela n'aurait pas été honnête. Il dut deviner le cours de mes pensées, car il afficha un sourire triste et résigné. Il hocha la tête, puis déclara :

— Cependant, ne l'accuse pas sans preuve. S'il a fait des bêtises, deux options s'offriront à toi. La première : le quitter et reconstruire ta vie sans lui. La seconde : lui pardonner et ne jamais lui reprocher son écart ensuite. Si tu ne te sens pas la force d'effacer l'ardoise définitivement, cette histoire rongera votre couple jusqu'à ce qu'il n'en reste rien. Mais d'un autre côté, ton enlèvement, James et le reste, c'est peut-être la chance de ta vie.

— Comment ça ?

— Tout le monde te croit morte, tu peux désormais vivre libre, loin de la cour et de tes obligations.

— Mon clan sait que je suis en vie, le contredis-je. Kylian devra prendre la régence si je ne réapparais pas. C'est exactement ce qu'attendent mes ravisseurs. Sans moi, les Drake seront à leur merci et il est hors de question que je sois la cause de leur perte.

— Comme tu veux, capitula-t-il en levant les mains devant lui. Je désirais juste te présenter tous les choix qui s'offrent à toi.

Je fronçai les sourcils avant de rétorquer presque durement :

— La fuite ne représente une option que pour les lâches et les coupables. Je ne suis ni l'une ni l'autre. Bientôt, les rôles de la proie et du chasseur seront inversés. Je reprendrai ma place, avec ou sans James.

Abel esquissa un sourire en coin puis hocha la tête d'un air entendu.

Giordano avait envoyé une limousine prendre les Drake à l'aéroport. Nicolaï avait été chargé de les escorter. Cela serait sans doute passé pour une charmante attention ou encore du simple savoir-vivre aux yeux de beaucoup. Cependant, le clan eut la désagréable impression d'être sous étroite surveillance. Kylian darda un regard menaçant sur les siens. Pas de vagues, quoi qu'il arrive. Ils ne devaient pas bouger une oreille avant que Sarah ne les contacte.

— L'ambiance à la cour doit être pesante, non ? s'enquit Zach, plus pour combler le silence que pour obtenir une véritable réponse.

— C'est le moins que l'on puisse dire, approuva Nicolaï. Giordano peine à contenir sa colère et tous le ressentent. Certains clans ont préféré renoncer à leurs requêtes du moment plutôt que de l'affronter. De plus, l'enquête est toujours au point mort et nous n'avons aucun indice prouvant que Sarah est encore en vie.

Les jumeaux échangèrent un coup d'œil, mais restèrent silencieux, prenant soin de penser à autre chose. De toute façon, James parlait un peu moins chaque jour. Lily avait parfois l'impression qu'il s'enfonçait dans le silence comme dans un gouffre sans fond dont même elle ne pourrait le tirer, malgré ses efforts. La punkette avait beau faire preuve d'optimisme en toute circonstance, elle savait que la seule capable de lui rendre le James qu'elle avait connu était Sarah. Plus elle tarderait à réapparaître et plus les dégâts chez son frère seraient longs à être réparés. Sa consommation de sang avait d'abord stagné, puis augmenté de façon spectaculaire. Il avait repris la chasse traditionnelle, accroissant le nombre de ses proies chaque nuit. Lily et Stan avaient fait en sorte que toutes restent en vie, mais James semblait se moquer totalement des conséquences de ses actes. Son altercation avec Stan paraissait lui avoir remis les idées en place pour quelque temps, mais combien exactement ? Il incarnait une bombe à retardement et quand celle-ci exploserait, les dégâts se révéleraient terribles.

La limousine passa les portes du palais puis stoppa devant le perron où le clan premier les attendait. Les Drake notèrent que s'ils étaient habillés comme à l'accoutumée, tous arboraient un brassard noir. Lily glissa un regard à James, mais celui-ci resta indifférent. Gwen, elle, fronça les sourcils, sortit de la voiture et demanda sans attendre :

— Que se passe-t-il ? Quelqu'un est mort ?

Giordano s'avança, le visage grave, tandis que les autres baissaient la tête.

— La cérémonie d'intronisation de Kylian est reculée. Le Conseil ainsi que certains clans alliés estiment qu'un hommage devrait être rendu à Sarah…

Gwen releva le menton, l'air bravache. Elle était superbe dans sa robe de soie rouge sang, ses longs cheveux flottant au vent tel un étendard de nuit. Elle passait facilement pour la mère biologique de Sarah. La ressemblance serait encore accentuée par le vampirisme nouveau de la jeune femme.

— Ma fille n'est pas morte que je sache ! Elle n'a aucun besoin d'une cérémonie funéraire !

— Gwen, il ne s'agit que d'un projet, mais il faut se rendre à l'évidence…, murmura Maria en approchant.

— L'évidence ? Quelle évidence ? Que l'on me ramène des preuves tangibles de la mort de ma petite, et alors peut-être y croirai-je, mais tant que je n'aurai pas de certitude, je me raccrocherai au moindre espoir. Même les humains, si fragiles pourtant, attendent plus longtemps que cela avant de déclarer la mort définitive d'une personne disparue. Au lieu de perdre du temps à organiser ce genre de mascarade idiote et perverse, il serait sans doute plus judicieux de continuer les recherches !

Les yeux de Giordano étincelèrent une seconde. Kylian s'interposa entre sa femme et le monarque, défiant celui-ci du regard.

— Nous sommes tous très éprouvés par la disparition de Sarah, s'excusa-t-il tout de même.

Personne ne fut vraiment dupe, mais il venait d'éviter un incident diplomatique. Sans compter que si Sarah pardonnait un jour à son grand-père de l'avoir fait passer après la monarchie, elle ne digérerait jamais qu'il s'en soit pris à Gwen. Cela signifierait la rupture définitive entre la jeune fille et le clan royal.

— Ce qui est normal, convint Maria. Nous partageons votre état d'esprit. Suivez-moi, je vais vous escorter jusqu'à vos appartements.

Stan entra de nouveau dans le salon de l'appartement privé mis à leur disposition lorsqu'ils rendaient visite au souverain. Ils en avaient au préalable fouillé les moindres recoins. Après tout, ne dit-on pas que *les suites de la confiance sont plus à craindre que celles de la défiance ?*

— C'est bon, confirma-t-il à Lily. Le sort fonctionne, une fois la porte fermée, rien ne filtre.

— Parfait, heureusement que Sarah nous a formés avant son départ.

— Elle n'est jamais partie, on l'a enlevée, la corrigea durement James.

Lily soupira, mais ne releva pas. Gwen fulminait déjà assez sans que James s'y mette lui aussi. À contrarier Giordano, ils ne gagneraient qu'une chose : la mise aux arrêts et la nomination d'un autre futur souverain. Kylian se chargea d'ailleurs de le leur rappeler :

— Je ne veux plus aucun débordement de ce genre ! Compris ? Je pensais pourtant avoir été clair !

— Ah, parce que tu es d'accord avec cette histoire de cérémonie ? s'offusqua sa compagne. Non seulement ce sont eux qui ont enlevé notre fille, mais en plus, ils se permettent de jouer les endeuillés !

— Cet hommage m'agace autant que toi, mais provoquer Giordano ne nous aidera pas, alors calme-toi !

L'Italienne se leva et jaugea son mari de toute sa hauteur avant de répondre.

— Très bien, Monsieur le chef. Puisque je n'ai pas mon mot à dire, tu préviendras Giordano pour moi que je n'assisterai pas à cette mascarade. Pour ne pas froisser la petite sensibilité de notre hôte, tu n'auras qu'à lui dire que je ne m'en sens pas la force.

Puis, elle gagna sa chambre, claquant la porte derrière elle. Kylian soupira bruyamment et se laissa choir dans un fauteuil.

— D'autres désistements tant que nous y sommes ? demanda-t-il.

— Non, si aucun de nous ne participe à cette cérémonie à part toi, ils en déduiront que nous ne sommes pas solidaires et ce serait une catastrophe, répondit Zach. Le fait que maman ne vienne pas les poussera, au contraire, à imaginer qu'elle est dévastée parce qu'elle est persuadée, et nous aussi, que Sarah ne reviendra pas. La petite scène de tout à l'heure passera pour du déni face à la terrible réalité. Toute mère réagirait de cette façon dans pareille situation.

— Pas bête, convint Maggie. Et toi, Jamy, tu penses pouvoir te maîtriser ?

James se tenait, debout, près de la porte-fenêtre donnant sur le balcon. Il observait les environs, l'air absent.

— Jamy ? appela doucement Lily.

— Oui, je parviendrai à me contrôler. Qui sait ? Peut-être que l'un d'eux ne pourra s'empêcher de montrer sa satisfaction.

— Même si cela devait être le cas, tu ne bouges pas, compris ? insista Kylian.

James esquissa un sourire mauvais. Lily commençait à se demander s'il n'avait pas éteint son humanité, histoire de ne pas trop souffrir de la situation. Cependant, le retour à la réalité ne serait sans doute que plus difficile.

— Bien sûr, je ne voudrais pas gâcher la fête, ironisa-t-il. De plus, je compte bien m'offrir un peu de divertissement avec celui ou ceux qui m'ont emprunté ma femme sans ma permission. L'immolation ou la décapitation sont passées de mode. Aujourd'hui, on prend le temps, on profite, on savoure une vengeance.

Lily jeta un regard à son compagnon qui opina en silence. Ils allaient devoir surveiller James de près s'ils souhaitaient éviter une vague de disparitions inexpliquées à Rome.

Chapitre 23

Sur le pas de la porte, Caïn hésitait à entrer. De l'autre côté, Sarah et Abel riaient à gorge déployée. Un coup d'œil par la fenêtre, assorti à son ouïe exceptionnelle, lui indiqua qu'ils se déhanchaient sur un vieux titre d'Otis Reeding. Ce n'était pas qu'ils plaisantent et dansent ensemble qui inquiétait le premier-né, mais ce que dissimulait cette complicité, au premier abord innocente. Sarah et Abel avaient fini par s'entendre, ce qui était plutôt bien. En revanche, il cautionnait moins le rapprochement qui avait rapidement suivi. Le loup s'était transformé en agneau pour les yeux de la belle et il n'y avait rien de plus dangereux qu'un fauve blessé. Son cadet aurait dû savoir que la jeune fille retournerait auprès des siens dès que cette histoire serait terminée, alors pourquoi persistait-il dans cette voie ? Sarah ne mettait rien en œuvre pour entretenir cette situation, elle était seulement perdue et se raccrochait au peu de soutien qu'il lui restait, mais Abel ? N'avait-il tiré aucune leçon du passé ? Au début, son petit frère l'avait accusé, à demi-mot, de n'aider son amie que parce qu'il était amoureux d'elle. Peut-être était-ce inconsciemment le cas, seulement, il avait rapidement annihilé ce sentiment, enfoui, loin dans son esprit cette éventualité. Dès que la princesse retrouverait la mémoire, James redeviendrait sa seule et unique obsession. Ils reprendraient tous leur vie, le couple princier à la cour, les premiers nés dans la clandestinité. Leur aventure avec Lilith avait déjà profondément blessé Abel, mais la haine éprouvée à son encontre avait accéléré le processus de guérison. Qu'adviendrait-il cette fois ? À part à lui-même, il ne pourrait en vouloir à personne...

Caïn poussa un profond soupir puis entra enfin. Abel et Sarah cessèrent de se déhancher, gênés, comme deux gamins pris en flagrant délit en train de faire une bêtise. D'une certaine façon, c'était bien le cas. La jeune fille se dirigea vers la chaîne hi-fi pour éteindre la musique.

— Désolée, nous avions besoin de décompresser un peu et...

— Ce n'est pas grave, sourit Caïn, en dissimulant sa contrariété. J'ai obtenu de nouvelles informations. Elles sont intéressantes, mais elles risquent de te déplaire.

Ils prirent place autour de la table du salon.

— Une cérémonie... à ta mémoire va bientôt avoir lieu, expliqua-t-il.

Sarah serra les dents, mais encaissa le coup.

— Tout le monde me croit donc définitivement morte et mon grand-père arrête les recherches, asséna-t-elle froidement.

— Oui. Les Drake sont arrivés ce matin. Gwen n'a pas très bien pris cette annonce.

— Et les autres ?
— Ils suivent tes directives et jouent le jeu.
— En quoi cela est-il intéressant ? intervint Abel. Ces chiens sont pressés de voir Sarah mise hors-jeu, mais ça, on le savait déjà.
— C'est vrai, mais ce sont deux des suspects de notre liste qui se trouvent à l'origine de ce projet. L'étau se resserre.

Abel et Sarah froncèrent les sourcils. Abel alluma une cigarette qu'il tendit à Sarah avant de s'en allumer une seconde pour lui. Encore une réaction de couple. *Tu vas droit dans le mur, petit frère. Et toi, Sarah, tu n'es pas naïve, pourquoi n'éclaircis-tu pas la situation immédiatement ?*

— Qui ? demanda la jeune fille d'une voix sourde.
— Alistair Pierce et Alejandro Niccolo.

Sarah feula sa colère tandis que ses yeux virèrent au bleu topaze. Soudain, une forte odeur de terre brûlée envahit la pièce tandis que le ciel s'obscurcit sans crier gare. La température chuta de plusieurs degrés et le tonnerre gronda au loin. Juste au-dessus de la maison, un éclair, rouge sang, zébra la voûte céleste. La sorcière en Sarah venait de prendre le dessus sur le vampire. Si les humains s'interrogeaient sur l'origine de la manifestation, Giordano, lui, risquait de parfaitement le reconnaître. Cet éclair était un véritable panneau indicateur !

— Calme-toi, joli cœur, souffla Abel en lui prenant la main.

Sarah se tourna vers lui et le fixa une seconde comme si elle ne le voyait pas.
— Chut, respire calmement, là, c'est fini.

Elle cilla, puis ses yeux se teintèrent de nouveau de ce noir profond, propre aux vampires. Le phénomène au-dehors cessa aussi. Les oiseaux reprirent leurs chants enjoués tandis que les touristes scrutaient sûrement le ciel d'un œil perplexe. Caïn nota qu'Abel avait de plus en plus d'ascendant sur elle. Cela lui fit froid dans le dos. En mêlant son frère à cette histoire pour sauver la jeune fille, il risquait de détruire James, l'un de ses plus vieux amis. Décidément, le contrôle de la situation lui échappait totalement.

— Parfait, allons rendre une petite visite à ces messieurs, déclara Sarah.

— Tu es sûre qu'ils ne risquent pas de nous entendre ? s'inquiéta Caïn.

Ce dernier aurait préféré mettre au point un plan d'attaque digne de ce nom plutôt que de se jeter ainsi dans la bataille. *Pour ma part, la clandestinité commençait à me taper sur le système. J'étais la future souveraine du peuple vampire et il était hors de question que j'abandonne sans me battre ! Plus je tarderais à reprendre ma place et plus les miens seraient en danger.*

— Certaine. Ce sort nous laisse toute liberté. C'est un peu comme si nous étions enfermés dans une bulle impénétrable. Ils ne peuvent pas nous voir et j'ai pris soin d'isoler nos pensées. De toute façon, tu te dissimules très bien tout seul, il me semble, rétorquai-je avec un sourire en coin.

— Combien de temps durera l'effet du sort ? s'enquit Abel, nullement inquiet.
— Aussi longtemps que je le voudrai.

Abel avait raison, la magie faisait partie de moi. Il avait suffi que je m'entraîne un peu chaque jour pour que tous mes réflexes en la matière me reviennent. Malheureusement, en ce qui concernait ma mémoire, les choses paraissaient plus difficiles. Quant à mes visions, j'apercevais le plus souvent les Drake, et ce que j'avais constaté jusqu'ici ne m'avait pas vraiment satisfaite.

Non seulement ils buvaient de nouveau du sang humain et devraient donc reprendre le sevrage depuis le début, mais le James qui se transformait de jour en jour ne me plaisait guère. Ses yeux étaient à présent inexpressifs, comme vidés de toute humanité et son sourire, d'habitude si ravageur, avait laissé place à un rictus dédaigneux. L'ange était devenu fauve, le remettre en cage se révélerait difficile, et tout ça, par ma faute. Je ne savais plus que penser de ses escapades nocturnes. Son comportement m'avait blessée, certes, mais j'avais également vu Lily lui reprocher de ne choisir que des victimes qui me ressemblaient. Me cherchait-il à travers ces filles ? Lui manquais-je à ce point ou était-il seulement pressé de retrouver sa vie de Don Juan ? J'obtiendrais bientôt les réponses à mes questions, chaque chose en son temps.

Nous avions suivi Alejandro jusque chez lui. Un luxueux appartement dans le quartier de Parioli, au nord de Rome. Nous aurions pu voler une voiture, mais un véhicule se déplaçant sans conducteur ne serait pas passé inaperçu. Abel et Caïn étaient interdits de séjour à Rome, quant à moi, je devais rester dans l'ombre encore un moment. Nous avions fait plus vite en courant.

Dissimulés dans une ruelle, nous observions les allées et venues dans la résidence depuis près de trois heures lorsqu'il se mit à pleuvoir.

— Manquait plus que ça ! râlai-je en adressant au ciel un regard assassin.
— Ce n'est pas grave, indiqua Abel. Je comptais visiter cet appartement de toute façon. Il m'indiqua du doigt l'un des balcons de l'immeuble dans l'ombre duquel nous nous dissimulions. Une immense affiche À VENDRE et l'obscurité à l'intérieur laissaient effectivement supposer que les lieux étaient vacants. Nous ralliâmes donc cet abri providentiel et qui avait le mérite d'être sec.

— Bof, la déco ne casse pas des briques, constata Abel en entrant.

Les murs nus arboraient tous un blanc trop pur pour que le gris des sols réussisse à réchauffer l'endroit. Une forte odeur de détergent et de peinture flottait dans l'air. L'image d'un laboratoire médical, bardé de technologies, s'imposa à moi. Avais-je été malade avant ma mutation ? Était-ce pour cette raison que James avait décidé de me convertir ? Alors il se pourrait aussi qu'il ait seulement été question de pitié et non d'amour…

— La décoration sans doute, mais le voisinage vaut le détour. Regardez un peu qui arrive, lança Caïn, déjà installé devant la croisée.

Un homme aux longs cheveux bruns descendait d'une Mercedes de l'autre côté du trottoir. Il demanda au chauffeur de repasser le prendre dans une heure et entra dans l'immeuble, après avoir sonné.

— Qui est-ce ? demandai-je.
— Alistair Pierce, m'informa Caïn.

La fenêtre où nous étions postés donnait directement sur le salon d'Alejandro. Il ne fallut pas longtemps pour que les deux Conseillers se retrouvent dans notre ligne de mire. Nous annihilâmes les bruits alentour afin de ne rien perdre de la conversation qui allait suivre.

— Alors ? s'enquit Alejandro.

Il se dirigea vers le bar, ouvrit les portes dissimulant un réfrigérateur pour s'emparer d'une poche de sang qu'il fit réchauffer dans un four à micro-ondes, disposé juste au-dessus, avant de servir le tout dans des verres en cristal. S'ils étaient des pourritures, ils ne se conduisaient tout de même pas comme des sauvages. Il tendit le premier à son compagnon avant de boire une gorgée du sien et de s'asseoir dans l'un des luxueux fauteuils clubs. Alistair fit de même puis répondit :

— Les choses se mettent en place doucement. Les Drake sont arrivés, Giordano leur a parlé de la cérémonie funéraire. Ils semblent se rendre enfin à l'évidence.

— Pas pour longtemps, le coupa un homme roux en entrant. Et Milford non plus.

— Oh, oh, l'histoire se complique, grimaça Abel.

— Qui c'est celui-là ? demandai-je.

— Finn Peters, le trouillard de service. Voilà que les insoupçonnables deviennent suspects. Par contre, je ne connais pas de Milford.

— J'ai déjà entendu ce nom, affirmai-je. Je ne me souviens plus où, mais...

— Taisez-vous ! ordonna Caïn avec tellement d'autorité que nous n'osâmes pas le contrarier.

Il observait les Conseillers avec autant d'attention que de haine. Les muscles de sa mâchoire tressaillaient en rythme et sa respiration était saccadée. Il respirait le fauve prêt à fondre sur sa proie. Lorsque l'envie de tuer m'étreignait, ressemblais-je à cela moi aussi ? Si tel était le cas, je comprenais mieux la terreur qui s'inscrivait sur le visage de mes victimes avant qu'elles ne fassent le grand saut, ou plutôt que je les pousse dans le vide.

— Milford ? Que vient-il encore faire dans cette histoire ? Il a eu ce qu'il voulait, il me semble, rétorqua Alejandro avec mépris.

— Il faut croire que non puisqu'il se trouve à Rome. Il pense que nous avons essayé de le doubler. Selon lui, l'orage de cet après-midi est l'œuvre d'une sorcière. Giordano risque de faire également le rapprochement et...

— Il a raison, je dois me contrôler davantage.

— Tu t'en sors très bien jusque-là, me consola Caïn. Ne te montre pas trop dure avec toi-même.

Je hochai la tête en pinçant les lèvres. Oui, j'étais jeune, oui il me restait encore beaucoup de choses à apprendre, oui je faisais de mon mieux, mais ce n'étaient pas des excuses valables. Ma petite crise aurait pu me coûter très cher. Que serait-il advenu de moi si mon grand-père m'avait détectée ? Une fois à la cour, je me serais retrouvée à la merci de mes bourreaux sans rien de mieux que ma bonne foi pour me défendre. Elle n'aurait pas pesé lourd dans la balance.

— Pour l'amour du sang, Finn ! Arrête un peu ta parano ! s'emporta Alejandro. Rome abrite au moins une dizaine de sorcières. Nous les livrerons à Milford si cela peut lui faire plaisir. Quant à notre cher monarque, il a d'autres chats à fouetter en ce moment pour s'occuper d'un petit caprice du ciel.

— Il n'y a pas que ça. Gwen Drake refuse la simple idée de cette cérémonie, insista Finn. Et un vampire, manifestement aussi puissant que sanguinaire, a été localisé aux alentours de La Nouvelle-Orléans…

— Elle est morte, asséna Alistair. J'ignore qui a mis le feu à la forteresse, mais il nous a débarrassés de ce fléau une bonne fois pour toutes. Dans le cas contraire, elle serait déjà revenue au palais. De plus, elle était bien trop jeune pour s'en sortir seule en tant que vampire. Nous aurions eu des échos de massacres depuis longtemps. Milford s'inquiète pour rien, comme toi. Tu as reçu de nouveaux rapports à ce sujet ?

— Non, mais…

— Rien ! Tu vas finir par nous faire repérer à trembler comme une feuille dès que l'on prononce le nom de cette garce !

Le rouquin baissa les yeux et hocha la tête comme un enfant venant de subir les réprimandes de son père. Il paraissait incapable de la moindre dominance, ce qui était singulier pour un vampire.

D'autres choses clochaient chez lui, sa mutation semblait n'avoir eu aucun effet positif. Son long visage, à l'allure chevaline, aux joues creuses et aux paupières tombantes n'attirait pas la sympathie. Ni charme ni courage, suffisamment d'intelligence pour avoir découvert la vérité, mais pas assez de confiance en lui pour s'imposer… Comment ce type avait-il réussi à dégoter une place au sein du Grand Conseil ? Parce qu'il devait tout de même détenir quelques qualités pour être parvenu si haut dans l'échelle sociale vampirique. Peu importait, de toute façon, d'ici quelques jours, il serait mort. J'allais opérer un important nettoyage de printemps à la cour.

— O.K., je crois qu'il ne fait plus aucun doute que ces trois-là sont bien les commanditaires de mon enlèvement. Cependant, il nous manque une pièce du puzzle, allons voir ce Milford.

— Mauvaise idée, s'opposa Caïn.

— Pourquoi ?

— Milford n'est autre que le chef des chasseurs de sorcières. Je commence à comprendre comment ils ont réussi à déjouer la vigilance de James et du vieux Massaï qui te veillait.

— Fils de pute ! cracha Abel. Ils voulaient avoir la certitude qu'elle ne s'en sortirait pas. Si Sarah ne peut l'approcher, moi je vais me faire un plaisir de discuter avec lui.

— Désolée, mais Milford est à moi. Il aurait pu détruire la sorcière, en revanche, il sera impuissant contre la princesse vampire.

— C'est trop risqué, insista Caïn. Je me demande tout de même ce qui les effraie autant chez toi. Ils auraient pu t'éliminer puisqu'ils détenaient les pieux et la loi est claire, celui qui tue le roi prend sa place. Tu es trop jeune pour avoir enfanté avant ta mutation, donc tu n'as pas de descendant. Même si tu avais nommé un successeur, on revient au point de départ.

— Contrairement à mon grand-père, je vois l'avenir, j'aurais déjoué leurs plans. Me reprendre la Couronne n'aurait pas été chose facile.

Il secoua la tête. Pas le moins du monde convaincu par mes arguments.

— Regarde-les, dit-il en m'indiquant les Conseillers d'un signe du menton. Tu sais comme moi à quel point les vampires aiment le pouvoir. Or, un seul d'entre eux pourra monter sur le trône. Peters n'est sans doute pas intéressé, mais Pierce et Niccolo… La méfiance doit déjà être installée entre ces deux-là et ils auraient couru le risque de mêler un mortel à cette histoire ? Sans compter que Milford doit se moquer comme de sa première chaussette de qui régnera sur le peuple vampire. Il hait les sorcières, alors imagine quels sentiments nous devons lui inspirer ! Quelque chose de plus grave que ton couronnement doit les préoccuper.

— Si la magie s'allie au vampirisme, logique que les traîtres vampires agissent de même avec les chasseurs, intervint Abel avec flegme. Pour chaque chose, son contraire. S'ils n'ont pas tué Sarah immédiatement, c'est qu'ils devaient vouloir obtenir d'elle quelque chose.

— Ce qui signifie qu'il n'est pas forcément question de la Couronne, murmura Caïn.

— Ou que ma nature et mon rang sont étroitement liés. Nous pourrions extrapoler des heures sans trouver de lien logique. Ce qu'il nous faut, ce sont des preuves, insistai-je.

— Soit, mais pour que tu t'entretiennes avec Milford, il faut déjà le débusquer, nota Abel. Rome est une vraie fourmilière et il ne prendra pas le risque de s'y pavaner. Si ton grand-père apprend qu'il traîne dans le coin, il n'aura pas le temps de dire « cercueil » qu'il sera couché dans l'un d'eux.

Décidément, Giordano n'avait pas la réputation d'être un tendre. Cela dit, comme au sein d'une meute de loups, si l'alpha montre des signes de faiblesse, les autres tentent de prendre sa place en l'éliminant. La pitié n'a pas de place dans le monde des non-morts.

— Il suffit de garder ces trois-là à l'œil, assura Caïn en indiquant les Conseillers du menton. Quelque chose me dit qu'eux non plus n'en ont pas fini avec lui.

Son mp4 vissé sur les oreilles, James laissait ses pensées dériver au gré des Quatre Saisons de Vivaldi. Il n'avait jamais prêté attention au fait que ce concerto lui correspondait si bien. Au début de son existence, le printemps avait régné en maître dans le ciel sans nuage de sa petite routine cossue. Puis, sans prévenir, le soir de ses dix-sept ans, l'hiver avait tout recouvert de son manteau de glace, ses tempêtes avaient tout détruit. Il avait ensuite appris qu'un autre mode de subsistance était possible, un compromis acceptable entre ce qu'il avait été et celui qu'il était devenu. Pendant de nombreuses années, James avait stagné dans cet automne, oscillant entre rouge et or, entre exaltation et apathie, entre vie et mort. Jusqu'à ce matin de janvier, où malgré le froid et la grisaille environnante, un été flamboyant avait explosé dans son cœur et son âme, il avait réchauffé la plus infime parcelle de son corps. Son Soleil avait vaincu les ombres et fait fondre le bloc de glace qui l'entravait, le révélant enfin tel qu'il était, tel qu'il aurait toujours dû être, entier. Ce Soleil, qui l'avait ramené à la vie d'un simple sourire, se nommait Sarah, sa princesse, son trésor. Chaque jour passé loin d'elle rapportait son lot de nuages, de froideur, de désespoir, le coupant doucement, mais sûrement, de ce monde qui ne présentait pas le moindre intérêt s'il ne pouvait le contempler à travers son regard à elle. Il était prêt à se laisser sombrer dans les eaux sombres du néant, jusqu'à cet après-midi. Un phénomène, d'une fugacité et d'une violence incroyable, avait frappé Rome. Ce ciel, aussi noir que ses grands yeux, cet éclair rouge passion... cela ne pouvait être que l'œuvre de Sarah. Elle était là, tout près, dans la même ville que lui, sous le même ciel. Il en était persuadé.

— Et bientôt dans tes bras, claironna Lily en le sortant de ses pensées.

James soupira, puis ôta son casque. Vêtue d'un corset en dentelle bleu nuit sur lequel pendait un collier de perles de culture, d'une veste de motard élimée, d'un jean troué noir et de Doc Martens qu'elle avait pris soin de ne pas lacer, Lily restait fidèle à elle-même. Elle n'avait pas son pareil pour marier décontraction et classe sans que cela choque le moins du monde.

D'un coup de reins, elle prit place sur le bureau, face à son frère.

— J'ignore pourquoi notre petite Sarah est si en colère, mais je plains celui ou celle qui a eu le malheur de déclencher son courroux, s'amusa-t-elle en secouant sa main devant elle.

James laissa son regard errer par la fenêtre. Il faisait nuit à présent, des trombes d'eau s'abattaient sur la ville, mais le phénomène ne devait rien à la magie. Plus de trace de sa belle. Où était-elle en ce moment ? Avec qui ?

— Attends un peu qu'ils goûtent au mien, marmonna-t-il avec un rictus mauvais. Le peuple vampire se souviendra longtemps de la reine Sarah, mais il gardera également en mémoire l'instinct sanguinaire du prince consort.

Lily fit la moue puis hocha la tête. D'accord, elle était censée raisonner son jumeau, mais elle n'allait pas non plus lui demander de faire preuve de mansuétude. Sarah lui manquait beaucoup à elle aussi, ainsi qu'au reste du clan. Tous avaient conscience que sa chasse à l'homme présentait le risque qu'elle devienne à son tour la proie. La cour était essentiellement composée de vampires anciens et puissants, ils ne se rendraient pas sans se battre. Malheureusement, ils étaient bien plus expérimentés en la matière que Sarah.

— Si elle est totalement amnésique, remonter le fil des événements ne doit pas se révéler facile. Nous sommes les seuls qui auraient pu l'aider, mais nous rejoindre équivaudrait à se jeter dans la gueule du loup. À ce stade, elle ne doit disposer d'autre choix que de mener son enquête.

— À trop chercher, je crains qu'elle ne finisse par se perdre, murmura James.

— Qu'elle se perde ou qu'elle vous perde ? interrogea doucement sa sœur.

James se passa une main sur le visage avec lassitude. Mentir à Lily serait inutile, elle le connaissait trop pour que l'illusion persiste. De plus, jouer la comédie en permanence demandait une énergie qu'il était loin de posséder encore.

— Les deux, sans doute, avoua-t-il en baissant les yeux. Le pire dans tout ça, c'est que je ne pourrai pas lui en tenir rigueur si elle rencontrait un autre homme. Après tout, elle ne se souvient ni de moi ni de notre histoire.

— Elle rêvait déjà de toi alors qu'elle n'était qu'une petite fille. Elle n'est jamais sortie avec un garçon avant toi parce qu'elle t'attendait. Alors pourquoi voudrais-tu qu'elle se mette à batifoler maintenant ?

— Justement, parce qu'aujourd'hui, elle n'a plus aucune conscience de ces détails. Elle ignore que je la berçais jusqu'à ce qu'elle s'endorme et que je restais étendu près d'elle jusqu'à son réveil. Mes marques dans son cou ont disparu avec la mutation. Je ne suis même plus un simple souvenir. Le plus dur, c'est cette sensation de ne rien représenter aux yeux de celle qui m'est la plus chère. Si je devais la perdre définitivement, je ne verrais plus aucune raison de continuer.

— Ne dis pas des choses pareilles. Que deviendrais-je si tu me quittais ? Nous formons les moitiés d'un seul tout, Jamy, deux pièces d'un unique puzzle. Sans toi, comment pourrais-je vivre ?

Il planta son regard dans celui de sa sœur. Elle n'y lut ni colère ni agacement, juste une immense fatigue.

— Je t'aime, Lily, je ne te le dis pas assez souvent, mais je t'aime. Tu as représenté le centre de mon monde pendant plus d'un siècle, alors que je n'incarne plus tout à fait le tien depuis longtemps déjà. Aujourd'hui, tu as Stan à tes côtés pour t'épauler, comme j'avais Sarah. Accepterais-tu de vivre sans lui ? Réponds-moi franchement, ne me donne pas une réponse de complaisance parce que tu m'aimes.

Lily contempla ses mains jointes sur ses genoux. S'il y avait quelqu'un qui la rendait heureuse, c'était Stan. À l'instant même où elle l'avait vu, elle avait eu la certitude qu'il était le bon, que désormais, aucun autre homme ne trouverait grâce à ses yeux. Stan ne portait pas que la casquette de mari, mais également celle d'amant, de confident, de meilleur ami. Il représentait le pilier de sa vie, tout simplement. Sans lui, son monde plongerait dans le chaos…

— Je comprends ce que tu ressens, dit-elle enfin. Cependant, je ne te laisserai pas te détruire. J'ai juré à Sarah que je m'occuperais de toi si elle devait ne plus pouvoir s'en charger et…

— Quand lui as-tu promis cela ?

— Juste avant que vous ne partiez en Afrique, au cas où la mutation échouerait. Elle te connaît mieux que tu ne te connais toi-même et se doutait que tu aurais ce genre de projet si elle devait disparaître.

James se laissa aller contre le dossier de son siège, les mains sur son visage. La conversion avait parfaitement réussi, mais pour quel résultat ?

— Je tiendrai ma promesse, quoi qu'il advienne, continua sa jumelle. Nous sommes venus au monde en duo, nous le quitterons de la même façon.

James redressa la tête pour accrocher le regard de sa sœur.

— C'est du chantage ? demanda-t-il.

— Juste une petite mise au point, rectifia platement Lily. Si Sarah avait dû commettre un écart, quoique je reste persuadée du contraire, tu n'aurais qu'à faire en sorte de la reconquérir.

— Par deux fois, sa vie a été menacée, et par deux fois, j'ai échoué à la protéger. Plus j'y songe et plus je me dis que je ne la mérite sans doute pas.

— Personne ne t'a jamais demandé d'être infaillible, il me semble. Le seul à exiger cela, c'est toi. Tu n'as pas provoqué ces événements, ils sont arrivés parce que Sarah n'était et n'est pas une jeune fille ordinaire. Son destin a été écrit à une époque où toi et moi n'étions même pas de ce monde. Si responsables il y a, ce sont ses ancêtres. En lui offrant l'immortalité, tu as limité la casse et l'as rendue plus forte, non l'inverse.

— Ou en l'entraînant dans notre univers, je n'ai fait que la mener plus vite à sa perte...

Lily sauta du bureau pour le prendre dans ses bras. Le chagrin de James était si pesant qu'il devenait difficile de le porter, même à deux.

Chapitre 24

Finn Peters menait, et de loin, l'existence la plus ennuyeuse du monde. Comme n'importe quel mortel, il se rendait au palais de bonne heure, passait la journée à travailler puis rentrait au bercail. Il se permettait parfois un écart de conduite – ô combien répréhensible ! – en allant rendre visite à ses chers amis et collègues. Sans doute avait-il peur de la réaction de sa dulcinée s'il ne filait pas droit. L'épouse en question était une sorte d'amazone blonde, aussi haute que large, et qui était, sans conteste, plus virile que lui. Elle parlait fort, de façon très imagée et avec un accent irlandais à couper au couteau. Sa garde-robe se constituait essentiellement de pantalons en velours côtelé, de chemises d'homme à carreaux et d'immondes chaussures aux semelles de crêpe. Si les membres de son clan s'adressaient à Finn avec respect, ce n'était que parce que Madame dardait sur eux un regard lourd de menaces dès qu'il se trouvait dans les parages. D'ailleurs, comment aurait-il pu faire preuve de la moindre autorité alors qu'elle le surnommait en permanence « roudoudou » tout en lui écrasant la tête sur son énorme poitrine ? Pathétique ! Si j'avais été à sa place et que j'avais été au courant de l'existence des pieux, j'aurais moi-même mis fin à mon calvaire terrestre.

Évidemment, il n'avait pas repris contact avec Milford ni avec ses complices, du moins en dehors du palais. Je devais à tout prix être de retour avant que Kylian ne soit nommé comme successeur de mon grand-père. Dès que les documents seraient signés, il ne serait plus en sécurité et ma famille non plus. Il fallait que la menace soit éradiquée rapidement !

Je gagnai la cuisine, ouvris le réfrigérateur et me servis un verre de sang. J'étais tellement tendue que je ne pris même pas la peine de le réchauffer avant de le vider d'un trait. Le plus important, face à la situation actuelle, était de parvenir à me contrôler.

— Respire, me conseilla Caïn. Abel connaît Rome comme sa poche et c'est un chasseur hors pair. Si quelqu'un peut débusquer Milford, c'est lui.

— En espérant que personne ne le débusque, lui, marmonnai-je.

— La confiance règne, ça fait plaisir, lança l'intéressé en entrant.

— Tu l'as trouvé ? demandai-je, pleine d'espoir.

Il se laissa tomber sur une chaise, s'étira longuement et s'alluma une cigarette avant de répondre :

— Il loue une petite maison à Formello, à une quinzaine de kilomètres de Rome. Elle est située au fond d'une impasse et les haies autour sont suffisamment hautes pour que l'on puisse agir en toute discrétion. Il n'y a que trois gardes du corps, sa femme et son gamin d'une quinzaine d'années avec lui. Le stéréotype parfait du magnat de la finance cherchant à fuir le stress de Wall Street.

— J'utiliserai l'hypnose pour forcer les gardes, le gosse et sa mère à quitter la maison, dit Caïn.

— Tu laisses les sbires partir. Par contre, j'ai d'autres projets pour Madame Milford et son fils.

— Sarah, tu…

— Ce point n'est pas négociable, le coupai-je sèchement.

— Ce n'est pas de cette façon que tu feras tes preuves, insista-t-il.

Un rire amer m'échappa malgré moi.

— Mes preuves ? Je n'ai jamais eu besoin ou seulement envie de les faire, mon cher. La seule chose qui fait que je me retrouve dans le pétrin jusqu'au cou aujourd'hui, c'est mon ADN. Je pourrais bien être un vampire ordinaire, ma simple hérédité attirerait les convoitises. Comme tu l'as dit toi-même, les nôtres n'aiment que deux choses : le pouvoir et le sang. Et c'est bien cela que je compte réclamer, le prix du sang.

Effectivement, Adam Milford se faisait le plus discret possible. La maison qu'il louait était certes agréable, mais rien à voir avec l'idée que je m'étais forgée de la tanière d'un chasseur. Elle disposait d'une coquette terrasse offrant une vue imprenable sur le jardin arboré et d'une piscine de taille acceptable. Des clématites mauves couraient le long des murs de pierre pour aller lécher les tuiles ocre du toit. Une douce odeur de bougainvillier embaumait l'air. C'était le genre de location que pouvait se payer n'importe quelle famille aux revenus moyens.

Selon Caïn, le compte en banque de Milford avait depuis longtemps généré des petits frères à son premier million de dollars. Argent gagné à force de meurtres et de traques des miennes. Il ne voulait sans doute pas attirer l'attention de mon grand-père pour se terrer ainsi. Giordano ne mélangeait pas monarchie et sorcellerie. Cependant, même seul, il n'aurait eu aucune difficulté à éliminer Milford et il n'aurait pas hésité une seule seconde. Je saluais donc l'effort, mais il n'était pas encore débarrassé des sorciers-vampires qui lui faisaient horreur.

Je fus également étonnée par son physique. Il ne possédait aucune des caractéristiques d'un guerrier. Pas de musculature impressionnante, pas de cicatrices de ses faits d'armes passés. Ses cheveux châtain clair étaient impeccables grâce à un savant brushing. Il portait une chemise de lin blanc à col Mao, le pantalon assorti ainsi que des tongs. Pour un homme dont les mains étaient couvertes de sang, le blanc n'était pas un choix des plus judicieux. Sans doute ne prenait-il plus la peine de les salir aujourd'hui. Il devait laisser la basse besogne à ses larbins.

Dissimulés derrière la haie qui séparait la propriété de la maison voisine, Caïn, Abel et moi-même observions les environs. Nous avions tout notre temps. Caïn s'était chargé des propriétaires, de charmants retraités. Dès que le septuagénaire avait ouvert sa porte, il l'avait hypnotisé. Il lui avait d'abord demandé d'appeler sa femme, puis il leur avait ordonné de partir pour quelques jours en amoureux. Ravis, ils avaient rapidement préparé un petit sac et quitté leur demeure sans même s'étonner que nous nous y installions en lieu et place. Nous avions alors commencé notre repérage. Je n'avais plus droit à l'erreur.

Trois gorilles tournaient sans cesse autour de la villa, telles des abeilles autour d'un pot de miel. Même la sécurité devait rester discrète. Ces imbéciles auraient mieux fait d'instaurer des quarts. Ne savaient-ils pas qu'ils se trouvaient en plein territoire vampirique et que ces derniers ne dormaient pas ? Un dodo, un coup de crocs et le tour était joué ! Je repérai rapidement les caméras de surveillance aux quatre coins du jardin et en déduisis que l'intérieur de la maison devait également en être muni. Cependant, à la vitesse à laquelle nous nous déplacions, leur minable technologie de bazar ne leur serait pas d'un grand secours.

Une brune au regard triste mit le couvert avant de disparaître dans ce qui devait être la cuisine. Milford et sa petite famille s'apprêtaient à dîner sur la terrasse manifestement.

— Il y a du personnel, grimaça Caïn. Merde ! Nous ne pouvons pas passer à l'action sans savoir combien ils sont là-dedans ! Ce serait trop risqué ! Abel, tu aurais pu vérifier mieux que ça, non ?

— Elle n'était pas présente tout à l'heure, rétorqua ce dernier sans quitter la villa des yeux. Elle doit venir préparer les repas puis rentrer chez elle ensuite. Au pire, on bute tout le monde à part les Milford. Dès que Sarah aura obtenu les réponses qu'elle désire, on met le feu et le problème est réglé !

— Bien sûr et en plus de se retrouver avec le Grand Conseil sur le dos, on déclenchera une guerre avec les chasseurs…

— De toute façon, nous ne pouvons rien tenter avant la nuit, intervins-je. Attendons de voir de quoi il retourne. Laissons ce cher Adam prendre un dernier repas avant que je ne m'entretienne avec lui. Je ne voudrais pas qu'il s'effondre d'inanition avant d'avoir répondu aux questions concernant son implication dans mon enlèvement.

Comme nous l'avions présagé, la cuisinière regagna ses pénates après le service. La nuit était à présent tombée, de petites lanternes multicolores avaient été allumées un peu partout sur la terrasse. Les trois gardes dînaient dans la cuisine, leurs voix nous parvenaient clairement. Toujours attablé, Adam Milford discutait avec sa femme et son fils à propos de la scolarité de ce dernier. David, puisqu'il se nommait ainsi, hésitait encore entre le commerce et la médecine. Arnaquer de pauvres gens ou leur sauver la vie après en avoir éliminé des dizaines, cruel dilemme.

Je me demandais s'il avait déjà passé son initiation, c'est-à-dire tuer sa première sorcière. À quel âge devenait-on un meurtrier digne de ce nom, selon son cher papa ? Savait-il seulement à quelles activités obscures se livrait ce dernier ? Nous ne devions pas avoir plus de trois ans de différence, pourtant, j'avais déjà connu l'enfer alors qu'il menait une existence douillette, entouré de parents aimants et attentifs. Je devais me battre pour rester en vie, tandis que sa plus grande préoccupation se limitait à choisir son cursus scolaire. Il n'avait jamais manqué de rien, alors que ma mère avait dû trimer pour m'offrir une vie aussi décente que possible. Il était temps que les pendules soient remises à l'heure.

Soudain, des flashs m'assaillirent. Une femme brune, vêtue d'une robe immaculée. Elle ressemblait à un ange. Non, elle était un ange et… ma mère. Je le sentis au tréfonds de mon cœur. « *Méfie-toi, Sarah. Les chasseurs disposent des moyens de nous détruire... Ton père était à leur botte, c'est pour nous livrer à eux qu'il nous pourchassait... Tu es l'enfant de la prophétie, Sarah... Adam Milford t'a volé ton héritage paternel pour servir sa cause...* »

Cette existence de fugitive, sans attaches, sans racines, les cicatrices défigurant mon âme et le corps de ma mère, la responsabilité de ces horreurs revenait à une seule et unique personne. Je venais de retrouver les souvenirs de ma conversation avec ma mère pendant ma mutation. Ils tombaient à pic, je savais à présent quelle direction prendrait mon interrogatoire.

— Qu'as-tu vu ? s'enquit Abel.

— Une partie des réponses aux questions que je me pose. Monsieur Milford me cherche depuis longtemps, je me refuse à le faire attendre davantage, murmurai-je avec un sourire mauvais.

Il avait détruit ma vie et souhaité m'offrir la mort, je comptais bien lui rendre la politesse.

De la terrasse de sa chambre, Giordano observait les allées et venues dans la salle du trône, en contrebas. Le fleuriste avait livré les roses ainsi que les orchidées blanches qu'il avait lui-même commandées. Les gardes astiquaient leurs bottes, demain ils revêtiraient leur tenue d'apparat.

Quelques semaines auparavant, il avait imaginé une scène identique, mais pour un tout autre événement. Tout le palais aurait été sur le pied de guerre, tandis que sa petite-fille aurait été occupée à enfiler la jolie robe blanche que Maggie lui avait confectionnée. Il aurait été trouver James pour lui prodiguer quelques conseils sur la façon de faire perdurer un mariage, aurait arrangé sa cravate en le félicitant. Ensuite, il serait allé voir Sarah et lui aurait offert la rivière de diamants qu'il avait fait faire spécialement pour l'occasion chez un grand joaillier parisien. Il lui aurait répété à quel point il l'aimait et combien il était fier d'elle. Il se serait sûrement extasié intérieurement de sa ressemblance avec Helena. Sa petite princesse aurait été la plus belle mariée que l'on ait jamais vue...

— Arrête de te faire du mal, mon chéri, cela ne ramènera pas notre Sarah, souffla doucement Maria dans son dos.

— J'aurais dû la protéger. Je lui ai cent fois répété de se méfier, que certains tenteraient de prendre sa place et je me suis montré plus imprudent que jamais. Je devrai désormais porter, et pour l'éternité, le poids de ma responsabilité dans la mort de ma petite-fille.

Elle le rejoignit près de la fenêtre et resta une seconde à regarder le personnel s'affairer avant de reprendre :

— Tu ne pouvais pas prévoir ce qui se passerait. Contrairement à elle, tu ne vois pas l'avenir. Sarah t'aurait prévenu sans attendre si cette maudite tumeur ne l'avait pas privée de ses visions. La malchance s'est acharnée contre nous, voilà tout. Les coupables seront démasqués, ce n'est qu'une question de temps.

— Cela ne me la ramènera pas pour autant. Je me suis montré trop présomptueux. J'ai cru que le peuple vampire me respectait et me craignait assez pour ne pas oser s'en prendre à elle.

— C'est le cas, mais Sarah devait les effrayer davantage. Il est de notoriété publique, à la cour, que ses pouvoirs étaient plus puissants encore que les tiens. Lui reprendre le trône aurait été impossible, une fois sa mutation achevée… En revanche, un point m'échappe.

— Lequel ? questionna son mari en se tournant vers elle.

— Sarah fait l'objet d'une prophétie. Depuis le début, cette dernière se déroule avec une précision pour le moins déconcertante, exactement jusqu'à…

— Jusqu'à la partie indéchiffrable, termina-t-il à sa place.

— Oui. Tu ne trouves pas étrange que deux des clans de sorciers les plus puissants de toute l'Histoire se soient alliés juste pour que leur dernière héritière mute et soit tuée avant même la fin du changement ?

Giordano fronça les sourcils.

— Où veux-tu en venir ?

Maria baissa les yeux puis commença à déambuler dans la pièce tout en réfléchissant à haute voix.

— Comme tu l'as dit toi-même, jeter ce genre de sort a dû demander une énergie démentielle. Pourquoi se donner autant de mal pour rien ? Car à part te faire souffrir, je ne vois pas à quoi tout cela aurait servi. Et puis pourquoi en écrire une partie qu'ils savaient que tu déchiffrerais sans difficulté et prendre le soin d'en coder quasiment une autre ?

— Parce que ce passage doit renfermer quelque chose de très important.

— D'accord. Mais comment Sarah pourrait-elle accomplir quoi que ce soit une fois morte ? Non, il y a forcément quelque chose qui cloche.

— Tu penses que ces événements étaient voulus et que Sarah est vivante ?

Elle s'arrêta de tourner en rond, posa ses immenses yeux noirs sur lui puis expliqua :

— Je commence à me dire que ses kidnappeurs ont peut-être fait en sorte que tu la croies morte. Ils ont sûrement tenté de la tuer d'ailleurs. Tous savent à quel point tu es attaché à ta petite-fille, elle représente ta seule véritable faiblesse. Ses ravisseurs devaient se douter que sa disparition t'affecterait au point d'avoir envie de tout abandonner. Kylian a beau faire preuve de droiture et d'honnêteté, il est beaucoup moins puissant que toi, et par la même, plus facile à mettre hors-course.

Giordano reporta son regard sur les préparatifs. Le raisonnement de sa femme tenait la route. S'il abdiquait avant le retour de Sarah, que Kylian prenait sa place et qu'il était éliminé avant d'avoir nommé un successeur, elle ne pourrait plus prétendre au trône puisqu'elle n'entretenait aucun lien de sang avec lui. La forteresse de Dante n'était connue que par ses proches et avait été détruite grâce à la magie, il y avait donc fort à parier que Sarah y avait été retenue. Peut-être que sa petite-fille avait réussi à s'enfuir et que l'incendie était un message destiné à le lui faire savoir ? De plus, cet adieu officiel était encore une idée du Conseil. L'étau se resserrait en même temps que l'espoir se frayait doucement un chemin dans son esprit. Cependant, il ne devait rien laisser paraître.

— Alors, je crains que les vautours patientent longtemps, car je ne lâcherai pas cette foutue couronne avant que justice soit faite, gronda le monarque en serrant les poings.

— Mais tu maintiens la cérémonie ?

— Oui.

Maria revint vers lui et le supplia presque.

— Giordano, je suis persuadée que tu l'aurais senti si Sarah avait péri. Comme Gwen, j'estime que nous devrions attendre d'obtenir des preuves irréfutables avant d'abandonner tout espoir. Il s'agit de notre petite-fille, nous ne pouvons pas baisser les bras si facilement !

— Je ne la maintiens pas parce que je suis convaincu de sa mort, je veux seulement que ses ravisseurs le croient, expliqua-t-il calmement. Ils commettront forcément une erreur, tout le monde commet des erreurs. Si Sarah revient, je la laisserai décider de leur sort, mais si ce n'est pas le cas, je réclamerai la sentence ultime.

Maria posa son regard sur la table dressée dans la salle du trône. Une immense photo de Sarah, prise dans les jardins du palais, y était installée sur une nappe noire. Elle semblait si jeune et insouciante sur ce cliché. Pourtant, ses yeux reflétaient une détermination inflexible et une vive intelligence. Si quelqu'un avait pu survivre à ce genre d'épreuve, c'était bien elle. Elle avait survécu à l'attaque de Henry Miller alors qu'elle était encore humaine à l'époque ! Cependant, Maria ne perdait pas de vue qu'elle ne retrouverait sûrement pas sa petite-fille telle qu'elle l'avait connue. Elle incarnait à présent l'un des vampires les plus puissants de tous les temps. Il fallait espérer que cela n'obscurcirait pas son jugement et qu'elle serait en mesure de faire la part des choses.

— Le prix du sang, murmura-t-elle en frissonnant malgré elle.

— Le seul valable pour les vampires.

Son mari, lui, en semblait maintenant incapable.

Chapitre 25

Les Milford profitaient de la fraîcheur de ce début de soirée. Il y avait bien longtemps qu'ils n'avaient pas dîné en famille, pris le temps de bavarder. Adam et son épouse travaillaient beaucoup et leur fils poursuivait ses études ainsi que sa formation. Il n'était pas toujours évident de faire correspondre leurs plannings respectifs. Heureusement, le rythme serait moins soutenu dans les mois à venir.

David avait réussi son initiation avec succès. On lui avait affecté une sorcière qui se terrait dans l'Utah. Elle était déjà âgée et vivait seule. Adam avait un peu aidé le sort sur ce coup-là, mais son garçon ne pouvait se permettre d'échouer. Un jour, il prendrait sa place, et la moindre entache à son dossier saperait son autorité future.

David avait eu l'idée de se faire passer pour l'un de ces gamins qui font un peu de jardinage contre quelques billets. Rapidement, elle lui avait accordé sa confiance. Du moins en apparence.

Un beau matin, alors qu'il terminait la tonte des haies, elle lui avait proposé un verre d'orangeade. Une fois installée dans la petite cuisine, vieillotte, mais pimpante, elle l'avait regardé droit dans les yeux et lui avait confié qu'elle savait pourquoi il était réellement venu chez elle. Beaucoup auraient été déstabilisés dans ce cas de figure. Il est plus facile d'abattre quelqu'un dans le dos ou pendant son sommeil, lorsqu'il se trouve sans défense et que l'on n'a pas à affronter son regard. Pas David. Il avait reposé son verre sur la table, puis hoché la tête sans chercher à nier. Il était un Milford, hors de question qu'il s'en excuse. Adam était fier de lui pour cela.

Elle n'avait pas tenté de fuir quand il avait sorti son revolver à silencieux caché dans la ceinture de son jean. Elle avait continué de le fixer calmement, prête à accepter son sort. Sans doute que ce combat, la fuite perpétuelle ainsi que le poids des années devenaient trop difficiles à porter avec le temps. Elle n'avait exigé qu'une chose : qu'il se charge de trouver de bons maîtres à ses chats. Les pauvres bêtes n'étaient pour rien dans le combat qui opposait les chasseurs aux sorcières depuis des siècles. David aussi aimait les félins et il avait toujours été fasciné par les soins que la vieille prodiguait aux siens. Sa pension était si maigre qu'il lui arrivait de ne pas dîner pour que ses compagnons ne manquent de rien. Certains parents accordaient moins de valeur à leurs enfants. Il avait donc consenti à cette faveur. La sorcière avait souri, puis fermé les yeux. Il avait levé l'arme, sa main n'avait pas tremblé une seconde, puis lui avait logé une balle au milieu du front.

Adam avait assisté à la scène de la maison d'en face, grâce à des jumelles. Malgré le succès indiscutable de la mission, il s'inquiétait. Son fils n'avait pas le moins du monde été choqué ou seulement troublé d'avoir ôté la vie à cette femme. Il l'avait ensuite installée sur la table de la cuisine, déshabillée sans brusquerie, puis découpée, avec une méthodologie stupéfiante, à l'aide de couteaux de cuisine et d'une scie égoïne. Il avait pris soin de déboîter chaque articulation avant, comme s'il souhaitait remettre le puzzle en place ensuite. La froideur et le calme avec lesquels il avait opéré étaient dignes d'un épisode de Dexter. Finalement, il avait balancé le corps dans la vieille chaudière à charbon, mis quelques-unes de ses affaires dans une valise pour faire croire à un départ, parfaitement nettoyé la modeste demeure, rangé le taille-haie après avoir effacé ses empreintes, enfermé les chats dans leurs caisses de transport puis avait traversé la rue pour rejoindre son père. Là, il s'était contenté d'un « C'est fait. », avant de téléphoner à sa petite amie du moment pour lui proposer de sortir. Adam n'en revenait toujours pas. Il s'était attendu à le consoler, à lui expliquer qu'il avait agi comme il le fallait, à le convaincre même. La première fois s'avérait souvent une étape difficile. Mais rien. Pas la moindre émotion n'avait traversé le visage de l'adolescent.

D'accord, il avait été formé pour tuer depuis sa plus tendre enfance, mais ce manque d'empathie recelait quelque chose d'effrayant. Sa formation avait-elle finalement eu des conséquences néfastes sur son fils ? Son absence de réaction face à la mort se limitait-elle aux sorcières ou à l'être humain en général ? Si tel était le cas, ne représentait-il pas une menace encore plus grande pour ses congénères que les monstres qu'ils étaient censés éradiquer ?

— Bon, eh bien, je vous laisse, annonça David. La première version de Dracula passe à la télé ce soir. C'est ma préférée.

Adam lança un coup d'œil à son fils. Un long frisson parcourut son épine dorsale, comme une décharge électrique. Son garçon pouvait rire, compatir, râler, comme tous les adolescents, son regard ne reflétait rien, jamais. Si les yeux étaient bien le miroir de l'âme, il y avait réellement matière à s'inquiéter…

— Tu as raison, mon chéri. Profite de ces vacances bien méritées, sourit sa mère qui semblait ne se douter de rien.

Des vacances. Voilà sous quel prétexte Adam Milford avait emmené sa famille à Rome, le cœur de la monarchie vampirique. S'il n'avait pas été aussi impératif qu'il obtienne la certitude que la fille de William était bien morte, jamais il n'aurait mis les pieds dans cette maudite ville. Elle pouvait abriter le plus grand des palais de Dieu, celui-ci ne serait d'aucune aide contre ces monstres. Finn Peters et ses compères faisaient la sourde oreille, ignorant ses mises en garde. Ils semblaient persuadés que leur mission avait été menée à bien, mais comme on dit, pas de corps, pas de crime. Une prêtresse vaudou leur avait signalé une jeune femme, à la fois sorcière et vampire, à La Nouvelle-Orléans. Combien de chance existait-il pour qu'il s'agisse d'une autre monstruosité que cette gamine ? Bien trop peu pour qu'Adam retrouve le sommeil.

— Moi, je vais piquer une tête, ajouta-t-elle. Tu viens, Adam ?

Il leva les yeux vers son épouse. Ancien mannequin pour les plus grandes maisons, elle n'avait rien perdu de son éclat au fil du temps. À bientôt quarante-cinq ans, Erin arborait encore des courbes parfaites, son regard émeraude était toujours aussi pétillant et espiègle. Seuls ses cheveux blonds, qui cascadaient autrefois jusqu'à sa taille, étaient un peu plus courts, effleurant juste ses épaules fines. Quelques rides d'expression étaient apparues de-ci de-là, mais pas suffisamment pour ternir cette beauté nordique. Elle était l'une des meilleures chasseuses qu'il lui avait été donné de rencontrer. Lorsqu'elle acceptait une mission, celle-ci s'avérait invariablement un succès. Les mots échec ou renoncement ne faisaient pas partie de son vocabulaire. C'était l'une des raisons qui l'avaient poussé à tomber amoureux d'elle.

— Pas ce soir, ma chérie. Je dois passer quelques coups de fil.

— Je croyais que nous étions d'accord sur le concept de repos, sourit Erin en regagnant la maison.

Elle ne râlait que pour le principe, elle savait que les activités de son mari étaient trop importantes pour se permettre de tout lâcher, ne serait-ce qu'une semaine. Cela faisait bien longtemps qu'elle avait accepté cette facette de leur vie de couple. Elle avait d'ailleurs vu sa mère agir de même avec son père. Erin était la fille du chef de la seconde plus grande famille de chasseurs de sorcières. Leur mariage avait été arrangé bien avant leur naissance. Cependant, Adam ne s'était jamais plaint de sa chance à ce sujet. Il aurait de toute façon été impossible de vivre avec une civile. L'excuse des déplacements aurait bien sûr masqué un temps ses absences répétées, mais comment expliquer la présence d'autant d'armes et de livres de magie chez lui ? Pareil en ce qui concernait la provenance réelle de sa fortune et la formation des enfants. Quelle mère, à part une chasseuse, accepterait que son petit se lance à la poursuite de monstres ? Décidément, ne pas mélanger les torchons et les serviettes restait le plus sûr moyen de préserver la cause.

Adam s'étira longuement et se leva pour rejoindre son bureau. Lorsqu'il passa par la cuisine pour se servir un café, il nota, avec agacement, que l'employée de maison n'avait pas rangé les verres. Ces derniers traînaient, à l'envers, sur l'évier. Il avait horreur de ces gens sans aucune conscience professionnelle. La discipline était la clef de tout. Il ne manquerait pas de la rappeler à l'ordre le lendemain.

Il gagna finalement son espace de travail. La pièce était plongée dans le noir et était dépourvue de plafonnier. Les quelques lumières du jardin lui permirent de distinguer l'ombre du bureau. Il avança avec précaution pour ne pas se prendre les pieds dans le tapis bleu roi. La seule chose de valeur dans cet endroit minuscule. S'il n'avait pas dû se montrer aussi discret, il aurait de loin préféré louer l'une des suites de l'un des luxueux hôtels de Rome. La petite villa était agréable, certes, mais à cent lieues des paradis qu'il avait l'habitude de fréquenter. Il tira sur le cordon d'allumage de la lampe et s'apprêtait à s'asseoir lorsque derrière lui quelqu'un lança :

— Bonsoir, Adam.

La voix était chaude, suave, sans aucun doute féminine. Il fit volte-face. Une brunette était confortablement installée dans l'un des fauteuils qu'il utilisait pour lire. Vêtue d'un pull rouge, d'un pantalon ainsi que d'un long manteau de cuir noir, elle possédait des courbes séduisantes. Cependant, il ne pouvait apercevoir son visage, soigneusement dissimulé dans la pénombre. Comme tout bon prédateur, Adam savait reconnaître les siens et elle en faisait assurément partie.

— À qui ai-je l'honneur ? s'enquit-il en reculant imperceptiblement pour atteindre la poignée du tiroir de son bureau.

— C'est cela que vous cherchez ? demanda-t-elle en sortant un neuf millimètres de sa poche.

Merde ! Elle avait pris le temps de fouiller ! Elle avait opéré sans bruit et pratiquement dans le noir complet. Elle était jeune, mais douée ! Peut-être lui proposerait-il un job si l'entretien se terminait sans dommage.

— Si c'est de l'argent que tu veux, pas de problème. Je te donnerai tout ce que tu désires et tu pourras partir d'ici sans que je prévienne la police. Tout ce que je te demande, c'est de ne pas faire de mal à ma famille.

Il aperçut ses cheveux monter et descendre sur sa poitrine. Elle hochait la tête manifestement. Adam ne sut déterminer si elle acceptait son offre ou si, au contraire, il venait de lui avouer qu'il n'était pas seul, alors qu'elle l'ignorait quelques secondes plus tôt. Comment avait-elle réussi à détourner la vigilance des gardes ? En tout cas, ces trois incapables pouvaient dire au revoir à leur boulot !

— Je ne doute pas que votre compte en banque soit bien garni. Ma famille a d'ailleurs largement contribué au faste dans lequel vous vous vautrez. Mais ce n'est pas votre argent qui m'intéresse.

Quoi ? Les Milford ne devaient rien à personne ! Pour qui se prenait cette petite garce pour prétendre le contraire ?

— Écoute, je n'ai pas le temps pour ces enfantillages, alors soit tu m'expliques pourquoi tu es là, soit tu quittes cette maison ! s'emporta-t-il.

Elle laissa échapper un rire amusé puis ôta le cran de sécurité de l'arme avant de la pointer sur lui. Instinctivement, il leva les mains.

— D'abord, je vous suggère de revenir au vouvoiement, mon cher Adam. Nous n'avons pas élevé les cochons ensemble. Quoique vous n'ayez jamais été bien loin, je dois l'admettre. Ensuite, asseyez-vous, nous devons parler.

— Parler de quoi ? Je ne vous connais même pas ! Je ne comprends rien à ce que vous me racontez !

— Au contraire, nous sommes de vieilles connaissances, vous et moi.

Elle se pencha en avant, découvrant enfin ses traits ainsi que son identité. Lorsqu'il reconnut son invitée, le cœur d'Adam s'emballa comme un cheval fou. Elle dut l'entendre, car ses dents se dévoilèrent en un sourire carnassier. Comme il l'avait craint, elle incarnait à présent un fauve, au sens littéral du terme. Son pire cauchemar se tenait devant lui, assoiffé de vengeance et de sang.

— Sa…

Son prénom s'étrangla dans sa gorge. Il se laissa tomber dans le siège derrière lui, les jambes coupées.

— Sarah Strauss ou encore Drake, mais vous me connaissez sans doute davantage sous le patronyme de Martin. Vous vous souvenez ? La fille de William, la descendante de Samuel et accessoirement celle du roi-vampire. Vous me cherchez depuis longtemps, me voilà enfin.

Jamais je n'aurais imaginé que me retrouver face au chef des chasseurs me semblerait aussi jouissif, et pourtant ! Le regard qu'il posait sur moi devait être celui que j'avais arboré dans mon enfance, lorsque ma mère me racontait comment le loup avait mangé le petit chaperon rouge. Sauf que le méchant, à présent, c'était moi et si Adam n'y prenait garde, j'allais le croquer.

De grosses gouttes de sueur dégoulinaient de ses tempes à son cou, mouillant le devant de sa chemise haute couture. Sa respiration était saccadée tandis que ses mains tremblaient plus que celles d'un parkinsonien en phase terminale.

— Calmez-vous, Adam. Je ne vais pas vous tuer… en tout cas, pas tout de suite, ajoutai-je en croisant nonchalamment les jambes. Vous auriez une cigarette ?

Il tenta d'attraper le paquet dans sa poche de poitrine, mais ses mains le trahirent. Je soupirai et me contentai d'un :

— À moi !

L'étui traversa la pièce pour atterrir docilement dans ma paume. Adam laissa échapper un gémissement plaintif tandis que ses globes oculaires sortirent quasiment de leurs orbites. J'allumai ma cigarette et tirai une longue bouffée avant de continuer :

— Eh non, le gadget que vous vous êtes fait implanter dans le cou n'est d'aucune utilité contre moi, mais vous vous en doutiez, n'est-ce pas ?

Le gadget en question était une amulette censée immuniser son porteur contre les sorcières. Pas très efficace pour le coup. Il ferma les paupières et inspira profondément afin de reprendre son calme. Lorsqu'il les rouvrit, il me fixa dans les yeux. Tentative aussi vaine que stupide de me tenir tête. Je n'étais plus une petite fille effrayée, je n'étais même plus humaine d'ailleurs. Pauvre fou !

En un battement de cils, je fus à côté de lui. Je m'étais déplacée si vite qu'il ne m'avait pas vue bouger, aussi, sursauta-t-il violemment en constatant notre proximité. Je pris appui sur les accoudoirs de son fauteuil et me penchai à son oreille. Il resta droit comme la justice, se contentant de me regarder en coin, drapé dans une dignité presque hautaine. Malgré la situation périlleuse dans laquelle il se trouvait, il parvenait encore à m'agacer. S'il ne criait pas, ne suppliait pas, mieux, ne s'excusait pas, où était le plaisir ? J'allais devoir corser notre entretien, sinon c'était moi qui risquais de dépérir… d'ennui.

Ses yeux glissèrent subrepticement dans mon décolleté. Je souris. Si le chef des chasseurs ne nourrissait que haine pour la sorcière que j'étais, il aurait bien culbuté la princesse vampire sur son petit bureau. Les époques et le monde avaient beau changer, les hommes demeuraient les mêmes. Ils pouvaient se croire supérieurs, plus forts, mais nombre d'entre eux avaient plié et plieraient encore devant les courbes des arguments féminins.

— Par mes seins, Adam, vous n'êtes pas très bavard, susurrai-je, mielleuse.

Il s'empourpra comme un écolier, avant de détourner rapidement les yeux.

— Comme vous voudrez.

D'un coup d'ongle, je lui entamai la nuque. Il serra les dents, grogna, mais garda un certain contrôle. J'extirpai l'amulette de ses chairs et la jetai sur le meuble, le constellant de petites gouttes de sang. Il s'agissait d'un disque de métal ciselé de symboles magiques. Adam la fixa, le regard exorbité. Sa respiration redevint rapide tandis que les muscles de son cou se tendirent à l'extrême. Je sentis sa peur suinter par tous les pores de sa peau. *Hum… voilà qui est mieux !* La fête va pouvoir commencer ! Je m'assis nonchalamment sur le bureau puis léchai mes doigts avec application sans le quitter des yeux.

— Comme vous pouvez le constater, le vampirisme a fait en sorte que j'excelle dans l'art de la torture. Comme n'importe quel fauve, il m'arrive de jouer avec ma nourriture. Si cela m'amuse beaucoup, je doute qu'il en soit de même pour vous. Je repose donc la question : vous pressentiez que cette chose ne marcherait pas sur moi ?

Il planta son regard dans le mien. La haine qu'il reflétait était immense, mais loin d'atteindre la mesure de la mienne. Il n'incarnait la proie que depuis quelques minutes, j'avais interprété ce rôle des années durant.

— Si vous voulez me tuer, ne vous gênez pas, mais je ne vous dirai rien ! gronda-t-il.

— Je pense au contraire que vous allez répondre à toutes les interrogations qui vont suivre, mon cher. Non pas parce que vous craignez pour votre vie, mais pour la leur, continuai-je en indiquant du pouce la porte derrière moi.

Celle-ci s'ouvrit sur Erin et David Milford. Adam sursauta. Les yeux de son fils et de sa femme paraissaient vides de toute émotion, de toute conscience.

— Avancez et placez-vous devant le bureau, ordonna Caïn.

Ils obtempérèrent comme des automates, les bras ballants. Caïn resta debout derrière eux tandis qu'Abel prenait place sur le fauteuil que j'occupais quelques minutes plus tôt.

— Que leur avez-vous fait ? demanda Milford en tentant de se mettre debout.

D'une simple pression de la main sur son épaule, je le fis rasseoir.

— Rien d'irrémédiable pour le moment. Je vous conseille de coopérer et de me confier ce que je désire savoir.

Adam demeura muet une seconde puis murmura enfin :

— D'accord.

— À la bonne heure ! m'exclamai-je. Je disais donc : vous doutiez que ce gri-gri fonctionne sur moi.

— En effet.

Je levai les yeux au ciel et contournai le bureau pour me placer derrière Erin. D'un coup d'ongle, j'entamai sa nuque et sortis l'amulette qui alla rejoindre celle de son mari avant de faire de même avec leur rejeton.

— Non ! hurla-t-il en sautant sur ses pieds.

D'un bond, Abel lui barra le passage. Ses dents brillaient du même éclat que celui des diamants. Il respirait le prédateur en chasse.

— Assis, ordonna-t-il sans même élever le ton.

Adam Milford obtempéra. Sa poitrine se soulevait à un rythme de plus en plus rapide. Abel se plaça derrière lui, accentuant encore la pression.

— Ne jouez pas au plus fin avec moi, le prévins-je. Je vais préciser les termes de notre contrat. Vous répondez et vous argumentez. Si vos réponses ne me conviennent pas, ils paieront le prix de vos erreurs. Compris ?

— D'accord ! D'accord ! Beaucoup de chasseurs se font implanter ce genre d'amulette. Dans votre cas, la combinaison des deux familles desquelles vous descendez m'a fait douter qu'elles soient suffisantes à nous protéger. Votre mère nous voyait arriver malgré elles, alors vous ! Vos dons se sont développés dès votre petite enfance, bien plus tôt que la moyenne. J'ai fini par décider d'abandonner les recherches et de vous laisser la vie.

À ces mots, je fus prise d'un tel fou rire que, si cela avait été encore possible, j'en aurais sans doute pleuré.

— Me laisser la vie ? Trop aimable à vous !

Je me tournai vers Caïn. Il était contre cette séance privée, mais je savais aussi qu'il me soutiendrait quoi qu'il advienne.

— Ordonne-leur de m'obéir.

Il soupira, secoua la tête, regarda Erin, puis David avec résignation avant de murmurer enfin :

— Vous allez obéir à Sarah, à présent, elle a le contrôle.

— Sarah a le contrôle, répétèrent-ils docilement.

— Qu'est-ce que vous faites ? paniqua Adam.

— Silence ! gronda Abel dans son dos.

Sa bouche s'ouvrit et se ferma à plusieurs reprises, comme celle d'un poisson qui manquerait d'air. Il était livide.

— Erin, prends ce coupe-papier sur le bureau, ordonnai-je. Quant à toi, David, donne ton bras à ta maman.

Elle s'empara de l'objet, sans vraiment le voir, tout comme son fiston obtempéra sans même sembler trouver cet ordre étrange ou déplacé.

— Maintenant, Erin, entaille la peau de ton fils. Attention, il ne faut pas qu'il se vide de son sang trop rapidement.

Elle traça un long sillon sur le bras de son garçon. Adam contemplait le spectacle, les larmes aux yeux. Sa volonté s'étiolait en même temps que sa raison.

— Erin, désormais tu répéteras ce geste à chaque fois qu'Adam mentira, ou se contentera d'une demi-vérité. Pourquoi avez-vous réellement arrêté la traque, Adam ?

Son regard ne quittait pas sa famille. David saignait, mais pas au point de faire une hémorragie. Erin maîtrisait l'art de la torture. Combien de sorcières avait-il fallu pour qu'elle devienne une telle virtuose de la souffrance infligée à autrui ? Trop, de toute façon.

— Au cas où des doutes subsisteraient dans votre esprit, votre fils souffre, mais on lui a ordonné de ne pas crier. Quant à votre femme, elle est horrifiée par son geste, mais elle n'a aucun contrôle sur ses actes et elle recommencera autant de fois que nécessaire. Vous avez tout à gagner à répondre et à écourter notre tête-à-tête, croyez-moi.

— Vous êtes un monstre, gronda Adam alors qu'une larme s'échappait de son œil gauche.

Je souris et caressai la joue de David du bout des doigts. Il contemplait le vide, alors que je pouvais l'entendre hurler dans sa tête. Son corps était un poids mort sur lequel il n'avait aucun contrôle, une prison. Cela dit, il restait tout à fait conscient de ce qui se passait, il ne pouvait seulement pas y mettre fin.

— David, confie à ton papa quelles idées traversent ton esprit lorsque tu es en compagnie de jeunes filles, sorcières ou non.

— J'ai envie de les emmener dans un endroit discret et de flirter avec elles, pour qu'elles se sentent en confiance. J'aime qu'elles se sentent en confiance. Ce n'est que plus excitant lorsque je commence à serrer leurs cous. Elles semblent si surprises ! Certaines n'ont même pas le réflexe de se défendre tellement elles ne comprennent pas ce qui leur arrive.

— Hum… Tu es donc déjà passé à l'acte ? demandai-je, alors que je connaissais parfaitement la réponse.

— Oui.

— Combien de fois ?

— Cinq.

— Tu as aimé ça ? Tuer, je veux dire.

— Oui. Je suis un chasseur. Je repère une proie, je la traque puis l'élimine. C'est dans ma nature.

Je ris en lui ébouriffant les cheveux. Son père, lui, était secoué de spasmes et de sanglots. Il savait, mais avait tout mis en œuvre pour ne pas se retrouver confronté à l'horrible réalité.

— Voilà un bon petit ! Alors, Adam, qui de vous ou de mes parents a engendré une abomination ? Les deux, sans doute, mais la leur serait restée inoffensive si vous ne l'aviez pas poussée du côté obscur. Je ne pouvais rien contre mes dons, vous, vous avez fabriqué ce malade de vos mains. Vous pensiez défendre l'humanité alors que votre propre fils détruit des vies innocentes dès que vous tournez le dos. Pourquoi avez-vous arrêté la traque ? Répondez !

— Parce que votre crétin de père a trop tardé à vous éliminer ! Nous l'avions prévenu que cela deviendrait de plus en plus difficile avec le temps, mais c'était un incapable ! Il n'avait même pas pris la précaution de tenir un journal de chasse. Résultat, nous avons perdu votre trace pendant plus de trois ans et lorsqu'enfin nous vous avons localisée, vous vous étiez amourachée de James Drake ! Vous approcher serait revenu à signer l'arrêt de mort des miens ! hurla-t-il finalement en abattant son poing sur le bureau.

Je levai un sourcil puis m'allumai une nouvelle cigarette.

— Eh bien ! Vous voyez, pas la peine de s'énerver, dis-je. Je suppose que c'est pour cette raison que vous avez contacté les Conseillers, eux pouvaient m'atteindre.

— Non, ce sont eux qui m'ont contacté. J'étais vraiment prêt à renoncer à votre élimination, mais ils ont menacé de livrer ma famille à votre grand-père.

Je jetai un coup d'œil à Erin. Elle n'esquissa pas le moindre geste, ce qui signifiait que son mari disait vrai. La vie de mon grand-père était peut-être également en danger à présent.

— Que savez-vous exactement ?

Il se cacha une seconde le visage dans les mains. Il était pris au piège quoi qu'il advienne et il en avait conscience. Il n'aurait même pas la chance de se la jouer martyre en se suicidant sans avoir lâché d'info. Je tenais sous ma coupe les véritables amours de sa vie. L'amour, le seul sentiment capable de vous faire déplacer des montagnes un jour et de vous détruire le lendemain.

— Si je vous réponds, ils me traqueront et me tueront. Vous n'avez pas encore eu l'occasion de constater de quoi ils sont capables !

— Si vous ne répondez pas, je vous tuerai. Mais avant, vous assisterez à leur agonie, prévins-je en désignant Erin et David.

Chapitre 26

L'entretien s'était révélé quelque peu éprouvant pour ce pauvre Adam, mais j'avais enfin les preuves dont j'avais besoin. Rien d'autre ne m'importait. David était à présent couvert d'estafilades sanguinolentes tandis que sa mère, elle, donnait l'impression d'avoir pataugé dans un seau de peinture écarlate. Je caressai l'une des plaies de David avec douceur avant de me lécher les doigts avec gourmandise. Milford ne détachait plus son regard halluciné de moi, il avait dépassé le stade de la peur et semblait prêt à basculer dans la folie pure et dure. Je n'en étais peut-être pas si loin non plus…

— Pitié, gémit-il.

— Pitié, pitié, pitié, chantonnai-je. Vous ne connaissez donc que ce mot ?

— Je vous ai dit tout ce que vous vouliez savoir, alors pourquoi vous acharnez-vous de la sorte ?

— Mais parce que cela m'amuse, pardi ! Et puis, je suis vos si précieux préceptes : on repère la proie, on la traque puis on l'élimine. Vous avez de la chance, je suis une excellente élève ! Au lieu de tenter de m'éliminer, vous auriez mieux fait de m'engager ! J'aurais fait cent fois mieux que votre rejeton qui gaspille son temps et son talent avec des lycéennes sans intérêt. Car elles se réduisent à cela pour vous, non ?

— C'était un accident de parcours, je ferai en sorte que cela ne se reproduise pas. David n'est qu'un enfant !

— Voyez-vous ça ! Et comment comptez-vous vous y prendre pour rendre la vie à ces gamines et effacer le chagrin de leurs parents ? Dites-moi, je suis tout ouïe.

— Je ne peux pas, mais…

Je me penchai sur lui en souriant.

— Mais moi, si. Je peux tuer et ressusciter à volonté, regardez ça.

D'un geste brusque, j'attrapai David par les cheveux et le tirai en arrière. Adam hurla, un cri strident, animal. Cependant, il n'eut pas le temps d'esquisser le moindre mouvement que déjà, mes dents perçaient la chair de sa chair. Lorsque son cœur commença à faiblir, et comprenant mon intention, Abel souffla :

— Doucement, trésor. Garde le contrôle.

Je suivis son conseil et m'arrêtai in extremis. Ensuite, je m'entamai le poignet d'un coup de dent.

— Non ! Tuez-moi ! Torturez-moi si cela vous chante ! Je vous en supplie, tout, mais pas ça ! implora Adam.

Sans me soucier de lui, je pratiquai l'échange. Dès que je le lâchai, David s'effondra au sol, telle une vulgaire poupée de chiffon. Quelques secondes plus tard, il se contorsionnait comme un ver, mais grâce à l'hypnose, pas un son ne sortait de sa bouche.

Caïn me tendit l'un de ces fameux mouchoirs blancs et impeccablement repassés qu'il avait toujours en poche. Je pris le temps de m'essuyer les lèvres avant de répondre :

— Trop tard. D'ici trois jours, le petit David aura grand'soif.

— Vous m'avez menti ! hurla Milford en bondissant de sa chaise. Vous m'aviez juré de ne pas leur faire de mal si je vous racontais tout !

Abel le rassit sans ménagement. Je m'assis sur le bureau, les jambes nonchalamment croisées.

— Pourquoi paraissez-vous surpris ? C'est bien vous qui m'avez définie comme une abomination pendant toutes ces années. Selon vos propres termes, je ne possédais ni âme ni conscience. Vous estimiez que mon père était un incapable parce qu'il a hésité à tuer sa fille. Un bon chef se doit de donner l'exemple, il me semble. Il est donc naturel de vérifier si, oui ou non, vous feriez montre d'un tel courage.

— Qu... Quoi ? bégaya-t-il

Je sortis de ma poche l'un des pieux et le posai devant lui.

— Voici l'un des charmants accessoires ayant servi à me crucifier. Vous vous en souvenez ?

Il hocha la tête, les yeux hagards.

— Bien. À présent que vous savez que votre rejeton était un psychopathe en tant qu'humain, tentez un peu de vous imaginer ce que cela sera d'ici quelques jours, lorsqu'il sera devenu un vampire sanguinaire à la force démesurée. Pour éradiquer la menace, et donc protéger cette humanité que vous paraissez chérir, il vous suffit de planter cette petite chose dans le cœur de votre fils. Il ne souffrira pas, mais ne se relèvera jamais non plus.

Adam fixa le pieu puis David. Des larmes roulaient le long de ses joues, maintenant couvertes d'une légère ombre. Ses mains tremblaient lorsqu'il attrapa l'arme. Il fit le tour du bureau pour s'agenouiller auprès du corps de son garçon. Il lui caressa les cheveux, puis le serra contre lui une seconde avant de le reposer délicatement sur le sol. Il prit le pieu à deux mains et le positionna au-dessus du cœur. Il resta dans cette position pendant quelques minutes pendant lesquelles je m'accordai une pause cigarette.

— C'est pour aujourd'hui ou pour demain ? demandai-je en l'écrasant dans un cendrier de cristal qui traînait là.

— Je... je ne peux pas, souffla-t-il en se laissant choir sur les fesses.

Je soupirai bruyamment puis sautai du bureau. D'un geste brusque, je lui arrachai l'arme des mains et attrapai son menton pour lever son visage vers moi. Ses yeux, à présent vides de toute émotion, croisèrent les miens.

— Il est plus facile d'ordonner que d'obéir, n'est-ce pas ? Ah ! Ils vont être fiers de vous vos hommes lorsqu'ils verront les enregistrements de notre petit entretien !

Sans hésiter, je le lâchai et transperçai le cœur de David. Le corps de ce dernier tomba en poussière sur le tapis bleu roi.

— Abel, Caïn, attachez fermement Monsieur Milford et son épouse à ces chaises.

Adam se laissa faire comme un automate, incapable du moindre geste. Sa raison l'avait sans doute définitivement quitté. Quant à Erin, elle obéit sagement lorsque je lui intimai de prendre place face à son mari. Ce dernier détail me chiffonna. Elle ne pourrait pas profiter pleinement du final si elle restait sous hypnose. J'attendis donc que Caïn l'ait bien ficelée avant de lui ordonner :

— Erin, tu vas maintenant reprendre conscience et te souvenir de chaque seconde de cette soirée.

Elle cligna, puis fixa tour à tour Adam et le tas de cendres qui restait de son fils. Un hurlement à glacer les os lui échappa avant qu'elle ne s'effondre en sanglots. Lorsque la crise se calma, elle considéra son mari avec une hargne qui m'arracha un sourire.

— Tu aurais dû la tuer dès que l'occasion s'est présentée ! Si tu avais suivi mes conseils, nous n'en serions pas là aujourd'hui ! David ! David, mon bébé !

— Ah, voilà qui est mieux ! Bien que votre compagnie m'ait été agréable, je dois vous quitter. Rassurez-vous, vous aurez rejoint votre fils d'ici peu.

Je m'approchai de la porte-fenêtre qui donnait sur le balcon où mes complices m'attendaient.

— *Incendo*, murmurai-je.

Les rideaux s'embrasèrent, tel un fétu de paille. Lorsque nous atteignîmes les limites de la propriété, la demeure des Milford s'était déjà transformée en véritable brasier.

Gwen fulminait. Cette histoire de cérémonie funéraire la faisait enrager ! Giordano ne pensait qu'à une chose : ne pas froisser ses chers Conseillers, et Kylian, lui, préférait ne pas froisser le roi. Belle leçon de diplomatie en vérité ! À leur place, elle aurait passé la mémoire de tous les courtisans au peigne fin avec l'aide de Stan et aurait torturé ces chiens jusqu'à ce qu'ils parlent !

Dans un accès de rage, elle balança la table basse à travers la pièce. Celle-ci alla se briser contre le mur séparant le salon de sa chambre, dans un boucan de tous les diables. Elle s'apprêtait à recommencer l'opération avec le canapé lorsqu'une voix s'éleva derrière elle.

— C'est ta nouvelle façon de faire le ménage ?

Si le cœur de Gwen avait encore battu, il se serait arrêté sur-le-champ. Elle fit volte-face. Sarah se tenait nonchalamment appuyée contre le chambranle de la porte-fenêtre. Vêtue d'un long manteau de cuir noir, d'un pantalon assorti et d'un pull angora rouge sang, rehaussant son teint d'albâtre, elle était magnifique. Gwen se précipita.

— Sarah !

Celle-ci ne fit rien pour échapper à l'étreinte, mais sembla gênée par cette démonstration d'affection. Gwen se souvint alors, avec tristesse, que sa fille n'avait conservé aucun souvenir de sa vie auprès d'elle.

— Ma puce, tu vas bien ? questionna-t-elle en l'observant sous toutes les coutures.

— Pas mal, si l'on met de côté le fait que l'on a tenté de m'assassiner, grinça Sarah. D'ailleurs, je constate que certains m'ont rapidement oubliée. Ravie de voir que ce n'est pas ton cas.

Gwen fronça les sourcils. Si physiquement, l'adolescente qui se tenait devant elle était bien sa fille, la personne qui s'exprimait par sa bouche n'avait rien de commun avec elle. Cette dernière était froide et son regard aussi dur que la pierre. L'Italienne comprit alors qu'elle n'avait rien fait pour se sevrer. Elle s'était d'ailleurs nourrie récemment, elle empestait la mort et le sang. La petite mortelle fragile et discrète avait laissé place à un fauve surpuissant que rien ne pourrait stopper. Il fallait la raisonner avant qu'elle ne commette un massacre.

— Personne ne t'a oubliée, ma chérie, commença Gwen. Ton père n'a accepté d'assister à cette cérémonie que pour jouer le jeu. Quant à ton grand-père…

— Il a agi comme tout bon souverain en préservant la monarchie, la coupa Sarah. Ce n'est pas à eux que je fais allusion, mais peu importe pour le moment. Si je n'ai plus aucun souvenir de vous tous, je sais au fond de moi que tu m'aimes plus que tout. Terrence me l'a d'ailleurs répété sans cesse depuis qu'il m'a retrouvée.

— Quoi ? Terrence est donc le vampire qui t'a aidée ! Mais enfin, pourquoi ne nous a-t-il pas contactés ?

— Je t'expliquerai tout en détail plus tard. Je n'ai plus beaucoup de temps et j'ai besoin de toi.

Gwen observa sa fille avec attention. Elle semblait en colère, oui, mais il y avait autre chose qu'elle ne parvenait pas à identifier clairement. Aurait-elle peur ? Mais de qui ? Elle ne risquerait plus rien une fois sous la protection de son grand-père.

— Je t'écoute, reprit-elle finalement.

Sarah lui tendit une volumineuse enveloppe kraft.

— D'ici quelques heures, sûrement moins, je serai mise aux arrêts…

— Quoi ?

— Laisse-moi terminer, s'il te plaît, insista Sarah, doucement.

Gwen hocha la tête en tentant de canaliser la rage qui lui étreignait les entrailles. Sa fille était la victime, pas le bourreau. Pourtant ce serait peut-être à elle de payer pour la faute de ses ravisseurs, c'était injuste !

— Le tribunal vampire sera convoqué, du moins, je l'espère. Donne cette enveloppe à mon grand-père en tant que pièce à conviction et devant témoins. S'il existe encore la moindre justice dans ce monde, je serai blanchie.

— Et si ce n'est pas le cas ? Si jamais, ils te jugent coupable ?

Elle s'avança et serra sa mère contre son cœur avant de l'embrasser sur la joue.

— Alors, sache que je te suis reconnaissante de tout ce que tu as fait pour moi. Sache également que je suis fière que tu sois ma maman, même si j'aurais préféré rester auprès de toi plus longtemps.

Gwen l'étreignit avec la force du désespoir.

La salle du trône était une immense pièce aux murs de pierres brutes et au sol de marbre blanc. On y avait accès par une large porte à deux battants, de cinq mètres sur quatre, en chêne sculpté. Au plafond, point d'angelots mignons et replets, mais des créatures aux corps parfaits, à la beauté sans faille et aux yeux aussi noirs que les abysses. Ils semblaient hurler leur désespoir aux cieux, lieu saint qui leur était maintenant interdit. Seuls deux d'entre eux, un blond au physique nordique et un brun aux traits androgynes paraissaient satisfaits. Ils souriaient en caressant les cheveux des humains, docilement assis à leurs pieds, tandis que du sang coulait de leur gorge ou de leurs poignets. Cette scène, alliée à ces matériaux durs, froids et insensibles au temps, renvoyait une impression de puissance, d'invincibilité, convenant parfaitement au peuple vampire.

Néanmoins, à cet instant, tous trouvaient l'endroit oppressant. Personne n'ignorait que la disparition de la princesse ne devait rien au hasard. Trois hypothèses allaient bon train. La première était que cela n'avait rien à voir avec la couronne vampirique, mais plutôt avec sa nature de sorcière. Les chasseurs ne manquaient pas sur le globe et aucun d'entre eux n'aurait toléré qu'une de leur proie devienne immortelle. La seconde penchait pour la vengeance d'autres immortels contre Giordano. La troisième affirmait que James Drake avait raté l'initiation de la princesse et que le roi le couvrait à cause de son amitié avec Kylian. Cependant, cette dernière était essentiellement le fruit des mauvaises langues. Ceux qui connaissaient Giordano de longue date savaient, qu'amitié ou non, il n'aurait aucunement passé l'éponge sur ce genre d'erreur. D'ailleurs, il ne pardonnait jamais. C'était sans doute pour cette raison qu'il occupait le poste de monarque depuis si longtemps. Quoi qu'il arrive, il ne faiblissait pas.

Des portraits de la princesse avaient été disposés sur des tables nappées de noir, entre le trône et les chaises prévues pour les convives. Le parfum des orchidées et des roses blanches embaumait la pièce. Leurs fragrances, pourtant propices à la rêverie, ne suffisaient pas à alléger le cœur du peuple vampire. Ceux qui avaient eu la chance de croiser Sarah avaient reconnu en elle les traits de caractère indispensables à une grande souveraine. Elle était belle, intelligente, proche de ses sujets. Elle aurait fait une reine magnifique. De plus, les autres immortels auraient réfléchi à deux fois avant de les attaquer. Sarah aurait pu mettre fin à certaines guerres de territoires qui semblaient durer depuis le début du monde.

La garde se mit au garde-à-vous. Tous se levèrent pour accueillir leur monarque, suivi par le clan premier ainsi que par les Drake. Seule Gwen manquait, mais il était facile d'imaginer ce qu'elle pouvait ressentir en de pareilles circonstances. Le vampirisme ne pouvait rien contre le chagrin d'une mère. Ce dernier était viscéral et si l'immortalité soulageait le corps, elle ne pouvait rien pour le cœur.

Le roi traversa la salle d'un pas lourd pour rejoindre son trône, un monumental siège de marbre du même bloc que le sol. Le clan premier se plaça à droite, les Drake à gauche.

Giordano lança un regard en direction de l'un des portraits de Sarah. Comme pour le narguer, un rayon de soleil vint caresser le cliché, illuminant encore la beauté de sa petite-fille. Il inspira avant de se tourner vers ses sujets.

— Asseyez-vous ! ordonna-t-il.

Il attendit une seconde que le silence revienne avant de continuer gravement :

— Comme vous le savez tous, mon unique descendante a disparu. Une enquête ainsi que des recherches ont été menées, malheureusement sans résultat. Si je vous ai aujourd'hui réunis, c'est pour…

Soudain, la grande porte s'ouvrit de nouveau, avec une telle violence que les murs tremblèrent. Trois silhouettes encapuchonnées de noir s'y encadraient. Les deux premières se postèrent de chaque côté, coupant toute retraite à d'éventuels fuyards, tandis que la troisième s'avança dans l'allée centrale.

— Qu'est-ce que…, commença Giordano en se levant.

Il n'eut pas le temps de terminer que la voix de l'inconnue claqua dans l'air comme un fouet :

— *Posaljite vasé koljéna vampir !*

L'assistance tomba à genoux, sauf le monarque, bien entendu. La surprise s'afficha clairement sur son visage.

— Sarah, souffla-t-il.

Elle se déplaçait avec grâce et souplesse, à un rythme mesuré, les mains dans le dos, telle une panthère à laquelle sa proie ne pourrait échapper.

Elle se planta devant le trône puis ôta sa capuche avant de plonger dans une gracieuse révérence. Giordano, ainsi que les Drake et le clan premier furent transportés par un immense sentiment de soulagement et d'allégresse. Sarah était en vie ! Cependant, l'euphorie fut de courte durée lorsqu'ils la détaillèrent alors qu'elle se relevait. Ils ne percevaient plus la moindre trace d'humanité dans ses yeux, maintenant d'un noir si profond que la sclère avait disparu. Elle incarnait un prédateur dangereux, parce que blessé et en colère. Si elle perdait le contrôle, personne ne sortirait vivant de cette salle.

— Bonjour, tout le monde ! lança-t-elle gaiement. Vous en faites une tête ! Que se passe-t-il ? Quelqu'un est mort ? Enfin, à part celui-là, bien entendu.

Elle balança une tête ensanglantée au bas du trône avec un sourire malsain. Lorsque Giordano reconnut la victime de sa petite-fille, il manqua de s'étrangler sous le choc. Sarah avait tué l'un des Grands Conseillers et ramenait une partie de sa dépouille comme s'il s'agissait d'un trophée de chasse ! Et ce devant toute la cour ! Pour couronner le tout, il identifia les deux silhouettes qui l'accompagnaient.

— Comment osez-vous vous présenter ici ? gronda Giordano. Gardes !

Mais les premiers nés se retrouvèrent à l'abri des attaques, sous un dôme d'énergie rouge sang.

— Ils font tous un gros dodo, s'amusa Sarah. Rassure-toi, pas aussi profond que celui dans lequel j'ai plongé Monsieur Peters. Ils se réveilleront bientôt.

— Es-tu devenue folle ? s'emporta le monarque en marchant vers sa petite fille. Soumets-toi ! Quant à vous, debout ! ordonna-t-il à l'adresse de son peuple.

Ce dernier obéit avec des protestations indignées à l'encontre de Sarah. La jeune femme esquissa un rictus mauvais et secoua la tête en signe de dénégation.

— Je viens réclamer le prix du sang, annonça-t-elle froidement.

Le prix du sang, l'ultime sentence, non seulement contre un vampire, mais aussi contre son clan complet.

Ce verdict n'avait été décidé qu'à quatre ou cinq reprises au cours des cinq derniers siècles, car ses conséquences n'étaient pas bénignes. Elle affaiblissait le peuple puisqu'un clan entier disparaissait en une seule fois et plus ce dernier était puissant, plus la perte était importante.

— Mais pour qui ?

— Pour les complices de Peters ! Je me suis déjà chargé de la petite famille de ce dernier. Mais ces deux-là m'ont enlevée et ont tenté de m'assassiner ! tonna Sarah en pointant un index accusateur sur Alistair et Alejandro.

Des grognements sourds résonnèrent de toute part, signe que l'assemblée était à bout. L'odeur du sang et de la mort ne faisait qu'attiser dangereusement leurs sens. Giordano n'avait plus le choix, s'il n'agissait pas rapidement, Sarah serait lynchée. Elle avait beau être forte, si tous les vampires présents, particulièrement ceux détenant des facultés extra-sensorielles, lui tombaient dessus, elle ne pourrait pas tous les repousser simultanément.

— Mettez-la aux arrêts jusqu'à nouvel ordre ! s'écria-t-il.

— Non ! s'interposa James.

Mais le monarque le maîtrisa d'un seul coup d'œil. Le jeune homme tomba à genoux, soumis, sous les regards interdits de sa famille.

Sarah obtempéra sans résistance. Elle se contenta de sourire en relevant le menton, bravache. Elle ne semblait pas en colère ou effrayée par les conséquences de son geste. Pourtant, celles-ci pourraient se révéler gravissimes.

— Quant à vous et vos clans, déclara l'Italien en se tournant vers Alistair et Alejandro, vous êtes assignés au palais jusqu'à ce que les allégations de ma petite-fille soient vérifiées !

— C'est honteux ! tentèrent-ils de protester. La princesse a perdu la raison !

— Nous avons toujours fait preuve de fidélité envers la monarchie ! Tout le monde ici pourrait en attester !

— Il suffit ! s'emporta le roi.

Les gardes les escortèrent dans leurs appartements de fonction, tandis que leurs clans respectifs étaient installés dans ceux prévus pour les invités. Désormais, ils n'auraient plus aucun contact entre eux ou avec l'extérieur.

Giordano se tourna de nouveau vers Sarah, maintenant entourée de quatre soldats surentraînés. Cela dit, ils n'auraient pas pu faire grand-chose contre la nouvelle princesse. Celle-ci semblait calme, comme si elle s'était attendue à ce que les choses se déroulent de cette façon.

— Sarah, ce que tu as fait est extrêmement grave, tout comme tes allégations. J'espère que tu as des preuves de ce que tu avances.

— Convoque le tribunal. Tu recevras les preuves en temps et en heure, rétorqua froidement sa petite-fille.

— Et eux ? demanda-t-il en désignant du menton Caïn et Abel, toujours enfermés dans le dôme. Tu sais qu'ils n'ont pas le droit de venir ici, ce sont des renégats !

Sarah eut un sourire suffisant avant de répondre :

— Peut-être, mais ils m'ont sauvé la vie tandis que tes alliés tentaient de me l'ôter. Je les ai reconnus comme membre à part entière de mon clan. Personne ne peut rien contre eux avant ma condamnation. Tu vois, j'ai suivi ton enseignement et n'ai rien laissé au hasard.

Elle se tourna vers les frères maudits, leur envoya un baiser puis le dôme disparut. Avec un sourire triste, Abel feignit d'attraper le sien et de le poser sur son cœur. Si Sarah sourit à ce geste, le reste de l'assistance en fut profondément horrifié ! Quant à James, il eut l'impression atroce que l'on venait de lui arracher le cœur et l'âme. Caïn, lui, se contenta de la saluer d'une révérence, affichant sa dévotion à son égard. Sarah se laissa ensuite entraîner jusqu'aux geôles du palais, après avoir adressé un sourire à sa famille.

Chapitre 27

Lorsque Giordano descendit les marches menant aux prisons du palais, il fut étonné du silence pesant qui y régnait. Connaissant Sarah, il se serait plutôt attendu à des protestations indignées, voire enragées, mais dans le cas présent, rien. Sans même s'en rendre compte, il pressa le pas. Les quatre gardes étaient toujours postés, indemnes, devant la cellule de sa petite-fille, d'où aucun bruit ne filtrait. Le monarque retint de justesse un soupir de soulagement. Ceux-ci le saluèrent dès qu'ils l'aperçurent, mais à cet instant, le protocole n'avait guère d'importance. Chez Sarah, une pareille maîtrise n'indiquait qu'une chose : la tempête qui approchait serait terrible.

— Laissez-nous seuls, ordonna-t-il après avoir pris le temps de mémoriser leurs visages.

Les soldats obtempérèrent et quittèrent les lieux, ravis de ne plus se trouver sous terre avec cette gamine étrange. Sarah, suspendue la tête en bas à un anneau de fer fixé au plafond, son manteau de cuir noir l'enveloppant telles des ailes protectrices, n'esquissa pas le moindre mouvement. Elle ressemblait plus que jamais à une créature de la nuit, fascinante, inquiétante et extrêmement dangereuse. Tout comme il l'avait été à ses débuts en tant que vampire. La magie, alliée à la force surhumaine, se révélait un cocktail aussi détonant qu'enivrant. Si elle n'y prenait garde, elle serait consommée par son propre pouvoir.

— Qu'est-ce que tu fabriques ? lui demanda-t-il, plus durement qu'il ne l'aurait souhaité.

— Je médite, répondit froidement la jeune fille sans daigner bouger.

Le monarque soupira puis lui tendit une poche de sang frais à travers les barreaux de sa prison.

— Tiens, je t'ai apporté de quoi te nourrir.

Elle ouvrit les yeux et, d'un magnifique salto, se retrouva au sol. Elle avisa la poche puis grimaça avant de la prendre.

— A positif, bof, le menu n'est pas terrible. J'aurais préféré choisir sur pieds, ironisa-t-elle.

— Arrête de plaisanter, tu veux ? s'agaça son grand-père. Tu disparais pendant des mois et lorsque tu reviens enfin, c'est avec la tête de l'un des Conseillers en bandoulière ! Tu te rends compte de ce à quoi tu t'exposes ?

Sarah fit sauter la canule de la poche et but une gorgée avant de répondre sur le ton de la conversation :

— À payer le prix des erreurs de mes ancêtres, encore. Je n'en serais pas arrivée là si tu avais eu la bonne idée de nommer un nouveau Conseil à ton entrée en fonction. Je peux cependant te jurer que si je m'en sors, je purgerai la cour de fond en comble avant même ma montée sur le trône. Désormais, le choix s'avérera des plus simples. On sera avec moi, ou contre moi.

Les yeux de Sarah virèrent alors au bleu topaze. Sa petite-fille avait gagné en maturité et s'était endurcie en seulement quelques semaines. Un processus qui aurait dû prendre plusieurs années et qui, du même coup, semblait encore plus inquiétant. Elle n'avait pas toujours un caractère facile, mais elle avait la tête sur les épaules. Dans le cas présent, c'est à peine si elle se sentait concernée par la situation.

Elle avait décapité Peters et massacré son clan, pourtant elle se contentait presque d'un « c'est lui qui a commencé ! » pour justifier son acte. Sarah n'était pas une meurtrière, elle aurait tué Dylan Miller l'été dernier sinon, alors que lui arrivait-il ? L'idée qui prenait forme dans le cerveau du roi ne lui plaisait pas du tout. Si elle avait totalement étouffé sa part d'humanité, faire revenir celle-ci serait long et extrêmement éprouvant pour la jeune fille. De plus, la sorcière et le vampire en elle risquaient de se livrer bataille. L'une ferait en sorte que le vampire ne se nourrisse plus, tandis que l'autre chercherait à s'abreuver dix fois plus que la normale afin de se fortifier ! *Pourquoi faut-il donc qu'elle subisse tant d'épreuves ? Ce n'est qu'une enfant, mon enfant. Je dois la sortir de là. Elle n'a pas à payer le prix des erreurs des miens.*

— D'accord, concéda-t-il. As-tu besoin de quelque chose en particulier ?
— Maintenant ou pendant le procès ?
— Les deux.
— Tu crois que tu pourrais me dégoter un liseur d'âme ?

Le monarque haussa les sourcils, surpris par cette demande pour le moins saugrenue ! Un liseur d'âme était un vampire capable non seulement de fouiller l'esprit de l'un de ses congénères, mais également d'y détecter la moindre émotion. Souvenirs, projets, ressenti, rien ne lui échappait. Une sorte de mélange entre empathe et médium. De tous les dons que possédaient les vampires, celui-ci était le plus rare, mais sûrement le plus terrible à supporter. Un liseur d'âme se retrouvait sans cesse assailli par les émotions et pensées des autres, comme s'il s'agissait des siennes. Un fardeau bien lourd, surtout dans un monde fait de violence et de mort.

— J'en connais un, mais que diable ferais-tu d'un liseur d'âme ?
— Savoir si l'on me ment ou non et prouver que je dis la vérité. Bien entendu, oublie s'il fait partie du Conseil.
— Non, il est le chef de l'un de mes clans alliés. Il n'a jamais caché son enthousiasme à ton égard et a activement participé aux recherches te concernant.

Sarah se passa une main dans les cheveux, l'air las.

— Attends un peu qu'il apprenne ce que j'ai découvert et nous verrons s'il se montre toujours aussi enthousiaste comme tu dis. Ce procès ne bouleversera pas seulement ma vie, ou la tienne, mais les bases du vampirisme lui-même.

Giordano s'avança pour attraper les barreaux de la cellule, cherchant désespérément à capter le regard de sa petite-fille.

— Devrais-je savoir certaines choses avant le début des audiences ? demanda-t-il.

Elle soupira puis commença à tourner dans la cage comme si elle se contentait de réfléchir à haute voix.

— S'ils apprenaient que je me suis confiée à toi, toutes les preuves que je fournirais seraient considérées comme nulles et non avenues. Je ne peux prendre ce risque. Désormais, mon destin est en marche et je ne peux plus rien faire pour le stopper. Personne ne peut rien pour moi.

Elle haussa les épaules, comme si toute cette histoire ne l'atteignait pas. Excédé, il frappa les barreaux de ses poings.

— Nom de Dieu ! Je sais tout cela ! Mais dis-moi au moins si tu vas bien ! Pourquoi cette distance à l'égard des tiens lorsque tu déroules presque le tapis rouge pour ces deux énergumènes de Caïn et Abel ?

Cette fois, la jeune fille planta son regard dans celui de son grand-père. Point de reproches ou de colère dans ses grands yeux, juste une immense tristesse.

— Tout simplement parce qu'ils m'ont sauvé la vie, aidée à me familiariser avec ma nouvelle nature ainsi qu'à retrouver les coupables de mon enlèvement. Jamais je n'aurais pu reprendre ma place sans eux.

— Comment cela ? Il t'aurait suffi de rentrer pour reprendre ta place.

— Justement, comment rentrer lorsque l'on ne se souvient plus d'où l'on vient ? Je n'ai plus aucun souvenir de ma vie avant mon réveil, un soir, sur une plage de La Nouvelle-Orléans. Caïn a réussi là où le peuple vampire tout entier a échoué et m'a rendu ma vie. Même si tu ne l'apprécies pas, tu lui dois au moins un minimum de reconnaissance pour cela !

Face à cette confession, Giordano resta sans voix. Sarah ne se souvenait donc de lui que parce que les premiers nés l'avaient ramenée au nid. Depuis le temps qu'ils cherchaient, ils avaient enfin trouvé le moyen de réintégrer la cour !

— Je sais ce que tu penses, mais tu te trompes. Caïn était mon ami bien avant cette histoire. Il s'est toujours montré fidèle envers Kylian. Quant à Abel, il n'a accepté de m'aider que pour faire plaisir à son frère. Il m'a enseigné à chasser tout en conservant un équilibre avec les humains. Sans lui, je ne serais qu'un fauve assoiffé de sang, dénué de conscience et de scrupules. Remercie-le du fait que l'existence des vampires soit encore un secret !

— Trop aimable à eux, ironisa le souverain.

— Crois ce que tu veux, mais je ne tolérerai pas qu'il leur arrive quoi que ce soit. Si j'apprends qu'on leur a manqué de respect, je serai sans merci.

— Ne crains rien, ils sont avec ton clan. Cependant, tu sais qu'ils ne pourront pas réintégrer la cour, ajouta Giordano, l'air de rien.

— C'est ce que nous verrons, rétorqua Sarah. Le jour où j'enfilerai la couronne, j'obtiendrai aussi le pouvoir. La loi, ce sera moi et je t'assure qu'il va y avoir du changement !

Si elle avait gagné en maturité, son insolence et son goût pour la provocation n'étaient pas en reste ! Il dut respirer profondément pour se retenir d'entrer dans la cage et de la gifler. *Ah, quelle magnifique influence ont-ils eu les premiers nés ! Sauveurs ou pas, ils ne perdent rien pour attendre ces deux gugusses !*

— À présent que les choses sont claires entre nous, explique-moi, reprit-elle. Comment ce procès est-il censé se dérouler au juste ?

Le monarque soupira une nouvelle fois, puis s'appuya contre le mur, à sa gauche, les mains dans les poches de son pantalon gris perle. Il était tellement absorbé par l'avenir de Sarah qu'il ne remarqua pas l'eau suintant des pierres qui souillait déjà avec application son costume haute couture.

— Je l'ignore. C'est la première fois que l'un des membres de la famille royale est jugé. J'ai une réunion dans une heure avec le Grand Conseil ainsi que ton clan et le mien pour décider de la marche à suivre. D'habitude, ce sont eux qui constituent le jury, mais dans le cas qui nous occupe, c'est impensable.

— Comme tu dis. Très bien, alors préviens-moi dès que tu auras des nouvelles.

Giordano allait quitter les lieux lorsqu'il fit demi-tour.

— Sarah ?

— Oui ?

— Pour ce que cela vaut à tes yeux aujourd'hui, je t'aime, *piccola principessa*.

Elle esquissa l'un de ses sourires ravageurs, dont elle seule avait le secret, avant que ses iris ne se teintent de nouveau d'un noir profond puis répondit :

— Pour ce que cela vaut de la part d'une amnésique, je t'aime aussi, nonno. Je n'ai pas besoin de mes souvenirs pour écouter ce que me crie mon cœur.

Giordano sourit puis regagna la surface en se faisant violence pour ne pas courir libérer sa petite-fille.

Le monarque avait décidé que la réunion se tiendrait dans ses appartements privés. Mieux valait éviter que le peuple s'imagine que le Conseil et la monarchie étaient divisés et qu'une crise pointait. Pourtant, Giordano ne se leurrerait pas. La situation actuelle était sans précédent et changerait à jamais la donne. Sarah semblait partager cette idée, mais visiblement pour des raisons différentes. Qu'avait-il bien pu se passer pendant son absence pour qu'elle en soit arrivée à décimer le Grand Conseil ? Bien sûr, il y avait bien longtemps qu'il se doutait que l'enlèvement de sa petite-fille était l'œuvre de l'un de ses proches, mais il aurait suffi qu'elle revienne dès que Caïn lui avait révélé sa véritable identité ! Il l'aurait protégée, contre son peuple s'il l'avait fallu ! Mais non, elle avait préféré mener seule sa guérilla et, à présent, il ne pourrait rien pour elle.

Ses pas le conduisirent jusqu'aux appartements de Pierce et Niccolo, il dut se faire violence pour ne pas défoncer les portes et éradiquer, une bonne fois pour toutes, les rats qui grouillaient derrière. Discrètement, il marmonna une incantation. S'il leur prenait l'idée de se carapater ou de descendre aux geôles, ils seraient piégés. Deux précautions valaient mieux qu'une. Il fit de même devant ceux retenant leurs clans.

Lorsqu'il passa finalement le seuil de ses propres appartements, la tension qui régnait dans le salon lui sauta presque au visage. Les Drake et le clan premier étaient installés autour de la table, conservant un silence presque religieux. Terrence, alias Caïn, était avec eux. Tous fixaient leurs mains croisées sur le meuble, comme s'ils priaient. Giordano fouilla rapidement la pièce du regard, à la recherche du second frère maudit. Pour le trouver, il lui suffit d'observer James. Il était le seul à être tourné vers l'extérieur et ressemblait à un fauve sur le point de bondir sur sa proie. Abel se tenait à l'écart, assis sur la balustrade du balcon, ses jambes étendues devant lui, la cigarette au bec. Il s'était sans doute rendu compte du manège, cependant, aussi courageux soit-il, le petit Jamy se révélerait aussi inoffensif qu'un chaton face au roi de la jungle. Giordano pouvait capter le chagrin et la colère du premier-né comme s'il s'agissait de la sienne. Son attachement à Sarah était non seulement sincère, mais profond. Faire en sorte que cette réunion ne se termine pas en pugilat relèverait du miracle ! Quant aux Conseillers, ils se tenaient dans le coin le plus éloigné du salon, debout, ils discutaient à voix basse, prenant soin d'éviter toute référence à Sarah.

Dès qu'il referma la porte, tous les regards se tournèrent vers lui. Il gagna le bar où il se servit un verre de sang frais avant de déclarer :

— Pour ceux que cela intéresse, Sarah va bien.

Les Drake se détendirent instantanément. Abel, qui n'avait pas bougé jusque-là, se rapprocha et vint se poster, les bras croisés, contre le chambranle de la porte-fenêtre. James guettait le moindre de ses mouvements.

— Elle irait encore mieux si elle ne pourrissait pas dans les geôles tandis que Pierce et Niccolo se retrouvent tranquillement assignés dans leurs appartements tout confort, grinça Lily.

— Elle a tué l'un des Grands Conseillers, rétorqua Giordano. Je ne pouvais pas faire comme si de rien n'était.

Conrad Osborne s'avança alors. Vêtu d'un costume et d'une chemise noirs, sa longue tresse blanche retombant de son épaule jusqu'à sa taille, il semblait ne pas savoir sourire et gardait son sérieux en toute circonstance. Une vraie face de carême.

— Majesté, puis-je prendre la parole une seconde ?

Même lors d'une réunion non officielle, Osborne respectait à la lettre le protocole. Ce type ne faisait-il jamais d'exception ? Ne relâchait-il jamais la pression ? Giordano hocha la tête en signe d'assentiment, autant pour répondre à ses questions mentales que pour pousser Osborne à poursuivre.

— Le geste de la princesse nous a tous surpris, je vous l'accorde, et aucun d'entre nous ne remet en cause sa gravité. Cependant, elle reste la future reine, et de ce fait, nous estimons, mes collègues et moi-même, qu'elle doit être traitée avec le respect dû à son rang. La laisser dans les geôles quand messieurs Niccolo et Pierce sont seulement assignés à résidence risque d'envoyer un message tronqué au peuple. Celui-ci pourrait s'imaginer que vous la croyez déjà coupable. Or, pour le moment, nous ignorons ce qui l'a conduite à agir ainsi.

— Que voulez-vous dire ? interrogea le souverain.

— Eh bien, tant que le procès n'a pas eu lieu, nous ne savons pas qui est responsable et de quoi. La princesse pourrait avoir agi de la sorte par légitime défense ou pour défendre le trône. Il nous semble donc préférable qu'elle soit également assignée à résidence, dans des appartements réservés aux invités de marque par exemple. De cette façon, vous ne désavouez pas clairement les Conseillers mis en cause ni votre petite-fille. Un signe de neutralité en somme.

— Pour une fois, nous sommes d'accord, intervint de nouveau Lily. Sarah adore la suite Osana.

601

Conrad Osborne lui adressa un signe de tête poli tandis que cette révélation arracha un sourire satisfait à Abel. Et pour cause, il avait lui-même décoré cette pièce pour la maîtresse à laquelle il avait dédié ce palais. Après sa confiscation, personne n'avait vu l'intérêt d'en changer le nom.

— Très bien, j'escorterai moi-même la princesse dans ses appartements dès la fin de cette réunion, accepta le roi.

— Pourra-t-elle recevoir des visites ? s'enquit Abel.

À ces mots, James feula, mais le premier-né ne lui accorda pas la moindre attention. Caïn, lui, fusilla son frère du regard.

— Suffit ! intervint Kylian. Ce n'est pas le moment !

James serra les poings, mais n'insista pas, sachant que son père avait raison.

— Non, rétorqua Giordano. Certains risqueraient de penser que nous avons préparé les questions qui seront abordées pendant les audiences. Nous devons faire en sorte que ce procès reste le plus impartial possible, autant pour le bien de Sarah que pour celui de la monarchie.

— Très bien, dans ce cas, comment sera choisi le jury ? demanda Kylian. Parce qu'il va de soi qu'aucun des Conseillers ne peut en faire partie.

— Je crois avoir trouvé une solution. Ou plutôt, Sarah s'en est chargée. Elle exige la présence d'un liseur d'âme au procès. De cette façon, chaque témoignage pourra être vérifié au fur et à mesure. Cela nous évitera de nommer des jurés qui pourraient avoir trempé de près ou de loin dans cette sombre histoire et de la mettre derrière nous au plus vite.

— C'est une bonne idée, acquiesça Osborne après avoir consulté ses collègues du regard. Sans doute la meilleure que nous avons sous la main. Vous pensiez à quelqu'un en particulier ?

— Je songeais à…

— Avant que vous organisiez la fête du millénaire, pourrions-nous au moins savoir ce que risque Sarah exactement ? les coupa Gwen d'un ton glacial.

Giordano se tourna vers elle. Il n'y avait pas trace de colère dans les yeux du monarque, juste de la tristesse et de la compassion. Il avait conscience de l'attachement de Gwen pour sa petite-fille. En presque quatre siècles, elle avait connu sa part de malheur. Comment faire autrement en vivant si longtemps ? Mais perdre un petit représenterait un coup terrible, voire fatal, et signerait certainement la fin de leur amitié. Ce fut au nom de cette dernière que Giordano décida de la jouer franc-jeu.

— Dans d'autres circonstances, Sarah n'aurait pu être que destituée, mais dans le cas présent, elle a exigé le prix du sang.

— Ce qui signifie ?

— Que l'une des deux parties sera forcément mise à mort, déclara Kylian d'une voix éteinte.

Gwen fit volte-face et considéra son mari comme si elle ne comprenait pas ce qu'il lui disait.

— Mais…

— C'est la loi. Sarah connaissait les conséquences de son choix, trancha le monarque.

Gwen quitta alors la pièce comme une bombe. Tous baissèrent la tête, s'imaginant que la situation la dépassait, mais elle fut de retour quelques secondes plus tard, une enveloppe à la main.

— Arrêtons immédiatement cette mascarade ! gronda-t-elle. Ma fille n'a fait que défendre sa vie et son trône. Trône qu'on lui a d'ailleurs imposé et dont elle ne voulait pas ! Si je te fournis ici et maintenant les preuves de son innocence, y a-t-il la moindre chance de lui éviter ce procès ?

Giordano fronça les sourcils puis se tourna vers Osborne, attendant de lui qu'il réponde à sa place.

— Si nous obtenions les preuves que la princesse a agi par légitime défense pour elle ou son clan, que la monarchie était bel et bien visée ou encore que Pierce et Niccolo ont bien trempé dans son enlèvement, il va de soi que ce sont eux qui seraient jugés et non la princesse. Malheureusement, nous n'avons plus le temps de mener une enquête approfondie et lesdites preuves devraient être irréfutables. Les courtisans exigent des réponses et aucune zone d'ombre ne peut subsister.

L'Italienne se contenta d'un sourire empreint de mépris puis déclara :

— Dans ce cas, ne froissons pas leur petite sensibilité. Convoquez-les donc dans une heure dans la salle du trône et arrangez-vous pour dégoter un écran géant. Je ne voudrais pas que l'un d'entre eux rate le spectacle !

— Les preuves dont tu parles se trouvent dans cette enveloppe ? s'enquit le monarque.

— Oui, mais peut-être souhaitez-vous vérifier si elles ne sont pas truquées tant que nous y sommes !

— Calme-toi, Gwen, rétorqua Giordano sans perdre son calme. Comme toi, je ferais n'importe quoi pour sauver Sarah, mais oui, elles devront être authentifiées avant d'être présentées aux courtisans. Aucun doute ne doit subsister sur l'innocence de Sarah. D'ailleurs, qui t'a fourni ces pièces à conviction ?

Elle lui tendit le pli avant d'expliquer :

— Sarah elle-même, avant de faire son petit numéro. Je te concède qu'elle aurait pu se passer de ce genre de mascarade sordide, mais tu lui as assez répété qu'elle devait asseoir son pouvoir, et ce, avant même d'entrer en poste, elle n'a fait que suivre ton enseignement.

Le monarque la foudroya du regard avant de décacheter l'enveloppe d'un coup sec. À l'intérieur, il découvrit plusieurs documents ainsi que deux DVD. Sur le premier boîtier était inscrit Forteresse de Dante, sur le second Adam Milford. Qu'est-ce que le chef des chasseurs venait faire dans cette histoire ?

— Tu les as regardés ? demanda-t-il.

— Non. Je voulais d'abord savoir ce qu'un procès rapporterait à ma fille.

— Très bien. Osborne, combien de temps pour authentifier ces pièces ?

Le conseiller s'approcha et prit les DVD pour les observer de plus près. Il tourna et retourna les étuis puis les ouvrit l'un après l'autre avant d'étudier les disques avec suspicion.

— J'ignore comment elle a fait pour se le procurer, mais celui-ci est indéniablement l'un des supports d'enregistrements de la forteresse de Dante. Quant à Adam Milford, il s'agit du chef des chasseurs de sorcières. Il se pourrait donc que cette histoire n'ait rien en commun avec la monarchie.

Malgré la confirmation de ses doutes, le monarque resta de marbre. Marcus Denam intervint avec son flegme habituel.

— Écoutez, vu la crise qui se prépare, nous ne pouvons tarder à expliquer clairement au peuple les agissements de la princesse. De plus, nous savons tous que Niccolo et Pierce entretiennent des liens d'amitié avec certaines familles alliées…

— Parce que pas avec vous ? grinça Kylian.

— Le Conseil est en place pour préserver la monarchie. L'amitié ne rentre pas en considération dans des décisions aussi graves que l'avenir du peuple vampire, répondit-il d'un air pincé.

L'avenir du peuple vampire… ces simples mots rappelèrent soudain à Giordano les paroles de sa petite-fille. Elle pensait avoir agi comme il le fallait pour défendre son trône, mais que ce que le procès dévoilerait d'elle pourrait lui nuire plus encore. Ces preuves pourraient donc se révéler à décharge, mais surtout à charge contre Sarah. Quoi qu'il décide, il était dans l'impasse et, pourtant, il devait prendre rapidement une décision s'il ne voulait pas se retrouver avec une mutinerie sur les bras !

— Nicolaï, Richard, allez chercher Sarah immédiatement.

Les deux hommes obtempérèrent sans rien demander, contrairement au Conseil. Ce fut de nouveau en la voix de Conrad Osborne qu'il se fit entendre :

— Majesté, que comptez-vous faire exactement ? Nous ne pouvons prendre pour argent comptant le témoignage de la princesse, vous en avez conscience, n'est-ce pas ?

— Et vous avez conscience que, vu les circonstances, je ne peux me fier au Conseil juste sur sa bonne trogne, n'est-ce pas ? ironisa le monarque. Gardes ! Allez me chercher Nathaniel Lesere.

Osborne cilla, mais n'insista pas et retourna auprès de ses confrères. Ces derniers semblaient partagés entre calme et résignation. Ils étaient là pour donner leur avis, mais le roi demeurait décisionnaire en toute circonstance. Quelques secondes plus tard, Lesere les rejoignit en traînant les pieds. Comme beaucoup, il aurait certainement préféré ne pas être mêlé à ce foutoir. Giordano lui expliqua rapidement ce qu'il attendait de lui. Autrement dit, lui confirmer ou non la véracité des dires de la princesse.

Lorsque Sarah arriva, escortée de Richard et Nicolaï, elle paraissait plus lasse que stressée par cette situation. Comment pouvait-elle demeurer aussi calme alors que la mort par démembrement lui pendait au nez ?

— Il était temps, constata-t-elle seulement. Alors ?

— Je souhaitais t'entendre me dire à haute voix que tu n'as pas trafiqué ces documents avant de consentir à les étudier, déclara le monarque.

Sarah esquissa un sourire narquois, avant de répéter comme une écolière récitant sa leçon :

— Je n'ai pas trafiqué ces documents. Et puisque vous allez me poser la question, Abel et Caïn, non plus. Je les ai volés chez Adam Milford et Finn Peters, les complices de Pierce et Niccolo, après les avoir torturés et assassinés.

Les Drake affichèrent alors des mines horrifiées, James y compris. Giordano se tourna vers le liseur d'âme.

— Elle dit la vérité, confirma Nathaniel sans lâcher Sarah des yeux.

— Le diable n'a pas besoin de mentir, rétorqua froidement la jeune fille.

Chapitre 28

La réunion avait laissé place à une soirée télé, en famille, me semblait-il. Ils gardaient tous les yeux rivés sur l'écran à LED dernier cri de mon grand-père, censé livrer leur si précieuse vérité.

J'étais la princesse, je bénéficiais, soi-disant, d'un statut privilégié, pourtant, ma simple bonne foi paraissait ne pas leur suffire. Je devais me justifier et étais traitée comme n'importe quel suspect. Pire ! J'avais eu droit aux geôles et ces traîtres de Niccolo et Pierce au confort de leurs appartements de fonction ! J'avais dû me contenter de A positif tandis qu'ils devaient se gaver d'O négatif. J'espérais pour eux qu'ils profitaient bien, parce que quoi qu'il arrive, ils me paieraient cher leur trahison, même si ce n'était pas mon bras qui frappait !

On m'avait placée au premier rang, sans doute pour mieux me surveiller. Au moins m'avait-on épargné l'affront de m'enchaîner… Je jetai un coup d'œil discret à James. Il me regardait avec inquiétude, mais lorsque nos regards se croisèrent, il m'adressa un petit sourire encourageant. Je le trouvais encore plus beau que dans mes visions, ce qui ne faisait que compliquer davantage mon dilemme. *Je sais pour toi aussi, Jamy. Pourtant, j'hésite à t'en vouloir. À cause de moi, ton existence s'est retrouvée totalement bouleversée et ce n'est que le début… Ma raison me conseille de te laisser partir pour t'épargner un chemin de vie semé d'embûches, mais mon cœur me hurle que sans toi, je ne survivrai pas. Cette projection aura au moins le mérite de trancher…*

Abel, qui était assis à côté de moi et avait sans doute capté mon état d'esprit, murmura :

— Tout ira bien, joli cœur.

Je reportai mon attention sur lui et hochai la tête, sans conviction, quand enfin l'image apparut sur l'écran. Dans la pièce, la pression monta encore d'un cran. Je me découvris alors, entravée par les pieux légendaires, sur une immense croix de pierre. Le menton reposant sur ma poitrine, mes poignets et mes chevilles couverts de sang, on aurait pu me croire morte. J'osai un regard vers mon grand-père et les Conseillers. Manifestement, la découverte des charmants accessoires de métal sacré ainsi que de l'endroit de ma détention les avait secoués. Osborne se cachait la bouche d'une main, comme s'il n'en revenait toujours pas. *Et encore, tu n'es pas au bout de tes surprises, mon grand !*

— Enfin te voilà de retour, commença une voix d'homme.

Il se trouvait hors du champ, il était donc impossible de l'identifier pour le moment et sa voix ne constituait pas une preuve irrévocable. Dommage, j'aurais apprécié de ne pas revivre cet épisode de ma vie. Pour une fois, mon amnésie me semblait salvatrice. Je n'avais pas de souvenir de cette scène, pourtant, cette simple intonation me fit frissonner. Je serrai les poings jusqu'à ce que mes jointures deviennent blanches. J'avais tenu le coup jusque-là, hors de question que je craque maintenant. Sur la bande, on me vit feuler et me tortiller comme un ver pour échapper à la morsure meurtrière de l'astre solaire.

— Baissez les stores ! ordonna l'inconnu.

— À quoi vous jouez ? lui lançai-je en le gratifiant d'un regard assassin.

Vu la situation, j'estimais avoir fait preuve d'un certain panache. Panache aussi inutile que pathétique, soit, mais au moins ne m'étais-je pas mise à geindre comme une petite chose fragile devant ce rat !

— Croyez bien que je ne joue pas, majesté, au contraire.

L'homme entra enfin dans le cadre et tous purent reconnaître Alistair Pierce.

— Sale bâtard !

James se leva brusquement et s'apprêtait à sortir lorsque Christian Derans lui barra la route en l'attrapant à la gorge. Je me précipitai sans réfléchir et, d'un simple regard, je le fis lâcher James et mettre genou à terre. Tous deux me considérèrent avec étonnement, mais aussi avec un sentiment que j'avais lu maintes fois dans les yeux de mes victimes innocentes : la peur. Ils avaient tous beau m'aimer ou me respecter, ils semblaient également convaincus que j'étais devenue folle et incontrôlable. Dans le fond, peut-être n'avaient-ils pas tort. Car l'unique chose qui me préoccupait désormais était d'assouvir ma vengeance. Peu importait que je tombe avec eux, mes bourreaux paieraient.

— Sarah ! intervint Giordano.

Je savais à cet instant que, dans mes yeux, le ciel d'azur avait remplacé la nuit, et que la vision qu'avaient de moi les personnes présentes devait être plus démoniaque qu'angélique, mais je n'en avais cure.

— Ne vous avisez plus jamais de toucher à un seul de ses cheveux, ni vous ni personne, grondai-je. Je ne suis plus à un meurtre près, alors ne me poussez pas à bout. Il est à moi !

— Elle dit la vérité, confirma une nouvelle fois Nathaniel.

Je me tournai vers lui en haussant les sourcils puis secouai la tête. Mieux valait garder pour moi ce que m'inspirait ce genre d'intervention pour le moins inutile.

— James, assis. Quant à vous, ajoutai-je à l'adresse de Derans, contentez-vous d'attendre les ordres du roi pour agir !

Ils obtempérèrent et je repris ma place également. Je fourrageai dans les poches de mon manteau puis m'allumai une cigarette. Sans que j'aie à demander, Lily m'apporta un cendrier. Lorsque nos regards se croisèrent, pour la première fois depuis ma mutation, je me sentis en sécurité. Avant de retourner s'asseoir, elle posa une main apaisante sur ma joue et, au lieu de tenter d'échapper au contact, je m'y frottai une seconde en lui rendant son sourire.

Richard appuya de nouveau sur le bouton lecture et le film reprit.

— Vous savez donc qui je suis, grondai-je, détachez-moi !

— Je crains malheureusement que ce soit impossible. Si vous êtes ici, c'est justement parce que nous savons qui vous êtes. Voilà le nœud du problème.

— De quoi parlez-vous ? Où est James ? J'espère pour vous qu'il va bien !

— Rassurez-vous, aucun mal n'a été fait à Monsieur Drake. Pour le reste, je vous donnerai de plus amples informations lorsque mes compagnons seront arrivés. Il serait de mauvais goût que je commence sans eux.

Puis il quitta la pièce. S'ensuivaient ensuite trois longs jours de torture quasi ininterrompus. Même en avance rapide, nos yeux de vampire nous permirent de profiter de chaque détail. À ce stade, James semblait au bord de l'implosion, quant à ma mère, elle gardait son poing dans sa bouche pour s'empêcher de hurler. Tous me lançaient des regards compatissants face à l'horreur que j'avais endurée. Jusque-là, ils n'avaient pu qu'imaginer et, comme tout un chacun, ils avaient espéré que cela n'avait pas été si terrible. Désormais, je ne serai plus seule à être hantée par les spectres de mon calvaire.

Cette fois, Peters et Niccolo accompagnaient Pierce, il n'y avait plus de doute quant à l'identité des protagonistes de cette affaire. Tous trois arboraient la tenue officielle du Conseil, ce qui provoqua quelques grincements de dents dans l'assistance. En conservant leur uniforme pour officier, ces trois-là estimaient agir au nom du Grand Conseil lui-même.

— Que signifie cette mascarade ? coassai-je.

Mes ravisseurs devaient être soit orthophonistes, soit aguerris à l'exercice, car Pierce rétorqua du tac au tac :

— Point de mascarade dans le cas qui nous occupe, ma chère. Croyez bien qu'il n'y a rien de personnel là-dedans.

Là, il esquissa une révérence.

— C'est déjà personnel. Vous comptez me tuer ?

Non, non, ils t'avaient amenée là pour enfiler des perles ! J'en avais sûrement posé des questions idiotes, mais celle-ci décrochait la timbale !

— Mon grand-père est un sorcier puissant, il ne tardera pas à me localiser. Dites-moi ce que vous attendez de moi, laissez-moi partir et je mettrai cet incident malheureux sur le dos des chasseurs de sorcières. Je ne chercherai pas à me venger, vous avez ma parole.

En guise de réponse, les rideaux de fer furent levés encore une fois. Au contact des rayons solaires, ma peau se couvrit de cloques tandis que mes yeux devinrent presque incandescents. Je poussai un tel hurlement que toute l'assistance sursauta.

— Putain de merde ! lâcha Zach en se passant une main dans les cheveux.

— Suffit ! Tu avais affirmé que dès qu'elle accepterait de coopérer, tu la laisserais partir. Jamais il n'a été question de torture ! protesta Peters.

Lorsque les stores furent de nouveau baissés, Pierce reprit :

— Je souhaitais seulement faire comprendre à Mademoiselle qu'elle n'est pas en position de parlementer.

— Tu n'es qu'un sadique !

— Non, seulement un vampire. D'ailleurs, tu sais comme moi qu'elle ne sortira jamais d'ici. Nous devons seulement faire en sorte qu'elle envisage la mort comme un soulagement.

— Quoi ? Ce n'est pas ce qui était prévu !

— Sois sérieux, tu penses vraiment que le roi nous laissera vivre lorsqu'elle lui aura balancé ce que nous lui avons fait ? De toute façon, c'est la seule façon d'atteindre notre but, renchérit Niccolo avant de se planter devant moi. Annulez la prophétie.

Face à cette information, Giordano se tourna vers Osborne, assis à sa droite comme le fayot qu'il était. Il lui lança un tel regard qu'il fut étonnant qu'il ne s'enflamme pas comme une torche sur-le-champ ! *Eh oui, Osborne, la main du maître est faite pour caresser, mais aussi pour battre. Vu la taille de la paluche, tu vas sans doute te souvenir de son contact pendant un moment !*

— Richard, mets ça en pause, s'il te plaît, ordonna-t-il sans lâcher des yeux son fidèle serviteur. Je croyais que vous n'étiez pas parvenu à traduire la prophétie, grogna-t-il.

— Je le pensais également. Vous imaginez bien que nous vous aurions prévenu si cela avait été le cas, se justifia l'autre, déconfit.

— Nous réglerons cela plus tard, répondit le monarque dont l'intonation dissimulait à peine la menace qui y pointait. Richard !

Ce dernier s'exécuta en silence et la projection reprit.

— Impossible, dis-je d'une voix morne.

Niccolo attrapa alors l'extrémité du pieu pour le faire tourner dans mes chairs, m'arrachant des hurlements à glacer le sang. Je croisai les bras sur ma poitrine, tentant d'échapper aux souvenirs qui commençaient à se frayer un chemin dans mon esprit. Si je devais en perdre certains, qu'il s'agisse de ceux-là ne me gênerait pas. Qui voudrait se remémorer son séjour en enfer ?

— Vous n'êtes pas en position de refuser.

— Vous ne comprenez pas, la prophétie ne peut pas être annulée. Je n'ai aucun pouvoir là-dessus.

Ma main subit le même sort que ma cheville, mais je parvins à étouffer mes propres cris. Je serrais les dents si fort qu'elles grincèrent telle une craie dérapant sur un tableau noir.

— Pas la peine de jouer les dures avec nous. Annulez cette prophétie et épargnez-vous des désagréments supplémentaires.

— Allez vous faire foutre !

On entendit alors des coups frappés à la porte de ma prison puis un homme, hors cadre, se justifier :

— Je sais que vous avez exigé de ne pas être dérangés, mais le roi vient de déclencher le plan d'urgence.

— Il n'a pas perdu de temps, remarqua Pierce avec un sourire narquois. Nous allons devoir vous laisser un moment, princesse. Cela ne nous prendra pas plus de quelques heures. Sonnez le room service si vous avez soif.

S'ensuivait ensuite une nouvelle séance de torture solaire de plusieurs heures. À la fin, je ne hurlais même plus. Le menton reposant lamentablement sur ma poitrine, je gémissais ou délirais en appelant James. Je finis par ne plus bouger du tout, gisant misérablement sur ma croix, lorsque, sortant de nulle part, un immense Oiseau de feu apparut. Discrètement, j'observai la réaction de mon grand-père. Il se leva de sa chaise comme un diable bondissant de sa boîte et murmura :

— Bonté divine !

Toutes les mâchoires environnantes se décrochèrent devant l'apparition. Il avait beau me toucher le front de ses ailes enflammées, il ne me fit aucun mal.

— Bonjour, ma fille, déclara le volatile de sa voix profonde.

Devant mon silence, il continua :

— Non, Sarah, tu ne rêves pas. Ouvre les yeux. Je comprends, mais tu dois fournir un dernier effort. Ouvre les yeux, fille du phénix !

Je compris soudain qu'il entendait mes pensées. J'obtempérai tant bien que mal, redressant la tête avec difficulté. C'est qu'elle avait du coffre la grosse perruche !

— Je suis le grand phénix, le protecteur de ton clan. Je t'attends depuis longtemps, tu sais ?

— Je…

— N'essaie pas de parler, tu es trop faible. Je vais remédier à cela, annonça-t-il.

Il s'évapora comme il était venu. Les pieux tombèrent au sol, me libérant de leur emprise. Je chutai lourdement, incapable d'esquisser le moindre mouvement de défense lorsque mon crâne heurta le béton dans un bruit sourd. La porte de ma cellule s'ouvrit de nouveau et un homme châtain, de taille moyenne, entra dans le champ. Il avisa mon corps, gisant sur les dalles de pierres, puis la croix et les pieux en se grattant la tête, l'air perplexe.

— Qu'est-ce que… Mais comment as-tu réussi à te libérer ?

Puis il me retourna pour me redresser et me caressa le front. Il semblait presque compatir.

— J'ignore ce que tu leur as fait, mais ils doivent sacrément t'en vouloir pour t'administrer un pareil traitement. Au rythme où vont les choses, tu seras morte à leur retour… Je vais te nourrir, un tout petit peu, histoire de te maintenir en vie jusqu'à ce qu'ils décident de ton sort. Si c'est pas malheureux, une si jolie fille.

Il sortit alors une poche de sang de la pochette intérieure de sa veste de cuir, ôta la canule d'un coup de dents puis me versa le liquide écarlate dans la bouche. J'ouvris les yeux, vides de la moindre émotion.

— Doucement, ça suffit maintenant, tu en as eu assez. Je vais te remettre sur ton perchoir. Cela va être douloureux, et crois bien que j'en suis désolé.

Il se tourna une seconde pour ramasser l'un des pieux, malheureusement pour lui, il n'eut pas le temps de l'atteindre. D'un bond, je lui sautai sur le dos et enfonçai mes dents dans sa gorge. Je ne le lâchai que lorsque sa peau se ratatina comme celle d'une vieille pomme blette, puis je le poignardai en plein cœur grâce au pieu. Il tomba en poussière à mes pieds, arrachant des exclamations de surprise à ma famille. Mon grand-père, lui, feula si fort que cela ressembla davantage à un rugissement. Tous se tassèrent sur eux-mêmes, sauf Caïn, Abel et moi. Eux, parce que même si Giordano était puissant, il ne pouvait rien contre eux. Moi, parce que j'étais bien contente que papy soit en rogne ! Pour une fois que ce n'était pas contre moi !

On me vit ensuite quitter la pièce avant qu'elle ne s'embrase quelques minutes plus tard et que la bande prenne fin.

— Les pieux ont également été volés et personne ne s'en est rendu compte ! explosa le monarque en se levant pour darder sur le Conseil un regard meurtrier.

— Je euh..., bredouilla Osborne.

— Suffit ! Votre incompétence a bien failli coûter la vie à ma petite-fille ! Et qu'aucun de vous ne s'avise de dire qu'il est désolé parce que je me chargerai moi-même de lui apprendre la définition exacte de ce mot !

— C'est intolérable, renchérit froidement Maria, comme pour soutenir son mari dans sa colère.

Giordano découvrit son aura royale. Elle était d'un bleu à la fois si profond et lumineux que la fixer se révélait rapidement insoutenable, en tout cas pour un vampire lambda. Le Grand Conseil baissa la tête en signe de soumission. *Eh ouais, c'est mon nonno à moi ça !* Giordano ne relâcha pas la pression lorsqu'il demanda :

— Je suppose qu'au vu de cet enregistrement, Sarah est maintenant hors de cause ?

— En effet, convint Osborne en prenant garde de ne pas le regarder dans les yeux. La princesse ne pouvait laisser passer une telle trahison. Le choix de la sentence lui revient également.

— J'y compte bien, intervins-je en me levant pour les rejoindre.

— Le tribunal sera convoqué dès ce soir si vous le souhaitez, Votre Altesse. Cependant, nous ignorons encore pourquoi la traduction de la prophétie vous concernant a poussé ces messieurs à vous enlever...

On sautait du coq-à-l'âne et de la vulgaire prisonnière à Votre Altesse. *Comme quoi dans ce monde, rien n'est impossible.* Je me demandais de quel titre je serais affublée lorsqu'ils découvriraient le fin mot de l'histoire. Bizarrerie ? Étrangeté ? Abomination ? Ah non, celui-ci, je l'avais déjà. Peut-être simplement menace ? Autant pour leurs petits culs bien-pensants que pour leur addiction au pouvoir.

— Enlever ?! explosa Kylian en se levant également. Ils l'ont torturée et affamée pendant des jours ! Ne minimisez pas les faits ! Sarah n'a pas écrit cette prophétie, elle ne peut être tenue responsable de son contenu !

— Je suis d'accord avec vous, mais...

— Mais arrêtons un peu ! le coupa celui que je savais être Isaïa Galvin. Kylian a parfaitement raison ! Si la prophétie contenait un élément susceptible de poser problème à la monarchie, Pierce et ses acolytes se devaient de nous avertir ! Le roi et le Conseil auraient pris les décisions qui s'imposaient, mais il n'était nul besoin d'agir de la sorte. Ils projetaient d'éliminer la princesse et son clan pour optimiser leurs chances d'accéder au trône un jour, ni plus ni moins !

Je fus étonnée de constater que les autres Conseillers hochaient la tête en signe d'approbation. Malgré tout, il n'était pas encore certain que je conserve mon rang et ma couronne.

— Contrairement à vous tous, je sais ce que contient la prophétie, annonçai-je. C'est pourquoi, même si le sort de Pierce et Niccolo est scellé, vous devez étudier le reste des documents que je vous ai fournis. Eux seuls vous permettront de vous rendre compte de l'ampleur de ma découverte et des conséquences de mon existence pour le peuple vampire.

Un silence de plomb tomba sur l'assistance tandis que tous les regards se tournèrent vers moi. J'inspirai profondément avant de prendre l'enveloppe que j'avais rapportée, et qui traînait sur la table basse, pour la tendre à mon grand-père.

— Ce pli contient la vidéo de mon entretien privé avec Adam Milford, le chef des chasseurs de sorcières. Les réponses à mon sujet, qu'il s'agisse de mon passé ou de mon avenir, s'y trouvent également.

Giordano me considéra avec gravité, prit l'enveloppe puis l'observa un moment avant de déclarer :

— Je suppose qu'il ne t'a pas livré ces renseignements de son propre chef.

— En effet, j'ai dû le faire parler et je me suis servie des moyens à ma disposition pour y parvenir. Je suis la princesse vampire, un rang et un destin choisis pour moi par mes ancêtres, je ne m'en excuserai pas, ajoutai-je en le fixant droit dans les yeux.

— J'espère bien, sourit-il. Nous allons étudier cela avec attention. En attendant, tu es consignée dans la suite Osana.

Certains auraient sûrement considéré cette décision comme une punition, mais en agissant de la sorte, le roi m'offrait un moment de calme avant le gros de la tempête.

Chapitre 29

Le tribunal vampire ressemblait un peu à son homologue humain. Il se tenait dans la salle du trône et mon grand-père présidait, tel un juge. Un siège, moins imposant, avait été placé à côté du sien, pour Nathaniel Lesere, le liseur d'âme faisant office de détecteur de mensonges. Finalement, il n'y aurait pas de jury puisqu'il était impossible de savoir qui entretenait des relations avec qui et de quelle nature. Dans un sens, cela m'arrangeait. Je n'avais pas intégré la cour depuis longtemps et je n'avais pas la moindre idée de ma cote de popularité. Lesere permettrait au moins une sorte de neutralité à défaut de contribuer à l'animation. Des tribunes longeaient les murs de gauche et de droite, mais les places n'étaient pas distribuées en fonction des sympathies. Les courtisans venaient juste assister à une victoire ou un bain de sang. Ou mieux, les deux !

La salle était pleine à craquer lorsque j'y pénétrai. J'avais pris le temps de me doucher et de changer de vêtements, histoire d'avoir l'air un peu moins folle et négligée. L'odeur de l'hémoglobine et de la mort a tendance à empêcher les vampires de réfléchir.

Les murmures redoublèrent tandis que je remontais l'allée centrale en affichant toute la fierté dont j'étais capable. Niccolo, Pierce et leurs clans étaient déjà là, installés à droite du trône, je m'installai donc à gauche, devant les Drake et le clan premier. Je risquai un rapide coup d'œil dans leur direction. Ma mère souffla un baiser vers moi, m'arrachant un petit sourire que mon père me rendit. Mes frères et sœurs levèrent les poings à hauteur de leur poitrine en signe d'encouragement. Abel et Caïn, assis en bout de banc, regardaient autour d'eux avec suspicion. Ils se méfiaient de tous les courtisans, et avaient de bonnes raisons pour ça. La majorité des personnes présentes étaient leur progéniture et celle-ci n'avait pas hésité à se retourner contre eux pour les mettre hors-jeu dès que l'occasion s'était présentée. La cour vampire fonctionnait sur le même mode que n'importe laquelle en ce bas monde ; coups bas, alliances et trahisons étaient le lot commun. D'ailleurs, à ce sujet, si je me sortais de là sans dommage, je leur réservais un chien de ma chienne dont ils se souviendraient longtemps !

James, lui, me fixait étrangement, comme s'il me voyait pour la première fois. Il ne semblait ni triste ni anxieux, juste curieux de découvrir la véritable identité de la brunette plantée les mains dans le dos au milieu de la salle. Il venait de lever le voile dissimulant la facette sanguinaire et sadique, je l'avouais sans honte, de sa si attendrissante fiancée. Malheureusement, ou pas, je n'incarnais plus cette fille. Je ne serais jamais plus la même, quoi qu'il advienne. Il était donc désormais le seul à pouvoir décider de l'accepter ou non.

Je reportai mon attention sur le trône vide, afin de ne pas me laisser distraire par les deux hommes responsables de cette débandade ainsi que par James. Je devais rester maîtresse de mes émotions. Je sentais tous les regards, qu'ils soient chargés de sympathie ou d'antipathie, braqués sur moi, tandis que les commentaires sur mon coup de folie allaient bon train. Malgré tout, je devais garder mon calme et ne rien laisser paraître.

La vidéo de mon entrevue avec Milford avait révélé mon petit épisode rabique. Bien sûr, le Conseil avait estimé que Pierce et Niccolo étaient également responsables de cet état puisqu'ils m'avaient affamée, mais s'il subsistait le moindre doute quant à ma guérison, le peuple pourrait demander mon exécution en même temps que celle de mes kidnappeurs. Autrement dit, j'étais toujours dans un sacré pétrin.

— Le roi ! annonça le crieur.

Je me retournai et posai genou à terre, tandis que l'assistance plongeait en une révérence respectueuse. Il remonta l'allée avec fierté, puis passa entre mes ravisseurs et moi sans un coup d'œil pour aucune des parties. Il n'y avait pas de place pour les liens filiaux dans ce lieu, seulement pour la justice royale, dont il était le garant.

— Relevez-vous ! ordonna-t-il d'une voix de stentor.

J'obtempérai avant de faire volte-face. Il demeurait impassible, pourtant je pouvais capter sa colère.

Les Grands Conseillers se tenaient debout, derrière le trône, leurs visages étaient fermés. Un silence oppressant tomba sur l'assistance. Mon grand-père promena son regard sur la salle une seconde puis commença :

— Voici les chefs d'accusation retenus contre Monsieur Pierce ainsi que Monsieur Niccolo et feu Monsieur Peters : trahison, dissimulation d'informations concernant le peuple vampire, enlèvement, torture et tentative d'assassinat sur la personne de Sarah Drake Strauss, la princesse vampire. Ils sont également accusés d'avoir dérobé les pieux maudits et de les avoir sortis du Sanctuaire. Afin de faire la lumière sur cette histoire le plus rapidement possible, j'appelle Nathaniel Lesere.

Face à cette annonce, Pierce et Niccolo s'agitèrent nerveusement, ce qui ne m'échappa pas. *Eh oui, mes mignons ! Vous m'avez vraiment crue assez sotte pour ne pas prendre quelques précautions ? Vous avez chanté ? Eh bien, dansez maintenant !*

Lesere vint s'asseoir près de mon grand-père, les épaules voûtées. Il paraissait minuscule à côté de Giordano et semblait se demander ce qu'il fabriquait là. Cela dit, je pouvais comprendre ses réticences à être mêlé à cette histoire. Entre mes détracteurs et mes sympathisants, il existait peu de chance qu'il se fasse de nouveaux amis.

— Messieurs, avez-vous quelque chose à dire pour votre défense ? interrogea le roi.

Pierce s'avança et releva le menton, bravache. Il n'arborait plus la tenue du Conseil, mais un costume italien gris souris, impeccablement coupé. Il avait beau conserver une certaine classe, cela ne laissait pas de doute quant à sa disgrâce.

— Majesté, commença-t-il d'un ton mielleux. Pourquoi aucun juré n'a-t-il été nommé ? Il me semble que c'est la coutume.

— Pour éviter tout conflit d'intérêts, rétorqua sèchement le monarque. Monsieur Lesere vérifiera les témoignages au fur et à mesure. Les liens d'amitié des uns et des autres n'entreront pas en ligne de compte.

Pousser mon grand-père à se justifier devant la cour n'était pas le meilleur moyen d'obtenir sa clémence. Si ces deux rigolos pensaient y parvenir de cette façon, ils allaient s'en mordre les doigts.

— Mais…

— Mais vous m'avez répété à maintes reprises à quel point le don de Monsieur Lesere était exceptionnel, le coupa Giordano, non sans une pointe de perfidie. Vous avez d'ailleurs ajouté qu'il ne se trompait jamais. Préférez-vous soumettre ce choix au peuple ?

— Je… euh…

— Parfait ! Peuple vampire, au vu des circonstances particulières de cette affaire, estimez-vous que Nathaniel Lesere, ici présent, serait plus fiable qu'un jury tiré au sort ? Que ceux qui sont d'accord avec cette décision lèvent la main.

Je constatai avec soulagement que toutes les mains se dressèrent sans exception.

— Voilà qui est réglé, continua Giordano. À présent, je repose ma question : avez-vous quelque chose à dire pour votre défense avant que ne débutent les audiences ?

Pierce pinça les lèvres avant de répondre :

— Effectivement. Nous ne comprenons pas ce qui a pu pousser la princesse à s'imaginer que nous étions responsables de son enlèvement.

— Il ment, intervint Lesere.

Focalisé sur la scène qui se déroulait devant eux, personne ne bougea, certains semblaient même statufiés. Pour un œil non averti, la salle du trône aurait pu passer pour une réplique du musée Grévin. Quoique je n'aurais conseillé à personne de tenter de prendre la pose avec l'un d'entre eux.

— Sarah, qu'as-tu à répondre ? enchaîna le monarque.

J'inspirai profondément puis plantai mon regard dans celui de Lesere.

— Messieurs Pierce, Peters et Niccolo m'ont fait enlever pendant ma mutation et m'ont retenue à la forteresse de Dante où ils m'ont crucifiée grâce aux pieux avant de me torturer et de m'affamer pendant plusieurs jours.

— Elle dit la vérité, confirma le liseur d'âme.

Des murmures de mécontentement parcoururent la foule.

— Voulaient-ils obtenir quelque chose de ta part ?

— Oui, l'annulation de la prophétie dont je fais l'objet. Ils ont manifestement réussi à traduire la partie manquante, mais ont gardé cette révélation pour eux.

— Elle dit la vérité.

— Que s'est-il passé ensuite ?

— Je leur ai affirmé que je ne pouvais pas annuler la prophétie, que personne ne détenait ce pouvoir, mais ils ne m'ont pas crue et ont continué à me torturer. Lorsque Monsieur Peters a enfin compris que, dès le début, ses complices avaient l'intention de me tuer, il a tenté d'intervenir. Monsieur Niccolo lui a expliqué que jamais ils ne pourraient me libérer, car je risquais de les dénoncer. C'est là qu'on est venu les prévenir que le plan d'urgence avait été déclenché. Ils m'ont alors quittée quelques heures, le temps de revenir ici et de faire mine de prendre part aux recherches.

— C'est un véritable tissu de mensonges ! lança Niccolo en se tournant vers moi. Vous inventez n'importe quoi pour vous couvrir ! Vous êtes partie vous offrir du bon temps avec les frères maudits et vous cherchez des excuses pour justifier vos actes !

— Elle dit la vérité, le contredit Lesere. Et vous mentez, Monsieur Niccolo.

— Elle vous a acheté, vous aussi ! gronda ce dernier en pointant un index accusateur sur le liseur d'âme.

— Il ment, rétorqua Lesere avec flegme.

— Nous avons quelque chose à vous montrer, messieurs, leur apprit le monarque d'une voix sourde. Retournez-vous.

Quelqu'un apporta un téléviseur à lecteur DVD intégré sur une desserte. Il mit le matériel en route, puis s'esquiva.

Je dus assister une nouvelle fois à mon agonie sous les yeux de tous les courtisans. Leurs regards allaient de la télévision, à moi puis à mes ravisseurs. Certains regards reflétaient de la déception, d'autres de l'incrédulité, certains se parèrent même d'une sorte de compassion. Si tant est que ce sentiment existe réellement chez les vampires.

Niccolo et Pierce ressemblaient désormais à des rats pris au piège tandis que leur superbe fondait comme neige au soleil. Ils échangeaient des coups d'œil affolés entre eux ou avec l'assistance. Cependant, je doutais qu'ils trouvent encore des alliés à la cour après ça. Se ranger de leur côté serait revenu à trahir le roi ouvertement et personne n'aurait été assez fou pour s'y risquer. Lorsque le film prit fin, après ce qui me parut un siècle, ce dernier continua :

— Vous êtes d'accord pour admettre qu'il s'agit bien de vous sur ces enregistrements ?

Nous nous retournâmes de nouveau pour lui faire face. Il semblait calme, cependant les muscles de sa mâchoire tressaillaient sans discontinuer et ses yeux étaient plus noirs que jamais.

— C'est un montage ! tenta Pierce.

— Il ment, commenta Lesere d'une voix endormie.

Je n'avais jamais croisé un vampire aussi mou. À croire qu'il souffrait de narcolepsie avant sa mutation et que celle-ci n'était pas parvenue à le guérir totalement.

— La princesse cherche des coupables pour ne pas endosser ses propres crimes ! renchérit Niccolo. Tous ici ont pu la voir se nourrir de son gardien !

— Il ment, encore, insista Lesere. Pourquoi la princesse aurait-elle accepté de subir un tel calvaire juste pour vous en faire accuser ensuite ?

— Pour discréditer le Conseil !

— Balivernes, rétorqua le liseur d'âme en haussant les épaules. Tout le monde sait que si elle le souhaite, elle pourra nommer un nouveau Conseil dès son entrée en fonction. Elle n'avait donc aucune raison de s'en prendre à celui en place.

Je levai les sourcils, sidérée. Lesere était donc capable de suivre un raisonnement complet et d'aligner plus de trois mots ! *Eh bien, comme quoi l'habit ne fait pas le moine.* Ce regain d'énergie déstabilisa d'ailleurs Niccolo qui resta bouche bée.

— Monsieur Peters était chargé de traduire la prophétie, intervins-je avec conviction, et il y est parvenu. Les trois comparses cherchaient depuis un moment le moyen de me mettre hors-jeu, mais c'est ce qu'ils ont découvert dans ce document qui les a décidés à agir. Je dispose de toutes les preuves nécessaires pour étayer mes dires.

— Elle dit la vérité, convint Lesere.

— Envoyez le second film ! ordonna Giordano.

Les réactions furent très différentes cette fois. Point de compassion dans les yeux de mes sujets, mais de la fierté et une bonne dose d'excitation aussi. Le traitement que j'avais infligé à Milford ne les choquait pas, il les confortait seulement dans le fait que j'étais assez forte pour régner. Au fur et à mesure qu'ils comprenaient ce qui s'était réellement passé, ils se rangeaient de mon côté. Une sorte de courant électrique me traversa, telle une incroyable poussée d'adrénaline. Je mis une seconde à identifier le phénomène. Ils m'offraient tous un peu de leur énergie pour armer mon bras avant de frapper. Ils me soutenaient.

À la fin de la projection, un murmure s'éleva. Une litanie inquiétante monta crescendo jusqu'à devenir un cri de colère :

— À mort ! À mort ! À mort !

— Ce que nous avons fait, nous l'avons fait pour vous ! tenta de se justifier Niccolo.

— Silence ! intervint Giordano.

Une fois que celui-ci fut revenu, il demanda :

— Vous avouez donc tous les chefs d'accusation ?

— Non ! Nous avons agi dans l'intérêt du peuple !

— Vous ne pouvez vous substituer au roi ! cria une voix.

— Vous êtes des traîtres ! lança une autre.

Mon grand-père me regarda et hocha la tête en signe d'assentiment. C'était à moi de jouer.

— Taisez-vous ! ordonnai-je à nouveau pour obtenir le silence. Messieurs, vous n'avez jamais eu la moindre intention d'agir dans l'intérêt du peuple vampire, sinon vous auriez pris le temps de réfléchir aux conséquences de vos actes. Vous avez juste songé qu'une fois que je ne serais plus là, Kylian monterait sur le trône. N'étant pas sorcier, il aurait été plus facile à évincer que mon grand-père et vous comptiez sur le fait que celui-ci abdique, abattu par ma perte. Vous n'avez omis qu'un seul détail : les vampires puisent leur pouvoir dans la magie puisqu'ils en sont nés. Mêler les chasseurs à votre quête aurait pu mener directement à notre destruction !

Des : « *Elle a raison, c'est vrai, effectivement* » fusèrent à nouveau.

— Vous êtes une abomination ! hurla Pierce.

— Ou la planche de salut de notre espèce, rétorquai-je sèchement. Ce que je suis ne change rien au fait que vous ayez violé nos lois ! Comme l'a souligné quelqu'un tout à l'heure, vous ne pouvez vous substituer au roi ! Vous n'êtes rien, tandis que je suis la future souveraine !

— Dites-leur ce que contient la prophétie dans ce cas.

Je ris en basculant la tête en arrière. Lorsque j'ouvris de nouveau les yeux, ils s'étaient parés de leur tenue d'azur. Pierce et Niccolo eurent un infime mouvement de recul, mais qui n'échappa à personne. Dans cette joute verbale, ils incarnaient les omégas, ces loups soumis, tandis que j'étais l'alpha, le chef de meute.

— Voilà qui prouve que, malgré la situation, vous n'avez encore rien compris. Je n'ai pas à me justifier devant vous ni devant qui que ce soit ! Je suis princesse par affiliation, si quelqu'un veut ma couronne, qu'il tente de me la prendre, mais croyez bien que s'il échoue, je lui ferai regretter de m'avoir défiée ! Il n'y a pas de place pour les faibles dans notre monde, clamai-je en les forçant à mettre genou à terre d'un simple regard. Ni pour les traîtres !

Un concert de feulements salua mon intervention. Le peuple vampire approuvait ma façon d'envisager mon sacre. Ils désiraient une souveraine capable de faire trembler ses sujets, mais aussi les autres immortels. Devenir la communauté la plus puissante du monde de l'occulte, voilà ce à quoi ils aspiraient.

Finalement, Giordano se leva et tonna d'une voix forte :

— Messieurs, vous êtes aujourd'hui reconnus coupables de tous les crimes qui vous sont reprochés ! Le choix de la sentence revient à ma petite-fille. Sarah, que décides-tu ?

Un sourire de satisfaction étira mes lèvres lorsque j'annonçai avec une lenteur calculée :

— Monsieur Pierce et Monsieur Niccolo sont bien entendu destitués de leurs charges de Grands Conseillers. Leurs biens ainsi que leurs territoires leur sont, dès à présent, confisqués !

Un murmure parcourut la foule. Tous se voyaient déjà propriétaires de ces terres, pour le moins nombreuses. *Comme ils vont être déçus ! Et maintenant, le clou du spectacle !*

— Ces derniers seront partagés équitablement et attribués à Abel et Caïn, en remerciement de leurs bons et loyaux services, poursuivis-je.

Les deux frères me considérèrent avec ahurissement, ainsi que le reste des courtisans. Ils savaient que je les avais intégrés à mon clan, mais en leur offrant des territoires de façon officielle, je leur rendais aussi leur place à la cour. Leur statut de renégat venait de voler en éclats, sans même qu'ils aient eu à passer par la case jugement de leurs pairs. Eh oui, c'est beau la monarchie !

— Messieurs, je vous réclame le prix du sang ! Vous et les vôtres serez mis à mort selon vos propres méthodes !

Les gardes se saisirent des intéressés qui se débattirent comme des forcenés.

— Nous n'avons rien fait ! s'exclama la compagne de Pierce.

— Peut-être, mais vous étiez au courant et n'avez rien tenté pour les empêcher d'agir.

— La princesse dit la vérité, confirma Lesere.

Je lui adressai un signe de tête satisfait. Pour une fois qu'il passait la seconde !

— Qui ne dit rien consent, ma chère, ajoutai-je.

— Pitié ! Pitié ! implora Niccolo. Épargnez au moins nos épouses !

— La pitié ne fait pas partie de mes prérogatives, rétorquai-je froidement.

Ils avaient presque atteint les geôles que leurs hurlements désespérés me parvenaient encore.

Chapitre 30

James sentait sa patience s'étioler comme peau de chagrin. Giordano lui avait dit que Sarah souhaitait le voir et cela faisait maintenant près de trois quarts d'heure qu'elle pataugeait dans son bain ! Elle l'avait forcément entendu, pourtant, elle n'écourtait pas ses ablutions pour autant ! D'accord, elle était totalement amnésique et ne se souvenait de lui que parce que Terrence lui avait expliqué quel rôle il tenait dans sa vie avant sa mutation. Cette rencontre aurait sûrement quelque chose d'étrange, autant pour elle que pour lui, mais elle aurait au moins pu se montrer polie et le recevoir sans attendre ! Sa couronne avait fini par lui monter à la tête, mademoiselle se prenait pour une diva ! S'il n'avait pas promis à Giordano, ainsi qu'à son clan de la ménager un peu, il aurait enfoncé cette porte avant de la sortir de là par la peau du cou !

La Sarah qu'il découvrait, depuis son retour à la cour, ne ressemblait en rien à celle qu'il avait connue. Elle était devenue distante, froide, hautaine et sans pitié. La Sarah dont il était tombé amoureux avait soif de justice, pas de vengeance. Elle se faisait aimer des gens qui l'approchaient, elle ne les effrayait pas, elle prônait la démocratie, pas la tyrannie. Elle avait épargné la majorité des membres de l'ancien clan de Stan sous prétexte qu'ils ne pouvaient désobéir à leur chef. Pourtant, elle avait clairement ordonné que ceux de Pierce et Niccolo soient exécutés jusqu'au dernier. James commençait à craindre que la mutation ait éliminé chez sa compagne tous les détails qui l'avaient rendue si exceptionnelle à ses yeux...

Ce fut à cet instant que Sarah émergea de la salle de bain, seulement vêtue d'un mini short et d'un débardeur en satin bleu nuit. Elle resta à l'étudier, la tête légèrement de côté, ses jolis sourcils froncés. Ses longs cheveux bruns, encore mouillés, collaient le fin tissu sur ses seins hauts. James eut le souffle coupé par cette simple apparition. Cependant, il n'eut pas à chercher une réplique pleine d'esprit pour cacher son trouble. Elle lui sauta dessus et s'empara de ses lèvres avec une fougue proche de la rage.

Elle prit appui sur ses épaules et enserra sa taille de ses jambes. James avança jusqu'à la plaquer contre le mur, derrière elle. Un grognement sourd échappa à la jeune femme. Il réalisa alors que, malgré les changements survenus chez sa compagne, rien ne pourrait éteindre l'amour et le désir qu'il lui portait. Le simple fait de la toucher, de la sentir contre lui, s'abandonner sous ses mains le rendait fou.

— Attends..., souffla soudain Sarah.
— Quoi ? demanda-t-il sans interrompre ses caresses.

— Attends, haleta-t-elle. Nous devons parler.

James soupira avant de la reposer à terre, doucement. Elle avait raison, ils devaient discuter, réapprendre à se connaître et régler certains points. Il se passa une main dans les cheveux puis respira profondément pour retrouver son calme. De son côté, Sarah remit en place les bretelles de son caraco puis retourna dans la salle de bain. Lorsqu'elle revint, elle portait un peignoir en éponge blanc. Une barrière plus symbolique que réellement efficace, mais une barrière tout de même.

— Tu veux boire quelque chose ? s'enquit-elle en évitant de le regarder.

— Non, merci.

— Assieds-toi, l'invita-t-elle en désignant un fauteuil qui se trouvait là.

Constatant son hésitation, elle esquissa un sourire avant de s'installer elle-même sur le canapé.

— Tu ne paieras pas plus cher, tu sais ? Et puis notre conversation risque d'être longue.

James obtempéra puis attaqua sans attendre. Cette situation n'avait que trop duré.

— Écoute, je sais tout ce que je dois savoir. Le traitement que les Conseillers t'ont administré a effacé ta mémoire. Cette amnésie n'est que temporaire, rassure-toi, tout te reviendra. Nous allons rentrer chez nous, à la Roseraie, et reprendre notre vie. Plus vite ce sera fait, et plus vite tu retrouveras tes marques.

Elle esquissa un sourire triste puis secoua la tête.

— Je ne me souviens même pas de cet endroit, censé être ma maison. Comment pourrais-je continuer une existence qui ne signifie rien pour moi aujourd'hui ?

Cette réplique atteignit James en plein cœur. Le moment était venu de poser la question qui le taraudait depuis l'apparition de Sarah, le jour de la cérémonie funéraire.

— C'est à cause d'Abel ?

Elle haussa les sourcils dans une expression de surprise.

— Abel ? Que vient-il faire dans cette histoire ?

— Il m'a semblé que... que vous vous étiez rapprochés. C'est logique, il t'a soutenue dans des instants pénibles et tu ne te souviens plus de nous. Je peux comprendre, tu sais.

— Je n'en doute pas, rétorqua la jeune fille en esquissant un sourire ironique. Cela dit, rassure-toi, Abel et moi n'avons jamais été aussi proches que tu as pu l'être avec Audrey.

James se figea et ferma les yeux. Ses dernières orgies de sang lui revinrent en mémoire tel un boomerang, avec une douloureuse précision. Lorsqu'il les rouvrit et qu'il croisa le regard de Sarah, il n'y détecta pas la moindre trace de colère. Le coude sur l'accoudoir, la tête reposant sur sa main ouverte, elle attendait.

— Je...

— Rassure-toi, je t'ai déjà pardonné. Par contre, ne t'avise pas de porter, sur moi ou mes actes, le moindre jugement. J'ai fait des erreurs, peut-être, mais je te suis restée fidèle envers et contre tout.

— Je n'ai pas couché avec elle, observa-t-il.

— Seulement parce que tes frères sont arrivés, asséna-t-elle avec un sourire désabusé, mais tu y as pensé, tu en as eu envie. Écoute, cette période a sûrement été la plus difficile de nos vies, à tous les deux. Disons que nos actes survenus à ce moment ne comptent pas. Une remise à zéro des compteurs si tu préfères.

— Et je peux savoir en quoi consistent tes propres écarts de conduite ? demanda James, suspicieux.

Elle se mordit les lèvres en hochant la tête.

— Lorsque je me suis échappée de la forteresse de Dante, j'ai atterri sur une plage, près de La Nouvelle-Orléans. Là, j'ai dû me familiariser avec mes nouveaux sens, seule.

Elle marqua une pause en le gratifiant d'un regard entendu. James n'imaginait que trop bien ce qui s'était produit. Lily et lui étaient passés par ce chemin tortueux et pavé de cadavres qu'était le vampirisme. Cependant, en parler aiderait peut-être Sarah à se reconstruire. En tous cas, il l'espérait. Elle se pencha pour attraper le paquet de cigarettes qui traînait sur la table basse, s'en alluma une puis le lui fit glisser avant de reprendre :

— J'ai tué des dizaines et des dizaines de fois. Ma soif de sang grandissait chaque jour un peu plus, et rien ne semblait capable de la stopper. Un seul de mes sens fonctionnait parfaitement. Veux-tu savoir lequel ?

— L'instinct de survie, répondit froidement James.

— Exactement. Puis j'ai recommencé à avoir des visions.

Elle se pencha en avant et planta son regard dans le sien.

— De toi. J'ignorais qui tu étais, comment tu t'appelais, mais j'étais convaincue de t'appartenir et de t'aimer. C'est sans doute le seul aspect de ma personnalité qui n'a pas changé. Je vais devoir régner sur le peuple le plus dangereux, sanguinaire et sadique de toute la communauté immortelle. Mon périple m'a d'ailleurs permis de comprendre les conséquences d'un tel destin. L'ancienne Sarah avait de jolis idéaux, mais irréalisables, malheureusement.

— Où veux-tu en venir exactement ? Si j'ai bien compris, tu m'aimes, mais tu ne désires plus vivre avec moi, c'est ça ? s'emporta James en se levant.

Il arpenta la pièce de long en large, tentant de garder un calme qui commençait sérieusement à lui faire défaut. Sarah, elle, demeurait impassible, ce qui n'exaspérait que davantage son interlocuteur.

— Tu dois prendre conscience que je ne pourrai jamais redevenir celle que tu as connue. L'ancienne Sarah est morte.

— C'était un peu l'idée lorsque je t'ai convertie ! Alors si tu souhaites me jeter, fais-le vite et sans me prendre pour un demeuré, que je conserve au moins le peu de dignité qu'il me reste !

— Je t'aime et je t'aimerai toujours, mais nos relations ne pourront plus jamais être les mêmes. Ce n'est pas moi, mais toi qui vas devoir décider si oui ou non tu veux demeurer à mes côtés malgré ce que je m'apprête à te confier. Si tu es déterminé à rester, il n'y aura pas de marche arrière possible. Jamais.

James stoppa ses allées et venues avant de répliquer plus durement qu'il ne l'aurait voulu :

— Je te signale que c'est également ce que j'envisageais quand je t'ai demandé de m'épouser ! Le « marions-nous, chérie, si ça ne fonctionne pas, il nous restera toujours le divorce ! » c'est un truc de ta génération ça, pas de la mienne ! J'étais déjà immortel lorsque je t'ai fait ma demande et j'avais parfaitement conscience de ce que cela impliquait, alors accouche, une bonne fois pour toutes !

Sarah soupira et secoua la tête.

— Tu es à mille lieues d'imaginer ce que l'avenir me réserve. Si tu m'épouses et deviens prince consort, ta vie sera bouleversée, bien plus encore que depuis notre rencontre. Tu ne reprendras jamais le régime animal, car nous devrons faire en sorte d'être les plus puissants possible, quitte à éliminer nos ennemis sans sommation. Il n'y aura pas de place pour la morale, la compassion ou la faiblesse, et tu devras quitter le clan de Kylian s'il refuse de nous soutenir. J'ai déjà considérablement compliqué ton existence en y faisant irruption. Aujourd'hui, je t'offre une porte de sortie, tant qu'il est temps.

L'intonation de Sarah avait changé. À cet instant, elle était moins déterminée que terrorisée à l'idée de le perdre. Il alla s'agenouiller devant elle et attrapa son visage entre ses mains pour capter son regard.

— Tu n'as jamais compliqué ma vie, princesse, assura-t-il d'un ton radouci. Tu n'as fait que l'embellir. Dis-moi ce que tu me caches de si grave pour seulement imaginer que je préférerais t'abandonner plutôt que de le surmonter avec toi.

— La prophétie, lâcha-t-elle dans un murmure.

James haussa les sourcils avant de prendre place à côté d'elle et de l'attirer contre lui. Elle se laissa aller, inspirant profondément pour profiter de son odeur. Ce réflexe arracha un sourire au jeune homme. Derrière le masque de froideur et de détermination se trouvait toujours sa Sarah, sa petite princesse. Il devrait juste faire en sorte qu'elle se sente suffisamment en sécurité pour revenir en surface.

— Nous avons vu la vidéo de… d'Adam Milford.

Il attendit une réaction, une crispation ou même une simple grimace, mais rien. Elle ne semblait ni regretter ni avoir honte de son acte, ce qui était bien plus inquiétant que tout le reste. Si elle laissait le vampire prendre le dessus sur sa part d'humanité, celle-ci serait perdue et la retrouver serait aussi long que douloureux…

— Il a mentionné la prophétie, mais n'a rien lâché sur son contenu. Comment as-tu réussi à mettre la main sur la traduction ?

— Je l'ai récupérée dans le coffre de Peters. Quelqu'un lui avait envoyé l'enregistrement de la forteresse de Dante, accompagné d'un mot : *rendez-vous tant que vous le pouvez encore ou vos agissements seront rendus public.*

— Donc, quelqu'un d'autre était au courant de ce qui t'était arrivé. Tu as une idée de qui il pourrait s'agir ?

Elle fit la moue, puis haussa les épaules.

— Le grand phénix, je suppose. Je ne vois pas qui aurait pu sortir du brasier intact à part lui.

— Un vampire qui aura senti le feu et pris le temps de voler ça avant de filer par la mer. Je ne t'apprends rien en te disant que plusieurs heures de nage dans un océan déchaîné ne nous posent pas de problème.

— Peut-être, mais je doute que le DVD ait apprécié. Mais peu importe.

Elle se leva, gagna sa chambre, puis revint une seconde plus tard, habillée de pied en cape, une enveloppe kraft à la main. Elle lui tendit cette dernière en se mordillant la lèvre inférieure, comme une enfant obligée de faire signer un carnet de notes qu'elle sait mauvais.

— Je ne te demande pas de me communiquer ton choix aujourd'hui même. Il s'agit d'une grave décision, alors prends le temps de lire, de relire, d'analyser, de digérer. Pèse le pour et le contre. Si tu décides de… me quitter, lâcha-t-elle avec difficulté, je comprendrai et ne t'en voudrai pas. Je vais te laisser seul, je ne veux pas t'influencer.

— O.K., si tu trouves vraiment ce genre de précaution utile, je veux bien lire la prophétie, acquiesça-t-il. Cependant, il me faudrait bien plus qu'un avenir semé d'embûches pour que j'envisage seulement que nous nous séparions.

— Ne fais aucune promesse que tu n'es pas sûr de tenir, Jamy. Parce que cette fois, je ne suis pas certaine de m'en relever.

Je contemplais les deux croix de pierres grises qui trônaient à présent dans la salle d'armes. Non pas un, mais deux symboles de Dieu venaient d'être érigés au cœur du palais sur ma simple exigence. Les images de ma détention me revinrent, autant grâce à ma mémoire, qu'aux visionnages répétés de cette foutue vidéo. *Ce soir et en avant-première, le film qui a remporté le croc d'or. Il s'agit d'une parodie, avec dans le rôle principal la princesse vampire, j'ai nommé : Dracula super Star !* Réflexion faite, je ne me moquerai plus de ce pauvre bougre de Jésus. Nous avons tous deux morflé parce que d'autres briguaient notre place. Je dois régner sur les vampires, lui, sur les humains. Un job pas plus réjouissant que le mien si l'on s'en tient à la rubrique « faits divers »…

— Je me demande ce que je pourrais obtenir en tapant des pieds, taquinai-je mon grand-père en le rejoignant.

Il me décocha un sourire éblouissant avant de reporter son attention sur les croix.

— Les trouves-tu suffisamment imposantes ? s'enquit-il. Car nos amis vont y rester un certain temps et je désire ardemment qu'ils soient logés comme il se doit. Si elles ne te conviennent pas, d'autres seront taillées dans l'heure.

— Elles sont parfaites et la canicule qui ne va pas tarder à frapper Rome devrait écourter leur présence parmi nous, ironisai-je.

Il passa un bras par-dessus mes épaules pour m'attirer à lui et m'embrasser sur le front.

— J'ai eu tellement peur de te perdre. Tu feras une reine merveilleuse, sourit-il.

— Si le Conseil n'exige pas ma destitution, ou pire. Ils sont encore en réunion ?

— Oui, mais ils ne peuvent te destituer. Seul le peuple pourrait réclamer que tu ne montes pas sur le trône et je serais étonné qu'il le fasse. Tu as fait impression pendant le procès. Tous ont remarqué ta maîtrise et ta force de caractère. Tu leur as prouvé que tu étais capable de gouverner et de te faire respecter, même par les plus puissants d'entre nous. Si une décision... funeste devait être prise, je ferais en sorte qu'il ne t'arrive rien, jamais. Quoi qu'il m'en coûte, je te protégerai. Et James, tu lui as parlé ?

Je poussai un profond soupir avant de répondre :

— Je lui ai donné une traduction de la prophétie, il doit avoir terminé de la lire à présent. Je préférais ne pas l'influencer et lui laisser le temps de prendre sa décision. Je ne suis pas certaine qu'il apprécie beaucoup celle que je suis devenue, mon clan non plus, d'ailleurs. Moi-même, je ne suis pas certaine d'aimer cette Sarah...

Mon grand-père fronça les sourcils. De l'index, il releva mon menton vers lui pour accrocher mon regard. Il m'observa avec attention, pinça les lèvres et hocha la tête d'un air entendu. Je n'avais pas besoin de miroir pour savoir que mes yeux passaient du noir au topaze, sans discontinuer. Comme il l'avait présagé, le combat entre mes deux natures avait débuté. Cela avait commencé dans la salle de bain, alors que James m'attendait au salon. Il avait imaginé que je jouais les divas, que j'avais changé au point de faire montre de mépris envers mon entourage... j'aurais pu démentir, mais à quoi bon ? De plus, des oreilles indiscrètes traînaient à la cour et ce n'était pas le moment de flancher.

— Je vois, si tu veux voir ton clan, c'est le moment, ma chérie. Ensuite...

— Je sais, dis-je, je le sens.

Une fois de plus, il hocha la tête tandis que ses yeux se voilaient de tristesse.

Chapitre 31

Lorsque je pénétrai dans les appartements privés de ma famille, je sentis immédiatement la tension qui y régnait. James les avait certainement briefés sur la prophétie et ses conséquences.

— Salut, murmurai-je, gênée, en restant appuyée contre la porte.
— Oh, mon bébé ! s'écria Gwen en se précipitant sur moi.

Je me jetai dans ses bras sans réfléchir et demeurai là, sans bouger, le visage enfoui dans son cou. Elle était ma maman et vampire ou pas, elle possédait ce pouvoir réservé aux mères, celui d'apaiser ses petits sans même avoir à prononcer un mot. Son simple contact suffisait. Je sentis soudain une troisième main caresser délicatement mes cheveux. Je relevai les yeux et aperçus mon père. Il m'attira à lui à son tour. La ride, barrant son front depuis mon retour, disparut comme par enchantement lorsque je posai ma tête contre sa poitrine. Les Drake ne représentaient pas qu'un clan, ils étaient avant tout ma famille, le trait d'union entre mon passé et mon présent et, je l'espérais, mon avenir. Je m'accrochai à lui presque désespérément, craignant d'ouvrir les paupières et de me retrouver seule, à la merci de mes ravisseurs. Comme si mon retour n'avait été qu'un rêve.

Il me berça doucement, en me caressant les cheveux pendant un long moment. Un long gémissement m'échappa, je me sentais tellement fatiguée à présent.

— Chut, c'est fini. Plus personne ne te fera de mal.
— Oui, parce que si ça devait arriver de nouveau, loi ou pas, protocole ou pas, on bute le responsable. On aura toujours le temps de réfléchir ensuite, renchérit Stan sur le ton de la conversation.

Je ne pus m'empêcher de sourire et du même coup de me détendre. Lorsque je consentis enfin à lâcher mon père, Maggie et Zach, que je n'avais pas encore croisés, vinrent m'embrasser à leur tour.

— Ça fait du bien de t'avoir de nouveau parmi nous, déclara la jolie rousse en me caressant la joue du bout des doigts.
— Tu nous as beaucoup manqué, ajouta son compagnon.
— Merci. Mon grand-père m'a confié que tu t'étais chargé de ma formation pratique. Je t'en suis reconnaissante. Sans toi, je n'aurais pas réussi à m'en sortir seule.
— Pas de quoi ! Et puis au moins, maintenant, on ne me reprochera plus d'en faire des tonnes en ce qui concerne ton éducation !

Maggie lui infligea un petit coup de coude dans les côtes en souriant. James, lui, n'avait pas bougé. Appuyé contre la console en merisier, derrière lui, ses bras croisés sur la poitrine, il observait les retrouvailles, impossible. Mon cœur ne battait plus, pourtant, il me sembla que ma cage thoracique était sur le point d'imploser tellement elle était comprimée. Soudain, un sourire étira ses lèvres parfaites tandis qu'il ouvrait les bras dans ma direction. Je m'y précipitai, rapide comme l'éclair. Le front contre son torse, je respirai à fond son odeur.

— Tu es à moi, murmura-t-il. Prophétie ou pas, embûches ou grands bonheurs, reine ou roturière, tu m'appartiens. Oublie ce que bon te semblera, mais garde toujours cela dans un coin de ta tête et de ton cœur : rien ni personne ne me fera renoncer à toi.

J'attrapai son visage entre mes mains et déposai un doux baiser sur sa bouche.

— Je t'aime, soufflai-je.

— Je t'aime aussi.

— Tu as déjà dîné, ma puce ? s'enquit Gwen.

Kylian lui jeta un regard surpris qui ne lui échappa pas.

— Je sais qu'elle ne dîne plus au sens littéral du terme, ma colère n'a pas attaqué ma raison ! s'agaça-t-elle en levant les yeux au ciel. Je voulais juste savoir si elle avait soif.

— Si vous avez autre chose que du A positif en stock, je suis preneuse. Mon grand-père ne m'a donné que ça depuis mon arrivée et je ne suis vraiment pas fan de ce groupe sanguin, précisai-je.

James esquissa une grimace dégoûtée et grommela :

— Immonde. Il essaye de te punir de façon détournée ou quoi ?

— Il tente simplement de la sevrer sans en avoir l'air, nota froidement Kylian. Après le visionnage des vidéos, je peux comprendre qu'il soit inquiet. Tout comme toi, Sarah déteste ce groupe sanguin, elle diminue donc sa consommation sans même s'en rendre compte.

— O.K. Jolie démonstration de manipulation, ça fait plaisir.

— Ne le prends pas comme ça. Nous en avons discuté et sommes tous deux arrivés à la conclusion que tu ne garderais pas longtemps le contrôle dans ces conditions. Le vampirisme allié à la magie fait de toi un être plus puissant que tout autre et si tu n'y prends pas garde, ce trop-plein de pouvoir te conduira à ta perte.

Je pris appui sur le dossier du canapé et me penchai en avant.

— Ah oui ? Pour ma part, je crois que si je n'avais pas détenu autant de pouvoir, je serais morte à l'heure qu'il est. J'apprécie que vous vous inquiétiez pour moi, mais je suis parfaitement capable de me gérer seule.

Kylian se leva en me fusillant du regard, Gwen posa une main sur sa poitrine en signe d'apaisement, mais il peinait à contenir sa colère.

— Parce que tu estimes que tu as parfaitement géré la situation ? Je ne remercierai jamais assez le ciel de t'avoir permis de retrouver ta place parmi nous, mais tu n'as rien maîtrisé du tout ! Tu as massacré des innocents à la pelle et…

— Elle était atteinte de la rage de sang ! s'interposa James. Et elle ne s'est nourrie de vampires que parce qu'elle était affamée à cause de sa détention ! Tu ne peux pas la tenir responsable de ça !

— Elle était guérie lorsqu'elle a assassiné Milford et sa famille ! explosa le viking.

— Nous y voilà, rétorquai-je froidement en hochant la tête.

— Tu les as torturés pendant des heures avec un plaisir non dissimulé. Tu goûtais leur sang en léchant tes doigts comme s'il était question de confiture ! Tu as pratiqué l'échange avec ce gamin juste pour éprouver le courage de son père à le tuer de ses mains ! Plus le temps passe et plus ta part d'humanité est étouffée par le vampire, bientôt tu ne seras plus qu'un fauve sans conscience.

Ma famille me prenait donc véritablement pour un monstre. Cette pensée me fit l'effet d'un coup de poignard en plein cœur. Je n'étais pas fière de mes actes passés, loin de là, cependant, une fois encore, je n'avais pas eu le choix.

— Eh bien, je ne m'attendais pas à des applaudissements, mais là… Au fait, rappelle-moi ta réaction lorsque tu as enfin mis la main sur l'agresseur de Kyria, ajoutai-je, perfide.

Kylian sursauta comme si je l'avais giflé.

— Sarah ! intervint Gwen.

— Non, maman. Désolée de vous décevoir, mais que les choses soient claires : je ne regrette pas d'avoir tué les Milford. David était un chasseur dont l'initiation a été validée par l'abattage en règle d'une vieille dame de soixante-quinze ans. C'était également un prédateur qui n'hésitait pas à séduire de jeunes filles de son âge avant de les tuer et d'imposer le dernier outrage à leurs corps sans vie ! Les parents de ces pauvres gamines n'ont même pas une tombe sur laquelle se recueillir. Son père avait des doutes en ce qui concernait son fils, mais il n'a pas levé le petit doigt pour protéger ces adolescentes du monstre qu'il avait lui-même engendré ! Combien de victimes aurait-il ajoutées à son tableau de chasse avant d'atteindre sa majorité ? Tu es choqué que j'aie laissé à Milford le choix d'éliminer son rejeton ou de le garder en tant que vampire, mais il ne s'agissait que d'un juste retour des choses. Adam Milford et sa femme m'ont traquée sans relâche depuis mon enfance, me privant à jamais d'une innocence à laquelle j'avais droit ! Ils ont exigé de mon père qu'il me tue pour leur prouver sa loyauté ! Tu savais qu'ils avaient retrouvé ma trace à Black Diamond, mais qu'ils n'avaient pas osé m'exécuter parce que j'étais déjà avec James ? Dans le cas contraire, ils n'auraient pas hésité une seconde. La preuve, dès que l'occasion s'est présentée, ils se sont alliés à Peters, Pierce et Niccolo. Tout était bon à prendre pourvu que je disparaisse enfin, moi, l'ignominie !

— Je peux comprendre ta colère, elle est même justifiée, mais je doute qu'il ait eu le choix quant à cette alliance, rétorqua Kylian un peu radouci.

— Parce que tu t'imagines que je l'ai eu le choix, moi ? Tu crois que je désirais ces pouvoirs ? Tu penses que de ne pas avoir de racines, d'amis, de vie normale, que de fuir comme une bête traquée me plaisait ? Et les victimes de David, elles étaient consentantes également ?

— Tu mélanges tout ! s'agaça une nouvelle fois mon père. La haine et le sang t'aveuglent !

— Je n'ai rien pu faire pour leurs victimes précédentes et je ne pourrai jamais effacer le mal qu'ils m'ont infligé, mais j'ai permis qu'ils ne sévissent plus.

— David n'était qu'un gosse ! Tu aurais pu l'éliminer proprement au moins !

— Non, intervint Stan avec fermeté. Les enfants ne tuent pas leurs camarades avant de violer leurs cadavres. Seul un monstre est capable d'une telle horreur. Si je l'avais croisé et su à quelle activité il se livrait en secret, j'aurais agi de la même façon que Sarah. Certains actes ne méritent aucune clémence.

Kylian ferma les yeux et respira profondément. Lorsqu'il rouvrit les paupières, il semblait de nouveau déterminé à en découdre.

— Dès que cette histoire sera terminée et que tu seras moins sous pression, nous rentrerons à New York et commencerons ton sevrage, déclara-t-il d'un ton sans appel.

— Non.

Toute la fratrie se figea de stupeur, sauf James bien entendu.

— Comment ça : non ? s'enquit Kylian d'une voix où la colère grondait.

— Je ne pourrai jamais me sevrer de sang humain. Je suis la princesse vampire et je dois faire en sorte d'être la plus forte possible si je veux défendre le trône. Mes désirs personnels n'entrent pas en ligne de compte. L'essence animale nous aide à survivre, soit, mais ne nous permet pas d'utiliser nos pouvoirs de façon optimale. Tu le sais puisque tu as exigé que tout le monde reprenne le régime humain avant de venir ici. Aujourd'hui, les conséquences de mes décisions sont plus importantes que jamais, je ne peux pas risquer de faillir dans ma tâche.

— Tu ne seras couronnée que dans plusieurs siècles, objecta Maggie. Tu as le temps.

— Se sevrer pour replonger ensuite serait pire, la contredit Zach. Et nous avons pu constater que certains n'hésiteront pas à l'attaquer avant même son entrée en fonction. À partir du moment où nous entretenons des liens avec la cour, le régime animal représente une faiblesse, ne nous leurrons pas.

Je hochai la tête en signe d'approbation. Dans le monde de l'occulte, la fragilité ne conduit qu'à une seule issue : la mort.

— Je ne refuse pas le sevrage juste pour défier ton autorité, papa, mais seulement parce que je n'ai pas d'autre choix.

— Nous avons toujours le choix, rétorqua le viking.

Je fis le tour du canapé et m'y laissai choir, la tête entre les mains, avant de pousser un profond soupir. Je sentais que je ne tiendrais pas longtemps, bientôt, je ne parviendrais plus à contrôler simultanément mes deux natures. La sorcière empêcherait le vampire de se nourrir, quant à lui, il ferait en sorte de s'abreuver plus encore que d'ordinaire afin de reprendre le dessus. Mes deux entités ne chercheraient qu'une chose : se détruire mutuellement.

— Je t'ai donc déçu à ce point ? murmurai-je.

Mon père vint s'accroupir face à moi et prit mes mains dans les siennes.

— Je n'ai pas dit cela. Tu es un jeune vampire et les dérapages sont quasiment un passage obligatoire, mais le désir de t'en sortir doit venir de toi.

— Tu ne leur as donc rien dit ? demandai-je en me tournant vers James.

— Non, c'est une chose que nous devons faire ensemble, main dans la main, sourit-il.

628

Il sortit de sa poche arrière les feuillets que je lui avais confiés. Il me les tendit puis se posta derrière moi, les mains sur mes épaules en signe de soutien.

— Que se passe-t-il encore ? demanda Gwen avec angoisse.

— J'ai trouvé chez Peters la traduction complète de la prophétie, expliquai-je. Ce que l'avenir me réserve va bien au-delà de ce que nous avions imaginé. James a décidé de demeurer à mes côtés malgré tout, mais je comprendrai que vous ne partagiez pas sa décision. Je ne vous en tiendrai pas rigueur et vous resterez ma famille, quoi qu'il arrive, mais je devrai aussi prendre certaines dispositions. Si je vous affirme ne pas pouvoir me sevrer, ce n'est pas par défi ou par goût pour le meurtre. Ce que j'ai fait est impardonnable, j'en ai conscience, mais je n'ai agi de la sorte que pour protéger ma famille.

Kylian fronça les sourcils.

— Où veux-tu en venir ?

— Je crois que le mieux serait que je vous lise l'intégralité de la prophétie, proposai-je en dépliant les feuillets.

J'inspirai profondément avant de reprendre d'une voix ferme et intelligible :

— Aujourd'hui se sont rassemblés les sorcières des Deux Lunes et les Fils du phénix afin de sceller une alliance qui protégera nos héritages respectifs. Nous vivons une période sombre où la magie et ceux qui la pratiquent ne semblent plus être les bienvenus dans ce monde. Pourtant, sans elle, il mourra. Nous sommes, à présent, contraints de cacher notre véritable nature. Nous pratiquons de moins en moins de peur d'être traqués et arrêtés. Nous avons même cessé de transmettre notre savoir à nos enfants pour qu'ils ne soient pas tentés de l'exercer malgré tout. Les conséquences d'une telle existence n'ont pas tardé à se faire sentir, nos pouvoirs s'amenuisent de jour en jour. Bientôt, ils s'éteindront complètement. C'est pourquoi nous avons décidé de conjuguer l'énergie restante aux deux clans afin de préserver notre héritage et ce monde, aussi fou soit-il. Giordano, l'un des fils du Phénix les plus puissants a reçu le baiser de mort. Il est le père de Séléné, la fille d'Helena, la matriarche des sorcières des Deux Lunes. Il n'a plus rien à craindre du temps et de la mort et sera donc notre lien avec l'avenir. Se déroulera donc ce qui suit :

« À la treizième génération, le treizième jour du treizième cycle de la lune noire, une enfant naîtra avec elle, reviendront les anciens pouvoirs. Elle devra rapidement les activer afin de ne pas, par eux, se faire consumer. Le fils du phénix, non mort, veillera sur notre trésor.

« Lorsque le moment sera venu, elle deviendra à son tour souveraine des anges noirs. À travers l'espace et le temps, nous lui envoyons un amant. Leur amour sera aussi pur et résistant qu'un diamant. Lors de sa dix-huitième année, notre descendante scellera définitivement leur lien avec la lune bleue pour témoin. Afin qu'ils puissent perpétuer nos lignées, ses rimes devront être répétées :

« Toi, mon bel Astre bleuté

« Scelle de tes rayons sacrés

« Mon union avec mon bien-aimé

« Permets-nous d'enfanter.

« Ainsi, à travers l'espace et le temps,

« Continueront de vivre les pouvoirs des deux clans.

« Naîtra de cette union une nouvelle espèce unissant les sorciers et les anges noirs. Chaque génération pourra enfanter une seule et unique fois, ainsi, les lignées des Deux Lunes et du Phénix survivront jusqu'à la fin des temps. Ce don attirera des convoitises, l'enfant et son compagnon devront, en conséquence, asseoir leur pouvoir et se faire respecter du peuple vampire, quel qu'en soit le prix.

« Le moment viendra où les hommes seront enfin prêts à reconnaître que non seulement la magie existe, mais qu'elle est essentielle à ce monde. Car, lorsque le Grand Fléau frappera la Terre, les anges noirs et les humains devront s'allier, ou périr. L'enfant sera la clef de cette alliance et du salut de cette planète.

« Par le pouvoir des Deux Lunes et du Grand Phénix, qu'il en soit ainsi. »

Lorsque je relevai les yeux, les Drake me fixaient comme s'ils me voyaient pour la première fois. Ils venaient de comprendre à leur tour que mon destin ne se limiterait pas à monter sur le trône vampire pour jouer les divas aux dents longues. De ma capacité à régner dépendait l'avenir du monde, mortel et immortel. De plus, si je faisais montre de la moindre faiblesse, je ne perdrais pas que ma couronne, mais aussi la descendance que James et moi pourrions avoir. Ma seule récompense pour tout le mal que j'avais subi.

Gwen, qui était restée debout tout le temps de ma lecture, se laissa tomber sur le canapé, abasourdie.

— Un bébé, souffla-t-elle.

— Oui, confirma James avec un sourire. Sarah et moi pourrons avoir un enfant. Mais pour le défendre, nous devrons faire en sorte d'être les plus puissants possible et cela signifie renoncer à certaines des règles que nous nous étions fixées.

— *La magicienne promet des merveilles et se montre incapable de choses ordinaires,* sourit Zach en citant Ésope. Cela dit, ce n'est pas comme si nous n'avions jamais envisagé la possibilité de ne pas sevrer totalement Sarah.

— Comment ça ? demandai-je en arquant un sourcil, étonnée.

Zach haussa les épaules puis alla se servir un verre de sang qu'il m'offrit.

— Aucun des souverains vampires n'est resté bien longtemps au régime animal. Comme tu l'as souligné, il faut garder toute sa puissance pour tenir ce poste, sinon on ne fait pas long feu. Ton grand-père ne suit cette règle que lorsqu'il séjourne chez nous, par respect pour Kylian, mais n'y adhère pas non plus.

— Un enfant, murmura Kylian, manifestement sous le choc.

— Et un grand fléau inconnu à vaincre, ajoutai-je. C'est pour cela que j'ai laissé le choix à Jamy de rester ou non auprès de moi. Je vous fais la même proposition aujourd'hui : si vous préférez que je monte mon propre clan, je comprendrai. Vous serez toujours ma famille, mais vous n'aurez pas à abandonner vos principes pour affronter un avenir qui ne sera pas sans heurts.

— Quoi ? demanda enfin Lily en sortant de sa torpeur.

Elle bondit sur ses pieds et me fusilla presque du regard.

— Tourner le dos à mon petit frère et à son enfant ? Non, mais ça va pas ! T'es pas nette ! Arrache-moi le cœur tout de suite pendant que nous y sommes !

— La crise que nous venons de traverser n'était qu'un avant-goût de ce qui vous attend si vous décidez de rester, continuai-je. Je ne peux pas vous imposer une telle décision.

— Mais, moi si, intervint Kylian.

Toujours agenouillé devant moi, il plongea ses yeux noirs, pleins de douceur, dans les miens.

— Je ne dis pas que je cautionne la façon dont tu as agi ces dernières semaines, cependant, je comprends mieux ta peur de faillir. Je te promets que ce bébé aura une famille pour le protéger, mais surtout pour l'aimer et l'aider à se construire. Nous nous battrons pour lui et pour préserver le monde dans lequel il verra le jour.

— Vous seriez prêt à fuir le restant de vos jours aussi ? demandai-je l'air de rien.

— Fuir, pourquoi devrions-nous fuir ? interrogea-t-il, les sourcils froncés.

J'ôtai doucement ses mains de mon visage et me tournai de nouveau vers mon clan.

— Parce que je vais devoir faire part au Peuple du contenu de la prophétie et qu'il pourra décider trois choses : mon maintien en poste, ma destitution ou… ma mort.

— Ta mort, mais enfin, pourquoi ? interrogea Maggie.

— Parce que d'elle naîtra une monarchie familiale sans précédent, murmura Kylian en me regardant gravement. Sarah a donc raison sur un point, le nombre de ses ennemis va considérablement augmenter…

Chapitre 32

Les quelques minutes qui suivirent la fin de la lecture de la prophétie me parurent durer une éternité. *Tous les chefs des clans alliés ont répondu présents, ce qui est bon signe,* tentai-je de me convaincre. Ou pas. Certains arboraient des tenues modernes, se fondant parfaitement dans le monde d'aujourd'hui, d'autres, en revanche, portaient des vêtements de l'époque où ils avaient vu le jour. Cela allait du costume Armani à la robe victorienne en passant par la tenue Louis XV avec culottes bouffantes et collants blancs. *Au moins ont-ils l'air parfaitement normal les jours de carnaval…*

Je promenai mon regard sur la foule et aperçus Abel et Caïn, adossés au mur du fond. Ils n'avaient pas pris place au côté de mon clan, sans doute pour éviter de mettre de l'huile sur le feu, mais ils étaient venus me soutenir. Ils me saluèrent tous deux d'un signe de tête puis Abel forma un V avec son index et son majeur. Sachant qu'il se retrouvait enfermé avec les personnes qu'il détestait le plus au monde, il aurait pu esquisser un autre geste, moins classe, mais plus sincère.

Soudain, une main se dressa dans l'assistance.

— Oui ?

Un homme se leva au cinquième rang. Il était grand, brun et plutôt bien bâti. Il portait les cheveux mi-longs, un costume chocolat, et arborait une barbe de trois jours à la dernière mode. Il ne devait pas avoir plus de trente-cinq ans. *Le parfait stéréotype du playboy made in Harlequin,* songeai-je avec une pointe de sarcasme. *Le genre à faire baver les midinettes et à agacer les matous en mal de confiance en eux.*

— Votre Altesse, commença-t-il en s'inclinant. Je me nomme Alexandre Locksley. J'aurais aimé savoir si vous pouviez avoir des enfants avec qui bon vous semble ou seulement avec Monsieur Drake, s'enquit-il d'une voix empruntée jurant avec son physique de Don Juan.

Eh bien, il ne perdait pas de temps celui-ci ! À peine au courant et déjà prêt à se mettre sur les rangs ! Certaines auraient trouvé la situation plutôt flatteuse, mais pour ma part, le rôle de l'incubateur sur pattes ne m'inspirait pas plus que ça.

— Seulement avec Monsieur Drake, répondis-je en me retenant de sourire. Notre lien est scellé et indestructible.

Je l'avais d'ailleurs scellé sans même m'en rendre compte, pendant mes crises de somnambulisme selon mon grand-père. Je ne gardais aucun souvenir de cette période, mais je me félicitais d'avoir officié avant ma mutation. Cela m'évitait au moins d'être l'objet de convoitise de tous ces mâles en manque de descendance. James, lui, lança un regard suffisant à Locksley. Il était ravi que les choses soient ainsi éclaircies et que personne ne s'avise plus de venir chasser sur ses terres.

— D'autres questions ?

Une seconde main se leva dans le fond. Je vis Abel et Caïn hausser les sourcils lorsqu'ils aperçurent son propriétaire. Malheureusement, ce n'était pas mon cas.

— Je vous écoute, dis-je en me décalant légèrement sur la droite pour tenter d'apercevoir mon interlocuteur.

Ce fut une fois de plus un homme et comble de la bizarrerie, il était vêtu d'une aube noire à capuche. Il se tenait les mains croisées dans ses manches, à l'instar d'un véritable religieux. Je perçus immédiatement s'opérer le changement d'atmosphère. L'assemblée se tourna vers lui de concert tandis qu'une expression respectueuse et concentrée se peignait sur leurs visages. Les chefs alliés respectaient ce type et son avis pèserait sûrement dans la balance. *À toi de jouer, Sarah ! James affirme que tu parviendrais à vendre des congélateurs à des Esquimaux, c'est le moment de lui donner raison. Une fois n'est pas coutume !*

Je priai intérieurement pour que celui-ci me pose une question plus intéressante que les conditions de fonctionnement de mon utérus. Je pouvais comprendre leur curiosité, voire leur incompréhension, mais je n'étais pas non plus obligée d'étaler ma vie privée sur la place publique ! *Qui plus est devant un curé, beurk !*

— Votre Altesse, commença-t-il en plongeant dans une profonde révérence. C'est un honneur que de vous rencontrer enfin. Je m'appelle Amédée.

Il esquissa un sourire à la fois amusé et indulgent en ajoutant :

— Certains ici me surnomment le sage.

J'eus une seconde de battement puis levai les yeux au plafond pour étudier rapidement la fresque qui y était peinte. Je reconnus soudain l'homme assis docilement aux pieds des frères maudits. Le sage, l'un des tout premiers convertis par Abel et Caïn. À part eux, personne ne savait qui avait réellement opéré. Amédée était aussi le seul à ne pas avoir retourné sa veste le jour où Abel et Caïn avaient été bannis de la cour. Lui-même n'y mettait que rarement les pieds. Il était à la tête de l'un des rares clans vivant en paix avec ses voisins et n'ayant jamais de requête. Étrangement, personne ne semblait vouloir profiter de la situation pour tenter de s'approprier ses terres. Quelquefois, les autres chefs le consultaient pour qu'il les aide à trouver un terrain d'entente ou seulement pour obtenir quelques conseils. Les solutions qu'il proposait paraissaient inlassablement porter leurs fruits, d'où le surnom de sage.

— Je vous en prie, Amédée, l'encourageai-je avec, en prime, mon sourire le plus avenant.

Abel remarqua le manège et sourit en secouant la tête avec amusement.

— Voilà, arrêtez-moi si je me trompe surtout. Vous êtes l'unique descendante de notre bon roi et à l'époque de votre mutation, c'est-à-dire quelques semaines, vous étiez capable d'enfanter. Vous auriez donc très bien pu avoir des enfants avant de rencontrer Monsieur Drake, non ?

— Je suppose que oui, approuvai-je sans vraiment comprendre où il voulait en venir.

— Ces enfants auraient naturellement pu prétendre au trône sans que personne n'ait rien à y redire.

— En effet.

— Parfait, continua-t-il en hochant la tête. Dans ce cas, je ne vois pas en quoi le fait que vous ayez un enfant aujourd'hui changerait ses droits. Avant ou après, il restera de sang royal quoi qu'il advienne. Ce ne serait pas la première fois qu'une monarchie familiale se mettrait en place. Les lois vampiriques telles que nous les connaissons n'en seront pas bouleversées pour autant.

J'entendis avec soulagement des commentaires abondant dans son sens.

— De plus, continua Amédée sur sa lancée, si votre enfant peut en avoir à son tour, au fil des siècles, avec les croisements de sang, beaucoup d'autres vampires auront également cette possibilité et je ne pense pas qu'ils s'en plaindront. La prophétie dont vous faites l'objet annonce qu'un grand fléau frappera le monde et que vous serez la seule à pouvoir l'arrêter et empêcher la disparition du peuple vampire ainsi que celle des humains. Depuis votre naissance, tout semble se dérouler comme prévu, non ?

— J'ai beau emprunter quelques détours, je reviens toujours sur le sentier tracé par mes ancêtres, en effet, approuvai-je avec un sourire.

Un petit rire amusé parcourut la foule. J'eus soudain l'impression de me retrouver en meeting pour les élections présidentielles. *Votez pour moi ! L'avenir qui chante, c'est Sarah !*

— Il n'y a donc aucune raison pour que cela ne continue pas. Vous êtes une sorcière puissante, vous représentez un sacré rempart contre nos ennemis. En survivant à votre enlèvement et en confondant les traîtres qui se terraient au sein du Conseil, vous avez également prouvé que vous êtes capable de vous battre pour le trône. De plus, le fait que vous nous consultiez, alors que rien ne vous y oblige, tend à démontrer que l'avis du peuple vampire vous tient à cœur.

— C'est le cas, affirmai-je. Un monarque n'est rien sans ses sujets. Si je ne bénéficie pas de votre confiance et de votre soutien, mon palais ne sera constitué que de cartes fragiles et s'écroulera au premier courant d'air.

Je vis la foule hocher la tête dans une parfaite synchronisation. J'espérais cette attitude de bon augure et ne pas avoir mal interprété les signes qui me laissaient penser que j'étais sur la bonne voie.

— Pardonnez mon insolence, Votre Altesse, mais voilà des paroles bien sages pour une enfant de dix-huit ans, et la sagesse est comme le chêne, elle grandit et s'étoffe au fil des années. Vous serez une bonne souveraine, j'en suis persuadé. Pour ma part, sachez que vous avez mon soutien total et inconditionnel et qu'il en sera de même pour votre descendance, termina-t-il en s'inclinant de nouveau.

Une fois de plus, un murmure d'approbation parcourut la foule. Si un jour, j'avais besoin d'un avocat, je m'adresserais sans hésitation à Amédée.

— Merci de votre confiance Amédée, croyez bien que je ne l'oublierai pas. Quelqu'un d'autre a une question ? Non ? Quelque chose à dire peut-être, c'est le moment ou jamais.

Une femme, au second rang, leva timidement la main. Ses cheveux étaient si clairs qu'ils semblaient presque blancs, faisant ainsi ressortir, de façon exagérée, ses yeux abyssaux. Elle portait une robe gris foncé datant du début du dix-neuvième siècle ainsi qu'un chapeau à voilette noir. Malgré son apparence de nanny anglaise, douce et fragile, elle respirait le prédateur sans pitié. Le regard qu'elle braquait sur moi était empreint de suffisance et de mépris. À ses yeux, je n'étais qu'une gamine qui n'avait rien à faire dans la cour des grands.

— Je me nomme Alphonsine de Saint Anne, commença-t-elle en se rengorgeant.

Son nom devait sûrement avoir eu son importance en son temps et dans son trou paumé, mais pour ma part, elle aurait bien pu s'appeler Tartempion que cela n'aurait rien changé. Constatant mon manque de réaction face à la révélation de son patronyme, elle continua d'un air pincé :

— J'ai assisté au procès et il est clair que vous n'avez rien à vous reprocher dans cette affaire. Le comportement de messieurs Pierce et Niccolo est tout à fait honteux ! Je comprends aussi que toutes ces épreuves à répétition ont dû considérablement entamer votre moral…

— Mais pas ma raison, la coupai-je sèchement en déchiffrant ses pensées comme un livre ouvert.

Je la fixai dans les yeux jusqu'à ce qu'elle baisse les siens.

— Je ne suis pas ici pour me justifier. Vous avez tous participé aux recherches me concernant et, malgré vos préjugés et votre suffisance, vous avez échoué. Caïn et Abel, eux, m'ont non seulement retrouvée, mais ils m'ont appris à vivre en tant que vampire. Ils m'ont aidée à mettre la main sur les traîtres et m'ont rendu ma vie ainsi que mon rang. J'estime donc qu'ils ont largement gagné le droit de réintégrer la cour. Cela dit, si leur présence vous dérange, vous pouvez la quitter, je ne vous retiens pas. D'autres remarques ? lançai-je à la cantonade.

Mon numéro avait produit son petit effet puisque tous baissèrent les yeux et restèrent muets comme des carpes. Giordano se leva enfin et se plaça à ma droite. Il n'était pas intervenu dans ce débat sur ma demande. Je ne voulais pas que son autorité ou son impartialité soient remises en cause par ma faute. Il avait gagné ce trône et l'aimait profondément tandis que je me contenterais d'en hériter sans grand enthousiasme.

— Si ma petite fille a tenu à vous confier le contenu de la prophétie, c'est parce qu'elle souhaitait faire preuve d'honnêteté envers son peuple. Elle a jugé que vous aviez le droit de savoir et de décider si, oui ou non, malgré cela, vous désiriez encore qu'elle me succède lorsque le moment sera venu. Qui estime que Sarah Drake Strauss ne peut prétendre au trône ? s'enquit-il.

Il demanda cela calmement, mais je le sentais prêt à bondir. J'inspirai profondément, m'apprêtant déjà à enregistrer les visages des pros-destitution. Ils seraient inscrits sur ma liste d'ennemis potentiels, mais à ma grande surprise, personne ne broncha. Je posai un regard plein d'incrédulité sur mon grand-père.

— Le peuple vampire a voté ! annonça-t-il d'une voix de stentor. Sarah Drake Strauss me succédera. La cérémonie d'intronisation aura lieu à la fin de semaine.

Les courtisans se levèrent de concert, ainsi que mon clan, rejoint par Abel et Caïn. Ils feulèrent de façon si synchrone que le bruit se répercuta sur les murs de pierres, le transformant en un terrible rugissement.

Chapitre 33

La garde sortait les corps de Pierce et Niccolo de la salle d'armes lorsque Lily et Stan y entrèrent, les bousculant presque. Ils avaient mis une semaine à rendre le dernier soupir.

Mon grand-père m'avait offert un peu de son énergie afin que je puisse dompter mes deux natures le temps que la sentence soit effective et que les familles alliées quittent la cour. À présent, je me sentais épuisée. Mes mains commençaient à trembler, je les enfonçai rapidement dans mes poches afin que ma sœur et mon frère ne se rendent compte de rien.

— Eh bien, c'est pas trop tôt ! lança la punkette en avisant les cadavres et leurs têtes qui suivaient. Y'a pas à dire, la mauvaise graine persiste !

Elle était vêtue d'une robe à corset noir et bleu nuit, ses longs cheveux avaient repris leur couleur ailes de corbeau naturel, elle n'avait pas pris la peine de les attacher. Je décidai de la taquiner un peu.

— Tu es en deuil ? lui demandai-je.

Elle me décocha un sourire éblouissant et me serra dans ses bras.

— De ces deux épaves ? Sûrement pas ! Alors, comment se sent la princesse vampire ?

— Elle est bien contente que cette histoire soit terminée parce qu'elle commençait sérieusement à fatiguer.

Je ramassai les pieux sacrés et les rangeai dans la poche intérieure de ma veste.

— Je t'offre un verre pour te requinquer ?

Mes tremblements s'intensifièrent de façon significative, je sentais que j'allais imploser bientôt. Le temps était venu.

— Non, je crois que je vais devoir faire un petit séjour dans les geôles, grognai-je avec une intonation que je ne reconnus pas.

Elle ressemblait à une voix d'outre-tombe, grave et rauque comme celle des possédés dans les films d'horreur.

— Qu'est-ce qui t'arrive ? demanda Lily, inquiète.

Je me tournai alors vers elle.

— Oh mon Dieu ! s'écria-t-elle en reculant. Sarah, tes yeux !

Sans répondre, je me dirigeai vers l'escalier qui descendait au sous-sol. J'entrai dans la cellule la plus éloignée de la sortie et refermai la porte en balançant les clefs au loin. J'entendis alors la voix de mon grand-père.

— Je ne veux personne en bas jusqu'à nouvel ordre !

Lorsqu'il me rejoignit, il me considéra avec tristesse avant de récupérer les clefs que j'avais jetées. Il se plaça devant ma cellule puis jeta un sort sur la porte, s'assurant ainsi que je ne pourrais pas l'ouvrir par la force.

— L'armistice aura été de courte durée, hein ?

— Oui, me contentai-je de répondre.

Après m'être battue contre les Miller, contre les gens et leur méchanceté, contre mon père, contre les Conseillers, j'allais devoir me battre contre ma plus grande ennemie. Moi-même.

Cela faisait deux jours maintenant que Sarah était enfermée dans les sous-sols du palais. Selon Giordano, ses deux natures se battaient l'une contre l'autre et les faire cohabiter était extrêmement difficile et éprouvant, autant physiquement que mentalement. Entre sorcière et vampire, la partie humaine devenait infime, pour ne pas dire impuissante.

Des hurlements, inhumains, montaient des geôles à intervalles réguliers. Sarah semblait souffrir le martyre.

— Seigneur, gémit Stan. Giordano aurait pu nous prévenir qu'elle risquait ce genre de crise avant sa mutation !

— Il ne voulait pas l'effrayer. Lui aussi est passé par là, expliqua James.

— Et alors, ce genre de détail devrait nous soulager, selon toi ?

James allait rétorquer lorsque des voix leur parvinrent de nouveau du sous-sol.

— Allez, Sarah, mange un peu, tu dois te nourrir, insista Giordano pour la centième fois au moins.

— Sarah, tu dois faire ceci, Sarah, tu dois faire cela, rétorqua la jeune fille de sa voix étrange. Dis-moi, grand-père, je ne t'ai jamais déçu jusqu'ici, n'est-ce pas ?

Sa voix était immonde et fit frissonner James malgré lui, elle était caverneuse, comme si une autre personne s'exprimait par sa bouche. La gamine dans l'Exorciste faisait office de petite joueuse à côté de ça.

— Jamais, *piccola principessa*, tu t'es toujours montrée à la hauteur, concéda Giordano.

— Alors, il serait juste que je sois récompensée, non ?

— Tu auras tout ce que tu veux.

— Tout ?

— Tout.

— Parfait. Je veux que Terrence et Abel soient désormais intouchables. Quoi qu'ils aient fait ou quoi qu'ils fassent à l'avenir, je veux leur parfaite immunité.

— Dommage que tu ne sois pas aussi gourmande en ce qui concerne tes repas, s'amusa Giordano.

— Je ne sais pas combien de temps je vais encore pouvoir les contrôler, alors je fais ce que j'ai à faire tant que c'est possible.

James serra les poings, bouleversé à l'idée que Sarah plonge une nouvelle fois dans son enfer intérieur.

— D'accord, Terrence et son frère auront droit au plus grand respect des nôtres à partir de maintenant et seront intouchables.
— Merci.
— Autre chose ?
— Oui, va chercher Terrence, j'ai besoin de lui parler.
— Terrence ! appela Giordano, certain d'être entendu.

Ce dernier apparut comme par magie et descendit à son tour, après leur avoir adressé un bref signe de tête. Qu'est-ce que Sarah pouvait bien vouloir lui demander de si important ?

— Majesté ? demanda le premier-né avec respect.
— Laisse-nous, grand-père, je dois lui parler seul à seul.
— Sarah…
— S'il te plaît.
— Bien, mais je ne vous laisse que quelques minutes, accepta Giordano. Terrence, si tu sens qu'elle reperd le contrôle, tu remontes immédiatement.
— Très bien.

Le vieux vampire remonta une nouvelle fois et alla prendre place dans l'un des fauteuils qui se trouvaient dans le couloir. Il n'avait pas l'air rassuré de laisser Sarah seule avec Caïn.

— Alors, ma douce, comment vas-tu ? demanda ce dernier.
— Mal, répondit Sarah. Très mal, c'est pour cette raison que je t'ai fait appeler.

James se tourna vers Stan, en quoi Terrence pourrait aider Sarah à se sentir mieux ? Puis, ils entendirent le cliquetis de la serrure et se levèrent d'un bond. Trop tard, la jeune sorcière venait de verrouiller la porte de l'intérieur par la seule force de sa volonté.

— Sarah, ouvre ! ordonna Giordano.
— Nous n'avons que peu de temps, mon ami, continua-t-elle comme si de rien n'était.
— Je t'écoute.

Tous tendirent de nouveau l'oreille.

— De tous ceux que je connais, tu es le seul à véritablement comprendre ce que je ressens. Tout comme moi, un destin t'a été imposé et tu n'as pas eu d'autre solution que de le suivre. Les autres ont beau compatir, ils ne savent rien, ne comprennent rien. Je ne voulais pas de cette vie, de toutes ces responsabilités. Je ne désirais que Jamy.
— Je comprends, mais tu peux être fière, tu te débrouilles très bien.
— Sans doute en tant que princesse, mais cela s'arrête là. Jamais je ne mènerai une vie normale d'épouse ou de mère. Avant tout, je serai toujours la reine, responsable d'un peuple composé de menteurs et d'assassins. Prisonnière d'un rang et d'un destin que je hais à présent.

Giordano fronça les sourcils en entendant ces mots, manifestement, il n'appréciait pas beaucoup.

— Sarah, je sais que tu es blessée parce que ta famille a pensé que tu avais pris du plaisir à tuer tous ces gens, mais à présent, ils savent pourquoi tu as agi de la sorte et ne t'en tiennent pas rigueur.

— Je ne leur en veux pas.
— Alors, où est le malaise ? demanda Terrence.
— Tu avais raison, j'aurais préféré ne jamais me souvenir. Je suis devenue ce que je craignais le plus : un monstre. J'ai prêté serment devant les miens et je n'ai qu'une seule et unique option pour ne pas le trahir, ajouta la jeune femme.

Lily se jeta alors sur la porte comme une furie et y abattit ses poings de toutes ses forces.

— Non ! Sarah, non ! Ne fais pas ça, je t'en supplie, non !

Sarah ricana alors doucement et une fois de plus James frissonna.

— Ma Lily vient de voir pourquoi je t'avais convoqué, on dirait.
— Sarah, je t'en supplie, ne fais pas une chose pareille ! Ce n'est pas une solution, nous allons t'aider, mais ne fais pas ça !
— Qu'as-tu vu ? demanda Giordano.
— Vite, Terrence, c'est la dernière chose que je te demanderai, ôte-moi cette vie que James m'a offerte, je n'en veux plus. Mon grand-père m'a juré que tu serais protégé par l'immunité royale.

James rejoignit alors sa sœur et tambourina comme un fou sur la porte.

— Non ! Non, Sarah, pitié, pas ça !
— Elle a bloqué la porte par la magie, expliqua Giordano. Sarah ouvre, tu m'entends !
— Si je comprends bien, tu me demandes de te tuer ? demanda Terrence, toujours aussi calme.

Aucun d'eux n'avait l'air de se soucier qu'ils hurlent comme des fous derrière la porte, James avait presque l'impression d'assister à une conversation mondaine.

— Oui, j'aurais pu demander à Abel, mais… il aurait refusé tout net. Je te l'ai dit, je ne souhaitais que James en acceptant de devenir ce que je suis et regarde-moi. Je ne supporte pas de voir la peur dans le regard des miens.
— Sarah, ouvre ! hurla de nouveau James.

Non, elle ne pouvait pas choisir le suicide comme issue à leur histoire ! Pas après tout ce qu'ils avaient surmonté ensemble !

— Il y aura toujours un clan insurgé, toujours un combat à livrer, je suis même obligée de me battre contre moi-même à présent. Aide-moi à les libérer de tout ça.
— Ma douce, je connais bien le sentiment de culpabilité, pendant des siècles il a été mon compagnon d'infortune. Jusqu'à ma rencontre avec une petite mortelle courageuse et téméraire qui affirmait à qui voulait l'entendre qu'elle épouserait son compagnon de vampire quoi qu'il arrive et quoi qu'il lui en coûte. J'ai alors réalisé que nous étions seuls maîtres de notre destin.
— À l'époque, je ne savais pas ce que je sais aujourd'hui, grogna Sarah. Cette petite mortelle, comme tu dis, est morte et ne reviendra pas. Elle a été remplacée par un vampire qui a aujourd'hui l'impression d'avoir mille ans. La mémoire commence à me revenir et il ne se passe pas une heure sans que ne viennent me torturer les images de mes crimes. Pour sauver les miens, j'ai détruit des vies et des familles entières…

— Écoute, ma belle, tu souffres, tu accumules les galères, je comprends ton ras-le-bol, mais crois-moi, tu n'as aucune raison valable de mourir. Ce sentiment n'est généré que par le combat entre tes deux natures. Dès que tu seras parvenue à trouver un équilibre entre elles, il disparaîtra. Pense à ton clan. Tous comptent sur toi, Sarah, pas en tant que reine, mais en tant que membre de leur famille à part entière.

Pendant que Terrence et Sarah discutaient au sous-sol, Giordano tentait de faire sauter le sort qu'elle avait jeté. Heureusement, elle n'était pas au meilleur de sa forme, la porte commençait à céder, plus que quelques secondes et elle serait ouverte.

— Si je comprends bien, tu refuses de m'aider ? demanda la jeune fille d'une voix où la déception pointait clairement.

James ne s'était jamais senti si coupable, comment avait-il fait pour ne pas se rendre compte que sa compagne allait aussi mal ? Comment avait-il pu croire que cette fille froide et hautaine était sa Sarah ? Elle n'avait tenu ce rôle que pour impressionner son peuple et éviter une mutinerie, mais le pire, c'est qu'eux, sa famille, n'avaient rien vu, rien compris. Elle avait souffert en silence, pour leur bien à tous.

— Je te l'ai juré, je serai toujours là pour toi, mais pas pour ça. Si tu dois retourner auprès de notre cher créateur, ce ne sera pas par ma main, asséna Terrence.

— Tu sais comme moi que je suis vouée à l'enfer, mais j'y suis déjà de toute façon. On m'y a plongée le jour de ma naissance. Tant pis, j'aurai essayé. Je vais me débrouiller seule. Heureusement que mon grand-père a tellement confiance en moi qu'il a omis un détail.

La porte vola enfin en éclat et tous se précipitèrent au sous-sol.

— Lequel ? demanda le premier-né.

— Me fouiller, rétorqua Sarah en sortant l'un des pieux sacrés de sa poche et en le levant pour se poignarder avec.

Tout alla alors très vite, Giordano bouscula Terrence pour se précipiter sur sa petite-fille après avoir levé le sort qui protégeait la cellule. Sarah ne se laissant pas désarmer, il n'eut pas d'autre choix que de l'attraper par le col de sa veste et de l'envoyer contre le mur qui se fissura sous l'impact. Il récupéra les pieux et l'enferma à nouveau dans sa geôle.

Un peu sonnée, la jeune fille ouvrit les yeux et une fois de plus, ils changèrent de couleur à toute vitesse, passant du noir, au topaze, sans discontinuer. Le combat en elle reprenait de plus belle. Elle montra alors les dents et se jeta comme une furie sur les barreaux de sa prison, grognant et feulant.

— Tue-moi ! Tue-moi, grand-père ! Si tu m'aimes vraiment, tue-moi ! hurla-t-elle.

James aussi aurait souhaité mourir en cet instant. Sa princesse, sa toute petite princesse souffrait corps et âme, c'était le cas de le dire, et il ne pouvait rien faire pour la soulager.

— Ça suffit ! Dors maintenant ! ordonna Giordano.

Sarah s'écroula alors sur le sol, telle une poupée de son.

Chapitre 34

À présent réunis dans la salle à manger, le clan de James et celui de Giordano discutaient de l'incident avec Sarah. Tous étaient sous le choc.

— Comment a-t-elle pu me faire une chose pareille ? fulmina le roi, hors de lui.

— Nous sommes tous responsables, personne n'a vu à quel point elle allait mal, ajouta Félipe. Sarah, elle, n'a rien à se reprocher, c'est nous qui avons commis une erreur d'appréciation en songeant qu'elle ne regrettait pas les événements survenus pendant sa fuite.

— Comment ai-je fait pour ne rien voir ? se lamenta James à haute voix.

Kylian se leva et se dirigea vers la fenêtre, les épaules voûtées et le regard triste, il faisait ses trois cent quatre-vingt-dix ans à cet instant.

— Sarah ne voulait pas de ce trône que nous lui avons imposé, elle souhaite juste vivre tranquille, dit-il gravement.

— Mais c'est son rôle ! s'emporta Giordano. Elle sera la reine de ce peuple, il faut qu'elle l'accepte, ce n'est plus une enfant ! Elle n'a pas le choix, c'est son destin, qu'il lui plaise ou non !

— Justement ! s'emporta le viking. Elle n'a que dix-huit ans et se retrouve déjà future souveraine du peuple le plus violent qui soit ! À peine a-t-elle eu le temps de se remettre de son enfance atroce que déjà des responsabilités encore plus terribles lui tombaient dessus ! Ce n'est qu'un bébé ! *Mon* bébé !

— Que veux-tu que j'y fasse ? C'est la loi, ce n'est pas moi qui en ai décidé ainsi ! C'est ma petite-fille, je te signale, tu crois que la voir comme ça ne me touche pas ?

Les deux hommes s'affrontèrent du regard, si c'était pour sa fille, Kylian n'hésiterait pas à remettre en cause l'autorité du roi-vampire.

— Calmez-vous ! s'énerva Lily. Nous accuser les uns les autres ne fera pas avancer les choses ! Ce qui s'est passé n'a rien à voir avec notre comportement ou celui de Sarah, mais avec ses différentes natures. À l'heure actuelle, elle est à l'instar d'un bipolaire de haut vol. Il faut trouver le moyen de remettre la balance en équilibre, c'est tout !

— Je me suis montré très dur avec elle lors de notre dernier entretien, avoua Kylian. J'étais persuadé que le vampire avait pris le dessus et qu'elle ne désirait rien changer à cette situation. Je l'ai même accusée d'avoir pris du plaisir à tuer le fils Milford.

— Lily a raison, nous n'y sommes pour rien, ou presque. Lui cacher les difficultés de régner ne lui sera d'aucune aide. Je suis passé par là aussi après ma mutation. C'est éprouvant et extrêmement difficile de faire régner l'équilibre entre la sorcellerie et le vampirisme. D'un côté, être capable de se dissimuler aux immortels, et de l'autre, en être une…

James se leva alors et se dirigea vers la porte.
— Où vas-tu ? demanda sa sœur.
Il stoppa puis se tourna vers sa jumelle, un sourire amusé sur les lèvres.
— Qui est la corde sensible de notre petite princesse ? s'amusa-t-il. Je crois savoir comment la ramener parmi nous, entière.
La porte s'ouvrit alors sur Zach, qui était resté devant la porte des geôles afin de veiller à ce que personne ne descende voir la princesse.
— Notre petite tigresse est réveillée et parle toute seule, annonça-t-il.
— Elle délire, souffla Giordano en se laissant tomber dans un fauteuil. Il faut trouver un moyen de la nourrir coûte que coûte.
— Je vais l'hypnotiser pour la forcer à boire avant que James ne descende, proposa Terrence.
— Je euh… Merci. Je sais que tu portes beaucoup d'affection à Sarah et je t'en suis reconnaissant, avoua le roi.
— De rien, cette gamine est têtue comme une mule, mais terriblement attachante, il faut lui reconnaître ça.

Giordano leur avait finalement interdit de descendre aux geôles, Sarah était trop instable et risquait d'attaquer à tout moment. James et son clan commençaient à trouver le temps long lorsque des hurlements leur parvinrent de la cave. Tous se levèrent pour aller voir ce qui se passait.
— Pourquoi me faites-vous ça ? hurla Sarah. Pourquoi me forcez-vous à endurer toutes ces choses ? Laissez-moi ! Foutez-moi la paix, une bonne fois pour toutes !
— Parce qu'aussi incroyable que cela te paraisse, nous t'aimons, expliqua Giordano.
— Si c'est le cas alors, laissez-moi mourir ! Pour une fois, rien qu'une fois, respectez mes volontés et laissez-moi crever !
James se précipita alors et descendit au sous-sol, se fichant totalement des ordres donnés par le roi. En l'apercevant, Sarah feula, pas de colère, elle avait seulement été surprise.
— Laissez-nous, ordonna le jeune homme.
Contre toute attente, Giordano obtempéra et remonta, suivi de Terrence. James observa sa compagne. Elle semblait osciller entre fureur et capitulation.
— Princesse, je sais ce que tu endures, mais je te promets que tu vas surmonter tout ça, commença-t-il.
Ses yeux changèrent de nouveau de couleur avec une rapidité déconcertante. D'un bond en arrière, elle se retrouva plaquée au mur de sa cellule, à près de deux mètres du sol. La tête penchée de côté, elle ressemblait à une araignée prête à dévorer la pauvre libellule prise dans sa toile. James déglutit et se força à continuer, malgré le malaise que lui inspirait cette vision.
— Je peux te poser une question ? Elle est très simple, est-ce que tu m'aimes ?
— Oui.
— Qui m'aime ? La sorcière ou le vampire ?

— Les deux, grogna Sarah.

— Tu vois, princesse, tu es donc capable de les forcer à cohabiter. Sinon, laquelle choisirais-tu ? La sorcière dont je suis tombé amoureux, ou le vampire que j'ai créé par amour ?

Sa voix manquait d'assurance, James le savait, mais il avait peur. Que ce soit la sorcière ou le vampire, peu importait, il l'aimait tout entière et ne voulait en aucun cas la perdre.

— Je veux être les deux, murmura Sarah.

— Tout à fait d'accord. J'aime la sorcière des Deux Lunes et son caractère de feu, mais j'aime aussi le vampire avec qui je peux courir main dans la main et à qui je peux faire l'amour sans risquer de lui faire du mal. Sarah, mon ange, ces deux facettes font partie de toi, force-les à ne faire qu'un. Essaie, je t'en supplie, souffla-t-il en attrapant les barreaux de la cellule dans un geste presque désespéré. Si tu ne le fais pas pour moi, fais-le au moins pour le bébé que nous pourrions avoir.

Sarah regagna le sol lentement, puis le fixa une seconde avant de fermer les yeux. Soudain, une forte odeur d'azote satura la pièce. Giordano réapparut aussitôt.

— Sarah, qu'est-ce que tu fais ? s'inquiéta James.

— Elle tente de remporter ce combat, murmura Giordano. Jamy, ce qui va suivre ne va pas être facile, tu devrais peut-être remonter.

— Non, je reste auprès d'elle.

Sarah se prit alors la tête entre les mains et poussa un hurlement dont James se souviendrait aussi longtemps qu'il vivrait. Ce cri n'avait rien d'humain, ni même de vampirique. Seule une bête, sortie tout droit des enfers, pouvait être capable de pousser ce genre de plainte. Elle tomba au sol, se contorsionna, comme si un monstre, tapi au fond d'elle, tentait de s'échapper. Elle laboura les dalles de la cellule de ses ongles, y traçant de profonds sillons avant de faire de même avec son visage. Pas une seconde ses cris ne cessèrent. Une fois de plus, le film l'Exorciste s'imposa dans l'esprit de James. Il tenta un coup d'œil vers Giordano, ce dernier se mordait le poing pour s'empêcher de hurler lui aussi. Mieux que personne, il savait ce qu'endurait sa petite-fille.

Alerté par les cris, Kylian les rejoignit au moment où Sarah déchiquetait son t-shirt, transformant son ventre en amas de chair sanguinolente.

— Seigneur Dieu ! s'écria le viking. Mais qu'est-ce qui lui arrive ?

— Elle tente de faire régner l'équilibre, murmura Giordano sans quitter la jeune fille des yeux.

Elle se mit alors à quatre pattes et commença à vomir, envoyant du sang dans toute la cellule. Le monarque se précipita et s'accroupit pour se trouver au niveau de sa petite-fille.

— Sarah ! Donne du leste au vampire ! Vite, laisse-le reprendre du terrain !

La jeune fille gronda et ferma les yeux très fort. James pria intérieurement pour qu'elle ait bien compris les conseils de son grand-père, sinon, elle n'aurait bientôt plus assez de sang dans le système pour survivre. Malheureusement, sa prière n'eut pas l'effet escompté, Sarah se releva, mais ses yeux étaient plus noirs que l'onyx. Elle feula et montra les dents, prête à attaquer. Giordano secoua la tête.

— Non, ma douce, là, c'est trop. Trouve le juste équilibre.

Folle de rage, la jeune fille se jeta sur les barreaux de la cellule, mais le monarque esquiva l'attaque. Ce dernier soupira et se retourna vers James et Kylian.

— Nous allons devoir l'aider, elle doit gérer le vampire, mais aussi les pouvoirs des deux clans, ce combat est inégal. Nous allons lui offrir un peu d'énergie, James. Cela lui permettra de se battre sans y laisser trop de plumes.

— O.K., accepta le jeune homme. Mais tu crois qu'elle est en état de puiser ?

— Nous n'allons pas tarder à le savoir, murmura le roi.

Giordano se plaça à côté de James et lui prit la main. Face à une Sarah toujours prête à en découdre, ils commencèrent à recharger de concert. Sarah fronça les sourcils, lâcha les barreaux et recula d'un pas.

— Allez, ma chérie, tu peux le faire, tu en es capable, souffla Kylian.

Sarah jeta un coup d'œil à son père, recula encore puis ferma une nouvelle fois les yeux avant de tendre ses bras en croix. Elle acceptait l'offrande de pouvoir.

James et Giordano officièrent pendant de longues minutes, dans un silence quasi religieux. Lorsqu'ils cessèrent enfin, Sarah, elle, demeura aussi immobile qu'une statue pendant plusieurs minutes. James allait approcher, mais Giordano le retint par le bras et posa son index sur sa bouche afin que le silence persiste. La jeune fille semblait avoir trouvé l'équilibre entre ses deux natures, mais celui-ci était encore précaire. Il fallait attendre qu'elle le consolide avant de l'interrompre. Les scarifications qu'elle s'était infligées commencèrent à cicatriser pour disparaître enfin totalement. Au bout d'une vingtaine de minutes, elle laissa retomber ses bras le long de son corps et ouvrit enfin les yeux. Ces derniers étaient d'un noir profond, propre aux vampires, mais elle ne semblait plus agressive.

— Ça va, mon amour ? s'enquit James.

Sarah esquissa un sourire puis avisa sa tenue.

— Moi ça va, mes fringues par contre…, grimaça-t-elle en tirant sur un bout de son t-shirt en lambeaux.

Les trois hommes soupirèrent, ne faisant rien pour cacher leur soulagement. Giordano leva le sort protégeant la cellule et ouvrit la porte de celle-ci. Sarah sortit, puis se précipita dans les bras de James.

Chapitre 35

J'étais fin prête pour ce qui serait l'un des plus beaux jours de ma vie. Je me jaugeai dans le miroir. Maggie m'avait fait un chignon, tout en boucles, laissant juste dépasser de petites mèches pour encadrer mon visage. Le maquillage restait discret, mais très réussi, il me donnait bonne mine et me faisait paraître presque humaine, me semblait-il.

— Voyons voir, déclara la jolie rousse. Tu as quelque chose de vieux : ta bague de fiançailles. Tu as quelque chose de neuf : ta robe. Tu as quelque chose de bleu ?

— Oui, sa jarretière, précisa Lily, malicieuse.

— Parfait, il manque quelque chose de prêté.

Gwen entra à cet instant et me regarda, clairement émue.

— J'ai ce qu'il te faut, intervint-elle en me tendant un superbe diadème en diamants. Il me vient de ma mère, c'est le seul objet que j'ai emporté lorsque j'ai décidé de suivre ton père. Elle serait heureuse que tu le portes aujourd'hui, mon ange.

— Merci, maman, dis-je en la serrant dans mes bras.

— Il ira parfaitement avec ceci, continua mon grand-père en entrant à son tour.

Il me tendit un écrin de velours noir. Lorsque je l'ouvris, je restai bouche bée devant la rivière de diamants qu'il contenait.

— Grand-père, mais tu es fou ! Ce collier doit valoir une fortune !

— Une simple fantaisie, rétorqua-t-il en haussant les épaules. Et puis, une véritable princesse ne peut décemment pas se marier sans ce genre d'accessoire.

Je souris et me contentai de me retourner afin qu'il me le passe autour du cou. Lorsque je me regardai de nouveau dans le miroir, pour la première fois, j'eus véritablement l'impression d'être une princesse. Pas celle des vampires, non, mais celle des contes de fées que ma mère me racontait lorsque j'étais enfant. Jeune, belle et heureuse d'avoir trouvé le grand amour. Celui qui durerait toujours.

Les invités étaient déjà tous arrivés et Lily me pressa gentiment :

— C'est le moment, petite sœur.

Je les suivis jusque dans le grand hall. Gwen alla rejoindre James dehors tandis que mes sœurs se plaçaient sur le perron. Mon père et mon grand-père vinrent me donner chacun un bras.

— Tu es magnifique, ma chérie, me souffla Giordano.

— Je suis fier de toi, ajouta Kylian, ému.

— Et moi, je vous aime, tous les deux.

Les premières notes de la marche nuptiale résonnèrent enfin. Je respirai un bon coup et m'avançai, à pas lents, jusque sous le plus vieil olivier du parc. Des guirlandes de lampions avaient été disposées dans les branches de tous les arbres, proférant un aspect féerique au royaume des non-morts, l'espace d'une soirée. Tout le temps que dura le chemin jusqu'à l'autel, je fixai James dans les yeux. Il arborait un magnifique costume trois-pièces gris perle, identique à ceux de ses frères. Son visage était illuminé d'un large sourire et, une fois de plus, il me sembla que mon cœur se mettait à battre la chamade.

Parvenus à destination, Giordano glissa ma main dans celle de James et souffla :
— Je te la confie, prends-en soin.

Nous nous tournâmes vers le prêtre qui commença la cérémonie sans se douter une seconde de qui il célébrait l'union :
— Nous sommes ici aujourd'hui pour unir à la fois deux cœurs et deux âmes, ceux de Sarah et de James. Les liens du mariage sont indestructibles et éternels. Alors, si une personne a une raison de penser que cette union ne doit pas avoir lieu, qu'il le dise maintenant, ou se taise à jamais.

Il attendit un instant pour savoir si des objections s'élevaient. J'aperçus, du coin de l'œil, Stan et Zach lancer des regards meurtriers à l'auditoire. Je me fis violence pour ne pas pouffer.
— Bien, reprit-il. Dans ce cas, vous allez pouvoir échanger vos vœux. James, voulez-vous commencer ?

James pivota vers moi, ses yeux emplis d'émotion. Il prit mes mains dans les siennes puis déclara :
— Sarah, il est difficile de trouver des mots qui refléteraient exactement ce que je ressens pour toi, aucun ne me parait assez fort. Je t'appelle ma princesse, parce que tu règnes sur mon cœur. Un jour, tu m'as dit que j'étais ton évidence, en réalité, c'est toi qui incarnes la mienne. J'ai cherché pendant longtemps ce qui pouvait manquer à ma vie, jusqu'à ma rencontre avec toi, un jour de janvier. Il a suffi que je croise ton regard pour que, d'un seul coup, tout se mette en place. Je t'attendais, tout simplement. Notre amour a déjà tellement grandi depuis notre rencontre, qu'il me parait difficile d'imaginer pouvoir t'aimer plus encore. Pourtant, je te promets aujourd'hui, devant notre famille et nos amis, de tout mettre en œuvre pour qu'il croisse un peu plus chaque jour, et ce, jusqu'à la fin des temps.

Je dus me retenir de ne pas lui sauter au cou et l'embrasser tellement cette déclaration me toucha.
— À vous, Sarah, m'enjoignit le prêtre.
— James, mon beau chevalier servant, si je suis ici aujourd'hui, ce n'est pas pour t'offrir mon cœur, il y a longtemps qu'il t'appartient. Tu me l'as volé un jour, au bord du lac de Black Diamond. Tout ce que je te demande, c'est de toujours le garder et de continuer à en prendre soin. Avant de te connaître, il avait été malmené, mais patiemment, doucement, tu l'as réparé. L'amour est comme une fleur rare, beau, mais fragile, il faut en prendre soin. Aujourd'hui, devant notre famille et nos amis, je te promets de le cultiver chaque jour, sans jamais ménager mes efforts pour qu'il s'épanouisse sans cesse et ne fane jamais.

James eut l'air ému lui aussi. L'amour que je lus dans ses yeux me transperça le cœur.

— James, acceptez-vous de prendre Sarah, ici présente, comme légitime épouse, de l'aimer, de l'honorer et de la chérir jusqu'à ce que la mort vous sépare ? demanda le prêtre.

— Oui.

— Sarah, acceptez-vous de prendre James, ici présent, comme légitime époux, de l'aimer, de l'honorer et de le chérir jusqu'à ce que la mort vous sépare ?

— Oui.

Nous échangeâmes nos alliances. Mes mains tremblaient légèrement.

— J'ai donc l'immense honneur de vous déclarer officiellement unis par les liens sacrés du mariage, annonça le prêtre en souriant. James, vous pouvez embrasser la mariée.

Nous échangeâmes alors un long et langoureux baiser sous un tonnerre d'applaudissements et de hourras.

La fête avait lieu dans la grande salle de réception. Avec James, nous saluâmes les invités un par un, recevant les vœux de bonheur et les félicitations de chacun. À cet instant, je me fichais éperdument de savoir lesquels étaient sincères et les autres fourbes, je me contentais de savourer ce moment. Lily tapa soudain sur un verre pour réclamer le silence et faire un discours.

— Je suis ravie que nous soyons tous réunis aujourd'hui pour célébrer l'union de mon petit frère James et de ma chère Sarah. Je commençais à désespérer d'assister un jour à cet événement !

Un rire amusé parcourut la foule tandis que James m'embrassait les cheveux en souriant.

— La première fois que j'ai vu Sarah, j'ai su immédiatement qu'elle n'aurait que des effets bénéfiques sur nos vies à tous, et quels effets ! Je tenais juste à vous dire, à tous les deux, que je vous aime et que je suis heureuse que vous vous soyez trouvés. Vive les mariés !

Les invités scandèrent également ces trois mots avec enthousiasme en levant leur verre de sang. Ensuite, ce fut au tour de mon grand-père de porter un toast.

— Il y a bien longtemps de ça, quand j'étais encore mortel, j'ai aimé passionnément une femme avec qui j'ai eu une enfant avant de devenir celui que vous connaissez aujourd'hui. Imaginez ma surprise lorsqu'en me rendant chez mon meilleur ami, Kylian, ici présent, je retrouve, des siècles plus tard, l'une de mes descendantes directes, s'exclama-t-il en me prenant la main. Elle me comble de fierté et de joie chaque jour qui passe. Je suis également très heureux qu'elle ait choisi James. Je vous souhaite un bonheur éternel, mes enfants, félicitations !

Une fois les discours d'usage terminés, James et moi ouvrîmes le bal. Il me fit valser en tourbillonnant.

— Alors, pas de regret ? le taquinai-je.

— Oh que non ! Tu es enfin à moi !

— C'était déjà le cas, non ?

— Oui, mais maintenant, c'est officiel. Je suis marié à la plus jolie femme de l'univers. J'ai le droit d'être fier, tu ne crois pas ?

— Bien entendu, affirmai-je en souriant. Je suis aussi très fière d'être ta femme, mon amour.

— Ah, je préfère ça !

Vinrent ensuite les photos de couple ou de groupe, dans les jardins, devant la pièce montée, sur le perron du palais. Les flashs crépitaient tellement que Giordano dut intervenir, mes yeux restaient encore sensibles à la lumière vive.

— Ranger tous ces clichés va prendre des jours, glissai-je discrètement à Lily.

— Rassure-toi, je m'en chargerai.

Elle repartit se déchaîner sur la piste de danse suivie d'un Stan tout sourire. Je profitai de ce que Maggie invite James à danser pour aller trouver Lesere qui discutait avec sa compagne dans un coin de la salle. Lorsqu'ils me virent m'avancer vers eux, ils plongèrent dans une profonde révérence.

— Je vous en prie, levez-vous, dis-je en souriant.

— Tous nos vœux de bonheur, Votre Altesse, ajouta son épouse.

— Merci beaucoup. Monsieur Lesere, comme vous le savez, trois places sont maintenant vacantes au sein du Grand Conseil. L'une d'elles vous intéresserait-t-elle ?

Ses yeux s'agrandirent de surprise puis il consulta sa femme du regard. Celle-ci esquissa un sourire encourageant. Il s'agissait d'une petite brune au regard doux qui me sembla très discrète, mais énergique. Elle me plut immédiatement.

— J'en serais vraiment très honoré, Votre Altesse. Je vous remercie de la confiance que vous me portez, répondit-il en posant une main sur sa poitrine.

— C'est moi qui vous remercie de l'aide que vous m'avez apportée. Si je punis ceux qui me trahissent, je sais aussi récompenser ceux qui me sont fidèles.

— C'est tout à votre honneur, Votre Altesse.

— Parfait, présentez-vous lundi matin à la salle du Conseil. Votre tenue officielle vous sera remise. Passez une bonne soirée.

— Vous aussi, Votre Altesse. Merci encore.

À présent que j'avais fait mon devoir, du moins en partie, je comptais bien m'amuser un peu. Je rejoignais mon clan à la table d'honneur pour prendre un verre, lorsque je croisai Terrence.

— Salut, bel étranger, m'amusai-je. Où est passé Abel ? Je ne l'ai pas vu de la journée ?

Le premier-né esquissa un sourire gêné.

— Il était pressé de visiter ses nouveaux fiefs, tu connais Abel, argua-t-il d'un ton faussement enjoué.

Je hochai la tête d'un air entendu. Je savais parfaitement pourquoi il n'avait pas assisté à la cérémonie, je ne lui en voulais pas. Je suppose qu'à sa place, j'aurais réagi de la même façon. J'espérais seulement, qu'avec le temps, il passerait à autre chose et qu'il trouverait une femme capable de lui rendre l'amour qu'il avait à offrir. Abel possédait certes des défauts, comme tout à chacun, mais c'était avant tout un homme bien.

— Je suis vraiment désolée, soufflai-je.

— Ne le sois pas, tu n'y es pour rien. Ne t'inquiète pas, je prendrai soin de lui.
— Merci.

Je l'embrassai, puis regagnai ma place. Assise à côté de moi, Lily semblait aux anges, elle déposa un baiser sur ma joue avant de murmurer :
— Tu es sublime ce soir. Tous n'ont d'yeux que pour toi.
— Merci, ma belle. Dommage que je n'ai pas d'autre tenue, sinon Stan et moi nous serions bien livrés à une petite démonstration de rock acrobatique.
— J'ai prévu un tailleur-pantalon, soupira-t-elle en levant les yeux au ciel, vaincue. Il est dans ta penderie.

Je la remerciai et filai me changer en quelques secondes seulement. Dès que je fus de retour, Stan fit un signe au DJ et un rock endiablé s'éleva dans l'air. James nous regarda, amusé, les bras croisés. Toute l'assistance nous considéra, bouche bée. Visiblement, les princesses ne faisaient pas ce genre de chose d'habitude. Contre toute attente, je vis mon grand-père se diriger vers le DJ et la sono entama un fox-trot. Je souris, un vent de modernité et de changement soufflait enfin sur le peuple vampire.

Gabrielle Fenweek poussa un soupir de contentement puis enfouit la tête dans l'oreiller de l'homme qui avait partagé ce lit avec elle, seulement quelques minutes plus tôt. Elle aimait Steve de tout son cœur et ils allaient enfin pouvoir se marier et commencer une nouvelle vie. Le dernier contrat qu'elle avait honoré pour le compte des chasseurs lui avait rapporté une petite fortune. Une vie pour sa vie. Celle dont elle avait toujours rêvé. Alors oui, cela avait valu le coup, même si ses sœurs la haïraient si elles l'apprenaient.

Elle commençait à se laisser glisser dans l'inconscience lorsqu'une voix féminine lança derrière elle :
— Alors, heureuse ?

Gabrielle sursauta et se retourna en maintenant le drap sur sa poitrine. La pièce était plongée dans le noir complet. Steve connaissait si bien l'endroit qu'il n'allumait jamais pour se rendre dans la salle de bain. Un rayon de lumière filtrait sous la porte et la douche coulait toujours.
— Qui est là ? Qui êtes-vous ? Si vous voulez de l'argent, vous perdez votre temps, continua-t-elle en tentant de trouver l'interrupteur à tâtons.

Soudain, le lit bougea comme si quelque chose de lourd était tombé dessus puis la lumière s'alluma. Steve était allongé sur le dos, la fixant de ses yeux à présent vitreux. Du sang coulait de son cou jusque sur les draps, y laissant une tache sombre qui s'élargissait à vue d'œil. Elle hurla à en éclater ses propres tympans.
— Inutile de t'égosiller, personne ne viendra, un sort empêche le moindre bruit de filtrer, continua la voix.

Gabrielle releva enfin la tête. Au pied du lit, un couple, aux visages impassibles. Tous deux arboraient des yeux noirs et un teint d'albâtre. Des vampires. La femelle était de taille moyenne et arborait de longs cheveux châtain foncé. Lui possédait une chevelure singulière, d'un auburn si profond qu'elle semblait presque rouge sous l'éclairage tamisé de la pièce.

— Pourquoi ? s'écria Gabrielle.

— Tu n'aurais pas dû tenter de me prendre ma femme, déclara l'homme, froidement.

Elle balaya l'air de sa main, mais rien ne se produisit. Affolée, elle regarda ses doigts comme si elle les voyait pour la première fois. La femelle se mit à rire.

— Je t'ai privée de tes pouvoirs, lui annonça-t-elle. Tu es à ma merci.

— Qui êtes-vous ?

Son interlocutrice esquissa un sourire carnassier avant de répondre :

— Tu ne m'as donc pas approchée d'assez près pour te souvenir de mon visage ? Hum… Et l'Afrique, tu as aimé ? Les paysages sont magnifiques, non ? Quoique de nuit, tu n'as sûrement pas profité comme il se devait.

Soudain, Gabrielle comprit à qui elle avait affaire. Ses yeux s'agrandirent de frayeur tandis que son rythme cardiaque s'accéléra de façon significative. L'autre sourit, l'ayant parfaitement entendu.

— Tu es la dernière de ta lignée, n'est-ce pas ? Tu comptais sur lui pour remédier à cela, continua-t-elle en désignant le corps sans vie de Steve, mais je crains qu'il ne soit hors service. Le nom de Fenweek va donc s'éteindre ce soir.

Gabrielle sauta du lit, indifférente à sa nudité qu'elle exposait sans détour. Le mâle grimaça, comme si la vue de son corps l'écœurait. D'habitude, elle aurait été piquée au vif par ce genre de réaction, mais dans le cas présent, sauver sa vie était tout ce qui lui importait. Elle tendit les mains devant elle, en signe d'apaisement.

— Attendez ! Je suis sûre que nous pouvons trouver un arrangement. Je pourrais travailler pour vous !

Tout en parlant, elle reculait vers la sortie. Si elle atteignait le couloir, elle pourrait se protéger grâce aux cristaux qui se trouvaient dans le tiroir de la petite console, contre le mur. Les vampires ne semblèrent pas s'en rendre compte, car ils ne bougèrent pas. Elle allait atteindre son but lorsque la porte s'ouvrit. Gabrielle tourna la tête, une fille, aux cheveux rose et noir, vêtue d'une longue robe à corset bleu nuit, se tenait dans l'embrasure. Un autre vampire. Piégée, elle se tourna de nouveau vers le couple.

— Pitié ! Je vous en supplie ! gémit-elle.

— Oui, c'est ce que nos sœurs ont certainement dit lorsque tu les as livrées aux chasseurs.

Gabrielle n'eut pas le temps de hurler une nouvelle fois. D'un bond, la femelle fut à ses côtés. Elle la saisit par les cheveux, la forçant à exposer sa gorge, puis murmura :

— Ce n'est que le début, ma belle. De l'autre côté, nos sœurs savent ce que tu as fait. Pour toi, l'enfer ne fait que commencer.

Une douleur effroyable traversa sa gorge dans un craquement sinistre. Avant que n'officie la Faucheuse, Gabrielle se souvint du prénom de son bourreau. Sarah.

Partie 4

Chapitre 1

Les yeux fermés, je laissais la musique naître sous mes doigts, sans y penser, naturellement. Elle et moi avions toujours entretenu une relation particulière, comme une amitié profonde. Je comprenais son langage, l'appréciais et, en échange, elle m'aidait à me sentir mieux. Elle soulageait mes maux et évacuait ma frustration, du moins le temps d'un instant.

Cela faisait des mois que je luttais contre moi-même, chaque jour, chaque heure, chaque seconde. Je combattais le prédateur qui ne demandait qu'à être libéré pour assouvir ses instincts sanguinaires. Chasser et tuer faisaient désormais partie intégrante de ma nature profonde, pourtant, je ne pouvais m'y résoudre. Y céder condamnerait à mort des innocents et me ferait perdre la raison, définitivement cette fois. Je m'étais déjà noyée dans le sang, je m'y étais totalement abandonnée, puis finalement perdue. Si le plaisir de la chasse avait été grisant et sans pareil, les conséquences de mes actes auraient pu se révéler encore plus catastrophiques qu'elles ne l'avaient été. Bien sûr, elles l'avaient été pour mes victimes et leurs familles, je ne niais pas leur chagrin ou leur souffrance, je ne minimisais en rien mes actes passés. J'avais mis un terme à des vies, et tous les efforts du monde ne pourraient jamais les ramener. Sans remords, sans honte, j'avais incarné la mort et déposé un voile de deuil sur ce monde. Cependant, malgré l'impression de toute puissance ressentie à l'époque, j'aurais également pu perdre mon trône et mener à sa perte ma famille. Mes sujets, censés m'être totalement dévoués, auraient pris plaisir à m'éliminer afin de prendre ma place ou, du moins, se débarrasser de ce que beaucoup d'entre eux considéraient comme une abomination. Malgré moi, un sourire amer se dessina sur mes lèvres. Certains se retourneraient d'ailleurs contre moi dès que l'occasion se présenterait et aujourd'hui plus encore qu'avant. La traduction de la prophétie avait changé la donne à bien des niveaux. Désormais, tuer le roi ou la reine ne suffirait plus pour accéder au pouvoir puisque j'étais sur le point d'instaurer une monarchie familiale. Désormais, chacun de mes descendants en aurait un qui serait en mesure de prendre sa place, comme cela avait été le cas avec mon grand-père. Je tentais souvent de me rassurer en me disant que cet enfant disposerait de pouvoirs sûrement plus grands que les miens et qu'il serait en mesure de se défendre. Je lui apprendrai. Cependant, je n'ignorais pas non plus qu'il viendrait au monde avec déjà beaucoup d'ennemis.

Sans même que j'y prête attention, mon rythme de jeu s'accéléra. Je serrai les dents et tentai d'inspirer lentement tandis qu'un tison brûlant venait s'enfoncer douloureusement dans ma gorge. Lentement, insidieusement, la mélodie des cœurs environnants monta jusqu'à moi, accompagnée par les fragrances envoûtantes de leurs propriétaires. Là, dehors, tout près, des proies par milliers. Elles allaient et venaient, sans se presser, ignorantes du danger qui les guettait depuis mon retour à New York. Elles étaient si lentes, si fragiles, il serait tellement facile de les prendre en chasse et de m'y abreuver. Quitter la propriété, me nourrir puis revenir ne me prendrait que quelques minutes… La salive monta à ma bouche, aussi, je passai ma langue sur mes dents qui en cet instant, je le savais, brillaient tels des diamants, déjà prêtes à transpercer la chair tendre. Un grondement sourd gronda dans ma poitrine. Mon envie de tuer éclata soudain dans mon cerveau, telle une bombe. Il ne me fallut qu'un millième de seconde pour me retrouver devant les grilles de la propriété. J'allais pouvoir me nourrir à la source, sentir le sang de ma proie, encore chaud, couler le long de ma gorge et soulager cette abominable brûlure qui ne me quittait plus, j'allais…

— Tu n'iras nulle part, lança une voix derrière moi.

Je serrai une fois de plus les dents avant de faire lentement face à mon interlocuteur.

— Désolé de vous décevoir, princesse, mais le buffet New Yorkais est fermé jusqu'à nouvel ordre.

Nonchalamment appuyé sur sa canne et vêtu de l'un de ses sempiternels costumes hors de prix ainsi que de son long imper et de son chapeau-feutre, Terrence me considérait, un sourire vaguement amusé sur son visage sans défaut. Cependant, ses yeux abyssaux, eux, étaient animés d'une détermination sans faille. Je soutins son regard quelques secondes, pour la forme, puis soupirai :

— Désolée.

Il était inutile de tenter un tour de force avec lui. Terrence, alias Caïn, était l'un des premiers-nés. Lui et son frère incarnaient les tout premiers vampires et donc les plus puissants. Oh, j'aurais bien entendu pu user de la magie, mais je me refusais à blesser mon ami. Terrence avait toujours été là et, d'une certaine façon, je lui devais la vie. De plus, né directement de la sorcellerie, je savais qu'il n'y réagissait pas de la même manière que le reste de mon entourage. Il parvenait à la détecter, bien entendu, mais certains sorts avaient un effet moindre sur lui comme sur son frère.

— Ne t'excuse pas, ne le fais sous aucun prétexte. Tu es la princesse vampire. Admets tes erreurs lorsque cela est nécessaire, c'est l'intelligence de tout bon monarque. Redresse la barre, mais ne t'en excuse jamais.

Je hochai la tête avant de m'avancer vers lui pour lui prendre le bras et retourner vers la maison. Ma soif ne s'apaisait en rien, au contraire, elle devenait de plus en plus intense à chaque minute. Pourtant, je m'étais nourrie quelques heures auparavant seulement. Je déglutis avec difficulté, il me sembla que du verre pilé descendait le long de mon œsophage, m'arrachant une grimace de douleur au passage. J'avais réussi à stabiliser ma consommation pendant un temps, mais pour une raison qui m'échappait, cela n'était plus le cas depuis un mois environ. Mon envie de chasser était revenue à la charge, plus intense encore qu'auparavant. Moins que pendant la rage de sang, bien entendu, mais davantage que pour n'importe quel autre vampire. J'en avais bien sûr parlé avec mon père. Kylian était bon, sage et ne jugeait que rarement autrui. Il s'était sevré de sang humain seul, sans aucune aide ou exemple, mais avait épaulé chacun des autres membres du clan pour se faire. Contrairement à eux, je n'avais jamais tenté de me sevrer, seulement de diminuer ma consommation, somme toute très importante depuis la rage de sang, pour revenir à une alimentation… *équilibrée*. Je ne pouvais me permettre de ne pas disposer de la totalité de mes forces comme de mes capacités extra-sensorielles. Mon rang ou encore ma simple survie me l'interdisaient. Régner sur le peuple le plus sanguinaire de la création impliquait de l'être également. Cela dit, si je me laissais aller, les humains ne tarderaient pas à découvrir notre existence. Dans ce cas, mon trône ainsi que ma position sociale ne me seraient plus d'aucune aide. Mes congénères se chargeraient eux-mêmes, avec plaisir et application, de se débarrasser de moi. Selon Kylian, au même titre qu'un humain faisant un régime et craquant de temps en temps pour une tablette de chocolat, il était normal que je rechute parfois. Le tout étant que je parvienne à me reprendre rapidement. Cependant, depuis une semaine, les symptômes s'étaient aggravés et je commençais à douter qu'il ne s'agisse que d'une simple rechute…

— Depuis quand es-tu rentré ? demandai-je sur le ton de la conversation.

Lorsque j'avais réintégré les frères maudits à la cour, me faisant de nouveaux ennemis au passage, ces derniers avaient également récupéré certains de leurs anciens fiefs, ainsi que de nouveaux. De plus, désormais membres du clan royal, ils avaient derechef droit de circuler librement sur le globe puisqu'ils bénéficiaient de l'immunité royale. Avantages dont ils usaient et abusaient, surtout Abel, avec délectation. Les deux frères voyageaient donc le plus possible ces derniers mois.

— Quelques heures.

— Ton voyage s'est bien passé ?

— On ne peut mieux. J'adore Séville et j'ai eu grand plaisir à la redécouvrir, elle, ainsi que la villa que tu m'as gracieusement offerte, ajouta-t-il, satisfait.

Je souris à mon tour malgré la douleur, toujours plus intense.

— Je ne t'ai rien offert, je t'ai seulement rendu ce que l'on t'avait injustement volé. La nuance demeure de taille, mon ami.

Il tourna son visage vers moi avant de sourire franchement et de passer son bras autour de mes épaules. Il m'attira vers lui avant de déposer un baiser sur mon front sans stopper notre progression.

— Sans doute est-ce la chose que j'aime le plus chez toi : ton humilité. Tu as fait, en quelques mois, pour mon frère et moi, plus que quiconque en plusieurs siècles. Tu nous as rendu notre rang, nos biens, notre liberté ainsi que lavé nos noms et réputations. Des choses que nous pensions avoir définitivement perdues et qui font de nous ce que nous sommes. Nous te devons beaucoup, Sarah.

— Et moi, je vous dois la vie, alors Abel et toi n'avez qu'à considérer que nous sommes quittes, repris-je d'une voix sourde. Au fait, tu as eu de ses nouvelles ?

— Oui. Il se porte comme un charme. Londres, Paris et bien entendu Ibiza ! s'esclaffa-t-il. Bref, comme tu l'auras compris, Abel s'amuse comme un fou depuis son intégration au clan royal.

Je souris en secouant la tête, amusée. J'imaginais sans mal Abel passer d'un avion à l'autre, d'une fête à l'autre, d'une femme à l'autre. Il était comme ça, mordait la vie à pleines dents, profitant intensément de chaque moment de plaisir qui se présentait à lui. Je supposais qu'il s'agissait d'une réaction normale après tout le mal qui lui avait été infligé par le passé.

Soudain, je me pliai en deux sous le coup de la surprise et de la souffrance avant de porter les deux mains à ma poitrine. Mon cœur semblait avoir subitement explosé dans ma cage thoracique, me coupant le souffle. Une douleur atroce se propagea dans chacun de mes membres avant que je ne tombe à terre en poussant un cri à réveiller les morts.

— Sarah ! cria à son tour Terrence en se penchant vers moi. Sarah, que t'arrive-t-il ?

Incapable de répondre, je me contorsionnai sur le sol sans cesser de hurler. En quelques secondes, James fut sur moi, rejoint immédiatement par le reste du clan.

— Sarah ! Sarah chérie, réponds, qu'est-ce qui t'arrive ? Sarah !

Mais je ne pouvais lui expliquer, tout mon corps était en feu, comme s'il venait d'être jeté sur un brasier ardent. Même le martyre de la mutation me semblait être une partie de plaisir en cet instant.

— Nous discutions tranquillement quand elle a porté les mains à son cœur avant de tomber à terre comme si elle souffrait mille morts, expliqua Terrence d'une voix où la panique perçait.

— Son cœur ? Mais c'est impossible ! clama Lily en tentant d'approcher à son tour.

— La magie est à l'œuvre, expliqua le premier-né. Vous ne la sentez pas dans l'air ?

Un craquement sinistre résonna, privant quiconque de répondre, tandis qu'une souffrance terrible explosait dans ma clavicule gauche. Je hurlai sans même m'en rendre compte.

— Reculez ! ordonna Kylian avant de tirer James vers lui, le forçant à me lâcher.

Soudain, il me sembla que de la lave en fusion venait d'être posée sur ma poitrine, m'arrachant de nouvelles plaintes. Un second craquement au niveau de l'aine, à droite, un nouveau hurlement de ma part. Il me semblait que bientôt, mes cordes vocales rompraient elles aussi. Le goût du sang inonda ma bouche. Puis un troisième, la clavicule droite. L'évidence frappa mon esprit telle une balle. Je me disloquais, littéralement !

— Princesse ! cria James.

— Ses yeux ! lança Zach. Elle perd le contrôle !

En effet, je sentais nettement mes deux natures se dissocier, mais aucune d'elles ne tentait de prendre le dessus sur l'autre, c'était davantage comme si elles entraient en collision dans une explosion de douleur toujours plus intense. Mon genou gauche céda à son tour, laissant ma jambe dans un angle improbable, le pied tourné vers l'arrière.

— Putain de merde ! jura Stan. Il faut trouver ce qui provoque ça et l'arrêter, maintenant !

Il me semblait qu'une entité démoniaque, dont je n'incarnais que la pauvre marionnette, avait pris possession de mon corps pour le détruire de l'intérieur. Je hurlai de plus belle lorsqu'une fumée à l'odeur âcre monta de mon thorax. Il me fallut quelques secondes pour comprendre que c'était mon phénix, autour de mon cou, qui produisait ce phénomène. Il rougeoyait comme jamais auparavant. Il avait traversé mon pull pour attaquer ma peau qui commençait déjà à cloquer sous le coup de la chaleur. D'habitude, je parvenais à communiquer avec lui, mais en cet instant, mon cerveau n'était plus capable d'analyser quoi que ce fut, si ce n'était la douleur atroce.

— Ce truc va la consumer ! Il faut le lui enlever ! s'écria Lily en approchant de nouveau.

Cette fois, elle n'eut pas l'occasion de me toucher. Je me contorsionnai brusquement sur le sol, dans un craquement encore plus sinistre que les précédents, le buste tendu à l'extrême vers le ciel, avant de retomber lourdement à terre. Ma colonne vertébrale venait de se rompre. Cette fois, mon cri n'eut rien d'humain, il s'agissait d'un son sourd, agressif, animal. Mon cerveau coupa net la connexion avec le monde réel. Il me sembla observer la scène hors de mon corps.

Je voyais mon clan, leurs visages ravagés par la peur et l'incompréhension, j'apercevais leurs lèvres bouger, mais je n'entendais rien si ce n'était le bourdonnement assourdissant de mon sang qui frappait mes tempes avec violence, comme le ressac frappe les rochers des côtes les soirs de tempêtes.

— Sarah ! lança James, avant de se précipiter sur moi.

Il allait attraper ma main quand soudain, je me retrouvai sous un dôme d'énergie, d'un violet profond, qui propulsa mon mari et le reste du clan à plusieurs mètres de moi. Interdite et pourtant incapable du moindre mouvement, je me contentais d'observer le phénomène tandis que la douleur disparaissait aussi brusquement qu'elle était venue. Lentement, je me sentis décoller du sol tandis qu'une douce chaleur m'enveloppait. Je fermai les yeux, soulagée et bercée par cette énergie protectrice et puissante. J'ignorais d'où et de qui elle émanait, mais je pouvais sentir l'amour qui s'en échappait alors que toute mon énergie me revenait. Mes membres reprirent leur place initiale. Doucement, sans douleur, ma colonne se ressouda. Je n'aurais su dire combien de temps dura le phénomène, mais soudain, je me sentis me redresser lentement pour rester ainsi, debout, à flotter dans les airs, sous le dôme, face à mon clan, ébahi. Mon phénix avait retrouvé sa teinte jade sans qu'une seule trace de brûlure n'apparaisse sur ma poitrine. En revanche, je pouvais dire adieu au pull en cachemire que Jamy m'avait offert.

Les connexions dans mon esprit se firent de nouveau et lentement, je réalisai ce qui s'était produit. Une rage sourde m'envahit tandis que je laissais la sorcière en moi prendre le dessus sans rien faire pour l'en empêcher. En quelques secondes, de gros nuages noirs, chargés d'éclairs rouge sang, envahirent le ciel, à la fois témoins et preuves de ma colère. Je tendis mes mains vers le sol, levai la tête vers les cieux tandis que mes yeux prenaient la teinte des grands glaciers. Je commençai à recharger, puisant sans vergogne dans les éléments élémentaires. Eau, air, feu, terre, chacun me confiait une part de son pouvoir, sans que j'aie à supplier. Détruire, tuer, étaient les seules choses qui m'importaient en cet instant. Un grondement sourd, semblant monter de la Terre elle-même, résonna alentour de façon inquiétante. L'apocalypse semblait prête à s'abattre sur le monde.

— Sarah ! Non ! hurla soudain James, me détournant de mes pensées.

Je posai sur mon mari un regard sans expression, n'ayant plus conscience de qui il était, de ce qu'il représentait pour moi. *Tuer, détruire, me venger, voilà tout ce qui importe, tout ce dont j'ai besoin.* Il approchait lentement, les mains tendues devant lui en signe d'apaisement, sans paraître se rendre compte de ce qu'il risquait à agir ainsi.

— Sarah ! Ne fais pas ça ! Écoute-moi, princesse. Concentre-toi sur ma voix, ne la laisse pas prendre le dessus. Ne la laisse pas te contrôler. Tu es le maître, Sarah, de tes natures, de tes pouvoirs, ne les laisse pas te dominer.

Le ciel gronda de façon sinistre avant qu'un éclair écarlate ne déchire la voûte céleste. La foudre tomba dans le parc, derrière le kiosque à musique, et toucha le sol dans une gerbe d'étincelles écarlates. Instinctivement, les vampires rentrèrent leurs têtes dans leurs épaules. Seul James ne semblait pas craindre mes réactions.

— Recule vampire ! grondai-je.

— Je sais que tu es en colère. J'ignore pourquoi, mais si tu prends le temps de m'expliquer, nous trouverons des solutions, ensemble.

Pour toute réponse, je poussai un cri strident, les faisant tous tomber à genoux. Ils posèrent les mains sur leurs oreilles, tentant d'y échapper, mais aucun ne pouvait s'y soustraire, aucun ne pouvait fuir. *Je suis la plus puissante, la maîtresse des éléments, la leur.* James lutta pourtant et se releva lentement, avec difficulté, avant d'avancer de nouveau affrontant mon pouvoir. Étonnée, je fronçai les sourcils et penchai la tête de côté pour l'observer davantage. *À moi*, songeai-je alors. *Pour toujours et à jamais*, répondit une voix dans ma tête. La sienne, il s'agissait de sa voix à lui. Elle ne toucha pas que mon esprit, mais s'enfonça plus profondément, jusqu'à... mon âme ? Je plongeai mon regard glacial dans le sien, abyssal. *Je t'aime plus que tout au monde et je sais qu'il en va de même pour toi, alors s'il te plaît, écoute-moi. Reprends le contrôle, ma chérie. Calme-toi. Tous, savons à quel point c'est difficile, mais je t'en supplie, essaye. Je sais que tu ne veux pas me faire de mal, ni à moi, ni aux autres d'ailleurs. Respire, repousse ta nature de sorcière, remets-la en équilibre avec celle de vampire, laisse-les fusionner de nouveau afin de redevenir ce que tu as toujours été, mon amour.* Chacun de ses mots résonna au plus profond de moi. J'aimais cet homme, plus que tout, plus que moi-même, plus que l'envie de tuer, plus que le sang ou la magie brute que je sentais tout autour de moi. Son âme vibrait au diapason de la mienne. Il incarnait une partie de moi, moi une partie de lui. Bientôt et au prix de terribles efforts, je suivis ses conseils. Le tonnerre se tut, le ciel reprit sa couleur azur, mes yeux redevinrent aussi noirs que l'onyx et je regagnai lentement le sol alors que le dôme disparaissait. Un feulement m'échappa tandis que je serrai les poings. Ma rage, elle, n'avait en rien diminué, ni mon envie de tuer. Même l'étreinte de James ne parvint pas à me calmer.

— Putain, mais c'était quoi ce truc ? demanda Stan en approchant. Qu'est-ce qui s'est passé au juste, on peut savoir ?

Sans un mot, je me détachai de James et avançai vers la maison, me faisant violence pour ne pas partir dans une chasse plus sanguinaire que jamais. Sans me soucier de ma famille et de ce qu'elle penserait de moi, je me dirigeai vers le sous-sol, ouvris l'un des nombreux frigos et vidai une poche de sang, puis une seconde et enfin une troisième. Je laissai un grognement de satisfaction m'échapper.

— Princesse ? m'appela la voix de James derrière moi.

Je lui fis lentement face. Il n'y avait aucun jugement dans son regard, pas la moindre trace de réprobation. De tous les membres du clan, James avait été celui qui avait le moins bien supporté le sevrage et celui chez qui le prédateur enfoui avait le plus vite refait surface depuis la reprise du sang humain. Nous nous retrouvions sur tout, y compris sur ce sombre point. Mettre la main sur la sorcière qui m'avait balancée aux chasseurs ne nous avait pris que deux semaines à notre retour aux États-Unis. Ni l'un ni l'autre n'avait ressenti le moindre scrupule à lui ôter la vie. Il me comprenait, savait ce que je ressentais et, me semblait-il, ne m'en aimait que davantage. Lentement, il approcha, puis du pouce, essuya du sang échappé sur mon menton avant de le porter à sa bouche. Fascinée malgré moi, je suivais chacun de ses gestes, tel un serpent suivant le mouvement de la flûte de son charmeur. S'en rendant compte, il esquissa un sourire en coin.

— Crois bien que je donnerais cher pour dîner à même tes lèvres, mais d'abord, j'aimerais comprendre ce qui vient de se produire.

Sa remarque me fit l'effet d'une douche glacée, me ramenant violemment à la réalité. Je me détachai une nouvelle fois de lui pour le contourner. Arrivée sur le pas de la porte, sans même me retourner et sachant que je serais entendue par tous les autres, je lançai d'une voix éteinte :

— Préparez vos affaires, immédiatement, je suis attendue à Rome.

Je venais d'atteindre le hall, où toute ma famille attendait, inquiète, lorsque mon portable sonna. Je décrochai sans les quitter du regard et ne laissai pas le temps à mon interlocuteur de parler.

— Je sais, j'arrive.

Puis je raccrochai sans autre forme de procès.

— Terrence, rappelle Abel et dis-lui de nous retrouver au palais.

— Mais…

— Ce n'est pas l'amie qui demande un service qui te parle là, rétorquai-je avec froideur, mais la princesse vampire qui ordonne que son clan soit au complet au palais vampire dès ce soir.

Une heure plus tard, nous étions dans l'avion.

J'enfilai mes lunettes noires avant que la porte de l'appareil ne s'ouvre. Jamais le trajet jusqu'à Rome ne m'avait semblé si long. Ayant compris que quelque chose de grave s'était produit et que je peinais à garder le contrôle, aucun membre de mon clan n'avait insisté pour savoir de quoi il retournait. Il le saurait bien assez tôt de toute façon.

Sur le tarmac, une longue limousine noire nous attendait déjà. À mon approche, le chauffeur ouvrit la portière arrière puis s'inclina avec déférence. Je le saluai d'un signe de tête avant de monter dans le véhicule, suivie de mon clan. Contrairement à d'habitude, je ne vis rien du trajet jusqu'au palais. J'aimais l'Italie plus que tout autre pays au monde. Mon esprit, mon cœur, autant que mon sang vibraient au diapason de ses terres. Malheureusement, rentrer « à la maison » ne me procurait aucun plaisir cette fois.

Les lourdes grilles du palais s'ouvrirent automatiquement à notre arrivée et sans le moindre bruit malgré leur taille imposante. Je regardai, sans les voir, les magnifiques jardins pendant que nous remontions l'allée en direction de la demeure royale. Même ce caléidoscope de couleurs que je me complaisais à contempler des heures durant ne parvint pas à apaiser ni mon angoisse, ni ma colère.

Sur le perron, le clan premier attendait, la mine grave, seuls mes grands-parents manquaient à l'appel. Je descendis de voiture et, sans un mot ou un regard pour les autres, je filai en direction de leurs appartements, plantant là mon clan. Un silence assourdissant régnait dans l'immense demeure, comme si toute vie l'avait désertée. Je retins un feulement de rage. Non, nous nous étions joués de la mort de nombreuses fois, nous la servions souvent, alors non, elle ne gagnerait pas ce combat !

J'entrai sans prendre la peine de frapper, traversai les différents salons et gagnai la chambre. Celle-ci était plongée dans la pénombre, les rideaux avaient été tirés, mais j'y voyais comme en plein jour. En m'apercevant, ma grand-mère se leva de sa chaise comme un diable sortant de sa boîte, tandis que les membres du Grand Conseil posaient sur moi des regards apeurés. À juste titre d'ailleurs. Ils allaient devoir me rendre des comptes sur ce qui s'était produit et il valait mieux pour eux que leur version tienne la route. Dans le cas contraire, des têtes allaient sauter, au sens littéral du terme !

— Oh Sarah, tu es déjà là. Nous avons tout tenté mais…
— Sortez, ordonnai-je. Sortez tous !

Ma grand-mère pinça les lèvres, posa un regard plein de tristesse sur moi, avant de s'exécuter, suivie par le Grand Conseil. Une fois la porte refermée, je posai enfin mon regard sur le lit. Mon grand-père y était allongé, les yeux fermés, le corps couvert d'un simple drap blanc imbibé de sueur et le visage déformé par la douleur. Je m'approchai lentement de lui, mon cœur mort se serrant dans ma poitrine. Giordano, ce grand gaillard d'un mètre quatre-vingt-dix, cette force de la nature, semblait si fragile en cet instant. Ses beaux cheveux de jais collaient à son front par la transpiration, de grandes cicatrices, rougeâtres et gonflées, marquaient l'emplacement de chacune de ses articulations, les épaules, les coudes, les genoux, les aines. Sa peau, quant à elle, était comme parcheminée et si diaphane que l'on pouvait y apercevoir courir chacune de ses veines, chacune de ses artères, chemin violacé et complexe. Son souffle était court, rauque. Un grondement sourd monta dans ma poitrine. Voilà ce qui m'était arrivé plus tôt, le lien avec mon grand-père était si puissant que j'avais ressenti sa douleur. Quelqu'un, ou quelque chose l'avait démembré. J'ignorais de quoi ou de qui il s'agissait, mais une certitude demeurait, j'allais le lui faire payer ! Il entrouvrit les yeux alors qu'un faible sourire étirait ses lèvres craquelées. Il ressemblait plus que jamais à un mourant. La faucheuse ne l'avait raté que de peu, d'ailleurs elle n'avait pas encore abandonné.

— *Piccola principessa*, souffla-t-il dans un râle.

Je lui caressai le front avant de l'embrasser doucement.

— *Tutto andrà bene, nonno*, murmurai-je.
— Sarah…
— *Mantieni la tua forza.*

Nous ne parlions l'italien que lorsque nous étions seuls, je savais à quel point il aimait employer sa langue maternelle, surtout avec moi, son unique descendante. L'héritage familial humain avait une grande importance pour mon grand-père et pour moi aussi, je devais l'avouer. C'était lui qui nous avait menés ici, ensemble, malgré les siècles entre nos naissances respectives. Il nous avait réunis à travers l'espace et le temps afin qu'aucun de nous deux ne se retrouve seul dans ce monde qui n'était pas tout à fait le nôtre. Que j'aie voulu apprendre l'italien toute jeune, sans même le connaître, l'amusait beaucoup. « Ton sang a parlé pour toi » s'amusait-il souvent. Oui, mon sang avait parlé, et à bien d'autres niveaux que celui linguistique depuis. C'était d'ailleurs ce qui, si je ne me trompais pas, allait sauver mon aïeul ce soir.

— J'en appelle au pouvoir du grand phénix, protecteur de notre clan, que par mon sang, tu retrouves ta force et ta vitalité d'antan.

Je soufflai un grand coup et m'entaillai brusquement le poignet d'un coup de dents. Sans attendre, je posai la plaie sur la bouche de mon grand-père. Il tenta de résister, de se détourner de l'offrande sanglante, mais son état de grande faiblesse l'en dissuada. Il ferma les yeux, laissant d'abord l'hémoglobine couler seul le long de sa gorge, mais rapidement, je sentis ses dents s'enfoncer dans les plaies laissées par les miennes. Je grimaçai sous le coup de la douleur, mais ne me soustrayais pas. Il fallait qu'il boive, qu'il vive, qu'il reste près de moi ! Il finit par ouvrir les yeux, attraper lui-même mon poignet pour le maintenir contre sa bouche et plonger son regard abyssal dans le mien. Au fur et à mesure, une douce lueur sembla parcourir son corps. Rapidement, la peau reprit une apparence ainsi qu'une teinte normale, les veines disparurent, les cicatrices également. Je souris, il était sauvé ! Une immense vague de soulagement me submergea. Le sentiment ne dura pas. Un grondement sourd monta soudain de sa poitrine avant qu'il ne passe sa main libre derrière ma nuque pour m'attirer brusquement à lui.

James attendait dans le salon des appartements privés de Giordano, avec le reste du clan royal. À présent qu'il savait, il comprenait mieux la violence de la réaction de Sarah. Il se passa une main dans les cheveux, inquiet. Si, comme les autres semblaient le penser, elle était en train d'adresser ses adieux à son grand-père, il savait que plus rien ne serait pareil ensuite. Non seulement Sarah monterait plus vite que prévu sur le trône, mais elle ne se remettrait jamais de cette perte. Le roi-vampire et sa petite-fille entretenaient une relation affective étroite, particulière. Après tout, il était le seul véritable membre de sa famille biologique qui lui restait. Rien, même pas la mort de ceux qui avaient fait ça, ne soulagerait la jeune femme. Cette pensée lui serra le cœur autant qu'elle l'effraya. Sarah pouvait incarner la plus douce et bienveillante des créatures lorsqu'elle aimait quelqu'un, comme la plus violente et sanguinaire lorsqu'elle se sentait blessée. Elle peinait encore à maintenir un équilibre entre ses deux natures, si Giordano devait lui être arraché, il ignorait jusqu'où la colère de la jeune femme la mènerait.

Soudain, la magie envahit l'espace au point de saturer la pièce. Tous les regards se tournèrent vers la porte de la chambre du monarque quand celle-ci vola en éclats, pulvérisée par le corps de sa compagne. Sarah percuta le mur d'en face, qui se fissura sous l'impact. Elle se réceptionna malgré tout sur ses pieds avant de feuler, prête à attaquer. Interdits, tous se tournèrent vers la porte. Giordano se tenait dans l'encadrement, vêtu d'un simple pantalon de survêtement gris foncé, manifestement en pleine forme, les yeux plus noirs que jamais.

— Ne sois pas insolente ! lança-t-il à l'adresse de sa petite-fille.

Celle-ci gronda une nouvelle fois, sans quitter le monarque des yeux. Ce fut à ce moment précis que tous remarquèrent qu'une lueur d'un violet profond, comme le dôme sous lequel Sarah s'était retrouvée plus tôt dans la journée, émanait de la jeune fille, plus précisément de son ventre.

— Et toi non plus ! insista Giordano en pointant du doigt la lueur qui aussitôt disparut.

Sarah cessa soudainement de gronder pour fixer son grand-père. Elle semblait ne pas comprendre davantage ce qui venait de se produire

— Qu'est-ce..., commença James en fixant sa femme, abasourdie.

— Il se passe, mon cher James, que ton fils est comme toi, quelque peu susceptible ! s'amusa l'Italien. Il a tenté de m'attaquer, ce petit prétentieux !

— Par... Pardon ? Mon fils ?

Giordano se tourna vers sa petite-fille, les sourcils froncés.

— Tu ignorais être enceinte ?

Celle-ci ne réagit pas, sous le choc. Soudain, la lueur fusa de nouveau de son corps pour, cette fois, se diriger vers James. Cependant, elle ne fut en aucun cas agressive, au contraire. Elle se promena sur lui, contre ses joues, son cou, sa poitrine, comme si elle désirait lui témoigner son affection. Fasciné, le futur papa ne bougea pas, se contentant de la laisser agir à sa guise, les bras ballants.

— Oh ! Mon bébé, tu es trop mignon, tu fais déjà des câlins ! lança Lily en tapant des mains, extatique.

Une fois encore, la lueur changea de cible pour foncer sur la punkette et lui infliger le même traitement qu'à son jumeau. Celle-ci ne se fit pas prier et la caressa, l'embrassa, la rendant plus vive encore.

— Oui, tante Lily est ravie de faire ta connaissance, mon petit ange !

— Enceinte..., murmura Sarah en posant les mains sur son ventre.

Elle n'eut pas le temps de réaliser que James, revenu de sa surprise, se jeta sur elle pour la prendre dans ses bras avant de la faire tournoyer sous les applaudissements et les félicitations de la famille.

— On a réussi, lui murmura-t-il. On va avoir notre bébé, la prophétie va s'accomplir. Nous allons être une vraie famille !

Sarah parut enfin comprendre le sens de ses paroles. Un magnifique sourire se dessina sur son visage.

— Oui, une famille, pour toujours et à jamais.

Lorsqu'elle posa ses lèvres sur celles de son mari, le dôme violet les entoura de nouveau de son énergie protectrice.

Chapitre 2

Abel était entré dans les appartements royaux au moment où Sarah avait percuté le mur du salon. Il avait assisté au reste de la scène, interdit. Enceinte, Sarah était enceinte et la prophétie dont elle était l'objet était sur le point de s'accomplir ! Il aurait dû être heureux pour son amie, et d'une certaine façon, c'était le cas. Sarah méritait, sans doute plus que tout autre, d'être enfin heureuse. Cependant, une angoisse sourde lui étreignait les entrailles depuis que le mouflet s'était manifesté. Tous avaient félicité le couple, comme si personne n'avait senti la nature de l'énergie de ce môme. Elle était d'une puissance incroyable pour un être si jeune ! Si Sarah était déjà dotée d'incroyables pouvoirs, sa progéniture le serait tout autant, sinon plus, et ce, avant même sa naissance ! Deux des plus redoutables clans de sorciers ayant foulé la Terre s'étaient alliés pour donner naissance au futur roi-vampire. Pour une raison étrange, Abel, qui pourtant aimait le pouvoir, se demanda si cette naissance ne signerait pas la fin du peuple vampire, peut-être même de l'humanité.

Il jeta un coup d'œil à l'assemblée. Si tous souriaient à pleines dents, Kylian, lui, se tenait en retrait. Le visage fermé, il observait sa fille. Manifestement, le viking partageait ses craintes concernant le futur petit Dracula. Il serait le premier enfant du genre, naîtrait avec l'instinct de chasse, l'envie de mort et le goût du sang. Pour couronner le tout, il serait manifestement doté de pouvoirs magiques hors du commun. *Dans ces conditions, qui serait en mesure de l'arrêter si le gosse dépassait les bornes ? Certains adultes peinaient déjà à maintenir un contrôle sur leur nature de tueur, mettaient des décennies, voir des siècles avant d'y parvenir. Du moins quand ils essayaient. Dans ces conditions, comment expliquer à un bébé de deux ans que non, bouffer nounou ou lui arracher la tête parce qu'elle n'a pas voulu lui donner doudou dans la seconde n'est pas politiquement correct ? Eh bien, quelque chose me dit qu'on n'est pas près de se sortir le cul des ronces !* Sans compter que les femmes du clan, privées de maternité à jamais, risquaient de reporter tous leurs fantasmes de mère modèle sur le nain. Ce gosse serait sûrement le plus pourri-gâté de toute la création. Restait à espérer qu'il serait également le plus cadré, sinon, sa vie ne serait que de courte durée… Prophétie ou pas, les lois vampiriques demeuraient les mêmes pour tous depuis des millénaires. Quoi qu'il arrive, les humains ne devaient pas se douter de leur existence et celui qui prenait le risque d'être découvert était éliminé, purement et simplement.

Sarah sembla soudain réaliser sa présence, aussi se jeta-t-elle à son cou, coupant net le cours de ses pensées.

— Abel ! Depuis quand es-tu là ? demanda-t-elle en s'écartant de lui après lui avoir claqué un baiser sur la joue.

— Juste à temps pour voir notre futur prince se manifester. Votre Altesse, j'ai hâte de faire votre connaissance, ajouta-t-il en s'inclinant avec déférence devant la jeune fille.

Comme si l'enfant avait compris le sens de ses paroles, la lueur émana une nouvelle fois de Sarah. Lentement, elle tourna autour d'Abel, comme si elle évaluait la conduite à tenir à son égard. Finalement, elle s'approcha et se frotta quelques secondes à la joue du premier-né avant de disparaître de nouveau. Abel, nota, non sans amusement, le regard meurtrier que lui jeta James au passage. Il rit intérieurement. Le petit était encore jaloux, manifestement. Pourtant, et bien que cela lui coûte de l'admettre, James avait remporté cette partie haut la main. D'ailleurs, elle n'avait jamais véritablement commencé. Sarah l'aimait, lui, envers et contre tout. James incarnait son âme sœur, tandis que lui ne serait jamais que l'ami fidèle. Cependant, même si cela l'avait blessé sur le moment, Abel était reconnaissant à Sarah de s'être toujours montrée claire à ce sujet. Elle n'avait pas joué avec lui ou avec ses sentiments. La petite princesse vampire était quelqu'un de bien.

— C'est incroyable la façon dont il se manifeste déjà, et pourquoi seulement aujourd'hui d'ailleurs ?

Sarah se tourna vers Zach afin de lui répondre :

— Je l'ignore, étant donné que j'ai vécu en live les souffrances de mon grand-père, je suppose qu'il a voulu me protéger en me pensant attaquée directement.

Giordano, assis dans l'un des confortables fauteuils du salon privé, un verre de sang à la main, tourna un visage intrigué vers sa petite fille. Abel tiqua aussi en apprenant cette nouvelle.

— *Caïn, débriefe-moi vite fait s'il te plaît.*

En l'entendant faire irruption dans sa tête, son aîné ne bougea même pas un cil. Il commença calmement son récit mental, comme si de rien n'était.

— *Je discutais avec Sarah dans le parc de la Roseraie quand elle a porté sa main à son cœur en hurlant comme une damnée. Ensuite, ses membres ont commencé à se démettre comme si on s'apprêtait à la démembrer. Sa colonne vertébrale a même cassé. Puis le gamin s'est manifesté en enfermant sa mère sous un dôme d'énergie, ce qui a stoppé net le phénomène. Il lui a rendu ses forces jusqu'à ce que Sarah soit capable de recharger elle-même. Je ne l'ai jamais vue dans une colère aussi noire, même pas après qu'elle ait découvert que c'était le Grand Conseil qui avait tenté de l'éliminer. J'ai bien cru qu'elle allait raser New York ! Puis elle nous a expliqué qu'elle devait rentrer à Rome immédiatement, qu'on l'y attendait. Elle a exigé que tu nous rejoignes et voilà.*

— *Si je capte bien, Sarah vivait exactement les mêmes choses que son grand-père, mais à des milliers de kilomètres de lui.*

— *C'est exactement ça.*

Abel resta dubitatif face à cette annonce. Il voulait bien admettre que les liens affectifs ou sanguins se révélaient parfois extrêmement forts, cependant, il y avait un monde entre avoir la certitude qu'une chose atroce arrivait à un proche et le vivre en même temps que lui ! Aimer soit, mais de là à en crever !

— *Tu penses la même chose que moi ?*

— *Si tu penses que quelqu'un s'est servi d'une quelconque magie pour éliminer toute la lignée d'un coup, alors la réponse est assurément oui, mon frère.*

Abel jeta un regard entendu à son aîné avant de reporter son attention sur la conversation en cours.

— Qu'est-ce que c'est que cette histoire ?

Sarah soupira avant de venir prendre place sur l'accoudoir.

— J'ignore comment l'expliquer. Ça a d'abord été comme si mon cœur explosait, puis j'ai « senti » qu'on m'arrachait les membres, un par un.

— C'était pire que ça, intervint gravement Kylian. Ses membres se sont véritablement démis un à un, si le petit n'était pas intervenu, elle se serait retrouvée dans le même état que toi. Il a enfermé sa mère sous un dôme d'énergie, comme est capable de le faire Sarah, pour stopper le phénomène, puis il l'a soignée.

Le monarque fronça une fois de plus les sourcils, sans détacher son regard de son verre.

— Comment est-il possible que tu aies ressenti les... choses qui m'ont été infligées ? Cela n'est jamais arrivé auparavant.

La jeune fille haussa les épaules. Abel la trouva bien calme pour quelqu'un qui venait de subir pareil calvaire. Même Giordano, pourtant peu connu pour être un tendre, semblait plus secoué qu'elle. Qu'elle soit à ce point connectée à son grand-père ne semblait pas la perturber outre mesure.

— Je l'ignore. Si nous ajoutons nos liens de sang à ceux affectifs et magiques, je suppose que ce n'est pas si étonnant. Toutes ces choses se renforcent au fil du temps, mais ce n'est pas très important puisque je vais bien. En revanche, que tu aies failli mourir aujourd'hui l'est. Quelqu'un peut-il m'expliquer, si ce n'est pas trop demandé, pourquoi mon grand-père s'est retrouvé seul dans cette situation ? Il est bien plus puissant que vous tous réunis, dans ce cas, comment se fait-il que vous soyez encore en vie ? gronda-t-elle d'une voix sourde en se tournant vers le clan premier.

— Ce n'est pas de leur faute, *piccola principessa*...

— J'aimerais en juger par moi-même, le coupa celle-ci.

Un silence de plomb tomba sur l'assemblée, rendant l'ambiance dans la pièce presque oppressante. *Ah ! Nous abordons enfin les sujets intéressants !* Car Abel se posait exactement la même question. En cas d'affrontement, si une personne devait rester en vie, il s'agissait bien entendu du roi. Les autres membres du clan se devaient de le protéger, et manifestement, ils avaient failli à leur tâche.

Nicolaï s'avança le premier. Tous savaient que, malgré sa discrétion, peut-être même sa timidité, il était le plus proche de Giordano. Il l'avait d'ailleurs secondé dans les recherches concernant Sarah et avait mené l'enquête dans le plus grand secret. Ceci dit, toujours vêtu de costumes et de chemises noirs, ses cheveux ébène impeccablement plaqués vers l'arrière, taiseux de nature, Abel voulait bien reconnaître qu'il avait tout du parfait tueur à gages, aussi discret que flippant. En tous cas pour les bébés vampires qui l'entouraient en ce moment.

— Nous étions en expédition à Tivoli parce qu'une vague de disparition de touristes nous a été rapportée. Nous avons songé qu'un nouveau clan s'y était installé sans autorisation et voulions régler ça avant que les autorités humaines ne s'en aperçoivent.

Il marqua une pause, semblant attendre une réaction de Sarah, mais elle se contenta de le fixer froidement. De là où il se trouvait, Abel pouvait apercevoir les mâchoires de la jeune femme tressauter. Elle peinait à contenir sa mauvaise humeur. Nicolaï avait intérêt à bien choisir ses mots s'il ne voulait pas se farcir un séjour dans les geôles du palais ou finir façon kebab. Un spectacle qui n'aurait sans doute pas déplu au premier-né.

— Une fois sur place, nous avons fouillé Tivoli de fond en comble, mais rien. Aucune trace de nid ni même de vampires de passage.

— Logique, intervint Abel, puisque ce territoire est de nouveau mien. Tivoli fait partie des anciens fiefs que Sarah m'a restitués et je n'y ai pas encore mis les pieds.

— Voilà qui nous fera une occasion pour visiter, rétorqua Sarah avec un sourire en coin. Continue Nicolaï, s'il te plaît.

Celui-ci opina avant de reprendre son récit d'une voix monocorde.

— Nous venions de terminer de fouiller la villa Adriana, lorsque soudain, des sortes de… d'ombres noires, nous ont encerclés. Elles se sont jetées sur nous en poussant des cris monstrueux. Elles mordaient, griffaient et… ont même traversé certains d'entre nous de part en part, nous blessant grièvement. Celia a eu le sternum perforé en deux endroits. Nous avons tenté de protéger notre roi, mais celui-ci a disparu et…

— Des ombres ? Comment ça, des ombres ? Comment de simples ombres auraient-elles pu te tuer ? s'enquit Sarah en se tournant vers son grand-père.

Celui-ci se leva avant de se diriger vers la porte-fenêtre du salon pour se plonger dans la contemplation des jardins du palais. Il laissa passer quelques minutes, comme s'il était perdu dans ses propres pensées, sans que personne n'ose troubler son silence, avant de reprendre :

— Tous ici, hormis Caïn et Abel, bien entendu, êtes trop jeunes pour vous souvenir de ces choses. Il s'agissait d'abominations, au sens littéral du terme. Des entités sans conscience, sans véritable substance, sans raisonnement autre que l'obsession de se nourrir, encore et encore.

Cette fois, Abel écarquilla les yeux, il venait de comprendre. Mais c'était impossible ! Personne n'aurait pu ramener ces horreurs sur Terre ! Il jeta un regard à son frère. Le visage hermétiquement fermé, les poings serrés, Caïn fixait obstinément le dos de Giordano, comme s'il attendait qu'il prononce ce nom pour y croire.

— Moi-même, je n'en ai entendu parler que par mes grands-parents…

— C'est… impossible, murmura Abel, malgré lui.

Le monarque se tourna vers lui, sur son visage, aucune trace de colère d'avoir été ainsi interrompu, mais une inquiétude partagée.

— C'est ce que je pensais aussi avant qu'elles ne me tombent dessus. Je ne sais pas qui les commande, mais cette personne m'a jeté un sort pour me téléporter à presque deux kilomètres du reste du clan. Celles qui ont attaqué dans les jardins de la villa ne faisaient office que de diversion. Le but était de ralentir leur recherche le temps de finir la basse besogne.

— Donc celui ou celle qui les commande savait qui tu étais, intervint Sarah.

— Ou plutôt ce qu'il était, contra Abel d'une voix sombre. Les mangeurs d'âmes ont toujours préféré se nourrir de sorciers. Leur magie confère à leur âme plus de force.

— Les mangeurs d'âmes ? Charmant…, grimaça Sarah. Tu n'as pas pu les repousser ?

— J'ai essayé, mais tu ne peux ni les frapper, ni les mordre puisqu'elles n'ont pas de consistance. Quant à la magie, un sort de vent ou de feu aurait été inutile. C'est comme se battre contre des courants d'air.

Sarah fronça les sourcils et fit la moue tout en triturant son phénix, comme si elle réfléchissait.

— Dans ce cas, pourquoi avoir laissé passer l'occasion de t'éliminer et de se nourrir ? Elles ont pourtant dû sentir à quel point tu étais puissant.

Cette fois, tous échangèrent des regards inquiets et interrogateurs. Sarah avait raison, pourquoi se donner tout ce mal si c'était pour ensuite abandonner le corps sans s'en sustenter ? Il voulait bien compatir au calvaire qu'avait vécu le roi-vampire, mais ce dernier n'était pas son meilleur ami. Qu'il ait des ennemis n'avait rien d'étonnant et n'empêcherait sûrement pas le premier-né de dormir. Par contre, quelque chose clochait clairement dans ce récit dont le scénario qui commençait à se dessiner dans l'esprit du premier-né ranimait ses envies de meurtre les plus profondes.

— Parce qu'il s'agissait d'un simple avertissement, intervint-il d'une voix sourde.

Tous se tournèrent vers lui.

— Celui ou celle qui s'en est pris à Giordano veut qu'on le trouve. Il ou elle savait que les créatures le blesseraient, mais ne pourraient s'en nourrir et le tuer, puisque nous sommes déjà morts et nos âmes damnées, si tant est que nous en ayons encore une. Faire renaître ces créatures n'est qu'une simple démonstration de force.

— Dans quel but ? demanda Sarah.

— La cruauté, le plaisir de la traque… l'espoir d'obtenir une source de pouvoir plus grande encore, asséna-t-il en fixant le ventre de la jeune femme. Ou de l'éliminer.

Un feulement féroce retentit. James s'était levé, tel un diable sorti de sa boîte. La sclère de ses yeux avait totalement disparu alors qu'un rictus sauvage déformait sa bouche, découvrant ses dents brillant de façon étrange. Abel sentait son envie de tuer comme s'il s'agissait de la sienne. *Hum… on dirait bien que papa loup n'apprécie pas que l'on tente de toucher à sa louve, mais encore moins à son louveteau !*

— Rassure-toi, un sort de lignée n'a qu'un effet limité dans le temps, expliqua le premier-né. Je pense que le but était de faire savoir à Sarah ce qui se passait ici et de la pousser à revenir à Rome. Ce qui, si l'on y pense, nous arrange. Elle sera plus en sécurité ici, avec son grand-père et une armée de vampires prêts à la défendre, qu'à New York.

— Je sais me défendre seule ! s'agaça Sarah.

— Pour le moment, intervint Kylian gravement. Mais nous ne savons pas comment va évoluer cette grossesse et au moment de l'accouchement, tu auras d'autres chats à fouetter que de te battre.

— Je...

— Kylian a raison, la coupa Giordano. Tu restes ici jusqu'à la fin de cette grossesse et tant que nous ne savons pas à qui nous affrontons. Si les vampires ont pu savoir pour la prophétie avant même qu'elle ne soit déchiffrée, il est probable qu'il en a été de même pour certains clans de sorciers.

— Mais...

— Il n'y a pas de mais ! Ce qui s'est passé ce soir n'est pas une simple attaque, mais bel et bien une déclaration de guerre !

Une fois de plus, un silence de plomb tomba sur la pièce. Abel ne pouvait qu'être d'accord avec le monarque et pour avoir assisté à plusieurs guerres de clans, magiques ou vampiriques, il savait que les uns n'étaient pas moins violents et sanguinaires que les autres. De plus, pour avoir réussi à réveiller des créatures telles que les mangeurs d'âmes, le sorcier qui se cachait derrière cette histoire n'avait sûrement rien à envier au roi-vampire ni à sa petite-fille. La force brute ne suffirait pas cette fois.

Avec un sourire en coin, James observait Sarah, qui elle-même se scrutait sous toutes les coutures face au miroir. Malgré ce qui était arrivé à Giordano et ce qui en découlait, jamais il ne s'était senti aussi heureux que ce soir. Un fils ! Il allait avoir un fils ! Enfin, il allait connaître les joies de la paternité, avoir un petit être issu de son sang à élever, à aimer et à qui léguer toutes ses choses accumulées durant le siècle passé. Enfin, depuis ce soir terrible où sa vie avait basculé à jamais vers les ténèbres, il allait connaître les bonheurs simples d'une vie normale, humaine. D'accord, le petit ne ressemblerait sûrement pas au garçonnet lambda, il détenait déjà des pouvoirs incroyables, mais peu importait. James lui apprendrait à jouer au foot, à faire du vélo, partagerait avec lui son amour de la belle mécanique, lui raconterait des anecdotes sur leur famille. Une nouvelle génération de Carter connaîtrait la Roseraie d'Ali, cette demeure bâtie par son père pour abriter les siens. Toutes ces choses horribles qu'il avait vécues auraient alors un sens, il ne les aurait pas endurées pour rien.

— Je t'aime, souffla-t-il à l'attention de sa femme.

Sarah cessa de se regarder pour tourner la tête vers lui, un sourire sur ses lèvres qu'il aimait tant.

— Je t'aime aussi. Alors, quel effet cela te fait-il de savoir que tu vas être papa d'ici peu ?

James sourit clairement cette fois. Il se leva puis alla embrasser sa compagne avant d'appuyer son front contre le sien et de croiser son regard.

— Je suis heureux, à un point qu'il est difficile d'imaginer !

— Un garçon en plus. Le nom de Carter va perdurer encore quelques siècles, s'amusa la jeune femme.

— Fille ou garçon, je dois avouer que cela m'importait peu. Avoir la chance d'avoir un enfant est déjà une chose extraordinaire. Beaucoup d'humains en sont privés, tous les vampires également. Qui serais-je pour estimer que le cadeau qui m'est fait n'est pas assez bien pour moi ? Notre enfant sera parfait à mes yeux, quoi qu'il arrive, ajouta-t-il en posant sa main contre son ventre.

En réponse, la lueur mauve apparut de nouveau. Elle remonta le long du bras de James, tel un serpent phosphorescent pour atteindre son épaule, puis sa joue où elle se frotta doucement. Cette fois, le futur papa s'en amusa.

— Oui, toi aussi, je t'aime, murmura-t-il. Ta maman et toi êtes les plus belles choses qui me soient jamais arrivées.

La lueur devint plus vive, ce qui fit rire Sarah.

— Je crois que ton fils est aussi objectif que son père et qu'il est d'accord avec ça !

La petite lueur frétilla, comme si elle riait aussi, puis elle disparut comme elle était venue une nouvelle fois. James serra Sarah contre lui, ils restèrent comme ça quelques minutes, l'un contre l'autre, savourant ce moment avant que Lily ne déboule dans la chambre comme une bombe.

— Ah !!! On va avoir un bébé !!! hurla-t-elle en sautant sur le couple pour l'étreindre. Ça va être génial ! Un petit bébé rien qu'à nous !

Elle attrapa ensuite les mains de Sarah pour tourner avec elle dans la pièce en riant aux éclats comme une enfant.

— On va avoir un bébé ! On va avoir un bébé !

James ne put s'empêcher de rire. À bien des égards, sa jumelle demeurait une petite fille. Cependant il devait reconnaître que pour une fois, il partageait son enthousiasme débordant. Bientôt, les filles furent rejointes par Maggie, aux anges elle aussi. Zach et Stan, eux, se contentèrent de rester à côté de James, les mains dans les poches, le sourire aux lèvres. Quand elles eurent terminé leur petite danse de la joie, James sauta sur l'occasion, bien trop belle, d'enquiquiner sa sœur.

— On ? Moi qui pensais que ce genre de petite créature ne se concevait qu'à deux...

La punkette fronça les sourcils, les mains sur ses hanches de poupée.

— Oui monsieur, on ! Les choses partagées sont toujours les meilleures, on ne te l'a jamais dit ? Il serait temps que tu donnes le bon exemple !

— Je vais essayer, mais je ne promets rien. Tu me connais, j'ai du mal à partager, ajouta-t-il affable.

— C'est ça ouais, essaye donc. Tu vas voir, on va bien s'occuper de vous deux et nous allons tout préparer pour l'arrivée de notre petit prince, il ne manquera de rien ! ajouta-t-elle à l'adresse de Sarah. On va lui préparer une chambre de malade, on aménagera l'un des petits salons de la Roseraie en salle de jeux et...

— Oui, mais pour le moment, nous ne pouvons rentrer à la maison, ce qui veut dire que rien ne sera prêt là-bas pour notre retour, souffla tristement Sarah, comme si elle venait seulement de le réaliser.

James l'enlaça avant de l'embrasser sur le front.

— Ça viendra, ne t'en fais pas pour ça.

— Oui et puis on bosse vite, ajouta Stan. Il aura tout ce qu'il faut en une journée ou deux, maximum. L'important pour le moment, c'est de mettre le petit bonhomme à l'abri.

— Tu as raison Stanny, sourit Sarah.

— Tout à fait d'accord, et c'est pour ça que j'aimerais vérifier que tout va pour le mieux question santé et savoir comment se développe ce petit bout de chou, lança la voix de Kylian derrière eux.

Sarah se tourna pour faire face à leurs parents. Tous deux affichaient un sourire bienveillant. Ils tendirent de concert les bras vers elle, Sarah les étreignit sans se faire prier.

— Félicitations ma chérie. Tu vas être une maman magnifique, j'en suis persuadé, annonça Kylian.

— Oui, ne t'inquiète pas pour les détails techniques, ma puce. L'essentiel est que le petit aille bien.

— Je vais faire en sorte de me procurer rapidement ce dont j'ai besoin pour le suivi de cette grossesse, ajouta le viking. À présent, il serait bien que tu manges un peu, puis que tu te reposes.

Au plus grand plaisir de James, Sarah ne chercha pas à discuter et se contenta de hocher la tête en souriant.

En moins de trois jours, une partie des sous-sols du palais vampire avait été transformée en véritable centre médical. Machines d'imagerie, laboratoire d'analyse, matériel en tout genre, tout y était. Le moins que l'on pouvait dire, c'était que mon père et mon grand-père n'avaient pas traîné ! Perplexe, je regardai autour de moi en me demandant où ils avaient bien pu dégoter tout ça en un temps si court. Certains hôpitaux étaient moins bien pourvus que cet endroit. Même les murs avaient été repeints en blanc.

Dans un coin de la pièce, mon père s'affairait devant un ordinateur, l'air concentré. Son col roulé noir faisait ressortir le blond de ses cheveux et soulignait davantage sa mâchoire volontaire et la musculature de son torse. Kylian était un très bel homme, doté d'une grande intelligence et d'une grande bonté, j'étais fière d'être sa fille. Mon bébé aurait beaucoup de chance d'avoir un grand-père tel que lui. Kylian lui enseignerait un tas de choses utiles pour sa vie future et l'aiderait à devenir une meilleure personne.

— Bonjour papa.

Il leva la tête et m'adressa un sourire bienveillant.

— Bonjour, ma chérie. Comment te sens-tu ce matin, tu t'es reposée un peu ?

Je souris à mon tour en secouant la tête avec indulgence.

— Le besoin de repos ne me concerne plus depuis bientôt deux ans maintenant, tu t'en souviens ?

— Les vampires n'ont certes pas besoin de sommeil, cependant, tu n'es pas un vampire ordinaire, ma douce. Tu portes un enfant, le premier du genre et personne ne sait quelle influence cette grossesse aura sur ton système.

— Je peux déjà te dire qu'elle n'aide pas à réguler ma consommation de sang, m'amusai-je. J'ai faim, tout le temps.

Kylian sourit à son tour en hochant la tête.

— Voilà qui ne diffère pas vraiment d'une grossesse humaine dans ce cas. Tu es aussi plus irritable, mais c'est normal également. Les hormones influent sur l'humeur.

Les mains enfoncées dans les poches de ma veste de cuir, j'observai mon père avec attention, la tête penchée de côté.

— Alors dis-moi, qu'est-ce qui t'inquiète vraiment avec cette grossesse ?

Le viking soupira avant de m'inviter à m'asseoir face à son bureau.

— Elle est sans précédent et donc l'enfant que tu portes également. Nous n'avons pas la moindre information sur laquelle nous baser pour savoir comment les deux évolueront. La prophétie ne contient rien à ce sujet non plus.

— Étant un vampire, je ne pense pas qu'il soit concerné par de quelconques problèmes de santé. Et en toute logique, il y a peu de chances qu'il préfère le lait maternel au sang.

— En effet. Il ne sera que peu concerné par ce genre de détails humains. Malgré tout, d'autres risquent de se présenter. Comme au moment de l'accouchement par exemple, ajouta gravement Kylian.

Je fronçai les sourcils en réfléchissant rapidement. D'accord, je pouvais dire adieu à l'anesthésie, aucune aiguille ne pourrait percer ma peau. Cependant, des tas de mères avaient accouché sans avant moi. Il ne s'agirait sans doute pas d'une partie de plaisir, mais après avoir survécu au calvaire de la mutation, je pensais survivre à ça sans trop de mal.

— À quoi songes-tu au juste ? demandai-je suspicieuse.

Kylian pinça les lèvres une seconde, comme s'il cherchait ses mots.

— Ma chérie, je ne veux pas me montrer alarmiste. Cependant, rien ne prouve que ton accouchement se déroule de façon… habituelle. Tu ne pourras pas avoir de péridurale, ni de césarienne et… ton corps étant mort, rien ne prouve que la dilatation vaginale puisse se faire.

Je le regardai sans comprendre.

— Sarah, il se pourrait que le bébé utilise un autre moyen pour sortir, comme…

— Me déchiqueter de l'intérieur, terminai-je d'une voix éteinte en portant la main à mon ventre.

Mon père serra les dents avant d'opiner.

— Je vois. D'autres surprises à envisager ?

— Cette grossesse pourrait bien ne pas durer neuf mois. Si je me fie à l'augmentation de ta consommation de sang, tu es enceinte d'un mois et demi environ, or, ce petit bonhomme semble déjà comprendre ce qui l'entoure et il se sert déjà très bien de ses pouvoirs. Il ne s'agit pas d'un enfant ordinaire, Sarah. Nous devons savoir à quoi nous attendre une fois qu'il sera là afin de préparer au mieux son arrivée parmi nous.

Le son de sa voix me fit comprendre qu'il ne parlait pas que de croissance. Depuis que je savais pour la prophétie, j'avais envisagé, à maintes reprises, ce dont serait capable mon enfant. Je savais qu'il serait doté du pouvoir des deux clans, tout comme moi, mais que sa naissance en tant que vampire les accentuerait sans doute encore. Je m'étais donc promis de le cadrer à ce sujet dès le plus jeune âge, afin qu'il n'en abuse pas. J'avais aussi réfléchi à des détails plus légers, comme une éventuelle scolarisation, afin qu'il ait une enfance la plus normale possible. À présent, je réalisais, sans doute un peu durement, que mon bébé n'aurait jamais une enfance « normale ». Il était le prince-vampire et déjà un sorcier puissant. Sa condition ferait sans doute en sorte qu'il aime le sang et il lui serait sans doute difficile d'y résister. J'allais mettre au monde l'une des créatures les plus puissantes de l'histoire de l'occulte. Un redoutable sorcier, certainement doublé d'un tueur sanguinaire. Cette nouvelle me fit l'effet d'une gifle magistrale, car comme toutes les mamans, je ne pouvais envisager que mon bébé puisse avoir des défauts. Désormais, je me le devais à moi-même, mais aussi au reste de l'humanité. Le bonheur qui m'avait été offert pourrait aussi représenter le malheur de bien d'autres. Si savoir pouvait nous aider à trouver des solutions pour empêcher cela, je n'avais pas le droit de faire l'autruche. De plus, mon enfant pourrait procréer à son tour, alors, autant qu'il sache à quoi s'attendre lui aussi.

— Très bien, tu as ma confiance. Fais tous les examens que tu jugeras nécessaires pour moi, le bébé ou d'éventuelles recherches.

Mon père hocha la tête.

— Parfait, nous pouvons oublier les analyses de sang malheureusement, mais…

— Non, nous pouvons les faire. À l'ancienne, ajoutai-je avec un sourire.

Mon père me considéra sans comprendre. Amusée, je précisai :

— Une lamelle, mes crocs, mon poignet et le tour est joué !

Il rit à son tour avant de poser sa main sur mon genou.

— Je t'avouerai que je n'aurais pas envisagé de procéder ainsi, mais ce sera sans doute tout aussi efficace !

— Tu veux que l'on fasse ça maintenant ?

— Pourquoi pas ? Suis-moi, le labo de prélèvement est par ici.

Je lui emboîtai le pas, à présent curieuse de savoir quel genre de surprises mon bébé allait bien pouvoir me réserver.

Kylian avait terminé les prélèvements sanguins. À présent il était temps de passer au clou du spectacle, à savoir, l'échographie. Pour l'occasion, j'avais autorisé mon clan ainsi que mes grands-parents à y assister afin de ne pas les priver de ce moment particulier. Cependant, j'avais refusé la présence des autres. Je les appréciais, soit, cependant, je n'avais pas envie d'incarner un objet de curiosité ou de me sentir observée, telle une bête de foire, pendant ce qui serait sûrement l'un de plus beaux moments de notre vie. James avait d'ailleurs partagé mon point de vue.

Allongée sur la table d'examen, il me tenait la main droite et Lily la gauche. Si le reste du clan souriait, impatient de découvrir à quoi ressemblait le futur petit prince. Les jumeaux, eux, affichaient déjà une expression extatique, ce qui me fit rire malgré moi.

— À sourire comme ça, vous allez finir par lui faire peur, m'amusai-je.

— Je ne vois pas de quoi tu parles, mentit James en continuant de fixer l'écran noir avec obstination.

— Et autant qu'il sache de suite à quel point on l'aime ce petit ! renchérit Lily. Depuis le temps que nous l'attendons !

— Je suis bien d'accord ! Voyons voir si notre prince ressemble à papa ou à maman, ajouta Kylian, amusé. Tu es prête ma chérie ?

— Prête !

Il posa le gel sur mon ventre d'une main, puis approcha l'échographe de l'autre. Contrairement aux autres mamans, le liquide me parut chaud, ce qui m'amusa. Il fallait bien que le vampirisme présente quelques avantages. L'appareil eut à peine touché ma peau que la lueur violette, cette fois crépitante d'électricité bleue, fusa de mon corps pour aller frapper Kylian au torse. Celui-ci décolla de son siège pour voler à travers la pièce avant de heurter de plein fouet le mur du fond, le fissurant au passage. L'écran de la machine explosa dans une myriade d'étincelles et de fumée.

— Papa ! criai-je en me redressant sur la table.

— Je vais bien, me rassura celui-ci en se relevant immédiatement au milieu d'un nuage de poussière.

— Julian Carter Drake, non mais ça ne va pas la tête ! On n'électrocute pas grand-père Kylian enfin ! Vilain bébé ! m'exclamai-je en menaçant mon ventre du doigt.

— Oh ! Il a le même pouvoir offensif que toi, Jamy ! se contenta de s'extasier Lily.

Mais celui-ci ne l'écoutait pas, il me regardait, le regard empli d'émotions contradictoires. Il me sembla que s'il l'avait encore pu, il aurait pleuré.

— Ça va Jamy ? lui demanda sa jumelle, constatant sa mine.

— Oui. Comment l'as-tu appelé ? me demanda-t-il doucement sans me quitter des yeux.

— Oh, désolée, c'est sorti tout seul, soufflai-je, contrite d'avoir presque choisi un prénom sans lui demander son avis. Mais tu m'as expliqué que tous les hommes de ta famille avaient un prénom commençant par un J, du coup, Julian est un mixe de cette tradition et de Kylian, ton père, et le mien.

James passa sa main derrière ma nuque pour m'attirer à lui et m'embrasser sur le front.

— Merci mon ange, j'adore ce prénom.

— Oui, ça claque, Julian Carter ! applaudit Lily.

— Julian, Giordano, Stanislas, Zachary, Carter, rectifia James.

Je jetai un regard à mon grand-père. Fier et droit, les mains dans les poches de son costume haut de couture, ce dernier esquissa un sourire éblouissant avant d'adresser un signe de tête à James.

— Yeah ! se contenta de lancer Stan, manifestement ravi.

— Merci beaucoup de cette attention, Jamy, ajouta Zach de façon plus conventionnelle.

— De rien. Il est logique que Julian porte les prénoms de ses parrains.

— T'es sérieux ? demanda Stan.

— Très, intervins-je. Lily et Maggie seront ses marraines, enfin, si vous êtes tous d'accord bien sûr.

— Et comment ! On va le pourrir, le nain, ce sera le bébé le plus gâté de l'univers !

En réponse, Julian se manifesta une fois encore en entourant Stan de son énergie pour le câliner.

— Pour le moment, Julian est puni ! lançai-je.

La lueur changea de cible pour se diriger, lentement cette fois, sur Kylian et lui infliger le même traitement. Amusé, le viking se laissa faire, caressant même la petite source d'énergie avec douceur.

— Ça va, murmura-t-il. Ce n'est pas grave, grand-père n'a rien, mon bonhomme.

Gwen, fascinée, avança doucement la main, mais Julian sembla trouver qu'elle hésitait bien trop à s'occuper de lui et laissa son énergie courir dans le cou ainsi que sur les joues de sa grand-mère, tel un chat à la recherche de caresses. L'Italienne rit franchement en se prêtant au jeu.

— Oui mon bébé, *la nonna ti ama molto !*

Les yeux plissés, j'observai mon fils faire son numéro de charme à ma famille. Il n'était pas encore là physiquement qu'il menait déjà tout son petit monde par le bout du nez. Quelque chose me disait qu'il avait hérité du côté charmeur de son père. J'allais avoir intérêt à le tenir à l'œil si je ne voulais pas qu'il fasse tourner tout le monde en bourrique. Ou qu'il engrosse la moitié de la cour…

— Petit malin, murmurai-je.

La petite lueur quitta ma mère pour rejoindre mon ventre sans faire d'histoire.

— Bon eh bien, je crois que l'on peut oublier l'échographie, ajoutai-je en grimaçant. Je suis désolée pour ton matériel, papa.

Kylian jeta un bref regard à son matériel avant de hausser les épaules.

— Je pense qu'il nous a prouvé aller bien. Les prélèvements sanguins devraient suffire. Selon la vitesse de développement des cellules, je devrais pouvoir découvrir à quelle vitesse grandit notre petit Julian.

— Ce serait quand même plus simple s'il y mettait du sien, n'est-ce pas, jeune homme ? ajoutai-je à l'attention de mon ventre.

Pour toute réponse, ce dernier se mit à luire avant de gonfler, doucement, tel un soufflet. Médusés, nous contemplâmes le phénomène sans prononcer un mot. Cela dura à peine une minute, et je me retrouvai avec un petit bidou qui ne laissait plus de doute sur une éventuelle grossesse. Je posai ma main dessus, émerveillée.

— Cet enfant me plaît déjà ! s'amusa le roi-vampire. Il est aussi intelligent et doué pour la magie que sa mère !

Je lui adressai un sourire, amusée. Quelque chose me disait que quoi qu'il puisse faire ou dire, ce petit garçon plairait à tous de toute façon. L'objectivité de l'amour familial sans doute. En m'en rendant compte, mon cœur se serra. Comme ma mère aurait été heureuse d'assister à ce moment ! Comme elle aurait été fière, de moi, de son petit-fils, du chemin parcouru en seulement quelques années. Elle aurait incarné la meilleure des grands-mères, douce, attentionnée, à l'écoute des besoins de Julian. Je savais que Gwen pourvoirait à tout cela, je n'en doutais pas un seul instant, mais… j'aurais tant désiré que ma véritable maman soit avec moi pour partager ça. Qu'après toutes les épreuves qu'elle avait dû traverser pour m'élever seule, elle soit enfin récompensée. Sans que je ne dise rien, mon grand-père avait ressenti mon changement d'humeur et ma peine. Il passa devant Kylian et Lily pour me prendre dans ses bras et me serrer contre lui. Comme une petite fille, je cachai mon visage dans son cou. Immédiatement, sa simple odeur me rassura et je me sentis apaisée, je le sentis sourire contre mes cheveux avant qu'il ne murmure :

— *Ti amo piccola principessa. Tu sei il nostro più grande fierezza. Da lassù , tua madre, Helena e tutti i nostri antenati, veglieranno su Julian.*

— *Ti amo nonno.*

Il colla son front au mien quelques instants, y déposa un baiser puis se redressa, tout sourire.

— Bien, à présent, il est temps d'annoncer à la cour que la prochaine génération de souverain vampire est en route !

Chapitre 3

Le brouhaha dans la salle du trône était presque assourdissant, donnant l'impression dérangeante de se trouver au milieu d'un immense essaim d'abeilles. La rumeur courait que le monarque avait été attaqué. Certains affirmaient même qu'il n'était plus de ce monde et que la princesse vampire était rentrée en urgence de New York afin de prendre ses fonctions. Si quelques-uns voyaient cela d'un bon œil, après tout, Sarah serait la reine la plus puissante de leur histoire, il n'en allait pas de même pour les autres. L'arrivée de la jeune femme avait changé la donne. La mort du roi ne suffirait plus, il faudrait désormais se débarrasser de ses descendants… sauf que Sarah avait déjà prouvé qu'elle ne renonçait pas facilement et que l'éliminer n'était pas chose aisée. De plus, la jolie princesse se montrait très rancunière, tout comme son mari. Dans ces conditions, si éliminer le couple alpha n'était pas gagné, approcher leur louveteau serait mission impossible, ou presque. Sans compter que le nain serait, à n'en pas douter, doté de pouvoirs plus puissants encore que ceux de son arrière-grand-père ou de sa mère. Cependant, les uns comme les autres allaient être fort déçus par l'annonce qui serait faite d'ici quelques minutes !

Devant ce ramassis d'hypocrites et d'arrivistes, Abel ne put s'empêcher de grimacer. Debout autour du trône avec le reste du clan royal, comme l'exigeait la coutume, il n'avait qu'une envie : sauter sur l'assistance pour leur arracher le cœur, à tous ! Non, pas à tous en vérité, Amédée, assis au premier rang sur la demande de Sarah, attendait patiemment l'arrivée de la jeune femme dans un silence religieux, sans prêter la moindre attention aux ragots alentour. Le premier-né esquissa un léger sourire. Amédée était leur premier « enfant » à son frère et lui. Il était le patient zéro de la grande lignée vampire. Pourtant, au contraire des autres qui juraient regretter leur immortalité, lui ne l'avait jamais fait. Il ne leur en avait jamais voulu, ne leur avait jamais tourné le dos, ne les avait jamais jugés. Il était l'un des seuls à soutenir réellement Sarah, à comprendre qu'elle était un avantage pour la monarchie vampirique. Les autres immortels y regarderaient à deux fois avant de s'en prendre au peuple vampire. Avec un peu de chance, à elle seule, la jeune femme éviterait les guerres pour des siècles à venir.

Le cheminement de ses pensées fut interrompu par le bruit des portes de la salle s'ouvrant à la volée sur une Sarah plus belle que jamais et un Giordano au meilleur de sa forme. La cour resta une seconde muette de stupéfaction, ou de soulagement, avant que les conversations ne reprennent de plus belles. Si le monarque demeurait impressionnant de par sa carrure ou encore son charisme naturel, sa petite-fille n'était pas en reste. L'aura qu'elle dégageait possédait quelque chose de magnétique, d'envoûtant, auquel il était difficile de résister. Vêtue d'un col roulé, d'un pantalon et d'un long manteau ainsi que de cuissardes de cuir noir, elle marcha sur le trône comme pour le conquérir ; ses longs cheveux sombres flottant derrière elle, tel un étendard de nuit. La sclère de ses yeux avait totalement disparu pour laisser place à un noir profond ne laissant aucun doute quant à sa nature démoniaque. Elle monta les marches permettant d'accéder à l'imposant siège de marbre, puis fit face à la cour. Les yeux des courtisans glissaient d'elle à son grand-père sans discontinuer. Lentement, elle promena son regard de fauve sur chacun de ses sujets qui, soudainement, firent silence, comme écrasés par la jeune femme. Abel sourit clairement cette fois. Ils la craignaient, aussi sûrement que les humains craignaient la faucheuse. Cela dit, si la Mort devait ressembler à Sarah, plus d'un devait fantasmer son trépas.

— Bonjour à tous, lança Giordano d'une voix de stentor. Je vous ai convoqués aujourd'hui pour vous annoncer plusieurs nouvelles. La première, et comme vous le savez déjà, mon clan et moi-même avons été victimes d'une violente attaque pendant laquelle j'ai été grièvement blessé. Cependant, la princesse a rapidement réagi et réglé cela. Je suis de nouveau en pleine forme, rassurez-vous.

Abel nota, non sans un certain amusement, l'ironie de la remarque. En effet, malgré les mines choquées ou contrites alentour, un paquet avait espéré qu'il ne s'en sortirait pas et qu'avec un peu de chance, le même sort attendrait Sarah dans sa soif de vengeance. *Raté les pécores ! Et ce n'est que le début du spectacle !*

— La seconde, et sans doute celle qui me met le plus en joie, est que Sarah, ma merveilleuse petite-fille, est enfin enceinte de l'enfant annoncé dans la prophétie ! Le prince Julian sera parmi nous d'ici peu !

D'un seul mouvement, Amédée en premier lieu, le peuple vampire se mit debout avant d'applaudir de concert et de lancer :

— Vive la princesse ! Vive le prince !

— Youhou ! Vive Julian ! lança Lily, à sa droite, en sautillant sur place et en tapant des mains comme si elle participait à un concert de rock et se foutant totalement des convenances.

Abel esquissa un sourire. Il aimait bien cette fille. Elle était perchée haut, n'avait pas de filtres, ou presque, mais au moins, elle n'était pas comme tous ces faux culs de la cour. D'ailleurs, elle semblait les apprécier autant que lui. Autant dire pas du tout.

Abel reporta son attention sur Sarah qui, les mains dans le dos, demeura de marbre face à la cour en liesse. Abel la félicita intérieurement de ne pas être dupe. Si la princesse pouvait dissimuler ses pensées ainsi que celles de son clan, elle était par contre tout à fait capable de déchiffrer celles de ces rats. Il devina à son air concentré qu'elle avait déjà commencé à fouiner pour savoir qui se réjouissait réellement de la nouvelle et qui souhaitait secrètement que le petit ne voie jamais la lumière du jour.

Au bout de quelques minutes de ce manège agaçant, Giordano finit par réclamer le silence. Ce qui soulagea, en partie, les envies de meurtre d'Abel.

— Ce qui m'amène à la troisième nouvelle, la plus triste, mais également la plus grave. L'attaque dont j'ai fait l'objet n'était ni due au hasard ni à un quelconque vampire. Certains ici sont âgés de plusieurs millénaires, ils expliqueront donc aux plus jeunes d'entre vous ce qui va suivre. J'ai été attaqué par des mangeurs d'âmes.

À ces mots, Abel aperçut Amédée se dresser sur ses jambes, tel un diable sortant de sa boîte les yeux exorbités. Les vampires les plus anciens se levèrent également, la surprise et l'incrédulité se peignant sur leurs traits. Un bourdonnement commença à s'élever de la salle. Les plus vieux réalisant ce que cela signifiait et les plus jeunes se demandant ce que cette nouvelle incluait. Toutefois, le roi-vampire ne se perdit pas en explications inutiles et couvrant le brouhaha de sa voix de stentor annonça :

— Comme nous ignorons encore qui les a libérés et dans quel but, je n'ai pas le choix que de déclarer l'état de guerre !

Cela faisait trois heures maintenant que les courtisans défilaient dans le salon d'apparat pour me présenter leurs hommages et autres félicitations pour ma grossesse. Certains me jurèrent de nouveau fidélité, de me protéger de cette nouvelle menace ainsi que de mourir pour moi et le prince s'il le fallait. Je me gardai de tout commentaire et me contentai de sourire aimablement en hochant la tête. Je dus surtout me faire violence pour ne pas la leur arracher face à tant d'hypocrisie. La plupart d'entre eux songeaient que je n'avais pas traîné à mettre le prochain héritier en route et que, par conséquence, le trône serait encore occupé pour une génération. Ce qui, chez les vampires, durait relativement longtemps. Un coup d'œil à ma droite me conforta dans l'idée que mon mari pensait exactement la même chose. J'allais proposer d'en rester là pour aujourd'hui lorsque Amédée se présenta devant la porte. Toujours vêtu de sa tenue noire de moine, ses mains croisées dans ses larges manches, il m'adressa un sourire avant de s'incliner avec respect. Je lui rendis son sourire avant de lui indiquer d'approcher.

— Votre Altesse, me salua-t-il.

— Asseyez-vous Amédée, l'invitai-je aimablement. Félipe ?

— Oui ?

— Explique aux autres courtisans que je suis fatiguée et que je ne recevrai plus personne avant demain.

Ce dernier hocha la tête puis disparut dans le couloir. Je reportai mon attention sur Amédée. Ce dernier fixait le sol en signe de respect et de soumission. Celui que l'on nommait le sage était très à cheval concernant la bienséance et la hiérarchie. Premier humain transformé par les premiers-nés, il avait traversé les millénaires avec eux, alors que tant d'autres n'avaient vécu que quelques siècles tout au plus. Sans doute que sa sagesse légendaire y était pour quelque chose.

— Désirez-vous boire quelque chose ?

— Je vous remercie de cette attention, Votre Altesse, mais ça ira, merci.

Je le vis jeter un coup d'œil à Caïn et Abel qui se tenaient dans un coin de la pièce. Avec le palais sur le pied de guerre, le reste de ma famille avait d'autres chats à fouetter. Giordano avait donc confié ma garde aux vampires les plus vieux, et donc les plus puissants, pour me défendre au besoin. Cette pensée m'arracha un sourire. J'ignorais si je serais capable de me battre contre ces mangeurs d'âmes, par contre, je défiais, sans prétention, un vampire de venir s'y frotter. Plus encore maintenant que mon fils possédait manifestement les mêmes pouvoirs offensifs que son père. Cependant, je n'avais pas rechigné, mon grand-père n'avait pas besoin de soucis supplémentaires en ce moment.

— Ils n'y verront aucun inconvénient, précisai-je au sage. N'est-ce pas les garçons ?

Les premiers-nés se tournèrent vers nous. Occupés à discuter entre eux, ils n'avaient pas vu leur progéniture entrer. En l'apercevant, ils sourirent de concert avant de venir à sa rencontre. Ce dernier se leva et s'apprêtait une nouvelle fois à s'incliner lorsque Abel lui attrapa la main pour lui donner l'accolade.

— Amédée ! Comment vas-tu ? Je suis content de te revoir ! Tu sembles en pleine forme, dis-moi !

Ce dernier parut un peu déstabilisé par ce chaleureux accueil, puis finit par rendre son sourire au premier-né avant que le second ne lui fasse subir le même sort.

— Ravi de te voir mon ami, lui dit Caïn.

— Merci. Je suis également bien aise de vous savoir ici, auprès de la princesse. Je n'ai pas eu le temps, la dernière fois, de vous féliciter pour votre retour à la cour.

— La cour ne me manquait pas, par contre, ma libre circulation et mes baraques, si ! s'esclaffa Abel.

— Je venais de proposer à Amédée de prendre un verre avec nous tout en discutant, intervins-je. Cela sera moins conventionnel. J'ai expliqué aux autres que j'arrêtais les ronds de jambe pour aujourd'hui. Je n'en peux vraiment plus !

— Tu m'étonnes ! ajouta Abel.

— Je trouve ce genre d'exercice protocolaire inutile en plus d'être parfaitement d'agaçant, renchérit James en s'enfonçant plus confortablement dans son siège. Ceux qui sont venus nous présenter leurs respects sont les mêmes qui espéraient que Sarah soit éliminée à son retour à la cour. Ils voudraient nous faire croire à présent qu'ils sont ravis de savoir qu'elle soit enceinte. J'ai dû me faire violence pour ne pas arracher une bonne dizaine de jugulaires.

Je grimaçai et posai une main sur son genou pour le réconforter, je comprenais parfaitement ce qu'il avait ressenti. De plus, James se retrouvait dans cette position par ma faute. Mon arrivée dans sa vie avait changé un nombre incalculable de choses, à commencer par son rang social dans la société vampirique. Finie la petite vie tranquille, discrète et bienvenue sous le feu des projecteurs de la cour ! Terminé le James coureur de jupons, place au mari, au papa, au prince consort ! Pour le coup, je devais avouer qu'il encaissait plutôt bien.

— Je vous concède que cela peut être ennuyeux, convint Amédée. Cependant, c'est davantage une façon de rappeler aux courtisans qui commande qu'un réel signe de respect. Cela les force à reconnaître l'autorité de la princesse, celle du futur prince, à mettre genou à terre devant eux. Si un berger doit se montrer juste avec son troupeau pour que celui-ci ne se détourne pas de lui, il doit avant tout faire preuve d'autorité.

Une fois de plus, je ne pus que reconnaître la justesse de son raisonnement. En d'autres temps, Amédée aurait sans doute pu incarner un grand philosophe.

Pendant ce temps, les premiers-nés avaient rapproché des sièges de façon à s'installer plus confortablement. Caïn fit signe à Amédée de s'asseoir également, ce qu'il fit sans broncher. Observant ce petit manège, je fus amusée de constater que malgré les millénaires passés, malgré l'exil des frères maudits et leur destitution, le sage semblait toujours les considérer comme ses maîtres. Ce qui semblait cohérent dans le fond. Les frères étant encore de ce monde, en toute logique, ils auraient dû se trouver encore sur le trône aujourd'hui. Malheureusement, les temps avaient changé et je me retrouvais désormais destinataire du cadeau empoisonné. Oh joie !

— Quel groupe préférez-vous, Amédée ?

Celui-ci parut étonné que je lui pose cette question, mais répondit malgré tout :

— B positif, Votre Altesse.

— Parfait.

Je fis signe à l'un des serviteurs en livrée et passai notre commande rapidement. Quelques minutes plus tard, à peine, il revenait avec un plateau contenant cinq verres et deux thermos. O Positif pour James et moi, B pour eux.

— Alors Amédée, comment allez-vous ? demandai-je ensuite.

— Fort bien, Votre Altesse. Et je tiens à vous féliciter à mon tour pour l'heureux événement à venir. J'ai cru comprendre qu'il s'agissait d'un petit garçon, notre prince consort doit être ravi, ajouta-t-il à l'adresse de James.

— En effet, mais une petite fille m'aurait rendu tout aussi heureux. Après tout, tout est à élever.

— Voilà de sages paroles, opina Amédée. En effet, tant que l'enfant va bien et qu'il est heureux, son sexe n'a que peu d'importance. Les filles ont toujours aussi bien, sinon mieux, réussi que les garçons, si tant est que l'on acceptât de les laisser faire leurs preuves.

— Je suis bien d'accord, approuvai-je à mon tour.

— Votre grand-père l'est également, il ne tarit pas d'éloges à votre sujet et je dois dire que je partage son avis. Vous vous êtes très vite adaptée à la vie d'immortelle et de sorcière, et ce malgré votre mésaventure avec le Grand Conseil. Vos décisions n'ont pas été motivées par la simple vengeance, mais à la hauteur du crime commis, en adéquation avec vos responsabilités. Je dois vous avouer, Votre Altesse, que vu votre jeune âge, je ne m'attendais pas à tant de sagesse de votre part.

— J'ai eu de bons professeurs, m'amusai-je en jetant un coup d'œil aux frères maudits.

Le sage sourit et inclina la tête.

— Je ne peux qu'être, une fois encore, d'accord sur ce point. Nos chers frères vous seront d'ailleurs bien utiles pendant cet état de guerre. Avec eux, vous et notre prince serez en sécurité. D'ailleurs, si celle-ci nécessitait d'être renforcée et que vous aviez besoin de davantage de personnes de confiance, sachez que moi-même ainsi que mon clan sommes à votre entière disposition.

Je devais avouer que vu les circonstances, je ne pouvais pas me fier à grand monde au palais, hormis le clan royal. Si une nouvelle attaque, de plus grande envergure, devait avoir lieu, je ne mettrais pas ma main au feu que les courtisans me serviraient aimablement de barrière contre ces créatures étranges. Simplement me démembrer ne me tuerait pas, soit, mais j'ignorais quelles conséquences cela pourrait avoir sur Julian. Même s'il possédait le même dôme de protection que moi, comment savoir quelles conséquences auraient une centaine de ces horreurs sur celui-ci ?

— Ce ne serait pas une mauvaise idée, intervint Abel. En état de guerre, le clan royal va être occupé, quant à mon frère et moi-même, nous ne suffirons pas à ta protection rapprochée en cas d'attaque.

— Pour une fois, je suis d'accord avec lui. Sans compter que nous ne savons pas comment va se dérouler l'accouchement et qu'à ce moment-là, tu ne seras pas en mesure de te défendre, ajouta James à mon adresse.

— Soit, admis-je. Et je suppose que toute la cour étant assignée au palais, vous serez plus à l'aise en compagnie d'Abel et de Caïn, dans les quartiers royaux, qu'avec les autres courtisans, Amédée.

Celui-ci ne tenta pas de nier ou de cacher son sourire amusé.

— Il est vrai que la cour n'est pas mon endroit préféré. Je ne goûte guère aux papotages et autres cancans sur les uns et les autres. Cependant, lorsque le roi a besoin de moi, je réponds présent. Peu importe que cela me plaise ou non, je lui ai prêté allégeance et respecte toujours mes engagements.

— Ce qui est tout à votre honneur. Dans ce cas, vous-même et votre clan prendrez vos quartiers dans l'aile royale dès ce soir.

Amédée se contenta d'un signe de tête pour acquiescer. Sans prêter attention à l'animation, de plus en plus importante, dans les couloirs du palais, Terrence reprit :

— Je me demande tout de même qui aurait eu intérêt à rappeler sur Terre de telles horreurs. C'est de la pure folie.

— Si cette personne savait qui était Giordano, elle devait également avoir conscience que l'éliminer n'était pas à la portée de tout le monde. Beaucoup s'y sont essayés depuis qu'il est monté sur le trône et aucun n'y a survécu, avança James.

— En effet, mais je persiste à penser que cette personne ne désirait pas tuer Giordano, du moins pas encore. Elle veut qu'il sache qu'elle est là, dans l'ombre, qu'elle le surveille et qu'elle est assez puissante pour le mettre à terre si elle le désire.

— Il ne manquait plus qu'un sorcier mégalo dans ce charmant tableau, grinçai-je.

— Veuillez m'excuser, intervint le sage, mais pourrai-je avoir quelques détails sur cette attaque ?

— Bien sûr. Des disparitions d'humains ont été rapportées. Mon grand-père a donc songé qu'il s'agissait peut-être d'un clan de vampires s'étant installé sans autorisation sur le territoire d'Abel. Une fois là-bas, il s'est avéré que ce n'était pas le cas. Pas la moindre trace de vampire à Tivoli depuis des semaines, peut-être même des mois. Ils allaient rentrer lorsque les mangeurs d'âmes les ont attaqués. Mon grand-père a été victime d'un sort qui l'a isolé du reste du clan. Là, un plus grand nombre encore de ces créatures l'a démembré.

— Effectivement, envoyer des mangeurs d'âmes pour tuer un vampire est inutile, voire stupide. Cependant, intelligent dans le cas d'un sorcier immortel. Une fois démembré, il devient certes inoffensif, mais sa magie, elle, perdure…

— Comment ça ?

— Ces créatures se nourrissent d'âmes, soit. Mais aussi, et surtout, de magie pure. Celle-ci est un carburant extrêmement puissant.

Cette fois, je regardai le sage, les yeux écarquillés de stupéfaction.

— Vous pensez que le sorcier qui a orchestré ça désirait faire de mon grand-père… son garde-manger !

Il ricana doucement avant d'expliquer :

— Je n'aurais sans doute pas présenté les choses de cette façon. Savez-vous quelle taille faisait ces choses ?

— Non, Giordano n'a pas donné de détails à ce sujet, répondit James à ma place. Quelle importance cela a-t-il ?

— J'y viens. Que savez-vous des mangeurs d'âmes ?

— Pas grand-chose, avouai-je. Nous savons que ces choses n'ont ni conscience, ni substance, mais que, malgré tout, elles sont capables de blesser d'autres créatures en griffant ou en mordant. Comment diable une ombre peut-elle avoir des dents d'ailleurs ? demandai-je, me rendant soudain compte de ce détail pour le moins aberrant.

— Voilà le point qui nous importe et je crois que mes explications seraient plus claires si je pouvais accéder à la bibliothèque royale.

— Mais c'est vrai que tu les as étudiés ! s'exclama soudain Abel. Je me souviens qu'à l'époque, ta fascination pour ces trucs m'avait franchement gonflé ! Personnellement, les seules ombres que j'apprécie sont celles d'une jolie stripteaseuse, bien foutue, derrière un paravent.

Amédée se contenta de sourire face au ton, pour le moins familier, de son géniteur vampirique, tandis que Caïn secouait la tête en levant les yeux au ciel. Contrairement à beaucoup d'entre eux, Abel s'était toujours adapté, parfois avec une facilité déconcertante, aux époques qu'il avait traversées jusque-là. Si Amédée et Terrence donnaient l'apparence d'hommes de la quarantaine, posés et empreints d'une certaine sagesse, Abel, qui pourtant n'avait que quelques années d'écart avec son aîné, ressemblait à un jeune homme d'à peine vingt-cinq ans et bohème. Les années semblaient n'avoir aucune emprise sur lui, et pas seulement physiquement.

— Allez viens, ajouta-t-il en prenant la main d'Amédée pour le tirer derrière lui. Allons voir si nous pouvons retrouver tes cahiers d'école, mon petit !

Je ricanai en me levant à mon tour, suivie de James qui secoua la tête avec un sourire en coin. Il me semblait que plus les jours passaient, plus il appréciait Abel. Du moins, avait-il moins envie de le tuer qu'auparavant. L'annonce de ma grossesse l'avait peut-être rassuré ? Ou peut-être s'était-il rendu compte que le premier-né n'était à mes yeux qu'un très bon ami ? Peu importait, tant qu'ils ne se sautaient pas mutuellement à la gorge à la première occasion. J'avais d'autres chats à fouetter en ce moment que de m'occuper de leurs petites querelles de mâles dominants. Nous suivîmes donc le mouvement jusqu'à la bibliothèque. Une fois la porte passée, Amédée sembla hésiter :

— Votre Altesse, puis-je ? demanda-t-il en désignant la pièce du menton.

— Bien sûr, cette pièce est vôtre, consultez tous les ouvrages dont vous avez besoin, aujourd'hui et à l'avenir.

Il afficha un sourire éclatant que je ne lui connaissais pas jusque-là avant de s'avancer d'un pas rapide et sans hésitation vers une rangée d'étagères.

— Incroyable, rien n'a changé, murmura-t-il, presque extasié.

Je consultai les premiers-nés du regard sans comprendre. Il était vrai que la bibliothèque du palais était sûrement l'une des plus belles au monde, mais Amédée n'était pas le genre à faire dans la démonstration d'émotions.

— C'était sa salle de jeu quand il était petit, ironisa Abel.

Caïn lui colla un coup de coude dans les cotes avant de m'expliquer :

— La lecture et la passion des beaux ouvrages me sont venues rapidement après la création de l'écriture, cependant, j'aimais apprendre bien avant cela. Ici ne se trouvent pas que des livres à proprement parlé, mais aussi des gravures sur pierre ou sur bois.

— Je sais, dis-je. J'en ai observé plusieurs la première fois que mon grand-père m'a amenée ici. Je suppose que c'est toi qui as commencé cette collection.

— En effet. Et lorsqu'Abel a fait construire ce palais, j'y ai installé cette bibliothèque. Amédée m'y a aidé et s'est pris au jeu. Il a voulu apprendre à lire, à écrire et a été enchanté de découvrir tous les secrets que pouvait renfermer un simple ouvrage. L'écriture est la mémoire de notre monde. Il a passé des milliers d'heures dans cette pièce à étudier, ranger, classer ou encore écrire lui-même. Il est d'ailleurs l'instigateur des archives vampiriques.

Je tournai le regard vers Amédée en hochant la tête, impressionnée malgré moi par le travail que cela avait dû représenter. Je savais désormais d'où lui venait sa sagesse ainsi que ses immenses connaissances sur bien des sujets.

— J'ai trouvé ! s'exclama-t-il soudain en revenant déjà vers nous, un gros ouvrage en cuir noir relié à la main.

Il le déposa avec mille précautions sur l'une des tables d'étude et l'ouvrit à une page précise, sans même avoir besoin de chercher. Curieuse, je m'approchai et me penchai à mon tour au-dessus du livre. Je fronçai les sourcils. Sur la page de gauche était représentée une créature de fumée noire dans laquelle on pouvait apercevoir des formes étranges, se tenant devant un homme manifestement terrorisé, les bras devant son visage comme pour se protéger de cette apparition tout droit sortie de l'enfer lui-même. En y regardant de plus près, je me rendis compte que les formes en question n'étaient autres que des crânes, des mains ou encore des torses décharnés.

— Des corps humains, soufflai-je.

— Exactement, Votre Altesse, ou plutôt des âmes. Comme leur nom l'indique, ces créatures se nourrissent d'âmes humaines. Plus elles en consomment, plus elles deviennent grandes et fortes. Mais pour cela, il faut qu'elles soient… digérées je dirais. Je dois avouer que je ne vois pas de terme plus précis. Une fois ingérées, les âmes souffrent mille morts et font tout pour se libérer, mordant et griffant les ombres pour leur échapper.

— Les ombres n'ayant pas de substance réelle, ce sont elles qui leur servent en réalité à blesser leurs nouvelles victimes.

— C'est tout à fait ça. Voilà pourquoi quelqu'un les commande forcément, car à leur début, elles ne peuvent se nourrir seules.

— Ce qui explique la disparition des touristes, intervint James.

— Très certainement, opina le sage. Les sorciers se servant de ces monstres travaillaient la plupart du temps pour le compte de simples mortels. Des seigneurs, des chefs de clans, ayant besoin de se débarrasser de leurs ennemis rapidement.

— La magie, utilisée à mauvais escient, a également ce pouvoir, non ? Alors pourquoi s'encombrer de telles horreurs ?

— Tous les sorciers ne sont pas aussi puissants que votre épouse. Imaginez quels dégâts peuvent engendrer de telles créatures sur un champ de bataille et combien certains étaient prêts à payer pour leur service.

En effet, une centaine de ces choses, impossibles à tuer à coup d'épée, de lance, ou de hache, mais capables d'arracher un bras ou une tête devaient faire la différence en cas de combat. De plus, savoir qu'un ennemi avait à son service ce genre d'abomination devait en dissuader plus d'un de venir attaquer leur commanditaire. Cependant, un détail me chiffonnait.

— Vous avez dit certains, ce qui signifie que d'autres sorciers en avaient une autre utilité, je me trompe ? demandai-je alors.

Amédée posa sur moi un regard grave qui me laissa présager que la suite des événements n'allait pas me plaire.

— Dans le monde de l'occulte, je ne vous apprends rien en vous disant que tout n'est qu'un jeu de dupe, reprit le sage. Lassés de n'être que des serviteurs de plus riches et puissants, rapidement, des sorciers ont compris que les mangeurs d'âmes pourraient être utiles non pas à servir le pouvoir, mais à l'obtenir.

Un long frisson parcourut ma colonne vertébrale. Mon fils sembla réagir à mon état d'esprit, car je vis la lueur apparaître sur mon ventre.

— Tout va bien, Julian, dis-je en y portant machinalement la main. Papa et maman ne laisseront pas ces vilaines choses t'approcher.

— Voilà qui est certain, grogna James.

Amédée posa son regard sur mon ventre, aucune trace d'une quelconque surprise sur le visage.

— Rassurez-vous, mon prince, vous êtes en sécurité et chacun de nous dans cette pièce donnerait sa vie pour préserver la vôtre.

La petite sphère d'énergie quitta mon ventre pour se poser sur le front d'Amédée qui ne bougea pas, nullement effrayé. Celui-ci ferma les yeux et sourit simplement. Elle brilla davantage pendant quelques secondes puis disparut de nouveau. James me jeta un regard intrigué, mais je me contentai de lui adresser un clin d'œil. Amédée venait de prêter allégeance à mon fils qui l'avait remercié, à sa façon, de sa fidélité. Une bouffée de fierté m'envahit. Mon petit bonhomme se comportait déjà en véritable futur monarque.

— Comme vous l'avez sûrement déjà compris, Votre Altesse, des sorciers, moins regardants que vous quant à l'utilisation de leur magie, ont rapidement compris que les mangeurs d'âmes ne bénéficiaient de l'énergie de celles-ci seulement une fois digérées, asséna finalement le sage dont le sourire avait disparu aussi qu'il n'était apparu.

Je hochai la tête gravement. Cette fois, le macabre puzzle se mit en place dans mon esprit, me faisant l'effet d'une gifle magistrale.

— Ils ont trouvé le moyen de ponctionner les âmes avant la digestion de façon à s'approprier leur énergie ? demanda James, incrédule. Mais c'est…

— Parfaitement dégueulasse, termina Abel avec flegme avant de s'allumer une cigarette.

— Nicolaï fait fausse route, contrai-je d'une voix éteinte. La monarchie n'est pas seulement menacée parce que mon grand-père et moi sommes des sorciers.

James, Abel et Caïn me considérèrent, les sourcils froncés, attendant que je m'explique. Seul Amédée se contenta de continuer à fixer le livre étalé devant nous dans une expression totalement neutre.

— Chaque vampire n'est certes par sorcier, mais…

— Nous sommes tous nés d'elle, termina Terrence.

— Exactement. Pour vous tous, la magie ne sera pas illimitée ou très puissante, mais nous concernant, ajoutai-je en portant la main à mon ventre, elle fera tenir le sorcier des siècles entiers…

Sans attendre, je les plantai là et traversai les couloirs du palais, rempli de courtisans, au pas de course pour gagner les appartements de mon grand-père, sans même un regard pour ceux qui tentèrent de m'arrêter dans ma course. Je n'avais ni le temps pour les jérémiades ni pour les ronds de jambe inutiles. Je pénétrai dans le bureau du roi-vampire comme une bombe, envoyant claquer la porte contre le mur. Mon grand-père ainsi que les membres du Grand Conseil levèrent la tête de concert, surpris par mon irruption.

— Sarah ? Un problème, ma chérie ?

— Oui. Je sais pourquoi on a ramené les mangeurs d'âmes à la vie. Il ne s'agit pas d'une attaque de sorciers banale, mais bel et bien d'une guerre vampirique.

— Votre Altesse, permettez-moi de rester sceptique quant à…, commença Osborne.

— Silence ! le rabroua le roi. Sarah, expose-moi ton hypothèse et les points sur lesquels tu te bases pour l'étayer.

— Quelle taille faisaient, à peu près, les mangeurs d'âmes qui t'ont attaqué ?

Le roi sembla réfléchir une seconde.

— Certaines faisaient ma taille, d'autres étaient plus petits me semble-t-il. Pourquoi cette question ?

— Tout simplement parce que ces créatures grandissent au fur et à mesure qu'elles se nourrissent. Mais pour cela, il faut qu'on leur laisse le temps de digérer leurs proies.

— Ces créatures se nourrissent d'âmes, comme vous venez de le souligner, Votre Altesse et nous n'en…

Je le fusillai du regard.

— *Posaljite vasé koljéna vampir !*

Le Grand Conseil tomba à genoux de concert, tête baissée. Mon grand-père leur jeta un regard en coin, mais n'intervint pas.

— Interrompez-moi encore une fois, Osborne, et je vous arrache la langue moi-même, c'est bien compris ? grondai-je.

Ce dernier n'émit qu'un faible sifflement en guise de réponse. Je les libérai de mon emprise et reportai mon attention sur le roi-vampire.

— Il y a des siècles de cela, des sorciers ont trouvé le moyen d'extraire les âmes des ombres avant qu'elles ne soient digérées afin de s'approprier leur énergie.

Giordano serra les dents.

— Nous concernant, notre magie *est* notre âme. Et étant immortels…

— Les vampires sont issus de magie pure. Une fois démembrés nous sommes inoffensifs, ou presque, du moins pour le vampire lambda. Notre peuple, et encore plus notre lignée, représentent la parfaite source de pouvoir pour se créer une armée de ces horreurs et asseoir son pouvoir sur le monde, assenai-je froidement. Autrement dit, un sorcier psychopathe se balade dans la nature avec l'ambition de transformer le peuple vampire en garde-manger magique.

Cette fois, le Grand Conseil me considéra, les yeux exorbités.

— Alors Osborne, toujours persuadé que l'état de guerre est exagéré ? grinçai-je à l'intention du Premier Conseiller dont la longue tresse blanche frémit.

Allongés sur notre lit, James et moi tentions d'échapper, quelques instants au moins, à l'agitation ambiante de ces derniers jours. Depuis la découverte de ma grossesse, nous avions à peine eu le temps de nous poser et de réaliser ce qui nous arrivait. Confortablement installée, la tête son torse, je soupirai d'aise.

— Tu es fatiguée, ma princesse ? me demanda-t-il.

— Pas vraiment. C'est seulement que mon côté petite sauvage est un peu perturbé par toute cette agitation, m'amusai-je. Je préfère de loin la vie calme et discrète que nous menons à la maison. Beaucoup de petites filles souffrent du syndrome de la princesse, cela n'a jamais été mon cas. La seule chose sur laquelle il me plaît à régner, c'est ton cœur.

Il ricana puis m'embrassa les cheveux avant de souffler :

— Un petit gars, nous allons avoir un petit gars qui va courir partout dans la Roseraie. Je n'en reviens pas de me dire que ces murs vont de nouveau entendre raisonner des rires d'enfant, de notre enfant !

Je souris à mon tour et me redressai sur un coude pour le regarder. Son visage irradiait d'un tel bonheur qu'il me sembla que mon cœur mort s'agitait de nouveau dans ma poitrine.

— Oui, ça risque de faire un peu d'animation ! ris-je à mon tour. Surtout que notre bout de chou semble déjà avoir un caractère bien trempé !

James hocha la tête sans cesser de sourire.

— Je me demande de qui il tient ça ! s'esclaffa-t-il.

— Et moi donc ! Moi qui étais persuadée que notre enfant serait calme, patient et adorable !

— Il ne se laissera pas marcher sur les pieds et vu ce que lui réserve l'avenir, c'est préférable, ajouta-t-i plus sérieusement cette fois.

Je me redressai pour m'asseoir à côté de lui, en tailleur. En effet, même si j'étais heureuse de devenir maman, j'avais également conscience que l'avenir de Julian ne serait ni facile ni tout rose.

— Tu as une idée pour la décoration de sa chambre, une envie particulière ? poursuivit-il soudain sur un ton plus léger.

Je n'eus pas besoin de lui demander le pourquoi de ce soudain revirement. Je connaissais Jamy sans doute mieux que je ne me connaissais moi-même. Des pensées identiques traversaient son esprit concernant notre fils, mais pour l'heure, il ne voulait songer qu'au positif. Avis que je partageais en cet instant.

— J'avoue que je n'y avais pas vraiment réfléchi jusque-là. De toute façon si tu crois avoir le dernier mot sur tout, avec Lily, tu te fourres le doigt dans l'œil !

James rit de plus belle et se leva d'un bond avant de me tendre la main pour que j'en fasse autant.

— Tu as raison, alors autant lui demander tout de suite et nous mettre d'accord.

Je ris et le suivis jusqu'au salon. Lily se trouvait là, assise en tailleur sur le canapé, son ordinateur portable sur les genoux. Elle entortillait les pointes rose fluo de ses cheveux, l'air très concentré face à son écran. Vêtue d'un jean troué noir, d'une veste de tailleur de la même couleur, de Docks Martens élimées et d'un chemisier de grand couturier rehaussé d'un sautoir en perle auquel elle avait fait un nœud, ma punkette préférée restait égale à elle-même : décalée, mais classe.

— Salut les amoureux ! lança-t-elle sans lever les yeux vers nous. Tu vas bien ma Sarah ?

James et moi prîmes place dans le canapé.

— Oui, ne t'inquiète pas.

— Qu'est-ce que tu fais ? lui demanda son frère.

— Je regarde les articles pour bébé. L'état de guerre, c'est bien gentil, mais Julian a besoin que l'on prépare un minimum son arrivée. Il ne va pas non plus vivre tout nu le temps que tout ce bazar se termine.

— Tiens, nous venions te voir pour ça justement, que tu nous aides à choisir ! Tu as trouvé des trucs sympas ?

— Yeap, acquiesça la punkette, mate-moi un peu ces poussettes de compet' ! Elles ne sont pas terribles, franchement ? demanda-t-elle en tournant l'ordinateur vers nous.

Lorsque j'aperçus le prix, avant même de voir la poussette elle-même, je faillis m'étouffer.

— Deux mille dollars pour une poussette !

James, lui, ne broncha pas et attrapa l'ordinateur pour y regarder de plus près.

— Hum, elle me semble pas mal du tout, approuva-t-il, ignorant ma réaction. Tu as regardé les avis des autres consommateurs ?

— Oui, tous en semblent satisfaits. Je trouve le système de matelas chauffant particulièrement pratique pour l'hiver et son ergonomie est top.

— À ce prix, encore heureux ! grinçai-je. En plus il s'agit d'un bébé vampire, il ne craindra pas le froid.

Lily se déplaça pour que je me retrouve entre elle et son frère.

— Quoi ? Ce n'est pas si cher. Après tout, notre petit Julian est un prince, hein mon bébé ? reprit-elle en se penchant sur mon ventre, tout sourire. Un peu de confort n'a jamais tué personne non plus. Et puis, tout cet argent entassé au fil des décennies va enfin servir à quelque chose de vraiment utile !

Je levai les yeux au ciel en guise de réponse.

— Celle-là est sympa aussi, remarqua James.

Lily se pencha au-dessus de moi pour apercevoir l'écran.

— Ah non ! On dirait un gros œuf ! Hors de question que mon neveu se promène dans un gros œuf, et puis quoi encore ?

James grimaça une seconde.

— Oui, tu as raison, concéda-t-il.

— Attends, j'en ai ajouté une dans mes favoris, elle est terrible ! s'extasia-t-elle en reprenant l'ordinateur à son frère.

Quelques secondes plus tard, elle lui rendait le pc, en me passant toujours sous le nez. Je me gardai de tout commentaire et jetai un coup d'œil vers l'écran. Il s'agissait d'une poussette noire, à trois roues. Comme tant d'autres. Sauf que celle-ci était agrémentée de crânes rouges et que les roues possédaient des jantes sur lesquelles étaient dessinées des ronces ainsi que de roses. Bref, une poussette à l'image de ma Lily. Par contre à celle de James...

— Même pas en rêve, prévint-il.

— Pourquoi ? Elle est stylée !

— Parce qu'il est hors de question que mon fils se balade dans un truc qui ressemble à un cercueil !

— Dit le non-mort qui a fait un gosse..., ironisa sa jumelle.

Cette réplique m'arracha un petit rire. Il fallait reconnaître que sur ce coup-là, ma meilleure amie n'avait pas tout à fait tort. En revanche cette réplique n'amusa pas le moins du monde son jumeau.

— Ne dis pas des choses pareilles, tu sais très bien qu'il entend et comprend tout ce qu'on raconte !

Sentant la dispute se profiler, je les écartai avant de me lever. Je me dirigeai vers la desserte près de la porte-fenêtre où attendait un thermos de sang tout chaud. Je m'en servis un verre et commençai à le siroter en regardant les jumeaux continuer de se chamailler.

— Justement ! Il est intelligent, lui, comme sa mère ! Avec un peu de chance, il héritera aussi de son bon goût ! Ce que tu peux être vieux jeu Jamy, à force, c'est agaçant tu sais ?

— Peut-être, mais en attendant, Julian n'ira nulle part dans cette horreur. Je préférerais plutôt mourir une seconde fois !

Mon ventre se mit soudain à luire de nouveau. Cette fois, je serrai les dents. Je sentis ma peau se tendre, mes organes morts bouger dans mon corps et la puissance magique de mon bébé augmenter de façon significative. Rapidement, j'ouvris mon jean et relevai mon pull. Je pris appui sur la desserte, le souffle coupé une seconde pour regarder Julian grandir sous mes yeux. M'entendant souffler, les jumeaux se tournèrent vers moi de concert.

— Sarah ! s'écria Lily avant de sauter par-dessus le dossier du canapé pour me rejoindre, imitée par son frère.

— Peu importe ce que vous choisirez, précisai-je d'une voix sourde, mais décidez-vous rapidement.

Les jumeaux baissèrent les yeux sur mon ventre qui maintenant était celui d'une femme enceinte de six mois.

Chapitre 4

Kylian venait de finir de m'ausculter sous les yeux anxieux de mon clan. Je percevais nettement l'inquiétude et la culpabilité des jumeaux. Ils s'en voulaient de s'être chamaillés devant moi et étaient persuadés que cela m'avait stressée au point que Julian avait réagi avec une nouvelle poussée de croissance pour me défendre.

— Détendez-vous, je vais bien et Julian aussi, annonçai-je en me redressant pour m'asseoir sur le canapé.

— Je confirme, ajouta mon père. Tout va pour le mieux. Cette nouvelle poussée confirme donc les résultats de mes analyses. Si tout se passe bien, ce petit sera là pour la fin du mois au plus tard.

— Tu es sûr que tout va vraiment bien, hein ? lui demanda James une fois de plus.

— Mais oui ! clamai-je en levant les yeux au ciel. Venez ici tous les deux.

Ils obtempérèrent et s'assirent une nouvelle fois autour de moi. J'attrapai la main de l'un, puis celle de l'autre, avant de les poser toutes les deux sur mon ventre désormais bien rond. Il ne fallut qu'une seconde pour que j'aperçoive leurs yeux s'écarquiller de surprise et qu'ils n'échangent un sourire extatique. Leurs visages affichaient une expression de joie si intense, que s'ils l'avaient encore pu, j'étais certaine qu'ils se seraient mis à pleurer.

— Il bouge…, souffla Lily d'une voix enraillée par l'émotion.

— C'est vrai ? demanda Maggie, regardant mon ventre avec envie.

Je lui fis signe d'approcher également. Elle sembla hésiter à me toucher, sa main en suspend au-dessus de celles des jumeaux.

— Vas-y, l'encourageai-je avec un sourire.

Elle posa finalement sa main sur ma peau. Lorsque Julian s'y frotta, elle sursauta légèrement avant d'afficher une expression identique à celle des jumeaux.

— C'est… incroyable ! s'extasia-t-elle.

Stan s'avança alors à son tour, observant les mains des autres, curieux.

— Tu veux toucher aussi, petit frère ? Je vous conseille d'en profiter maintenant, parce qu'ensuite, il faudra attendre la prochaine génération avant de revivre ça, m'amusai-je.

— J'adorerais !

— Remplace-moi, lui proposa Lily.

Maggie laissa elle aussi sa place à Zach. Les garçons parurent apprécier l'expérience tout autant que mes sœurs. Je réalisai alors quelle chance j'avais. Combien de fois avaient-ils tous rêvé ce moment ? Combien de fois avaient-ils envié la condition humaine pour sa simple possibilité d'enfanter ? Combien de fois avaient-ils contemplé les articles de puériculture en se disant que même en vivant jusqu'à la fin du monde, ils ne connaîtraient jamais le bonheur d'y faire des achats pour l'arrivée prochaine d'un petit être qui incarnerait une partie d'eux-mêmes ? Combien de fois mes sœurs s'étaient-elles demandé quel effet cela pouvait faire de sentir une vie se développer à l'intérieur de soi ? Combien de nuit avaient-elles pleuré en sachant que jamais l'occasion de le savoir ne leur serait donnée ? Alors, comme une évidence, je décidai de partager chaque moment important de la vie de mon petit prince avec eux. Après tout, ils l'avaient attendu, espéré, bien plus longtemps que moi.

— Oui, maman, viens voir toi aussi ! proposa James en tendant son autre main à Gwen.

Celle-ci s'approcha pour la saisir avec un sourire bienveillant.

— Pose ta main ici, lui conseilla-t-il en enlevant la sienne.

Gwen obtempéra doucement. Sentant mon petit garçon bouger à son tour, elle ferma les yeux, inspira profondément avant d'afficher un large sourire. Quand elle rouvrit les paupières, ses yeux abyssaux étaient si pleins d'amour que j'eus l'impression que mon cœur se serrait. Elle posa sa seconde main sur ma joue avec bienveillance.

— Ma Sarah, mon bébé, je suis si heureuse pour toi. Ce petit homme n'est pas encore parmi nous qu'il nous comble déjà de bonheur.

Puis elle se pencha pour m'embrasser sur le front. Gwen était maternelle de nature, une véritable louve. Chacun de nous avait comblé son désir d'enfant et, s'il l'avait fallu, je savais qu'elle aurait donné sa vie pour sauver les nôtres. Elle nous aimait, profondément, même si elle ne nous avait pas mis au monde elle-même. Comme elle en plaisantait souvent, elle n'avait pas attendu quelques mois, mais des siècles, chacun de ses petits. Elle connaissait donc, plus que quiconque, ce que ce manque pouvait représenter. Un gouffre béant, au fond du cœur et du corps. Elle ne m'avait pas enfantée, c'était un fait, mais je ne pouvais nier la force de son amour pour moi. Elle aurait traversé le globe sur un simple de mes appels. Elle tuerait sans remords pour me protéger. Il en serait de même pour Julian. Je n'en doutais pas une seconde. La vie m'avait arrachée une maman et m'en avait offerte une autre, pas moins aimante. Lorsque j'avais croisé ma mère dans les limbes, elle m'avait d'ailleurs demandée de remercier Gwen de prendre aussi bien soin de moi. Elle la savait donc digne de cette tâche. Mon fils ne connaîtrait pas sa grand-mère biologique, mais il en aurait une de cœur, et quel cœur !

— Tu vas rester avec moi, n'est-ce pas ? questionnai-je alors, sans véritablement comprendre d'où me venait la soudaine angoisse que Gwen ne me laisse à mon sort.

Son beau visage exprima une seconde la surprise.

— Bien sûr, mon ange, où voudrais-tu que j'aille ?

— Je... je ne sais pas. Je...

Un tas de pensées contradictoires se bousculaient dans mon esprit. Serais-je une bonne mère ? Parviendrais-je à élever correctement mon enfant ? Parviendrais-je à jongler entre mes responsabilités de mère, celles de princesse et de reine ensuite ? Et mon accouchement, comment allait-il se dérouler au juste ? Mon petit garçon tuerait-il tout ce qui passerait à sa portée à peine sorti de mon ventre ? Il serait là d'ici quelques semaines seulement, et rien n'était prêt pour son arrivée, ni ici, ni à la maison ! Il n'avait même pas un simple lit ! D'ailleurs, dormirait-il ? Et là, dehors, un malade se demandait déjà comment parvenir à me le prendre pour lui faire du mal. Pour couronner le tout, je n'avais plus le moindre vêtement à ma taille à présent ! Non, je n'étais pas prête ! Absolument pas prête à affronter tout ça !

Sans que rien ne le laisse présager, j'éclatai en sanglots sous les yeux médusés de ma famille. Bien sûr, comme toute bonne mère, Gwen, elle, avait compris ce qui se produisait. Elle poussa James pour s'asseoir à mes côtés et me prendre dans ses bras avant de me bercer doucement. Le visage enfoui dans ses longs cheveux d'ébène, je me laissai aller sans retenue.

— Allez, chut… Tout ira bien, mon bébé, tout ira bien. Tu ne seras pas seule ma Sarah, tu ne le seras plus jamais, je te le promets. Nous en avons parlé avec les filles. C'est papa qui va mettre Julian au monde et nous allons l'assister. Tes sœurs et moi serons avec toi, Jamy aussi. Tout se passera pour le mieux.

— Bien entendu, intervint celui-ci. Je ne raterais ce moment pour rien au monde !

— Là… Là… c'est fini, murmura-t-elle tandis que je tentais de me calmer. Ce n'est qu'une vilaine poussée d'hormones. Ça va passer.

Ce fut alors que quelqu'un toussa, gêné. Je levai mon visage pour voir de qui il s'agissait. Abel, une cigarette au bec, se tenait près de la porte, les mains enfoncées dans les poches de son jean. Lily le fusilla du regard.

— Éteins ça ! Tu vas intoxiquer notre bébé !

Abel leva un sourcil. Je n'aurais su dire si c'était à cause de la remarque saugrenue de Lily ou parce qu'il venait de constater que j'avais encore grossi. Malgré tout, il écrasa sa cigarette dans un cendrier qui se trouvait sur le guéridon, à sa droite. Je demandai rapidement :

— Que se passe-t-il ? Tu as besoin de quelque chose ?

— Tu vas bien ? interrogea-t-il, inquiet, sans répondre à ma question.

— Oui, poussée d'hormones, grimaçai-je.

Il fit la moue et hocha la tête, ses boucles brunes s'agitant autour de sa gueule d'ange.

— D'accord. Je venais juste te prévenir que ton grand-père réunit le Grand Conseil ce soir et que tu es conviée à la réunion, ajouta-t-il, goguenard, en jetant un coup d'œil à mon ventre nu.

James ne fit aucune remarque acerbe, mais il se plaça devant moi, les bras croisés sur son torse, coupant toute vue sur moi à Abel.

— Génial ! Il ne manquait plus que ça ! m'agaçai-je en tentant de me lever.

Je n'avais jamais réalisé à quel point se mouvoir avec un gros ventre pouvait être compliqué. J'avais l'impression d'être une énorme baleine échouée sur la grève, se tortillant tant bien que mal pour rejoindre les flots. Avec un petit sourire, Lily me tendit la main afin de m'aider à me mettre debout.

— Je ne rentre plus dans aucun de mes vêtements et avec ce foutu état de guerre, je ne peux pas sortir du palais ! Je fais comment au juste, je me rends à la réunion en petite culotte ? Culotte trop petite elle aussi, soit dit en passant !

— Voilà qui plairait à plus d'un, ironisa Abel entre ses dents.

Pas assez bas cependant pour que cette remarque n'échappe à mon mari qui feula, contrarié cette fois.

— Ah ! Ça suffit tous les deux ! Ce n'est vraiment pas le moment de m'énerver !

J'eus à peine terminé ma phrase que l'immense miroir gothique, au-dessus de la cheminée, vola en éclats dans un fracas de tous les diables.

— Eh merde, grimaçai-je en avisant les débris jonchant le sol.

— Que se passe-t-il ici ? demanda soudain la voix de mon grand-père.

James étant toujours planté devant moi, je me penchai pour l'apercevoir. Une fois de plus, je fus frappée par la beauté, la classe ainsi que le charisme de mon aïeul. Sa haute et large stature prenait quasiment la largeur de la porte. De sa seule présence, il semblait dominer le monde autour de lui. Dans un sens, c'était d'ailleurs ce qu'il faisait. Vêtu d'un costume gris perle dont seule l'industrie italienne de luxe avait le secret, d'une chemise noire et de chaussures hors de prix, il incarnait aux yeux des gens le parfait homme d'affaires, fortuné. Rien que ses boutons de manchettes devaient valoir le prix d'une villa confortable. Pourtant, tous demeuraient immensément loin du compte. Avec Giordano, la légende de l'horrible Dracula blafard avec de longues griffes crochues et ne vivant que la nuit en prenait un sacré coup !

— Désolée, m'excusai-je avec une moue contrite.

Il avisa les débris du miroir avec l'indifférence la plus totale avant de reporter son attention sur moi.

— Je peux savoir pourquoi tu te caches ainsi derrière ton mari, *piccola principessa* ?

— Euh... oui. Tadam ! lançai-je en me décalant.

Sous le coup de la surprise, il haussa les sourcils puis jeta un regard interrogateur à Kylian. Ce dernier sourit avant de lui administrer une tape sur l'épaule.

— Nous serons grands-pères d'ici la fin du mois, mon ami, lui annonça-t-il de but en blanc, tout sourire.

Le monarque se contenta de hocher la tête et de s'avancer vers moi pour me prendre dans ses bras. Je souris malgré moi. J'étais sans doute la seule personne avec qui il se permettait ce genre de démonstration d'affection en public. Il m'embrassa finalement sur le front puis baissa les yeux sur ma tenue. Une moue pensive se dessina sur ses lèvres parfaites.

— Bon... Je suppose que tu ne rentres plus dans le moindre de tes vêtements...

— Tu supposes bien. Et oublie ! Il est hors de question que j'emprunte la moindre fringue aux rombières du palais. Certaines pourraient faire de la concurrence à Lucrèce Borgia, merci bien !

— Hyper sympa comme nana, très... ouverte, je dirais, commenta Abel avec flegme.

Tous les regards se tournèrent vers lui, incrédules. Le premier-né se contenta de hausser les épaules.

— Quoi ? Simple constat !

— Beurk ! grimaça Lily.

— Bon, je vais appeler mon couturier, tu auras de nouvelles tenues dès ce soir, rassure-toi. Pour le moment, je vais au moins te prêter un survêtement et un t-shirt.

Il disparut puis réapparut devant moi à peine deux secondes plus tard, un bas de survêtement noir et un t-shirt de la même couleur à la main. Je dépliai ce dernier, les yeux ronds.

— Metallica ? Sérieux ?

Le monarque hocha les épaules comme si de rien n'était.

— Tu n'es pas la seule à aimer la bonne musique, se contenta-t-il de répondre. Je dois te laisser à présent, Kylian et moi devons discuter de l'organisation à mettre en place pour l'arrivée de notre petit prince.

— Je peux participer ? demanda James.

— Bien sûr, après tout, tu es l'un des premiers concernés, sourit Giordano. Les garçons, vous pouvez venir aussi, je suppose que vous voudrez faire partie de la garde rapprochée ?

— Clairement, opina Zach.

Lorsqu'ils eurent quitté la pièce, ma mère se tourna vers moi.

— Ma chérie, tu devrais aller prendre une bonne douche pendant que je commande du sang frais. Tu mangeras et te reposeras ensuite.

Je soupirai bruyamment.

— J'en ai marre d'être enfermée, je m'ennuie.

— Je vais t'aider et ensuite, nous irons faire un tour dans les jardins si tu veux, proposa Maggie.

Je haussai les épaules, lasse.

— Je suppose que pour le moment, je devrai me contenter de ça.

J'entrai dans la salle du Conseil au bras de mon grand-père. Lorsque les Conseillers avisèrent mon ventre, la stupéfaction s'afficha sans équivoque sur leurs faces de carême. Sauf sur celle de Nathaniel Lesere qui, comme à son habitude, conserva un flegme proche de la narcolepsie. *Heureusement que mon grand-père a réussi à me faire confectionner des vêtements décents avant la réunion, sinon j'ose à peine imaginer la tête qu'ils auraient fait en me voyant arriver le pantalon ouvert et le ventre à l'air !* En effet, je devais avouer que le couturier de mon grand-père avait fait des merveilles. En seulement quelques heures, il m'avait confectionné une dizaine de tenues toutes plus jolies les unes que les autres. Ce soir, je portais une robe noire, m'arrivant aux pieds derrière et aux genoux devant, rehaussée de manches bouffantes en dentelle d'une extrême finesse. Mes bottes complétaient ma tenue gothique chic, comme se plaisait à dire Lily. Je n'avais pas osé demander le prix de cette merveille à mon grand-père, mais quelque chose me disait qu'il n'avait pas regardé à la dépense.

Ce dernier m'aida à prendre place à sa droite avant de s'asseoir à son tour. Il invita ensuite le Conseil à nous imiter d'un simple signe de tête.

— Osborne, nous vous écoutons.

Je retins de justesse un soupir d'agacement. De tous les Conseillers, Osborne était celui qui me tapait le plus sur le système. Il était prétentieux, arrogant, et, soyons honnête, parfaitement barbant. Ce type ne déviait jamais des clous, peu importait le sujet ou les circonstances. Comme si sortir des rangs allait lui attirer les foudres d'on ne savait quel démon vengeur. Pour le coup, le jour où je devrais monter sur ce satané trône, il risquait fort de s'attirer les miennes et ne serait pas déçu de la manœuvre ! Il fit mine de lire ses notes pendant un temps qui me parut interminable. J'étais certaine qu'il le faisait exprès ce vieux hibou ! Je me mordis la langue pour m'empêcher de sauter par-dessus la table, les chiffonner avant de les lui faire avaler ou de les lui fourrer là où le soleil ne brille jamais. Mon envie de chasse et de meurtre remonta de plus belle à la surface, je ne me retins de feuler que de justesse. Soudain, la voix de mon grand-père raisonna dans ma tête. Nous avions pris l'habitude de lever le sort des pensées entre nous pendant les réunions, de façon à pouvoir converser sans que le Conseil ne se doute de rien. Détail que j'avais omis quelques minutes…

— *Calme-toi.*
— *Il m'agace !*
— *Je le sais, mais prends ton mal en patience, s'il te plaît. Une princesse ne fourre rien à personne dans ce genre d'endroit,* ricana-t-il.
— *Che questo imbecille vada al diavolo farsi incornare, per il lato oscuro !*

Surpris par cette répartie, mon grand-père mit son poing devant sa bouche, faisant semblant de tousser pour cacher son hilarité. Osborne nous lança un regard suspicieux, que je soutins sans ciller, tout en affichant le sourire le plus affable qui me restait en stock. Il se lança finalement en se penchant au-dessus de ses notes pour éviter mon regard :

— Je constate que le prince sera parmi nous plus vite que prévu.

Le coude sur la table, le menton posé sur ma main, j'esquissai un sourire plein d'ironie.

— Je ne me lasse pas de votre sens de l'observation, monsieur Osborne. En effet, il sera là d'ici la fin du mois. Pourquoi, vous souhaitez participer à la liste de naissance ?

— Je…

— Nous parlerons de l'arrivée du prince plus tard, coupa Giordano. Avez-vous établi une stratégie en ce qui concerne les mangeurs d'âmes ?

— Toutes les issues du palais sont sécurisées au maximum, la garde personnelle de la princesse est à son plus haut niveau, le clan d'Amédée s'étant joint à celle déjà en place. À cette heure, personne ne peut entrer ou sortir du palais.

Je notai, non sans amusement, l'agacement à peine dissimulé que provoquait chez lui la présence de Caïn et d'Abel dans mon proche entourage. Je ne m'en félicitai que davantage.

— Sécurité qui sera totalement inutile en cas d'attaque des ombres, grinçai-je. Elles n'ont pas de consistance. Les attaquer ou se défendre sera comme brasser de l'air. Dans ces conditions, comment comptez-vous les stopper ?

Je vis les autres conseillers lui jeter des regards furtifs avant d'esquisser de petits sourires entendus. Manifestement, ils avaient déjà eu cette conversation et ils partageaient cet avis, mais Osborne, comme à son habitude, jouait les petits chefaillons, les Monsieur-Je-sais-tout. Étant le Grand Conseiller, les autres ne pouvaient s'élever clairement contre lui. Mais moi, oui.

— Je ne peux pas non plus me servir du dôme de protection, je crains qu'elles ne s'en servent pour ponctionner plus d'énergie encore et je ne peux pas prendre ce risque dans mon état, ajoutai-je sans lui laisser le temps de répondre. À ce stade, l'état de guerre n'est utile que pour éviter que les membres de la cour ne soient isolés les uns des autres.

Ça, et normalement me défendre en cas de besoin, point sur lequel je ne me faisais pas la moindre illusion.

— Bien vu, approuva simplement Giordano. Ce qu'il faut, c'est chercher un sorcier capable de faire revenir ce genre d'horreurs à la vie et de les asservir.

— À mon humble avis, celui ou celle qui se cache derrière tout ça ne fera rien avant l'arrivée du prince, intervint Denam. S'il s'agissait bien d'un sort de lignée et qu'il a réussi à percevoir la présence de la princesse, il a forcément senti aussi que celle-ci était enceinte. Dans ces conditions, pourquoi se priver d'une nouvelle source de pouvoir ?

— Je suis d'accord. Répertorions les familles de sorciers capables de ça, mais pour le moment, ne bougeons pas. Selon Abel, ce sorcier veut que nous sachions qu'il est là et qu'il est puissant. Aller à sa rencontre serait de la folie et nous forcerait à jouer sur son terrain, attendons plutôt qu'il vienne à nous. Amédée connaît pas mal de choses à propos des mangeurs d'âmes. Je vais donc m'entretenir avec lui pour tenter de savoir s'il existe une façon de les vaincre ou au moins d'amoindrir leurs forces.

Denam hocha la tête ainsi que le reste des Conseillers, seul Osborne conserva son air renfrogné, contrarié que je mette en lumière l'inutilité de tout son remue-ménage.

— Tu penses qu'il pourrait exister un moyen de les vaincre ? me demanda mon grand-père.

— Je l'ignore, mais si nous découvrons l'identité de ce sorcier, alors je me ferai un plaisir de lui rendre la politesse concernant son sort de lignée. Et personnellement, je ne me contenterai pas de les affaiblir ou de simplement les blesser, grondai-je.

Les Conseillers me regardèrent en coin. Manifestement, le fait que je n'hésite pas à éliminer une lignée entière les faisait tiquer. Ou les effrayait, au choix. Ce constat m'arracha un sourire et ne fit que me prouver une nouvelle fois à quel point la haute société vampirique pouvait se montrer hypocrite. Lorsque j'avais réclamé le prix du sang et que la sentence était tombée, tous savaient ce que cela signifiait. Deux clans de vampires avaient été éliminés ce jour-là, pourtant, aucun d'entre eux n'avait paru ni choqué, ni attristé. La seule chose les ayant vraiment contrariés était que les fiefs sur lesquels ils avaient des vues étaient revenus aux premiers-nés et que ces derniers avaient repris leur place à la cour. Seul mon grand-père hocha la tête, manifestement d'accord et satisfait de ma logique. Quelque chose me disait qu'il n'avait pas apprécié plus que ça de se retrouver façon puzzle dans les jardins de Tivoli.

— Plus de sorcier, plus d'ombres. Cela se tient, conclut-il seulement.

— De toute façon, nous n'avons aucun point de départ où commencer les recherches. Cela reviendrait à chercher une aiguille dans une botte de foin. Si cela se trouve, c'est exactement ce que désire notre ennemi. Que nous envoyons des équipes un peu partout sur le globe pour lui mettre la main dessus. De cette façon, il n'aurait que de petits groupes à éliminer et de l'autre, une fois qu'il disposera d'assez de puissance, il pourra attaquer physiquement le palais qui, du même coup, sera moins protégé.

Confortablement installé dans son haut siège de cuir noir, le dos calé contre le dossier et les bras croisés sur son large torse, mon grand-père hocha une nouvelle fois la tête.

— Je suis d'accord avec ma petite-fille, il est trop tôt pour de quelconques représailles. Nous ne saurions d'ailleurs pas vers qui les diriger. Cela reviendrait à nous jeter dans la gueule du loup. Commençons par faire des recherches, nous agirons lorsque nous aurons toutes les cartes en mains.

Osborne opina d'un coup sec, les lèvres pincées. Je jubilais intérieurement.

— À présent, l'arrivée de mon arrière-petit-fils, poursuivit le roi-vampire en croisant les mains sur la table. Kylian a installé la salle d'accouchement au sous-sol. J'ai estimé que c'était l'endroit le plus pratique, mais aussi le plus difficile d'accès en cas d'attaque pendant la venue au monde.

— Il serait judicieux de placer des équipes de sécurité à différents endroits stratégiques des souterrains afin de couvrir tout le palais, ajouta Denam. Histoire d'être certains que toutes les issues à cette salle soient couvertes. De l'intérieur, comme de l'extérieur.

— Tout à fait d'accord, convint le monarque. Je veux également que Sarah ait tout ce qu'elle exige d'ici là et pendant l'accouchement.

Je souris et posai une main sur les siennes. Il se tourna vers moi pour me sourire à son tour avec bienveillance.

— Assurez-vous que le stock de O positif soit suffisant, dans le cas contraire, restreignez les courtisans.

Osborne lui jeta un regard outré.

— Quelque chose à redire à ça, Osborne ? lui demanda mon grand-père en lui jetant un coup d'œil assassin.

Celui-ci baissa de nouveau la tête avant de bégayer :

— Non, non, il en sera fait selon vos désirs, majesté.

— J'y compte bien, grogna Giordano.

— *Tu veux que je le frappe ? Que je lui balance une impulsion en plein dans sa face de rat ?*

— *Non.*

— *Que je lui arrache la tête, ça te plairait ça, dis ? Ou que je lui arrache la jugulaire et qu'on le contemple, tous les deux, main dans la main, se vider lentement de son sang avant de le nourrir de nouveau et de le forcer à nettoyer avec sa langue ?*

— *Sarah...*

— *Quoi ? J'essaye seulement de me montrer aimable !*

Il me jeta un coup d'œil en coin.

700

— OK, je ne dis plus rien… J'ai jamais le droit de m'amuser de toute façon, pfff !

— Quand comptez-vous présenter le prince au peuple ? interrogea soudain Lesere, semblant sortir de sa torpeur.

— Trois jours après sa naissance. Je veux que Sarah se repose et profite de ses premiers instants en famille. D'ailleurs, mettez tout le reste en suspens pendant ce temps. Je ne veux être dérangé qu'en cas d'extrême urgence. Son intronisation en tant que prince aura lieu le même jour.

Cette fois, je posai un regard surpris sur mon grand-père. Le roi-vampire s'apprêtait à prendre trois longs jours de vacances ! Eh bien, il ne manquerait plus qu'il neige en juillet à Rome et je commencerais presque à croire au miracle ! Comme s'il suivait le fil de mes pensées, mon fils s'agita dans mon ventre.

— *Oui mon ange, c'est vrai. À ta façon, tu es un miracle. Un magnifique miracle qu'il me tarde de tenir dans mes bras.*

Giordano posa les yeux sur mon ventre une seconde avant de reprendre :

— Préparez les documents prouvant qu'il appartient à ma lignée, comme ceux qui avaient été rédigés concernant Sarah.

— Mais…, commença Osborne.

— Mais si une urgence devait se présenter avant ces trois jours et que Sarah ou moi-même devions nous battre, je veux que tout soit prêt. Notifiez que James sera prince régent jusqu'à sa majorité.

— Vingt et un ans, précisai-je, l'air de rien.

Osborne nota, sans rien ajouter. Tant mieux, le simple son de sa voix irritait mes oreilles. Une fois de plus, l'envie de tuer me vint, sournoise, insidieuse et obsédante. Ma gorge commença à me brûler douloureusement et mes mains se mirent à trembler imperceptiblement. Je les cachai rapidement sous la table, mais rien n'échappait au roi-vampire.

— Il se nommera Julian, Giordano, Stanislas, Zachary.

Lesere et Denam hochèrent la tête, manifestement satisfaits du choix des prénoms.

— Bien, je pense que nous avons fait le tour, ajouta-t-il rapidement.

— En effet, Votre Majesté, confirma Osborne.

Je serrai les dents tout en fixant son cou. Des images de moi lui arrachant la gorge pour m'abreuver me traversèrent l'esprit tandis que sous la table, mes mains s'agitaient maintenant comme celle d'un parkinsonien en phase terminale.

— Dans ce cas, la séance est levée. Vous pouvez disposer, je dois m'entretenir en privé avec la princesse.

Tous obtempérèrent avec une lenteur insoutenable. Osborne en dernier, bien entendu, comme le lèche-bottes qu'il était. Je fixai son dos avec hargne. Lorsqu'ils eurent tous quitté la pièce, mon grand-père m'aida à me lever et m'entraîna rapidement dans la direction opposée à la porte.

— Mais qu'est-ce que tu fais ? Je suis au bord de l'implosion là ! l'alertai-je.

— Je le sais, rassure-toi. C'est pour ça que je vais nous faire gagner un peu de temps et t'épargner la nuée de courtisans qui se tient derrière cette porte, expliqua-t-il avant de passer sa main derrière une immense tenture.

J'entendis un clic avant qu'un rai de lumière n'apparaisse dans la cloison.

— Un passage secret, soufflai-je.

— Exactement, le palais en regorge. Il faudra que je te les montre à l'occasion, cela pourrait te servir un jour, expliqua-t-il en me traînant à sa suite avant de refermer derrière nous.

Nous entamâmes une série de marches en colimaçon qui me parut interminable. Je ne contrôlais plus mes mains. Dans mon ventre, Julian s'agitait de plus en plus, tant et si bien que je dus faire une pause, m'appuyant contre le mur. Cette grossesse me ramenait douloureusement à la simple condition d'humaine. Lente et pesante.

— Ça va aller, *piccola principessa* ?

— Je n'arriverai jamais là-haut sans dommage, articulai-je avec difficulté.

Je sentais la magie affluer rapidement, bientôt, je ne pourrais plus la contenir et enverrais une impulsion qui dévasterait tout sur son passage. En ayant conscience de cela, mon grand-père ne perdit pas de temps et m'enleva du sol pour me prendre dans ses bras avant de gravir la centaine d'autres marches en une poignée de secondes. Il ouvrit une nouvelle porte, et je me retrouvai dans son bureau. Il me déposa sur le canapé, attrapa le thermos de sang chaud qui venait d'être déposé là, enleva le bouchon puis m'aida à boire. Au fur et à mesure que le sang s'écoulait dans ma gorge, Julian se calma, ainsi que mes tremblements. Lentement, la magie reflua et je repris le contrôle de moi-même ainsi que de mes sens. Lorsque j'eus terminé la dernière goutte, je poussai un grognement de contentement. Mon grand-père sourit, amusé.

— Alors, ça va mieux ? s'enquit-il en prenant place à côté de moi.

— Beaucoup mieux, merci. Ma consommation augmente de jour en jour, grimaçai-je. Je ne parle même pas de mon envie de tuer.

— Tu portes un petit vampire, doublé d'un sorcier. Ta grossesse se déroule dix fois plus vite que celle d'une humaine. Dans ces conditions, il me semble normal que ton corps réclame aussi plus d'énergie. Tu ne devrais pas trop t'en faire pour ça. Je suis sûr que ta consommation baissera de nouveau après ton accouchement.

— Il faut espérer, tu as vu la tête d'Osborne quand tu as parlé de restreindre la cour ? m'esclaffai-je.

— Oui, ricana-t-il. Osborne aime ses petits privilèges de Conseiller. Malheureusement pour lui, j'en ai davantage en tant que roi et je n'aime rien ni personne plus que ma petite-fille et mon arrière-petit-fils.

La lueur violette jaillit de mon ventre une nouvelle fois pour venir se nicher dans le cou de Giordano qui la laissa faire, tout sourire. Ceux qui avaient pu croiser le roi-vampire dans ses fonctions auraient sûrement eu du mal à reconnaître l'homme qu'il était en ma seule présence. Le monarque fier, froid, intransigeant, voire dur quelques fois, n'avait rien en commun avec l'homme aimant, compréhensif, doux et calme qui se tenait, là, en cet instant. Lorsque nous étions ensemble, le roi et la princesse n'avaient plus de place, il ne demeurait que Giordano, le grand-père à l'apparence d'un homme de trente-cinq ans et Sarah, la petite-fille qui en aurait éternellement dix-huit aux yeux de tous. Plus de hiérarchie, mais une filiation. Plus d'obligation, mais un échange. Plus de convenance à respecter, mais de l'amour à partager.

Julian finit par cesser de bouger et la petite lueur par laquelle il aimait se manifester s'éteignit doucement.

— Le petit prince semble fatigué, s'amusa Giordano. Tu dois l'être aussi ma chérie.

Je hochai la tête en soupirant.

— Oui, je t'avoue que la journée m'a semblé bien longue.

— Viens, je te ramène dans tes appartements. À partir de maintenant, je veux que tu ne penses plus qu'à ton bien-être et à celui de Julian, et ce, jusqu'à ton accouchement.

— Bien, chef ! clamai-je en imitant le salut militaire.

— J'aime quand tu me parles comme ça ! s'esclaffa-t-il.

Chapitre 5

Étendue sur le canapé du salon, en compagnie de mes sœurs et de ma mère, je sirotais paresseusement un nouveau verre de sang. Plus j'approchais du terme et plus ma soif se faisait pressante. Même si Kylian affirmait que cela était dû à ma grossesse, je m'inquiétai tout de même. Je consommais désormais presque autant d'hémoglobine que pendant ma rage de sang. Si je devais tout reprendre de zéro, je n'étais pas près de remettre les pieds en cours avant un moment. Bien sûr, Jamy avait raison lorsqu'il affirmait que rien ne m'empêchait de passer mes diplômes par correspondance. Malgré tout, je n'aurais pas été contre un peu de normalité et de légèreté dans ma sanglante existence. Comme tous les jeunes de mon âge, je voulais savoir à quoi ressemblait l'université, son ambiance. Je voulais rencontrer de nouvelles personnes, apprendre de nouvelles choses, passer mes diplômes et commencer une nouvelle vie. Je n'avais que vingt ans et étais désormais princesse, sorcière et bientôt mère de famille. Je portais déjà le poids de si lourdes responsabilités, qu'il me semblait avoir mille ans.

— Bodies, pyjamas, nids d'ange, biberons, tétines, vous pensez qu'il aura besoin de couches ? demanda Lily en levant le nez de la liste que nous étions en train de dresser en prévision de l'arrivée de Julian.

— C'est peu probable, supposai-je. Ce genre de… détails ne concernent pas les vampires.

Lily fit la moue en hochant la tête.

— Cela ne coûte rien d'en prendre un paquet au cas où, contra Maggie. Au pire, nous pourrons toujours l'offrir à une association si nous ne nous en servons pas. Un tas de jeunes mamans sont dans le besoin.

Je haussai les épaules. Au point où nous en étions, un achat de plus ou de moins sur cette liste ne changerait pas grand-chose. Ce qui me contrarierait, en revanche, était que nous allions devoir nous procurer tout cela rapidement, alors que la majorité des parents étalaient les dépenses sur plusieurs mois. Résultat, à ce rythme, il allait nous falloir un camion de déménagement !

— Soit, alors note les couches Lily. Ensuite ?

— Baignoire et produits d'hygiène, serviettes de bain, bavoirs… Ah ! Jamy ne s'est toujours pas décidé pour la poussette ! s'agaça la punkette.

Je souris sans cacher mon amusement cette fois.

— Cela n'est pas très important, je crois pouvoir affirmer sans me tromper que ce petit bonhomme va passer davantage de temps dans les bras de tous que dans une quelconque poussette.

— Éventualité plus que probable, s'amusa Maggie.
— Et puis faire cette liste, c'est bien joli, mais je vous rappelle qu'avec l'état de guerre, on ne peut pas sortir du palais.
— J'ai bien pensé demander une dérogation à Giordano, mais je doute qu'il accepte, grimaça Gwen.

Je tentai de me redresser en grimaçant.
— Attends, je vais t'aider, se proposa Maggie en joignant le geste à la parole.
Une fois fait, je repris la parole :
— Il va pourtant bien falloir trouver une solution. Nous ne pouvons pas sortir, mais Julian ne pourra pas vivre seulement vêtu de draps jusqu'à ce que cette histoire soit finie. En plus, je doute sérieusement que Jamy accepte la solution du couturier à domicile et ainsi de se priver du plaisir de choisir lui-même ce qu'il a envie d'offrir à son fils. Il ne parle que de ça depuis qu'il sait que je suis enceinte.
— Une fois n'est pas coutume, ajouta la punkette, je serais bien d'accord avec mon frère. C'est notre premier bébé ! Nous en avons tous rêvé des années durant, cet état de guerre ne va tout de même pas ruiner notre plaisir !

Maggie grimaça tandis que le regard de Gwen s'assombrissait de tristesse.
— Ou alors…, commençai-je en fixant Lily avec des airs de conspiratrice, persuadée qu'elle suivrait sans problème mon raisonnement.

Un sourire empreint de malice étira ses lèvres tandis qu'elle hochait la tête.
— Que comptez-vous faire toutes les deux ? s'enquit immédiatement Gwen, méfiante. Il est hors de question que tu sortes d'ici sans escorte, Sarah, pas dans ton état !

Je haussai les épaules.
— Pour ce qu'elle a servi à mon grand-père, l'escorte ! Je serais plus à même de me défendre avec mon fils ! Sans compter que Jamy détient également des pouvoirs offensifs. Les ombres n'attaqueront pas dans Rome, beaucoup trop voyant. Quant au sorcier seul, si vraiment il nous a observés, je ne pense pas qu'il s'y risquera.
— Elle a raison, ajouta Lily. Sans compter que Rome abrite également des chasseurs. D'autant plus depuis que Sarah y a assassiné Milford.

Gwen soupira, semblant peser le pour et le contre.
— Je préfère que nous demandions à Giordano d'abord, s'il refuse… dans ce cas, nous aviserons. Je pense que Maria aimerait aussi participer.

Je ris sous cape en imaginant la tête de Giordano s'il se rendait compte que j'avais réussi à embarquer ma grand-mère dans mon plan de fugue. Après mûre réflexion, ce serait sans doute ce qui me sauverait d'un fameux savon si je mettais mes projets à exécution. Le roi-vampire ne refusait que peu de choses à son épouse ; s'il était le patron concernant le trône, il n'en allait pas tout à fait de même concernant le cercle familial. *Nonna*, en bonne matriarche italienne, régnait sur la *famiglia* d'une main de fer. Même le roi-vampire affirmait que le Vésuve était un petit joueur pour rivaliser avec les colères de sa femme. Elle détestait deux choses en particulier. La première, l'impolitesse, la seconde, que l'on me contrarie. D'autant plus ces derniers temps.

— Je vais aller le chercher, proposa Maggie.

— Pas la peine, contrai-je. J'ai une meilleure idée.

— Qu'est-ce que tu vas encore aller inventer ?

— Rien, mais je suis prévoyante, donc je me prends une assurance courroux, m'amusai-je. Laisse-moi une seconde.

Je levai rapidement le sort des pensées entre ma grand-mère et moi pour souffler :

— *Nonna, tu peux venir me voir seule une seconde ? J'ai besoin de te parler en privé, c'est très important. Ne dis rien à Nonno, sinon, sûr qu'il va me tuer !*

La seconde suivante, ma grand-mère refermait la porte du salon derrière elle, dans le plus grand silence. Vêtue d'un pantalon noir moulant ainsi que d'un pull rouge sang, rehaussé par un magnifique sautoir de perles noires, Maria était, sans exagération, absolument magnifique. Elle m'adressa un grand sourire avant de venir me serrer dans ses bras. Une fois de plus, je m'amusai en imaginant ce que les gens penseraient si je leur présentais Maria et Giordano comme étant mes simples grands-parents. L'un comme l'autre ne semblait pas avoir dépassé la quarantaine. Tout comme Gwen, Maria affichait de longs cheveux de jais et les courbes généreuses des Méditerranéennes. L'une comme l'autre aurait pu faire du mannequinat. Et pourtant, tous avaient largement dépassé le siècle au compteur.

— Alors, raconte-moi tout. Qu'as-tu encore été imaginer pour faire tourner ton grand-père en bourrique ? ria-t-elle.

— Tu sais que Julian va arriver d'un jour à l'autre à présent et je n'ai rien pour son arrivée, même pas un pyjama ! Et avec l'état de guerre, grand-père n'acceptera jamais que je sorte faire des courses pour mon petit garçon. Il va me proposer de faire venir son couturier, j'en suis certaine, mais moi, ce n'est pas comme ça que j'imaginais les choses, exposai-je en affichant une mine à faire pleurer les pierres. Je voulais partager ce moment avec Jamy, les filles et surtout maman et toi. Tu comprends ?

Maria soupira avant de m'embrasser les cheveux.

— Bien sûr que je comprends, mon ange. Ce souhait est on ne peut plus normal pour une jeune maman ! D'ailleurs, je pense que Gwen partagera mon avis : nous aussi avions envisagé les choses de cette façon. La venue de ce bébé est un événement pour la monarchie et l'espèce vampire, certes, mais avant tout pour notre famille.

— J'avoue que je ne peux aller que dans ton sens Maria, soupira Gwen. Je me faisais déjà une fête à l'idée d'une séance shopping pour notre petit ange, mais tu connais Giordano…

Ma grand-mère se leva d'un bond.

— Oh que oui je le connais ! Il est plus têtu qu'un troupeau de mulets ! Malheureusement pour lui, il a épousé une femme plus têtue encore ! Attendez-moi, je reviens.

Elle quitta la pièce tandis que j'adressai un clin d'œil à Lily qui leva son pouce vers moi tout en articulant « bien joué ». Oui, je devais dire que j'étais assez fière de moi sur ce coup. En jouant sur la corde sensible de la mamie gâteau pour embarquer Maria de mon côté, j'avais également doublé les chances d'obtenir gain de cause face à mon grand-père. Cette dernière revint une minute plus tard, le roi-vampire sur les talons. Comme son épouse quelques minutes plus tôt, il vint m'embrasser le front avant de demander :

— Alors, ta grand-mère affirme que tu as une requête très importante à me présenter. Je t'écoute, tu as toute mon attention, *piccola principessa*.

— Il faut que tu m'autorises à sortir du palais, ne serait-ce que pour quelques heures. J'ai besoin de faire des courses avant la naissance de Julian, expliquai-je.

Il soupira profondément en levant les yeux au ciel.

— Sarah…

— Écoute-la jusqu'au bout ! intervint Maria.

— Je n'ai rien pour lui, ni vêtement, ni lit, ni même un biberon ! Ton couturier fait les biberons ? Non ! Il faut que je sorte, grand-père. Avec une escorte si cela peut te rassurer, mais j'ai besoin d'un minimum de choses pour préparer dignement l'arrivée de mon fils.

— Parfait, dans ce cas, regarde sur internet et fais-toi livrer ici. Les gardes fouilleront le camion avant qu'il entre et voilà !

— Non ! m'agaçai-je. Je n'ai pas envie de commander sur internet, je veux voir ce que j'achète et choisir avec maman, avec grand-mère ! J'ai envie que l'on partage ces moments en famille, est-ce vraiment trop demandé ?

— Nous sommes en état de guerre !

— Je le sais, et je n'exige pas que tu lèves celui-ci. Malgré tout, il me faut une dérogation pour sortir ne serait-ce qu'un après-midi ! Nous sommes tombés d'accord pendant la réunion du Conseil pour dire que le sorcier ne tenterait rien avant mon accouchement. De plus, agir en plein centre-ville serait parfaitement stupide !

— Parfait. Et que fais-tu de tes pulsions meurtrières ? argua le monarque.

— Je ne serais pas seule, alors ne tente pas de trouver de faux arguments pour me pousser à changer d'avis, ajoutai-je, boudeuse.

Maria posa la main sur le bras de son mari pour tenter de l'apaiser.

— Giordano, mon chéri, il faut comprendre cette petite. Julian sera son premier et unique enfant, elle a envie de profiter et de partager ce moment avec sa famille, où est le mal, dis-moi ? Alors oui, cette histoire de mangeurs d'âmes est inquiétante, je te l'accorde. Oui, elle tombe mal, mais est-ce une raison pour nous priver du bonheur que représente l'arrivée de notre petit-fils ? Je te préviens que si tu me fais ça, je ne suis pas certaine de pouvoir te le pardonner un jour !

Le roi-vampire soupira bruyamment, puis leva le visage vers le plafond, les yeux fermés. Il pesait le pour et le contre. Maria en profita pour m'adresser un clin d'œil complice, déjà certaine d'avoir remporté cette partie.

— D'accord ! Ça va ! Ça va ! finit-il par abdiquer. Nous irons tous faire du shopping cet après-midi. Mais cet après-midi seulement, je vous préviens ! Pas d'oubli, pas de « nous verrons ça demain », pas de « il manque ci ou ça » ! Cet après-midi, point barre !

— Oui ! m'exclamai-je. Merci grand-père !

Ce dernier secoua la tête avec un sourire en coin avant de venir m'embrasser une nouvelle fois.

— De rien. Et puis, je ne voudrais pas me mettre les deux femmes de ma vie à dos le même jour ! ajouta-t-il en adressant à Maria un sourire entendu.

— Je te le déconseille, en effet, s'amusa cette dernière. Tu es un excellent monarque, je te l'accorde. Cependant, il y a un temps pour tout mon chéri, un pour la monarchie, un pour la *famiglia* !

Je considérai, un rien perplexe, les quatre paniers pleins à craquer qui se trouvaient à mes pieds. Je voulais bien accepter qu'il faille pas mal de choses afin de préparer l'arrivée d'un bébé dans une maison, et que les achats que les autres parents étalaient sur des mois devaient se regrouper aujourd'hui, mais là ! Ma famille semblait soudain sous l'emprise d'une puissante, voire délirante, fièvre acheteuse. Mes grands-parents nous avaient traînés dans un magasin de puériculture de luxe qu'ils avaient fait privatiser pour l'occasion. Je n'avais même pas osé demander comment ils avaient réussi une telle prouesse en seulement quelques heures. De toute façon, rares étaient ceux se risquant à dire non au roi-vampire, même sans savoir qui il était vraiment. Un simple regard lui suffisait généralement à obtenir ce qu'il désirait dans la minute.

Tout ici respirait le fric, des décors aux coloris pastel en passant par les fauteuils de créateurs dans l'un desquels j'étais assise. Machinalement, j'attrapai l'étiquette d'une minuscule paire de baskets rose bonbon qui se trouvait là pour consulter le prix avant de lever les yeux au ciel. *J'ai beau vouloir tout ce qu'il y a de mieux pour mon bébé, là, ça frôle tout de même le ridicule. Combien de temps un enfant met-il ce genre d'article ? Quelques semaines, tout au plus ? Ma mère aurait réalisé deux mois de courses avec ça !* Pourtant, à part moi, ce genre de détail ne semblait choquer personne. Bien sûr, contrairement à ma mère, mon clan avait bénéficié de plusieurs siècles pour économiser et ils avaient envie de profiter de la venue du petit. Malgré tout, je me promis d'apprendre à Julian la valeur des choses. Qu'il se conduise en prince, soit, mais en petit fils à papa prétentieux et pourri par l'argent, ça non !

— Oh, trop stylé ! s'écria Stan à ma gauche. Je vais lui prendre ce blouson aussi tiens. Il sera parfait pour l'hiver et ira super bien avec la salopette que j'ai choisie tout à l'heure !

— Fais voir, intervint Lily. Ah oui, j'adore, Julian va être à croquer là-dedans. Regarde s'il n'y a pas un bonnet pour aller avec. Regarde Sarah, qu'en dis-tu ?

Il s'agissait d'un blouson de foot américain, bordeaux avec des manches en cuir blanc. Je m'apprêtais à répondre quand Julian s'agita dans mon ventre avant que je n'aie une vision. Les jardins de la Roseraie étaient baignés d'un magnifique soleil hivernal. Sur les branches des arbres, le givre ressemblait à des milliers de diamants suspendus dans les airs. Le rire de Jamy résonna, franc et clair, faisant, une fois de plus, chavirer mon cœur. Lorsque je me tournai pour l'apercevoir, je le découvris sous le kiosque à musique. Assis à côté de lui sur le banc de bois, un petit garçon, d'à peine un an, fixait avec ébahissement une boîte en bois de laquelle dépassait un clown s'agitant de gauche à droite. Je retins mon souffle. Une chevelure couleur de feuilles d'érable en hiver, des traits doux, presque angéliques, des doigts longs et fins, faits pour la musique…

Lorsque je repris pied dans le présent, instinctivement, je posai les mains sur mon ventre, tout sourire.

— Euh… J'aime également beaucoup ce blouson, mais… On devrait peut-être éviter le rouge pour le moment, arguai-je à Lily avec un regard entendu.

Celle-ci fronça les sourcils, jeta un regard à son jumeau qui se trouvait avec ma mère et ma grand-mère de l'autre côté du magasin, puis sourit à son tour en comprenant ce qui venait de se produire. Elle m'adressa un clin d'œil puis hocha la tête.

— Oui, c'est vrai que s'il hérite des cheveux de Jamy, cela ne serait pas un choix très judicieux. Nous allons le prendre en gris plutôt.

— OK, acquiesça Stan en haussant les épaules avant d'aller chercher l'article dans un autre coloris.

— C'est ce qui se fait de mieux pour ce genre d'article. Le cachemire reste un choix sûr, en toutes circonstances, affirma alors la voix guindée de la vendeuse.

Je tournai la tête pour l'apercevoir discuter avec mon grand-père, un sourire affable plaqué sur son visage trop maquillé. Je serrai les dents, le son de son cœur pompant son sang, comme sa voix, portait. Giordano, les mains dans les poches de son costume griffé, contemplait un petit manteau de marin à capuche, bleu marine. Je souris malgré moi. Le roi-vampire possédait des goûts plus classiques que Stan en matière d'habits. Je me levai, après m'être tortillée comme un ver, pour le rejoindre.

— Oh, je suppose qu'il s'agit de la future maman ! Cela doit être bien agréable d'avoir un grand-frère qui se préoccupe tant de son neveu et de son confort, non ?

J'esquissai un sourire en coin en jetant un coup d'œil à Giordano, impassible.

— Oui, très, me contentai-je de répondre.

— Je lui expliquais que le cachemire est ce qui se fait de mieux justement.

— Pour baver et vomir ? Je veux bien vous croire.

Elle haussa les sourcils, manifestement prise de court par ma remarque. Mon grand-père, lui, tendit la main pour toucher l'étoffe et juger de sa qualité.

— Mettez-en deux, finit-il par déclarer. Un bleu marine et un gris clair. Ajoutez les écharpes et les bonnets assortis.

— Très bien, monsieur ! s'exclama-t-elle avant de s'exécuter, un large sourire sur le visage. Je n'ai plus la taille en rayon concernant le gris, je file de ce pas vous en chercher un dans la réserve !

Lorsqu'elle eut disparu, je me penchai vers mon grand-père.

— Un prix pareil pour des manteaux de bébé, c'est de l'extorsion de fonds si tu veux mon avis !

Le roi-vampire leva les yeux au ciel.

— Ne sois pas si terre à terre, Sarah. Je n'ai pas eu la possibilité de te voir grandir et de vous gâter, ta mère et toi, comme je l'aurais souhaité, alors s'il te plaît, ne me gâche pas mon plaisir.

Je faillis lui rappeler qu'il m'avait offert une Porsche Panamera toutes options pour ma majorité, et que le prix de cette caisse couvrait celui des cadeaux de toute une vie pour certains, mais je me ravisai. Giordano avait vécu des siècles avec l'idée qu'il avait eu une fille qu'il n'avait pas eu la chance de voir grandir, que tous les membres de sa famille biologique et donc de son clan avaient depuis longtemps disparu. Il ne cachait pas sa joie de m'avoir retrouvée et se pliait en quatre pour mon bonheur depuis. Je ne pouvais pas lui reprocher de vouloir parfois faire du zèle avec moi ou avec mon fils. Cela aurait été injuste et terriblement ingrat de ma part.

— D'accord, d'accord, si cela te rend heureux, alors moi aussi ! concédai-je.

Il m'embrassa le front avant de sourire. Manifestement, il était ravi de cette entorse à son cher état de guerre. Entorse relative, soit, puisque pas moins d'une vingtaine de vampires se dissimulaient au-dehors en cas d'attaque, mais tout de même. Une fois encore, mon bonheur était passé avant la monarchie et ses obligations.

— Princesse, Gwen et Maria en ont terminé avec les biberons, produits d'hygiène et tout le toutim. Tu veux venir choisir le berceau ?

— Inutile, répondit à ma place le roi-vampire. Celui-ci est déjà prêt.

James et moi le regardâmes, surpris.

— Ah bon ? Tu as acheté un berceau ? demandai-je.

Giordano haussa les épaules avec nonchalance.

— Acheté ? Disons plutôt que je me suis fourni la matière première.

— Tu as fabriqué un berceau ? m'exclamai-je, sidérée. Mais quand ?

— Quelques jours après que tu m'aies dévoilé le contenu de la prophétie. Je sais que cela peut sembler désuet aujourd'hui, mais à mon époque, la coutume voulait que le futur père ou grand-père taille de ses mains le berceau de l'enfant à naître. La vie ne m'a pas permis de le faire pour Séléné, alors j'ai eu envie de le réaliser pour Julian.

— Je trouve l'idée géniale ! s'enthousiasma James. Non seulement ce berceau sera unique, comme notre fils, mais en plus, ce sera l'occasion de créer une nouvelle tradition familiale. Chaque génération pourra se le transmettre.

À ces mots, Giordano esquissa un sourire éblouissant. Je me hissai sur la pointe des pieds et lui embrassai la joue.

— *Grazie, nonno*, murmurai-je à son oreille.

— *Di niente, piccola principessa.*

— Bon eh bien, si nous avons tout, nous pouvons rentrer. Je commence à avoir faim, clamai-je en jetant un coup d'œil à la vendeuse revenant avec le fameux manteau.

Lorsque chacun eut payé sa part et que nous sortîmes enfin du magasin, je restai une seconde sur le trottoir à observer les alentours. Une étrange sensation m'étreignait. Mes sens s'étaient mis en alerte sans rien avoir détecté de précis pourtant. C'était étrange. J'étais désormais capable de différencier une présence vampirique ou magique, mais dans le cas présent il s'agissait d'autre chose. Il me semblait être… épiée ? Sans pourtant être capable de déterminer par quoi ou qui.

— Ça va ma princesse ? me demanda James en s'en rendant compte.

— Tu sens ça ?

Il regarda à son tour autour de nous.

— Quoi ?

J'observai une fois encore les allers et venues dans la rue avant de soupirer. Je devais simplement me faire une parano à cause de cette histoire de mangeurs d'âme et l'arrivée prochaine de mon fils. L'imminence de mon accouchement me rendait nerveuse, comme toutes les jeunes mamans. Je finis par hausser les épaules.

— Rien, laisse tomber, je suis simplement fatiguée je crois.

— Sûrement, allez viens, tu vas manger et te reposer un peu.

Je souris puis montai dans la limousine sans discuter. À l'intérieur, un seul sujet préoccupait mon clan : l'arrivée prochaine de mon petit prince.

Depuis notre retour de la séance shopping en famille, ou mon grand-père, pourtant contre au départ, avait dévalisé la moitié du magasin, j'avais promis de me tenir tranquille et de me reposer gentiment. Ce que, en théorie, je faisais. Enfermée dans ma chambre depuis près de deux heures, je me torturais l'esprit à chercher une corrélation logique à cette histoire de mangeurs d'âmes. J'avais essayé de *convoquer* des visions pour tenter d'en apprendre plus, en vain. Cela revenait à brasser de l'air. Pourtant, quelque chose me dictait qu'il nous manquait un élément, que cette attaque et la réapparition de ces créatures cachaient quelque chose de bien plus grave que la mégalomanie d'un quelconque sorcier. Avoir permis à ces horreurs de fouler de nouveau le sol de la Terre était une pure folie. Folie qui serait condamnée non seulement par ma famille, mais également par toutes les autres lignées de sorciers existant encore. Qui donc prendrait le risque de se frotter à la fois aux sorciers et aux vampires sans motivation valable ? L'amour du pouvoir pouvait pousser à l'extrême, je l'avais constaté de mes yeux, mais de là à aller au-devant de la mort ? Car face à un tel cas de figure, les chances de s'en sortir demeuraient minces. Le monde de l'occulte avait beau être constitué de violence, de douleur ou encore de sang, il n'en demeurait pas moins régenté par des règles strictes. Je ne pensais pas que ses dirigeants accepteraient sans broncher de se faire avilir par un seul. Pourtant, l'intime conviction que celui ou celle qui avait orchestré cela était tout sauf dérangé mentalement, ne me quittait pas. Tout comme celle que créer une armée de ces horreurs n'était pas la motivation première de notre ennemi. Je n'avais sorti cette excuse qu'afin de faire suffisamment paniquer le Conseil pour qu'il réagisse et ainsi éviter de fournir davantage de pouvoir à ce sorcier. Malgré tout, l'énergie demandée pour parvenir à réveiller les premiers mangeurs d'âmes avait dû frôler le cataclysme et si tel avait été le cas, mon grand-père ou moi l'aurions sentie, ainsi que tous les adeptes de la magie. Les autres immortels aussi. Mes deux lignées appartenaient aux clans de sorciers les plus puissants ayant jamais existé et avaient pourtant dû s'unir pour mettre en place la prophétie. Pour que je puisse voir le jour, ils avaient été dans l'obligation de sacrifier la quasi-totalité de leurs pouvoirs. Alors qui pourrait aujourd'hui être capable de réveiller des créatures disparues il y avait de cela des millénaires ? Seul, c'était purement et simplement impossible ! Encore moins en passant sous nos radars.

Je soupirai et me levai tant bien que mal de mon fauteuil, ventre en avant, en prenant appuis sur les accoudoirs. Plus les jours passaient et plus j'avais l'impression de ressembler à Moby Dick. Décidément, j'avais du mal à comprendre comment les gens pouvaient trouver belle une femme enceinte. Le fait de porter la vie l'était, je ne discutais pas ce point. Par contre, esthétiquement parlant, je ne trouvais pas que la silhouette « soufflé au fromage » soit des plus attirantes. Sauf pour Jamy, qui depuis me regardait perpétuellement avec un air extatique, comme si j'appartenais menu des desserts. Aux yeux de sa jumelle, en revanche, il me semblait me rapprocher davantage des saints sacrements. Si certaines mamans trouvaient cela flatteur, personnellement, j'avais tendance à trouver le mot flippant, ou agaçant plus appropriés. J'étais enceinte, pas une petite chose fragile ou malade.

Je quittai ma chambre et traversai l'appartement, aussi rapidement que ma si gracieuse démarche de canard obèse me le permettait, tendant l'oreille pour être certaine que personne ne traînait dans le coin. Approchant dangereusement du terme, j'avais promis de me tenir tranquille. Ce que je comptais faire, j'avais juste besoin de vérifier un petit détail et pour se faire, il fallait que je descende au sanctuaire. Techniquement, je n'enfreignais pas ma promesse puisque je restais dans l'enceinte du palais. J'avançais lentement, mais sûrement, ravie que les courtisans n'aient pas accès à l'aile royale et ne puissent donc m'arrêter toutes les trente secondes pour me faire des courbettes. Le sanctuaire se trouvait juste là, sous mes pieds, quelques étages en dessous. Je soupirai, beaucoup d'étages pour dire la vérité. Je restai une seconde à considérer l'immense escalier menant dans les degrés inférieurs avant de grimacer. Même si je parvenais à descendre sans problème, remonter serait sans doute une autre paire de manches. Prenant mon courage à deux mains, je m'apprêtais à descendre la première marche lorsque la voix d'Abel lança derrière moi :

— Minute papillon ! On peut savoir où tu comptes aller comme ça ?

Merde ! Mais où était-il donc celui-là ? Je ne l'ai ni vu ni entendu !

Je me retournai en tentant de masquer ma contrariété. Appuyé avec nonchalance contre le mur, un pied contre celui-ci, vêtu d'un jean noir et d'un T-shirt à l'effigie du groupe Nirvana, une cigarette au coin des lèvres, le premier-né me regardait avec suspicion.

— Je... euh... j'allais seulement me dégourdir les jambes.

— Je vois ça. Sans escorte et justement au moment où tu sais tout ton petit monde occupé. J'en déduis donc qu'il ne s'agit pas d'une promenade pour passer le temps, me contredit-il avec un sourire affable.

Je soupirai en levant les yeux au ciel. Inutile d'insister dans ce sens, Abel m'avait grillée, ni plus ni moins, et il n'allait plus me lâcher avant que je lui avoue ce que je manigançais. Il était pire qu'un pitbull affamé lorsqu'il s'y mettait.

— OK, ça va, je descendais au sanctuaire, admis-je. Tu es content ?

Il haussa les épaules avec nonchalance.

— Je mentirais en affirmant que ça me transporte de joie ou que ça me provoque la moindre émotion d'ailleurs. Pourrais-je cependant savoir pourquoi tu ressens le soudain besoin de visiter le sanctuaire alors que tu es à deux doigts de pondre ?

Je fronçai les sourcils puis feulai dans sa direction.

— Je ne suis pas une poule !

Il haussa les épaules.

— Pondre, vêler, mettre bas, accoucher, même combat hein. Ne rêve pas, il sera aussi moche que les autres, seul ton instinct de mère et les quelques faux culs alentour, affirmeront qu'il est mignon tout plein. La vérité, c'est que tu vas devoir expulser de ton corps un truc tout rose, sanguinolent et certainement aussi fripé qu'un petit vieux qui, pour ne rien arranger, hurlera comme un damné.

Je sentis Julian s'agiter en moi, mais il ne s'en prit pas à Abel, contrairement à ce que j'aurais imaginé.

— Tu vois, même lui est d'accord, ajouta-t-il en pointant mon ventre du doigt. Bref ! Cela ne m'éclaire pas sur ce que tu veux trafiquer au sanctuaire.

— Simplement vérifier un truc.

— Ce doit être terriblement urgent pour que tu veuilles prendre le risque d'y aller seule et à cette heure.

J'affrontai son regard quelques secondes, ce qui, bien évidemment, sembla beaucoup l'amuser. L'envie de lui balancer une impulsion pour l'envoyer valser à l'autre bout du couloir commençait sérieusement à me chatouiller. Il s'en aperçut et ne résista pas à la tentation de me pousser à bout.

— Oh, la petite princesse vampire est colère ! J'ai peur ! Brrr, ricana-t-il en faisant semblant de trembler.

— Tu m'agaces !

— Je sais, ça fait partie de mon charme. Ça, mon humour, mon charisme et ma beauté naturelle, bien entendu ! Oui, je sais, c'est incroyable et injuste lorsque l'on sait que certains ne bénéficient pas du moindre de ces points, mais que veux-tu ? La génétique se doit d'être sélective, pas juste.

— Ça va les chevilles ? demandai-je en croisant les bras sur mon ventre.

D'une simple poussée du pied, il se décolla du mur et me fit face.

— Parfaites, comme le reste. Dis-moi ce qui t'intrigue tant tout d'un coup, j'irai vérifier pour toi avec le plus grand des plaisirs. Tout le monde sait à quel point je suis un type serviable en plus de tout le reste, ajouta-t-il avec un grand sourire.

Je levai mon majeur vers lui en guise de réponse. Lorsque je le vis plisser les yeux avant d'esquisser un sourire coquin, je sus que je venais de lui tendre une nouvelle perche à laquelle, forcément, il ne résisterait pas.

— Hum… J'adore et ce sera avec plaisir dès que tu seras débarrassée de ton passager, mais ça ne répond pas à ma question.

Je me mordis la lèvre inférieure avec force. Ce qu'il pouvait m'énerver lorsqu'il jouait à ça ! Je m'apprêtais à l'envoyer sur les roses lorsqu'une vision me vint.

Je me tenais debout, au milieu d'une clairière bordée d'arbres, sous un soleil de plomb. Une odeur de fleurs et de terre fraîchement retournée me chatouillait les narines. Une magie, puissante, sombre et ancienne saturait l'air de manière oppressante. Tout autour, herbe, arbres, fleurs, terre semblaient en être profondément imprégnés. Je fis un tour sur moi-même, à la recherche de sa source, mais me rendis vite compte qu'il n'y avait pas la moindre trace de vie aux alentours. Ce fut ce détail qui me mit en alerte. Même les chants des oiseaux et du vent s'étaient tus. Ce fut alors que je reconnus une troisième fragrance, plus vive, mais surtout plus familière et alléchante à mes sens vampiriques. Celle de la mort. C'est là que je les vis, à seulement quelques mètres de moi, un peu à ma droite. Deux tombes. Elles étaient récentes, à n'en pas douter. La magie en pulsait lentement, tel un cœur, faisant onduler l'air comme au-dessus du bitume les jours de canicule. J'allais m'approcher lorsque soudain, dans un mouvement totalement synchrone, deux mains jaillirent de la terre. Les oiseaux alentour, jusqu'alors tétanisés de peur, s'envolèrent en poussant des cris stridents. Là, sous mes yeux, s'extirpèrent deux chevelures que j'aurais reconnues entre mille, l'une aussi blonde que les blés mûrs, l'autre aussi noire qu'une nuit sans lune.

— Sarah ! Sarah !

La voix d'Abel me tira de ma macabre contemplation. Assise sur le sol, entre les jambes du premier-né, je secouai la tête, un peu désorientée. Je soufflai profondément, tentant de retrouver mon calme lorsque je vis débouler James, Kylian et Giordano au bout du couloir. Tous affichaient le même air inquiet. Les cris d'Abel, qui manifestement n'avait plus la moindre envie de rire, avaient dû les alerter.

— Qu'est-ce qui s'est passé ? demanda James en s'agenouillant devant moi.

— Elle a eu une vision et elle s'est effondrée, expliqua Abel. J'ai juste eu le temps de l'attraper avant qu'elle ne roule au bas des escaliers.

— Elle a fait un malaise ? s'étonna Kylian. Mais...

— Mais rien du tout, coupai-je.

— Qu'as-tu vu pour te mettre dans un tel état ? s'enquit Giordano.

— On verra ça plus tard, là, ce n'est vraiment pas le moment !

— Le fait que tu aies fait un malaise n'est pas normal, Sarah, insista mon père. Je vais t'ausculter pour savoir de quoi il retourne. Tu es essoufflée, quelque chose ne va pas.

Essoufflée ? Je soufflais comme un bœuf oui !

— Pas la peine, c'est tout à fait normal au contraire, grognai-je en serrant les dents ainsi que les poings. C'est à cause de Julian.

James me considéra, les sourcils froncés. Ce fut là que je poussai un cri, les faisant tous sursauter.

— Il arrive ! m'exclamai-je lorsque la contraction fut enfin passée.

Chapitre 6

Giordano ne tenait plus en place. Cela faisait près de dix heures que sa petite-fille était en travail et l'entendre hurler sans pouvoir intervenir le rendait fou.

— Jamy, j'ai mal, gémit Sarah derrière la porte.

— Je sais princesse, je sais, tu es très courageuse.

Le roi-vampire se crispa. Sa petite princesse était bien plus que courageuse. Elle avait surmonté tant d'épreuves depuis sa venue au monde. D'abord, un père fou et violent, ne la considérant que comme une abomination, une erreur de la nature. Celui qui lui avait offert la vie n'avait eu qu'une obsession ensuite : la lui reprendre ! Après quoi, elle avait dû affronter la maladie et la perte de sa maman. C'était seule qu'elle avait dû gérer l'apparition de ses pouvoirs. Comme elle avait dû avoir peur, se sentir perdue ! Mais comme la petite guerrière qu'elle était, elle s'était battue, relevée et avait continué à avancer malgré les obstacles. Puis il l'avait retrouvée, et là, un destin plus compliqué encore lui était tombé dessus. Une fois encore, elle l'avait rendu fière, encaissant en serrant les dents, la tête toujours haute. *Nom de Dieu, Helena ! Elle a fait tout ce que l'on attendait d'elle, plus encore ! Je t'en supplie, si tu m'entends, où que tu sois désormais, aide-la ! C'est notre petite-fille, le fruit de notre amour et elle a déjà suffisamment payé le prix du sang. Je sais que la nature doit faire son œuvre, mais est-il vraiment indispensable qu'elle souffre ainsi ? Encore ?*

— Chéri, tu devrais manger un peu, lui conseilla Maria doucement.

— Je n'ai pas faim.

— S'il te plaît.

— Ceux qui le veulent peuvent remonter se nourrir, ou simplement faire un tour, mais moi je ne bougerai pas d'ici avant que ma petite-fille ait accouché.

— Tu ne peux rien pour l'aider pour le moment.

La porte s'ouvrit enfin sur Kylian. Le viking semblait aussi inquiet que fatigué. Giordano lui sauta presque dessus.

— Alors ?

— Alors je crains que ce soit encore long, elle a beaucoup de contractions, mais son corps réagit à peine. S'il finit par réagir...

Giordano pinça les lèvres. Si le corps de Sarah refusait de réagir de façon « humaine », son bébé lui, trouverait un moyen de sortir, coûte que coûte. *Non ! Non ! Tout mais pas ça !*

— Que fait-on si ce n'est pas le cas ? demanda alors Stan.

— J'ai prévu une réserve de sang, mais je crains qu'il n'en faille plus au cas où...

Il jeta un coup d'œil à la porte avant de regarder le reste du clan d'un air entendu. Giordano se passa les mains sur le visage.

— Très bien on va aller chercher ça. Autre chose ?

Kylian n'eut pas le temps de répondre que soudain Sarah poussa un nouveau hurlement, faisant sursauter tout le monde. Le viking disparut de nouveau, plantant là le monarque.

— Respire ma chérie, respire, dit James.

Sarah souffla bruyamment plusieurs fois tandis que son grand-père, lui, retenait son souffle.

— Je suis fatiguée, gémit la jeune fille.

— Je sais ma princesse.

— Une cigarette ? lui proposa Abel à côté de lui.

Giordano acquiesça et attrapa ladite cigarette qui dépassait du paquet d'Abel ainsi que le briquet qu'il lui tendait. Il inspira une longue bouffée qu'il recracha ensuite vers le plafond, tendant toujours l'oreille.

— Ça va aller ma puce, tu te débrouilles très bien, l'encouragea Gwen.

Sarah soupira.

— Je me débrouille pour quoi au juste ? Il ne se passe rien, mon corps ne réagit pas.

— On avance, tu es à quatre centimètres, rétorqua Kylian.

Le roi-vampire perçut sa petite fille geindre tristement. Cela lui serra le cœur. *Pitié Helena ! Si tu m'as vraiment aimé, ne serait-ce qu'un peu, aide notre petite Sarah ! Mes frères, vous aussi, entendez ma prière, Sarah est notre descendante, l'héritière de notre magie, de notre sang, aidez-la à mettre au monde la prochaine génération ! Doit-elle vraiment toujours passer par la case souffrance pour obtenir la moindre récompense ? Elle a déjà prouvé son courage, c'est injuste !*

Quatre heures de plus s'étaient écoulées, pourtant il semblait à Giordano que des siècles venaient de passer. Il se sentait vieux, las et effrayé.

— Allez Julian, gémit Sarah, fais un effort et sors de là !

— Oui, plein de monde t'attend mon grand, continua James.

— Pfff, il aime se faire désirer, il tient ça de toi ! s'agaça Sarah.

Giordano sourit malgré lui. Il connaissait sa petite-fille et la savait exténuée, pourtant, elle ne capitulait pas.

— Le travail semble s'accélérer, annonça soudain Kylian. Tu en es à six centimètres.

Giordano tendait l'oreille quand une sensation étrange l'assaillit. Il lui sembla que la magie affluait soudain. Il fronça les sourcils, aux aguets. Les premiers-nés durent le sentir aussi, car ils se redressèrent avant de se consulter du regard et de jeter un coup d'œil à la porte. Sans attendre, le monarque quitta les lieux pour remonter à la surface voir ce qui se passait. Le calme qui régnait sur le palais vampire malgré la présence de tous les courtisans était étrange, comme si la demeure retenait son souffle. Plus le roi approchait du hall, plus la magie semblait présente. Ce ne fut que lorsqu'il arriva sur le large perron de pierre qu'il comprit. Dans le ciel, désormais noir, se découpait une lune énorme. L'astre, comme en fusion, semblait laisser derrière lui une traînée de feu. Plus il montait et plus la magie semblait puissante. Médusés, les courtisans observaient le phénomène dans un silence religieux. Le monarque lui sourit. *Merci ! Merci pour elle, merci pour Julian et merci pour moi ! Helena, mes frères, je vous suis tellement reconnaissant de m'avoir envoyé Sarah ! Je vous promets de me montrer digne d'un tel cadeau. Helena, ma douce, j'ai refait ma vie, mais sache que je ne t'ai jamais oubliée et que tu as toujours une place quelque part dans mon cœur. Je n'ai pas été présent pour Séléné, mais crois-moi, je le serai pour nos autres descendants. Je leur raconterai notre histoire et ferai perdurer nos héritages. Je leur dirais à quel point tu étais merveilleuse. Je t'aime, ma douce.* Puis il redescendit rapidement au sous-sol. Il frappa à la porte de la salle d'accouchement, mais y entra sans attendre une réponse.

— Nonno, gémit Sarah.

Elle était pâle, plus encore qu'à l'accoutumée et ses cheveux lui collaient au visage à cause de la sueur. Elle semblait exténuée. Giordano s'avança, Lily se recula aussitôt pour lui laisser la place. L'italien se pencha et embrassa le front de sa petite-fille avant de le lui caresser lentement, son regard planté dans le sien.

— Ça va aller, mon trésor, c'est bientôt fini. La lune de feu est en pleine ascension, lorsqu'elle sera à son apogée, ton petit garçon sera parmi nous, lui expliqua-t-il.

— La magie…, souffla Sarah.

— Oui, c'est celle de nos ancêtres, c'est elle qui va te délivrer. Tout ira bien.

— De quoi parles-tu ? s'enquit James.

Le monarque tourna les yeux vers lui pour lui expliquer sans cesser de caresser le front de Sarah.

— Avec tout ce remue-ménage, je n'y ai pas prêté attention. Ce soir, c'est la lune de feu. Certains imaginent qu'il ne s'agit que d'une simple lune rousse, mais il n'en est rien. Ce nuit, celle-ci est bien plus proche de la Terre et est gorgée du feu du soleil. Cela fait des siècles que ce phénomène n'a pas eu lieu.

— La fusion des deux clans, souffla faiblement Sarah.

— C'est ça.

Ce fut alors qu'elle se contracta et lui attrapa la main en se mettant de nouveau à hurler. Giordano serra les dents avant de l'encourager.

— Respire, respire, *piccola principessa*. Lentement, là, là… c'est bien…

— Il arrive, grogna Sarah, le visage crispé par la douleur.

— Giordano, je vais devoir te demander de sortir, intervint Kylian.

Ce dernier opina et embrassa une dernière fois Sarah avant de quitter la salle.

À présent pressés contre la porte de la salle d'accouchement, Giordano, son épouse ainsi que les frères Drake et les premiers-nés suivaient les événements de très près. La magie dans l'air était oppressante désormais.

— Allez Sarah, courage, pousse ! ordonna Kylian.

Giordano serra les dents en entendant Sarah pousser un nouveau cri avant de cesser, essoufflée sous l'effort.

— C'est bien, l'encouragea le viking. Tu te débrouilles comme une chef !
— Je n'en peux plus…

Le monarque sentit la main de sa femme se crisper sur son bras. Lui aussi se sentait tellement impuissant.

— Tu vas y arriver, encore un petit effort. Allez, un, deux, trois, pousse !

Une nouvelle fois et malgré la fatigue, la jeune fille s'exécuta.

— Je vois sa tête ! s'écria James. Il a mes cheveux !

En entendant ces mots, Giordano ne put s'empêcher de sourire en lançant un regard à Maria, cette dernière souriait aussi. Elle était si heureuse d'avoir enfin un enfant à choyer et elle aimait tant Sarah. Comme si la jeune fille était issue de son propre sang. D'autres femmes n'auraient pas apprécié qu'il ait eu un enfant avant de la connaître, mais pas Maria. Non seulement elle savait absolument tout de son passé avant qu'elle n'entre dans sa vie, mais en plus, elle ne l'en avait aimé que davantage ensuite. Lorsque Sarah était apparue dans leur vie, elle n'avait pas caché sa joie d'être grand-mère et le monarque devait l'avouer, elle tenait ce rôle à merveille.

— Allez ma belle, une dernière fois, à fond, et c'est terminé. Tu es prête ?
— J'ai le choix ? grogna la jeune fille.

L'italien sourit, d'amusement cette fois. Sa petite ne perdait rien de son cynisme malgré la douleur. Si elle possédait les yeux d'Helena, elle avait hérité, à n'en pas douter, de son caractère ! Une nouvelle fois, Kylian compta avant que Sarah ne pousse. Quelques secondes plus tard résonnait le son le plus merveilleux que le vieux vampire n'ait jamais entendu tandis que la magie semblait atteindre son paroxysme. Il lui sembla que son cœur explosait dans sa poitrine. Derrière cette porte close, son arrière-petit-fils, sa chair, son sang, poussait son premier cri ! Et avec lui, les anciens pouvoirs regagnaient en puissance.

— Félicitations ma douce, tu as un magnifique petit garçon, annonça le viking d'une voix trahissant son émotion.

— C'est fou ce qu'il ressemble à Jamy, constata Gwen.

— Il est si petit, murmura James à son tour.

Ni tenant plus, Giordano allait entrer lorsque Sarah se mit de nouveau à crier.

— Qu'est-ce qui se passe ? demanda le viking.

— Ça recommence ! hurla Sarah.

— Quoi ? Mais…

Il se passa à peine deux secondes que le viking déclara :

— Il y en a un deuxième ! Gwen, prends Julian !

— Quoi ? s'exclama James.

— Sarah, pousse !

— Des jumeaux ! On va avoir des jumeaux ! s'écria Lily, ravie.

Des jumeaux ? Cette fois, Giordano dut s'asseoir. Les autres échangèrent des regards ébahis. Lui, n'en revenait toujours pas, il n'allait pas avoir un arrière-petit-fils, mais deux ! Bon sang, toutes ces souffrances, tous ces malheurs, tout ce sang versé allaient enfin être récompensés. Il ferma les yeux, se laissant envahir par l'énergie alentour. La lune de feu se trouvait désormais juste au-dessus du palais vampire. Il n'avait pas besoin de la voir ou d'entendre les commentaires des courtisans, il pouvait la sentir distiller sa magie tout autour.

— Pitié…, murmura la jeune femme.

— Je sais que tu es exténuée, mais fais un effort, pousse !

Giordano se leva de nouveau, posa la main contre la porte puis, lentement, offrit de son énergie à sa descendante. *Prends tout ce dont tu as besoin ma petite princesse. Je suis si fière de toi ma Sarah. Je t'aime tant !* La jeune fille puisa tout en murmurant :

— Merci, nonno…

Puis elle poussa de nouveau, plus fort que les fois précédentes.

— Oui ! continue Sarah, il est bientôt là et il est aussi brun que Lily ! s'esclaffa le viking.

La punkette rit en tapant des mains, ce qui ne surprit pas le monarque. Quant à lui, peu importait la couleur, la taille ou quoi que ce soit d'autre. Une nouvelle génération issue de son sang voyait le jour. En cet instant, rien d'autre ne comptait à ses yeux. De nouveau, des pleurs d'enfant retentirent. L'Italien porta la main à son cœur, il lui semblait que celui-ci allait exploser d'allégresse.

— C'est une petite fille ! annonça Kylian.

— Une fille, souffla James d'une voix enrouée par l'émotion. J'ai aussi une petite fille.

— Le portrait craché de Lily ! s'amusa Maggie.

— C'est vrai, elle me ressemble ! s'écria la punkette.

— Elle a la tache de naissance de mon grand-père, souffla Sarah. Mes bébés, vous êtes si beaux…

De nouveau, quelques minutes s'écoulèrent. Kylian et les autres rangeant ou nettoyant la salle. Giordano faisait les cent pas devant la porte, n'y tenant plus, quand Sarah déclara :

— Mes amours, derrière cette porte se trouve quelqu'un qui vous a attendus très, très longtemps et qui, j'en suis sûre, a hâte de faire votre connaissance.

Le vieux vampire sourit, comprenant l'invite. Lorsqu'il entra dans la salle d'accouchement, il eut une seconde de battement pendant laquelle il crut que son cœur, mort près d'un millénaire auparavant, venait de revenir à la vie. Sarah était désormais assise sur le lit, radieuse, tenant au creux de chacun de ses bras deux bébés emmaillotés de blanc. Ses bébés.

Il s'avança, l'embrassa sur le front avant de se pencher sur ses arrières petits-enfants. Jamais il n'avait croisé de créatures si belles, si parfaites.

— Ils sont magnifiques, murmura-t-il en passant un doigt sur le visage de la petite fille. Comment se nommera notre petite princesse surprise ?

— Alicia, répondit Sarah sans hésitation. Alicia, Gwen, Lily, Maggie.

James et Lily, de l'autre côté du lit, se regardèrent une seconde avant de reporter leur attention sur la jeune femme et les petits. Le jeune homme s'avança pour embrasser sa compagne.

— Merci mon amour, murmura-t-il simplement.

— Parfait, je vais faire ajouter mademoiselle Alicia aux documents officiels, s'amusa le monarque. Je peux ?

— Bien sûr.

Il prit son arrière-petite-fille, la déposa au creux de son bras avant que James ne place Julian dans l'autre. Les bébés ouvrirent alors leurs yeux abyssaux et fixèrent leur aïeul, l'air très sérieux. Il vivait depuis des millénaires, avait vécu un milliard de choses, fait face à de nombreuses situations ou émotions, pourtant, en cet instant, Giordano peinait à exprimer ce qu'il ressentait. Il était à la fois si fier et si heureux qu'aucun mot ne lui semblait assez fort. Maria vint se poster à côté de lui pour contempler elle aussi leurs arrière-petits-enfants.

— *Benvenuto ai mieï piccoli angeli.*

De nouveau dans mes appartements, entourée de ma famille, je regardais mes enfants, émerveillée d'avoir pu concevoir des êtres si parfaits. Je donnai son premier biberon à Julian tandis que James se chargeait d'Alicia. Comme nous le pressentions, les jumeaux n'avaient pas du tout apprécié le test du A positif et s'étaient mis à hurler dès les premières gorgées. Ils n'avaient cessé qu'une fois leurs biberons pleins de O négatif.

— Voilà, c'est bien ma jolie poupée, tu as tout mangé, papa est fier de toi, clama James avec un sourire radieux.

— Oui, Julian aussi est un grand garçon qui a tout fini, ajoutai-je.

— C'est tout de même incroyable cette ressemblance avec James et Lily, commenta Zach. On dirait de parfaites répliques en miniature. Et comment se fait-il que, contrairement à son frère, Alicia ne se soit pas manifestée plus tôt ?

Je donnai sa tétine à Julian avant de répondre :

— Je ne sais pas. Peut-être que, comme Lily, elle ne détient pas un pouvoir offensif ?

Ce fut là que je vis, médusée, la tétine de Julian s'envoler dans les airs. Celui-ci se mit immédiatement à hurler alors que l'objet venait naturellement se mettre dans la bouche de sa sœur qui ferma les yeux de satisfaction. Giordano se mit alors à rire gaiement.

— Télékinésie ! Elle détient le même pouvoir que mon père !

— Trop fort ! s'écria Lily.

Je considérai ma fille une seconde tout en berçant son frère. Celui-ci pleurait toujours et ne semblait pas partager l'amusement de sa tante. Quelque chose me disait qu'à l'instar de ma punkette préférée, Alicia allait prendre un malin plaisir à faire tourner son frère en bourrique dès que l'occasion s'en présenterait. James, lui, ne sembla pas choqué outre mesure et se contenta de prendre une seconde tétine qu'il donna à Julian. Ce dernier se calma instantanément, arrachant un sourire à son père.

— Et ce n'est que le début mon fils ! s'amusa-t-il. Je dois avouer que moi aussi, je ne pensais pas qu'ils pourraient nous ressembler autant, c'est incroyable.

— Si elle est aussi jolie que Lily une fois adulte, tu vas pouvoir te faire des cheveux blancs, Jamy ! s'amusa Stan.

— Merci mon chéri, tu es trop mignon, rétorqua la punkette en lui embrassant la joue. Je les trouve parfaits tous les deux, et... Sarah, je suis très touchée que tu aies donné le prénom de notre mère à la petite.

— Oui, moi aussi, renchérit James. Maman aurait été si heureuse !

— La Roseraie va retrouver la vie qu'elle aurait toujours dû avoir, ajoutai-je dans un sourire.

— Lily, tu veux la prendre ? proposa James.

— Oh oui !

Elle s'approcha pour prendre Alicia avec précaution, comme si elle craignait de la briser, avant de s'asseoir sur le canapé à côté de moi.

— Elle est si petite, murmura-t-elle, émue.

— L'avantage c'est que si elle tient vraiment tout de toi, ce détail ne changera pas vraiment ! ricana Zach.

Le reste de la famille rit aussi. C'était vrai, Lily ne dépassait pas le mètre soixante et pourtant, elle menait son frère, d'un bon mètre quatre-vingt-cinq, à la baguette. Elle était courageuse, téméraire, intelligente et drôle. J'espérai de tout cœur qu'Alicia tiendrait d'elle et pas seulement physiquement.

— Tout ce qui est petit est gentil, rétorqua Lily sans lâcher Alicia des yeux.

— Oui, mais tout ce qui est grand est charmant, la taquina son frère.

— Ou parfaitement chiant.

Je ris à mon tour. Lily était une véritable teigne lorsqu'elle s'y mettait et ce détail compensait parfaitement sa petite taille.

— Maggie, tu peux tenir Julian, s'il te plaît ? Je voudrais bien me doucher et me changer.

— Bien sûr, ma chérie. Prends ton temps, nous allons nous occuper des petits bouts.

— Étant donné que tu as déjà en grande partie cicatrisé, tu peux même te payer le luxe d'un bain, sourit Kylian.

— Un bain chaud, oh oui !

— Je vais te faire couler ça, proposa James. Pendant ce temps, tu devrais te nourrir un peu pour finir de cicatriser et retrouver des forces, tu sembles encore fatiguée, ma princesse.

J'allais répondre quand, dans une gerbe de flammes, le grand phénix apparut au milieu de pièce, faisant sursauter tout le monde. Instinctivement, tous feulèrent en se levant d'un bond, sauf mon grand-père et moi. Ce dernier se leva lentement de son fauteuil, fasciné par le volatile.

— Bonjour, ma fille. Mon fils, ajouta-t-il de sa voix étrange à l'adresse de Giordano.

— Grand phénix, le saluai-je dans un sourire.

Il posa son regard jade sur chacun de mes petits. Comme s'ils avaient compris de qui il s'agissait, ils s'agitèrent et le fixèrent de leurs immenses yeux abyssaux, sans pour autant sembler effrayés le moins du monde.

— Je te félicite. Tu as non seulement traversé les épreuves postées sur ton chemin avec beaucoup de courage, mais la nouvelle génération que tu viens de nous offrir est magnifique.

— Merci, j'ai fait de mon mieux, m'amusai-je.

Instinctivement, mes sœurs me rendirent mes enfants sans quitter l'Oiseau de feu des yeux. Il sauta alors de la table afin de s'approcher de moi. Il contempla une fois de plus les jumeaux qui eux non plus ne le lâchaient pas du regard.

— Bienvenue au sein du clan, mes enfants, commença-t-il doucement.

Puis il déploya ses immenses ailes de feu pour les poser sur les fronts de mes enfants. L'assistance retint son souffle, mais ces derniers ne bougèrent pas, tétant toujours avidement leur tétine, comme si le fait qu'un immense volatile de feu les touche ou leur parle était la chose la plus normale au monde. Ce contact ne leur fit aucun mal. Pendant une seconde, leurs yeux virèrent à l'or, presque incandescent, avant de retrouver leur teinte d'origine sans qu'aucun son ne franchisse leurs lèvres. Je compris alors que le protecteur du clan de mon grand-père venait de les bénir à sa façon.

— Merci, soufflai-je.

— De rien. Je vous ai attendus si longtemps. Tu dois savoir que les fils du phénix sont très fiers de toi, tu es l'aboutissement de tous nos projets, l'avenir de notre clan et tes petits aussi. Tu es ma renaissance !

— J'espère en être digne et je ferai tout pour que mes enfants le soient, promis-je.

— Je n'en doute pas. Quant à toi Giordano, je tiens à te dire que je suis fier de toi et du chemin parcouru jusqu'ici. Tu as connu de nombreuses épreuves, certaines extrêmement douloureuses, comme perdre ta femme ou encore ta fille, mais tu as relevé la tête et tu as continué à te battre malgré tout. Désormais, tu as la responsabilité de notre fille et de nos fils.

— Merci. Cependant, je ne considère pas Sarah et les enfants comme une responsabilité ou un devoir de plus, mais comme une récompense pour toutes ces épreuves. À travers Sarah, j'ai récupéré une partie d'Helena et de ma vie d'avant. Je suis à nouveau complet, mais surtout comblé. Je ne vous remercierai jamais assez de me l'avoir envoyée. Je sais aussi que vous l'avez aidé à se libérer de la forteresse de Dante. Sans vous, elle serait morte à l'heure qu'il est et j'avoue que je ne sais pas ce que je serais devenu sans elle.

— En effet. Qu'as-tu fait de ces hommes, mon fils ?

— J'ai ordonné la seule sentence acceptable face à leur crime : leur exécution ainsi que celle de leurs clans, asséna froidement Giordano.

L'oiseau inclina la tête en signe d'assentiment.

— Fort bien. Laisse-moi te faire un dernier cadeau avant de repartir, compléta-t-il.

Il posa son aile sur mon front. Sa chaleur s'insinua lentement en moi, m'envahit jusqu'au tréfonds de mon âme. J'eus l'impression de flotter dans un cocon doux et rassurant. Je fermai les yeux, savourant l'étrange sensation. Lorsqu'il ôta son aile, il me fallut une seconde pour reprendre pied dans la réalité.

— Qu'est-ce que…

— Tu découvriras de quoi il s'agit en temps utile. À présent, je dois repartir. Que ta lignée soit bénie ! tonna-t-il avant de disparaître comme il était venu.

Lorsque je regagnai le salon après m'être prélassée dans mon bain pendant presque une heure, je souris en découvrant le spectacle qui s'offrait à moi. Gwen et Kylian berçaient chacun l'un des jumeaux tout en discutant avec le reste du clan. Comme si être grands-parents était une chose qu'ils avaient pratiqué toute leur vie durant. J'allais me joindre à eux lorsqu'une vision me vint.

Sept hommes. Il ne me fallut pas longtemps pour comprendre qu'il s'agissait de cardinaux. Assis autour d'une table immense, ils tenaient manifestement une réunion de la plus haute importance lorsque des coups furent frappés à la porte. Un homme brun, entièrement vêtu de noir, entra. Il ne portait aucun signe religieux distinctif et une large cicatrice barrait sa joue droite.

— Bonsoir.
— Alors, quelles sont les nouvelles ? interrogea l'un des cardinaux.
— Ça y est, elle a accouché.
— Vous en êtes certain ? Vous avez vu l'enfant ?
— Non, elle est sous bonne garde, ainsi que l'enfant au palais vampire, mais il n'y a pas de doute possible. La lune de feu a eu lieu cette nuit et s'est postée juste au-dessus du palais. La concentration de magie a été trop importante pour qu'il s'agisse d'un simple hasard. Ses ancêtres avaient dû prévoir qu'elle ne pourrait enfanter comme n'importe quelle humaine si elle avait déjà muté.
— Il nous les faut vivants !
— Je sais, et vous les aurez.
— Quand ? Je vous rappelle que la situation est extrêmement urgente !
— Ce soir.

Lorsque je repris pied dans le présent, je feulai sans même m'en rendre compte, imitée par mes enfants avant qu'ils ne se mettent à pleurer. Surprise, ma famille se tourna vers moi, m'interrogeant du regard tandis que mes parents tentaient de calmer les jumeaux.

— Qu'as-tu vu ? se contenta de demander Lily, les sourcils froncés.
— Le Vatican.
— Le Vatican ? répéta Giordano, méfiant.
— Les cardinaux pour être plus précise. Ils sont en chasse.

Mon grand-père s'approcha de moi, une ride inquiète barrant son front habituellement sans défaut.

— En chasse ? Mais de quoi parles-tu ?

Je fis demi-tour pour retourner dans la chambre récupérer mon manteau que j'enfilai vite avant de retourner auprès des miens.

— Zach, préviens Amédée, dis-lui de venir immédiatement. Abel, toi qui connais bien l'endroit, combien de personnes vivent dans ce trou à rats et combien savent vraiment se battre ?

— Officiellement ou officieusement ? demanda le premier-né en s'allumant une cigarette.

— Les deux.

— Je dirais à peu près mille officiels et bons à rien et environ deux cents officieux dont il faut se méfier. La garde papale ne comptant pas, elle a une formation militaire minime et elle n'est composée que de simples humains. On en serait débarrassé en moins de trente minutes.

Zach revint à ce moment précis, Amédée sur les talons. Celui-ci s'inclina pour nous saluer.

— Votre Altesse, vous m'avez fait quérir ?
— Oui, je vais avoir besoin de vous et de votre clan.
— Bien sûr, nous sommes à votre disposition. En quoi consiste notre mission ?
— Une traque et une mise à mort, le cas échéant.

Le sage se contenta de hocher la tête. Giordano se plaça alors devant moi et m'attrapa par les épaules.

— Vas-tu te décider à me dire ce qu'il se passe ? Le Vatican chasse quoi au juste ? Et pourquoi veux-tu les aider ?

Je jetai un regard à mes enfants qui s'étaient enfin calmés, bercés par leurs grands-parents, avant de plonger mon regard dans celui de mon grand-père.

— Je ne compte pas les aider, mais les arrêter. Les proies, c'est nous, grognai-je en regardant de nouveau les jumeaux.

Un silence de plomb tomba sur l'assistance. Je vis les yeux de mon grand-père s'assombrir encore plus qu'à l'accoutumée. La sclère disparut complètement pour laisser place à un noir profond, abyssal, avant qu'il ne me lâche et ne feule de colère. Il fit ensuite demi-tour pour se diriger vers la porte qu'il ouvrit si violemment qu'il manqua d'en arracher les gonds.

— Osborne ! rugit-il.

Ce dernier fut là en quelques secondes. *Gentil petit toutou à son pépère !*

— Votre Majesté ?

Cette fois, le roi fit fi du protocole. Il attrapa le Premier Conseiller par le col de sa tunique et le traîna dans le salon sans ménagement. Osborne ouvrait de grands yeux tout en essayant de reprendre son souffle, il me fit penser à un poisson échoué sur la rive.

— Expliquez-moi comment le Vatican peut être au courant de la naissance de mes arrière-petits-enfants ? gronda le monarque à seulement quelques centimètres de son visage.

Osborne parut décontenancé pendant une seconde. Manifestement, il était aussi surpris que nous d'apprendre cette nouvelle. Devant son manque de réaction, mon grand-père s'agaça et le secoua violemment avant de reprendre.

— Expliquez-moi, vous le grand et infaillible Conseiller, comment il a pu avoir cette information et que la présence d'éventuels espions vous ait échappé, alors que le palais est censé être en état de guerre et donc sous haute surveillance ? Je suis tout ouïe.

— Je… je l'ignore, Votre Majesté, mais je vais trouver la faille et y remédier.

Je me contentai de lever les yeux au ciel. Ce fut James qui réagit. Il attrapa Osborne par les cheveux pour le pencher en arrière.

— Vous allez y remédier ? Ah oui ? Comment ? Vos erreurs ont déjà failli coûter la vie à ma femme et maintenant à mes enfants ! hurla-t-il. Au lieu de passer votre temps à vous regarder le nombril ou à contrer les décisions de la princesse, commencez donc à réfléchir et à faire votre job ! Car à chacune de vos erreurs, c'est ma femme qui doit nettoyer votre merde ! Vous restez sagement planqué dans la salle du Conseil quand c'est elle qui monte au front à cause de votre incompétence !

Tout le long que James lui avait parlé, ou plutôt hurlé dessus, Osborne s'était tassé sur lui-même. Si bien que si mon grand-père n'avait pas continué de le tenir fermement, je pense qu'il se serait retrouvé couché au sol, en position fœtale.

— Je…

— Fermez-la, ordonnai-je. Je n'ai pas le temps d'écouter vos arguments et autres jérémiades. Il nous faut un plan et vite. Les cardinaux envisagent de me faire enlever ce soir avec l'enfant que j'étais censé avoir. Ils ignorent que ce sont des jumeaux.

— Pourquoi diable le Vatican pourrait bien vouloir te faire enlever ? demanda Stan.

— Aucune idée, c'est bien ce que je compte aller leur demander.

— Vous ne songez pas entrer dans le Vatican ? s'indigna Osborne.

— Et pourquoi pas ? gronda mon grand-père qui l'avait finalement lâché. Vous craignez les foudres divines, Osborne ?

— Non, mais je…

— Tant mieux ! Parce que cette fois, vous serez de l'expédition.

— Pardon ? Mais les Conseillers ne…

— Silence ! tonna le roi. Les Conseillers font ce que je leur ordonne ! Ni plus, ni moins. Vous avez quelque chose à redire à ça peut-être ?

Le Grand Conseiller sembla peser une seconde le pour et le contre. Cette fois, il avait perdu toute sa superbe. Malgré la gravité de la situation, je dus reconnaître que je jubilais presque de le voir descendre de son piédestal.

— Non, je suis à votre service, Votre Majesté, rétorqua-t-il finalement.

— Je confirme, grogna Giordano qui ne décolérait pas.

— Il faut que tu nous dises précisément ce que tu as vu et entendu, Sarah, intervint Caïn. Nous ne pouvons attaquer le Vatican sans plan, c'est un véritable labyrinthe.

— Labyrinthe que ton frère connaît bien si j'en crois son tableau de chasse.

Ce dernier se contenta de sourire, mesquin.

— Néanmoins, nous devons établir un plan car personne ne devra nous échapper. Il en va de la sécurité de mes enfants, repris-je.

— Osborne, je veux le Grand Conseil au complet dans moins de cinq minutes.

Après leur avoir exposé ma vision, ainsi qu'à mon clan, tous s'accordèrent pour prendre de court le Vatican et attaquer avant de l'être. Le problème était que cet homme que j'avais vu ne devait pas travailler seul et que lui et ses sbires étaient manifestement capables d'échapper à notre vigilance.

— Le Vatican n'est composé que de simples humains, intervint Denam. Ils ont dû se protéger avec des amulettes ou quelque chose du genre.

— De simples humains dont certains sont capables de pratiquer des exorcismes si puissants que vous en feriez des cauchemars, ricana Abel. Celui qui en veut à Sarah n'est pas le Vatican « officiel », le simple donneur de leçons tenu par des premières communiantes. Non, celui qui veut la princesse vampire est celui qui agit dans l'ombre, le véritable, le puissant.

— Que voulez-vous dire ?

— Que le Vatican tel que le monde le connaît n'est qu'une façade destinée à apaiser l'opinion publique comme les bien-pensants. La véritable Église ne s'est pas construite dans la prière, le partage, les simples croyances ou encore les bonnes attentions. Non, elle est bâtie sur le pouvoir, les ténèbres et le sang. Que fait un exorciste lorsqu'il officie selon vous ?

Denam parut décontenancé par cette question. Ce qui m'arracha un sourire. Comme beaucoup, il ne s'était contenté que de ce qu'il avait entendu ou ce qu'on avait pu lui enseigner sur le sujet. Jamais il n'avait poussé sa réflexion au-delà des croyances populaires.

— Il récite des incantations, exposai-je platement. Le Vatican a, pendant des siècles, condamné la magie alors qu'il la pratique lui-même régulièrement. Ce que nous nommons incantations se traduit par prières dans son langage. Ce qu'il considère comme diablerie nous concernant, devient foi pour eux. Maléfice, bénédiction.

— Faux culs, grinça Lily. De toute façon, des mecs qui portent des robes et s'obstinent à vivre entre eux en affirmant ne jamais avoir eu envie d'un autre être humain, personnellement, j'ai toujours trouvé ça suspect.

— Vous voulez dire que nous risquons d'avoir affaire à des sorciers ? s'inquiéta soudain Osborne.

J'esquissai un sourire en coin. Étrangement, depuis que mon grand-père l'avait informé qu'il ferait partie de l'expédition, il semblait beaucoup moins sûr de lui et bien plus prompt à trouver un plan absolument béton pour limiter la casse. Comme quoi les conseillers ne sont pas toujours les bons payeurs.

— C'est plus qu'envisageable même si je doute qu'ils apprécient d'être nommés ainsi.

S'il avait pu, je crois qu'il se serait évanoui sur le champ.

— Puis-je intervenir, Votre Altesse ? demanda soudain Amédée qui se tenait un peu en retrait accompagné de son clan.

— Bien sûr, Amédée, et s'il vous plaît, appelez-moi Sarah.

Le sage opina avec un léger sourire.

— Eh bien, Sarah, je pense qu'il serait judicieux d'éviter une attaque… classique, dirais-je. Le Vatican dispose d'un équipement de sécurité extrêmement poussé. De plus, l'œil du monde est posé sur lui en permanence. À mon sens prendre le risque que certaines photos satellites tombent entre de mauvaises mains serait une folie.

J'acquiesçai, en effet, je n'avais pas songé à ce genre de détail.

— À quoi songez-vous dans ce cas ?

— Aux vieux souterrains qui relient le palais vampire à la Tour Borgia, s'amusa Abel.

Tous les regards se tournèrent vers le premier-né qui, nonchalamment installé dans un coin, fumait sa cigarette en regardant les volutes de fumée s'envoler vers le plafond comme si cette conversation ne le concernait pas.

— Tu plaisantes ? dis-je.

Il daigna enfin poser les yeux sur nous.

— Quoi ? Ne me regardez pas comme ça ! À la base j'ai fait construire cette crèche pour m'éclater, pas pour en faire le QG des culs serrés de la cour vampire !

Chapitre 7

Pendant que les Conseillers dressaient une liste des courtisans susceptibles de participer à cette mission, je réfléchissais à toute cette histoire, nonchalamment assise sur le bord de la table du Conseil. Osborne m'avait jetée un regard en coin, mais s'était abstenu de donner son avis concernant cette violation du protocole. Il devait se douter que je me foutais autant de l'un que de l'autre.

D'abord les mangeurs d'âmes qui avaient bien failli tuer mon grand-père. Ensuite, le Vatican qui voulait mettre la main sur mes enfants et moi. Trop de choses étaient arrivées en même temps pour qu'il ne s'agisse que d'un simple hasard. D'ailleurs, je ne croyais plus au hasard depuis belle lurette. Même ma vie avait été tracée, écrite par d'autres pour moi, des centaines d'années avant ma venue au monde. Non, j'étais persuadée que ces événements étaient liés entre eux. Comment ? Je l'ignorais pour le moment, mais je comptais bien le découvrir.

Soudain, je me souvins qu'avant que ne commencent les premières contractions, je voulais me rendre au sanctuaire. Le Grand Conseil était censé réaliser des recherches sur d'éventuelles familles de sorciers capables de rappeler à la vie les mangeurs d'âmes. En réalité, il fallait surtout chercher ceux ayant une histoire commune avec les vampires. Seule une lignée nous ayant côtoyés de près pouvait savoir que même une fois démembrés, la magie qui nous habitait continuait à opérer. Peut-être même que l'expérience vécue par mon grand-père n'était pas une première et que d'autres avant celle-ci avaient poussé le sorcier à se jeter à l'eau. Cette magie avait disparu des siècles auparavant, la pratiquer de nouveau, sans entraînement, incluait trop de risques, autant pour lui que ses victimes. Tenir les mangeurs d'âmes sous contrôle ne devait pas être aisé.

— Ça va princesse ? me demanda James, me sortant de mes pensées.
— Oui, désolée, je réfléchissais.
— À ta vison, je suppose.
— Oui. Tu ne trouves pas la coïncidence entre l'apparition des mangeurs d'âmes et le Vatican qui en a après les petits et moi trop grosse ?

Mon mari pinça les lèvres en hochant la tête.

— Oui, je me suis fait la même réflexion. Ce qui me chiffonne, c'est le lien qu'il pourrait y avoir entre les deux. En toute logique, le Vatican doit considérer ces choses comme démoniaques et toi aussi…
— Démoniaque ? Tu es poli, m'amusai-je.
— Toujours, je suis un gentleman, ricana-t-il. D'après toi, quel serait le but de cet enlèvement ? Cela fait des siècles que le Vatican et le palais vampire coexistent. Pourquoi cela les gênerait-il seulement maintenant ?

— S'ils savent pour mon accouchement, ils savent également pour la prophétie, conclus-je d'une voix morne.

— Seuls les vampires étaient au courant pour cette dernière, il aurait donc fallu que l'un d'entre eux livre sa traduction au Vatican. Tu pourrais très bien ne pas encore avoir muté. Et puis qu'est-ce que tu pourrais bien leur apporter ? Ils ont exigé de vous avoir en vie, tu te souviens ?

— Tu serais vraiment étonné d'apprendre une nouvelle trahison ? ironisai-je. Quant à ce qu'ils feraient de nous, je préfère ne pas le savoir.

James soupira avant de me serrer contre lui.

— Cela dit, s'ils ne savent pas que j'ai muté, cela expliquerait qu'ils se soient risqués à autant approcher le palais, mais pas comment ils sont parvenus à se dissimuler à nous.

James fronça les sourcils et recula un peu pour plonger son regard dans le mien.

— Ils n'y sont pas parvenus, précisa-t-il soudain.

— Quoi ?

— Tu te souviens lorsque nous sommes sortis du magasin de puériculture ? Tu as senti quelque chose, mais comme cela n'a pas été notre cas, tu as songé être fatiguée par ta grossesse.

Je hochai la tête. Oui, je m'étais sentie épiée, sans pouvoir identifier par quoi ou par qui. Je n'avais détecté ni immortel, ni sorcier. Pourtant, cette sensation m'avait étreinte à peine le pied dehors. Malgré tout, quelque chose clochait.

— J'ai détecté quelque chose soit, mais plusieurs vampires se dissimulaient dehors, dans la rue, sur les toits. Si quelqu'un nous avait espionnés, ils l'auraient forcément vu et lui seraient tombés dessus.

— Pas s'il se servait d'une longue vue ou d'une lunette de sniper, avança Stan qui se tenait à côté de nous, étudiant avec minutie une carte du Vatican. Ces dernières peuvent avoir une portée de plusieurs kilomètres. Pour peu qu'il se soit planqué dans un quelconque bâtiment, l'équipe de protection n'y aura pas prêté attention, ils paraient à une menace proche et immédiate.

Je soupirai et m'approchai de mes sœurs qui, assises dans un coin, s'occupaient des jumeaux. Je m'accroupis devant elles pour admirer mes enfants, caresser leurs fronts. Ils étaient si petits, si fragiles encore, pourtant leurs vies étaient déjà menacées. J'aurais tant voulu leur épargner toute cette agitation, cette colère et cette peur. J'aurais tant désiré que, comme tous les enfants du monde, ils n'aient à se soucier que de manger, d'être câlinés, choyés. Soudain, les jumeaux s'agitèrent.

— Ils n'aiment pas être trop loin l'un de l'autre, s'amusa Lily en rapprochant Julian de Alicia. Jamy et moi avons dormi ensemble jusqu'à nos sept ans. Nous ne parvenions pas à trouver le sommeil lorsque nous étions séparés.

Je souris de l'anecdote quand soudain, Alicia toucha son frère et que le dôme de protection nous entoura. Ce fut là que je compris. Lily et Maggie haussèrent les sourcils, surprises, alors que je me contentai de rire doucement.

— Je vois, tu te manifestais toi aussi, ma princesse, bleu pour ton frère, rose pour toi, ce qui donne ce joli violet, m'amusai-je. N'aie pas peur, mon trésor, tu ne risques rien ici. Dans cette pièce se trouvent trop de gens qui vous aiment très fort pour qu'ils laissent qui que ce soit vous faire le moindre mal, à ton frère ou à toi.

Ma fille me fixa une seconde de ses grands yeux abyssaux, comme si elle pesait le pour et le contre. Finalement, le dôme disparut. Je pris ma petite dans mes bras et l'embrassai sur la joue avant de la serrer contre moi pour la rassurer.

— Je dois trouver ce que me veut le Vatican, mais aussi découvrir comment ses agents peuvent se cacher de nous. Je ne pourrai pas toujours être avec les jumeaux, il est indispensable de pallier à cette faille.

James s'approcha de nous et caressa la tête de notre fille avant de prendre notre fils dans ses bras. Ravi, Julian ferma les yeux de contentement et se mit à téter sa tétine avec application.

— Je suis d'accord. Il faut trouver ces hommes avant de nous occuper du reste. On ne peut pas prendre le risque de leur laisser les moyens d'approcher nos enfants.

— Avec un peu de chance, eux aussi parviendront à détourner le problème, comme leur mère, mais d'ici là, je dois avouer que cela m'inquiète également, ajouta Lily. Nous devons tout mettre en œuvre pour les protéger jusqu'à ce qu'ils soient capables de le faire seuls.

— Ma priorité reste bien entendu Alicia et Julian, mais dans le cas présent, pas seulement. Je n'aime pas imaginer que les culs bénis aient un coup d'avance sur le peuple vampire. Je m'en serais pas approchée outre mesure. Ils ne restent que de simples humains, assoiffés de pouvoir et de fric, soit, mais voilà qui fait aussi partie des apanages terrestre. Ce qui me dérange, c'est qu'ils semblent disposer de tours de passe-passe capables de nous nuire. Nous tolérions leur présence et celle-ci détournait l'attention de nos petites affaires, mais à présent qu'ils veulent nous déclarer la guerre, je serai sans pitié.

Je me tournai alors vers la table du Conseil.

— Grand-père, nous devons changer notre plan d'attaque, nous avons omis un point important.

Le monarque leva la tête des documents qu'il étudiait en compagnie du Conseil. Il me considéra gravement une seconde, les sourcils froncés, avant de hocher la tête sans chercher à discuter.

Pour cette expédition Giordano avait convoqué les vampires possédant à la fois expériences du combat et pouvoirs offensifs. En tout, une bonne cinquantaine de seigneurs vampires se tenaient dans la salle du trône, attendant les ordres. Sur la demande du roi, tous étaient entièrement vêtus de noir de façon à se fondre au mieux dans l'obscurité. Giordano leur exposa rapidement le but de l'expédition ainsi que le déroulement de celle-ci. Dans son coin, Osborne jetait des coups d'œil rapides alentour. Il semblait aussi perdu qu'apeuré. Le Premier Conseiller était déjà en poste au temps du précédent souverain et celui-ci avait régné un peu moins de trois siècles. Si on ajoutait à ceux-ci les cinq sous la régence de mon grand-père, cela faisait près de huit cents ans que ce faux-cul d'Osborne n'avait pas directement pris part à un affrontement. *C'est tellement plus facile de se planquer derrière sa tenue du Grand Conseil pour échapper aux corvées. Le retour à la vie civile va piquer et pas qu'un peu. Enfin, s'il est encore en vie demain matin.*

— Allons-y ! lança alors le monarque, me sortant de mes pensées.

Les courtisans et le clan royal suivirent Zach et Nicolaï pour rejoindre les souterrains du palais tandis que mon grand-père, Abel, Caïn et moi-même attendions quelques minutes encore. Il fallait qu'ils se déploient pour couvrir Rome afin d'être certains de mettre la main sur les agents du Vatican. Eux par la Terre, nous dans les airs.

— Prête ? me demanda Abel.

Je hochai la tête et fermai les yeux pour me concentrer. Quelques secondes passèrent puis Zach me donna le signal par télépathie, ils étaient en place.

— C'est parti ! lançai-je en m'élançant vers l'extérieur.

Une fois dehors, nous nous séparâmes. Je traversai les jardins du palais en quelques secondes seulement et d'un bond, je passai l'enceinte pour me retrouver sur le toit d'une demeure qui se trouvait derrière. *Nous y sommes, la chasse peut commencer,* songeai-je avant de m'élancer. En tournant la tête vers la droite, j'aperçus mes comparses sauter eux aussi de toit en toit dans un silence absolu. Je souris malgré moi. Nous étions des créatures rapides, furtives, violentes et sanguinaires. La nuit était notre meilleure amie puisqu'il n'y avait qu'en son sein que nous pouvions laisser libre court à notre véritable nature.

— *Stop !* criai-je soudain.

Nous avions pris soin de lever le sort des pensées avant notre départ afin de pouvoir rester totalement silencieux pendant notre traque. Mes compagnons obtempérèrent, aux aguets. Je fis un tour sur moi-même, me sentant une nouvelle fois épiée, lorsque j'entendis un bruit étrange, étouffé, à plusieurs centaines de mètres à ma gauche, et vis une sorte d'étincelle.

— Fusil à silencieux, nota Abel très bas.

Effectivement, il n'y avait pas de raison de paniquer étant donné que les balles ne pouvaient rien contre nous. J'attrapai celle-ci au vol et l'observai une seconde qui fumait dans ma main avant de la laisser tomber. D'un bond magistral entre les deux immeubles qui nous séparaient, mon grand-père me rejoignit, feulant en direction du tireur. Il posa ensuite les yeux sur moi et me donna le signal d'un simple signe de tête.

— *Abel, Caïn, vérifiez s'il y en a d'autres !* ordonna-t-il.

En quelques secondes, nous étions sur nos assaillants. D'une simple poussée de la main, mon grand-père envoya valser le fusil d'assauts à plusieurs mètres avant de saisir son propriétaire par le col de son pull noir et le soulever à bout de bras. Quant à moi, je me tenais derrière son comparse, mes dents à quelques millimètres de sa jugulaire.

— *Pater noster, qui es coelis, sanctificetur nomen tuum, adveniat regnum tuum, fiat voluntas tuas, sicut in coelo et in terra…*

Je ricanai méchamment.

— Tu veux vraiment rejoindre ton Père ? Ma foi, pourquoi pas ? Salue-le de ma part, nous ne sommes pas près de nous voir, ajoutai-je avant de lui arracher violemment la jugulaire.

Son sang gicla telle la mousse d'une bouteille de champagne. Pas le moins du monde émue, je lâchai son corps qui tomba dans un bruit mat. En quelques secondes, ce dernier baignait dans une marre d'hémoglobine.

— Pitié, gémit celui que mon grand-père tenait toujours.

— Vous avez tiré sur ma petite-fille, gronda le roi-vampire. Qui êtes-vous ?

Il se débattit pour échapper à la poigne de Giordano, c'est là que j'aperçus la cicatrice dans son cou. Je l'empoignai par les cheveux pour l'immobiliser et grondai sourdement :

— Tu bouges, je te brise la nuque, compris ?

Il se raidit, puis une odeur âcre monta à mes narines. Une fois de plus, je ricanai avant de lui entailler la nuque d'un coup d'ongle. Je retirai sans ménagement l'amulette de ses chairs avant de la montrer à mon grand-père qui feula de colère à la face de sa proie.

— Ah, ils sont beaux les chasseurs. Ils nous traquent comme des bêtes, mais se pissent dessus dès qu'on les taquine un peu ! ironisai-je en enfonçant le disque de métal dans ma poche.

— Pitié…

— Tu l'as déjà demandé, mais la pitié ne fait pas partie de mes prérogatives, gronda mon grand-père avant de lâcher son col pour attraper sa tête et lui briser la nuque d'un coup sec.

Le corps rejoignit celui de son collègue sans que nous nous y attardions.

— Merde ! Rome est quadrillé par les chasseurs ! Ce n'est pas leur meneur. Celui de ma vision a une cicatrice sur la joue, précisai-je.

— Peu importe, rétorqua Giordano d'une voix sourde en regardant alentour. Ils seront tous morts d'ici peu. Viens.

Il se remit à bondir de toit en toit à la vitesse d'un supersonique. Je suivis le mouvement. Nous ne tardâmes pas à trouver une seconde équipe. Elle subit le même sort que la première.

— *Les garçons, les hommes que nous cherchons sont des chasseurs. Ils portent la même amulette que Milford dans la nuque, récupérez-les.*

— *On a vu ça, Caïn en a eu quatre, moi trois. Rassure-toi, nous y avons pensé. Ce ne sont pas toutes les mêmes, tu as remarqué ?*

— *Non, mais je verrai ça plus tard. Pour le moment, on nettoie la ville de ces rats. Je vais prévenir les nettoyeurs.*

— *OK.*

— *Et toi, Zach ?*

— *Nous en avons eu une dizaine, les amulettes ont été récupérées, rassure-toi. Laisse tomber pour les nettoyeurs, Nicolaï les a déjà prévenus, ils ont commencé à quadriller la ville.*

— *Génial Zach, tu gères !*

— *Il faut bien si je veux faire mes preuves en tant que Conseiller en stratégie*, s'amusa mon grand frère. *Et Stan a zappé la mémoire d'éventuels témoins, tout est sous contrôle.*

— *Nickel.*

Je continuai donc de suivre mon grand-père dans sa macabre traque. Il fulminait, je sentais sa haine comme s'il s'agissait de la mienne. Ce soir, il ne réglait pas seulement ses comptes concernant mon éventuel enlèvement, mais aussi ceux concernant la mort de centaines, peut-être plus, des siens. Certains ne partageaient pas notre sang, cependant, ils étaient nos frères de calvaire, traqués et abattus pour être nés différents. Soudain, il se stoppa net tandis qu'un sourire carnassier étirait ses lèvres parfaites.

— Regarde un peu ce que nous avons là, susurra-t-il.

J'aperçus alors un groupe d'une dizaine d'hommes. Tous vêtus de noir, ils s'agitaient en regardant la rue, en contrebas. Nous tournant le dos, ils ne s'étaient pas encore aperçus de notre présence.

— Des vampires ! Ils quadrillent la ville !

— Il fallait s'en douter ! J'avais prévenu Giovanni. La fille de William est peut-être une sorcière, mais elle est avant tout la petite-fille du roi-vampire ! Vous croyiez qu'il allait laisser qui que ce soit s'en prendre à sa descendance ? Elle a eu Milford et sa femme comme s'ils n'avaient été que de simples débutants, alors qu'ils avaient des vampires puissants pour leur prêter main-forte. Cette mission était suicidaire !

Giordano les rejoignit d'un bond. Je suivis le mouvement, toujours sans bruit.

— Je confirme, gronda-t-il.

Ils sursautèrent de concert avant de nous faire face, les yeux écarquillés d'effroi. L'odeur de leur peur ainsi que le bruit de leurs cœurs s'emballant soudain monta jusqu'à moi, attisant mes sens et réveillant mes instincts meurtriers. Un grondement sourd s'échappa de mes lèvres tandis que je montrai les dents.

— Elle a muté et elle a faim, ajoutai-je d'une voix sourde.

Dans un sursaut de lucidité, ou de stupidité, l'un d'eux dégaina son arme afin de me tirer dessus. Les balles ricochèrent contre ma poitrine, tels de petits cailloux sur la surface de l'eau. Sans esquisser le moindre mouvement, je le laissai vider son chargeur. Quand ce fut terminé, je lui adressai un sourire ironique avant de déclarer :

— Si tu avais été malin, tu aurais gardé la dernière balle pour toi.

Je lui sautai littéralement dessus et lui arrachai la gorge. Les autres, pris de panique, tentèrent de fuir, mais entre mon grand-père et moi, ce fut peine perdue. Giordano se saisit d'un second et lui arracha le cœur pendant que je brisais la nuque du troisième. Les deux derniers, piégés entre le garde-corps du toit et nous, regardaient partout autour d'eux, tels des animaux cherchant une issue pour échapper aux chasseurs. Leurs cœurs battaient si fort dans leur poitrine qu'on aurait cru assister à un concert de tam-tams. Quant à leurs pensées, elles passaient dans leurs cerveaux à une vitesse vertigineuse, sans corrélation logique. Sauver leur vie, fuir, trahir la cause, mourir en martyres, passer un marché ou m'affronter, suivre mon conseil à leur ami et se donner la mort en ayant la satisfaction de n'avoir rien lâché. Ils étaient partagés entre retrouver et protéger leur famille, en risquant de subir les quolibets de leurs collègues ou mourir en martyrs pour l'erreur d'un autre. Pour ma part, ce charivari équivalait au doux chant de l'hallali. Le prédateur en moi ronronnait presque de plaisir. Cependant, comme tous les prédateurs, il m'arrivait d'avoir envie de jouer un peu avec ma proie, histoire de faire durer le plaisir. Le coup de grâce n'en était que plus jouissif.

— Alors messieurs, quel effet cela fait-il d'incarner non plus les chasseurs, mais les proies ? De savoir que votre mort est proche ? Vous qui vous sentez si forts lorsqu'il s'agit de traquer et d'éliminer des femmes, des enfants, ou encore des vieillards, que ressentez-vous à présent que vous vous retrouvez ainsi, aussi faibles que des agneaux le jour de leur naissance ?

Celui de droite, un brun au crâne rasé, me lança un regard assassin tandis que de la sueur dégoulinait de sous le bonnet noir de son collègue. Je souris aimablement. *Voilà donc la forte tête de mon duo. Parfait, il mourra le premier, lentement. Cela lui laissera le temps de comprendre que l'on ne me défit pas sans en payer le prix.*

— Ma petite-fille vous a posé une question, ajouta Giordano, le regard plus noir que jamais.

— Tuez-nous, nous y sommes préparés depuis le jour de notre initiation. Notre fin ne fera que servir notre juste cause. D'autres viendront, ils auront appris de nos erreurs, l'histoire ne se terminera pas là.

Je ris puis dessinai rapidement un signe dans l'air. Il tomba à genoux, les yeux exorbités sous le coup de la douleur, avant de se prendre la tête dans les mains. Pourtant, aucun son ne sortit de sa bouche. Je l'observai un moment tandis que ses globes oculaires se paraient de rouge. Les vaisseaux de sa sclère explosaient les uns après les autres. Bientôt, sa pression sanguine serait si élevée que ses organes éclateraient les uns après les autres, telles de petites bulles de savon.

— Et je tuerai, sans aucun remord, tous ceux que je croiserai. La seule pour qui l'histoire ne se terminera pas avec vous, c'est moi.

Son compagnon se précipita sur lui tout en me jetant des regards affolés.

— Qu'est-ce que vous lui avez fait ?

— À moi ! ordonnai-je sans répondre à sa question.

Il se mit à hurler alors que son comparse se contentait de s'arquer au sol à la manière d'un possédé, fou de souffrance. Dans ma main apparurent leurs amulettes.

— Ce que je viens de faire, n'est qu'un avant-goût de ce dont je suis capable. Si vous désirez éviter de subir le même sort que Milford, voire pire, je vous conseille de me dire gentiment ce que je veux savoir. L'homme avec la balafre est-il votre chef ?

L'autre souffla comme un bœuf, mais garda le silence.

— C'est vous qui voyez, repris-je froidement en m'allumant une cigarette.

Celui à qui j'avais coupé le sifflet se mit à ruer comme un diable sous les yeux affolés de son ami. Lorsque son œil droit éclata, tel un fruit trop mûr, éclaboussant son visage de sang, l'autre recula précipitamment en rampant sur ses fesses. Mon grand-père se contenta de croiser les bras sur son large torse, un sourire méprisant aux lèvres.

— Vous tuer serait un sort bien trop doux. En revanche, je peux vous rendre si infirme que le mot loque sera encore flatteur lorsque l'on posera les yeux sur vous. Je ferai en sorte que vous soyez prisonnier d'un corps inutile, au point que vous ne pourrez même plus vous donner la mort vous-même. Vous perdrez tout : femme, enfant, boulot officiel et bien entendu officieux.

— Un morceau de viande à la merci des prédateurs, ajouta mon grand-père. Je m'évertuerai à ce que ces derniers vous traquent, en vous marquant, vous et vos lignées. Vous, vos fils, vos petits-fils, aucun ne pourra échapper à la communauté immortelle. Il ne sera plus question que de simples sorcières septuagénaires, mais de vampires, de loups-garous, de goules, pour qui faiblesse ou vieillesse n'ont aucun sens. Le mot proie sera marqué au fer rouge dans vos chairs. Vous devrez fuir ou mourir.

Le regard du chasseur allait de Giordano à moi sans discontinuer tandis que l'autre gisait désormais sur le sol. Seul le mouvement lent de son thorax, de haut en bas, indiquait qu'il respirait encore. Son œil valide se voilait lentement. Pour lui, la mort serait bientôt là.

— Giovanni Mancini n'est pas notre chef, mais son second, murmura-t-il. Il était déjà en poste du temps de Milford.

— Quel était l'ordre exact de mission ? demanda le roi-vampire.

L'autre secoua la tête.

— Je l'ignore. Au début, on nous a seulement demandé de la surveiller. Nous devions savoir si elle était bien enceinte et une fois l'accouchement passé, découvrir quels étaient les pouvoirs de l'enfant. Milford avait décrété d'abandonner sa traque lorsqu'elle a commencé à fréquenter des vampires. Selon lui, c'était bien trop dangereux et le jeu n'en valait pas la chandelle. Puis vos Conseillers l'ont contacté, il a alors songé qu'il tenait enfin le moyen de se débarrasser d'elle sans nous envoyer au casse-pipe.

Il marqua une pause et se passa les mains sur le visage. Pour le coup, on pouvait dire que Milford s'était raté ! Non seulement lui et sa famille n'étaient plus de ce monde, mais ce soir, des dizaines d'autres avaient perdu la vie.

— Continuez, ordonna Giordano.

— J'ai pensé qu'après un tel carnage, il ne s'agissait que d'une simple mission d'observation pour nos archives. Puis ce matin, les ordres ont changé. Giovanni nous a ordonné de la capturer. Il était prévu d'attendre le milieu de la nuit pour créer une diversion et la forcer à sortir du palais.

Pendant qu'il parlait, je prévins rapidement ma mère de ce plan au cas où une autre équipe serait déjà en place autour du palais et que ces zoives ne soient que ladite diversion pour m'éloigner de mes enfants.

— *Ne t'inquiète pas ma chérie*, répondit-elle. *Nous avons mis les jumeaux en sécurité au sous-sol, dans la salle d'accouchement, et Maria a scellé les accès avec des cristaux de protection que lui a donné Giordano avant de partir.*

— *Parfait.*

— *À tout à l'heure, et sois prudente !*

— *Ne t'en fais pas.* Et comment, comptiez-vous mettre la main sur moi au juste ?

Il se contenta de m'indiquer un sac de sport noir, posé plus loin. Je m'approchai et l'ouvris rapidement. Dedans se trouvait tout un barda militaire : chargeurs, fusils, pistolets.

— Je suppose que vous n'ignorez pas que ce genre de joujou ne peut rien contre moi. Alors ?

— Dans la poche de devant, marmonna l'homme.

Je fouinai dans ladite poche et y trouvai enfin ce que je cherchais. Des cristaux ainsi qu'une étrange poupée de toile blanche. Des petits boutons noirs avaient été cousus dessus en guise d'yeux ainsi qu'un cœur, en feutrine noire, coupé en deux au niveau de la poitrine. Je grimaçai en passant un doigt sur le ventre rebondi du jouet. *Quitte à me représenter, ils auraient pu faire en sorte que ce soit un minimum flatteur. J'ai repris du poids après la mutation, mais pas à ce point ! Et je déteste les petits cœurs sur mes t-shirts, je préfère les crânes, tsss !* Je tendis mes trouvailles vers mon grand-père. Celui-ci fronça les sourcils, manifestement mécontent.

— Vaudou, constata-t-il. Je suppose que cet attirail a été volé à une prêtresse abattue précédemment.

Le chasseur détourna la tête, mais ne répondit pas. Inutile, je savais déjà qui s'était alliée à eux pendant ma petite escapade à La Nouvelle-Orléans, et Caïn s'était occupé de son cas avant même de me retrouver. Je n'en voulais pas à cette sorcière. Si je devais croiser un vampire dans l'état dans lequel je me trouvais à l'époque, j'aurais eu exactement la même réaction. Je n'étais plus moi-même et ne représentais pas seulement un danger pour les humains, mais pour toute la communauté magique. Ma soif de sang aurait pu tous nous mener à notre perte.

— Détruis ça, Sarah.

Je laissai tomber les objets sur le sol avant de briser les cristaux d'un simple coup de talon, je tendis ensuite la main vers la poupée et murmurai :

— *Incendo.*

Celle-ci prit feu instantanément. Je rejoignis mon grand-père sans plus y prêter attention.

— Qu'est-ce que vous trafiquez avec le Vatican ? poursuivit le roi-vampire.

Le chasseur fronça les sourcils, comme s'il ne comprenait pas la question. Je scannai rapidement ses pensées. En effet, il la trouvait saugrenue et ne comprenait pas le rapport entre toute cette histoire et le Vatican. Mon grand-père devait avoir fait de même, car il n'insista pas.

— Où est Mancini en ce moment ?

Ce fut alors qu'il se leva prestement pour sauter par-dessus le garde-fou, il allait se jeter dans le vide quand James apparut, debout sur celui-ci. Mon mari avait la bouche couverte de sang et les yeux plus noirs que jamais. Il braqua un regard à la fois plein de haine et d'envie sur le chasseur qui, instinctivement, recula vers nous. James sauta sur le toit et avança, avec une lenteur calculée, vers l'autre, le forçant à reculer encore. Il ressemblait à un fauve prêt à fondre sur sa proie. Cette vision ne fit que renforcer mon envie de m'unir, dans le sang, avec lui. Lorsqu'un grognement sourd monta de sa poitrine, je souris malgré moi. Je ne le trouvais jamais plus beau que lorsque nous chassions ensemble.

— Mancini aurait dû oublier Rome et ma famille, menaça mon mari d'une voix rauque. Cette ville appartient aux loups, et nous ne tardons jamais à flairer l'odeur de la bergerie.

James nous envoya alors l'image mentale du carnage au QG des chasseurs. Limier hors pair, il les avait débusqués sans aucune difficulté tandis que les autres avaient continué de purger Rome. Il les avait tués, un à un, en quelques minutes seulement. Il leva alors ses poings devant lui avant de les ouvrir brusquement. Une vingtaine d'amulettes tombèrent au sol en cliquetant, telles de vulgaires pièces de monnaie. Sans éprouver la moindre pitié pour ces gens, j'esquissai un sourire carnassier. Giordano hocha la tête en signe d'approbation. S'il ne prônait pas le massacre gratuit, il était sans pitié lorsqu'il s'agissait de sa famille. Ces hommes pouvaient d'ailleurs remercier le ciel, s'ils y croyaient, d'avoir rejoint ce dernier par la main de James. Si le roi-vampire s'était lui-même chargé de leurs trépas, ils auraient eu droit à un entretien avec le diable en personne avant.

— Non…

Le chasseur tomba à genoux, fixant les amulettes avec des yeux fous. Le désespoir venait de prendre le dessus sur la peur. Son frère cadet ainsi que son jeune neveu, fraîchement initié, faisaient partie des victimes. James sourit méchamment lorsque ces pensées traversèrent l'esprit de l'homme.

— Ce soir, tu ne vas pas mourir, annonça le roi-vampire.

Je lui jetai un regard surpris.

— À partir de cet instant, tu vas devoir apprendre à vivre avec le chagrin et le manque des personnes que tu as aimées. Avec la culpabilité de ne rien avoir pu faire pour les sauver et d'avoir préféré une cause à la vie des tiens. Tu devras affronter, chaque nuit, leurs fantômes et te dire que tout est de ta faute. Parce que c'est bel et bien le cas. Si vous ne vous étiez pas acharnés à traquer et tuer les miens, les vôtres seraient encore de ce monde. C'est votre haine ainsi que votre stupidité qui vous ont poussés à votre perte.

L'autre avait tourné la tête vers lui pour le regarder, comme halluciné. D'ailleurs il l'était, seules des images de mort et de sang inondaient son cerveau à présent.

— Oui, ce soir, je vais te laisser la vie sauve afin que tu préviennes ton chef et tous les autres. Oubliez ma famille, oubliez Rome. Dans le cas contraire, je donnerai une traque comme l'histoire de l'occulte n'en a jamais connue et j'éliminerai jusqu'au dernier d'entre vous. Que la mort de Milford et des chasseurs ce soir vous servent enfin de leçon.

L'homme poussa un long gémissement avant d'être secoué de violents spasmes. Il se laissa lentement glisser sur le sol. Les yeux hagards, il fixait ceux, désormais figés dans la mort, de son compagnon.

— On y va, lança Giordano à notre adresse.

Sans plus nous soucier d'eux, nous reprîmes notre course. Direction le Vatican cette fois.

Il ne leur fallut que quelques minutes pour investir le Vatican. Une partie des vampires était passée par les souterrains dont avait parlé Amédée. Les autres avaient simplement sauté l'enceinte à différents endroits afin de couvrir toute la surface du lieu saint. Le but étant de savoir si d'autres chasseurs y avaient pris leurs quartiers. Ils firent fi des humains qu'ils croisèrent et qui, à la vitesse à laquelle ils se déplaçaient, ne pouvaient se douter de leur présence. Ils se devaient d'agir dans la discrétion afin d'éviter qu'un affrontement de trop grande envergure n'éclate et dévoile le secret de leur existence. Sur ce point, le Vatican disposait d'un avantage de taille. Même s'il ordonnait régulièrement des meurtres de femmes ou d'enfants innocents, si l'existence des sorciers ou des vampires venait à se savoir, il passerait pour un héros ayant voulu protéger le monde de monstres terrifiants. Naîtrait alors une nouvelle vague d'obscurantisme comme le monde n'en avait jamais vécue jusque-là. Les tribunaux de l'Inquisition ainsi que les exécutions publiques connaîtraient de nouveau de beaux jours. Sans s'en douter, les humains courraient se jeter docilement dans la gueule du loup. Car l'équilibre, parfois précaire, qui régnait entre eux et les créatures de la nuit qu'ils incarnaient ne tarderait pas à être menacé et pas à leur avantage. Les mutations seraient multipliées, et si ne serait-ce qu'une dizaine de sorciers de la trempe de Sarah et de son grand-père se soulevaient, les simples mortels ne tarderaient pas à être réduits en esclavage. Relégués au simple rang de gibiers.

— *S'ils frayent ensemble, il y a des chances pour que les chasseurs fassent office de garde rapprochée,* avança James alors qu'ils arrivaient devant la basilique Saint-Pierre.

— *Selon les informations que j'ai données à Amédée pour qu'il localise précisément la pièce de ma vision, ils sont dans la Résidence Sainte-Marthe,* ajouta Sarah en bifurquant sur la gauche.

Ils suivirent le mouvement. Du coin de l'œil, James aperçut les ombres des siens se déplacer, sans un bruit, pour entourer la Résidence. La jeune fille fit, en quelques millièmes de seconde seulement, le tour du bâtiment pour enterrer à chaque coin, comme à la Roseraie, des cristaux. Désormais, pour toute personne extérieure au périmètre qu'elle avait tracé, l'édifice serait aussi calme qu'avant leur arrivée. Les vampires se massèrent contre les murs, se fondant dans le décor. Le Sage les rejoignit et leur fit signe de le suivre. Ils s'exécutèrent.

— *Ils sont là,* indiqua-t-il en pointant une fenêtre du doigt.

— *Tous ?* s'enquit Giordano.

Amédée hocha la tête en signe d'assentiment.

— *Parfait.*

Il commença à grimper le long du mur, telle une araignée, suivi de Sarah. Ils se postèrent chacun d'un côté de la fenêtre pour observer ce qui se passait à l'intérieur. James entendit Sarah psalmodier rapidement une incantation. Il sourit malgré lui. Ainsi perchée au-dessus du vide, son long manteau de cuir battant l'air, elle incarnait le plus dangereux des prédateurs. Puissant, silencieux, assoiffé de sang. Il sentit son désir pour elle augmenter alors qu'elle leur indiqua de les suivre.

D'une simple poussée, elle ouvrit la fenêtre et s'engouffra dans la pièce, suivie de son grand-père et du clan royal. Les autres devaient investir le bâtiment par en bas et remonter un à un les étages afin d'être certains que personne ne puisse donner l'alerte. En moins d'une seconde, les cardinaux étaient pris au piège. James referma la fenêtre sans un mot, attendant avec une impatience morbide la suite des événements.

— Mais qu'est-ce…

Certains cardinaux tentèrent de se lever pour protester face à cette intrusion, mais furent vite rappelés à l'ordre d'un simple feulement. Comprenant ce qu'il se passait, les autres se signèrent, horrifiés. Ce geste, comme il l'avait présumé, amusa sa femme.

— Bonsoir messieurs ! Je ne pense pas que prier votre Père vous aidera beaucoup ce soir. En revanche, Lucifer et l'antéchrist eux-mêmes sont ravis de répondre à votre invitation !

— Il paraît que votre unique but est de le rejoindre dans son royaume. Soit, je me ferai un plaisir de vous exaucer, mais avant cela, et puisque notre présence en ces lieux vous semblait si indispensable, il serait de bon ton de nous offrir à dîner, non ? ajouta le roi-vampire.

James esquissa un sourire carnassier. Oui, ces hommes avaient voulu s'en prendre à sa femme et à ses enfants, il était donc grand temps de passer à table !

Chapitre 8

— Vous me vouliez en vie, fort bien, me voici. Si vous désirez qu'il en soit de même pour vous avant la fin de cette nuit, je vous conseille fortement de coopérer et de répondre bien sagement à nos questions.

— Mancini ! hurla l'un des cardinaux.

— Monsieur Mancini est donc parmi nous ce soir. Vous m'en voyez ravi. J'ai hâte de rencontrer l'homme qui a traqué ma petite-fille pendant des années, gronda sourdement Giordano. Abel, Caïn, allez donc me le chercher qu'il participe à cette charmante petite fête.

À la mention de leurs prénoms, les ecclésiastiques posèrent sur les deux frères des regards emplis d'effroi. S'en rendant compte, Abel esquissa un sourire féroce avant de s'incliner dans une large révérence.

— Avec plaisir, Votre Majesté. Que faisons-nous du reste de la maisonnée, nous festoyons tout de suite ? demanda-t-il sur le ton de la conversation.

— Non, un peu de patience, nous ne sommes pas des sauvages. Caïn, contente-toi de les endormir, pour le moment.

Ce dernier hocha la tête avant de suivre son frère. James s'approcha et commença à tourner lentement autour de la table, fermant parfois les yeux pour humer les cardinaux comme s'il s'agissait de plats appétissants. Giordano l'observait du coin de l'œil. Ce soir, le jeune homme avait laissé libre court à sa colère et à sa haine, mais pas seulement. Il avait également lâché la bride du prédateur tapi en lui. Seul, il avait débusqué le QG des chasseurs puis les avait éliminés. Ses yeux étaient désormais noir d'encre, tels des gouffres sans fonds. Il ne s'était pas contenté de rapidement leur briser la nuque ou de leur arracher le cœur. Non, il s'était abreuvé à chacun d'eux et les avait abattus à l'ancienne, comme ses victimes s'y attendaient de la part d'un membre de son espèce. Giordano ne pouvait lui en tenir rigueur. Après tout, James était désormais le prince consort, mais surtout le père de ses arrière-petits-enfants. Comme l'exigeait son rang autant que son rôle, il avait protégé les siens. Malgré tout, Giordano restait sur ses gardes. Ce soir, l'ancien James, celui capable des plus sanguinaires carnages, était de retour. Il fallait qu'il se contrôle tant qu'ils n'avaient pas obtenu les réponses qu'ils désiraient.

Sarah sauta soudain sur la longue table marquetée et se mit à avancer lentement, les mains dans le dos, entre les cardinaux qui la considéraient, les yeux prêts à sortir de leurs orbites. Leur pire cauchemar déambulait avec nonchalance devant eux.

— Alors, me trouvez-vous suffisamment en vie à votre goût ? demanda-t-elle en faisant un tour sur elle-même. Bon, je vous accorde que mon cœur ne bat plus, que je ne me nourris plus au sens « humain » du terme, mais avouez que pour une morte qui vient d'accoucher, j'ai plutôt bonne mine, non ?

James cessa alors de tourner autour de la table pour poser dévisager sa femme. Une fois de plus, et malgré l'état dans lequel le jeune homme se trouvait en ce moment, Giordano ne put que constater à quel point il l'aimait. Dans ses yeux ne se lisaient pas que du simple désir ou l'excitation de cette chasse commune, mais bel et bien un amour, un lien puissant et pur qui l'unissait à Sarah. D'ailleurs, il l'avait une fois encore prouvé ce soir en prenant le risque d'étouffer à jamais le peu d'humanité qu'il lui restait pour la protéger elle et leurs enfants. Pour James, rien ne comptait davantage que sa famille et il s'agissait d'un trait de caractère que le vieux monarque appréciait.

— Tu es sublime ma princesse. N'est-ce pas que ma femme est sublime ? susurra-t-il à l'oreille d'un des cardinaux, désormais aussi pâle que la mort elle-même.

— Je, euh, elle… oui, finit par articuler celui-ci.

— Sujet, verbe, complément, grogna James. La princesse-vampire est en effet absolument sublime.

L'autre déglutit avec difficulté avant de se lancer.

— La princesse-vampire est en effet absolument sublime.

— Eh bien voilà ! s'exclama James en lui administrant une tape dans le dos qui fit basculer l'autre si rudement contre la table que son nez éclata. Oups, désolé, ajouta le jeune homme, faussement contrit, avant d'essuyer une tache de sang de son index pour le porter à sa bouche avec gourmandise.

Le cardinal porta les mains à son nez en glapissant tandis que ses voisins se penchaient vers lui, l'un d'eux lui tendant un mouchoir de dentelle. Compassion inutile puisque le fin tissu fut rapidement imbibé de sang.

— Il suffit ! s'indigna celui se tenant en bout de table, face au roi-vampire, en se levant d'un bond. Pour qui vous prenez-vous ? Vous êtes ici dans un lieu saint ! Un lieu dans lequel vous n'avez pas la moindre autorité !

James tourna vivement la tête vers lui, se ramassant déjà sur lui-même, prêt à attaquer.

— Jamy, le rappela-t-il à l'ordre.

Ce dernier se retint, mais Giordano sentait qu'il peinait de plus en plus à garder le contrôle. Dans son esprit défilaient déjà des images de massacres terrifiants. Si l'ecclésiastique avait pu avoir accès à ses pensées, il serait déjà mort, de peur.

— Je suis dans un lieu créé par les Hommes, pour les Hommes, ni plus ni moins, répliqua froidement le roi-vampire. Si vos prières et autres grigris suffisaient à vous protéger, nous ne serions pas entrés avec tant de facilité, nous, les terribles démons. Cela fait près d'un millénaire que j'arpente le sol de ce monde et croyez-moi, si j'ai entendu des milliers de prières, peu d'entre-elles ont été exaucées. Peu importait la ferveur du croyant. En tous cas, la protection de votre Dieu n'a jamais permis à mes victimes d'être épargnées. Il semblerait donc que lorsqu'un duel m'oppose à votre créateur, je le remporte, inlassablement. Ce n'est pas ce soir que la donne changera, soyez-en persuadés.

Ce fut alors que la porte s'ouvrit à la volée et qu'un homme se retrouva face contre terre à ses pieds. Giordano avisa son visage, paré d'une large cicatrice, tandis qu'un sourire mauvais étirait ses lèvres. D'un geste brusque, il le releva par les cheveux.

— Monsieur Mancini, susurra le monarque, nous n'attendions plus que vous. Voilà qui est fort impoli que d'arriver en retard à un rendez-vous que vous avez vous-même fixé.

Il enfonça alors violemment ses dents dans la clavicule de l'homme. Celui-ci se mit à hurler, tandis qu'horrifiés, les cardinaux détournaient le regard ou fermaient les yeux pour échapper au spectacle. Peu importait, les cris de Mancini suffiraient bien à hanter leurs nuits jusqu'à leur mort. James, lui, sembla fasciné par la scène et esquissa un sourire féroce. Lorsqu'il le lâcha et que le chasseur cessa enfin de brailler, Giordano reprit avant de le balancer au sol :

— Bien, maintenant que nous sommes au complet, nous allons pouvoir commencer.

Mancini recula sur les fesses pour atteindre la table et s'appuya sur elle pour se remettre lentement debout. Il se tenait l'épaule d'où le sang coulait abondamment, les dents serrées. Lentement, il fit le tour de la pièce du regard, évaluant les chances de s'en sortir. Il ne lui fallut que peu de temps pour comprendre que la situation, comme la pièce, était sans issue.

— Vos hommes sont tous morts, au cas où cela vous intéresserait, lança nonchalamment Sarah.

Mancini se tourna pour la détailler des pieds à la tête, le regard luisant de haine, ce qui amusa la jeune femme.

— Inutile de me regarder ainsi. Vous auriez dû comprendre avec Milford, c'est vous qui vous êtes acharné malgré les risques. Par deux fois vous vous en êtes pris à moi et par deux fois vous avez échoué. Il va falloir payer la note à présent.

— Mais avant ça, il va falloir m'expliquer depuis quand et pourquoi le Vatican a passé une alliance avec les chasseurs, gronda le roi-vampire.

Le silence dans la pièce devint si pesant que le temps sembla s'être arrêté pendant un court instant. Moment trop long pour James qui avait repris son manège et qui attrapa un autre cardinal par les cheveux pour le tirer en arrière.

— Répondez, et vite, sinon je le saigne comme un poulet, menaça-t-il.

— Cette alliance n'est pas nouvelle, répondit froidement le cardinal en bout de table. Nous soutenons les chasseurs depuis des siècles. Les démons sont de plus en plus nombreux et nous avons de moins en moins de prêtres exorcistes à notre disposition.

— Tu m'étonnes ! s'amusa Abel. La majorité des autres religions autorisent le mariage de leur religieux, sauf vous. Faut avouer qu'aimer son taff est une chose, mais de là à se la mettre en bandoulière pour le restant de ses jours, faut pas pousser !

— Se la mettre en bandoulière ? continua Sarah. Tu oublies la bobonne du presbytère et les colonies de vacances !

— Je ne vous permets pas ! s'insurgea le cardinal.

Pour toute réponse, la jeune femme s'accroupit devant lui et attrapa sa gorge avant de commencer à serrer.

— Je n'attends pas votre approbation, je ne l'ai jamais fait. Je suis la princesse-vampire, pas l'une de vos stupides oyes. Vous nous qualifiez de monstres depuis des siècles, nous traquez, nous tuez, alors que votre sacro-sainte Église en abrite dans ses rangs de biens pires. Pendant des siècles, vous avez massacré, volé, ou encore violé des innocents en vous réfugiant ensuite ici, dans votre tour de Babel. Vous vous vantez d'appliquer la justice divine, pour échapper à celle des Hommes. Comme c'est confortable de disposer d'un juge que l'on ne peut ni voir, ni entendre appliquer un verdict, n'est-ce pas ? Malheureusement pour vous, les vampires, eux, appliquent non seulement les lois humaines, mais en plus, l'une des plus anciennes de la Bible. Celle du Talion. Claire, juste et efficace. Vous avez joué et perdu, désormais, je commande et vous la fermez. Voilà les seules règles applicables ici, suis-je assez claire ?

L'homme, devenu à présent cramoisi, hocha la tête, les yeux exorbités. Lorsqu'elle le lâcha brusquement, il s'écroula sur sa chaise en toussant. La main posée sur sa gorge, il tentait de reprendre son souffle. Sarah lui lança un regard méprisant avant de se relever pour reprendre ses allers et venues sur la table.

— Bien. Maintenant, arrêtez de nous prendre pour des imbéciles. Un exorcisme ne peut rien contre un vampire ou une sorcière. Vos prêtres, même plus nombreux, ne vous auraient été d'aucune utilité. Que comptiez-vous faire de moi et de mon petit ?

— Nous… euh…

— Cela fait des siècles que le Vatican injecte de l'argent dans notre cause, intervint Mancini d'une voix morne. Mais il ne s'est jamais sali les mains jusqu'à il y a quelques mois. Adam devait leur rendre des comptes et si la cohabitation avec les vampires leur déplaisait, ils l'avaient toléré, jusque-là.

— Jusqu'à la découverte de la prophétie, ajouta Giordano.

— Exact. Si vous aviez été une simple humaine ou une sorcière de moindre puissance, votre mutation n'aurait pas changé grand-chose, ajouta-t-il à l'adresse de Sarah. Cependant, avec les croisements de sang, d'ici quelques siècles, peut-être millénaires, les vampires seront également capables d'enfanter et ça, le Vatican ne le tolère pas.

— Une nouvelle forme de divinité aux yeux des Hommes, murmura Terrence.

— Désolée, je ne suis pas assez hypocrite ou mégalo pour accepter de devenir une divinité. Déjà que le protocole vampirique me gonfle ! clama Sarah.

Giordano sourit malgré lui. Sa petite-fille ne changerait décidément jamais !

— Mais finissez donc votre histoire, Monsieur Mancini. Comment le Vatican comptait-il me mettre hors-jeu ?

— Il…

— Fermez-la Mancini ! intervint de nouveau le cardinal.

Clairement agacée cette fois, Sarah fit volte-face et lui balança un coup de pied en pleine figure. Ce dernier tomba à la renverse sur le sol dans un bruit sourd, inconscient et le visage en sang. Les autres fermèrent une fois de plus les yeux, respirant profondément pour ne pas se mettre à hurler comme des damnés ou s'évanouir de peur.

— D'autres commentaires peut-être ? demanda la jeune femme à la cantonade.

Tous se contentèrent de baisser la tête, les yeux braqués sur leurs mains posées sagement sur leurs genoux.

— Bien. Je déteste que l'on interrompe une histoire, surtout lorsqu'elle me concerne et qu'elle semble passionnante !

Mancini avisa le corps à terre du saint homme, ferma les yeux une seconde, inspira profondément et se lança enfin pour la suite de son récit. James ne le quittait pas des yeux, prêt à bondir dès que l'occasion se présenterait. Quoi qu'il arrive, qu'il parle ou non, le chasseur ne sortirait jamais vivant de cette pièce et Giordano ne ferait rien pour que sa vie soit épargnée.

— Les cardinaux se sont réunis, ici même, dans cette pièce. Ils ont vite conclu, tout comme nous, qu'une fois la mutation achevée, personne ne pourrait plus rien contre vous. Votre enlèvement a donc été voté et financé. Adam avait décidé d'arrêter la traque vous concernant. Avec les Drake dans l'équation et ensuite votre grand-père, cela devenait bien trop dangereux. Nous avons beau avoir de nombreux moyens à notre disposition, nous restons de simples mortels. Lorsque les Grands Conseillers sont venus le voir, il était prêt à leur refuser notre aide. Vous étiez désormais des leurs, ils n'avaient qu'à se débrouiller eux-mêmes. Vous étiez devenue le problème du peuple vampire, plus le nôtre. Ils auraient bien entendu pu le tuer, mais Adam détenait les preuves de leur trahison et aurait pu prévenir votre grand-père. Bref, tout le monde tenait tout le monde. Du moins en théorie. Lorsque le Vatican a eu vent de cette histoire, il a menacé Adam de nous couper les vivres. Pour eux, cela équivalait à faire d'une pierre deux coups et il était hors de question de laisser passer une telle occasion de vous éliminer.

Giordano gronda sa colère tandis que James feulait, gardant de plus en plus difficilement le contrôle. Les ignorant malgré sa peur, Mancini enchaîna :

— Mais rien ne s'est passé comme prévu, Adam, sa famille et les Conseillers ont été tués.

— Pourtant nous revoilà au point de départ, gronda sourdement le roi-vampire. Et voilà que désormais, vous osez vous en prendre à mes arrière-petits-enfants.

Mancini sembla soudain porter tout le poids du monde sur ses épaules. Lentement, il se laissa glisser au sol et se prit la tête entre les mains.

— Les chasseurs ont décidé de se retirer définitivement de cette équation maudite ! Mais le Vatican… a décidé de combattre le feu par le feu, gémit Mancini. Ils ont envoyé des agents partout à travers le monde pour trouver une sorcière ou un sorcier capable de contrer votre petite-fille.

— Et qui, bien entendu, les servirait ensuite, commenta froidement le roi-vampire.

Il jeta un regard méprisant aux hommes toujours assis autour de la table. Pas un seul n'osait lever les yeux, pas un seul n'avait le courage d'affronter les conséquences de leurs actes. *Des lâches qui se cachent derrière un pauvre livre et leur maudite fonction pour ne jamais avoir à salir leurs saintes mains. Que penseraient leurs oyes, si pieuses, si pleines de confiance en eux, si elles apprenaient que l'argent qu'elles gagnent si durement, pour le leur remettre ensuite, finançait en réalité des assassinats et l'embauche de créatures condamnées par leur sainte Bible ? Tu ne laisserais point vivre la magicienne, sauf si elle est utile, bien entendu.*

— Sûrement, admit Mancini.

— Si les chasseurs avaient décidé de se retirer de cette affaire, pourquoi êtes-vous à Rome ?

Mancini se tourna vers les cardinaux, mais bien entendu, aucun ne leva le petit doigt pour l'aider. Ce dernier secoua la tête, clairement écœuré par leur comportement. Même celui qui s'était évanoui et qui avait entre-temps repris connaissance restait au sol, feignant la mort. *Pathétiques, voilà ce que sont ces bouffons pourpres, absolument pathétiques en plus de couards.*

— Parce que ces débiles se sont eux-mêmes piégés, ainsi que le reste de l'humanité, à leur propre jeu ! hurla Mancini avec hargne. Ah oui ! Ils l'ont menée avec succès leur mission ! Les résultats ont été bien au-dessus de leurs espérances ! N'est-ce pas messieurs ?

— C'est la personne que vous avez engagée qui a fait revenir à la vie les mangeurs d'âmes, grogna Giordano à l'adresse des cardinaux.

— Et désormais, ces sombres crétins ne savent plus comment se débarrasser ni de l'un ni de l'autre !

La magie envahit soudain l'espace. Giordano reporta son regard sur Sarah. Ses yeux fixes lui confirmèrent qu'elle avait une vision. Quand elle reprit enfin pied dans la réalité, elle ferma les paupières en respirant profondément comme si elle peinait à garder le contrôle. Giordano jeta un regard à Kylian qui lui aussi observait sa fille avec attention, prêt à intervenir. Lorsqu'elle les rouvrit, elle feula de colère.

— Comment avez-vous pu être aussi stupides ? gronda-t-elle sourdement. Votre maudite Bible ne vous a-t-elle donc rien enseigné ? Pour me mettre hors-jeu, vous avez signé un pacte qui pourrait se révéler être l'arrêt de mort de toute l'humanité !

Elle sauta de la table et ordonna :

— Debout !

Les religieux se tassèrent une nouvelle fois sur eux-mêmes, mais ne bougèrent pas. Sarah ricana, mauvaise cette fois.

— Oh, vous refusez de plier devant l'immonde créature démoniaque que je suis à vos yeux ? Soit. Abel, va donc me chercher le Saint-Père.

Ce dernier obtempéra sans attendre. Il revint quelques secondes plus tard, tenant le vieil homme, en pyjama, à bout de bras. Celui-ci semblait ne pas avoir eu le temps de sortir complètement du sommeil. Il regardait, hagard, les personnes présentes dans la pièce.

— Sarah Carter, la princesse-vampire et voici mon grand-père, Giordano Albrizio.

Cette fois, le Pape sembla tout à fait réveillé et se mit à gesticuler comme un fou pour échapper à la poigne d'Abel qui ricana sans chercher à cacher son amusement.

— Si, dans moins de dix secondes, vous n'êtes pas à genoux en rang d'oignon devant mon grand-père, Abel égorgera votre boss, compris ?

Cette fois, les cardinaux obtempérèrent, mais évitèrent le regard du roi-vampire.

— Et ça vaut pour vous aussi, ajouta-t-elle en retournant mettre un coup de pied dans les côtes de celui qui faisait toujours semblant d'être mort.

Sous la morsure de la douleur, il se plia en deux dans un cri. Sarah se contenta de poser sur lui un regard reptilien pendant qu'il rampait misérablement pour rejoindre ses collègues.

— Bien. Cependant, je ne puis vous garantir votre survie après ce que je m'apprête à confier à l'assistance, ajouta-t-elle, avec un sourire affable, à l'adresse du pape. Voyez-vous, mon mari est un peu… comment dire ? Sur les dents, en ce moment.

James ricana tandis que le Pape, qu'Abel tenait toujours par l'arrière de la veste de son pyjama bleu pâle, glapit pitoyablement.

— Venez donc vous agenouiller avec vos amis. Un peu d'humilité ne vous fera pas de mal, ajouta la jeune fille. Là, juste au milieu, ce sera parfait.

Les cardinaux se décalèrent pour lui faire une place. Sans ménagement, Abel le força à obtempérer.

— Juste avant d'accoucher, je voulais descendre au sanctuaire, commença-t-elle en marchant de long en large derrière les cardinaux sans les lâcher des yeux. Tu avais chargé le Conseil de chercher une lignée de sorciers suffisamment puissante pour faire revenir à la vie les mangeurs d'âmes.

— Je me souviens, acquiesça Giordano, les sourcils froncés.

— Seulement, j'ai eu une vision qui a déclenché les contractions. Elle était… pour le moins étrange, mais à cet instant, j'avais d'autres chats à fouetter que de me poser ce genre de question et elle m'est ensuite sortie de l'esprit. Ce n'est que ce soir que j'ai compris son sens ainsi que sa raison d'être.

— Qu'as-tu vu ?

— Quelque chose qui va fortement te déplaire, je crois.

Sarah esquissa un sourire carnassier.

— Nous allons jouer aux devinettes, qu'en dites-vous messieurs ? Le premier qui trouve la solution à cette énigme gagne le droit de vous massacrer comme les vulgaires insectes que vous êtes. Je crois pouvoir affirmer, sans trop m'avancer, que les chasseurs ne bougeront plus le petit doigt pour vous désormais et peu importerait la somme promise pour leurs services.

Les vampires présents purent nettement sentir l'odeur de la peur des religieux envahir l'air alors que leurs rythmes cardiaques s'emballaient, tels des chevaux devenus fous. Mancini, lui, fixait le dos de ces hommes qui les avaient conduits à leur perte, lui et les siens, avec hargne. En cet instant, il se fichait de mourir pourvu qu'ils y restent eux aussi.

— Alors voilà, c'est parti ! Voyons voir… Ce soir, nous cherchons une sorcière puissante, ayant une histoire commune avec les vampires, et avec le fabuleux livre de conte du Vatican. Amoureuse d'une seule chose, le pouvoir, elle ne doit pas apprécier que mes ancêtres m'aient offert la faculté de créer une nouvelle espèce de vampires plus puissante qu'elle. Ah ! Et ma vision, détail très important : deux têtes, l'une brune, l'autre blonde, émergeant de leurs tombes fraîchement creusées. Tic, tac, tic tac…

Les membres du clan premier se consultèrent du regard, sans comprendre où voulait en venir la princesse quand soudain Abel gronda :

— Non...

— Ah ! Je crois que nous avons un vainqueur ! s'enthousiasma Sarah en tapant des mains. Abel, une idée à nous soumettre ?

Ce dernier considéra son frère, les yeux emplis d'une haine farouche. Caïn fronça une seconde les sourcils avant de grogner de façon sinistre. La solution venait de frapper l'esprit du roi-vampire que les deux frères s'étaient déjà jetés sur les religieux, tels des fauves affamés. Le clan premier voulut se précipiter pour s'interposer, mais les frères maudits n'eurent aucun mal à se défaire de l'emprise de Nicolaï et de Félipe. Trois avaient déjà péri quand, avec flegme, Sarah se contenta d'activer le dôme de protection autour des quatre restants. Giordano soupira, elle avait eu un excellent réflexe. Ces chiens devaient détenir des renseignements importants et il était trop tôt pour s'en débarrasser. Tassés les uns contre les autres, tels des moutons apeurés, ils paraissaient plus pathétiques encore.

— Du calme les garçons, ordonna froidement la jeune fille. Je comprends et partage votre colère, mais nous avons encore besoin de ces chiens. Parce que cette fois, ils ne vont pas s'en sortir sans se salir les mains, hors de question !

Sitôt le dôme disparu, Abel cracha sur les cardinaux, écœuré. Quant à Sarah, elle était certes en colère, mais Giordano percevait autre chose qui ne lui plaisait guère. De la peur ?

— Qui est cette sorcière, Sarah ? demanda Giordano.

— Une seconde. Avant, je tiens à faire une dernière mise au point... Osborne !

Ce dernier sursauta presque, étonné, ou effrayé que la jeune femme s'adresse directement à lui.

— Votre Altesse ?

— Vous étiez, et êtes toujours, contre le retour de Caïn et d'Abel à la cour, n'est-ce pas ? Et vous pensez toujours qu'il ne s'agit que de l'un de mes petits caprices auquel mon grand-père a cédé.

Ce dernier parut outré et lança un regard affolé aux frères maudits.

— Pas la peine de nous lécher le cul, cracha Abel. On ne peut pas vous encadrer non plus, soyez-en assuré !

Osborne pinça les lèvres tout en tentant de garder une attitude aussi digne que possible.

— Je... je pense, en effet, qu'il n'était pas des plus judicieux de faire revenir ces deux personnes à la cour.

Sarah secoua la tête en levant les yeux au ciel.

— Il n'était pas des plus judicieux..., répéta-t-elle d'une voix de fausset. Une fois de plus, Osborne, vous me prouvez votre parfaite incompétence. Avoir les vampires les plus puissants de la création au sein du clan royal est sans doute l'atout le plus précieux dont nous disposons. Ils m'ont sauvé la vie ainsi que celle de mes enfants et, si nous avons de la chance, ils sauveront également la vôtre d'ici peu. Sachez, Monsieur Osborne, que je ne vous aime pas, mais alors pas du tout !

— Je... euh...

— Je me fous totalement de ce que vous avez à dire. Vous êtes le Conseiller de mon grand-père, pas le mien ! Cependant, méfiez-vous que l'un de mes caprices ne fasse pas en sorte d'asseoir mes amis à votre place au Conseil, grogna la jeune femme. Je n'ai que vingt ans et suis pourtant montée en première ligne plus souvent que vous en huit siècles ! Alors croyez bien que je me tamponne de votre opinion et que je n'ai rien à apprendre de vous.

Osborne serra les dents sous l'insulte à peine dissimulée, mais s'inclina tout de même en signe de respect. Giordano avait observé la scène avec calme. Sarah pouvait certes se montrer emportée quelques fois, mais jamais sans raison valable. Elle possédait un tempérament de feu qu'elle avait hérité de lui et pour lequel il ne pouvait la blâmer. De plus, elle n'avait pas tort, le Conseil s'était raté plus d'une fois depuis qu'il avait retrouvé la jeune fille et cela avait systématiquement manqué de lui coûter la vie. Aujourd'hui, elle était d'autant plus en colère qu'il ne s'agissait plus simplement de la sienne, mais de celle de ses enfants et comme toute mère qui se respectait, elle ne pouvait le tolérer. Il était fier d'elle, malgré les embûches que la vie lui avait imposées, elle était devenue une belle jeune femme, intelligente, responsable et à l'écoute des siens.

— Tu as fini ? demanda le roi-vampire, amusé malgré lui.

— Hum… Oui ! répondit Sarah en lui adressant un sourire éblouissant. Nous pouvons revenir à nos moutons. Béééé !!! cria-t-elle en se penchant sur les cardinaux qui sursautèrent de concert.

Le clan premier ricana en écho.

— Ces débiles n'ont rien trouvé de mieux que de s'adresser à la pire sorcière de toute la création, reprit-elle. Ils pensaient qu'elle pourrait me contrer parce que, comme moi, elle est mi-sorcière, mi-vampire…

— C'est la pire des plaies de ce monde, doublée d'une traînée et d'une fourbe de premier ordre ! s'emporta Caïn en balançant un guéridon qui se trouvait là à travers la pièce.

Kylian eut seulement le temps de se baisser pour l'esquiver qu'il alla exploser contre le mur. Lorsqu'il se redressa, il eut l'air inquiet.

— Non… ne me dites pas que…, commença le viking.

— Oh, mais si papa, on te le dit, ils se sont adressés à Lilith elle-même !

Mon grand-père avait feulé si fort que, même moi, j'avais eu un mouvement de recul. Son visage était déformé par la fureur. Le cardinal qui avait perdu connaissance remit ça une nouvelle fois, tandis que deux autres se faisaient littéralement dessus. Je levai les yeux au ciel, exaspérée. *Ils n'ont pas eu la trouille de contacter celle connue comme la reine des succubes, ou du jugement de leur Père quant à leur petite offrande personnelle, mais on feule un peu fort, il n'y a plus personne ! Pfff, Lily a raison, c'est suspect des mecs en robes !*

— C'est vous, gronda mon grand-père, qui avez livré ces touristes à Lilith pour nourrir ses mangeurs d'âmes ! Vous avez pratiqué des sacrifices humains !

— Nous n'avons participé à rien ! s'insurgea le Pape.

— Oh, par pitié ! m'écriai-je. Épargnez-nous le coup du mensonge par omission !

— Où est cette chienne ? hurla Abel.

Les ecclésiastiques se jetèrent des regards affolés.

— Ces crétins n'en ont pas la moindre idée, dis-je, ironique. Elle les a plantés dès qu'elle a eu assez d'énergie à disposition pour ramener ses horreurs. Combien d'exorcistes avez-vous perdus dans ce combat avant de vous rabaisser à me demander mon aide ?

Giordano haussa les sourcils.

— Trois, murmura le Pape.

— Parce qu'après avoir tenté de la tuer, vous pensiez vraiment que ma petite-fille allait vous sauver ?

Le Pape se décida enfin à relever la tête pour planter son regard dans celui du roi-vampire.

— Vous ne comprenez pas ? Nous n'avons pas le choix, et vous non plus ! Si elle n'intervient pas pour la stopper et renvoyer ces horreurs d'où elles viennent, nous mourrons tous, les humains, les sorciers, les vampires, tous !

— Oh que si je comprends, gronda Giordano. Vous étiez prêts à tout, y compris à sacrifier une fois de plus des innocents, pour ne pas renoncer au petit pouvoir que vous exercez sur le monde ! Toute la communauté immortelle a condamné Lilith et ses agissements il y a de cela des siècles ! Je ne parle même pas de la vôtre ! Mais non, bien que vous sachiez parfaitement quel genre de personnage elle incarne, vous n'avez pas hésité à l'engager. Vous vous êtes alliés à la pire des créatures de ce monde pour éliminer ma petite-fille qui elle, n'a jamais voulu de mal aux humains et qui s'efforce, chaque jour, de se battre contre sa propre nature afin de conserver un équilibre entre nos vies et les vôtres !

— Vous…

— Silence ! hurla le roi. Tout ça pour quoi ? Ne pas renoncer à la face du fils Borgia qui orne vos églises ? Et là aussi, vous allez nous maintenir que c'est au nom de Dieu que vous avez sacrifié ses enfants ? Que c'est sur sa demande que vous avez pris le risque de faire disparaître l'humanité toute entière ?

— La situation nous a échappé, convint le Pape. Mais…

— Échappé ? Vous n'avez jamais rien contrôlé, bande d'imbéciles ! hurla Caïn à son tour. Vous n'avez pas idée de ce dont elle est capable ! Vous lui avez offert sur un plateau le moyen d'assouvir son plus vieux rêve : asservir le monde !

— Et maintenant qu'elle l'a, elle ne le lâchera pas sans se battre. Vous n'avez pas provoqué un simple problème, mais bel et bien une guerre sans précédent entre elle et le reste de l'humanité ! enchaîna Abel.

— Mais tous ensemble nous pourrions…

Sarah s'accroupit devant le Saint-Père et lui saisit le menton, l'empêchant de finir.

— Sachez que je ne passe jamais de marché, avec personne, et encore moins avec les culs bénis. Je préfère les démons, eux au moins assument ouvertement leurs travers ainsi que leur nature. Avec eux, pas de surprise, on sait à quoi s'attendre, si l'on fraye avec eux, c'est en toute connaissance de cause. Vous avez condamné à mort de pauvres gens innocents pour servir vos propres desseins et d'autres ne tarderont sûrement pas à venir. Tout ce sang a été versé au nom de votre Père. Pourtant, c'est aux enfants de Lucifer que vous venez demander de nettoyer votre merde ! Ironique comme situation, vous en conviendrez. Jamy ?

— Oui, princesse ?

— Tu veux savoir quel était le plan exact de notre cher Pape pour me forcer à coopérer ? Je suis certaine que tu vas adorer.

James s'approcha, braquant déjà sur l'homme d'Église un regard noir de haine.

— Avec plaisir, grogna-t-il d'une voix sourde.

— Garder nos petits prisonniers dans une cage de cristaux et les affamer jusqu'à ce que je cède et monte au front pour eux. Si jamais je n'étais pas revenue... il se serait contenté de les faire décapiter avant de les immoler.

Un grondement sourd monta de la poitrine de mon mari, éveillant mes instincts les plus primaires. Ma partie animale vibrait à l'unisson de la sienne. Une seule réponse était envisageable à la menace de nos petits : la mort. J'esquissai un sourire mauvais et lâchai l'autre avant de lui asséner une tape sur la joue.

— Je vous avais prévenu qu'il était sur les dents, ironisai-je.

— Tue ce chien, James, ordonna alors mon père.

Je levai les yeux vers le viking, quelque peu surprise qu'il ordonne lui-même le meurtre d'un être humain. Ses yeux étaient noir d'encre et ses lèvres retroussées sur ses dents qui luisaient dorénavant sans équivoque. Lui aussi luttait contre sa nature profonde pour ne pas commettre un carnage. Pour la première fois depuis que je le connaissais, Kylian, mon père, l'homme sage et plein de compassion, avait totalement laissé place au vampire. Au prédateur, violent, sanguinaire et sans pitié. James saisit le Saint-Père par le col de sa veste de pyjama et le releva lentement. Le cœur de l'homme battait si vite que le parcours de son sang dans ses veines ressemblait à celui d'une rivière en crue. Les yeux exorbités, il fixait James, incapable de prononcer le moindre mot. Transis d'effroi par la scène qui se déroulait sous leurs yeux, les cardinaux semblaient avoir oublié leur Dieu et leurs chères prières, car aucun n'ouvrit la bouche. Mon mari esquissa un sourire mauvais, laissant tout le temps à sa victime de prendre pleinement conscience de ce qui allait suivre. Il ressemblait plus que jamais à un démon, pourtant, jamais je ne l'avais trouvé plus beau ou désirable qu'en cet instant. Je soupçonnais que ce soir était revenu à la vie l'ancien James, celui d'avant sa rencontre avec Kylian, celui, qu'au fond, je ne connaissais pas. Pourtant, je ne l'en aimais que davantage. Il avait lutté des années durant pour maintenir en retrait cette facette de sa personnalité et cette nuit, pour nous protéger les jumeaux et moi, il n'avait pas hésité une seconde à la faire réapparaître, réduisant tous ses efforts à néant. Lorsqu'il planta ses dents dans la jugulaire de l'homme d'Église, je ressentis une immense vague d'amour pour lui. Sans lâcher sa proie, il prit ma main et m'attira à lui. Comprenant où il voulait en venir, je plongeai à mon tour ma tête dans le cou du Saint-Père. Nous lui donnâmes la mort, ensemble. Il laissa ensuite tomber le cadavre de notre victime devant les cardinaux. Les yeux grands ouverts, il semblait leur demander pourquoi.

— C'est la première et la dernière fois que je vous préviens, gronda James en les fusillant du regard. Ne vous approchez plus jamais, ni vous ni vos agents, ni les chasseurs, de ma femme ou de mes enfants. Car oui, ils sont deux. Dans le cas contraire, je vous traquerai et vous massacrerai. Vos morts seront atrocement longues et douloureuses. Je ne suis pas votre Dieu, je ne pardonne pas, jamais !

Les cardinaux baissèrent la tête, tremblant comme des feuilles. Puis James s'approcha de Mancini, toujours prostré au sol.

— Debout, ordonna-t-il froidement.

Ce dernier obtempéra machinalement.

— Faites ce que vous avez à faire, mais faites-le vite, se contenta de dire le chasseur en levant la tête pour offrir sa gorge.

James le considéra de la tête aux pieds, sans cacher son mépris. Mancini avait beau vouloir faire montre de courage face à la mort, aux yeux de mon mari, il n'incarnait qu'un lâche ayant passé la majeure partie de sa vie à traquer une femme et une enfant qui n'avaient rien demandé d'autre que de vivre tranquilles. Il se contenta de lui arracher la carotide et de le laisser se vider de sang sur le sol.

Giordano s'avança de nouveau face aux cardinaux qui n'avaient pas bougé d'un pouce. Seuls leur rythme cardiaque ainsi que leurs gémissements et leurs sanglots permettaient de savoir qu'ils étaient encore en vie. Le roi-vampire les considéra de toute sa hauteur, aussi froid qu'un iceberg. Ces hommes, qui d'habitude observaient le monde de haut, bien à l'abri dans leur petite bulle de luxe, loin des prédateurs – qu'ils avaient pourtant eux-mêmes engendrés – pour ne pas ternir l'image de leur business, n'auraient jamais pu imaginer que la violence extérieure viendrait les faucher ici. Ils avaient protégé leurs coupables, dissimulé les crimes souvent, plains les victimes parfois, et s'étaient contentés de laver leurs consciences à grand renfort de prières. D'aucuns n'avaient imaginé se retrouver un jour dans ce rôle. Comment cela aurait-il été possible ? Ils faisaient partie des puissants de ce monde après tout. Ils avaient songé, à raison dans la plupart des cas, que leurs simples robes suffisaient à imposer le respect et la crainte. Du moins concernant les humains. Humains qui, ils l'avaient encore prouvé ce soir, ne pesaient pas bien lourd dans la balance en comparaison de leurs pouvoirs et privilèges. Giordano avait traversé les siècles en même temps que l'Église et un point en particulier l'avait toujours fait tiquer. Celle-ci était censée n'être qu'amour, pardon et compassion, en totale opposition avec la monarchie vampirique. Pourtant, contrairement à celle-ci qui ne protégeait que son cercle restreint, ses *apôtres*, le monarque vampire se devait de protéger toute la communauté, courtisans ou non. Un point qui, aussi aberrant puisse-t-il être, le rendait plus humain que ces hommes qui estimaient que les démons c'étaient eux. Et aujourd'hui, après avoir mis l'équilibre du monde en péril, ils avaient le culot de venir leur demander de l'aide. Peu importerait le fin mot de l'histoire ou les conséquences de celle-ci, le Vatican en sortirait tout de même grand vainqueur, auréolé de gloire. Le roi-vampire se demandait s'il devait en rire ou en pleurer. *En pleurer de rire je dirais,* ricanai-je, percevant parfaitement ses pensées.

— Messieurs, déclara-t-il soudain. Vous avez passé un pacte avec un démon et ce soir, vous êtes prêts à en passer un nouveau, cette fois avec le diable. Soit, mais sachez que contrairement à Lilith, je n'hésiterai pas à réclamer mon dû. Et s'il vous venait l'idée stupide de vouloir également annuler votre contrat avec moi, réfléchissez bien. Car seule votre mort mettrait fin à ce dernier.

Cette fois, l'un des cardinaux leva la tête pour regarder le roi-vampire, les yeux emplis de surprise.

— Vous allez nous aider ? demanda-t-il.

— Ai-je le choix ? Je vous rappelle que vous avez livré l'humanité en pâture à ce monstre de Lilith. Si mon peuple est plus puissant que le vôtre à bien des égards, il a besoin des Hommes pour survivre. Leur disparition entraînerait la perte des miens et je ne peux le tolérer. Malgré tout, chaque erreur a un prix et vous devrez vous acquitter de celui des vôtres un jour.

L'ecclésiastique hocha la tête nerveusement, acceptant les conditions sans même demander de quoi il s'agissait exactement. *Ils sont encore plus stupides que je ne l'imaginais. Une fois de plus, pour atteindre leur but et se couvrir, ils sont prêts à tout. Comment peut-on confier la charge de guider autrui à de tels égoïstes et inconscients ?* Le roi-vampire préférait ne pas avoir la réponse à cette question.

— Cependant, encore une chose avant que nous partions et que vous commenciez votre petit ménage. Tout ce qui s'est passé ce soir a été filmé, si jamais vous comptiez révéler notre existence pour vous dédouaner de vos erreurs, je ferai en sorte que le monde entier voie la vidéo.

Il hocha une nouvelle fois la tête, mais avec crainte cette fois.

— De plus, si vous vous en prenez encore une fois à ma famille, de près ou de loin, le Vatican n'existera plus que dans les livres d'histoire. Me suis-je bien fait comprendre ?

Pâle comme la mort, le religieux bafouilla.

— Euh… je … oui, parfaitement.

— Très bien.

Mon grand-père nous fit signe et nous quittâmes les lieux comme nous étions venus.

Chapitre 9

Installée dans le salon, en compagnie de ma famille, je regardais la télévision tout en donnant le biberon à Alicia tandis que James m'imitait avec Julian. Sur toutes les chaînes du monde, la même information tournait en boucle : la terrible série noire ayant touché le Vatican trois jours plus tôt. Officiellement, le Saint-Père avait quitté ce monde pendant son sommeil, le Cardinal Valencio avait fait une attaque en apprenant la terrible nouvelle. Très proche du Pape, le choc avait été trop violent pour lui. Et enfin, l'avion de ce brave Cardinal Cardeso s'était écrasé quelque part en mer alors qu'il rejoignait le Vatican suite à cette annonce.

Des milliers de personnes se pressaient désormais devant le palais pontifical, pleurant et geignant la perte de leur gourou comme si leur vie s'était achevée en même temps que la sienne. S'ils avaient su que ce dernier n'aurait pas hésité une seconde à les sacrifier pour se sauver lui-même, sans doute auraient-ils économisé leur temps, leur argent, mais surtout leurs larmes !

Une fois de plus, je fus dépitée de constater à quel point les choses n'avaient pas évolué depuis des siècles. Malgré les progrès scientifiques, les nouvelles technologies, l'ouverture sur le monde qui s'était considérablement agrandie, une partie du monde baignait toujours dans une forme d'obscurantisme primaire. Les populations s'étaient battues ou se battaient encore pour ne plus vivre sous le joug de rois ou de dictateurs, et eux, pour une raison qui m'échappait totalement, semblait désemparés à l'idée de ne plus avoir personne leur dictant quoi faire et penser. Rome, ainsi que le reste de la planète, était en deuil de ces fourbes manipulateurs et les décès des personnes qu'ils avaient livrées à Lilith étaient passés depuis un moment aux oubliettes… Abel n'avait finalement pas tort lorsqu'il utilisait le terme de troupeau afin de qualifier les humains, car à présent, que pleuraient-ils si ce n'était un berger qui n'aurait pas hésité à les abattre pour survivre ?

Je reposai le biberon d'Alicia sur la table basse, lui essuyai la bouche avec son bavoir et soupirai malgré moi d'agacement. James fit de même, un sourire ironique aux lèvres. Lui non plus ne supportait pas que ces hommes, assez cruels pour avoir livré des humains innocents, telles de vulgaires têtes de bétail, à Lilith, passent pour des héros aux yeux du monde.

— Quand je pense que certaines de ces personnes prient depuis des heures, en plein soleil, pour le salut des âmes de ces pourritures, grimaça Lily. Ça va leur prendre un moment avant de parvenir à effacer l'ardoise !

— Si tant est qu'ils n'en aient jamais eu une en plus, renchérit Gwen, morose. Traiter ma fille d'abomination après ce qu'ils ont fait ! Le moins que l'on puisse dire, c'est qu'ils ne manquent pas de culot !

— Comment ont-ils pu en arriver à de telles extrémités ? ajouta Maggie. Sarah détient certes de puissants pouvoirs, elle a, je le leur accorde, craqué pendant la rage de sang, mais pas plus que d'autres vampires avant elle ! Pourtant, le Vatican n'a jamais bougé jusque-là. Je ne vois pas en quoi le fait que sa lignée puisse avoir des enfants serait plus grave que Lilith asservissant le monde !

— Ces abrutis ont naïvement pensé que comme la plupart des humains, Lilith se contenterait de privilèges et d'argent. Or, cela ne lui suffisait déjà pas lorsqu'elle était encore humaine. Cette vipère n'aime rien d'autre plus que le pouvoir et la domination, cracha Abel.

Les frères maudits ne décoléraient pas depuis ces soixante-douze dernières heures. Si nous les avions laissé faire, ils auraient très certainement rasé le Vatican et abattu tous ceux qu'il abritait. Malheureusement, et même si cela ne m'aurait pas déplu, ce genre de massacre n'aurait fait qu'attirer l'attention sur nous. Si Abel, plus exubérant que son frère, vociférait sans gêne et laissait sortir sa colère, je m'inquiétais davantage pour Caïn. Depuis cette annonce, il n'avait fait que peu de références à son ex-femme ; pour ne pas dire aucune. Il se contentait de répondre aux questions de façon succincte, silencieux le reste du temps, comme perdu dans ses sombres pensées. Je pouvais le comprendre. Cette femme lui avait brisé le cœur, à lui comme à son cadet. Ils lui avaient offert un amour sincère, désintéressé et, en échange, n'avait eu droit qu'à mensonges, manipulations, et mort. L'entrée de Lilith dans leur existence n'avait pas seulement mis fin à leurs vies humaines, mais aussi à celles de tous ceux qu'ils avaient pu aimer jusqu'à ce jour fatidique, leur propre mère y compris. Depuis, pas une fois elle ne s'était excusée ou n'avait éprouvé le moindre remords. Pas une fois, elle n'avait tenté de comprendre pourquoi ils lui en voulaient, pourquoi le prix de leur immortalité leur avait semblé bien trop élevé, même comparé aux puissantes facultés dont ils disposaient depuis. Au contraire, elle avait estimé que les deux frères auraient dû se montrer plus reconnaissants à son égard, qu'ils n'étaient que deux petits garçons ingrats. Face à ce manque de considération pour sa petite personne, elle s'était éclipsée, les laissant là, livrés à eux-mêmes et à leur malédiction, se moquant totalement de ce qu'il pourrait advenir d'eux à présent qu'elle avait obtenu le pouvoir qu'elle espérait. Ils ne l'avaient jamais revue, mais avaient plus ou moins suivi ses déplacements sur le globe à travers les rumeurs du monde de l'occulte et avaient tout fait pour rester à distance du poison qu'incarnait Lilith. Plusieurs guerres ou génocides avaient été de son concours, elle avait œuvré dans l'ombre pour nombre de grands de ce monde, puis avait soudainement disparu des écrans radars il y avait quelques mois de ça. Peu avant ma mutation. Voilà pourquoi Abel n'avait pu la joindre pour m'aider, elle travaillait déjà à tenter de m'éliminer. Elle avait certainement eu vent de la prophétie avant même que le Vatican ne la contacte et s'était arrangé pour qu'ils la trouvent, car si elle avait vraiment voulu leur échapper, elle y serait parvenue ans l'ombre d'une difficulté. Elle s'était sûrement alors rendu compte que, pour la première fois depuis des millénaires, une sorcière serait capable de rivaliser avec elle et ne l'avait pas supporté. Surtout que contrairement à elle, je disposais désormais d'une lignée de sang, d'une famille. Lilith était la fille d'une sorcière, mais son père était humain. Alors que j'étais issue de deux des plus puissants clans de sorciers ayant jamais existé et, surtout, traversé les siècles.

Terrence s'en voulait de ne pas l'avoir traquée et tuée plus tôt, de ne pas s'être inquiété outre mesure de cette soudaine disparition, de ne pas avoir su protéger Abel, et maintenant moi de ses sombres agissements. Il portait la responsabilité de toutes ces horreurs commises au fil du temps, alors qu'en réalité, eux aussi n'avaient été que les pauvres marionnettes et victimes de cette maudite femme.

— Ils voulaient éviter que Sarah ne devienne une nouvelle divinité vivante aux yeux des Hommes, ils ne seront pas déçus de la manœuvre si c'est Lilith qui y parvient ! continua-t-il. Là, ce sera le diable en personne qui mènera la danse !

— Il faut à tout prix trouver un moyen de la mettre hors-jeu… et vite, ajouta Celia.

Je me levai, déposai ma fille dans les bras de Lily avant de me servir calmement un verre de sang.

— Lilith va mourir, affirmai-je froidement. J'ignore encore comment, mais c'est une certitude.

— Elle n'est pas une simple sorcière et elle est bien plus âgée que toi en tant que vampire, argua Félipe. Autrement dit, plus puissante. Nous ne savons pas non plus de combien de mangeurs d'âmes elle dispose à présent. Il faut un plan bien rodé avant de se jeter dans la gueule du loup.

— Peut-être, mais elle est seule alors que j'ai mon grand-père, Abel, Caïn et mes enfants avec moi. Je suis d'accord pour avoir un plan qui tienne la route, c'est un point indispensable avant de livrer n'importe quelle guerre. Cependant, le temps nous est compté et pas seulement à cause des ombres qu'elle pourrait se procurer d'ici là. Nous allons devoir frapper fort et de façon radicale, car si les vampires estiment, ne serait-ce qu'un seul instant, que le vent risque de tourner en faveur de Lilith, certains n'hésiteront pas à changer de camp.

— Effectivement, certains retourneront rapidement leurs vestes s'ils pensent que cela peut servir leurs intérêts ou seulement les sauver d'une mort certaine, acquiesça mon grand-père.

— Ils voyaient Sarah d'un mauvais œil à cause de ses pouvoirs, ce serait stupide de lui préférer Lilith ! s'indigna Maggie.

— Peut-être, mais elle incarne notre créatrice à tous, intervint Félipe. Et comme Sarah l'a souligné, elle est dotée de moins de pouvoirs qu'elle. De plus, elle ne peut avoir d'enfants…

— Donc on remettrait en place une monarchie classique, ou plutôt une dictature. Génial… Et si tu tentais de lui jeter le même sort que celui dont Giordano et toi avez été victimes ? m'interrogea la jolie rousse.

— J'y ai songé lorsque je pensais qu'il s'agissait d'une sorcière quelconque, mais cette option ne tient plus. Un sort de lignée aurait détruit le sorcier ainsi que sa famille et dans le cas présent…

— La lignée de Lilith, c'est nous tous, grimaça Lily en posant son regard sur ma fille qui ne me lâchait pas des yeux, comme si elle suivait la conversation avec beaucoup d'intérêt.

— Areuh, gazouilla-t-elle après avoir craché sa tétine.

— Ahaha, répondit Julian.

La magie envahit aussitôt l'espace, elle emplit tout le palais au point que les courtisans commencèrent à s'agiter dans les couloirs et les jardins. Au loin, le tonnerre gronda sourdement. Soudain, la pièce fut baignée d'une lumière mauve. Je regardai au-dehors et souris en secouant la tête avec indulgence. Les jumeaux avaient activé le dôme de protection sur la propriété. Des arcs bleu électrique et rose le balayaient de part en part, renforçant encore sa faculté répulsive. Les autres se levèrent, sidérés de la puissance du phénomène tandis que mon grand-père restait paisiblement assis dans son fauteuil, les jambes croisées, son verre de sang posé sur l'accoudoir.

— Pouvoirs offensifs de papa et défensifs de maman, que demande le peuple ? s'amusa-t-il.

— *Calmati i miei piccoli angeli*, ajoutai-je avec douceur.

Le dôme demeura en place quelques secondes puis disparut. Je n'avais pas besoin de sortir sur le balcon pour savoir que la plupart des courtisans qui se trouvaient dans les jardins, en contrebas, avaient levé la tête pour regarder la fenêtre de la pièce où nous nous trouvions. Certains avec curiosité, d'autres avec crainte et tous en se demandant pourquoi un tel arsenal venait d'être déployé.

— Bravo mes amours, les félicita James avec un grand sourire. C'est très bien pour une première fois. Papa est fier de vous et vous verrez, en vous entraînant, ce sera parfait.

Je levai les yeux au ciel. James ne ratait jamais une occasion de féliciter nos enfants, quoi qu'ils fassent. Selon lui, c'était la meilleure façon de leur donner confiance en eux. Pour ma part, et étant donné l'étendue de leurs pouvoirs, je préférais qu'ils ne la prennent pas trop, la confiance.

— Pour le moment, ajoutai-je, c'est l'heure. Le temps est venu pour le peuple vampire de rencontrer ses princes.

— En effet, il serait mal vu qu'ils soient en retard pour leur première apparition publique, convint mon grand-père en se levant.

— Je vais t'aider à les changer, annonça James.

Mon grand-père leur avait, à tous deux, fait confectionner des tenues par son couturier personnel. Alicia serait vêtue d'une petite robe gris perle, assortie au costume de son frère, parfaite réplique de celui de Giordano. Ils porteraient par-dessus des petits manteaux de velours bordeaux doublé de soie de la même couleur. Lorsque nous terminâmes, je ne pus m'empêcher de rire en regardant mes enfants.

— On dirait des petits chaperons rouges, s'amusa Maggie.

— Et dire que dans quelques années, ce seront eux les grands méchants loups, ajouta James en réajustant la capuche de Julian.

Giordano, lui, considéra les petits une seconde avant qu'un large sourire, plein de fierté, n'étire ses lèvres.

— Magnifiques, dit-il. Ils sont tout bonnement magnifiques. Avant que nous ne descendions, grand-père Giordano a un cadeau pour vous.

Il sortit alors de la poche intérieure de sa veste de costume un étui de velours noir dont il extirpa deux petits cordons de cuir auxquels étaient suspendus des phénix de jade. Face à mon air surpris, il expliqua dans un sourire :

— J'en ai fabriqué quelques-uns d'avance à l'annonce de ta grossesse.

Je me rendais compte à quel point l'annonce d'une future descendance avait fait plaisir à mon grand-père. Lui qui avait, des siècles durant, été le seul survivant de son clan retrouvait désormais une véritable famille dont il incarnait le patriarche. Comme cela avait été le cas pour moi, l'oiseau se mit à luire doucement dès qu'il les passa aux cous des jumeaux. Ces derniers observèrent le phénomène avec de grands yeux étonnés, sans pour autant paniquer. Quand il prit fin, ils se contentèrent de soupirer et de s'acharner de nouveau sur leurs tétines.

— Ils sont fin prêts, nous pouvons y aller, déclara le roi-vampire.

Nous attendîmes que le clan premier ait pris place autour du trône avant de remonter à notre tour l'allée menant à celui-ci. James tenait dans ses bras Alicia, moi Julian. Leurs capuches dissimulaient leurs petits visages. Sur notre passage, les murmures allèrent bon train.

— Oh, ils sont deux !
— Ils sont si petits !
— Le roi doit être aux anges, il a désormais trois descendants assurés !
— La prophétie n'avait pas mentionné l'éventualité de jumeaux !
— Comment vont-ils faire pour choisir lequel des deux occupera le trône ?
— Je me demande s'ils ont hérité des mêmes pouvoirs que leur mère.

Voilà, là, je reconnaissais bien là les courtisans, s'inquiétant davantage de savoir qui devrait exactement être la cible des attaques avant de se réjouir d'un quelconque événement, aussi rare soit-il. Lorsque nous fîmes enfin face à la cour, James et moi entourant Giordano, celui-ci obtint le silence d'un simple regard sur l'assistance.

— Aujourd'hui est un jour particulier pour moi, annonça le monarque. J'étais déjà le plus heureux des hommes lorsque j'ai retrouvé ma petite-fille, mais celle-ci m'a offert un bonheur plus grand encore ! En effet, elle ne m'a pas donné un, mais deux arrière-petits-enfants ! Aujourd'hui, peuple vampire, j'ai non seulement l'honneur, mais surtout l'immense joie de vous présenter Julian et Alicia, les nouveaux princes vampires !

James et moi retirâmes les capuches des enfants pour les soulever au-dessus de nos têtes, les présentant à leur peuple. Je n'aimais pas particulièrement ce moment. J'avais l'impression de les offrir en pâture aux fauves. Cependant, je n'avais pas d'autre choix que de suivre le protocole, du moins sur ce point. Le peuple avait le droit de savoir qui régnerait sur lui un jour.

Les courtisans se levèrent d'un mouvement synchrone et un tonnerre d'applaudissements retentit ainsi que des :

— Vive le prince ! Vive la princesse !
— Longue vie aux petits princes !

Je me retins de justesse de lever les yeux au ciel face à tant d'hypocrisie. James et moi les portions désormais normalement, face à la foule. Imperturbables, les jumeaux observaient les courtisans en liesse, sans bouger un cil. Comme s'ils avaient fait cela à de nombreuses reprises ou que ce qui se passait les indifférait. Ce qui devait être le cas d'une certaine façon. Ils n'étaient âgés que de quelques jours, alors les petites histoires de la cour ne pesaient pas bien lourd en comparaison de leurs biberons pleins.

— Peuple vampire, le moment est venu de prêter allégeance à vos princes ! ordonna Giordano d'une voix de Stentor.

Ce dernier obtempéra en feulant de concert. Le bruit se répercuta sur les murs de pierre brute et fut si puissant qu'il ressembla à un rugissement d'une meute de fauves enragés. Je craignis que les petits aient peur, peu habitués à ce genre de réaction, mais contre toute attente, ils demeurèrent une fois encore très calmes. Ils parcoururent l'assemblée de leurs petits yeux abyssaux avant de cracher leurs tétines avec nonchalance et de feuler à leur tour, tels des chatons en colère. Malgré tout, les courtisans tombèrent à genoux, têtes baissées. Giordano posa sur eux un regard empli de satisfaction et de fierté. Pour la première fois, le peuple vampire se soumettait devant eux.

Kylian auscultait les jumeaux pendant que les autres s'affairaient à trouver une solution pour mettre la main sur Lilith. Le temps pressait, j'en avais conscience, mais je me refusais à mettre en attente ma vie et mes devoirs de maman à cause de cette histoire. Allongés sur la table, les bébés gazouillaient gaiement en regardant leur grand-père. Nous savions déjà qu'ils se nourrissaient exclusivement de sang, qu'ils ne dormaient pas, qu'ils savaient se servir de leur magie et la faire fusionner pour en augmenter la puissance, comme je le faisais avec leur père. Cependant, nous avions également remarqué qu'ils étaient plus éveillés que la moyenne et étant donné que ma grossesse s'était déroulée en avance rapide…

— Leur croissance est légèrement plus rapide que celle d'un enfant parfaitement humain, mais il leur faudra malgré tout plusieurs années avant de parvenir à leur taille adulte. En revanche, ils sont très en avance sur leur développement psychomoteur, expliqua le viking. Ils observent beaucoup et réagissent à leur environnement, semblent déjà comprendre certains mots et tendent les mains vers les gens ou les choses qui les intéressent. Ils ont à peine quinze jours, mais ont le raisonnement de bébés âgés d'entre quatre et six mois.

— Bravo mes petits génies, s'amusa James en posant la main sur leur ventre pour les chatouiller.

Les petits se mirent à rire de concert en battant des pieds.

— J'adore les entendre rire ! s'extasia Lily.

— Il y avait bien longtemps que nous n'espérions plus entendre ce son à la maison, ajouta Gwen en souriant. Et pour la nourriture ? Alicia est plus petite, mais elle a tendance à vouloir manger davantage que Julian. Doit-on la laisser faire selon toi ou la restreindre un peu ?

Kylian posa les yeux sur les petits qui jouaient toujours avec leur père, lui tirant les cheveux à qui mieux-mieux alors qu'il riait. Il sourit malgré lui.

— Les enfants ne connaissent pas encore la gourmandise à cet âge, je suis d'avis que nous laissions Alicia gérer ses besoins pour le moment. Nous verrons ce qu'il en sera lorsqu'elle grandira. Elle ne semble pas agressive et ne nous arrache pas le biberon des mains pour se jeter dessus, ce qui signifie qu'elle contrôle sa soif.

— Mais pas son caractère, m'amusai-je.

Alicia braillait en fixant son frère, les sourcils froncés, alors qu'il maintenait sa tétine dans sa bouche avec sa main. Elle tentait de se servir de la télékinésie pour la lui voler, encore.

— Non. Tu as la tienne Aly, intervint James en lui mettant sa propre tétine dans la bouche. C'est exactement la même, alors tu n'as pas à prendre celle de ton frère.

En guise de réponse, elle la cracha en feulant, ses petits poings serrés, comme le faisait Lily lorsqu'elle était énervée. Sûrement à bout de patience, Julian lui envoya une mini impulsion sur le bout du nez avant de poser sa seconde main sur sa bouche, aucunement décidé à céder son bien. Sa jumelle se mit à hurler de plus belle. Autant à cause de la sensation de picotement sur son nez que parce qu'il refusait de lui céder.

— Julian ! On n'envoie pas d'impulsion sur sa sœur ! le gronda James. Quant à toi, tu l'as cherché, ajouta-t-il à l'adresse de notre fille. Tu n'as qu'à pas lui voler ses affaires.

— Elle doit trouver que celle de Julian a meilleur goût ! rit Lily en le prenant dans ses bras.

— Elle le fait pour tout, contredis-je. Si je la laissais faire, elle lui prendrait également son biberon et son ours. Julian a raison de ne pas se laisser faire. Partager est une chose, tout céder une autre.

— Un jeu de dominance s'installe souvent entre les jumeaux, expliqua Kylian. C'est un phénomène normal. Lily et James ont dû vivre le même genre d'expérience pendant leur enfance.

— En effet, admit James en prenant à son tour sa fille pour la bercer. Lily et moi voulions systématiquement les mêmes choses au même moment et faisions tout pour obtenir l'intérêt de nos parents lorsque nous estimions que l'autre en avait trop. Je ne compte plus les fois où nous nous sommes retrouvés au coin parce que nous refusions de trouver un terrain d'entente !

Lily rit à son tour.

— Ouais, maman avait le don de nous mettre rapidement d'accord !

— Et je vais devoir en faire autant, ajoutai-je en grimaçant. Leurs pouvoirs compliquent quelque peu la donne. On ne peut pas se permettre qu'ils se chamaillent en public. Imaginez qu'ils commencent à se balancer des impulsions en plein milieu d'un centre commercial.

— Oui, ça risque de devenir compliqué, convint ma mère. Vous étiez humains à l'époque, ce qui n'est pas leur cas. Leurs mésententes infantiles pourraient avoir de graves conséquences. Nous allons rapidement devoir leur apprendre à se contrôler, à l'extérieur en tous cas.

— Chaque chose en son temps, coupa Kylian avec calme. Pour le moment, ils sont en bonne santé et ne peuvent pas quitter le palais. Nous aviserons en temps voulu.

Je hochai la tête avant de déposer mes petits dans leurs berceaux respectifs. Mon grand-père en avait sculpté un nouveau, identique, pour Alicia. Il s'agissait de berceaux à bascule, à l'ancienne, surmontés de phénix aux ailes déployées, leurs têtes tournées vers deux lunes entrecroisées. Ainsi, les petits étaient protégés par l'emblème des deux clans. J'eus à peine reculé d'un pas que celui d'Alicia commença à se balancer tout seul, immédiatement suivi par celui de son frère. Je souris malgré moi. La querelle semblait mise de côté, elle venait de se servir de son pouvoir pour le bercer lui aussi et rapidement, deux petits ours blancs volèrent à travers la pièce pour aller se poser chacun dans un des petits lits. James m'entoura les épaules de son bras, contemplant le spectacle, aussi amusé qu'attendri.

— Je ne me fais pas trop de souci pour eux, souffla-t-il dans un sourire. Si Lily et moi ne sommes pas toujours d'accord, lorsqu'il s'agit de faire front commun, nous avons toujours été solidaires.

— C'est vrai, enchaîna ma meilleure amie. Le lien gémellaire est particulier, très puissant. Deux parties distinctes d'un seul et même puzzle. Ils seront à la fois la force et la faiblesse, mais surtout le plus indéfectible soutien l'un de l'autre.

Elle tendit son poing vers son frère qui le tapa du sien en lui adressant un clin d'œil. En réponse, comme s'ils avaient compris, les petits éclatèrent de rire.

Je rejoignis mon grand-père dans son bureau et entrai sans frapper. Du coin de l'œil, j'aperçus la télévision diffusant toujours les infos concernant le Vatican. Deux nouveaux cardinaux ainsi qu'un nouveau Pape seraient nominés sous peu. Je me demandais si ces derniers seraient mis dans la confidence ou si les survivants de cette macabre nuit garderaient pour eux leur petite erreur de jugement. Dans tous les cas, cela ne changerait pas grand-chose au problème. Giordano les tenait à présent à sa merci grâce à la vidéo et Lilith était toujours en liberté avec des monstres à sa disposition.

— Alors, des nouvelles ? demandai-je en m'asseyant en face de lui.

Le roi-vampire s'enfonça davantage dans son large fauteuil de cuir en soupirant.

— Non, cette vipère est plus insaisissable d'une anguille. Caïn et Abel ont fait le tour de leurs contacts pour qu'ils vérifient ses éventuels QG, mais pas la moindre trace de Lilith. C'est comme si elle s'était volatilisée. Comment vont Alicia et Julian ?

— Parfaitement bien, rassure-toi. Ils passent leur temps à se chamailler, expliquai-je sans cesser de réfléchir au problème Lilith. Dis-moi grand-père, tu sais s'il y a un puits de pouvoir quelque part à proximité de Rome ou de Tivoli ?

Le monde disposait de cinq puits de pouvoir, disposés à égale distance les uns des autres sur tout le globe. Naturellement, si l'on reliait ces points ensemble, l'on obtenait un gigantesque pentagramme. Ces points constituaient des sources directes de magie pure et donc, j'avais naturellement songé qu'ils pourraient tout aussi bien faire office de passages vers notre monde pour les mangeurs d'âmes. Le monarque fronça les sourcils avant de se pencher vers moi.

— Tu penses qu'elle se serait servie de l'un d'eux pour redonner vie au mangeur d'âmes, n'est-ce pas ?

— En effet, pourquoi ? Tu crois que c'est une idée saugrenue ?

Le monarque secoua la tête.

— Bien au contraire, *piccola principessa*. Ce serait même une théorie logique. En puisant directement à ce puits, la magie n'aurait pas eu besoin de traverser la terre ou encore l'eau, ce qui expliquerait qu'elle soit passée sous les radars de la communauté surnaturelle. Cependant, ce serait aussi prendre le risque de se retrouver consumée par le pouvoir totalement brut.

— Tu penses vraiment qu'une femme avec un ego aussi surdimensionné que celui de Lilith s'arrêterait à ce genre de détail ? ironisai-je.

Le monarque hocha la tête.

— Je t'accorde que la folie doit davantage la guider que le bon sens. Mais dans ce cas, pourquoi ne pas en nourrir directement ces maudites créatures ?

— Pour en garder le plein contrôle. Lilith n'est pas du genre à partager. Si les mangeurs d'âmes savaient où se nourrir seuls, ils n'auraient plus besoin de cette folle et n'auraient aucune raison de lui obéir et encore moins de chasser. Je pense que ce n'est pas la première fois qu'elle utilise ce genre de procédé et qu'elle doit être plus prudente maintenant.

— Où veux-tu en venir ?

— Lilith est la fille d'une sorcière, mais son père était tout ce qu'il y avait de plus humain. Un simple chasseur si j'en crois les dires d'Abel. Je pense qu'elle a trouvé un puits de pouvoir peu avant sa rencontre avec les garçons, ou juste après. Elle s'en est servie pour créer les vampires, des créatures certes très puissantes, mais…

— Mais mortes, termina Giordano. Pas de possibilité d'enfanter ou de survivre sans une autre espèce bien en vie…

— C'est ça. Certains développent parfois des dons particuliers après leur mutation, mais la nature a tout de même limité le phénomène. La magie pure l'a sûrement tuée, c'est la combinaison avec sa malédiction qui l'a ramenée à la vie et l'a punie. Pas d'enfant, pas morte, pas vivante, l'obligation de vivre à jamais cachée des humains sans malgré tout pouvoir s'en passer et surtout de voir disparaître tous ceux à qui elle aurait pu s'attacher. J'ignore de quel métal exactement sont composés les pieux, mais je suis quasiment certaine qu'ils ont été ensorcelés de la même façon. Elle peut haïr les Hommes, la magie l'oblige à avoir besoin d'eux et non le contraire. Sa soif de pouvoir l'a aveuglée au point de lui faire oublier qu'elle était devenue esclave de ces créatures qu'elle voulait pourtant dominer.

— La création des vampires aurait donc entraîné une saturation de ses pouvoirs et représenterait sa plus grande faiblesse, opina mon grand-père. Ça se tient et expliquerait le retour des mangeurs d'âmes. Au fil des siècles, elle s'est créée de nombreux ennemis et ne pourrait tous les repousser…

— Ou alors, c'est son larbin qui a docilement exécuté le travail à sa place, intervint Abel en entrant à son tour.

Giordano fronça les sourcils, davantage intrigué par cette information que pour le manquement à la politesse d'Abel qui n'avait pas pris la peine de frapper et d'attendre une réponse avant de faire irruption dans le bureau royal.

— Son larbin ? répéta le roi-vampire.

— Oui, selon un de mes contacts, Lilith aurait, depuis quelques années maintenant, un acolyte. Il la suit partout, et comble de l'étrangeté, elle lui parle avec respect. Ce qui n'est pas vraiment dans les habitudes de cette chienne. Il pense même qu'ils pourraient être en couple.

— Un sorcier ?

— Pas que je sache. Un vampire. Il a dû être transformé vers la quarantaine, il y a peut-être une dizaine d'années tout au plus, mais Lilith semble folle de lui.

Je réfléchis une seconde à cette information. Après tout, que Lilith soit en couple n'avait rien de bien étonnant. Elle arpentait le globe depuis des millénaires, qui donc aurait envie de vivre seul aussi longtemps ? Ce qui m'intriguait plutôt était le fait qu'ils ne se séparent jamais. Dans ce cas, pourquoi les chasseurs ou le Vatican n'avaient-ils pas fait mention d'un éventuel complice ? Car si ce dernier connaissait les plans de sa dulcinée et pour peu qu'il ne partage avec qu'elle que le goût du pouvoir, rien ne l'empêcherait de mettre les plans de sa belle à exécution, même si elle n'était plus là. Peut-être même que sa disparition l'arrangerait bien.

— Tu sais qui est cet homme ? Il doit bien avoir un nom, un quelconque signe distinctif, ajouta mon grand-père.

— Une vague description. Type caucasien, la quarantaine, châtain foncé, un mètre soixante-quinze, bref, pas grand-chose. Je vais essayer d'en apprendre davantage.

— Pourquoi Lilith aurait-elle caché cet homme au Vatican ? dis-je. Et si ce n'est pas le cas, pourquoi ne pas nous avoir parlé de lui ?

Abel haussa les épaules.

— Les chasseurs, du moins le chef et le second, ont bien dissimulé leur lien avec le Vatican aux autres depuis le début. Peur qu'ils ne deviennent plus gourmands, qu'ils refusent ce pacte qui va à l'encontre même de leur foutue cause ?

Je secouai la tête pas franchement convaincue.

— Qu'elle ait un complice ou non ne change rien à la trahison de leur cause, avançai-je. Je pense que Lilith a délibérément caché cet homme. Le tout est de découvrir pourquoi. S'il n'est pas un sorcier et qu'elle a ou a eu à disposition un puits de pouvoir alors il se pourrait que celui-ci détienne des facultés pouvant lui servir.

Abel haussa un sourcil.

— Un puits de pouvoir ?

— Oui, tu sais s'il y en a un pas loin ?

Abel ricana avant de s'allumer une cigarette.

— Un peu qu'il y en a un pas loin ! On a massacré les cardinaux juste au-dessus !

Chapitre 10

— Nous aurions dû abattre ces chiens galeux, tous, jusqu'au dernier ! fulmina Stan, hors de lui.

À présent réuni dans la salle du Conseil, le clan royal étudiait les nouvelles informations à notre disposition. Stan, qui serait un jour mon bras droit et Zach, mon futur Conseiller en stratégie, n'avaient pas très bien pris l'annonce de l'existence d'une bombe à retardement en plein cœur de la citée Vaticane. Ni que les cardinaux aient quelque peu omis de nous informer que ces immondes créatures avaient vu le jour en plein milieu du lieu saint ! Du coup, mon cerveau, quelque peu tordu lorsqu'il s'agissait de la religion, je devais l'admettre, commença à poser milles hypothèses, à commencer par la plus importante. Si des démons, venus tout droit de l'enfer, avaient foulé le sol de ce sanctuaire, pouvait-on considérer qu'il s'agissait encore d'un lieu consacré ? Et de ce fait, que les exorcismes pratiqués en son sein étaient toujours efficaces ? Si ce n'était plus le cas, le jour où le Vatican deviendrait un problème trop encombrant, une simple incantation suffirait, je n'aurais même pas besoin de me salir les mains…

— On ne peut retenter une expédition là-bas pour le moment, expliqua calmement Zach, interrompant mes plans machiavéliques. Ils ont dû prendre des dispositions après qu'on leur ait prouvé pouvoir entrer comme dans un moulin.

— Non, et Lilith non plus pour le coup, ce qui nous arrange, ajoutai-je. Elle va devoir se contenter des créatures qu'elle a déjà. C'est certes une maigre consolation, mais au moins ne pourra-t-elle pas multiplier ces horreurs.

— Lilith ne peut peut-être plus y entrer, mais moi c'est une autre histoire, s'amusa Abel.

L'assistance se tourna vers lui. Nonchalamment assis sur le rebord de la fenêtre ouverte, une cigarette au bec, le premier-né affichait un sourire malicieux.

— Ils pensent qu'on a simplement sauté par-dessus les remparts. Et même s'ils sont au courant pour le souterrain de la Tour Borgia, croyez-moi, il y en a d'autres, s'amusa-t-il. Dont un menant directement à votre fameux puits.

— Il est sûrement gardé, avança Félipe.

— Et ? Ça nous a empêchés de prendre d'assaut la résidence ? Je te rappelle que nous sommes des vampires et que Sarah et Giordano sont des sorciers. Quand bien même ils y auraient mis des gardes surentraînés ou des exorcistes en poste pour le garder, ils ne risquent pas de nous causer grand mal.

— Pour le moment, ce n'est pas important, intervins-je. Tant que Lilith ne sait ou ne peut pas y accéder tout va bien. Ce qu'il faut, en priorité, c'est trouver un moyen de nous débarrasser de ces maudits mangeurs d'âmes. Une fois fait, Lilith restera certes puissante, puisqu'âgée de plusieurs siècles, mais au moins jouerons-nous à armes égales concernant la magie.

— Amédée cherche toujours comment les éliminer. Il fait tout son possible, mais ces créatures ont disparu il y a de cela des siècles et à l'époque, l'écriture se résumait, la plupart du temps, à de simples dessins prêtant à interprétation.

— Ouais, autant éviter les approximations avec ce genre de bestioles, approuva Stan.

— Si tant est que l'on puisse vraiment les tuer, ajouta Zach, sceptique. Si les sorciers de l'époque ont opté pour le simple bannissement, il y a fort à parier qu'ils ne disposaient pas d'options plus satisfaisantes. Dans ce cas, ce qu'il va falloir faire, c'est trouver comment les renvoyer d'où elles viennent.

Je fermai les yeux, me pinçai l'arête du nez et soupirai profondément. Il devenait impératif de trouver une solution, rapidement. Nous ne pouvions nous contenter d'attendre que Lilith se décide à bouger. D'ailleurs, à présent qu'elle n'avait plus accès au puits de pouvoir, se risquerait-elle à une attaque de grande envergure ? Pour que les mangeurs d'âmes soient à leur puissance maximum, il était préférable qu'ils se nourrissent soit de sorciers, soit de magie pure. Or, mis à part la mienne, il n'y avait pas de famille de sorciers dans cette partie de l'Italie. Il existait bien quelques rebouteux et autres magnétiseurs, mais aucun ne détenait suffisamment de pouvoirs pour intéresser Lilith ou son complice. Aucune autre disparition en masse ne nous avait été rapportée non plus. Elle pourrait très bien se contenter de parcourir le monde et d'éliminer toutes les lignées de sorciers restantes avant de venir s'en prendre à nous et il était hors de question de la laisser faire. Lilith avait fait revenir ces choses à cause de moi, je me refusais à ce que d'autres en payent le prix à ma place.

— Grand-père, combien y avait-il de mangeurs d'âmes, toutes tailles confondues ? demandai-je.

Le roi-vampire grimaça une seconde puis fit la moue.

— Difficile à dire, les choses sont allées très vite. Une quinzaine, peut-être un peu plus, pourquoi ? Seulement trois étaient aussi grandes que moi, les autres étaient bien plus petites.

— Tu sais précisément quand ont disparu les touristes ?

— Une semaine avant l'attaque environ.

— Je parlais du moment de la journée, précisai-je.

— Oh, il s'agissait d'une visite nocturne des jardins il me semble, pourquoi ?

— Parce que les deux ont un point commun.

— Mais oui, souffla Kylian. Voilà qui serait on ne peut plus logique et qui arrangeait tout le monde… La nuit, tous les chats sont gris, murmura le viking.

— C'est ça, ricanai-je. Qu'est-ce que le contraire de l'ombre ?

— La lumière, souffla Giordano en hochant la tête. Une traque de jour pourrait nous fournir un net avantage.

— Ou un bel inconvénient, rétorqua Zach. Les ombres sont peut-être plus puissantes la nuit, mais le jour limite notre marge de manœuvre. C'est certainement en partie pour ça qu'elle a choisi ces créatures. Elle savait qu'elle gagnait sur tous les tableaux.

— Chaque chose en son temps, intervins-je. Avec un peu de chance, cela va déjà nous permettre de la localiser.

— Comment tu comptes t'y prendre ?

— Mon grand-père et moi partirons à Tivoli dès l'aube. Nous pisterons la magie des mangeurs d'âmes pour savoir d'où elles ont été lâchées.

— Seuls ? s'enquit James, manifestement contrarié. C'est de la folie ! Imagine qu'elle s'en soit accaparé d'autres depuis la première attaque ! Le clan premier et ton grand-père n'ont pas fait le poids la dernière fois, comment comptes-tu les repousser si leur nombre a doublé ? Tu l'as dit toi-même, si tu actives ton dôme de protection, elles risquent de puiser directement dedans et donc dans ta propre énergie. Si cette hypothèse est juste, non seulement elles te tueraient, mais en plus, elles seraient cent fois plus puissantes qu'au départ !

— Les risques de jour sont moindres, tentai-je de l'apaiser. Rien ne garantit qu'elle ne se doutait pas que nous comprendrions le but de sa manœuvre et qu'il ne s'agit pas d'une simple diversion pour attaquer ici. Je veux que la majorité des effectifs restent au palais afin de protéger les jumeaux. Elle a un complice, nous ne savons pas qui il est ni ce dont il est capable, alors je ne veux prendre aucun risque concernant Julian et Alicia. Pour le moment il n'est pas question de nous battre contre elle, pas tant que ces créatures sont dans le coin. Je veux simplement savoir où elle se terre et identifier la magie qu'elle utilise.

— Sers-toi de tes visions !

— Non, elle pourrait le sentir. J'ignore quels pouvoirs elle détient exactement. Je ne peux pas prendre le risque qu'elle nous attende le pied ferme.

— Malice, méchanceté, perversité, duplicité, vénalité, mythomanie, nymphomanie et j'en passe ! s'exclama Abel.

Je levai les yeux au ciel en me retenant de rire. Décidément, les premiers-nés n'étaient pas tendres lorsqu'il s'agissait de décrire leur ancienne maîtresse.

— Je faisais davantage allusion à ses pouvoirs magiques et à d'éventuelles facultés supplémentaires dues au vampirisme, mais je saurai me souvenir de ces détails, admis-je avec un sourire.

— Je suis d'accord avec Sarah, ajouta Giordano. Nous nous contenterons d'une mission de reconnaissance. Contrairement à vous, nous sommes capables de nous dissimuler aux autres immortels. De plus, nous pourrions découvrir qui est cet homme, quel lien il entretient véritablement avec Lilith et s'il représente un problème de plus dans cette équation. Pendant ce temps, vous continuerez les recherches concernant les mangeurs d'âmes.

— Caïn et Abel, il serait également judicieux que vous vérifiiez l'accès à ce fameux puits. Puisque comme nous, vous pouvez vous dissimuler. Ce sera l'occasion de savoir si le Vatican tente de nous la faire à l'envers.

— Tu penses sincèrement qu'ils essayeraient encore de nous trahir après notre dernière visite ? s'étonna Stan.

— Les cardinaux ne sont que les soldats du Vatican, pas plus que de la chair à canon, intervint James. En demandant de l'aide à Sarah, ils pourraient très bien tenter de faire d'une pierre deux coups. Sarah et Lilith s'entre-tuent, ils sont débarrassés des deux ainsi que des mangeurs d'âmes et restent les seuls maîtres à bord.

Je grimaçai, James n'avait pas tort, sans doute cette idée avait-elle dû traverser l'esprit des cardinaux. D'autant plus à présent que nous détenions cette fameuse vidéo prouvant que vendre l'humanité toute entière ne leur posait pas de problèmes pourvu que cela sauvegarde leurs petits privilèges. « Petits » restait d'ailleurs très subjectif lorsque l'on savait dans quel luxe ils se vautraient quotidiennement et allègrement, tels des porcs dans la boue. Une simple paire de leurs chandeliers aurait suffi à creuser un puits d'eau potable et ouvrir une école dans chaque village d'Afrique. Le Vatican savait juger le monde, mais quand il s'agissait de mettre la main au portefeuille pour l'aider de façon concrète, là, il n'y avait plus personne. *Aide-toi et le ciel t'aidera ! Tsss, pour le coup, l'enfer se montre moins faux cul : aide-toi, personne ne le fera !*

— S'il n'y avait que moi, je voterais même pour leur en barrer définitivement l'accès, argua Caïn, sortant enfin de son mutisme. Lilith a plus d'un tour dans son sac et je doute sincèrement qu'elle se soit contentée de quelques mangeurs d'âmes en guise d'armée. Ces hommes nous ont prouvé à quel point ils sont dangereux lorsqu'il s'agit de préserver leur business. Leur laisser libre accès à une telle source de puissance est, à mon sens, totalement inconscient.

— Qu'est-ce que tu proposes ? lui demanda son frère.

— On va voir de quoi il retourne, si ça se trouve ils ont un coup d'avance et c'est nous qui ne pourrons avoir accès à ce puits. Si c'est le cas, on déblaye pour ouvrir un passage à Sarah, on se débarrasse de la garde s'il y en a une et on bouche leur accès en faisant, par exemple, s'effondrer la galerie. Sarah ou Giordano pourront toujours sceller le tout plus tard grâce à la magie.

— Pas bête, opina son cadet.

— Vous pensez vraiment que nous pourrions avoir besoin de ce puits ? demandai-je. Lilith n'est sorcière que par une branche de sa lignée. Branche peu puissante puisqu'elle a déjà eu besoin d'avoir recours à un puits pour donner naissance aux vampires.

Terrence posa sur moi un regard grave.

— C'est vrai, mais elle a eu des millénaires pour maîtriser ses pouvoirs et en acquérir de nouveaux. De plus, je préfère savoir ce genre de source sous ta protection ou celle de ton grand-père plutôt qu'entre les mains de n'importe qui. Le Vatican dispose encore de beaux jours devant lui. D'autres viendront et qui sait s'ils n'auront pas de nouveau dans l'idée de te tuer, toi et tes enfants... Leur plan était mal rodé cette fois, je te l'accorde, mais ça ne sera pas toujours le cas. De plus, il faut renvoyer les mangeurs d'âmes d'où ils viennent et je ne vois pas comment inverser le sort de Lilith sans lui. Quoi qu'il advienne, tu auras besoin, tôt ou tard de ce puits.

— Une fois encore, je me range à l'avis de Terrence, argua Giordano. Face à ce genre de pouvoir, même le plus saint des hommes pourrait être tenté. De plus, si le Vatican a précisément été construit sur celui-ci ce n'était pas pour rien, mais bel et bien pour se l'accaparer au cas où. Nous savons quels effets les puits de pouvoir peuvent avoir sur les sorciers et autres créatures immortelles, mais nous ignorons ce qu'il adviendrait des exorcistes. Je n'aime pas particulièrement les démons, mais nous devons nous assurer que la balance de ce monde conserve son équilibre. Que ce soit mortels ou immortels, personne ne doit en abuser.

Je soupirai et me frottai les yeux. La fatigue physique ne me concernait certes plus, en revanche, la psychologique officiait toujours aussi bien. Toutes ces informations cumulées, tous ces éventuels complots, guerres et autres réjouissances commençaient à me peser. J'avais l'impression d'avoir le cerveau en ébullition.

— OK, OK. Dans ce cas, faites comme bon vous semble concernant le puits et n'hésitez pas à demander de l'aide si besoin.

— Je veux également que les jardins du palais soient équipés rapidement d'un dispositif lumineux surpuissant, ajouta Giordano. Prévoyez des générateurs en conséquence, qu'une simple panne de courant ne permette pas de le mettre hors service. Les vampires détenant des pouvoirs offensifs sont également, dès à présent, chargés de la garde des appartements royaux.

— C'est noté, Votre Majesté, répondit Osborne.

Posté dans un coin de la pièce avec quelques autres Conseillers, il nota les ordres avec application sur son calepin. Depuis notre visite au Vatican et ma petite mise au point, il se faisait bien plus discret qu'auparavant et ne se risquait plus à me contrer systématiquement. Sans doute commençait-il à paniquer concernant son poste et il avait raison ! Mon grand-père avait fait le choix de garder le Conseil en place au temps de son prédécesseur, mais ce ne serait pas mon cas. Ce dernier avait, à mon goût, déjà présenté trop de failles dans son fonctionnement. À force de se croire protégé par sa fonction et un monarque bien plus puissant que les anciens, le Conseil avait fini par se reposer sur ses lauriers. Résultat, j'avais failli perdre la vie et à présent, elle était de nouveau menacée, ainsi que celle de mes enfants. Non, il était grand temps que les Grands Conseillers réalisent qu'en ce monde, rien ni personne n'était irremplaçable, encore moins les larbins !

— Bien, dans ce cas, je vais prendre une douche et me changer, annonçai-je.

— Je vais faire de même, informa mon grand-père. On se retrouve dans le hall dans trente minutes.

Perplexe, je regardai les deux Kawasaki Ninja H2R noires, flambant neuves. Plus grand-chose ne m'étonnait au sujet de mon grand-père et il ne m'avait jamais caché sa passion des belles mécaniques. Une passion que nous avions d'ailleurs en commun. Il possédait près d'une centaine de voitures de prestige, certaines devenues, depuis leur acquisition, des pièces uniques au monde. Les deux roues n'étaient bien entendu pas en reste. Étant immortels et doués de réflexes plus précis que ceux d'un fauve, les risques de la vitesse ou d'une erreur de pilotage ne nous concernaient pas vraiment, seul le plaisir entrait en ligne de compte. Giordano aimait particulièrement les sportives, ce que je ne pouvais qu'encourager. Il entretenait également, chauvinisme tout italien oblige, un petit faible pour les Ducati ainsi que les Aprilia. Bien entendu, ils possédaient d'autres joujoux, plus agressifs, telles que deux Suzuki Hayabusa ou encore une Kawasaki ZX10r avec lesquels nous étions allés jouer sur circuit pendant mes premières vacances au palais, mais… ça ! Face à ma tête, il sourit clairement avant de s'expliquer :

— La moto reste bien plus pratique que la voiture dans les embouteillages. De plus, les casques nous permettront de ne pas être reconnus. J'ai pensé que ce genre de modèle te plairait davantage que celles que j'ai en stock et j'avais envie de partager une activité commune avec toi lorsque tu es à Rome. Qu'en penses-tu ? Elles te plaisent ?

— J'en pense que je préfère de loin la moto au tricot ou à la couture, m'amusai-je. Elles sont superbes, et je t'avoue que piloter commence à me manquer sérieusement. J'ai besoin de me défouler.

— Parfait ! Alors allons-y.

Il démarra son engin qui vrombit, telle une créature sortie tout droit de l'enfer, m'arrachant un sourire. Je fis de même et enfilai mon blouson, mes gants ainsi que mon casque pendant qu'il chauffait puis l'enfourchai enfin. Nous remontâmes l'allée en direction du garage au perron du palais et je fis une rupture devant celui-ci sous le regard amusé de Giordano. Comme je m'y attendais, Stan ne fut pas long à me rejoindre.

— Non ! Elle est terrible ! s'extasia-t-il. Ton grand-père vient de te l'offrir ?

— Oui. Tu l'essaieras une fois cette histoire terminée si tu veux.

— Ah oui, je ne serais pas contre un petit tour de circuit, histoire de décompresser ! Je veux un grand-père comme le tien ! s'amusa-t-il.

— Désolée, mais après lui, on a cassé le moule !

Giordano passa à côté de moi pour atteindre les grilles du palais. J'adressai un clin d'œil à Stan, puis suivis le mouvement. Sortir de Rome ne nous prit que quelques minutes.

Toujours assis sur nos motos, Giordano et moi observions avec attention les jardins de la villa Adriana, en contrebas. Des hordes de touristes s'y promenaient déjà, pressés de découvrir ce joyau de l'Italie classé au patrimoine mondial de L'Unesco, bombardant les alentours de flashs, malgré l'heure matinale. Je pouvais les comprendre, la villa Adriana et celle d'Este incarnaient des merveilles architecturales que j'adorais moi aussi d'habitude. Cependant, aujourd'hui, j'avais d'autres chats à fouetter que de m'offrir une sympathique balade, à commencer par éviter un massacre. Je soupirai malgré moi.

— Ça va aller, *piccola principessa* ? Tu penses parvenir à te contrôler ?

— Je n'ai pas trop le choix, grimaçai-je.

Il hocha la tête et me tendit une paire de Ray Ban que j'enfilai avant de descendre de mon engin. Pour éviter les risques inutiles, ou du moins les diminuer, j'arrêterai de respirer. Ce n'était pas le moment de me faire remarquer en tuant la moitié des humains présents.

Après avoir dissimulé les motos sous le couvert des arbres, nous nous servîmes de notre vitesse surhumaine pour gagner le domaine sans passer par la porte principale, évitant ainsi un maximum que l'on remarque notre présence. Rapidement nous atteignîmes la fontaine de Neptune, l'endroit où les ombres étaient apparues. J'observai les alentours avec attention, à la recherche du moindre indice, tandis que le regard de mon grand-père ne me lâchait pas des yeux. Je ne lui en voulais pas de cette méfiance. J'avais beau avoir cessé de respirer, j'entendais toujours aussi nettement les battements de cœurs de mes proies éventuelles. Je demeurais un fauve, qui plus est jeune et peinant à contrôler ses instincts. Pour ne pas me laisser davantage tenter, je fermai les yeux et inspirai profondément afin de me concentrer sur d'éventuelles traces de magie.

— Par ici, me souffla Giordano.

Je lui emboîtai le pas. Nous prîmes la direction du nord, nous éloignant rapidement des touristes ainsi que des habitations, ce qui m'arrangea. Mon grand-père stoppa quelques kilomètres plus loin pour m'expliquer :

— C'est ici que j'ai été téléporté et démembré, précisa-t-il froidement.

Je serrai les dents et frissonnai, ne me souvenant que trop bien de l'infâme douleur que j'avais ressentie également. Je regardai autour de moi. Nous nous trouvions désormais sur les hauteurs de Tivoli, à flanc de l'une des collines entourant la ville. Je me baissai et caressai l'herbe gorgée de soleil du bout des doigts, ce qui déclencha une vision. Une sorte de tunnel de roche, dont les murs dégoulinaient d'eau.

— Tu sais s'il y a des grottes dans le coin ?

Le roi-vampire hocha la tête.

— Il en existe trois, affirma-t-il.

Je fermai les yeux une nouvelle fois, tentant d'affiner au mieux mes perceptions.

— La magie émane de par ici, dis-je en indiquant le nord-est. Elle n'est que résiduelle, mais c'est encore suffisamment net pour être certaine de ne pas me tromper.

Giordano se baissa à son tour pour toucher le sol et hocha la tête.

— Allons-y.

Nous reprîmes notre route, nous enfonçant toujours plus loin dans les collines verdoyantes et prenant garde à ne pas manquer l'entrée de la grotte. Nous nous arrêtâmes à plusieurs reprises pour vérifier que nous avancions dans la bonne direction, guidés par la magie, toujours plus importante au fil de notre ascension. Lorsqu'enfin apparut une ouverture dans la roche, je m'arrêtai devant l'entrée et humai l'air, méfiante, avant de plisser le nez. L'odeur qui se dégageait de la cavité n'était pas que le fait de l'humidité ou d'éventuelles moisissures. L'atmosphère empestait le soufre, le sang et la chair en putréfaction. Il était inutile de se demander où avaient été massacrés certains des touristes disparus. Giordano me fit signe de rester silencieuse en posant un doigt devant sa bouche et de le suivre à l'intérieur d'un geste du menton. J'obtempérai après avoir levé le sort des pensées.

— *Tu crois qu'ils sont encore là ?* demandai-je.

— *Eux non, par contre leurs maudites créatures, je l'ignore. Je ne les ai pas senties venir la première fois, je préfère donc rester prudent. Plus nous avancerons et plus la lumière se fera rare, ce qui signifie qu'en ces lieux, les ombres auront l'avantage.*

Nous longeâmes le boyau sur plusieurs kilomètres. Celui-ci présentait un léger dénivelé et s'enfonçait de plus en plus profondément dans la terre alors qu'il s'élargissait confortablement. Mon grand-père et moi pouvions désormais marcher côte à côte. Comme dans ma vision, l'eau suintait des murs, faute à une source proche sûrement. Il faisait de plus en plus chaud, humide, et cette terrible odeur devenait de plus en plus présente au fur et à mesure de notre progression, presque oppressante. Si j'avais encore été humaine, j'aurais certainement vomi depuis un moment.

Finalement, nous débouchâmes sur une immense cavité ronde donnant sur trois autres boyaux. L'air dans cette pièce était carrément pestilentiel, me faisant plisser le nez de dégoût. Me fiant à mon odorat, je regardai sur la gauche avant de donner un coup de coude à mon grand-père pour qu'il en fasse autant. Devant ma découverte, il fronça les sourcils et secoua la tête, manifestement aussi écœuré que moi. Là, entassés, pêle-mêle, les uns par-dessus les autres, des dizaines de cadavres en putréfaction gisaient au milieu des insectes nécrophages et des sécrétions biologiques. Hommes, femmes, et même enfants, avaient sauvagement été assassinés avant d'être simplement balancés là. Lilith et son acolyte ne les avaient pas traités avec plus de respect que de simples rebus de repas. Me détournant de la macabre vision, je me concentrai sur le reste de la pièce. Sur les parois couraient des symboles étranges ressemblant à des signes kabbalistiques. Sur le sol, un immense pentagramme avait été tracé à l'envers. Des traces de feu persistaient encore aux extrémités des cinq branches tandis que le centre était couvert de sang. Pas besoin d'aller plus loin, nous avions trouvé le lieu des sacrifices.

— Magie noire, constatai-je sans réelle surprise. Qu'est-ce qu'on fait ? On tente les autres boyaux pour savoir où ils mènent ?

Le roi-vampire, occupé à étudier de près les hiéroglyphes sur les murs, se tourna vers moi, le visage grave. Il s'approcha du premier boyau, huma l'air, puis fit de même avec les deux autres.

— Inutile, il ne s'agit que de simples sorties, elles donnent sûrement sur d'autres flancs de la colline. Nous vérifierons ça par l'extérieur. Je ne veux pas que nous nous retrouvions piégés ici avec les ombres si elles reviennent.

Je ne pouvais que plussoyer. L'espace était à la fois trop restreint et instable pour se risquer à un combat ici. Une simple impulsion et nous serions ensevelis sous des tonnes de terre et de roche. Une éventualité qui ne me plaisait guère.

— OK, alors qu'est-ce qu'on fait ? On prend en photo tous ces symboles pour les montrer à Amédée ?

— C'est une bonne idée, acquiesça Giordano en sortant son téléphone de sa poche. Peut-être saura-t-il dire ce qu'ils signifient.

Nous nous exécutâmes rapidement avant de regagner la surface où j'offris une seconde mon visage au soleil en respirant profondément.

— J'ai l'impression que cette odeur immonde est incrustée dans mes narines, râlai-je, dégoûtée.

— Je t'accorde qu'une bonne douche ne sera pas de refus. Pour le moment, faisons rapidement le tour de la colline pour repérer les autres sorties.

Quelques minutes nous suffirent pour cela, mais les résultats ne furent pas plus concluants.

— Elle devait se douter que nous fouillerions les environs, soupirai-je, dépitée, avant de me laisser tomber sur les fesses.

Sitôt eussé-je touché le sol qu'une vision me vint. Abel et Caïn, debout au milieu de dizaine de cadavres, l'air hagard et la bouche dégoulinante de sang. Ils étaient simplement vêtus de peaux de bêtes. Les cheveux de l'aîné étaient plus longs qu'aujourd'hui et le regard du cadet plus... enfantin, mais pas de doute, il s'agissait bien des premiers-nés. Soudain, une silhouette de femme se découpa de l'ombre du couvert des arbres. Abel parut soudain soulagé et allait se précipiter vers elle, mais Caïn, les sourcils froncés, le retint avant de gronder :

— Que nous as-tu fait ?

Une magnifique femme blonde, aux courbes plantureuses, entra alors dans mon champ de vision. Elle affichait un sourire carnassier qui, malgré ma nature de vampire, me fit frissonner. Il se dégageait d'elle une aura sombre, mauvaise, malsaine. Il ne fallait pas longtemps pour comprendre qu'elle incarnait un dangereux prédateur.

— Exactement ce que vous vouliez mes agneaux, nous trois, jusqu'à la fin du monde ! rit-elle.

— Sarah ! Sarah !

Je papillonnai des paupières avant de respirer profondément, comme si l'on m'avait maintenu la tête sous l'eau trop longtemps.

— Piccola principessa, murmura mon grand-père en me serrant contre lui. Qu'as-tu vu pour être dans cet état ? demanda-t-il, inquiet.

Je réalisai alors que mes ongles étaient profondément enfouis dans le sol et que je tremblais comme une feuille. Mais oui ! Comment avais-je pu ne pas comprendre, ne pas me douter ? Nous avions tous imaginé qu'elle n'avait sauté sur la proposition du Vatican que pour avoir accès au puits de pouvoir et ainsi faire revenir les mangeurs d'âmes pour asservir le monde. En réalité, elle ne supportait pas que la mienne ait pu la surpasser. Abel avait raison, l'ego et la soif de pouvoir de Lilith demeuraient ses seules véritables motivations. Je plantai mon regard dans celui de mon grand-père et déclarai d'une voix sourde :

— Nonno, la grande menace dont parle la prophétie, c'est ça. Je sais ce que cherche Lilith. Elle ne compte pas asservir le monde grâce à ses ombres. Ces dernières ne lui servent qu'à drainer davantage de puissance, de pouvoir et faire en sorte de ne pas subir d'attaque directe. Ce qu'elle veut, c'est créer une nouvelle espèce de vampires !

Nous passâmes les grilles du palais à fond de train et nous arrêtâmes devant le perron dans un nuage de poussière. Empestant encore la mort et le soufre, nous gagnâmes la salle du Conseil au pas de course tout en retirant nos casques.

— Où sont Abel et Caïn ? demandai-je.

— Ils viennent de partir inspecter les souterrains de l'aile nord, me dit Stan. Et vous...

Sans répondre, mon grand-père et moi fîmes demi-tour et traversâmes le palais comme des flèches afin de les rejoindre. Nous atteignîmes l'aile nord, descendîmes l'immense volée de marches menant aux sous-sols puis tendîmes l'oreille.

— Par-là ! m'indiqua mon grand-père en me tirant par le bras.

Nous reprîmes notre course à travers les dédales de couloirs des sous-sols. Le palais était pire qu'un labyrinthe, il était facile de s'y perdre pour qui n'était pas doué de sens surdéveloppés.

— Abel ! Caïn ! appelai-je.

— Ici ! lança la voix du cadet.

Les frères se tenaient juste à l'entrée d'un large tunnel creusé à même le mur. L'odeur de moisissure qui s'en dégageait était si forte que je plissai une fois de plus le nez. *Décidément, j'aurai passé la journée à me balader dans les endroits les plus pestilentiels d'Italie ! Ah, elle est belle la vie de princesse !*

— Tu pues le soufre ! me lança Abel en se pinçant le nez. Tu as été patauger droit en enfer ou bien ?

— Pire, dans l'antre de Lilith, répondis-je en grimaçant. À côté, une fosse commune ressemble à un club de vacances tout confort.

— Je suppose que si vous êtes déjà de retour, c'est que vous ne lui avez pas mis la main dessus, conclut froidement Caïn.

— Non. Et si mon intuition est la bonne, alors elle n'est pas loin. Elle se terre quelque part au cœur de Rome et attend gentiment qu'on lève l'état de guerre. Tu avais raison, elle ne se contentera pas des mangeurs d'âmes, il faut que l'on mette la main sur ce puits et vite.

— Tu sais ce qu'elle mijote ? s'enquit Abel, plus curieux qu'anxieux.

Je hochai la tête, l'air grave. Caïn s'en voulait déjà terriblement de ne pas l'avoir traquée et tuée lorsqu'ils étaient entrés en possession des pieux, alors, j'imaginais sans mal ce qu'il en serait lorsque je lui confierais les projets de la femme qu'il avait un jour épousée… Pourtant je ne pouvais les lui dissimuler, même pour le préserver.

— Elle désire une nouvelle version de vous, améliorée, murmurai-je. Elle veut créer une nouvelle espèce de vampires dont tous les spécimens seront dotés de pouvoirs magiques, capables d'enfanter, mais…

— Sans conscience, et lui obéissant au doigt et à l'œil, termina Abel d'une voix sourde.

— Elle ne supporte pas que tes ancêtres aient créé une version de l'espèce plus aboutie que la sienne, renchérit Caïn en secouant la tête de dépit. Décidément, son ego et sa cruauté n'ont d'égal que sa folie.

— Le souci est que nous n'avons retrouvé qu'une trentaine de cadavres. Or, plus d'une centaine de personnes ont disparu, continua le roi-vampire.

— Ce qui signifie qu'elle les a : soit déjà transformés, soit qu'elle retient ces gens en otages en attendant que les mangeurs d'âmes lui ramènent suffisamment de puissance pour y parvenir.

— Si elle les lâche sur le Vatican et a de nouveau accès au puits, ce sera un véritable carnage, enchaîna Abel.

— C'est sans doute comme ça qu'elle comptait procéder au début, murmurai-je. Mais plus maintenant qu'elle a conscience d'être prise par le temps et devenue la proie…

Les trois homes me considérèrent, les sourcils froncés.

— En lui révélant la prophétie, les cardinaux lui ont aussi révélé la naissance à venir des jumeaux. Si de simples chasseurs ont pu reconnaître les signes annonçant mon accouchement, ils n'ont certainement pas échappé à Lilith…

— Enlever les jumeaux lui simplifierait grandement la tâche, gronda Giordano d'une voix sourde. Non seulement ils seraient à eux seuls une source de pouvoirs intarissable, mais en les élevant comme si elle était leur mère, elle pourrait les modeler à son image…

— Et les nains, aussi mignons et intelligents soient-ils, représenteraient la plus puissante arme de destruction massive que le monde aurait connue, renchérit Abel.

Caïn lui, continua de me fixer intensément.

— Quoi ? finis-je par lui demander.

— Cette option ne va pas te plaire, pourtant nous n'aurons peut-être pas d'autres choix pour défendre tes enfants et contrer Lilith.

Je fronçai les sourcils et penchai la tête, tentant de déchiffrer son expression. Ses traits restèrent neutres, comme figés, alors que son regard trahissait à la fois de la tristesse et une détermination inflexible. J'eus malgré tout du mal à déterminer lequel de ces deux sentiments m'était destiné. Cependant, je connaissais bien Caïn, il n'était pas du genre à se montrer alarmiste sans raison valable.

— Je t'écoute, dis-je simplement.

— Tu vas devoir puiser toi aussi afin d'augmenter et renforcer tes pouvoirs. J'ignore combien de temps dure l'effet de la magie pure, j'ignore également quel effet cela pourrait avoir sur une créature déjà surpuissante telle que toi. Je t'accorde que mon calcul reste approximatif, pour ne pas dire totalement incertain, en revanche, je suis certain d'une chose : Lilith, elle, ne reculera devant rien pour atteindre son but.

Si mon cœur avait encore été en état de marche, je crois qu'il se serait arrêté une seconde avant de repartir au grand galop sous le coup de l'angoisse. Je me souvins avec précision de l'enfer que j'avais vécu, ici même, dans les sous-sols du palais vampire, afin de mettre mes deux natures en équilibre. Le vampire et la sorcière en moi s'étaient livrés un combat sans merci et atrocement douloureux, aussi bien physiquement que psychologiquement. Comme si mon cerveau, ma personnalité ainsi que mon âme, s'étaient scindés en deux entités d'une férocité et d'une force égale. J'avais été si mal, que la mort m'était alors apparue comme la seule issue à ce calvaire sans fin. Aujourd'hui encore, lorsque je me laissais submerger par mes émotions, ne pas laisser l'une ou l'autre de mes natures prendre le dessus relevait d'un violent combat intérieur. Si je devais me servir de ce puits, y puiser encore davantage de magie, j'ignorais si le vampire serait encore capable de lutter contre la sorcière. Dans ce cas, elle l'empêcherait de se nourrir et… je finirais par mourir, dans d'atroces souffrances. Mais si je m'y refusais et que Lilith et ses créatures se révélaient finalement plus puissantes que moi, je mourrais également. Mes enfants seraient livrés en pâtures à cette folle sans pitié, seraient forgés à son image et tout ce que je désirais éviter pour eux se réaliserait. Ils deviendraient des monstres sanguinaires, sans cœur, sans conscience, sans compassion. Des tyrans avides de pouvoir et de sang. Mon pire cauchemar. Comprenant mon conflit intérieur, Caïn posa sa main sur ma joue, comme il l'aurait fait pour consoler une petite fille.

— Je puiserai aussi, déclara Giordano, froidement. Cela évitera à Sarah d'avoir à trop le faire et de saturer. À nous deux, nous devrions parvenir à tenir tête à Lilith et son armée. Du moins je l'espère.

— Pareil, je puiserai, renchérit Abel. Ce sera l'occasion de découvrir à quoi ressemble une bonne défonce !

Je vis au regard que Caïn lui lança qu'il n'était pas non plus sûr des résultats qu'un prélèvement au puits pourrait avoir sur eux, nés, et donc déjà saturés, de magie pure. Celle-ci pourrait les renforcer, comme tout bonnement les consumer.

— Je refuse que l'un de vous prenne le risque de se faire du mal à cause de moi, clamai-je.

— À cause de toi ? répéta Abel. Non, là, je t'arrête tout de suite. La seule responsable de ce merdier incommensurable, c'est Lilith ! Tu ne vas pas devenir comme celui-là, ajouta-t-il en pointant son frère du menton. Il s'agit de *sa* folie, de *ses* actes ! Je me refuse à porter le fardeau de ses conneries, j'ai déjà bien assez à faire avec les miennes !

Caïn et moi nous jetâmes un regard amusé malgré l'horreur de la situation. Dans le fond, Abel n'avait pas tort. D'accord, Lilith avait fait tout ça dans le but de me mettre hors-jeu, mais je n'avais rien fait, sinon voir le jour, à cette femme. Je n'avais d'ailleurs même pas décidé de ma vie à proprement parlé puisque je n'étais pas née à l'époque où la prophétie avait été écrite. Depuis le début, depuis la première seconde de mon existence, je ne faisais que subir les événements. L'un ou l'une de mes ancêtres avait vu suffisamment loin dans le futur pour découvrir qu'une grande menace tomberait un jour sur le monde et que personne, sinon les pouvoirs de ma lignée, ne pourraient la stopper. Mes clans avaient donc décidé, alors qu'eux-même subissaient déjà la traque et l'extermination de ces humains se cachant derrière leur idole, d'envoyer une de leur descendante les aider à sauver un monde qui ne serait jamais le sien. Car les choses n'avaient pas changé, le Vatican ainsi que les chasseurs avaient tenté de m'éliminer, tout en sachant que j'étais leur place de salut. Par orgueil, ou simple stupidité, ils avaient préféré se dire qu'ils parviendraient à se débrouiller sans moi. Tout, pourvu qu'une autre créature plus puissante qu'eux ne les prive pas de leurs petits privilèges et pouvoirs. Ils se dissimulaient derrière le prétexte du danger de me voir fouler le sol de cette planète qu'ils chérissaient, de cette humanité qu'ils se vantaient de protéger, alors qu'en réalité, ils étaient les premiers à tenter de l'avilir en leur cachant la vérité et en utilisant eux-même, dans l'ombre, les méthodes qu'ils condamnaient publiquement. Tout comme moi, les premiers-nés n'avaient été que les victimes d'autres plus puissants, plus vils, plus calculateurs. Mon seul crime avait été de naître, le leur d'aimer. Nous avions été manipulés, ni plus, ni moins. Pourtant, aujourd'hui, nous allions nous retrouver en première ligne afin de réparer les dégâts.

— Allons-y, me contentai-je de souffler. Abel, on te suit.

Ce dernier hocha la tête et s'enfonça dans le tunnel d'un pas déterminé.

Chapitre 11

J'ôtai rageusement une toile d'araignée de mes cheveux avec une grimace de dégoût avant de grommeler dans ma barbe. Décidément, cette journée aurait été l'une des plus étranges de mon existence, et Dieu savait à quel point l'étrange en était partie prenante ! J'avais crapahuté dans une grotte de Tivoli aromatisée au soufre, pour tomber sur un tas de cadavres en putréfaction et à présent, je faisais de même dans un souterrain, reliant le palais vampire au Vatican, empestant la moisissure, le rat crevé et les égouts. Je jetai un regard en coin à mon grand-père. Celui-ci n'était pas dans un état plus reluisant que le mien. Le devant de son t-shirt blanc, moulant son impressionnante musculature, était maculé de taches sombres tandis que son blouson de moto était constellé d'insectes, de poussière et de taches d'eau croupie. *Tu parles d'un roi et d'une princesse ! On doit davantage ressembler à des bikers croisés romanos crasseux ! C'est Osborne qui ferait une attaque en nous voyant, le protocole et l'étiquette viennent d'en prendre un sacré coup, là !* Soudain, Abel bifurqua sur la droite. Nous suivîmes le mouvement et je fus étonnée de le voir chercher quelque chose contre le mur, l'air concentré. Il enleva plusieurs immenses toiles d'araignées avant de les jeter à terre avec nonchalance afin de passer sa main contre la pierre noire et suintante d'humidité.

— Qu'est-ce que tu fabriques ?

— Je fais parler les petites filles trop bavardes, répliqua-t-il du tac au tac en continuant son inspection.

Je me mordis la langue pour ne pas lui répondre vertement. Je n'étais vraiment pas d'humeur à goûter l'ironie ou cynisme d'Abel en ce moment. La seule chose que je désirais était d'en finir rapidement pour pouvoir aller me laver. L'odeur que je dégageais ne laissait à présent aucun doute sur le fait que j'étais morte il y avait de ça plusieurs mois déjà.

— Ah ! Le voilà ! s'exclama-t-il quelques secondes plus tard.

Un clic résonna et un pan du mur face à nous pivota légèrement, laissant apercevoir une volée de marches plongeant sous terre. Je soupirai. Décidément, j'allais vraiment finir par croire qu'une force supérieure tenait à me voir six pieds sous terre ! Abel s'enfonça dans le passage, suivi de son frère puis de moi, mon grand-père fermant la marche.

Une fois en bas, nous tombâmes sur un large couloir pavé, dont les murs de pierre devaient frôler les deux mètres de haut et étaient parfaitement secs. L'immonde odeur d'égout et de moisissure avait disparu tandis que la température ambiante venait d'augmenter de plusieurs degrés. Abel se tourna alors vers nous et posa un doigt sur sa bouche et un autre sur son oreille afin de nous faire comprendre de rester silencieux et d'écouter avant de reprendre sa progression. Plus nous avancions, plus il faisait chaud et plus la magie dans l'air devenait présente. Elle était extrêmement puissante, bien plus que toutes celles que j'avais pu ressentir jusque-là, et très ancienne. Ni sombre, ni lumineuse, elle demeurait neutre, constante, différente et pourtant très similaire à la mienne. Mon corps se couvrit de petits picotements, tandis que je sentis la sorcière en moi remonter fugacement à la surface, comme si elle répondait à l'appel de cet étrange pouvoir. Je tournai la tête vers mon grand-père. Celui-ci confirma d'un signe de tête que lui aussi l'avait senti. Nous n'étions plus très loin. J'aperçus alors de petits points lumineux se dessiner devant nous, s'éteindre puis se rallumer à intervalles réguliers. Je fronçai les sourcils. Abel accéléra le pas quand je lui pris le bras pour le faire stopper. Il se tourna vers moi, le regard interrogateur. Je pointai ma tempe de mon index avant de lever le sort des pensées.

— *Écoutez, vous entendez ?*

Les trois hommes se figèrent, concentrés sur les sons montant jusqu'à nous. Des battements de cœurs, des artères charriant le sang avec application, des respirations, dont l'une était saccadée comme sous le coup d'un effort ou de la peur. Le jeune fauve encore avide de chasse et peinant à contrôler ses instincts les avait immédiatement repérés. Nous avançâmes avec précaution et je compris à quoi étaient dus les points lumineux. Comme Caïn l'avait présagé, les cardinaux avaient fait en sorte de nous barrer le passage et fait s'effondrer une partie de la galerie. J'avais donc aperçu la lumière à travers les écarts entre les pierres. Derrière l'éboulis nous barrant la route, des voix humaines nous parvinrent. Nous approchâmes dans le plus profond silence afin de savoir ce qu'ils trafiquaient.

— Je ne sais que vous dire, Monseigneur. Nous pensions prendre la meilleure décision afin d'éviter une catastrophe.

Je reconnus la voix du cardinal m'ayant supplié de les aider le soir ou nous leur avions rendu une petite visite. Il semblait dans ses petits souliers.

— Je constate que votre mission s'est révélée un franc succès, ironisa son interlocuteur.

Je collai un œil contre un petit interstice entre les pierres. Ledit cardinal, dans sa belle robe pourpre, était accompagné d'un autre homme, vêtu d'une simple bure noire, comme celle d'Amédée et de sandales de cuir. Il aurait pu passer pour un simple moine si l'on faisait abstraction de la magnifique croix en argent sertie de pierres précieuses qui pendait à son cou. Les bras croisés dans ses manches, il fixait de ses yeux verts et froids le cardinal qui semblait ne plus savoir où se mettre. La tête rentrée dans les épaules, se balançant d'un pied sur l'autre, il paraissait attendre que les coups tombent. S'il l'avait pu, il serait sûrement rentré sous terre. J'ignorais qui était l'homme en noir. En revanche, je savais désormais reconnaître sans me tromper un prédateur et, à n'en pas douter, celui-ci était l'un d'entre nous. Humain, soit, cependant, il se dégageait de lui une froideur, une sombre aura, quelque chose de reptilien qui laissait transpirer la violence. Il avait déjà tué, n'en avait pas ressenti plus de remords que cela et recommencerait sans se poser de questions.

— En moins d'une nuit, vous et vos comparses avez réussi à faire précisément tout ce que nous voulions éviter.

— *Qui c'est celui-là ?* demandai-je.

Mon grand-père et les garçons, m'ayant imitée dans ma tentative d'espionnage, se consultèrent du regard. Manifestement chacun attendait que l'autre lui livre la réponse.

— *OK... illustre inconnu donc...*

— *Le genre de surprise que je n'affectionne pas particulièrement,* grogna Giordano. *Cet homme pue la mort et il ne souffre aucun doute que le cardinal meurt de trouille. Nous voilà donc en présence d'une éminence noire. Reste à savoir ce qu'implique ce fameux « nous ».*

Je repris mon poste d'observation.

— Tout semblait sous contrôle jusqu'à il y a encore quelques semaines seulement. Nous n'imaginions pas que les choses se dérouleraient d'une telle manière. Cette enfant est encore pire que ce que nous avions présagé.

— Pire ?

L'homme ricana de façon sinistre.

— Cette enfant, comme vous vous plaisez à l'appeler, n'est pas n'importe qui. Elle est la descendante de deux des plus puissants clans de sorciers que cette planète a connus, ainsi que, détail à vos yeux je suppose, celle du roi-vampire. Elle est également l'objet d'une prophétie millénaire annonçant, nouveau détail, une grande menace capable de détruire le monde et qu'elle serait la seule à pouvoir endiguer !

— Nous avons pensé que...

— Penser ? gronda l'homme en noir en avançant d'un pas, clairement menaçant. Expliquez-moi donc, sombre idiot, à quoi vous pensiez lorsque vous avez pris la décision de vous associer à ce monstre de Lilith ? Expliquez-moi, pauvre débile, ce que vous espériez gagner et comment vous comptiez duper une créature âgée de plusieurs millénaires, vous simple mortel, seulement doté du pouvoir que vous confère votre robe ? Ah, et surtout, expliquez-moi ce qui vous a pris de laisser puiser Lilith et prendre le risque de la rendre plus forte que celle censée nous sauver tous.

Le cardinal ouvrit la bouche, puis la referma.

— Nous étions supposés protéger ce puits, pas l'offrir sur un plateau d'argent à la plus terrible créature de tous les temps ! Non seulement vous avez failli à cette tâche, mais pire que tout ! Vous avez frayé avec le véritable ennemi !

— Mais cette fille est dangereuse !

— Elle ne l'aurait pas été plus que ça si vous ne l'y aviez pas poussée ! Sarah Drake est une bombe à retardement que vous avez vous-même amorcée. Sans vos erreurs accumulées, elle se serait contentée de vivre sa petite vie de son côté. Elle serait montée sur le trône vampirique et aurait tenu, d'une main de fer, ce peuple sanguinaire, aurait fait en sorte que la balance reste en équilibre entre nos deux camps, comme son aïeul jusque-là, et se serait tenu à l'écart de nos petites affaires. Elle aurait vaincu Lilith sans qu'aucune des deux n'apprenne l'existence du puits. Désormais, nous sommes pieds et poings liés face à ces créatures, le monde a les yeux braqués sur nous et tout ça, grâce à vous.

Sa voix s'était faite basse, sourde et la menace qui y pointait n'était pas feinte. En cet instant, il se retenait de tuer le cardinal. Je pouvais sentir sa rage comme s'il s'agissait de la mienne.

— *Tiens, ça se corse,* constata Abel. *Se pourrait-il que tous les culs bénis ne soient pas d'accord concernant notre sorcière bien-aimée ?*

— *Sans doute veulent-ils tous la même chose, simplement, pas au même moment,* grinçai-je sans quitter mon poste d'observation.

— *Qu'ils essaient, juste pour voir,* gronda mon grand-père, mauvais.

— *Bon, on fait quoi maintenant ? On ne va tout de même pas coucher là. Où se trouve le puits exactement ?* s'enquit Caïn.

— *Tu vois la porte en métal avec des symboles gravés dessus, juste derrière Laurel et Hardy ?*

— *Oui.*

— *Ben juste derrière.*

Je me mordis la lèvre inférieure en serrant les poings. Pourquoi fallait-il donc que rien ne soit jamais simple ? De tous les recoins dont disposait cette foutue baraque, pourquoi diable ces deux-là avaient-ils choisi précisément ce moment et cet endroit pour régler leurs comptes ?

— *OK. J'ai faim, je suis sale et je pue plus qu'un rat mort, cette fois j'en ai ma claque !* déclarai-je en reculant. *Poussez-vous de là.*

— *Qu'est-ce...,* commença Caïn.

Je ne lui laissai pas le temps de terminer et lançai une impulsion sur l'éboulement. Celui-ci vola en éclats dans un boucan de tous les diables. Les deux hommes tombèrent à la renverse et eurent juste le temps de protéger leurs visages de leurs bras afin d'éviter d'être blessés par les débris retombant encore. Lorsque le nuage de poussière provoqué par l'effondrement de leur barrière de fortune s'estompa, les laissant découvrir notre présence, le cardinal manqua défaillir. L'homme en noir, lui, resta impassible, même son rythme cardiaque demeura constant. Il se releva lentement, chassa la poussière de son aube du plat de la main avec nonchalance, puis me considéra de la tête aux pieds avant d'incliner légèrement la tête en signe de salut.

— Princesse. Sire, messieurs, ajouta-t-il à l'adresse des frères maudits.

— Messieurs, répétai-je. Vous savez sûrement pourquoi je suis ici, alors si vous le voulez bien, épargnons-nous des discussions inutiles.

Le Cardinal ouvrit une nouvelle fois la bouche, mais je feulai dans sa direction, lui coupant le sifflet.

— Vous m'avez suffisamment agacée comme ça, grondai-je. Je vous conseille donc de ne pas trop me pousser à bout si vous ne voulez pas finir comme vos petits camarades et l'ancien Pape. Ma journée a été longue et particulièrement éprouvante.

Ce fut alors qu'une vingtaine de moines, tous vêtus de noir apparurent au bout du couloir, devant la fameuse porte derrière laquelle attendait le puits. Je les observai avec attention. Leurs bures et leurs croix, identiques à celle de l'homme accompagnant le Cardinal, ne laissaient pas de doute quant à leur appartenance à une quelconque congrégation religieuse. Cependant, aucun n'affichait la bonhomie ou l'austérité de leurs confrères habituels. S'ils priaient régulièrement, ces hommes pratiquaient aussi les arts de combat. Tous affichaient des cicatrices, parfois impressionnantes, au visage, aux mains ou encore aux bras, stigmates de précédents affrontements. Leurs crânes étaient rasés et leurs poignets arboraient un tatouage, une croix enfermée dans un cercle, que j'avais déjà vu quelque part... Quant à leur musculature, même pour les plus petits d'entre eux, elle relevait d'un entraînement intensif et régulier. L'Église possédait-elle ses propres mercenaires ? Après tout, pourquoi pas ? Les croisades étaient la preuve parfaite que guerre et foi n'étaient pas dissociables, bien au contraire. Tuer n'était pas un problème du moment que l'on avait un prétexte nommé Dieu pour se faire. L'homme en noir leva la main en signe d'apaisement.

— Votre présence n'est pas utile, messieurs, tout va bien, vous pouvez regagner la surface. J'attendais cette visite avec beaucoup d'impatience.

Sans même paraître étonnés, ils firent demi-tour. Le cardinal, dont le cœur était sur le point d'atteindre le point de rupture, leur jeta des regards affolés. Il n'osait pas bouger sans que l'autre lui en ait donné l'ordre, cependant, l'envie de prendre ses jambes à son cou ne manquait pas. Il ressemblait à une biche prise dans le faisceau des phares d'une voiture.

— Bien, reprit l'homme. Maintenant que nous sommes en petit comité, je crois qu'il est temps d'éclaircir quelques points...

— Inutile, tout est on ne peut plus clair. Le Vatican n'a jamais eu que le pouvoir que voulait bien lui accorder l'Opus Deï, le coupa Abel en s'allumant une cigarette avec nonchalance. Manifestement, vos gentils petits soldats ont fait un peu trop de zèle et nous ont tous bien mis dans la merde.

L'Opus Deï ? Je savais bien que j'avais déjà vu ce symbole quelque part. James avait dit que les cardinaux ne représentaient rien de plus que des soldats. Si j'en croyais Abel, ils n'étaient, eux et ainsi que le reste du Vatican, que les larbins de cette organisation. Une sorte d'écran de fumée visant à dissimuler les véritables activités, somme toute moins pacifistes et honnêtes, de l'Église. Je n'étais déjà pas le moins du monde convaincue par la facette antimilitariste de celle-ci, les hommes que je venais de voir venaient donc de confirmer ce dont je me doutais déjà : la religion n'était qu'une vulgaire arnaque.

L'autre posa sur lui son regard reptilien. Bien entendu, Abel le soutint sans ciller ou se départir de son sourire ironique. L'un arborait la froideur et la dureté d'un démon, l'autre la parfaite petite gueule d'ange. Pourtant, dans cet étrange tableau, le tueur sanguinaire n'était pas celui que l'on pouvait imaginer. *Comme quoi, l'habit ne fait pas le moine.*

— La monarchie vampirique et l'Église ne fonctionnent pas de manière très différente, je vous l'accorde, répondit l'inconnu avec un sourire carnassier, mais sans pour autant avouer son appartenance à l'Opus Deï. Nous avons notre Saint-Père afin de nous guider et nous garder dans le droit chemin, vous votre roi.

— Sauf que si j'œuvre dans l'ombre, je suis le vrai patron. Je ne me sers pas de pauvres marionnettes pour détourner l'attention de mes basses besognes, grogna mon grand-père. Contrairement à vous, je ne suis pas hypocrite. Je ne prône pas publiquement la paix ou la pauvreté pour me vautrer en privé dans le sang et l'argent. J'assume ma nature, autant que mon titre. Je ne suis pas un fervent admirateur de la doctrine : faites ce que je dis, pas ce que je fais.

Cette fois, l'homme en noir tiqua légèrement et son regard perdit une seconde de sa passivité. Giordano venait de le percer à jour et cela le déstabilisa, certes pas longtemps, mais tout de même.

— Nous ne prenons pas plaisir à utiliser la violence, se défendit-il.

— Moi non plus, le contra le roi-vampire. Et, contrairement à vous ou vos sous-fifres, je ne prends pas en chasse les petites filles innocentes ainsi que leurs mères.

L'autre hocha la tête en faisant la moue, manifestement piqué au vif. Malgré tout, et aussi entraîné puisse-t-il être, il savait pertinemment qu'il n'avait aucune chance de ressortir vivant de ce souterrain s'il poussait mon grand-père à bout.

— Je comprends votre colère, elle est certes justifiée. Vous aimez sincèrement votre petite-fille, personne ne remet cela en cause, mais vous devez admettre que nos craintes la concernant le sont tout autant. Nous nous devions de la surveiller de près. Nous ne traquions pas votre petite-fille, ceci est l'affaire des chasseurs. Malgré tout, je vous présente nos plus plates excuses pour les agissements des cardinaux. Ce qu'ils ont fait est inadmissible, pour ne pas dire complètement stupide. Vous êtes ici pour le puits, et je ne vous empêcherai pas d'y accéder, soyez sans crainte.

Giordano se mit alors à rire franchement, les bras croisés sur son large torse. Le cardinal ouvrit de grands yeux effrayés tandis que l'autre serrait les mâchoires. Il n'avait pas l'habitude que l'on se moque de lui ou que l'on ose le contrarier. Cet homme inspirait la peur ainsi que le respect à ses congénères, religieux ou non. Je devais avouer qu'il dégageait un certain charisme, macabre, certes, mais réel. Malheureusement pour lui, nous ne faisions pas, ou plus, partie de ses congénères. Lorsqu'il s'agissait d'inspirer de la crainte, de la peur ou même du simple respect, le roi-vampire n'était pas en reste et pour cause : il aurait pu tuer cet homme en moins d'une nano seconde. L'autre pouvait se la jouer *fair-play* tant qu'il le voulait, la vérité était qu'il avait simplement conscience de ne pas faire le poids.

— En effet, nous allons y accéder, avec ou sans votre consentement. Ne jouez pas les grands seigneurs, les repentis ou que sais-je encore, avec moi. La vérité c'est que vous vous retrouvez désormais au pied du mur. Avec ma petite-fille, nous pourrions tuer jusqu'au dernier d'entre vous sans avoir à bouger d'ici et ensuite balancer aux yeux du monde entier quel rôle vous avez joué dans le merdier qui se prépare. Voyez-vous, une fois la peur passée, je suis prêt à parier que beaucoup d'humains seraient prêts à nous rejoindre et à se battre à nos côtés. Cependant, après ça, je ne suis pas certain que même vos plus beaux et prometteurs discours suffiraient à les rallier de nouveau à votre cause. Une simple pression sur le bouton d'un malheureux ordinateur mettrait fin au règne de votre Église et de votre Dieu.

Le moine cilla, mais se garda de tout commentaire. Il se tourna pour gagner la porte, l'ouvrit et s'effaça pour nous laisser le passage. Mes compagnons et moi échangeâmes des regards circonspects. Je me saisis du cardinal, tremblant comme une feuille, tandis que d'un bond, Abel en faisait autant avec l'autre.

— Après vous, messieurs, déclarai-je alors que nous les balancions sans ménagement dans la pièce.

Si l'homme en noir trébucha, il se rétablit presque aussitôt dans son équilibre, gardant sa dignité à peu près intacte. Le cardinal, lui, s'étala de nouveau comme une crêpe et geignit avant de se remettre maladroitement debout sans que son confrère n'esquisse le moindre geste pour l'aider. Je jetai ensuite un regard à l'immense salle circulaire. Dallée de larges pavés noirs, comme ceux du couloir, des torches étaient accrochées aux murs, leur sombre lumière étirant nos ombres de manière exagérée. Il n'y avait rien ici, pas le moindre meuble ou bibelot et encore moins de margelle. Je fronçai les sourcils.

— Où est le puits ? demandai-je.

— Ici, m'indiqua Abel en s'avançant dans la pièce avant de pointer le sol du doigt.

L'homme en noir tiqua en constatant qu'il connaissait manifestement les lieux comme sa poche. Je souris en décryptant les rouages qui venaient de se mettre en branle dans son cerveau. Il se demandait qui était exactement Abel, ce qu'il avait bien pu venir faire en ces murs et quand. Il pouvait chercher, quelque chose me disait qu'il resterait bien loin du compte. Le cadet des premiers-nés s'était carrément envoyé en l'air ici, dans l'enceinte d'un soi-disant lieu saint ! Et pas avec n'importe qui : Lucrèce Borgia s'il vous plaît ! Un jour, il faudrait tout de même que je lui demande de me raconter cette histoire.

Je m'approchai à mon tour et constatai qu'une découpe circulaire avait été faite dans les pavés eux-mêmes. J'haussai un sourcil, perplexe. Je m'attendais à quelque chose de plus... impressionnant. Genre immense puits de pierre surmonté d'affreuses goules à la gueule grande ouverte sur des dents démesurées, grondements terribles venus du centre de la Terre, éruption de lave en fusion, chien de garde à trois têtes. Bref, un truc qui claquait quoi ! Face à mon air dépité, mon grand-père ricana.

— Les choses les plus extraordinaires sont souvent dissimulées derrière la plus banale des normalités, *piccola principessa*, s'amusa-t-il.

— Voilà de sages paroles. Cependant, avant que je n'ouvre ce puits, nous devons parler. Rassurez-vous, je ne compte pas minimiser les actes de mes... confrères, ou tenter d'annuler la dette qu'ils ont désormais envers vous, ajouta le moine en lançant un regard noir au cardinal. Ils ont commis une très grave erreur, il est normal qu'ils en assument les conséquences.

— Je suis curieux, avoua Caïn. Pour vous où se situe l'erreur exactement ? S'agit-il du fait d'avoir tenté de se débarrasser de la seule personne capable de vous débarrasser de la grande menace pesant sur notre monde ? Ou encore que, pour tenter d'y parvenir plus rapidement, vous ayez fait appel à un monstre tel que Lilith ? Ou que, pire que tout, vous ayez fait en sorte de la rendre plus forte que jamais, histoire qu'elle ne rate pas son coup ? Ah, mais attendez, j'oublie le meilleur. Le pire de tout ne serait-il pas que vos larbins aient laissé un sol consacré être souillé juste pour ne pas perdre leur petit confort ?

Les battements de cœur du cardinal s'accélérèrent de façon significative tandis qu'une pellicule de sueur se formait sur son front. Je lui jetai un rapide coup d'œil, il était si pâle qu'à côté de lui, on aurait pu penser que je venais de passer une semaine aux Caraïbes.

— Mon ami viendrait-il de toucher un point sensible ? Donc, mes doutes sont confirmés, le Vatican n'est plus un lieu consacré. Ce qui signifie que si Lilith invoque des démons, vous serez à leur merci, comme n'importe quel quidam. N'est-ce pas cela que l'on nomme ironie du sort ? m'amusai-je.

Je vis, dans les yeux du moine, le doute s'installer. Étant quelqu'un d'aimable et serviable de nature, je m'empressai d'éclairer sa lanterne.

— Lilith n'a pas puisé dans ce puits pour faire revenir ensuite les mangeurs d'âmes, comme vous semblez l'imaginer, expliquai-je. Elle s'est servie de celui-ci comme passage pour ces créatures qui ont vu de nouveau le jour ici même, dans cette salle. Elles ont donc allègrement souillé le sol de leur aura démoniaque et annulé la consécration de celui-ci…

Une lueur assassine traversa son regard de reptile.

— Oh, vous aviez omis de prévenir vos supérieurs de ce petit détail sans doute ? ajoutai-je à l'attention du cardinal.

Ce dernier fixait le puits, hagard. Il avait peur de nous, de nos réactions, mais il craignait tout autant celles de cet homme censé appartenir au même camp que lui. Que les cardinaux aient fait un mauvais calcul en choisissant Lilith ou en tentant de me tuer semblait déjà être une faute suffisamment importante aux yeux de l'Opus Deï pour que ces hommes soient venus remettre bon ordre dans ce capharnaüm. Alors j'imaginais sans mal ce qu'ils allaient penser de l'annulation du caractère sacré de leur sacro-sainte et luxueuse niche ! Quelque chose me disait que finalement, ce pauvre cardinal aurait préféré mourir avec ses camarades lors de cette fameuse nuit.

— Vous êtes certaine de ce que vous avancez, princesse ? me questionna le sombre moine d'une voix monocorde.

— Parfaitement. Lilith est certes sorcière de naissance, mais ne descend pas d'une lignée suffisamment puissante pour donner naissance aux vampires. Pour se faire, elle s'est déjà servie d'un puits, elle s'est retrouvée saturée de magie, ce qui l'a tuée. C'est sa malédiction, déjà lancée, la liant à ses premières victimes, qui l'a ramenée à la vie.

Il fronça les sourcils, sans lâcher le cardinal, toujours muet, du regard. Il ressemblait à un guépard prêt à fondre sur une pauvre et frêle antilope.

— Le sort utilisé est assez complexe, je ne vais donc pas entrer dans les détails. La seule chose importante, c'est que désormais, Lilith ne peut plus puiser directement, la magie la consumerait. Voilà pourquoi elle a invoqué les mangeurs d'âmes, afin qu'ils se chargent de lui ramener l'énergie dont elle a encore besoin.

Cette fois, il posa sur moi un regard interrogateur.

— Comment ça : l'énergie dont elle a encore besoin ? Je croyais qu'elle se servait de ces créatures parce qu'il était impossible de les détruire.

Je pinçai les lèvres en secouant la tête.

— C'est ce qu'elle a fait croire à ces messieurs et ce n'est pas totalement faux. Cependant, en réalité, elle a un projet, bien plus… égocentrique en tête. Vous me considérez comme une abomination, mais croyez-moi, si elle parvient à ses fins, vous me regretterez et vous rendrez compte à quel point je suis charmante en comparaison, ironisai-je. Bientôt, le monde sera à feu et à sang et l'humanité réduite au simple état de garde-manger. Vous n'aurez plus d'endroit où vous cacher et toutes les prières du monde ne suffiront pas à faire reculer les créatures qui fouleront bientôt le sol de cette planète. Je mourrai peut-être, mais ce sera avec l'esprit tranquille de m'être battue pour une cause juste. En revanche, vous le ferez en ayant sur la conscience des millions de morts. Après ça, je ne suis pas certaine que, s'il existe vraiment, votre Dieu vous ouvre en grand les portes du paradis.

— De quoi parlez-vous ?

— Elle vous confiera son petit secret dès que vous aurez fait de même avec le vôtre, intervint mon grand-père.

L'homme en noir sembla peser le pour et le contre pendant un moment, son regard allant de mon grand-père à moi à plusieurs reprises. Finalement, il s'approcha du mur de droite, où il porta la main à l'une des torches.

— Attention princesse, reculez un peu s'il vous plaît.

Je m'exécutai, reculai de trois pas pour m'éloigner du puits, imitée par Abel. Il baissa la torche, ce qui activa un mécanisme dissimulé quelque part dans le sol. La pierre oscilla sur son socle dans un bruit de roulement, puis s'enfonça de quelques centimètres dans le conduit avant de disparaître dans une fente percée dans la paroi du puits. Je tendis le cou, tentant d'apercevoir quelque chose, lorsque doucement une lumière blanche commença à émaner du puits. Giordano s'en approcha lentement puis hocha tête.

— Parfait, commençons, déclara-t-il alors.

— Attendez, ce n'est pas…

D'un simple geste de la main, le roi-vampire le fit taire et tomber à genoux. Il fut inutile d'infliger le même traitement au cardinal, celui-ci n'avait pas bougé d'un millimètre, les yeux obstinément grands ouverts sur le trou dans le sol. Les mêmes images tournaient comme une boucle sans fin dans son esprit : les mangeurs d'âmes remontant à la surface et poussant des hurlements à glacer le sang. Sans plus me préoccuper de lui, je m'avançai à mon tour vers la source d'énergie, imitée par les premiers-nés.

Une fois tous autour, je jetai un œil au fond de la cavité. Là, telle une rivière ou une source, une sorte de flux, d'un blanc irisé éclatant, dont je n'aurais su dire avec précision s'il était liquide ou gazeux, circulait paresseusement sous le Vatican. Son déplacement était parfaitement silencieux et la surface paraissait si douce que l'on avait presque envie de la caresser. En revanche, je sentis, sans équivoque, la terrible puissance qui s'en dégageait. Je pinçai les lèvres, plus tout à fait certaine que ce que nous nous apprêtions à faire soit une bonne idée. Je peinais déjà à canaliser la puissance des deux clans quelques fois, alors cette chose… Déjà, je sentais la sorcière en moi s'agiter, excitée de se retrouver à proximité d'une telle source de magie. Si je la laissais prendre le dessus, j'ignorai si elle serait capable de résister à tant de pouvoir. Si elle se retrouvait consumée par la magie, le vampire y survivrait-il ? Et si tel était le cas, supporterais-je de n'être plus que la moitié de moi-même ensuite ? Au fond, cette dernière question importait peu, car si une pareille éventualité venait à se réaliser, je mourrais bientôt. Sans ma magie, Lilith ne ferait de moi qu'une bouchée. Sentant mon angoisse, mon grand-père m'expliqua d'une voix apaisante :

— Ne t'en fait pas, *piccola principessa*, tout va très bien se passer. Nous n'allons puiser que quelques minutes tout au plus. La ponction doit être lente et tu dois faire en sorte de rester calme afin de sentir lorsque tu en auras assez, d'accord ? Je sais que tu es capable de le faire.

Je soufflai bruyamment pour évacuer la pression, puis hochai la tête. Je me trouvais désormais au pied du mur et ne pouvais plus reculer. Il fallait que je le fasse, que j'essaie au moins.

— Tu es prête ? me demanda doucement Caïn avec un regard compatissant.

— Oui, finissons-en.

Nous commençâmes à nous concentrer puis à puiser. La lueur dégagée par le flux, d'abord douce, comme celle d'une veilleuse pour enfant, devint rapidement plus intense avant de se faire tout bonnement aveuglante lorsque la magie commença à bouillonner et remonter à la surface. Le flux atteint la surface du puits dans un terrible vrombissement de rivière en crue. Sous mes pieds, je sentis la Terre vibrer tandis que mon corps se couvrait de frissons d'excitation. Je fermai les yeux. Soudain, ce fut comme si ma conscience s'ouvrait enfin sur la totalité du monde et des éléments qui le composaient. Une étrange mélopée enfla dans mon esprit, je me retrouvai connectée à l'eau, à l'air, au feu et enfin à la Terre elle-même. Je ne me contentais plus d'évoluer autour d'eux, *j'étais* une partie d'eux, un catalyseur, un réceptacle. Le pouvoir me parlait, m'appelait, s'offrait à moi, sans détour.

Troublée, mais apaisée, comme délivrée du poids de l'attraction terrestre, je me laissai envahir par la magie. Je sentis mes facultés vampiriques et magiques s'amplifier sans aucun effort de ma part. Il me semblait flotter dans un cocon protecteur, avoir enfin trouvé la place qui me revenait en ce monde. D'autres voix me parvinrent, lointaines, elles semblaient si agressives, si effrayées…

— Cela suffit.

Cette fois, la voix avait résonné dans mon esprit de façon si claire, si nette, qu'elle me fit l'effet d'un coup de fouet, dur et sec, brisant mon agréable cocon. J'ouvris les paupières. Le grand phénix se tenait devant moi, le regard grave, battant l'air de ses immenses ailes de feu à intervalles réguliers. Je baissai alors les yeux et aperçus mon grand-père ainsi que les premiers-nés qui me fixaient avec angoisse. L'homme en noir, toujours agenouillé près du mur, semblait halluciner, quant au cardinal, il gisait sur les pavés, évanoui. Les bras en croix, je flottais au-dessus du sol, face au protecteur de mon clan.

— Je…

Mon timbre me sembla étrange, caverneux. Je portai une main à ma gorge tandis que l'autre retomba le long de mon corps.

— La magie pure est parfois tentatrice et son effet insidieux, exposa le grand phénix. Tu en as eu assez pour la mission qui t'attend.

Lentement, je regagnai le sol, un peu déboussolée.

— Ça va ? me demanda Giordano en se précipitant.

— Oui, nonno, ne t'en fais pas tout va bien.

— Sarah est déjà la combinaison de puissants pouvoirs, expliqua le phénix. Et la magie répond à la magie. Plus le sorcier est puissant lorsqu'il puise, plus la ponction est importante. Quant à vous deux, ajouta-t-il à l'intention des frères maudits. Vous avez pris un grand risque en voulant sauver ma fille. Je vous en suis très reconnaissant, c'est pourquoi j'ai stabilisé la magie avant qu'elle ne vous consume. Cependant, plus jamais vous ne pourrez puiser.

— Merci, répondirent en cœur les frères.

— De rien, c'est la seconde fois que vous me prouvez tenir sincèrement à Sarah et elle aura besoin de gens comme vous tout au long de sa vie, ainsi que ses enfants.

Puis il se tourna vers Giordano.

— Et toi, mon fils, tout va bien ? Tu as fait preuve d'une parfaite maîtrise, je suis extrêmement fier de toi.

— Je me sens bien, acquiesça Giordano. Un peu… étourdis peut-être, mais ça va.

Le phénix hocha la tête, faisant onduler les flammes orangées qui composaient son corps.

— Il faut que le flux de magie se stabilise. Ce ne sera pas long, ensuite, vous percevrez nettement la montée en puissance de vos pouvoirs.

— L'effet est permanent ? s'enquit Terrence.

— Non, en tous cas pas vous concernant. D'ici quelques semaines, la magie aura disparu de votre système puisqu'elle n'a rien pour se fixer. En revanche, ce sera sûrement le cas pour Sarah et Giordano. Pour le moment, la totalité de leurs pouvoirs respectifs va être amplifiée, puis lentement, la magie se fixera sur certaines facultés en particulier.

— Et elle va rester comme ça ? grimaça Abel.

Le grand phénix tourna la tête vers moi puis l'inclina légèrement de côté.

— Quoi ? Qu'est-ce que j'ai ? m'inquiétai-je en me touchant le visage à la recherche du moindre changement.

— Ben… comment dire ? Tu es un peu euh…

Face à la gêne du premier-né, l'Oiseau de feu sembla amusé, ce qui ne me rassura pas le moins du monde.

— C'est l'histoire de quelques jours, rassurez-vous, le temps que le surplus de magie s'estompe. À présent, je vous laisse, vous avez encore beaucoup de choses à accomplir.

Dans une immense gerbe de flammes, le grand phénix disparut.

— Quoi ? insistai-je. Qu'est-ce que j'ai ?

— Tes cheveux, dit Giordano, calmement.

J'attrapai une mèche pendant dans mon dos pour la ramener sur ma poitrine avant de demeurer interdite.

— Qu'est-ce que…

À présent, ma chevelure était d'un blanc éclatant, parcourue d'une sorte de courant iridescent. J'écarquillai les yeux sous le coup de la surprise.

— Cela dit, c'est original, ajouta Abel. Je suis sûr que Lily va adorer.

Je lui jetai un regard assassin.

— Non, ça évite, tu es vraiment flippante. Bon, qu'est-ce qu'on fait d'eux à présent ? ajouta-t-il en se tournant vers les deux humains.

L'homme en noir ne semblait toujours pas remis du choc, quant au cardinal, il était toujours plongé dans les méandres de l'inconscience. Ce qui valait peut-être mieux pour lui finalement. Ce que je décryptais à présent dans son esprit était décousu, flou, des pensées fugaces, saccadées, sans logique. Sa raison venait de se faire la malle et pour un bon moment.

Giordano leva le sort qu'il avait jeté au moine, lui rendant la parole et la mobilité. Pourtant, celui-ci n'esquissa pas le moindre geste, se contentant de me fixer comme si j'incarnais le diable en personne.

— Bien, nous avons eu ce que nous voulions. Je suis un homme de parole, je vais donc vous livrer notre petit secret. Lilith n'a jamais eu l'intention de se servir des mangeurs d'âmes pour asservir le monde. Ils ne sont pour elle que de simples instruments. Ce qu'elle désire, c'est créer une nouvelle espèce de vampires capable de rivaliser avec la mienne. Tous seront dotés de puissants pouvoirs magiques, la seule différence, c'est qu'à l'instar des mangeurs d'âmes, ils n'auront aucune conscience. Plus la moindre trace d'humanité ne persistera après la mutation. Des bêtes surpuissantes avec un seul et unique maître, Lilith.

Le moine bougea enfin, il se passa les mains sur le visage avant de souffler :

— Protégez-nous, Seigneur.

Je levai les yeux au ciel puis m'approchai de lui, actionnai la torche vers le haut pour refermer le puits avant de lui adresser un sourire affable :

— Pas de ça entre nous, nous sommes de vieux amis maintenant. Appelez-moi Sarah.

Mes compagnons ricanèrent avant de s'emparer des deux hommes.

— Qu'est-ce…, commença le moine noir.

— Rassurez-vous, nous n'avons pas l'intention de vous tuer. Du moins pas encore.

Abel et Caïn les conduisirent au bout du couloir où les autres étaient apparus plus tôt puis, d'une simple impulsion, je fis s'effondrer la galerie. Une fois fait, mon grand-père et moi scellâmes ce mur de fortune ainsi que la salle où se trouvait le puits, leur en coupant à jamais l'accès.

Chapitre 12

Lorsque nous regagnâmes enfin le palais vampirique, je tentai, tant bien que mal, de faire fi des regards surpris ou apeurés des courtisans que je croisai dans les couloirs. Je me contentai de répondre à leurs saluts d'un bref signe de tête et de continuer mon chemin, faisant en sorte de garder un minimum de dignité malgré mon état déplorable. Dans toute la demeure, des bruits de perceuses, de visseuses et autres outils résonnaient de façon assourdissante. Je me souvins alors que mon grand-père avait demandé à ce qu'un dispositif lumineux surpuissant soit installé tout autour de la résidence et dans les jardins en prévision d'une éventuelle attaque de mangeurs d'âmes. Je songeai, non sans une certaine dose d'ironie, que si ça n'avait pas le moindre effet sur ces horribles créatures, ce dispositif avait toutes les chances de me rendre aveugle, me laissant ainsi à leur merci. Pendant une seconde, je tentai de m'imaginer me battre, affublée de mon casque intégral. Ne me manquerait plus que la jolie combinaison fluo et je ferais sûrement un Power Ranger des plus acceptables.

— Versailles va faire office de petit joueur à côté de notre palais, s'amusa Abel. C'est tout de même un comble que le palais du roi de l'Ombre brille davantage que celui du roi Soleil.

Mon grand-père ricana.

— Heureusement que ce n'est que temporaire, je dois avouer que je préfère de loin mes jardins la nuit. J'aime beaucoup Versailles cela dit, même si la décoration y est un peu trop ostentatoire à mon goût.

— Et va savoir pourquoi, j'ai du mal à t'imaginer danser un ballet vêtu d'un collant blanc et d'une perruque, ironisai-je.

— Je ne vois pas pourquoi, s'amusa mon grand-père.

Nous atteignîmes enfin les quartiers royaux. Je marquai une pause devant la porte de mes appartements. Je craignais la réaction de mes enfants quand ils me verraient dans cet état. J'étais partie ce matin, fraîche, propre, pimpante et surtout châtain foncé ! Allaient-ils seulement me reconnaître ?

— Ce n'est que temporaire, affirma mon grand-père, devinant mes pensées.

Je soupirai et me décidai à pousser enfin le montant. Lorsqu'ils m'aperçurent, les membres de mon clan marquèrent un temps d'arrêt, interdits. Je jetai un œil aux jumeaux jouant par terre sur une couverture. Ils ouvrirent d'abord de grands yeux étonnés, puis éclatèrent de rire en me tendant les bras. *Bon, je suis moche, je pue, mais au moins mes enfants m'aiment toujours !* James s'approcha, resta à m'observer sous toutes les coutures, avant d'enrouler une mèche de mes cheveux autour de son doigt. Impassible, il observa le flux de magie danser paresseusement sur ma chevelure immaculée.

— J'adore ! s'écria Lily. C'est trop stylé !

Ce fut alors que je croisai mon reflet dans l'immense miroir gothique rénové depuis mon dernier dérapage. Avec mes cheveux emmêlés, désormais plus blancs que la neige, mes yeux totalement noirs et brillants, la saleté qui maculait mes vêtements ainsi que mon visage, je ressemblais bel et bien aux sorcières des contes pour enfants. Ne manquaient plus que les griffes démesurément longues et crochues pour parfaire le tableau.

— Tu vois, je t'avais dit que Lily aimerait ton nouveau style, s'amusa Abel devant ma mine dépitée.

— Mais que s'est-il passé ? s'enquit Kylian en me regardant avec inquiétude.

— Nous avons eu un léger imprévu, dis-je. Mais avant de vous raconter, je voudrais juste prendre une douche si ça ne vous fait rien. Je n'en peux vraiment plus de cette horrible odeur !

— Non ma princesse, bien sûr, vas-y. Pendant ce temps, je vais te commander du sang frais et te préparer des vêtements propres. Tu veux autre chose ? me demanda James avec prévenance.

Je souris à mon mari.

— Ça ira. Les jumeaux ont été sages ?

— Comme des images, s'amusa-t-il.

— OK, alors je reviens, je ne serai pas longue.

— Je vais faire de même, annonça Giordano. Je ne supporte plus non plus cette odeur de soufre et d'égout, ajouta-t-il d'un air écœuré.

— Ça, par contre, vous ne sentez pas la rose, s'amusa Lily.

Je me contentai de sourire et filai enfin prendre une douche.

Le front collé contre le carrelage, je laissai l'eau brûlante décrasser mon corps et délier mes muscles. Paradoxalement, si je me sentais plus forte physiquement, c'était totalement l'inverse psychologiquement. J'avais l'impression que la journée avait duré des années et qu'elle m'avait totalement vidée de toute énergie. Mon cerveau saturait, peinant à trouver une logique à tout ce foutoir. Le Vatican, l'Opus Deï, Lilith, son complice mystère, les mangeurs d'âmes et pour compléter ce tableau, déjà pas franchement folichon, une nouvelle espèce de vampires réduits à l'état animal et dotés de pouvoirs magiques. Cela commençait à faire beaucoup de protagonistes pour une même histoire. À quoi pouvait bien penser Lilith pour vouloir mettre de la magie entre les mains de créatures incapables de raisonner d'elles-mêmes ? Comment pouvait-elle imaginer parvenir à garder éternellement le contrôle sur elles ? De plus, si, comme moi, elles parvenaient à se reproduire et que leurs grossesses étaient aussi rapides que la mienne, les humains ne seraient bientôt plus qu'un lointain souvenir. Logiquement, il en serait donc de même pour les vampires. Faisant elle-même partie de cette espèce, comment pouvait-elle ne pas être consciente que son plan remettait également en doute notre subsistance ? Abel et Caïn avaient beau en dépeindre un portrait pour le moins peu flatteur, je restais persuadée que cette femme était intelligente. Manipulatrice, mauvaise et vénale, certes, mais intelligente. Dans le cas contraire, elle n'aurait pas traversé les millénaires, encore moins dans l'ombre des puissants la plupart du temps. Alors quoi ? Je poussai un profond soupir.

— Ça va, mon cœur ? demanda soudain James derrière moi.

Je fis lentement volte-face. Mon mari semblait inquiet.

— Je te dirais bien que oui, mais il est inutile de tenter de te mentir, tu me connais trop bien.

Il grimaça et me tendit une serviette. J'éteignis l'eau, puis l'attrapai pour m'enrouler dedans avant de sortir. Il attrapa un second drap de bain et se plaça derrière moi pour m'essuyer doucement les cheveux. Je fermai les yeux, profitant de cet instant de répit.

— Abel et Caïn nous ont rapidement briefés sur ce qui s'est passé au Vatican, reprit James au bout d'un moment. Tu as été très courageuse ma chérie, une fois encore.

Il m'embrassa le cou et me serra contre lui.

— Et maintenant je ressemble à une mémé de quatre-vingts ans, ricanai-je. Il ne manque plus que le déambulateur.

Il me fit pivoter face au miroir. Mes cheveux semblaient encore plus blancs qu'auparavant et le flux irisé plus marqué à présent qu'ils avaient été débarrassés de la poussière qui les maculait quelques minutes plus tôt. Sous la lumière blanche de la salle de bain, ils créaient une sorte d'aura angélique autour de mon visage. Cette pensée m'amusa. Si j'avais un seul point commun avec un ange, c'était sans doute avec le pire d'entre tous. Comme moi, Lucifer avait choisi l'Ombre à la Lumière, poussé par le désamour et l'hypocrisie de son père.

— Je te trouve très belle, assura James dans un sourire. Tu ressembles à ces créatures de la mythologie, magnifiques, mystérieuses et dangereuses.

J'esquissai un sourire amusé. Ma foi, cette description collait aussi !

— Ce qu'il y a de plus beau dans l'amour, c'est assurément le manque d'objectivité ! Tu me disais la même chose lorsque j'étais encore mortelle, quand je me réveillais le matin, aussi fraîche et dispose qu'un raton laveur sous Xanax !

— Parce que c'était également la vérité ! Les cheveux en bataille et la bave au coin des lèvres te vont bien au teint, je n'y peux rien ! renchérit-il avec un sourire faussement innocent.

Je ris en secouant la tête, puis me détachai doucement de lui et commençai à enfiler les vêtements qu'il m'avait gentiment déposés sur le rebord du lavabo.

— Quant à être courageuse… Ce n'est pas vraiment comme si nous avions le choix, repris-je, plus sérieusement. Nous devons mettre toutes les chances de notre côté afin de parvenir à nous débarrasser de Lilith et de ces foutues bestioles. Cependant, je dois avouer que je préfère encore être à ma place plutôt qu'à celle des cardinaux. Ce type de l'Opus Deï fait froid dans le dos. S'il ne portait pas cette croix autour du cou, je douterais sérieusement que ce soit Dieu qu'il serve.

Appuyé contre le mur, les bras croisés, James fit la moue.

— Désolé, mais même avec tous les efforts du monde, je ne parviens pas à les plaindre. Même avec les pouvoirs que tu détiens, tu n'as jamais fait de mal délibérément aux autres, ce qui n'est pas leur cas.

— Tu oublies la rage de sang, grimaçai-je en fermant les boutons de mon jean.

— Les circonstances étaient très différentes. Tu as fait en sorte de survivre. Tu n'avais pas conscience de tes actes ou de leurs conséquences, eux si. Tu en éprouves du remords, je ne suis même pas certain que ce soit leur cas. La seule chose qu'ils doivent véritablement regretter, c'est de s'être fait griller, autant par nous que par l'Opus Deï. Nous allons devoir gérer des vampires sauvages ainsi que des créatures sorties d'on ne sait quel enfer, qu'ils se débrouillent donc entre grenouilles de bénitier. Chacun sa croix, ironisa-t-il.

— Soit. Allons rejoindre les autres, je meurs de faim, ajoutai-je en attachant mes cheveux d'un simple chignon au-dessus de ma tête.

Nous regagnâmes donc le salon déjà occupé par mon clan et celui de mon grand-père. Je me précipitai sur mes enfants, installés dans leur parc, pour les embrasser. Ils se laissèrent faire, gazouillant et souriant, manifestement ravis de me retrouver. Mes changements physiques ne semblaient pas les perturber.

— Ah, tu sens déjà meilleur ! me taquina Abel.

— Ce qui, je te l'accorde, n'avait rien de bien compliqué. J'ai cru ne jamais parvenir à me débarrasser de l'odeur du soufre, ce truc empeste vraiment !

— Ne m'en parle pas, ajouta Giordano, j'ai dû me savonner trois fois et j'ai encore l'impression d'en avoir dans le nez.

James me ramena un verre de sang que je bus d'une traite. Il sourit avant de m'en servir un deuxième.

— Mes pauvres chéris, dit Maria, cette journée a dû vous sembler bien longue.

— En effet, elle n'a pas été de tout repos, admit le roi-vampire. Cependant elle était nécessaire. Amédée travaille déjà à découvrir la signification des inscriptions dans la grotte de Tivoli et nous savons à présent qu'il ne faut pas craindre une simple attaque de mangeurs d'âmes. Les nouvelles ne sont pas réjouissantes, mais au moins allons-nous pouvoir prévoir un plan en conséquence.

Je finis mon verre, puis attrapai Alicia tandis que James se chargeait de Julian, puis nous nous installâmes sur l'un des canapés entourant la table basse. Je souris en regardant mes enfants agiter leurs petites mains devant eux, ou tentant de s'attraper les pieds. Ils étaient encore si petits, si innocents, si loin des méandres et de la violence de ce monde. Fascinée, Alicia saisit une mèche échappée de mon chignon avec des yeux ronds, sa petite bouche formant un O.

— Tu as vu ? Maman a changé de cheveux, m'amusai-je devant sa mine ébahie.

Elle sourit et porta la mèche à ses lèvres.

— Non, repris-je en reculant ma tête. Pas à la bouche !

Évidemment, Julian se redressa sur les genoux de son père et tenta d'en faire autant. Giordano sourit et déclara :

— Enfin un semblant de normalité dans cette étrange journée. Voilà qui fait du bien !

— Oui, même si malheureusement, ce sera de courte durée. Il va nous falloir mettre au point un plan, et vite.

— Nous avons commencé à en discuter peu avant que vous reveniez, me confia James. Je crois qu'il serait judicieux que les jumeaux quittent Rome le temps que nous réglions cette histoire.

— Nous avons tous conscience du sacrifie que cela représente à tes yeux, ma chérie, renchérit Gwen. Mais ton grand-père et toi devrez être au front et si une attaque a simultanément lieu ici, aucun de nous de dispose de vos pouvoirs offensifs. Le dispositif lumineux peut marcher, mais ce n'est pas certain. Même si nous parvenons à nous débarrasser des vampires, les mangeurs d'âmes demeurent un problème.

— En tous cas, tant que nous ne savons pas quelle formule a utilisée Lilith.

Je regardai une seconde mes enfants, gazouillant toujours, heureux de vivre sans se douter une seconde que là, dehors, un monstre n'espérait qu'une chose : leur mettre la main dessus. Pendant un instant, je tentai d'imaginer ce qui se passerait si Lilith parvenait à ses fins. Julian et Alicia grandiraient à ses côtés. Les aimerait-elle un tant soit peu, prendrait-elle soin d'eux comme de ses propres enfants ou les réduirait-elle en esclavage eux aussi ? En grandissant, les jumeaux se souviendraient-ils de leur père et de moi ? Seraient-ils tristes de ne plus nous voir ? Mon cœur mort se serra. Certainement que non, ils étaient bien trop jeunes. Lilith leur offrirait le total inverse de ce que James et moi désirions pour eux. Pas d'amour, de partage, de compassion ou encore de respect. Même si cela me crevait le cœur, je devais admettre qu'il avait raison et qu'éloigner les enfants de Rome demeurait sans doute la meilleure solution. Si je devais tomber au combat, le palais serait le premier endroit où Lilith viendrait les chercher et, même enfermés dans une pièce scellée à l'aide de la magie, le salut ne serait que. Je voulais que mes enfants grandissent avec ce que je n'avais pas connu : une véritable famille pour les aimer, les protéger et surtout leur inculquer de véritables valeurs. Si je devais ne pas revenir auprès d'eux après ce combat, ils pourraient grandir, apprendre à se servir de leurs pouvoirs, puis revenir un jour finir ce que j'avais commencé. Mettre les jumeaux à l'abri laissait une issue de secours à l'humanité ainsi qu'à ma lignée. J'inspirai un bon coup avant de déclarer :

— D'accord. Tu as raison, pars avec les enfants et mets-les à l'abri le plus loin possible d'ici. Je viendrai vous retrouver lorsque tout sera terminé.

— Il est hors de question que je te quitte, rétorqua James du tac au tac. N'y pense même pas. Le combat qui se profile vise à protéger nos enfants ainsi que leur avenir, il est donc de mon devoir d'y participer. De plus, nous nous sommes juré de rester ensemble, pour le meilleur et pour le pire. Le meilleur se trouve entre nos bras en ce moment. Le pire reste à venir, mais nous l'affronterons main dans la main.

— James a raison, intervint le roi-vampire. Il est ton mari, et donc le prince consort, s'il part maintenant, certains imagineront qu'il a pris la fuite. De plus, tu auras besoin de lui. Non seulement il détient des pouvoirs offensifs, mais ils sont d'autant plus puissants lorsque vous fusionnez. À présent que tu as puisé, je pense que le phénomène, déjà impressionnant, sera amplifié et représentera un avantage de taille.

— Bien. Dans ce cas, maman, les filles, grand-mère, vous quittez Rome avec les enfants dès demain.

La punkette allait rétorquer, mais je l'arrêtai d'un geste de la main.

— Je sais ce que tu vas me dire, Lily, mais écoute-moi. S'il doit nous arriver quelque chose à James ou à moi, tu seras le seul membre de leur famille de sang, la seule à pouvoir leur raconter leur histoire, la mienne, celle de Jamy. Tu es également propriétaire de la Roseraie. Je sais que tu les élèveras comme s'il s'agissait de tes propres enfants et qu'ils ne manqueront de rien.

— Ils sont une partie de moi, tu me dois bien ça, Lily jolie, renchérit James. Tu accepterais qu'une autre personne que moi élève tes enfants si tu en avais ?

Elle sembla réfléchir une seconde, son regard allant de Julian à Alicia à plusieurs reprises. Sans se douter de ce qui se jouait en ce moment sous leurs yeux, les petits commencèrent à se chamailler, Alicia en ayant toujours après la tétine de son frère. Lily secoua la tête de droite à gauche tandis qu'un sourire indulgent se dessinait sur son visage de poupée gothique.

— OK, ça va, je capitule. Mais c'est bien pour protéger mes petits trésors ! Et tous les deux, je vous conseille de revenir vivants et entiers. Sinon, je trouverai un moyen d'aller vous chercher de l'autre côté pour vous botter le train !

— On fera tout notre possible, je te le promets, assurai-je.

— Mon clan partira avec vous, déclara alors Giordano. Ils sont surentraînés et détiennent des pouvoirs offensifs. En cas de problème, ils assureront la protection de jumeaux jusqu'à ce qu'ils soient en âge de se défendre seuls.

Mon regard croisa celui de mon grand-père. Nous n'eûmes pas besoin de parler pour nous comprendre, nos pensées se rejoignaient. Ce soir, nous vivions peut-être notre dernière soirée en famille.

Je venais de terminer de donner le bain aux jumeaux lorsque James me rejoignit. Sans un mot, il m'aida à les habiller, puis nous les ramenâmes au salon. Nous avions décidé de passer quelques instants seuls avec nos enfants avant qu'ils ne partent. Il nous paraissait important de leur donner certains conseils, de leur répéter à quel point nous les aimions avant de leur dire au revoir. Au cas où ce serait la dernière fois…

Nous les installâmes sur le canapé avant de nous agenouiller devant eux. Immédiatement, Alicia se pencha sur son frère pour lui attraper l'oreille. Julian se contenta de poser sa petite main potelée sur son visage afin de la repousser, la faisant basculer sur le côté. Elle se retrouva le nez contre l'un des coussins. Je l'aidai à se redresser et sitôt fait, elle repartit à la charge. Cette fois son jumeau devint menaçant et se mit à crépiter.

— Ça suffit tous les deux, intervint James.

Les jumeaux se jaugèrent encore une seconde, prêts à en découdre, puis finirent par poser sur nous leurs grands yeux abyssaux.

— Bien. À présent, maman et papa ont des choses très importantes à vous dire, commença James.

Ayant déjà oublié leur différend, les petits se remirent à jouer comme si de rien n'était. Je souris avant de reprendre :

— Papa et maman ont beaucoup de travail en ce moment, alors vous allez partir quelques temps en vacances avec tante Lily, mamie Gwen et grand-mère Maria. Nous vous rejoindrons plus tard.

James agita sa main devant eux pour attirer leur attention. Ils levèrent la tête et lui adressèrent un grand sourire. Face à leurs petites bouilles de poupons, je ressentis une immense vague de fierté. Ils étaient si beaux ! James et moi avions créé, je ne savais comment, la perfection incarnée.

— Il va falloir que vous soyez bien sages, d'accord ? insista leur père. Il faudra écouter tante Lily, mamie et grand-mère.

En guise de réponse, les jumeaux se mirent à rire, comme si leur père venait de leur servir la meilleure blague de l'année. Ce dernier sourit et me jeta un regard en coin et murmura :

— Je suis le seul à me dire que ce n'est pas gagné ?
— Je me demande de qui ils tiennent ? ironisai-je.
— Aucune idée !

Je secouai la tête puis reportai mon attention sur les enfants jouant maintenant avec leurs pieds. Cette partie de leur anatomie semblait particulièrement les fasciner. D'un doigt, je relevai le menton d'Alicia. Elle plongea son regard dans le mien, avant de m'adresser un sourire éblouissant. James fit de même avec Julian qui utilisa le même stratagème que sa sœur. Je songeai, non sans un certain amusement que, comme leur tante et leur père, les jumeaux joueraient régulièrement de leur charme pour parvenir à leurs fins.

— Mes amours, soufflai-je. Papa et moi voulons que vous sachiez à quel point nous vous aimons. Vous êtes, et de très loin, notre plus grande fierté. Peu importe ce que l'avenir nous réserve, n'oubliez jamais ça.

— Quoi qu'il arrive, nous vous aimerons toujours et serons toujours avec vous, même si vous ne pouvez pas nous voir.

Ma gorge se serra douloureusement. J'avais déjà vécu cette scène. À l'époque, je l'avais déjà ressentie de façon violente, mais à présent, je savais ce que cela avait dû coûter à ma mère de prononcer ces mots. Je savais la douleur, la tristesse et la culpabilité d'avoir mis un enfant au monde pour être obligée de l'abandonner ensuite. J'avais toujours imaginé que dans ce genre de cas, la situation demeurait plus difficile pour celui qui restait. Or, à présent, je prenais conscience d'à quel point il était difficile de partir en laissant derrière soi ce que nous aimions le plus au monde.

— Il faudra être sages, gentils et forts aussi, ajoutai-je. Il faudra faire en sorte de rester dans le droit chemin, même si c'est parfois très difficile.

— Ne faites jamais de promesse que vous n'êtes pas certains de pouvoir tenir, ne dites jamais que vous aimez une personne si c'est un mensonge et n'abandonnez jamais vos rêves, même s'ils paraissent irréalisables.

— Alicia, tu es déjà très jolie, intelligente et puissante, et je sais que tu le seras bien davantage d'ici quelques années. Alors, ne laisse personne te dire que tu ne peux pas faire certaines choses sous prétexte que tu es une fille. Reste respectueuse des autres, toujours, mais ne te laisse pas marcher sur les pieds pour autant.

— Julian, mon fils, je t'ai attendu plus longtemps qu'aucun autre père sur cette Terre. Tout comme ta petite sœur. Aime-la, protège là, car même si vous n'êtes pas toujours d'accord, elle restera à jamais ta meilleure alliée dans la vie. D'autres femmes y entreront, mais fais-moi plaisir, ne joue pas avec leurs cœurs. Une fois brisé, il ne se répare jamais complètement. Traite les femmes avec déférence et respect, et, si une histoire ne doit pas fonctionner, fais-en sorte de trouver les mots adéquats pour y mettre fin. Un bouquet de roses n'a jamais tué personne.

— Un jour, vous régnerez à votre tour sur le peuple des vampires. Soyez fermes, c'est indispensable, mais justes. N'abusez ni de vos pouvoirs ni de votre rang. Si le peuple vous respecte, il vous suivra de lui-même.

— Faites cependant attention à qui vous confierez votre amitié. Certains feront en sorte d'évoluer dans votre cercle dans l'unique but d'obtenir vos faveurs. Restez vigilants et sélectifs dans vos relations.

— Il faudra aussi bien travailler à l'école. C'est important. On y apprend plein de choses utiles. Un rang ne suffit pas à faire fonctionner un cerveau. Ne vous contentez pas d'écouter le dernier qui aura parlé. Montrez-vous attentifs, curieux et n'hésitez pas à tester de nouvelles choses ou à apprendre de vous-mêmes.

James souffla bruyamment en me prenant la main. Pour lui aussi ce moment était important mais difficile. Nous aurions dû avoir le temps de parler de chaque étape de la vie lorsque celle-ci se serait présentée et là, nous nous retrouvions à devoir condenser toutes ces informations en seulement quelques minutes. Sans doute les jumeaux ne s'en souviendraient-ils pas et Lily devraient reprendre chaque point avec eux, mais il s'agissait peut-être de la dernière conversation que nous avions avec nos enfants et notre dernière opportunité de jouer correctement notre rôle de parents. Impassibles, les jumeaux nous regardaient tour à tour, se demandant certainement ce que nous pouvions bien leur raconter et pourquoi nous semblions soudain si tristes.

— Ne baissez jamais les bras face un échec. On apprend parfois beaucoup de ses erreurs et le plus grand des courages n'est pas de laisser tomber, mais de se relever et de continuer à avancer après une chute, ajoutai-je sérieusement.

— Ne portez pas trop d'importance aux choses matérielles non plus. Les possessions ne définissent pas ce que vous êtes en tant que personnes. Soyez gentils, ouverts, respectueux et compréhensifs envers les autres. Sachez apprécier les petits bonheurs simples de la vie, comme une simple promenade sous un ciel étoilé, ou une partie de jeu de société en famille. L'amour, le partage et les rires sont les seules véritables richesses en ce monde. Elles vous permettront de vous épanouir, de vous soutenir dans les épreuves et vous offriront les plus beaux souvenirs qui soient. Ce sont ces derniers qui vous mettront du baume au cœur lors des jours sombres.

Une fois n'est pas coutume, Alicia attrapa sa propre tétine qui trainait sur le canapé pour se la mettre dans la bouche avant de nous fixer de nouveau, l'air très concentré. La voyant faire, Julian l'imita. Je posai une main sur la joue de ma fille, l'autre sur celle de mon fils. Je les aimais tant que cela en était presque douloureux. James incarnait mon grand amour, la seconde partie de mon âme. Nous avions mélangé nos cœurs, nos chairs et nos sangs afin de modeler et donner naissance à ces merveilleux petits êtres.

— Papa a raison. Quoi qu'il arrive, quel que soit le chemin sur lequel la vie vous mènera, surtout, n'oubliez jamais d'où vous venez.

— Exactement. Vous n'êtes pas des enfants ordinaires, mais extraordinaires. Un jour, lorsque vous serez assez grands pour comprendre, on vous livrera votre histoire. Si nous ne pouvons nous en charger, maman et moi, tante Lily le fera. Elle vous racontera la fantastique histoire de deux clans de sorciers s'étant unis pour sauver le monde et vous permettre de voir le jour. Vous comprendrez alors à quel point votre venue au monde était importante aux yeux de plein de gens.

Un léger coup fut frappé à la porte. Nous nous retournâmes et vîmes Lily, les mains enfoncées dans les poches de son jean. Elle nous lança un regard plein de tristesse tandis que les jumeaux lui tendaient les bras, ravis de retrouver la tata qui leur cédait tout, ou presque.

— Nous sommes prêts, déclara-t-elle seulement.

— Encore une minute, répondit James.

— Prenez tout le temps qu'il vous faudra. Je peux attendre dehors si vous préférez.

— Non, reste.

Nous nous tournâmes de nouveau vers nos enfants dont les regards allaient de nous à Lily. Cette conversation avait déjà dû leur sembler bien longue et ennuyeuse, ils avaient envie de jouer. Malgré la tristesse de la situation, j'étais heureuse qu'ils ne gardent en tête que des désirs naturels et simples d'enfants de leur âge. Le moment où ils devraient sortir de l'enfance pour affronter notre monde, violent, sanglant et égoïste, viendrait bien assez tôt.

— Surtout, surtout, mes amours, murmurai-je la gorge serrée par l'émotion, n'oubliez jamais à quel point nous vous aimons.

— Et nous vous aimerons toujours.

Nous nous penchâmes pour les serrer contre nous quelques secondes. Ils se laissèrent d'abord faire, avant de s'agiter de nouveau en gazouillant et en tendant les bras vers Lily. James et moi inspirâmes un bon coup puis nous les prîmes dans nos bras pour rejoindre leur tante. Elle sourit aux enfants comme si de rien n'était, je lui en fus reconnaissante.

— Hello mes amours ! Maman et papa vous ont faits tous beaux dites donc !

Elle les embrassa chacun leur tour et chacun leur tour, ils tentèrent de s'accrocher à elle pour qu'elle les prenne dans ses bras. Ils adoraient Lily et elle le leur rendait bien. Si James et moi ne devions pas revenir auprès d'eux, je savais, avec certitude, qu'elle serait la meilleure mère qui soit pour eux. La punkette pouvait parfois se montrer excentrique, mais elle ferait tout ce qui était en son pouvoir pour éduquer au mieux Alicia et Julian. Ils ne manqueraient de rien, aussi bien matériellement qu'affectivement.

— Où sont les autres ? demandai-je enfin.
— Ils nous attendent en bas.

Nous la suivîmes donc à travers les dédales des couloirs du palais, les jumeaux souriant ou gazouillant aimablement lorsque nous croisions des courtisans.

— Ils sont adorables !
— C'est fou ce qu'ils ressemblent au prince consort ainsi qu'à sa sœur !
— La princesse peut être fière, elle a des enfants magnifiques !
— Dire que dans quelques décennies, d'autres vampires auront également la chance de tenir leur enfant dans leurs bras !

James et moi ne fîmes aucun commentaire, ce n'était ni le moment ni le lieu. Nous avions gardé secret le départ des jumeaux pour éviter la moindre fuite. D'ailleurs, mis à part Lily elle-même, personne ne savait où elle comptait emmener les jumeaux.

Lorsque nous parvînmes enfin dans les sous-sols, à l'entrée de l'un des souterrains permettant de sortir de la ville sans être remarqué, mon cœur se serra plus fort. Le clan premier ainsi que le mien se tenaient devant l'entrée, discutant une dernière fois ou se disant au revoir. Car, malgré la gravité de la situation et le combat, sûrement terrible, que nous allions devoir mener prochainement, nous espérions tous qu'il ne s'agissait que de cela. À notre tour, nous dîmes au revoir, serrant dans nos bras les gens que nous aimions. Le moment fatidique vint enfin et je crois que si j'avais encore été capable de pleurer, je me serais effondrée en larmes. James et moi embrassâmes nos enfants puis les confiâmes à nos sœurs qui nous jetèrent des regards compatissants.

— Ne vous inquiétez pas, nous rassura Maggie. Nous prendrons bien soin d'eux.

Je hochai la tête, incapable de parler tant ma gorge était serrée.

— Ça ira, nous nous revoyons bientôt, ajouta Lily. Je vous l'ai dit, je vous interdis formellement, à tous, de mourir. Compris ?

— C'est pigé, assura James d'une voix enrouée.

Nous embrassâmes une dernière fois nos petits qui souriaient toujours, ravis d'aller faire ce qu'ils pensaient être une simple promenade. Instinctivement, je me serrai contre James, tentant de puiser en lui le courage qui me faisait cruellement défaut en cet instant. Il passa un bras autour de mes épaules pour m'embrasser les cheveux. Les filles et le clan premier s'engouffrèrent enfin dans le tunnel, emportant loin de nous ce que nous avions de plus précieux en ce bas monde.

James et moi restâmes longtemps à fixer l'intérieur du souterrain, bien après que nos enfants aient disparu de notre champ de vision.

Lorsque nous passâmes la porte de la salle du Grand Conseil, nous tenant toujours par la main, le silence se fit instantanément. Je pus sentir leur gêne ou encore leur compassion vis-à-vis du sacrifice que James et moi venions de faire. Cependant, je ne voulais pas de leur pitié, je ne voulais pas me laisser aller à ma peine ou à la colère. Non, ce que je désirais le plus en cet instant, c'était mettre la main sur Lilith et lui faire payer ce qu'elle avait fait à ces pauvres gens, à mon grand-père ou encore à James et moi. Ce que je voulais, c'était lui prouver à quel point elle avait eu raison de se méfier de moi, de me craindre. Ce que je fantasmais, par-dessus tout, c'était lui arracher le cœur, comme elle venait de nous arracher le nôtre, pour ainsi lui faire comprendre que malgré tous ses efforts, j'étais et serais, à jamais, plus forte et plus puissante qu'elle. Je ne ressentais pas de colère à son égard, j'avais depuis longtemps dépassé ce stade, non, je la haïssais, purement et simplement.

— Du nouveau ? demandai-je froidement en m'approchant de la table sans lâcher la main de mon mari.

— Oui. J'ai trouvé la formule dont les anciens se sont servis pour bannir les mangeurs d'âmes, me confia Amédée. J'ignore si Lilith s'est servie précisément de celle-ci ou si elle l'a modifiée, mais étant donné qu'elle a parfaitement fonctionné la dernière fois, il n'y a pas de raison pour que cela ne soit pas le cas aujourd'hui.

— Je compte bien la modifier également et faire en sorte que ces trucs ne remontent jamais à la surface, quoi qu'il arrive, grognai-je.

— Tu penses que c'est faisable ? s'enquit Stan.

Je haussai les épaules.

— Pourquoi pas ? Je n'ai pas écrit beaucoup de formules jusque-là, mais si mes ancêtres en étaient capables, pourquoi ne le serais-je pas ? En plus, mon grand-père est rompu à l'exercice lui, n'est-ce pas, nonno ?

Assis à la place où il présidait habituellement, les bras croisés sur son large torse, il m'adressa un sourire.

— Cela fait un moment que je ne me suis pas essayé à l'exercice comme tu dis, mais je pense pouvoir m'y remettre sans trop de mal. Cela sera également l'occasion de t'enseigner quelques astuces qui pourraient t'être utiles plus tard.

— Voilà, problème réglé ! m'amusai-je. Allez faites-nous donc voir ça, Amédée.

Le sage s'exécuta et poussa vers moi un ouvrage très ancien relié de cuir. Un grimoire ressemblant au mien, sauf que celui-ci faisait froid dans le dos. La couverture était ornée d'un œil de reptile en verre d'un rouge profond qui semblait suivre chacun des mouvements de celui penché au-dessus. Le cuir autour était gravé de symboles tribaux disposés en ronds encastrés les uns dans les autres, donnant l'étrange impression que l'œil sortait d'un gouffre s'enfonçant dans l'ouvrage. Constant mon malaise, Amédée se précipita pour ouvrir le grimoire à la page dont nous avions besoin.

— Ce truc sort de la bibliothèque royale ? demandai-je.

— En effet.

Je hochai la tête en faisant la moue.

— Ok... un jour il faudra vraiment que je prenne le temps d'étudier les ouvrages qui s'y trouvent de plus près...

— J'ai récupéré certains manuscrits après des combats ou des confiscations de biens, m'expliqua Terrence. Je pense que les précédents souverains ainsi que ton grand-père ont dû en faire de même. Les ouvrages du genre ne manquent pas et il vaut mieux qu'ils soient en sécurité ici qu'entre de mauvaises mains.

— Cela reste à prouver. On voit bien que ce n'est pas toi que certains membres du Conseil ont crucifié ! répliquai-je en lâchant James pour me pencher sur le livre.

Sans me soucier de faire tiquer les conseillers présents ou des schémas et autres illustrations ornant les pages, je me concentrai sur le texte. Du moins, pendant une seconde.

— Très bien, mais encore ? dis-je en me redressant.

Giordano ricana et se leva pour me rejoindre avant de lui aussi jeter un œil au livre. Il hocha la tête puis se pencha au-dessus de la table pour se saisir d'un bloc-notes et d'un stylo qui trainaient là.

— Il s'agit d'une langue celtique très ancienne, m'expliqua-t-il. Le plus souvent, elle est utilisée en magie noire. Mais je suppose que tu t'en es douté un peu en voyant ce grimoire.

— Si peu... Donc, certains des sorciers qui ont fait venir ces trucs sur Terre, se sont également chargés de les renvoyer... où d'ailleurs ? D'où viennent les mangeurs d'âmes exactement ? Et, par pitié, que personne ne me réponde de l'enfer.

Mon grand-père ricana tout en continuant de traduire la formule.

— D'un autre plan astral, très éloigné et différent du nôtre. À quelques détails près, je pense qu'il ne doit pas être très différent de la représentation que les humains peuvent avoir de l'enfer.

— Température estivale, sexe, alcool, rock'n roll et beaux gosses ?

Mon grand-père tourna la tête vers moi avant d'esquisser un sourire amusé.

— C'est clair ! renchérit Abel. Je n'ai jamais compris pourquoi les gens voulaient à tout prix aller au paradis. Sans déconner, qui a vraiment envie de finir l'éternité dans l'abstinence, de l'eau de source, entouré de bestioles asexuées, ailées et qui, comme si ce n'était pas suffisant, jouent de la harpe ? Le paradis c'est une excellente bouteille de scotch, de belles nanas nymphos sur les bords, une bonne bécane qui tient la route et un son rock !

— Amen, répondis-je.

Les autres rirent de nouveau.

— Voilà, j'ai terminé, annonça le roi-vampire.

— Tu l'as déjà modifié ?

— Oui, je t'expliquerai de quelle façon plus tard. Là, nous sommes pressés par le temps ma douce.

— Tout à fait d'accord, il est temps d'en finir !

— Tu veux vraiment faire ça tout de suite ? demanda Stan. On ne sait même pas où se trouve Lilith.

— Chaque chose en son temps, intervint mon grand-père. Sarah a raison, on doit avant tout se débarrasser des mangeurs d'âmes. C'est eux qui poseront le plus de problèmes en cas d'affrontement.

— Oui et je ne vois pas à quoi cela servirait d'attendre davantage, renchérit James. Sarah renvoie les mangeurs d'âmes, ensuite, on se déploie dans Rome pour traquer Lilith.

— Elle va se douter que c'est la princesse qui les a renvoyés dans leur plan astral et risque de prendre la fuite, ajouta Osborne.

Évidemment, cela m'aurait étonnée qu'il ne la ramène pas celui-là !

— Elle peut, contredit Zach avec flegme. Je lui souhaite bien du plaisir. J'ai fait poser des cristaux tout autour de Rome après avoir eu la certitude que les petits avaient quitté son enceinte. Aucune créature magique ne pourra entrer ou sortir de la cité, ni par le sol, ni par le sous-sol.

J'adressai un clin d'œil à mon frère en levant mes pouces devant moi.

— Bien joué frangin !

Zach sourit, porta la main à son cœur et s'inclina légèrement en déclarant :

— Merci, mais je dois avouer que j'ai eu une prof excellente.

Osborne se renfrogna. Une fois de plus, je lui prouvais qu'il ne m'était pas indispensable. Mon clan était assez efficace pour se passer de lui et de ses conseils.

— Quant à traquer Lilith, je ne suis pas certain que nous en aurons besoin, continua Terrence. Connaissant bien le personnage, elle ne résistera sûrement pas à sa colère et tentera le tout pour le tout en lançant une attaque immédiate ou presque.

Je réfléchis une seconde à cette éventualité et esquissai un sourire carnassier.

— J'ai hâte de faire sa connaissance, grondai-je.

Chapitre 13

Debouts devant le puits, mon grand-père et moi regardions la plaque qui le scellait pivoter pour s'enfoncer une nouvelle fois dans la paroi, nous laissant libre accès à la source de pouvoir. Celle-ci était de nouveau calme et distillait une douce lueur blanchâtre. J'inspirai profondément puis soufflai. Le moment de vérité avait sonné, nous ne pouvions plus reculer. Ne nous restait plus qu'à espérer que ces horreurs regagneraient leur monde sans nous tuer avant.

— Tu es prête ? me demanda mon grand-père.

Je fis la moue en hochant la tête sans quitter la cavité dans le sol du regard.

— Prête à renvoyer des monstres terrifiants en enfer avant d'en affronter de nouveaux pas moins effroyables et risquer de mourir sans jamais revoir mes enfants ? Bien sûr ! Toujours ! ironisai-je.

— Tu reverras tes enfants. La prophétie dit que…

— La prophétie disait simplement je deviendrais un vampire et que je pourrais avoir des enfants qui pourraient en avoir à leur tour. Elle disait aussi qu'une grande menace frapperait le monde et que les humains comme les vampires devraient s'unir ou périr. Je suis devenue un vampire, j'ai eu mes enfants, la menace et là, par contre, désolée, mais je ne trouve pas que l'alliance avec les humains soit une grande réussite !

— Rien ne prouve non plus que Lilith soit la grande menace en question…

Je me tournai vers lui, les sourcils froncés.

— Ah, parce que selon toi, on peut trouver pire que des trucs qui bouffent l'âme des gens et qu'on ne peut tuer, ou qu'une nouvelle espèce de vampire-zombie incapable de penser à autre chose qu'à saigner sauvagement tout ce qui lui passe à portée de main ? Comme si celle en place n'était pas déjà assez tordue, sanguinaire ou psychopathe, bougonnai-je. Pire, mis à part l'apocalypse, je ne vois pas !

Giordano soupira puis laissa son regard errer quelques secondes sur la pièce, comme s'il désirait bien choisir ses mots, avant de reprendre :

— Je foule le sol de cette Terre depuis près de mille ans. J'ai vécu, vu et entendu beaucoup de choses durant ma longue existence. Alors, je sais d'expérience que s'il peut y avoir mieux, il peut aussi toujours y avoir pire. Selon moi, pour être véritablement heureux et profiter pleinement, il faut apprendre à se contenter de ce que l'on a et affronter les obstacles un à un, lorsqu'ils se présentent. Nous ne pouvons jamais être certains de ce que nous réserve la journée qui vient, mais nous pouvons toujours tirer les leçons de la précédente afin de rendre meilleure celle d'aujourd'hui. Hier nous ignorions si nous pourrions arrêter Lilith, en ce moment nous nous apprêtons à la priver d'une partie de son armée, qui sait ? Peut-être qu'avant l'aube, nous aurons débarrassé la planète de cette plaie ? Mais pour cela, il faut y croire. Si tu pars au combat avec la certitude que tu n'en sortiras pas vainqueur, alors c'est perdu d'avance. La victoire s'obtient seulement dans l'obstination à ne pas abandonner la cause pour laquelle on se bat.

J'esquissai un léger sourire malgré moi.

— À vaincre sans péril, on triomphe sans gloire, c'est ça ?

— C'est ça, opina mon grand-père avec sérieux.

Je fis la moue.

— OK. Eh bien si nous nous en sortons vivants, j'exige qu'une statue de trois mètres de haut, à mon effigie, soit érigée dans les jardins du palais. Je veux aussi qu'Osborne soit obligé de lui baiser les pieds chaque matin et de lire un alexandrin, qu'il aura écrit lui-même et à ma gloire justement !

Cette fois, mon grand-père éclata d'un rire franc.

— Tu le détestes vraiment, n'est-ce pas ? s'esclaffa-t-il.

— Pire ! Ce type me file de l'urticaire ! Je le hais cordialement. Si tout le monde ne connaissait pas mon aversion pour lui, je l'aurais envoyé exprès en première ligne pour combattre Lilith avec l'espoir qu'elle lui fasse bouffer sa satanée tresse !

Giordano m'attira contre lui pour me serrer dans ses bras tandis que son hilarité redoublait.

— Tu es incorrigible, *piccola principessa* ! Tu vois, c'est ancré en toi, une véritable petite guerrière !

— C'est cela oui…

Il se détacha de moi puis m'embrassa sur le front.

— Allez, terminons-en avec ça. Et espérons-le, une bonne fois pour toutes, coupa-t-il en reprenant son sérieux.

Nous reportâmes notre attention sur le puits. Giordano sortit la formule qu'il avait modifiée de sa poche, puis me prit la main. Nous associer pour renvoyer ces choses nous permettrait non seulement d'augmenter la puissance de notre magie, mais nous éviterait également de devoir puiser de nouveau et limiterait le risque de nous faire consumer. À l'heure actuelle, nous ignorions le nombre exact de mangeurs d'âmes et leur taille. Plus cette dernière serait imposante et plus il nous serait difficile de les ramener jusqu'ici pour les forcer à repartir dans leur monde.

D'un signe de tête, mon grand-père me donna le signal. Ensemble nous commençâmes à réciter la formule :

— *Des cendres aux cendres, de la poussière à la poussière, que les mangeurs d'âmes quittent à jamais cette Terre. Que la magie emporte ces monstres errants, et les bannisse pour toujours du monde des vivants. Mangeurs d'âmes, retournez là où est votre place, disparaissez sans laisser de trace !*

Un étrange sifflement se fit entendre avant qu'un vent violent ne se lève dans la pièce qui ne comportait pourtant aucune autre issue que la porte et qui se trouvait en sous-sol. Nous dûmes plisser les yeux et écarter les pieds pour les ancrer davantage au sol et ne pas basculer dans le puits. Mon grand-père et moi reprîmes nos invocations, plus fort cette fois.

— *Des cendres aux cendres, de la poussière à la poussière, que les mangeurs d'âmes quittent à jamais cette Terre. Que la magie emporte ces monstres errants, et les bannisse pour toujours du monde des vivants. Mangeurs d'âmes, retournez là où est votre place, disparaissez sans laisser de trace !*

Un grondement sourd enfla lentement de la Terre tandis que nous perçûmes nettement le sol vibrer sous nos pieds. La lueur de la source de pouvoir commença à se modifier graduellement, devenant beaucoup plus sombre et se mettant à bouillonner. Derrière nous, la porte de la salle claqua violemment à plusieurs reprises. Un long frisson remonta le long de ma colonne vertébrale tandis que la sorcière en moi remontait lentement à la surface. Je pouvais le sentir, elle désirait se battre contre ce qui approchait. Pas de doute, la magie noire était à l'œuvre. Je la laissai prendre le dessus. Ce combat était le sien. Je n'eus pas besoin de miroir pour savoir que mes yeux commençaient déjà à passer du noir profond au bleu topaze et me contentai de serrer plus fort la main de mon grand-père, sans cesser de psalmodier la formule.

D'abord, des cris humains commencèrent à raisonner dans toute la ville. La terreur, au sens littéral du terme, venait de s'abattre sur Rome. Je perçus des pleurs, des bruits de gens qui couraient, paniqués, en appelant désespérément leurs proches, tentant de fuir les effroyables apparitions de fumée noire flottant autour d'eux. Rapidement, les religieux commencèrent à s'agiter au-dessus de nos têtes. Des ordres furent aboyés en italien, en français ou encore en anglais. Des portes claquèrent, certains coururent dans tous les sens, criant ou suppliant Dieu de leur venir en aide. Je perçus nettement la peur, la haine ou encore l'excitation se propager, telle une trainée de poudre, à travers le lieu saint avant que ne commencent à résonner les cloches de la Basilique Saint-Pierre, donnant l'alerte. Le Vatican ouvrait ses portes à la population pour lui offrir sa protection. Sans doute que le moine noir avait fait en sorte qu'il soit de nouveau une terre consacrée depuis notre dernier entretien. J'ignorais si cela suffirait à les épargner, mais je me dis que c'était toujours mieux que rien. Nous nous chargions de nos loups échappés par leur faute, à eux de s'occuper de leurs brebis menacées.

Le grondement montant de la Terre s'amplifia, comme si elle s'apprêtait à s'ouvrir en deux pour engloutir Rome. Au dehors, des bâtiments, parfois centenaires, s'effondrèrent dans un vacarme de tous les diables. Mes sens hyper-développés me permettaient de comprendre tout ça sans même avoir besoin de le constater de mes propres yeux. Je songeai que James avait finalement eu raison de vouloir éloigner les jumeaux pour leur épargner cette nuit de cauchemar. Les sirènes de police ou encore de pompier vinrent s'ajouter à cette étrange et macabre cacophonie. L'odeur du feu, de la fumée ou encore celle du sang frais ne tardèrent pas à flotter jusqu'à nous. Dehors, l'enfer se déchainait, et ce n'était que le début.

La source enflait de plus en plus, bouillonnant et vrombissant telle une rivière en crue. Lentement, elle remontait le long des parois du puits tout en se parant d'une étrange teinte rouge sombre. Le vent se renforça encore, faisant claquer mon long manteau de cuir dans l'air. Les flammes des torches furent soudain soufflées et la pièce plongée dans le noir. La seule lumière provenait du puits. Cela ne changea rien pour nous, nous y voyions comme en plein jour. Cependant, si un humain avait assisté à la scène, sans doute se serait-il cru propulsé dans l'une des antichambres de l'enfer, ce qui, si on y réfléchissait, n'était pas si loin de la vérité. Pour parfaire cette impression, l'odeur de soufre commença à apparaître.

— Ils arrivent ! criai-je pour couvrir le brouhaha ambiant.

— Je sais, ne t'arrête pas !

Nous reprîmes donc de plus belle nos incantations :

— *Des cendres aux cendres, de la poussière à la poussière, que les mangeurs d'âmes quittent à jamais cette Terre. Que la magie emporte ces monstres errants, et les bannisse pour toujours du monde des vivants. Mangeurs d'âmes, retournez là où est votre place, disparaissez sans laisser de trace !*

La source sembla réagir, elle remonta plus rapidement le long de la cavité, ne s'arrêtant qu'au ras de la margelle. À présent, elle ressemblait à du sang en train de bouillir dans un énorme chaudron. Une plainte étrange, suraiguë, venue droit d'un autre monde, commença à se faire entendre quelque part dans les souterrains. La température ambiante chuta de plusieurs degrés tandis que l'odeur de soufre saturait à présent l'air, le rendant presque irrespirable. Les mangeurs d'âmes approchaient, ils nous cherchaient, prêts à nous écharper, à travers les dédales des galeries. *Allez, par ici ! Petits ! Petits ! Petits ! Venez donc nous rejoindre qu'on vous renvoie fissa dans votre monde à grand renfort de coups de pieds aux fesses !* Ma prière ne tarda pas à être exaucée.

Un courant d'air glacial me frôla le bras, m'arrachant un sursaut. Là, juste au-dessus du puits, dansait, de façon frénétique, affolée, une première ombre. Pas très grande, peut-être de la taille d'un enfant de cinq ans, elle tournait, montait puis redescendait sans discontinuer. Elle fut bientôt rejointe par une, puis deux autres de ses sœurs. Dans leur corps sans véritable substance, les âmes s'agitaient elles-aussi et semblaient souffrir mille morts. Nous pouvions clairement apercevoir les visages, déformés dans des cris de douleur muets, supplier qu'on leur vienne en aide. Des mains, des pieds, des torses décharnés essayaient désespérément de s'extirper de cet enfer. Etrangement, les ombres ne nous attaquaient pas. J'en déduisis que le puits devait représenter pour eux une source de magie bien plus alléchante que nous. Les plaintes stridentes des mangeurs d'âmes s'amplifièrent encore alors que d'autres nous rejoignirent, comme si celles déjà présentes se chargeaient de les appeler pour nous. Mes tympans étaient à présent au supplice, prêts à exploser alors que dehors, le vacarme dans Rome s'intensifiait.

Désormais, plus d'une vingtaine de créatures virevoltaient au-dessus de la cavité qui vrombissait comme si un terrible monstre s'apprêtait à s'en extirper d'un instant à l'autre. Cependant, pas de trace de la plus grande, celle qui était parvenue à démembrer mon grand-père à Tivoli. Je jetai un coup d'œil à ce dernier. Il fixait les monstres, les sourcils froncés. Je compris alors qu'il se posait la même question que moi. Où était cette chose et pourquoi n'avait-elle pas encore rejoint ses sœurs ?

Ce fut à ce moment que la sorcière en moi, atteignit le paroxysme de sa puissance. La magie envahit chaque parcelle de mon corps sans que je ne fasse rien pour l'en empêcher. Je n'avais plus le choix, il fallait à tout prix que nous parvenions à bannir les mangeurs d'âmes de notre monde, quitte à briser l'équilibre, déjà fragile, entre mes deux natures. Lorsqu'un courant électrique, doux et familier, me traversa, je compris que mon grand-père faisait de même. Nous quittâmes alors lentement le sol. Flottant dans l'air sans pour autant nous lâcher la main ou arrêter de psalmodier, nous délivrâmes notre pleine puissance. Autour de nous, la Terre trembla violemment, grondant sa colère d'être ainsi dérangée. Le tonnerre résonna et la foudre tomba quelque part, tout près. Face à cette nouvelle source de puissance, les mangeurs d'âmes se mirent à s'agiter, mais lorsqu'elles tentèrent de se jeter sur nous, elles furent arrêtées par une sorte de mur invisible, les contenant au-dessus du puits. Ce fut alors qu'un son abominable retentit dans les galeries, faisant vibrer les murs au point que certains se fissurèrent. Une sorte de rugissement terrible, digne d'un film d'horreur. Les créatures semblèrent s'affoler, tournant de plus en plus vite autour du puits, hurlant, s'entremêlant les unes dans les autres comme si elles cherchaient à se cacher ou à fuir ce qui arrivait. La porte de la salle battait furieusement sur ses gonds à présent et respirer devenait impossible tant l'odeur de soufre était intense. Le plafond au-dessus de nous se fissura de bout en bout, provoquant une pluie de poussière et de gravats. Le Vatican tremblait littéralement sur ses fondations. Plus la bête approchait et plus le bruit était terrible. Soudain, une masse noire, terrifiante, bien plus imposante que les autres et même que mon grand-père, s'engouffra dans la pièce, en poussant un cri monstrueux. À l'intérieur de ce corps sans substance, des centaines de visages et de membres humains s'agitaient frénétiquement. Lilith avait donc trouvé le moyen de la nourrir davantage depuis son affrontement avec le roi-vampire.

Giordano et moi tanguâmes une seconde dans notre équilibre avant de parvenir à nous stabiliser de nouveau au-dessus du sol, sans lâcher des yeux l'horrible créature. Contrairement aux autres, elle ne se plaça pas immédiatement au-dessus du puits, mais tourna autour de la colonne noire que formaient ses sœurs en poussant des cris caverneux. Les autres hurlaient en retour, comme pour lui répondre.

— Pourquoi ne disparaissent-elles pas ? hurlai-je.
— Il faut qu'elles soient toute au-dessus du passage pour ouvrir celui-ci.
— Et merde !

Mon grand-père et moi psalmodiâmes de plus belle, espérant la forcer à les rejoindre. Si elle tardait trop, nous allions finir ensevelis ici, sous le Vatican. Il était hors de question que ma dernière demeure soit le palace des culs bénis ! Je récitai de nouveau l'incantation, rageusement.

— *Des cendres aux cendres, de la poussière à la poussière, que les mangeurs d'âmes quittent à jamais cette Terre. Que la magie emporte ces monstres errants, et les bannisse pour toujours du monde des vivants. Mangeurs d'âmes, retournez là où est votre place, disparaissez sans laisser de trace !*

La créature sembla alors se rendre enfin compte de notre présence. Elle cessa de tourner autour de la margelle pour s'élever à notre niveau. Sans réfléchir, j'activai mon dôme de protection. Mes pouvoirs étant à présent décuplés, il était cent fois plus efficace que d'habitude, mais aussi cent fois plus brillant, d'un blanc éclatant, si aveuglant que mon grand-père et moi dûmes plisser les yeux. Sous le coup de la douleur, le mangeur d'âmes poussa un rugissement terrible avant de reculer sans même tenter de le toucher. Fou de rage ou de souffrance, il se mit à virevolter à toute vitesse dans la pièce en poussant des cris auxquels les autres, toujours piégés, répondaient sans discontinuer. Il cherchait manifestement une façon de contourner le dôme pour nous atteindre. Soudain, il passa au-dessus du puits. La source jaillit alors vers le plafond, telle une colonne de sang, et happa les sombres créatures avant de disparaitre de nouveau dans les tréfonds de la terre. Le silence se fit instantanément, le vent cessa de souffler, la porte de claquer. Prudente, je gardai actif mon bouclier. À présent, le puits n'était plus qu'un trou noir dans le sol.

— C'est fini ? demandai-je.

Giordano s'apprêtait à répondre quand soudain, des bruits provenant du puits nous parvinrent. Une sorte de litanie, ressemblant à des centaines de voix entremêlées, remontait du puits.

— Oh non, ne me dis pas que…

Je n'eus pas le temps de terminer ma phrase que des centaines de silhouettes iridescentes de femmes, d'hommes ou encore d'enfants fusèrent du puits avant de traverser le plafond pour disparaitre de notre vue. Interdite, je regardai le phénomène, bouche bée.

— Qu'est-ce que…

— Les âmes que ces horreurs avaient avalées sont désormais libres. Maintenant, c'est fini, m'expliqua Giordano dans un sourire.

Perplexe, je désactivai le dôme. Nous regagnâmes le sol en douceur, le puits distillait de nouveau sa jolie lueur blanche. Sans attendre, je lâchai la main de mon grand-père et activai la torche pour le fermer de nouveau. J'espérais ne plus jamais avoir à l'ouvrir.

Dehors, les pleurs et les cris avaient redoublés de façon significative, désormais accompagnés de grognements ou de feulements rageurs. Caïn ne s'était pas trompé, Lilith n'avait pas apprécié que je la prive de ses jouets et n'avait pas tardé à déclencher les hostilités.

— Bien. Allons nous occuper de la sorcière mégalo, grognai-je.

Giordano acquiesça et nous regagnâmes la surface à la vitesse de la lumière, après avoir scellé notre propre accès par la magie, nous assurant ainsi que mis à part nous deux, personne ne pourrait jamais y accéder.

Dehors, un spectacle apocalyptique nous attendait. Des voitures gisaient, renversées sur le toit tels de simples jouets d'enfant, des bâtiments entiers s'étaient effondrés, des cadavres gisaient un peu partout, exsangues, et des incendies avaient éclaté aux quatre coins de la ville. Sans se soucier du danger, ou même réfléchir une seconde, des pilleurs étaient déjà à l'œuvre, saccageant les vitrines ou les domiciles abandonnés par ceux ayant tenté de fuir. Décidément, l'Homme ne cesserait jamais de m'étonner. La mort rodait, là, tout près, mais non, au lieu de sauver leurs vies, certains préféraient tenter de gratter quelques richesses de plus. *Elles leur seront utiles de l'autre côté, tiens !*

Des grognements sinistres s'élevèrent alors derrière nous. Nous fîmes volte-face, juste à temps pour que j'envoie une impulsion sur la créature qui s'apprêtait à nous attaquer. Elle heurta une voiture qui recula de plusieurs mètres sous l'impact, avant de retomber sur ses pieds. Je l'observai plus attentivement. Il s'agissait d'un homme d'une trentaine d'années, brun, de taille moyenne, vêtu de hardes déchirées et tachées de sang. Son menton était également maculé d'hémoglobine et de bouts de chair. Je grimaçai. Il ne s'était pas contenté de mordre ses victimes, il les avait déchiquetées. Il se tassa sur lui-même et feula, prêt à revenir à la charge. Son physique ne différait pas vraiment de celui des vampires habituels, si ce n'était que ses yeux étaient rouge sang. D'un bond, il tenta une nouvelle attaque, mon grand-père se plaça devant moi et lui assena un violent coup de poing dans le torse, l'envoyant de nouveau voler au loin. La créature se releva de nouveau, puis nous considéra en tournant la tête d'un côté puis de l'autre, comme si elle tentait de comprendre ce que nous étions. Elle renifla l'air, grogna, puis poussa un cri strident, nous obligeant à nous boucher les oreilles. Il ne fallut que quelques secondes pour que d'autres la rejoignent, émergeant des rues voisines ou encore des toits des immeubles autour.

Au nombre de quatre, trois hommes et une femme, tous dans un état pitoyable et couverts de sang, ils nous encerclaient. Reniflant ou grognant comme des bêtes, ils se rapprochaient lentement, pour nous prendre en tenaille. Je fis naitre une sphère d'énergie au creux de ma main, prête à riposter en cas d'attaque. Soudain, l'un d'eux tendit la main devant lui, une lame de glace couvrit le bitume, fonçant droit sur nous. Nous esquivâmes d'un bond de plusieurs mètres de hauteur. J'envoyai la sphère sur notre assaillant qui se retrouva propulsé à des centaines de mètres plus loin. Ses pieds laissèrent de profonds sillons dans le bitume. Mon grand-père faucha les autres de ses immenses tentacules qui claquèrent dans l'air comme des fouets. Une fois de nouveau au sol, nous nous jetâmes sur eux sans attendre. Privés de tout raisonnement logique, ils agissaient de façon désordonnée. Ils ne possédaient aucune connaissance du combat, seulement guidés par leurs instincts de survie qui leurs dictaient de se nourrir, seulement de se nourrir. Ils nous avaient attaqués sans même se rendre compte que nous étions nous aussi des vampires et donc pas des proies envisageables. D'un geste sec, j'arrachai la tête du premier puis murmurai :

— *Incendo.*

Le corps s'enflamma instantanément, je balançai rapidement la tête au-dessus du brasier. Malgré ce que je venais de faire subir à son congénère, la femme s'approcha en feulant. Sans doute devait-elle seulement se réjouir à l'idée qu'elle n'aurait pas à partager son repas. Comme elle allait être déçue ! Ce fut alors qu'un gémissement retentit. Immédiatement, la créature se désintéressa de moi, tournant la tête vers la droite. Je fis de même. Cachée sous une voiture, une femme serrait contre elle quelque chose enveloppé dans une couverture bleue. Son enfant. La créature s'élança vers eux sans attendre, déjà prête à les saigner sans pitié. D'un bond magistral, je lui barrai la route avant de l'envoyer valser d'un revers de la main dans un bruit de tonnerre. Elle atterrit dans une vitrine, pulvérisée sous l'impact. J'activai le dôme de protection autour de l'abris de fortune. L'autre s'extirpa des débris en grondant, les dents découvertes dans un rictus carnassier.

— Sarah ! hurla Giordano.

Je n'eus pas le temps de réagir que quelque chose heurta mon dos avec violence. Je me retrouvai face contre terre. Sonnée une seconde, je clignai des paupières. Un poids m'écrasait le dos. Posant mes paumes au sol, je poussai sur mes bras pour m'en débarrasser. Au bruit de ferraille grinçant de façon sinistre, je compris qu'il s'agissait d'une voiture. Je me retournai rapidement, la maintenant une seconde en équilibre au-dessus de moi à l'aide de mes mains et de mes pieds, puis m'en débarrassai d'une simple poussée. Elle atterrit quelques mètres plus loin dans un vacarme de tous les diables. Le bébé se mit à hurler de peur. D'un bond, je me remis debout, prête à en découdre de nouveau. Ce fut alors que la femelle tomba à genoux sans même que je l'attaque, suivie de l'homme qui m'avait jetée la voiture. Ils se tenaient la tête en hurlant de douleur. Je fouillai les alentours du regard avant de lever la tête. Là, perché sur le rebord du toit d'un immeuble, entièrement vêtu de noir, James m'adressa un clin d'œil avant de sauter dans le vide. Il se réceptionna sur ses pieds, tel un félin, puis d'un bond, il se saisit de celui qui m'avait attaquée dans le dos, toujours prostré à terre. Il le démembra, avec hargne, en moins d'une seconde. Pendant ce temps, je me chargeai de la femelle. Leurs restes rejoignirent rapidement ceux de leur compagnon. L'air de Rome était pestilentiel à présent. Giordano nous rejoignit bientôt, après avoir tué le dernier.

— Ça va vous deux ? demanda James. Pas trop de bobos ?

— Non, le rassurai-je. Nous avons réussi à nous débarrasser des mangeurs d'âmes. Où sont les autres ?

— Un peu partout dans Rome. Ces saloperies ont commencé à immerger des égouts aux quatre coins de la ville juste après que les mangeurs d'âmes l'aient survolé, provoquant la première vague de meurtres. Nous avons fait en sorte d'escorter un maximum d'humains jusqu'au Vatican pour les mettre sous la protection des mercenaires de l'Opus Deï, mais certains sont encore dans leur cave ou enfermés chez eux. Ces trucs sont pires que des fauves en chasse.

Je me souvins soudain de la femme et de son petit, cachés sous la voiture. Je me retournai, le dôme était toujours en place. Je m'approchai et me baissai lentement, pour ne pas l'effrayer davantage.

— Pitié, gémit-elle, le visage couvert de larmes. Je vous en supplie, tuez-moi, mais ne faites pas de mal à mon bébé.

Je secouai la tête et lui adressai un sourire rassurant avant de faire disparaitre le dôme. Elle couina de peur tandis que le petit se mettait à pleurer de plus belle. Pauvre petit ange, toute cette agitation devait tant l'effrayer. Doucement, je lui tendis la main.

— Ne craignez rien, nous ne vous ferons pas le moindre mal, ni à vous, ni à votre petit garçon. C'est bien un petit garçon, n'est-ce pas ?

Elle me regarda une seconde, les yeux toujours agrandis par la terreur. Pauvre femme, j'imaginais à peine ce qu'elle avait dû ressentir, plongée sans prévenir dans ce cauchemar avec aucun autre refuge que cette voiture pour tenter de protéger son petit de monstres sanguinaires. Elle hocha malgré tout la tête.

— N'ayez pas peur, repris-je. Nous sommes là pour vous aider. Nous allons vous mettre à l'abri tous les deux. Passez-moi le petit et sortez de là.

Elle sembla hésiter une seconde, serrant plus fort son fils contre elle. Je pouvais la comprendre. Elle venait de me voir envoyer des impulsions, me débarrasser d'une voiture comme si elle n'avait pas pesé plus qu'une vulgaire plume et pour finir, démembrer des gens avant d'immoler leurs corps. Qui aurait voulu confier un enfant à une créature telle que moi ?

— Écoutez, je sais que vous êtes terrifiée, c'est légitime, mais vous ne pouvez pas rester ici. D'autres… monstres comme ceux que je viens de tuer sous vos yeux vont bientôt arriver, il faut vous mettre à l'abri.

Elle ferma alors les yeux très fort en serrant les dents. Je savais quel dilemme se jouait dans son esprit. Je me relevai alors sans geste brusque, puis contournai la voiture pour me placer sur le côté de celle-ci. Là je saisis le bas de caisse et la fis basculer lentement sur l'autre flanc. Ebahie, elle considéra le véhicule sans y croire. Je m'accroupis ensuite devant elle et lui tendis doucement la main avec un nouveau sourire aussi rassurant que possible. Tremblante, elle s'en saisit sans lâcher son fils. Une fois debout, elle resta à me regarder de la tête aux pieds, interdite.

— Qu'est-ce que… qu'est-ce que vous êtes au juste ? Des sortes de super-héros ou quelque chose comme ça ?

Je lançai un regard à mon mari et à mon grand-père qui n'avaient pas bougé, puis ricanai doucement :

— Hum… Oui, quelque chose comme ça, m'amusai-je.

Elle hocha la tête sans demander plus d'explications. Cela valait sans doute mieux d'ailleurs. Je me voyais mal lui expliquer qu'il y avait les gentils et les méchants vampires. Aucun vampire n'était gentil, moi pas plus qu'un autre.

— En tous cas, merci.

— De rien, dis-je en souriant. Je viens également d'être maman de jumeaux et si j'avais dû me retrouver dans votre situation, j'aurais aimé que l'on me porte secours.

Elle hocha de nouveau la tête, les larmes ne cessaient de couler sur ses joues sales. Je songeai tristement que les images des horreurs qu'elle avait vues aujourd'hui hanteraient encore ses nuits pendant de longues années.

— Voici James, mon mari. Il va se charger de vous mettre à l'abri, vous et votre petit, d'accord ?

— D'accord.

Jamy s'approcha et lui adressa un sourire encourageant.

— Il est magnifique, et très courageux, la rassura-t-il alors que le bébé tournait la tête vers lui.

— Merci.

Puis il enleva la femme dans ses bras, lui arrachant un hoquet de surprise.

— Vous allez fermer les yeux et tenir fermement votre petit garçon contre vous, d'accord ? Vous serez en sécurité dans moins d'une minute.

— Que Dieu vous bénisse, vous ainsi que vos enfants, souffla-t-elle.

— Merci, me contentai-je de répondre.

Je songeai, non sans une pointe de cynisme, que tout le monde invoquait joyeusement Dieu depuis le début de cette nuit, mais que celui-ci ne semblait pas particulièrement pressé de venir nous filer un coup de main alors que les enfants de Lucifer, eux, avaient déjà bien commencé à faire le ménage. Le plus ironique dans cette histoire, c'est que cette femme nous prenait sûrement pour des sortes d'anges. Puis elle ferma les paupières en maintenant la tête de son fils contre sa poitrine.

— Je reviens tout de suite, ma chérie, me précisa-t-il.

Puis il disparut comme une flèche.

— Je suis fier de toi, *piccola principessa*. Non seulement tu as aidé cette pauvre femme et son bébé, mais en plus tu t'es parfaitement contrôlée.

Je souris tristement.

— Je sais ce que c'est que de vouloir protéger ses enfants, même au prix de sa propre vie. La différence c'est que je dispose de moyens que n'a pas cette pauvre femme. Quant à me contrôler, je ne me leurre pas une seule seconde, si j'y suis parvenue c'est uniquement parce que la sorcière en moi a encore le dessus. Si je devais croiser cette femme seule, la nuit, dans quelques semaines, je ne suis pas certaine que la donne serait la même.

Ce fut à ce moment qu'une série d'explosions retentit, faisant vibrer le sol sous nos pieds. Des gerbes de flammes s'élevèrent dans le ciel au-dessus du palais.

— Tiens, il semblerait que nous ayons de la visite, constata froidement Giordano.

— Lilith tente de faire sauter les cristaux, grondai-je froidement. Écoute, elle a sonné le rassemblement.

En effet, les grognements de bêtes se dirigeaient à présent droit sur le palais vampirique.

— Elle a à sa disposition bien plus de vampires que nous ne l'avions présagé, remarquai-je avec calme.

— Et moi, plus de tours dans mon sac qu'elle ne l'imagine, grogna mon grand-père.

Nous nous élançâmes vers le palais à une vitesse supersonique. Il ne nous fallut qu'une poignée de secondes pour l'atteindre. Là, dans les magnifiques jardins fleuris et arborés, se jouait une véritable scène de chaos. Les vampires de Lilith affrontaient les nôtres avec une violence peu commune. Les uns guidés simplement par l'instinct animal, mais tous dotés de pouvoirs offensifs et les autres, maîtrisant parfaitement les techniques de combats et affectionnant la violence gratuite. Des jambes, des têtes, des bras ou encore des mains jonchaient le sol. Sans réfléchir, James se jeta dans la mêlée en grondant de colère. Il marchait en regardant droit devant lui, balançant des impulsions de tous les côtés, paralysant leurs ennemis afin que les nôtres les démembrent sans difficulté. Crépitant de toutes parts, il ressemblait plus que jamais à un ange de l'apocalypse. Rapidement, les vampires de la cour détenant des pouvoirs offensifs adoptèrent sa technique, se partageant le travail avec les simples combattants. Je hochai la tête, satisfaite de les voir travailler en équipe. Ils sauraient se défendre, je devais désormais m'occuper de Lilith.

Je fis signe à mon grand-père de me suivre. Nous nous élançâmes pour gagner les quartiers royaux, nous savions parfaitement ce qu'elle cherchait. Tout ce chantier dehors n'était qu'une simple diversion pour qu'elle puisse mettre la main sur les jumeaux. *Cherche Lilith, cherche. N'aies crainte, tu vas me trouver.* Comme nous l'avions présagé, la porte de mes appartements était grande ouverte et quelqu'un se chargeait de les mettre à sac.

— Ils ne sont pas là ! hurla une voix de femme. Tu t'es trompé ! Ces satanés gamins ne sont pas là !

— Ils sont là, quelque part. Peut-être parqués comme des rats au sous-sol. Mais crois-moi, je connais bien Sarah. Comme sa mère, elle serait incapable de se détacher de ses moufflets, même si cela devait lui coûter la vie.

Je me pétrifiai sur place en entendant ces intonations. Mes petits cheveux se dressèrent dans ma nuque tandis qu'un long frisson me remontait, tel un serpent de glace, le long de la colonne vertébrale. Pendant une seconde, j'eus la terrible impression que le sol allait s'ouvrir sous mes pieds. Je saisis le bras de mon grand-père et le serrai avec force. Le roi-vampire fronça les sourcils, puis posa sa main sur la mienne.

— *Que se passe-t-il, piccola principessa ?*

J'avais envisagé un tas de scénarios, tous plus sombres les uns que les autres, concernant cet affrontement. J'avais tenté de trouver des raisons logiques aux agissements de Lilith, autres que la folie. J'avais envisagé ma mort ou celle des gens que j'aimais. Je m'étais résolue à ne plus jamais revoir mes enfants si c'était le prix à payer pour les protéger, mais ça... Ça, même dans mes pires cauchemars, je ne l'avais pas vu venir une seule seconde. Soudain, une vague de rage et de haine me submergea, telle une lame de fond, balayant tout sur son passage, à commencer par ma raison. Mourir, ne plus revoir mes petits, les laisser grandir sans moi, ne m'apparut plus comme une chose si terrible. Car si je devais crever cette nuit, quoi qu'il arrive, quoi qu'il m'en coûte, je ne rejoindrai pas seule ma dernière demeure.

— *Sarah ?* insista mon grand-père.

Je desserrai ma prise sur son bras puis esquissai un sourire carnassier.

— *Léger changement de programme.* Vous cherchez quelque chose en particulier peut-être ? lançai-je en entrant dans la pièce, suivie de Giordano.

La femme rousse vêtue entièrement de cuir noir sursauta avant de me détailler de la tête aux pieds. L'horreur se peignit rapidement sur son visage lorsqu'elle avisa mes cheveux blancs et mon regard de glace. Elle venait de comprendre que nous avions allégrement puisé et qu'elle n'avait plus la moindre chance de s'en sortir sans ses maudits mangeurs d'âmes. Cependant, je n'y prêtai pas longtemps attention. Elle était déjà morte. Je me concentrai sur l'homme encapuchonné qui nous tournait toujours le dos, comme pétrifié sur place. Le roi-vampire gronda, menaçant :

— Comment osez-vous venir ici menacer mes arrière-petits-enfants ?

— Oh, monsieur est coutumier du fait, s'en prendre aux femmes et aux enfants ne l'a jamais dérangé outre-mesure. Les battre, les insulter ou encore les enfermer dans les placards les soirs d'orage l'amusait même terriblement à une époque.

À côté de moi, je sentis le roi-vampire se figer tandis que l'homme se tournait vers nous avec une lenteur calculée. Cependant, il eut un léger mouvement de recul lorsqu'il releva les yeux vers moi. Il n'avait pas tant changé que ça, ses boucles brunes étaient juste un peu plus courtes que dans mon souvenir et il affichait quelques années de plus, mais le vampirisme s'était chargé de gommer les affronts du temps. Moi, en revanche…

— Sarah…

— Bonjour William.

À la simple évocation de ce prénom, le roi-vampire feula. J'esquissai un sourire carnassier.

— Voilà une situation bien ironique, tu ne trouves pas ? grinçai-je. Toi qui nous traitais de monstres et d'abominations avant de nous frapper sauvagement, voilà que tu en es devenu un. Alors que tu as tout mis en œuvre pour me tuer pendant des années, c'est toi qui vas mourir, de ma main, aujourd'hui. Par contre, je constate que tu ne sais toujours pas choisir tes fréquentations.

Piquée au vif, Lilith feula, mauvaise. Giordano tendit alors la main devant lui avant de commencer à serrer le vide. Lilith porta ses doigts à sa gorge et se mit à battre furieusement des jambes tandis que Giordano la tenait sous son emprise.

— Je te conseille de rester polie lorsque tu t'adresses à ma petite-fille, la princesse-vampire ! gronda-t-il sourdement.

William voulut profiter de cette courte diversion pour prendre la fuite par le balcon, mais il n'eut pas atteint la rambarde que j'ordonnai sèchement, ma voix claquant dans l'air comme un fouet :

— *Posaljite vasé koljéna vampir !*

Il tomba à genoux, tête basse. Je m'avançai sur la terrasse avec nonchalance, les mains croisées dans le dos, puis posai un regard sur le jardin. En bas, les autres en avaient presque fini avec les créatures de Lilith. Il devait en rester une dizaine, tout au plus, à présent complètement affolés, partagés entre leur envie de fuir et les ordres de leur maîtresse de rester pour la protéger. Malheureusement pour eux, ils étaient non seulement totalement inutiles désormais, mais allaient mourir très prochainement. Un immense brasier avait été allumé, les hautes flammes consumant sans pitié les cadavres démembrés de ces choses... de pauvres gens, dont le seul crime avait été de se trouver au mauvais endroit au mauvais moment, juste sur la route de ces deux fous aussi cruels que stupides. J'aperçus mes frères et mon père transporter des membres pour les jeter dans les flammes. Leurs vêtements étaient dans un piteux état et ils arboraient quelques cicatrices mais ils étaient en vie.

— Nonno, nous devrions nous charger de ces deux idiots en bas, je n'ai aucune envie de saccager mes appartements pour eux.

Giordano me rejoignit, tenant toujours Lilith par la gorge sans même la toucher.

— Lâche-moi, crossa-t-elle.

Il esquissa un sourire mauvais avant de lui faire passer la rambarde pour la maintenir dans le vide, à près de douze mètres du sol.

— Abel, Caïn ! Regardez donc ce que nous venons de trouver ! lançai-je aux garçons qui s'activaient en bas.

En apercevant Lilith, le visage de Caïn se déforma de fureur. D'un bond, il lui attrapa les pieds pour la tirer sauvagement vers le sol.

— À toi maintenant, annonçai-je en attrapant mon géniteur par sa capuche pour le balancer par-dessus la rambarde sans ménagement.

Toujours sous mon emprise, il ne put se réceptionner et tomba, pitoyablement, face contre terre. Mon grand-père l'observa une seconde, un sourire mauvais étirant ses lèvres. Nous le rejoignîmes d'un bond et je le retournai sur le dos d'un violent coup de pied dans l'estomac. Il geignit et grimaça de douleur. Ce son me procura une vague de plaisir aussi malsain qu'agréable.

— Non, ne supplie pas déjà, nous avons encore tellement de choses à nous raconter depuis toutes ces années !

— Oui, je meurs d'envie de faire votre connaissance, gronda Giordano.

Je reportai mon attention sur les frères maudits qui se tenaient face à Lilith, en position d'attaque. La plantureuse rousse affichait un sourire moqueur, pour ne pas dire méprisant. Elle se pensait toute-puissante grâce à sa magie et n'avait pas l'habitude de se salir les mains pour se débarrasser de ses ennemis. Tel le serpent qu'elle était, elle agissait toujours en fourbe, à distance. Il était grand temps de lui donner une leçon. Elle lança une boule de feu sur Caïn et Abel qui eurent juste le temps de s'écarter de son passage. Contrairement à eux, je ne bougeai pas d'un iota. D'un simple geste de la main, je stoppai la sphère à moins d'un mètre de moi et l'observai une seconde flotter dans l'air.

— Hum... alors c'est ça ton pouvoir offensif, les boules de feu, constatai-je platement.

Puis je levai ma main ouverte devant moins avant de la refermer avec une lenteur calculée, étouffant la boule de feu. Lilith revint à la charge immédiatement, je me retrouvai coincée sous un dôme de glace. Les frères maudits voulurent se précipiter, mais je les en empêchai.

— Ne bougez pas. C'est entre elle et moi.

Ils parurent hésiter une seconde puis reculèrent pour se mettre à l'écart avec le reste des courtisans qui ne perdaient rien du spectacle. Je donnai un coup de pied dans le dôme, mais celui-ci ne bougea pas. Pas la moindre fissure.

— Comme c'est adorable. La petite princesse vampire a adopté les chiots dont je ne voulais plus. Tu es peut-être une princesse par affiliation, mais n'oublie pas que c'est moi qui ai donné naissance à tous ! se rengorgea Lilith. Libère William et j'épargnerai peut-être ta vie.

Un murmure monta du côté des courtisans tandis que me mettais à rire franchement. Je fermai les yeux, puis commençai à recharger.

— C'est inutile, argua l'autre. Aucune magie ne fonctionne sous mon dôme.

Je ne l'écoutai pas et continuai tout en laissant mon esprit dériver. J'eus d'abord une pensée pour ma mère, qui, aujourd'hui serait fière de moi. J'en eus une pour Helena qui, comme elle, s'était sacrifié pour sauver sa fille. Puis j'en eu une pour tous les membres passés de mes deux clans. Ils n'avaient pas hésité à sacrifier une partie de leur pouvoir pour me permettre de voir le jour et sauver les humains qui les avaient traqués et éliminés sans pitié. Enfin, je pensai au grand phénix, mon protecteur, qui m'avait sauvée par deux fois la vie et qui avait lui-même béni mes petits. Si je devais mourir aujourd'hui, alors il les protégerait, j'en étais persuadée. Ce fut là que des exclamations de surprises commencèrent à s'élever tout autour de moi et que mon grand-père jura.

— Nom de dieu !

J'ouvris alors calmement les yeux. Lilith me regardait, comme hallucinée à présent. Son dôme fondait à vue d'œil, chaque goutte d'eau me tombant dessus disparaissant dans un petit nuage de vapeur. Je jetai un regard à mes mains avant de sourire. Tel le phénix, j'étais en feu, littéralement. J'enjambai ce qui restait du dôme et avançai avec une lenteur calculée vers Lilith.

— Je sais qui tu es, clamai-je d'une voix caverneuse. Une simple sorcière de basse extraction qui, pour nous créer ainsi que ses horreurs aujourd'hui, a toujours eu besoin d'un coup de pouce, ce qui n'est pas mon cas. Je suis la descendante des deux plus puissants clans de sorciers que la Terre a connus et la princesse-vampire. Tu es seule, aigrie, alors que j'ai des amis, un mari merveilleux et une famille extraordinaire. Je possède tout ce que tu n'auras jamais : l'amour, mais surtout le pouvoir.

Lilith feula puis jeta un regard à William, ce qui déclencha de nouveau mon hilarité.

— Tu crois qu'il a fait tout ça parce qu'il t'aime ou qu'il tient à toi ? Tu crois qu'il t'est reconnaissant d'avoir fait de lui ce qu'il est ? Tu te trompes ! Si vous partagez bien un point commun tous les deux, c'est que vous êtes incapables d'aimer qui que ce soit mis à part vous-mêmes. Il ne s'est associé à ton plan que dans l'unique but de parvenir à me retrouver. Eh oui, une fois encore, je suis sur le devant de la scène, m'amusai-je.

Maintenant à seulement quelques centimètres d'elle, je tendis le bras et lui saisis la gorge. Aussitôt, elle se mit à hurler tandis que ses cheveux prenaient feu et que son visage commençait à fondre comme celui d'une vulgaire poupée de cire.

— Tu vois tous ces gens ? Un seul ordre de ma part aujourd'hui, et ils sont tous montés au combat sans réfléchir. Un seul ordre de ma part maintenant et ils t'écharperaient sans le moindre remords.

Je la lâchai enfin, elle tomba lourdement au sol, chauve et défigurée.

— Tu n'es personne Lilith, tu n'es rien ! Ni pour moi, ni pour eux, ni pour William. Tu n'as jamais regardé autre chose que ton propre intérêt, lui pareil et à présent, il est dans le mien que vous mouriez, tous les deux !

Je reculai d'un pas et fis signe aux frères maudits. Après tout, je leur devais bien ça. Caïn releva Lilith sans ménagement tandis qu'Abel crachait au visage de la jolie rousse.

— Comme ça, l'extérieur est en adéquation avec l'intérieur : immonde, gronda-t-il.

Lilith gémit de douleur, le feu magique consumant toujours ses chairs. J'étouffai progressivement celles couvrant mon corps afin de ne pas blesser les miens par inadvertance puis croisai les bras sur ma poitrine pour profiter du spectacle.

— Pitié…

— Comment oses-tu encore implorer notre pitié après ce que tu nous as fait ? cracha Caïn. Tu nous as non seulement tués, mais également tous nos proches, notre famille ! Puis tu as disparu en nous abandonnant là, sans même une explication !

— Je voulais…

— Tu voulais du pouvoir, ni plus ni moins, hurla Abel. Tu ne nous as jamais aimés, ni l'un ni l'autre. Tu n'as fait que nous utiliser, pour aimer, faudrait-il avoir un cœur.

Je vis alors Caïn esquisser un sourire mauvais que je ne lui connaissais pas.

— Oui, je me suis toujours demandé si elle en avait un, ajouta-t-il à l'adresse d'Abel, sur le ton de la conversation.

— Vérifions, proposa celui-ci en souriant, aimable.

Tandis que Caïn tenait Lilith par les épaules, Abel plongea violemment sa main dans la poitrine de la jeune femme. Des bruits spongieux, humides, se firent entendre avant qu'il ne ressorte sa main, tenant le cœur de leur ancienne maîtresse. Abel le leva devant lui et fit mine de l'observer avec attention.

— Ah, oui elle en a un, mais inutile, il est mort. Tout comme elle.

Caïn lâcha alors les épaules de Lilith puis lui attrapa la tête qu'il arracha sans ménagement. Son corps s'effondra au sol.

— Reculez, ordonnai-je alors.

Ils obtempérèrent, Caïn tenant toujours la tête par les cheveux.

— *Incendo.*

Le corps s'enflamma, rapidement suivi de la tête. J'en avais terminé avec Lilith, il était temps de faire la même chose avec mon passé et pour de bon cette fois. Je retournai vers mon géniteur, toujours au sol. Kylian s'était approché et le jaugeait d'un regard meurtrier.

— Debout ! ordonnai-je.

William obtempéra telle une marionnette. Je le considérai avec tout le mépris dont j'étais capable. Pour parvenir à ses fins, il avait renoncé à tout, même à son orgueil.

— William, je te présente mon père, déclarai-je en me lovant contre Kylian qui me serra contre lui, protecteur. Le vrai, le seul, l'unique.

— Comme il doit être fier, grogna ce dernier malgré sa soumission.

Je n'eus pas le temps de répondre, Kylian se détacha de moi et lui asséna un coup de poing en pleine figure, lui faisant traverser quasiment toute la propriété et lui fracassant le nez au passage. James se chargea de le récupérer pour le jeter sans ménagement aux pieds du viking.

— Oh que oui je suis fier d'elle. Parce que malgré les horreurs que vous leur avez fait subir, à elle et à sa pauvre mère, elle n'a jamais abandonné. Elle s'est relevée, s'est battue et a continué à avancer. Elle est forte, droite, et honnête, alors que vous n'êtes qu'une larve pathétique et lâche qui s'en prend ou se cache derrière les femmes.

Il le releva sans ménagement par les cheveux. En cet instant, le viking était en rage.

— Ne le tue pas papa, j'ai d'autres projets pour lui.

Kylian tourna son visage vers moi, interrogateur. J'esquissai un sourire carnassier.

— Oh, il mourra, pas de doute, mais pas tout de suite. Je veux qu'il ait le temps de réaliser qu'elle arrive. Comme ma mère et moi avons dû le faire, il va devoir vivre, se cacher, mais surtout réaliser quel effet cela fait de devenir une proie. Caïn, mon ami, peux-tu me rendre un dernier service ?

Ce dernier s'approcha, tout sourire.

— Tout ce que tu veux ma belle.

— Tu vas hypnotiser monsieur. Désormais, il ne pourra se nourrir que de chasseurs et exclusivement d'eux.

Les yeux de William s'agrandirent alors de terreur, ce qui me provoqua une immense satisfaction.

— Oui, tu viens de comprendre, m'amusai-je. Tu vas devoir traquer et éliminer ces gens pour qui tu étais prêt à nous voir mourir. Et tu ne pourras rien faire contre les sorciers qui te dégoûtent tant. Les autres vampires te fuiront, tu seras totalement seul. Bien sûr, un jour, tu feras une erreur et je devrai te prendre en chasse, comme le vilain petit vampire turbulent que tu vas devenir, mais tu ne sauras ni quand, ni où. Et crois-moi, lorsque ce moment viendra, la mort sera longue, très longue, à venir.

Giordano et Kylian ricanèrent, mauvais.

— Je crois que c'est ce que l'on appelle l'arroseur arrosé, ironisa le viking.

— Certaines punitions sont plus dures que la mort, ajouta Giordano.

Terrence se plaça devant mon père et lui attrapa le menton pour le forcer à le regarder avant de déclarer :

— À partir de maintenant, tu ne pourras plus te nourrir que de chasseurs de sorcières. Chaque vampire que tu croiseras te haïra, tu ne pourras plus les approcher et tu seras totalement seul.

— À partir d'aujourd'hui, je ne me nourrirai plus que de chasseurs de sorcières et je serais totalement seul, répéta mon géniteur tel un robot, les yeux éteints.

— Tu auras pleine conscience de chacun de tes actes malgré tout et tu sauras que Sarah te traque. Tu auras peur en permanence.

— J'aurai conscience… Sarah me traque, j'ai peur.

J'esquissai un sourire carnassier tandis que les courtisans, eux, semblaient admiratifs de mon stratagème. Terrence lâcha enfin William qui ne demanda pas son reste.

— Que la traque commence, murmurai-je en le regardant s'éloigner, ventre à terre.

Épilogue

Installée sur les marches du perron du palais, j'observais mon grand-père. Assis dans l'herbe avec mes enfants, à présent âgés de deux ans, il leur contait les fabuleuses histoires de leurs clans.

— C'est vrai que tu as été humain avant, nonno ? demanda Alicia, les yeux ronds comme des soucoupes.

— Oui, c'est vrai, à part vous deux, tous les autres vampires ont été humains à une période de leur vie.

— Maman nous a déjà racontés, s'agaça Julian, mais tu n'écoutes jamais ! Nous on est pas comme les autres, on est plus forts !

— Maman est vraiment forte et elle a été humaine aussi ! argua Alicia.

— Maman c'est pas pareil, c'est maman !

Je ris malgré moi. Julian souffrait d'un léger syndrome d'Œdipe. Il trouvait toujours que j'étais la plus jolie, la plus drôle, la plus forte. Aly, elle, vouait une véritable vénération à James et ne quittait que rarement ses girons.

— En effet, votre maman est l'objet d'une très très ancienne prophétie qui annonçait également votre naissance à tous les deux.

Les jumeaux cessèrent de se chamailler pour reporter leur attention sur lui.

— Oh, raconte-nous cette histoire, nonno ! supplia Julian.

Mon grand-père obtempéra, leur contant comment il avait rencontré Helena, qu'elle était belle et qu'il en était amoureux. Il leur confia à quel point nos clans étaient puissants et respectés à l'époque et combien la magie était ordinaire. Fascinés, les petits ouvraient de grands yeux pour ne pas en perdre une miette.

Je souris, un grand-père narrant l'histoire familiale aux générations suivantes, tranquillement assis au soleil, une scène on ne peut plus banale et pourtant si précieuse. Ma vie n'avait certes pas toujours été facile, elle ne le serait sûrement pas toujours, mais en les voyant comme ça, heureux d'être ensemble, à partager ce genre de petits moments de bonheur simples, je songeai que j'avais la plus valable des raisons pour me battre.

L'amour des miens.

Remerciements

Voilà, Black Diamond, c'est terminé.

Je dois vous avouer que cela me fait un drôle d'effet d'avoir enfin apposé le point final de cette histoire et de devoir quitter les personnages qui la composent.

Sarah, James, Lily et bien entendu Abel vont beaucoup me manquer. Black Diamond est mon premier bébé éditorial, celui par qui tout a commencé, il a donc une place très particulière dans mon cœur.

Pour ceux qui me suivent depuis mes débuts d'auteur, je sais que beaucoup d'entre vous attendaient ce dernier tome depuis quelques années maintenant. Après quelques péripéties, coups de fouet de la part de la boss, gros speed et légères crises de tachycardie, il est enfin là !

J'espère donc que cette nouvelle version, et surtout cette fin, seront à la hauteur de vos espérances et je vous remercie, chers lecteurs, de votre patience ainsi que de votre fidélité.

Celle qu'il faut remercier en premier lieu pour l'aboutissement de ce projet, c'est mon éditrice, Marion Obry.

Depuis le début, elle a suffisamment cru en ce roman pour ne pas supporter qu'il reste sagement au fond d'un tiroir et s'est démenée pour trouver des solutions afin qu'il, comme le phénix, renaisse de ses cendres.

Black Diamond et L'Ange déchu, son œuvre, qui paraîtra également en intégrale dans quelques mois, chez Plume Blanche, ont fait leurs premiers pas ensemble. C'est donc un immense plaisir de les voir de nouveau cheminer côte à côte dans la petite bulle de l'édition.

Ces deux ouvrages ont, à l'instar de Plume Blanche, grandi et évolué et tout ça, c'est grâce à vous lecteurs, alors un immense merci !

Retrouvez toutes les publications
de notre maison d'édition sur :

plumeblanche-editions.fr

Vous avez aimé

Black Diamond
de Sandra Triname ?

Vous aimerez les autres titres de notre
Collection Plume d'Or

• ***Blood Witch, Intégrale*** de Léna Jomahé

• ***Les Oubliés, Intégrale*** de Léna Jomahé

• ***L'Ange déchu, Intégrale*** de Marion Obry

Achevé d'imprimer en Novembre 2018
Dépôt légal, Juillet 2019
Imprimé en France par Sepec

Printed in France by Amazon
Brétigny-sur-Orge, FR